SV

A. F. Th. van der Heijden
Das Scherbengericht

Eine transatlantische Tragödie

Aus dem Niederländischen von
Helga van Beuningen

Suhrkamp

Titel der Originalausgabe:
Het schervengericht. Een transatlantische tragedie
Dieses Buch ist Teil des Romanzyklus *Homo Duplex*.

Erste Auflage 2010
© 2007 by A. F. Th. van der Heijden, Amsterdam,
Em. Querido's Uitgeverij B V.
© der deutschen Übersetzung Suhrkamp Verlag Berlin 2010
Druck: Pustet, Regensburg
Printed in Germany
ISBN 3-518-42140-6

1 2 3 4 5 6 – 15 14 13 12 11 10

Das Scherbengericht

Inhalt

51. Woche: Das Kalifengefängnis 9
52. Woche: Blaue Tränen 159
1. Woche: Die Charrière-Methode 257
2. Woche: Hurly Burly 419
3. Woche: Doris Day Ewige Jungfrau 617
4. Woche: Kadavergehorsam 873
5. Woche: Die Exilstraat 963

Nachweise 1168

Ce qui embellit le désert, dit le petit prince,
c'est qu'il cache un puits quelque part …

Antoine de Saint-Exupéry, *Le Petit Prince*

Das Kalifengefängnis

Miezen

1

Der Bart brannte ihm im Gesicht. Es fühlte sich an, als stäche jedes der harten Haare einzeln. Warum seine Haut so glühte, ob vor Juckreiz oder Scham, wußte er nicht. An einen Bart war er nicht gewöhnt. Wenn die Aufseher mal einen Augenblick nicht auf ihn achteten, wagte er es, sich mit zwei Fingern gleichzeitig zu kratzen, wobei er die Nägel tief zwischen die Haarwurzeln grub. Doch jedesmal, wenn er den Juckreiz geortet zu haben glaubte, sei es am Kinn, sei es an der Wange, hatte sich das Kribbeln rasend schnell woandershin bewegt und tauchte in der Nähe eines Ohrs auf, unter der Nase oder im Bereich des Adamsapfels. Am liebsten hätte er mit beiden Händen in seinem Gestrüpp gewühlt – hätten Scham und Handschellen es ihm nicht verwehrt.

2

Vor zwei Monaten hatte sein Anwalt, Douglas Dunning von der Kanzlei Dunning & Hendrix, ihm geraten, vorsorglich etwas an seinem Äußeren zu ändern. »Für eine graue Maus, die mein und dein verwechselt hat, ist Choreo schon kein Ferienparadies. Geschweige denn für eine Berühmtheit wie dich. Und dann noch bei einer solchen Anschuldigung.«

Dunnings Stimme klang noch hohler und trockener als gewöhnlich. Seine langen Hände, sonst immer hackend in Bewegung, um seiner eintönigen Rede Profil zu verleihen, hingen ihm schlaff zwischen den Oberschenkeln. Genauso viele schlechte Zeichen, wie Finger an ihnen saßen.

»Ach, Doug, diese angebliche Berühmtheit … das empfinde ich überhaupt nicht so. Schauspieler, die auf dem Strip erkannt werden, ja, klar. *Meine* Tätigkeit habe ich immer als dienenden Beruf betrachtet. Agieren im Off … Im Schatten.«

»Kann man wohl sagen.«

»Nach Choreo werde ich völlig unsichtbar.«

»Ich weiß«, sagte der Anwalt müde. »Das olympische Feuer vor dem Grab des Unbekannten … sag's noch mal. Aber nicht: Soldaten.«

»Ich bin reif für ein inneres Exil.«

»Verbannt wirst du jetzt erst mal nach Choreo. Äußerst sichtbar. Um nicht zu sagen … ins Auge springend. Du mit deinem tragischen Hintergrund. Dein Leben ist noch viel mehr Allgemeinbesitz als das deiner Kollegen. Und dazu gehört ein Gesicht.«

»Hört das denn nie auf? Vor acht Jahren hat man mein eigenes Unglück auch schon gegen mich verwandt. Und jetzt …«

»Damals, gestern, heute.« Dunning erhob sich und begann, um seinen Sessel herumzutigern. »Und demnächst, in Choreo, wieder. Dort sitzen immer Typen, die auf *ihre* Art zu Ruhm kommen wollen. Der kürzeste Weg, der ihnen aber selten geboten wird, ist es, einen berühmten Mithäftling kaltzumachen.« Was er mit seinem langen Leib tat, war eigentlich eher als Eiern zu bezeichnen denn als Stiefeln. »Also … tu was an deiner Erscheinung.«

»Plastische Chirurgie? Dann laß ich mich in einem Aufwasch um zwanzig Zentimeter größer machen.«

»Ich nehme an«, sagte der Anwalt, hinter seinem Sessel stehenbleibend, »daß du hinterher, wenn der ganze Schlamassel vorbei ist, doch lieber wieder dein eigenes Gesicht hättest.«

»Dann sag mir mal, Doug, wie ich meine Pinocchio-Nase unkenntlich machen kann … ohne daran herumschnippeln zu lassen.«

»Laß dir als erstes schon mal einen Bart wachsen.«

»Mehr als einen Zwei- oder Dreitagebart hab ich noch nie geschafft.«

Dunning beugte sich vor und ging mit seinem Gesicht ganz nah an das seines Mandanten heran. »Um wieviel Uhr hast du dich heute morgen rasiert?«

»So zwischen neun und halb zehn.«

Der Anwalt zog eine Schublade in seiner Schrankwand auf, nahm einen runden Rasierspiegel heraus und stellte ihn auf den niedrigen Tisch. Es war ein Vergrößerungsspiegel.

»Benutzt du den, wenn du dir die Pickel ausdrückst?«

»Schau mal genau hin ... du hast einen Five-o'clock-Schatten, der sich sehen lassen kann. Um drei Uhr nachmittags.«

»In so 'nem Spiegel hat sogar ein Dreizehnjähriger eine dichte Matte.«

»Ich prophezeie dir, in sechs Wochen hast du einen vollen, dunklen Bart im Gesicht.«

»Dunning & Hendrix, auch für Tarnungen und Gesichtskorrekturen aller Art. Was kostet mich das denn zusätzlich an Honorar, Doug, so ein sprechender Weihwasserwedel?«

»Von dem, was du an deinem sündhaft teuren Aftershave einsparst, darfst du mich zum Lunch einladen, sobald du wieder rauskommst.«

»Wenn ich dann noch am Leben bin, übernehm ich die Rechnung gern.«

»Sonst regle ich das mit deinen Erben.«

»Welchen Erben? Ich bin *ihr* Erbe.«

»Tut mir leid. Ist mir so rausgerutscht.«

Beim Weggehen konnte er es nicht lassen, kurz mit der Empfangsdame zu schäkern, so daß er wieder vergaß, sich im Wartezimmer den Leuchtglobus anzusehen.

»... keine jüngere Schwester, Jenny? Sie muß nicht unbedingt so hübsch sein wie du.«

»Oh, wie gemein von Ihnen! Und Dunning & Hendrix dürfen dann wohl wieder die Scherben zusammenkehren?«

3

Am Morgen nach diesem Gespräch hatte er sich noch vertan. Von Gedanken an ein Komplott besessen, das ihn zu
Fall bringen sollte, stand er vor dem Spiegel und seifte sich
mit heftig kreisenden Bewegungen das grimmige Gesicht
ein. Der Fehler wurde ihm erst bewußt, als die gesamte linke Hälfte bereits glattrasiert war. Weiße Schaumflocken flogen gegen das Glas, zusammen mit seinen Flüchen. »Nicht
nur ein Bart«, sagte er Seifenblasen produzierend zu seinem
Spiegelbild, »sondern auch eine ordentliche Mähne. *Und* eine
Brille.«

Gleich nachdem er mit dem Rasieren fertig war, warf er
Seife, Pinsel und Rasierklingen in den Abfall. Der Flakon
mit dem teuren französischen Aftershave, Marke Mentor, schwebte bereits über dem geöffneten Treteimer, doch
dann überlegte er es sich anders und stellte ihn ins Medizinschränkchen zurück. Wendy hatte den Duft gemocht, später
aber gegenüber der Polizei erklärt, ihr habe sich »von dem
Äthergeruch fast der Magen umgedreht«.

Er rief seinen Friseur an, um den Termin für diesen Nachmittag abzusagen. Während er auf die Verbindung wartete,
die Augen geschlossen, sah er den schicken Salon in der
North Fairfax vor sich: nur Rauchglas, schimmerndes Chrom,
schwarzes Lackleder. Auf ein Fingerschnippen hin öffneten
sich Schächte im Fußboden, um die lautlos zusammengefeg-
ten Locken und Haarbüschel aufzunehmen. Das Geschäft
hatte zu Jays Kette gehört, die jetzt von den Erben weiterge-
führt wurde. Chetley, die zweite Kraft, nahm ab.

»Kann ich einen neuen Termin für Sie notieren?«

»Ich lasse mir die Haare wachsen.«

»Auch langes Haar muß gepflegt werden«, flötete Chetley.

»Ich melde mich wieder.«

»Wie Sie wünschen. Trotz allem Chrom und Leder ist das
hier immer noch so was wie ein Marktplatz. Da hört man

so einiges ... Hauptsache, Sie wissen, daß wir alle, auch die Mädels, zu Ihnen stehen. Es ist so ekelhaft! Für uns sind Sie das Opfer einer ganz üblen Intrige.«

»Danke, Chetley. Sagen Sie, Chetley ...«

»Sir?«

»Denkt ihr noch manchmal an Jay?«

»Jay ...«

»Den Mann mit der goldenen Schere«.

»Ach so, Jay. Gott, ja, Jay. Natürlich. Den werden wir nie vergessen. Gott, nein.«

Bereits nach wenigen Tagen bestätigte sein Stoppelbart, daß er, mit diesem jungenhaften Gesicht eines unreifen Vierzigjährigen, einen üppigen Haarwuchs besaß. Vielleicht weil er sich seit seiner Pubertät täglich, danach sogar oft zweimal am Tag rasiert hatte: Drei Wochen später hatte er einen noch kurzen, aber vollen Bart. Er strich sich, die Lippen eitel gespitzt, in einem fort mit dem Handrücken über Hals und Kinn aufwärts. »Dieser Tick macht mich verrückt«, sagte Paula, seine Sekretärin.

»Schließlich und endlich doch noch ein Mann.«

»Ist das eine Drohung?«

In den darauffolgenden Wochen begann sein Bart in dem Maße, wie er dichter und krauser wurde, gemeinsame Sache mit seiner Statur zu machen. Eine unverkennbare Jungenhaftigkeit hatte seine geringe Größe immer wettgemacht, nicht zuletzt durch seine Art, sich entsprechend zu bewegen. Auch jenseits der Vierzig war es ihm, bevor er sich den Bart hatte stehenlassen, noch regelmäßig passiert, daß ein Arbeiter oder Ladenbesitzer ihm von weitem zurief: »He, Junge ... faß mal eben mit an!«

Ein ewiger Dreizehnjähriger.

Jetzt, mit dieser dunklen Wolke auf Kinn und Wangen, sah er aus wie ein ältlicher Zwerg. Freunde versicherten ihm, der Anblick verändere, auch ohne daß er sich anders bewege, sogar seine Motorik. Was vorher einen quecksilbrigen Eindruck gemacht hatte, wirkte jetzt possierlich und lächerlich. Da ging ein angejahrter kleiner Wichtigtuer.

»Ich hab dich am Civic Center aus dem Minibus steigen sehen«, sagte Dunning am Telefon. »Du warst nur mit Mühe zu erkennen. Ich weiß aber nicht, ob das auch für die Presse gilt. Halt dich von Kameras fern. Sonst wissen die dann schon allein wegen des Barts, wer du bist.«

»Ein bärtiger Knirps. Ich mach mich lächerlich, Doug. Der Bart kommt ab. Denk dir eine andere Verkleidung aus.«

»Jetzt sieh doch mal das Positive an so einem Bart.« Der Anwalt dröhnte derart tief in den Hörer, daß die Membran knackte. »Er macht den Träger zu einem völlig anderen Menschen und lenkt die Aufmerksamkeit von … na ja, reden wir Klartext: von der bekannten Erscheinung aus den Illustrierten ab. Zeitschriftenfotos lassen einen Menschen sowieso größer erscheinen, als er ist … da fängt die Verwirrung schon an. Mach dir das zunutze.«

»Die Leute reagieren so merkwürdig.«

»Weil sie dich nicht länger als … den Missetäter erkennen, den die Medien aus dir gemacht haben. Solange das noch so war, haben sie krampfhaft versucht, sich normal zu verhalten. Jetzt behandeln diese Leute dich einfach wie einen bärtigen Kobold. Wie einen Patriarchen aus dem Märchenland. Genauso herablassend, wie sie es bei jeder aus dem Rahmen fallenden Erscheinung tun.«

»Doug, du kannst einen wirklich aufmuntern.«

»Stutz ihn bloß nicht, deinen Bart. Er macht deine Nase kleiner.«

4

Auf Kaution frei, war er im Mai mit DinoSaur Bros Prods auf Bora Bora gewesen, um *Cyclone* vorzubereiten. Ende November hatte er nach Dunnings selbsterniedrigendem Bitten und Betteln in einer nicht-öffentlichen Verhandlung von Richter

Ritterbach noch einmal die Erlaubnis erhalten, in Begleitung der Produzenten nach Französisch-Polynesien zu fliegen. Mit seinem Sechswochenbart war er für Laien bereits so gut wie nicht mehr zu erkennen, doch das konnte sich durchaus ändern, wenn Fotos in den Illustrierten auftauchten. Er stellte sich schon die Bildunterschriften vor: »Wer auf Bora Bora den angespülten Ertrinkenden spielt, bekommt automatisch Ähnlichkeit mit Robinson Crusoe.«

PR-technisch gesehen war seine Bitte, die Presse zu Hause zu lassen, natürlich völlig falsch. Seine Brötchengeber Dino und Sauro, als Zwillingsbrüder ohnehin immer einmütig, gaben schließlich nach. Später mußten sie eingestehen, daß die Abwesenheit der Medien einen »fruchtbaren« (Sauro) und »entspannten« (Dino) Aufenthalt ermöglicht hatte.

Bei der Aussicht auf drei Monate Haft, und das in der dunkelsten Zeit des Jahres, bekam das sonnenüberflutete Bora Bora etwas Halluzinatorisches. Die anderen, die tagsüber anhand von Entwürfen ihre Traumbilder weiter ausbauten, waren in einem protzigen Jetsethotel untergebracht. Er selbst baute sich aus angeschwemmtem Holz eine Strandhütte. »Was treibst du eigentlich stundenlang« (Dino) »auf dieser baufälligen Veranda?« (Sauro)

»Ansichtskarten für demnächst sammeln. Hier findest du wirklich alle Klischees auf einem Haufen. Kreideweißen Sand, der einen morgens fast schneeblind macht. Und dann das Wasser … unvorstellbar, daß es in der Mulde deiner Hände nicht genauso blau ist wie in der Lagune. Ich sag euch, Bora Bora ist die Fabrik, in der alle Sonnenuntergänge dieser Welt entworfen und getestet werden. Erst prüfen, dann ausführen. Ich seh mir das an, speicher es ab und nehm es in Kürze mit nach Choreo. Zusammen mit diesen feuerwehrschlauchdünnen Palmen dort drüben.«

»Schöne Ansichten«, sagte Sauro, »aber …«

»Sehr leer«, sagte Dino, »so ohne Frauen.«

Und dann trotteten sie, Wölkchen um die Fußknöchel,

über den pulvrigen Strand in ihr Hotel zurück – ein Füllhorn, überquellend von Rum, Hummer, Ananas, Busen, Pos und Enthaarungswachsresten. Seine Lagunennachmittage und Sonnenuntergänge *waren* von Frauen bevölkert. Wendy mit Schwester und Mutter: Sie bildeten, mit dem Rücken zu ihm aufs Meer hinausblickend, das Gitter zwischen seiner Hütte und der Aussicht. Jeden Morgen von neuem tauchten die Damen Zillgitt auf, um seine angenehme Schneeblindheit zu stören. In der Mittagshitze standen ihre Gestalten flimmernd über dem heißen Sand, eine dreiköpfige Luftspiegelung zwischen Palmen. Nachts machten sie sich manchmal durch ein ochsenfroschartiges Heulen bemerkbar, aus dem er den Namen Choreo heraushörte.

5

Wenn Sonne und Salz seinen Bart zum Jucken brachten, kamen ihm wieder Zweifel am Nutzen seiner Metamorphose. Ein paarmal hatte er den Weg zum Hotel angetreten, um sich all das Haar abschneiden und wegrasieren zu lassen. Nach zweihundert Metern Strand machte er dann doch wieder kehrt. Sollte er es hinterher bereuen, war diese natürliche Tarnung in der kurzen Zeit, die ihm noch bis Choreo blieb, nicht wieder heranzuzüchten.

Eines Tages ging er den Weg zum Polynesian Grand bis zu Ende – nicht, um dort den Friseur aufzusuchen, sondern um ein Auslandsgespräch zu führen. »Doug? Ich bin diesen Zirkus mit dem Bart leid. Wenn die in Choreo meinen Namen hören, wissen sie sofort, mit wem sie es zu tun haben … und wie die Anklage gegen mich lautet. Sag mir, was mich erwartet. Ich will es jetzt wissen.«

»Häftlinge sind im allgemeinen sehr konservative amerikanische Bürger. Schlimmer als die Leute draußen. Sie denken sofort an ihre eigenen Töchter … die sie haben oder hätten haben können oder irgendwann noch zu haben hoffen.

Wenn sie den Delinquenten dann auch noch als jemanden identifizieren, der aus begüterten Kreisen stammt ...«

»Mach's kurz, Doug. Gibt es ein Leben nach Choreo?«

»... dann wird Neid schnell mit sozialer Entrüstung verwechselt. Der nächste Schritt ist, daß die Moralapostel Kriegsrat halten ...«

»Ja, ja, und den Neuen standrechtlich verurteilen. Zu Dresche oder ...«

»Oder Schlimmerem.«

»Genau. Und jetzt die Frage: Ist es möglich, die Zeit in Choreo unter einem anderen Namen abzusitzen? Oder noch lieber: mit einer völlig anderen Identität?«

»Ich weiß nicht, ob die Gefängnisleitung mit so etwas einverstanden wäre. Zumindest müßten die richtigen Personalien bei der Verwaltung hinterlegt werden.«

»Finde das für mich heraus. Wenn es sich nicht machen läßt, kommt der Bart ab. Dann eben nackt und bloß in den Knast, als derjenige, der ich bin ... direkt in die Arme meiner neuen Richter. Bringen sie mich um, dann bringen sie mich eben um. Vielleicht nützt das Opfer einer nachfolgenden Generation.«

»Ein Märtyrer ... für was? Gegen was?«

»Selbstjustiz.«

»Ich werde mit der Direktion von Choreo über dein Inkognito sprechen. Irgendwelche Präferenzen?«

»Hauptsache, es ist nicht mein eigener Name.«

»Such dir schon mal etwas Vertrautes aus. Einen lange nicht benutzten Kosenamen. Irgend so was. Du machst zumindest einen dämlichen, wenn nicht sogar verdächtigen Eindruck, wenn sie dich ansprechen und du reagierst nicht darauf.«

In dem Moment verdunkelte sich die Telefonzelle. Er drehte sich um, und da standen Dino und Sauro vor der Scheibe, die ihm durch Mimik und Gestik etwas zu verstehen geben wollten. Er öffnete die Tür einen Spaltbreit und hörte: »… ist das Schiff mit den Platten für die Dekoration angekommen. Wir gehen ausladen. Und du?«

Er schüttelte den Kopf und schloß die Tür wieder. »Meine Eltern haben mich Raymond getauft. Französisch. Die Dämlacks in der Schule später konnten das nicht aussprechen. Zu schwierig für sie. Also wurde Remo draus. Grauenhaft. Als würden sie mit jemand anders sprechen und dabei mir in die Augen sehen. Ich konnte protestieren, soviel ich wollte, sie sagten Remo, und dabei blieb es. In der nächsten Schule gab ich dann einen Namen an, den ich mir selbst ausgesucht hatte. Einen eingängigeren. Meine Mutter konnte ich nicht mehr um ihre Zustimmung bitten. Mein Vater hatte größere Sorgen. Den Namen Remo habe ich danach nie mehr gehört. Genausowenig wie Raymond. Weder daheim noch in der Schule.«

»Von dem Moment an, in dem das Tor von Choreo hinter dir zufällt, heißt du also mit freudig hüpfendem Kinderherz wieder Remo. Bis du ein freier Mann bist.«

»Es wäre mir sehr recht, Doug, wenn du mich ab sofort so nennen würdest. Dann kann ich mich dran gewöhnen.«

»Und wie ausgesprochen?«

»Am besten englisch.« Der Anwalt und sein Mandant probierten eine Weile am richtigen Klang herum.

»Ausgezeichnet … Remo«, sagte Dunning. »Und jetzt den Rest. Wenn Aufseher was zu schreien haben, benutzen sie meist den Nachnamen.«

»Ich hatte an … Woodehouse gedacht. Mit einem stummen e in der Mitte.«

»Nicht zu gewagt?«

»Wenn ich die Leute nicht wenigstens ein bißchen provozieren darf …«

Eine junge Frau im rosa Angestelltenkleid, vielleicht erst fünfzehn, schob einen Servierwagen vorbei. Genau vor der Zelle blieb sie stehen, um die aufgegangenen Schürzenbänder wieder zu binden. Geschmeidige Finger, Kreuz durchgedrückt, Bauch vorgeschoben. Als sie zur Seite schaute, ins Gesicht des telefonierenden Mannes, wurde sie rot, sichtbar selbst durch ihren polynesischen Teint hindurch. Die Nasenflügel vibrierten angespannt, doch die Lippen stülpten sich weich und üppig vor.

»Gut. Woodehouse, Remo«, faßte der Anwalt die neue Identität seines Mandanten zusammen. »Mit einem stummen e zwischen *Wood* und *house*. Ist notiert. Verurteilt wegen?«

»Spielschulden.«

»›Zusätzliche Sicherheitsmaßnahmen erforderlich.‹ Ich schreib's auf. ›Darf hinter Gittern für Inkassogorillas nicht erreichbar sein.‹ Prima. Beruf?«

»Na, dann halt Profispieler.«

»Die werden dich herausfordern. Dort wird auf Teufel komm raus gezockt und Karten gespielt.«

»Ich riskier's. Und jetzt, Doug, geh ich und saug irgend so ein eisgekühltes Gift aus einer ausgehöhlten Ananas. Von deiner Stimme bekomm ich immer Durst … und von deinen Argumenten Selbstmordgedanken.«

6

Im Flugzeug zurück nach Los Angeles Mitte Dezember fühlte sich Remo Woodehouse mental ausreichend gestählt für Choreo. Die Fata Morgana um die drei Zillgitt-Damen hatte er in der Lagune von Bora Bora zurückgelassen. Der Minibus der DinoSaur Bros Prods machte von LAX einen Umweg durch die im Zentrum gelegene Flower Street, um ihn vor der Kanzlei Dunning & Hendrix abzusetzen.

»Nur weil Jenny dich angekündigt hat«, rief Matthew Hendrix aus, »sonst hätte ich dich nicht erkannt, mit deinem braunen Gesicht … und dem ganzen ausgebleichten Haar. Und du, Doug?«

»Nicht wiederzuerkennen«, bestätigte Dunning. »Natürlich abgesehen von der Statur.«

»Auch dafür ist mir was eingefallen«, sagte Remo.

»Ein Magier mit Spiegelboxen«, riet Hendrix.

»Wart's ab. Viel einfallsreicher.«

Nachdem Hendrix abgezogen war, berichtete Dunning, was er erreicht hatte. »Ich habe den Staatsanwalt gebeten, den Namen der Haftanstalt nicht an die Presse zu geben. Er hat so lange auf Richter Ritterbach eingeredet, bis auch der versprach, den Mund zu halten. War nicht ganz leicht, ihm wäre am liebsten, man würde dich vor versammelter Presse vierteilen ... Lynchjustiz bei Blitzlichtgewitter.«

»Deine Zeit in Choreo soll am Mittwoch, dem einundzwanzigsten, anfangen. Ich habe mich mit dem Direktor in Verbindung gesetzt. Einem gewissen Mr. O'Melveny. Ich kenne ihn gut. Egal, was für Vorkehrungen man trifft, die Presse kann jederzeit Wind davon bekommen, vom Zeitpunkt, dem Ort, der Handlung, von allem. O'Melveny hat mir geraten, dich zwei Tage früher nach Choreo zu schicken. Also am Montag, dem neunzehnten. Gemessen an der gesamten Zeit, die du da absitzen mußt, macht das keinen Unterschied.«

»Hat er den Tarnnamen akzeptiert?«

»O'Melveny bürgt persönlich für dein Inkognito. Aber natürlich nicht, wenn andere Insassen dich trotz deines Barts erkennen. Dein richtiger Name, sämtliche persönlichen Angaben ... das wird alles bei der Direktion hinterlegt.«

»Choreo, wo liegt das eigentlich?«

»Weiter östlich. Am Fuß der San Bernardino Mountains.«

»Ich hab Angst, Doug.«

»Und genau davor hatte ich Angst ... Remo.«

7

Zu Beginn meiner vierten Woche als Aufseher in Choreo entdeckte ich, daß mich inzwischen alle, Kollegen wie Insassen, den »Griechen« nannten.

Von Sonntag auf Montag hatte ich Nachtdienst. Normalerweise war der um sechs Uhr morgens zu Ende, wonach ich den Bus zu meinem Motel in San Bernardino nahm – dem Rim-of-the-World. Nachdem ich gegen halb drei meine zweite Runde entlang den Zellen im Hochsicherheitstrakt gemacht hatte, konnte ich noch nicht ahnen, daß ich einandenhalb Tage lang nicht aus meiner Uniform kommen würde. Bei meiner Rückkehr in die gläserne Aufseherloge, wo der lahmarschige Scruggs, den Kopf auf der Schreibunterlage, schlief, bekam ich einen Anruf aus dem Empfangsgebäude. Es war Don Penberthy, der früher als ich spitzhatte, daß heute nicht pünktlich Schluß sein würde. »Spiros, dieser Woodehouse, oder wie heißt der in echt, den erwartet ihr doch erst am Mittwoch in der Extra Security?«

»Offiziell ja. Aber es gibt eine, na ja, geheime Absprache zwischen seinem Anwalt und unserem Direktor, daß Woodehouse zwei Tage früher kommt. Also heute morgen.«

»Und warum? Ich weiß von nichts.«

»Berühmtheiten lassen sich nicht gern vor dem Gefängnistor fotografieren.«

»Ich hatte mich gerade hingelegt … da kommt Kim und weckt mich. Leute auf dem Gelände gegenüber vom Parkplatz. Ich höre das Klingklang von hohlen Rohren. Zeltstangen. Geh mir das ansehen. Ein großes Feuer … da wird ein Lager aufgebaut.«

»Ich hör's. Protestversammlung. Angehörige der Cousins Janda und Jallo, aus La Canada.«

»Es sind Presseleute, Spiros. Ich hab mit ihnen gesprochen. Sie wollen nichts über ihr Opfer sagen, aber ich *denke* …«

»Ich ruf jetzt O'Melveny an und weck ihn aus seinem irischen Rausch.«

In einer leeren Zelle auf der Westseite des Gefängnisses hatte ich meinen eigenen Ausguck: Durch ein kleines Loch in der matten Drahtglasscheibe des Fensters hatte ich freien Blick auf das Eingangstor mit dem Aufnahmegebäude und dem Parkplatz, alles keine zweihundert Meter entfernt. Hohe Flammen warfen ihr flackerndes Licht auf verschiedenfarbige Zeltplanen. An der Asphaltstraße, in der Nähe der Schranke, wurden Filmscheinwerfer aufgestellt. Auf dem Parkplatz stand ein hellfarbener Autobus, den ich da noch nie gesehen hatte. Frauen stiegen in einem fort ein und aus.

Eine undichte Stelle. Vor zwei Wochen, beim Häftling Maddox, hatte der Trick mit der vorzeitigen Ankunft funktioniert. Nirgends Presse zu sehen. Über den Umgang ging ich zur Aufseherloge zurück, wo Kollege Scruggs sich den Schlaf aus den Augen rieb. Ich bat ihn, mich kurz mit dem Telefon allein zu lassen, und wählte die Privatnummer des Direktors. Als seine Frau ihn endlich wachbekommen hatte, war O'Melveny so schlaf- oder sonstwie trunken, daß er nicht begriff, wen er am Apparat hatte. Woodehouse mußte informiert werden, soviel kapierte er wenigstens. Es folgte eine konfuse Lallstory von einem Abschiedsessen in Sherman Oaks, das möglicherweise noch im Gange war und bei dem auch Woodehouses Anwalt Dunning zu finden sein mußte: Der hatte O'Melveny sicherheitshalber die Telefonnummer gegeben. Ich notierte sie. »Das soll der ›Grieche‹ deichseln«, sagte der Direktor, bevor er gähnend auflegte.

8

An jenem Sonntagabend hatten Freunde ein Abschiedsessen für ihn organisiert. Zugegen waren seine Anwälte (auch der fürs Geschäftliche zuständige, Snodgrass), die Dinosaurier, ein paar Schauspieler und der eine loyal gebliebene Kollege. Nett von Jack, trotz allem dabei zu sein. Er war in dieser ganzen Angelegenheit der vielleicht am stärksten Geschädigte, auch wenn er nicht nach Choreo mußte. Nicht, daß Jack seinen Freund auch nur einen Moment vergessen ließe, *was* schiefgegangen war. Natürlich wurde viel über Fischobjektive und Verschlußzeiten gescherzt. Sogar Jacks naß nach hinten gekämmtes Haar hatte etwas Strafendes. »Herrlich geschwommen«, sagte er mit seiner satanischen Miene. »Und danach in den Whirlpool. Jungfräuliche Luftblasen, die dir an die Eier blubbern ... einfach paradiesisch.«

Bevor sie sich zu Tisch setzten, noch beim Champagner, bat Dunning die Anwesenden, den Namen Remo an ihrem Freund auszuprobieren. Jeder kam der Aufforderung so gut nach, daß Remo es schon nach der Hälfte des Abends bereute, keinen anderen Tarnnamen gewählt zu haben. »Hier, Remo«, sagte Jack und hob die Flasche aus dem Kühler, »nimm noch was von dem Blubberzeug. Es ist zwar kein Heidsieck wie damals, aber mit Mumm läßt sich die Verschlußzeit auch ganz gut in die Länge ziehen. Große Bläschen, kleine Bläschen ... letztendlich alles nur Luft. Nicht wahr, Remo?«

»Hau ab, Jack. Gönn mir doch diese letzten paar Stunden in Freiheit.«

Bei noch halbvollen Champagnergläsern lauschten sie der Rumba der Cocktailshaker in der Küche. Kurz darauf trug das Mädchen vom Catering ein Tablett mit Manhattans herein. Zum Hummer gab es Pouilly Fumé und zum Kalbsbries einen harten Barolo, der von Dino und Sauro laut gelobt wurde. In den Pausen nahmen Jack und Remo jeder einen eiskalten Wodka, »um den Teer von diesem Roten von den Zähnen zu lösen«.

Bevor das Dessert kam, erhoben sich die Zwillingsbrüder, um eine Rede zu halten. Sie lobten abwechselnd, manchmal auch im Chor, die Zusammenarbeit mit Remo bei *Cyclone*. Wenn der konsumierte Wein ihre Lobgesänge zu lyrisch machte, nahmen sie mit gequetschter Stimme Zuflucht zum Italienischen. Die Anwesenden gewannen den Eindruck, das Projekt sei so gut wie abgeschlossen. Und ausgerechnet jetzt, wo die Endphase zum Greifen nah war, mußte ihr unersetzlicher Freund ins Gefängnis. »Es war ... von diesen Frauen ... eine sorgfältig ausgehobene und dann abgedeckte Fallgrube«, sagte Sauro, »mit spitzen Pfählen am Grund.«

»Wir Profis«, sagte Dino, »sind Leute, die nach oben schauen. Der Horizont, der weite Himmel … die liefern uns das Material für unsere Arbeit. Das heißt: der Raum selbst.«

»Und alle diese Wolfsgruben«, sagte Sauro, »zwingen uns, zu Boden zu schauen. Wer kann dabei kreativ sein?«

Dino erinnerte noch an die abscheuliche Wolfsgrube, die Remo schon einmal gegraben worden war, doch weil er das Schlimmste nicht nennen wollte, verstrickte er sich, mit ohnehin schon zugeschnürter Kehle, in seinem Englisch, während Italienisch ihm auch keinen Ausweg mehr bot. Gebrochen setzte er sich, gefolgt von seinem ebenso niedergeschmetterten Bruder. Remo ging um den Tisch herum und umarmte die Dinosaurier alle beide, gleichzeitig, von hinten. »Zeit für den echten Nachtisch«, rief Remos Kollege, der sein Haus für das Essen zur Verfügung gestellt hatte. Er klatschte in die Hände. »Laßt die Miezen rein.«

Es hatte Remo bereits befremdet, daß keine Frauen eingeladen waren. Unbemerkt waren ungefähr zehn Starlets, zweifellos aus dem Katalog von DinoSaur Bros Prods, durch die Hintertür eingetroffen. Er war unter seinem lachenden Bart zu angespannt, auch zu ängstlich, um mit einem der Girls nach oben zu gehen. Weil die anderen warteten, bis sie seinem Beispiel folgen konnten, dienten die Miezen für den Rest der Nacht lediglich dekorativen Zwecken. Den Damen schien es recht zu sein, wenngleich sie es nicht verstanden. Ein Haus von so hinreißend schlechtem Ruf, und dann dies. »Man könnte meinen, ihr Süßen, ihr wärt schon mit hochgezogenen Augenbrauen geboren«, sagte Matthew Hendrix.

Der Armagnac sorgte in unbewachten Augenblicken für Sprünge in der Zeit. So war es plötzlich Mitternacht und ebenso plötzlich Viertel nach eins und halb drei. »Wenn du nachher nicht als Leiche in Choreo abgeliefert werden willst«, sagte Dunning zu Remo, »dann solltest du dich jetzt mal 'ne Stunde oder so hinlegen.«

»Vom Schlafen bekommt man einen Kater«, wußte Jack.
»Laß uns lieber trinken, bis wir nüchtern sind.«

9

Um halb vier klingelte das Telefon. Die Cateringleute verabschiedeten sich gerade, wenn auch zögernd, da sie auf ein Extratrinkgeld hofften. Das Mädchen, das die Manhattans gemixt hatte, stand dem Apparat am nächsten, und der Herr des Hauses bat sie, dranzugehen.

»Mr. Dunning? Ein Mr. Agio ... und noch was ... für Sie.«

Der Anwalt nahm ihr den Hörer aus der Hand. »Dunning ... Mr. Agorafo ... Oh, Agraphiotis. Was kann ich für Sie tun?«

Doug sah schon ganz fahl aus vom Barolo und dem Cognac und der späten Stunde, viel bleicher konnte er nicht werden. Auf dem Fest wurde es still. Selbst die Miezen spürten das Unheil und stellten ihr Geplapper ein. Das einzige, das sich noch bewegte, war der Zigarrenrauch. »Sie raten uns, doch ... ja. Gut. Danke, Mr. Agraphiotis.«

Er legte auf und sah seinen Kompagnon Hendrix an. »Ein Aufseher aus Choreo. Der gleiche Akzent wie dieser Grieche, der vor Jahren bei uns den Globus in Brand gesteckt hat. Kurz und gut« (er richtete seinen blutunterlaufenen Hundeblick auf Remo) »wir sind sauber verraten worden. Laut diesem Wärter Agraphiotis drängen sich am Eingang von Choreo schon jetzt die Presseleute. Er sagte was von, was weiß ich ... Lichtstrahlen, die durch die Nacht schießen ... Feuern, an denen sie sich den Hintern wärmen ... Nutten in Zelten. Ein komplettes Journalistenlager.«

»Wer hat gepfiffen, Doug?«

»Das hat er nicht gesagt.«

»Mir steigt Bohnerwachsgeruch in die Nase. Der Holzhammer von Richter Ritterbach. Er will mich noch tiefer in die Scheiße reiten.«

»Spekulationen bringen uns nicht weiter. Was machen wir?«

»Noch zwei Tage durchfeiern und dann am Mittwoch hinfahren.«

Der Vorschlag wurde mit beifälligem Knurren begrüßt.

»Ich dachte, du kennst dieses Medienpack inzwischen. Die werden sich da eingraben, so lange, bis sie dich im Visier haben. Nein, besser, wir bieten dem Moloch jetzt gleich die Stirn. Bereite dich darauf vor, daß dein Bart einmal um den Globus geht.«

Remo stiefelte zum Telefon und wählte die Nummer seiner Sekretärin. »Paula? Ich bin's … Nein, ich frag jetzt nicht, was du anhast. Ich will etwas früher nach San Bernardino. Abfahrt halb fünf. Geht das?«

»Viertel vor fünf. Ich stell mich gleich unter die Dusche.«

»Dougs Cadillac, kommst du damit zurecht?«

»Ist es nicht besser, wenn wir in meinem verbeulten Käfer vorfahren?«

»In seinem jetzigen Zustand braucht mein Magen eine gute Federung.«

»Wir begleiten dich alle«, rief Jack, nachdem Remo aufgelegt hatte. »In zwei Mietlimousinen. So was haben sie nicht mehr gesehen, seit Al Capone eingelocht wurde.«

Es kostete Remo und seinen Anwalt noch einige Überredungskunst, Jack und die anderen von ihrem Vorhaben abzubringen. Zu guter Letzt ließen sie davon ab, als man ihnen ein, zwei Absacker versprach, nachdem sie ihrem Freund zum Abschied nachgewinkt hätten.

10

Remo wurde von seinen Freunden im Triumph zum blauen VW-Käfer getragen, doch der erwies sich als abgeschlossen. Paula saß bereits ein Stück weiter am Steuer von Dunnings silbergrauem Cadillac, auf dessen Rückbank der Anwalt schlaftrunken hing. Es war noch Nacht.

»Warst du denn?« fragte Dunning mit tastender Zunge, nachdem Remo von vielen Armen in den Wagen geschoben worden war. Es folgte ein Brei abgedroschener Ratschläge und herzerwärmender Nichtssagendheiten. Jack warf schluchzend die Autotür zu.

»Siehst du doch ... mich umziehen. Ich werd meinen teuren Anzug doch nicht den Knastmotten zum Fraß vorwerfen.«

»Deine sogenannte Freizeitkluft«, sagte Paula, während sie den Motor startete, »ist genauso Markenkleidung. Verschwindet dann spurlos aus der Kleiderkammer.«

Um auf die rechte Fahrspur zu gelangen, mußte sie den Cadillac erst zurücksetzen, auf das Grüppchen der Winkenden zu, das johlend auf den Bürgersteig zurückstolperte. Remo beugte sich vor und öffnete dicht vor Paulas Gesicht seine schweißfeuchte Hand, in der mit Buchstaben bedruckte Stoffstückchen klebten. »Die Etikette ... rausgeschnitten.«

Die Miezen, die sich ohnehin kühl behandelt fühlten, wagten sich nicht in die morgendliche Kälte hinaus. Remos Freunde, in Hemdsärmeln, winkten mit beiden Armen – Jack ausgenommen, der sich umgedreht hatte und, die Stirn an einen Baum gelehnt, pinkelte. Paula steuerte den Wagen über die abschüssige Straße zum Ventura Boulevard.

»Paula, Doug ... seid so gut und sagt weiter Remo zu mir. Sonst gewöhne ich mich nie dran.«

»Riecht das hier nach Alkohol!« rief die Sekretärin. »Ich mach mal ein Fenster auf.«

»Es ist Winter«, protestierte Dunning im Halbschlaf, während er auf einen feuchten Zigarrenstumpen biß.

»Gut, aber dann gilt ab jetzt Rauchverbot.« Oh, sie gab sich wirklich alle Mühe, die Gute, um die Stimmung nicht zu verderben. »Ich will es nicht auf dem Gewissen haben, daß so eine schicke Karosse in die Luft fliegt.«

»Sitzen wir im Cadillac?« Remo fuhr hoch, schüttelte den Kopf, sah sich um. »Egal, sogar eine Mietkarre zu fünfzehn Dollar pro Tag hätte noch Verdacht erregt.«

»Du wolltest den Cadillac.« Paula bog nach rechts auf den Ventura Boulevard. »Ich dreh nicht mehr um.«

»Nur blasierte Leute«, murmelte Dunning, »lassen sich in einem silbernen Schlitten in den Knast bringen … oder auf den Friedhof.«

»Ich hab mal«, sagte Remo müde, »auf einer Bank gegenüber einem Haus gesessen. So einem mit Säulen. Da gingen die ganze Zeit feine Damen ein und aus. Mit Nerz … Krokotasche … parfümiertes Schoßhündchen an der Leine. Wirkte wie ein ganz exklusiver Schönheitssalon, ohne Schild. Entpuppte sich aber als geheime Abtreibungsfabrik. Wie eins von diesen Weibern fühl ich mich jetzt, Doug, in deinem protzigen Cadillac.«

Sie näherten sich der Abzweigung zum Hollywood Freeway bei Universal City. Remos Augen brannten, genau wie sein Bart. »Heute abend hat jemand erzählt«, hörte er sich im Wegsacken noch murmeln, »daß unter Bärten … Gefangene … nicht besonders beliebt …«

»Unsinn«, wisperte Dunning. »In den kalifornischen Bärten wimmelt es nur so von …« Sein Kopf landete sanft auf Remos Schulter.

»Meine Herren« (Paula drückte kurz auf die Hupe) »am Leben bleiben!«

11

Links die Lichter von Alhambra, rechts das Dunkel von Monterey Park. Sie fuhren auf dem San Bernardino Freeway – in östliche Richtung, wo von Morgenröte noch nicht mehr zu sehen war als das, was die Lichter der Stadt an den Himmel warfen. Die Lagerfeuer und Filmscheinwerfer der Presse rings um Choreo waren es wohl noch nicht: Hinter ihnen lag gerade erst die Abzweigung nach Long Beach. Remo spürte, wie der von Alkohol und Freundschaft erzeugte Rausch langsam schal wurde und einer hinterhältigen, darmzerreißenden Angst wich. *Ein* Moment blinder Libido – und hinter dem Horizont des östlichen Los Angeles erwartete ihn die sichere Hölle. Aufschub. Er äußerte den Wunsch, noch einmal gut zu frühstücken, bevor man ihm im Knast Holzspäne als Cornflakes vorsetzte. Sie entschieden sich für ein rund um die Uhr geöffnetes *diner* auf der Höhe von El Monte. Remo bestellte, ohne Appetit, ein englisches Frühstück »Spezial«, während die beiden anderen sich auf Kaffee mit einem Donut beschränkten. »Remo«, fragte Dunning, den ungewohnten Namen auf übertriebene Weise aussprechend, »wie spät ist es?«

»Ich traue dieser Frage nicht. Als ein Freund von mir vor langer Zeit jemandem dieselbe Frage stellte, entpuppte sich der als der Teufel. Mit den entsprechenden Folgen.« Er streifte den Ärmel hoch.

»Hab ich's mir nicht gedacht! Eine Rolex. Wenn sie die dir nicht gleich bei der Ankunft abnehmen, bleibt sie irgendwann stehen. Von dieser Bewegung, du weißt schon, mit der man versucht, den Schlag des Raubmörders abzuwehren …«

Remo blickte auf die beiden in Tomatensoße getunkten weißen Bohnen, die er auf seine Gabel gestochen hatte. »Auf dem Friedhof von El Monte, dort drüben, gibt es ein Grab … und in dem Sarg liegt eine Uhr, die für immer und ewig stehenbleibt.«

»Er ist noch betrunken«, sagte Paula.

»Warum« (Dunning sah ihn dösig an) »sollte man jemandem so etwas ins Grab mitgeben?«

»Er war Uhrmacher. Das Uhrwerk blieb zum Startzeitpunkt eines Kriegs stehen, der … der nie angefangen hat.«

»In Hiroshima«, sagte der Anwalt, »hab ich solche Uhren auch gesehen. Halb geschmolzen. Zeiger für immer in dem

Moment stehengeblieben, als ein Krieg zu Ende war, und der *hat* irgendwann begonnen.«

Dunning wollte noch etwas hinzufügen, doch die Sekretärin schüttelte ganz kurz mit geschlossenen Augen den Kopf.

»Dieser nie begonnene Krieg«, sagte Remo, »das war mein Hiroshima.« Er schob mit dem Daumen das Gliederarmband der Rolex über seinen Handrücken und gab Paula die Uhr zur Aufbewahrung.

»Entschuldigung«, stammelte Dunning. Sein faltiges Hundegesicht schien um Zentimeter einzufallen. Paula erbot sich, bei der Tankstelle neben dem *diner* eine billige Uhr zu besorgen, für die Zeit in Choreo. Sie sahen ihr nach, wie sie in die bleicher werdende Nacht hinaussprang und kurz den Arm zum Schutz vor den grellen Scheinwerfern eines Trucks hob, als würde sie dem Fahrer winken. Sie kam mit einer Time Zone zu sieben Dollar fünfzig zurück. »Mit Garantie«, keuchte sie.

12

Es wurde Tag. Paula schaltete das Autoradio ein. Nat King Cole. Die Streicher von »Mona Lisa«. Anderer Sender.

Una paloma blanca
I'm just a bird in the sky

Ein Ohrwurm von irgendeiner holländischen Popgruppe, der vor einigen Jahren auch hier ein Hit war. In ihrer schläfrigen Duseligkeit summten die beiden Männer die Melodie automatisch mit.

»Ausschalten?«

»Das hat der Fahrer Gary Gilmore auch gefragt.« Dunning streckte sich mit verschränkten Händen. »Sie waren auf dem Weg zum Erschießungskommando. ›Una paloma blanca.‹ Kam im Radio des Gefängnisbusses. ›Aus, Mr. Gilmore?‹ Es mußte anbleiben.«

32

»Doug, woher weißt du so was?« fragte Paula.

»Von einem Kollegen aus Utah. Norman Mailer schreibt ein Buch darüber.«

Paula wollte wissen, was mit diesem Gilmore gewesen sei.

»Er hat seine Hinrichtung verlangt. Keine Galgenfrist, keine Begnadigung, nichts. Er wollte seinen rechtmäßigen Tod.«

»Humtata, das sich anmaßt, eine Ballade zu sein«, sagte Remo, sich die Augen reibend. »Daß man von aller Musik, die es auf der Erde gibt, ausgerechnet diesen Mist mit in den Tod nehmen will ... Such mal was anderes, ja? Meine Nerven sind nicht aus derart rostfreiem Stahl wie die von Gilmore.«

Wieder zurück zu den Geigen von »Mona Lisa«. »Mona Lisa, Mona Lisa, men have named you / You're so like the lady with the mystic smile ...«

»Wenn ich mir zusammen mit meinem Henker dieses Stück anhören würde«, sagte Remo, »dann würde ich nicht mal merken, daß ich auf dem Weg zu meiner Hinrichtung bin.«

»Armer Nat King Cole«, sagte Dunning. »Da konnte er sich schon von seiner ›Mona Lisa‹ ein Haus zwischen den reichen Weißen leisten, und dann haben die versucht, ihn fortzuekeln.«

»Die schwarze Revolution ...« Remo sackte schon wieder schläfrig weg. »Zu spät für ihn.«

13

San Bernardino Freeway. Irgendwo zwischen Pomona und Ontario wollte Remo seine Tarnung testen. Drei Becher starken Kaffee nach einem Trinkgelage: Seine zitternden Finger bekamen das Brillenetui nicht auf Anhieb auf. Er warf einen schrägen Blick auf seinen Anwalt, der gerade von neuem einzudösen schien, auf einmal aber krächzend ausrief: »Angst,

Mr. Remo, würde jeder von uns haben. Du wirst sehen, es ist alles halb so wild. Choreo ist kein Zwinger für Bluthunde.«

Dunning ließ einen langen Rülpser los, und in einem breiten Duftspektrum zog das Abschiedsessen noch einmal an ihnen vorbei. »Uuhps«, machte er mit einem Hickslaut, bevor sein Kopf wieder auf die weinbespritzte Krawatte fiel. Remos Finger, nach wie vor zittrig, streichelten die geriffelte Oberfläche des Etuis, das mit Krokodillederimitat bezogen war. Endlich erwischte sein Daumennagel den Verschluß. Die Schildpattbrille lag blitzblank in einem neuen Putztüchlein des Optikers: SPILLANE'S SPECS /6521 Burnet Ave., Van Nuys 91405.

»Schildkröte, verpackt in Krokodil«, sagte Dunning, ohne die Augen zu öffnen. Er streckte sich gähnend. Seine ineinandergeschlungenen Finger knackten. »Wenn darauf nicht der Segen des Direktors ruht …«

Remo klappte die Brille auseinander und setzte sie auf. Trotz der Bemühungen des Optikers schwebte der eine Bügel noch immer über seiner Ohrmuschel.

»Ich würde dich auf der Straße nicht erkennen.« Paula sprach in den Rückspiegel. »Und zwar wegen der Kombination von Bart und Brille.«

»Wart, bis ich meine Stelzen anhab.«

»Nur gut« (Dunning zupfte an seinen Tränensäcken) »daß sie im Knast mehr von teuren Uhren verstehen als von kostspieligen Brillen.«

»Was ist denn so Besonderes dran?« Remo setzte die Brille wieder ab und hielt sie dem Anwalt hin.

»Achte mal auf das Flammenmuster … das geht richtig tief. Bei Imitationen aus gewöhnlichen Knochen ist das nur Farbstoff. Diese Fassung ist aus den Hornplatten des Rückenpanzers gemacht … diesen Verdickungen obendrauf, weißt du.«

»Der Herr ist ein Kenner«, sagte Paula.

34

»Und zwar ein scharfsinniger«, befand Remo. »Aber eine Sache ist ihm *nicht* aufgefallen.«

»Daß da bloß Fensterglas drin ist?« Dunning schnaubte. »Steht bereits in deiner Gefängnisakte, mein Freund.«

»Die Herkunft.«

»Solche Brillen verkaufen in LA nur Juweliere. O'Jaggery's am Sunset. Sapwood am South Fairfax. An die Stars. An die Bonzen. ›Schicken Sie die Rechnung einfach an Paramount, Sir.‹«

»Alles Erkenntnisse, Doug, die uns *damals* sehr genützt hätten. Hast du da geschlafen? Von dieser Brille mit ihrem offenbar einzigartigen Flammenmuster waren Fotos in allen Zeitungen. Sie waren auch auf allen Fernsehkanälen zu sehen.«

»Herkunft ... was meinst du damit?«

»Das Ding ist vor acht Jahren in meinem Haus gefunden worden. Auf wessen Nase diese Brille gehörte ... das wurde nie ermittelt.«

»Sie paßt dir aber perfekt.«

»Ich hab sie richten lassen. Dem vorigen Besitzer waren die Ohren verschieden hoch angewachsen.«

»Und seine Augen?«

»Minus sechs und minus zwei.«

»Der kommt nicht ohne aus. Er wird sich sofort eine neue angeschafft haben. Aber trotzdem, so ein kostspieliges Ding, das vermißt man doch. Testudo elephantops gigantea ... die brütet am Strand von Französisch-Guyana ihre schlaffen Softballeier aus. Sie wird allmählich selten ... auch in der Suppe.«

»Hättest du damals dem LAPD melden sollen. Dann wäre die Festnahme der Testicle elephantiasis gigantico nur eine Sache von Tagen gewesen. Höchstens mit den Handschellen hätte es vielleicht ein Problem gegeben.«

Remo blickte aus dem Fenster. Ein Schild kündigte die Ausfahrt nach Chino an: CALIFORNIA INSTITUTION

35

FOR MEN. Ihn fröstelte. Der Cadillac fuhr in sausender Eile an der Einmündung der Euclid Avenue vorbei, auf der so viele Männer in das Gefängnis von Chino gebracht worden waren. Ihm blieb noch eine kleine Galgenfrist.

»Eine Frage ...« Das war Paula. »Wenn diese Brille damals zu einer Art Fernsehbekanntheit werden ... so etwas wie landesweite Berühmtheit erlangen konnte ... wie soll sie dir jetzt, im Gefängnis, na ja ...«

»Anonymität garantieren«, ergänzte Dunning. »Frauen verstehen doch was von Logik.«

»Wenn der scharfsinnige Anwalt Douglas Dunning, von Dunning & Hendrix, die Brille nicht aus den Medien erkannt hat, tja, was habe ich dann noch von ein paar abgestumpften Knastbrüdern zu fürchten?« Remo richtete sich halb auf, langte über den leeren Sitz vor sich und klappte die Sonnenblende mit dem kleinen Spiegel herunter. Er setzte die Brille wieder auf, fest entschlossen, sie bis zu seiner Haftentlassung nur noch nachts abzunehmen. »Im übrigen, wenn ich das Schicksal nicht wenigstens ein bißchen herausfordern darf, dann lohnt sich das Leben gar nicht mehr. Irgendwo schlummert noch ein alter russischer Soldat in mir, der, falls nötig, ganz fatalistisch alle viere von sich streckt. Einfach so, im Schnee.«

Sich unbeholfen über die Rückenlehne beugend, wandte er vor dem kleinen Spiegel den Kopf hin und her. Nach dem ersten wüsten Wachstum war sein Bart ein paarmal an der North Fairfax von Chetley in Form gebracht worden. Um noch unerkennbarer zu werden, hatte er auch das schließlich gelassen. Hoch über die Wangen, bis zu den Tränensäcken, verlief nun der ausgefranste Rand, den er bei überzeugten Bartträgern immer so verabscheut hatte. Der untere Teil der Brillenfassung versank in haarigen Ausläufern. Genau wie er es sich gewünscht hatte: eine geschlossene Maske.

»Spiros, was rutschst du denn die ganze Zeit herum?« fragte mein Chef, der, die Ellbogen auf dem Lenkrad, auf sein »Unabhängigkeitsei« starrte.

»Es ist wegen dieser blöden Uniform, Mr. Carhartt«, sagte ich.

Das Blechei, ausgeführt im Muster und in den Farben der amerikanischen Fahne, stand ein Stück vor der Stoßstange in einem flachen Aschenbecher auf dem Asphalt, ganz in der Nähe der heruntergelassenen Schranke.

»Jetzt zum letztenmal, Spiros«, sagte Carhartt. »In Choreo nennen wir uns beim Vornamen. Ich heiße Ernie.« Der Mann zog den Kopf ein und versuchte, durch das feinmaschige Gitter der Windschutzscheibe zum Himmel zu schauen.

»Ähm ... Ernie, vielleicht muß das Ei noch mal aufgezogen werden.«

»Meinst du?«

»Ich hör nichts mehr.«

Carhartt öffnete die Wagentür. Ich lauschte ebenfalls. Lediglich leises Lachen und Reden verschlafener Presseleute auf der anderen Seite der Schranke. Im Lager wurde ein Holzhering in den Boden gerammt, mit einer hicksenden Antwort des Gebirges auf jeden Schlag. Das Ei schwieg.

»Verdammt.« Beim Aussteigen nahm er seinen kleinen Fotoapparat vom Armaturenbrett, man konnte ja nie wissen. Er hängte ihn sich um den Hals, zog einen Blechschlüssel hervor und steckte den unten ins Ei. Schon nach wenigen Umdrehungen gab das Ding ein dünnes, metallisches Geräusch von sich, das sich mit einiger Phantasie als das Rufen eines heiseren Kükens deuten ließ. Carhartt, der sein Ei wieder auf den Boden gesetzt hatte, suchte mit herabgezogenen Mundwinkeln den Himmel ab, vor allem über dem Bergkamm. Zwischen unseren Sitzen stand noch die Verpackung seines Spielzeugs. Ich fischte die Gebrauchsanweisung heraus und las: »*Aus Anlaß der 200. Wiederkehr der Unabhängigkeit entwarf der Eierkünstler Charles van Deusen, auch bekannt als The Egg Man, das ›Washingtoner Ei‹. Aufgezogen, produziert es den Schrei eines Adlerjungen. Wem es gelingt, zum Beispiel durch Plazieren des Eis in seinem Garten, eine ausgewachsene Adlermutter heranzulocken und davon einen fotografischen Beweis zu liefern, der erhält einen Betrag von $ 25 000 ...*«

Carhartt kletterte wieder in den Bus zurück. Das Ei wimmerte noch.

»Mit Verlaub, Mr. Carhartt, wie sind Sie zu diesem Souvenir gekommen?«

»Hat mir letztes Jahr am vierten Juli meine Frau geschenkt. Noch einmal: Ernie.«

»In manchen Kulturen oben im Himalaya ist es völlig normal, wenn eine Witwe ihren Mann an die Raubvögel verfüttert.«

»Ich probier's einfach weiter. Man würde doch sagen, wenn sie so eine Garantie geben, daß der Ruf echt ist ... Ruhig!« Er lauschte angespannt der Stimme des Adlerkükens und drehte sich dabei in alle Richtungen, um den Sturzflug der Mutter nicht zu verpassen. Die Kamera blieb scharfgestellt. »Wenn du pausenlos rumrutschst, Spiros, kann ich nichts hören. Ist dir die Uniform zu eng? Hättest halt die richtige Größe angeben müssen.«

»Weder zu eng noch zu weit. Sie sitzt einfach nicht gut. Zu steif. Die Nähte drücken sich in die Haut.«

»Weil sie neu ist«, bemerkte mein Chef. »Meine ist schon x-mal gewaschen. Ich spür nicht mal mehr, daß ich sie anhabe. Weich und geschmeidig wie ein Schlafanzug.«

»Du hast ja auch eine Frau.«

»Und du, Spiros ... geschieden?«

»Nein. Aber trotzdem zwei Kinder.«

»Witwer.«

»Auch das nicht.«

»Ich geb's auf.«

»Ein Mann kann auch Kinder haben, ohne vorher verheiratet gewesen zu sein, Ernie.«

»Du sagst es. Wie alt sind sie?«

»Vier und vier. Jungs.«

»Zwillinge.«

»Ja und nein.«

»Spiros, und das auf nüchternen Magen! Tu mir *einen* Gefallen …«

»Der eine wohnt in Amsterdam, der andere in Rotterdam.«

»Dann hat man die Zwillinge also getrennt.«

»Sie wachsen bei verschiedenen Elternpaaren auf, wenn du das meinst.«

»Genau«, sagte Carhartt grimmig, »und du hast keinen Fatz mehr über deine eigenen Kinder zu bestimmen.«

»Doch.«

Ich steckte die Gebrauchsanweisung in die Schachtel zurück. »Ernie, ich will ja nichts gegen die liebevolle Geste deiner Frau sagen, aber … den Erfinder dieses Dings, Charles van Deusen, oder wie sprecht ihr den Namen hier aus, den hab ich vor zehn Jahren in San Francisco als großen Scharlatan kennengelernt.«

»Er hat rund ums *bicentennial* Millionen von diesen Adlereiern verkauft. Ein Genie.«

»In San Francisco hat er mit allem und jedem gehandelt. Hauptsache, es war illegal. Raubpressungen, Steine von Alcatraz, holländische Schnittblumen, die das Haltbarkeitsdatum längst überschritten hatten … Genial, in der Tat.«

Carhartt sah wütend zur Seite. »Spiros, ich hab den Mann in der Talkshow von Jeffrey Jaffarian gesehen. In welchem Jahr, weiß ich nicht mehr, aber jedenfalls in der Osterzeit. Er hatte alle möglichen Eier dabei, die sich von ganz allein drehten … vollgestopft mit Elektronik. Einfach Wahnsinn. Mein Fernseher hob fast ab. Er blies Rauch über ein Ei, und es drehte sich. Ein anderes Ei, mit einer eingebauten Alarmanlage, bellte wie ein Wachhund. Ein Genie, der Mann. Er erklärt die Welt aus der Eiform heraus.«

Im vorigen Sommer hatte ich ihn zuletzt gesehen, The Egg Man, in einem Amsterdamer Straßencafé, mit einer schreienden Gans unter dem Arm – ein Ei in lebendiger Verpackung, könnte man sagen. »Jahrhundert für Jahrhundert«, rief er den Leuten zu, »huldigen die Vögel der Welt … indem sie die Form der Erde aus ihrem Hintern pressen. Außen hart … innen weich. Wammes hier legt nicht mehr, aber ich werd's euch trotzdem zeigen.«

Van Deusen bat den Kellner um ein Ei und einen flachen Teller. Beides wurde ihm gebracht. Er streichelte verzückt die Schale. »Sehen Sie nur, zwei verschiedene Kuppeln, die nahtlos ineinander übergehen. Ein Doppelmodell, aber man kann es nicht hinstellen. Nur kreiseln lassen.«

Er ließ das Ei auf dem Teller sich drehen und tanzen, verlor aber seine gute Laune, als er entdeckte, daß es hartgekocht war. »Herr Ober, bitte ein rohes Ei. Das kreiselt besser. Der Dotter hat dann die Funktion einer Gleichgewichtskugel.«

»Kein Rührei auf meiner Terrasse!«

The Egg Man sah mit seinem eleganten Filzhut, den Reitstiefeln und dem frisch gestutzten Bart gepflegt aus. Und trotzdem dachten die anderen Gäste, er zeige seine Kunststücke für Geld. Das kreiselnde Ei blieb des öfteren in den Münzen auf dem Teller stecken. Van Deusen galt als der einzige Amsterdamer Straßencafékünstler, der zu fluchen begann, wenn ihm Geld zugeworfen wurde.

15

Die San Bernardino Mountains boten den Anblick eines durcheinandergeratenen Kaleidoskops: Ihre in sämtlichen Schattierungen zwischen Hellblau und Dunkelviolett schimmernden Flächen schienen ständig langsam zu kippen und sich zu verkanten – wenngleich nicht festzustellen war, ob das an der sich fortwährend ändernden Position des Autos lag oder am Höhersteigen der noch unsichtbaren Sonne oder an beidem.

»Choreo in Sicht!« rief Paula nach Art eines Ausguckpostens. »Schuhe wechseln!«

Remo griff sich seine Wochenendtasche vom leeren Sitz vor ihm, zog den Reißverschluß auf und nahm ein Paar Schuhe heraus, fast schon Stiefel, mit extrem hohen Absätzen und Sohlen. Er hielt sie seinem Anwalt hin, der die Schäfte befühlte und in die Kappen kniff. Dunning pfiff durch die Zähne. »Auch am Ort des Verbrechens zurückgeblieben?«

»Von Elton geliehen. Er hat sie in *Tommy* als Pinball Wizard getragen.«

»Schlangenleder.«

»Zu ungenau.«

»Wasserboa.«

»Zu ungenau. Ich will den lateinischen Namen.«

»Eunectes … und noch was. Eunectes murinus.«

»Doug, wenn du die Gesetzesparagraphen genauso gut kennen würdest wie diese Markennamen aus der Natur, dann befände ich mich jetzt nicht auf dem Weg in ein kalifornisches Gefängnis.«

Der Anwalt schwieg gekränkt. Neben seinem ungelenken Körper drehte und wand Remo sich, um seine Turnschuhe gegen die Plateausohlen des Pinball Wizard zu tauschen.

16

Während eines kurzen Halts auf dem Seitenstreifen hatte Paula eine Karte auf dem Sitz neben sich ausgebreitet, und während des Fahrens warf sie nun immer mal wieder einen kurzen Blick darauf – manchmal auch einen etwas zu langen, wonach sie mit einem Ruck am Lenkrad den Wagen wieder auf Kurs brachte. Je näher sie Choreo kamen, um so hungriger fraß Remo die Aussicht auf seiner Seite des Cadillacs in sich hinein. Er war von Natur aus und auch berufshalber ein Betrachter, doch noch nie hatte er sich so mit einer vorbeischießenden Landschaft vollgesogen, an der im Grunde wenig zu sehen war (bis auf den einen Königsadler, der seinen goldenen Mantel durch den Staub eines mit spröden Gewächsen bedeckten Feldes schleppte, im Zickzack, als könne er so besser finden, was er suchte). Kilometerlange Fetzen würde er davon hinter die Gefängnismauern mitnehmen … Hunderte in der Morgensonne glitzernde Details … zusammen mit den mentalen Ansichtskarten von Bora Bora. Er brauchte die Instrumente seines Berufs nicht in seinem Rektum nach Choreo einzuschmuggeln. Sie konnten problemlos in seinen Augenhöhlen hinter Gitter geschafft werden. Auf einmal fühlte er sich erschöpft vom Alkohol und Schlafmangel. »Moderne Gefängnisse, Doug, die haben doch ganz normale Betten, oder?«

»Choreo stammt vom Ende des neunzehnten Jahrhunderts. Also mittelalterlich. Ich hoffe für dich, daß sie da diese eisernen Seziertische als Betten haben, mit Abtropflöchern.« Nur wenn Dunning tief beleidigt war, konnte er seinen in allen Fugen krachenden Bariton schleimig lieb klingen lassen. »Das ist besser für deinen Rücken als diese durchgelegenen Sprungfedermatratzen, weil … na ja, wer will schon in einer eisernen Hängematte abtropfen? Die Matratzen sind immer hauchdünn.«

17

Zum soundsovielten Mal landete Carhartts schläfrig nickender Kopf auf der Hupe, die ihn dann wieder hellwach machte. »So gewinnst du nie das Vertrauen des Adlers, Ernie.«

»Oh …!« Er drückte die Handballen auf seine Augen. »Wenn ich eine volle Woche Nachtdienst hinter mir habe, kann ich kurz vor dem Tagdienst einfach nicht einschla-

42

fen ... egal was Mrs. Carhartt sich an Handlangerdiensten für Mr. Sandman ausdenkt. Und wenn ich wieder bei der Arbeit bin, kann ich die Augen nicht offenhalten. Ein Scheißberuf!«

»Bleib noch kurz wach. Siehst du diesen hellgrauen Cadillac? Da könnte unser Neuzugang drinsitzen.«

Anstatt auf die Asphaltstraße zu schauen, starrte mein Chef auf seine Uhr: eine SplitSec zu zehn, zwölf Dollar, für die sich sogar der ärmste Choreaner noch schämen würde. »Er ist spät dran.«

»Jedenfalls erwartet ihn ein warmer Empfang.«

Bestimmt zwanzig Fotografen, an ihrer Spitze ein Mann mit geschulterter Filmkamera, rannten dem Cadillac entgegen, in ihrem Schlepptau johlende Kinder aus dem Zeltlager.

»Wenn ich mir diesen Haufen Presseleute anschaue«, sagte Carhartt, »dann muß das ja eine richtige Berühmtheit sein. Vor zwei Wochen, weißt du noch ... bei diesem kleinen Mistkerl aus Vacaville ... da war's genau umgekehrt. Eine Wahnsinns-Eskorte ... man denkt, Mensch, muß das ein schwerer Junge sein. Von wegen. Nicht mal der jüngste Reporter vom *San Bernardino Little Saint* war da.«

Als die Fotografenmeute näher kam, verringerte der Cadillac seine Geschwindigkeit, bis er schließlich Schrittempo fuhr, was den Leuten (vermutlich unbeabsichtigt) die Möglichkeit bot, das Fahrzeug zu umschwärmen und ihre Kameras durch die Autoscheiben ins Innere zu richten.

»Woodehouse.« Ernie schüttelte schlaftrunken den Kopf. »*Mir* sagt der Name nichts. Was hat er gleich noch mal ausgefressen?«

»Außer Kontrolle geratene Spielsucht. Spielschulden wie ein Todesurteil. Gefahr für sich und andere.«

»Für wie lange ist er bei uns zu Besuch? Du hast die Unterlagen.«

Ich hatte alles haargenau im Kopf, aber der Form halber

blätterte ich in den Formularen auf dem Klemmbrett. »Drei Monate Psychiatrie.«

»In der Praxis nie länger als ungefähr fünfzig Tage. Und sonst sorgen wir schon dafür, Spiros.«

18

»Jetzt geht's los«, hatte Dunning beim Anblick der rennenden Fotografen ausgerufen, »du wirst im Blitzlicht gelyncht.«

»Ich kann doch nicht …« Paula ging vom Gas. »Die Idioten laufen einem ja unter die Räder.«

Remo musterte die Umgebung auf Fluchtmöglichkeiten hin. Die schmale Asphaltstraße, auf der kaum zwei PKWs aneinander vorbeikamen, führte schnurstracks und schwarz auf eine heruntergelassene Schranke zu, hinter der zudem noch ein Bus mit vergitterten Scheiben den Durchgang versperrte. Links davon war ein weißgestrichenes kleines Holzgebäude, eine Art Pavillon, das aussah, als wäre es mitten durch eine Umzäunung aus übereinandergelagerten Stacheldrahtrollen gebaut worden. Daneben wiederum, auf der freien Seite des Zauns, standen einige größere und kleinere Zelte um eine Rauchsäule, die leicht schwankend zum bleichblauen Himmel aufstieg.

Ein paar hundert Meter hinter der Schranke, scheinbar am Fuße der kaleidoskopartigen Bergkette, ragte wuchtig und dunkelbraun das burgartige Bauwerk auf, das Choreo sein mußte. Fahnen wedelten träge an den vier Backstein- und den zwei Glastürmen. Die San Bernardino Mountains mußten noch ein ganzes Stück entfernt sein. Ein Segment des Sonnenballs glühte zwischen zwei Gipfeln.

Links und rechts der Asphaltstraße erstreckte sich, soweit das Auge in dem tief hängenden Nebel reichte, ein kahles Gelände aus grauem Schlamm mit vereinzelten Grasbüscheln. Keine Bäume, keine Sträucher, keine einzige schützende Unebenheit. Gefängnishunde hätten den ausgebrochenen Häft-

44

ling mit wenigen Sätzen eingeholt, ihr Bellen furchterregend verstärkt vom Echo aus den Bergen.

Die Fotografen konnten mit dem langsam fahrenden Auto bequem Schritt halten. Ein paar gingen rückwärts vor der Motorhaube her, fotografierend, gelegentlich über die hin und her springenden Kinder stolpernd. Es drängten sich so viele Köpfe mit Kameras um die Autoscheiben, daß sie das benötigte Licht schluckten. Vielleicht hörten sie darum, alle sichtlich irritiert, auf zu fotografieren und schwärmten über die Straße aus. Nur der Mann mit der Fernsehkamera filmte, während Paula sich schon wieder traute, das Gaspedal weiter hinunterzudrücken, immer noch Remos Hinterkopf durch die Rückscheibe, doch auch er konnte nicht lange mit dem erneut beschleunigenden Auto Schritt halten.

»Wart bloß«, sagte Dunning, »bis du ausgestiegen bist.«

»Es ist eben die Tarnung«, befand Paula. »Die funktioniert.«

19

Wir sahen zu, wie die Fotografen den Cadillac fast zum Anhalten zwangen, aber auch erstaunlich schnell wieder weiterfahren ließen. »Wenn sie wegen diesem wahnsinnig berühmten Woodehouse da sind«, sagte Carhartt, »dann kann ich mir vorstellen, daß sie hier schon heute nacht ihre Zelte aufgeschlagen haben. Aber sieh dir das an … Foto geschossen, und trotzdem wird weiter aufgebaut. An zwei, nein, drei Stellen gleichzeitig. Was wollen die Typen in den nächsten Tagen hier eigentlich noch erreichen, wenn Woodehouse erst mal in der Extra Security sitzt?«

Der Cadillac fuhr jetzt sehr schnell in unsere Richtung. Die Fotografen und der Kameramann kamen Zigaretten rauchend angeschlendert. Nur die Kinder rannten – zurück ins Lager. »Die Schlafprobleme machen dir zu schaffen, Ernie. Schau mal dort drüben …«

Auf dem Parkplatz stand ein Minibus von LA 5 mit geöffneter Heckklappe. Im Laderaum befanden sich große Spulen, von denen zwei Männer mit dem Schriftzug LA 5 auf der Jacke dicke Kabel abrollten, die quer über die Asphaltstraße in Richtung des Biwaks gelegt wurden. In der Nähe des Lagerfeuers wurde gerade eine große Kamera auf ein Stativ gesetzt. Ein weit nach oben ausgefahrener Filmscheinwerfer ging an, der ein ernüchterndes Bühnenlicht über das Zeltlager legte.

»Sieht aus wie ein totes Stinktier, da an der Angel«, sagte Carhartt.

»Der Pelz, das ist gegen den Wind, den Verkehr … lauter solche Geräusche.«

»Jetzt machen sie auch noch Musik.«

Bei zwei Frauen wurden Tontests durchgeführt. Während das Mikrophon von der einen zur anderen pendelte, mußte die Blonde sprechen und die Dunkelhaarige Geige spielen. Sie sahen in ihren gutsitzenden Kostümen nicht wie Nomadinnen aus, die am Straßenrand kampieren. »Die kommen direkt vom Friseur, Ernie.«

»Ich hab grad noch gesehen, wie sie Heringe in den Boden gerammt haben.«

»Dieses ganze Zeltlager *ist* natürlich gar nicht von der Presse. Die werden doch nicht ihre eigenen Leute filmen und interviewen. Hier ist was anderes im Gange.«

Der Cadillac hatte kurz vor den Fernsehkabeln haltgemacht, als habe der Fahrer (die Fahrerin, sah ich jetzt) Angst, etwas zu beschädigen. Einer der Mitarbeiter am LA 5-Bus ging zur Straße und machte die Handbewegung eines Verkehrspolizisten: weiterfahren. Die Kinder waren zum Lagerfeuer gerannt, wo sie im Kreis um das Filmteam herumtanzten. Die Geigerin beugte sich im Spielen über einen kleinen Jungen. Das tote Stinktier senkte sich gleichfalls. Ich öffnete die Tür unseres Busses einen Spaltbreit. Es war ein englisches Kinderlied, das dünn und traurig durch den überbelichteten Morgen trieb.

Paula steuerte den Wagen auf den Parkplatz, wo er, durch Schlaglöcher im Asphalt rumpelnd, den Weg zum einzigen freien Platz fand: zwischen einem schwarzen Gefängnisbus und einem gelben Schulbus. »Klassenausflug in den Knast«, sagte Dunning mit immer noch dicker Zunge. »Bei solchen Lehrern ist unser Nachwuchs in guten Händen.«

»Jetzt versteh ich«, sagte Paula. »Die Kinder kampieren dort drüben auf der anderen Seite. Mit ihrer Lehrerin. Lehrreich.«

Sie zog die Handbremse an und drehte den Schlüssel im Zündschloß herum. So saßen sie eine Weile und schauten auf die hohen Flanken der beiden Busse. »Seit wann«, sagte Dunning träge, »haben Schulbusse Gardinen? Sie sind sogar zu.«

»Gönn dem Kroppzeug doch *etwas* Privatsphäre«, sagte Remo.

»Bißchen spät für dich, so eine Maxime«, meinte sein Anwalt.

»Wendy zum Kroppzeug zu zählen ist eine Beleidigung für sie.«

»Paula«, sagte Dunning, »du bleibst im Auto. Ich geh mit … mit diesem Remo hier … zur Aufnahme. Formalitäten. Es kann schnell gehen. Es kann langsam gehen.«

Remo umarmte seine Sekretärin unbeholfen von der Rückbank aus. »Liebe Paula, ich vergeß dir nie, daß du mich bis ganz ans Tor gebracht hast.« Er wunderte sich amüsiert über den Schluchzer in seiner Stimme. »Sobald ich entlassen werde, bekommst du deine Überstunden als Schutzengel ausgezahlt.«

»Schick mir deinen Wunschzettel für Weihnachten.«

Schon beim Aussteigen erkannte Remo, daß diese Schuhe von Elton eine Fehlentscheidung gewesen waren. Zugegeben, sie machten ihn gut zehn Zentimeter länger, aber weil sie ihm mehrere Nummern zu groß waren, würde sich gleich alle Aufmerksamkeit auf seine wackligen Knöchel richten und jeder würde einen Zwerg von eins siebenundfünfzig sehen, der zufällig zehn Zentimeter über dem Boden schwebte. Sein Bart begann wieder heftig zu jucken. Dunning fuhr auf der anderen Seite des Schulbusses mit der Hand über einen großen schwarzen, bizarr geformten Hochglanzlackfleck, der möglicherweise eine Roststelle im stumpf gewordenen Gelb verdecken sollte. »Hat hier jemand drübergemalt, Doug?«

»Ein Schulbus muß gelb sein.«

»Und wenn er anderen Zwecken dient?«

»Dann *darf* er nicht gelb sein.«

21

»Wer von den beiden ist es wohl, Ernie?« fragte ich, als sie hinter dem Schulbus hervorkamen. Unser Mann hatte sich so gut wie unkenntlich gemacht, und nicht nur durch seine Namensänderung.

»Ich tippe auf den langen Lulatsch im Regenmantel. Seine Krawatte paßt so schön zu einer Pokertischdecke.«

In der Nacht hatte ich seine alkoholisierte Stimme am Telefon gehört, also wunderte es mich nicht, daß ich ihn jetzt schwankend vorbeigehen sah. Aber das war noch nichts im Vergleich zu dem kleinen Mann, der auf kippeligen Plateausohlen breitbeinig hinter ihm her stolperte. »Nach O'Melvenys Beschreibung ist es dieser Knirps in der pelzgefütterten Lederjacke.«

»Der ist ja noch kleiner, als er aussieht. Schau dir bloß mal diese Stöckelabsätze an. Neulich auch schon so ein Zwerg. Da denkt man allmählich an ein Ausbruchskomplott. Solche Wichtel verschwinden ja durch einen Riß in der Mauer.«

Die Fotografen, die das kleine Aufnahmegebäude jetzt fast erreicht hatten, beeilten sich noch immer nicht, die Scham und öffentliche Demütigung des berühmten Delinquenten

48

festzuhalten, wenngleich ein paar von ihnen stehenblieben, um ihn spöttisch zu mustern. »Die verschwenden keinen Zentimeter Zelluloid an ihn«, stellte Carhartt zufrieden fest. »Woodehouse ... hat mir auch nichts gesagt.«

»Kombi im Anmarsch. Ein Caprice ... nein, ein Impala. Vielleicht sitzt da ein fotogenerer Gauner drin.«

Einige der Fotografen machten sich gegenseitig auf das Auto in der Ferne aufmerksam, das in einer sonnenbeschienenen Staubglocke fuhr. Zögernd begannen sie die Asphaltstraße wieder hinunterzugehen. »Willst du damit sagen, Spiros, daß die Presse gar nicht wegen Woodehouse hier ist ...«

»Meiner Meinung nach ist die vorzeitige Ankunft von Woodehouse *nicht* durchgesickert. In zwei Tagen wartet die Presse hier auf ihn, paß nur auf. Heute ...«

»Dann hast du heute nacht also falschen Alarm geschlagen ... und damit einem Verurteilten das Abschiedsfest vermiest. Üble Sache. Du bist noch neu bei uns, aber in Choreo gehen wir sehr sorgsam mit unseren Gästen um. Ich werde das in meinem Bericht erwähnen müssen, Spiros.«

22

»In San Bernardino feiern sie Ostern zu Weihnachten«, sagte Dunning beim Passieren der schwarzweiß gestreiften Schranke. Durch die vergitterte Windschutzscheibe des Gefängnisbusses waren undeutlich die bleichen Gesichter und die Uniformkragen von zwei Wärtern zu erkennen. Ein klägliches blechernes Geräusch erregte Remos Aufmerksamkeit. Es kam aus einer Art Osterei, bemalt mit der amerikanischen Fahne, das dicht vor der Stoßstange des Busses in einem metallenen Aschenbecher stand. Das dünne Gekreisch schien in der Geigenmusik unterzugehen, die aus dem Lager erklang. Der Anwalt ging an dem kleinen Aufnahmegebäude vorbei, blieb zwischen den beiden vordersten Zelten stehen und sah sich das Treiben am Feuer an.

Zwischen der Schranke und dem Eingang zum Aufnahmegebäude stand ein Ungetüm aus Holz, das Ähnlichkeit mit dem Prellbock am Ende eines toten Gleises hatte. Es trug eine schwere Bronzeplakette mit folgendem Text in erhabenen Buchstaben:

```
CALIFORNIA
STATE PENITENTIARY
CHOREO
```

In das O von CALIFORNIA hatte jemand einen ausgekauten Kaugummi geklebt, und darin wiederum hatte jemand anders, oder dieselbe Person, eine Zigarettenkippe gedrückt. Das hatte bestimmt etwas zu bedeuten, doch Remos Aufmerksamkeit wurde von den Fotografen abgelenkt, von denen immer mehr vom Aufnahmegebäude wegliefen – auf einen Kombi zu, der zweihundert Meter entfernt mitten auf der Straße angehalten hatte. Als er sich neben Dunning an den Rand des Zeltlagers stellte, wurden sie auf einmal von Journalisten mit Notizblocks und Rundfunkreportern umdrängt, die ihre Recorder an einem Riemen über der Schulter trugen. Doug wurde ein Mikrophon unter die gerötete Nase gedrückt. »Mr. Hearn …«

»Mr. Heard«, korrigierte jemand.

»Sie sind doch Mr. Hearn, der Anwalt von …«

»Mr. Heard«, wiederholte der andere.

»Mr. Heard, können Sie uns sagen, warum Ihr Mandant …«

»Ich kenne Mr. Heard«, sagte Dunning. »Er hat in San Quentin ausgezeichnete Arbeit für die Veteranen der *death row* geleistet. Das ist mehr, als ich von mir sagen kann. Ich danke Ihnen.«

»Spart eure Bänder, Jungs«, rief ein Rundfunkmann und schaltete sein Gerät aus. »Das ist er nicht, Scheiße.«

»*Das* ist er«, schrie ein Journalist, der mit viel Spucke am Finger ein unbeschriebenes Blatt seines Notizblocks umschlug. Der ganze Haufen rannte den Fotografen hinterher zu der Stelle, wo der Chevrolet Impala, viel zu groß für so eine schmale Straße, gerade schwerfällig wendete. Der Reporter, der sich an »Mr. Hearn« gewandt hatte, hatte die Umschlagklappe seiner Recordertasche offengelassen, und daraus fiel jetzt eine fast volle Spule, die, Dutzende Meter Band abrollend, über den Asphalt auf die Schranke zusprang.

»Doug, was ist das?« Auf seinen Plateausohlen im spröden Gras wankend, sah Remo mit ausgebreiteten Armen dem davontrabenden Pressevolk nach.

»Ganz einfach: Glück. Ein willkommenes Mißverständnis.«

So furchtbar eitel war der Mensch also. In Sichtweite seiner vergitterten Erniedrigung fühlte er sich beleidigt, weil sich die Presse von ihm abwandte. Er war out. Wen kümmerte seine Einschließung? Freunde hatten ein Abschiedsessen für ihn gegeben, ja, aber waren es nicht alles Betriebsnudeln, einer wie der andere, die alles und jedes zum Anlaß nahmen, um eine Fete aufzuziehen? Freunde … Am Tisch hatten Kollegen gesessen, Schauspieler, Produzenten, ein Drehbuchautor, seine beiden Anwälte. Einer der beiden letztgenannten hatte ihn, zusammen mit seiner eigenen Sekretärin, bis ans Tor des drohenden Unbekannten begleitet. Das schien schön, aber … waren es nicht alles Leute, die beruflich mit ihm zu tun hatten und Geld aus ihm herausholten? Sie waren von Amts wegen hier. Paula und Dunning übergaben ihn Leuten, die auf wieder andere Weise ihren Unterhalt mit ihm verdienten: indem sie in seinem Futter herumrührten, seine schmutzige Unterwäsche für ihn auskochten und ihn hinter Gittern hielten. Lediglich die Presse wünschte heute nicht von ihm zu profitieren. *Das* wäre doch eine Nachricht für die Zeitung.

Es sah so aus, als würden die Presseleute wahllos die In-

sassen des vor und zurück holpernden Kombis fotografieren. Einer warf sich auf die Motorhaube und drückte sein
Objektiv an die Windschutzscheibe. Das Auto federte heftig
beim letzten Manöver, so daß der Fotograf schließlich abgeworfen wurde. Ein Rundfunkjournalist riß, das Mikrophon
parat, eine Tür auf, mußte den Griff aber wieder loslassen,
als der Impala plötzlich beschleunigte und mit schwingender
Tür Richtung Interstate schoß. »Da hat sich jemand noch viel
mehr über die Presse erschrocken als du«, sagte Dunning.

23

»Daß du all so was weißt, Spiros.«
    »Ich war nicht immer Gefängniswärter.«
    »So 'ne Kamera ein bißchen hin und her schwenken –
nicht schlecht.«
    »Dieser Typ da von LA 5 … der schraubt gerade eine zwei-
te Lampe zusammen. Das war eine Zeitlang meine Aufgabe:
der Mann für's Licht.«
    »Beim Fernsehen …«
    »Alle möglichen Filmarbeiten. Auch Theater.«
    »Wenn ich die Chance hätte, würde ich gern Kameramann
bei Pornofilmen werden. Durchs Schlüsselloch gucken und
dafür ordentlich Kohle kriegen.«
    »Tust du hier doch auch.«

24

Die Kinder hatten ihr Interesse am Filmteam schon wieder
verloren und rannten einander hinter den Zelten nach, wobei
sie über straffgespannte Schnüre stolperten, die dann einen
dumpfen Schwirrlaut von sich gaben. »Bizarr«, sagte Dunning, »so dicht an einem eisernen Vorhang zu kampieren, der
mit Starkstrom geladen ist. Besonders wenn Kinder dabei
sind.«

Da standen grellrote, orangefarbene und blaue Zwei-mann- sowie größere Bungalowzelte, wie man sie auf Campingplätzen sieht, aber auch von Wind und Wetter gegerbte khakifarbene Armeezelte. »Vielleicht Angehörige eines Gefangenen«, sagte Remo. »Protestieren gegen eine zu lange Haftstrafe ... eine unrechtmäßige Verurteilung.«

»Siehst du Schilder ... Transparente?«

»Ich seh ein Fernsehteam. Sie machen Interviews.«

»Vielleicht sind es Bewunderer von dir, die hier aus Solidarität der nächtlichen Kälte trotzen.«

Ein Assistent von LA 5 jagte den Kindern nach, um sie zu ermahnen, still zu sein. Hinter der blonden Frau unter dem sacht schwankenden Mikrophon stand die Schwarzhaarige, die Geige geduldig unters Kinn geklemmt, den Bogen bereit auf den Saiten. Sie konnte nicht älter als Mitte Dreißig sein, doch ihr Haar durchzogen bereits silberne Strähnen. Die Kinder waren eingefangen und sahen keuchend und mit roten Wangen aus einer gewissen Entfernung zu. Der Interviewer (oder Regisseur) senkte den hochgestreckten Arm zum Zeichen, daß das Interview beginnen konnte. Die Geigerin setzte zu einer langsamen Melodie an. Mit einiger Mühe erkannte Remo den Mittelteil von Mozarts drittem Violinkonzert, das ohne Begleitung ziemlich kratzig und unbeholfen über das Gelände klang. Die Berge waren zu weit entfernt, um dem Spiel die nötige Akustik zu bieten.

»Mr. Dunning mit Mandant, nehme ich an«, ertönte es plötzlich hinter ihnen. Der Anwalt drehte sich sofort um, doch Remo fing gerade den verzückten Blick der Geigerin auf. An ihr war etwas abstoßend Vertrautes, ohne daß er ihr Gesicht hätte einordnen können. Der Interviewer stellte seine erste Frage. Remo wandte sich dem Mann zu, der sie angesprochen hatte. Dieser trug die Uniform eines Wärters.

»Don Penberthy. Aufnahme.«

Dunning bekam einen Händedruck, während Remos ausgestreckte Hand ignoriert wurde. »Sie müssen sich melden«, sagte Penberthy zu Dunning. »Sie sind viel zu spät. Zwei Aufseher warten bereits seit Stunden, um Ihren Mandanten in seine Abteilung zu bringen.«

Das Geigenspiel, das das unverständliche Interview quietschend übertönte, bekam immer mehr etwas improvisiert Zigeunerhaftes. Bevor Remo Dunning und Penberthy folgte, sah er sich noch einmal um. Auch ihr Gesicht war ein wenig das einer *gitana*. Ihre Blicke begegneten sich erneut. Dadurch fing er, auf dieser geruchlosen Fläche, den Duft von Heu und Pferden auf und spürte, unter einem wolkenlosen Himmel, einen feinen Sprühregen auf seiner Stirn. Zigeunervolk? Eher etwas für Europa. Roma hätten keine Probleme damit, im Schatten einer Gefängnismauer ihr Quartier aufzuschlagen – allerdings mit Wohnwagen, nicht mit Zelten.

Über dem Eingang des Aufnahmegebäudes hing lustlos eine viel zu kleine, möglicherweise in der Wäsche geschrumpfte amerikanische Fahne, fahl und ausgefranst. Als Remo zwischen den beiden bewaffneten Wärtern in das Gebäude hineingehen wollte, wurde er seitlich von einem der gerade zurückgekehrten Presseleute fotografiert – einfach so, aus dem Handgelenk, als teste der Mann nur mal seine Kamera. Ein Stimmungsfoto, dafür war Remo gerade noch gut genug. Als er hinter seinem Anwalt über die Schwelle treten wollte, vergaß er für einen Moment seine erhöhten Schuhe, so daß nicht viel gefehlt hätte und er wäre der Länge nach hingefallen. »Keine Ursache«, sagte Dunning, der ihn auffing. »Dafür sind Anwälte da.«

25

»Sie sind drin«, sagte Carhartt und startete den Motor. »Dann wende ich mal.«

»Fahr dein Ei nicht platt«, warnte ich ihn.

Er stieg aus und hob den Aschenbecher mit dem Adlerei auf. Durch die offene Tür war der schrille Klang der Geige gut zu hören, ebenso wie die aufgeregte Stimme der interviewten Frau, doch was sie sagte, war nicht zu verstehen. Ernie legte sein Küken, das jetzt verstummt war, auf einen der leeren Sitze und steuerte den Bus rückwärts. »Ich kann's nicht fassen, daß diese Leute ihre Zelte hier einfach aufschlagen dürfen. Wenn ich O'Melveny wäre, würde ich für die Sicherheit von Choreo das ganze Lager räumen lassen. Jetzt. Sofort.«

Die Hinterräder schossen vom Asphalt herunter und rauschten durch den Schotter, der das Gefängnisgelände bedeckte. »Wir leben in einem freien Land«, sagte ich nur.

»Aber sicher!« Es klang gerührt. »Die Demokratie ist Gott sei Dank eine amerikanische Erfindung.«

»Eines Tages ertönte bei uns in Athen das *heurêka!*, und siehe da, die Plebs hatte keine Probleme mehr. Demokratie. Amerika exportiert jetzt, was bei uns erfunden wurde.«

»Dieser Papadopoulos damals, dieses Obristentheater, nennst du das demokratisch?«

»Die Demokratie wurde in Griechenland schon Jahrhunderte vor Christus durchgesetzt. Nicht mit meiner Billigung, das sag ich gleich dazu.«

»Wenn es damals bei euch schon so demokratisch zuging«, lachte Ernie, »warum haben sie dann nicht auf dich gehört?«

Ich hätte ein Scherbengericht dagegen auffahren können. Es hätten sich bestimmt sechstausend erzkonservative Nörgler finden lassen, die höchst demokratisch ihre Tonscherbe gegen den Demokratenklüngel abgegeben hätten. Eine Gruppenverbannung an den entferntesten Punkt Siziliens, das wäre schön gewesen. Bisher nie dran gedacht.

26

Es war heiß, wenngleich nirgends eine Wärmequelle zu entdecken war. Die kühle Morgensonne, gerade erst über den

Bergkamm gestiegen, war es wohl nicht. Sofort begann Remos Bart wieder zu brennen und zu stechen. Er kratzte sich an der Stelle dicht unter seinem Ohrläppchen, aber der Juckreiz saß irgendwo anders – nein, auch nicht in dem vorspringenden Büschel direkt unter dem Mund. Penberthy verschwand in einen Nebenraum.

»Woodehouse mit e in der Mitte«, sagte Dunning zu der uniformierten Frau am Tresen, fast flüsternd, denn im Aufnahmeraum arbeitete noch mehr Personal. Sie trug ein dickes, steifes Korsett, wodurch man hätte meinen können, sie hätte eine kugelsichere Weste unter ihrer Bluse. Das Alphabet vor sich hin wispernd, blätterte sie in einem Karteikasten. »Woodehouse fängt mit W an«, sagte der Anwalt mit hinterhältiger Höflichkeit.

Die Frau zog eine Karteikarte heraus. »Woodehouse, Remo Christopher. Richtiger Name der Direktion bekannt.« Sie las es so laut vor, mit ihrer schrillen Stimme, daß zwei Schreibkräfte in ihre Richtung schauten.

»Wenn Sie das jetzt von den Dächern trompeten, hat ein Deckname keinen Sinn mehr.«

»Oh, sorry«, rief sie noch lauter, »ich wußte nicht, daß Woodehouse sein richtiger Name ist. Dieser Trubel da vor der Tür macht mich total nervös.«

»Rückt hier öfter so viel Presse an?«

»Hab ich noch nie erlebt.«

»Hoher Besuch also?«

»Nicht nach *meinen* Unterlagen.«

»Und dann dieses Lager …«

»Sir, Sie fragen mich mehr, als ich befugt bin zu wissen.«

Remo ging zu dem vergitterten Fenster, das einen Blick auf die Zelte bot. Das Interview war noch immer im Gange. Die Geigerin spielte jetzt mit dem Rücken zur Kamera. Das Pressevolk stand oder hockte auf dem Seitenstreifen und sah die Straße entlang bis zum Horizont, der von der Interstate gebildet wurde. Es war wie Eintreffen am Himmelstor. Sein ganzes Berufsleben lang hatte die Presse ihm auf den Fersen gesessen. Die Medien hatten ihn gemacht und gebrochen, vor allem letzteres, und die Brüche hatten ihre Zerstörungswut nur noch angefacht. Und jetzt standen sie, Fotografen und Journalisten und Fernsehleute, an der Himmelspforte (oder am Tor zur Hölle), und schauten über ihn hinweg zu dem, der da von fern ankommen mochte. Ihn hatte es nicht gegeben.

Auf der anderen Seite des Raums war ebenfalls ein vergittertes Fenster, mit Blick auf das Gefängnisgelände. Zu beiden Seiten der Straße, die zum Hauptgebäude führte, standen Reihen von Schuppen oder Baracken, in deren Umkreis sich nichts regte. Während die Frau hinter dem Tresen die Formulare zusammensuchte, stellte sich Dunning neben Remo. »Harmlose Verrückte wie dich, die hier in erster Linie zu Untersuchungszwecken sind, bringen sie meist in so einer Bretterbude unter.«

»Die erinnern mich an die letzten Tage meiner Mutter.«

Langsam glitt das alte Backsteingebäude aus dem Schatten der Bergkette. Die Sonne setzte die anmutigen Windungen der Stacheldrahtrollen auf den Mauern ins Licht.

27

Ich fragte Carhartt, welche Wärter in seinem Kryptogrammclub waren.

»Vom HST: Burdette, Scruggs, Jorgensen, Tremellen, LaBrucherie und ich. Die beiden dicken Dumbos kriegen nie was raus. Und von außerhalb des HST: Don Penberthy und … sag mal, Spiros, wolltest du auch beitreten?«

»Nein, aber ich habe vielleicht eins für euch. *Das Ei gebiert so viele Pfauenaugen, wie das Seziermesser will.*«

Mein Chef dachte kurz nach. »Und das soll ein Kryptogramm sein?«

»Glaubst du an Kryptogramme, die einem spontan einfal-

len … die zunächst bedeutungslos erscheinen, reiner Wort-
klang, und dann doch ihr Geheimnis preisgeben?
»Ich hör's schon. Für dich haben wir keinen Platz in unserem Club.«
»Es bleibt nur noch ein blaues Minarett zum Weinen übrig.«
»Oh, sagen wir jetzt Whitman oder einen von diesen Käu-
zen auf? Hör zu, Spiros. Kryptogramme funktionieren auf
ihre eigene Art. Deinen Wahnwitz werd ich den Jungs nicht
vorlegen.«

28

Douglas Dunning sah beim Abschied sehr müde aus. Seine
schweren Gesichtsfalten schienen die unteren Lider zu blut-
gefüllten Halbmonden herunterzuziehen, und zwischen den
roten Blitzen im weißen Teil des Auges schwammen rotzar-
tige Partikel. Sein Alkoholatem roch sauer. »Halt dich tapfer,
Woodehouse. Ich besuche dich diese Woche.« Er wollte noch
etwas sagen, schüttelte aber lediglich heftig den Kopf, was
den Hautlappen unter seinem Kinn in Schwingungen versetzte. Zwei Verlierer, die in ganz verschiedene Richtungen
gingen.

An der Hintertür wurde Remo von Don Penberthy den
beiden Aufsehern aus dem Bus übergeben. »Das ist Mr. Carhartt, der Chef des Hochsicherheitstrakts, in dem Sie untergebracht werden. Und das ist Mr. Agraphiotis, der dort seit
kurzem Aufseher ist.«

Es wurden keine Hände geschüttelt. »Fesseln?« fragte der
gutaussehende Mann mit dem griechischen Namen. Er hatte
in der zurückliegenden Nacht in Sherman Oaks angerufen.

»Nur die Hände«, sagte Penberthy.

Nachdem sie ihm die Handschellen angelegt hatten, wurde das Bartjucken unerträglich. Einen Wärter vor und einen
hinter sich auf dem Weg zum Bus, versuchte er sich so unauffällig wie möglich zu kratzen, wobei ihm die Stahlglieder

ins Fleisch schnitten. Die Arme am Körper herunterhängen zu lassen war am wenigsten schmerzhaft, doch so war dem brennenden Stechen seiner Gesichtshaut nicht beizukommen. An der Schranke schauten ein paar Presseleute gelangweilt zu, wie die beiden Männer ihm in den Bus halfen. Alle hatten Kameras um den Hals, doch niemand machte sich die Mühe, diesen höchst dramatischen Moment im Leben eines Mannes festzuhalten. Die kleine Schlampe. Sie hatte ihm über ihre flaumige Schulter so einen verschleierten Blick zugeworfen, diese Wendy, nachdem sie Ellbogen und Knie federleicht auf die Matratze der Schlafcouch gestützt hatte. Verbannen, das Bild. An eine Schnecke denken, auf einer niedrigen Mauer, in seiner Jugend. Aus dem gesprungenen Häuschen sickerte Schleim. Die Bewohnerin lebte noch und glitt langsam um einen tiefen Riß im Stein herum. In der Luft der Geruch von frisch abgebrochenen Zweigen.

»Achtung Stufe.« Wegen der zehn Zentimeter dicken Sohle mußte Remo sein Bein unnatürlich hoch anheben, um den Fuß aufs Trittbrett zu hieven. In seiner Leiste schien etwas zu reißen. In dieser unbequemen Haltung drehte er sich zum Parkplatz um, wo Dunning gerade neben Paula in den Cadillac stieg. Die Sekretärin drückte ihren Daumen flach an die Scheibe, und er wußte, diese Geste war für ihn bestimmt. Er wollte die Hand heben, aber seine Gelenke waren aneinandergekettet. Die Wärter setzten ihn auf den Platz neben dem Fahrersitz, wo Carhartt hinter das Lenkrad rutschte. Auf einer leeren Bank weiter hinten im Bus lag, jetzt schweigend, das Osterei. Der Motor war die ganze Zeit gelaufen. Sie fuhren los.

»Feine Sache, Pressefreiheit«, sagte Agraphiotis. »Aber sie sollten einem anderen nicht seine Freiheit nehmen, bevor er tatsächlich in Gewahrsam genommen wird.«

»Sie sind nicht meinetwegen gekommen. Ich bin nur ein unbedeutender Spieler mit einer kurzen Strafe.«

Der Bus schien zu groß und zu schwerfällig für den

Pendeldienst zwischen Eingangs- und Gefängnistor. Das schwarzgefärbte Metallgitter vor den Scheiben war feinmaschig. Wie auf einem Zeitungsfoto wurde die Landschaft dadurch körnig. Die Schuppen, an denen der Bus vorbeifuhr, wurden zu KZ-Baracken in einem russischen Amateurfilm vom April 1945. Wenn er demnächst wieder auf freiem Fuß war, würde er genau solche Raster entwerfen lassen für die Aufnahmen zu – er wußte noch nicht, zu was.

Carhartt stoppte, um eine Doppelreihe marschierender Männer in Gefängnisoveralls über die Straße zu lassen. Ihre Fußknöchel waren lose aneinandergekettet, und jeder trug einen Spaten oder eine Spitzhacke über der Schulter. Ein Aufseher mit Karabiner, die Trillerpfeife zwischen den Lippen, hielt den Arm hoch, bis der letzte Landarbeiter vom Asphalt herunter war. »Nichts für ungut, Woodehouse« (Carhartt wedelte mit der Hand) »aber hattest du zum Frühstück vielleicht Kaffee mit einem Schuß Cognac?«

»Tut mir leid, der Geruch. Die Flasche ist mir ausgerutscht. Es war übrigens Armagnac.«

»So 'ne feine Nase hab ich nicht. Aber eine empfindliche.«

Anders als Dunning prophezeit (oder sich ausgedacht) hatte, wurde Remo nicht an einem der Schuppen abgeliefert. Sie fuhren genau auf das hohe Tor des wuchtigen Gebäudes zu. Ein plötzlicher Druck im Magen beförderte Säure in seine Kehle, und einen Moment lang hatte er Angst, sich übergeben zu müssen. Mit raschen Schluckbewegungen gelang es ihm, seine Eingeweide wieder zur Ruhe zu bringen.

29

Das Westtor war wie die übrigen Tore in eine Backsteinmauer eingelassen, auf der nach einem nicht nachvollziehbaren Muster bunte Kacheln angebracht waren. Sie glichen den Kacheln, die schon seit Jahrhunderten im Mittelmeerraum gebrannt werden, sei es in Südspanien oder auf der italienischen Insel Ischia. Die Sorgfalt, mit der sie dort plaziert worden waren, um eine ästhetische Wirkung zu erzielen (in diesem Fall die eines endlos geflickten Clownskostüms), stimmte mich süß-traurig, na ja, jedenfalls stellvertretend für den neuen Gefangenen. Woodehouse selbst schien es nicht weiter zu berühren, wie er da, auf seinen hohen Absätzen schwankend, zwischen uns vor dem Bus stand.

Links vom Tor ein Wachturm, in dem ein Fenster offenstand. Carhartt legte die Hände an den Mund und rief nach oben: »Gefangener! Neu!«

Im Fenster erschien das Gesicht des Kollegen Norfleet, der sich mit seinen fleischigen Unterarmen auf das Fensterbrett stützte und es sich bequem machte. »Schönes Wetter für die Ferienkolonie«, rief er nach unten und nahm einen Zug an seiner Zigarette.

»Komm schon, Barry«, rief Carhartt zurück. »Setz mal das Kommunikationssystem in Gang. Wir haben noch mehr zu tun.«

Norfleet griff hinter sich. »Schon unterwegs …!« An einem dünnen Hanfseil pendelnd, kam ein recht mitgenommen aussehender Henkelkorb herunter. Er senkte sich mit kleinen Rucken auf uns zu. »Geht's nicht ein bißchen schneller?«

»Dann schneidet mir das Seil in die Finger. Mal ehrlich, Ernie, was taugt ein Wärter mit verbrannten Pfoten noch?«

»Tut mir leid, wir haben nur dieses primitive System«, sagte ich zu Woodehouse. »Das hier ist San Bernardino.«

»In der Gegend, in der ich aufgewachsen bin, haben die Besucher den Schlüssel auch immer so bekommen.«

Irgendwo tief in seinem Akzent mußte diese Gegend noch wiederzufinden sein. »Das hier ist für die Papiere«, sagte ich.

»Ich versuche, Ihren Akzent einzuordnen. Meine Freunde sagen immer, ich bin ein Experte darin. Bei Ihnen …«

»Griechisch«, erklärte Carhartt, während er den Korb auf-

fing. »Der Herr hier ist ein gottverlassener und gottvergessener Grieche.«

»Stets zu Diensten, Ernie.«

»Das hab ich auch gedacht, als ich den Namen gehört
habe«, sagte Woodehouse. »Aber der Akzent klingt eher …
flämisch oder so.«

»Ich habe jahrelang in den Niederlanden gelebt.«

Das Gespräch wurde durch das Geschrei unterbrochen,
das jetzt zwischen meinen beiden Kollegen entstand. »Papiere mit Anlagen alle in den Korb«, rief Norfleet Carhartt zu,
der gerade im Begriff war, einen gelben und einen rosafar-
bigen Durchschlag vom weißen Mutterformular zu trennen.
»Du bekommst den Durchschlag gleich unterschrieben zurück.«

Carhartt wollte die Papiere komplett in den Korb werfen,
aber infolge seines Ungestüms spießten sie sich an einem losen Ende des Geflechts auf, so daß sie im Bergwind flatternd
in die Höhe gingen. »Ernie«, rief Norfleet, als er den Korb
einholte, »du bist doch ein Riesenarmleuchter. Die Formulare sind jetzt praktisch unlesbar. Das werde ich melden.«

»Tu, was du nicht lassen kannst, du miese Kameraden-
sau.«

Norfleet verschwand vom Fenster, offenbar, um die wert-
los gewordenen Papiere doch abzuzeichnen.

»Du mußt nicht denken«, sagte ich zu Woodehouse, »daß
sich in Choreo *alles* auf dem Niveau eines Staubtuchkörb-
chens abspielt.«

»Von mir werden Sie keinen Protest hören. Es gibt keinen
bequemeren Schlafplatz für eine Katze.«

Im Fenster erschien jetzt der stämmige Oberkörper einer
Aufseherin. Es war Kim LaBrucherie, unsere French Dyke.
Sie ließ das Körbchen wieder herunter. »Hier kommt der
Durchschlag«, rief sie mit ihrer Männerstimme. »Ich soll dir
von Barry ausrichten, daß er … keinerlei Verantwortung für
die Identität dieses Gefangenen übernimmt. Verstanden?«

»Verstanden«, rief Carhartt zurück. Woodehouse und ich sahen uns an. Mit einem kurzen Zwinkern beruhigte ich ihn. Seine in Mitleidenschaft gezogene Identität kam in kleinen Rucken näher.

»Hat dieses Pressepack noch Ärger gemacht?« wollte Kim wissen.

»Wir haben sie schön an der Nase rumgeführt«, rief Carhartt.

»Wie ist es auf dem Campingplatz?«

»Nur Frauen, French. Du solltest dort doch mal einen kleinen Besuch machen.«

30

Die hohen Flügel des Tors waren nach innen aufgeklappt. Ein Gitter schob sich summend und scharrend seitwärts in die Mauer. Die Stäbe waren zinnoberrot. Vielleicht war es Mennige, als Voranstrich. Auf halber Strecke blieb das Gitter stehen. Offenbar war auf elektronischem Weg genug Platz geschaffen worden, um drei Personen durchzulassen. Das sparte Strom. »Willkommen in Choreo, Mr. Woodehouse«, sagte Agraphiotis.

»In Ihrem Zimmer finden Sie Blumen und einen Obstkorb«, sagte Carhartt. »Die Direktion wünscht Ihnen einen angenehmen Aufenthalt. Sollten Sie Beschwerden haben, dann wählen Sie die 2. Die Empfangsdame wird gern alles entgegennehmen.«

Remo hatte bisher nie an Agoraphobie gelitten, doch als er jetzt den Gefängnishof vor sich sah, fast so groß wie ein europäischer Fußballplatz, schrak er zurück. So eingesunken und rissig der Asphalt auf dem Parkplatz gewesen war, so makellos und gleichmäßig ausgewalzt erstreckte er sich hier. Die Fläche wurde auf drei Seiten von einem dreistöckigen Gebäude umschlossen. Die Mauern wirkten blind trotz der nach einem strengen Muster eingesetzten Bogenfenster mit grünlichen Mattglasscheiben und grau gestrichenen Gittern.

Die vierte Seite des Innenhofs bestand aus einer hohen Mauer, oben abgeschlossen durch Stacheldrahtrollen, und darüber wiederum hing zwischen zwei Wachtürmen eine Laufbrücke für die Aufseher. Auf dem Asphalt standen in einem gekalkten Rechteck zwei Pfosten mit einem Basketballbrett. Daneben zog sich eine Tribüne an der Mauer hinauf, die einigen Hundert Zuschauern Platz bot. In einer Ecke gab es etliche Liegebänke für Gewichtheber und ein Gestell mit Gewichten. Ansonsten war der umschlossene Raum leer. Kein Pflänzchen, nicht einmal in Form eines Unkrautbüschels hier oder da. Die Wachtürme vermittelten hinter ihren sonnenbeschienenen Glaswänden eine Ahnung von Leben, doch sonst war auf dem gesamten Innenhof kein Mensch zu sehen.

»Hallo, hier lang, Woodehouse.«

Hatte er beim Anblick der kahlen Fläche unwillkürlich einen Schritt zurück getan? Oder war er, während seine Begleiter einfach weitergingen, vor Schreck stehengeblieben? Mit einer raschen Bewegung drehten sich beide gleichzeitig zu ihm um und packten ihn am Arm. »Sorry, die Herren.« Er trat einen Schritt vor und stand wieder zwischen ihnen. »Mir ist es einen Moment lang ganz anders geworden.«

»Ja, sieht aus wie eine Grabplatte«, fand auch Carhartt.

»In einer Dreiviertelstunde fängt der Hofgang an«, sagte der andere. »Dann ist es hier deutlich lebendiger.«

»Ja, es gibt nie mehr als *einen* Toten pro Tag.«

»Na komm, Ernie«, sagte Agraphiotis, »mehr als eine blutende Nase hab ich hier noch nicht erlebt.«

»Obwohl du hier doch schon an die drei Wochen Dienst tust.«

»In der Zeit hätten wir doch mindestens ein Dutzend Leichen haben müssen.«

»Wart's nur ab, Spiros. Mein eingewachsener Zehennagel wittert Unrat. Der hat sich noch nie geirrt.«

»Vielleicht tritt dir heute oder morgen jemand auf den Fuß. Dann bekommt dein Nagel tatsächlich recht.«

Sie schickten sich an, die Asphaltfläche zu überqueren. Auf halber Strecke, in Höhe der Tribüne, ließen die Wärter Remos Arme los. Der Hof lag noch fast ganz im Schatten, doch der Aufseher, der jetzt mit einem Karabiner unter dem Arm auf die Brücke trat, bekam die Sonne voll ins Gesicht. Für einen Moment, als der Mann ihnen den Kopf zuwandte, gab es kurze Lichtexplosionen in den verspiegelten Gläsern seiner Sonnenbrille. Das setzte bei Remo ein paar Mouches volantes frei, die seinen Kater wiederaufleben ließen. »Meine Herren, ich habe letzte Nacht kein Auge zugetan.«

»Das hatten wir schon gerochen«, sagte Carhartt.

»Glauben Sie, es gibt heute eine Chance, etwas Schlaf nachzuholen?«

»Oh, in Choreo bekommst du so viel Gelegenheit zum Schlafen«, sagte Agraphiotis, »daß du anfängst, den Schlafmangel und die Schlaflosigkeit der freien Welt zu idealisieren.«

31

Auf der gegenüberliegenden Seite des Hofs öffnete Agraphiotis mit verschiedenen Schlüsseln eine Tür. »Nach Ihnen«, sagte er zu Remo. Sie kamen in einen Raum, in dem weitere Sportgeräte lagerten. Ein Pferd. Boxbälle auf einem federnden Ständer. Ein kompletter Mast mit Basketboard, auf dem Boden liegend. Ein durchsichtiger Jutesack mit Lederbällen. Eine Trage. »Hier lang.« Sie standen vor einem mennigroten Gitter. Carhartt murmelte mit abgewandtem Oberkörper einen Code in sein Walkie-talkie. Kurz darauf öffnete sich das Gitter. Auf dem breiten Korridor standen Grüppchen von Gefangenen, die miteinander redeten, möglicherweise in Erwartung des Hofgangs. Remo hatte angenommen, daß sie wie im Film hellblaue oder orangerote Overalls trügen, die moderne Version der früheren gestreiften Knastkleidung. In Choreo trug man nachtblaue Overalls. Dunkelblau mit einem Stich ins Veilchenblaue. Als er zwischen ihnen durchgeführt wurde, hörten viele Gefangene auf zu reden. Pfiffe ertönten. »Menschenskinder, seht euch das an«, sagte einer. »Die Puppe geht zum erstenmal auf hohen Hacken zum Schulball.«

»Nicht reagieren«, sagte Agraphiotis. »Einfach weitergehen.«

»Schon wieder so ein *little motherfucker*«, sagte ein anderer. »Von denen hat der ›Grieche‹ irgendwo ein Nest gefunden.«

Von dem Moment an ging das *little motherfucker* von Mund zu Mund. Als Folge davon wurde Remo sich seiner Plateausohlen störend bewußt. Er versuchte, möglichst natürlich darauf zu gehen, und gerade das ergab ein elendes Gewakkel. Verfluchter Pinball Wizard. Schlangenleder für Hunderte von Pfund, und jetzt machte er sich hier zum Gespött der Leute, die ihm nachpfiffen wie der erstbesten Schnepfe, die an einem Gerüst voller Bauarbeiter vorbeigeht. Sein Bart begann wieder zu kribbeln.

»Wie du weißt, Woodehouse«, sagte Agraphiotis, während sie darauf warteten, daß sich das nächste Gitter vor ihnen öffnete, »hört man in Europa öfter den Vorwurf, die Amerikaner hätten keine Kultur.«

»Seien zumindest abgeschnitten«, sagte Remo und schämte sich sofort für seine Pedanterie, »von den Kulturen, aus denen sie stammen.«

»Genau. Aber ich muß ihnen zugestehen, daß einer der schönsten Mythen aus der griechischen Antike den ganzen Tag über, in allen Staaten Amerikas, auf die kürzeste und kraftvollste Weise in ihrem beliebtesten Schimpfwort zusammengefaßt wird.«

»Was quatschst du da wieder rum«, sagte Carhartt, »du alter griechischer *motherfucker*. Red wie ein normaler Mensch, Mann.«

Das Gitter öffnete sich. Der nächste Korridor.

»Ich sehe, daß alle Gitter hier nur grundiert sind«, sagte Remo, um irgend etwas zu sagen. »Bestimmt gibt's demnächst eine große Anstreichaktion.«

»So eine Frage«, sagte Carhartt, »deutet auf eine gewisse Neigung zum Ausbrechen hin. Letztes Jahr hat schon mal ein Gefangener mit einem Anstreicher den Overall getauscht.«

»Ich hab nur gefragt, weil ich gegen den Geruch von Farben allergisch bin.«

»Zinnober«, sagte Agraphiotis, »ist die Standardfarbe für sämtliches Metall in Choreo.«

»Mehr als eine dünne Grundierung«, sagte Carhartt, »ist für euch Mistkerle nicht drin. Das ist ein Teil der Strafe.«

»Wenn du demnächst die Gelegenheit bekommst«, sagte Agraphiotis, »die Seelen der Choreaner gegen das Licht zu halten, wirst du dieselbe Farbe … oder, wenn du willst, Antifarbe … sehen. Mennige.«

»Seelen unter einer Schicht rostabweisender Deckfarbe«, rief Carhartt aus. »Man muß schon ein gottvergessener griechischer Knoblauchfresser sein, um auf so was zu kommen.«

»Ich hatte ehrlich gesagt erwartet«, sagte Remo, »daß die Overalls hier orangerot sind.«

»Was ist gegen das Dunkelblau der Arbeiterklasse einzuwenden?« fragte Carhartt.

»Sie haben gerade von einer Neigung zum Ausbrechen gesprochen. So ein nachtblauer Overall leistet bei einem nächtlichen Ausbruch bestimmt hervorragende Dienste, denke ich mir.«

»Die Hunde werden auf den *Stoff* abgerichtet. Nicht auf die Farbe.«

»Diese blauen Overalls«, sagte Agraphiotis, »leuchten in der Dunkelheit. Du bist da draußen sichtbar wie ein Schülerlotse.«

»Verrat ihm das doch nicht, Spiros. Ich hätte unseren Ho-

senmatz gern mal draußen aufleuchten sehen, mit einem unserer Schäferhunde als Krawatte.«

32

»Wir bringen dich erst zum Direktor«, sagte Carhartt. »Ich
weiß nicht, warum, aber Mr. O'Melveny wollte dich kurz sehen, bevor du eingeschlossen wirst. Sehr ungewöhnlich.«

»Danach«, sagte Agraphiotis, »gehen wir in die Kleiderkammer.«

»Vergiß die Fotos nicht«, sagte sein Chef. »Und die Pfoten-
abdrücke. Und eine Pfütze Blut.«

»Die Blutgruppe steht schon in der Akte.«

»Mir egal. Blut abnehmen. Vorschriften sind Vorschriften.«

Sie blieben vor einer Tür stehen, wie Remo sie während
des gesamten Weges durch die Korridore noch nicht gesehen
hatte: aus auffälligem Furnier. Ein glänzend poliertes Mes-
singschild meldete:

> **Dr. T. J. O'Melveny**
> DIREKTOR

Carhartt näherte seine Faust der Tür. Etwas Ängstliches und
Verkrampftes war in seiner Haltung, er klopfte nicht sofort. Es war, als horche er, was drinnen vor sich ging. Endlich schlug er mit den Fingerknöcheln direkt unterhalb des
Schilds an die Tür. Dann wartete er gespannt, mit feinem
Schweiß zwischen den Stirnfalten, bis eine Stimme »Herein!«
rief. Er öffnete die Tür. »Häftling Woodehouse für Sie.«

»Ich lege Wert darauf, Carhartt«, schnauzte die Stimme,
»daß du Mr. Woodehouse erst nach seinem offiziellen Einschluß so nennst.«

»Wie Sie wünschen, Mr. O'Melveny.«

»Laß Mr. Woodehouse hereinkommen. Und du bleib draußen.«

»Wie Sie wünschen, Mr. O'Melveny.« Rückwärts, mit gesenktem Kopf, verließ Carhartt den Raum. Er zischte Remo zu: »In zwei Meter Entfernung vom Schreibtisch stehenbleiben.«

Remo trat ein. Als er die Tür hinter sich schließen wollte, merkte er, daß Carhartt sie bereits von außen zuzog.

»Treten Sie näher, Mr. Woodehouse.« Der Direktor nahm die Füße vom Schreibtisch und drehte seinen Stuhl gerade. Hinter ihm war eine glänzende Seidenfahne mit Hilfe von goldenen Gardinenschnüren um ein Farbfoto von Präsident Carter drapiert. Das Bild hing möglicherweise erst seit kurzem da, denn direkt darunter lehnte ein gerahmtes Schwarzweißfoto von Präsident Ford an der Wand. Im Glas war ein Spinnennetz feiner Sprünge. Der Mann erhob sich und griff über den breiten Schreibtisch hinweg nach Remos Hand. »Ich habe Sie immer schon mal kennenlernen wollen, Mr. ... äh ... Woodehouse, werde ich Sie lieber weiterhin nennen in einem Gebäude, in dem die Wände Ohren haben. Nehmen Sie Platz.« Er deutete auf einen Sessel. »Was gut genug für den Grafen Chesterfield war, ist nicht zu gut für meine Gäste.«

Remo setzte sich und schlug, ohne nachzudenken, ein Bein über das andere.

»You're dressed pretty wild«, sagte O'Melveny mit einem Nicken in Richtung von Remos Schuhwerk.

»Mr. President«, sagte Remo, froh, daß er Nixons Äußerung gegenüber Elvis erkannt hatte, »you got your job, I got mine.«

Der Direktor lachte.

»Nixon ist der einzige Präsident aus den siebziger Jahren, den ich in diesem Zimmer vermisse.«

»Ja, ich muß den alten Gerald mal wegtun. Ich kann seinen barschen Unterkiefer nicht mehr sehen.«

»Er wirkt irgendwie lädiert.«

»Ob Sie's glauben oder nicht, Mr. Woodehouse, es war kein Luftzug oder so. Auch kein leichtes Erdbeben. Als ich hier am 5. September 1975 Berichte durcharbeitete, fiel hinter mir auf einmal Gerald Ford von der Wand, mitsamt dem Haken.«

Er sah Remo erwartungsvoll an. Der erhob sich aus seinem Sessel und warf einen raschen Blick auf den demolierten Rahmen. Das Zentrum des Glasspinnennetzes saß irgendwo in der Nähe von Fords rechtem Ohr. »Würde es Ihnen etwas ausmachen, Mr. O'Melveny, meinem Gedächtnis auf die Sprünge zu helfen?«

»An dem Tag wurde ein Anschlag auf den Präsidenten verübt. Ich hörte es einige Stunden später von meinem Mitarbeiter. In Sacramento … Capitol Park. Erinnern Sie sich? Der Colt .45 *automatic* ging nicht los, aber trotzdem fiel das Bild herunter. Das Mädchen hat gesagt, er sei nicht geladen gewesen. So ein junges Ding noch.«

»Es war das Datum. Das hat mir nichts mehr gesagt.«

»Dumm von mir, es zu erwähnen. Ich habe mir nicht klargemacht, daß es alte Wunden bei Ihnen aufreißen könnte.«

»Ach …«

»Mir ist sehr wohl bewußt, was Sie durchmachen mußten. Es fällt mir schwer, Sie hier in meinem Verantwortungsbereich festhalten zu müssen.«

»Sie tun nur Ihre Pflicht, nichts weiter.«

»Die berufliche Pflicht kann manchmal mit der persönlichen Moral in Konflikt kommen.«

»Sie haben mich nicht verurteilt. Sie verurteilen mich auch nicht, indem Sie mich hier hinter Schloß und Riegel halten.«

»Ganz ehrlich, Mr. Woodehouse, wenn ich nicht über Ihre Identität Bescheid gewußt hätte, dann hätte ich Sie hier auf unseren Korridoren nicht erkannt, mit diesem Bart und der Brille.«

»Das genau wollte ich auch bezwecken.«

»Sie helfen uns damit. Übrigens, wenn ich diese hohen

Absätze und Sohlen abziehe, sind Sie viel kleiner, als ich mir vorgestellt hatte.«

»Das höre ich öfter.«

»Zeitungsfotos, Fernsehauftritte … die geben ein verzerrtes Bild.«

»Wenn sich das doch nur auf meine Statur beschränken würde! Aber sie geben offenbar auch ein verzerrtes Bild von meinen Taten.«

»Das habe nicht ich zu beurteilen. Würden Sie mir einen Gefallen tun? Ich habe bei meiner Tochter etwas gutzumachen.« O'Melveny nahm einen Stift aus einem Halter und schob Remo einen Schreibblock hin.

»Ich habe wochenlang die Unterschrift von Woodehouse geübt. Sie ist jetzt perfekt.«

»Doch lieber die andere.«

»Wie alt ist Ihre Tochter?«

»Fünfzehn.«

»Und sind Sie sicher, daß sie die Unterschrift von jemandem will, der … wie ich …«

»Sie versteht die Person und den Künstler sehr gut auseinanderzuhalten.«

Als Remo seinen richtigen Namen schrieb, wurde ihm bewußt, daß der falsche ihm in letzter Zeit immer besser von der Hand gegangen war.

33

Während der Neue beim Direktor seinen Antrittsbesuch machte, bekam ich eine Kostprobe von Carhartts Lakaienlogik. »Wart draußen«, hatte der Direktor ihm aufgetragen. Schwitzend fragte mein Vorgesetzter sich nun, ob er sich ohne Erlaubnis seinen Pflichten in der Abteilung zuwenden konnte.

»Dir blüht eher was, Ernie, wenn O'Melveny von einem Pflichtversäumnis erfährt.«

»Meinst du?«

»Geh bloß, bevor da jemand Randale macht. Ich nehm Woodehouse dann schon in Empfang.«

Als der Direktor, ungewöhnlich herzlich, seinen Gast verabschiedete, stand nur noch ich auf dem Gang. Das fiel ihm nicht einmal auf. »Es versteht sich von selbst, Mr. Woodehouse«, sagte O'Melveny, während er dem Neuen die Hand reichte, »daß ich Ihnen einen den Umständen entsprechend angemessenen Aufenthalt in unserem geliebten Choreo wünsche. Und ... äh ... schon mal vielen Dank im Namen meiner Tochter.«

Die zuletzt geäußerte Bemerkung fand ich gut. Mein Tag war gerettet. Ich führte Woodehouse durch noch mehr Korridore und an noch mehr Schiebegittern vorbei zur Kleiderkammer. »Es ist etwas ganz Besonderes, daß der Direktor einen Neuzugang bei sich empfängt. Wie es aussieht, ist er Ihnen günstig gesinnt. Das ist bei Mr. O'Melveny nie ohne Grund der Fall.«

»Was wollen Sie hören, Mr. Agraphiotis? Daß ich mal mit ihm am Spieltisch gesessen habe und ihn habe gewinnen lassen?«

»Ach ja, Spielschulden, nicht wahr?«

»Ich bin nicht hier wegen einer offenen Rechnung bei LaBianca's Groceries.«

34

Der Chef der Kleiderkammer trug den gleichen nachtblauen Overall wie alle Gefangenen, denen Remo bisher begegnet war, aber als der Mann sich umdrehte, um einen braunen Umschlag aus einer Schublade zu nehmen, sah Remo in weißen Großbuchstaben PRIVILEGED auf seinem Rücken stehen. »Das ist unser KK-Chef, Bruce Ragland«, sagte Agraphiotis. »Er wird dir jetzt einen piekfeinen Choreo-Anzug verpassen. Bruce, das ist der neue Mieter, Mr. Woodehouse.«

Ohne aufzublicken, notierte Ragland den Namen auf dem Umschlag.

»Mit e in der Mitte«, bemerkte Remo.

»Sag das doch gleich.« Ragland fügte ein e ein. »Nummer?«

Agraphiotis las es von seinen Papieren ab: A99366Y.

»Taschen leer.« Remo legte alle seine kleinen Besitztümer auf den Tresen. Portemonnaie, zwei Ringe (die er genausogut zu Hause hätte lassen können), Füller und ein paar weitere Gegenstände. Ragland taxierte alles mit mißtrauischem Blick, wie ein Leihhausbesitzer.

»Bruce, ich hol mal eben Kaffee. Du auch einen?«

»Ich trink erst in zwei Jahren wieder Kaffee, wenn ich hier raus bin.«

Dann hielt der KK-Chef die Hand auf und sagte: »Armbanduhr.« Remo zeigte ihm den Supermarktkassenzettel.

»Sieben Dollar fünfzig. Hoffentlich hält das Ding bis zum Ende deiner Strafe.« Plötzlich sah er Remo scharf an. Er versuchte, ihm die Brille von der Nase zu ziehen, doch dieser verhinderte das, indem er einen Schritt zurücktrat.

»Ohne Brille seh ich absolut nichts.«

»Du kannst dir eine billige bestellen.«

»Die hier war nicht teuer.«

»Schildpatt. Nur Elfenbein ist teurer.«

»Kein echtes.«

»Kassenzettel.«

»Hab ich nicht. Hör zu, bis eine neue Brille kommt, das kann Wochen dauern. Dann renn ich hier die ganze Zeit gegen Gitter und Wände.«

»Tust du sowieso.«

»Das ist Imitat, glaub's mir.«

»So wie die Schuhe, was? Wer sich Stelzen aus Schlangenleder leisten kann, der kauft sich auch noch eine Brille aus Schildpatt dazu. Alles aus demselben stinkreichen Zoo.«

»Bitte, ich bin halbblind. Setz mich nicht ohne Brille hier im Dschungel aus. Die bringen mich um, und ich seh's nicht mal.«

»Hier unter dem Tresen hab ich den Daumen auf einem Knopf liegen. Wenn ich drücke, kommt ein Wärter und reißt dir die Brille von der Nase. Ich geb dir jetzt die letzte Chance, mir zu beweisen, daß die Fassung echtes Schildpatt ist.«

»Ich hab doch grade gesagt, es ist ein Imitat.«

»Zehn Dollar. Wer sich so ein protziges Ding leisten kann, dem kommt es auf ein paar Cent mehr oder weniger nicht an.«

Remo nahm sein Portemonnaie vom Tresen und fischte zehn Dollar heraus. Ragland zog sie von dem Betrag ab, den er bereits auf dem Umschlag notiert hatte. »Da, unterschreiben.« Und gleich darauf: »Ausziehen.«

»Hier?« Remo sah sich in der Halle um, die eigentlich keine Halle war, sondern eine T-Kreuzung aus Korridoren, die durch orangerote Schiebegitter abgeschlossen waren.

»Der Herr sucht wohl die Ankleidekabinen?«

Als erstes zog er die hohen Schuhe aus und stellte sie auf den Tresen. Der KK-Chef pfiff durch die Zähne, griff nach dem Schuhwerk, betastete und knetete das Leder. »Blödsinnige Schwuchtelstelzen, aber immerhin aus Boahaut. Die Schäfte auch … ein Kapital.«

»Ich bekomme sie doch wohl wieder?«

»Nicht, wenn sie gestohlen sind.«

Remo zog seine gefütterte Lederjacke aus und danach die Jeans. Agraphiotis kam, in seinen Becher blasend, vom Kaffeeautomaten zurück. »Ihr schickt in letzter Zeit ja nur noch solche Knirpse«, knurrte Ragland. »Strampelanzüge hab ich nicht mehr in der kleinsten Größe.« Er warf einen dunkelblauen Overall auf den Tresen und sagte zu Remo: »Hier, 'nen kleineren hab ich nicht. Krempel halt die Ärmel und Beine hoch.«

Als er in den Overall schlüpfen wollte, schnauzte der KK-

Chef: »Unterzeug, T-Shirt … alles aus. Hier ist nur Marken-kleidung von Choreo erlaubt.«

»Socken?«

»Weg damit. Stinken nach Freiheit. Andere schnüffeln an 'nem Rotzlappen mit Tri, ich an den Socken von Neuzugängen. Es ist der gleiche Rausch.«

Der splitternackte Remo bekam einen kleinen Stapel T-Shirts, Unterhosen und Socken gereicht. Zugluft aus drei Korridoren gleichzeitig trieb ihren Spott mit seiner Blöße. Der Bart machte seine Nacktheit nur noch schlimmer. Schnell zog er sich an. »Die Schlappen sind mir zu groß.«

»Ich hab noch eine kleinere Größe … aber nur für den rechten Fuß. Wenn die Choreaner anfangen, um dein linkes Bein zu pokern, dann schick jemand, der dir diesen Schlappen holt.«

»Ein zweites Paar Socken«, sagte Agraphiotis, »das polstert aus.«

Nach viel Hin und Her durfte er seine Turnschuhe behalten. Er bekam auch noch eine dunkelblaue Joppe mit, für draußen. Auch zu groß. »Tut mir leid, Spiros«, sagte Ragland. »Die einzige Kindergröße hab ich letzte Woche diesem anderen Dreikäsehoch gegeben … wie heißt der gleich noch mal?«

»Maddox? Ja, Maddox.«

»Meine Kleiderkammer ist nicht für zwölfjährige Ganoven ausgerüstet.«

Ohne Remo eines weiteren Blickes zu würdigen, legte Ragland ein Handtuch, ein Stückchen Seife (Hotelgröße), eine verpackte Zahnbürste, eine Tube Zahnpasta und eine Rolle Toilettenpapier auf den Kleiderstapel. Ein zusammen-gefaltetes Stück Pappe wurde ihm unter den Arm geschoben. »Die Choreaner Hausordnung. In drei Sprachen. Deine ist nicht dabei, wie ich höre.«

»Meine auch nicht, Bruce«, sagte der Wärter. »Und trotz-dem merke ich genau, wenn du deine Kompetenzen über-

schreitest. Allein schon in den letzten zehn Minuten bestimmt zweimal.«

»Mach, was du willst. *Ich* muß ja keine Berichte schreiben.«

35

Remo wurde in einen Aufenthaltsraum gebracht, wo er auf
den Fotografen warten mußte. Dort saß ein Grüppchen Gefangener beim Kartenspiel. Der Fernseher lief, aber ohne
Ton. Auf dem Bildschirm erschien das Logo eines lokalen
Senders: SB 2. NACHRICHTEN. Die Trümmer einer Mas-
senkarambolage auf dem San Diego Freeway, vom Hub-
schrauber aus gefilmt. Das Gesicht des Polizeipräsidenten
mit dem lautlos sich bewegenden Mund, dazwischen Bilder
eines Körpers auf einer Trage und Porträtfotos junger Frau-
en. Die Serienmorde. Und dann auf einmal, in Großeinstel-
lung, das Schild, das er vom Eingang kannte: CALIFORNIA
STATE PENITENTIARY CHOREO, gefolgt von einer Ge-
samtaufnahme des Zeltlagers. Redend im Bild die Frau, die
er am Morgen vor der Kamera gesehen hatte. Und ja, da erschien im Hintergrund auch die Schwarzhaarige mit der Geige, den Blick ängstlich auf die Saiten gerichtet. Der Bogen
senkte sich langsam herab.

Aufseher Agraphiotis saß auf einem Stuhl an der Tür.
Remo traute sich nicht, ihn zu fragen, ob man den Ton einschalten könnte. Während er auf das Gesicht der lebhaft
sprechenden Interviewten blickte, machte er sich klar, wie
sein Einschluß hier verlaufen wäre, wenn die Presse ihn am
Morgen erkannt hätte. Mit oder ohne Bart, mit oder ohne
Kommentar, unter den Bildern von seiner Ankunft hätte sein richtiger Name gestanden. Choreo hatte noch eine
ganze Reihe anderer Aufenthaltsräume, in denen zweifellos,
im Gegensatz zu hier, ferngesehen wurde. Noch am selben
Tag hätte Remo eine verbale Lynchaktion erwartet, die sich

im Laufe der Woche möglicherweise körperlich wiederholt
hätte. Er fühlte sich auf einmal wohltuend geschützt durch
Bart und Brille und dankte insgeheim Doug Dunnings vor-
ausschauendem Blick.

36

PRIVILEGED. Der privilegierte Gefangene, hinter dem wir
jetzt her gingen, war für das Fotografieren zuständig. Das
Atelier, in einer nicht benutzten Zelle, sah eigentlich genauso aus wie der leere Abstellraum hinter dem Tabakladen, in
dem man früher Paßfotos machen lassen konnte. Ein weißer Schirm, ein schwarzes Tuch, zwei ausziehbare Lampen
mit Abschirmklappen, eine Kamera auf einem Stativ. Und
der unvermeidliche Hocker für den Neuzugang, der fotografiert werden sollte. Die Anordnung erinnerte mich an meine
Schmuddeljahre als Fotograf von Dingen, die das Tageslicht
nicht vertrugen. Ein heiß gewordener Spot, der herabgesun-
kenen Staub verbrannte … der scharfe Geruch war mir unendlich vertraut.

Der Gefängnisfotograf ließ Remo auf dem Hocker Platz
nehmen und hängte ihm ein Schild mit allen Angaben um
den Hals. Die Schnur verfing sich kurz in seinem Bart.

```
┌─────────────────────────┐
│                         │
│      CALIF PRISON       │
│       A 99 366 Y        │
│      R WOODEHOUSE       │
│       12 19 77          │
│                         │
└─────────────────────────┘
```

Über der zweiten Filmlampe spannte der Privilegierte einen
silbernen Reflexschirm auf. Davon hatte ich einst ein ganzes
Bündel besessen. Nachdem sie ihre anrüchigen Dienste geleistet hatten, waren sie von mir ins Wasser des Rotterdamer
Hafens geworfen worden. Sie segelten in westlicher Richtung

auf die untergehende Sonne zu, Silber, das zu Kupfer wurde – ein Gewirr von Lichtschirmen, zusammen eine Art chinesischer Dschunke.

»Äh … Woodehouse«, sagte der Fotograf, »kannst du die Brille mal eben abnehmen?«

»Das würde ich schon tun, aber das gibt dann ein falsches Bild. Ich trage sie immer. Nur nachts nicht.«

»Laß ihn das Ding doch aufbehalten«, sagte ich, nicht ganz uneigennützig.

Das Licht flammte auf, und so wurde Remo in der Schlinge seiner geborgten Identität porträtiert. Die Tücken der Fotografie hatten ihn hierher geführt, und jetzt war *er* an der Reihe, abgelichtet zu werden.

»Warum«, fragte ich PRIVILEGED, »fotografierst du das Modell zuerst von vorn und dann von der Seite? Sämtliche Häftlingsfotos haben den gleichen Fehler. Der Betreffende bekommt den Blitz voll von vorn ab, und danach sieht man von der Seite, wie ihm das zugesetzt hat. Mach's doch andersrum.«

37

Nachdem alle Formalitäten erledigt waren, führte Agraphiotis ihn wieder über den Innenhof. Der Hofgang war, wie der Wärter sagte, gerade vorbei, und irgendwie spürte man das. Ja, eine Gruppe Gefangener fegte unter Aufsicht von vier Wärtern Müll zusammen, der vorher nicht dagewesen war – das auch. Aber es lag außerdem etwas Laues in der Luft, vielleicht die Körperwärme von Hunderten herumgehender und Sport treibender Gefangener, die der Asphalt jetzt freigab. Auf der Laufbrücke beaufsichtigten zwei reglose Wärter das Fegen, den Karabiner gegen den leicht hochgezogenen Oberschenkel gelehnt. Die Reinigungsleute trugen kein PRIVILEGED auf dem Rücken. »Diesmal«, sagte Agraphiotis und zeigte mit der Hand die Richtung an, »gehen wir diagonal hinüber. Der Gebäudeteil da, das ist der Hochsicherheitstrakt.«

Sie passierten unzählige Schiebegitter, die sich alle elektronisch öffneten und schlossen. Es war diese ständige horizontale Bewegung vertikaler Stäbe. Mit der Zeit hatte das merkwürdige Auswirkungen auf sein Sehen. Die Umgebung verhielt sich wie auf diesen geriffelten Bildchen, die man zwischen Daumen und Zeigefinger hin und her bewegen muß, damit das eine Bild über das andere springt. Sein verkaterter Zustand und der Schlafmangel waren diesem sich unaufhörlich verschiebenden Gittermuster nicht gewachsen.

Je deutlicher die Mauern, innerhalb derer er sich nun aufzuhalten hatte, sich ihm in all ihrer Härte aufdrängten, um so weniger klar stand ihm die Zeit vor Augen, die er hier würde zubringen müssen. Höchstens neunzig, mindestens fünfzig Tage. Sein Vorstellungsvermögen bekam das nicht in den Griff. Und wieviel von dieser Zeit war netto für diagnostische Untersuchungen bestimmt? Außerhalb dieser Spanne mußten die Psychiater die Gelegenheit erhalten, ihre Gutachten über ihn zu erstellen.

Wie albern er da herumlief, den kleinen Wäschestapel an die Brust gedrückt, merkte er erst, als der Wärter ihn durch einen dicht bevölkerten Zellentrakt führte. Dutzende Gefangener schauten von den Balustraden pfeifend zu ihm herunter. »... darf für seine Mutter die Unterhosen vom Vater weglegen.«

»... bewirbt sich hier als Piccolo.«

Plötzlich war in seiner ganzen Fülle der Bart wieder präsent. Es schien, als würden die steifen Haare alle gleichzeitig von außen in sein Gesicht eindringen.

38

CALIF PRISON. Exakt diese Worte auf dem Schild mit seinen Angaben waren ihm nicht mehr aus dem Kopf gegangen, vielleicht auch weil er auf den vielen Korridoren verschiedene schwarze Gefangene mit weißen Turbanen gesehen hatte. *Kalifengefängnis.* »Wir sind da«, sagte Agraphiotis.

Sie standen vor dem soundsovielten mennigfarbenen Gitter. Der Wärter summte etwas in sein Walkie-talkie, und das Gitter öffnete sich quietschend und scharrend. »Woodehouse, der HST. Tritt ein.« Als Korridor konnte man es nicht bezeichnen. Der hohe Raum war fast genauso breit wie lang. Er hatte auf drei Seiten Zellen, verteilt auf das Erdgeschoß und drei Stockwerke. Die vierte Seite (eine kurze) bestand größtenteils aus Panzermattglas mit Gittern davor, die, nach einem verschwommenen Schattenmuster zu urteilen, auch an der Außenseite befestigt waren. Über alle Stockwerke liefen Umgänge mit eisernen Geländern. Am Fuße der Glaswand, die nicht ganz bis zum Erdgeschoß reichte, stand mit dem Rücken zu Remo und Agraphiotis eine kleine Gestalt, über ein Waschbecken gebeugt, an dem mit hörbarer Wucht Wasser in einen Eimer strömte. Der noch nicht ausgewachsenen Statur nach mußte es sich um einen Jungen von höchstens dreizehn, vierzehn Jahren handeln, obgleich er wie die anderen Gefangenen einen blauen Overall trug.

»Hat Choreo auch eine Abteilung für jugendliche Straftäter?«

Bevor Agraphiotis die Frage beantworten konnte, verschob der Junge einen leeren Eimer, wobei der Henkel an den Rand schlug. Das machte ein laut nachhallendes Geräusch und erschreckte etliche Vögel hoch oben unter dem Dach. Ihr Flügelschlag klang unwirklich nah. Remo blickte hinauf, sah aber lediglich grün angelaufenes Mattglas.

»Tauben. Da oben ist irgendwo ein Loch in der Glaskuppel. Sie nisten in den Ecken, auf den Stützbalken.«

Wie Schneeflocken sanken schaukelnd ein paar Flaumfedern an den Umgängen vorbei nach unten. Agraphiotis sah gedankenverloren zu, wie sie eine nach der anderen auf den Terrazzoboden rings um einen Messingabfluß fielen.

»Ich hab Sie gefragt …«

»Das erinnert mich an etwas aus meiner Jugend«, sagte der Wärter verträumt. »Zwei aufeinandergeprallte Vögel … lose Federn, die die Stelle bezeichnen …« Er schüttelte den Kopf. »Das ist kein Stoff für einen Wärter und seinen Gefangenen. Man hat immer behauptet, daß an dieser Stelle Gas aus der Erde entwich, aber das ist Unsinn. So sind die Menschen. Wenn ein Dichter etwas Unbegreifliches formuliert, heißt es sofort, er hat Drogen genommen. Entschuldigung, was hattest du gefragt?«

»Ob Choreo auch eine Jugendabteilung hat.«

Sie blickten beide in die Richtung des Jungen. »Er weicht seine Putzlumpen ein. Er wird gleich weitermachen mit seiner Fegerei. Nein, es gibt hier nur erwachsene Choreaner.«

Der Junge richtete sich vom Waschbecken auf. Zunächst kamen Remo die weißen Turbane in den Sinn, die er an einigen schwarzen Häftlingen gesehen hatte. Doch als der kleine Kerl sich umdrehte, sah er, daß dessen ganzer Kopf sich unter etwas verbarg, was vielleicht eine weiße Gesichtsmaske war, ein Schutz davor, nicht zuviel Staub einzuatmen. Die Hände steckten in dicken weißen Handschuhen. Ohne merklich auf die beiden Männer an dem Abflußloch zu achten, griff er nach einem Besen und einem Kehrblech mit langem Stiel und fing in einer Ecke in der Nähe des Waschbeckens an zu fegen. An dieser Stelle führte eine eiserne Leiter steil nach oben zu einem runden Loch im Umgang der ersten Etage. Sie mündete in einem Glaskabuff, in dem zwei Schreibtische einander gegenüberstanden, und wurde auf die gleiche Weise durch zwei weitere Mannlöcher nach oben geführt. Auf jeder Etage gab es so ein kleines gläsernes Büro.

»Die Aufseherlogen. Unsere Nervenzentren. Von dort belauern wir euch und verarbeiten, was wir sehen, in einem Bericht. Ein erhebender Beruf. Wir klettern ganz schöne Strecken, um uns gegenseitig auf einen Kaffee zu besuchen.«

An einem der Schreibtische in der Loge im ersten Stock

saß Carhartt und telefonierte. Hinter ihm hing eine Karte an der Wand, möglicherweise ein Grundriß von Choreo, auf der rote und grüne Lämpchen brannten. Zwei nebeneinander hängende Löschgeräte erinnerten Remo an die gemieteten Sauerstoffflaschen, mit denen er bei Bora Bora zu einem Korallenriff getaucht war. Eine Phantasiestadt in Rot, Weiß und Blau, bevölkert von Fischen, die mit goldgelbem Tüll umhängt waren. Er hatte seine schlanke Harpune einzig und allein wegen der Spur der silbernen Bläschen abgeschossen. Seine Schwimmflossen hatten ihn wieder zur sonnenbeschienenen Wasseroberfläche getragen. Er orientierte sich an dem mit Mennige bestrichenen Kiel des kleinen Fischerboots, das ihn zu seiner Strandhütte zurückbringen würde. Er mußte sich, vielleicht infolge einer unerwarteten Strömung, in der Richtung geirrt haben, denn – jetzt war er hier, zwischen den mennigroten Gittern von Choreo.

Unter Carhartts Füßen machte sich der Junge äußerst langsam an die Arbeit. Man hätte meinen können, er sei darauf aus, jedes Papierknäuel, jeden Schnipsel und jeden Haarball einzeln aufs Blech zu kehren. Wie kam ein solch junger Mensch hierher, mitten in die Gefahr? Carhartt legte den Hörer auf und erhob sich. Auch die Tür, durch die er auf den Umgang trat, war aus Glas. Er beugte sich über das Geländer, bis er den Putzer im Blick hatte. »Maddox, raus aus der Ecke. Ich muß dich sehen können. Fang da drüben bei der Treppe an und feg dann in diese Richtung.«

Carhartt ging wieder hinein. Der Angesprochene trottete in einem möglichst großen Bogen, den Kopf abgewendet, um Remo und Agraphiotis herum zur anderen Seite des großen Raums. Hinter der offenen gußeisernen Treppe, die dort in die erste Etage führte, setzte er seine Fegerei fort.

39

»Genug Hotellobby fürs erste«, sagte der Wärter. »Unser ver-
ehrter Gast möchte sich jetzt bestimmt in seinem Zimmer
kurz frisch machen.«

»Bei der Ankunft in einem Hotel probiere ich immer als
erstes das Bett aus.«

»Ich kann Ihnen die Choreo-Matratze nachdrücklich empfehlen. Sie liegt mit der Winterseite nach oben und ist für Sie
genauso rückenfreundlich wie eine Kumuluswolke für einen
Engel. Erster Stock. Nach Ihnen.«

Remo ging vor Agraphiotis zur Treppe. Dahinter fegte der
Putzer genauso träge, wie er es in seiner geschützten Ecke
getan hatte. Weil er durch die Stufen hindurch sichtbar blieb,
versuchte er Remo den Rücken zuzukehren, schien daran
aber durch seine eigene Neugier gehindert zu werden. Der
Junge trug keine Gesichtsmaske, sein Kopf war bis zum Hals
mit Verbandsmull umwickelt. Das linke Auge war ebenfalls
davon bedeckt. Mit dem freien rechten Auge, eine dunkle
Iris, die im blutunterlaufenen Weiß schwamm, sah er Remo
an – oder versuchte es zumindest, denn das Auge schoß so
schnell wie bei einem Tier hin und her. Der Mund war nicht
mehr als ein undeutlicher Spalt zwischen zwei Verbandsmull-
streifen.

»Hier die Treppe rauf, ja«, sagte Agraphiotis, als er Remo
zögern sah. »Wenn etwas von deinen Schuhen fällt, fegt
Maddox es schon auf.«

In dem Moment, in dem Remo den Fuß auf die unterste
Stufe setzte, ließ Maddox Besen und Kehrblech los, deren
Stiele auf den Boden schlugen. Er drückte seine verbundenen Hände an die Stellen, an denen sich seine Ohren
befinden mußten. Als Remo die Treppe hinaufstieg, wurde
ihm der Grund dafür klar. Das Ding wackelte, und sogar
in Turnschuhen hörte sich jeder Schritt auf einer der eisernen Stufen wie der Schlag auf einen gesprungenen Gong

an. Die Tauben in der Höhe vertrieben flügelschlagend die Spinnweben. Die weißen Binden, hier und da durch Metallklemmen festgehalten, waren schmutzig geworden – von der Putzerei, aber auch von durchgesickertem bräunlichem Wundsekret.

40

Die Zellen in amerikanischen Gefängnissen hatte Remo sich immer mit Gitterstäben an der Korridorseite vorgestellt. Hier, im HST, hatten sie Stahltüren, die ebenfalls per Fernbedienung geöffnet und geschlossen werden konnten. Viele von ihnen standen offen. »Hier im HST«, sagte Agraphiotis, »sind die Zellen ziemlich unterschiedlich belegt. Letzte Woche war der Ring fast leer. Jetzt tröpfeln die Neuzugänge wieder herein.«

Auf Bora Bora hatte er sich bestimmt tausendmal ausgemalt, wie im Gefängnis ein Wärter seinen klirrenden Schlüsselbund hervorholen würde, um für ihn die Zellentür aufzuschließen. Jetzt, da es soweit war, sah er einen länglichen kleinen Apparat in Agraphiotis' Hand liegen. Dessen Daumennagel drückte auf eine Taste, und die Tür schob sich summend auf. »Was fehlt dem Jungen?« fragte Remo.

»Junge? Ich schätze, er ist in deinem Alter.«

»Wegen seiner Länge hätte ich geschworen ...«

»Du bist kaum größer, Woodehouse. Ich weiß nicht, wie alt ich dich geschätzt hätte, wenn du anstelle dieses Barts einen Verband um den Kopf gehabt hättest. So, das ist also das Appartement.«

»Er trägt die Binden doch bestimmt nicht als Schutz vor euren Schlagstöcken.«

»Und auch nicht als Folge davon.«

Äußerlich war er stets ruhig geblieben, aber tatsächlich hatten Anspielungen auf seine geringe Größe ihn immer wütend gemacht. Zwischen Menschen von normalem Wuchs kam er sich nie zu klein vor, obgleich er sich fast den Hals verrenkte, wenn er einen erheblich größeren anblickte. Seine eigene Kleinheit sah er erst bei den wenigen Männern widergespiegelt, die nicht größer waren als er selbst.

»Also, Woodehouse, mach's gut. Wenn was ist, dann drück auf den Knopf. Aber treib nicht Schindluder damit.«

Die Tür schob sich zu, jetzt mit einem weniger feinen Summen, sondern eher dröhnend. Er war allein und zum ersten Mal seit dem Ghetto unfreiwillig eingeschlossen. Im Ghetto konnte man das Eingesperrtsein noch vergessen, weil es Platz gab. Wenn man die richtigen Straßen wählte, brauchte man den Stacheldraht nicht einmal zu sehen. Hier war eine Bodenfläche von zwei auf zweieinhalb Meter von vier weißgestrichenen Backsteinwänden umschlossen. Die gewölbte Decke war wahrscheinlich nur deshalb so hoch, damit es dem Gefangenen erschwert wurde, sich daran aufzuhängen.

Auf Bora Bora, wo die Ruhe so wohltuend gewesen war, hatte er sich auf die erdrückende Stille vorbereitet, die nach dem Zufallen der Zellentür eintreten würde. Er mußte es bereits gehört haben, als Agraphiotis ihn hier ablieferte, allerdings ohne daß es zu ihm durchgedrungen war: ein Brei von Hardrockmusik aus einem hoch an der Wand befestigten Lautsprecher. Wahrscheinlich war es eine Art Drahtfunk, und nirgends ein Knopf, um den Lärm leiser zu stellen oder einen anderen Sender zu wählen. Es klang eher wie ein Schrillen als ein Dröhnen, denn die Baßtöne fehlten weitgehend. Das war es wohl: die Hölle. Hardrock als Waffe, um die mentale Kraft der Häftlinge zu brechen.

Auf der schmalen Stahlpritsche lag eine dünne Schaumgummimatratze in einem Baumwollüberzug. Wie mußte ein kräftiger Mann sich in so einem Kinderbettchen fühlen? Eine Tischplatte, eine kleine Sitzbank und ein Regalbrett waren unverrückbar in der Wand verankert. Die Backsteine schienen eher aufeinandergestapelt als gemauert zu sein, wahrscheinlich um den Gefangenen nicht dazu zu verleiten, den Mörtel aus den Fugen zu kratzen.

Allmählich bekam er einen Krampf in den Armen vom Halten der Kleidungsstücke. Er gab allem einen vorläufigen Platz und faltete dann die Hausordnung auseinander. Sie war in Englisch, Spanisch und Arabisch abgefaßt. Araber saßen zur Zeit nicht ein, wie er von Agraphiotis wußte. Mexikaner dagegen reichlich.

41

Die Toilettenschüssel (ohne Brille) und das Waschbecken waren aus poliertem Stahl. Fließendes Wasser bekam man, indem man auf einen Knopf drückte. Über dem Waschbecken hing ein großer Metallspiegel, dessen Umfang möglicherweise darauf abzielte, die Zelle größer erscheinen zu lassen. Trotz aller Seifen- und Zahnpastaspritzer war sein Spiegelbild nachdrücklicher präsent, als ihm lieb war. Bart, Brille – daran würde er sich wohl nie gewöhnen. Plötzlich mußte er an seinen Schwiegervater denken, der nach dem Tod seiner Tochter den Dienst quittiert hatte. In seiner Ratlosigkeit hatte sich der Arme einen Bart stehen und die Haare wachsen lassen, um sich in den Slums von Los Angeles zwischen den Dealern herumzutreiben, in der Hoffnung, etwas mehr zu erfahren. In dem Moment, als Remo das Gesicht seines Schwiegervaters im Spiegel auftauchen sah, kam ihm der Magen hoch. Er sank vor der Toilette auf die Knie und erbrach all seinen Ekel über die widerlichen Ausscheidungsspuren seines Vorgängers.

»Im Magen des Opfers«, sagte er leise, »wurden Reste einer opulenten Mahlzeit gefunden, die vermutlich zwischen zehn Uhr abends und zwei Uhr nachts eingenommen worden war. Sie bestand aus: Kaviar, Hummer, Kalbsbries, Brokkoli, Maisbrot und Mascarpone. Ferner wurden verschiedene alkoholhaltige Getränke vorgefunden: Weißwein und Rotwein,

Armagnac, kleine Mengen Scotch, trockener Martini und ähnliches, zusammen wahrscheinlich einen Cocktail bildend. Gezeichnet: Dr. Kahanamoku, Pathologe des Los Angeles County Morgue.«

Nachdem er gespült hatte, hing in der Zelle auf einmal Schwimmbadgeruch. Als er sich den Mund mit Leitungswasser säuberte, begriff er: Es war gesättigt mit Chlor. »Wo soll das noch enden?« sagte er zu seinem Spiegelbild. »Ich fange jetzt schon an, Selbstgespräche zu führen.« Währenddessen fraß der Betonrock sich in die Tiefen seines Gehirns. Wie lange konnte ein Mensch das aushalten?

Schräg über dem Kopfende der Pritsche war ein Fenster, bestehend aus kleinen Scheiben in stählernen Rahmen; nur in der obersten Reihe war kein Mattglas. Wenn er auf den Heizkörper unter dem Fensterbrett kletterte, konnte er hinausschauen. Seine Zelle lag an der westlichen Außenseite des Gebäudes und bot Blick auf das Gelände mit den Barakken. In der Ferne der kleine weiße Aufnahmepavillon und daneben das Zeltlager, aus dem noch immer die Rauchsäule aufstieg. Auf dem Parkplatz standen jetzt mehr Gefangenentransporter und PKWs. Bei dem alten Schulbus war die vordere Tür geöffnet. Als er seine Brille absetzte und die Augen zusammenkniff, konnte er zwei Frauen in langen Mänteln erkennen, die Sachen aus dem Bus in eine Schubkarre luden. Die Stacheldrahtrollen auf dem hohen Zaun hielten das Licht einer unsichtbaren Sonne fest.

Als ihm schwindlig wurde und er von der Heizung steigen wollte, verlor er beinahe das Gleichgewicht. Er suchte Halt an etwas, das vom schräg abfallenden Fensterbrett abstand. Es war der Griff, mit dem man eine Klappe öffnen konnte, die dann durch ein kleines Gitter Luft aus der Hohlmauer in die Zelle hereinließ. Sie roch muffig.

42

Aus Angst, durch das schmale kleine Fenster in der Zellentür belauert (und erkannt) zu werden, setzte er die Brille wieder auf.

Jahre nach der Verurteilung der Angeklagten war der Chef des Ermittlungsteams, Inspektor Helgoe, unerwartet bei Remo erschienen, um ein Päckchen abzuliefern. »Das Ding hat sich auf den Plakaten gut gemacht, aber niemand hat sich gemeldet.«

»Vielleicht läuft irgendein Mittäter noch frei herum.«

»Die Täter und ihre Kumpane *durften* auf Befehl ihres Führers gar keine Brille tragen. Egal ob sie kurzsichtig, weitsichtig oder sonst was waren. Der Mistkerl hätte noch einem Blinden aus seinem Gefolge die schwarze Brille weggenommen.«

Remo nahm das Päckchen entgegen. »Was soll ich damit?«

»Sie wurde in deinem Haus gefunden.«

»Ich habe nie eine Brille getragen.«

»Sie hat auch keinem der anderen gehört. Vielleicht einem früheren Besucher. Einem Bekannten, von dem du nicht weißt, daß er ab und an eine Brille braucht. Beim Autofahren zum Beispiel. Das Ding gehört hier zu dir. Irgendwann könnte jemand danach fragen.«

Er ließ die Brille in ihrer Verpackung. »Ich werde sie aufheben. Als Symbol für alles, was an diesem Fall unlösbar geblieben ist.«

»So ein Symbol klingt nicht sehr nach einem Kompliment«, sagte Inspektor Helgoe, bevor er zum Parker Center zurückfuhr. Jahre später erst, nachdem Dunning ihm geraten (aufgetragen) hatte, zur Vorbereitung auf das Gefängnis etwas an seinem Äußeren zu verändern, traute er sich, das Ding auszupacken. Als er die Brille aufsetzte, merkte er, daß einer der Bügel geschickt verbogen war, wie um die unterschiedliche Höhe der Ohren ihres Trägers auszugleichen. Als er sich seine Bekannten aus der Zeit der Verbrechen zu vergegenwärtigen versuchte, hatten sie auf einmal alle einen verformten Kopf, an dem kein Brillengestell Halt finden würde. Folterkammer des Gehirns.

Ihm wurde schwindlig von den Gläsern, die sich später beim Messen als nicht einmal besonders stark herausstellen sollten. »Links minus sechs, rechts minus zwei«, sagte der Optiker in Van Nuys. »Leiden Sie an einem faulen Auge?«

»Ich möchte die Linsen gern durch neutrales Glas ersetzen lassen.«

»Verstehe«, sagte Mr. Spillane von SPILLANE'S SPECS. »Sie sind in einem Alter, in dem Augen, die in jungen Jahren degeneriert sind, ihre frühere Schärfe wiedererlangen können. Wir erleben das häufiger bei Männern mittleren Alters. Sie brauchen eine Lesebrille, aber ihre Kurzsichtigkeit verringert sich und verschwindet manchmal sogar ganz.«

Hinter der Glastheke hingen Werbeposter für Brillenfassungen an der Wand, neue über alten festgepinnt. An einer vergilbten Ecke, die schon vor langer Zeit die Heftzwecke abgeworfen hatte, erkannte er das Plakat, das im Herbst '69 an alle Optiker in den Vereinigten Staaten und in Kanada geschickt worden war. Es verbarg sich zum größten Teil hinter einem schwarzglänzenden Ben-Franklin-Poster, dessen gelbgetönte Brillen seine Frau so gern getragen hatte. Der Text war nicht zu sehen, doch beim Anblick des Bildes fielen ihm wieder Fragen ein wie: *Erinnern Sie sich, diese Brillenfassung für einen Kunden angepaßt zu haben?*

»Normales Glas also«, wiederholte der Optiker, während er die Brille aus seinem Meßgerät löste. »Sie hängen an dieser Fassung wegen Ihres äußeren Erscheinungsbilds …«

»Ich habe so ein komisches Hobby, bei dem ich manchmal schweißen muß. Steine schleife ich auch.«

»Unzerbrechliches Glas, Sir?«

»Und diesen verbogenen Bügel bitte zurechtbiegen.«

Mr. Spillane setzte Remo die Brille auf und schüttelte den Kopf. »Was manche Kollegen nicht alles mit solchen teuren Modellen anstellen ... Ich muß versuchen, ob ich den Bügel durch Erhitzen wieder gerade kriege. Montag, 19. Dezember, ist sie fertig.« Der Optiker schlug den Quittungsblock auf.

»Zu spät. Ich brauche sie an dem Tag schon frühmorgens.«

»Ja ja, das Weihnachtsgeschäft«, sagte Mr. Spillane, während er in seinem Kalender blätterte. »Die Rückkehr des Lichts ... das erinnert die Leute automatisch an den Zustand ihrer Augen. Ist Sonnabend, der siebzehnte, in Ordnung?«

Der Optiker streckte die Hände bereits nach der Brille aus, ließ das Bild aber noch kurz intakt. »Wenn ich so frei sein darf ... mit diesem Vollbart und der Hornbrille darüber sehen Sie dem ›Paten‹ täuschend ähnlich.«

»Ich glaube, ich verstehe nicht ganz ...«

»Dem Regisseur des *Paten*. Ich hoffe nicht, daß Sie ...«

»Nein, nein, ich könnte Sie küssen. Ich sehe mir nicht gern ähnlich, müssen Sie wissen.«

43

Die Mitglieder der Gefängniskommission, die im Büro des Direktors tagte, waren freundlich und wohlwollend. Ihr abschließendes Votum war negativ. »Die Kommission hat beschlossen«, sagte der Direktor, »den Psychiatriehäftling Woodehouse, dessen Name der Direktion bekannt ist, bis zum Ende seines Aufenthalts im Choreo State Penitentiary in besonders gesichertem Gewahrsam zu belassen.«

»Dürfte ich erfahren, warum es mir nicht erlaubt ist, auf dem Innenhof frische Luft zu schöpfen?«

»Sie werden zu bestimmten Zeiten Hofgang haben, aber nicht zusammen mit den anderen. Wir wollen Sie nicht physischer Gewalt aussetzen.«

»Sie meinen, der Grund, weshalb ich hier bin ...«

»Das auch. Aber es ist in erster Linie Ihre Berühmtheit, die uns Sorgen bereitet.«

»Mich hat noch keiner erkannt.«

»Bei Ihrer Ankunft hat es am Tor von Presseleuten nur so gewimmelt.«

»Das Pack ist immer noch da«, sagte ein Kommissionsmitglied.

»Ich hatte den Eindruck«, sagte Remo, »daß sie auf jemand anders gewartet haben.«

»Das stimmt nicht mit unseren Informationen überein«, sagte der Vorsitzende. »Sie wurden fotografiert.«

»Ich bin nur zufällig auf einem Stimmungsfoto drauf.«

»Ja, Stimmungsfotos«, sagte ein anderes Kommissionsmitglied und tippte sich mit der Fingerspitze an die Nase, »dafür sind Sie ja Experte.«

Der Direktor sah den Mann vernichtend an und sagte: »Wir sind nicht die Grand Jury.«

»Es waren zwei Fernsehteams da. Sie haben sich nicht um mich gekümmert. Meine Brille und mein Bart haben mich offensichtlich unkenntlich gemacht.«

»Trotzdem«, sagte ein drittes Kommissionsmitglied, »war die Presse über Ihre Ankunft in Choreo informiert.«

»Ich wiederhole«, sagte Remo, »ich hatte den Eindruck, daß die versammelten Medien einen ganz anderen erwarteten.«

»Ich wüßte nicht, wen …«, sagte der Direktor zögernd.

»Vielleicht«, meinte Remo, »hat ja jemand einen falschen Tip gegeben. Ich kenne diese Welt ein bißchen.«

»Sie hatten es auf Sie abgesehen«, sagte der Vorsitzende.

»Also«, erklärte der Direktor, »ich schließe nicht völlig aus, was Mr. Woodehouse sagt. Bleibt noch das Problem Ihrer Bekanntheit.«

»Mein Bart kann nur noch voller werden.«

»Es reicht ein einziger, der hinter das ganze Haar schaut«, sagte der Direktor, »und schon geht das wie ein Lauffeuer herum. Im Gefängnis ist es nicht anders als in der Welt da draußen. Manche begehen, manchmal im Wortsinn, einen Mord dafür, um im Blickpunkt der Öffentlichkeit zu stehen. Der kürzeste Weg zum Ruhm ist es, eine Berühmtheit zu ermorden.«

»Das heißt«, fragte Remo, »die Kommission bleibt bei ihrem Beschluß?«

»Es steht Ihnen frei«, sagte der Vorsitzende, »dagegen Einspruch zu erheben. Noch Fragen, Mr. Woodehouse?«

»Welche tägliche Arbeit wird von mir erwartet?«

»Gar keine. Sie sind hier, um psychiatrisch untersucht zu werden. Sie haben keine andere Aufgabe, als sich für die Seelenklempner zur Verfügung zu halten.«

»Ich habe einen Gefangenen gesehen, der die Abteilung saubergemacht hat.«

»Freiwillige Arbeit.«

»Und ich darf das nicht?«

»Warum, Mr. Woodehouse, sollten Sie die Krusten aus den Toilettenschüsseln schrubben wollen? Sie, mit Ihrem ...«

»Ich will die Zeit rumbringen und mich nützlich machen.«

»In dieser Reihenfolge, nehme ich an.«

»Was mich betrifft, gibt es keine Reihenfolge.«

»Der Reinigungsmann vom HST kann vermutlich einen Helfer gebrauchen«, sagte O'Melveny. »Falls nicht, dann hat er einen Teil der Arbeit eben an Woodehouse abzutreten. Ernie Carhartt wird mit Maddox wegen der Aufgabenverteilung sprechen.«

44

Am Ende des Nachmittags bekam Remo in seiner Zelle zusammen mit dem Abendessen einen getippten Bericht seiner Unterredung mit der Gefängniskommission. »Interne Post«, sagte Agraphiotis, der ihm das Dokument überreichte.

»Häftling Woodehouse, Remo (richtiger Name der Direktion bekannt), zeigt sich der Gefahr bewußt, die das Bekanntwerden seiner Identität mit sich bringen würde. Er wird deshalb bis zum Ende seines Aufenthalts im California State Penitentiary Choreo in besonders gesichertem Gewahrsam gehalten. Die Nutzung des Hofs, der Sporthalle und der Bibliothek ist ihm lediglich außerhalb der regulären Öffnungszeiten gestattet, in Begleitung von mindestens zwei Aufsehern. Häftling Woodehouse wird allerdings nicht in völliger Isolation gehalten. Ab Dienstag, 20. Dezember 1977, darf er sich abends im Freizeitraum seiner Abteilung aufhalten, sofern dort eine Aufsicht zugegen ist. Es ist dem Häftling Woodehouse bekannt, daß er gegen die Beschlüsse der Gefängniskommission Einspruch erheben kann.«

Noch am selben Abend schrieb Remo einen Brief an den Direktor, in dem er darum bat, gemeinsam mit den anderen Häftlingen duschen, frühstücken und Sport treiben zu dürfen, letzteres auch auf dem Innenhof. »Wenn ich so ausdrücklich von allen gemeinsamen Aktivitäten ausgeschlossen werde, wird man sich sicherlich fragen, welchem Umstand ich diesen besonderen Status zu verdanken habe. Mit anderen Worten, meine Isolierung wird sich als gefährlicher erweisen als ein normaler Kontakt mit den anderen Gefangenen.«

45

Um Viertel vor elf schallte an diesem Abend ein lautsprecherverstärkter Ruf durch die Korridore. »Lichter aus …!« Im selben Moment erlosch in Remos Zelle die Deckenlampe, als ob in Choreo die Elektrizität auf den Klang der menschlichen Stimme reagierte. Er lag noch lange auf seiner Pritsche und lauschte den Sprechchören, die wahrscheinlich aus dem Zeltlager heraufklangen. Weil von einem launischen Wind nur Fetzen davon herangetrieben wurden, konnte er nicht verstehen, was da skandiert wurde. Sofern überhaupt

Männerstimmen darunter waren, herrschten die der Frauen eindeutig vor.

Er verließ sein Bett und kletterte auf den Heizkörper, der bereits kühler geworden war. Im Lager waren sich bewegende Lichter zu sehen, mehr nicht. Auch schien irgendwo eine Lampe durch eine Zeltplane.

Erst nachdem der Aufseher vom Nachtdienst zum drittenmal mit einer Taschenlampe in seine Zelle geleuchtet hatte (Remo hob jedesmal vorschriftsmäßig die Hand), schlief er ein. Er nahm die Stimmenchöre mit hinein in seine Träume, wo sie deutlich verstehbar zu ihm sangen. Auf Spanisch, das er sonst nur mäßig beherrschte. Die Frauen befanden sich auf einer Art Podium und auf einem Flugplatz. Trotz des Heulens und Dröhnens von Motoren blieb der Wortlaut klar. Er wunderte sich über die Botschaft, die sie in lautem Rezitativ verkündeten. Wie konnten sie das alles nur wissen?

Als er vom Lichtbündel, das durch die Türluke schien, erneut wach wurde, konnte er sich an kein einziges Wort dessen erinnern, was die Sprechchöre ihm klargemacht hatten.

46

Als ich auf meiner Runde zum letzten Mal die Stablampe auf seinen schlafenden Körper richtete, war es halb vier. Er wachte auf und hob kurz die Hand. Es war nicht zu erkennen, ob er winkte oder eine abwehrende Handbewegung gegen das grelle Licht machte.

In der nicht belegten Zelle neben der seinen, in der es, wie ich wußte, ein Loch in einer der unteren Mattglasscheiben gab, brauchte ich nicht auf den Heizkörper zu klettern, um das Zeltlager sehen zu können. Das eine Auge zuzukneifen und mit dem anderen zu spähen reichte völlig aus. Stundenlang hatten sie alle gemeinsam in Richtung Gefängnis geschrien. Für mich war es ein altes Lied, aber ich fragte mich, ob bei diesem Wind jemand in Choreo etwas Verständliches davon aufgefangen hatte. Jetzt schien das Biwak in tiefer Ruhe zu liegen. Nicht ganz: Eine Gestalt in einem langen weißen Gewand schlich gebückt zu einem Zelt und trat ein. Ein Windstoß ließ das schwelende Lagerfeuer aufglühen. Vor einem erleuchteten Fenster im Aufnahmegebäude ging ein Wärter auf und ab. Auf diese Entfernung konnte ich sein Gesicht nicht erkennen, aber aufgrund seiner Haltung wußte ich, es war Don Penberthy. Ein Streber, der sich Tag und Nacht abstrampelte, falls er seine Füße nicht gerade brauchte, um nach unten zu treten.

Als ich den Kopf zurückzog, merkte ich, daß mein Auge von der heimtückischen Zugluft tränte. Es konnte auch Müdigkeit sein: Ich war zwei Nächte und den dazwischenliegenden Tag nicht aus meiner Uniform gekommen.

Dienstag, 20. Dezember 1977

»Geh weiter«

I

In der Verwirrung des Halbschlafs wähnte Remo sich in einem seiner Lieblingshotels. Er kam nur einfach nicht darauf, in welchem – dem Waldhof in Gstaad oder dem Beverly Wilshire. Ein vertrautes Klirren und Klappern hatte ihn geweckt. Obwohl, vertraut ... es klang anders als sonst. Als ob das Hotel umgebaut würde und die gesamte Ausstattung aus dem Flur verschwunden wäre. Unangenehm, wie der Frühstückswagen über den kahlen Flur rumpelte und knarrte. Fünf Sterne de luxe ... alles nur Schwindel heutzutage. Nachher gleich mal an der Rezeption beschweren. Gut geschlafen hatte er aber. Nur, daß der Nachtportier ihm ein paarmal mit einer starken Lampe in die Augen geleuchtet hatte. Auch das würde er melden.

Mit einem fast dröhnenden Summen schob sich seine Zimmertür auf. »Woodehouse ... Kaffee oder Tee?« Er schoß auf und griff sich ans Gesicht. Der Bart. In der offenen Tür stand ein Mithäftling mit einem vollen Tablett. »Da!« Er sprang von seiner Pritsche und nahm sein Frühstück entgegen. Es roch wie Abendessen. Für einen Moment verspürte Remo Übelkeit. »Kaffee bitte.«

Mit der Übelkeit war auch der Ekel wieder da: *er*, hier hinter Gittern, schuldig in den Augen der Welt, unschuldig in seinen eigenen. Jeder kannte den Widerwillen nach dem Orgasmus. Er war stets vorübergehender Natur. Sein Widerwille dauerte nun bereits neun, zehn Monate an und wurde immer noch größer. Wenn jedes Tier nach der Paarung betrübt war, mit Ausnahme des Hahns, der krähte, dann war Remo ein trauriger Hahn, der jetzt schon seit fast einem Jahr seine Betrübnis hinauskrähte, immer früher am Morgen und immer verzweifelter.

2

Duschen mit einem derart vollen Magen vermied er normalerweise, aber jetzt hatte er keine andere Wahl. Der gesamte Baderaum war, in Erwartung Dutzender Duscher, für ihn reserviert. Er bekam zehn Minuten. »Und keine Sekunde länger«, sagte Agraphiotis. »Selbst wenn die Uhr beschlägt, ist sie trotzdem noch lesbar.«

An der gefliesten Wand hing, sehr hoch, eine Art Bahnhofsuhr. Das Glas beschlug fast sofort wegen des ungewohnt heiß herabprasselnden Wassers, doch der rote Sekundenzeiger blieb selbst durch das Kondenswasser hindurch sichtbar. Er nutzte seine zehn Minuten voll aus. Weil er den Wärter hinter sich wußte, stand er mit der nackten Vorderseite zur Wand. Trotzdem blickte er ständig über die Schulter, um zu sehen, ob sich jemand anschlich. Der »Grieche« hatte sich diskret hinter eine halbhohe gefliese Wand zurückgezogen, hinter der seine uniformierte Schulter allerdings sichtbar blieb, und dazu ein Stück Hüfte mit Schlagstock.

Es gab keine separaten Zellen oder Kabinen. Sogar rudimentäre Trennwände fehlten. Die Duschen wurden zentral gesteuert, was bedeutete, daß unter jedem Brausekopf ein kräftiger Heißwasserkegel auf den Terrazzoboden eindrosch. Es war einer Filmszene würdig: Mann, einsam duschend inmitten von zwanzig laut prasselnden Brausen. Badehaus im Schemenreich. »Woodehouse, noch eine Minute. Mach Schluß. Die Horden drängen heran.«

Er trat aus dem Strahl heraus und begann sich mit einem rauhen Handtuch trockenzureiben, das das verblichene Logo von Choreo trug: ein großes C mit einem kleinen h wie ein Stuhl in der Mitte. Agraphiotis führte ihn an einem Gitter vorbei, hinter dem johlende Gefangene warteten, Handtuch über dem Kopf oder um den Hals. »Ab in die Waschschüssel mit dem Knirps.«

»Da darf ihm der ›Grieche‹ den Rücken waschen.«

Anstatt zu seiner Zelle brachte der Wärter ihn als erstes zu einem Schrank mit Putzzeug, der zwischen zwei Zellentüren im Erdgeschoß seiner Abteilung stand. Besen, Mops, Wischer. Eimer, Lappen, Bürsten. Plastikflaschen mit Reinigungsmittel. »Nimm, was du brauchst. Ich hab gestern gesehen, wie du mit einer Zahnbürste deine Zelle geschrubbt hast. Nicht gerade die schnellste Methode.«

Mit einem Eimer voller Sachen folgte er Agraphiotis zur Eisentreppe. Am anderen Ende des Raums stand der kleine Mann mit dem verbundenen Kopf, auf seinen Besen gestützt. Dem Spalt im Verband entwich ein wahres Wortgeratter – unverständlich, aber höchstwahrscheinlich Flüche und Verwünschungen. Es war tatsächlich die Stimme eines Erwachsenen, heiser und verlebt.

»Kümmer dich nicht um ihn. Er hat das Sagen über den Putzschrank.« Agraphiotis brachte Remo zu seiner Zelle. »Und ja, Woodehouse, falls du glaubst, in so einer Flasche Pink Starfish den idealen Giftbecher gefunden zu haben, dann muß ich dich enttäuschen. Die Konzentration der tödlichen Stoffe darin ist äußerst gering. Dir wird nur mordsübel davon, bei gleichzeitigem Verlust von Würde und Anstand.«

3

»Spiros«, sagte Carhartt und blickte von seiner Schreibmaschine auf, »bring du den Neuen in die Direktionsbude. Er muß vor die Kommission.«

»Jetzt schon ungezogen gewesen?«

»Sein Anwalt hat für mehr Bewegungsfreiheit plädiert. Da gibt man so einem besonderen Schutz, und wieder ist es ihm nicht recht.«

Ich ging die Treppe hinunter in den ersten Stock und war-

tete, bis Carhartt die Zellentür elektronisch geöffnet hatte.
»Woodehouse, die Sitzung fängt gleich an.« Erneut ertappte ich ihn dabei, daß er seine Unterarme vorstreckte. »Keine
Handschellen für dich. Wenn du dich benimmst, bleibt das
so.«

Auf dem Weg zum ersten Zwischengitter, im Erdgeschoß,
kamen wir am Besenschrank vorbei, dessen Tür offenstand.
Genau in dem Moment trat der Putzer aus dem Dunkel
heraus, die Stiele eines Besens und eines Kehrblechs unter
den Arm geklemmt. Ich merkte, daß Woodehouse über die
unerwartete Erscheinung mit dem weiß umwickelten Kopf
erschrak. Wir waren alle drei stehengeblieben. Die beiden
kleinen Männer murmelten etwas, das einem Gruß glich. Der
Moment war zu schön, um ihn nicht zu verderben.

»Sag mal, Maddox«, fragte ich, »willst du einen Verweis
oder was? Klapper erst mal mit deinem Eimer, bevor du Vor-
beigehenden einen Schrecken einjagst.«

»Tut mir leid, Mr. Agraphiotis«, erklang es dumpf aus dem
Verbandswust. »Keine böse Absicht.« Der Mann sprach mit
einem starken Midwest-Akzent. »Mit Eimern arbeite ich erst
am Nachmittag, beim Aufwischen.«

4

»Mr. Agraphiotis«, hatte Woodehouse mich gefragt, »dürfen
die Gefangenen in Choreo Weihnachtspäckchen empfangen?«

»Letzte Weihnachten war ich noch nicht hier. Ich werde
den Chef fragen.«

»Na klar«, sagte Carhartt. »Er muß aber damit rechnen,
daß der Inhalt kontrolliert wird.«

Als ich Woodehouse die Nachricht überbracht hatte, gab
er mir in einem offenen Umschlag, der an seine Sekretärin
adressiert war, einen Wunschzettel mit. Es war nicht meine
Aufgabe, seine Post zu zensieren, aber als ich wieder allein

in der Loge war, konnte ich der Versuchung nicht widerstehen.

»Liebe Paula,

schau mal, was Du von dem Untenstehenden besorgen kannst. Ich erwarte keine Geschenke, benutz also die Kreditkarte, die ich Dir gegeben habe. Sie ist noch ausreichend gedeckt. Aber mißbrauch sie nicht gleich, indem Du mir statt der Weihnachtssachen eine Karte aus Acapulco schickst. Kauf auf jeden Fall auch etwas Hübsches für Dich – von mir. Und nicht zu bescheiden sein. Wenn Dein Geschmack meine Mittel übersteigt, dann erfährst Du das schon an der Kasse. Liebes, ich wünsch Dir frohe Weihnachten. Mach Dir keine Gedanken über mein Wohlergehen. Ich schaffe hier Ordnung in meiner Seele.

Flasche Antischuppenshampoo (auch gegen Bartschuppen)

Schweizer Schokolade (mind. 70% Kakao)

Gläschen schwarze Pfefferkörner (ich lasse sie in der Werkstatt im Schraubstock zerquetschen)

Döschen Foie gras (die echte)

Schachtel feuchte Brillenputztücher

Schachtel Zahnseide Marke Floss-on-the-Mill (große Packung)

Kleines Gläschen Sevruga-Kaviar + evtl. Becher sauren Rahm

Packung Toastbrot

2 Bleistifte B 2 + Anspitzer (den ich einem Wärter zur Aufbewahrung gebe)

1 bis 3 Kistchen Panatella ›Panama‹ (zum Verteilen an Wärter)

Schachtel Plastikbüroklammern«

Ich wußte besser als jeder andere, was Woodehouse durch-
machte, jetzt, wo er, um nicht hinter Gittern ermordet zu
werden, von seiner Identität abgeschnitten war. Bei ihm kam
außerdem die zwingend notwendige Tarnung hinzu. Das
einzige, das ihn noch verraten konnte, nachdem er die hohen Schuhe des Pinball Wizard hatte abgeben müssen, war
seine geringe Körpergröße, die sich nicht länger verbergen
ließ. Aber … niemand erkannte ihn daran. Infolge einer
merkwürdigen Windung im Gehirn sprechen Zeitschriften-
leser und Fernsehzuschauer der abgebildeten oder gefilmten
Berühmtheit eine physische Größe zu, die zu deren Status
paßt. Sogar wenn ein Star, der sich zum Volk herabläßt, sich
als normal bis mittelgroß entpuppt, enttäuscht er noch. Josef Stalin besuchte einmal mit dem Zug ein abgeschiedenes
Kaff in irgendeiner Sowjetrepublik. Das Empfangskomitee
auf dem Bahnhof wandte sich beleidigt von dem kleinen,
pockennarbigen Mann ab, den Moskau in ihren entlegenen
Winkel entsandt hatte. Sie ließen sich ja viel weismachen,
aber *nicht*, daß der große Stalin vor ihnen stand.

Schon seit Monaten (vor allem auf dem prähistorisch ruhigen Bora Bora) hatte Remo sich, was das ihm bevorstehende
Gefängnis anging, die gröbste physische und verbale Gewalt
vorgestellt. Sobald sich die Tore öffneten, würde sie sich auf
ihn stürzen, die Eckzähne in seinen Nacken schlagen, die
Klauen in seine Scham. Die Wirklichkeit war eine andere.
»Immer so ruhig hier, Mr. Agraphiotis? Es wirkt ja fast wie
ausgestorben.«
    »Ich arbeite hier auch erst seit kurzem. Kollege Burdette
ist ein alter Hase. – Al? Alan? Häftling Woodehouse findet,
daß Choreo ein müder Laden ist.«

»Es ist das vielleicht ruhigste Gefängnis in ganz Kalifornien«, sagte Burdette.

»Keine Gewalt?«

»Der gewalttätigste Vorfall, an den ich mich im letzten Jahr erinnern kann«, sagte Burdette, »war ein *cokedom*.«

»Wenn du Woodehouse jetzt noch erklärst, was ein *cokedom* ist, dann kann er den Grad an Gewalttätigkeit erkennen.«

»*Cokedom* ist choreanisch für ein kokaingefülltes Kondom im Magen eines Choreaners. Das alte Lied: Naschen während der Besuchszeit. Das Kondom war garantiert nicht von der Marke Never Rip, denn es ist geplatzt. Tot. Aber sonst ... Ja, jetzt, wo du's sagst – seit ein paar Tagen meine ich hier im Flügel eine Spannung zu spüren, die sonst nicht da ist. Hilf mir, dran zu denken, Spiros, daß wir den Bau hier mal gründlich auf den Kopf stellen. Erhöhte Wachsamkeit.«

»Vielleicht«, sagte Remo, »sollte ich Sie besser kurz allein lassen.«

»Nein, nein«, sagte Burdette, »das ist ja gerade das Einzigartige an Choreo ... daß wir die Choreaner an allem teilhaben lassen.«

»Wäre schön, wenn das auf Gegenseitigkeit beruhen würde«, sagte Agraphiotis lachend. »Ich hoffe, Al, die Spannung kommt nicht durch mich. Man weiß ja nie, was jemand allein schon durch seine Anwesenheit anrichten kann, ohne es zu wollen.«

7

Nach dem Abendessen, das ihm bereits um halb fünf in seiner Zelle serviert wurde, durfte Remo zum erstenmal in den Begegnungsraum. »Frag bloß niemand, wo's zum Begegnungs- oder Entspannungsraum geht«, hatte Agraphiotis gesagt, »dann endest du nämlich in der Krankenstation. Sag Freizeitraum, wie alle anderen.«

Seine Tür stand offen, er mußte nur die Hälfte vom Ring

zurücklegen, um dorthin zu kommen. Er saß lange auf seiner Pritsche, zögernd. Als es hinter dem Mattglas schummrig wurde, kletterte er auf den Heizkörper: Im Lager loderte ein Feuer. Angezündete Sturmlampen hingen an Zeltschnüren. In den Aufsätzen der hohen Laternen rund um das Gefängnisgelände glühte rötliches Natriumlicht. Während die Wärme durch seine Turnschuhsohlen drang, erlebte er den Moment mit, in dem die Fledermäuse ausschwärmten. Wenn sie unter einer Laterne durchflogen, nahmen sie manchmal auf ihren Schwingen einen Hauch Rot mit. Als es völlig dunkel geworden war und das Laternenlicht von Rot zu Grellweiß wechselte, waren sie verschwunden. Remo sprang von der Heizung und ging auf den Umgang hinaus. Wieder dieses Zögern. Der Freizeitraum würde wohl nicht von Schummerlampen beleuchtet werden, sondern eher von Neonlicht, und das machte die Gefahr des Erkanntwerdens größer.

Der kleine Saal lag im ersten Stock, an einem Seitengang des Rings, neben den Toiletten. Weil er noch immer unentschlossen war, wählte er nach dem Verlassen seiner Zelle den längeren Weg über den Umgang: nach links. Rechts hatte er die Wärter in ihrer gläsernen Loge aufschauen sehen, und jetzt spürte er ihre Blicke im Rücken. Aus einer offenen Zelle auf der gegenüberliegenden Seite waren gebrochene Gitarrenakkorde zu hören, begleitet von Summen, wie von jemandem, der gerade sein Instrument stimmt. Remo verlangsamte die Schritte, bis das eiserne Geländer nicht mehr vibrierte, und blieb schließlich in der Nähe der aufgeschobenen Tür stehen. Als er sich ein wenig vorbeugte, konnte er den kleinen Putzer, Maddox, auf dem Fußboden seiner Zelle sehen, mit krummem Rücken über eine viel zu große Gitarre gebeugt. Über ihm hing eine alte, knittrige Schwarzweißreproduktion der Mona Lisa an der Wand. Der bandagierte Spieler gab ein weit schöneres Bild ab. Wie eines von de Chirico. Ein massiver weißer Kopf voller Steppnähte über der Gitarrentaille. Der Mann drehte mit umwickelten Fingern, an denen nur die Spitzen frei waren, an den Wirbelschrauben und ließ die Saiten sirren. Er nahm eine Metallhülse vom Boden und versuchte, sie auf seinen kleinen Finger zu schieben. Der unbedeckte Teil des Fingers war zu kurz, um dem Zylinder Halt zu bieten, so daß er das Ding notgedrungen mit der ganzen bandagierten Hand gegen die Bünde drückte. Die Finger seiner anderen Hand wußten kaum, wie sie das Plektrum halten sollten. Er stimmte ein einfaches Bluesthema an, das sofort entgleiste. Die scharfen, metallischen Klänge, die der Bottleneck dem Instrument entlocken sollte, wurden die Hälfte der Zeit von den Mullbinden erstickt.

Crossroads in the desert
Crosstalk in the meadows

Das rauhe Brummen der Singstimme hätte einen Beitrag zum Bluesklang leisten können, wäre es nicht ebenfalls durch die dicke Verbandshülle zu ohnmächtiger Dumpfheit gedämpft worden. Mitten im Stück hörte der Mann auf zu spielen und zu singen. »Geh weiter.« Er hatte seinen Kopf nicht in Richtung Tür gedreht. Es war ein lächerlich kurzer Arm, den er um den gewaltigen Klangkörper geschlungen hatte.

»Ich höre zu«, sagte Remo und trat in die Türöffnung.

»Dann hast du ja gehört, was ich gesagt habe«, gab Maddox zurück. »Geh weiter.«

8

Der Freizeitraum des HST entpuppte sich als kahl und schäbig. Groß genug war er, aber nur mit dem Allernötigsten ausgestattet. Weil die Kneipentische lediglich vier Personen Platz boten, waren sie hier und da zusammengeschoben worden – wenngleich das, wie die an die Wand geklebte Hausordnung kundtat, wegen der Gefahr der Zusammenrottung verboten war. Die Stühle mit ihren ausnahmslos geraden Lehnen hatten ein Chromgestell, dessen Beschichtung bereits abblätterte. Aus Winkelrissen in Sitz und Rückenlehne quoll bräunlicher Schaumgummi, der, sobald sich jemand darauf niederließ, in schwerelosen Krümeln umherstob. Ansonsten gab es einen Billardtisch und, an der Wand, ein Klavier. Billard konnte nicht mehr gespielt werden, erfuhr Remo, seit Wärter nach einer Massenschlägerei die Queues hinter Schloß und Riegel verwahrten. Auf dem Rand des Tisches lag noch der Kreidewürfel herum, in den manchmal irgend jemand zerstreut den kleinen Finger steckte, um dann für den Rest des Abends mit blauer Fingerspitze herumzulaufen. Das Klavier, dessen Deckel verschlossen war, taugte angeblich nicht mehr zum Spielen. Es klang schon seit Jahren lausig, weil die Mäuse den Filz unter den Hämmerchen gefressen hatten. Nachdem ein Choreaner um ein Haar mit einem später unauffindbaren Stück Eisen- oder Kupferdraht erdrosselt worden war, hatte man die Klaviersaiten vorsorglich entfernt.

»Neu hier?« Vor ihm stand ein breitschultriger Mann mit kahlgeschorenem Kopf, der erst an diesem Tag bearbeitet worden sein mußte, denn die Schädelhaut war voll frischer kleiner Rasierwunden. Hinter den Ohren wanden sich tätowierte Schlangen mit Fledermausflügeln.

»Gestern angekommen.«

»Dann kannst du bestimmt ein bißchen Schutz gebrauchen.«

»Mach dir keine Mühe. Es läuft prima.«

»Hör zu. Wenn du Schutz willst, muß aber erst das ganze Haar ab. Auf jeden Fall der Bart.«

»Ich häng an ihm.«

»Überleg's dir. Ich bin nicht teuer.« Langsam, mit fast trägen Schritten, ging er zu seinem Tisch in der Ecke zurück, an dem noch mehr kahlgeschorene Männer saßen, einige mit bereits wieder stoppeligen Schädeln. Eine der Schlangen wurde von zwei Fettwülsten in seinem Nacken eingequetscht.

Dressierte Kakerlaken

I

Mit dem Frühstück gegen sechs Uhr morgens hatte Remo kein Problem. Er war wach, lange bevor der Wagen von Bruder Frühküche angerumpelt kam. Fast wollüstig unterwarf er sich der Gefängnisordnung. Eigentlich war dies die Disziplin, die er sich als Filmemacher gewünscht hätte. Früh auf, einfache Kost, rund um die Uhr arbeiten. Keine Geschäftsessen, keine Cocktailparties, keine Galapremieren. Fruchtbar von Frauen träumen, anstatt zeitraubend hinter ihnen herzujagen.

2

»Agraphiotis?«

»Hier!«

»Hör zu, Agraphiotis. Dieser Neue … dieser Kleine …«

»Häftling Maddox.«

»Der ist auch klein, aber nicht mehr ganz so neu. Ich meine den Zwerg, der zuletzt angekommen ist.«

»Häftling Woodehouse.«

»Genau. Der hat sich freiwillig als Putzfrau gemeldet. Geh du mit ihm zu Maddox. Sorg dafür, daß die beiden Heinzelmännchen ihre Arbeit ordentlich aufeinander abstimmen. Und damit meine ich nicht irgendwelche Ausbruchsversuche durch ein Mauseloch.«

Der Neue hatte seine Zelle in der Nähe der Aufseherloge. Ich drückte auf einen Knopf, und bis ich an seiner Tür war, hatte sich diese geöffnet. »Woodehouse, rauskommen.«

Er trat unsicher auf den Umgang, blickte erst nach links

(nichts), dann nach rechts, wo ich stand. »Ich habe gehört, daß du dich als Freiwilliger für Reinigungsarbeiten gemeldet hast.«

Ich faßte ihn locker am Oberarm und führte ihn wie ein Kind am Geländer entlang zum Treppenaufgang. Bevor wir die nächste Treppe hinaufstiegen, hielt ich den Häftling einen Moment fest. Sein Arm wurde steif. Die Angst saß bei ihm dicht unter der Haut. In der dritten Etage war das Geräusch eines Besens zu hören. Die Freistunde begann gerade. Die ersten Stimmen des Tages auf dem Innenhof. Zuerst nur vereinzelte Rufe. Ein Ball hopste auf und ab. Gejohle.

Oben war niemand zu sehen. Auf dem schwarzen Terrazzoboden lag ein kleiner Abfallhaufen. Obstschalen, Stoffstreifen, Plastikbecher. Die Besengeräusche kamen aus einer offenen Zelle. »Maddox?«

Jemand trat gebückt rückwärts auf den Umgang hinaus. Mit einem Besen zog er Toilettenpapierschlangen zu sich heran. Es war der Mann mit dem verbundenen Kopf. »Peyotekacker. Immer dieselben, die hier so rumsauen. Tequilapisser.« So sehr seine Stimme auch durch den dicken Verband gedämpft wurde, sie hörte sich dennoch verlebt an, rauh und schnarrend. Das Papier war eindeutig benutzt. Auf einen Haufen gefegt, stank es.

»Hast du was gegen Mexikaner, Billy the Kid?«

»Genausowenig wie gegen Griechen. Sie müßten nur mal lernen, diese Meskalinschlucker, ihre Allerseelengirlanden runterzuspülen.«

»Vielleicht hängen sie dran. Nicht weit von hier kommen sie ja ohne Papiere über die Grenze.«

Maddox ging, noch immer in gebückter Haltung, in die nächste Zelle. »Hier kommt Juanito«, rief er über die Schulter. Mit knappen Bewegungen fegte er jetzt kürzere Toilettenpapierschlangen auf den Umgang hinaus, allesamt mit Ausscheidungsresten beschmiert. Der Gestank wurde schlimmer. Er stemmte den Besen vor seinen Füßen auf den Boden und stützte sich auf den Stiel. Sein Gesicht war so zugepflastert, nur das rechte Auge unbedeckt, daß man unmöglich erkennen konnte, ob er den Wärter ansah. Deutlich war hingegen, daß er Remo ignorierte. »Mr. Agraphiotis, im Ernst. So 'nen Kaktusficker könnte man anhand seiner Wischspuren identifizieren. Von hinten nach vorn oder von vorn nach hinten. Bei gespreizten Schenkeln oder zwischen zusammengepreßten Keulen durch. Ich bin hier in einer Woche zum Experten geworden. Wenn man quer rüberwischt, bekommt man das Farnmuster. Manche machen ein Knäuel aus dem Papier und drehen es genau am Arschloch rum. Andere legen einen Streifen in ihre Unterhose, dann bekommt man einen einwandfreien Abdruck vom bronzenen Auge. Prima Alternative zum Fingerabdruck. Garantiert einzigartig. Muß nur an alle Polizeidienststellen der Vereinigten Staaten geschickt werden. Erfolg garantiert.«

»Hilf mir auf die Sprünge, Maddox, ich bin neu hier«, sagte der Gefängniswärter. »Machen die das aus Protest oder so?«

»Liegt an den Klempnern in jedem Land. In Mexiko haben sie schmalere Abflußrohre als hier. Da lernen die Kinder schon von ihren Mamis, daß sie das Arschabwischpapier in einen Korb neben dem Klo werfen müssen. Weil's sonst 'ne Verstopfung gibt.«

»Aber hier …«

»In unseren Gefängnissen gibt's keine Körbe.«

»Außer als administratives Kommunikationsmittel.«

»Ein Volk lernt man an seinen Abwasserleitungen kennen. Einem Mexikaner kann man tausendmal sagen, daß er sein Papier in der Toilette runterspülen muß, und trotzdem landet der Schmierkram noch auf dem Boden. Von dem ganzen Tequila wird man blind. Die Meskalwürmer greifen das Hirn an.«

»Gut zu hören, daß du nichts gegen Mexikaner hast.«

Der Stimmenlärm auf dem Innenhof schwoll zur Kakophonie eines Schwimmbads im Sommer an. Die drei Männer standen im Gestank. »Maddox, das ist Häftling Woodehouse. Er wird dir helfen.«

3

Langsam, unwillig wandte der Mann seinen umwickelten Kopf Remo zu, als bemerke er ihn erst jetzt. Der Verband war schmutzig. An den Stellen, an denen Eiter oder Wundsekret durch den Mull gedrungen war, hatte sich zusätzlicher Staub festgesetzt. »Muß ich jetzt dankbar sein?« Zwischen den Streifen, die das rechte Auge frei ließen, blinkte etwas – nicht das Weiße darin.

»Dies ist kein Haus der Dankbarkeit«, sagte Agraphiotis. »Ich möchte nur, daß ihr euch gegenseitig nicht im Weg steht.«

»Der ist ja genau so ein Winzling wie ich. Daran wird's also nicht liegen.«

Wenn er sprach, waren seine Lippen nicht zu sehen. Wo sich sein Mund befinden mußte, bewegten sich die Binden, die an dieser Stelle bräunlich von Essensresten waren.

»Dann gebt euch die Hand.«

Remo streckte seine Hand aus und faßte an etwas Großes, Weiches, Wattiges. »Wie heißt du mit Vornamen? Dann spricht es sich besser.«

»Ich sprech nicht viel. Sag einfach Scott.«

»Remo.« Er sprach den Namen englisch aus. »Freut mich.«

»Little Remo. Kein Problem.«

»Zeig Woodehouse, wo er anfangen kann.«

Maddox stellte den harten Besen an die Wand und nahm einen anderen zur Hand, den er mit dem Stiel nach unten auf den Boden knallte. »Das ist der weiche Besen.«

Er strich mit den Fingerspitzen liebkosend über die Haare wie über die einer Kleiderbürste. Das Querholz war ungewöhnlich lang. »Damit zieh ich Linien.« Er drehte den Besen um und fegte aus verschiedenen Richtungen gerade Streifen feinen Staubs auf dem Terrazzoboden zusammen, der unter den weichen Haaren zu glänzen begann. »Graue Linien auf schwarzem Spiegel. Koks für Alchimisten.« Er drückte Remo den Stiel in die Hände. »Feg hinter mir her.«

»Ich laß euch jetzt arbeiten«, sagte Agraphiotis. »Denkt dran, es gibt auf jeder Etage eine Loge. Uns entgeht nicht die kleinste Bewegung.«

4

»Woodehouse«, wiederholte Maddox. »Das klingt englischer als dein Akzent.«

»Ich hab meinen Namen vor langer Zeit anglisiert.«

»In welche Sprache muß ich Woodehouse dann zurück-übersetzen?«

»Versuch's mal mit Rätoromanisch.«

»Remo Retoromanic, ganz schöner Mundvoll. Nein, Woodehouse ist besser.«

Maddox kehrte mit seinem groben Besen die Zellen der Mexikaner aus. Remo fegte ein paar Meter hinter ihm lautlos den Staub zusammen. Schon ein paarmal hatte Maddox den neuen Putzer ermahnt, langsamer zu arbeiten. »Bleib mir von den Hacken. Sorg dafür, daß der Tag rumgeht.«

Wenn er reden wollte, drehte er seinen Rücken der Loge zu und nahm dann eine übertriebene Arbeitshaltung ein. »Imposante Brille. Aus meinem Geburtsjahr, schätze ich.«

»Und das ist?«

»Das Jahr Null.«

»Wow, dann durftest du ja im Jahr eins deine erste Kerze auspusten.«

»Bist 'n Schnellmerker, was. Ich kann nur deinen dämlichen Akzent nicht einordnen.«

»Mir versichern immer alle, daß ich makelloses Englisch spreche.«

»Das Urteil von Vasallen nützt uns nichts. Makellos heißt noch nicht akzentlos. Und Englisch ist noch kein Amerikanisch.«

»Was hältst du von Agraphiotis' Akzent?«

»Sie nennen ihn den ›Griechen‹. Choreo ist das reinste Babel. Ich hab diese Brille schon mal gesehen.«

»Im Jahr Null.«

»In einer Anzeige oder so.«

»Das Modell ist wieder ganz in.«

»Setz sie mal ab.«

»Ich seh lieber, wer mir an die Gurgel will. Ich hab minus sechs und minus zwei.«

»Déjà vu. Ich *wußte*, daß du minus zwei und minus sechs sagen würdest.«

»Das Déjà vu ist was für bescheidene Hellseher.«

Maddox sprach mit einer eigenartigen Melodik, der die Kehllaute und ein gesummtes Dröhnen hoch oben in der Nase zugute kamen – letzteres konnte allerdings auch die Folge des straffen Verbands sein. Er hatte sogar bei der einfachsten Mitteilung die Neigung, die letzten Worte leicht erbost und feierlich zu betonen, als würde er eine Argumentation zu Ende führen. Da war fortwährend etwas Beschwörendes, nicht nur in der Art, wie er sprach, sondern auch in seiner Gestik, wenngleich diese Haltung durch den ganzen Verbandsmull ins Karikaturistische gezogen wurde. »Li'll Remo, wie hältst du's mit Jesus Christus?«

»Als ich geboren wurde, war das zwanzigste Jahrhundert so alt, wie Christus wurde. Mehr hab ich nicht mit ihm zu schaffen.«

Maddox nahm Remo den Besen aus den Händen und legte sich das Ding mit dem langen Querholz über die Schulter, so daß der Stiel jetzt über seinem krummen Rücken lag. »Siehe, dies ist das Kreuz, das Scott Maddox in Choreo trägt. Er, der auf sich nimmt den Staub der Welt.« Als er so sprach, einen Arm zitternd erhoben, hatte er etwas von einem schwarzen

Pfarrer während der Predigt. Ein kleiner Martin Luther King. Remo hatte sich Maddox sofort als Weißen vorgestellt, aber er konnte natürlich genausogut schwarz sein. Das eine hervorlugende Auge lieferte keinen Anhaltspunkt. Die Färbung der Fingernägel, die zur Schönheit von Schwarzen beitrug, erinnerte ihn immer an die Futterrüben auf dem Land, wo er die Kriegsjahre zugebracht hatte. Der Übergang von Lila zu Weiß ... Er blickte forschend auf Maddox' Hände. Der hatte keine Nägel. Schuppige Fingerspitzen.

»Warum hört sich der Name Maddox so vertraut für mich an?«

»Ein ganz normaler amerikanischer Name.«

»Ich bin kein Amerikaner.«

»Es wird die Klangähnlichkeit sein.«

»Womit?«

»*Mad Dogs and Englishmen.*«

Remo sah sofort die Plattenhülle vor sich. Er hatte dieses Joe-Cocker-Album vor Jahren Hunderte von Malen gespielt.

»Der wahre Hellseher kommt ohne Déjà vu aus.«

»In meinem Namen bellen tausendundein tollwütiger Hund. Erzähl mir alles über deinen Akzent.«

»Ich bin in Frankreich geboren.«

»Scott ist nie weiter gekommen als bis zum French Quarter in New Orleans. Ich wollte einen Buick aus, sagen wir mal: zweiter Hand einem Kerl verkaufen, der französisch sprach. Verstanden haben wir uns schon, aber begriffen haben wir einander nicht ... oder umgekehrt. Der Deal ging in die Hose. In amerikanischen Gefängnissen sitzt eine Menge Gesindel von jenseits der Grenzen.«

»Verkauf von gestohlenen Autos ... sitzt du deswegen hier?«

»Dieser Buick, das war ein föderales Delikt. Choreo ist ein kalifornisches Gefängnis.«

»Föderal, staatsgebunden ... ich bring diese Dinge juristisch noch immer durcheinander.«

»Ich habe einen großen Teil meines Lebens in föderalen Kerkern vergeudet. Wenn ich mich auf einen Staat beschränkt hätte, hätte es mich noch nicht mal die Hälfte der Zeit gekostet.«

»Warum hast du dann föderale Straftaten begangen?«

»Eigensinn. Der Knast ist mein Zuhause. Scott bleibt gern ein bißchen länger.«

»Jetzt weiß ich immer noch nicht, warum du in Choreo sitzt.«

»Um den Gestank des großen Brands loszuwerden.«

5

Am Nachmittag mußte der ganze Terrazzofußboden im breiten Korridor unten gewischt werden. Auf Anweisung des »Griechen« fingen sie von zwei einander diagonal gegenüberliegenden Ecken aus an. Sie sollten dann über ein labyrinthartiges Muster, das in den nassen Wischspuren wiederzufinden war, mit endlos weit ausholenden Bewegungen aufeinander zu arbeiten, bis die Stiele ihrer Mops sich im Mittelpunkt des Raums kreuzten.

»Ich will kein Geschrei wie auf dem Hof draußen«, hatte Agraphiotis gesagt. »Ihr könnt in normaler Lautstärke reden, wenn ihr in Hörweite seid.«

Solange nicht feucht gewischt worden war, hing in den Korridoren von Choreo der Geruch von Schulturnsälen, eine Mischung aus Staub und Schweiß. Die Reinigungsmittel waren das übliche Supermarktzeug in Großflaschen für den Büro- und Gaststättenbedarf. Trotz der beigefügten Blütendüfte verströmten sie, mit dem Schmutz von Choreo vermischt, einen abgestandenen Abflußgeruch.

Der Bandagierte faszinierte Remo. Maddox war so völlig anders, als er sich einen mit allen Wassern gewaschenen Häftling vorgestellt hatte. Remo fand ihn abstoßend, unberechenbar, konnte es aber trotzdem kaum erwarten, bis er

113

erneut in Hörweite war und das Gespräch wieder aufnehmen konnte. »Duschst du morgens zusammen mit dem Rudel, Little Remo?« Die Stimme schallte aggressiv und laut durch den kahlen Raum. Remo warf einen Blick auf die unterste Loge. Das Glas spiegelte. Es kam niemand heraus. »Nein, allein.«

»Wenn du so leise sprichst, versteh ich dich nicht, mit dieser ganzen Putzwolle in den Ohren.«

»Ich dusche allein.« Remo hob die Stimme. »Mit Eskorte. Der Rest kommt nach mir.«

»Und Frühstück?«

»Im Bett. Hattest du heute morgen auch Schweinskoteletts?« Damit sich seine Stimme gedämpfter anhörte, ließ Remo seinen Mop laut auf den Terrazzoboden klatschen. Die Seifenlauge produzierte einen Stern.

»Ich eß kein Fleisch«, rief Maddox zurück, »und das wissen die hier. Eier, Käse, Butter … das alles eß ich auch nicht.«

»Du bist also Veganer.«

»Kein strikter. Honig nehm ich.«

»Und warum Honig?«

»Honig ist ein architektonischer Baustoff. Daraus werden Waben gemacht. Jeder Bienenstock ist eine Alhambra, mit einem Mosaikboden aus purem Gold. Irgendwann wird Scott Maddox in so einem Palast wohnen, der von Bienen entworfen und eingerichtet worden ist. Ich selbst, mein Hofstaat … wir werden alle wie Imker gekleidet gehen. Aus Respekt vor diesen kleinen Architekten. Sie sind immer da. Ihre Arbeit hört nie auf. Das ist die Zeit von Cosy Horror.«

Auch wenn er so hochtrabend daherredete, klang seine Stimme spröde, ein wenig wie bei jemandem mit einer Hasenscharte. Die heilenden Wunden, welcher Art sie auch immer sein mochten, erlaubten ihm offenbar nur den begrenzten Einsatz seiner Gesichtsmuskeln. »Cosy Horror …?«

»Später, später.« Sie hatten jetzt wieder eine Wischbahn der Raumlänge nach vor sich, weswegen sie sich jeweils zu einer der kurzen Seiten voneinander weg bewegten. »Nachher«, rief Maddox noch.

6

»Was ist Cosy Horror?« fragte Remo. Auf Parallelrouten waren die beiden Putzer wieder auf gleiche Höhe gekommen. Sie machten eine Pause.

»Nicht jetzt.«

»Erzähl mir wenigstens, warum du hier sitzt.«

»Ich hab den Direktor gefragt. ›Mach dir nicht zu viele Gedanken‹, hat der gesagt. ›Einfach, damit deine Wunden in aller Ruhe heilen können.‹ Ich rekonvalesziere. Choreo ist ein Genesungsheim.«

»Wo hast du vorher gesessen?«

»In Vacaville. Nein, Folsom. In Folsom habe ich Feuer gefangen. Dann hat man mich in die California Medical Facility geschickt, in Vacaville. Wegen der Salbe.«

»In Folsom brach Feuer aus?«

»In Folsom brach die Hölle los. Wegen ein paar Kakerlaken. Mehr will ich dazu nicht sagen.«

»Die Verbindung zwischen Kakerlaken und Brandsalbe ist mir nicht klar.«

»In Folsom haben die Kakerlaken mich mit einem leicht entflammbaren Stoff bepinkelt. In dem Moment kam Florence Nightingale mit einem brennenden Feuerzeug vorbei. Wenn du dich mit Scott Maddox unterhalten willst, Li'll Remo, dann darfst du schon mal nicht alles wörtlich nehmen.«

»Ein Bericht in der übertragenen Bedeutung ist auch okay.«

Die zwei Gefangenen klammerten sich beide so fest an den Stiel ihres Mops, als würden sie sonst umfallen. Maddox wiegte seinen Oberkörper. »Wenn in Folsom jemand Iso kriegt, setzen sie ihn auf Hungerdiät. Einmal am Tag Wasser und Brot, sonst nix. Wenn so einer einen Kakerlak sieht, dann steckt er ihn in sein Brot. Kapiert? Wegen dem Eiweiß. Scott nicht. Scott leidet lieber unter Eiweißmangel, als daß er ein Tier ißt. Scott ist strenggläubiger als Johannes der Täufer, der in der Wüste Heuschrecken aß. *Ich* würde zu den Heuschrecken sprechen ... ich würde sie taufen ... In Folsom darf der Gefangene keine Tiere in seiner Zelle halten. Filzläuse? Die Viecher werden mit Giftangriffen getötet. Ich hatte zwei Kakerlaken gefangen und hielt sie in einer Streichholzschachtel. Es waren meine Freunde. Ich habe sie abgerichtet, bis sie alle möglichen Kunststücke für mich machten. Am schönsten, Little Remo, war der Skorpiontanz. Ich hatte sie so lange mit einem Zahnstocher bearbeitet, bis sie als Herr und Frau Skorpion tanzten. Bis hin zum Todesstich ... und dem reglosen Daliegen. Und dem Applaus. *Vorhang.* Dann habe ich einen Fehler gemacht. Ich war so stolz auf meine kleinen Artisten, daß ich sie einem befreundeten Wärter gezeigt habe. Der hat um ein Kunststück gebettelt. Mit Hilfe eines Fadens ließ ich sie ihre Streichholzschachtel wie einen Wagen ziehen. Der Wärter hatte Tränen in den Augen.«

Remo hatte doch richtig gesehen. Der Verband unter Maddox' rechtem Auge war etwas feucht geworden.

»Am selben Tag ... Zellendurchsuchung. Sie haben mir die Schachtel mit meinen Kakerlaken weggenommen. Ich bitte Wärter nie um einen Gefallen, aber da habe ich gebittelt und gebettelt, meine kleinen Freunde behalten zu dürfen. ›Häftling Maddox muß die Gefängnisordnung noch mal lesen. Keine Haustiere in der Zelle.‹ Ich habe ihnen vorgehalten, daß Kakerlaken doch keine Haustiere sind. ›Sobald du sie abgerichtet hast, Maddox, sind es Haustiere, und die müssen wir entfernen.‹ Ich hab den ganzen Tag geheult. In dieser Nacht hab ich zwischen zwei Kontrollen mein Bett angezündet.«

Über den Ring schallte das Händeklatschen des »Griechen«. »Los, los, meine Herren. Genug geschwatzt.« Ein Aufeinandertreffen trockener, leicht schwieliger Handflächen, das von der Akustik zwischen kahlen Wänden profitierte. »Die Mops werden hart. Jeder auf seine Seite.«

Die Putzer tauchten ihre Mops in die Eimer mit Seifenlauge. »Der Rest kommt gleich«, sagte Maddox, auf den Boden blickend. »Schau zu, daß du mit einem kleineren Bogen auf mich zu arbeitest.«

Mit ihren Mops hantierend entfernten sie sich rückwärts gehend voneinander.

7

Gerade als Remo sich fragte, wie Maddox durch den dicken Verband hindurch hören konnte, drehte dieser seinen Kopf um neunzig Grad. In Höhe des Ohrs quoll eine mit kleinen Löchern versehene Ausstülpung durch die Mullbinden, die aus Kunststoff oder Styropor war. »Hörst du genauso gut wie früher?«

»Die Flammen züngelten in meine Ohren. Ohrenschmalz wirkt wie Öl im Feuer. Scott fängt Geräusche mit seinem Steißbein auf.«

»Dann laß ich meine Stimme mal ein bißchen stärker vibrieren.«

»Bevor ich den Scheiterhaufen angezündet habe, hab ich den Direktor rufen lassen. Er kam. Scott sagte: ›Wenn Sie mir nicht erlauben, Kakerlaken in meiner Zelle zu halten, dann haben Sie auch den Mut und treten Sie sie vor meinen Augen tot.‹ Das hat Scott gesagt.«

»Zwei breiartige Flecken auf dem Fußboden, ist das nicht schlimmer, als sie weggenommen zu kriegen?«

»Little Remo ist kein Naturmensch. Tritt einen Kakerlak tot … seine Eier überleben. Wer sein Haus kakerlakenfrei machen will, muß mit brennenden Zeitungen an den Wänden entlanggehen, sonst ist schon bald die nächste Generation da. Scott wollte die Nachkommen seiner Freunde abrichten.«

»Der Direktor hat nichts getan.«

»Da hat sich Scott in einen Kakerlak verwandelt … zwischen brennenden Zeitungen.«

»Man hat dich rechtzeitig gefunden.«

»Sie haben was gerochen.«

»Wie schlimm?«

»Gesicht. Hände. Hier und da noch eine versengte Stelle … der Abdruck eines Bügeleisens, mehr nicht.«

»Und jetzt sitzt du hier. Bestimmt nicht, weil Folsom Angst hatte, du stellst einen neuen Kakerlakenzirkus auf die Beine.«

»Im Untersuchungsbericht stand: ›Extrem suizidgefährdet.‹ Durch die Korridore von Folsom spukt der Wuschelkopf von George Jackson. Zu viele Tote mit einer Geschichte, das ist nicht gut für ein Gefängnis.«

»Jetzt weiß ich, wie du von Folsom nach Choreo gekommen bist. Aber immer noch nicht, was dich nach Folsom gebracht hat.«

»Scott ist in Choreo nicht am richtigen Platz. Scott war in Folsom nicht am richtigen Platz. Scott bekommt nicht die Behandlung, die er verdient. Er ist ein politischer Gefangener.«

»Erklär mir …«

»Ich bin ein politischer Gefangener, der sich verirrt hat. Es liegt nicht im Interesse meiner Sache, darüber einem normalen Häftling gegenüber Mitteilungen zu machen. Die fünfte Kolonne sitzt überall.«

Nachdem Maddox von seinem Autodafé erzählt hatte, fühlte Remo zum erstenmal seit seiner Ankunft, wie ihm der Bart im Gesicht brannte, und jetzt nicht in Form eines Jukkens. Er konnte den Gestank von verbranntem Haar beinahe riechen. »Wenn du damals also nicht selbst im Bett verbrannt bist, was haben sie danach mit dir gemacht?«

»In der Isozelle hat es vor Kakerlaken nur so gewimmelt. Sie haben mich in den Bunker geworfen, um mir was einzutrichtern: Entweder Kakerlaken dressieren … oder fressen.«

Der »Grieche« stand im Ausguck. »Faß dich kurz, Scott.«
»Verheiratet?«
»Gewesen.«
»Scheidung.«
»Witwer.«
»Krebs ...«
»Wochenbett.«
»Kind?«
»Tot.«
»Unglücklicher.«

»Das Baby hat seine Mutter überlebt«, sagte Remo.
»Eine Halbwaise. Ich wollte, ich hätte meine Mutter über-
lebt. Dann säße ich nicht hier.«
»Es starb nach seiner Mutter.«
»Wieviel später?«
»Zwanzig Minuten.«
»Was willst du? Dann sind sie doch gemeinsam im Wo-
chenbett gestorben.«
»Diese zwanzig Minuten, um die genau geht es.«
»In deiner Haarspalterwelt, ja.«
»Es geht hier um das Spalten einer menschlichen Seele.«
»Warum«, fragte Maddox, »hat man keinen Kaiserschnitt
gemacht, wenn der das Kind hätte retten können?«
»Es war kein Arzt in der Nähe.«
»Auch kein Skalpell ... oder ein scharfes Messer?«
»Oh, Messer gab's genug, und scharf waren sie auch. Und
Hände, um sie zu führen.«
»Na also. Die Frau war tot. Ihretwegen mußte niemand
mehr vorsichtig sein. Warum hat man das Baby dann nicht
einfach rausgeholt?«

»Weißt du's, Scott? Ich nicht.«

»Und du, Little Remo?«

»Ich war nicht dabei. Ich war weit weg.«

»Was haben sie gemacht?«

»Wer?«

»Die Leute, die dabei waren.«

»Sie sind weggegangen.«

»Und haben das Baby in der Mutter seinem Schicksal überlassen ...«

»So war es.«

»Es werden wohl Freunde von dir gewesen sein.«

»Freunde waren es nicht.«

»Was haben sie dann dort gemacht?«

»Ungebetene Gäste bei der Geburt.«

»Kurz und gut«, sagte Maddox, »Cosy Horror ... um dem Tod die Zähne zu ziehen und sie im weichen Gaumen des Neugeborenen einzupflanzen. Wir werden zurückschrecken vor dem knurrenden Säugling, der seine Eckzähne entblößt. Nicht länger scheuen wir uns, Schutz an der beruhigenden Brust des Todes zu suchen. Umkehr aller Ängste. Umwertung jeden Schauders.«

10

Endlich standen sie im Zentrum eines schematischen Labyrinths, das aus teilweise bereits getrockneten Seifenlaugenbahnen bestand.

»Fertig«, sagte Remo.

»Jetzt noch mit Wischer und Lappen«, sagte Maddox. »Und trotzdem kenne ich dich von irgendwoher.«

»Verwechsel mich nicht mit meiner Brille.«

»Es ist unsere Kleinheit, Li'll Remo. Wir spiegeln uns gegenseitig. Exakt gleich groß.«

»Ich bin größer als du.«

»Offiziell bin ich einen Meter fünfundfünfzig. Wenn man

mich an die Gefängnismeßlatte stellt und mir gerade nach Schummeln ist … also mit leicht angehobenen Fersen … dann komm ich auf eins sechsundfünfzig. Mehr ist nicht drin. Ich schätze, du bist so groß wie ich, wenn ich mogle.«

»Ich bin eins siebenundfünfzig.«

Maddox streckte den Arm hoch und winkte. »Mr. Agraphiotis …!«

Der »Grieche«, der gerade die Aufseherloge in der ersten Etage betreten wollte, bog in ihre Richtung ab. Er stieg auf der gegenüberliegenden Seite die Treppe hinunter und ging auf Absätzen auf sie zu, wie manche Leute es tun, wenn sie über einen nassen Fußboden gehen.

»Woodehouse und ich«, sagte Maddox, »haben eine kleine Meinungsverschiedenheit in bezug auf unsere Länge.«

»Zwei Liliputaner, die sich um einen Millimeter streiten«, sagte der Wärter. »Dann stellt euch mal mit dem Rücken aneinander.«

Wie folgsame Kinder taten sie, was er sie geheißen hatte. Jetzt, da ihre Köpfe sich berührten, fing Remo den Fäulnisgeruch aus Maddox' Verbandswust auf. Alte Salbe, weiche Wundkrusten, vielleicht Eiter.

»Gerade stehen«, sagte Agraphiotis und faßte kurz an Maddox' krummen Rücken. »Sonst benachteiligst du dich selbst. Mal schauen … Woodehouse scheint tatsächlich ein paar Zentimeter größer zu sein. Aber was seh ich da? Wie kommst du zu *Turnschuhen*, Woodehouse?«

»Die hatte ich dabei. In der Kleiderkammer gab's keine Schlappen in meiner Größe.«

»Das macht mindestens anderthalb Zentimeter aus. Aber selbst wenn wir die abziehen, überragt Häftling Woodehouse Häftling Maddox noch um eine Idee. Maddox betrügt, indem er sich ein wenig auf die Zehenspitzen stellt. Das hilft ihm nichts. Rührt euch.«

Maddox gab Remo einen kurzen Schubs mit dem Hintern, und die Putzer drehten sich beide gleichzeitig um. »Tröste dich«, sagte der »Grieche«. »Kleinheit braucht Größe nicht im Weg zu stehen. Alexander der Große maß einen Meter siebenundvierzig. Zehn Zentimeter weniger als euer Durchschnitt. Das hat ihn nicht daran gehindert, Alexander der Große zu sein. Ohne Plateausohlen.«

»Ob kurz oder lang«, sagte Remo, »das Leben legt uns ins gleiche Prokrustesbett. Sind wir dafür zu lang, wird alles, was überhängt, abgehackt. Wer zu kurz ist, wird gestreckt, bis er hineinpaßt.«

»Als Knirps«, meinte Maddox, »hast du's besser. Lieber die Muskeln gezerrt als auf Stümpfen weiter durchs Leben. Bevor ich morgens von meiner viel zu großen Pritsche aufstehe, strecke ich mich auch immer kurz. Gerade genug, um den Tag pflücken zu können.«

»Mr. Agraphiotis«, sagte Remo, »Sie haben gerade der Gründungsversammlung des Vereins der Prokrustesbettbetreiber Carpe Diem beigewohnt. Eine gemeinnützige Einrichtung.«

»Ist mir eine große Ehre.«

Maddox schien plötzlich von einer fanatischen Wut erfaßt. Der dicke Verband an seinen Händen hinderte ihn jedoch daran, die Fäuste richtig zu ballen.

»Männer, die von Natur aus groß sind, befinden sich letztlich im Nachteil. Sie wachsen aus ihren Kleidern heraus, verschleißen eine Garderobe nach der anderen und bringen ihre Mütter zur Verzweiflung. Wenn sie ausgewachsen sind, machen sie sich weis, daß das Glück ihnen in den Genen steckt. So nehmen sie, rundum zufrieden mit sich und erzfaul, ihr Erwachsenendasein in Angriff ... ihre berufliche Laufbahn. Nein, dann lieber der Ehrgeiz des kleinen Mannes ...! Der ist von Anfang an ausgeprägt. Aus reinem Überlebensdrang.«

11

»Ich hab dich gestern abend singen und spielen gehört«, sagte Remo. »Aber Publikum stört dich, hab ich gemerkt.«

»Ich war dabei, was auszuprobieren. Ich möchte nicht, daß die Leute meine noch unfertigen Sachen in ihrem Herzen mitnehmen.«

»Was ich gehört habe, konnte ich keiner Richtung zuordnen.«

»Richtung ...« sagte Maddox voller Verachtung.

»Es hat mich an ein paar Einzelgänger erinnert.«

»Wie zum Beispiel?«

»Van Morrison.«

»Van Morrison singt immer, als ob er ein Haar auf der Zunge hätte. Warum dann nicht gleich so singen, als hätte man ein ganzes Gewölle im Hals?«

»Scott, erzähl mal ... wie hast du Gitarre spielen gelernt?«

»Auf den Gitterstäben meiner Zelle. Es kostet ziemlich Mühe, sie runterzudrücken, die Nägel gehen dabei kaputt, aber mit der Zeit klappt es immer besser ... dank der Akustik im Knast ...«

»Schon gut.«

»Popmusik«, spie Maddox mit tiefer Verachtung. »Wenn ich auf die sechziger Jahre zurückschaue, dann sehe ich junge Totengräber, die vor unseren Füßen einen Spaten in den Boden stachen und dann den Spalt immer breiter machten, so lange, bis eine Generationskluft gähnte. Sie haben das ›weder Gott noch Gebot‹ mit Fluch-, Schimpf- und säuischen Worten gepredigt. Sie haben uns auf Drogen gebracht und uns untauglich für ein normales, arbeitsames Leben gemacht. Jetzt benutzen dieselben Popboys ihre progressive Musik dazu, um Jesus und die Frohe Botschaft an den Mann zu bringen. Wenn ich die Gelegenheit habe, besteche ich ihre Roadies, damit sie hier und da eine Gitarre falsch einstöpseln ... das ist sauberer als die Kugel ...«

Um in den Freizeitraum zu gelangen, wählte Remo wieder den Umweg an Maddox' Zelle vorbei. Der spielte und sang dasselbe Stück wie das letzte Mal (»Crosstalk in the meadows«), allerdings routinierter, mit weniger Fehlern. Als sich Remo vorsichtig der offenen Tür näherte, hörte Maddox auf zu spielen. Remo lugte um den Türrahmen. Der Gitarrist drückte auf die Tasten eines vor ihm stehenden Recorders und zog ein Mikrophon auf einem kleinen dreibeinigen Ständer näher zu sich heran. Er stimmte den Blues noch einmal an, jetzt bei sich drehenden Spulen.

Auf Zehenspitzen ging Remo weiter. Aus manchen der offenen Zellen trieb ein schwacher Geruch nach Alkohol und süßer Fäulnis auf den Umgang heraus. Wenn er dort vorbeikam, mußte er immer die kleinen Taufliegen wegschlagen. Es war der Duft eines frühen Sommermorgens am Ende eines Fests … August, sein Geburtstag … wenn er nach dem Verabschieden der letzten Gäste ins Haus zurückkehrte. Das fast leere Bowlengefäß auf der Anrichte, und darüber eine Wolke Fruchtfliegen.

So hätte auch sein Geburtstag vor acht Jahren sein sollen. Statt dessen ließen sich andere Fliegen in seinem Haus nieder.

Donnerstag, 22. Dezember 1977

Conopas I. und II.

I

»Ist hier Alkohol in der Zelle erlaubt?« fragte Remo.

»Das hängt von der Definition ab«, sagte Maddox. »Bier, nein. Wein, nein. Sprit, dafür bezahlt man mit dem Bunker.«

»Ich könnte schwören, daß ich ab und an aus einer offenen Zelle einen leichten Alkoholgeruch in die Nase bekomme.«

»Gärende Obstschalen. Der Hausaperitif von Choreo.«

»Ich hab nie jemand trinken sehen.«

»Sie heben ihn sich für Silvester auf.«

Ihre tägliche Unterhaltung bestand aus Bruchstücken dessen, was ein vollständiges Gespräch hätte sein können, wenn sie sich nicht notgedrungen nach jeder Begegnung wieder voneinander entfernt hätten. Manchmal bildeten die Fetzen, verteilt auf den Putztag, eine Art Fortsetzungsgespräch, häufiger jedoch entfiel ihnen das Thema, so daß sie nach dem nächsten Rundgang von etwas ganz anderem anfingen.

»Dieser Recorder, Scott, erlauben sie dir den einfach so?«

»Für wen spionierst du, Li'll Remo?«

»Vielleicht ja für eine Plattengesellschaft. Ich meine, in so einem Ding gibt es Teile, mit denen ein Gefangener sich was antun könnte.«

»Das Tonband ist zu schlaff, um sich daran aufzuhängen.«

»Innendrin sind kleine Zahnräder, die könnten, etwas nachgeschliffen, eine ganz hübsche Tüpfellinie über deine Handgelenke ziehen.«

»Ich darf das Ding auf Antrag für eine Stunde in meiner Zelle haben. Die Wärter kommen alle fünf Minuten und sehen nach, ob ich noch keine elektrische Guillotine daraus ge-

baut habe. Der Strom wird aus der Aufseherloge abgezapft ...
mit einem Sicherheitskabel aus Gummi. Zufrieden?«

»Warum«, fragte Maddox, »hast du dich für diese Mistarbeit
gemeldet?«

»Damit ich nicht still in meiner Zelle hocken muß.«

»Und jetzt der wahre Grund.«

»Um meinen guten Willen zu zeigen.«

»Der *wahre* Grund, hab ich gesagt.«

»Du hast da am Ende des Korridors gestanden ... einsam
eingeschlossen in dem ganzen Verbandszeug. Du hast so getan, als würdest du weiterfegen. Ich wollte mich gern mal mit
dir unterhalten.«

»Heute fangen wir unten an. Ich wette mit dir um eine
Packung Milch, daß es Zoff gibt.«

Jeder arbeitete aus seiner gewohnten Ecke heraus mit dem
harten Besen, obwohl es keinen sichtbaren Abfall zusammenzufegen gab. Nach zehn Minuten spürte Remo eine Hand
auf seiner Schulter. Aufseher Carhartt. »Wo hast du heute
deinen Verstand, Woodehouse? Immer oben anfangen.«

Maddox kam angeschlendert, den Besen hinter sich herziehend. »Ist was nicht in Ordnung, Mr. Carhartt?«

»Immer in der dritten Etage anfangen.«

»Ich hab neulich in einer Zeitschrift was über das Anstrei-
chen des Eiffelturms gelesen. Wenn die Maler fertig sind,
fangen sie sofort wieder von vorn an. Was macht es dann für
einen Unterschied? Von unten nach oben, meine ich, oder
von oben nach unten.«

»Choreo ist nicht der Eiffelturm«, schrie Carhartt. »In der
dritten Etage kann Dreck über den Rand fallen. Wenn das
Erdgeschoß dann schon geputzt ist, war die ganze Arbeit für
die Katz.«

Wenn die beiden Putzer ihre harten Besen ruhen ließen, konnten sie das Stimmengetöse vom Innenhof, gesiebt durch Mauern und verzerrt durch Korridore, bis auf den Ring hören. Zeit des Hofgangs. »Warte.« Maddox legte einen verbundenen Zeigefinger auf den fleckigen Verbandsspalt vor seinem Mund. »Stunk.«

Durch den lauter werdenden Stimmenbrei hindurch ertönten scharfe Rufe. Getrampel auf dem Asphalt. Aus einem Megaphon gellte etwas Unverständliches. Plötzlich war es still. »Die ganze Bagage«, sagte Maddox, »liegt jetzt platt auf dem Boden, mit dem Gesicht nach Mekka. Die Arische Bruderschaft hat es wieder nicht lassen können.«

»Wie kommst du darauf?«

»Gefängnisintuition. Ich hab an verschiedenen Hochschulen studiert.«

»Was siehst du?«

»Frisches Blut in der Wintersonne.«

»Und du, Scott, warum sitzt du hier, im idyllischen Choreo?«

»Das frag ich mich jeden Tag. Wie gesagt, eigentlich bin ich ein politischer Gefangener. Genauer gesagt, ein religiöspolitischer. Ich gehöre hier nicht her.«

»Was stand in deinem Urteil?«

»Das Gefängnis, Little Remo, ist meine Altersversorgung.«

»Ich hab gefragt: Wofür wurdest du verurteilt?«

»Politische Anschläge.«

»Bitte etwas mehr über die Ziele … dann komm ich vielleicht drauf.«

»Später.«

»Dann sag mir doch wenigstens, für wie lange sie dich einsperren, Scott.«

»Wenn die Jury sagt: schuldig, und der Richter sagt: zwanzig Jahre, dann weiß der Verurteilte, woran er ist. Scott weiß nicht, was die Dauer seiner Strafe ist. Ich bin jetzt dreiundvierzig. Sie können mich noch dreiunddreißig Jahre festhalten oder dreiundvierzig oder drei. Es kann morgen vorbei sein. Ich bin zu Gefängnis verurteilt und ansonsten zu Ungewißheit. Das ist eine Strafe für sich. Vier Träger werden mich dann in die Freiheit schleppen.«

»Die Lebenserwartung für Männer ... vierundsiebzig, glaube ich.«

»Ich bin nicht zu irgendeinem Durchschnitt verurteilt, sondern zur Dauer meines eigenen Lebens, und die kenne ich nicht. Ich gehöre zu den Typen, die hundertundeins werden. Ich gehöre auch zu den Typen, die sich jeden Tag in Brand stecken können.«

»Sogar wenn du zu lebenslänglich verurteilt bist, kannst du nach einer gewissen Zeit vor eine Kommission treten und um Bewährung bitten.«

»Für Scott bedeutet lebenslänglich auch wirklich lebenslänglich.«

3

Maddox goß Reinigungsmittel aus einer Plastikflasche in die Eimer, und Remo stellte sie nacheinander unter den Warmwasserhahn. »Was war das jetzt heute morgen, Scott?« Unter dem Druck des Wasserstrahls stieg der Schaum wie eine Zipfelmütze über den Eimerrand.

»AB'ler von 'nem Schwarzen erstochen.«

»Woher weißt du das?« Remo hob den vollen Eimer aus dem Waschbecken und stellte einen leeren hinein.

»Von den Kakerlaken in meiner Zelle.«

»Dann wissen sie auch, wer es getan hat.«

»Choreanische Kakerlaken singen nicht.«

»Und ihre menschlichen Mitinsassen ...«

»Die regeln das untereinander. Achte auf das Blut, das demnächst aus den Toiletten strömt.«

Maddox besaß nicht die geistige Disziplin, geordnet zu erzählen. Er bediente sich einer abweichenden Logik, deren Gesetzmäßigkeiten Remo erst noch auf die Spur kommen mußte. So hatte der Mann die Neigung, Sätze in seinen Darlegungen zu vertauschen. Die Behauptung, die man in einem als Geschichte getarnten Syllogismus am Schluß erwarten würde, tauchte schon mal irgendwo in der Mitte auf. Eine Tatsache, die, um eine Geschichte verständlich zu machen, folgerichtig am Anfang hätte erwähnt werden müssen, wurde dem Zuhörer als Draufgabe nachgeworfen. Kurz und gut, was er sagte, war ein Chaos, hatte aber doch meist irgendeine Struktur, bestenfalls eine Logik von rauher Poesie.

»Und trotzdem ... trotzdem hast du irgendwas Vertrautes, Li'll Remo. Wenn nicht aus diesem, dann aus einem früheren Leben.«

»So einem verpackten Kopf bin ich schon mal begegnet.«

»Immer 'nen Bart gehabt?«

»Als ich hier reinkam, spürte ich, wie mir dieser Bart im Gesicht brannte. Als ob jeden Moment jemand rufen könnte: Stell dich nicht an, Mann, du bist doch gar kein Bartträger.«

»Das ist keine Antwort.«

»Es ist meine Antwort.«

»Ich hab bisher keinen Mann von deiner Größe gekannt ... das heißt, von meiner Größe. Aber mal ein Mädchen. Sie hat mich verraten. Wegen ihr sitze ich hier.«

»Was war politisch an ihrem Verrat?«

»Noch nie hat jemand einen ernsteren politischen Verrat begangen als sie. «

»Politische Gefangene haben meistens mit irgendeiner öffentlichen Sache zu tun gehabt. Deinem Namen bin ich in den Zeitungen nie begegnet.«

»Ich deinem auch nicht.«

»Ich bin kein politischer Gefangener.«

»So?«

»Gleich wirst du mir noch erzählen, Scott, daß wir Schulter an Schulter auf irgendeiner wackligen Barrikade gestanden haben.«

»Es ist einfach unsere Kleinheit, die uns dieses vertraute Gefühl gibt.«

»Unter Kaiser Augustus lebte der kleinste Mann in der römischen Geschichte: Conopas. Plinius schreibt, daß er zwei Fuß und eine Hand groß war. Er taugte gerade noch dazu, der Enkelin des Kaisers als Hofnarr zu dienen.«

»Wenn du und ich hier rauskommen und wir finden keinen Job, dann bewerben wir uns im Weißen Haus als Hofnarren. Conopas der Erste und Conopas der Zweite.«

4

»Selbst ein halber Analphabet wie ich, Little Remo, kann hören, daß du hinter Gittern eine ganze Bibliothek zusammengelesen hast. Erzähl mir die Geschichte von deinen Gefängnissen.«

»Choreo ist meine Entjungferung.«

»Dann war es eine Bibliothek in der freien Welt. Du warst auf der Schule ... du hast einen Beruf gelernt.«

»Mein Vater sah einen guten Bergingenieur in mir. Das hab ich eine Zeitlang studiert.«

»Und dann ... hast du angefangen, mit diesen Kenntnissen Tunnel zu graben. Unter Bankgebäuden. Deshalb schläfst du jetzt hier.«

»Ich bin letzten Endes Fachmann für eine ganz andere Art von unterirdischen Systemen geworden. Für die Tiefe und Finsternis der ... sagen wir mal, der menschlichen Seele.«

»Little Remo ist Psychologe ... vielleicht Psychiater.«

»So was Ähnliches.«

»Wie gehst du da vor? Du kletterst dem Patienten auf den Schoß, und der darf dich dann schaukeln ...«

»Kannst du mit Film was anfangen, Scott?«

»*Die Wüste lebt* ist mein Lieblings-Disney. Ich hab ihn im Hauskino auf Terminal Island gesehen. Ich liebe Schlangen und Skorpione. Die Wüste lebt, die Wüste tötet.«

Remo wunderte sich immer noch über Maddox' heftige Art zu sprechen. Er stieß die Worte mitsamt aller Feuchtigkeit durch den Verbandsmull hindurch.

»Kurze Pause«, sagte Maddox. Er klemmte sich den Wischerstiel zwischen die Beine und brachte die Hände an seinen umwickelten Kopf. Vergeblich versuchte er die stumpfen Fingerspitzen unter den Verband am Hals zu zwängen. Mit dem freien Auge blickte er in seine Handflächen, wo die Binden durch die untergeschobene Watte aufgepolstert waren. Er stöhnte.

»Ich vergeß immer, daß ich mich nicht kratzen kann.«

»Sonst würdest du den Schorf nur aufreißen.«

»Mein Gesicht zerfällt in Jucken und Schmerz. Bei einer Dornenkrone weiß man wenigstens noch, woran man ist. Jucken ist stärker als Schmerz.«

Er rubbelte mit seinen verbundenen Händen über die schmuddligweiße Maske. Ein Eisbär, der sich das Maul putzt. Ein langgedehntes Brummen kam aus seiner Kehle.

»Ich will ja nicht neugierig sein, Scott, aber könntest du mir mal beschreiben, was sich hinter diesen Binden befindet?«

»Eiternde Wunden.«

»Das nehm ich an. Aber da gehört auch noch ein Gesicht dazu.«

»Wenn du eine Sicherheitsnadel hast, dann häng ich ein Foto von mir dran. Frag im Atelier mal nach Kopien. Eins von vorn, das andere von der Seite.«

»Scott, bist du schwarz?«

»Wie sollte mein Kopf *nicht* schwarz sein, nach so einem Mordsfeuer.«

5

»Irgend 'ne Ahnung, Scott«, fragte Remo, »was diese Wild-camper da draußen vor dem Tor tun?«

»Scott weiß von keinen Wildcampern.«

»Bei meiner Ankunft habe ich Zelte neben der Aufnahme gesehen.«

»Vielleicht, Little Remo, gibt es eine Warteliste für Choreo. Dieses Gefängnis ist enorm beliebt, hab ich gehört.«

»Dann hätten sie ihr Lager besser vor den Toren von Sybil Brand aufschlagen sollen. Es waren zum größten Teil Frauen.«

»*Dann* muß es meinetwegen sein«, sagte Maddox mit etwas Öligem in der Stimme. Sie lachten. »Nein, davon ist mir nichts bekannt. Als ich letzte Woche hier angekommen bin, hab ich keine Zelte gesehen.«

»Abends keinen Gesang gehört?«

»Singen tun sie auch noch? Dann sind es echte Waldläufer.«

»Es sind eher Sprechchöre.«

»Du bist ja auf der Seite, wo die Aufnahme ist. Ich bin am Innenhof. Da hört man abends nichts. Ja, zwei Wärter, die sich was zurufen. Mehr nicht. Was singen die Leute?«

»Nicht zu verstehen. Der Wind trägt die Worte davon.«

»Frauen, so nah … Ansehnliche Exemplare?«

»Über mangelndes Interesse seitens der Presse hatten sie jedenfalls nicht zu klagen.«

»Die Presse … dann muß es was Politisches sein. Merkwürdig.«

»Eine der Frauen wurde von einem Fernsehteam interviewt. Die hatten das gut inszeniert, denn neben ihr stand eine andere, die spielte dramatisch Geige.«

Maddox hörte abrupt auf zu fegen. »Wie sah die Geigenspielerin aus? Dunkelhaarig?«

»Rabenschwarz.«

»Hast du's im Fernsehen noch mal gesehen?«

»Der Ton war ausgeschaltet.«

»Little Remo, wenn du verstehst, was sie singen oder rufen ... dann sag Scott Bescheid. Meine rechte Hand lechzt nach Einzelheiten.«

»Ehrlich gesagt, Scott«, sagte Remo, »so 'n Gefängnis hätte ich mir anders vorgestellt.«

»Und wie?«

»Ständiges Geschrei auf den Korridoren. Gefangene, die von Wärtern geschlagen werden. Nackte Körper, die über den kalten Boden in die Isolierzelle geschleift werden. Blutige Korruption.«

»Choreo ist ein Kurort«, sagte Maddox. »In den großen kalifornischen Einrichtungen geht es schon anders zu. Davon kann ich ein Lied singen. In diesem Sanatorium hier verbringe ich die glücklichsten Tage meines Lebens.«

6

Nach dem Aufwischen, als Remo in seiner Zelle auf das Abendessen wartete, brachte ein Wärter einen noch jungen Mann in zerknittertem Konfektionsanzug zu ihm. An einem seiner Jackettaufschläge trug er ein kleines silbernes Kreuz. Er stellte sich als McCausland vor, einer der beiden Gefängnispfarrer in Choreo.

»Sparen Sie sich die Mühe, Hochwürden. Ich bin nicht katholisch.«

»Ich könnte Ihnen trotzdem beistehen.«

»Soweit ich weiß, werde ich nicht hingerichtet. Ich komm prima zurecht.«

»Wie Sie wollen.«

In der Ummauerung seiner Zelle lernte Remo, sich wieder an den Dingen zu erfreuen, die er seit seiner Jugend nicht mehr beachtet hatte. Eine Spinne webte unter dem Bücherbord, ganz in der Nähe des Lautstärkereglers am Radio, ein Netz.

»Du bist auf Fruchtfliegen aus. Aber du hast dir die falsche Zelle ausgesucht. Ich habe nirgends Schalen, die vor sich hin gären.«

Spinoza schlug, während er an seiner *Ethica* arbeitete, Fliegen tot. Wenn Besuch kam, warf er eine Handvoll in ein Spinnennetz – um die Spinne hervorzulocken. Als Remo Anfang der sechziger Jahre im verschneiten Amsterdam drehte, hatte er sich gefragt, ob die Anlage der Grachten möglicherweise vom Anblick eines Spinnennetzes inspiriert war.

Bevor seine Zelle geschlossen wurde, hatte er einmal einen unsichtbaren Gefangenen ein altes Lied pfeifen hören. Stundenlang konnte er dann dasitzen und, mit gespitzten Lippen nach der Melodie tastend, raten, wie der Song hieß und wer ihn komponiert hatte. Ein andermal nahm er den Fetzen einer weit entfernten, durch Hall und Echo unverständlichen Frauenstimme mit in die Zelle – akustischer Abfall aus den Korridoren von Choreo. Seine Phantasie spann weiter daran. Sie wurde zur Stimme seiner Frau, die über das Grab heranwehte. Remo ließ den Wortschwall so lange in seinem Kopf herumgehen, bis er verstand, was sie sagte.

»Ich finde ihn gut.«

Sie sagte es errötend, mit gesenktem Blick, als wäre es etwas Dummes. Er hatte mürrisch einen Schriftsteller heruntergemacht, ohne zu wissen, daß er zu ihren Lieblingsautoren gehörte.

»*Ich* finde ihn gut.«

Im Badezimmer hatte er einmal eine halbe Stunde lang auf ihre Pantoffeln geschaut, regungslos, verwundert. *Was für kleine Füße sie doch hat. Daß ich das erst jetzt sehe.* Nein, damals lebte sie noch. Es war in London. Er konnte sie, ganz nah, in der Küche hantieren hören, und dennoch fielen Tränen auf die seidenen Pantöffelchen. In einem Badezimmer war es nicht abwegig, wenn irgendwelche Gegenstände von umherfliegenden Tropfen getroffen wurden. Oder griff Tränensalz chinesische Seide an?

Wie sie sich rückwärts gegen den Wind lehnte, als sie vor ihm über das Deck der *Queen Elizabeth II* ging – hochschwanger. Das Hündchen im Arm. Alles mit eigenen Augen gesehen und festgehalten, ohne Kamera. Man hatte ihn einsperren müssen, um sie ihm zurückzugeben, diese liebenswerten Kinkerlitzchen der Erinnerung.

7

Nach Rücksprache mit meinen Kollegen hatte ich Woodehouse erlaubt, seine Gymnastikübungen auf dem Ring zu absolvieren, solange er nicht auf den Hof hinaus durfte. So klein er auch war – auf den Kopf gefallen war er wirklich nicht, der Bursche. Er spürte sofort, daß er, wollte er sich nicht den Hohn der ganzen Abteilung zuziehen, aus dem Turnen eine organisierte Veranstaltung machen mußte. Dehn- und Streckübungen, Liegestütze – immer mehr Häftlinge beteiligten sich daran. Remo stieg auf zum Fitnessstudioleiter des HST. Nur mit dem Laufen, sechs bis acht Mann im Kreis herum in der zweiten Etage, hatten meine Kollegen Probleme. Die vielen Füße donnerten so laut auf dem Terrazzo des Umgangs, daß es bis tief ins Choreaner Korridorsystem dröhnte. Anfangs kamen Wärter aus anderen Abteilungen, um nachzuschauen, ob der Aufstand bereits niedergeschlagen war. Die Direktion forderte, damit müsse Schluß sein. O'Melveny war jedoch zu einem Kompromiß bereit. Die Turnmannschaft durfte nachmittags zwischen vier und fünf, sobald der frisch gewischte Boden trocken war, das Erdgeschoß benutzen.

8

Auf dem Weg zum Freizeitraum näherte sich Remo der Zelle von Maddox, der gerade seine Gitarre stimmte. Er blieb in der Tür stehen.

»Dieses ganze Geschwätz über Alexander den Großen«, sagte Maddox, ohne aufzublicken. »Ich glaube an Leonardo den Großen.«

Er deutete auf die Reproduktion über seinem Kopf und begann, die Bluesversion der Ballade »Mona Lisa« zu spielen.

> *Mona Lisa*
> *Mona Lisa*
> *they have named you*

Seine Stimme klang rauh und weinerlich wie auf den ältesten Platten schwarzer Bluesmusiker. Weil er keine Fingernägel einsetzen konnte, benötigte er für die Gitarre ein Plektrum. Sein Spiel war mies, aber so einen kleinen Blues, den bekam man doch immer noch hin. Der dicke Kopfverband erstickte die Stimme.

> *the lady, o yeah,*
> *with the mystic smile*

Das Plektrum sprang aus Maddox' Fingern, und er brach die Nummer ab.

»Nat King Cole«, sagte Remo. »Ich dachte, du kannst Schwarze nicht ausstehen.«

»Es hat immer einen Mordswirbel um dieses besondere Lächeln gegeben.«

»Angeblich ist das ein Selbstporträt da Vincis als junger Mann. In weiblicher Form.«

»Das Geheimnis hinter diesen gekräuselten Lippen, Little Remo ... die Lösung hat Scott Maddox in der Tasche.«

»Laß hören.«

»So ein Riesengeheimnis einem Unbekannten preisgeben? Kleine Männer sind Verräter.«

»Ach, du wolltest Geschäfte damit machen? Dann meld es doch zum Patent an.«

»Scott braucht sich das nicht patentieren zu lassen. Die starken Schweigemuskeln in meiner Zunge, die sind mein Patentamt. Niemand außer Scott Maddox schafft es, dieses Lächeln zu enträtseln.«

»Schon klar, du willst nur meine Neugier reizen.«

»*Das*, Little Remo, hast du schon mal richtig erraten.«

»Hast du die Mona Lisa in Paris gesehen?« fragte Remo.

»Ich bin nie überm großen Teich gewesen«, sagte Maddox. »Meine Welt ist hier.«

»Du hast also den Schlüssel zum Geheimnis von einer Reproduktion ablesen müssen ... Reproduktionen sind ungenau. Da muß sich nur ein winziger Schatten reinschleichen, und schon hast du ein völlig anderes Lächeln.«

»Es ist *dieses* Lächeln, auf dieser Reproduktion, das mir die Offenbarung geliefert hat.«

In Gedanken ging Remo in Paris über den Pont des Arts zum Louvre. Er wanderte durch die Säle, den Schildern »Mona Lisa« folgend. Es war auf einmal eine unerträgliche Vorstellung, daß dort irgendwo, hinter störend spiegelndem Glas, das Original der Mona Lisa hing. Was für ein monströses Bild war das, daß es über den Ozean hinweg durch dicke Gefängnismauern bis ins verrottete Hirn dieses Verbrechers dringen konnte, der nie in Paris gewesen war? Und das mit Hilfe der erst viel später entwickelten Kunst der Fotografie ...

»Back in the sixties«, sagte Maddox, »da hat man sie zum letztenmal im Louvre vom einen in den anderen Saal gebracht. In die Salle des États ... wo sie jetzt hängt.«

Er schloß sein eines sichtbares Auge und nahm Remos freie Hand zwischen seine fest verbundenen Pranken.

»Schau mit ... ich übertrage das Bild auf dich. Siehst du

sie da hängen? Es ist jetzt Nacht in Paris. Das Museum ist geschlossen. Sie ist allein, geschützt durch Elektronik ... aber sie lächelt noch immer. Mach die Augen zu und laß das Lächeln auf dich wirken ... Was siehst du?«

9

Wie schon öfter klangen Remo aus dem Freizeitraum streitende Stimmen entgegen. Die anwesenden Weißen wollten LA 5 sehen, doch die Männer der Gangs C und D hatten sich auf einen neuen, »schwarzen« Sender namens Malx versteift.

Der Hochsicherheitstrakt des Kalifengefängnisses zählte drei weiße Turbane. Auch ihre Träger hatten Spitznamen: Almansor, Nureddin und Abdal Rhaman III. Sie bildeten das Kalifat von Choreo.

Umringt von anderen Häftlingen sah Remo an diesem Abend *Der Clou.* Sie saßen alle auf derselben Seite der Mattscheibe, doch von den Bildern, die den anderen beifällige Ausrufe entlockten, sah er lediglich die Rückseite. Die Verknüpfungen. Seine auf den Knien liegenden Hände sprangen in einem fort ruhelos hoch. Sie waren in einem imaginären Schneideraum am Werk.

10

Remo hatte sich allmählich daran gewöhnt, ja, vielleicht waren sie ihm sogar lieb geworden: die Sprechchöre, die nach dem »*lights out!*« im Zeltlager neben dem Aufnahmegebäude angestimmt wurden. Es wurde nicht nur skandiert, sondern auch gesungen. Unverständliche Texte, unbekannte Melodien. Das Spektakel dauerte mal eine knappe Viertelstunde, mal bis tief in die Nacht.

Noch immer konnte niemand in Choreo ihm sagen, was für eine Gesellschaft sich dort niedergelassen hatte – das Personal nicht und ebensowenig die Insassen. Es mußte sich um eine Solidaritätsbekundung handeln. Jemand war unschuldig verurteilt worden oder hatte eine zu lange Strafe bekommen. Aber wer? Wie in jedem Gefängnis wimmelte es in Choreo von Unschuldigen und zu hart Bestraften. Doch keiner reklamierte die Unterstützung für sich.

Erschreck die Vögel nicht

I

»Na, Conopas.« Mit diesen Worten hörte ich am heutigen Morgen Woodehouse Maddox begrüßen. »Hat es der Enkelin von Augustus behagt, heute nacht über dich zu lachen?«

»Ich habe ihr vorgeschlagen, ganz in sie hineinzukriechen. Wie groß, hast du gesagt, war Conopas gleich noch mal?«

»Zwei Fuß und eine Handbreit.«

»Müßte doch zu schaffen sein.«

»Und?«

»Sie kreischte los.«

»Man kann sich weniger Ermutigendes vorstellen.«

»Ich brenne vor Neugier, Little Remo, warum du hier sitzt.«

Die harten Besen, mit denen sie die gröberen Abfälle aus den Zellen in der zweiten Etage gekehrt hatten, waren beiseite gestellt worden. Mit weichen Besen fegten sie jetzt den feinen Staub auf dem Umgang zu Häufchen zusammen. Die Hausordnung sah vor, daß jeder der zwei maximal zulässigen Putzer die Hälfte des kreisrunden Umgangs übernahm, und zwar so, daß sie an gegenüber gelegenen Punkten begannen, beide im Uhrzeigersinn arbeiteten und somit auch wieder einander gegenüber endeten.

Ich hatte schnell durchschaut, daß Maddox und Woodehouse abgesprochen hatten, sich von einem bestimmten Punkt aus mit dem Rücken zueinander fortzubewegen und sich nach Vollendung ihres Halbkreises wieder zu treffen, die Gesichter einander zugewandt. Das lieferte ihnen zwei Gelegenheiten zusätzlich, miteinander zu schwatzen. Ernie Carhartt hatte noch nichts gemerkt, daher griff ich vorläufig nicht ein. Gespräche zu befördern, das betrachtete ich hier ein wenig als meine heimliche Aufgabe.

Es war die ruhige Stunde des Vormittags. Die weichen Haare der Besen strichen lautlos über die Terrazzoplatten des Umgangs. Die Stille wurde lediglich dann und wann unterbrochen, wenn einer der Putzer seinen Besen inmitten einer Staubwolke ausklopfte. Vor allem Maddox' Gehämmer schreckte immer wieder die Tauben auf den Simsen unter dem matten Panzerglas auf. Sie flatterten dann in Panik umher.

»Du weißt doch, Maddox«, konnte ich mich nicht bremsen, ihm zuzurufen, »was in der Schrift steht. ›Scheuche nicht auf die Vögel.‹ Sie lassen ihren Dreck fallen, und dann hast du noch mehr zu putzen.«

Als Antwort schlug er lange und laut mit seinem Besen auf den Terrazzo. Dann fing der Hofgang an, und es spielte ohnehin keine Rolle mehr. Da draußen passierten die grauenhaftesten Dinge, aber das Stimmengetöse blieb das von Schulkindern im Schwimmbad. Ich merkte, daß Remo sein Kehrtempo auf das von Maddox abstimmte, der langsamer fegte als nötig, vielleicht weil es ihm von Vorteil erschien, die Arbeit in die Länge zu ziehen. Ich ging in die Loge zurück, ließ die Tür aber offen. Wenn der Lärm draußen auf dem Hof am lautesten war, traute sich Maddox, seinem Kumpan alles mögliche zuzurufen, und manchmal kam es so zu einem Gespräch in Schreilautstärke.

»Hat man dir noch auf den Zahn gefühlt, Scott, wegen diesem Mord an dem AB'ler?«

»Genausowenig wie dir. Wir waren ja drinnen.«

»Wir könnten aber was wissen. Von den Kakerlakenfernmeldetruppen zum Beispiel.«

»Die Aufseher wissen, daß keiner das Maul aufmacht. Sie fragen wahllos rum, nur damit sie nicht mit einem leeren Berichtsbogen beim Direktor antanzen müssen.«

»Die Bruderschaft hat sich noch immer nicht am schwarzen C-Lager gerächt.«

»Wird sie auch nicht.«

»Gibt es denn kein Ehrgefühl mehr in Choreo?«

»Ich *denke*, Little Remo, daß die Leibwache des Ermordeten ein Problem hat.«

»Kakerlakenspekulation.«

»Mag sein.«

2

»Wirst du an die frische Luft geführt?« fragte Remo.

»Nix frische Luft«, sagte Maddox. »Scott sitzt hier zu seiner eigenen Sicherheit.«

»Wie ich. Aber ein Stündchen im Freien von Zeit zu Zeit, das könnte nicht schaden.«

»Geduld, Little Remo. In Kürze hast du die Arena für dich ganz allein. Mit achtundachtzig Bewachern drum herum.«

Wenn ihr träger Tanz sie mit den Rücken zueinandertrieb, sprachen sie etwas lauter, um sich weiterhin verständigen zu können.

»Frühstück kriegst du bestimmt im Bett?« fragte Maddox.

»Und was für eins. Man könnte meinen, Essen für den ganzen Tag.«

»Nur weiter so! Stark bleiben! Kakerlaken fressen kannst du immer noch.«

Jetzt, da alle Logen leer waren und sogar der hartnäckige »Grieche« nirgends zu sehen war, stützten sie sich auf ihren Besenstiel.

»Duschen muß ich auch ganz allein«, sagte Remo.

»Und du erlaubst dem Wärter den Blick auf deinen Arsch. Alles besser als diese Wichser um einen herum.«

»Scott, du bist schon etwas länger als ich in diesem Hochsicherheitstrakt. Wenn du mir nicht sagen willst, wofür man dich verurteilt hat, dann sag mir wenigstens, in was für einer Gesellschaft wir uns hier befinden.«

»Alle, die im Gefängnis Schutz brauchen. Spitzel. Schuldenmacher. *Cop killers.*«

3

»Spiros«, sagte Ernie, »gerade kam ein Anruf. Im Besucherraum brauchen sie jemand für die Leibesvisitation.«

»Muß das sein?« Körperöffnungen, das war nicht mein Ding.

»Du mußt nur bei den Männern. Und ja, Spiros, nimm doch Woodehouse gleich mit. Sein Anwalt kommt.«

Douglas Dunning, sah ich, war seit dem Prozeß 1970/'71 die vollen sieben Jahre älter geworden – wie jeder andere auch, ausgenommen die Toten. Die Falten in seinem langen Gesicht sprachen von Triumphen und Niederlagen. Ich hatte ihn in all diesen Jahren kaum im Auge behalten, aber seit er seine Mandantin '71 in der Todeszelle hatte verschwinden sehen, war er ein mittelmäßiger Strafverteidiger geblieben, soviel wußte ich. Unbegreiflich, daß Remo sich mit so einem notorischen Verlierer eingelassen hatte. Mir war es ganz recht.

Nicht recht war mir dagegen, daß ich Dunning durchsuchen mußte. Die Chance, daß er mein chamäleonartiges Gesicht wiedererkannte, war gering, aber real. Ich war in diesem Moment der einzige Wärter für die männlichen Besucher. Kurz überlegte ich, ob ich den Anwalt ohne Leibesvisitation zu seinem Mandanten gehen lassen sollte, aber der übereifrige Streber stand schon mit erhobenen Armen und weit gespreizten Beinen vor mir. Ohne ihn anzusehen, hockte ich mich hin, um seine Beine flüchtig bis hinauf zum Schritt abzutasten, von dem ich ansonsten die Finger ließ. Ich würde noch genug Gelegenheit haben, ihn an den Eiern zu kitzeln.

»In Choreo habe ich Sie noch nie gesehen«, ertönte seine

knirschende Stimme über mir. »Ich kenne Sie von irgendwo anders her.«

Die Worte sprangen ihm wie Splitt von den Lippen. Ich richtete mich auf und sah ihn aus der Nähe an.

»Ja, ich bin neu hier. Früher bin ich ein paarmal bei Ihnen in der Kanzlei gewesen. Dunning & Hendrix. Flower Street.«

Nur weil er seine Arme noch immer ausgestreckt hielt, klopfte ich sein Jackett unter den Achseln ab.

»Ihr Gesicht«, sagte er, »löst sich bereits von der Uniform. Jetzt noch ein Name.«

»Auch dann wird bei Ihnen nicht der Groschen fallen, Mr. Dunning. Ihr Sozius Mr. Hendrix hat damals meinen Fall bearbeitet. Und selbst er konnte sich meinen Namen nicht merken. Er hat mich immer mit Mr. Client angesprochen.«

»Dann liegt bei uns noch eine offene Rechnung für Sie.«

»Unsere Vereinbarung war: *no cure no pay*. Mr. Hendrix konnte nichts für mich erreichen. Ich bin aus dem Land geflüchtet.«

»Und jetzt sind Sie wieder da, wie ich sehe.«

»Aber nicht dank Dunning & Hendrix. Sie können die Rechnung also getrost zerreißen.«

Vor dem Durchsuchungsraum standen inzwischen noch mehr Männer, die auf meine Handgreiflichkeiten warteten. Ich wollte diesen selbsternannten Gläubiger gern loswerden.

»Es geht um eine Schadensersatzforderung«, sagte Dunning. »Sie haben bei uns im Büro Einrichtungsgegenstände zerstört.«

»Ich bin keiner, der mit Stühlen um sich wirft.«

»Sie haben in einem Leuchtglobus, der in unserem Wartezimmer als Lampe diente, einen Kurzschluß verursacht. Das Ding ist dabei in Flammen aufgegangen. Der Schaden betrug $ 750 und noch was. Das schließt den Zierdegen ein, der beim Durchstechen des Globus irreparabel beschädigt wurde. Sie haben gemerkt …«

Jetzt streckte der Anwalt von Riot Gun den Kopf zur Tür herein. »Sorry, Mr. Agraphiotis, aber mein Mandant wartet auf mich. Aus Sicherheitsgründen ist ihm nur eine Viertelstunde zugestanden worden.«

»Ist das alles, Mr. Dunning?« Ich ging ihm voran zur Tür, die in den Besucherraum führte. Remo Woodehouse saß an einem runden Tisch und blickte, die Brauen über den Brillenrand hochgezogen, in unsere Richtung.

»Wie Sie merken«, sagte Dunning, »stellen wir Ihnen keine juristischen Leistungen in Rechnung.«

»Schicken Sie Ihre Honorarforderung auf meinen Namen an die Postfachnummer von Choreo.«

Der Anwalt ließ seinen Fuß noch in der Tür. »Sagen Sie mir doch mal, Mr. Agraphiotis, warum mußten Sie diesen Globus unbedingt demolieren?«

»Die Zeit, die es braucht, um die ganze Geschichte zu erzählen, würde nur von Ihrer Besuchszeit abgehen. Sie haben noch eine Erklärung gut. Sprechen Sie bitte nicht mit Ihrem Mandanten Woodehouse darüber. Das könnte unser angenehmes Verhältnis im HST beeinträchtigen.«

»Versprochen.«

4

»Was hattest du mit dem ›Griechen‹ zu tuscheln, Doug?«

»Wird er hier so genannt?«

»Im HST nennen wir ihn so.«

»Darüber bin ich ja gerade so erschrocken … daß sie dich in den Hochsicherheitstrakt gesteckt haben.«

»Ich fühle mich äußerst geehrt, daß man mich hier als einen der kriminellen Stars behandelt.«

»Wenn ich das gewußt hätte …«

»Reg dich nicht auf, mein Junge. Ich fühle mich da sicher. In einem anderen Trakt hätten sie mich längst zerfetzt. Auch ohne zu wissen, wer ich bin.«

Jetzt, da Remo auch tagsüber den Freizeitraum aufsuchen durfte, merkte er, daß die meisten Häftlinge im HST dort so viel Zeit wie möglich verbrachten, auch wenn nichts los war. Man spielte Karten, Schach, Domino, doch die meisten Choreaner schienen am liebsten untätig herumzuhängen, vorzugsweise mit dem Kopf auf dem Tisch und dem Hintern am äußersten Rand eines möglichst weit zurückgeschobenen Stuhls. Falls überhaupt ferngesehen wurde, dann so desinteressiert wie möglich. Das traurigste Bild von Einsamkeit hinter Gittern: ein Gefangener, der sich ganz allein, schläfrig blinzelnd, eine romantische Komödie ansieht.

Mit Armen und Beinen rudernd führte Remo seinen Gymnastikclub an. Der Winter hatte gerade erst begonnen. Wenn er demnächst freikam, würde ihn der daunengefütterte Jetset in Gstaad mit unverhohlenem Spott begrüßen: Da ist er ja, mit steifen Gelenken von der Zeit im Gefängnis. Er würde noch geschmeidiger den Berg hinunterfahren als früher.

»Woodehouse«, sagte der »Grieche«, »heute morgen ist ein Weihnachtspaket für dich gekommen.«

»Wir sind fast fertig. Kann ich es gleich in meine Zelle mitnehmen?«

»Leider darf ich es dir nicht geben.«

»Sie haben doch selbst gesagt ... daß Carhartt gesagt hat ...«

»Mr. Carhartt hat sich geirrt. Häftlinge, die hier für eine psychiatrische Begutachtung einsitzen, haben kein Recht auf Weihnachtspakete. Tut mir leid. Vorschriften.«

»Dann geben Sie's mir«, sagte Maddox. »Ich bin hier nicht für psychiatrische Untersuchungen.«

»Stimmt«, sagte der »Grieche«, »Häftling Maddox ist schon jenseits aller Psychiatrie.«

»Ich erwarte morgen noch mehr Weihnachtspost«, sagte Remo.

»Briefe, Karten … kein Problem«, sagte Agraphiotis. »Nur Päckchen werden zurückgeschickt. Befehl von oben.«

»Können Sie mir ein Gespräch mit O'Melveny …?«

»Hat keinen Sinn. Der Direktor befolgt die amtlichen Vorschriften.«

6

»Warum sehen wir dich abends so selten im Freizeitraum, Scott?«

»Die Abende sind für die Gitarre.«

»Bring's mit, das Ding. Dann haben andere auch noch was davon.«

»Ich kenn das. Zwei Stücke lang halten sie den Mund. Dann geben sie ihren Senf dazu. Ich will aufnehmen, und dafür brauche ich wenig Musik und viel Stille. Das beste Aufnahmestudio ist eine amerikanische Gefängniszelle.«

Maddox spielte ein Stück von Randy Newman für ihn.

Don't want no … short people

Er zerkaute den Song zu einem Mix aus Country und Blues. Seine Stimme knurrte in den tiefen Lagen, erzeugte Gänsehaut in den hohen, konnte lachen und höhnen, klang aber nie angenehm, genausowenig wie sein Gitarrenspiel.

Short people got no reason to live

Im Toilettenraum standen die Becken in Reihen dicht beieinander. Man mußte da nicht nur die Geräusche und Gerüche seiner Nachbarn über sich ergehen lassen, es wurden auch schnelle Fehden ausgefochten. Waren die Duschen, von nackten Körpern bevölkert, der ideale Ort für eine Vergewaltigung, so waren die Toiletten beliebt bei Mördern: Für den Stuhlgang mußte der Overall mitsamt Ärmeln heruntergestreift werden, so daß die geknebelten Füße nur noch kleine Schlurfschritte erlaubten.

Und wieder, höchst irritierend, hatte Maddox die Lage richtig erfaßt. Es wurde kein Schwarzer aus der Gruppe C umgebracht. Statt dessen bekam der Bodyguard des erstochenen AB'lers in der Toilette Besuch von ein paar anderen AB'lern. Sie hatten einen Schraubenzieher zu einem Eispfriem umgeschmiedet, und wieder wurde ein Werkzeug nicht seinem eigentlichen Zweck gemäß eingesetzt. Daß der Mann den Anschlag überlebte, war nicht beabsichtigt. Im Gefängniskrankenhaus weigerte er sich, etwas über die Angreifer zu sagen. Erst nachdem es zwei Arischen Brüdern gelungen war, in die Krankenstation vorzudringen und dem exkommunizierten Arier einen frisch angespitzten Bleistift ins rechte Auge zu rammen, vertraute sich das Opfer dem Gefängnispersonal an.

Die AB, die C, die D, das gesamte Aufseherkorps – alle waren perplex über diesen Flirt eines Choreaners mit dem System der Oberwelt. Nicht einmal ein Sterbender tat so etwas.

»Gehirnschaden«, wußte Riot Gun zu vermelden. »Die graue Masse war kein unbeschriebenes Blatt mehr.«

»Es war so ein Bleistift«, sagte Heinz 57, »bei dem der Markenname in giftiger Silberfarbe draufsteht. Davon fängt man an, irrezureden.«

7

Im Freizeitraum, in dem ich Wache hatte, sprach mich der Gefangene Woodehouse auf den Bleistiftvorfall an.

»Ich verstehe nicht, Mr. Agraphiotis, daß die Behörden so eine faschistische Organisation wie die Arische Bruderschaft in den Gefängnissen dulden.«

»Vielleicht mit zugedrückten Augen. Ich weiß nicht mal, ob sie offiziell verboten ist. Ich bin erst seit kurzem hier.«

»So einem Verein würde man draußen ein Versammlungsverbot auferlegen. Hier drinnen können sie hinter eurem Rücken ihren Terror ausüben.«

»Ein Aufseher, Woodehouse, muß hinten auch ohne Augen auskommen.«

»Wenn der HST ein Gefängnis im Gefängnis ist, dann ist die AB ein Staat im Staat.«

»Dank des Gefängnisses, ja.«

»Sie brauchen sich durch meine Worte nicht angesprochen zu fühlen, aber ... ist es nicht so, daß all die braven Familienväter unter den Wärtern es im Grunde ihres Herzens prima finden, so eine Anspitzermiliz, die die Schwarzen kleinhält?«

»Vielleicht macht es ihre Tage im stählernen Dornbuschgestrüpp wieder ein bißchen zu einem Abenteuer. Ich selbst fühle mich in der Tat nicht angesprochen. Brav bin ich ja vielleicht, aber bestimmt kein Familienvater. Auch nie gewesen.«

»Sie sind Vollzugsbeamter in Choreo. Das heißt, ein Papiertiger. Das Sagen hat hier die Arische Bruderschaft.«

»Oh, in Choreo gibt es noch viel gefährlichere Elemente, und die haben es nicht nur auf die Schwarzen abgesehen.«

»Sie bluffen. Heinz 57 sitzt da vor einem leeren Brett und wartet drauf, daß ich mit ihm Schach spiele.«

Ich hakte den Schlüsselbund von meinem Koppel und suchte den Schrankschlüssel heraus. »Noch jemand was aus dem Schrank?« rief ich in den Begegnungsraum.

Chow Hound hob träge die Hand. »Das Wörterbuch. Für mein Kryptogramm.«

Ich schloß die Schiebetür auf, fand einen Webster am falschen Platz und gab Remo die Schachtel mit den Schachfiguren. »Die schwarze Königin fehlt. Nimm statt dessen den Fingerhut hier.«

Am Ende jeden Tages beschworen die hitzigen Sprechchöre rund um Choreo die Nacht vor dem 14. Juli 1789 herauf. Man erwartete, daß das Gefängnis gestürmt, alles lichterloh brennen würde und die Mauern niedergerissen würden. An diesem Abend sprachen mich im Freizeitraum zwei Schwarze darauf an. Necklace und Mean Mazulla. Woodehouse hörte aus einiger Entfernung mit. »Mr. Agraphiotis«, fing Necklace an, »was ist das für ein Geschrei in der Nacht? Ich tu kein Auge mehr zu.«

»Das sind diese Camper«, sagte ich. »Sie machen ein Lagerfeuer. Es ist eben die Jahreszeit dafür.«

»Komischer Platz zum Campen«, meinte Mean Mazulla. »Ist das nicht verboten?«

»Offiziell schon. Aber tja, Leute, die auf diese Weise dagegen protestieren, daß ein geliebter Angehöriger hier eingesperrt ist ... was macht man da? Wir lassen jedem seine eigene Form von Schmerz.«

Die beiden gingen zu ihrem Tisch zurück. Woodehouse kam näher. »Dürften wir dann vielleicht wissen, Mr. Agraphiotis, an wen in Choreo sich diese laute Unterstützung richtet?«

»Nach unserer festen Überzeugung«, sagte ich, »haben sie ihre Zelte vor dem falschen Gefängnis aufgeschlagen.«

»Versucht ihr denn nicht, ihnen das klarzumachen?« Er legte den Kopf herausfordernd zurück, wodurch das Deckenlicht auf seine Brillengläser fiel. Sie hatten kleine senkrechte Kratzer.

»Sie wollen uns nicht mal *sagen*, wegen wem sie hier sind. Man würde Transparente erwarten. Protestschilder mit einem Namen drauf ...«

»Hat die Direktion an jemanden speziell gedacht?«

»An den Gefangenen Woodehouse.«

»Welche Ehre. Ein paar von diesen Leuten habe ich bei meiner Ankunft gesehen. Ich kann mir nicht vorstellen, daß sie meinetwegen diese kalten Nächte in Kauf nehmen. Obwohl ich gestehen muß, eines der Gesichter kam mir vage bekannt vor. Wie aus einer sehr fernen Vergangenheit.«

»Ein alter Bekannter, also doch.«

»Jemand, der mal kurz und heftig in den Nachrichten war.«

Engelshaar aus Stacheldraht

1

»Geht in Ordnung, Woodehouse«, konnte ich ihm am Samstag morgen berichten. »Gleich kommt der Weihnachtsmann mit deinen Päckchen.«

»Ich durfte doch keine in Empfang nehmen?«

»Mißverständnis. Ein Döschen Kaviar hat bei der Zensur ziemlich antikommunistische Gefühle wachgerufen.«

»Wahrscheinlich haben sie geglaubt, daß es sich um Kugellager für eine Mini-Abschußvorrichtung handelt.«

»Hat sich dann als Sevruga entpuppt. Iranischer Kaviar.«

»Noch schlimmer.«

»Sie wußten nicht so recht, diese Querulanten, wie sie ihre Wut daran auslassen sollten. Also haben sie ihn eben wieder zurückgestopft. Ein Genuß mit zerkrümeltem Eigelb auf Weißbrot. Aber mit saurer Sahne auf Toast, das kann auch köstlich sein.«

»Ich wußte nicht, daß die Griechen Kaviar essen.«

»Früher oder später wird jede höhere Kultur von Barbaren infiltriert.«

2

»Fegen, fegen, fegen«, sagte Maddox. »Früher hatte ich meine Leute dafür. Aber die haben sich auch kein Bein ausgerissen.« Er pflanzte den Besen senkrecht auf den Boden und stellte, sich am Stiel festhaltend, beide Füße darauf. »Faule Weiber.« Die haarige Unterseite des Besens bot ihm wenig Halt, so daß sein kleiner Körper mitsamt dem Stiel hin und her schwankte und jeden Augenblick das Gleichgewicht verlieren konnte.

»Ich hab da einen Plural gehört. Vielweiberei?«

»We were married over the broomstick, Little Remo.«

»Hab ich mir schon gedacht.«

»Was gab's da schon groß zu fegen, in der Bruchbude. Wie hier, in Choreo. Du wirbelst Staub auf, und ein Stück weiter fällt er wieder runter. Die Gefangenen haben sowieso immer ihre Zinken voller Zeug, mit oder ohne uns.«

»Wo sollen sie denn sonst auch mit ihren Fingern hin?«

Maddox ließ mit der einen Hand den Besenstiel los und schob Remo den Verband unter die Nase. »Da. Gestern frisch angelegt bekommen. Und heute sieht er schon wieder so aus, als hätten sie mich ohne Schaufel Kohlen schippen lassen.« Der kleine Putzer kippte nach vorn. Um nicht zu fallen, mußte er mit dem Fuß Halt auf dem Boden suchen.

»Das Merkwürdige ist, ich kann im ganzen Gebäude nirgendwo richtige Staubnester finden.«

»Im Gefängnis ist es mit dem Staub wie mit den Stunden und Tagen. Langsam, ganz gleichmäßig rieselt er herab. Wie dieser sehr feine Schnee in Kentucky. Unsichtbar. Nach Jahren gehst du durch den Staub zum Ausgang, wo die Papiertüte mit der stehengebliebenen Uhr auf dich wartet. Du siehst dich um. Und da sind deine Fußabdrücke, knöcheltief in der Schicht aus Minuten, Stunden, Tagen, Monaten. Das ist der Staub, aus dem der Mensch wiederkehrt.«

Inmitten des Drecks, den Maddox mit der kurzen Seite seines Besens aus einer Wandnische stocherte, lag eine Maus. Er stellte den Besen an das Geländer und legte das Tierchen auf seine Handfläche. Es war fast tot. Nur an einem leichten Zucken war zu erkennen, daß noch Leben in ihm war. »Die ist hin«, sagte Remo. »Keine Maus überlebt den Besen der Hausfrau.«

Maddox sprach mit unverständlichen Murmellauten zu dem Tier, das auf einem Bett aus schmutzigem Verbandsmull lag. Er pustete in das graue Fell. Die Maus spitzte die Öhrchen und zuckte mit einem Bein. Scheu drehte Maddox den Kopf in Richtung Aufseherloge. Das freie Auge sah keine Wärter. »Los«, sagte er gehetzt, »laß sie in meine Overalltasche rutschen.«

»Ich hab's nicht so mit Mäusen.«

»Mit meiner verbundenen Pfote kann ich das nicht. Mach schon, sie pinkelt dir höchstens in die Hand.«

Remo stellte seinen Besen neben den anderen. Seinen Abscheu unterdrückend, nahm er den weichen kleinen Körper aus der emporgehaltenen Hand und steckte ihn in die Seitentasche von Maddox' Overall. »Vorsichtig. Ich mach sie wieder lebendig.«

3

Die beiden Psychiater (der eine von der Staatsanwaltschaft bestimmt, der andere von Dunning & Hendrix) sollten ihn stets gemeinsam aufsuchen, heute zum ersten Mal. Die Visite fand in dem Raum statt, der für den Empfang von Anwälten und für Verhöre durch Ermittler benutzt wurde. Der Psychiater der Staatsanwaltschaft, ein Mann der alten Schule, hieß Lawrence De Young, der von der Anwaltskanzlei vorgeschlagene Abel Urquhart, ein aufgeklärter Seelendoktor. Als vorsichtig sondierend konnte man das Gespräch schwerlich bezeichnen. »Sie lieben junge Mädchen«, sagte Dr. De Young strafend.

»Sie bevölkern meine Phantasien.«

»Haben Sie deswegen manchmal Schuldgefühle?« fragte De Young.

»Durch meine Tagträume wird den Mädchen auf der Straße kein Haar gekrümmt.«

»Anfang dieses Jahres haben Sie beschlossen, aus dem eingezäunten Gebiet Ihrer Träumereien hinauszutreten.« (Urquhart.)

»Es war kein Entschluß. Ein Mädchen ist über den Zaun meiner Phantasiewelt geklettert.«

Problematisch war dabei natürlich das Alter. Die Mädchen seiner Träume waren so jung – man dachte nicht einmal an minderjährig oder nicht minderjährig. Wenn sie alt genug waren, daß man straflos mit ihnen zusammensein konnte, wurde dies durch ihre geschwundene Anziehungskraft verhindert. Die Blondine, mit der er Unbewohnte Insel in der Südsee gespielt hatte, als sie gerade mal fünfzehn war, interessierte ihn nach kurzer Zeit nur noch als Schauspielerin. Noch keine sechzehn, wirklich hinreißend, und schon fast außerhalb seines sexuellen Aktionsradius. Er begann onkelhafte Gefühle für sie zu entwickeln, und das erregte natürlich erst recht Aufmerksamkeit.

4

Paula hatte den größten Teil seines Weihnachtszettels genehmigt und die Einkäufe in einen riesigen Karton getan, für den sie ein Vermögen an Porto hatte ausgeben müssen. Den Rest seiner Wünsche hatte sie an seine Freunde delegiert. Da waren Päckchen von seinen Anwälten Dunning und Snodgrass, von seinem Co-Drehbuchautor Gallaudet, von DinoSaur Bros Productions. Er hatte mehr bekommen als gewünscht und weniger als erwartet. Jeder fehlende Absender war eine Ablehnung. War dies die Art und Weise, wie seine alten Freunde, fast einmütig, sein Verhalten mißbilligten – indem sie ihn ohne Weihnachtsgruß ließen? Auch das Fehlen irgendeiner Nachricht von seinen Schwiegereltern schmerzte ihn.

Er arrangierte die ausgepackten Geschenke in einer jeweils anderen, noch zwingenderen Ordnung auf dem Fußboden. (Es war eine Art Tampon im Großformat darunter, an einem Faden. Ließ man ihn in heißem Wasser quellen und sich auflösen, so konnte man dem beigefügten Rezept zufolge einen rudimentären Plumpudding daraus machen.«Der Entdeckungsreisende Scott hatte einen solchen Instant-Plumpudding bei sich, um nach dem Erreichen des Südpols damit Weihnachten zu feiern.« Snodgrass hatte darunter geschrieben: »Den Rum mußt du dir dazudenken oder vom Direktor erbitten.«) Doch egal, wie er die Geschenke hin und her schob, sie bildeten immer nur das Negativ all dessen, was er *nicht* bekommen hatte.

Als Kind war er, sobald er das Papier entfernt hatte, von Rührung übermannt worden: für *mich* ... wie kann jemand so viel für mich empfinden? Sogar ein unbrauchbares Geschenk bedeutete immer noch die Mehrung kostbaren Besitzes. Je ärmer jemand in seiner Kindheit und Jugend gewesen war, desto schneller war er übersättigt, wenn die Geschenke später nur so zu fließen begannen. Seitdem er Cannes erstmals erobert hatte, war er mit Preisen, Geschenken, teuren Delikatessen überhäuft worden. Die soundsovielte Kostbarkeit auspacken und fühlen, wie das Grinsen gespielter Dankbarkeit (»genau das hab ich gebraucht«) im Gesicht weh tut. Zuletzt hatte er nur noch den Wunsch, nach dem Aufreißen des Papiers die alte Freude in Händen zu halten und Mamas Stimme zu hören: »Sieh nur, wie seine Augen leuchten ...!«

Auf den Ellbogen gestützt, lag er auf seiner Pritsche und blickte auf die reichen Gaben. Ihn überkam Ekel vor dem Zuviel, das zugleich ein Zuwenig war. Er wußte, daß er keinen Krümel von all diesen Leckereien hinunterbekommen würde, und wandte sich daher den Briefen zu. Vorbei die Zeit, als ein ungeöffneter Umschlag auf der Türmatte sein Herz höher schlagen ließ. Nie die Geduld, den Brieföffner aus der Schublade zu nehmen. Der Zeigefinger war scharf genug. Über die Zeilen fliegende Augen ... eine vorläufige Antwort verhaltener Ausrufe ... Und dann noch einmal lesen, langsamer, mit schwindender Ungläubigkeit. Den übrigen nach Neuigkeiten lechzenden Anwesenden Passagen laut vorlesen ... die Macht über sie spüren ...

Ein Brief war ab dem Zeitpunkt seines Empfangs ein kostbarer Besitz. Er wurde zusammen mit älteren Episteln in einer alten Schokoladendose aufbewahrt und abends vor dem Schlafengehen noch einmal hervorgeholt. Beim erneuten Lesen verfestigten sich Satzteile zu nie gemachten Versprechen.

Nach seinem ersten Cannes war Remo zu einer Firma geworden. Eingehende Post ratschte er noch immer voller Ungeduld auf – jetzt um zu sehen, ob das Drehbuch akzeptiert war und der Produktionsetat zugesagt. Ausgehende Briefe, die diktierte er Paula. Und weshalb Zeit mit einem Liebesbrief verschwenden, wenn man die Dame auch telefonisch in sein Schlafzimmer beordern konnte?

Hier in Choreo brauchte er keine Umschläge zu öffnen, das hatte die Zensurabteilung bereits erledigt. Er faltete Briefbogen nach Briefbogen auseinander, doch der Inhalt prallte an seinem erkalteten Hirn ab. Zum Schluß versuchte er nur noch, die unleserlich gemachten Passagen zu entziffern, als wären sie die eigentlichen Botschaften aus der bewohnten Welt.

Er fegte die Briefe von seiner Decke und versuchte, sich seinen Erinnerungen zu überlassen. Ihm fielen lediglich Weihnachtsfeste ein, die er nicht mit seiner Frau hatte verbringen können. Aber da waren wenigstens seine Freunde noch dagewesen, um gemeinsam mit ihm zu trauern, so daß sie wie eine Art strahlendes Negativ dabeisein konnte. Jetzt, in Choreo, hatte er den üblen Geschmack des Verrats im Mund, wie jemand, der sich eine unverzeihlich blöde Ausrede ausgedacht hat, um die Weihnachtstage nicht mit seiner Familie verbringen zu müssen. Es gab offenbar Abstufungen des Verlusts, konzentrisch sich ausweitende Kreise von Mauern, Wällen und Schloßgräben zwischen der Verstorbenen und dem Zurückgebliebenen.

Der kleine Paul wäre jetzt acht gewesen. Während es draußen noch so gut wie Nacht war, hätte der Junge seine Ge-

schenke unter dem Baum hervorgezogen. Glasglöckchen, die infolge seiner Ungeduld bimmelten. Auf Knien hätte er das Weihnachtspapier von einer Schachtel abgerissen, um nach einem treffsicher abtastenden, schnell gesättigten Blick juchzend zum nächsten Geschenk zu greifen. Seine Eltern hätten vielleicht im Morgenmantel dabeigestanden, eine Flöte Morgenchampagner in der Hand gegen den leichten Kater des späten Diners. »Was hältst du von Kaviar auf Toast?«
»Mit zerkrümeltem Eigelb … perfekt.«

5

Heiligabend, doch in den Zellen würden die Lichter zur selben Zeit verlöschen wie sonst. Keine Christmette in Choreo. Nach einem kurzen Besuch des Freizeitraums, wo einige Gefangene Plastikkugeln mit Weihnachtsmotiven bemalten, kletterte Remo in seiner Zelle auf den Heizkörper. Draußen war es neblig, so daß er das Aufnahmegebäude und das Zeltlager nicht sehen konnte. Ein Stück näher hatten die Lampen an den hohen Lichtmasten sich des Silberschatzes auf den Mauerkronen angenommen. Es schien, als würden sich die Windungen in den Stacheldrahtrollen unter dem Schein der Laternen vervielfachen – wie Engelshaar im Bereich einer Kerzenflamme. Er sah seine Mutter auf einer Klappleiter neben dem Weihnachtsbaum. Sie zog ein Knäuel Glaswolle auseinander, mit Handschuhen, um sich nicht zu schneiden. Hallo, Mama. Wenn der Baum fertig geschmückt war, hatte sie trotzdem überall spinnwebfeine Schnittwunden an Oberarmen, Hals und Gesicht.

Dies war das neunte Weihnachten, das sie nicht zu zweit (dritt) feiern konnten. Ach, Liebste, wie wunderbar waren doch die beiden, '67 und '68. Hätte ich nur auch die Jahre danach in deinen Armen liegen können, dann wäre all das andere nicht nötig gewesen und ich würde jetzt nicht in der Christnacht hier sitzen. Na ja, du weißt schon, was ich meine.

Am vierundzwanzigsten Dezember abends auf einem sich abkühlenden Heizkörper zu stehen ist nun mal etwas anderes, als an Heiligabend eng umschlungen mit der Geliebten vor dem funkensprühenden Kamin zu sitzen. »*Lights out!*« Sofort erlosch die Lampe in seiner Zelle. Draußen brannten die Lichter weiter, um aus Stacheldraht Engelshaar zu spinnen. Schlaf sanft, mein Liebes, in deinem Bretterbett in Holy Cross.

Blaue Tränen

Dreizehn

1

Ob zu Recht oder zu Unrecht – jemand mußte Remo irgendeines Delikts bezichtigt haben, anders war es nicht zu erklären, daß ihm am Abend des 11. März 1977 im Foyer des Beverly Wilshire ein Haftbefehl unter die Nase gehalten wurde.

Der neue Vertrag – für einen Film mit dem Arbeitstitel *The Deadlock* – machte ihn wie gewöhnlich verwegen verschwenderisch, und so hatte er sich sofort nach der Unterzeichnung in einer Suite ganz oben in seinem Lieblingshotel einquartiert. Dort hatte er den ganzen Montag über gemeinsam mit Homer Gallaudet, seinem Co-Drehbuchautor, an dem zerfransten Skript gearbeitet, das bereits durch viele anonyme Hände gewandert war und dabei immer mehr lose Enden bekommen hatte. Der Titel erwies sich als unerwartet ominös, denn erst am späten Nachmittag fanden sie den Ausweg aus der entstandenen Sackgasse. Wäre Remo nicht bei einer Filmpremiere erwartet worden, hätten sie noch Stunden weiterarbeiten können. Während er sich in seinen Smoking warf, diktierte er Gallaudet gehetzt und wie es gerade kam alle möglichen Einfälle.

»Die ganze Aufmerksamkeit des Zuschauers auf dieses Ei lenken. Denk an Hitchcock, den alten Fahrraddieb … der ließ eine Fahrradlampe in ein Glas Milch montieren.«

»Ein Kalkei, das ist fast leuchtendweiß«, sagte Gallaudet.

»Pro forma vielleicht ein bißchen Hühnerscheiße draufpinseln. Eine kleine Flaumfeder hier und da, wegen der schwierigen Geburt.«

»Notier mal, Homy, daß ich mindestens einen Milchbauern oder einen Geflügelzüchter im Abspann will.«

Remos Finger zitterten so vor Aufregung, daß ihm sein Co-Autor beim Schließen der Manschettenknöpfe helfen mußte. »Wo du schon dabei bist, Homy, hilf mir doch auch eben mit der Fliege.«

»Deine Schnürsenkel bindest du dir selbst?«

Vor dem Schrankspiegel zog Remo die neue nachtblaue Smokingjacke an und testete durch Drehen seines Oberkörpers den Lichteinfall auf dem Samt. Nachher, unter den Kronleuchtern des Premierensaals, würde dieses Veilchen die perverse Tiefe seines Violetts erst richtig preisgeben. Wachsen würde er mit dreiundvierzig nicht mehr, doch davon abgesehen war Remo mit seinem Aussehen – für das Alter – höchst zufrieden. Gezeichnet, aber jungenhaft. Miss Zillgitt hatte sich am Tag zuvor seinem verlebten Charme gegenüber nicht unempfänglich gezeigt, wenngleich sie das Spiel des Anziehens und Abstoßens selbstverständlich bis zum Ende mitgespielt hatte, inklusive eines albernen Versuchs, in Ohnmacht zu fallen. O süße Entlarvung.

»Wenn wir die Schlußsequenz«, murmelte Gallaudet, »ganz nach vorn ziehen und eine Art vorausschauenden Epilog draus machen …«

Sie müßte jetzt eigentlich neben ihm in die Umrahmung des Spiegels treten, Wendy, in einem eilends geliehenen Abendkleid – auf hohen Absätzen fast einen Kopf größer als er. Mit aufgesteckten Haaren würde sie älter und ernsthafter aussehen, stellte Remo sich vor, aber trotzdem würde das Premierenpublikum den ganzen Abend raten, wie alt sie wirklich war. »Sechzehn? Sechzehn ist eindeutig zu alt für ihn.«

Verpaßte Chance. Die raffgierige Mutter, der ewig qualmende Stiefvater: Er hätte sie etwas länger hinhalten müssen.

»Arbeite ruhig weiter, Homy. Die Suite steht dir zur Verfügung. Wenn du Lust auf 'nen Happen hast, dann ruf den Roomservice. Bei Lust auf was anderes: ruf Subterranean Escorts. Vor Mitternacht bin ich nicht zurück.«

»Und morgen?«

»Acht Uhr Frühstück. Hier. Und danach … freie Bahn für Punkte und Kommas.«

2

In welchem Stadium einer Produktion er sich auch befand, so früh er auch aufstehen mußte, Remo hatte es immer genossen, im morgendlichen Halbschlaf die Angelegenheiten des Tages träumend vorwegzunehmen. Nein, gedreht wurde noch lange nicht. Technische Vorbereitungen? Überwachung des Kulissenbaus? Später, später. Gespräche mit einem Castingbüro, Probeaufnahmen – heute nicht auf dem Plan. Aus dem Dunkel leuchtete ein Ei auf, und darin ein Lämpchen, und sofort war Remo wieder im Bilde. Er würde gleich mit Homer Gallaudet am Drehbuch für *The Deadlock* weiterarbeiten. Das tiefe Wohlbehagen, in das er jetzt sank, sagte ihm, daß die Arbeit gut lief.

Jeden Morgen kam der Moment, da vom Halbschlaf nur noch ein Viertelschlaf übrig war, der die Gitter und die Mauern zwischen geträumter und verwirklichter Filmemacherei enthüllte. Heute, am ersten Weihnachtstag, blieb es nicht bei der erneuten Kontaktaufnahme mit seiner Zelle. Hatte er gerade eben noch den Duft von Tannengrün zu erschnuppern versucht, so wurde seine Schläfrigkeit jetzt von starkem Abscheu vertrieben. Zu Weihnachten hinter Schloß und Riegel, und genau zu wissen, warum. Sich umzudrehen und zu versuchen, wieder in den glückseligen Schlummer zurückzufinden, hatte keinen Sinn. Remo war wach genug, um sich bewußt zu werden, daß er sich von einem Film entfernte, anstatt einen zu machen.

Unvermeidlich rückte nun der Moment näher, in dem der Lift mit einem kleinen Ruck stoppte und die Türen sich zum Foyer des Beverly Wilshire öffneten. »Sir …« Einladende Geste einer weiß behandschuhten Hand. Beim Verlassen des

Lifts sah Remo seine Gesellschaft bereits an einem niedrigen Tisch – die Herren mit leicht hochgezogenen Hosenbeinen in den Chesterfield-Sesseln, die Damen stehend, um zu dieser frühen Stunde ihr Abendkleid noch nicht zu zerknittern. Halb versteckt hinter einer Säule nahm er das Tableau vivant in sich auf: eine Südpol-Oase aus Penguin Classics vor einem Hintergrund aus Kristallfalten. Auch dies war seine Welt. Das zärtliche Gezappel vom Vortag kribbelte ihm noch im Rückgrat. Zum erstenmal in all den Jahren offener und unterdrückter Trauer schien sein Appetit aufs Leben ganz zurückgekehrt. Sich am Anblick seiner Freunde erfreuend, ging Remo langsam auf sie zu. Er würde *alles* aus diesem Abend herausholen.

Auch jetzt natürlich wieder Störenfriede. Hinter der nächsten Säule trat ein hochgewachsener Mann hervor, der sich ihm beinahe in den Weg stellte. Er sprach Remo mit seinem richtigen Namen an und fragte mit fast flehendem Hundeblick: »Kann ich Sie kurz unter vier Augen sprechen?«

Der korpulente Typ trug einen alten Maßanzug, der inzwischen wie ein in der Reinigung eingelaufener Anzug von der Stange aussah. Ein Bewunderer, in Gottes Namen nicht jetzt. Die Freunde sahen Remo und winkten. Er winkte zurück.

»Tut mir leid, ich bin in Gesellschaft. Wir haben es eilig.«

Der andere griff in seine Innentasche und hielt im nächsten Moment eine plastikbeschichtete Karte in der Hand. »Los Angeles Police Department. Inspektor Flanzbaum. Mit etwas, das aussieht wie ein Haftbefehl. Wollen wir jetzt mal in aller Ruhe reden?«

Über die Köpfe seiner Freunde hinweg konnte Remo auf dem Podium in einer entfernten Ecke des Foyers das Rednerpult sehen. Hier mußte heute jemand zu einem Publikum gesprochen haben, denn über den Klappstühlen hingen noch Ballons und Luftschlangen. Als er dort seine traurige Pressekonferenz gegeben hatte, vor sieben, acht Jahren, hatte das Pult auch schon an derselben Stelle gestanden. Damals allerdings ohne Festschmuck.

»Natürlich, Mr. Flanzbaum. Mißverständnisse sind dazu da, ausgeräumt zu werden. Darf ich meinen Freunden sagen, daß ich etwas später komme?«

»Versprechen Sie ihnen nicht zuviel. Ich warte dort drüben.«

An dem Tisch, auf den er deutete, saßen bereits drei Männer, von denen zwei genauso lausig gekleidet waren wie Flanzbaum. Zweifellos Ermittler, chronisch schlechtgelaunt und unterbezahlt. Haftbefehl. Nach all den Jahren noch eine Spur, die zum Ehemann führte? Ausgeschlossen.

»Lästig, diese Fans«, begrüßte ihn Sauro.

»Fans, die man nicht so schnell los wird«, sagte Remo zwischen zwei Umarmungen. »Geht ihr schon mal vor.«

Bis zu Flanzbaums Tisch verfolgten Remo laute Proteste. Unwissentlich mußte er die Vorschriften in bezug auf seine Aufenthaltserlaubnis verletzt haben, etwas anderes konnte es nicht sein. So verheerend das auch war, beruhigte ihn der Gedanke doch irgendwie, wenngleich er meinte, durch den dicken Teppich und seine handgefertigten Schuhe hindurch die scharfen Spitzen eines felsigen Bodens in seine Fußsohlen dringen zu spüren.

Inspektor Flanzbaums Begleiter waren, wie sich herausstellte, zwei Ermittlungsbeamte und ein stellvertretender Staatsanwalt, letzterer in einem guten Anzug.

»Dürfte ich vielleicht erfahren, meine Herren«, fragte Remo munter, »was mir vorgeworfen wird?«

»Aber natürlich.« Flanzbaum versuchte, seine Stimme genauso locker klingen zu lassen wie Remo die seine. »Vergewaltigung einer Minderjährigen.«

Remos Skrotum zog sich zusammen, als wolle sein verräterischer Körper auf diese Weise die Anschuldigung bestätigen. »Moment mal … Moment.« Seine Augen suchten erneut das Rednerpult. Dahinter hing ein Transparent der SOCIETY

OF MAYFLOWER DESCENDANTS. Hier also, an der Stelle, an der er damals das Andenken seiner Frau so verzweifelt verteidigt hatte, wollten sie ihn jetzt verhaften. Später hatte er die Pressekonferenz im Fernsehen gesehen. Da stand ein trauriger und gekränkter kleiner Junge und widerlegte Lügen, die mit jeder Leugnung noch tiefer ins kollektive Bewußtsein gerammt wurden.

»Nein, meine Frau hat *nicht* in Pornofilmen gespielt. Sie war *nicht* drogenabhängig. Seit sie von ihrer Schwangerschaft wußte, hat sie nicht einmal mehr ein Glas Wein getrunken.« Er ärgerte sich über seinen Akzent, der durch die Emotion und Ermüdung stärker war als normal. »Warum publiziert ihr solche Geschichten? Meine Frau hat Bücher über Geburt und Babys gelesen. Sie war mit allen möglichen Mustern zugange, um das Kinderzimmer einzurichten ...«

So hatte Remo vor dem Dickicht der Mikrophone gekämpft, um seiner Frau ihren durch und durch liebenswerten Charakter wiederzugeben – als wäre der in der Trauerhalle des Bestattungsunternehmens mit dem einer anderen Verstorbenen vertauscht worden. Er wandte sich an Inspektor Flanzbaum. »Hier *muß* es sich um ein Mißverständnis handeln. Sie zwingen mich, meinen Anwalt anzurufen.«

»Sie sind noch nicht festgenommen«, sagte einer der Ermittler verärgert. Der andere fügte gelangweilt hinzu: »Wir weisen Sie gleich auf Ihre Rechte hin. In Ordnung?«

»Gehen Sie uns in Ihr Zimmer voraus«, sagte Flanzbaum und erhob sich. »Wir sind ermächtigt, es zu durchsuchen.«

Als Remo aufstand, sah er seine Freunde gerade Richtung Ausgang schlendern, die Frauen mit dem Pelzmantel locker über den Schultern. Bevor sie in die Drehtür traten, sahen sich ein paar von ihnen unsicher nach ihm um. Dino machte eine fragende, typisch italienische Gebärde: Handflächen nach oben, Kinn hochgereckt.

Weihnachten in Amsterdam, wie hätte ich das hinter mich gebracht? Christliche Feiertage sagten mir nichts, doch die Feier der Rückkehr des Lichts war heidnisch genug für meinen Geschmack. Olle Tornij, meinen dortigen Vermieter, hielt ich nicht für einen Mann, der einen Baum schmückte. Ein einzelner Tannenzweig vielleicht, hinter ein Bild geklemmt, aber bestimmt nicht in seiner Buchhandlung. »Gerüche, die in 80-Gramm-Romandruckpapier gezogen sind, beeinflussen die Lektüre einseitig«, sagte er immer und stellte dann das Gebläse der Dunstabzugshaube so hoch, daß dem Essen aller Geschmack entzogen wurde. »Wer glaubt *Moby Dick* noch, wenn er Fritiergeruch ausdünstet?«

Am Nachmittag hätte ich bei seinem Enkel Tib in der Hugo de Grootkade vorbeigeschaut, allein schon der Freude wegen, den Vierjährigen unter dem Weihnachtsbaum spielen zu sehen. Die Katerstimmung des Ehepaars Satink-Tornij, das die Christmette am liebsten an der Hausbar zelebrierte, hätte ich eben in Kauf nehmen müssen. Ich brauchte nur die Augen zu schließen, um Tibbi unter dem überhängenden Grün und den Girlanden sitzen zu sehen. Wie im letzten Jahr. Wenngleich ich doch eine Korrektur anbringen mußte. Vor Monaten, noch im Spätsommer, hatte der Kleine erklärt, zu Weihnachten keine roten und blauen Kugeln mehr am Baum zu wollen, sondern nur Silberschmuck. »Das fintich soooo schön.«

Tibbolt war so in sein Spiel vertieft, daß er alles um sich herum vergaß, auch seine Hütte aus Tannenzweigen. Urplötzlich konnte sich dann sein Gesicht erhellen und er über sich greifen, um ein Glöckchen zum Klingeln zu bringen – dieses Jahr also eines aus Silber. Und ich, der dieses Wunder mit eigenen Augen hätte betrachten können, saß jetzt auf der anderen Seite des Globus und bewachte Mörder und Vergewaltiger.

Am ersten Weihnachtstag stand ich nicht auf dem Dienstplan, aber der Gefängnispfarrer hatte mich zum Morgengottesdienst in der Hauskapelle von Choreo eingeladen. »Es gibt auch Musik, Spiros. Komm und wärm dir deine kalte griechisch-orthodoxe Seele bei uns.« Ich war längst froh, eine Ausrede zu haben, um an meinem freien Tag unter Choreanern sein zu können – und nicht nur, weil das doch keine Art ist, Weihnachten in einem Motelzimmer am Rand von San Bernardino zu verbringen.

Halb neun, und die Kapelle war noch leer. Unter Aufsicht eines mir unbekannten Wärters und auf Anweisung des Pfarrers war ein privilegierter Gefangener (der Mexikaner, der auch für die Fingerabdrücke zuständig war) dabei, die Kerzen anzuzünden. Als ich bei meiner Einstellung herumgeführt wurde, hatten hier noch Klappstühle gestanden. Jetzt waren es zwei Bankreihen aus lackiertem Fichtenholz links und rechts von einem Mittelgang. Ich ging zu Pfarrer Fagan und klopfte ihm auf die Schulter. »Streng geworden hier. Die alte Einrichtung hat der Bude was Hochzeitartiges gegeben.«

»Schon mal von der ›Tortenschaufel‹ gehört, Spiros? Da haben Gefangene sich hier mit dem Metallrahmen von so einem Klappstuhl gegenseitig in die Zange genommen. Hatte oft böse Folgen.«

Um an die höher angebrachten Kerzen heranzukommen, benutzte der Mexikaner einen Luntenstock mit langem Stiel, der am Ende eine über einen Hebel zu betätigende Dochtschere hatte. In Verbindung mit der feuchten Kälte in der Kapelle bereitete mir der Geruch des schmelzenden Wachses fast Übelkeit. Ich setzte mich auf eine der mittleren Bänke, direkt an den Gang, und sah zu, wie die Häftlinge in kleinen Gruppen hereingeführt wurden, einige gefesselt. Die Ketten hatten hier einen helleren Klang als auf den Korridoren. Wenige Kirchgänger aus meiner Abteilung. Kein Maddox, doch als ich mich umdrehte, stand Remo Woodehouse zwischen den Flügeltüren, nicht gefesselt, allerdings den zwei Kopf größeren Burdette gleich hinter sich. Remo fing meinen Blick auf, lächelte fast unsichtbar durch seinen Bart und lüpfte ganz kurz seine Brille zum Gruß. Der Wärter schob ihn in die hinterste Bankreihe.

Schräg vor mir lümmelte sich der schwarze Sofa Spud mit verdrehtem Oberkörper in den Gang hinein, falsch singend: »I'm dreaming of a white Christmas.«

Alle wandten sich jetzt zur Tür um, wo Scott Maddox mit einem frisch angelegten schneeweißen Kopfverband stand. Lautes Gelächter ertönte. Er war sowohl an den Händen wie an den Füßen gefesselt. Hinter ihm erschienen Carhartt und The French Dyke. Weil Maddox die Hände nicht auseinandernehmen konnte, trug er seinen Gitarrenkasten auf ungeschickte Weise quer vor seinen kurzen Beinen. Während er vor seinen Bewachern her durch den Mittelgang zum Altar ging, wegen der Ketten nur mit kurzen Schritten, stießen seine Knie gegen den Kasten, was in der plötzlich eingetretenen Stille eine Serie laut hallender Laute erzeugte.

Maddox machte bei Sofa Spud halt, der nicht mehr sang. Die Blicke, die sie wechselten, waren zweifellos tödlich gemeint, doch Maddox hatte nur diese eine Öffnung, durch die er lugen konnte. Spud ging mit seinem schwarzen Gesicht noch dichter an den weißen Verbandsklumpen heran und sagte: »Schatz, wenn es stimmt, was ich denke, nämlich daß du mich ansiehst, dann zwinker doch mal kurz, Schatz.«

Carhartt und LaBrucherie legten Maddox schnell je eine Hand auf die Schultern und schoben ihn sanft weiter. Zu Schlurfschrittchen gezwungen, quietschten seine Schuhe auf dem Linoleum. Das Trio setzte sich in die vorderste Bank, direkt vor die Kanzel. Schade um die Klappstühle. Ich hätte Maddox gern mal in der »Tortenschaufel« gesehen.

Pfarrer Fagan überließ die Predigt einem Vikar, selbst ein zu lebenslänglich Verurteilter, was bedeutete, daß er sich alle Zeit der Welt ließ. Dem bewundernd beifälligen »yeah! yeah!«

nach zu urteilen, das nach jedem seiner vollmundigen Sätze in der Kapelle erklang, sprach er den Choreanern direkt aus dem Herzen. Je länger die Predigt jedoch dauerte und je lauter das »yeah! yeah!«, begleitet von Fußgestampfe, erschallte, um so deutlicher hörte ich Spott heraus, mehr jedenfalls als offensichtlich der Kanzelredner. Die Gefangenen, froh über jede Abwechslung, machten sich eine Gaudi daraus. »Und jetzt bitte Ruhe für Häftling Maddox.«

»O yeah …!«

Maddox wurde von seinen Fesseln befreit und von Carhartt aufs Podium geführt. Er setzte sich steif auf einen hohen Hocker neben der Kanzel. The French Dyke reichte ihm seine Gitarre, die ihm fast aus den verbundenen Händen gerutscht wäre.

»Häftling Maddox wird ein selbstkomponiertes Weihnachtslied zu Gehör bringen. ›Under the Rose‹.«

»Yeah! yeah …!« Applaus. Maddox stimmte kurz und begann dann mit dem Intro zu seinem Stück. Sein Gitarrenspiel hörte sich nach nichts an. Der Verband an seinen Fingern war kürzer als bisher, so daß er die letzten Glieder beugen konnte, doch die Akkorde klangen noch genauso dumpf und schwunglos wie in seiner Zelle.

So here's my Christmas carol
under the rose …

Das Lied wollte einfach keinen Klang entwickeln. Trotz der besseren Akustik in der Kapelle schien Maddox' Stimme noch mehr als sonst von der dicken Verbandshaube verschluckt zu werden. Aus der Mitte des Publikums erhob sich, zunächst flüsternd, dann immer lauter und weiter um sich greifend, Bing Crosbys »White Christmas« – bis ganz Choreo mitgrölte. Maddox hatte da bereits, auf der Hälfte einer Strophe, aufgehört zu spielen. Pfarrer Fagan versuchte, ihm etwas in sein verborgenes Ohr zu schreien.

Als die Gefangenen zum sonntäglichen Hofgang hinausgeführt wurden, sangen sie nach wie vor in voller Lautstärke »I'm dreaming of a white Christmas ...« Dazu trugen die meisten ihr Faltblatt mit den Psalmen als weißes Dach auf dem Kopf.

4

Wieder in seiner Zelle, glaubte Remo noch immer den Chor der Gefangenen Bing Crosbys Lied plärren zu hören. Es war wohl ein Irrtum. Wenn er morgens den Ring fegte, konnten er und Maddox den Lärm auf dem Hof gut genug hören, um jedes Handgemenge sofort zu bemerken. Bis in seine Zelle, bei geschlossener Tür, drang er nicht. Nur gut: Heute würde er seine ganze Konzentration brauchen, um seinem Vater einen Brief zu schreiben – mit der Wahrheit, endlich.

»... eamin' ... ite ... istma ...«

Vielleicht doch keine Einbildung. Remo kletterte auf den Heizkörper: Neben der Schranke, in Höhe des Parkplatzes, stand eine große Gruppe von Frauen und Kindern aus dem Zeltlager und sang gegen den Wind an. Sie mußten den Gesang vom Innenhof gehört haben, und dies war ihre Antwort. Die Kinder hielten Stäbchen in die Höhe, von denen, sehr bleich im Morgenlicht, Feuerwerkssternchen sprühten. Wieder einmal wunderte sich Remo, daß so viele Lumpen, egal wer, auf die Unterstützung von Frau, Mutter, Schwester und Kind zählen konnten. Hier drinnen, in Choreo, war Weihnachten wärmer und üppiger als draußen im Solidaritätslager. Liebe entgegen aller Moral. Sternchen gegen Stacheldraht.

Sein Anwalt konnte ihn an jedem beliebigen Tag besuchen. Die übrigen Besucher, sofern es sich nicht um die nächsten Angehörigen handelte, durften nur an Wochentagen empfangen werden. Samstag und Sonntag waren den eigentlichen Familienmitgliedern vorbehalten, doch die hatte er nicht in

Kalifornien – nicht mehr. Seine ehemaligen Schwiegereltern hierher einzuladen, nein, das war keine gute Idee. Selbst wenn sie von sich aus anböten, ihn zu besuchen, wußte Remo nicht, ob er es wagen würde, ihnen in die Augen zu sehen. Seine Schwiegermutter war gerade aus ihren Jahren der Leugnung erwacht und bereitete sich im Hinblick auf die *parole*-Sitzungen im kommenden Jahr streitlustig auf ihren Kreuzzug entlang etlichen kalifornischen Gefängnissen vor. San Quentin. San Luis Obispo. Institute for Women in Corona. Auf dieser Liste stand Choreo nicht.

Samstags kamen die Psychiater, und ansonsten wurde ganz normal geputzt. Um den paar Angehörigen näher zu sein, die ihm auf der anderen Seite des Globus noch geblieben waren, beschloß Remo, die Sonntage in Choreo dem Schreiben von Briefen zu widmen – an seinen Vater, seine Stiefmutter, seine Halbschwester.

Das staatlicherseits zur Verfügung gestellte Briefpapier war grau und holzhaltig wie das der Schulhefte im Ostblock. Ein Privilegierter, für den man keine andere Arbeit hatte, drückte als Briefkopf einen Stempel in grüner Farbe darauf, meist schief, manchmal auf dem Kopf stehend:

CALIFORNIA
STATE PENITENTIARY
CHOREO
P.O. BOX 1300
SAN BERNARDINO
CA 94035

Die kostenlose Lieferung des Papiers war nicht als Ermunterung auszulegen. Zwei Briefe pro Tag, erhaltene oder geschriebene, und die Aufseher, allen voran Carhartt, hatten wieder etwas zu meckern. Je mehr Post, um so mehr zu zensieren.

Die Briefe, die Remo in seiner Muttersprache schrieb,

wurden nicht zensiert, weil niemand vom Personal sie lesen konnte – eine Tatsache, die ihm vom dummen Carhartt auch noch naserümpfend mitgeteilt wurde. Auf diese Weise wußte Remo, daß er in seinen Episteln an sein Elternhaus kein Blatt vor den Mund zu nehmen brauchte, auch nicht über die Zustände in Choreo, solange er keine erkennbaren Namen erwähnte.

Er legte ein solches Blatt Klopapier vor sich hin. Tinte würde darin auslaufen, mit blauen Haargefäßen die Buchstaben unleserlich machen, doch die Direktion gestand ihm ohnehin nur Graphit zu. Fünf Bleistifte durfte er sich bei jedem Mal von einem Wärter anspitzen lassen, denn ein Anspitzer in der Zelle war wegen der herausnehmbaren Klingen ebenfalls verboten. The French Dyke, mit Volksschullehrerinnenträumen oder Mordplänen, war es eine Ehre, seine Caran d'Ache-HBs so messerscharf nachzuspitzen, daß er bequem Harakiri damit hätte begehen können: für heute eine ernstzunehmende Option.

»San Bernardino,
Weihnachten 1977

Lieber Papa,«

So, das stand schon mal da. Ohne den Trost irgendeiner Zensur seinem alten Vater die bittere Wahrheit übermitteln zu müssen war gar nicht so leicht. Sanft mit einem Eckzahn die Farbschicht eines Bleistifts zu durchbeißen lieferte immer noch denselben Geschmack wie früher.

»Lieber Papa,
   aus Deinem letzten Brief, den Paula mir brachte, sprachen so viel Kummer und Scham, daß es mir das Herz brach. (Der Wärter, der ihn bei der Leibesvisitation bei ihr fand, hat pro forma irgendeinen x-beliebigen Satz durchgestrichen, der

aber trotzdem leserlich blieb.) Schenk bitte der Sensations-
story nicht zuviel Glauben, Papa, die die Zeitungen ihren Le-
sern zu verkaufen versuchen. Beim Blut, das uns verbindet,
schwöre ich, daß ich nicht der Dämon bin, den sie jetzt aus
mir machen. Ja, ich bin im Gefängnis, aber nur wegen einer
psychiatrischen Untersuchung, die in zwei Monaten abgeschlossen sein kann. Papa, Du kennst mich. Du *weißt*, daß ich
nicht imstande bin, all die Dinge zu tun, die mir angelastet
werden. Ich war nur sehr naiv und unvorsichtig.«

5

Woher nahm er das Recht, seinem lieben alten Vater gegenüber, mit dem er durch die Hölle gegangen war und der ihn
später immer unterstützt hatte, so feige um die Sache her-
umzureden? Wenn dieser die offizielle, juristische Wahrheit
bereits aus der Zeitung erfahren hatte, dann war es Remos
einzige Aufgabe, darin die menschlichen Nuancen zu setzen,
damit der Vater den Angeklagten wieder als seinen Sohn erkennen konnte. Und das war nun gerade das Problem: die
wahren Details versus den konstruierten juristischen Vergleich. So wurde in den Vereinigten Staaten Recht gesprochen: Damit fünf Anklagepunkte, in denen jemand vielleicht
teilweise schuldig war, fallengelassen werden konnten, mußte man sich im sechsten Fall für schuldig bekennen, in dem
man möglicherweise gar nicht schuldig war. Kuhhandel ohne
Handschlag, dafür mit erhobenen Fingern, und war dieser
erst einmal geschlossen, zeigte sich niemand mehr daran
interessiert, was von einem Moment zum anderen wirklich
passiert war.

So hatte Remo bei seiner Festnahme gefragt, ob sie in zwei
kleinen Gruppen vom Foyer nach oben, in seine Suite, gehen
könnten – eine Geste gegenüber der Direktion, um für möglichst wenig Aufregung im Hotel zu sorgen. Später wurde
ihm diese Bitte, der im übrigen nicht stattgegeben wurde, als

kalte Berechnung ausgelegt: Hinter einer vergoldeten Fassade wünschten Leute wie er ihre Bestialitäten betreiben zu können. Und derlei gab es noch mehr. Das Theater um die Quaalude-Tabletten zum Beispiel.

Vier hochgewachsene Herren in Arbeitskleidung, die einen kleinen, berühmten Mann in nachtblauem Smoking umringten: Das zog in der Tat reichlich Aufmerksamkeit auf sich. Die chic gekleideten Wartenden vor dem Lift machten bereitwillig Platz, allerdings nicht ohne sich an dem Bild satt zu sehen. Eine scheußliche Situation, doch als sie in der Suite angekommen waren, konnte Remo sich beim Anblick von Homys erstaunter Miene kaum das Lachen verbeißen. Der brave Gallaudet gehörte nach Ansicht der Ermittler offenbar zum Inventar der Suite B 714, denn er wurde sogar noch zwischen den Beinen abgetastet.

»Meine Herren, meine Herren, ich bitte Sie«, rief Remo, dem das Lachen allmählich verging. »Ich dachte, Ihr Hausdurchsuchungsbefehl beträfe die anorganische Materie. Mr. Gallaudet ist mein Co-Drehbuchautor. Wir haben hier heute gemeinsam an einem Skript gearbeitet. Während meiner Abwesenheit sollte er noch einige Verfeinerungen vornehmen. Er weiß von nichts.«

»Verfeinerungen«, wiederholte Inspektor Flanzbaum verächtlich. »Gut, Mr. Gallaudet, verlassen Sie das Hotelzimmer, aber ohne etwas anzufassen. Nein, die Papiere da … liegenlassen.«

Auf dem Weg zur Tür deutete Homy aufs Telefon und murmelte etwas, das nach »out of service« klang. Oder war es »roomservice«?

»Verlassen Sie den Raum schweigend, Mr. Gallaudet«, schnauzte Flanzbaum, »oder sprechen Sie laut. Nicht dieses Wischiwaschi.«

»Räucherlachs auf Toast«, sagte Homy bleich. »Dazu eine halbe Flasche Chardonnay. Läßt sich vielleicht noch abbestellen. Bis morgen.«

Unter den Augen des stellvertretenden Staatsanwalts durchkämmte ein Trupp von drei Mann die Suite. Remos Fotokameras, sein Belichtungsmesser, die Dias und die noch nicht entwickelten Filmrollen verschwanden in Plastiktüten, die sorgfältig versiegelt und etikettiert wurden. Bitte, da fing die Verzerrung der Wirklichkeit schon an: Die Bestandteile des Stillebens wurden auseinandergerissen und wanderten einzeln in Quarantäne.

Flanzbaum kam aus dem Badezimmer, mit einem Plastikdöschen klappernd, das er seinen Kollegen entgegenhielt. »Treffer. Verbotenes Naschwerk für kleine Mädchen.«

Remo sah, daß es die Quaaludes waren. »Die gibt's auf Rezept.«

»Morphium gibt's auch auf Rezept«, sagte Flanzbaum. »Genau wie Rattengift.«

6

»Dein bekümmerter Brief, Papa, liegt hier vor mir. ›Ich verstehe nicht‹, schreibst Du, ›daß Du Dir nach den Schicksalsschlägen, die Dich bereits getroffen haben, jetzt selbst noch so viel Selbsterniedrigung angetan hast.‹

Das eine hängt tatsächlich mit dem anderen zusammen, aber nicht so, wie Du denkst. Die Zeitungsleser von vor acht Jahren haben es nie verschmerzt, daß ich mich nicht als schuldiger erwiesen habe, als ich war. Zumindest haben sie mir nicht verziehen, daß ich offenbar davongekommen war. Und jetzt, wo *das* passiert ist, rufen sie: Siehst du wohl! Haben wir doch immer schon gesagt! Diese miese kleine Ratte! Unsere Kinder sind nicht sicher vor ihm!«

Eine kahle Zellenwand eignete sich hervorragend dazu, die ganze Geschichte darauf zu projizieren. Verlangsamt. Bild für Bild. Jedes Detail ausschnittvergrößert. In der ersten Version sah Remo sich als hart arbeitenden Profi in einer verwandten Rolle wieder. Als er alles von neuem abspielte, begegnete er einem eitlen Naivling, der nicht merkte, daß er von ein paar *star fuckers* erst in eine Falle gelockt und dann verpfiffen wurde.

»Freunde von mir, Papa, und nicht die besten, haben gelegentlich über mich gesagt: ›Remo Woodehouse weiß nicht, daß er Remo Woodehouse ist.‹ (Ich erkläre Dir gleich, warum ich diesen Namen hier benutze. Lies Du statt dessen meinen richtigen Namen.) Sie meinen damit, daß sie, wenn sie an meiner Stelle wären, deutlich effektiveren Gebrauch von den Beziehungen, den Dollars, den Gesichtszügen, den Talenten und (vor allem) den Machtmitteln machen würden, die mir anscheinend zur Verfügung stehen. In diesem Sinne weiß ich tatsächlich nicht, ›daß ich Remo Woodehouse bin‹. Ich halte mich nicht lange mit derlei sekundären Errungenschaften meines Berufs auf. Ruhm, Bekanntheit, Marktwert als Aufreißer – das kann mir alles gestohlen bleiben. Damit gebe ich mich nicht weiter ab. Für mich zählt nur eines: die höchste Kreativität zu entfalten. Du weißt doch, was ich Euch voriges Jahr zu Weihnachten vom Grab des Unbekannten Tragikers erzählt habe.«

»Setzen Sie sich«, sagte Inspektor Flanzbaum. Die aus Ermittlungsbeamten, stellvertretendem Staatsanwalt und Häftling in spe bestehende Gruppe ließ sich auf den Sesseln rund um einen Couchtisch nieder: den einzigen Einrichtungsgegenständen, die mehr oder weniger an ihrem Platz geblieben waren. Der Inspektor zog sich einen Eßzimmerstuhl mit gerader Lehne heran und setzte sich rittlings darauf. »Haben Sie etwas dagegen, wenn wir rauchen?«

Remo sah sich in der Suite um. Das Bettzeug lag in einem Haufen auf dem Boden, mit Ausnahme des Kopfkissens, das über den Obstkorb auf dem Tisch drapiert worden war. Seine Sakkos und Anzüge wanden sich, den Bügel noch in

den Schultern, auf dem Teppich. Von all den Loseblattdreh-
büchern, die jetzt durcheinandergeraten waren, hätte Alain
Resnais einen achtzehnstündigen avantgardistischen Film
machen können, und dann noch knapp geschnitten. Sogar
die Matratzen eines solchen Luxushotels schienen, nackt an
die Wand gelehnt, mit ihren bizarren Sportflecken reif für
den Sperrmüll. Aus allen Himmelsrichtungen waren Paare
für eine Nacht oder mehr hierhergekommen, um die Jahres-
ringe ihrer Liebe übereinanderzulegen. Im selben Raum wurde Remo jetzt wegen der gleichen menschlichen Urhandlung
gedemütigt und zur Verantwortung gezogen.

Von einem Knäuel kalter, noch vom Lunch übriggeblie-
bener Spaghetti, die auf der Kommode als verdächtiges Versteck auseinandergepflückt worden waren, sah Remo wieder
zu Flanzbaum. »Sehr freundlich, daß Sie fragen.«

»Aber dann macht man die Rechnung ohne die anderen,
Papa. Die wissen immer ganz genau, wie hoch jemandes
Marktwert ist und wie man seinen Vorteil daraus zieht. Zum
Beispiel die Mutter dieses Mädchens. Weil Remo Woode-
house meinen Freunden zufolge nicht weiß, ›daß er Remo
Woodehouse ist‹, war mir nicht klar, wie wichtig ich für die
Karriere dieser Tusse sein könnte, und folglich genausowe-
nig, daß sie mir eine Falle stellte. Und weil ich keine Ahnung
habe, was es bedeutet, ›Remo Woodehouse zu sein‹, rechne
ich auch nie mit dem öffentlichen Haß, der beim kleinsten
Fehltritt über mich hereinbrechen kann.«

7

Die Bilder auf seiner Zellenwand ließen auch noch eine dritte Lesart zu, in der Remo schlechter und durchtriebener erschien als alle diese Vorstadtparasiten zusammen. Doch die
überließ er lieber Inspektor Flanzbaum und seinem stellvertretenden Staatsanwalt.

Remo wurde an seine Rechte erinnert.

»Sie brauchen keine Aussagen zu machen«, sagte Flanzbaum, während er Rauch ausstieß, »aber ich will Sie trotzdem etwas fragen.«

»Mein Anwalt ist mit Sicherheit anderer Meinung als ich«, sagte Remo, »aber ich sehe nicht ein, welchen Nutzen es haben sollte, wenn ich schweige. Ich habe nichts verbrochen, und das werde ich auch jedem mitteilen, der es hören will.«

Die beiden Ermittlungsbeamten, ebenfalls rauchend, sahen Remo mit amüsiertem Sarkasmus an.

»Irgendeine Vorstellung«, fragte Flanzbaum, »warum eine solche Anschuldigung gegen Sie vorgebracht wurde?«

»Sagen Sie mir erst mal, von wem.«

»Mrs. Zillgitt. Die Mutter des Models.«

Remo besaß nicht einmal die Kraft, den Kopf zu schütteln. Er brachte nur ein leichtes Wackeln zustande. »Das ist alles ein schreckliches Mißverständnis. Was gestern zwischen Wendy und mir vorgefallen ist, kann ich unmöglich in Verbindung bringen mit ... mit ... Ich bekomme das Wort nicht einmal über die Lippen.«

»Wußten Sie zum Zeitpunkt der Tat, wie alt Miss Zillgitt ist?« fragte der Inspektor.

»Wir weisen Sie nochmals darauf hin«, sagte der stellvertretende Staatsanwalt, »daß Sie jede Frage unbeantwortet lassen dürfen.«

»Sie sah aus wie sechzehn«, meinte Remo. »Ich habe sie auf fünfzehn geschätzt. Sie selbst sagte vierzehn.«

»War die Erwähnung ihres Alters«, fragte Flanzbaum, »für Sie nicht Grund genug, die größtmögliche Zurückhaltung an den Tag zu legen?«

»Egal, was sie sagte, sie sah aus wie sechzehn. Und so hat sie sich auch verhalten. Sogar noch erwachsener. Sie flunkerte, um mich zu provozieren. Wendy hat nichts gegen ihren Willen getan. Ich wage sogar zu behaupten, daß sie mehr oder weniger die Initiative ergriffen hat.«

»Sie werden beschuldigt ...«

In dem Moment klopfte es. »Roomservice.« Niemand antwortete. Die Tür öffnete sich, und ein kurzhaariger junger Mann mit einer Fliege unter dem scharf hervortretenden Adamsapfel schob einen Servierwagen herein. Aus dem Kühler ragte der Hals einer kleinen Weinflasche. Der Angestellte gab sich Mühe, die Verwüstung mit unbewegter Miene zu betrachten.

»Stell's da hin, Frederick«, sagte Remo und steckte dem jungen Mann einen Zweidollarschein zu. »Die Herren Innenarchitekten haben vom harten Arbeiten Appetit bekommen.«

»Unter dem Tuch ist warmer Toast als Beilage zum Lachs, Sir«, stammelte der Angestellte, während er rückwärts zur Tür stolperte und diese schnell hinter sich schloß.

»Sie werden beschuldigt«, wiederholte Flanzbaum, »ihr Asthma ausgenutzt zu haben. Sie bekam einen Anfall, und in diesem wehrlosen Zustand sollen Sie sie mit Drogen betäubt ... und überwältigt haben.«

»Sie hatte gar kein Asthma, ist mir später klargeworden«, sagte Remo. »Wendy simulierte einen Anfall von Atemnot, um von mir verhätschelt zu werden. Ich dachte, es geht ihr wirklich schlecht, und gab ihr eine Quaalude. Eine halbe. Bevor die zu wirken begann, hatte sie mich bereits verführt.«

»Jetzt wollen Sie bestimmt wissen, wie alt sie wirklich ist?«

»Doch sechzehn? Noch immer minderjährig, zugegeben. Aber ...«

»Dreizehn.«

Montag, 26. Dezember 1977

Kindbettfieber

I

»Wie Du wohl schon verstanden hast, bin ich hier inkognito, und das soll auch in meinen Briefen so bleiben. Hier gibt es niemanden, der diese Sprache lesen kann, aber gerade deswegen werden sie durch Namen im Text aufgeschreckt; im Zweifelsfall sind sie imstande, den ganzen Brief einzubehalten. Wende Dich an Remo Woodehouse, voll ausgeschrieben, und reduziere alle anderen Namen auf einen Anfangsbuchstaben (ohne Punkt). Wenn Du wissen willst, warum ich Woodehouse als vorübergehenden Nachnamen gewählt habe, dann denk an die glanzvolle Londoner Premiere 1968. Mehr kann ich nicht sagen.

Für Remo muß ich Dein Gedächtnis vielleicht auffrischen. Der schöne französische Vorname, den Mama und Du mir bei meiner Geburt gegeben habt, wurde später auf der Schule zu Remo verballhornt. Vielleicht hätte ich weniger darunter gelitten, wenn er nicht mit so viel Hohn ausgesprochen worden wäre. Ich weiß nicht mehr, ob ich mich seinerzeit bei Euch darüber beklagt habe, so daß ›Remo‹ Dir möglicherweise nichts sagt; ich habe die Sache schließlich so gelöst, daß ich einen abgedroschenen Allerweltsnamen wählte, sehr zu Eurem Mißfallen. Als mein Anwalt mich drängte, fürs Gefängnis einen Tarnnamen anzunehmen, habe ich mich für die alte Verballhornung Remo entschieden. Und was glaubst Du, Papa? Es gefällt mir, hier Remo genannt zu werden, und nicht nur, weil es mein Inkognito stützt. Einfach weil es mich meinen frühesten Jahren mit Mama und Dir näherbringt. Auch wenn es sich um eine Verballhornung handelt, die hier außerdem noch anglisiert wird, klingt doch in jedem ›Remo‹

das Glöckchen von Mamas Stimme mit. Sie *existiert* also noch irgendwo auf der Welt.«

Sehr waghalsig vom Gefangenen Woodehouse, so selbstverständlich davon auszugehen, daß niemand in Choreo seine Muttersprache beherrschte, auch wenn es in meinem Fall nur passive Kenntnisse waren. Am zweiten Weihnachtstag begann mein Dienst bereits früh, doch abgesehen von den Routinekontrollen gab es wenig zu tun, und ich bat Burdette (der als zeitweiliger Hauptaufseher des HST den abwesenden Carhartt vertrat) um Schreibtischarbeit. Er hatte mir das Zensieren der ausgehenden Post aufgetragen und mir dazu die Vorschriften in die Hand gedrückt. Die Passage mit der Bitte, Namen auf einen unauffälligen Anfangsbuchstaben zu reduzieren, schwärzte ich mit Filzstift. Mal sehen, was Remos alter Herr mir beim nächsten Mal würde enthüllen können.

»Auf Befehl meines Anwalts habe ich mir auch einen Bart wachsen lassen. Ich vermute, daß nicht einmal Ihr mich jetzt erkennen würdet. Und krieg keinen Schreck: Ich trage eine Brille. Ja, Papa, Du liest richtig: Dein einziger Sohn, mit seinen Adleraugen, trägt jetzt ein Nasenfahrrad und verdient damit endlich den Ehrennamen Brillenjud'. Unter uns: Es ist das Schildpattding, das nach den Horrorereignissen in meinem Haus gefunden und nie von irgend jemandem reklamiert wurde. Weil es als stummer Zeuge nur auf falsche Fährten führte und als Beweisstück ausgedient hatte, fiel der Kripo nichts Besseres ein, als es dorthin zurückzuschicken, wo man es gefunden hatte. Um mein Inkognito zu vervollständigen, habe ich mir von einem Optiker neutrale Gläser einsetzen lassen. Bisher hat mich hier keiner erkannt. Sogar die Presse am Eingang hat mich bei meiner Ankunft übersehen, und das will was heißen.

Ach, wie lange ist es her, daß ich Dir, geduldig am Bleistiftende nagend, einen Brief mit der Hand geschrieben habe?

Wahrscheinlich war es kurz nach dem Krieg, als ich mich auf dem Land wieder erholte, nach dem Schlag auf meinen Kopf. Übrigens, ein Bleistift ist auch kein harmloser Gegenstand mehr, seit ich hier bin. Was mein Gehirn von sich geben will, sucht seinen Weg über den Stift aufs Papier. Hier sucht der Bleistift genausooft den Weg ins Gehirn. Jetzt höre ich aber auf, sonst machst Du Dir nur noch mehr Sorgen.

Sag Kika viele liebe Grüße von mir. Sie soll wissen, daß sie mir trotz meiner anfänglichen Ablehnung eine gute zweite Mutter war.

Papa, ich umarme Dich,

Remo (auszusprechen mit Mamas Akzent)«

Für die Adresse benutzte er den Mädchennamen seiner Stief-mutter. Der Form halber schwärzte ich hier und da ein Wort, ohne daß die Verständlichkeit darunter litt. Ich heftete den Umschlag mit einer Büroklammer an den Brief und warf das Ganze in das Körbchen AUSG./KONTR.

Weil ich die Tür zur Loge immer geöffnet ließ, hatte ich die Stimmen der beiden Putzer bereits gehört. Sie warteten am Besenschrank darauf, daß jemand von uns ihn aufschloß. Durch die verräterische Akustik im HST konnte ich sie in der Loge sowohl der ersten als auch der zweiten Etage ziemlich gut verstehen, selbst wenn sie in normaler Lautstärke spra-chen. Sogar *sotto voce* getane Äußerungen erreichten mich manchmal.

Ich war gerade aufgestanden, um dafür zu sorgen, daß die beiden Knirpse an die Putzsachen kamen, da sah ich Burdet-te bereits zu ihnen gehen.

2

Bloß nichts über seine Demütigung in der Kapelle sagen.

»Wie war dein Weihnachten, Scott?«

Maddox lehnte den Besenstiel an seine Schulter und breitete die Arme aus. »Li'll Remo, ich *hatte* weiße Weihnachten. Und schau dir das jetzt an.«

Der erst am Samstag gewechselte Verband sah aus, als hätte sich sein Träger tagelang im Staub seiner Zelle gewälzt.

»Päckchen bekommen?«

»Dies ist Scotts Weihnachtsgeschenk.« Maddox versetzte seinem umwickelten Kopf einen dumpfen Schlag – am Scheitel, wo es am wenigsten weh tat.

»Wird es dann nicht Zeit, daß du es auspackst?«

»Erst wenn der Baum seine Nadeln drüber streut. Ich kann warten.«

»Keine schlechte Eigenschaft, Scott, für einen Lebenslänglichen.«

Maddox brachte seinen Besen wieder in Kehrposition, ohne ihn freilich in Bewegung zu setzen. »Mein Onkel und meine Tante hatten ein Päckchen für mich unter den Baum gelegt. Santa Claus, sagten sie, erlaube mir nicht, es auszupacken, bevor nicht meine Mutter zurückkäme.«

»Und das war erst kurz nach Weihnachten der Fall.«

»Li'll Remo …« Es schien, als lasse etwas Schleimiges in Maddox' Kehle seine Stimme besonders tief grollen. »Es dauerte noch volle zwei Monate.«

Remo stieß die Holzseite seines Besens auf den Terrazzoboden, um den Staub herauszuschlagen, den er noch gar nicht gesammelt hatte. »Wo kam sie denn her, deine Mutter?«

»Aus dem Gefängnis. Es war nicht weit. Ich besuchte sie jeden Sonntag.«

»Und als sie entlassen wurde?«

»Mein Geschenk lag noch an derselben Stelle. Das Weihnachtspapier war total verblichen.«

»Was für eine Jugend, Scott. Meine Mutter haben sie eingesperrt, als ich sieben war. Ich habe sie nie mehr wiedergesehen.«

»Lebenslänglich … Und hast du sie nie besucht?«

»Sie erhielt die Todesstrafe.«

»Wofür?«

»Der eine hat falsche Freunde. Der andere die falsche Familie.«

»In welchem Staat?«

»Fegen, Scott. Burdette lauert schon.«

Als Remo fegend bei seiner eigenen Tür angekommen war, ließ er den Blick kurz über die gläsernen Schweineboxen wandern. Niemand, der ihn beobachtete. Er ging in seine Zelle und kletterte auf den Heizkörper. Das klare Wetter machte die Konturen der roten und blauen Zelte schärfer, so daß das Lager näher schien als am Vortag. Es ging ein ordentlicher Wind, der die zwischen den Zeltstangen aufgehängte Wäsche in die Höhe warf. Ein Hemd oder eine Jacke löste sich von der Leine und wurde an den Zaun geweht, wo das Stück im Stacheldraht hängenblieb.

»Wie sieht die Freiheit heute aus, Li'll Remo?« In der Tür stand Maddox mit einem Plastikeimer in der Hand. »Laß mich mal schauen.«

»Raus aus meiner Zelle. Diese Aussicht gehört mir. Du hast den Innenhof.«

»Wir haben gerade einen Auftrag von Burdette gekriegt. Die Gitterstäbe.«

3

Zweiter Weihnachtstag, und schon kehrte man in Choreo zur Routine zurück. Ich war froh, wieder auf dem Dienstplan zu stehen, denn auch wenn ich nicht unbedingt den Eindruck hatte, daß irgend etwas passieren würde, wollte ich die beiden Gnome trotzdem möglichst keinen Moment aus den Augen lassen.

Vielleicht weil es doch ein besonderer Tag war und dazu noch ein christliches Fest, wurde in den Duschen ein abtrünniges Mitglied der Arischen Bruderschaft vergewaltigt.

Es passierte hinter dem Rücken des Kollegen Mattoon, der immer ganz genau wußte, wann er sich umzudrehen hatte. (»Das ist seine Art«, sagte Wärter Tremellen, »zu zeigen, daß er auch mal dran will.«) Natürlich hatte wieder keiner der Duscher etwas gesehen. Soweit der stellvertretende Direktor Harold Bell den Vorfall rekonstruieren konnte, hatte ein spezieller Kriegsrat der AB beschlossen, die rohe Tat als zusätzliche Erniedrigung von einem willigen Schwarzen ausführen zu lassen. Der Vergewaltiger bekam zehn Dollar für den Job plus ein selbstgemachtes Gleitmittel. Nie mehr würde der Abtrünnige in den Schoß der Bruderschaft zurückkehren können, nicht einmal wenn die Anschuldigungen sich als Irrtum erweisen sollten: Schließlich hatte er sein arisches Wesen geschändet, indem er sich mit einem Neger einließ.

»Spiros …!« Seinem Befehlston nach zu urteilen, der von Tag zu Tag an Lautstärke zunahm, hatte Burdette sich bereits selbst eine Beförderung zuerkannt. »Spiros, geh und sag dem Häftling Woodehouse, daß die Direktion ihm begrenzten Umgang mit den anderen Insassen erlaubt.«

»Hofgang?«

»Eingeschränkt. Er hat sich von Gruppenbildung fernzuhalten.«

»Duschen?«

»Vorläufig noch allein. Unter Aufsicht. Nicht von Mattoon.«

»Und die Schreibmaschine?«

»Eine Stunde pro Tag. Ein Mann vor der Tür. O'Melveny will, daß das Ding erst auseinandergenommen wird. Bis zum letzten Schräubchen.«

Als Anschleichen konnte man es nicht bezeichnen, aber zugegeben, die staatlicherseits entworfenen Gummiprofilsohlen garantierten dem Wärter, sofern er nicht rannte oder schlurfte, einen nahezu lautlosen Gang – und so stand ich plötzlich hinter den beiden, ohne daß sie mich bemerkt hatten. Sie hatten sich die Schiebegitter zwischen der Eingangshalle des HST und dem Korridor zum Nordflügel vorgenommen.

»Von dieser Mennige wird mir allmählich übel«, sagte Remo. »Die gibt diesen ganzen Korridoren und Flügeln so was … *Vorläufiges*. Das ist es. Wie bei einem Gebäude, das noch eingerüstet ist.«

»Der ›Grieche‹ sagt«, knurrte Maddox, »das ist die eigentliche Farbe von Choreo.«

Aus einer Plastikflasche mit einem kleinen Hebel am Hals sprühte Remo eine blaue Flüssigkeit auf einen Lappen und fuhr dann damit über einen Gitterstab. Er schlug das Tuch dicht vor Maddox' freiem Auge auseinander, um ihm zu zeigen, daß das Zeug rot abfärbte. »Das ist Mennige, Scott. Sämtliche Gitter haben nur diese Grundierfarbe.«

»Die Bleimennige der choreanischen Seele, Li'll Remo. So sieht der ›Grieche‹ es.«

»Hab gar nicht gewußt, daß Agraphiotis einen Nebenjob als Gefängnisgeistlicher hat.« Remo fuhr fort, die Farbe kraftvoll von den Stäben zu scheuern. »Au, meine Hand glüht ja richtig.«

»Weißt du, Li'll Remo, dieser ›Grieche‹«, (Maddox senkte seine Stimme zu einem fast gurgelnden Grummeln), »an dem ist irgendwas faul.«

»In Nordeuropa sagt man, daß südlich von Paris jeder unterhalb der Nase stinkt. Gemeint ist der abgestandene Knoblauchgeruch.«

»Der Knastveteran in mir sagt, Li'll Remo, daß er seine Arbeit ganz ordentlich macht. Ich meine, für einen Anfänger. Aber er gehört hier nicht her. Scott spürt es am Stechen der Brandwunden A 2 und B 3. Linkes Auge und rechte Kieferpartie.«

»Er ist zu gebildet.« Remo ließ den mittlerweile völlig roten Lappen auf den Boden fallen, betrachtete seine verschmierten Hände und nahm ein sauberes weißes Tuch aus dem Eimer.

»Genau das meine ich. Der ›Grieche‹, der weiß zuviel.

Wenn ein Studierter so eine Scheißarbeit übernimmt, dann ist irgendwas gründlich …«

Jetzt reichte es mir. »Es freut mich«, sagte ich, »euch auch hinter meinem Rücken mit so viel Wärme über mich sprechen zu hören. So muß es sein, wenn man sich bei seiner eigenen Beerdigung unter die Trauergäste mischt.«

»Mr. Agraphiotis«, rief Maddox mit plötzlich laut krächzender Stimme, »Sie stehen hinter *unserem* Rücken.«

»Schauen Sie«, sagte Remo und hielt mir den Putzlappen vor die Nase. »Choreo blutet.«

»Ich dachte, Woodehouse«, entfuhr es mir, »du könntest Zinnober inzwischen von der Farbe richtigen Bluts unterscheiden.«

Es war der dümmstmögliche Versprecher, von der Sorte, die es schon lange vor Freud gab, aber er richtete vorläufig wenig Schaden an. Durch einen Spalt in Maddox' Verband wechselten die beiden Männer einen verständnislosen Blick. Ihr Einvernehmen hatte etwas Unerträgliches.

»Woodehouse«, sagte ich, »wenn du bereit bist, dich auf dem Hof von allen möglichen Gruppen fernzuhalten, darfst du ab morgen eine Stunde an die frische Luft. Zur normalen Zeit, zwischen zehn und elf.«

»Und mein Kompagnon hier?« fragte Remo.

»Der arbeitet während des Hofgangs einfach weiter.«

»Mit Vergnügen«, sagte Maddox. »Wer bereit ist, sich da draußen die Kehle durchbeißen zu lassen, kriegt sowieso nur wenig frische Luft.«

4

»Was hast *du*, Häftling Woodehouse, was Scott nicht hat«, knurrte Maddox leise, während sie dem »Griechen« nachschauten.

»Das klingt nicht wie eine Frage«, meinte Remo, »das heißt, sag du's.«

»Ich antworte mit einer Frage. Einer, die ich schon mal gestellt habe. Little Remo, was bringt dich nach Choreo?«

»Früher oder später wirst du's schon erfahren.«

»Wenn das egal ist, früher oder später, warum dann nicht gleich?«

»Später.«

»Langzeitstrafe?«

»Drei Monate. Psychiatrie.«

»Kapiert. Bevor zwei Monate um sind, schläfst du wieder neben deiner Alten.«

»Meine Frau ist gestorben, falls du dich erinnerst.«

»Im Wochenbett.«

»So ähnlich.«

»Verstehe.«

»Nein, du verstehst es nicht. Später.«

»Warst du dabei, Li'll Remo?«

»Wobei … wann?«

»Als deine Gattin an Wochenbettfieber verstarb.«

»Es kam unerwartet. Ich war weg. Geschäftlich.«

»Du hast sie die Sache allein ausfechten lassen.«

»Da gab's nichts auszufechten. Von vornherein ein ungleicher Kampf. Keine Medaillen zu erringen.«

5

»Wir haben auch einen Haussuchungsbefehl für den Mulholland Drive«, hatte der stellvertretende Staatsanwalt gesagt. »Sind Sie willens, dabei zugegen zu sein?«

Sie standen zu fünft, Remo noch im Smoking, um den Couchtisch in der durchwühlten Suite.

»Ich bin zu allem bereit«, sagte Remo, »sofern es dazu beiträgt, dieses scheußliche Mißverständnis zu klären.«

Inspektor Flanzbaum, der ihm zur Tür voranging, hob im Vorbeigehen ganz kurz die silberne Haube von der Lachsplatte auf dem Servierwagen. Der geräucherte Fisch verfärbte sich bereits, doch Flanzbaum deckte ihn mit einem bedauernden Brummen wieder zu. Wahrscheinlich hätte er durchaus Appetit auf so einen samtenen Bissen gehabt.

Remo übrigens auch, jetzt, da er in seiner Zelle Homys Bestellung wieder vor sich sah – die Lachsscheiben hätten sich sogar ruhig noch weiter verfärben und austrocknen dürfen, bis sie krummgezogenen Schuhsohlen glichen.

Falls Remo geglaubt hatte, seine Zelle an diesem Nachmittag leer vorzufinden, so irrte er sich. Wendy hatte ihn vor sich her in eine Reuse getrieben, die im Gefängnis endete. Sich einer Strafe hinzugeben, hatte Remo gemerkt, konnte sehr befreiend sein. Es wäre daher nur gerecht gewesen, wenn die Gitter ihn von ihr erlöst hätten. Doch schlanke Mädchen wie sie schlüpften überall hinein, zwischen zwei Gitterstäben hindurch … durch den Lüftungsrost … einen Luftspalt …

Solange Remo damit beschäftigt war, zusammen mit Maddox den Ring sauberzumachen, stellte sich ihm die Frage »wo ist es schiefgegangen?« nicht. Es war einfach falsch gelaufen, und deshalb wischte er jetzt den Hochsicherheitstrakt von Choreo auf. Die Frage sprang ihn immer erst dann wieder an, wenn er auf seiner Pritsche lag – vielleicht aus dem sorgsam unversehrt gelassenen Spinnennetz, auf das er stundenlang wie in Trance starren konnte. Ob exakt sieben Fruchtfliegen rings um die Spinne im Netz hingen, ließ sich schwer ausmachen, doch das Rätsel war heute siebenköpfig. (1) In der Tat, wo ging es schief? (2) Hatte er sich hereinlegen lassen? (3) Falls ja, von wem? Mutter, Tochter, Einwanderungsbehörde? (4) Und seine eigene Rolle: Hatte er in böser Absicht gehandelt? (5) Falls nein, dann war sie zumindest nicht völlig integer? (6) Durfte man einem Mädchen einen Zuckerwürfel verabreichen, als wäre es ein Pferd? (7) Hatte die Familie Jacuzzi mit der Erfindung des Whirlpools der Menschheit einen Dienst erwiesen?

Es gab reichlich Zeit und Panik, alle Fragen zum Zug kommen zu lassen.

In zwei Autos ging es zum Mulholland Drive. Remo saß neben Flanzbaum auf der Rückbank eines Chevrolet Monte Carlo, den der stellvertretende Staatsanwalt fuhr. Die beiden Ermittlungsbeamten gaben sich in einem Ford Pinto alle Mühe, dem großen Bruder zu folgen.

»Ich kann nicht garantieren«, sagte Remo, »daß außer der Haussitterin jemand da ist.«

»Sie brauchen uns nichts zu garantieren«, sagte Flanzbaum. »Wir kommen schon rein.«

Auch die Haussitterin mußte ausgegangen sein, denn selbst nach wiederholtem Klingeln blieb das elektrisch gesteuerte Gitter geschlossen. Um zu demonstrieren, daß er in jeder Hinsicht kooperieren wollte, öffnete Remo das Tor per Hand, indem er zwischen den Stäben durchlangte und auf einen Knopf an einem kleinen Pfahl drückte. Das Aluminiumungetüm öffnete sich summend und scheppernd.

»Schön«, sagte Flanzbaum, »dann wissen wir ja schon, wie Sie hier mit Miss Zillgitt reingekommen sind.«

»Ich hatte selbst mal das zweifelhafte Glück, der Eigentümer genau so eines Gittertors zu sein. An dem war nichts Besonderes zu sehen, aber es wurde weltberühmt. Die heutigen Bewohner erwägen, die Hausnummer zu ändern. Um fotografierende Touristen loszuwerden.«

»Dann hoffe ich für Sie«, sagte Flanzbaum, »daß dies nicht Ihr zweites weltberühmtes Gittertor wird.«

»Wie dem auch sei, hindurch!« sagte der stellvertretende Staatsanwalt durch das geöffnete Wagenfenster. Der Inspektor und sein festgenommener Begleiter stiegen ein, und gefolgt vom kleinen Ford fuhr der Chevy auf die Umrisse zweier unbeleuchteter Häuser zu.

»Befragen Sie die Haussitterin«, sagte Remo. »Sie hat uns gestern aufgemacht.«

»Falls es sie gibt«, sagte Flanzbaum.

Wen es jedenfalls gab, wenn auch nicht in voller Beleuchtung: Anjelica. Die Ermittler fanden sie auf der Couch im dunklen Wohnzimmer, nur ihre glühende Zigarettenspitze war zu sehen. Lampen wurden angeknipst.

»Sie haben auf unser Klingeln nicht reagiert«, sagte Flanzbaum zu Anjelica.

»Ja, sehen Sie, der Hausbesitzer und ich sind seit kurzem getrennt«, sagte sie, Remo mit einem giftigen Blick bedenkend. »Ich sollte gar nicht hier sein.«

»Sie haben da im Dunkeln auf jemand gewartet.«

»Ich wollte nur ein paar von meinen Sachen holen. Kleider.«

»Und wo *ist* der Herr des Hauses?«

»Aspen, Colorado. Skifahren.«

»Trotz Ihrer unerlaubten Anwesenheit hier«, sagte Flanzbaum ruhig, »haben Sie gestern diesen Herrn hereingelassen. Mit einem minderjährigen Mädchen.«

Wenn ich Flanzbaum wäre, dachte Remo, würde ich ins Protokoll auf jeden Fall auch die haßerfüllten Blicke aufnehmen, die sie mir zuwirft, denn die sagen mehr als ihre Worte. »Ich war nicht zu Hause«, erwiderte sie.

»Wie sind sie dann reingekommen?«

»Mit Hilfe der Haussitterin, nehme ich an.«

»Sie haben nichts von ihrer Anwesenheit bemerkt?«

Anjelica sah Remo an. Ihr Blick war fragend gemeint, doch Abscheu verengte ihre Augen. Er nickte. Sie sagte: »Als ich nach Hause kam, waren sie da.«

»Und machten Fotos …«

»Sie gingen gerade weg. Es fing an, dunkel zu werden.«

Flanzbaum wandte sich jetzt an Remo. »Die Plätze, an denen Sie das Mädchen fotografiert haben … können Sie uns die zeigen?«

Während Remo auf seiner Pritsche lag, die Augen jetzt fest geschlossen, ging er sein Zusammensein mit Wendy im Geiste noch einmal Punkt für Punkt durch – bis dahin, wo es vielleicht schiefgelaufen war. Er sah sich die Dinge mit ihr tun, die er getan hatte, verpaßte jedoch den einen falschen Schritt. So lange vertiefte er sich in kleine Details, bis ihm klar wurde, daß sie nur noch seiner einsamen Lust dienten. Niemand konnte ihn daran hindern, den Film endlos in seinem Kopf abzuspielen. Schließlich hatte er mit seiner Ehre und seinem guten Namen dafür bezahlt, vielleicht sogar mit seiner Karriere. Hier und da änderte er etwas am Schnitt. Kleinigkeiten, damit das Ganze schärfer hervortrat.

Während die beiden Ermittler das Haus durchsuchten, zeigte Remo Inspektor Flanzbaum und dem stellvertretenden Staatsanwalt die Plätze (alles zusammengenommen eine Wallfahrt), an denen Wendy für ihn posiert hatte. Wohnzimmer, Küche (die Schachtel mit den Zuckerwürfeln stand noch da), Swimmingpool, offener Whirlpool.

»Der Jacuzzi als Hintergrund?« fragte Flanzbaum.

»Er lief. Ich habe sie darin fotografiert.«

»Der Besitzer fährt Ski in Colorado, und hier kocht sein Whirlpool über. Okay, also nackt.«

»Verzerrt nackt.«

Der stellvertretende Staatsanwalt machte sich Notizen.

»Und dieser Asthmaanfall?« Flanzbaums Stimme wurde nicht gerade wärmer.

»Im Jacuzzi. Ich dachte, es kommt vom Dampf.«

Die Fragen des Inspektors führten sie ins Fernsehzimmer. Remo schaltete das Licht ein. Auf dem Teppich lagen die Badetücher noch genau so, wie sie ihnen vom Leib geglitten waren. Neben der Schlafcouch der Flakon mit der Lotion, die ihnen solch gute Dienste erwiesen hatte.

»Die Ausstattung hier spricht Bände«, sagte der stellvertretende Staatsanwalt.

»Prozeßbände«, sagte Flanzbaum.

Das mitschuldige Telefon, jetzt ohne aufleuchtende Lämpchen. Der große Fernsehschirm, der die ganze Romanze reflektiert hatte, kam Remo nun vor wie ein verräterischer schwarzer Spiegel.

»Haben Sie hier auch Fotos gemacht?« wollte der Inspektor wissen.

»Nein, hier nicht.«

»Dann bitte ich jetzt Marty, die Fortsetzungsserie zu übernehmen.«

Flanzbaum kam mit einem der Ermittler zurück, der ungeschickt mit einem großen Fotoapparat hantierte, wobei er wiederholt nachsah, ob das Objektiv auch unbedeckt war.

»Das komplette Stilleben«, befahl der Inspektor. »Gesamteindruck. Nahaufnahmen. Vergiß nicht das abstrakte Aquarell auf dem Sofabezug. Ich liebe moderne Kunst.«

In einem Aschenbecher fand sich noch das faserige Ende einer Haschzigarette. Kippe, Flakon, Handtücher: Alles kam, in Plastik versiegelt, mit.

»Auf einem der Fotos, die ich gemacht habe«, sagte Remo, »werden Sie Miss Zillgitt an einem Zuckerwürfel knabbern sehen. Die Schachtel steht noch auf dem Küchentisch.«

»Danke für Ihre Hilfsbereitschaft«, sagte der stellvertretende Staatsanwalt.

Die Schachtel mit den Zuckerwürfeln verschwand in einer Plastiktüte, zusammen mit den herumliegenden Krümeln, die sehr sorgfältig mit einem Ausweis des LAPD zusammengefegt wurden. Remo sah die Champagnerflasche nirgends mehr, und um nicht zu kriecherisch zu wirken, erwähnte er sie auch nicht. Dafür fanden die Ermittler in Anjelicas Haushaltsportemonnaie ein paar Briefchen mit einem weißen Pulver, von dem nicht sicher war, ob es gegen Migräne gut war, so daß sie und Remo kurz darauf ins Polizeirevier West Los

Angeles gebracht wurden – zum Glück in getrennten Wagen, denn Remo hätte sich jetzt nicht gern zusammen mit der Frau seines Freundes auf derart kleinem Raum aufgehalten. Selbst wenn sie vor einem saß, konnte sie einem noch mit dem Hinterkopf versengende, nein, verkohlende Blicke zuwerfen. Zweischneidiges Temperament.

»Ich habe keine Handschellen an«, sagte Remo zum Ermittlungsbeamten Marty neben ihm. Er hob die Fäuste vom Schoß. »Wollte immer schon mal wissen, wie sich das anfühlt.«

Marty, so stellte sich heraus, war im Umgang mit Armbändern geschickter als mit Verschlußzeiten, denn im dahingleitenden Laternenlicht blitzte etwas auf, und Remos Handgelenke waren gefesselt. Die Schellen schnitten ihm in die Haut.

»Und?« fragte der Ermittlungsbeamte.

»Kalt«, sagte Remo.

7

Trotz alledem war die knappe Viertelstunde im Fernsehzimmer göttlich gewesen – und nur insofern nicht wie seine Träume, als es ein wahr gemachter Traum war. An diesem Abend erlebte er auf seiner Pritsche nach dem Verlöschen der Deckenlampe von neuem den Paarungstanz von Fotograf und Model, mit dem Kamerastativ als reglosem Drittem in einem Nebel aus Dampf. Dann wieder untergrub er seine Vision, indem er gleichzeitig seinen Motiven nachspürte. Hier war er zu forsch gewesen … da hatte er etwas übersehen … Es *war* da ein Moment gewesen, in dem er sich hingegeben hatte – nicht nur ihr, Wendy, sondern auch dem Gedanken: dies … das ist es für mich … dieser Jahrgang. Gott, bewahre mich. Gott, vergib mir. Gott, bestrafe mich. Ich kann nicht anders. Es geht los.

Muttersprache Anglerlatein

I

Ich war noch keinen Monat im Dienst, fühlte mich in Choreo aber schon recht sicher. Sogar meine Uniform saß besser – wenngleich ich sie dafür bestimmt zehnmal hintereinander in den Waschautomaten des Motels hatte stecken müssen und später noch einmal fünf- oder sechsmal, ohne sie dazwischen zu trocknen.

Innerhalb der Mauern fiel mir der Überblick noch schwer, doch auf dem Gefängnishof waren jetzt auch für mich fünf ethnische Gruppen und ihre verschiedenen Organisationen zu erkennen. In abnehmender Größenordnung: Weiße, Schwarze, Latinos (hauptsächlich Chicanos), Asiaten und Indianer.

Von den beiden letztgenannten Kategorien hatte ich bisher erst einige wenige Exemplare entdecken können. Zwei von ihnen lernte ich persönlich kennen: den japanischstämmigen Keho, Spitzname: Dr. Change, einen Pathologen, der wegen mutwilliger Vertauschung von Leichen in Kühlschubladen einsaß; und Fine Feather, einen Nachfahren der Apachen, der im tiefsten Suff eine ganze Herde Longhorns abgeschlachtet hatte, obwohl er überzeugter Vegetarier war.

Die Weißen zerfielen in Mitglieder der Arischen Bruderschaft und Nicht-Mitglieder der Arischen Bruderschaft. Die Schwarzen bildeten zwei miteinander konkurrierende Gemeinschaften oder auch Gangs: die C's und die D's. Keine Ahnung, wofür die Abkürzungen standen. Vielleicht führten sie diese Buchstaben ja nur, um sich von den A's und den B's zu unterscheiden, die für alles standen, was weiß und faschistisch war.

Die Mexikaner galten als Individualisten, das heißt: als Heimtücker, und wurden sowohl von den Wärtern als auch von AB, C und D besonders scharf im Auge behalten.

Bereits während des Vorstellungsgesprächs beim Direktor war ich auf O'Melvenys beruhigende Worte hin erstaunt gewesen, daß sich bei einer ethnisch so ungleichmäßig zusammengesetzten Population, die sich außerdem noch in verschiedene Interessengruppen und politische Blöcke aufteilte, der Friede innerhalb von Choreos Mauern aufrechterhalten ließ. Es dauerte nicht lange, bis meine Verwunderung einen deutlichen Dämpfer bekam. Meine ersten Wochen als Wärter verliefen relativ ruhig, doch in der 51. Kalenderwoche, ungefähr als Häftling Woodehouse eintraf, begannen die Spannungen zwischen den unterschiedlichen Gruppen, aber auch unter einzelnen Gefangenen, fast unbemerkt zuzunehmen. Der Chef verstand es nicht oder gab vor, es nicht zu verstehen, und beraumte zusätzliche Sitzungen des Disziplinarausschusses an.

»Ich wünsche Berichte von *allen* Zwischenfällen«, rief O'Melveny. »Auch wenn sie unbedeutend erscheinen. In Choreo ist eine neue Konstellation entstanden, und die will ich glasklar vor mir sehen.«

2

Der »Grieche« kam, um ihm Bescheid zu sagen, daß der Hofgang anfing. Remo hatte sich selbst darum bemüht, hatte von seinem Anwalt Eingaben einreichen lassen, und jetzt, wo ihnen endlich stattgegeben worden war, wäre er lieber mit Maddox in der Abgeschlossenheit des HST geblieben, auf einen wackligen Besenstiel gestützt, schwarze Spucke produzierend.

Der Hof füllte sich bereits. Die meisten Gefangenen trugen genauso eine Joppe, wie Remo sie in der Kleiderkammer bekommen hatte. Nur den Sportlern reichte in der Morgenkühle ein T-Shirt: Das Oberteil des Overalls war herunter-gestreift, die Ärmel um die Taille geknotet. In einer Ecke, unter einem der Wachtürme, lagen zwei glänzend schwarze Männer rücklings nebeneinander auf Holzbänken. Breiter Brustkorb, schmale Hüften. Auch hier das System, die Hier-archie. Zu beiden Seiten des Gewichthebers standen seine Helfer, die die Stange mit neuen Gewichten versehen muß-ten. Die Scheiben hingen, nach Größe geordnet, an einem Gestell. Ein geübter Diskuswerfer hätte damit den Wärter von seinem Turm fegen können.

Doch Choreos Gefängnishof, das war auch: der scharfe Brandgeruch eines Joints in der sonst noch unverseuchten kühlen Morgenluft. Der Raucher, der den Atem anhielt, um die kostbaren Schwaden in seinen Lungen nicht zu vergeu-den, und den Rauch letzten Endes, von seinen ungeduldigen Kumpanen zum Lachen gebracht, doch noch vorzeitig preis-gab, hustend.

»In letzter Zeit schicken sie nur noch Winzlinge.«

Es war Remo verboten, sich mit den anderen Gefangenen auf dem Hof abzugeben. Er sah sich nicht um, blieb aber stehen.

»Das hängt mit der Länge der Besen hier zusammen, Ram-my. Die stammen noch aus dem Mittelalter.«

Vielleicht hofften sie ihn zu einer Entgegnung zu provo-zieren, so daß die Aufseher ihn der Gruppenbildung bezich-tigen konnten. Dann war er wieder drinnen.

»Mene, mene, tekel ufarsin.«

»Red in deiner Muttersprache, Cubehead, und reich end-lich den *reefdogger* weiter.«

»Untermaßige Fische müssen zurückgeworfen werden«, sagte Cubehead. Remo sah aus dem Augenwinkel, wie Ram-my den Joint zurückerhielt. »Anglerlatein ist meine Mutter-sprache.«

Solange sie ihn bloß nicht erkannten. Eine Brille mit daran befestigtem Bart war noch immer ein Klassiker im Scherzartikelladen, sogar zu Halloween. Remo näherte sich der nächsten tuschelnden Gruppe.

»Der Bau, das ist doch nix für so 'nen Fips.«

»Genau das Richtige, damit er endlich wächst.«

»Zwergwerfen soll ja 'ne europäische Sportart sein. Vielleicht auch was für Choreo. Im HST sitzt noch so einer.«

»Zu hoch, die Mauer. Gartenzwerge im Stacheldraht … wie sieht das denn aus?«

Remo schaute zu der Mauer zwischen den Wachtürmen hoch. Der Kokon seiner Kindheit hatte aus Stacheldraht bestanden, doch dabei stellte er sich Drahtstränge vor, stumpf wie Zink, die alle paar Zentimeter eine Traube aus scharfen, teilweise rostigen Spitzen aufwiesen. Was hier mit diesem Wort bezeichnet wurde, schien aus glänzend poliertem Silber zu sein. Unter der Laufbrücke blitzte es in der Sonne mit endlosen Drehungen und Windungen, durchsetzt mit bläulichen Rasierklingen: spärliche Blättchen an einer sonst kahlen Hecke. Dahinter ragten in allen denkbaren Violett-Tönen die San Bernardino Mountains auf. An diesem Morgen schienen die niedrigeren Ausläufer in einen dünnen lila Nebel gehüllt.

In den verspiegelten Brillen der Wärter dort oben bündelte sich das Gewimmel auf dem Gefängnishof im Miniformat. Die Gewichtheber. Die Basketballer. Das noch kurz nachflatternde Netz an seinem Ring. Choreo hatte Remos kreativen Blick nicht beschädigt. Es war genausogut denkbar, daß er sich hier unerkannt aufhielt, um unauffällig für eine Filmszene zu recherchieren.

3

Von oben, aus der höchsten Loge, wirkte es noch dämlicher als aus der Nähe: Maddox trug eine dunkelblaue Mütze über seinem Verbandswust. Er redete breit gestikulierend auf Woodehouse ein, der gerade vom Hofgang zurück war. Ich beschloß, mir mal anzuhören, wie Remo die Löwengrube empfunden hatte.

»Mr. Agraphiotis«, begrüßte Maddox mich, »wenn ich so frei sein darf, Mr. Agraphiotis ... ich und Li'll Remo hier sind der Meinung ...«

»Jetzt kapier ich erst, Maddox, weshalb sie diese Strickmützchen hier Eierwärmer nennen.«

»Wir sind der Meinung ...«

»Fängt es darunter nicht schon an zu schwelen, Maddox?«

»Es glimmt noch. Scott hält das Torffeuer in Gang. Ich und Li'll Remo finden, daß Sie einen äußerst gebildeten Eindruck machen für einen normalen Gefängniswärter.«

»Ich weiß nicht, ob das in Choreo ein Kompliment ist.«

»Nicht, wenn es von den C's und den D's und den E's kommt.« Maddox' Midwestakzent kratzte unangenehm. »Von unserer Seite schon. Ich und Li'll Remo tauschen immer mal Wissen aus. Mit diesem einen Auge kann man kaum lesen, aber glauben Sie mir, Mr. Agraphiotis ... ohne Bücher hätte Scott all die Jahre im Gefängnis nicht überstanden. Dann hätte Scott sich selber gelyncht. Wissen, Sir, stillt den Schmerz.«

Er unterstrich seine Worte rhythmisch mit einer Art steifem Stierkämpfertanz.

»Wenn Sie studiert haben«, wollte Remo wissen, »an welcher Universität war das?«

»Mich interessiert die Wissenschaft von damals, als es noch keine Universitäten gab«, sagte ich. »Vielleicht bin ich nicht genug mit der Zeit gegangen.«

»Erlauben Sie mal«, blaffte Maddox ihn fast wütend an. »Wie alt sind Sie denn?«

»So alt wie das Licht.« Ich erschrak selbst über meine Worte und tat sie schnell mit einem Lachen ab. »Na, na, wir werden hier doch nicht unser Alter ausplaudern, wie Damen, die unter sich sind?«

Keine Strafrechtskanone

I

Revier West Los Angeles des LAPD. Hier waren vor langer Zeit die Einheiten 8L5 und 8L62 durch Code 2 alarmiert worden, um in Remos Haus das Wochenbett seiner Frau zu inspizieren. Die Telefonzentrale an diesem Ort hatte er sich immer als Schaltschrank zwischen Leben und Tod vorgestellt. Jetzt stand er hier und füllte unter dem verächtlichen Kontrollblick Inspektor Flanzbaums ein Formular mit seinen Daten und Personalien aus – und da war, in Kugelschreiber auf einer gepunkteten Linie, auch sein Witwerstatus wieder. Dessen Begleitumstände mußten sich unten finden lassen, in Kellerarchiven, in denen uraltes Wüstensalz zusammen mit der Feuchtigkeit durch die Mauern rieselte.

»Der goldene Abschaum von Hollywood«, sagte der Büttel hinter dem Schalter schnaubend zu Flanzbaum, während er Remo das Formular unter dem letzten Buchstaben seiner Unterschrift wegzog.

»Darf ich jetzt meinen Anwalt anrufen?« fragte Remo.

»Erst die Nägel lackieren«, sagte Flanzbaum, der den Festgenommenen persönlich durch mehrere belebte Korridore führte. Irgendwo neben einer Tür wartete auf einer schmuddeligen Bank voller Brandflecke und Einkerbungen Anjelica. Aus ihrem Blick schloß Remo, daß er besser weitergehen sollte, aber er *mußte* etwas sagen und blieb folglich stehen. Aus dem respektvollen Abstand, den Flanzbaum zu ihm hielt, schloß er, daß der Inspektor es auf diese Konfrontation angelegt hatte.

»Anjelica, es tut mir leid«, sagte er leise.

Sie wandte den Kopf ab.

»Das beruht alles auf einem Mißverständnis«, sagte er.

Anjelica richtete ihren kalten Blick genau auf seine Augen. »Hör zu, du kleine Ratte«, zischte sie, für Flanzbaum unhörbar. »Wenn ich meine Haut dadurch retten kann, daß ich dich verpfeife, dann tu ich's. Du hast es herausgefordert.«

Der Inspektor führte Remo nach diesem Umweg mit einem widerwärtig zufriedenen Lächeln in den Raum zurück, in dem dieser das Formular ausgefüllt hatte. Die Prozedur mit den Fingerabdrücken ging mehrmals schief und dauerte so lange, daß der angebotene Kaffee kalt wurde. Danach griff Remo, ohne sich die Finger abzuwischen, gierig nach der Tasse, auf der lauter violette Flecken zurückblieben.

»Wie sich das wohl anfühlt«, sagte Flanzbaum hinter ihm durch die Zähne, »wenn alles, was man anfaßt, besudelt wird?«

»Wenn ich erst meine Hände wasche, kann ich dann ein Telefon benutzen?«

An den Waschtischen blieb der Inspektor direkt hinter Remo stehen.

»Mr. Flanzbaum«, sagte Remo zum Spiegel, »in dieser Pißluft begehe ich bestimmt keinen Selbstmord.«

»Ich nehme an, in Ihren Kreisen wird die Schlinge erst mal mit Parfüm besprüht …«

Auch beim öffentlichen Fernsprecher in der Eingangshalle lungerte Flanzbaum lästigerweise hinter Remo herum. Dieser wählte die Nummer seines Anwalts.

»Snodgrass.«

»Tom …«

»Schon gut. Ich weiß Bescheid. Wo steckst du?«

»Purdue Avenue.«

»Wieviel?«

»Viertausend.«

»Eins noch.«

»Ja?«

»Ich bin kein Strafverteidiger.«

»Du kennst bestimmt einen.«

»Bin schon unterwegs.«

2

Wenn es hier in Choreo so einfach ginge … Man bittet Burdette oder Agraphiotis, telefonieren zu dürfen, der Anwalt benötigt nicht mehr als ein halbes Wort und drei, vier Nullen und kommt dann mit einem Sack Geld vorbei. Frei.

Der Gedanke war Remo auf einmal ein Greuel. Er saß hier nicht umsonst. Die Justiz hatte ihre eigenen gesetzlichen Gründe, ihn festzuhalten, doch für ihn selbst war dies der Ort, mit einer Ehrlichkeit, so schonungslos wie die Mauern um ihn herum, seine eigenen Beweggründe zu durchleuchten. In Beverly Hills, in den Lokalen am Strip, würden Remo und seine Freunde einander grinsend recht geben: Das Gör sei nicht koscher, ihre Mutter, diese angejahrte Statistin, schon gar nicht, und das Ganze sei alles nur eine galante Falle gewesen.

Thomas Snodgrass, schon seit Jahren Remos Anwalt in zivilrechtlichen Angelegenheiten, leistete die Kaution mit einem Gesicht, als wäre es die Anzahlung für ein neues Auto. Remo unterschrieb, erhielt eine Quittung und konnte gehen.

»Wenn du glaubst, du hast damit eine Fahrkarte zurück in deine alte, vertraute Welt gekauft«, sagte Snodgrass, »dann muß ich dich enttäuschen. Die Welt ist heute abend unwiderruflich eine andere geworden.«

»Bring mich lieber in mein Hotel zurück, du alter Miesepeter.«

Im Auto stellte Snodgrass sein Radio auf Country & Western ein. Vom Weinen einer *pedal steel guitar* wurde es Remo übel. »Ekliger Bullenkaffee.«

»Und jetzt?« fragte der Anwalt.

»Das hätte ich gern von dir gehört.«

203

»Ich hab dir doch schon gesagt: *Ich* bin keine Strafrechtskanone.«

Sie fuhren den Wilshire Boulevard entlang. Die Musik wurde für die Nachrichten unterbrochen. Remos kleine Romanze, gräßlich vermummt als Vergewaltigung, war die erste Neuigkeit, die durch den Äther ging.

»… leistete bei seiner Festnahme keinen Widerstand. Wie verlautet, befindet sich der Regisseur immer noch in polizeilichem Gewahrsam im Revier West Los Angeles des LAPD.«

»Überholte Nachricht«, sagte Remo. »Mein Leben ist zerstört. Das ist die neue Nachricht.«

Snodgrass hielt etliche Dutzend Meter vom Hoteleingang entfernt. Dort herrschte, zumal für diese späte Stunde, noch sehr viel Betrieb.

»Wolltest du mich das letzte Stück zu Fuß gehen lassen, Tom?«

»Fällt dir nichts auf?«

»Hier ist offenbar gerade ein ganzer Reisebus mit Touristen angekommen.«

»Für einen Regisseur hast du manchmal einen verdammt getrübten Blick. Ich dachte, nach all den Jahren erkennst du das vielköpfige Monster schon von weitem.«

»Nur wenn geblitzt wird.«

»Drinnen sind zweifellos noch mehr, die schrauben gerade ein Birnchen ein.«

»Weg hier.«

Der Anwalt setzte mit hoher Geschwindigkeit zurück, bis er, wenngleich unerlaubterweise, wenden konnte. »Und jetzt?«

Remos Stöhnen klang fast wie Weinen.

»Wohin?« drängte Snodgrass.

»In ein anderes Hotel. Ein kleineres.«

Donnerstag, 29. Dezember 1977

Zerebraler Schwelbrand

I

Wenn genügend Personal vorhanden war, um die Besucher zu kontrollieren, konnte Remo seinen Anwalt oder seine Sekretärin im Gemeinschaftsraum empfangen. Heute hatte Choreo für die Leibesvisitationen zu wenig ausgebildete Finger parat, daher saß Remo schon eine Weile an einem Doppelschalter mit Panzerglasscheibe und wartete auf Doug Dunning. Er spähte nach links und rechts über die Trennwände und sah sich wild bewegende Münder, die über einen Abstand von einem halben Meter hinweg miteinander telefonierten.

Alles besser, als seinem eigenen vollbärtigen Spiegelbild in die Augen sehen zu müssen. In dem allgemeinen Geschrei, das über den Schaltern hing, schienen die einzelnen Lippenpaare stumm und verzweifelt nach Worten zu schnappen. Ein Schatten huschte über die Scheibe, und Dunnings großer Körper sank auf einen Hocker. Sie griffen beide gleichzeitig nach dem Telefonhörer.

»Stop, Doug. Sag nichts.«

»Ähm …«

»Ich hab an deinen Lippen gesehen, daß du ihn aussprechen wolltest. Den verbotenen Namen.«

»Tut mir leid. Wie geht's … Remo?«

»Oscar Wilde in Reading Goal.«

»Könnte schlimmer sein.«

»Die Inhaftierung, Doug, ob du's glaubst oder nicht, fühlt sich wie eine Befreiung an.«

»So?« In Remos Hörer krachte es leicht.

»Diese Warterei all die Monate … Mir wird erst jetzt bewußt, daß ich mich geradezu nach einer Tür gesehnt habe, die hinter mir ins Schloß fällt.«

Der Anwalt blickte düster. Es schien, als sacke sein Gesicht noch weiter auseinander. Seine Aufgabe war es, die Mandanten vor dieser Tür zu bewahren.

»Sieh's mal von meiner Seite, Doug. Monatelang am Pranger. Dem Hohn und Spott der Welt ausgesetzt. Dann ins Gefängnis, immer noch wegen dieses selben Fehltritts. Und siehe da, auf einmal werde ich belohnt mit Stille, Ruhe, Anonymität. So friedlich wie jetzt habe ich mich noch nie gefühlt.«

»In zwei Wochen sprechen wir uns wieder.«

»Doug, langsam wird mir was klar. Daß für verstockte Verbrecher das Gefängnis mit der Zeit zu einem Zuhause wird, ist nichts Neues. Jetzt *verstehe* ich es aber auch. Wenn sie da draußen mit dem Schneidbrenner zugange sind, sehnen sie sich zurück nach ihrem Hafen. Wie Seeleute auf großer Fahrt.«

»Wenn ich von einem Rückfalltäter aus meiner Berufspraxis höre«, sagte Dunning, »dann wundere ich mich immer über das Risiko, das so jemand eingeht, um hinter Gitter zurückzukehren.«

»Rückfall«, sagte Remo, »ist einfach die Gestalt, die sein Heimweh annimmt.«

»Von Berufs wegen«, sagte der Anwalt mit müdem Lächeln, »muß ich diese Erklärung zurückweisen.«

»Die Juristerei, Doug, und dabei meine ich auch deine Zunft ... die Juristerei hat hier einen Fehler gemacht. Wenn es so ist, daß die schlimmsten Kriminellen ihre Freilassung lediglich als notwendiges Intervall zwischen zwei willkommenen Gefängnisaufenthalten betrachten ... ja, dann ist an der Strafe, die sich der Staat für Gesetzwidrigkeiten ausgedacht hat, irgend etwas grundlegend falsch.«

Dunning mochte sich das nicht länger anhören. Er nahm den Hörer vom Ohr und blickte ihn an, als hielte er ein Exkrement in der Hand. Dann legte er ihn wieder an seine Wange und sagte ruhig: »Aha, die *Gesellschaft* gibt dem Verbrecher einen Hafen und ein Zuhause?«

»Genau. Ein Zuhause, viel, viel solider als das eigene Heim, denn das steht permanent auf schwankendem Boden. Aufgrund seiner Lebensweise. Aufgrund seines ungewöhnlichen Broterwerbs.«

»Ich werde mein möglichstes tun, Remo, dir hier einen Dauerplatz zu besorgen.«

»Ach, ich wollte nicht undankbar erscheinen.«

2

»Ich kenne eine Strafrechtskanone für dich«, hatte Tom Snodgrass gesagt. »Douglas Dunning. Das reinste Dynamit.«

Mit der Anwaltskanzlei Dunning & Hendrix hatte Remo '69 schon einmal zu tun gehabt, als er gemeinsam mit einigen Freunden eine Belohnung von $ 25 000 »für Hinweise« ausloben wollte, »die zur Ermittlung von …« führen konnten. Matthew Hendrix legte die Bedingungen fest, die die Hinweise erfüllen mußten, bevor dieser Betrag ausgezahlt würde.

Die Kanzlei Dunning & Hendrix lag auch damals schon im neunzehnten Stock eines Gebäudes in der Flower Street. Trotz seiner damaligen betäubenden Trauer erinnerte sich Remo an ein Wartezimmer voll unechter Antiquitäten und, in der Ecke, einen großen, von innen beleuchteten Globus. Die Erdkugel bekam er diesmal nicht zu Gesicht, denn die Empfangsdame (ebenfalls noch dieselbe, allerdings nicht mehr mit MISS FOLDAWAY auf dem Schild, sondern mit MRS. HILDRETH) rief, er könne gleich durchgehen. »Mr. Dunning hat Ihretwegen einen Termin abgesagt.«

»Danke, Jenny.«

Douglas Dunnings Arbeitszimmer wirkte mit seiner überreichlichen Täfelung wie die Miniaturausgabe eines Gerichtssaals. Hinter dem Rosenholzschreibtisch war Platz für ein komplettes Richterkollegium. Remos Blick suchte automatisch das Brettchen mit dem Hammer, aber so weit ging die Ähnlichkeit denn doch nicht – wie auch unter der Fahne hinter Dunnings Stuhl kein Farbporträt von Präsident Carter hing, sondern ein gerahmtes Schwarzweißfoto von John F. Kennedy.

»Sie brauchen mir nichts zu erzählen, was Sie nicht wollen«, sagte der Anwalt. »Es ist nur besser, wenn ich alles weiß. Alles. Dinge, die nicht an die Öffentlichkeit sollen, bleiben innerhalb der Wände dieses Büros.«

Dunning hatte eine derart knochentrockene Stimme, daß Remo davon nicht nur durstig wurde, sondern sich auch fragte, wie der Mann damit jemals ein leidenschaftliches oder auch nur engagiertes Plädoyer halten könne. Sein zu weites Gesicht hing ihm in trübsinnigen Falten bis zum Hals herunter, wie bei bestimmten Hunden mit blutunterlaufenen Augen. Was seiner Sprechweise an geschmeidiger Intonation fehlte, machten seine Hände wieder wett, Kohleschaufeln gleich, die in einem fort wogend und hackend in Bewegung waren.

»Ich habe nichts zu verbergen«, sagte Remo. »Sie sind der Verteidiger. Sie müssen entscheiden, ob es opportun ist, ein Faktum zu verwenden oder nicht.«

»Erzählen Sie mir erst so ausführlich wie möglich, was an besagtem Tag, und vor allem am Mulholland Drive, vorgefallen ist.«

Remo berichtete kurz über seine Bekanntschaft mit den Zillgitts (und mit Kipp Pritzlaff), etwas ausführlicher über die erste Fotosession und dann mit immer mehr Einzelheiten über den zehnten März. Sogar wenn Dunning zuhörte, waren seine Hände ständig in Bewegung. Er verflocht die langen Finger virtuos auf verschiedene Weise, ließ die Knöchel knacken und seinen Daumen mitsamt der Maus wellenförmig auf und ab gehen, als stäke kein Knochen darin. Ob er das im Gerichtssaal auch tat?

»Und die Festnahme, wie ging die vor sich?«

Der Anwalt war nicht gerade angetan von Remos Redseligkeit gegenüber Inspektor Flanzbaum und seinen Ermittlern. »Sie hatten das Recht, den Mund zu halten.«

»Mir kam es vor allem darauf an, den Verdacht auszuräumen, ich sei ein notorischer Entführer und Vergewaltiger.«

»Fakt bleibt, daß das Mädchen noch nicht alt genug war. Und sie war nicht einfach nur minderjährig. Verkehr mit einem so jungen Menschen gilt von vornherein als Vergewaltigung.«

»Man hat mich reingelegt. Die Mutter, der Stiefvater, die wollten beide was durch mich erreichen. Ihre Tochter war das Pfand. Eine Investition.« Remo schoß aus seinem Sessel hoch und begann, auf der knappen freien Fläche im Zimmer Runden zu drehen. »Vor sieben Jahren war ich nicht darauf gefaßt, daß meine erst im Werden begriffene kleine Familie mir genommen wird. Jetzt bin ich nicht darauf vorbereitet, als Verbrecher behandelt zu werden.« Jedesmal, wenn er auf seinem stürmischen ellipsenförmigen Rundgang beim Bücherschrank angelangt war, strich seine Schulter mit einem Riffelgeräusch an den Rücken der Gesetzesbücher entlang. »Gut, ich liebe die jungen Dinger. Dabei ist Vorsicht geboten, ich weiß. Aber daß ein … ein, wie soll ich das sagen … ein Zusammensein, das ich als völlig rein und poetisch empfunden habe, innerhalb von vierundzwanzig Stunden in ein Verbrechen umgemünzt wird, das übersteigt meinen Verstand. Verkehrte Welt. Wie damals. Den Opfern wird postum der eigene Tod in die Schuhe geschoben.«

»Wenn es ein Gericht für die Aburteilung von Leichen gegeben hätte, wären die da sicher verurteilt worden. Vielleicht sogar zum Leben.« Dunning, dem aufging, daß ihm etwas Unglückliches herausgerutscht war, faltete sein makabres Grinsen weg und sagte, wieder mit diesem Hundeblick: »Wir haben es in erster Linie mit dem Buchstaben des Gesetzes zu tun. Anklage, Grand Jury, ein eventueller Prozeß … *das* sind die Dinge, mit denen wir uns auseinanderzusetzen haben.

Alles andere ... entlastende Aussagen, mildernde Umstände ... wird früher oder später vom juristischen Mahlstrom mit erfaßt.«

»Und jetzt, was ist zu tun?«

»Mußten Sie nicht einen Film zu Ende bringen?«

3

»Doug, da gibt's was, was du wissen mußt.«

Dunning drehte die Sprechmuschel zu seinem Mund. »Ich bin noch da.«

»Seit Dienstag habe ich zusammen mit dem Rest Hofgang.«

»Ja, dafür habe ich mir beim obersten Häuptling der Choreaner den Mund fußlig reden müssen.«

»Ich darf mich keiner Gruppe anschließen. Aber gestern stand plötzlich auf dem Hof ein Typ vor mir ... Nachbar von gegenüber im HST. Er bot mir eine Zigarette an. Vorher auch schon mal, im Freizeitraum, aber er kann sich nicht merken, daß ich Nichtraucher bin. Ich lehnte ab und bekam einen Riegel Schokolade.«

»Er ist auf Handel aus.«

»Nein, Doug. Im Freizeitraum hat er mich jedesmal beiläufig gefragt, als ginge es ihn im Grunde nichts an, warum ich in Choreo einsitze. Gestern hat er zum erstenmal gedrängt. Er hielt mir noch einen halben Riegel hin. Aber erst sollte ich antworten.«

»Auf Handel aus, sag ich doch. Irgendein Journalist, der was vermutet, hat ihn angeheuert. Meide ihn wie die Pest.«

»Dann kannst du dir jetzt bei O'Melveny den Mund fußlig reden, ob ich permanent in die Iso darf.«

»Gut, iß seine Schokolade und stell dich ansonsten dumm. Erfinde eine Akte für dich ... eine so überzeugende, daß der Mann binnen einer Woche seinem Auftraggeber melden muß, daß sie den Falschen im Visier haben.«

Eine Wärterin klopfte den Besuchern auf die Schulter zum Zeichen, daß die Zeit um war. Bevor sie zu Dunning gekommen war, drückte der Anwalt ein Blatt Papier an die Scheibe. Darauf stand eine Liste mit Namen. »Journalisten, die ein Interview wollen«, erklärte er. »Ausschließlich im Dienste deiner Rehabilitierung, ist ja wohl klar.«

»Kein Name dabei, der mir was sagt.«

Die Hand, die die Wärterin etwas zu lang auf Dunnings Oberarm liegen ließ, wurde mit einem verärgerten Schulterzucken abgeschüttelt. Die Frau ging weiter.

»Die ganze Bagage behauptet, dich schon mal interviewt zu haben.«

»Bedeutet in der Regel«, sagte Remo, »daß sie mir irgendwann auf einer Pressekonferenz von ganz hinten im Saal eine überflüssige Frage zugekläfft haben. Ich will sie hier nicht sehen.«

»Und dann gibt es noch ein paar Freunde …« Auf ein strenges Händeklatschen der Wärterin hin stand Dunning der Form halber auf, sprach aber weiter in den Hörer. »Keine Völkerscharen.«

»Bestimmt nicht die Leute, die sich früher zu Dutzenden bei meinen Feten eingeschlichen haben …«

»Von jemandem, der hinter Gittern sitzt, Remo, sind keine Freundschaftsdienste zu erwarten. Ich muß gehen.«

»Du, Paula, Jack, die italienischen Zwillinge. Sonst niemand. Ach ja, Homer Gallaudet kannst du auch kommen lassen. Vielleicht wird es ja noch was mit diesem Skript. Snodgrass nur, wenn er einen guten geschäftlichen Grund hat. Die blöden Dinger von der Agentur erledige ich telefonisch.«

Auch Remo wurde jetzt von hinten eine Hand aufgelegt. Eiserne Finger schraubten sich um seinen Nacken. Ihm blieb gerade noch genug Bewegungsfreiheit, um in das lachende schwarze Gesicht des Wärters Tremellen zu schauen, der ihn direkt zum Hofgang begleiten sollte.

4

Über dem Gebirge lag jetzt das grelle kalifornische Winter-
licht, das die Gipfel weniger violett erscheinen ließ als am
Tag zuvor. Von der Tribüne am Rand seines Blickfelds ging
eine plötzliche Bedrohung aus. Remo machte eine Viertel-
drehung auf den Absätzen, um der Gefahr direkt ins Auge
zu sehen. Die ansteigenden Bänke – alle besetzt. Es wurde
gejohlt. Seine Augen suchten die kaiserliche Loge: nirgends
ein abwärts gerichteter Daumen. Wenn der wortlose Hohn
ihm galt, dann bezog er sich vermutlich wieder auf seinen
Zwergenwuchs. Solange er nicht erkannt wurde, war ihm das
egal. Die letzten Reste von Eitelkeit waren beim Kleiderkam-
mermeister geblieben, in einem gelben Umschlag.

Als Remo seinen Spaziergang fortsetzen wollte, stand auf
einmal der Handlanger der Arischen Bruderschaft vor ihm.
Ein Stück entfernt sah eine Gruppe AB'ler grinsend zu. Der
bleichsüchtige Schlaks wedelte mit seiner Hand vor Remos
Gesicht. Es dauerte einen Moment, bis Remo begriff, daß
es seine eigene Schildpattmaske war, dort unten, neben einer weißen Basketballinie auf dem Asphalt. Der Lakai hatte
sich dazu überreden lassen, ihm die Brille von der Nase zu
schlagen.

»Mußte das jetzt sein?« Um sich nicht zu verraten, tastete
Remo, wie halbblind, mit dem Fuß nach dem Ding.

»Manchmal«, sprach die Haushure der Bruderschaft,
»müssen Luken geöffnet werden ... damit man andere zuschlagen kann.«

Remo bückte sich nach der Brille, und die arische Hilfs-
faust schoß haarscharf über seinen Rücken hinweg. Geschrei. Als Remo sich wieder aufgerichtet hatte, sah er gerade
noch, wie das arische Faktotum von zwei Wärtern bei der
Elite der wahren Weißen abgeliefert wurde. Er hielt die Brille
gegen das Licht. Abgesehen von ein paar kleinen Kratzern
an den Gläsern war nichts beschädigt. Die Choreaner, die

in der Hoffnung auf eine Schlägerei stehengeblieben waren, zerstreuten sich wieder. Nichts deutete darauf hin, daß sie in dem unbebrillten Remo den Mann erkannt hatten, der er vor seinem Gang nach Canossa gewesen war. Das Inkognito stützte sich vor allem auf den Bart. Solange ihm der nicht abgenommen wurde, war er sicher.

5

Für Remo wurde das Zeltlager neben dem Empfangsgebäude mehr und mehr zu einem Bild der Welt, die er vermißte – und dabei ging es ihm nicht um ein Beduinenreich der Freiheit oder ähnliches, sondern um eine undurchdringliche Domäne der Blutsverwandtschaft, von Familienbanden, die allen Stacheldrahtwindungen trotzten. Am Tor zu Choreo biwakierte keiner *seiner* nächsten Verwandten, um ihm spätabends, nach dem zentralen Lichterlöschen, ermutigend zuzurufen und so durch die Nacht zu helfen. Dieser Gedanke machte ihn einsamer als das Eingesperrtsein an sich.

Seit Carhartt den Häftling Woodehouse am Tag zuvor am Gitterfenster hatte stehen sehen, war es diesem verboten, in seiner Zelle auf die Heizung zu klettern. »Auf die Zerstörung von Staatseigentum, Woodehouse, stehen in Choreo zwei Wochen Isolierzelle. So ein Heizkörper ist nicht für das Gewicht eines Menschen ausgelegt. Nicht mal für deins.«

Doch seinem Tag fehlte etwas, wenn er seinen Blick nicht mindestens zweimal über das Zeltlager schweifen ließ – am liebsten das eine Mal bei Sonnenlicht, das andere gegen Mitternacht, im Schein des Lagerfeuers. Am heutigen Nachmittag wirkte es wie ausgestorben. Hielten sie kleine Tiere im Biwak? Oder lag irgendwo ein Baby unbeaufsichtigt in einem Kinderwagen? *Aquila non captat muscas*, soviel wußte schon Erasmus. Wenn es keine Sinnestäuschung war, kreiste über dem Lager ein Adler.

»Woodehouse ...!« Der »Grieche« an der Tür. »Runter von der Heizung, aber fix!«

Jetzt würde er nicht erfahren, was die Beute des Adlers war. Draußen auf dem Umgang hatte sich ein wütender Carhartt zu Agraphiotis gesellt. »Was gibt's da zu glotzen, Woodehouse?«

Remo berichtete, was er gesehen hatte. Carhartt fluchte.

»Ernie, dein Ei ...!« rief der »Grieche«. »Jetzt ist der Adler gekommen und kann's nicht finden!«

Carhartt stiefelte zur Loge im ersten Stock, wo sie ihn kurz darauf hinter der Scheibe wüst Schubladen aufreißen und wieder zuknallen sahen. Als er herauskam, hielt er in der einen Hand einen Fotoapparat, in der anderen eine Art Osterei, das mit dem Motiv und den Farben der amerikanischen Fahne bemalt (oder bedruckt) war. Damit eilte er die Treppe hinunter.

»Versuch gar nicht erst, das zu verstehen«, sagte Agraphiotis beim Anblick von Remos Gesicht. »Wir Fremdlinge aus der Alten Welt haben keine Ader für derartige neue Sitten bei Opferungen.«

6

Remo war, zumindest in Choreo, obrigkeitshörig genug, um nicht wieder auf den Heizkörper zu klettern, obwohl er zu gern gesehen hätte, wie der Oberaufseher sein Osterei versteckte oder was immer er sonst damit vorhaben mochte. Dann eben wieder die Pritsche. Riemenlose Galeerenbank des Gewissens. So hatte Remo in jenem üblen März, während er auf die offizielle Anklage wartete, ganze Nachmittage tatenlos auf seinem schmalen Hotelbett gelegen, Opfer eines Leidens, dem er den Namen »Zerebraler Schwelbrand« gegeben hatte.

Das kleine Hotel am Sunset Strip verließ er nur, um im Trasimeno's ein Stück Pizza essen zu gehen, und zwar nie ohne Sonnenbrille. Wenn er seinen neuen Anwalt anrufen mußte, tat er das von einer öffentlichen Telefonzelle aus, jedesmal von einer anderen. Dunning entpuppte sich als weit weniger unzugänglich, als Remo anfänglich gedacht hatte, und bestand bereits bei ihrer zweiten Begegnung darauf, mit Doug angesprochen zu werden. Das Gespräch am Dienstag, dem 15. März, wurde aus einer derart neuen Zelle geführt, daß die Schnur noch Reste der Kunststoffverpackung aufwies.

»Von wo rufst du an?«

»Ecke Sunset / Laurel Canyon.«

»Ziemlich weit weg.«

»Vorsicht ist die Mutter …«

»Und das Skript?«

»Gallaudet ist nach meiner Festnahme noch immer vor Schreck wie gelähmt. Wie sie ihn da durchsucht haben, über den Schock kommt er nie hinweg.«

»Hör zu. Am Freitag ist die offizielle Anklageerhebung. Ecke Broadway / Temple. Gerichtsgebäude, Saal 114.«

»Muß ich …«

»Ich besorge zwei kräftige Burschen. Die lotsen dich schon durch Presse und Plebs.«

»Sehr aufmerksam von dir, Doug. Aber es geht mir um was anderes.«

»Weiß ich.«

»Was denn?«

»Um die, die dort vor Gericht gestanden haben.«

Die Mittagssonne setzte den frischen Lackgeruch aus dem Gehäuse der Telefonzelle frei. Weil ihm die synthetischen Dämpfe auf die Kehle schlugen, schob Remo die Tür mit dem Fuß mühsam zehn Zentimeter weit auf – wodurch der Verkehrslärm das Gespräch zu übertönen drohte.

»Doug, all die Monate, die der Prozeß gedauert hat, habe ich mich dort nie blicken lassen. Und jetzt soll ich da … auf derselben Anklagebank … nein. Ich bleib in meinem Hotel.«

»Du *mußt* erscheinen.«

Remo wußte für einen Moment nicht, was er sagen sollte. Er blickte durch eine der Scheiben auf die Kreuzung und hatte mit einemmal das Gefühl, die Telefonzelle stehe schief auf dem Gehweg. Ringsum lagen lose Platten und gelbe Sandhäufchen. In der Nähe ragte ein hoher Kran auf.

»Doug, ich muß Schluß machen.« Für jedes Gespräch mit Dunning hatte er nach einer komplexen geometrischen Reihe eine andere Telefonzelle am Sunset Boulevard ausgesucht. Die Polizei hatte seinen Kode geknackt und ein funkelnagelneues, abhörbares Exemplar am von ihm mühsam ausgetüftelten Ort aufstellen lassen. »Dieses Ding hier ist verwanzt. Ein gläserner Sarg. Ich bin ihnen auf die Schliche gekommen. Hier haben sie nicht mal zuerst ein Fundament gegossen. Kein Wort mehr …«

»Es ist ein anderer Gerichtssaal, als du denkst. Freitagmorgen um halb neun laß ich dich von den Gorillas …«

Remo legte auf. Er hatte sich schon einmal in die Falle locken lassen. Man würde ihn nicht noch weiter in die Reuse hineintreiben. Zwanzig Minuten später und fünfhundert Meter weiter sollte er einem Rettungssanitäter auf die Frage, was er habe, laut und deutlich (aber ohne die Augen zu öffnen) erklären: »Zerebralen Schwelbrand.«

The Black & White Minstrels

I

»Im Frühling, Li'll Remo, spiele ich wieder Gitarre ohne Plektron.«

Maddox kam aus der Krankenstation, wo man ihm einen sauberen Verband verpaßt hatte, so daß er eine halbe Stunde später als sonst mit dem Fegen begann. Direkt vor Remos Gesicht streckte er seine verbundenen Finger aus. Die Nägel wuchsen wieder, waren aber über das Möndchen noch nicht hinausgekommen. In diesem Stadium hatten sie zuwenig Farbe, um etwas über Maddox' Rassenzugehörigkeit zu verraten, die er selbst so hartnäckig verschwieg. Die Haut der Finger ließ auf ein mattes Mokka schließen, schälte sich aber noch zu stark, als daß sie Gewißheit hätte bieten können.

»Und dein Gesicht«, fragte Remo, »kommt das wieder in Ordnung?«

»Hauttransplantation nicht nötig, sagt der Doc.« Maddox ging in den Schrank, um seine Putzsachen zu holen. »Mein Hintern bleibt heil.«

»Keine Vernarbungen?«

»Dann laß ich mir einfach wieder 'nen Bart stehen«, klang es aus dem Schrank.

»Hattest du denn einen?«

Maddox stellte zwei Besen und das Kehrblech mit dem langen Stiel an die Wand. »Li'll Remo, verglichen mit meinem Bart ist deiner ein Zierbärtchen. Wo ich eine mächtige Gesichtsbehaarung hatte, da hängen jetzt Hautfetzen und Krusten. Sehet, welch ein Mensch.«

»Weggebrannt, komplett?«

»Genau wie auf dem Kopf. Da waren nur noch ein paar

217

Büschel übrig. Halb verkohlt. Die Schwester hat sie weggekratzt.«

»Schon ein einziges Haar in einer Kerzenflamme stinkt wie die Pest.«

Maddox hob beschwörend die Arme. »Wenn der Bart des Propheten zum Scheiterhaufen wird, Li'll Remo, dann kneift der zum Tode Verurteilte seine Nase so fest zu, bis sie blutet.«

»Keine Angst, Scott, daß dir nirgends mehr Haar wächst?«

»Wer sein Königreich in sich selbst trägt, verdient nicht mehr als eine Dornenkrone. An den Stellen, an denen die Stacheln in Jesu Kopfhaut gedrungen waren, Li'll Remo, würde kein Haar mehr gedeihen. Er wurde nur nicht alt genug, um darunter zu leiden. Die Frauen fielen auch so vor ihm auf die Knie. Moment mal …«

Maddox schob den unbedeckten Teil seiner Hand unter die Binden um seinen Hals. An den Bewegungen der Knöchel im Mull war zu erkennen, wie gierig er sich kratzte.

»Alles Gute für die Infektion«, sagte Remo.

»Ich dachte, ich tu dir einen Gefallen damit.« Maddox fuhr stöhnend fort, den Juckreiz zu vertreiben. »Nachbar Flapjaw konnte nicht genug davon kriegen. Er sagte, es erinnert ihn an ein masturbierendes Mädchen …«

»Versteh ich nicht.«

»Die Hand im Slip. Hinter Gittern, Li'll Remo, verwandelt sich sogar noch der phantasieloseste Farmer aus Kansas in einen Visionär. Sagt Scott.« Er zog seine Finger heraus und hielt sie sich an die Nasenlöcher, die durch eine dünnere Stelle im Mull schimmerten. »Sogar frisch angerührt stinkt diese Salbe zum Himmel. Nach den Abstrichen von einem halben Dutzend durch und durch verrotteter Hexen. Und ich kann jetzt den ganzen Tag an meinen Pfoten schnüffeln.«

»Mach visionär das Beste draus.«

2

Als die Zeit des Hofgangs zur Hälfte um war, trat ein Mann mit rötlichem Bart und zu weitem Pullover auf Remo zu.

»Mr. Woodehouse? Chris O'Halloran. Wie geht es Ihnen?«

»Abgesehen von einer leichten Freiheitsberaubung ... prima.«

Es handelte sich, wie sich herausstellte, um den zweiten Pfarrer von Choreo. Diesmal einen protestantischen. So blaß wie breit lachend. Mit Wintersprossen.

»Mr. O'Halloran, ich habe Ihrem Seelsorgerkollegen Mc-Causland bereits gesagt, daß ich sehr gut ohne geistlichen Beistand auskomme. Ich bin kein zum Tode Verurteilter. Noch nicht.«

»Bitte um Entschuldigung, Mr. Woodehouse. Mir wurde gesagt, daß Sie als Nicht-Katholik einen protestantischen Betreuer wünschen.«

»Das war dann eine voreilige, servile, römisch-katholische Schlußfolgerung von Father McCausland.«

Auf dem Innenhof war irgend etwas im Gange, wenngleich Remo nicht hätte sagen können, was. Ein unerwarteter Windstoß, der in einer Backsteinecke weiterwirbelte.

»Sie sind kein bekennender ... Christ?« fragte Pfarrer O'Halloran.

»Wenn ich etwas bin, dann Jude. Kein bekennender.«

So gut die Kampfhähne den Blicken durch die bewußt teilnahmslosen Rücken der Umstehenden auch entzogen waren, der Tumult entging den Wärtern auf der Laufbrücke nicht. Trillerpfeifen gellten, und aus einem Megaphon krächzte es: »Hinlegen ...!« Sofort heulten auch die Sirenen los.

Gefängnisordnung. Alle flach aufs Gesicht. Remo spürte, wie die Kälte des Asphalts durch seinen Overall drang. Aus den Augenwinkeln sah er eine rötliche Wolke: O'Halloran, der wie ein guter Hirte zwischen seinen Schafen lag. Durch die Sirenen war es wieder 1939. Bewohner des Wohnblocks, die mit trommelnden Füßen über die kahlen Treppen nach unten eilten, um sich in den Kellern so klein wie möglich zu machen. Sie rollten sich ganz eng zusammen, Hintern in die Höhe, und trotzdem wurde um einen Platz gekämpft. Das Heulen der Sirenen, unterhalb des Straßenniveaus kaum mehr hörbar, wurde hier von den Frauen mit ihrem hysterischen Kreischen übernommen. Die Männer beteten laut, der Himmel möge nicht dröhnen. Dem sechsjährigen Remo kam es so vor, als würden sich die Erwachsenen hier aus blinder Notwendigkeit eine improvisierte Unterwelt erschaffen, als Maulwürfe. Die Keller waren unterirdische Gaskammern, in denen das unsichtbare Gift von allein entstand, weil der Sauerstoff verbraucht wurde (Lungen, Kerzen) und menschliche und zugleich menschenfeindliche Ausdünstungen produziert wurden.

»Jede Bewegung auf eigenes Risiko …!« knatterte das Megaphon. Von Gruppenbildung konnte jetzt kaum mehr die Rede sein. Schwarze, AB'ler, Mexikaner – alles reglos bunt durcheinander, die Arme nach vorn gestreckt. Wenn Remo die Augen verdrehte, konnte er vor sich zwischen den Körpern hindurch ein ganzes Stück weit in Richtung des Basketballpfostens blicken. Dort lag, an einer freien Stelle inmitten der Menge, der denkbar harmloseste Gegenstand.

Ein Löffel.

Grelles Sonnenlicht ertappte das Ding dabei, daß es umgekehrt in der Tomatensuppe gestanden hatte. Der Stiel war messerscharf zugeschliffen.

»Das kommt davon«, erklang eine leise Stimme ein Stück weiter. »Von dem ständigen Vor-der-Glotze-Hocken wird man tranig.«

Der Sprecher konnte niemand anderen als Sofa Spud meinen, Choreos Fernsehjunkie. Über eine gekalkte Linie des Basketballfelds reckte sich eine Blutlache träg und zähflüssig dem Löffel entgegen. Auf dem Asphalt schien sie fast Schwarz auf Schwarz.

Von der Kellerwand grinste dem kleinen Remo eine Porträtsammlung bebrillter Seepferdchen zu. Auf ihren kurzen, stumpfen Rüsseln saß ein Deckel. In den leeren, runden Augen spiegelte sich das dem Tode geweihte Innere. So hatte jedes Haus, in Gestalt einer Garderobe voll Gasmasken, das mehrfache Bild des Feindes an der Wand hängen, und die Bewohner beteten es mit hochgerecktem Hintern an.

3

Als Remo nach dem durch die Löffelattacke verlängerten Hofgang in den HST zurückkehrte, keifte dort Maddox gerade zwei AB'ler mit Basketballerstatur an. Vier Wärter, unbekannte Gesichter, hörten mit verschränkten Armen aus einigem Abstand grinsend zu. Maddox versuchte, eine Bergpredigt daraus zu machen, wurde jedoch durch seinen dick umwickelten Kopf behindert, der weiß Gott kein optimaler Resonanzkörper war. Die Krankenschwester hatte an diesem Morgen zweifellos wieder mit einem Wattestäbchen die Wundabsonderungen aus seinen Mundwinkeln entfernt, was das Sprechen mühsamer machte und das Belfern noch mehr.

»Der Fehler der Bruderschaft«, stieß Maddox hervor, »besteht darin, daß sie den Neger unterschätzt.«

»Sieh dich vor, Chuck«, sagte der eine AB'ler. »Der ist von The Black & White Minstrels. Eine weiße Maske über einem schwarzen Kopf.«

»Keine Bange, Niggerchen«, sagte der andere zu Maddox. »Wir knöpfen uns nur die gefährlichen Schwarzen vor. Ich steh nicht so auf Trauerränder unter den Nägeln. Du, Bud?«

»Ich halt sie sauber für die echten Läuse.«

»So, jetzt reicht's.« Einer der Wärter trat zwischen die beiden AB'ler und packte jeden von ihnen am Oberarm, wofür er sehr weit nach oben greifen mußte. »Rauf mit euch. Alle Treppen hoch … bis in arische Höhen.«

Remo sah erst jetzt an den kleinen Schritten der beiden Kolosse, daß sie auch an den Fußknöcheln gefesselt waren. Ihre Füße hatten gerade genug Spielraum, um die Stufen bewältigen zu können. Die metallenen Glieder rasselten wie Ankerketten über das Gußeisen.

»Überschätzung ist die schlechteste Verteidigung«, rief Maddox ihnen nach. »Unterschätzung der schlechteste Angriff.«

Er drehte sich zu Remo um. In seinem bösen Auge blitzte zwischen dem Braun der Iris und dem Schwarz des hineingelaufenen Bluts zum ersten Mal ein bißchen Weiß.

»Hattest du noch was zu sagen, Li'll Remo?« knurrte er erschöpft.

»Es sieht so aus, Scott, als müßte ich meinen ersten Eindruck von Choreo revidieren.«

»Ach, Little Remo hat sein erstes Blut gesehen.«

»Aus verschiedenen Körpern gleichzeitig.«

»Johannes bat um ein Taufbecken. Er bekam den Jordan.«

»Hier wird auffallend viel gekämpft. Messerstecherei.« Während Remo das sagte, schmeckte er Asche in seinem Mund. Hier zu sein, wo er nicht hingehörte. Nicht zurückzukönnen, weil seine Liebe etwas beschmutzt hatte. Sich jeden Tag diesen durchgedrehten Giftzwerg anhören zu müssen.

»Noch immer gar nichts«, sagte Maddox, »im Vergleich zu Corcoran, Folsom, San Quentin. Choreo ist übersichtlich. Der Kampf zwischen den Schwarzen und der Arischen Bruderschaft, viel spannender wird es hier nicht.«

»Ich hab dich gerade mit zwei von ihren Bonzen tuscheln sehen. Bewerbungsgespräch?«

»Hör gut zu, Li'll Remo.« Maddox ließ seinen Besenstiel los, so daß dieser auf den Terrazzoboden schlug und ein vielfaches Echo zu den Tauben hinaufsandte. Er trat drohend einen Schritt auf Remo zu. »Scott gehört nirgendwohin. Scott ist seine eigene Partei.«

»Du sympathisierst mit ihnen.«

»Das ist noch keine Mitgliedschaft.«

»Ihre nächste Zielscheibe, das könntest du sein.«

Maddox drückte seine Brust gegen die von Remo, und so schoben sich die beiden Männer wie aneinandergeschmiedet durch den Raum, der eine vorwärts, der andere rückwärts. Der umwickelte Kopf war jetzt so nah, daß Remo die Mischung aus Brandsalbe und Wundsekret riechen konnte. Er hatte nie den Kloakengestank eines Dutzends syphilitischer Vierteldollarhuren gerochen, oder wie war das gleich wieder, aber so ähnlich mußte der sein.

»Ich warne dich, Little Remo. Hör auf, Scott als Schwarzen hinzustellen.«

»Ihr Ziel ist es, *alle* Schwarzen auszurotten. Angefangen in den amerikanischen Gefängnissen. Hör auf, mich zu schubsen ... ich falle.«

Maddox blieb stehen. »Ich kann mich ihnen anschließen. Ich kann mich von ihnen kaltmachen lassen. In Scott haust eine weiße Seele, und in Scott haust eine schwarze Seele.«

»Keine gelbe?«

»Auch. Und eine rote.«

»Macht schon vier Seelen.«

»Das ganze gottverdammte Spektrum. Meine weiße Seele bringt alle Farben hervor ... alles Licht ... Meine schwarze Seele saugt alles Licht und alle Farben wieder auf. Scott ist die Sonne und das schwarze Loch.«

»Aber rein ethnisch gesprochen ...«

»Das, Li'll Remo, ist eine Frage des Pigments.«

4

Am Nachmittag, beim Aufwischen, hatte Remo keine Lust auf ein Gespräch. Jedesmal, wenn die beiden kleinen Männer einander beim Ausführen ihres komplizierten Schaummusters nahe kamen, zog Remo sein Putzgerät rasch an Maddox vorbei, während dieser sein Schweigen stets mit einem kurzen, grimmigen Summen beantwortete.

Die beiden AB-Bonzen, die jetzt, jeder in seiner Zelle, im obersten Stock saßen, hatten Remo an die beiden Fitneßstudiokolosse erinnert, die ihm am Freitag, dem 18. März, von Doug Dunning in das kleine Hotel am Strip geschickt worden waren, um ihn ins Gerichtsgebäude zu eskortieren. Ecke Temple / Broadway. Hätte der Ort ihm nicht einen derartigen Abscheu eingeflößt, wäre es zum Lachen gewesen: wie er, der kleine, schmächtige Mann, von den beiden Kleiderschränken, die ihn ab und zu hochheben mußten, mitten durch die Meute der Reporter und Gerichtsvoyeure gelotst wurde. Und das alles wegen der paar Minuten, die der Richter benötigen würde, die Anklagepunkte zu verlesen.

Verständlich, daß Dunning ihn belogen hatte, aber es war doch eindeutig der Gerichtssaal, in dem der Prozeß vor sieben Jahren stattgefunden hatte. Einer der beiden Bodyguards, Gordon, war damals hier Justizwachtmeister gewesen. »Es war dieser Raum. Hundertprozentig. Zusammen mit meinen Kollegen mußte ich dieses Gesindel regelmäßig in die Wartezelle schleppen, wenn sie wieder mal Randale machten. Ich war auch derjenige, der die Zeitung wegnahm. Und den Bleistift.«

Das Bewußtsein, auf der durch und durch besudelten Anklagebank zu sitzen, machte es Remo unmöglich, die Worte des Richters aufzunehmen. Hier, an ebendiesem Tisch, waren die Taten, die sein Leben für immer zerstört hatten, in allen Tonarten geleugnet worden. Auf diese Platte hatten die Angeklagten, gelangweilt durch die Wiederholung der immergleichen grauenvollen Einzelheiten, ihre Kringel gemalt. Die Bleistiftlinien waren weggeschrubbt worden, doch in einigen Zeitungen waren Fotos der frischen Zeichnungen abgedruckt gewesen: kindliche Ausdrucksformen von blutrünstiger Gleichgültigkeit.

Doug Dunning mußte seinem Mandanten nach beendigter Sitzung alle vom Richter genannten Punkte wiederholen und erläutern. »Und dann noch etwas, das dir vermutlich auch entgangen ist«, sagte der Anwalt. »Der Fall wurde an das Gericht in Santa Monica verwiesen.«

»Ist das ein Vorteil? Oder ein Nachteil?«

»Es ist natürlich eine kleine Gemeinschaft. Jeder kennt jeden. Und schaut, was der andere macht.«

5

Mitten im graphischen Labyrinth der Wischbahnen, wo die beiden Putzer normalerweise zum Schluß noch ein langes Gespräch führten, während der Fußboden trocknete, standen sie sich eine ganze Weile gegenüber, ohne den Mund aufzutun.

»Jetzt muß einer von uns was sagen«, fing Maddox schließlich an. »Sonst werden wir gleich in unsere Zellen zurückgeschickt.«

»Also gut«, erwiderte Remo. »Wenn du, wie du sagst, ein politischer Gefangener bist … stehst du dann noch hinter den Idealen, die dich ins Gefängnis gebracht haben?«

»Glaubst du vielleicht, Li'll Remo, ein Scott Maddox läßt sich durch Mauern und Schlösser von seiner Lehre abbringen? Gitter sind für mich ein Bündel Pfeile rund um eine Streitaxt. Nicht mehr und nicht weniger.«

»Ah, du hängst faschistischen Idealen an?«

Ärgerlich, daß der Fußboden nach all dem Schrubben und feuchten Aufwischen erst richtig nach naßgeregnetem Hund roch. Maddox wurde fuchtig.

»Nein, Little Rat, ich wollte damit sagen, daß Scott auch hinter Gittern über Leben und Tod bestimmt. Mein Rom ist nicht die Hauptstadt von Mussolini, sondern die der alten Römer.«

»Hast du ganz allein operiert? Oder hattest du Mitstreiter?«

»Allein«, sagte Maddox rauh. »Zumindest … soweit ich über meinen Handlangern stand.«

»Die einsame Höhe.«

»Die Verantwortung trug ich allein, ja. Irgendwelche Zweifel?«

»Bist du auch als einziger hinter Gittern gelandet, Scott?«

»Es ist ihnen gelungen, die unteren Chargen zu finden.«

»Niemand mehr da draußen, der die Fackel, oder die Faszes, weiterträgt?«

»Mein zweiter Mann wollte zeigen, daß er der erste sein konnte, und griff zu hoch. Der hat jetzt auch lebenslänglich. Aber«, – Maddox' Stimme überschlug sich krächzend – »wenn Ideale beschnitten werden, Li'll Remo, dann sprießen an anderer Stelle neue Triebe kraftvoll hervor. Scotts Anhängerschaft wächst in der Freiheit.«

»Hältst du Kontakt mit der Basis?«

»Sie lesen meine Schriften.«

»Das muß dann altes Zeug sein. Im Gefängnis unterliegt alles dem Röntgenblick der Zensur.«

»Die California Medical Facility … du weißt schon, in Vacaville … die Krankenstation dort, die hat Scott zu seinem eigenen Verlag umgebaut. Die Schwestern der CMF haben meine Pamphlete, meine Traktate unter ihren warmen Röcken hinaus in die Welt getragen.«

»Wie hast du sie dazu gebracht?«

»Die Schwesterchen fliegen auf Scott. Sie brauchen seine Schriften gar nicht erst zu lesen, um zu wissen, daß er die Wahrheit schreibt. Die Glut in seinen Augen sagt ihnen genug.«

»Dann gib mir doch mal eine Kurzfassung deiner Lehre, Scott.«

»Meine Thesen duften nach krankenschwesterlicher Unterwäsche. Mildem Frauenschweiß. Nach Unreinheit, einmal im Monat.«

»Der Inhalt, Scott.«

»Es gibt würdigere Methoden, um Selbstmord zu verüben.«

»Ich werde mit deinen Ideen bestimmt nicht hausieren gehen.«

»Du kommst bald wieder frei, Li'll Remo. Meine Aufgabe ist es, dafür zu sorgen, daß mein Lebenslänglich kein vorzeitiges Ende findet.«

6

»Meine Herren Reinigungskräfte«, sagte ich, »ihr erinnert mich an zwei Ertrinkende, die sich auf einer Sandbank aneinanderklammern ... während das Meer ringsum längst trockengefallen ist. Los, Wischlappen ausspülen.«

Die beiden Zwerge schleppten ihre Eimer und Schrubber zum Waschbecken. Ich folgte ihnen.

»Mr. Agraphiotis«, fragte Remo, während er den Hahn aufdrehte, »passiert zu Silvester in Choreo irgend etwas?«

»Halb elf Licht aus, genau wie sonst. Und dann sieben Stunden später ohne irgendwelche Fisimatenten aufwachen in einem funkelnagelneuen Jahr. Für das alte kann an der Zellenwand ein Strich gemacht werden.«

»Hier in Choreo«, sagte Maddox, »hockt ganz schön viel Böses beisammen. Aber es gibt auch einsame Familienväter. Die vom Jahreswechsel abzuschneiden, das nenn ich unmenschlich.«

»An Silvester«, sagte ich, »ist es den Gefangenen erlaubt, den Jahreswechsel bescheiden zu feiern. Viertel nach zwölf in die Zelle. Halb eins Licht aus.«

»Fruchtcocktails?« fragte Remo.

»Wir drücken beide Augen zu«, sagte ich, ohne eigentlich zu wissen, was ich da versprach. »Sag mal, Maddox, überläßt du die Drecksarbeit deinem Kumpel?«

Er hielt mir entschuldigend seine verbundenen Hände entgegen. Der Verband zeigte schon wieder erste Schmutzspuren. »Die andere Arbeit, Mr. Agraphiotis, ist schon dreckkig genug. Ich meine, für jemand in meinem Zustand.«

Remo begann, einen Putzlappen auszuwringen. Schwarzes Wasser lief ihm in die Ärmel. »Im HST«, sagte er, »sitzen auch ein paar Polizistenmörder. Warum hier?«

»Der Käfig im Käfig«, sagte ich im besten Expertenton. »Sie werden gegen die Lynchgelüste des Pöbels geschützt. Der Leute in den anderen Flügeln.«

»Man sollte doch meinen«, sagte Remo, »daß es auch dem Pack außerhalb des HST nicht auf einen toten Polypen mehr oder weniger ankommt.«

»Gut so, Woodehouse«, sagte ich. »Du sprichst ja schon ganz nett choreanisch. Ich nehme an, die Anregung gilt auch für Gefängniswärter im Staatsdienst. Und warum sitzt du gleich noch mal? Nicht wegen Mordes an einem Polizisten ...«

»Es sei denn, wegen mir hat einer 'nen Herzschlag gekriegt. Nein, Spielschulden. Deswegen Käfig im Käfig. Gegen Racheaktionen von Gläubigern, ausgeführt von dem Choreaner, der sich gern ein kleines Taschengeld dazuverdienen will.«

»Spielschulden«, wiederholte ich. »Deswegen also machst du abends nie beim Kartenspiel mit.«

»Ich suche neue Hobbys«, sagte Remo und ließ den ausgewrungenen Lappen lässig in einen Eimer mit frischem Wasser sinken. »Weniger kostspielige. Eine Sammlung oder so.«

»Ein Student«, sagte ich, »hat eine Million Briefmarken gesammelt, sich daraufgelegt und sich dann eine Kugel in den Kopf gejagt.«

»Spielschulden, daß ich nicht lache«, knurrte Maddox leise und knirschte anschließend mit den Zähnen. Die hatte er also noch.

In der Zelle, am Nachmittag, erwartete ihn wieder der zerebrale Schwelbrand. Je vergifteter sein Gewissen, um so mehr stachelte es sein Gedächtnis und seine Phantasie auf. Details, die er gerne verdrängt hätte, waren nicht sicher vor dem Kriechöl seiner Erinnerung.

Es rückte näher. Als Remo Ende März von einem Spaziergang über den Strip in sein Hotel zurückkam, lag in der Rezeption eine Nachricht mit der dringenden Bitte Dunnings, ihn anzurufen. Hastig, und auch ängstlich, ging er wieder hinaus, so lange, bis er eine Telefonzelle fand, die er noch nicht benutzt hatte.

»Jenny? Doug, bitte.«

Remo hatte herausgefunden, wie er während des Telefonierens eine Kreuzung nach allen Richtungen hin überwachen konnte. Man mußte sich lediglich unaufhörlich, einen Fuß neben den anderen setzend, um die eigene Achse drehen. Wenn sich das Telefonkabel zu straff um den Körper gewickelt hatte, wurde es Zeit, sich in die andere Richtung zu drehen, während der Blick nach wie vor von Scheibe zu Scheibe wanderte. Nicht, daß er je einen Verfolger erspäht hätte.

»Der Staatsanwalt in Santa Monica«, ertönte Doug Dunnings Brummstimme, »hat für kommenden Freitag eine Grand Jury einberufen. Der Mann heißt Longenecker, und das ist schon alles, was ich von ihm weiß.«

»Grand Jury, wieder eine von diesen amerikanischen Eigenartigkeiten.« Sein Unterkiefer zitterte. »Erklär's mir in Gottes Namen, Doug.«

»Von dir brauchen wir auf der Leinwand wohl keine Gerichtsdramen zu erwarten.«

»Vielleicht nachdem du's mir erklärt hast. Ich habe mich seinerzeit nicht nur von allen juristischen Entwicklungen ferngehalten, sondern sogar die dazugehörigen Begriffe gründlich verdrängt.«

»Man sollte immer möglichst viel Wissen über das sammeln, was einen unverhofft anspringen und zu Boden werfen kann. Das ist meine Devise.«

»Ich werde das jetzt nachholen.«

»Der Staatsanwalt, also Longenecker, muß vor der Grand Jury seine Taschen umstülpen. Zeigen, daß er genügend Beweismaterial zusammengetragen hat, um einen Prozeß gegen dich führen zu können. Die Zeugen werden an Ort und Stelle vernommen.«

»Wendy auch?« Und wieder zitterte sein Unterkiefer.

»Das Herzchen setzen sie ganz bestimmt auf die Zeugenbank.«

»Dann nagelt die Presse mich noch am selben Tag an den Schandpfahl.«

»Für Journalisten kein Zutritt. Genauso für das normale Publikum. Die Details brauchst du nicht der Zeitung zu entnehmen. Du bekommst sie von mir.«

»Doug, wenn der Staatsanwalt ausreichende Beweise gegen mich zu haben glaubt …«

»Ja?«

»… warum stehen dann jetzt vier Ermittler um diese Telefonzelle herum?«

8

Und trotzdem fand Remo bis auf die paar Vorfälle, wie zum Beispiel den tödlichen Eßlöffel an diesem Morgen, das Gefängnisleben bisher nicht besonders aufregend. Falls er geglaubt hatte, sozusagen als Entschädigung einen Film aus seinen Erfahrungen schlagen zu können, so mußte er das revidieren. Der Unterschied zwischen der Haftanstalt Choreo bei San Bernardino und dem Seniorenheim Oldies-b't-Goodies in Palos Verdes Estates war nicht sehr groß.

Auch an diesem Abend drehten sich die Gespräche im Freizeitraum wieder mal nicht um die Segnungen der Freiheit, wie zum Beispiel gutes Essen oder uneingeschränkten Liebesgenuß. Vielmehr wurde nach Art alter Weiber über den vertrauten Haushalt innerhalb der Mauern getratscht.

»Schon gehört? Über Tuskee haben sie Meldung gemacht.«

»Wegen seinem Handel? Völlig zu Recht.«

»Dudenwhacker kommt im Februar frei.«

»Völlig zu Unrecht.«

»Da sitzt er, Dudenwhacker. Sieh nur, wie er grinst. Kein Wunder.«

»Was sagst du zu John Nuccio? Wird nach Chino verschubt.«

»Praktisch um die Ecke. Hätten sie ihn nicht gleich nach Sibirien verfrachten können? Stinktiere stehen da hoch im Kurs. Wegen ihrem Pelz.«

»Besser mischen, die Karten. Wenn du sie immer stapelweise ineinanderschiebst, gibt's garantiert Zoff.«

Es erinnerte auch an Schule – wo die Schüler über nichts anderes reden konnten. Selbst auf Klassenfeten gab es kaum ein anderes Thema. Schüler, die doof waren. Die Lehrer, die, bis auf den einen, allesamt doof waren. Der Hausmeister, der an geraden Tagen okay war, an ungeraden aber nicht. Bis früher oder später das hübsche Mädchen verzweifelt ausrief: »Immer nur Schule! Wir machen doch Party! Reden wir doch über Liebe oder so!«

Von dem Moment an führte jeder Versuch, ein anderes Thema anzuschneiden, unweigerlich in die Fallgrube schulischer Angelegenheiten. So lange, bis die Väter oder Mütter auftauchten und alle bedrückt und erschöpft nach Hause fuhren.

In Choreo sprachen die Gefangenen über die Wärter wie früher über ihre Lehrer. »Der ›Grieche‹, Leute, ist das ein Inspektor von oben oder so? Der sieht mir nie in die Augen. Immer auf einen Punkt an meiner Stirn. Als ob er mich jeden Moment auf Kopfläuse kontrollieren wollte.«

Es wurde auch geschwiegen. Zum Beispiel dieses Grüppchen schwarzer Häftlinge, die an zwei zusammengeschobenen Tischen Domino spielten. Sie benutzten weiße Steine mit schwarzen Punkten. Möglichst weit von ihnen entfernt (»dieser Geruch allein schon!«) spielten ein paar von der Arischen Bruderschaft Rummy, zusammen mit Dudenwhacker, der sich bei ihnen als Mitglied beworben hatte. Die Karten warfen sie zwischen ihren Füßen auf den Boden, denn in ihrer Ecke gab es keinen Tisch.

Als Remo den Raum betrat, lief der Fernseher bereits, ohne daß jemand zuschaute. Auf Kanal 4 gab es ein Doppelinterview mit Edward Davis und Daryl Gates, dem Polizeipräsidenten beziehungsweise dessen Stellvertreter vom LAPD. Remo platzte mitten in eine Frage über den Mord an Robert Kennedy. Fast zehn Jahre danach waren Fakten ans Licht gekommen, wie zum Beispiel eine weitere Kugel in der Zimmerdecke, die »darauf hinzuweisen schienen«, daß Sirhan Sirhan nicht allein gehandelt hatte. Die Köpfe von Gates und Davis machten Platz für die altbekannten Bilder von einem charmant lachenden Bobby Kennedy, der im nächsten Moment sterbend auf dem Fußboden des Ambassador Hotels liegt. Remo hatte abends noch mit ihm in Malibu diniert – gemeinsam mit seiner Frau, die die Gage für ihre letzte Filmrolle in die Wahlkampfkasse des Senators gelegt hatte. Kennedy hatte sich vorzeitig verabschiedet, um die Versammlung im Ambassador nicht zu verpassen. Eine Stunde später konnten sie im Fernsehen sehen, wie er seiner Kugel entgegengegangen war. Remo wußte noch, was er die ganze Zeit um das Unfaßliche herum gedacht hatte: *Jetzt fördert der Leichenbeschauer die gleichen Speisen aus seinem Magen zutage, die ich, lebendig und wohlauf, gerade verdaue.*

Edward Davis wies hochmütig und selbstbewußt auch den geringsten Schein eines neuen Hinweises von der Hand. »Ein Verrückter wie Sirhan macht so etwas allein.«

»Und dazu diese ungerührte Miene«, murmelte Remo.

»Dieses arrogante Gesicht ... Ja, wirf dich nur in die Brust, Davis. Du hast noch nie was gelöst. Du hast damals fast ein halbes Jahr gebraucht, um den Fall, nach einem Haufen Patzer, abzuschließen. Die Täter hatten jede Menge Spuren hinterlassen, aber du, Davis ... du warst so blind wie dieser Pferdenarr in den Simi Hills. Pressekonferenzen geben, das kannst du. Und dann glänzen mit dem, was deine unterbezahlten Leute herausbekommen haben.«

Remo war sich nicht bewußt, daß sein Murmeln sich zu einem für jeden verständlichen Schreien gesteigert hatte.

»Mann, sorg erst mal dafür, daß deine Leute ihre Arbeit ordentlich machen. Objektiv. Anstatt sie zu ermutigen, daß sie den Beweis auf der unbeschriebenen Rückseite ihrer Vorurteile liefern.«

Genausowenig merkte er, daß Dudenwhacker dem Kartenspiel der AB'ler den Rücken gekehrt und sich neben ihn gestellt hatte. Der Interviewer wechselte das Thema. »Wir müssen gut sieben Jahre in der Zeit zurückgehen«, sagte er in die Kamera, »seit Los Angeles sich zum letztenmal so im Würgegriff der Angst befand.«

»Der Hillside Strangler«, tönte es rechts von Remo. Zum erstenmal sah er Dudenwhacker aus der Nähe. Durch die flachsartigen Büschel an seiner blassen linken Wange schimmerten untereinander drei dunkle Punkte. Pigmentflecken standen nie so ordentlich in Reih und Glied. Außerdem waren sie leicht bläulich.

Der Moderator zählte die elf weiblichen Opfer auf, allesamt vergewaltigt, erwürgt und verstümmelt am Straßenrand gefunden, die meisten an einem Hügel in der Umgebung von Glendale, Eagle Rock oder Highland Park. Die jüngsten waren zwölf und vierzehn. Da kann ich ja nachträglich von Glück sagen, dachte Remo, daß sie mich dessen nicht auch verdächtigt haben. Das letzte Opfer wurde am 14. Dezember in der North Alvarado Street gefunden: Zu diesem Zeitpunkt hatte er sich noch auf freiem Fuß befunden.

Der Polizeipräsident und sein Stellvertreter waren unterschiedlicher Meinung, was die Person des Hillside Strangler betraf. Gates zufolge mußte es sich, wenn man den Transport der Leichen über häufig große Entfernungen berücksichtigte, um *zwei* Mörder handeln.

»Ich bitte Sie, Mr. Gates«, rief der Polizeipräsident. »Sie haben doch selbst die völlig verstümmelten Leichen gesehen. Diese wehrlosen jungen Frauen … in ihrer Blüte zerstört. Auf der ganzen Erde findet man keine zwei gleichgearteten Monster, die bei so etwas Grauenhaftem zusammenarbeiten könnten.«

Und wieder kam Remo die Galle hoch. »Ja, Davis, ball schon mal die Fäuste«, zischte er. »Dann sind sie gleich hart genug, daß du dir damit auf die Brust trommeln kannst. Du Arsch. Genau wie damals.«

»Fünftausend«, sagte Dudenwhacker leise.

Der Polizeipräsident erläuterte nun, ergänzt von Gates, den Stand der Ermittlungen. Die seien ein gutes Stück weit vorangekommen, und zwar in die richtige Richtung. Kein Grund zur Massenhysterie in Greater Los Angeles.

»Nein, nein«, höhnte Remo wieder. »Alles in Butter. Es sind ja nur ein paar unvorsichtige Dämchen abgemurkst worden. Der Bürger kann beruhigt schlafen. Sein Wachhund ebenfalls. Die Verhaftung des Mörders ist nur noch eine Frage von Tagen. Falls nicht, Davis, dann gibst du dir doch wohl bei der nächsten Pressekonferenz eine schöne Rolle? Dann wirfst du deinen eigenen Ermittlern doch einfach Laschheit vor? Vergiß deine Krawattennadel nicht.«

»Fünftausend«, sagte Dudenwhacker noch einmal. Er schien sich nicht speziell an Remo zu wenden.

»Fünftausend was?« Remo klang verärgert.

»Dollar. Für fünf Flappen knöpf ich ihn mir vor.«

»Wen … den Polizeipräsident?«

»Kein Problem. Im Februar komm ich auf Bewährung raus. Fünftausend, und ich erledige ihn für dich. Dieser arrogante Arsch. Notfalls in seinem Bunker im Parker Center.«

»Wie kommst du darauf, daß ich den guten Mann aus dem Weg geräumt haben will?«

»Komm schon, Woodehouse«, sagte Dudenwhacker, während er vor Remo in die Hocke ging und ihn jetzt direkt ansah. »Ich weiß nicht, was dieser Davis dir mal angetan hat. Muß ich auch gar nicht wissen. Aber in diesem komischen Geruch von Haß hab ich mich noch nie getäuscht.«

Dudenwhacker hatte auch auf seiner rechten Wange Punkte – zwei Stück, genau untereinander. Wenn man rechts und links die Linie der blauen Flecken nach oben durchzog, landete man bei den Pupillen.

»Fünftausend«, fragte Remo, »ist das der Tarif?«

»Die Rangniederen sind billiger. Den anderen, Gates, runden wir auf viertausend ab.«

»Danke für das Angebot. Schwarz? Oder bekomm ich eine Rechnung?«

»Das kannste nicht von der Steuer absetzen.«

»So zuwider ist er mir nun auch wieder nicht. Trotzdem besten Dank. Jetzt hab ich wenigstens eine Preisvorstellung.«

Dudenwhacker kniff Remo in die Schulter und ging gelassen in seine Ecke zurück, wo die Arische Bruderschaft ihr Rummyspiel wieder aufnahm.

9

Weil die Sprechchöre ihre Botschaft noch immer nicht preisgaben, konnte Remo mühelos die sechs Punkte der gegen ihn erhobenen Anklage aus ihnen heraushören – Mal um Mal und dann wieder von vorn. Nachdem die Rezitative verstummt waren, hielt zerebraler Schwelbrand ihn noch stundenlang vom Schlaf ab.

»Halten die vier Ermittler ihren Ausweis hoch?« hatte

Dunning am Ende ihres letzten Telefongesprächs gerade noch fragen können.

»Nein.«

»Dann sind es Geschäftsleute, die mit der Börse telefonieren wollen.«

»Für mich keine Zelle mehr, Doug. So ein gläsernes Pissoir macht einen um soviel sichtbarer. Komm Freitag und berichte mir persönlich von der Verhandlung.«

Und so hatte Dunning an jenem Nachmittag viel zu groß und ungelenk in dem kleinen Hotelzimmer gestanden. »Mach dich darauf gefaßt, daß die Abendzeitungen mit Räuberpistolen kommen.«

»Die Grand Jury, da war die Presse doch nicht zugelassen, hast du gesagt?«

»Stimmt, aber von denen ist trotzdem eine ganze Horde durch die Korridore getrampelt. Was meistens bedeutet, daß sie die halben Worte, die sie hier und da aus jemandem herausbekommen, zu einer Weltsensationsmeldung kombinieren.«

»Und Wendy ... ist sie von Longenecker vernommen worden?«

»Er hat Samthandschuhe angezogen und sie wie ein chinesisches Porzellanpüppchen behandelt.« Der alte Parkettfußboden unter dem Teppich knackte unter Dunnings Gewicht von einer Fußleiste zur anderen. »Sie hat ausgesagt, du hättest ihr etwas zu schlucken gegeben. Der Staatsanwalt reichte daraufhin dem Richter dein Fläschchen mit den Quaaludes. Der konnte gar nicht mehr aufhören, damit zu rasseln. Kein angenehmes Geräusch in einem stillen Gerichtssaal.«

»Die Pillen waren auf Rezept.«

»Nicht für Miss Zillgitt.«

»Jetzt heißt es womöglich noch, ich hätte sie entjungfert.«

»Nach diplomatischem Drängen Longeneckers gab sie gequält zu, zweimal bereits *etwas* mit einem Mann gehabt zu haben.«

»Schon seit sie acht ist, hat sie mir gesagt. Mit großer Regelmäßigkeit. Doug, hör auf mit diesem Geknarre. Setz dich.«

Dunning zwängte seinen Hintern in einen zu kleinen Sessel. »Ihre erotischen Enthüllungen führen wir bestimmt noch mal ins Gefecht.«

»Ihre wundersame Genesung, kam die auch zur Sprache?«

»Ja. Sie hat unter Tränen gestanden, den Anfall simuliert zu haben. Um dich dazu zu bringen, sie nach Hause zu fahren.«

»Statt dessen habe ich herzloses Monster damit angefangen, sie heiß zu machen.«

»So wurde es vor der Grand Jury dargestellt, ja. Übrigens, ihr Asthma hat die Sache ins Rollen gebracht.«

»So?« Remo wollte noch etwas hinzufügen, doch seine Worte wurden von einer Gruppe Motorräder übertönt, die röhrend und knallend vorbeifuhren. Mindestens zwanzig. Die Scheiben in den offenen Fenstern klirrten. »Ich …«

»Die Square Satans«, sagte Dunning mit einem seitlichen Kopfnicken, nachdem der schlimmste Lärm vorbei war. »Als du an dem bewußten Sonntag vor dem Haus ihrer Eltern geparkt hast, ist Wendy doch gleich hineingerannt, oder? Da hat sie zu ihrer Mutter gesagt: ›Mama, wenn er fragt, ob ich Asthma hab, dann sag ja.‹ Mrs. Zillgitt hat vor der Grand Jury ausgesagt, daß sie dir diese Botschaft tatsächlich überbracht hat.«

»Immerhin hat sie sie abgeschwächt. ›Och, es ist weniger schlimm, als es den Anschein hat.‹ So ähnlich.«

»Trotzdem eine Bestätigung. Aus dem panikartigen Verhalten ihrer Tochter schloß Mrs. Zillgitt, daß etwas nicht in Ordnung war. Während du im Wohnzimmer eine Diashow aufgezogen hast, hat Wendy oben mit ihrem Freund telefoniert.«

»Dem Federgewicht.«

»Seine Gewichtsklasse hat während der Verhandlung keine Rolle gespielt. Dafür aber das, was sie ihm von ihrem Nachmittag mit dir gebeichtet hat. Seine Füße trugen den knapp vierundfünfzig Kilo schweren Gehörnten in gestrecktem Galopp zu Mrs. Zillgitt.«

»Worte über Worte über Worte«, sagte Remo müde. »Und was tust du dann als liebende Mutter?«

»Sie hat ihren Finanzberater angerufen. Irgendein unterbezahlter Buchhalter, der ihre Steuerformulare ausfüllt … die Hypothek regelt … Jetzt wurde ihm ein Problem aufgehalst, dem er mit Tabellen nicht beikam. Mißbrauch bei seinen Klienten.«

»Interessant.« Remo lachte laut, aber ohne Fröhlichkeit. »Vor allem angesichts meiner Mitteilung, daß ich für ihre Schauspielerinnenkarriere nichts tun könne. Wenn diese wandelnde Rechenmaschine genügend Mitgefühl für ihre finanzielle Situation gehabt hätte, dann hätte er ihr eine gütliche Einigung mit mir vorgeschlagen. Mindestens hunderttausend Dollar.«

»Es war kein Profi«, sagte Dunning. »Er hat die Polizei angerufen.«

»Na, dann komm ich ja gut dabei weg. Jetzt muß ich nur mit meiner eigenen Karriere büßen.« Remo stand auf, öffnete die Schranktür und nahm eine Flasche Whisky und zwei Gläser zwischen seinen Schuhen heraus. »Darauf trinken wir. Einen Scotch, Doug?«

»Möchtest du nicht erst wissen, in welchen Punkten Anklage gegen dich erhoben wurde?«

»Laß dich nicht abhalten, Doug.« Er goß Whisky in die Gläser und maß mit zwei Fingern nach, ob es die richtige Menge war. »Mein Immunsystem ist eingeschaltet. Alles prallt von mir ab.«

»Na, dann brauch ich dir ja nicht zu sagen: halt dich fest.« Der Anwalt setzte seine Lesebrille auf und entfaltete ein Blatt Papier. »Erstens: Verabreichung eines ausschließlich auf ärztliche Verordnung erhältlichen Medikaments an eine Minderjährige ...«

»Mit akuten asthmatischen Symptomen.«

»Zweitens«, las Dunning vor, »Vornahme wollüstiger Handlungen bei einer Minderjährigen.«

»Küssen«, sagte Remo. »Streicheln.«

»Schön, daß du's eben mal in die Realität übersetzt. Jedes Gericht müßte eigentlich so einen Sinnlichkeitsdolmetscher einstellen. Drittens: Vollzug gesetzeswidrigen Geschlechtsverkehrs.«

»Liebe, zu ahnden mit ...«

»Viertens«, las Dunning weiter, »Vornahme perverser Handlungen bei einer Minderjährigen.«

»O ja, ich habe sie auch noch sehr zärtlich mit der Zunge gestreichelt.«

»Fünftens: Vollzug widernatürlichen Geschlechtsverkehrs mit einer Minderjährigen.«

»War es also doch ein Junge?«

»Sechstens«, trug Dunning auswendig vor, nachdem er das Blatt wieder zusammengefaltet hatte, »Vergewaltigung einer Minderjährigen« (er sah Remo über seine Lesebrille hinweg an) »nach der Verabreichung von Drogen.«

»Sollen sie eben tun, was sie nicht lassen können«, sagte Remo und biß in seinen Whisky. Der zu große Schluck brannte ihm offenbar in der Kehle, denn er fügte mit verzerrtem Gesicht und tränenden Augen noch hinzu: »Blöd, daß sie hier keine Eismaschine haben.«

Das Ei gebiert

I

Im Dämmergebiet zwischen Träumen und Wachen, das Remo immer so lieb gewesen war, zogen scheußliche Schlagzeilen an ihm vorbei. Mochte er sich auch noch im Halbschlaf befinden – die Worte hatten im vergangenen Frühjahr eindeutig so auf den Titelseiten der *Los Angeles Times*, des *Los Angeles Herald Examiner* und des *San Francisco Chronicle* gestanden: glänzend fettschwarz, wie die Panzer mancher Insekten.

Während er mit Dunning im Hotel Whisky trank, klopfte es an der Tür: Ein Zimmermädchen brachte das Abendblatt. »Setzen Sie's auf die Rechnung«, sagte Remo und bezahlte das frisch gedruckte Unheil mit einem zu üppigen Trinkgeld. Er warf die Zeitung aufs Bett.

»Jedenfalls wissen wir jetzt«, der Anwalt erhob sein Glas, »wogegen wir uns verteidigen müssen.«

»Ohne Anjelicas Zeugenaussage kann mir der Staatsanwalt wenig anhaben, denke ich.«

»Dann habe ich schlechte Nachrichten für dich. Die Ex deines Freundes hat sich bereit erklärt, gegen dich auszusagen. Als Gegenleistung dafür, daß das Verfahren gegen sie eingestellt wird. Das weiße Pulver, du weißt doch noch? Wie sich herausgestellt hat, war es kein Scheuermittel.«

»Beim letztenmal«, sagte Remo und stand auf, »war ich das angeheiratete Opfer. Jetzt bin ich der direkt Beschuldigte. Der Unterschied ist gering. So oder so – deine Freunde lassen dich fallen.«

Er nahm die Zeitung von der Bettdecke, schlug sie auf und hielt Dunning die Schlagzeile vor die Nase.

Größter Vergewaltigungsskandal Hollywoods seit Errol Flynn

Waren die Sitzungen der Grand Jury auch geheim, ohne Zutritt für Presse und Publikum – die Zeitung wußte sich zu helfen. Nicht nur, daß Remo vom Opfer zum Täter befördert wurde, der Artikel strotzte außerdem nur so von Andeutungen, denen zufolge ihm, indem er ein Mädchen unter Drogen gesetzt und seinem perversen Willen unterworfen habe, der Zerstörer seines eigenen Glücks zum Vorbild geworden sei.

»Wie kann man sich gegen eine derart üble Unterstellung wehren, Doug?«

»Jeder Versuch in diese Richtung macht die Geschichte nur glaubwürdiger.«

Auf der Kulturseite stand ein Bericht über die Verleihung der British Academy Awards vom Vorabend in Wembley. Er las Dunning eine Passage vor. Da stand Prinzessin Anne und winkte mit einem dieser englischen Oscars für den besten Darsteller, doch wer nicht vortrat – das war Jack. Der saß in Aspen, Colorado, diesmal nicht zum Skifahren, sondern um die Zeitungen zu studieren und über seine Rolle in dem Drama nachzudenken, das sich im und neben dem Whirlpool am Mulholland Drive abgespielt hatte.

»Doug, was hab ich von Freunden gesagt, die mich fallenlassen? Ich habe meine Freunde hier mit reingezogen.«

2

Häftlinge mit langen Strafen, merkte Remo, entwickelten sich hinter Gittern oft zu mit allen Wassern gewaschenen Juristen. In Gesprächen an den Eßtischen und auf dem Hof fiel ihm die permanente Beschäftigung mit Berufung, Rechtswegen, entlastendem Beweismaterial, Wiederaufnahme des Verfahrens, Freispruch, Begnadigung auf. Damit kannten sie sich bestens aus. Im Freizeitraum spielten die Jungs voller Hingabe Gericht.

In Choreo wurde aber auch noch auf andere Weise Richter gespielt.

»Dudenwhacker schon kennengelernt, Scott?«

»Ein charmanter Kleindieb«, knurrte Maddox. »So stellt er sich selbst gern dar.«

»Und diese blauen Punkte auf seinen Wangen? Es sind fünf. Links einer mehr als rechts. Aus der Nähe sehen sie aus wie orientalische Kuppeln. Oder kleine Zwiebeln. Irgend so was.«

»Eines Tages war er dran.« Maddox ging mit seinem Besen in eine Mexikanerzelle, um die Toilettenpapierschlangen hinauszufegen. Er erhob die Stimme, damit Remo ihn weiter verstehen konnte. »Eine ganz leichte Strafe. Nichts Besonderes. Aber sie haben ihn in eine Zelle zusammen mit einer dieser heterosexuellen Gelegenheitsschwuchteln gesteckt … die Gefängnisse sind voll von denen … Ein falscher Schwuli also, und weil er so wenig Übung hatte, versuchte er, Dudenwhacker von hinten zu besteigen. Mit Hilfe eines gläsernen Messers. Daraufhin hat Dudenwhacker diesen *fruitcake* vergewaltigt … mit ebender superscharfen Kristallklinge. Nicht von hinten. Mit offenem Visier. Mittenrein in das wahre Liebesorgan. Das Herz. Also …«

Maddox beförderte die beschmierten Girlanden schwungvoll auf den Umgang hinaus.

»Also was, Scott?«

»So bekam Dudenwhacker seine erste Träne eintätowiert.«

»Der charmante Kleindieb hat fünf.«

»Ein Schwurgericht hat ihm zwanzig Jahre Zeit gegeben, um noch mehr zu sammeln.«

»Inzwischen ein ganzer Weinkrampf.«

»Damit verdient er sich seinen Unterhalt. Orientalische Klageweiber vergießen ihre Tränen auch zum Broterwerb.«

»Wie soll das denn weitergehen, draußen? Dudenwhacker kommt im Februar frei. Auf Bewährung.«

»Der Unterschied, Li'll Remo, besteht darin, daß Killer auf der anderen Seite der Mauer ihre Erfolge nicht von den Hinterbliebenen eingeritzt bekommen. Weder in Form von Kerben in einem Gewehrkolben. Noch in Gestalt blauer Tränen im Gesicht.«

»Gefangene sind also die Hinterbliebenen von jedem Toten in ihrer Mitte. Das heißt, wenn du … oder ich …«

»Wenn Little Remo mich in Choreo kaltmacht, ist die Chance groß, daß er von den Überlebenden auch so eine schöne Tätowierung bekommt. Gratis. Ohne Materialkosten. Einen Versuch ist es wert.«

»Nein, danke. Von dem ganzen Fegen und Aufwischen werden meine Hände auch so schon schmutzig genug. Wenn ich aus der Rolle falle, laß ich mir den kleinen Anker von Popeye auf dem Bizeps anbringen.«

»So läuft das in deiner unverbindlichen Welt, ja«, rief Maddox in plötzlicher Wut. »Sie lassen sich ein Herz mit einer Harpune auf den Arsch tätowieren. Daneben den Namen der Tussi. Was du auf Dudenwhackers Gesicht gesehen hast, ist eine Liebeserklärung von Gefangenen untereinander.«

»Und du, Scott«, fragte Remo mit lästig zittriger Stimme, »wie viele Tränen trägst du schon unter deinem Verband?«

»Falls ich welche hatte, sind sie jetzt weggebrannt.«

3

Die beiden Psychiater durften ihre Sitzungen mit Remo im Empfangsraum für Anwälte abhalten. In einer Ecke saß ein Wärter, der sich alle Mühe gab, eine neutrale Miene aufzusetzen. In seinem Schoß lag ein Walkie-talkie.

»Meine Herren«, begann Remo, »wie können Priester das Beichtgeheimnis wahren, wenn der Küster mithört?«

»Wir können so auch nicht richtig arbeiten«, sagte Dr. De

Young leise. »Lassen Sie es uns trotzdem versuchen. Wenn es kein gründliches Gutachten gibt, kann das verheerende Folgen für Sie haben.«

»Gut«, sagte Remo, »denken wir uns den Küster weg.«

»Wir fahren fort, wo wir das letzte Mal stehengeblieben sind«, sagte Dr. Urquhart und schlug ein Ringbuch auf. »Nach dem Tod Ihrer Frau, wie lange haben Sie da getrauert?«

»Wenn ich eine bestimmte Trauerzeit eingehalten hätte«, sagte Remo, »und danach geläutert aus meinem Loch gekrochen wäre ... ich *denke*, dann hätte ich mich selbst für einen Unmenschen gehalten. Ich mußte auf der Stelle an ihrem Tod zugrunde gehen, oder ... oder das ganze Ereignis verdrängen, mitsamt ihrem Bild, zum Beispiel indem ich mich wie ein Tier auf die Arbeit warf.«

»Also keine Trauerzeit«, murmelte Dr. De Young und notierte dies.

»Am Verlust eines derart phantastischen Menschen«, sagte Remo, »läßt sich nichts verarbeiten.«

»Erzählen Sie uns dann kurz«, sagte Dr. Urquhart, »wie es Ihnen seitdem emotional ergangen ist.«

»Zuerst gab es eine Periode der ... ich würde es tatsächlich nicht als Trauer bezeichnen wollen. Der Lähmung. Bald darauf schon stürzte ich mich in die Jagd nach ...«

Der Wärter spielte mit seinem Walkie-talkie. Ein unerwartetes Rauschen und Krachen lenkte Remo ab.

»... nach den heimlichen Hebammen, will ich mal sagen. Mit totaler Hingabe. Als sie endlich gefaßt waren, nicht von mir, verlor ich jedes Interesse an ihrer Aburteilung. Ich machte mich an die Arbeit. Erst kam etwas Mittelmäßiges, dann ein Mißerfolg und schließlich ... nun gut, mögen andere es als Meisterwerk bezeichnen. Ich selbst sage nur so viel: Es war gut genug, mein Unbeteiligtsein zu rechtfertigen. Das Fehlen irgendeiner Form sichtbarer Trauer. Dieses letzte ... äh ... Ding *war* die Personifizierung meiner Trauer. Bis in die kleinsten Details.«

»Wie erklären Sie es sich«, fragte Dr. De Young, »daß das ganze Ereignis, inklusive des Gesichts Ihrer Frau, jeweils so lange unterhalb Ihrer Bewußtseinsschwelle hängenbleiben konnte?«

»Überlebenstrieb«, sagte Remo. Er dachte nach. Das tragbare Sprechfunkgerät rauschte, schwieg, krachte. »Ein Gefängnis war nötig, um mir ihr Bild wiederzugeben … Um die Erinnerungen in mir freizusetzen.«

»Vielleicht doch Schuldgefühle?« suggerierte Dr. Urquhart mit zweifelnder Stimme. »Ihre Affäre mit Miss Zillgitt könnte von Ihnen, unbewußt oder halbbewußt, als Ehebruch empfunden worden sein …«

»Und jetzt«, ergänzte Remo sarkastisch, »beschwöre ich in meiner Zelle die Gestalt meiner verstorbenen Frau herauf, um ihr alles zu beichten.«

»In der menschlichen Psyche ist nichts ausgeschlossen«, sagte Dr. Urquhart. »Die in unserem Herzen verankerten Werte geraten ins Trudeln durch die Wünsche des Geistes‹, las ich vor kurzem bei einem bekannten Kriminologen.«

»Ich will Ihnen mal erzählen«, sagte Remo, »wie es in der Einsamkeit meiner Zelle zugeht.« Er senkte die Stimme zu einem Flüstern, unverständlich für den Wärter, der sein Walkie-talkie sofort ausschaltete. »Ich versuche auf meiner Pritsche zu rekonstruieren, was in diesem Jahr vorgefallen ist. So minuziös wie möglich. Mal um mich bei einer fatalen Fehleinschätzung zu ertappen. Mal um meine armseligen Gedanken daran zu wärmen. Es endet immer öfter damit, daß ich meine Frau in den Armen halte. Manchmal ist es der schlanke Engel, den ich einst kennengelernt habe. Dann wieder die reife Schwangere. Neulich der Leichnam, den ich im Leichenschauhaus identifizieren mußte. Er fühlte sich weich und schlaff an, und das kam … Das Kind lag nicht mehr darin.«

»Jetzt nähern Sie sich endlich«, sagte Dr. De Young, »Ihrem Verlust.«

»Ihr Tod beginnt erst jetzt, hier in Choreo, meine Tage und

Nächte zu vergiften. Und dazu diese Angst ... Obwohl die illegalen Geburtshelfer doch in Gefängnissen weggeschlossen sind, die grausamer sind als dieses.«

4

Von der Wärterloge in der zweiten Etage aus konnte ich das nasse labyrinthische Muster gut sehen, das die Putzer im Erdgeschoß anlegten. Erst nachdem es teilweise getrocknet war, wurde ihre Schneckenspur als graphischer Irrgarten sichtbar. Wie sonst auch ließen sie abwechselnd ihren Blick verstohlen über die drei Logen wandern, doch ich hatte meinen Schreibtischstuhl so hingestellt, daß sie mich, auch wegen der Spiegelung im Glas, nicht sehen konnten. Von Maddox mit seinem einen blutgesättigten Auge hatte ich ohnehin nichts zu fürchten.

Meine beiden Zwergschimpansen waren an diesem Nachmittag noch nicht zur Ordnung gerufen worden, und das machte sie waghalsiger. Immer wieder stellten sie, sobald sie in Hörweite des anderen gekommen waren, für etwas längere Zeit die Arbeit ein, um sich ihrem Wortgefecht zu widmen. Ich sah sie gern miteinander reden, lieber als aufwischen, doch das war eine persönliche Vorliebe, und ich hatte auch noch meine Pflichten als Wärter.

Gerade wollte ich auf den Ring hinaustreten, um dem Zwergenpaar einen gewaltigen Rüffel zu verpassen, als Malcolm Reppy seinen Grübelkopf durch die Öffnung in der Notleiter streckte. Er keuchte vom Klettern. »Spiros, jetzt, wo das neue Jahr vor der Tür steht ... versuche ich, meine Karteikästen ... uff, ich werde langsam zu alt für so eine Kletterpartie ... mit ... dem Bücherbestand abzugleichen. Im Regal, ausgeliehen, in Reparatur ... alles.«

Reppy, ein ehemaliger Wärter in Choreo, verwaltete seit seinem sechzigsten Lebensjahr die Gefängnisbibliothek. Er hatte ein großes Buch bei sich, das er auf den Fußboden neben der Leiteröffnung legte, um sich mit jetzt zwei freien Händen ein Stück weiter die eisernen Sprossen hinaufarbeiten zu können.

»Ich habe nichts bei dir ausgeliehen, Colm.«

»Das ist noch die Frage, Spiros.« Reppy legte das Buch aufgeschlagen auf meinen Schreibtisch. »Da, schau selbst, Seite 164.«

Eine alte Ausgabe, zwanziger Jahre, über die italienischen Renaissancemaler, mit Reproduktionen in sämtlichen Grautönen zwischen Schwarz und Weiß. Im Kapitel über Leonardo, zwischen den Seiten 162 und 165, fehlte eine Abbildung, die sorgfältig am Rand entlang abgeschnitten worden war.

»Vorderes Vorsatzblatt«, sagte Reppy, fast ohne zu keuchen.

Ich blätterte nach vorn. Dem Kasten mit den gestempelten Daten zufolge war das Buch zuletzt am 15. Dezember 1977 und davor am 3. Oktober 1965 ausgeliehen worden, als noch schwarze anstatt roter Stempelfarbe verwendet wurde. Die wenigen Ausleihungen gingen bis zum Anfang der fünfziger Jahre zurück.

»Vernichtung von Gefängniseigentum«, jammerte Reppy. »Das Buch war bis vorgestern hier, im HST, ausgeliehen.«

»Moment mal, Colm. Den Vorschriften zufolge ist ein solches Druckerzeugnis nach zwanzig Jahren auszumustern. Das hier hat sich praktisch schon selbst vernichtet.«

»Brauchbare Stücke bleiben im Umlauf. Ich habe meine eigenen Regeln. Gib mir das Bild zurück.«

»Komm mal mit.«

Wir stiegen über die Leiter einen Stock tiefer, wo ich dem Bibliothekar zu einer Zelle in der Mitte der Westreihe voranging. Die gepanzerte Tür stand offen. Reppy beugte sich über das Geländer des Umgangs. Die Putzer waren auf einmal eifrig mit ihren Wischern zugange.

»Ein Kindergarten im HST«, sagte Reppy. »Keine schlechte Idee. Haben die Knirpse da auch einen Namen?«

»Small Fry & Little Pinky.«

»Choreo ist ein Irrenhaus.«

Wir gingen in Maddox' Zelle. Seine Gitarre, weinrot an den Rändern und goldgelb im Bereich der Schallöffnung, glänzte auf dem Ständer vor sich hin und machte den Rest der Zelle noch grauer.

»Da ist sie.« Der Bibliothekar streckte seine Hand bereits aus, um die Reproduktion von der Wand zu reißen, doch ich hielt ihn zurück.

»Colm, der Bewohner dieser Zelle hängt sehr an seiner Mona Lisa. Schau nur, was für ein Fetzen. Siehst du die Fettflecken an den Ecken? Die kommen von den feingekauten Brotkrümeln, mit denen er das Blatt an die Wand geklebt hat. Laß gut sein. Betrachte das Buch als abgeschrieben und bestell ein neues.«

»Ich habe mein Budget für das kommende Quartal schon überschritten.«

»Dann sage ich O'Melveny, daß es im HST den großen Wunsch nach einem neuen illustrierten Buch über die Renaissance gibt. Art Books hat den alten Vasari wieder neu aufgelegt. Mit Farbreproduktionen. Laß mich nur machen.«

Trotz der Fettflecken und der ausgeblichenen Grautöne konnten wir uns nicht von der Mona Lisa losreißen. Wegen der Knicke im glatten Papier waren ihre Lippen jetzt etwas zerknittert, aber das Lächeln schien unversehrt.

»Kannst du dir vorstellen, Colm, daß der Auftraggeber eines solchen Porträts … der Mann, der seine junge Frau noch gemalt haben will, bevor sie verwelkt … daß so jemand schier verzweifelt, wenn das Bild einfach nicht fertig wird?«

»Hängt von der Anzahlung ab.«

»Als der Auftraggeber wissen wollte, wie der Stand der Dinge sei, wandte er sich wohlweislich nicht an den unberechenbaren Maler. Er ging zu einem Wahrsager. Der sagte: ›Das Ei gebiert so viele Pfauenaugen, wie das Messer will.‹«

»Das hilft ja wirklich weiter«, sagte Reppy.

»Die Zeitgenossen fanden des Rätsels Lösung nicht. Später hat man es mir aufgehalst. Ich galt damals als Experte im Entschlüsseln solcher verrückter Sprüche. Ein gern gesehener Gast bei Kryptogrammabenden. Ach ja, es ist schon eine Gabe.«

»Ja und, Spiros, was hat der Kaffeesatzleser denn gemeint?«

»Kaffee gab's noch nicht.«

»Aber doch schon Urin? Dann eben Pissegucker.«

»Da Vinci, Colm, war ein fauler Maler. Er interessierte sich mehr für wissenschaftliche Experimente. Dieser kryptische Spruch, mit dem konnte ich erst auch nichts anfangen. Bis ich in den Archiven auf den Bericht einiger junger Maler stieß, die den Meister aufgesucht hatten. In seinem Florentiner Klosteratelier stand eine Schüssel mit hartgekochten Eiern auf dem Tisch, bereits geschält. Die Besucher wollten diese Geste der Gastfreundschaft nicht mißachten, doch Leonardo zog ihnen die Schüssel unter den ausgestreckten Händen weg. Er zeigte ihnen, wie man die gelbe Kugel aus einem Ei entfernen kann, ohne der Form der weißen Hülle Gewalt anzutun. In den so entstandenen Hohlraum steckte er eines der menschlichen Augen, die … unter einem Tuch … in einer Schale schwammen. Der Aufseher des örtlichen Leichenhauses hatte sie ihm besorgt. Es waren genug, so daß jedes Ei gefüllt werden konnte. Dann wanderten die Eier in den Topf, und die Augen wurden gekocht. Da Vincis Gäste hofften nur, das Ganze sei nicht als *late night snack* gedacht. Als die Eier abgekühlt waren, machte der Maestro sich daran, sie mit einem scharfen Messer in dünne Scheiben zu schneiden. Versuch sie dir vorzustellen, Colm, und denk dabei an die Schwanzfedern eines Pfaus …«

»Nicht schwer. Aber warum stellte da Vinci seine Gäste so auf die Probe?«

»Er wollte ihnen zeigen, wie er insgeheim eine Autopsie am menschlichen Auge vornahm. Alles für die Wissenschaft.«

»Nicht schlecht geraten für so einen Pissegucker«, sagte der Bibliothekar. »Ich geh mal zurück zu meinem Taubenschlag aus Büchern.«

»Versprich mir, Colm«, sagte ich, »daß du unseren bescheidenen Vandalen nicht verpfeifst. In Choreo gibt es sowieso schon so wenig Liebe zu den Künsten.«

»Dann halte dich aber auch an dein Wort, Spiros. Vasari, in Farbe. Außerhalb des normalen Budgets.«

5

»Ich will dich nicht in Rage bringen, Scott, aber ... ich sehe gerade, wie der ›Grieche‹ aus deiner Zelle kommt. Zusammen mit dem alten Nörgler von der Circ Lib. Nicht hinschauen.«

»Mein Bild«, sagte Maddox.

»Vielleicht filzen sie alle Zellen«, sagte Remo. »Wegen der Löffelattacke.«

Solange Agraphiotis noch auf dem Ring mit dem Bibliothekar redete, wischten die beiden Putzer planlos um den zentralen Abfluß herum.

»So 'ne Untersuchung«, knurrte Maddox, »da kommt nie was raus. In der Welt draußen finden sich immer geschwätzige Nachbarinnen. Hier drinnen wohnen nur Blinde. Gib mir den Bericht, Li'll Remo, und ich schreib rein, was sie sagen werden. Alle das gleiche: ›Die anderen standen in mehreren Reihen vor mir.‹ Hast du dir ihre Hände angesehen? Alle die gleichen Handschuhe. Grau oder dunkelblau. Anderthalb Dollar in der Kantine.«

»Ich hab auch welche. In Braun.«

»Probier dann mal, Fingerabdrücke von so 'nem Löffel abzunehmen.«

»Blutspuren auf den Handschuhen, vielleicht bringt das ja was.«

»Hast du gesehen, Li'll Remo, daß die Wärter Handschuhe beschlagnahmt haben?«

»Meine hab ich noch.«

»Für so was haben sie nicht mal genug Butterbrottüten. Denk bloß mal an all die Etiketten, die sie beschriften müßten … Dafür sind die Schweine zu faul.«

»Und der Löffel, der zum Messer wurde, Scott?«

»Im Labor werden sie mit gewichtiger Miene feststellen, daß das Blut von Sofa Spud stammt. Nur ein toter Neger ist ein guter Neger, Amen, Ende.«

»Keine interne Untersuchung?«

»O ja, das kennen wir. Die wird ergeben, daß der Löffel aus dem Besteckkasten in Choreos Küche stammt. Und daß er in der Werkstatt angeschliffen wurde. Auf dem elektrischen Schleifstein. Schenkung ans Labormuseum – so haben wir in Folsom einen Waffenverlust wie den hier genannt.«

»Wer bekommt die blaue Träne für Sofa Spud?«

»Wenn ich dir das erzählen würde, Li'll Remo, dann hätte ich den ersten Schritt zum Verpfeifen schon getan. Zähl die Tränen heute. Zähl sie morgen. Stell den Unterschied fest.«

»Was ich an diesem Tränensystem noch immer nicht kapiere, Scott … warum so offen?«

»Vergeltung *und* Ritterschlag. Brandmarkung *und* Auszeichnung.«

»Für das Auge der Wärter ist es aber doch eine Form des Verpfeifens.«

»Mit diesen Tränen zählen Gefangene die Male, die sie ihre eigenen Angelegenheiten geregelt haben … ohne die Behörden. Sie müssen für jedermann sichtbar sein, gerade weil nicht darüber geredet wird.«

6

Remos Schäferstündchen ging auch an diesem Tag in zerebralem Schwelbrand unter.

»Natürlich liebe ich ihn«, hatte Oscar Wilde nach seiner Verurteilung über Bosie gesagt. »Wie sollte ich ihn *nicht* lieben? Er hat mich ruiniert.«

Auf seiner Pritsche liegend, versuchte Remo es mit der gleichen romantischen Haltung gegenüber Wendy, allerdings mit wenig Erfolg. Das kleine Luder (na ja, auf Pfennigabsätzen zwanzig Zentimeter größer als er) war nach diesem einen Mal aus seinem Leben verschwunden und hatte sich auf die Seite des unsichtbaren Feindes geschlagen. Sofern sie ihn nicht schon ruiniert hatte, würde das bald erfolgen, auch ohne daß die Affäre die Chance erhielt, sich zu einer großen, unmöglichen Liebe zu entfalten.

Und trotzdem. Und trotzdem. Und trotzdem.

Hätte sie, Wendy, ihm nur irgend etwas, und sei es auch noch so kryptisch, zu verstehen gegeben. Irgendein kindliches Zeichen als geheime Bestätigung dafür, daß zwischen ihm und ihr wirklich etwas gewesen war. Ein komischer Versprecher. Eine halbe Träne, aber keine blaue.

Nichts. Mitte April mußte Remo in Santa Monica vor Richter Ritterbach erscheinen. Daß der Fall nun in einem provinziellen Gerichtsgebäude verhandelt wurde, bedeutete nicht, daß die Presse Remo nicht zu finden verstanden hätte. Hier war die langerwartete Botschaft von Miss Zillgitt: Nicht sie, sondern er war jetzt dem Sog der Kamera ausgesetzt. Remo wußte sich nicht länger von menschlichen Wesen umringt. Roboter mit einer mechanischen Schnauze waren es, die den Blick ihres einen, glänzenden Auges in ihn bohrten und ihn dann, metallisch hicksend, mit einem blendenden Lichtstrahl erstachen. So sahen Wendys Heerscharen aus.

Remo wurde von dem erbosten Richter Ritterbach formell unter Anklage gestellt, und wieder zogen sie an ihm vorbei, die sechs Bannflüche der Grand Jury. Über seine schmale Brille sah Ritterbach den Angeklagten verächtlich an. »Halten Sie sich in den genannten Punkten für schuldig oder für unschuldig?«

»Unschuldig, Euer Ehren«, sagte Remo (allerdings mit unsicherer Stimme).

»Unschuldig«, wiederholte Ritterbach mit kaum verhohlenem Sarkasmus. Während der Verhandlung hatte es nichts zu hämmern gegeben, doch jetzt holte er alles nach. Er verwandelte seinen eigenen Gerichtssaal in eine Schiffswerft und hörte nicht auf, draufloszuschlagen. Holz auf Holz.

Diesmal war es Dunning, der die Kaution hinterlegte. Remo konnte zurück in sein kleines Hotel am Strip.

7

Schon als Remo auf den Umgang hinaustrat, um in den Freizeitraum zu gehen, hörte er Maddox' abgehacktes Gitarrenspiel. Neue Akkorde wurden ausprobiert, aber es klang nach nichts. Als Remo die Zelle auf der gegenüberliegenden Seite erreicht hatte, hörte das Gezupfe auf. Maddox drehte seine verbundenen Hände, wieder und wieder, und betrachtete sie, als sähe er sie zum erstenmal.

»Früher, Little Remo, hab ich in die Hände gespuckt, bevor ich zu spielen anfing. Jetzt fluche ich hinein.«

»Die beiden zahmen Kakerlaken konnten doch auch nichts dafür.«

»Scott wird nie ein Geschöpf Gottes wie einen Kakerlak verfluchen.«

»Wer ist dann der Adressat?«

»Ein überbelichteter Hare-Krishna-Mönch. Swami Sumatrapa … Swami Satrapuma, irgend so was … *aka* Jan Johanson.«

»Was hat der mit deinen Brandwunden zu tun?«

»Später, Li'll Remo.«

»Komm mit in den Freizeitraum.«

»Wenn Scott genug Tränen, und zwar seine eigenen, über seine verbrannten Hände vergießt, heilen sie vielleicht schneller.«

»Weinen, das spült Salz in die Wunden. Komm mit.«

»Silvester feiern ist was für eingesperrte Familienväter. Ich mag keinen Alkohol. Nicht mal diesen zweiprozentigen in einer vergorenen Obstschale. *Einer*, Li'll Remo, muß bei Verstand bleiben.«

8

Um Viertel vor zwölf begannen Wärter im Freizeitraum damit, Papiertüten an die Gefangenen zu verteilen, nach denen diese, benommen vom leicht alkoholischen Obsttrunk, lustlos griffen. Kurz vor Mitternacht fingen sie rülpsend an, die Tüten aufzublasen. Remo folgte dem Beispiel der anderen. Alle blieben mit erhobener Hand sitzen, bis die Uhr auf dem Fernsehschirm exakt vierundzwanzig Uhr anzeigte. Da wurde, vernehmbar durch ein offenes Kippfenster, das gleichzeitige Zerknallen der Tüten vom Pfeifen und Krachen echten Feuerwerks übertönt. Es klang zu nah, als daß es aus San Bernardino hätte kommen können.

»Das Zeltgelände«, rief Remos Nachbar aus der Etage über der seinen, Tiff. »Von meiner Zelle aus kann man es gut sehen.«

»Ja, Mr. Burdette«, fragte Pozzo mit seiner flehentlichsten Stimme, »dürfen wir uns das anschauen?«

Der Angesprochene beriet sich mit seinem Kollegen Agraphiotis, der sagte: »Nicht mehr als vier Mann.«

Tiff, Pozzo, Remo und Catbird erhielten die Erlaubnis, in Begleitung von Burdette und dem »Griechen« in die zweite Etage zu gehen. »Fünf Minuten«, rief Carhartt der kleinen Gruppe nach. »Und keine Sekunde länger.«

Die Wärter blieben in der Tür stehen und protestierten diesmal nicht, als die vier Gefangenen nacheinander auf die Heizung kletterten. Als dritter war Remo an der Reihe. Tiffs Zelle hatte eine bessere Aussicht als seine eigene, einen Stock tiefer gelegene. Neben dem kleinen Aufnahmegebäude flak-

254

kerte grünes Licht in Bodennähe. Eine Rakete schoß pfeifend in die Höhe und explodierte in vielen verschiedenen Violett-Tönen: den morgendlichen Farben des Gebirges ringsum. Dann war es vorbei. Die Lagerbewohner versammelten sich am Stacheldraht zu einem heftigen Sprechchor. Wieder war nicht zu verstehen, was da skandiert wurde, vielleicht weil der Wind aus der falschen Richtung kam.

»Jetzt will ich«, sagte Catbird.

»Es ist vorbei«, meinte Remo und sprang auf den Boden. »Ein Dollar für den, der mir sagen kann, was die Mädels da singen oder rufen.«

»Ganz einfach«, erklärte der »Grieche« von der Türschwelle her, »glückliches neues Jahr.«

Die Charrière-Methode

»I know this has been the worst thing that ever happened to you«, he said, »but from now on everything's going to be roses. Warners is within an inch of where we want them, and suddenly Universal is interested too. I'm going to get some more good reviews and then we're going to blow this town and be in the beautiful hills of Beverly, with the pool and the spice garden and the whole schmeer. And the kids too, Ro. Scout's honour. (...)« He kissed her hand. »Got to run now and get famous.«

Ira Levin, *Rosemary's baby*

Homme Mondial

I

Seit seiner Heirat, nein, seit er seine künftige Vaterschaft akzeptiert hatte, war Remo nicht mehr so stark vom Gefühl eines Neubeginns durchdrungen gewesen wie jetzt, als er an diesem Neujahrstag in Choreo erwachte. Später, auf dem Hof, erreichte ihn aus der Ferne ein nicht richtig identifizierbarer Geruch, wie es einem am Vorabend des Frühlings ergehen kann, während niemand sonst es bemerkt. Der Eisengeruch frischen Bluts, vermischt mit dem Duft bittersüßer Blüten.

Remo hob sein Gesicht, das im Begriff war, sich mit Tränen zu benetzen, der sanften Morgenbrise entgegen. Er würde seine Strafe, so hoch sie schließlich auch ausfallen mochte, demütig annehmen. Erst einmal nach Kräften mitwirken an der psychiatrischen Untersuchung. Ohne Hochmut von der gebotenen Reinigung profitieren.

Leider war dies ein Tag ohne Besen und Schrubber, so daß der Mißmut ihn etwas später doch noch beim Wickel kriegte. Als er nach dem Hofgang in seine Zelle zurückkehrte, fand Remo auf einmal, er habe jetzt genug Zettel mit Stichwörtern und Strichmännchen auf sein Storyboard geklebt. Es wurde Zeit für das Skript. Schon nach sechs, sieben Sätzen, die er alle wieder durchstrich, überkam ihn große Sehnsucht nach Bernard, seinem Co-Drehbuchautor bei einigen frühen Filmen. Bernard schrieb am liebsten im Bett, in den Kissen aufgerichtet, auf einem Frühstückstischchen, das über seinen Oberschenkeln stand. Auf der Decke ausgebreitet Fotos, Zeitschriften und alles, was ihm bei seinen Beschreibungen helfen konnte. Am Fußende ein Fernseher mit Videorecorder, zu bedienen mit Hilfe eines langen Stocks mit Kunststoffhaken, für eventuell brauchbare Dokumentarfilme.

Remo fegte seine Notizen beiseite und begann einen Brief an Bernard. Wie es denn wäre, wenn sie sich jetzt mal gemeinsam, per Post, an die Arbeit machten … Dummerweise fing er mit der Entschuldigung an, daß er während seines letzten Paris-Besuchs keine Zeit für Bernard gehabt hatte. Unversehens hatte Remo sich in Erklärungen verstrickt, warum und wieso … und damit fiel, wie ein Guillotinebeil, der Schlagschatten der »Sache« auf den Neujahrstag herab.

Bei Dunning & Hendrix bereitete man die Verteidigung vor, und Doug wollte wissen, was genau Remo dem französischen Magazin *Homme Mondial* in Aussicht gestellt hatte.

»Ich habe dem Redakteur, Onagre, vorgeschlagen, fünfzehn-, sechzehnjährige Mädchen zu fotografieren. Nicht so, wie ihre Eltern sie gern hinstellen. Sondern so, wie sie heute, in den siebziger Jahren, auch wirklich sind. Verlegen keß. Zögernd selbstsicher. Ängstlich frühreif. Onagre war Feuer und Flamme. Er ließ mir freie Hand.«

»Schick mir eine Kopie des Vertrags, ja?«

»So was läuft zwischen *Mondial* und mir auf Vertrauensbasis. Nie per Vertrag.«

»Gut, dann bitte vorläufig um eine schriftliche Bestätigung des Auftrags«, sagte Dunning. »Wenn es zu einem Prozeß kommt, möchte ich Mr. Onagre möglichst nach Santa Monica holen.«

Es war in der dritten Aprilwoche. Remo hatte bereits unzählige Male bei der Pariser Redaktion von *Homme Mondial* angerufen, bekam Bertrand Onagre aber nicht an den Apparat. Wenn er beim Mutterblatt, *Mondial*, nach dem Chefredakteur fragte, hieß es: »Monsieur Mayence ist verreist.«

»Und wann erwarten Sie ihn zurück?«

»Vorerst gar nicht, Monsieur.«

Dunning redete so lange auf Ritterbach ein, bis der Richter, höchst widerstrebend, einwilligte, Remo nach Paris fliegen zu lassen. Nach seiner Ankunft auf dem Flughafen Charles de Gaulle, frühmorgens, ließ Remo sich, verschlafen und unrasiert, von einem Taxi zum Redaktionsgebäude von *Mondial, Femme Mondiale* und *Homme Mondial* bringen. Das Hotel konnte warten. Erst die Überreiztheit ausnutzen, die der Jetlag ihm schenkte.

Die Redaktion am Boulevard Haussmann hatte gerade erst mit der Arbeit begonnen. Remo wartete im Taxi, bis der weinrote Mercedes von Robert Mayence auf den abgesenkten Bürgersteig bog und in der ehemaligen Remise verschwand. Er blieb noch zehn Minuten sitzen. Den Regenmantel über dem Arm, kam Bertrand Onagre pfeifend (»April in Paris«) die Metrotreppe herauf. Er betrat das Gebäude durch eine fast fugenlos ins Haupttor eingelassene kleine Tür. Zeit, den Taxifahrer zu bezahlen.

»Monsieur Onagre kommt heute nicht«, sagte die Sekretärin, Mistelle.

»Ich habe Bertrand vor drei Minuten aus der Metro kommen sehen«, sagte Remo. »Ich könnte schwören, daß er hier rein ist.«

Die Sekretärin ging ihm voran ins Büro des Redakteurs. Kein Onagre. Nur der Geruch, und vielleicht auch der Rauch, einer frisch angezündeten Zigarette.

»Machen Sie sich weiter keine Mühe, Mistelle.« Remo kannte den Weg zum Prunkzimmer des Chefredakteurs. Er klopfte und stieß im selben Augenblick die Tür auf. Der Raum war protzig streng und kahl eingerichtet. Robert Mayence saß an einem Plexiglasschreibtisch und feilte sich die Nägel. Er mußte zusehen, wie er die Zeit totschlug, bis mit der Ankunft der ersten Models an diesem Morgen seine *formule d'express* zur Anwendung kam: zwanzig Minuten inklusive Dusche.

»Waren wir verabredet, Monsieur?« Mayence hielt Stimme und Augenaufschlag träge.

»Aber ja«, sagte Remo. »Wenngleich nicht unbedingt an diesem Morgen um zehn vor neun.«

»Es ist hier nicht üblich, Monsieur …« Mayence sah, daß Remo die letzte Weihnachtsausgabe von *Mondial* betrachtete, die auf einem Aluminiumständer in der Glasvitrine hinter dem Schreibtisch prunkte. »Na schön, was kann ich für Sie tun?«

»Monsieur Mayence, Sie lesen Zeitungen. Ich brauche Ihnen nicht zu erläutern, in welcher Lage ich mich befinde. Es ist für meine Sache von größter Bedeutung, daß Monsieur Onagre, von *Homme Mondial*, nach Santa Monica kommt und aussagt, daß er mir diesen Auftrag erteilt hat.«

»Legen Sie mir den Vertrag vor, und ich werde schauen, was ich für Sie tun kann.«

»Da, hinter Ihnen, in dem Trophäenschrank … da steht meine Weihnachtsnummer. Ein Sammlerstück inzwischen. Sie haben mir freie Hand dabei gelassen, sie nach meinem eigenen Geschmack und meiner eigenen Vorstellung zu füllen. Von der ersten bis zur letzten Seite. Aber von einem Vertrag war nie die Rede. Sie sind gut damit gefahren. Ich habe mein Geld bekommen. Mündliche Vereinbarungen sind auch rechtsgültig.«

Der Chefredakteur steckte Pinzette und Nagelfeile ins Etui zurück und zog den Reißverschluß zu. »Sie verhelfen mir zu einem Déjà-vu, Monsieur … äh … Neulich war einer von Interpol da, der mir auch schon wegen dieses Auftrags in den Ohren gelegen hat. Als Chef dieses Papierladens hier kenne ich meine Verantwortung. Außerdem bin ich, als Franzose von altem gaullistischem Schlag, ziemlich obrigkeitshörig. Ich habe diesem Interpolmenschen also völlig wahrheitsgemäß gesagt, daß mir von einem Auftrag für eine Fotoreportage nichts bekannt ist. Monsieur, ich verschwende meine Zeit mit Ihnen.«

Mayence, weitsichtig, streckte seinen Arm aus, um mit einigem Abstand einen Blick auf seine Uhr zu werfen. Noch zu früh für das erste Model. Nicht vergessen, die Sekretärin zu bitten, saubere Handtücher bereitzulegen und seinen Bademantel aus der Reinigung zu holen.

»Verstehe, Monsieur Mayence. Seit ich ins Gerede gekommen bin, können Sie sich meine Fotos auf der Rückseite all dieser teuren Anzeigen für Parfums … und Markenkleidung … nicht mehr erlauben. Pech für Sie, dieser letzte Nachdruck der Weihnachtsausgabe. Ich wette, Sie haben die gesamte Auflage bereits einstampfen lassen. Entsprechend meinem derzeitigen Ruf. Meinetwegen, Monsieur Mayence, können Sie in der Scheiße verrecken. Mitsamt Ihrer ganzen Hochglanzschickeria.«

»Für mich und meine Schickeria, Monsieur, mag das die Zukunft sein. Für Sie, Monsieur, ist es eindeutig die reale Gegenwart. Dürfte ich Sie ersuchen, Monsieur, die Tür weniger schwungvoll zu schließen, als Sie sie geöffnet haben?«

»Vergiß obigen Vorschlag, lieber Bernard. Es ist wieder nur eines meiner unmöglichen Hirngespinste. Einige Teile des Drehbuchs würden niemals durch die Zensur in Choreo kommen. Ein Film, in dem schon herumgeschnippelt wird, bevor auch nur ein Meter Zelluloid gedreht ist – nein.«

2

»Doug? Ich bin's. Auf dem Charles de Gaulle. Ich steig gleich in den Flieger.«

»Zusammen mit Mr. Onagre von *Femme Mondiale*, hoffe ich.«

»Allein. Außerdem: Es war *Homme Mondial*.«

»Der Termin ist nächste Woche Donnerstag. Ob es zu einem Prozeß kommt, ist noch nicht sicher. Aber falls es nötig wird, daß Onagre aussagt, möchte ich ihn schon jetzt persönlich drillen.«

»Vergiß Onagre. Er spielt Verstecken. Der Chefredakteur

tat so, als würde er nicht mal meinen Namen kennen. Gut, dann weißt du's jetzt also. Ich hab mir den ganzen Auftrag ausgedacht, um mich an kleinen Mädchen vergreifen zu können.«

»Ich höre gerade«, sagte der Anwalt, »daß das deutsche Mädchen in Los Angeles ist.«

»Stassja. Mit ihrer Mutter, ja. Sie bekommt Schauspielunterricht am Strasberg.«

»Von dir bezahlt?«

»Ja, ihr englischer Sprachkurs auch.«

»Großzügig, aber auch total falsch, angesichts der Situation. Wie alt mag das Püppchen wohl sein?«

»Sechzehn … siebzehn.«

»Also fünfzehn. Mutter und Tochter hätten sich keinen unglücklicheren Zeitpunkt aussuchen können. Sorg dafür, daß du nie, aber auch keine drei Sekunden lang, mit dem Mädchen allein in einem Raum bist.«

»Die Polizei, also doch.«

»Die Presse begeht einen Mord für jedes Foto. Buchstäblich. Und der Ermordete, der bist dann du.«

»Ich schwör dir, Doug, ich bin nichts anderes als ihr besorgter älterer Bruder.«

»Das war mal anders.«

»Die Leute gehen an Bord. Ich muß Schluß machen.«

Montag, 2. Januar 1978

Eine schwarze Amme

I

Der Rabbi kam gleich nach dem Frühstück. Er zog seinen schwarzen Hut und stellte sich als Abraham Visscher vor.

»Sie sind der dritte Geistliche von Choreo«, riet Remo. Er machte eine einladende Handbewegung in Richtung seiner Pritsche mit den noch nicht zusammengelegten Decken. Die Bügelfalten zwischen den Fingern, zog der Mann seine Hosenbeine hoch, wonach er sich auf dem äußersten Rand des eisernen Betts niederließ – eher dagegenlehnte als daraufsetzte.

»Choreo hat keinen festen Rabbi«, sagte Visscher. »Der Direktor hat mich aus Inglewood kommen lassen. Ich bin hier schon öfter herbestellt worden. Ich kenne den Weg.«

»Mr. Visscher, ich habe den Gefängnisbehörden wiederholt mitgeteilt, daß ich keinen geistlichen Beistand brauche. Und auch keinen Wert darauf lege.«

»Dann, Mr. Woodehouse, hat man mich falsch unterrichtet. Sie *sind* doch Jude?«

»Ich hab dem protestantischen Pfarrer gegenüber einen kleinen Scherz gemacht. Schade um die weite Reise.«

»Was das anbelangt«, sagte Visscher und erhob sich, »ist unser Volk einiges gewöhnt.«

»Runden drehen in der Wüste«, sagte Remo.

»Man kann sich häßlichere Wüsten vorstellen, Mr. Woodehouse, als die unter dem Pflaster von Los Angeles.«

»Wenn Sie mich jetzt entschuldigen würden, Rabbi. Ich muß die Kötel der mexikanischen Wüstenfüchse noch zusammenkehren.«

265

»Oben anfangen, Scott?«

Maddox stand im Besenschrank über die Putzsachen gebeugt. Allmählich fiel es Remo auf, daß sein Kumpel längst nicht immer auf seinen Namen reagierte. Anfangs hatte Remo das noch auf den dicken Verband zurückgeführt, der trotz der perforierten Ohrschützer das Hörvermögen beeinträchtigte. Später gewann er den Eindruck, daß der Mann seinen Namen zeitweilig zurückwies – manchmal buchstäblich abschüttelte, indem er mit den Schultern zuckte, wenn er ihn vernahm.

»Du die Ostseite des Rings, Scott, ich den Westen?« Keine Reaktion. Es erinnerte Remo an die ersten Tage in Choreo, als er seinen eigenen Tarnnamen aus dem Mund eines Wärters oder Mithäftlings manchmal nicht erkannte.

»Scott, gib mir den weichen Besen, ja?«

Nichts. Maddox pfiff eine Melodie, die Remo nicht kannte und die ihm doch vertraut vorkam. Endlich, nachdem er fertiggekramt hatte, drehte er sich um. »Li'll Remo, allein? Ich hörte dich mit jemand sprechen.«

»Ich sprach mit Scott Maddox. Kennst du ihn?«

»Nein, aber ich kann es kaum erwarten, seine Bekanntschaft zu machen.«

»Was hast du gepfiffen?«

»Oh, was von den Beatles.«

»Mach noch mal.«

Maddox pfiff die Melodie noch einmal. Die Töne drangen dumpf und leblos aus dem Verbandswust. Der Luftstrom ließ den Mull um die Lippen flattern.

»Ich kenne alles von ihnen«, sagte Remo. »Aber das nicht.«

»Man hört es selten.«

»Ist auch nicht auf *The Beatles' Rarities*.«

»So selten ist es.«

»Ich hab die Beatles früher gekannt. In London.«

Jetzt hieß es aufpassen. Wer ein Inkognito unter seinem Stand wählte, bekam es früher oder später mit dem schlimmsten Entlarver zu tun: der Eitelkeit.

»Wahrscheinlich als Lehrling bei ihrem Friseur«, sagte Maddox.

»Wir besuchten eine Zeitlang denselben Nachtclub.«

»Du warst also Mitglied des Londoner Jetsets …«

»Ja und nein.«

»Hab ich gleich an deiner knusprigen Bräune gesehen. Die Farbe fängt jetzt an abzublättern. Ich muß so lachen über die Leute mit Geld. Sie kaufen sich Sonnenurlaub mit hartem Gold, und die dünne Goldbronzeschicht, die sie nach Hause zurückbringen, ist nach zwei Wochen futsch. Dann sind sie wieder genauso rosa wie bei ihrer Geburt.«

»Mein Gesicht, Scott, schält sich noch nicht so schlimm wie deins. Ist eben von was anderem verbrannt.«

Wenn Maddox sich in einen Rausch geredet hatte, dann gab es kein Halten mehr. Die Bergpredigt mußte zu einem prophetischen Höhepunkt geführt werden. Seine Stimme konnte auch kurz und schnell hacken, wie ein Metzgerbeil, das Koteletts vom Rippenstück trennt – womit sich der Jugendstrafanstaltsinsasse verriet, der versuchen mußte, seiner Mutter in der kurzen Besuchszeit möglichst viel zu erzählen.

»Was für Staubwolken!« rief Carhartt aus seiner Logentür. »Fuhrwerkt nicht so doll rum, Leute.«

»Ja, es wird Zeit für uns«, sagte Remo. »Nach oben.«

Sie trugen in jeder Hand einen Besen, verkehrt herum, und ließen die Stiele fest gegen die Eisenstufen donnern, was eine Folge ohrenbetäubender Schallstöße ergab – vielleicht nicht für den dick verbundenen Maddox.

»Du Ost, ich West?« fragte Remo auf der dritten Etage.

»Mir egal«, sagte Maddox. »Aber erst mal: Warum stecken sie einen Jetsetter nach Choreo?«

»Auch der Jetset macht Spielschulden.«

»Du bist kein Spieler, Li'll Remo. Warum sitzt du hier?«

»Wenn *du* diese Frage jedesmal abwehrst, warum sollte *ich* sie dann beantworten?«

»Oh, ich krieg das schon raus. Mal sehen … Little Remo ist in der extra sicheren Abteilung eingeschlossen. Das spricht schon Bände.«

»Also genau wie bei dir. Oder vielleicht auch nicht. Sie stecken einen Gefangenen manchmal auch in den HST, um ihn zu schützen.«

»Das ist nicht die Regel«, sagte Maddox.

Remo fegte der Form halber ein bißchen um sich herum. Ein Kronkorken, potentielles Selbstmordinstrument, hopste die Treppe hinunter. »Und du, Scott, was bringt dich hierher?«

»Jetzt stellst *du* die Frage, mit der ich gerade bei dir abgeblitzt bin.«

»Wieso hab ich bloß den Eindruck, Scott, daß du weniger Probleme mit dem Grund deines Hierseins hast als ich?«

»Wer so stark ist, muß ehrlich sein. Also gut. Sie haben Scott von Vacaville nach Choreo verlegt aus … aus Sicherheitsgründen. Der Staat, Li'll Remo, sorgt gut für mich. Der Staat ist meine Leibwache. Personenschützer suche ich mir vorzugsweise aus den Reihen des Feindes aus.«

»Na so was, Scott. Alle beide im selben Käfig, um vor der bösen Außenwelt beschützt zu werden.«

»Wenn wir uns jetzt mit diesen Besen gegenseitig den Schädel einschlagen … gleichzeitig … dann haben wir wenigstens nachgewiesen, daß das System nichts taugt.«

»Vielleicht wartet da eine Aufgabe auf uns.«

»Das Scheitern des Systems, Li'll Remo, ist von Scott und seinen Leuten schon früher ans Licht gebracht worden.«

»Trotzdem hält das System dich hinter seinen Gittern fest.«

»Li'll Remo, ich versuche noch immer, deinen Akzent irgendwo einzuordnen. Ich hab im Knast von San Luis Obispo einen russischen Killer gekannt, der sprach Amerikanisch ein bißchen wie du. Hilf mir doch mal auf die Sprünge.«

»Wegen eines Auftragsmords sitze ich hier jedenfalls nicht.«

Maddox begann pfeifend zu fegen. Remo erkannte die Melodie des unbekannten Beatles-Stücks wieder. »Wie heißt dieser Song?« fragte er.

»Den Titel weiß ich nicht mehr«, sagte Maddox.

»Dann sing mir was davon vor.«

»Den Text weiß ich auch nicht mehr. Nur die Melodie des Refrains geht mir nicht aus dem Kopf.«

3

Bevor Remo in den Besucherraum ging, um Paula zu empfangen, lief er kurz in seine Zelle, um einen Blick in den Spiegel zu werfen. Seine Haut mußte in der Nacht angefangen haben, sich zu schälen. Auf der Stirn war ein rosa Fleck durch die fahlbraune Haut gebrochen. Reichlich Hautfetzen hingen ihm im Bart.

»Die Maske bröckelt«, sagte er leise zu seinem haarigen Jungengesicht.

Remo wurde von Kimberly LaBrucherie begleitet, die – ein Schönheitsfehler an ihrem bildhübschen Namen – allgemein als The French Dyke bezeichnet wurde. Trotz der begrenzten Schrittweite, den der zu ihrer Uniform gehörende enge Rock zuließ, dröhnten ihre halbhohen Schuhe durch die Korridore von Choreo. Waden wie Säulen. Gepanzerter Busen. Aus dem Umstand, daß er in die Obhut einer *Frau* gegeben werden sollte, hatte Remo den voreiligen Schluß gezogen, er werde als ungefährlich eingestuft. Neben ihm, strategisch einen halben Schritt hinter ihm, ging der unnahbarste Wärter ganz Choreos. Ein KZ-Schinder mit Haaren auf den Titten.

An diesem Morgen hätte er lieber mit der Arbeit weitergemacht, die auf entlastende Weise den Geist tötete, doch seine Sekretärin verlangte Instruktionen. Sein Leben da draußen ging auch ohne Körper einfach weiter, leider.

Weil genügend Aufseher da waren, brauchte er Paula nicht an der Glasscheibe Rede und Antwort zu stehen. Der gemeinschaftliche Empfangsraum erinnerte ihn mit seinen niedrigen runden Tischen und den zu engen kleinen Stühlen an einen Kindergarten. Paula war noch nicht da. Remo setzte sich auf einen freien Platz und sah gelangweilt den hereinströmenden Familien zu. Auf den ersten Blick ganz normale Leute, bei näherem Hinschauen jedoch von einem Verbrechen betroffen, das sie nicht begangen hatten und das auch nicht an ihnen begangen worden war. Selbst die kleinsten Kinder wurden auf Drogen, Waffen und ähnliches untersucht. Wärter Al Burdette zauberte regelmäßig einen Lutscher aus der Kleidung eines solchen Wichts hervor und sagte dann strafend: »Schmuggelware …!«

Längst hatte Burdette damit die Herzen der Strohwitwen erobert, doch heute brach der kleine Sohn eines Heroindealers beim Anblick des lilienförmigen Lutschers in Tränen aus. »Ich war's nicht, Sir. Wirklich nicht.«

Es war warm. Remo zog seine Jacke aus. Na, Paula, wo bleibst du. Der kaum erwachsene junge Schwarze am Nachbartisch bekam Besuch von seiner dicken Mama, die zu weinen begann, noch bevor ein Wort gewechselt war. Der Anhaltermord. Erstickt im Wüstensand. Rollendes Tumbleweed mit Blutspuren. Angesichts der mütterlichen Tränen verwandelte sich der jugendliche Mörder in einen linkischen Schuljungen, der den Wärter nach Papiertaschentüchern fragen ging.

»Hallo, Remo – immer noch Remo?«

Er sprang auf, aber bevor Paula sich umarmen lassen konnte, hatte LaBrucherie sie von ihm weggezerrt, um sie zu durchsuchen. Remo legte seine Jacke mit ausgebreiteten

Ärmeln auf den Tisch, zum Zeichen, daß dieser besetzt war, und ging Kaffee aus dem Automaten holen. Während er darauf wartete, daß der erste Becher herunterfiel, sah er The French Dykes übertrieben gründlichen Handgriffen zu. Paula ließ das Betasten und Bekneifen gelassen über sich ergehen, die Arme weit von sich gestreckt, die Beine etwas sparsamer auseinandergestellt. Wenn sie keine eingeschmuggelten Sachen fand, wurde das Aknegesicht der Wärterin nur noch mißtrauischer. Widerwillig ließ sie Paula gehen.

»Es sind nur noch mehr Zelte dazugekommen.« Paula setzte sich. »Auf dem Parkplatz steht ein zweiter Schulbus. Es ist noch nicht vorbei.«

»Mitten in der Nacht«, sagte Remo, »rufen und singen sie alles mögliche. Kein Wort zu verstehen. Aufmunterungsparolen für einen Insassen, denke ich.«

»Proteste gegen die Direktion.«

»Das Merkwürdige ist ... Bei meiner Ankunft habe ich mir die Leute genau angesehen. Keiner von ihnen ist hier je zu Besuch gewesen. Sich die Mühe machen, in die Einsamkeit der San Bernardino Mountains zu ziehen ... dort ein Unterstützungslager einrichten ... und dann die letzten paar hundert Meter bis zu dem eingesperrten Freund nicht mehr hinter sich bringen.«

»Vielleicht ist es eine allgemeinere Aktion«, sagte Paula. »Gegen die Bedingungen in kalifornischen Gefängnissen oder so.«

»Den Mann in Choreo muß ich erst noch kennenlernen, der so direkt und aus so großer Nähe Solidaritätsbekundungen bekommt. Außerhalb des HST spreche ich natürlich selten mit jemand.«

»Ein Glück«, sagte Paula mit einem Nicken in Richtung von Remos nackten Armen. »Noch keine Tätowierungen.«

»Wart, bis du meinen Po gesehen hast.«

»Wart, bis du den Po von Miss Zillgitt gesehen hast. Und ihren Busen.«

»Erzähl.«

»Überreifes Obst allmählich.« Das Blut stieg ihr in die Wangen. »Fault schon vor lauter Unglaubwürdigkeit.«

»Reg dich ruhig öfter auf, Paula. Das macht dich so poetisch.«

4

Remo erzählte seiner Sekretärin, wie er zum erstenmal von Wendys aus juristischer Sicht unerwünschtem Reifungsprozeß gehört hatte. »Es war an einem Mittwoch Ende April, am Tag vor der Verhandlung. Jenny ließ mich sofort in Dougs möblierte Zigarrenkiste durchgehen. So hatte ich wieder keine Chance, den Leuchtglobus im Warteraum von Dunning & Hendrix ... egal. Erklär ich dir ein andermal.«

»Wie Miss Zillgitt zu einer üppigeren Körbchengröße kam«, sagte Paula, »das wolltest du erzählen.«

»Also, was machen wir?« hatte der Anwalt sofort gerufen. »Uns von der gottverdammten Justiz in Santa Monica plattwalzen lassen ... oder irgendeinen Kuhhandel mit entsprechendem Urteil abschließen?«

»Du redest so, als ob es darum ginge, Hosenbeine zu kürzen oder auszulassen.«

Dunning, der den goldenen Knipser in seiner Hand vergessen hatte, biß die Zigarrenspitze ab und spuckte sie in den Papierkorb. »Wenn sie bereit sind, ein paar Punkte fallenzulassen ... die übelsten ... dann rate ich dir, dich schuldig zu erklären und das Urteil anzunehmen.«

»Und wenn die Anklagepunkte alle stehenbleiben?«

»Dann ziehen wir den Prozeß durch.« Entgegen seiner Gewohnheit, die einen Holzspan vorschrieb, zündete Dunning seine Zigarre mit einem – ebenfalls goldenen – Feuerzeug an. Remo wurde neugierig auf Frau Dunning.

»Aber möglichst schnell.«

»Genau das will der Staatsanwalt.« Der Anwalt blies dik-
ken, fetten Rauch aus. »Warum hast *du* es so eilig?«

»Ich will's hinter mich bringen.«

Remo war selbst kein Raucher, wußte den Duft einer guten Zigarre aber durchaus zu schätzen. Angewidert dachte
er an den Chefredakteur von *The Marijuana Brass* in seinem
Leichengewand aus Haschschwaden zurück.

»Das will der Staatsanwalt auch«, sagte Dunning und leckte am Mundstück. »Und weißt du, warum?«

»Es kostet den Staat Geld.«

»Interessiert diesen Longenecker nicht die Bohne. Nein,
sie sitzen mit einer tickenden Zeitbombe da.«

»Bildersprache paßt nicht zu dir, Doug.«

»Das Ticken kommt von einem ganz normalen Mädchen-
herz.«

»Oder vielleicht doch. Red weiter.«

»Wie alt hast du Miss Zillgitt gleich noch mal geschätzt, als
du sie das erste Mal gesehen hast?«

»Sechzehn … fünfzehn. Fast zu alt für meine Reportage.«

»Da«, sagte Dunning, mit seiner Zigarre auf Remo zei-
gend, »hat Longenecker schon sein Problem. Sie sieht zu reif
aus, als daß ein potentielles Schwurgericht an Kinderschändung glauben könnte. Und sie ist noch voll im Aufblühen
begriffen, Peter Pans Wendy. Ich habe sie vor der Grand Jury
gesehen. Die junge Dame knospt und sprießt an allen Ecken
und Enden. Im gleichen Tempo wie der Frühling … Noch
mehr Bildersprache? Sie sah eindeutig nicht so aus, als hätte
ihr Leibfotograf sie in der Knospe gebrochen. Jeder Tag, den
der Prozeß in die Länge gezogen wird, bringt die Staatsanwaltschaft ins Hintertreffen. Das Schätzchen wird jede Woche drei Monate älter.«

»Im anderen Fall ich.«

»Dann habe ich eine Neuigkeit für dich, von der du wieder
aufblühen wirst. Neulich mußte deine ehemalige Schwiegermutter …«

»Tammy.«

»Mrs. Zillgitt, die mußte vor dem Staatsanwalt erscheinen. Sie hatte ihre Wendy und diesen Pritzlaff von *The Marijuana Brass* im Schlepptau, aber die durften nicht mit in den Gerichtssaal. Die Tür zum Warteraum war angelehnt, und so konnte irgend eine kleine Nummer von der Staatsanwaltschaft beobachten, wie ...«

»Ich will's nicht hören«, sagte Remo und begann zu summen.

»... wie dieser Haschzerkrümler und seine Stieftochter sich umarmten.«

»Vielleicht ist er doch wie ein richtiger Vater zu ihr.«

»Wie zwei Liebende.« Dunning klemmte sich die Zigarre zwischen die braunen Zähne und lachte gurgelnd. »Nein, wirklich, es sprühte nur so vor Leidenschaft.«

»Weißt du nichts anderes?« Ein Schwall Eifersuchtsgalle stieg in ihm hoch.

»Festgesogene Münder ... ihr Knie in seinem Schritt.«

»Und davon soll ich aufblühen?«

»Ja, denn der unfreiwillige Zeuge hat Ritterbach sofort informiert.«

»Ritterbach«, höhnte Remo. »Auf *mich* hat er's abgesehen. Nicht auf die Familie Zillgitt.«

»Es ist jetzt aktenkundig. Wenn's zu einem Prozeß kommt, dann ist dieser Cannabiskrümler auch dran, dafür sorge ich.«

»Das wäre das Ende von *The Marijuana Brass*. So wird das Zeug nie legalisiert.«

»Ende der Besuchszeit, meine Damen und Herren!« The French Dyke ging händeklatschend herum. »Abschied nehmen! Aber schnell!«

Paula erhob sich. »Jetzt bist du dran, durchsucht zu werden, Mr. Remo. Irgendwelche speziellen Wünsche fürs nächste Mal?«

»Fotos. Von ihr allein. Von uns zusammen. Soviel du tragen kannst.«

»Gibt es denn Fotos, wo ihr beide drauf seid?«

»Hunderte.«

»Es erscheint mir nicht sehr klug, die hier an die Wand zu pinnen. Sie könnten auf was anderes als Spielschulden deuten. Und außerdem, war nicht *sie* das Model?«

»Paula, Schatz, ich spreche nicht von Wendy.«

»Oh, Entschuldigung. Wo finde ich die?«

»In der Schrankwand gibt es drei Schubladen untereinander. Voll mit Fotos. Bring mir auf jeden Fall die mit der Op-art-Hose. Und die von ihr und mir in Joshua Tree.«

»Du hast dir jahrelang keine Fotos von deiner Frau ansehen können.«

»Jetzt schon. Hier schon.«

5

Ein Gespräch an der Glasscheibe per Sprechanlage hatte etwas Distanziertes, wie Telefonieren und dazu ein sich bewegendes Bild, aber danach gab es wenigstens keine Leibesvisitation. Heute, nach dem körperlichen Kontakt mit seiner Sekretärin, mußte Remo sich in einem Nebenkabuff ausziehen. Er konnte sich noch so oft sagen, daß solch ein uniformierter Familienvater auch nur seine Brötchen verdiente, doch die Gier, mit der die Finger wühlten, verriet, daß der Mann *hoffte*, Drogen zu finden oder Waffen oder sonstwie verdächtige Dinge. Nicht das Echo schwerer Schritte, nicht die schmerzlichen Rufe in der Nacht, nicht das schurrende Geräusch, mit dem sich ein Gitter zuschob – das flüsternde Geraschel dünnen Plastiks um den Finger, der aus seinem Anus gezogen wurde, das war für Remo *das* choreanische Geräusch schlechthin.

Wenn man ihn noch einmal mit der Bühnenregie des Stücks *Die Zofen* von Genet betrauen würde, dann würde er

275

Solange zu Beginn solche Leibesvisitationshandschuhe aus Plastik tragen lassen anstatt der üblichen Küchenhandschuhe aus Gummi. (Nachher in der Zelle gleich notieren.)

»Bekommst du nie Besuch, Scott?«

Maddox hatte während Remos Abwesenheit alle Zellen im Erdgeschoß ausgefegt und schaute jetzt, auf seinen Besen gestützt, zu, wie sein Kumpel die Staub- und Papierhäufchen vor jeder Tür in einen Plastikmüllsack kippte. »Mein Anwalt weiß als einziger, daß ich hier bin«, sagte er. »Er war letzte Woche da. Das FBI hat sich an ihn gewandt … weil sie mit mir sprechen wollen. Das Gesuch liegt jetzt bei O'Melveny.«

»Das FBI«, wiederholte Remo. »Im Zusammenhang mit deinen … politischen Aktivitäten?«

»Vielleicht eine spezielle Bundesfeuerwehrkommission. Untersucht menschliche Fackeln auf ihre Verwendbarkeit. Was weiß ich. Wird wohl wieder geheim sein.«

»Und außer dem FBI, Scott – kein Besuch?«

»Li'll Remo, ich werd meine Exfrauen doch nicht auf die Idee bringen, hier Alimente einzufordern.«

»Ich bin immer ein geselliger Mensch gewesen«, sagte Remo, »aber Besuch hier, das läßt mich kalt. Das erste Gespräch an der Glasscheibe … ich hatte mich so darauf gefreut. Als es soweit war, habe ich mich nur nach dem Ende gesehnt.«

»Das ist die richtige Einstellung. Für den wahren Gefangenen ist der Knast das Zuhause. Der kauft nichts an der Tür.«

»Dein Anwalt, Scott, wer ist das eigentlich?«

»Du hast ja selbst keinen …«

»Vielleicht kenne ich ihn.«

»Hearn. Er ist aus Frisco. Joe Hearn III. Ich behalte ihn wegen meiner Kontakte zur Außenwelt. Und für mein erstes *parole hearing*, demnächst.«

»Hast du 'ne Chance?«

»Nicht, wenn sie Scott Maddox gefesselt vor die Kommission führen.«

6

»Schon mal Vater geworden, Li'll Remo?«

»Es war mein Erstgeborener. Mein Erst*un*geborener.«

»Und später?«

»Nicht daß ich wüßte. Und du?«

»Ich hab in Folsom mal jemand sagen hören, er hätte neun Kinder von vierunddreißig Frauen. So 'ne Formel paßt auch auf Scott. Nur daß Scott nicht weiß, wie viele von seinem Fleisch und Blut auf der Erde rumkrabbeln.«

»Vielleicht stehen sie inzwischen ja schon«, sagte Remo.

»Auch wenn sie stehen«, sagte Maddox, »würde ich meine Brut nicht erkennen.«

»Denkst du manchmal an sie?«

»An den ersten. Einen Sohn. Nie gesehen. Muß jetzt Mitte zwanzig sein. Er wird wohl irgendwo in Oregon oder North Carolina leben, unter dem Namen seines Adoptivvaters. Irgendwann wird er erfahren, wer sein biologischer Papa war. Aber erst müssen sich meine politischen Vorstellungen durchsetzen. In einer umgestürzten Welt wird Scott Maddox seine Nachkommen für sich fordern. Wer seinen Kindern keine schwarze Amme garantieren kann ... keinen schwarzen Chauffeur, keinen schwarzen Schuhputzer ... der ist es nicht wert, Vater zu sein.«

»Und die späteren Würfe?«

»Mein letzter war auch ein Sohn. Mickey. Ist jetzt neun oder zehn. Von ihm weiß ich nur noch, daß ich die Nabelschnur ... nein, das ist ein zu schmerzliches Detail für dich, Li'll Remo. Sorry.«

»Bist du so einer, Scott, der Ratten den Kopf abbeißt?«

»Tiere sind mir heilig.«

277

»Du sprichst immer nur von deiner Frau, Li'll Remo, daß sie tot ist und so. Deine Mutter, denkst du an die auch noch manchmal?«

»Hinter Gittern sitzen«, sagte Remo, »und dann *nicht* an seine Mutter denken? Ausgeschlossen.«

»Sie lebt noch ...«

»Als ich sieben war, ist sie verschwunden. Lebendig habe ich sie nie mehr wiedergesehen. Tot im übrigen auch nicht.«

»Heute morgen, als ich aufwachte«, sagte Maddox mit dem Ansatz eines Schluchzers in seiner Stimme, »stand mir auf einmal das Gesicht meiner Mutter vor Augen.«

»Wann hast du sie zuletzt gesehen?«

»Vor ungefähr zehn Jahren. Zwischen zwei Gefängnissen. Ich wollte, ich hätte sie nicht besucht. Sie ist früh alt geworden. Heute morgen hab ich meine Mutter gesehen, wie sie vor dreißig, vierzig Jahren war. Hübsch. Jung. Wegen ihrem hübschen Gesicht bin ich immer wieder aus meinen Jugendstrafanstalten weggelaufen. Gitter haben sie häßlich gemacht. Ihre Gitter ... meine Gitter.«

»Sei froh«, sagte Remo, »daß du sie in ihren jungen Jahren gekannt hast.«

»Ach, was hast du schon von einer schönen Mutter«, rief Maddox plötzlich wütend, »wenn sie für Alkohol die Hure spielt?«

7

Nach dem Essen brachte der »Grieche« Remo die bestellte Adler. Als der Koffer mit der tragbaren Schreibmaschine flach auf den Tisch gelegt wurde, klapperte es drinnen. Lose Muttern, Schrauben und Bolzen.

»Die haben das Ding im Postraum völlig auseinandergenommen«, sagte Agraphiotis entschuldigend.

»Jetzt, wo alle kleinen Feilen und Sägen raus sind«, sagte Remo, »müßte man drauf schreiben können.«

»Eine Stunde, Woodehouse. Bei offener Tür. Ich habe den Auftrag, in der Nähe zu bleiben. Solange du tippst, muß ich nicht gucken kommen.«

Der »Grieche« verließ die Zelle. Remo setzte sich an die Maschine, schlenkerte zur Lockerung die Finger über den Tasten – und schon bald sprang der schnelle braune Fuchs über den faulen Hund.

»Ich habe diese Adler wegen des Drehbuchs kommen lassen, aber auf Bitte von Dr. De Young und Dr. Urquhart benutze ich sie auch dazu, die Vorgeschichte meines hiesigen Aufenthalts zu Papier zu bringen. Ich werde zunächst einmal nicht chronologisch vorgehen, sondern die einzelnen Episoden meiner Festnahme und der Anklageerhebung in der Reihenfolge aufschreiben, wie sie mir in den Sinn kommen. Ordnen kann ich sie später noch. Ich denke an den Tag Anfang Mai, als mich mein Anwalt Doug Dunning von Dunning & Hendrix in dem Hotel am Sunset Strip aufsuchte, in dem ich mich versteckt hatte. Nein, nicht nach der Grand Jury (das war vorher, davon später), sondern als er kam, um mir den Kompromißvorschlag der Staatsanwaltschaft zu unterbreiten. Angesichts seiner Länge fiel mir wieder einmal auf, zu was für einem kleinen popeligen Zimmer ich mich nach dem Beverly Wilshire selbst verurteilt hatte. Es wirkte, als müßte er sich wegen der niedrigen Decke bücken, aber Doug hat nun mal diesen Knick im Rücken.

›Doug‹, sagte ich noch, ›sieh's als Durchgangsportal zwischen Hotelsuite und Gefängniszelle an.‹ Doug hatte andere Dinge im Kopf. Er sagte: ›Heute morgen zum x-tenmal Besprechung in Ritterbachs Räumen. Zusammen mit Longenecker und dem Anwalt von Miss Zillgitt.‹ Also sagte ich: ›Das klingt ja von vornherein hoffnungslos.‹ Doug war eindeutig anderer Meinung …«

»Die Parteien sind sich nähergekommen«, meinte der Anwalt.

»Und gehen einmütig in den Prozeß«, sagte Remo.

»Alle sind dafür, die schwerwiegendsten Anklagepunkte fallenzulassen.«

»Auf daß endlich das Urteil auf mein Haupt herabgehen kann. Hat sich der Anwalt des Topmodels nicht quergelegt?«

»Schon das erste kurze Gespräch mit seiner Mandantin muß ihm klargemacht haben, daß sie in einem Kreuzverhör das dümmste Zeug verzapfen würde. So einem Dingelchen kannst du Zöpfe flechten, kurze Söckchen anziehen, eine Puppe zum Knuddeln geben, die pinkeln kann ... auf der Zeugenbank wird sie sich verplappern. Muß schon ein gewiefter Bursche sein, der dich dann noch verurteilt.«

»Bekannt, was die Lady davon hält, von dem Affenzirkus?« fragte Remo.

»Papi hat sie unter seine Fittiche genommen«, sagte Dunning.

»Einführungskurs Haschzerkrümeln.«

»Ihr leiblicher Vater.«

»Würd' ich auch tun, bei so 'nem Stiefvater.«

»Der arme Mann ist der Verzweiflung nahe. Setzt alles in Bewegung, um seiner Tochter die Verhandlung zu ersparen.«

»Demnächst entführt er sie noch. In einen anderen Bundesstaat.«

»Wäre schön«, sagte Dunning. »Wenn Miss Zillgitt nicht vor Gericht erscheint, dann kann sich der Ankläger auf nichts mehr stützen.«

Heranreifendes Mädchen, das von den Erwachsenen in ihrem Umfeld, die sich auf ihre angebliche Schönheit berufen, aus widersprüchlichen Interessen heraus benutzt wird. Seine Schuld machte ihn einen Moment lang schwindlig.

»Weißt du, Doug, es ist besser, wenn sie nicht zu so einer öffentlichen Anhörung kommt.«

»Noch mehr Binsen?«

»Ich spreche jetzt nicht von mir. Es würde Wendy weiter beschädigen.«

»Bestimmt.«

»Genug geflennt«, sagte Remo. »Zurück zu den juristischen Aspekten.«

»Wenn die größte Scheiße für null und nichtig erklärt wird, bist du dann bereit, dich für den restlichen Dreck schuldig zu bekennen?«

»Doug, alles steht und fällt mit der Frage, ob ich so ums Gefängnis herumkomme.«

»Mit einem hohen Grad an Wahrscheinlichkeit. Mehr kann ich dir nicht bieten.«

»Und das bei deinem Honorar.«

»Hier in Kalifornien turnt jeder zu vier Fünfteln nackt am Strand herum. Darf er nach dem Gesetz. Wer der Versuchung nachgibt und ihn in ein Mädchen steckt, das noch nicht achtzehn ist, bekommt dasselbe Gesetz zu spüren. Ich weiß es nicht genau, aber ich glaube, ein Viertel derjenigen, die sich dieses Vergehens schuldig machen, kommt mit Bewährung davon.«

»In welche Kategorie falle ich?«

»Da sind so viele Faktoren im Spiel«, sagte Dunning düster. »Miss Zillgitt hat inzwischen zwar ihre vierzehn Kerzen ausgepustet, aber …«

»*The quick brown fox jumps* … Ja genau, es ist das s, bei dem der Typenhebel jedesmal hängenbleibt. Besten Dank, ihr Herren Tolpatsche vom Postraum. ›Ja, Doug, ich weiß. Vor zwei Monaten war sie erst dreizehn. Das kann mich Kopf und Kragen kosten. Gut, gehen wir mal davon aus, ich bekenne mich in den übrigen Anklagepunkten schuldig und muß dann eine Zeitlang einsitzen. Besteht nach meiner Entlassung noch die Gefahr, daß ich das Land verlassen muß wegen – wie hast du das neulich genannt?‹ Doug antwortete: ›Moralischer Ver-

281

dorbenheit.‹ Aber das hielt er für unwahrscheinlich. Und da entfuhr mir das große Wort: daß mir alles daran gelegen sei, meine Arbeit hier, in den Vereinigten Staaten, fortzusetzen.«

8

Remo ertappte sich jetzt regelmäßig dabei, wie er die Gesichter der Mitinsassen auf tätowierte Tränen hin kontrollierte. Weil sie nicht immer von einem klaren Blau waren, sah er eine Träne manchmal auch als Muttermal an oder umgekehrt einen Pigmentfleck als Träne. Es wurde schon richtiggehend zu einer Obsession.

»Scott, der Dudenwhacker … ist er auch für alle fünf verurteilt worden?«

»Nur für den ersten, mit dem gläsernen Messer. Die übrigen … nicht zu beweisen. Niemand verpfeift einen anderen im Knast. Aber so 'ne Träne, die zeigt, daß die Kumpel mehr darüber wissen. Die Kunst, Li'll Remo, besteht darin, das Kalb zu brennen, ohne es ins Schlachthaus zu führen.«

An diesem Abend ging Maddox ganz ausnahmsweise mit in den Freizeitraum, wo schon bald sieben, acht Mitglieder der Arischen Bruderschaft um ihn herumlungerten, die wissen wollten, wer sich hinter all dem Verbandszeug verbarg. Heinz 57 horchte ihn über seine Gefängnisvergangenheit aus.

»San Quentin«, fragte Manxman, der Brite aus der Gruppe, »ist da immer noch dieser Verrückte?«

»Bobby«, sagte Maddox.

»Nein«, sagte Manxman, »*that old hippie fart.*«

»In Folsom«, sagte Maddox. »Der geht nie aus seiner Zelle raus.« Jetzt, wo die AB'ler wußten, daß Maddox in berüchtigten Gefängnissen in ganz Amerika gesessen hatte, begannen sie ihn um die Wette über berühmte Insassen auszufragen.

»Gary Gilmore, hast du den gekannt?« fragte Dudenwhacker.

»Jedem König sein eigener Staat«, sagte Maddox.

»Stimmt es«, wollte Manxman wissen, »daß in Folsom Leute mit total gesprenkelten Gesichtern rumlaufen?«

»Irische Sommersprossentypen«, sagte Maddox, »die gibt's in jedem Knast.«

»Ich meine tätowierte«, sagte Manxman. »*Those bloody blue tears.*«

»Nicht einmal Gott«, sagte Maddox, »weint so viele Tränen.«

In Folsom, Corcoran und San Quentin, da saßen die schwersten Jungs: Die Choreaner sprachen mit Ehrfurcht über sie, als würden sie selbst gern zu ihnen aufrücken.

»Und du, alter Verbandskasten«, fragte Dudenwhacker, »aus welchem Mörderbunker haben sie dich nach Choreo gebracht?«

»Ja«, setzte Riot Gun nach, »wo haben sie dir so 'ne schöne weiße Sturmhaube verpaßt?«

»Auf der Krankenstation von Choreo«, sagte Maddox.

»Du hattest diesen eingepackten Kopf schon, als du ankamst«, korrigierte ihn Heinz 57. »Man spaziert nicht einfach aus einem brennenden Chevy hier rein.«

»Ich komme aus Vacaville«, gestand Maddox.

»Und dabei hab ich immer geglaubt«, sagte Dudenwhakker, »daß sie in der CMF nur Verrückte behandeln.«

»Sie haben da auch eine Verbandsschere«, sagte Maddox. »So 'n Ding mit 'nem Knick.«

Knastköder

I

Als Maddox die letzte mexikanische Girlande mit Schwung aus der Zelle befördern wollte, fiel das Querholz vom Besenstiel. »Schrottreifes choreanisches Gelump«, sagte er.

»Wart«, sagte Remo. Er zog ein Stahlwollebüschel aus seiner Overalltasche und feuchtete es am Wasserhahn an. Maddox wickelte es um das Ende des Stiels und klemmte ihn mit einer Schraubbewegung im Besenloch fest.

»Kann es sein, Li'll Remo, daß wir uns früher schon mal begegnet sind? In einem anderen Leben, meine ich.«

»Auf so ein Geschwätz über Reinkarnation und so hab ich jetzt keine Lust, Scott. Diese Papiere hier« (Remo begann zu fegen) »beschreiben die Wiedergeburt einer choreanischen Mahlzeit. Eine Seelenwanderung mit Hilfe von Speichel, Magensäure und Darmflora. Das ist schon mehr, als ich verkrafte.«

»Ich meine, in einem *früheren* Leben … als wir beide noch nicht von der Gesellschaft ausgeschlossen waren.«

»Wann sollte das in deinem Fall denn gewesen sein?«

»Wenn du in der Nähe bist, Li'll Remo, überkommt mich so ein verdammt vertrautes Gefühl.«

»Das hab ich auch, Scott. Und trotzdem sind wir uns vor Choreo noch nie begegnet. Dafür verwette ich meinen Kopf.«

»An meinem Kopf gibt's nicht mehr viel zu verwetten«, sagte Maddox. Um den Stiel fest in das Querholz des Besens zu treiben, hämmerte er ihn ein paarmal auf den Terrazzoboden.

»Maddox! Woodehouse!« Die schneidende Stimme von

Burdette, der verärgert aus seiner Loge kam. »Wann hat man euch Zimmereiarbeiten aufgetragen?« Er ging gleich wieder zurück, um sein Telefongespräch fortzusetzen.

»Dieses gegenseitige Gefühl von Vertrautheit, Scott, hängt nur mit unserer Statur zusammen. Wir haben den Zwerg im anderen erkannt. Endlich jemand, mit dem man auf Augenhöhe reden kann.«

»Dann tut's mir leid für dich, Li'll Remo, daß ich dir nur dieses eine Auge bieten kann.«

»Es sieht mich für zwei an, Scott. Im Land der Blinden bist du noch immer König.«

»Ich habe erlebt, daß ein Blinder zum König über das Land der Sehenden gekrönt wurde. Und trotzdem hätte er sein Königreich für ein blindes Pferd getauscht.«

2

»Spiros, es ist wieder soweit«, sagte Carhartt in der Loge auf der dritten Etage. »Seit Neujahr gibt es ständig Geschrei zwischen den beiden. Ich mache jetzt Meldung. Wenn das so weitergeht, zieh ich sie von dieser Arbeit ab. Sag ihnen das.«

»Es ist vor allem der eine, der Maddox«, sagte Kollege Burdette. »Er hält seinem Kumpel immer öfter schrille Volksreden. Eine Tortur, hier im HST, wo es so hallt.«

»Da kann man ja noch von Glück sagen«, meinte ich, »daß die wattierte Haube seine Stimme dämpft.«

»Ob wattiert oder nicht«, sagte Burdette, »es bleibt derber Midwest. Der Ton ätzt meine Nerven an.«

»Ich rufe sie zur Ordnung«, sagte ich. »Es wäre zu blöd, wenn wir zwei neue Putzer einarbeiten müßten.«

Maddox und Woodehouse beharkten sich im Erdgeschoß, am Fuß der gußeisernen Treppen. Ich stieg auf der Wärterleiter in die erste Etage hinunter und ging dort um den halben Ring herum, um möglichst nahe an die beiden heranzukommen. Sie hatten mich noch nicht bemerkt, also blieb ich oben an den Stufen stehen, um zu lauschen.

»Ist ja absurd«, sagte Woodehouse scharf.

»Dann frag ich dich jetzt ganz direkt, Little Remo. Die Mißstände in Choreo, führst du darüber eine Untersuchung durch?«

»Für wen oder was, in Gottes Namen?«

»Im Auftrag des Staates«, fauchte Maddox. »Im Auftrag der Bundesbehörden.«

»Du läßt wohl nicht locker, was?«

»Li'll Remo, du bist kein normaler Häftling.«

»Gibt es denn normale Häftlinge?«

»Ich hab dich in deiner Zelle beobachtet. Du schreibst und schreibst. Und zeichnest. Da ist ein großes Brett, und darauf führst du irgendwelche geheimen Strichlisten.«

»Warum, glaubst du, laufen hier nur Wärter über eins achtzig rum? Du kommst mit deinen eins fünfundfünzig schon mal gar nicht ans Guckloch ran.«

»Riese Mattoon hat mir hochgeholfen«, knurrte Maddox. »Der hat seinen eigenen Verdacht gegen dich.«

»Aha, mich zusammen mit einem Wärter belauern …«

»Du baust so 'ne Art Guckkästen, aber keine abgeschlossenen. Vielleicht Modelle von bestimmten Stellen in Choreo. Hier gibt's verdammt wenig Gefangene, die das Material haben, um solche Dinger zu bauen. In der Werkstatt, ja. Aber nicht in der Zelle.«

»Diese psychiatrischen Untersuchungen, Scott, die werden immer weiter verfeinert. Und auch komplizierter. Mehr kann ich dazu nicht sagen.«

»Ich behalte dich im Auge, Li'll Remo.«

»Acht mal lieber darauf, was du da aus den Zellen fegst. Schau, da liegt ein T-Shirt zwischen den Papierknäueln. Gestern hattest du eine gebrauchte Unterhose an deinem Besen hängen.«

»Du mieser Maulwurf«, tönte es rauh aus den Mullbinden,

»du bist hier angestellt, damit du für jede Unregelmäßigkeit einen Strich machst.«

»Ich mach nur einen Strich für jeden Tag. Genau wie du. Genau wie jeder Gefangene.«

»Sprich für dich selbst, Li'll Remo.« Spucketropfen schossen durch den Spalt in seinem Verband. »Für Scotts Tage ist keine Zellenwand groß genug.«

»Ja, Maddox«, sagte ich, die Treppe zum Dröhnen bringend, »du verwandelst nur noch die Monate in Panflöten. Jetzt reicht's mal wieder, meine Herren. Ich hab oben einen wütenden Chef. Wenn er euch den Schrankschlüssel abnimmt, dann ist Schluß mit euren Schwätzchen tagsüber. Streitet euch so viel, wie ihr wollt, aber kreischt hier nicht so hysterisch herum. Dämpft sie, eure Stimmen. Ein Lächeln kann aus der Nähe ruhig tödlich sein, Hauptsache, es sieht aus der Entfernung, für Carhartt, brüderlich aus.«

»Spiros, ich bin dafür«, sagte Carhartt, »die beiden Streithähne zu trennen. Dann kann der eine vormittags fegen und der andere nachmittags aufwischen.«

»Gib ihnen noch eine Chance, Ernie. Sie haben Besserung gelobt. Der soziale Gewinn ihres täglichen Gesprächs sollte höher veranschlagt werden als die paar Male, die es in Streit ausartet. Außerhalb der Mauern geht es auch nicht ohne Zank ab.«

3

Jedesmal, wenn Remo auf den Hof hinausging, schwindelte es ihn kurz vor Angst: Jemand *konnte* inzwischen etwas über die wahre Art seines Fehltritts erfahren haben.

Nach seiner Festnahme hatte er zwei Monate lang keine Agentur mehr gehabt. »Mullin & Munroe vertreten niemanden, der *San Quentin jail bait* vernascht«, schrieb seine Agentin, Dorothy Munroe, ihm mit böse hingeworfenen Buchstaben.

Erst als Remo den Begriff in einem Slangwörterbuch nach-schlug, wurde ihm klar, daß mit »Knastköder« ein minderjäh-riges Mädchen gemeint war.

Anfang Mai überbrachte Victoria Mullin am Telefon fast achtlos die Nachricht, die Agentur habe einen Vertrag über einenhalb Millionen für ihn bei DinoSaur Bros Productions ausgehandelt. Falls Remo einverstanden sei, wollten ihm Dino und Sauro gern das Remake des Films *Cyclone* anver-trauen.

»Ich wußte gar nicht«, sagte Remo, »daß Mullin & Munroe mich noch vertreten. Dorothy hat mich Mitte März in die Wüste geschickt.«

»Wir haben dich aber nie von der Klientenliste gestrichen«, piepste Vicky.

»Verstehe. Als die Gebrüder DinoSaur mit einem fetten Angebot anriefen, da kehrte mein Name wundersamerweise in eure Kartei zurück. Dotty hat's gerade nötig, von Köder zu sprechen. Warum kommt sie nicht selbst ans Telefon?«

»Tiefe Scham. Mullin & Munroe konnten im März nicht wissen, wie schrecklich man dich reingelegt hat.«

»Und wenn ich demnächst ins Kittchen gehe«, fragte Remo, »wird eure Kundendatei dann wieder umgestellt?«

»Sag mir lieber, ob du das Angebot von DinoSaur an-nimmst.«

»Nein zu sagen ist verlockend, allein schon weil ich euch scheinheiligen Tanten die fünfzehn Prozent nicht gönne. Aber ich habe keine andere Wahl, Vicky. Die Kosten für den juristischen Beistand treiben mich langsam in den Bank-rott.«

»Noch diesen Monat müssen in Französisch-Polynesien die Locations ausgesucht werden. Was meinst du, läßt der Richter dich mit den Gebrüdern mitfliegen?«

»Ritterbach hat mich neulich auch nach Paris reisen lassen. Ich werde meinen Anwalt darauf ansetzen.«

San Quentin jail bait, das verstand man auch in Choreo, doch es war ein Köder, der noch nicht mit dem kleinwüchsigen Rauschebart in Verbindung gebracht wurde. Seit dem Vorfall neulich mit der Brille ließen sie ihn in Ruhe – wenngleich natürlich jeden Tag ein Tribunal, bestehend aus Vätern heranwachsender Mädchen, auf ihn zutreten konnte. Männer, die vorläufig keine andere Möglichkeit sahen, ihr Kind zu schützen.

Nicht nur im Gefängnis war der Liebhaber junger Frauen vogelfrei – außerhalb der Mauern war es ebenso. Auf Bora Bora erreichten Remo beunruhigende Berichte über den Mann, in dessen Händen sein Schicksal jetzt lag: Shurrell Ritterbach. Wenn er nach der soundsovielten Jagd nach Locations mit Dino und Sauro ins Hotel zurückkehrte, lag stets eine Nachricht in Remos Fach mit der Telefonnummer von Dunning & Hendrix.

»Ritterbach wird von Tag zu Tag gefährlicher«, sagte Dunning über die Weltmeere hinweg. »Der Mann hat seine Arbeit immer im Verborgenen getan. Im Schatten. Diesmal im vollen Scheinwerferlicht, die Schatten zu seinen Füßen. Er lehnt kein Interview ab und hat die Wonnen der Pressekonferenz entdeckt. Monsieur ist zur Zeit jeden Abend im Palisades Cliffside Golf & Yacht Club zu finden. Von einem Kollegen, der dort Mitglied ist, habe ich erfahren, daß er sich bei anderen Mitgliedern intensiv umhört. Alles sehr konservative Leute, die deinen Kopf fordern. Unser Freund Shurrell gibt Abend für Abend eine Runde von deinem Blut aus.«

4

Nach dem Hofgang beschloß Remo, seinen Vorschlag aufs Tapet zu bringen, doch er hätte ihn besser für sich behalten, denn Maddox war noch vergrätzt wegen des Gesprächs, das sie davor geführt hatten.

»Laß uns mit offenen Karten spielen«, sagte Remo. »Und gemeinsam eine Bastion gegen den Rest des HST errichten. Du erzählst mir ganz genau, warum du hier sitzt. Ich revanchiere mich mit meiner Geschichte.«

Maddox war gerade dabei, die vollen Müllsäcke zuzubinden. »Verschwörung«, knurrte er, »hab ich doch schon gesagt. Ein Komplott gegen den Staat. Das sollte dir genügen.«

»Etwas genauer bitte«, sagte Remo. »Sonst gibt's keinen Austausch von Strafregistern.«

Maddox trat gegen einen der Säcke, so daß er aufriß. Obstbrei tropfte heraus in einer Wolke von Schimmel und Alkoholdunst. »Umsturz der Obrigkeit … jedenfalls die Vorbereitungen dazu. Scott ist ein politischer Gefangener. Ich sage es nicht zum erstenmal. Scott gehört nicht hierher. Ich werde wie ein gewöhnlicher Verbrecher behandelt. Auch von dir, Li'll Remo.«

»Bist du nie in Berufung gegangen?«

»Lassen sie nicht zu.«

»Angenommen, du wirst als politischer Gefangener anerkannt. Dann stecken sie dich in irgendeinen Militärknast. Schick mir dann mal 'ne Karte … falls sie's dir erlauben.«

»Weißt du was, Li'll Remo? Ich will gar nicht mehr wissen, was dich hierher gebracht hat. Für mich gehörst du zu den Feld-Wald-Wiesen-Häftlingen. Scott interessiert sich nur für politische Märtyrer.«

5

Wenn Remo abends die kippbaren Scheiben in seinem vergitterten Fenster schloß und auch die Klappen der Lüftungsgitter in der schrägen Fensterbank, gelang es ihm ganz gut, die Sprechchöre auszusperren. Neugier trieb ihn dann aber doch wieder unter der Decke hervor, in dem Versuch, ihnen eine Stimme zu geben. Angenommen, die unberechenbaren Fallwinde aus dem Gebirge verhielten sich in dieser Nacht ruhig und hatten einer die Akustik reinigenden Brise aus der entgegengesetzten Richtung Platz gemacht ...

Als die kleinen Oberlichter in Kipp-Position das Rezitativ noch immer nicht verständlich durchließen, öffnete Remo auch die Lüftungsklappen wieder. Der Wind mußte sich tatsächlich gedreht haben, denn der Stimmenlärm brodelte jetzt, aufgesogen von Außengitterrosten, in den Hohlmauern auf Choreos Westseite – als skandierten die Sprechchöre auf einmal ganz nah in lautverzerrenden Brunnen.

Nachdem Remo jede offene Verbindung mit der Außenluft zugestopft hatte, höhnten Stimmfetzen erstickt weiter zwischen den Wänden. Sie kamen längst nicht mehr von den Leuten am fast niedergebrannten Lagerfeuer. Remos zerebraler Schwelbrand war in dieser Nacht eine Art Dekodierschlüssel, der das Rezitativ nach Belieben in die Klage einer Toten verwandeln konnte oder in die Beschuldigungen eines Richters.

Der Mensch zählt Tage und Jahre. Er gedenkt wieder und wieder. Weil der Todestag seiner Frau von der nächsten Verhandlung in Santa Monica besudelt zu werden drohte, war Remo schon vorher zu ihrem Grab gegangen, um Blumen niederzulegen. Im Gerichtsgebäude nahm Staatsanwalt Longenecker ihn beiseite. »Stimmt es, daß Sie sich gestern auf Holy Cross mit einem Society-Fotografen angelegt haben?«

»Ich war nicht mit ihm verabredet«, sagte Remo.

»Er hat heute morgen Anzeige bei mir erstattet«, sagte Longenecker. »Sie sollen seine Ausrüstung beschädigt haben.«

»Erschwerende Umstände«, sagte Remo, »kann ich jetzt wirklich noch gut gebrauchen.«

»Er kam nicht von ungefähr zu mir. Ihre fotografische Tätigkeit sollte in ein noch übleres Licht gerückt werden.«

»Nur zu«, sagte Remo. »Je eher ich am Boden bin, um so besser.«

»Ich habe ihn an das Zivilgericht verwiesen«, sagte Longenecker.

Trotz des nahen Ozeans und der rauschenden Ventilatoren war es im Gerichtssaal von Santa Monica genauso stickig, wie es dort oben in den Hügeln am Tag des tödlichen Wochenbetts gewesen sein mußte. Schweißgebadet vor später Trauer ließ Remo nicht an sich heran, was der öffentliche Ankläger unter den mißbilligenden Blicken von Richter Ritterbach zu sagen hatte. Remo starrte auf den schwarzen Grabstein seiner Liebe. Der Schluchzer, der ihm irgendwo zwischen Nase und Kehle steckte, löste sich, als Douglas Dunning ihn in den Oberarm kniff. Remo legte den Kopf an die Schulter seines Anwalts, wobei er darauf achtete, daß dieser sein nasses Gesicht nicht sah. »Doug, was hat Longenecker gesagt?«

Dunning flüsterte: »Er weist fünf der sechs Punkte zurück.«

»Ich muß wissen«, sagte Remo genauso leise, »was das bedeutet.«

»Kein Prozeß.«

Remo betupfte sein Gesicht mit dem Ärmel. »Mein zweiter Sieg über die Presse binnen vierundzwanzig Stunden.«

Ritterbach hatte seinen Hartholzhammer, fast schwarz eingedunkelt, die ganze Zeit in der Hand gehalten. Jetzt hämmerte er los, um die Verteidigung zur Ruhe aufzufordern. Die Schläge hatten ein kurzes, trockenes Nebengeräusch, als ob der Hammer nach jedem Auftreffen noch einen Millimeter hochfedere.

»Bleibt bestehen«, sagte Longenecker, die Stimme erhebend, »die Beschuldigung des gesetzeswidrigen sexuellen Verkehrs.«

Ritterbach, der seinen Mund gern mit viel feuchtem rotem Fleisch aufklappen ließ, konnte die Lippen auch sehr gut zu einem bleichen Strich zusammenpressen. Sein furioses Gehämmer übertönte das aufgeregte Flüstern im Saal.

»Erklärt der Beschuldigte sich bereit«, fragte Ritterbach,

wobei er über Remo hinwegblickte, »für diesen Tatbestand die Verantwortung zu übernehmen?«

Remo erhob sich halb von seinem Sitz. »Euer Ehren, ist es mir gestattet, mich erst mit meinem Anwalt zu beraten?«

»Das Kollegium zieht sich für zwanzig Minuten zurück.« Ritterbach ließ seinen Hammer dreimal unnötig laut auf das dazugehörige Brettchen fallen.

6

Wie oft sein schlafloser Körper bereits vom diensthabenden Aufseher mit einer Stabtaschenlampe angeleuchtet worden war, hatte Remo nicht mehr registriert. In den Hohlmauern mußte der Wind, der über die Interstate angebraust kam, jetzt ohne die Sprechchöre auskommen, aber Stimmen erzeugte er trotzdem noch. Dunnings hohler Klang wurde dadurch nur noch schauriger.

»Schuldig bekennen«, dröhnte Dougs Baß in dem, was sich wie eine leere Milchflasche anhörte. »Du hast keine andere Wahl.«

»Riskiere ich damit nicht zuviel?« fragte Remo. Sie saßen im Anwaltszimmer. Der schnell rotierende Ventilator konnte die abgestandene Hitzewellenluft von vor acht Jahren nicht vertreiben. Es war, als wäre Los Angeles seitdem nicht mehr richtig gelüftet worden.

»Weniger«, sagte Dunning, »als wenn du stur auf deiner Unschuld beharrst.«

»Mein alter Vater«, sagte Remo. »Ich muß die ganze Zeit daran denken, wie er das alles wohl aufnimmt.«

»Er liest dann aber auch, daß fünf Anklagepunkte fallengelassen worden sind.«

»Gut.« Remo erhob sich und spürte, wie der Luftstrom von oben stärker (nicht kühler) wurde. »Ich nehme den sechsten auf mich.«

Als Remo vor dem Richtertisch neben dem hochgewachsenen Anwalt stand, schrumpfte er noch mehr. Unter dem Jackett zupfte er sich das nasse Hemd vom Rücken.

»Euer Ehren«, sagte Dunning trocken, »mein Mandant bekennt sich des in Punkt drei der Anklage Enthaltenen schuldig.«

Noch lauter als bisher dröhnten die Schläge, mit denen Ritterbach die Verhandlung nun beendete, unheilverkündend in Remos Kopf nach. Als habe man ihm nicht gerade fünf schwerwiegende Anklagepunkte erlassen. Auch der Blick, den der Richter noch einmal scharf über Remo hinweg in den Saal warf, verhieß wenig Gutes.

Was Ritterbachs Blick an jenem heißen Augusttag verheißen hatte, wurde in Choreo von Tag zu Tag klarer. Für diese Nacht: alle halbe Stunde einen Faustschlag Taschenlampenlicht ins Gesicht; gespenstisch raunende Hohlmauern; eine Gerichtsverhandlung, die bis zum Morgengrauen wiederholt wurde.

Hoher Besuch

I

An die Geschwindigkeit des Rituals mußte sich Remo gewöhnen. Dahintrottende nachtblaue Gefängnisoveralls, die sich
in stockendem Gänsemarsch auf das Büfett zubewegten –
oder auf das, was davon noch übrig war. Seit dem Beginn des
neuen Jahres durfte (oder mußte) Remo, wie Maddox, am gemeinsamen HST-Frühstück teilnehmen. Am Sonntag war es
für alle gleich gewesen, mit reichlich Rührei, doch jetzt stieß
Remo schon zum drittenmal hintereinander nur noch auf
Krümel und Reste. Mit einer unbelegten Brotscheibe, krumm
vor Trockenheit, und einer kleinen Milchpackung (vier Tage
über das Mindesthaltbarkeitsdatum) nahm er Scott Maddox
gegenüber Platz, der sich wie üblich möglichst weit weg von
den anderen Häftlingen hingesetzt hatte.

»Vergäll mir nicht jetzt schon meinen Tag, Li'll Remo«,
brummte er, doch seine Laune heiterte sich beim Anblick
von Remos Tablett auf. »Sehnsucht nach den Pfannkuchen
von letzter Woche?«

»Ein Frühstück mit meiner Frau in London oder Paris, das
wäre schon eher ein Grund für Sehnsucht.«

Maddox fragte, ob er seine Tüte mit den fünf Dollar schon
bekommen habe.

»Ich weiß nichts von einer Tüte, Scott.«

»Die fünf Dollar pro Monat für das Zusammenfegen von
mexikanischen Identitätspapieren.«

»Ich arbeite erst seit zwei Wochen bei diesem Boß.«

»Die Ratten hier in der Küche ... da hinter dem Büfett ...
die kriegen auch fünf Dollar pro Monat. Sie verdienen sich
noch was dazu, indem sie unseren Fraß unterschlagen.«

»Kann man verstehen.«

»Wir sind gezwungen, ihnen die gestohlenen Sachen abzukaufen. Für unsere Reinigungsmittel, Li'll Remo, gibt's kaum einen Markt. Sie lassen uns ihre Rattenkötel aus dem Pott rausmeißeln und sorgen dafür, daß unsere fünf Dollar weniger wert sind.«

»Wofür brauchst du das Geld?«

»Für Gitarrensaiten. Tonbänder.«

2

»Woodehouse? Hoher Besuch.«

Er stellte Besen und Kehrblech an die Wand und folgte mir nach unten.

»Darf ich auch wissen, wer?«

»Zwei Ermittler von West Los Angeles. Sie wollen, daß du deine Brille aufsetzt.«

»Haben Sie mich je ohne gesehen?«

»Nur nachts, im Schein der Taschenlampe.«

Gitter schoben sich auf und wieder zu. Ich führte ihn die Korridore entlang in den Besucherraum. Die Herren saßen beim Kaffee. Der eine hatte eine dichte Mähne, der andere war kahl.

»Soll ich dem Gefangenen Woodehouse die Fesseln anlegen?«

»Nicht nötig«, sagte der glatzköpfige Ermittlungsbeamte.

Remo setzte sich an die kurze Seite des Stahltisches und umklammerte dabei den Bügel für die Ketten. Die Angst steckte weiß in seinen Fingerknöcheln.

»Möchten Sie, daß ich draußen warte?« fragte ich.

»Bleiben Sie hier«, sagte der haarige Ermittler. »Es dauert nur einen Augenblick.«

Auf dem Weg hierher hatte Remo möglicherweise gedacht, die beiden Befrager suchten ihn im Fall Wendy auf.

Jetzt wurde klar, daß er die Männer noch nie gesehen hatte. Sie reichten Remo über den Tisch hinweg die Hand.

»Detective Isbell, West Los Angeles«, sagte der Kahle.

»Detective Sloman, West Los Angeles«, sagte der andere.

»Mr. … ähm … Woodehouse«, begann Isbell, »es ist sicherlich in Ihrem Interesse, wenn wir Sie weiterhin so nennen …«

»Und im Interesse des Friedens in Choreo«, sagte Remo.

»Wie Sie wollen«, sagte Isbell. »Übrigens, eine schöne Brillenfassung haben Sie da. Bestimmt nicht aus geflammtem Rinderknochen wie die besseren Haarkämme.«

»Schildpatt«, sagte Remo. »Ich verstehe nichts davon, aber Kenner versichern mir, daß es aus dem Panzer der *Testudo elephantopus gigantea* stammt. Das nur nebenbei.«

»Dürfen wir uns die Brille mal aus der Nähe ansehen?« fragte Sloman.

»Natürlich.« Remo beugte sich möglichst weit über den Tisch und kam dabei mit seinem Gesicht so nah an das von Sloman heran, daß dieser erschrocken zurückfuhr. Der Mann mußte seinen dichten Haarwuchs mit einer enormen Schuppenbildung bezahlen. Wo sich gerade noch sein Kopf befunden hatte, tanzte jetzt eine Wolke weißer Stäubchen im Neonröhrenlicht.

»Würden Sie sie mir mal reichen?« fragte Isbell.

»Im Gefängnis die Brille absetzen«, sagte Remo. »Es gibt Häftlinge, die das als Selbstmordversuch betrachten.«

»Sie werden hier gut geschützt«, sagte Sloman. »Ihre Brille bitte.«

Isbell zog ein aufgerolltes Stück Papier aus einer Pappröhre und strich es glatt. Es entpuppte sich als kleinformatiges Plakat mit einer Abbildung des Brillentyps, den Remo trug. Den Begleittext konnte er aus dieser Entfernung nicht lesen. Er setzte die Brille ab und gab sie Sloman.

»Ja, jetzt seh ich's«, sagte Isbell und sah Remo mit einem schwachen Lächeln an.

»Ich auch«, sagte Sloman. »Sie sind es wirklich.«

»Genau das meinte ich«, sagte Remo. »Lebensgefährlich, hier seine Brille abzusetzen.«

Die beiden Ermittler untersuchten abwechselnd die Brille, wobei sie zwischendurch das Plakat zu Rate zogen, das von Isbell mit dem Unterarm möglichst glatt ausgerollt gehalten wurde.

»Die Beschreibung stimmt«, sagte Sloman. »Aber was noch wichtiger ist: Die Seriennummer ist identisch.«

»Nie gewußt, daß Brillen eine Seriennummer haben«, sagte Remo.

»Nur die sehr kostspieligen, die in kleiner Stückzahl produziert werden«, sagte Sloman. »Wir sind sehr froh darüber.«

»Das bedeutet«, sagte Remo, »daß sich die reichen Brillenträger unter den Mördern gegenüber blutrünstigen Besitzern einer Feld-Wald-Wiesen-Brille oder eines Krankenkassenmodells im Nachteil befinden.«

»Uns, Mr. Woodehouse«, sagte Isbell, »tun sie keinen größeren Gefallen, als wenn sie uns eine Mordwaffe hinterlassen, die mit Diamanten besetzt ist.«

»Mr. Woodehouse, jetzt mal im Ernst«, sagte Sloman. »Wie kommen Sie zu dieser Brille?«

»Hab ich von Ihrem damaligen Inspektor Helgoe bekommen.«

»LAPD Homicide«, sagte Isbell kurz zu Sloman. »Pensioniert.« Und wieder zu Remo: »Ich habe Inspektor Helgoe nicht als jemanden gekannt, der Beweismaterial herschenkt, als würde es sich um ein kleines Präsent handeln.«

»Beweismaterial …« Remo ließ sich das Wort auf der Zunge zergehen.

»Diese Brille«, sagte Isbell, »wurde von Beamten des LAPD am Ort des Verbrechens vorgefunden. Sie gehörte keinem der Opfer. So einen Gegenstand bezeichnen wir als stummen Zeugen.«

»Die Mörder«, sagte Remo, »konnten verurteilt werden,

sogar zur Gaskammer, auch ohne daß die Herkunft der Brille ermittelt worden war. Das Ding ist erst im Frühjahr 1971 in meinen Besitz übergegangen, also lange nach dem Urteil.«

»Trotzdem hatte Inspektor Helgoe nicht das Recht, Ihnen potentielles Beweismaterial aus diesem Fall zu überlassen«, sagte Sloman. »Nach dem Urteil muß es im Archiv gelagert werden ...«

»... oder, wenn es einen Grund dafür gibt, vernichtet«, sagte Isbell.

»Ich habe selbst gedrängelt«, sagte Remo. »Helgoe wollte erst nicht. Erst als ich sagte, daß ich sie nur geliehen haben wollte, war er einverstanden. Die Brille sollte jederzeit abholbereit sein, haben wir abgemacht.«

»Deswegen sind wir hier«, sagte Sloman.

»Die Vernichtung von Beweismaterial«, sagte Isbell, »ist Sache der Polizei. Nicht Ihre.«

»Ich habe kein Beweismaterial vernichtet.«

»Aber so beschädigt, daß es als Beweismaterial unbrauchbar geworden ist«, sagte Sloman. »Ein Optiker in der Sunset Avenue hat uns den Tip gegeben, daß Sie kurz vor Weihnachten bei ihm waren. Mit diesem Beweisstück.«

»Er hat es natürlich sofort erkannt«, sagte Remo. »Tüchtig, nach acht Jahren.«

»Der Optiker hatte das gleiche Plakat«, sagte Isbell, »noch immer in seiner Werkstatt hängen.«

»Obrigkeitstreuer Bürger«, sagte Remo. »So gehört es sich.«

»Sie wollten neue Gläser in der Brille«, sagte Sloman. »*Nicht* in der ursprünglichen Stärke von minus sechs und minus zwei ...«

»Ja«, sagte Remo, »ich wollte rechts minus null und links minus null. Einfaches Glas. Ich kann also zur Zeit der Morde nicht der Träger dieser Brille gewesen sein. Mit minus zwei und minus sechs sehe ich absolut nichts. Unpraktisch, wenn man einen Mord begehen will.«

»Den Eigentümer der Brille«, sagte Isbell, »hat man nie gefunden. Also *kann* noch ein Mörder oder ein Komplize frei herumlaufen.«

»Und jetzt habe ich Recht und Gesetz dadurch behindert, daß ich die ursprünglichen Gläser aus dem Beweisstück habe herausnehmen lassen ...«

»Der Optiker, machen Sie sich da mal keine Sorgen«, sagte Sloman, »hat sie sorgfältig aufbewahrt. Worum es uns geht, sind Ihre Absichten.«

»Warum, Mr. Woodehouse«, sagte Isbell, »wollten Sie die Brille so gern in Ihrem Besitz haben?«

»Nach den Morden«, sagte Remo, »hatte ich viel Kontakt mit Inspektor Helgoe und dem Ermittlungsbeamten Bowersmith. Sie haben mich an den Lügendetektor angeschlossen, und danach haben sie mich über die Fortschritte bei den Ermittlungen auf dem laufenden gehalten. Oder, besser gesagt, über die ausbleibenden Ergebnisse. Sie glaubten an die alte, Ihnen bestimmt wohlbekannte Theorie, wonach der Mörder in erster Linie innerhalb der Familie oder im Bekanntenkreis des Opfers gesucht werden muß. Helgoe und Bowersmith ließen die Alibis aller unserer Freunde überprüfen. Weil die meisten verdammt wenig kooperierten, bot ich dem Ermittlungsteam meine Hilfe an.«

»Die Brille, Mr. Woodehouse«, sagte Sloman.

»Neben den Kabinenkoffern, die am Tag des Gemetzels bei uns abgeliefert wurden, fanden sie später diese Brille. Helgoe bat mich zu überprüfen, ob sie vielleicht jemandem aus meinem Bekanntenkreis gehörte.«

»Sie haben sich lediglich eine Beschäftigungstherapie für Sie ausgedacht. Jeder war natürlich längst alarmiert durch die Berichterstattung in dem Fall.« Isbell lehnte sich zufrieden zurück.

»Sie vielleicht. Von der Brille hatte zu diesem Zeitpunkt noch nichts in der Zeitung gestanden. Und von diesen Plakaten war noch lange keine Rede.«

»Wir kommen der Sache näher«, sagte Sloman. »Sie haben daraufhin Ihren Bekanntenkreis auf verborgene Kurzsichtigkeit hin überprüft.«

»Und auf neue Brillen«, sagte Remo.

»Bei guten Bekannten«, sagte Isbell, »*weiß* man doch, was für eine Brille er beziehungsweise sie trägt. Oder getragen hat.«

»Manchmal glaubt man jemanden sehr gut zu kennen«, sagte Remo. »Und dann fragt eines Tages jemand anders, ob diese Person raucht oder eine Brille trägt. Und man bleibt ihm die Antwort schuldig. Es gibt Leute, die auf so selbstverständliche Weise eine Zigarette rauchen oder einen durch eine Brille hindurch ansehen, daß man sich an den Gegenstand nicht erinnert. Er verschwindet in der Person. In meinem Beruf habe ich mir dieses Phänomen gelegentlich zunutze gemacht ...«

»Die Brille, Mr. Woodehouse«, sagte Sloman.

»Ich habe hier und da jemandem ein Kompliment zu einer neuen Brillenfassung gemacht. ›Hab ich schon so lang‹, war das einzige, was ich zu hören bekam. Bis ein Kollege sich darüber beklagte, daß er seine Brille verloren hätte. Ich konnte ihn mir nicht mit einer Brille vorstellen, wenngleich ich zugeben mußte, daß sein Gesicht in letzter Zeit etwas Nacktes hatte. Ich schleppte ihn zu einem Optiker. ›Such dir was Hübsches aus. Schenk ich dir nachträglich zum Geburtstag.‹ Er suchte sich irgendein billiges Ding aus. ›Bist du sicher, daß du mit diesem Drahtverhau auf der Nase rumlaufen willst?‹ Er: ›Ich will dich ja nicht in den Ruin treiben mit einer Hornfassung. Schildpatt ist das Schönste, was es gibt.‹ Ich blätterte ein Vermögen hin für eine Schildpattbrille, die dem Ding täuschend ähnlich sah, das man in meinem Haus gefunden hatte. Dann mußte die Stärke der Gläser gemessen werden. Es ging um minus sechs und minus zwei. Mein Scheck lag bereits in der Kasse.«

»Jetzt versteh ich langsam«, sagte Sloman. »Sie haben Helgoe diese *Testudo elephantopus gigantea* abgeschwatzt, weil Sie sie als Entschädigung wollten.«

»Bei Menschen wie Ihnen«, sagte Remo, »müssen Motive immer rational und unzweideutig sein. Für mich können Gegenstände auch einen immateriellen Aspekt haben. Eine dingliche Seele, die sich aus den Umständen speist, in denen sie sich befunden haben. Sie reden als Ermittler ständig von stummen Zeugen. Für mich ist ein stummer Zeuge eine Art Kamera, die Bilder in sich aufsaugt … Bilder, die sich auf normalem Wege nicht reproduzieren lassen. Diese Brille hat gesehen, wie meine Frau ermordet wurde. Sie war im Gegensatz zu mir am Ort des Verbrechens. Deshalb möchte ich sie am liebsten dauernd bei mir haben, so schmerzlich die Szene auch ist, die sie immer wieder für mich abspielt.«

3

Wenn ich mich neben der Tür des Besucherraums nicht langweilte, so nur wegen der erfinderischen Dummheit der beiden Ermittlungsbeamten. Ich hätte natürlich einen Schritt vortreten können, um ihnen zu erklären, wie das Schildpattstück an den Ort des Verbrechens gelangt war. Aber ach, es war, wie Remo gesagt hatte: Die Mörder waren auch ohne die Lösung dieses Rätsels verurteilt worden. Die Brille hatte sich während des Prozesses als toter Zeuge erwiesen, und das sollte besser so bleiben. Und außerdem, wer glaubte schon einem unterbezahlten Gefängniswärter?

»Schön gesagt, Mr. Woodehouse«, antwortete Isbell. »Laut dem Optiker der Brillenboutique Eye Opener am Sunset Boulevard haben Sie durch das Tragen dieser Brille in Kombination mit einem Bart versucht, wie Francis Ford Coppola auszusehen.«

»Leider hat meine Statur da nicht ganz mitgespielt.«

»Sie haben das dem Optiker gegenüber ausdrücklich erklärt«, sagte Sloman.

»Meine Herren«, sagte Remo, »meine Bewunderung für Ihre detektivischen Ermittlungen wächst mit jeder Sekunde. Wären Ihre Vorgänger im Sommer 1969 nur auch so aufmerksam gewesen. Wenn Sie diesen Brillenfritzen an der Burnet Avenue wieder sprechen, dann grüßen Sie ihn von The Godfather. Raten Sie ihm, einen Laden mit Partybärten und Verkleidungsartikeln aufzumachen. Ich bin gern bereit, darin zu investieren. Wirklich, so was lohnt sich in Beverly Hills, wo jeden Abend irgendwo ein Maskenball gegeben wird. Und wenn Sie mich jetzt entschuldigen würden, meine Herren, ich muß den Korridor in meiner Abteilung noch aufwischen. Darf ich meine Schutzbrille wiederhaben?«

»Sie verstehen ja wohl, Mr. Woodehouse«, sagte Isbell, »daß wir das Objekt als nachträgliches Beweisstück konfiszieren müssen.«

Sloman öffnete eine Plastiktüte und ließ die Brille mit zusammengelegten Bügeln hineingleiten.

»Meine Herren«, sagte Remo, »die Direktion von Choreo hat in Absprache mit meinem Anwalt verfügt, daß ich meine Zeit hier inkognito absitze. Bart und Brille zusammen mit einem Tarnnamen haben mir bisher viel Ärger erspart. – Nicht wahr, Mr. Agraphiotis?«

»Sofern ich befugt bin, dazu eine Meinung zu haben«, sagte ich, »kann ich das bestätigen.«

»Seien Sie also so freundlich, meine Herren, und verderben Sie mir die restlichen Wochen nicht. Es ist auch im Interesse von Choreo. Der Direktor kann Ihnen alles dazu erzählen.«

Die Ermittler sahen einander an. Isbell nickte seinem Kollegen zu. Sloman nickte zögernd zurück. Plastik raschelte, und Remo bekam seine Brille zurück. Er hielt sie gegen das Licht.

»Wären damals nur auch so deutliche Fingerabdrücke darauf gewesen.«

Isbell stopfte das Plakat in die Rolle. Die beiden Beamten

standen auf und gingen grußlos. Kein Händedruck, nichts. Ich klopfte mit meinem Knüppel an die Tür, woraufhin Kollege Hotchkiss sie auf der anderen Seite aufschloß.

»Mr. Isbell, Mr. Sloman ... einen schönen Tag noch.«

»Mr. Agraphiotis«, sagte Remo auf dem Rückweg, »ich kann Sie nicht darum bitten zu vergessen, was Sie gerade alles gehört haben.«

»Och, so aufregend war es gar nicht«, sagte ich. »*Handbuch der Ermittlungsarbeit für Anfänger*. Kapitel 13: ›Wie es nicht sein darf.‹«

»Ich bitte Sie nur, mein Inkognito zu wahren.«

»Ach, das. Ja, bleibt unter uns. Auch das mit der Brille. Kollege Carhartt hat schon genug Stoff für Klatschgeschichten.«

»Vielen Dank.«

»Gern geschehen, auch im eigenen Interesse. Je mehr Zoff im Bau, um so mehr müssen wir ran.«

4

»Wegen deinem hohen Besuch«, schnauzte Maddox, »muß Scott die ganze Arbeit machen. Du warst eine Stunde lang weg.«

»Zwei senile Ermittlungsbeamte«, sagte Remo. »Ich hatte sie nicht bestellt.«

»Gestern hat Scott dir von seiner Verurteilung wegen politischer Aktionen erzählt. Zwei Ermittlungsbeamte ... Das ist *die* Gelegenheit, Li'll Remo, mir was von deinen edlen Taten zu berichten.«

»Ich bin das, was sie einen Sittlichkeitstäter nennen.« Er platzte mir nichts, dir nichts damit heraus, genau in die Maske dieses Unbekannten hinein, und bereute es sofort.

»Ich hab nichts gegen Loddel«, sagte Maddox.

»Ein Loddel bin ich nicht.«

»Ich meine ... nichts gegen *deinen* Loddel.«

»Da wird er aber froh sein.«

»Wozu halte ich Li'll Remo für fähig? Mal schaun ... Hurerei im Mädchenkleid vor dem Haus des Bürgermeisters. Eine Perücke fiel in den Kellerschacht.«

»Geh mal davon aus, daß ich gegen die Sexualmoral gesündigt habe.«

»Wenn du mir jetzt nicht ganz genau erzählst, warum du hier sitzt, Li'll Remo, dann starte ich meine eigenen Nachforschungen. Ich besteche den ›Griechen‹.«

»Schade um dein Geld, Scott. Er weiß nichts.«

»Ich erpresse O'Melveny.«

»Hast du nicht mal gesagt, Scott, daß du es versäumt hattest, nach dem Alter deiner kleinen Nutten zu fragen?«

»Blöd, ja. Für einen Zuhälter hatte ich meine Unterlagen verdammt schlecht in Ordnung. Nur das Geld hab ich immer genau gezählt.«

»Wenn du's wirklich unbedingt wissen willst: Ich sitze auch wegen jungen Frauen.« Es hatte keinen Sinn, sich selbst zum Schweigen zu zwingen. Etwas, das stärker war als seine Zunge, über diese aber frei verfügen konnte, wollte den Schmutz loswerden.

»Prostitution?« fragte Maddox zuckersüß.

»Einer der Ermittler hat es so genannt. Keiner von den beiden, die eben da waren. Ich soll Mädchen in Naturalien bezahlt haben. Mit Versprechungen, die erst noch einzulösen waren. Ausblicke auf eine goldene Zukunft.«

»Moralische Prostitution. Interessant. Zwei Zwerge, die junge Frauen ausbeuten, jeder auf seine Art. Das verbindet.« Maddox streckte die umwickelte Pranke aus. Remo legte seine Hand hinein, die jetzt auf einmal erschreckend klein und nackt wirkte. Der wattierte Mull fühlte sich leblos an. Ein für alle Zeiten behandschuhter künstlicher Arm. Remo beendete den Händedruck schnell.

»Heute ist der Freizeitraum dran, Scott.«

»Dir ist doch wohl klar, Li'll Remo, daß so ein Geständnis dich äußerst erpreßbar macht.«

»Dich aber auch.«

Maddox lachte rauh. »Wir haben uns gegenseitig in der Zange.«

5

Auch am Nachmittag mußte Maddox die Arbeit zum größten Teil allein verrichten, denn Remo bekam Besuch von seinen beiden Psychiatern, Dr. De Young und Dr. Urquhart.

»Letzten Sommer«, begann Urquhart das Gespräch, »sind Ihnen auch schon zwei Kollegen unserer Fachrichtung zugewiesen worden. Wenn Sie uns jetzt ganz präzise mitteilen würden, was dabei herauskam, dann erspart uns das möglicherweise doppelte Arbeit.«

An das genaue Datum konnte Remo sich nicht erinnern, aber etwa sechs Wochen nach seinem 5:1-Sieg in Santa Monica, irgendwann in der zweiten Septemberhälfte, sollte das Urteil ergehen. Richter Ritterbach, völlig trunken von der eigenen Wichtigkeit, konnte so lange nicht warten. Aufgestachelt von dem empörten Gerede im Palisades Cliffside Golf & Yacht Club begann er Ende August bereits wieder zu hetzen.

»Ich verkünde kein Urteil«, rief Ritter Shurrell bei einer seiner Pressekonferenzen, »bevor ich nicht einen Bericht des Bewährungshelfers über den Angeklagten gesehen habe.«

Weil das Opfer zur Zeit des Vergehens noch keine vierzehn gewesen war, mußte festgestellt werden, ob der Täter ein »geistig gestörter sexuell Pervertierter« war – fand Ritterbach.

»Seit wann, Doug«, fragte Remo seinen Anwalt, »vergeben Bewährungshelfer solche gewichtigen Titel?«

»Dafür gibt es Psychiater«, sagte Dunning. »Der Staatsanwalt hat bereits einen im Auge, und wir, Dunning & Hendrix, dürfen einen zweiten benennen. Der von Longenecker ist ein faschistoider Befürworter chemischer Kastration. Keine Bange. Unser Seelenklempner wird mit ihm fertig.«

»Ich lasse mich nicht zu einer Entmannung breitschlagen.«

»Sei kooperativ. Geh diesem Bewährungsmenschen, der sich so wichtig macht, ein bißchen um den Bart. Er läßt das Psychiatergefasel bei seinem Tête-à-tête mit Ritterbach mit einfließen. Das heißt, es zählt mit bei der Festlegung des Strafmaßes.«

»Man hat mich wieder reingelegt«, sagte Remo.

»Ritterbach schöpft seine Rolle voll aus. Im Palisades Cliffside braucht er keinen einzigen *Scotch ginger* mehr selbst zu bezahlen.«

»Aus Ihrer Darstellung«, sagte Dr. De Young, »spricht nicht gerade Vertrauen zur Psychiatrie.«

»Das waren ganz andere Ärzte als Sie beide«, sagte Remo. »Gott und mein Anwalt wissen, daß ich mich wirklich bemüht habe, ihr seelenloses Abrakadabra nicht herauszufordern. Wenn der Rorschach-Test eine Vulva zeigte, sagte ich brav: ›Pfauenauge.‹ Und meine Träume … wenn ich sie den Psychiatern erzählte, wurden sie so keusch wie die einer Novizin.«

Zwei Tropfen Tinte, verstrichen zwischen den beiden Hälften eines Blatts Papier: Das ergab immer etwas symmetrisch Flügelartiges, doch nie flatterte Wendy daraus hervor. Außerhalb seines Blickfelds verwandelte sie sich von Tag zu Tag mehr in die geopferte Unschuld, dahinkümmernd, durchscheinend – ganz im Gegensatz zu den Berichten über die Veränderung bei ihren Kleidergrößen. Eines bullenheißen Septembertags wurde Remo zu seinem Bewährungshelfer einbestellt.

»Die Gutachten der Psychiater sind eingegangen«, sagte der Mann einigermaßen düster. »Ich habe auch mit Miss und

Mrs. Zillgitt Gespräche geführt … Gut, ich werde in meinem Bericht für den Richter eine Verurteilung auf Bewährung empfehlen. Außerdem muß ich Ihnen, so leid es mir tut, eine empfindliche Wiedergutmachungszahlung auferlegen lassen. Und … Sie werden sich mit eiserner Regelmäßigkeit bei der Bewährungshilfe melden müssen.«

Milde Aussichten im Vergleich zu dem, was Shurrell »Hammerschlag« Ritterbach mit Remo vorhatte. Als das Datum der Urteilsverkündung noch nicht einmal in Sicht war, rief der Richter Anwalt Dunning und Staatsanwalt Longenecker zu sich in sein Beratungszimmer. Ritterbach ließ mit gewichtigen Worten, die Lider halb gesenkt, keinen Zweifel daran bestehen, daß er den Angeklagten für eine Weile hinter Gittern sehen wollte. »Über unsere Köpfe hinweg«, sollte Dunning Remo später berichten, »sprach er zu den Mitgliedern des Palisades Cliffside Golf & Yacht Clubs. Unser unerschrockener Shurrell zeigte, wie er eigenhändig für Anstand und Sitte im Bundesstaat Kalifornien sorgt.«

Nach dem verstohlenen Applaus der Clubmitglieder war es eine Zeitlang totenstill in Ritterbachs Gemach, in dem es stark nach Bohnerwachs und Teaköl roch. »Und das Urteil?« brachte Longenecker schließlich mit Mühe heraus.

»Wird zurückgestellt.« Ritterbach warf den Kopf in den Nacken. »Ich halte es für geboten, den Angeklagten in Gewahrsam zu nehmen. Im Gefängnis kann dann eine weitere psychiatrische Untersuchung erfolgen.«

»Mein Mandant, Euer Ehren«, sagte Dunning völlig fassungslos, »wurde gerade erst von zwei Psychiatern gründlich unter die Lupe genommen. Ihr Bericht war äußerst günstig für ihn.«

»Darum ja gerade.« Ritterbach sah den Anwalt mit hartem Blick an. »Ich traue der Sache nicht. Ihr Mandant, Mr. Dunning, scheint mir das Musterbeispiel eines Menschen zu sein, der sich in der Rolle des Tugendbolds gefällt. Ich will ein Gegengutachten. Einen zweiten Bericht.«

»Und jetzt«, sagte Remo zu Urquhart und De Young, »bin ich hier in Choreo also Ihrer Obhut anvertraut. Sie können auf meine uneingeschränkte Kooperation zählen.«

Die Psychiater baten Remo, aus rotem und blauem Ton zwei kleine Figuren zu modellieren. Die eine männlich, die andere weiblich. Also los, wofür hatte man einen visuellen Beruf. Remo knetete mit viel Sinn für anatomische Details ein weibliches Püppchen aus dem roten und ein männliches aus dem blauen Ton. Zugegeben, das Geschlecht des kleinen Mannes war etwas groß ausgefallen, und die kleine Frau glich einer präkolumbischen Fruchtbarkeitsfigur (ganz Brüste und Schlitz), doch Remo war sehr zufrieden damit.

»Für eine Stunde in den Ofen kann nicht schaden«, sagte er. »Sonst fallen die angesetzten Teile ab.«

Er sah auf und begegnete zwei verärgerten Mienen. Falsch: Er hätte die Frau blau und den Mann rot machen und beiden zumindest Kleider geben müssen. Alles, aber auch wirklich alles verschwor sich gegen ihn. Jetzt war schon eine hundsgewöhnliche Schachtel Ton aus dem Kindergarten Teil des Komplotts.

»Demnächst«, sagte Remo zu seinem Anwalt, »besteht mein Publikum nur noch aus Psychiatern. Wie lange wird *das* jetzt wieder dauern?«

»Die gesetzlich vorgeschriebene Zeit«, antwortete Dunning. »Neunzig Tage.«

»Drei Monate …«

»Rechne mit höchstens fünfzig. So ein Seelenkneter will auch irgendwann wieder nach Hause.«

»Und danach?« fragte Remo.

»Euer Ehren hat durchschimmern lassen, daß er danach bereit ist, die Strafe auf Bewährung auszusetzen. Also konform mit der Empfehlung der Bewährungshilfebehörde.«

»Durchschimmern lassen«, wiederholte Remo. »Fein. Ich *liebe* Gewißheit.«

Mittwochs wurde der Ring besonders gründlich ausgemistet. Das bedeutete, daß die beiden Putzer am Nachmittag nicht mit der Arbeit fertig wurden und sie daher nach dem Abendessen fortsetzten.

An diesem Tag fand Remo nach dem Schrubben und Aufwischen der beiden oberen Umgänge (inklusive der Zellenfußböden) gerade noch eine Stunde Zeit, um am Drehbuch zu *Cyclone* zu arbeiten. Seine Schreibmaschine war ihm bereits von einem Wärter hingestellt worden, die Tür blieb vereinbarungsgemäß offen, doch Remo saß nur, auf einmal ohne Mut, tatenlos vor dem Storyboard. Wenn Wendy eine Muse war, dann eine, die zwecks kreativer Ermunterung Hindernisse plazierte. Rostige Krähenfüße, um die Kunst anzustacheln. Remo wußte noch immer nicht, ob er einen Film hatte. Die Auswahl der Drehorte in Französisch-Polynesien war im Frühsommer perfekt gelaufen, doch keine drei Monate später mußte Remo dem Produzenten die schlechte Nachricht überbringen.

»DinoSaur Brothers Productions.« Zu munter, die Stimme der römischen Telefonistin.

»Ist Mr. Dino da? Mr. Sauro wäre auch okay.«

»Momentito, Signore.«

»Dinosaur.«

»Sauro? Wegen *Cyclone*. Dino soll mithören.«

»Ich wink ihn an den Zweitapparat.«

»Dino hier. Raus mit der Sprache.«

»Sauro, Dino … Meine Welt ist bis zum Rand gefüllt mit Rorschach-Schmetterlingen. Ich spreche ihre Sprache schon fließend. Und immer noch sind die Herren von der Justiz nicht zufrieden. Mehr Seelendoktoren mit Schmetterlingsnetz … diesmal hinter Gittern.«

»Für wie lange?« riefen die Brüder im Chor.

»Drei Monate«, sagte Remo.

Am anderen Ende pfiff es italienisch durch die Zähne. »Die Produktion«, stöhnte Dino, »hat wirklich von Anfang an unter einem schlechten Stern gestanden.«

»Und nicht der Jungfrau«, sagte Sauro zähneknirschend.

»Ich muß mit höchstens fünfzig Tagen rechnen.«

Das Pfeifen klang schon etwas sachter. »Immer noch anderthalb Monate«, sagte Sauro.

»Gute anderthalb«, sagte Dino.

»Brothers«, sagte Remo, »um euch zuvorzukommen … ich zieh mich zurück aus *Cyclone*.«

»Warte … nein, warte.« Ihre Stimmen, oft unbeabsichtigt synchron, sprachen jetzt panisch durcheinander. »Hör zu … warte.« Sauro ergriff schließlich das Wort: »Wir stecken mitten in den Vorbereitungen. Sorg dafür, daß dieser *stronzo* von einem Richter dich die erst zu Ende führen läßt. Wenn du das schaffst, verschieben wir den Drehbeginn um fünfzig Tage. *Vero*, Dino?«

»Ja«, frohlockte Dino, »bis du freikommst.«

»Ich setze Dunning & Hendrix drauf an.«

7

Daß sie mittwochs noch nach dem Abendessen weiterarbeiteten, verschaffte den Putzern ein zusätzliches Privileg. Wenn sie fertig waren, durften sie den Film des Tages (LA 5) bis zu Ende sehen, anstatt, wie die anderen, nach zwei Dritteln der Spielzeit in die Zelle geschickt zu werden.

Sie trödelten noch etwas vor dem Schrank herum, in den sie ihre Sachen geräumt hatten. Nach dem langen Arbeitstag hatte Remo seinen rumschnauzenden Kehr- und Wischkumpel mehr als satt, versuchte ihn aber trotzdem dazu zu überreden, in den Freizeitraum mitzukommen. Grund dafür war Remos Neugier, die er hatte unterdrücken wollen, die sich aber einfach weiterfraß, immer weiter, unersättlich.

»Mein Klimperkasten verstimmt sich«, sagte Maddox, »wenn ich ihn zu lange warten lasse.«

»Wo hast du Gitarre spielen gelernt, Scott?«

»Der Große Ozean war mein Metronom.«

»San Quentin ... hast du da Musikunterricht bekommen?«

»Bankräuber können mit ihren Fingern Geld zählen. Manchmal machen sie auch noch andere Dinge damit. Einem Bund den Flaschenhals an die Kehle setzen ...«

»Scott, du schaffst es, daß eine ausweichende Antwort noch wie ein Bekenntnis klingt. Ich habe heute morgen in zehn Minuten mehr preisgegeben als du in diesen zwei Wochen zusammen.«

»Li'll Remo, ich sitze hier, weil man mich ... von Vacaville nach Choreo verschubt hat.«

»Und Vacaville, warum hast du da gesessen?«

»Dahin hatten sie mich von Folsom verlegt.«

»Und warum Folsom?«

»In San Quentin wollten sie mich nicht länger haben.«

»Gut, Scott, dann probieren wir's anders. Wie hieß dein erstes Gefängnis?«

»Boys Town.«

»Du meinst, wie in dem Film mit Mickey Rooney ...«

»Auch so 'n Knirps wie ich, der Mickey Rooney. Sonst hatte mein Boys Town aber nichts mit diesem Film zu tun.«

»Du hast da doch nicht wegen nix gesessen.«

»Meine Mom ertrug mich nicht mehr. Ich war ihrer Karriere im Weg.«

»Irgendwas wirst du doch verbrochen haben, um in so einer Einrichtung zu landen ...«

»Welche Maus vergreift sich nicht an den Krümeln, die vom Tisch runtergefallen sind?«

»Und der erwachsene Scott, was war seine erste Verurteilung?«

»Hatte vergessen, sein Diplom für Zuhälterschaft zu machen.«

»Und schließlich San Quentin ...«

»Fortsetzung der Loddelrolle mit anderen Mitteln.«

»Klingt nicht gerade nach subversiver Aktion, um die Gesellschaft umzustürzen.«

»Li'll Remo will wieder nichts verstehen«, fauchte Maddox. »Jede Woche kommen terroristische Aktionen in der Glotze ... Geiselnahmen, Flugzeugentführungen ... Wovon leben diese Organisationen? Wie finanzieren sie das Ausbildungslager? Mit Banküberfällen. Entführungen. Reicheleutesöhnchen die Ohren abschneiden ... Scott hat seine politischen Ideale immer auf originellere Weise finanziert. Denk da mal drüber nach, Li'll Remo.«

Zu guter Letzt war Maddox, wenn auch knurrig, hinter Remo in den Freizeitraum getrottet. Auf der Schwelle blieben sie stehen. An diesem Abend saßen nur schwarze Gefangene darin, die meisten groß und muskulös. Sogar die beiden Wärter, Mattoon und Tremellen, waren schwarz.

»Das überleben zwei weiße Kobolde nicht«, knurrte Maddox.

»Die wissen längst, Scott«, sagte Remo, »daß sich unter diesem Verbandswust kein weißer Zwerg versteckt.«

Sie rückten beide einen Stuhl mit gerader Lehne zum Fernseher hin und setzten sich dicht hinter Necklace und Chow Hound. Maddox sah sich unbehaglich um und murmelte: »Die Ruinen von hurdy-gurdy.«

Weil Remo annahm, Maddox blicke zu dem kaputten Klavier, sagte er: »Dieses eingefallene honky-tonk? Scheint mir etwas zu schwer als tragbare Drehorgel.«

»Ich meinte Hurdy Gurdy«, sagte Maddox. »Mit Großbuchstaben. Ein alter Versprecher. Ist egal.«

Der Film lief schon eine Weile. Sie waren mitten in eine traumartige surrealistische Szene geplatzt.

»Das ist der Teufel«, sagte der dicke Chow Hound gelangweilt.

313

»Ja«, gähnte Necklace, »eine Schande, daß Sofa Spud das nicht mehr sehen kann.«

»Spud geht jetzt mit dem Teufel *spazieren*«, sagte Chow Hound.

»Was meinst du, Maddox«, fragte Necklace, sich umdrehend. »Ist das ein Traum ... oder sind da Drogen im Spiel? Ich hab den Faden verloren.«

Die Szene war bereits vorbei.

»Ich finde Filme zum Kotzen«, brummte Maddox hinter seinen Binden. »Das ist nicht meine Wirklichkeit.«

»Da haben sie geschnitten«, sagte Remo. »Das war ein komischer Sprung.«

»Ach wo, Mann«, sagte Chow Hound, »das ist wegen dem Schockeffekt.«

»Diesen Teufel«, sagte Maddox, »hab ich gekannt. Ich meine, den Typ, der ihn spielt. In San Francisco.«

»Also doch ein gemeinsamer Bekannter«, sagte Remo überrascht.

»Auf seinen Feten«, sagte Maddox, »sah er genauso aus.«

»Ich bin nie bei ihm zu Hause gewesen.«

»Ich schon«, sagte Maddox. »Er hatte einen tollen Hausaltar.«

Gerade als der Film spannend zu werden begann, schickte Mattoon alle Anwesenden, bis auf Maddox und Woodehouse, auf ihre Pritschen.

»Small Fry & Little Pinky dürfen ihn zu Ende sehen«, rief Donnybrook weinerlich. »Die haben bestimmt dafür geblecht ...«

»Small Fry & Little Pinky, die haben gerade die Abdrükke von deinen Scheißlatschen vom Ring geschrubbt«, sagte Tremellen. »Blök doch in deiner Zelle rum, wenn's dir nicht paßt.«

Maddox gab wiederholt ein mißbilligendes Schnauben von sich, blieb aber bis zum Ende des Films sitzen. Während des Nachspanns, der beschleunigt und damit unlesbar ablief, sagte er: »Wer den gemacht hat, weiß wenig vom Satanismus.«

»Dein Bekannter aus San Francisco war Berater bei diesem Film«, sagte Remo. »Sein Name steht im Nachspann.«

»Diese gelben Augen zum Schluß«, sagte Maddox, »das war furchtbar dick aufgetragen.«

»Da waren keine gelben Augen am Schluß.«

»Scotts eines Auge ist vielleicht nicht gelb, aber scharf. Ich weiß, was ich sehe.«

»Weiter vorn im Film, während dieser visionsartigen Szene, *da* hast du gelbe Augen gesehen. Nicht länger als für den Bruchteil einer Sekunde. Du hast das Bild in deinem Gehirn gespeichert und später auf die Schlußszene projiziert.«

»Warum«, blaffte Maddox, »sollte ich dir so 'nen Schwachsinn abnehmen?«

»Filmische Manipulation«, brummelte Remo. »Hab mal was darüber gelesen.«

»Meine Herren.« Das Händeklatschen von Wärter Tremellen klang wie Holz auf Holz. »Morgen ist wieder ein Tag … an dem über Filme diskutiert werden kann. Noch genau zwei Minuten, um in die Zelle zu kommen, bevor die Lichter ausgehen.«

Donnerstag, 5. Januar 1978

Mantelknöpfe und Blütenblätter

1

Maddox' Akte paßte nicht in meine einzige noch leere Schreibtischschublade. Wenn man alle losen Blätter aufeinanderlegte, ergab das einen ungefähr dreißig Zentimeter hohen Stapel. Um ihn als Ganzes unterzubringen, mußte ich eine andere Schublade ausräumen. Ich arbeitete vor, um hinterher Zeit für die Lektüre von Maddox' Gefängnisgeschichte zu haben – zusammengenommen ein spannendes Buch. Der strohdumme, von Natur aus jedoch mißtrauische Carhartt schöpfte keinen Verdacht, in der Annahme, ich würde Fakten für einen Bericht, den ich zu schreiben hatte, aus einer angeforderten Akte zusammentragen.

2

Remo blickte schräg hinauf zu der Ecke mit den Logen. Sein Blick wanderte jeweils eine Etage höher. Nirgends ein Wärter hinter Glas.

»Kleine Pause.« Er klemmte sich den weichen Besen zwischen die Füße und stellte das Kehrblech mit dem Stiel an die Wand. »Ein Wohltäter draußen auf dem Hof hat mir den Stumpen von einer Panama Panache geschenkt. Reicht grade, daß jeder sich zweimal einen ballern kann.«

Remo zog die Hälfte einer Zigarre hervor.

»Choreanisch aus deinem verwöhnten Mund, das hört sich bescheuert an.« Maddox ließ den Besen in der Hand kippen und stellte ihn mit dem Reisig nach oben auf den Boden. Er nahm ein Feuerzeug aus seiner Tasche und hielt es Remo hin. »Keine Stinkadores für Scott Maddox.«

»Sie sind rein pflanzlich«, sagte Remo, während er über das fransige Mundstück leckte. »Keine Streichhölzer? Feuerzeugbenzin ruiniert den Geschmack.«

»Verwöhnte Fresse, hab ich ja gesagt.« Maddox steckte das Feuerzeug wieder weg, klopfte seine Taschen ab, bis etwas klapperte, und förderte eine Streichholzschachtel zutage. Darin lagen nur noch benutzte Zündhölzer, die schwarzen Köpfe lose daneben.

»Bei uns daheim«, sagte Remo, »stand früher auf den Schachteln als besondere Empfehlung, daß die abgebrannten Streichhölzer ganz bleiben.«

»Oh, in welcher Sprache?«

»Auf gut Englisch hieß es jedenfalls: VERKOHLTER KOPF FÄLLT NICHT AB. Und verdammt, sie brachen wirklich nicht ab.«

»Ich danke dir, Little Remo. Ich hatte es gerade kurz vergessen. Daß mein verkohlter Kopf noch dran ist und nicht in einer Schachtel neben meinem verbrannten Körper liegt, ist den Herren Welpton und McCloy zu verdanken. Leider, sollte ich vielleicht sagen.«

»Ärzte … Sanitäter?«

»Wärter. Sie haben die Flammen ausgeschlagen.«

Remo ließ sich Feuer mit dem Feuerzeug geben. »Moment mal, Scott.« Er atmete tief aus. »Sie waren durch den Rauch alarmiert, hast du neulich gesagt. Hatten sie denn keinen Feuerlöscher dabei?«

»Der war festgeschweißt in der Halterung. Mißbrauch von Schweißgeräten … von Gefängniswerkzeug. Es war Teil des Anschlags.«

»Oh, jetzt haben sie auf einmal einen *Anschlag* gegen dich verübt, die Kakerlaken von Folsom.«

»Die Simulanten in Vacaville sind niederere Insekten als die Folsomer Kakerlaken. Diese schmutzige Arbeit haben sie in der Werkstatt von einem Verrückten ausführen lassen. Sie selbst haben keinen Finger krumm gemacht.«

»Stop, Scott. Deine Biographie geht mir zu schnell. Nachts bete ich für deine Genesung nach dieser dramatischen Selbstverbrennung. Ich schicke Gebete gen Himmel für die Wiederherstellung deines Kakerlakenzirkus ... Und jetzt befinden wir uns auf einmal in der Werkstatt von Vacaville, mitten im Feuer.«

Maddox zupfte die festsitzenden Papierstücke aus den Zweigen seines Besens und warf sie, ohne wirklich zu zielen, gedankenlos in Richtung von Remos Kehrblech. Ein vorbeiflatterndes silbriggrünes Bonbonpapier versetzte Remo einen Augenblick lang einen süßen Stich in den Unterleib, vielleicht weil es ihn an die gleichfarbige Seidenbluse seiner Mutter erinnerte oder an seine erste Schirmmütze.

»Scott in einem brennenden Bett, das war zwei Jahre davor, in San Quentin.« Maddox senkte seine Stimme zu einem tiefen Brummen, in dem allerdings etwas Angespanntes vibrierte, als machten seine Worte sich bereit für den würgenden Sprung. »Ich war gerade genug verbrannt, um die Schweine an den Kaffeeautomaten von San Quentin zum Denken und Grunzen zu bringen. Irgend so ein Sozialarbeiter, ein Typ mit Priesterseminar und Nachhilfeunterricht im Rosenkranzbeten, drängte den Direktor, mich pflegen zu lassen ... vielleicht sogar eine Lobotomie vorzunehmen ... Veganer Maddox verwandelt in die Pflanze seiner Wahl ... sein eigenes ungekochtes Galgenmahl.«

Seine Stimme wurde noch leiser und tonloser. Fast unverständliches Gesumm aus einem Klumpen Verbandsmull. Remo ließ sich nicht von seiner Panama Panache ablenken. Mit halbem Ohr hörte er Maddox zu, während er verfolgte, wie der Rauch in trägen Spiralen und Windungen das fahle Licht in der Abteilung marmorierte. Es erinnerte ihn an jenen Nachmittag bei Wendy in San Fernando. Ihr Stiefvater Kipp Pritzlaff in seiner langsam kreisenden Haschwolke, dem eigentlichen Redaktionsraum der *Marijuana Brass*. Würzige Wendy.

»Jemand, der sich selbst in Brand steckt wegen zwei konfiszierten Kakerlaken«, sagte Remo, »der mußte in ihren Augen ja total bekloppt und lebensgefährlich sein.«

»Ich hatte sie genau da, wo ich sie haben wollte. Drei Monate psychiatrische Beobachtung in der California Medical Facility. Neunzig Tage lang ein Leben wie Gott in Frankreich … das Rätselporno des Rorschachtests … Genau wie du hier in Choreo. Eine weitere Übereinstimmung.«

»Eines Tages stellt sich noch heraus, daß wir ein und dieselbe Person sind.«

»Zügle deine Ungeduld. Scott hatte einen herrlichen Urlaub am See von Vacaville. Nach drei Monaten zurück nach San Quentin. Nur für ein paar Wochen. Der Sozialarbeiter sorgte für eine Verlängerung der Beobachtung. So ging es zwei Jahre lang weiter. Neunzig Tage CMF in der warmen Höhle des Psychiaters … ein paar Wochen San Quentin oder Folsom, um zu sehen, wie das Leben *nicht* sein soll … und wieder zurück zu den Wonnen von Vacaville.«

»Scott hatte sein Feriendomizil gefunden«, sagte Remo. Die Zigarre brachte seine Brust zum Glühen. Am liebsten hätte er den Rauch aus der Luft gesogen, um ihn noch einmal zu genießen. Langsam stieg er aufwärts zu den Tauben.

»Bis …« Weil Maddox plötzlich seine Stimme erhob, brach etwas in seiner Kehle. »Bis, Little Remo, dieser skandinavische Psychopath hereinspaziert kam … Jan Johanson aus San Diego. Erblich belastet bis in die Nieren. Seine Vorfahren hatten ihre Portion Verrücktheit bereits in einem Land erworben, in dem die Sonne nie untergeht. Eine spätere Generation kam nach Südkalifornien, um Schatten zu suchen. Sie fanden wenig, sondern im Gegenteil sogar mehr Sonne als in Lappland. Das wird ihre Nachkommen noch wahnsinniger gemacht haben. Jan Johanson verdächtigte seinen Vater, einen Gynäkologen, Abtreibungen zu praktizieren. Das konnte er als radikaler Jesus-Freak nicht hinnehmen. Johanson schrieb mit seinem eigenen Blut BABY KILLER an die Wand …«

»Wenn das mal kein Plagiat eines anderen Graffitikünstlers ist.«

»… und pustete seinem Vater mit einem Jagdgewehr den Kopf vom Rumpf. Wer ohnehin schon 'nen erblichen Schatten vom Polarlicht hat, sollte sich LSD nicht gleich händevoll reinschaufeln.«

Während Maddox die Zweige seines Besens an seinen halben Nägeln entlangschurren ließ, erzählte er von seinem Dämon in Vacaville. Johanson hatte sich vom Jesus-Freak zum Hare-Krishna-Anhänger gewandelt, wenngleich es Hinweise darauf gab, daß er bereits vor Jahren aus der Bewegung ausgeschlossen worden war, weil er einen anderen Mönch belästigt hatte. Das hinderte ihn nicht, in der CMF den ganzen lieben Tag lang zu singen, zu beten, zu tanzen und dabei mit seinen Deckelchen im Puppenhausformat zu klimpern. Maddox, der in Vacaville kein Gehör für seine eigenen politischen und religiösen Vorstellungen fand, ging das fürchterlich auf die Nerven.

»Trug er auch so ein lachsrosa Sackkleid?« fragte Remo.

»Über dem Gefängnisoverall. Und einen Farbklecks auf der Nase hat man ihm auch erlaubt. Angefangen hat es damit, daß dieser humanistische Betreuer in San Quentin ein paar Yogis eingeladen hat, die den Gefangenen beibringen sollten, wie man auf dem Kopf steht. Der Terror des Zeitgeists, Li'll Remo. Ich hatte auch zwei von diesen Schwachköpfen vor meinem Gitter. Die waren bei Scott Maddox gerade an der richtigen Adresse. Ich hab sie durch die Gitterstäbe hindurch in Grund und Boden verflucht. *Mir* sollten sie folgen. *Ich* hätte das Licht gesehen. Und was sie nicht wüßten, Scott aber schon: Es ist schwarz. Und was glaubst du?«

»Sie lächelten weiter.«

»Um Scott Maddox noch tiefer zu demütigen, lud dieser Sozialarbeiter den Oberyogi ein. Mahatman Ramo Dah, falls er wirklich so hieß. Nichts als Bart und falsches Grinsen. Der Maharischi durfte die armen Arschlöcher in der *death row* belustigen. Er saß hübsch gefaltet wie eine Lotusblüte auf einer blauen Kiste in der Halle. Bei den weiter weg gelegenen Zellen standen hohe Ankleidespiegel, solche drehbaren Dinger, damit auch die armen Tröpfe dort einen Blick auf den Heiligen werfen konnten. Er schaffte es sogar, daß sie ruhig wurden, der Salbader. Sie waren eins mit allem Seienden, also was kümmerte sie die Gaskammer noch …! Ramo Dah gab ihren Seelen Flügel. Aus Blausäure.«

»Ich hör zum erstenmal, Scott, daß du in San Quentin in der *death row* gesessen hast.«

»Ich … ich war da nicht dabei. Sie hatten Scott für ein Stündchen oder so in eine andere Abteilung verlegt. Die Direktion hatte Angst, ich würde den Vortrag stören.«

»Und nachdem der Maharischi weg war, wurdest du in deine Zelle in der *death row* zurückgebracht und hast gehört, wie es war …«

»Sie führten Scott an so einem Ankleidespiegel vorbei. Er begegnete sich nicht. Alles Glas war aus dem Rahmen geschlagen. Es tauchte an den darauffolgenden Tagen in Form von hundert Messern als Handelsobjekt wieder auf. Wie dem auch sei, Little Remo, so jedenfalls begann der religiöse Amateurismus in San Quentin und Folsom. Später auch in Vacaville.«

»Fegen, Scott«, zischte Remo. »French Dyke auf der Lauer.«

Ohne aufzusehen, begann Maddox, die Papierstücke zusammenzufegen, die er zuvor verstreut hatte. Aufseherin LaBrucherie verschwand schon bald wieder in der Loge auf der ersten Etage, um zu telefonieren, wobei sie ihren fleischigen Rücken der Halle zuwandte. Die Putzer ließen ihre Besen wieder ruhen. Maddox erzählte von den täglichen Zusammenstößen mit dem Hare-Krishna-Jünger in der CMF. Der Mann befand sich in dem Wahn, der Welt einen großen Dienst erwiesen zu haben, indem er in der Person seines Vaters den langgesuchten Engel des Todes, Josef Mengele, ermordet hatte. Der Streit eskalierte, als Maddox, um seinen Gegner weiter zu reizen, seiner großen Bewunderung für den KZ-Arzt Ausdruck verlieh. Das machte Maddox in Johansons Augen zu einem gefährlichen Nazi, der seinerseits eliminiert werden mußte. Was den Hare Krishna letztendlich seine Tat begehen ließ, war eine unüberwindbare religiöse Meinungsverschiedenheit zwischen ihm und Maddox.

»Die anderen haben den mißbraucht. In der CMF wurde gerade gegen Mißstände im Gefängnis rebelliert. Kein Aufruhr. Ein friedlicher Protest, wie es heutzutage heißt. Scott beteiligt sich nie an so was, weder an einem bewaffneten Aufstand noch an stillem Gemurre. Im Gefängnis ist Scott sich seines Lebens nie sicher. Bei einem Aufruhr hat sein Rücken mehr vom Gefangenen zu fürchten als vom Wärter. Es hat die Aufständischen gefuchst, daß ich in meiner Zelle blieb. Sie haben die Löschgeräte in der Werkstatt in den Halterungen festgeschweißt und dann das Sackkleid gegen mich aufgehetzt. Das war nicht schwer. Er war sowieso schon völlig durchgeknallt.«

»Unter der religiösen Überzeugung von so einem Krishna, Scott, kann ich mir ja noch was vorstellen. Aber unter deiner?«

»Cosy Horror, Li'll Remo.«

»Jetzt ist das also auch schon eine Religion.«

»Es geht dabei um das Verschieben von Abgründen.«

»Danke, Scott. Jetzt ist es mir sonnenklar!«

»Erst will ich mehr über Wendy wissen und das abgestürzte Flugzeug der Familie Jacuzzi.«

»Nach Cosy Horror, Scott.«

»Später.«

»Das sagst du jedesmal.«

»Später. Wenn unser Verhältnis auf dem Tiefpunkt ist.«

»Erst mal müssen wir zusehen, daß das zu unserer Dyke gut bleibt. Sie kommt jetzt raus.«

»Schwingt die Besen, Leute.«

Die halbe Zigarre war jetzt nur noch ein kurzer Stumpen.

»Eins von deinen Streichhölzern, Scott. Schnell.«

»Die sind genauso abgefackelt wie meine Pfoten.«

»Gib schon her.«

Remo steckte das schwarze Ende des Streichholzes ins feuchte Mundstück und klemmte sich das andere zwischen die Zähne. Während er fegte, schmeckte er nur noch den bitteren Geschmack reinen Nikotins, wie bei einer Pfeife, die man versehentlich saubersaugt anstatt -pustet. Er fühlte, wie er blaß wurde, wie ihn leichte Übelkeit befiel, wie seine Beine weich wurden, aber es war herrlich.

3

Das Erdgeschoß war fertig gefegt. Alle drei Logen waren jetzt besetzt, aber keiner der Wärter achtete auf die Putzer. Die stützten sich auf ihre Besen.

»Mir kam das ja schon komisch vor«, sagte Maddox. »Friedlicher Protest bedeutet meistens: keine Arbeit. Der Aufstand war noch in vollem Gang, aber an dem Morgen kamen sie alle in die Werkstatt. Dort herrschte eine merkwürdige Stimmung. Scott hat die Nase eines Koyoten für Gefahr, aber er sah nicht, woher die drohte. Wir waren mit unseren Armeen zugange. Kleine Soldaten anmalen für die Spielzeugindustrie. Ich saß mit Johanson und noch zwei anderen an einem großen Tisch. Er mischte Farbe und gab Verdünner aus einer Plastikflasche dazu. Ich sah auf seinen kahlen Schädel … die Skalplocke. Er glänzte weniger als sonst. ›Du solltest dir den Kopf mal wieder rasieren‹, sagte ich zu ihm. ›Selig sind nur die, in deren Schädel Gott sich spiegeln kann.‹ Er schoß sofort zurück. Ob diese Minisoldaten vielleicht meine Heerscharen wären und wann ich sie zu Cosy Horror führen würde. Um mich noch mehr zur Weißglut zu bringen, holte er seine kleinen Becken hervor und begann zu tanzen und zu bimmeln und zu singen. Nicht ›Hare Krishna, Hare Rama‹, sondern ›Cosy Horror, Cosy Horror‹. Irgendwie kriegte ich mit, daß die anderen Gefangenen an den Drehbänken nicht mehr arbeiteten, aber ich kapierte es nicht sofort. Scott versuchte ruhig, einen schwerbewaffneten Astronauten anzumalen, aber der Pinsel war zu fein. Seine Finger zitterten. Ich sagte zu Johanson, seine Sekte sei ein Schmu-Verein … und daß sie von Swami Prabhupada als tanzende Hausierer benutzt würden … um Reklame für das multinationale Unternehmen Hare Krishna zu machen und Geld für die Mutterfirma zusammenzubetteln. Jan flippte sofort aus. Er nahm die Plastikflasche, und ein Strom Verdünner gluckerte über Scotts Kopf. Haare, Bart … der reinste Schwamm. Johanson hatte ein Feuerzeug in der Hand. Schon mal gehört, wie ein Ölofen mit zuviel Brennstoff kracht, Little Remo? Genauso hat es aus Scott Maddox gekracht, haben die Wärter später gesagt. *Wumm!* Und schon hatte ich einen Feuerball auf den Schultern.«

»Ich hab immer gedacht«, sagte Remo, »daß fernöstliche Mönche *sich selbst* anzünden. Für den Weltfrieden oder so.«

»Bestimmt hat er Scott für den Weltfrieden und für seine eigene Seelenruhe in Brand gesteckt. Er hätte mir wenigstens erst die Haare schneiden und mich rasieren können. Das Pack drängte sich um mich. Jeder wollte in die erste Reihe … sehen, wie Scott als eine Fackel reinkarniert wird. Mein Bart war wie ein vollgesogener Weihwasserwedel. Ich hatte noch versucht, die Flasche abzuwehren, und dabei war das Zeug auch auf meine Hände getropft. Als ich die Flammen auf meinem Kopf ausschlagen wollte, wurde alles nur noch schlimmer. Scotts Finger waren ja schon voll von der brennbaren Farbe. Großer Jubel. Und die Deckelchen klimperten nur so.«

»Wurde nicht gelöscht?«

»Die beiden Wärter, Welpton und McCloy, zerrten jeder an einem Löschgerät. Nicht loszukriegen, die Dinger. Sie versuchten, mir mit einem Wachstuch zu Hilfe zu kommen, aber der Pöbel wollte unbedingt lynchen … ging nicht beiseite … Welpton und McCloy mußten sich den Weg zu mir frei knüppeln. Beim Ausschlagen der Flammen haben sie sich selbst noch die Hände verbrannt.«

»Und du?«

»Bart weg, Haare weg, Haut weg. Hände, Arm, Schulter, Gesicht, Kopfhaut … Verbrennungen zweiten und dritten Grades. Zwanzig Prozent von so 'nem kleinen Körper sind vielleicht nicht viel, Li'll Remo. Aber es sind trotzdem zwanzig Prozent von *meinem* Körper, die verbrannt sind.«

»Todesstrafe umgewandelt in lebenslänglich« (Remo schüttelte den Kopf) »und dann trotzdem noch nach einem Religionsstreit als Ketzer auf dem Scheiterhaufen landen.«

»Macht sich gut für eine Überzeugung«, sagte Maddox. »Aber es ist auch furchtbar heiß.«

»Ich hoffe, Cosy Horror war das wert.«

»Sie haben Scott üppigst gesalbt, genäht und eingewickelt. Die CMF *ist* schon eine Art geschlossenes Hospital, für die Rorschach-Fälle, aber innerhalb davon gibt es auch noch eine Krankenstation für lebende Mumien. Siehe, dies ist der Kopf, den die amerikanischen Bürger gefordert haben. Nicht in der Gaskammer geröstet, sondern während eines kleinen Wortgefechts im Bastelraum eines Gefängnisses. Hauptsache, in der Küche riecht es nach Braten.«

»Und so erschien Scott Maddox in den Nachmittagsausgaben mit umwickeltem Kopf, wodurch er aussah wie eine Nonne … oder wie ein Segelfliegerpilot, der in ein Kornfeld abgestürzt ist.«

»Das ist aus einem Buch.«

»Weidmann war der letzte Verbrecher, der in Frankreich öffentlich unter der Guillotine hingerichtet wurde. Die Zuschauer hatten die ganze Nacht gesoffen. Sie tauchten weiße Taschentücher in das Blut des Mörders, damit sie ihrer Alten doch noch eine rote Rose mitbringen konnten.«

»Was, Little Remo, sollen die Leute mit einem Taschentuch, wenn die Gaskammer wieder aufgeht?«

»Sich vor Mund und Nase binden.«

4

»Scott, wenn Vacaville nach dieser Ketzerverbrennung für dich zur Krankenstation in einem Irrenhaus wurde, geschützt und sicher, wie kommst du dann nach Choreo?«

Sie waren dabei, am Waschbecken alles bereitzulegen, was sie am Nachmittag zum Schrubben und Aufwischen brauchten. Eine große Spinne lief auf hohen Beinen um den Abfluß herum, die grünlich umrandeten Löcher ertastend.

»In der CMF haben sie meine Zirbeldrüse durchleuchtet und meine Hühneraugen und meinen Ischias und mein Bla und mein Bla und mein Bla. Alle Ismen in Scotts Gehirn sind dort gescannt worden. Sie haben meine Warzen weggebrannt und meine Neuronen und Neuriten und Dendriten und auch noch ein paar Haare rund um mein Arschloch. Und jedesmal, wenn ich wieder in Folsom war oder in San Quentin, hat der Doktor eine neue blinde Fistel in meinem Gehirn gefunden. Und wieder ging's nach Vacaville, mit einem Blaulicht auf dem Bauch.«

»Sie wollten dich loswerden.«

»Für die CMF war ich Gold wert. Bis … Schau mal, Li'll Remo, das ist das amerikanische Gefängniswesen. Ein religiöser Irrer übergießt mich mit flüssigem Feuer. Nicht er bekommt die Schuld, sondern Scott. Ich hätte es provoziert. Es wurde ausgerechnet, daß meine neunzig Tage Beobachtung schon fast zwei Jahre dauerten. Ich konnte gehen. Wieder zurück in die Scheiße von San Quentin.«

»Dann haben deine Begleiter aber eine falsche Wegbeschreibung bekommen.«

Die Spinne stand jetzt mit allen Beinen exakt um den Abfluß herum. Remo drehte rasch den Kaltwasserhahn auf und wieder zu. Der Strahl verwandelte das Insekt in eine nasse Kugel. Maddox stieß einen Schrei aus und kniete sich vors Waschbecken. Er hob die Spinne vorsichtig vom Abflußgitter, legte sie in seine verbundene Hand und begann sie sanft trockenzuhauchen.

»Ich fand es schon merkwürdig«, sagte er zwischendurch, »daß sie mich durch eine Hintertür, durch die Küche, abgeführt haben. Fünf Polizeiwagen mit schätzungsweise insgesamt vierzehn schwerbewaffneten Schweinen. Scott mußte in den mittleren Wagen, zwischen zwei von diesen Stinktieren auf die Rückbank. Die Karawane blieb einfach stehen, zwischen den Müllcontainern. Von dem bequemen Leben in Vacaville hatte ich Fußknöchel wie ein Mädchen bekommen. Ich ertrug keine Fesseln mehr. Sie schnitten außerdem durch den Verband in meine Handgelenke. ›Was ist das Problem?‹ fragte ich, denn die Schweine neben mir stanken noch durch ihre Uniform. Ich wollte fahren, am liebsten bei offenen Fenstern.«

Maddox hauchte ein letztes Mal, und die Spinne erhob sich, noch etwas unsicher, auf ihren eingeknickten Beinen. »Komm mal mit.« Remo folgte ihm zu der Wand mit dem hohen vergitterten Fenster, dessen Fensterbank ungefähr eineinhalb Meter über dem Fußboden lag. Zwischen Gitter und Mattglas befand sich eine dicke Füllschicht aus Spinnweben und -netzen, Taubenflaum und halb verwesten Fliegen. Maddox ließ die Spinne darin frei, die sofort von einem Faden zum nächsten in die Höhe eilte.

»Gerettet«, sagte Remo.

»Wiedererweckt«, sagte Maddox in vollem Ernst. »Sie war schon tot.«

»Die Eskorte blieb also mitten im Müll stehen.«

»Scotts Akte war futsch. Die Mappen waren zwar im Archiv, aber … leer. Hin- und Hergerenne. Direktor geholt. Totale Verständnislosigkeit. Die scheelen Blicke, die galten mir. Als ob ich selbst eine große Aufräumaktion in den Ordnern veranstaltet hätte. Die Karawane fuhr schließlich ohne Scotts Gefängnisvergangenheit los.«

»Was war das für ein Gefühl?« Sie gingen zum Waschbecken zurück.

»Ein komisches. Große Leere. Die Erinnerungen an die einzelnen Einrichtungen waren zwar noch da, aber … undeutlicher. Nicht mehr gestützt auf die harten Fakten in der Akte.«

»Wie gefährlich bist du, Scott, daß du eine Eskorte von fünf Polizeiwagen verdienst?«

»Häftling Maddox saß wie ein flügellahmes Spätzchen auf der Rückbank. Die Gefahr drohte von außen.«

»Der politische Delinquent ist eine spektakuläre Befreiungsaktion wert.«

»Die wurde auch in die Wege geleitet. Zwischen Vacaville und San Francisco. Eine Strecke, auf die die Schweine an dem Tag keine Lust hatten. Meine Leute haben stundenlang in einem Hinterhalt vor sich hin gefroren. Die Straßensperre wurde später mit einem Schaufellader weggeräumt.«

»Die Karawane fuhr nach Süden. Nach San Bernardino.«

»Bei der Ankunft in San Quentin würde Scott genau durchsucht werden, das wußte ich. In meinem Schuh war eine kleine Feile, so dünn wie eine Stopfnadel. Sie würden sie finden … die Sache aufbauschen in der Hoffnung, befördert zu werden … und Scott wäre ein geschütztes Nest in der Isolation sicher. Jetzt wurde ich mitsamt meinem Goldschmiedewerkzeug in Choreo abgeliefert. Ein Knast aus der grauen Mittelklasse. Scott hat seine Ehre gerettet … und die Feile sofort gemeldet …«

»Trotzdem sitzt du jetzt hier im HST.«

»Zu meiner eigenen Sicherheit, sagt O'Melveny. Um weitere Anschläge zu vermeiden.«

»Diese Befreiungsaktion … abgekartete Sache? Oder solltest du sowieso nach Choreo?«

»Wenn es durchgesickert wäre, warum sind meine Kameraden in ihrem Graben dann nicht verhaftet worden? Das mag Jan Johansons Gott wissen.«

Aus den Augenwinkeln sah Remo, wie Aufseher Don Penberthy über den Umgang im ersten Stock ging. Er war von der Aufnahme, gehörte nicht hierher, doch sicherheitshalber klapperte Remo mit einem Stapel Plastikeimer, den er auseinanderzunehmen begann. Penberthy verschwand in dem kleinen Korridor, der zum Freizeitraum führte.

»Was ist aus dem Mönch geworden?« fragte Remo.

»Er tanzt durch die Korridore von Vacaville, singt und klimpert mit seinen Deckelchen. Auf der Krankenstation hörte ich von einem Privilegierten, es sei Gott höchstpersönlich gewesen, der Johanson den Auftrag erteilt hat, Scott Maddox zu verbrennen.«

»Vielleicht hatte Gott Angst vor Cosy Horror.«

»Die wahren Religionen, Li'll Remo, haben es anfangs immer schwer. Das macht sie nur stärker. In Vacaville jodelt der Hare Krishna seine Gebete. In Choreo schlappt Charlie durch die Korridore mit Besen und Kehrblech. Nur seine eigenen Leute wissen, daß er Balken und Querbalken seines Kreuzes mit sich trägt. Charlie mußte brennen.«

»Charlie …«

»Hab ich Charlie gesagt?«

»Hab ich so verstanden. Charlie mußte brennen.«

»Ich meinte Charlie … Scott als Charlie … der Vietcong im eigenen Land. Charlie, der immer der Angeschmierte ist. Der Napalm abkriegt, obwohl er nur Blumen in der Hand hält.«

Remos Blick blieb an dem Markenetikett hängen, das von einem knallrosa Eimer teilweise abgekratzt war. KICK-UP BUCKET, hatte dagestanden. Jetzt las er: KICK BUCK.

»Ach so, *der* Charlie«, sagte er zerstreut. »Feuergefährlicher Charlie.«

Neben dem Eimer sah er die etwas zu langen Hosenbeine von Agraphiotis' Uniform, die auf sorgfältig geputzten schwarzen Schuhen ruhten.

»So, die Herren«, sagte der »Grieche«. »Der Wettstreit ist hier in erster Linie ein verbaler, merke ich.«

5

In seiner Zelle versuchte Remo die Stunde der Wahrheit nicht hinauszuschieben, sondern im Gegenteil heraufzubeschwören.

»Sie liebt mich, sie liebt mich nicht.« Einem solchen Teenagerspielchen glich seine Inkantation ja schon. Die Knöpfe an der Jacke abzählen, »liebt mich … liebt mich nicht«, oder die Blütenblätter einer Margerite ausreißen: »Sie will mich, sie will mich nicht.«

Wenn Remo auf den Ring hinaustrat, um sich Maddox anzuschließen, schien er sich von der Wahrheit zu entfernen. Sie wartete, nach wie vor unentdeckt, auf ihn, bis er wieder in seinen vier Wänden war. In der Einsamkeit seiner Zelle wurde Scott Maddox zu einem anderen Menschen für ihn als draußen auf dem Umgang. In seiner eigenen Stille sprach Remo ganz anders mit diesem eingewickelten Zwerg als unter der hallenden Kuppel des HST. So erging es einem Angestellten, der den Eindruck hatte, von einem Kollegen benachteiligt zu werden. Zu Hause wuchs der Bürogenosse zu einem gewaltigen Feind, dem der drangsalierte Schreiberling in Gedanken Bescheid stieß, und zwar nicht gerade sanft. Am nächsten Tag, bei der Arbeit, war der hinterhältige Kollege wieder auf normale, jämmerliche Proportionen geschrumpft. Sie wünschten einander verstohlen guten Morgen und berieten sich gemeinsam mit gedämpfter Stimme über die Aufgabenverteilung des Tages. »Ich hol dir das Quittungsbuch von oben.«

6

Der Verdächtige wurde gegen eine Kaution bis auf weiteres freigelassen – doch dann begann es erst. Alles in seiner unmittelbaren Umgebung wurde sofort mit Schuld befleckt. Jedes Gespräch bekam etwas Doppeldeutiges, jedes Telefonat stand unter Verdacht, und seine Fußabdrücke sogen sich mit der Druckerschwärze der Presse voll. Für seine 54 Kilo schwere eins siebenundfünfzig war eine Kaution hinterlegt worden, doch alles, was dieser Körper tat, blieb suspekt und würde bis an die Ränder der Erde beschattet werden. Jedes Wort und jede Geste, jedes Lächeln oder Zwinkern wurde von Trauerrändern verunziert, mit denen ein unsichtbarer Verfolger sie versehen hatte. Der Beschuldigte brauchte nur um eine Straßenecke zu biegen, und schon war ein ganzes Stadtviertel gesättigt mit seiner Buße, bis hinein in die bemoosten Fugen zwischen den Gehwegplatten. Schuldbewußte Tauben stellten ihr Gurren ein. Ein Wetterhahn blieb im eigenen Rost stecken und stand jetzt quer zur Windrichtung. Es regierte der Panmeaculpismus.

»Wenn du ohnehin dabei bist, diesen Richter zu zermürben«, hatte Sauro am Telefon noch gesagt, »dann frag ihn doch, ob du im September oder Oktober noch einmal über den Teich darfst. Wir haben zu wenig Schauspieler.«

»Warum ich?«

»Du bist in der Lage, die europäischen Stars von den europäischen Groupies zu unterscheiden.« Das war Dino am Zweitapparat. »Bums die Groupies, buch die Stars.«

»Wenn ihr an meine Situation denkt, Bros ... wer sagt euch, daß ich nicht drüben bleibe?«

»Ich sage das«, sagte Sauro.

»Und ich«, sagte Dino.

»Du kommst zurück«, riefen sie synchron. Ritterbachs widerwillig erteilte Zustimmung, Remo im April nach Paris fliegen zu lassen und im Mai nach Französisch-Polynesien, hatte einen Präzedenzfall geschaffen. Der Richter konnte es seinem ureigenen Beschuldigten, dem leibhaftigen Pfand für Gratisgetränke im Club, jetzt nicht mehr verweigern, für eine Casting-Runde nach Rom und Berlin zu fliegen.

»Wenn du schon mal auf dem Kontinent bist«, hatte Dino (oder Sauro) beim Abschied auf dem LAX gesagt, »dann schau doch auf DinoSaur-Kosten mal bei dem großen Verleih in München vorbei … CineDistri heißen die. Versuch, sie für den Sturm zu erwärmen. Sag ihnen, daß wir bei der weiblichen Hauptrolle an ihre Stassja denken. Das wird sie lehren, *porco dio*, diese chauvinistischen Preußen.«

Nach endlosem Hin und Her mit Casting-Agenturen in Rom und Paris und einer ganzen Reihe fruchtloser Mittagessen mit konversationsunfähigen Schauspielern und Schauspielerinnen legte Remo auf dem Weg nach Berlin einen Zwischenstopp in München ein.

»Wie sicher ist es«, fragte der Direktor von CineDistri, »daß eine deutsche Diva die Rolle bekommt?«

»Sie nimmt zur Zeit Englischunterricht«, sagte Remo.

In München, das traf sich gut, hatte das Oktoberfest gerade begonnen. Remo wurde von CineDistri-Mitarbeitern von einem Bierzelt zum anderen geschleppt. Die Lokale sah er nur dann von innen, wenn er seine überschäumende Blase leerte. Getrunken wurde an langen Tischen im Freien unter bereits braun verfärbten Kastanienbäumen. Die Münchner legten den Bierdeckel *auf* ihr Glas, vielleicht um den Inhalt vor herabfallenden Kastanien zu schützen.

Es dauerte nicht lange, bis der erste Fotograf auftauchte. Remo erhob sich von seiner Bank, um nach drinnen zu flüchten, doch seine Gastgeber versicherten ihm, es sei nur für eine kleine Stadtteilzeitung namens *Der Mückenstich*. Der Fotograf bedeutete zwei jungen Frauen in bayrischer Tracht und mit Hirschgeweihen im Haar, etwas näher an den berühmten Gast heranzurutschen. Na schön, für den *Mückenstich* war Remo gern bereit, seine Arme um die beiden Mädels zu legen und sie dicht an sich zu ziehen. Wenn er nicht schon so viel Bier intus gehabt hätte, wäre ihm sicher aufgefallen, daß dieses kleine Käseblatt einen doch sehr professionell arbeitenden Fotografen beschäftigte.

Zwei Tage später wurde Remo frühmorgens vom Telefon geweckt. »Herr Dunning für Sie.«

»Muß das jetzt sein, Doug? In meinem Kopf schäumt es noch von zwölf Halbliterkrügen blondem Bier.«

»Hübsches Foto von dir im *Santa Monica Herald*. Obwohl, deine Frisur hat schon mal besser gesessen. Die Bildunterschrift kannst du dir ja denken. Als Vorbereitung auf deine Gefängnisstrafe entspannst du dich mit der fünfzehnjährigen Gretl … und der sechzehnjährigen Nannerl … auf Münchens Bierfesten.«

»Als erstes schon mal, Doug: Sie hießen anders.«

»Es gibt kein telefonogeneres Gestöhne«, sagte Dunning, »als von einer verkaterten Person. Ihre Namen interessieren mich nicht.«

»Als Mitarbeiterinnen von CineDistri waren sie natürlich älter.«

»Diese Schürzchen, diese Zöpfchen … die machen aus jeder braven bayrischen Hausfrau ein freches Schulmädchen in einem Tiroler Alpenhorn-Softporno.«

»Dazu ein höhnischer Bericht …«

»Nicht darüber, wie sie im *moment suprême* zu jodeln anfangen. Sondern: Leute wie du können sich *alles* erlauben. Kinderschändung – und sie kommen ungeschoren davon. Dein Prozeß, ein einziger großer Witz.«

»Erspar mir Ritterbachs Reaktion.«

»Na ja, der hat Aug in Aug mit deinem Foto in der Zeitung gefrühstückt … seine eigene weichgekochte Wut. Drei Minuten auf kleiner Flamme. Löffel Salz dazu gegen das Platzen. Nach dem Frühstück Pressekonferenz auf LA 5. Wenn's nach ihm geht, dann bist du noch vor Monatsende auf dem Weg in eine gewisse geschlossene Einrichtung.«

»Ich seh richtig, wie die Schaumflocken von seinen Lippen auf die Mikros fallen.«

»LA 5 hat eine hohe Zuschauerquote unter den Mitgliedern des Palisades Cliffside Golf & Yacht Club. Fast unter Tränen rief Ritterbach, wir von der Verteidigung hätten ihm einen gewaltigen Bären aufgebunden. Unter anderem was die Zahl der Drehtage angeht.«

»Drehbeginn ist erst im neuen Jahr, Doug. Er weiß das.«

»Er hat mir in einer nicht-öffentlichen Sitzung versichert, daß du, falls nötig, noch einmal drei Monate Galgenfrist bekommen könntest. Alles der Ökonomie zuliebe. Aber das war vor Gretl und Nannerl.«

»Ritterbach ist ganz besessen von seinem neuen Hobby: mit mir Schlitten fahren. Hier gegenüber, beim *Schmeichelkätzchen*, wird draußen an den Tischen noch bedient. Doug, ich geh und ersäuf meinen Kater in einem großen Blonden.«

»Sorg um Himmels willen dafür, daß es keine große Blondine ist!«

7

Der Freizeitraum wurde wie der Rest von Choreo (außer dem Zimmer des Direktors) von Neonröhren erhellt, die alle Schatten vertrieben. Trotzdem hatte Remo das Gefühl, daß etwas Schattenähnliches über ihn fiel, während er sich die Nachrichten im Fernsehen ansah. Es war die Anwesenheit von Goering Goiter schräg hinter ihm, dem dickbäuchigen Vizepräsidenten der hiesigen Arischen Bruderschaft.

»Woodehouse«, zischte er in Remos Nacken. »He, Woodehouse.«

Remo drehte sich um. Goering Goiter zog sich einen Stuhl heran und setzte sich umgekehrt darauf, wofür er seinen gewaltigen Wanst an die Rückenlehne pressen mußte. »Woodehouse, hör mal kurz zu …« Er schnaufte, allerdings nicht vor Anstrengung, sondern aus einer ungehobelten Selbstgefälligkeit heraus. Hinter ihm erhob sich am Tisch der AB'ler, an dem auch der Vizepräsident gesessen hatte, Bruder Dudenwhacker und kam langsam auf die Fernsehecke zu.

»Du bist ja kein junger Spund mehr, Woodehouse«, säuselte Goering Goiter, »aber du siehst noch super aus. Ich wollte dir vorschlagen ... Schau, heute oder morgen knöpfen sie sich dich vor, und das täte mir leid.« Jetzt spürte der Vizepräsident seinerseits, daß jemand hinter ihm stand. Der dicke Kopf auf dem anschwellenden Hals drehte sich langsam um. »Verpiß dich, Hank. Wie du siehst, bin ich gerade dabei, mit Woodehouse was Geschäftliches zu regeln.«

»Das beunruhigt mich ja gerade, Kearn«, sagte Dudenwhacker und kratzte sich die unterste seiner drei Tränen links.

»Gut, Hank, dann hilf mir. Sag dem Woodehouse hier, daß er ohne Bart viel besser aussieht. Jünger. Attraktiver. Und die Brille muß auch weg.«

»Komm mit an den Tisch, Kearn. Laß Woodehouse in Ruhe. Die Schweine schauen schon zu uns rüber.«

»Woodehouse«, flüsterte Goering Goiter, eine schwere Hand auf Remos Knie, »ich biete dir meinen persönlichen Schutz an. Das einzige, was du ... na ja, ab und an was erledigen. Und natürlich von Zeit zu Zeit ... Hör zu, Woodehouse, ich bin sehr penibel mit meinem Körper. Es ist nur für ab und zu. Für Notfälle.«

»Kearn, komm jetzt.« Dudenwhacker zog seinen Bruder beinahe mitsamt dem Stuhl um. »Ich hab andere Pläne mit Woodehouse. Wenn du das vermasselst, du blöder Kerl, dann kriegst du Probleme mit mir.«

Der Vizepräsident ließ sich von seinem Untergebenen zum Münchner Stammtisch mitführen, wie die AB'ler ihren festen Platz im Freizeitraum nannten. Auf halbem Weg sah sich der Dicke noch einmal um, das Gesicht fleckig vor Geilheit.

8

Wieder in seiner Zelle, nahm Remo sein Beschwörungsgebet erneut auf. »Ist es ... ist es nicht.« Jackenknöpfe und Blütenblätter für Scott Maddox. »Er ist es.« »Er ist es nicht.« Und natürlich das Ganze wieder von vorn, auch das gehörte dazu. Alles, um das Resultat hinauszuzögern. »Plus. Minus. Plus.«

Paula hatte die Fotos mit der Post geschickt, in einem kartonierten Umschlag. Er war aufgerissen und wieder zugeklebt worden, doch aus der beigelegten Liste konnte Remo ersehen, daß kein einziges Foto fehlte. Nirgends war auch nur der Vorname seiner Frau erwähnt, wenngleich die Möglichkeit bestand, daß der Zensor ihr Bild erkannt hatte.

An der Preßspanplatte mit dem Drehbuchplan heftete er zwei Fotos mit den einzigen Reißzwecken fest, die ihm gestattet waren: stumpfe Zahnstocher. Das eine war ihr Hochzeitsfoto. Umgeben von Freunden standen sie vor dem Londoner Standesbeamten – sie in einem Minikleid, kürzer als kurz, er in einem 18.-Jahrhundert-Junkeranzug (es war die Zeit von *Sgt. Pepper's*). Die Braut war ganz und gar wohlgeformtes Bein, ein umwerfend hochbeiniger Vogel, doch ihr Größenunterschied – sie überragte ihn um ungefähr einen Kopf – war keine optische Täuschung.

Auf dem anderen Foto, aufgenommen im Joshua-Tree-Park, lag sein Arm locker um ihre Schultern. Hier wirkten sie beide gleich groß. Das Bild endete knapp unterhalb ihrer Knie. Nicht zu sehen war, daß Remo mit dem einen Fuß auf einem Felsbrocken balancierte. Gott, wie schön sie war. Nur noch schöner durch den Ernst in ihren Augen, mit dem ausnahmsweise einmal nicht fühlerartige falsche Wimpern ihren Spott trieben. Eine solche Schönheit konnte nicht einfach vernichtet werden: Die mußte noch irgendwo, außerhalb aller Fotos, Filmbilder und Erinnerungen, unauslöschlich in der Welt eingebrannt sein. Gott mußte das so angeordnet haben.

Aber *wo* nur, in Gottes Namen …!

(Sie blickten beide voll gierigem Selbstvertrauen ins Objektiv. Unerschütterlich verliebt. Wenn doch eine gewisse Ungeduld in ihrer Haltung zu erkennen war, eine Unbehaglichkeit in den Schultern, so deshalb, weil Arbeiten und die Welt Bezwingen sie noch glücklicher machte als ein solcher Ausflug in einen monumentalen Naturpark.)

Sein Anwalt hatte ihm zum Schluß geraten, im Grunde befohlen, sofort nach Los Angeles zurückzukehren. Remo kam sich wie ein kleiner Junge vor, dem man auf die Finger geklopft hat. In seiner mißmutigen Machtlosigkeit blieb ihm nichts anderes übrig, als die kalifornische Justiz bis zum äußersten zu provozieren.

»Stass? Ich bin's. Hör gut zu. Du fliegst jetzt sofort nach London. Ohne Mama. DinoSaur will dich in dem Sturm-Film. Morgen Probeaufnahmen in den Redwood Studios.«

Remo wollte mit Stassja in jeder Ecke von London gesehen werden, golden eingerahmt vom Blitzlicht sämtlicher Societyfotografen, die es in der Stadt gab. Ritterbach würde sich ganze Alben voll damit anlegen können. Sie wohnte bei ihm in seinem Haus am Eden Square. Manchmal, wenn sie mit der Pracht ihrer offenen blonden Haare an seinem Arbeitszimmer vorbeiging, krampften sich die Gefäße rund um sein Herz zusammen. Der Fleisch und Blut gewordene Schemen seiner Frau. In der Diele hing schon seit Jahren in einer Plastikhülle deren Silberfuchs an der Garderobe. Als Stassja an einem kühlen Abend Anfang Oktober fragte, ob sie den Mantel ins Theater anziehen dürfe, packte Remo eine derart unbändige Wut, daß das weinende Mädchen nicht mehr zu beruhigen war und dadurch erst recht eine unerträgliche Ähnlichkeit mit seiner verstorbenen Ehefrau bekam, die bei ihrem ersten Zusammensein ebenfalls ihre ganze Angst und ihren ganzen Kummer aus sich herausgeheult hatte. Stassjas Gegenwart in der Wohnung war auf die Dauer nicht zu ertragen. Zum Glück kam der erlösende Anruf von Douglas Dunning.

»Ritterbach tobt.«

»Immer noch wegen dieses Fotos im *Mückenstich*?«

»Warum hast du unter den gegebenen Umständen im Dritten Reich so auf den Putz gehauen? Das will das prominente Mitglied des Palisades Cliffside Golf & Yacht Club von dir hören. Persönlich. Im Gerichtssaal.«

Neben ihm wartete Stassja, ein Badetuch fest um sich gewickelt, die Haare naß vom Duschen. Wo andere Mädchen eine Braue hochziehen würden, verstand sie sich auf die Kunst, ihre Unterlippe fragend anschwellen zu lassen.

9

Die Stunde der Wahrheit schlug für Remo am Donnerstagabend, ungefähr zwischen Viertel vor elf und halb eins. Ein exakter Zeitpunkt für den Moment restloser Klarheit ließ sich nicht angeben. Die Erkenntnis kam in beunruhigenden kleinen Wellen, die auch wieder, halb beruhigend, verebbten – bis die Wahrheit über ihm zusammenschlug und Zeit nicht mehr existierte. Und immer noch wollte er sich ihr nicht stellen, wie auch ein Ertrinkender es nicht will.

Die Beduinenchöre waren Remo in all ihrer Unverständlichkeit inzwischen so vertraut, daß er jeden gewünschten (oder unerwünschten) Wortlaut aus ihnen heraushören konnte. Er hätte geschworen, daß sie an diesem Abend lediglich aus Frauenstimmen bestanden. Nicht einmal Kinder waren beteiligt. Die Damenstimmen klangen alle wie die von Wendys Mutter, hysterisch, und sie skandierten die Beschuldigungen, die schon früher gegen Remo vorgetragen worden waren.

»Asth! Ma …! Asth! Ma …!«

Ja! Cu! Zi …! Ja! Cu! Zi …!«

Es kümmerte ihn nicht. Er lag hier eingekapselt in einem

Kokon aus eisernen Dornensträngen, die zusätzlich mit einer hohen Voltzahl gesichert waren. Warum mußte er jetzt an Kenneth denken? Alter, treuer Ken: Der hatte ihn damals aus seiner wesenlosen Trauer herausgeholt – mit Shakespeare. Um ein Stück des Barden bis ins letzte kennenzulernen, so hatte Remo erfahren, war es das beste, ein Filmdrehbuch nach dieser Vorlage zu stricken. Entwirren, aufziehen und dann von neuem mit den Windungen verknüpfen, die noch im Garn waren. Um ein bis ins letzte durchgearbeitetes Drehbuch von *König Lear* zu bekommen, hatten sie gemeinsam, Kenneth und er, sämtliche Shakespeare-Tragödien der gleichen Behandlung unterzogen. Eine unvergeßliche Erfahrung, voller Trost. Struktur, Poesie, Bild – das alles vergaß man nie wieder. Bekannte und unbekannte Musik, egal aus welcher Himmelsrichtung, fügte sich seitdem wie von selbst in den Rhythmus und die Melodie von Shakespeares Blankversen.

Während er langsam ins Vorstadium des Schlafes trieb, in dem alles mit allem verschmolz, hörte Remo die Überlegungen der launischen Bergwinde, wie sie die Botschaft des Hexensabbats, abgehalten auf einer Lichtung im San Bernardino-Wald, nach Choreo tragen sollten.

Fair is foul, and foul is fair

Endlich verstand Remo Fetzen der Rezitative. Sie stammten aus den Hexengesängen in *Macbeth.*

When the hurly-burly's done,
When the battle's lost, and won

Von einer Hexe mit ausgeleierten Brüsten bekam Remo eine margeritenartige Blüte mit einer Krone aus blauen Blättchen. Aus ihrem Herzen erhob sich auf zitternden Beinen eine Spinne, die ihre Zunge entrollte, um Nektar aufzusaugen. Remo begann, ein Blütenblatt nach dem anderen, immer schneller, abzuzupfen. »Ja … nein … ja … nein … ja.«

So heftig er auch zupfte, sie wollten kein Ende nehmen, und er kam zu keinem Ergebnis. »Ist es nicht … ist es doch … ist es nicht …«

Freitag, 6. Januar 1978

Blutschwäger

I

Am Morgen, beim ersten Wachwerden, waren die Träume noch da, doch ohne den verdunkelnden Mantel des Schlafs. Es war, als ob er in eines seiner Filmmodelle schaute, die Maddox »Guckkästen ohne Deckel« genannt hatte. Zuviel Licht für eine Traumkulisse. Der Tag baute die Nacht in Styropor nach.

Remo bot sich für eine Runde Armdrücken an, doch die knochige Hand ihm gegenüber, mit Pigmentflecken auf dem Rücken, krampfte sich nur um irgend etwas Imaginäres. Dann verstand er, warum der Gerichtssaal von Santa Monica so hell wirkte: Die dunkle Täfelung war durch das Rosenholz aus Dunnings Kanzlei ersetzt worden.

Jetzt war er wirklich wach. Das Tageslicht stand fahl in seiner Zelle. Über den Umgang rumpelte der Wagen für die einsamen Frühstücker. Nein, bei jenem letzten Mal in Santa Monica war er nicht im Gerichtssaal gewesen. Statt dessen im Büro von Richter Ritterbach, wo er sich für Gretl und Nannerl in München hatte verantworten müssen. Über Stassja in London kein Wort. Die Boulevardpressefotos mußten wohl erst noch den Ozean überqueren.

In seinem Beratungszimmer legte Ritterbach die Entschlossenheit eines Henkers kurz vor der Hinrichtung an den Tag. Sein gelbliches Gesicht verriet deutlich, wenn er der Ansicht war, Remo trage zu viele Entschuldigungen vor. Dann griff er nach seinem Hammer, bekam ihn aber nie zu fassen, denn das Ding lag im Gerichtssaal. Dunning bat darum, die Gebrüder Dino und Sauro zur Erläuterung der näheren Umstände hereinrufen zu dürfen. »Euer Ehren«, sagte Sauro kurz darauf, »wir von DinoSaur Brothers Productions haben Ihren Angeschuldigten nach Deutschland geschickt.«

»Er sollte Kontakte herstellen für den Zyklon«, ergänzte Dino.

»Es sind und bleiben Deutsche«, sagte Sauro. »Sie haben unseren Mann auf ihr Bierfest mitgenommen. Als Geste unter Geschäftsfreunden. Die Mädels gehörten nicht zu CineDistri. Es waren Serviererinnen, Euer Ehren. Sechsundzwanzig und achtundzwanzig Jahre alt.«

»Unser Mann, Euer Ehren«, sagte Dino, »hat seine Aufgabe aufs beste erfüllt. Der Film wird in Deutschland in bestimmt vierhundert Kinos laufen.«

»Gut«, sagte Ritterbach und griff wieder nach seinem nicht vorhandenen Hammer, »solchen wirtschaftlichen Beweggründen darf man sich nicht verschließen. Der Strafaufschub wird nicht aufgehoben. Aber, Mr. Dunning, das ist jetzt wirklich das letzte Mal. Ich kann mir keine weitere Verzögerung einer lebensnotwendigen psychiatrischen Untersuchung mehr erlauben. Der Staat ist in Gefahr.«

Ein letzter Hammerschlag mit der leeren Hand.

2

Eine solche Werkstatt wie die, in der Maddox in Brand gesteckt worden war, hatte Remo noch nie von innen gesehen. Der »Grieche« brachte ihn, mit Genehmigung von oben, nach dem Hofgang hin. »Sieh dich ruhig um. Ich muß aber in der Nähe bleiben. Du bekommst eine Viertelstunde Zeit.«

Die Werkstatt ähnelte dem Praktikumsraum einer Gewerbeschule. Bänke mit Bohr-, Fräs- und Schleifwerkzeugen, ordentlich aufgereiht. Die soeben vom Hofgang zurückgekehrten Gefangenen setzten sich eine Schutzbrille auf und fuhren mit ihrer unterbrochenen Arbeit fort. Ein Schweißer ließ knisternde Funkenfontänen aufsprühen. Von dem weißblauen Licht mußte Remo die Augen abwenden. Er war der einzige, der zwischen den Bänken herumlief. Wären die Wärter, die in einer Ecke beisammensaßen und sich unterhielten, etwas aufmerksamer gewesen, dann hätten sie an mindestens zwei Stellen lernen können, wie man aus dafür nicht vorgesehenen Materialien ein Messer macht – hier aus einer Schaumkelle, dort aus einer dicken Glasscherbe. Die Gefängniswerkstatt für Beschäftigungstherapie war eine potentielle Waffenfabrik.

»Mein Putzkumpel Maddox«, sagte Remo nach dem Rundgang zu Agraphiotis, »behauptet, man hätte ihn an so einem Ort, in einem anderen Gefängnis, mit Farbverdünner übergossen.«

»Kein Problem. Solange niemand ein Feuerzeug dranhält ...«

»Ich sehe hier niemanden, der mit Farbe arbeitet.«

»Farbdosen, Flaschen mit Verdünner, das kommt hier alles hinter Schloß und Riegel.«

»Ist das so, seit Maddox hier ist?«

»Soviel ich weiß, hat er in San Quentin oder Vacaville oder wo auch immer sein Bett angezündet ... und damit sich selbst. War es nicht wegen einer dressierten Maus, die man ihm weggenommen hat? Ob er dabei Farbverdünner benutzt hat, ist mir nicht bekannt. Hier schließen wir das ganze Zeug weg, seit ein Wärter entdeckt hat, daß die Leute wie wild geschnüffelt haben. Ein Klecks Hochglanz in eine Plastiktüte, und dann inhalieren. Geht auch mit Leim. Und dieses Zeug für die chemische Reinigung ... Tri ... Diese Sachen kommen nur noch aus dem Schrank, wenn es wirklich nicht anders geht. Dann passen aber drei Aufseher wie die Schießhunde auf.«

3

Maddox klemmte sich den Besenstiel unter die Achsel und hob die Hände, offenbar um sich zu kratzen. Dann überlegte er es sich anders. Die Ärmel seines Overalls waren hochgekrochen. Der Verband reichte ihm bis an die Ellbogen. »Mal sehen«, sagte er und drehte die Arme hin und her, »was von meinen Skorpionen übrig ist. Das Männchen ist links, quer. Das Weibchen, in Längsrichtung, rechts. Ich wollte zwar verbrennen, aber meine Hände schlugen die Flammen aus. Vielleicht sind Tristan und Isolde darin umgekommen.«

»Wenn sie farbecht waren, haben sie es sicher überlebt. Vielleicht sind sie ein bißchen schrumplig geworden.«

Maddox strich sich mit den Fingerspitzen über die bandagierte Kinnpartie. »Ich war daran gewöhnt, mir im Bart zu grabbeln. Das hilft beim Denken und Reden. Dich sehe ich immer nur darin kratzen. Du hast einen dichten Haarwuchs, und ganz gleichmäßig. Wenn ich deinen Bart anzünde, kokelt er vielleicht nur. Ich hatte einen richtig bauschigen Bart … ziemlich wild. Nie werde ich das feine Knistern vergessen. Trockene Heide an einem bullenheißen Tag, wenn die Jungs mit einem Vergrößerungsglas gespielt haben. Ich mißgönne dir deinen Bart, Little Remo.«

»Ich gönne dir deinen von Herzen, Scott.«

»Verkehrte Welt.« Seine Stimme wechselte in bösartigere Register. »Da draußen duldete Scott nie einen Bart in seiner Umgebung. Bei niemand. Nur seinen eigenen. Jetzt hab ich nur noch Lappen um Wangen und Kinn und rede zu einem Vollbart.«

»Was hast du gegen anderer Leute Bart?«

»In der freien Welt hatte ich am liebsten Frauen um mich. Weniger Gefahr, einen Bart zu sehen. Außer bei Katie, die war wegen eines Webfehlers der Schöpfung so behaart wie ein Affe.«

»Ich rasier ihn mir deinetwegen wirklich nicht ab.«

»Einen Bart muß man sich verdienen. Wenn es zwischen uns was geworden wäre, hätte ich dir eines Tages vielleicht erlaubt, dir einen Bart wachsen zu lassen.«

4

»Maddox? Hoher Besuch.«

»Ah, meine Freunde aus Quantico. Li'll Remo, ich geb dir den groben Besen. In einer halben Stunde bin ich wohl fertig mit diesen Leuten.«

Ich hatte den ausdrücklichen Auftrag, Maddox gefesselt in den Empfangsraum zu bringen. Mit den Fußfesseln und dem exakten Bewegungsspielraum, den sie den Beinen lassen mußten, hatte ich immer noch meine Schwierigkeiten. Ernie Carhartt half mir, wenn auch nicht gern. »Wie lange bist du jetzt schon hier, Spiros? Fast einen Monat. Dann mußt du die Fesseln im Schlaf anlegen können.«

»Das FBI wird schon warten«, knurrte Maddox.

Remo kehrte inzwischen mit dem harten Besen laut scharrend eine Zelle aus. Wärter Scruggs brachte ihm einen Plastiktrichter. »Woodehouse, im Besenschrank sind zu viele Plastikflaschen mit nur noch einer kleinen Pfütze drin. Gieß die ganzen Reste zusammen und wirf die leeren Flaschen weg. Dann hast du mehr Platz, um Sachen zu verstauen.«

Die Männer vom FBI stellten sich Maddox als Robert Riddell und James Doggett vor. Sie erschraken über sein Aussehen.

»Es wäre mir lieb, wenn ihr mich mit Mr. Maddox ansprecht. Oder mit Scott. Wie ihr wollt.«

»Gut, Scott«, sagte Doggett. »Das ist Bob. Ich bin Jim.«

»Meine Herren«, fragte ich, »möchten Sie, daß ich die Ketten am Tisch festmache?«

Maddox sprang trotz seiner Fesseln gelenkig auf einen Stuhl und setzte sich auf die Rückenlehne.

»Lassen Sie nur«, sagte Riddell zu mir, »bleiben Sie aber in der Nähe.«

Doggett schlug eine Aktenmappe auf. Zuoberst, auf allen möglichen Papieren, lagen die Abzüge von zwei Gefängnisfotos – das eine im Profil, das andere von vorn. Ich konnte sie aus der Entfernung nicht richtig erkennen, aber es mußten Fotos von Maddox sein.

»Wie sollen wir wissen«, fragte Doggett, »daß du derjenige
bist, den wir vor uns zu haben glauben?«

»Der Direktor hier, Mr. O'Melveny, ist mein Sprecher. Er
kann euch alle gewünschten Auskünfte geben.«

Doggett machte sich eine Notiz.

»Wenn ihr eure Hausaufgaben gemacht hättet, wäre für
euch aus meiner Position hier auf dem Stuhl schon klar gewesen, daß ihr den Richtigen vor euch habt.«

»Erklär das mal«, sagte Riddell.

»Ich war es immer gewöhnt, von einem erhöhten Platz aus
zu meinen Leuten zu sprechen. Wer sich andere unterwerfen
will, darf nicht gezwungen sein, zu ihnen aufzuschauen.«

»Hör zu, Scott«, sagte Doggett. »Bob und ich sind dabei, in
Quantico eine neue Ausbildung zu konzipieren. Wir wollen
unseren Polizisten einen direkteren Einblick in die Denkweise des Täters verschaffen. Vor allem wo es um, na ja, komplexe Verbrechen geht. Einen mentalen Fingerabdruck.«

»Jim, Bob … vielleicht handelt es sich hier doch um ein
Mißverständnis, vielleicht bin ich hinter dieser Maske aus
Verbandsmull doch nicht die Person, die ihr vor euch zu haben glaubt. Ich *habe* niemanden ermordet.«

»Das Gehirn eines unschuldig Verurteilten«, sagte Riddell,
»eignet sich tatsächlich weniger für unser Lehrprogramm.«

»*Falls* ich überhaupt an irgend etwas schuldig bin, dann als
politischer Häftling. Nach einem Gesetz, das ich nicht anerkenne.«

»Dann ging es also um politische Morde«, sagte Doggett.

»Ich *habe* keine Morde begangen. Auch nicht als politischer Häftling.«

»Warum, Scott«, fragte Riddell, »sitzt du als politischer
Gefangener dann in einer normalen staatlichen Einrichtung?«

»Das mußt du die Justiz in Los Angeles fragen. Nicht mich.

Ich habe alles getan, was ich konnte, um den Staatsanwalt vor einem Irrtum zu bewahren. Vergeblich.«

»Ist es dann vielleicht so, Scott«, fragte Doggett, in seinen Papieren blätternd, »daß in deinem Auftrag politische Morde begangen wurden?«

»Jetzt hört mal zu. Ich will euch ja gern alles über meine politischen Ansichten erzählen. Aber ich kann euch und den Schlaumeiern von Quantico keine Auskunft über Morde geben, die ich nicht begangen habe.« Er sprang mit klirrenden Ketten vom Stuhl. »Mr. Agraphiotis? Ich kann meinen Freund Woodehouse nicht die ganze Arbeit allein machen lassen.«

5

»So schnell hatte ich dich gar nicht zurückerwartet, Scott.«

»Schulmeister vom FBI, mit denen bin ich schnell fertig.«

»Was wollten sie von dir?«

»Einen Fingerabdruck von meinem Gehirn, oder irgend so was.«

»Sie hatten nicht die richtige Stempelfarbe dabei ...«

»Und wenn schon. Ein Charlie legt seinen Kopf nicht auf ein Stempelkissen des FBI.«

»Ein Charlie?«

»Hab ich Charlie gesagt? So haben die Typen mich angesprochen. Ich hab ihnen gesagt, sie hätten den Falschen vor sich.«

6

Über den »Griechen« hatte Remo um ein Gespräch mit dem Direktor gebeten.

»Was kann ich für dich tun, Woodehouse?«

»Sie sprechen mich mit Woodehouse an. Ich stehe doch unter diesem Namen in Ihren Papieren?«

»Ja, sicher.«

Remo versuchte, die Augen so abzuwenden, daß er die

347

amerikanische Fahne nicht zu sehen brauchte. Er konnte sich das Sternenbanner auf einmal nicht mehr ohne die Couch in seinem früheren Haus vorstellen, über deren Rückenlehne eine gehangen hatte. »Und mein richtiger Name, ist der auch in Ihren Verwaltungsunterlagen vermerkt?«

»O nein, Mr. Woodehouse! Wie mit Ihrem Anwalt abgesprochen, steht Ihre wahre Identität nur in meinen eigenen Papieren.«

»Ich werde Ihnen jetzt eine Frage stellen, die Sie mir wahrscheinlich nicht beantworten wollen.«

»Wir werden sehen.«

»Ist es in Choreo *üblich*, daß die Gefangenen ihre Strafe unter einem Decknamen absitzen?«

»Sie enttäuschen mich. Für Sie, wegen Ihrer Verdienste um die amerikanische Kultur, habe ich eine kostbare Ausnahme gemacht.«

»Wie Sie wissen, verrichte ich Reinigungsarbeiten zusammen mit dem Gefangenen Scott Maddox. Ich habe die starke Vermutung, daß sein wirklicher Name anders lautet.«

»Es steht jedem Gefangenen frei, sich den Mithäftlingen mit einem anderen Namen vorzustellen.«

»Auch für die Wärter ist er Scott Maddox.«

»Was wollen Sie damit sagen?«

»Daß ich nicht der einzige bin, der in Ihren Unterlagen unter einem Pseudonym geführt wird.«

»Das klingt alles sehr anmaßend, Mr. Woodehouse. Gut, ich werde die Frage, von der Sie annehmen, daß ich nicht auf sie eingehen möchte, so ausführlich wie möglich beantworten. Weil Sie es sind. Nein, *üblich* ist es bei uns nicht, Gefangene unter einer fiktiven Identität ihre Strafe absitzen zu lassen. Und ja, *ganz ausnahmsweise*, wenn es für alle Beteiligten besser ist, gestatten wir die Verwendung eines Decknamens. Theoretisch ist es nicht auszuschließen, daß irgendwann zwei solcher Fälle gleichzeitig in Choreo vorkommen.«

»Und dann auch noch, mit Verlaub, in derselben Abteilung … Ich habe Grund zu der Annahme, Mr. O'Melveny, daß mein Mithäftling Maddox ein solcher Fall ist. Wie ich.«

»Ich bestätige das weder, noch streite ich es ab. Das ist nicht Ihre Angelegenheit.«

Auf dem Umweg über seine Augenwinkel drängte sich ihm die Fahne immer mehr auf. Mit seinen verdrehten Augen sah er sie sogar doppelt. »Wenn Maddox derjenige ist, der er meiner Meinung nach ist, dann habe ich Grund, mich bedroht zu fühlen.«

»Obwohl eine strenge interne Vorschrift es mir verbietet, Gefangenen administrative Auskünfte zu erteilen, werde ich für Sie, Mr. Woodehouse, noch einmal eine Ausnahme machen. Häftling Maddox, Vorname Scott, steht in unseren Unterlagen unter dem Namen, unter dem er auch beim Einwohnermeldeamt geführt wird. Wenn Sie also Angst vor dem Gefangenen Maddox haben, dann fürchten Sie sich vor ihm und keinem anderen.«

»Mr. Agraphiotis, sagen Sie, daß das nicht wahr ist.«

»Wenn etwas nicht wahr ist, will ich das gern bestätigen. Wenn es doch wahr ist, dann überschreite ich meine Kompetenzen, falls ich es leugne.«

»Maddox …«

»Maddox, ja. Sprich weiter.«

»Es ist nicht wahr?«

»Du sagst es.«

»Wie können die nur … mich ausgerechnet … in *diesem* Trakt … Den Justizbehörden ist die Vorgeschichte doch bekannt.«

»Die Justizbehörden, da sitzen noch mehr von diesen zynischen Witzbolden. Aber erzähl mir doch erst mal, worum es geht, Woodehouse.«

»Hier ist der Kopf, den die amerikanischen Bürger gefordert haben … fein säuberlich eingepackt … nicht im grünen Kämmerchen geopfert, sondern in einem Religionsstreit.«

7

»Ich frag dich jetzt zum letztenmal, Scott. Wofür hast du lebenslänglich bekommen?«

»Das Verbrechen, für das ich zu lebenslänglich verurteilt wurde, war die Abschaffung der Todesstrafe im Staat Kalifornien am 18. Februar 1972. Ich kann beweisen, daß Scott Maddox nicht anwesend war, als dieses Delikt begangen wurde. Er ist also unschuldig verurteilt zum Absitzen einer lebenslänglichen Gefängnisstrafe.«

»Warst du denn der Sache schuldig, für die du vorher die Todesstrafe bekommen hast?«

»Wenn ich ein Delinquent bin, dann ein politischer. Sie haben mich als hundsgewöhnlichen Verbrecher behandelt. Für mich ist dieses Urteil ungültig.«

»Lebenslänglich, Little Remo. Nicht fünfzehn oder zwanzig Jahre *bis* lebenslänglich, sondern lebenslänglich. Anhörungen über eine vorzeitige Entlassung nur der Form halber, um die Langeweile zu vertreiben. Weißt du, was das bedeutet? *Ich* nicht. Und du schon gar nicht. Du darfst in einer Woche oder so heim zu deiner Alten.«

»Meine Frau ist tot, falls du dich erinnerst.«

»Im Wochenbett gestorben, stimmt.«

»Lassen wir's mal dabei.«

»Wenn du deine Frau im Wochenbett ermordet hast, warum sitzt du dann hier nur für die psychiatrische Untersuchung?«

»Du scheinst davon auszugehen, daß sie beim Gebären ihres Kindes *ermordet* wurde.«

»Stimmt das nicht?«

»Ich hab das nicht erzählt.«

»Es ist doch so, oder?«

»Ja.«

»Dann sitzt du hier also wegen Mordes ... an deiner gebärenden Frau.«

»Wie kommst du darauf, daß *ich* sie getötet hätte?«

»Wenn ein anderer es getan hat, warum spülst du dann Putzlappen in Choreo aus?«

»Vielleicht um dieses Gespräch mit dir führen zu können.«

8

»Ich habe Verlegung beantragt«, sagte Maddox. »Nächste Woche kriege ich Bescheid.«

»Das geht ja schnell.«

»Ja, schon in ein paar Tagen.«

»Daß du verlegt werden willst, meine ich.«

»Stimmt, schneller als ich am Anfang dachte.«

Um den Anschein des Arbeitens aufrechtzuerhalten, bewegten beide ihren Schrubber mit dem Lappen in einem Eimer Modderwasser auf und ab. »Du wirst wohl einen Grund dafür haben.«

»Sogar einen guten.«

»Und der wäre?«

»Little Remo Woodehouse.« Maddox stieß seinen Schrubber so tief in den Eimer, daß schwarzes Wasser über den Rand schwappte. Es rann in fingerartigen Ausläufern zum bereits sauberen Teil des Bodens.

»Dann kennst du den Grund für deinen eigenen Abgang nicht.«

»Ich kenne dich gut genug, um vor dir Reißaus zu nehmen.«

»Wenn du mich so gut zu kennen glaubst, dann sag mir doch mal, Scott … wer bist *du* eigentlich?«

»Wegen dieser Frage, die du über kurz oder lang stellen würdest, habe ich um Verlegung gebeten.«

»Wer *bist* du?«

»Wart, bis der Verband von meinem Kopf abkommt.«

»Das krieg ich ja nicht mehr mit. Gut, dann formuliere ich die Frage anders. Wie heißt du?«

»Ich stelle mich nicht in einer Tour vor.«

»Dein Name.«

»Scott Maddox.«

»Dein Name. Der richtige.«

»Maddox, Scott. Frag Carhartt. Frag den ›Griechen‹.«

»Die wissen es auch nicht besser.«

»Frag O'Melveny.«

»Der sagt keinen Piep.«

»Wenn du's besser weißt, dann sag's doch.« Maddox ließ den Schrubber los, dessen Stiel an den Eimerrand kippte. Er breitete beide Arme in einer Gebärde der Wehrlosigkeit aus. »Das Schicksal hat mir eine Maske gegeben. Aber ich habe nichts zu verbergen.«

»Scott, wer *bist* du?«

»Ah, wieder die vorige Frage.«

»Sag mir, wer du bist. Ich habe ein Recht darauf.«

»Willst du mich kennenlernen?« kreischte Maddox auf einmal. Er riß an der Klammer, mit der das Ende einer Binde an seinem Hals befestigt war. »Willst du sehen, wer ich bin?« Weil er von seinen verbundenen Händen nur die wunden Fingerspitzen benutzen konnte, drang das kleine Metallteil mit den Zähnen immer tiefer in den Verbandsmull. Panik glomm auf in Maddox' freiem Auge.

»Spar dir die Mühe, Scott. Ich weiß, wer du bist.«

»Ich weiß, wer *du* bist.« Maddox stellte seine Bemühungen ein. »Deswegen mach ich mir ja die Mühe.«

»Du warst es.«

»Ich war was?«

»Du hast dahinter gestanden.«

»Hinter was?«

»Meiner Frau.«

»Sie ist im Wochenbett …«

»Mit dem Baby noch im Bauch, ja.«

»Ich bin kein Geburtshelfer.«

»Nur Pfuscher schicken nicht ausgebildetes Personal.«

»Natürlich«, sagte Maddox dumpf. Die nagellose Spitze seines Zeigefingers hing zitternd vor Remos Gesicht. »Der Regisseur.«

»Der Regisseur, Scott, das warst du.«

»Der berühmte Filmemacher, der seine Pfoten nicht von den kleinen Mädchen lassen kann. Jetzt seh ich's.«

»König Einauge sind die Schuppen von den Augen gefallen.«

»Die Schwester hat mir heute morgen den Eiter aus den Augenlidern abgesaugt ... mit einer Hohlnadel, so groß wie eine Klistierspritze. Hinter diesem Bart, dieser Brille sehe ich heute, was ich schon viel früher hätte sehen müssen. Den großen kleinen Regisseur.«

»Von uns beiden, Scott, bist du der einzige echte Regisseur. Bei mir war es lediglich Kunstlicht und künstliches Blut.«

»Nur nicht so bescheiden, Li'll Remo. Wir sind beide Regisseure.«

»Ja, sieh uns an. Träume bis ins kleinste Detail inszeniert, und dann mit einem Schrubber in der Hand in Choreo gelandet.«

»Es gibt noch mehr, was uns verbindet.«

»So?«

»Du bist jetzt lange genug in Amerika, um auch Slang zu verstehen. Wie nennt man zwei Männer, die mit derselben Frau ...?«

»Lochschwäger. Willst du damit sagen, daß wir ... du und ich ...«

»Wir, du und ich, sind Herzschwäger. Nein, Blutschwäger.«

Das schnarrende Lachen, das er gleichzeitig von sich gab, traf bei Remo auf einen freiliegenden Nerv. »Du miese Ratte, du!« Remo ließ den Stiel seines Schrubbers los und krallte alle zehn Finger gleichzeitig in den Verband an Maddox' Kopf.

»Du … du bist …« Mit derart heftig zitternden Händen war es nicht leicht, einen Anfang zu finden, um die Binden abzuwickeln. Und dann waren da auch noch die Klammern, von denen eine am Hinterkopf saß. Remo hakte zwei Finger hinter einen Verbandsstreifen und zog. Maddox stieß einen rauhen Schrei aus. Vor Schmerz knurrend drückte er seine verbundenen Hände gegen Remos Brust, allerdings ohne viel Kraft. »Hör auf«, klang es erstickt unter dem verschobenen Verband hervor. »Ich geb's zu, ich bin es.«

»Wer?« Remo zog weiter. »Sag es. Sofort.« Die Binden lösten sich in Schlingen. Es schien, als würden es immer mehr unter seinen grabschenden Händen. Zwischen den beiden kleinen Männern hing bereits eine ganze Wolke.

»Ich bin«, keuchte Maddox, »der ich bin.« Er dämpfte jetzt seine Schmerzensschreie, vielleicht um die Wärter nicht zu alarmieren. »Ich bin … der ich bin.«

»Das Monster hat einen Namen«, zischte Remo. Er war schon zur untersten Verbandsschicht vorgedrungen, die an den Brandwunden klebte. Die Binden waren dort bereits wieder grünlich von Eiter und Salbe und fleckig von fast schwarz gewordenem Blut. Er ruckte heftig an zwei Verbandsstreifen gleichzeitig. Maddox drehte sich ein paarmal trampelnd vor Schmerz um die eigene Achse, wodurch er sich selbst loswand. »Ich will den Namen.«

Der gesamte Verband war jetzt abgerissen bis auf die Binden, die Maddox noch locker um den Hals hingen. Unter dem Mull war kein Gesicht zum Vorschein gekommen, sondern eine ganz neue Maske, ausgeführt im Armee-Beige weicher Wundkrusten und dem Matisse-Rosa bereits krustenloser Stellen. Wie eine Art lebendiger Stickerei zogen sich dazwischen gepunktete Linien hervorquellenden Bluts hindurch, das schon bald zu rinnen begann.

»Du siehst doch, wer ich bin.« Er sprach jetzt vorsichtig: Auch die Krusten um die Mundwinkel waren beschädigt. Vor dem einen Auge saß ein Wattebausch, der mit Pflastern an Ort und Stelle gehalten wurde. Das andere sah Remo heftig und blutgesättigt an.

»Nein, seh ich nicht.«

Was unter den Binden hervorgekommen war, glich bestenfalls einem mageren, haarlosen kleinen Kopf mit bis auf die Knochen eingefallenen Wangen – einem kleinen Totenschädel, bedeckt mit Eiterschlieren, die an Maden erinnerten.

»Stell dich vor, Scott.«

Remo forschte in dem verstümmelten Gesicht nach einem eingebrannten Hakenkreuz. Zwischen den Erhebungen, wo früher Augenbrauen gesessen haben mußten, wölbte sich jetzt gelbbrauner Schorf, der nichts preisgab außer einem kleinen Winkelhaken, aus dem feine Blutströpfchen quollen. Maddox wehrte sich nicht gegen das Gängelband, dessen Enden in Remos Händen lagen. Diese Visage, von der ihm Gestank entgegenschlug, konnte dem Mann gehören, den Remo vor sich zu haben glaubte. Aber genausogut auch einem anderen.

»Schlägst du mich noch tot, Little Remo, oder wie haben wir's?« Aus lädierten Krusten lief das Blut in mit Wundsekret verdünnten Rinnsalen an seinem Hals hinunter. Er schien es, die Arme noch immer weit ausgebreitet, nicht zu merken.

»Und wenn du *mich* totschlägst, Scott, ich kann mich nicht erinnern, dieses Gesicht schon mal gesehen zu haben.« Remo ließ die langen Verbandsstreifen los. Eines der Enden landete in einem Eimer, wo es sich mit Modderwasser vollsog.

»Nicht von Angesicht zu Angesicht. Du warst nie bei den Verhandlungen. Mein Foto erschien aber in allen Zeitungen.«

»Meine Umgebung hatte den Auftrag, Zeitungen und Zeitschriften von mir fernzuhalten.«

»Ich war auch im Fernsehen.«

»Zeichentrickfilme, das war das einzige, was ich mir damals angeschaut habe. Hatte nicht das Bedürfnis, mich mit politischen Delinquenten zu beschäftigen.«

»Und trotzdem mußt du mich manchmal kurz im Vorbeigehen gesehen haben ... wenn du auf nichts gefaßt warst.«

»Ja, um *sein* Bild kam ich nicht herum. Er drang trotzdem in meine abgeschlossene Welt. *Sein* Gesicht hat sich in meine Seele eingebrannt.«

»Mein Gesicht.«

»Seins stimmt nicht mit dem überein, das ich jetzt vor mir habe. Abgesehen von dem einen bösen Auge vielleicht ... das könnte von ihm sein.«

»Little Remo, ich glaub das nicht.« Blut färbte seine Lippen, während er sprach, doch er schien es nicht zu merken. »Du treibst mich in die Enge. Du zwingst mich, meine Identität preiszugeben. Und dann ... erkennst du mich nicht.«

»Hast du seit diesem Anschlag mit dem Verdünner schon mal in den Spiegel geschaut? Ohne diese Verbandshaube, meine ich.«

»Wenn diese Hexe mit der Salbe kommt, versucht sie mich dazu zu bringen, in den Spiegel zu sehen. Damit ich mich an die Veränderungen in meinem Gesicht gewöhne, sagt sie. Ein Charlie läßt sich nicht zwingen. Niemals.«

»Ob du jetzt Charlie zu deinem Spiegelbild sagst oder nicht, du würdest dich nicht wiedererkennen, Scott, das kannst du mir glauben.«

Remo versuchte sich einzureden, daß es einfach ein abgetakelter Mithäftling namens Scott Maddox war, der jetzt seine Fingerspitzen über das verletzte Gesicht huschen ließ. Die leichteste Berührung tat ihm anscheinend schon weh.

»Fühlt sich noch immer wie *mein* Gesicht an. Es gehört mir. Charlie. Mich gibt's nur einmal.«

An seinen Fingerspitzen war Blut, was den Anschein erweckte, er, der Nagellose, hätte frisch lackierte Nägel. Er sah es nicht. Statt dessen versuchte er, sich von den Binden zu

befreien, doch an irgendeiner Stelle hingen sie wohl noch
mit einer Verbandsklammer aneinander, denn so sehr er
auch zog, sie schnürten sich weiter um seinen Hals zusammen. Remo, der Zeuge wurde, wie die Wut in diesem kleinen
Körper hochkroch, warf einen raschen Blick auf die Logen,
doch nirgendwo waren Wärter zu sehen. »Wenn die Schweine dich so sehen könnten, Scott, mit dieser Schlinge um den
Hals, dann würden sie dich nicht mehr verbinden lassen.
Eine Krankenschwester, die dir die Mittel zu einem sauberen
Selbstmord verabreicht … in Zukunft müßtest du mit einem
kleinen Pflaster vorlieb nehmen.«

Es war nicht ganz klar, ob Maddox, als er sich auf Remo
stürzte, über die Binden stolperte oder auf dem vom Seifenwasser noch feuchten Boden ausrutschte. Sie kamen beide zwischen den Eimern zu Fall. Maddox richtete sich halb
auf und riß den Trichter aus dem Kanister mit Pink Starfish.
Bevor Remos offenem Mund ein Schrei entfahren konnte,
hatte der andere ihm die Plastiktülle bereits in den Rachen
getrieben. Remo würgte laut. Indem Maddox seinem Opfer
die Knie auf die Oberarme drückte, hinderte er Remo daran,
das Ding wegzuschlagen. Während er den Trichter an Ort
und Stelle hielt, goß er mit seiner freien Hand aus dem Kanister rosafarbenes Reinigungsmittel hinein. Blumiger Duft
umwölkte die kämpfenden Männer. »Ich werd' dich lehren,
mir deine Scheiße aus diesem Maul ins Gesicht zu kotzen.«

Remo stieß den Kanister von sich; er kippte um, und aus
der Öffnung floß eine zähflüssige Pfütze. Maddox brachte
seinen Kopf ganz nah an Remos heran. Blut tropfte von
dem verletzten Gesicht auf Remos weißes T-Shirt.

»Blut«, murmelte Maddox. »Ich blute.« Sein Griff wurde schlaff. Er sank wie bewußtlos auf Remo nieder, der
sich schnell den Trichter aus dem Mund zog und dabei einen Schwall rosa Seife erbrach. Remo versuchte, sich unter
Maddox hervorzuarbeiten, doch so klein und schmächtig
dessen Körper auch war, er lastete schwer auf ihm.

»Halt! Loslassen …!«

»Auseinander …!«

Die Wärter Scruggs und Jorgensen kamen mit gezückten Knüppeln angerannt, im Zuckeltrab gefolgt vom »Griechen«. Die beiden ersten hoben den besinnungslosen Maddox von Remo herunter. Agraphiotis packte Remo am Overallkragen und schleifte ihn in Richtung Waschbecken. Remo konnte nicht anders, als sich in halb liegender Haltung, auf den Absätzen laufend und die Sitzfläche durch die noch nicht aufgewischte Seifenlauge schleifend, mit dem Wärter mitzubewegen. Aus dieser Position konnte er gerade noch sehen, wie Scruggs und Jorgensen sich neben Maddox knieten und seinen Oberkörper aufrichteten. Die erbrochene Seife war auf Maddox' Kopf gelandet und troff jetzt langsam abwärts. Möglicherweise war es der Tatsache zu verdanken, daß das chemische Zeug in den aufgerissenen Wunden brannte, weshalb Maddox rasch aus seiner Bewußtlosigkeit erwachte.

»Ausspülen, los«, rief der »Grieche«, während er den Hahn über dem Becken aufdrehte. »Nicht trinken … gurgeln.«

Er tat wie ihm geheißen. Die Schwalle von Seifenlauge, die aus seinem Mund kamen, immer schaumiger und luftiger, nahmen kein Ende. Noch während er so im Nassen kniete, wurden ihm von einem der Wärter Handschellen angelegt. »Vor die Disziplinarkommission mit dem Pack«, ertönte die Stimme von Carhartt, der offenbar auch auf dem Kampfschauplatz erschienen war. »Das gibt mindestens die Iso. Spiros, du schreibst sofort einen Bericht.«

11

»Mr. Agraphiotis, können Sie dafür sorgen, daß ich nach der Iso verlegt werde?«

Ich wollte gerade die Zelle verlassen. Die Kollegen Scruggs und Jorgensen standen Schulter an Schulter in der offenen Tür. Es hörte sich so flehend und schmerzlich an, daß mir das Herz hüpfte. Schließlich machte ich das alles nur dafür. »Das wird nicht so einfach gehen, Woodehouse. Du sitzt im HST, und nicht ohne Grund.«

»Ich glaube nicht, daß es zu meinem Besten ist, daß ich hier im Hochsicherheitstrakt sitze ... neben ... neben diesem Maddox.«

»Vorläufig«, sagte Scruggs, »sieht es so aus, als ob du eine größere Gefahr für Maddox bist als er für dich.«

»Das ist es ja gerade«, sagte Remo.

12

In den Wochen vor Choreo hatte Remo in der Angst gelebt, er würde, sobald er erst einmal eingeschlossen war, unter Klaustrophobie leiden. Diese Angst verdüsterte manchmal sogar die lodernden Sonnenuntergänge auf Bora Bora, wenn er vor seiner Hütte aus Treibholz saß und auf die Lagune hinausblickte. Später, in seiner Zelle im HST, stellte sich keine Platzangst ein. Jetzt aber, wo er komplett isoliert wurde, zeigte sich, daß die Klaustrophobie nur auf der Lauer gelegen hatte, um erst dann in Erscheinung zu treten, wenn der Raum ihrer würdig war.

Von der Ausstattung her schien es eine mehr oder weniger normale Zelle zu sein, außer daß die eiserne Pritsche vielerlei Möglichkeiten bot, den Gefangenen daran zu fesseln. An der Edelstahlkombination aus Toilette und Waschbecken, mit einer unsichtbaren Konstruktion in der Wand verankert, hätte sich sogar der größte Muskelprotz vergeblich abgemüht. Ansonsten war diese Zelle kleiner als die normalen. Er würde nur für eine befristete Zeit hier sein, das sollte ihn also nicht weiter stören. Das Problem bestand jedoch darin, daß die Wände kontinuierlich schrumpften, was Remo das Empfinden gab, die Zelle sei schon die ganze Zeit, noch bevor er hier eingeschlossen wurde, dabei gewesen, sich zu verengen. Es bedeutete auch, daß die Luft langsam zur Neige ging.

Zwar war ein Lüftungsgitter in der Wand angebracht, doch das deckte natürlich nur den Anfang eines Rohrs ab, das nirgendwohin führte, es sei denn in den sicheren Erstickungstod. Ein Fenster gab es nicht.

Auch keine Matratze. Die Wärter hatten eine Schlafmatte aus Segeltuch und eine Pferdedecke auf der Pritsche gelassen. Remo machte sich ein Lager zurecht und legte sich hin. Um das Licht der starken Glühbirne an der Zellendecke zu filtern, zog er sich den Woilach über den Kopf. Der Wollstoff erwies sich als zu dünn, als daß er ihm die nötige Dunkelheit zum Schlafen hätte verschaffen können. Um sich wenigstens in einen Tagtraumrausch zu versetzen, wandte er die Charrière-Methode an.

Den Gefängnisroman *Papillon* von Henri Charrière hatte Remo gleich nach dem Erscheinen gelesen, noch auf französisch. Sofort hatte er einen Film darin gesehen, was bedeuten mochte, daß er sich langsam aus der Erstarrung der ersten Jahre nach den Morden zu lösen begann. Er hatte den Autor in Caracas angerufen, doch letzten Endes war der Bericht über diese Reihe spektakulärer Ausbrüche von einem anderen Regisseur verfilmt worden, der das Buch nicht verstanden hatte. Charrière beschrieb darin, wie er in Französisch-Guyana die Einzelhaft überstanden hatte – unter anderem indem er sich einen feuchtwarmen Deckenzipfel aufs Gesicht legte und sich so in einen schwülen Rausch erotischer und poetischer Tagträume atmete. Auf diese Weise erlebte er das Zusammensein mit zwei jungen indianischen Schwestern in einer urwüchsigen Siedlung an der südamerikanischen Küste, an die es ihn nach einem früheren Ausbruch verschlagen hatte, unzählige Male von neuem. Er behauptete, die herbeigeträumten Personen seien fast körperlich anwesend gewesen.

Die Charrière-Methode, nach der der Deckenzipfel mit dem eigenen Atem feucht und warm zu halten war, wandte Remo an jenem Freitagabend an, um in das Haus zu gelangen, in dem er, für kurze Zeit, mit seiner Frau so glücklich gewesen war. Die auf ihn zu rückenden Wände seiner Zelle preßten wie ein doppelter Schraubstock die Visionen aus ihm heraus. Die Erstickungsangst nährte den Rausch, der in dem Sauerstoffmangel gut gedieh. So stark wurde die Suggestion, daß die Düfte seines Gartens in die Zelle trieben. Nur … es gelang ihm nicht, die Umfriedung zu überwinden. Es galt, jedesmal ein Stück weiter hügelabwärts anzufangen und dann zum Ende der Sackgasse Cielo Drive hinaufzugehen, wo ein Eingangstor die ganze Breite des Wegs einnahm.

Das Tor ließ sich elektrisch bewegen, indem man auf einen Knopf an einem kleinen, halb im Gebüsch verborgenen Pfahl drückte. Remo hörte fast auf, gegen die feuchte Wolle zu atmen, die Blumen im Garten dufteten betäubend, doch das Tor ließ sich nicht öffnen. Wenn er sich darüberlehnte, konnte er die Garage sehen, an der jemand am Abend (oder in der Nacht) zuvor das Außenlicht hatte brennen lassen. Auf dem asphaltierten Parkplatz standen Autos. Ein schwarzer Porsche, was bedeutete, daß »der Mann mit der goldenen Schere« zu Besuch da war. Und ja, Gibby war schon zu Hause von ihrer Arbeit in der Stadt: Ihr Pontiac stand vor der Garagentür. Den weißen Rambler auf der Auffahrt hatte er noch nie gesehen. Daß Sharons Lamborghini (eigentlich seiner) fehlte, war leicht zu erklären: Der Wagen war gestern von einem jungen Mann von GAVIGAN'S GARAGE abgeholt worden, da er abgeschmiert werden sollte.

Remo sah sich immer wieder die Hand zwischen die Büsche stecken, um an den Knopf zu kommen. Das Tor blieb geschlossen. Er roch, daß der Gärtner den Rasen gemäht hatte, der aber unerreichbar für ihn blieb. Sein Haus war liebenswert verwahrlost, wenngleich die abblätternde Farbe ihm Sorgen bereitete. Bevor man wußte, wie einem geschah, verfaulte das Holz, und dann hatte ein neuer Anstrich keinen Sinn mehr. Der Zaun entlang der Auffahrt trug die Spuren der Autos von leichtsinnigen Partygästen. An einem Holzzaun weiter oben hing eine Kette mit Weihnachtsbeleuchtung. Sogar in der bereits grellen Morgensonne sah man sofort, daß die Lämpchen brannten. Er hatte das Haus seit einem halben Jahr in Untermiete von Terry, der aus irgendeinem Grund nicht mehr darin wohnen wollte. Es schien sehr geeignet, auch im Hinblick auf den Familienzuwachs, und doch war die Entscheidung nicht ohne Zögern gefallen.

»Cary Grant hat hier gewohnt«, wußte Terry zu berichten.

»Soweit das eine Empfehlung ist«, sagte Sharon.

»Ich habe gehört«, sagte Remo, »daß keiner der Mieter es hier seitdem lange ausgehalten hat.«

»Unstetes Filmvolk«, meinte Terry. »Was will man machen?«

»Ich bin froh, Terry, daß du als Plattenboß so ein ausgeglichener Mensch bist.«

»Es ist die Lage«, sagte Sharon. »Es ist so abgelegen.«

»Darum«, sagte Terry, »hab ich von dem Haus ein Horoskop erstellen lassen. Ich weiß nicht, ob ihr eine Ader für so einen Hokuspokus habt …«

»Meine Filme sprechen gegen mich«, gab Remo zu, »aber ich selbst bin Realist.«

»Es kann nie schaden«, fand Sharon, »wenn auch die Sterne einer neuen Behausung zustimmen.«

»Dem Astrologen zufolge steckt die Gefahr nicht in der Lage des Hauses, sondern in der trügerischen Akustik der Umgebung. Die Hügel, die Canyons … und dann noch die Nebelbänke, die vom Ozean heraufziehen und jedes Geräusch aufsaugen …«

13

Endlich erlaubte die Pferdedecke der Charrière-Methode ihm, sein eigenes Grundstück zu betreten. Er kletterte etwas weiter hügelaufwärts über den Zaun und ging zur Garage, wo er das Außenlicht löschte. Er blieb kurz stehen und lauschte. Kein Plätschern vom Swimmingpool hinter dem Haus.

Merkwürdig, daß Jay schon so früh am Morgen zu Besuch gekommen war. Im Rambler lag der Fahrer über dem Beifahrersitz, als habe er etwas unter dem Armaturenbrett gesucht und sei in dieser Haltung erstarrt. Er ging auf dem halbkreisförmigen Plattenweg zur Vorderseite des Hauses, das ihn immer wieder rührte mit seiner dunkelroten Fassade, die nicht recht wußte, ob sie zu einer Villa oder einer Scheune gehörte.

Hier spielte ihm die Charrière-Methode einen Streich. Einen Moment lang dachte er noch: Was machen die ganzen Grabsteine in unserem Garten? Da tat sich der Friedhof von Holy Cross vor ihm auf. Er lag da wie im vergangenen Sommer bei seinem letzten Besuch. Ein unregelmäßig mit Grabplatten gepflasterter Park, in dem das Sonnenlicht immer sofort den einen Stein aus poliertem schwarzem Marmor zu finden verstand.

14

Er konnte sich endlos mit der Frage martern, ob er durch einen dummen Zufall, durch eine bürokratische Schicksalsfügung oder aber aus einem noch niederträchtigeren Grund bei Maddox auf dem Ring gelandet war – bedeutsamer war die Erkenntnis, daß seine Strafe dadurch unendlich mehr geworden war als einfach eine Buße.

Ein Eingetauchtwerden.

Er war in eine Unterwelt hinabgelassen worden, in der er seiner Frau und seinem Kind begegnen konnte – mit Hilfe eines Mannes, der den Weg kannte. Unter dem schwülwarmen Wolldeckenzipfel schlummerte er tagträumend ein.

Seit der Beerdigung hatte sich Remo nie mehr wirklich – ob im Sitzen, ob im Liegen – darangemacht, Gesicht und Gestalt seiner Frau heraufzubeschwören. Auch die Erinnerungen an ihr gemeinsames Leben hatte er all die Jahre erfolgreich auf Distanz zu halten verstanden, indem er ununterbrochen in Bewegung und an der Arbeit blieb. Wenn er mal in einem unbewachten Moment ihr Gesicht kurz aufblitzen sah, war es immer so, wie er es zuletzt gesehen hatte. Im Tode lächelte sie nach wie vor, doch ein erstarrtes Lächeln war stets ein Grinsen.

Das Mädchen Wendy hatte er erst in diesem Frühling kennengelernt. Doch jedesmal, wenn Remo in einem erneuten Versuch, zu begreifen, wo die Sache entgleist war, ihre Gesichtszüge klar vor sich zu sehen versuchte, verwandelten sie sich in die seiner toten Liebsten. Das jetzt sehr lebendige Gesicht war durch alle Gefängnismauern gedrungen, um ihm Gesellschaft zu leisten. Wenn das honigblonde Haar irgendwo an den stählernen Dornensträngen hängengeblieben war, gab es dafür kein Anzeichen: Es war noch genauso voll und kräftig wie immer. Zu Beginn ihrer Schwangerschaft hatte es kurze Zeit einen fettigen Glanz gehabt, hatte aber nie schwung- und kraftlos heruntergehangen wie bei so vielen schwangeren Frauen.

Nicht nur drängte sich ihm ihre Anwesenheit in schmerzlicher Schärfe auf, sie erschien auch in jeweils wechselnden Kulissen. In dieser Nacht war es eine Schneelandschaft in den Dolomiten. Damit ihre Erscheinung erträglich blieb, versuchte er, ihr Regieanweisungen zu geben, wie er es vor über zehn Jahren getan hatte. »Bleib so stehen. Und jetzt langsam hierher schauen.«

»Noch mal. Wenn du erscheinst, muß allen Vampiren das Wasser im Munde zusammenlaufen.«

»Wasser im Mund zusammenlaufen?«

»Du weißt schon, was ich meine. Achtung … *take four.*«

Wenn er sie umarmen wollte, erstarrte ihr liebes Gesicht wieder zu der grinsenden Maske auf dem Foto des Gerichtsfotografen. Dann gelang es ihm auch nicht mehr, zu Wendy in den Dampfschwaden von Jacks Whirlpool zurückzukehren.

Der defekte Rasensprenger

I

Irgendwann im Laufe des Freitagabends oder der Nacht hatte die Charrière-Methode nicht mehr funktioniert, und er war in einen traumlosen Schlaf gesunken. Seine Armbanduhr war ihm vom »Griechen« abgenommen worden, also wußte er nicht, wie spät es war, als er erwachte. Die Decke lag nicht mehr über seinem Gesicht. Vielleicht hatte die Birne, die die ganze Nacht über gebrannt hatte, ihn geweckt. Es mußte sehr früh sein: Das Frühstück war noch nicht gebracht worden.

Remo versuchte erneut, in seinen eigenen Garten einzudringen. Er legte sich den Wollzipfel über Mund und Nase und achtete darauf, möglichst sparsam zu atmen. Es gelang ihm zunächst nicht, die Glücksvisionen heraufzubeschwören, nach denen es ihn so verlangte. An den Gerüchen, die die Pferdedecke preisgab, lag es nicht. In Los Angeles war in Gestalt von Bäumen, Sträuchern und Blumen die gesamte Welt vertreten. Das galt auch für den Garten, den Sharon und er beim Haus vorgefunden hatten und von zwei Gärtnern sorgsamst in Ordnung halten ließen. Der bittersüße Duft des gemähten Rasens wurde immer stärker: Ganz in der Nähe mußte ein Haufen zusammengeharkten Grases lagern. Nur wenn er sich zwischen die Hecken und Zäune wagte, schreckte der Garten ihn ab.

Nicht weit von der Haustür entfernt lag sein Jugendfreund Voytek auf dem Rasen. Der Tau zeigte an, daß es sich in dieser Nacht nach einer tagelangen Hitzewelle stark abgekühlt hatte. Teks Gesicht verbarg sich hinter einer dicken Maske geronnenen Bluts, doch Remo erkannte trotzdem, daß er es war. Er lag auf der Seite, den Kopf auf dem rechten Oberarm – eine entspannte Pose, wenn die sich ins Gras krallende Linke nicht etwas anderes erzählt hätte. Die Kleider waren durchtränkt von fast getrocknetem Blut.

Beim nächsten Versuch, in den Garten vorzudringen, in der Hoffnung, dort die alte Idylle wiederzufinden, hatte sich an Voyteks reglosem Zustand nichts geändert. Ein Stück weiter weg lag, neben dem Gitter eines im Gras versunkenen Abflusses, Voyteks Geliebte Gibby rücklings auf dem Rasen, ebenfalls bewegungslos. Sie lag genau in der Mitte einer Pfütze Sonnenlicht zwischen den Baumschatten. Man hätte sie für eine frühe Sonnenanbeterin halten können, wäre ihr Nachthemd nicht über und über rot geblümt gewesen.

Sich ins Haus hineindenken wollte er da schon nicht mehr. Er flüchtete, nahm aus den Augenwinkeln aber noch die Buchstaben wahr, die mit Blut auf die weiße Eingangstür geschrieben waren. In diesem Moment klopfte es. »Woodehouse ... Frühstück.« In der Tür wurde eine kleine Luke heruntergeklappt und darauf ein plastikverpacktes Frühstück gestellt.

2

Sgt. Spiros Agraphiotis
Rim-of-the-World Motel
333 Arrowhead Springs Rd.
San Bernardino
California 90909 USA

»Olle Tornij Esq.
Ballinckstraat 10
Amsterdam
The Netherlands

Betr.: Prinz Tibbolt *aux petits pieds*

Sonnabend, 7. Januar 1978

Sehr geehrter Tornij, lieber Olle,

hier in Amerika redet jeder jeden schon beim ersten Kennenlernen mit Vornamen an. Wir sollten den Knoten auch
mal durchschlagen, du und ich: duzen oder nicht duzen. Es
ist auch für den kleinen Tibbolt komisch, dieses Gewurstel
mit »du« und »Sie« der beiden Herren, die sich am Wochenende um ihn kümmern. Die Postleitzahlen des ›Strafviertels‹
(ich hätte beinahe Exilstraat als Adresse geschrieben) kann
ich noch immer nicht auswendig. Für dich irgendwas mit
1000, vielleicht 1071, aber dann hört es auch schon auf. Der
Brief wird trotzdem ankommen. Im Gegensatz zu dem, was
der niederländische Staat uns glauben machen will, ist die
Verwendung der Postleitzahlen noch immer nicht obligato-
risch. Als ich vor meiner Abreise im Postamt in der Galeilaan
Gulden in Dollar umtauschte, erfuhr ich von der Dame am
Schalter, daß sich ›das Sortieren nach Postleitzahlen noch im
Versuchsstadium‹ befindet – durch Mimik und Gestik, denn
sie traute sich nicht, dieses Staatsgeheimnis laut auszuspre-
chen.

In meinem letzten Brief, Olle, habe ich Dir von meiner zeitlich befristeten Anstellung als Gefängniswärter erzählt. Um mir meinen Aufenthalt in Kalifornien zu finanzieren, wollte ich diesen Job für ein paar Wochen machen und dann noch innerhalb der Probezeit kündigen, zum Beispiel mit der Ausrede, die Arbeit sei zu schwer für mich. Jetzt fühle ich mich gezwungen, ein paar weitere Wochen dranzuhängen, hoffe aber, dadurch trotzdem noch innerhalb der zwei Monate Einarbeitungszeit zu bleiben, sonst bekomme ich ein Problem mit der Gefängnisdirektion. Am meisten fehlt mir unser kleiner Tib. (Ich werde ihn noch an diesem Wochenende anrufen.) Seine Mutter erzählte mir am Telefon, daß er das kommende Wochenende wieder bei seinem Opa verbringt. Darf ich, als Tibbis Vormund, dem Großvater ans Herz legen, den Kleinen keine Sekunde aus den Augen zu lassen? Ich werde hier nicht ins Detail gehen, aber in Choreo erlebe ich aus nächster Nähe mit, welch abgrundtiefes Leid der Verlust eines Kindes verursachen kann. Bei früheren Besuchen des Prinzen waren wir beide zu Hause. Vier Erwachsenenaugen, um auf ihn aufzupassen, und sei ehrlich, Olle, das war kein überflüssiger Luxus, nicht wahr? Wenn ich mir eine schlaflose Nacht bereiten will, zähle ich anstatt Schäfchen die Messer in Deiner Küche. Das Holz unter Deiner Arbeitsplatte hat sich so verzogen, daß eine halb geöffnete Schublade schon schräg herunterhängt: Ruck zuck fährt die Brotmaschine in Tibbis Händchen. Laß ein Schloß dranmachen. Sie in einem höheren Schrank aufzubewahren hat keinen Sinn, denn unser kühner Prinz stellt notfalls, auch wenn er kein Klettermax ist, zwei Stühle übereinander ...«

Einst hatte ich Personal, dem ich meine Briefe diktierte. Seit ich sie selbst schreiben mußte, kämpften Hinausschieben, Bleibenlassen und Unterbrechen um den Vorrang. Olle Tornijs als Adressaten längst wieder überdrüssig, spitzte ich gierig die Ohren, was mich aus der brieflichen Konzentration gerissen haben mochte. Am Ende des Flurs, in dem gleich um die Ecke, in der Nähe meiner Zimmertür, der Eisautomat stand, klang noch das Rumoren der kleinen, von der Maschine ausgespuckten Lawine nach. Ich hatte an diesem Morgen meinen Brief schon einmal neu beginnen müssen, nachdem ein Motelgast sich nach Einwurf von zwei Vierteldollarmünzen einen Pappbecher voll Eiswürfel geholt hatte. Der Unbekannte störte mich jetzt doppelt, da die entstandene Lücke durch den Gefriermechanismus neu aufgefüllt wurde. Amerikaner und ihre Manie, überall Eis reinzuknallen ... Gleich nachher den Besitzer des Rim-of-the-World um ein anderes Zimmer bitten, möglichst weit von dem Lawinenautomaten entfernt.

Schlechte Laune hatte ich ohnehin. Am Freitagabend war ich, wie so viele Lohnsklaven, zur Essenszeit aus dem Bus gestiegen, um mit der Aussicht auf ein zwangsweise freies Wochenende nach Hause zu gehen. Seit meinem Arbeitsantritt in Choreo hatte ich es darauf angelegt, möglichst oft da zu sein. Die Putzer nicht aus dem Auge zu lassen, darum ging es. Ich war immer bereit, für Kollegen einzuspringen, die Grippe hatten oder mal einen freien Tag wollten, und davon wurde dankbar Gebrauch gemacht. Mit Leuten von Zeitarbeitsfirmen nahm die Direktion es nicht so genau: Wenn die durch aufsässige Gefangene einen Nervenzusammenbruch erlitten, na, den überwanden sie schon wieder an ihrer nächsten Arbeitsstelle.

Am Tag zuvor, nachdem Maddox und Woodehouse jeweils in eine Isolierzelle gekommen waren, hatte Carhartt mich zu sich zitiert. Er hatte den Dienstplan des HST vor sich liegen. »Spiros, ich sehe, du hast seit Anfang Dezember keinen einzigen freien Tag gehabt.«

»Schau mal richtig hin, Ernie. Zu Weihnachten.«

»Ja, und ansonsten jeden Tag im Geschirr. Tag- und Nachtdienste durcheinander. Was willst du mit diesem ganzen zusätzlichen Geld, wenn du keine Zeit hast, es auf den Kopf zu hauen?«

Obwohl ich Burdette bereits versprochen hatte, seinen Dienst am Sonnabend zu übernehmen, verdonnerte mich Carhartt zu einem langen Wochenende im Motel Rim-of-the-World – gerade jetzt, wo es in Choreo spannend zu werden begann. Meine Putzer saßen getrennt voneinander in Isolationshaft, schon wahr, und konnten sich so zwei, drei Tage lang gegenseitig nicht vergiften: weder mit Pink Starfish noch mit pechschwarzen Worten. Dennoch machte mich das Verlassen der Bühne unruhig. Und sei es auch nur, um tatenlos Wache zu stehen, abwechselnd vor der einen Zellentür und dann vor der anderen – dafür hätte ich gern das zusätzliche Geld von all meinen Überstunden hingeblättert. Glück im Unglück: Das Wochenende würde nicht bis Montagmorgen dauern. Am späten Sonntagabend durfte ich wieder antreten für die choreanische Nacht.

Die Eismaschine auf dem Flur surrte jetzt nur noch, aber weil sie mit der Rückseite an einer Zimmerwand stand, vibrierte über meinem Bett das Glas eines gerahmten Bilds mit. Was hatte ich meinem Amsterdamer Vermieter sonst noch schreiben wollen? Das »Strafviertel« in Amsterdam-Zuid ... das war ein Spielchen zwischen uns. Es hatte mit der Straße begonnen, in der die BUCHHANDLUNG OLLE TORNIJ sich befand: die Ballinckstraat, benannt nach einem vergessenen niederländischen Komponisten aus dem siebzehnten Jahrhundert. »Sein Name hat ihm kein Glück gebracht«, sagte Olle, als ich den Schlüssel für die Wohnung über dem Laden abholte. In unseren Gesprächen wurde Ballinck, der Verbannte, zu Exil, und dann mußte das ganze Viertel dran glauben. Eine Straße nach der anderen bekam den Namen einer Strafe. Kielhaalstraat (Kielholstraße). Vierendeelstraat (Vierteilstraße). Guillotinestraat. Der kleine Tibbolt, der noch nicht lesen konnte, wußte es schon nicht mehr besser, als daß sein Großvater und sein Wohltäter in der »Eskielhaalstraat« wohnten.

Ich schloß die Augen und sah den kleinen Jungen mit tastenden Schritten durch die Exilstraat gehen, eine ziemlich unbedeutende Querachse im Amsterdamer Stadtteil Oud-Zuid. Weil Tibbi einen solch unsicheren Gang hatte, mit scharf eingeknickten Knien, wurde in der Nachbarschaft gemunkelt, er habe Rachitisbeine. War ich in der Nähe, so taten die Umwohnenden besser daran, ihre Vermutung, das Kind leide an der Englischen Krankheit, nicht laut auszusprechen.

Außer Wohnhäusern und Büros gab es in der Exilstraat eine Werkstatt (GER'S GAR), ein Geschäft (das von Tornij) und ein Restaurant (BESSEN-APPEL, an der Ecke Procrustesstraat). Trotz aller belebter Hauptstraßen, die sie querte, bewahrte sich die Exilstraat die ganze Woche über eine alte, bröselige Sonntagsruhe. »Ein Lokal für Vegetarier«, hatte der Buchhändler bei der Eröffnung von BESSEN-APPEL angewidert ausgerufen. »Das zieht ja das ganze Viertel runter.«

»Die Post der Wärter wird zwar nicht zensiert, aber einiges von dem, was ich hier erlebt habe, Olle, kann ich Dir nicht so ohne weiteres schreiben. Wenn ich wieder zurück bin, spätestens Ende Januar, gehe ich mit Dir in das Restaurant an der Ecke, und dann erzähle ich Dir die ganze Geschichte. Nein, es ist *kein* vegetarisches Lokal. Anstatt mit böse abgewandtem Gesicht daran vorbeizugehen, solltest Du mal zum Aushängeschild hochschauen, dann siehst Du unter dem Namen »*Kein Alk.*« stehen. Wir trinken zu Hause zwei Gläser von Deinem Lieblingsportwein und gehen dann ein paar Häuser weiter, um einen Fächer pornographisch rosafarbener Roastbeefscheiben zu verputzen und dazu einen Himbeermilchshake. In meiner Abteilung in Choreo sitzt übrigens ein weltberühmter Vegetarier – sogar Veganer, obwohl er wie ein Waschbär vom Honig nascht. Auch diese Geschichte erzähle ich Dir im BESSEN-APPEL.«

3

Die beiden Putzer. Ich war so daran gewöhnt, sie, heftig redend, umeinander herumtanzen zu sehen, daß ich sie mir nur schwer voneinander getrennt in zwei Isolierzellen vorzustellen vermochte. Auf einmal wurde mir bewußt, daß die beiden sich jetzt näher waren als zu irgendeinem Zeitpunkt während der vergangenen drei Wochen, symbiotisch verbunden durch das gegenseitige Erkennen – ein Wissen, das sie mit niemandem teilten (außer mit mir) und, aus reiner Selbsterhaltung, auch mit niemandem teilen *konnten* (ich hielt den Mund). Ich sah sie beide auf ihrer Pritsche hocken, jeden mit der eigenen Maske in der Hand – nein, mit der Maske des anderen.

Ich setzte mich nun meinerseits aufs Bett, zog das Telefon zu mir heran und wählte die 2 für die Rezeption, wo das Mädchen mich zur Amtsleitung durchstellte. »Carroll? Agraphiotis. Den HST bitte. Mr. Burdette.«

»Pfui, Spiros«, sagte die Telefonistin. »An deinem freien Wochenende. Sekunde.«

»Alan? Tut mir leid, daß Carhartt mich nicht für dich einspringen ließ. Wie geht es meinen Putzern ohne Besen und Kehrblech?«

»Schwer zu sagen. Maddox ist wie ein gefangenes Tier. Er knurrt und wimmert und dreht immer dieselbe Runde. Als ob er schreckliche Schmerzen hätte. Woodehouse liegt schon seit gestern abend auf seiner nackten Pritsche, die Decke über dem Kopf. Wie tot. Man muß schon sehr genau hinschauen und sehr lang, um ihn atmen zu sehen. Völlig unterschiedliche Reaktionen also.«

»Tu mir einen Gefallen, Al, und sieh etwas öfter als vorgeschrieben bei unserem Freund Woodehouse nach. Ich trau der Sache nicht ganz. Maddox ist der Verband abgerissen worden, und das tut bestimmt weh, ja. Woodehouse hat einen Schwall giftige Seifenlauge reingekriegt, genug für die Do-it-yourself-Abtreibungen eines halben Mädcheninternats. Ich fühle mich verantwortlich. Vielleicht hätte man seinen Magen auspumpen müssen … ich weiß nicht.«

»Kein Problem, Spiros«, sagte Burdette. »Ich schau gleich mal, ob er wach zu kriegen ist.«

»Sag ihm, er soll die Decke zurückschlagen, damit sein Gesicht frei ist.«

4

Nachdem Remo alles bis zur letzten Krume gegessen und sich wieder auf seine Pritsche gelegt hatte, erbarmte sich die Charrière-Methode seiner erneut. Er konnte jetzt frei im Haus herumgehen, und alles war, wie es sein sollte. Die Schlichtheit weiß verputzter Wände und weißer Decken, gestützt von weißen Balken. Er machte sich ein Spiel daraus, während seines Rundgangs kein Möbelstück zu übersehen. Das Sofa mit der Fahne über der Rückenlehne. Im Vorbeigehen roch er den abgestandenen Geruch des Kamins, der lange nicht angezündet worden war. Voytek hatte einen Schweinekopf in den Flammen erblickt.

Das Klavier. Remo öffnete den Deckel und schlug ein paar Akkorde an. Das Instrument mußte dringend gestimmt werden. Voytek hatte zu wüst polnische Lieder darauf gespielt. Einmal war Glut von seiner Zigarette auf eine Taste gefallen. Der Gestank schwelenden Elfenbeins war um so vieles schrecklicher als der von brennendem Haar. Er würde den Klavierstimmer bitten, die Taste zu ersetzen.

Im Weitergehen gab er dem Schaukelstuhl einen Schubs. Irgendwann mußte er unter dem Gewicht von Sharons Schwangerschaft geknarrt haben, wenn sie selbstzufrieden lächelnd darin schaukelte, in schnurlosem Gespräch mit ihrem Baby.

»Was meinst du, trau ich mich?« Ihre Stimme, am Swimmingpool. Remo ging durch das Schlafzimmer und die Flügeltür auf den gepflasterten Platz hinaus. Sie stand im Bikini am Beckenrand, bereit zum Kopfsprung. Die Lichtreflexe des Wassers tanzten über ihre blasse Haut, denn das Frühjahr war noch jung, und sie hatte noch keine Gelegenheit gehabt, nachzubräunen. »Du traust dich.« Seine Antwort kam zu spät. Sie kippte bereits vornüber. Mit einem hohen Auflachen landete sie im Wasser – in einer Bewegung zwischen Kopfsprung und Fallen.

»Wo ist Paul?« fragte er, als ihr Kopf wieder auftauchte.

»Nicht lachen.« Sie kniff sich das Wasser aus der Nase. »Er repariert gerade den Rasensprenger.«

Remo fand seinen achtjährigen Sohn im Garten auf der vorderen Seite, wo er mit todernstem Gesicht über einen kaputten Sprühkopf gebeugt saß, der schon vor Jahren ausrangiert und durch einen neuen ersetzt worden war. Werkzeuge aus der Garage lagen rings um ihn im Gras. Er hatte den Gartenschlauch vom neuen Sprüher abmontiert und an den alten angeschlossen. »Paps, dreh mal den Hahn auf, ja?«

Remo drehte kräftig an dem Hahn, der aus der Außenwand ragte. »Mehr«, rief Paul. »Fester.«

Durch die plötzliche Kraft des Wassers erhoben sich die Windungen des Schlauchs hier und da von der Grasfläche. Es preßte sich durch sämtliche Löcher im Sprüher gleichzeitig – Paul genau ins Gesicht.

»Ich hab nichts gesehen«, sagte Remo und ging wieder ins Haus. Bevor er die Eingangstür hinter sich schloß, drehte er sich noch einmal nach seinem Sohn um. Etwas in den Sträuchern hatte die Aufmerksamkeit des Jungen erregt. Er wischte sich mit dem Pulloverärmel das Wasser aus dem Gesicht und kroch auf Knien ins Gebüsch. Remo ließ die Tür ins Schloß fallen. Im Arbeitszimmer machte er sich an die Überarbeitung des Drehbuchs.

»Paps, kann man mit einem *nine shot* auch russisches Roulette spielen?«

Weil die Tür des Arbeitszimmers offen geblieben war, hatte er seinen Sohn nicht kommen hören. »Ja, mein Schatz«, sagte er, ohne von seiner Arbeit aufzuschauen. »Nur lehrt die Wahrscheinlichkeitsrechnung uns, daß wir dann bessere Überlebenschancen haben.«

»Mit dem da bleibst du immer am Leben, Paps. Der ist kaputt.«

Remo blickte über seine Lesebrille hinweg zu Paul, der auf der Schwelle stehengeblieben war. Gott, wie schön er war. Das honigblonde Haar hatte er von seiner Mutter. Man sah schon jetzt, daß er viel größer als sein Vater werden würde, von dem er aber immerhin die Nase geerbt hatte. Der Junge hielt einen Revolver am extrem langen Lauf in die Höhe. Das Ding war rostig, und um den Abzug, im halb abgebrochenen Bügel, klumpte Erde. »Paul, gib das sofort her. Deine Mutter bringt mich um.«

Er trug die Waffe vorsichtig zum Schreibtisch seines Vaters. Das Magazin hing heraus. »Nicht, Paps!«, sagte der Junge, als Remo den Revolver am Kolben anfassen wollte. »Da sind doch die Fingerabdrücke.«

»Du unverbesserlicher Naseweis.« Er breitete ein Taschentuch über seine Handfläche, und Paul legte die Waffe darauf.

»Der Kolben ist auch kaputt«, sagte Paul. »Schau, an der Seite hier ist das Holz ab.«

Mit einem Zipfel seines Taschentuchs versuchte Remo, das heraushängende Magazin an seinen Platz zu schieben, was ihm aber nicht gelang. Bis auf die eine Kammer, in der noch eine Patrone steckte, waren alle anderen mit Erde gefüllt. Ein Wurm kringelte sich heraus. »Der ist ja ganz völlig aus den Fugen.«

»Aus dem Lot, meinst du wohl. Damit hat einer was auf den Kopf gekriegt. Schau, Paps, hier unter dem Kolben … das sieht vielleicht aus wie Teer, aber ich glaube, es ist Blut. Schau mal, da sind auch Haare.«

»Wenn das Ding als Schlagwaffe benutzt wurde, dann waren auch am Lauf Fingerabdrücke. Die hast du jetzt schön verschmiert, du Naseweis.«

»Blöd.«

Remo besah sich den Revolver von allen Seiten. »So einen irre langen Lauf hab ich noch nie gesehen.«

»Aber doch wohl in Filmen?«

»Bei Western schlaf ich ein.«

»Das ist ein Hi Standard *nine shot* Longhorn .22 Buntline Special, Paps.« Der Junge hatte den langen Namen ohne Stocken ausgesprochen. Jetzt war er ganz atemlos.

»Noch so was, und du läufst blau an. Woher hast du dieses gefährliche Wissen?«

»Hinter dir auf dem Bord ... die ganzen Bücher von *Gun Magazine*. Wenn Bilder dabei sind, kann ich's mir besser merken. Was jetzt, Paps?«

Remo drehte an dem Trommelmagazin, das nach einem Zentimeter schon wieder knirschend steckenblieb. Der Wurm grub sich in eine andere Kammer. »Kein russisches Roulette, Paul, das wird nix. Weißt du was?« Er zog das Telefon zu sich heran. »Wir rufen die Polizei in Van Nuys an. Dort haben sie ein riesiges Waffenlager und ein Verzeichnis aller gesuchten und gefundenen Feuerwaffen. Wenn ich den Richtigen dran habe, geb ich dir den Hörer, und dann darfst du den Markennamen von diesem schrecklichen Ding noch einmal in voller Länge sagen.«

»Ich hab solche Angst, Paps, daß sie mich verhaften ... wegen der Fingerabdrücke.«

»Ich werd' dafür sorgen, daß du auf Kaution freikommst.«

5

Vor zehn Monaten, an einem unfreundlichen Märzabend, trank ich nach dem Essen Kaffee mit meinem Vermieter. Im Fernseher liefen die Acht-Uhr-Nachrichten, doch während ich den schwarzen Nektar aus Tornijs Kaffeemaschine heiß in mich hineinsog, waren meine Gedanken fern jeder Tagesaktualität. »Auf Kaution frei«, sagte Olle plötzlich höhnisch, während der Spekulatius noch zwischen seinen Backenzähnen knirschte. »Mütter, behaltet eure Töchter zu Hause.«

Ich saß bereits vorn auf der Sesselkante. Bilder vom Regisseur nach der Hinterlegung der Kaution, bei der Ankunft vor seinem Luxushotel, das bleiche Gesicht verschwommen sichtbar hinter der Fensterscheibe eines Autos, das auf einmal sehr schnell zurücksetzte, aufheulend wendete und in der lichterübersäten Nacht verschwand. »Gerade noch ist die Presse dein bester Freund«, sagte Olle, »und gleich darauf dein schlimmster Feind.«

»Ich versteh das nicht … nach allem, was der schon durchgemacht hat. Die Medien waren übrigens nie auf seiner Seite.«

Archivmaterial vom jungen Regisseur, triumphierend lachend beim Filmfestival in Cannes (kurzhaarig), verzweifelt bei einer Pressekonferenz über das Rednerpult blickend (langhaarig, Koteletten) und arrogant grinsend an der Seite einer blutjungen Schauspielerin (die Wangen schon etwas schwammiger). »Immer noch wahnsinnig vor Kummer, klar«, sagte Olle. »Eine Entschuldigung ist das aber nicht. Soll er sein Leid doch zu ein paar Meisterwerken sublimieren.«

Der Buchhändler schwor auf Freud. Nicht von ungefähr saß er in einer Kommission, die die Übersetzung von dessen gesammelten Werken koordinierte. Ein halbes Dutzend Übersetzer von Rang und Namen waren bereits für zu leicht befunden worden. »Wie man vom Opfer zum Verbrecher wird, das mußt du erst mal künstlerisch verarbeiten, Olle!«

»Die Hunde sind still.« Tornij biß noch ein Stück Spekulatius ab. »Die Tragödie zieht weiter in die Nacht.«

Neben Gewürzkeksen war er auch versessen auf Varianten des arabischen Sprichworts: »Die Hunde bellen, die Karawane zieht weiter.« Zum Beispiel: »Die Schafe meckern …« oder: »Die Wölfe im Schafspelz bellen (bzw. blöken) …« Und die schönste, wenn er einen Gegner in die Schranken verweisen wollte: »Die Lämmer im Wolfspelz blöken, die Karawane ...« *Die Tragödie zieht weiter in die Nacht.* Der gute Olle hatte keine Ahnung, was dieser Spruch bei mir bewirkte. Er raubte mir die Ruhe, das war schon mal sicher.

Am Rande des »Strafviertels«, neben dem Concertgebouw, lag das Café Keyzer, das einen wohlbestückten Lesetisch hatte. Dort durchforstete ich in der darauffolgenden Zeit die Zeitungen nach Neuigkeiten über den kalifornischen Sittenfall. Genauere Einzelheiten blitzten mich aus den Illustrierten an. Der ganze juristische Kuhhandel. Dadurch, daß der Regisseur den Kern des ihm zur Last Gelegten eingestand, würde er einen Prozeß abwenden können und möglicherweise lediglich eine Bewährungsstrafe erhalten. Er gab den wichtigsten Punkt der Anklage zu, der Rest wurde für unbegründet erklärt – und dann drohte ihm trotzdem noch eine dreimonatige Haftstrafe, damit hinter Gittern die Gehirnpresse der Psychiatrie ihre Arbeit tun konnte. Mehr Kaution auf den Tisch.

Ich las das alles mit trockener Kehle und so gefesselt, daß ich vergaß, Gerrit-mit-den-müden-Füßen zu winken, damit er mir eine Tasse seiner Kaffeeplörre brachte. Natürlich wurde auch, peinlich für mich (aber niemand sprach mich darauf an), der mittlerweile sieben, acht Jahre zurückliegende Fall in Wort und Bild neu aufgerührt. Inklusive Fotos von seiner Frau und den illegalen Geburtshelfern. Der Ton war durchweg strafend: Wie konnte jemand mit einer derart düsteren Vergangenheit einen solchen Fehltritt begehen? Ein niederländischer Journalist mit poetischer Ader schrieb wörtlich: »Wie konnte er sich derart im Nebel verirren, wenn nicht einzig und allein, um seine Frau zu suchen?« Ich schloß nicht aus, daß er sich tatsächlich so draufgängerisch in die Nebelschwaden des Whirlpools gestürzt hatte, um dort seine verlorene Liebste wiederzufinden.

Eine Wochenzeitschrift brachte ein Foto von ihr, das, so

hübsch sie darauf auch war, niemals von der PR-Abteilung ihrer Agentur freigegeben worden sein konnte. Das hinter den Ohren zum Pferdeschwanz zusammengefaßte Haar umrahmte ein volleres Gesicht als gewohnt. Auf einmal fand ich die Antwort: mütterlich. Das Foto mußte in den späteren Monaten ihrer Schwangerschaft entstanden sein. Der weite Ausschnitt ihres Pullis verriet etwas bequem Schlabbriges, das auf dem Foto abgeschnitten worden war. Irgendwann war dies die irdische Realität gewesen: eine widerspenstige Locke, besonders blond im Gegenlicht, die zur zarten Ohrmuschel zurücksprang. Die Tatsache ihres Todes machte ein obszönes Porträt daraus.

6

Während des ganzen Frühjahrs, Sommers und Herbstes '77 behielt ich die Entwicklungen um den vom Pech verfolgten Regisseur im Auge. Nicht nur die juristischen. Solange das richterliche Urteil noch nicht ergangen war, flog er in der Weltgeschichte herum, um seine Filme vorzubereiten. Er sah sich Drehbücher, Drehorte, Schauspielerinnen an. Dadurch daß die psychiatrische Untersuchung immer wieder verschoben wurde, schien der Fall selbst aus den Nachrichten zu verschwinden. Bis zum Beginn des Münchner Oktoberfests Ende September.

Ob Mensch, Gott oder Esel – es fällt jedem Wesen schwer, sein Scheitern endgültig zuzugeben. Wir vergessen das Debakel für eine Weile und hoffen, daß es sich, während andere Dinge unsere Aufmerksamkeit in Anspruch nehmen, doch noch zum Guten wendet. Während schlafloser Nächte, in denen ich im Laternendunkel der Exilstraat auf dem Rükken lag, ließ ich sämtliche Aspekte meines entgleisten transatlantischen Unternehmens an meinem geistigen Auge vorüberziehen, um endlich einmal genau zu rekonstruieren, was seinerzeit schiefgegangen war. Ich beleuchtete den Hergang sowie den jetzigen Stand der Dinge von allen Seiten darauf hin, ob im nachhinein möglicherweise noch etwas daran zu reparieren sei. Vorläufig kam ich nicht weiter als bis zu einem frühmorgendlichen Anruf bei einem Berliner Kollegen aus der Zeit, als ich noch selbst fotografierte. Er hatte den feuchten Sumpf der Pornographie verlassen und arbeitete jetzt als Freelancer für internationale Presseagenturen: Kriege, Massenkarambolagen, adelige Seitensprünge. Er kam gerade, so früh schon oder noch so spät, aus seiner Dunkelkammer.

»... in München, ja. Das ist ein Tip, Detlev. Frag nicht, woher ich das habe. Heute abend oder schon am späten Nachmittag im Schmeichelkätzchen. Später auf der Terrasse von Die zwei Hosenträger.«

»Und dann sagen, es ist für die UPI? Darauf fällt er nicht rein.«

»Als du noch feuchtnasige Muschis fotografiert hast, Lev, da hast du doch auch mal geflunkert über die wahre Natur deiner Motive, oder?«

»Ein Fotoband mit dem Titel *Metaphysik der Fotze*, das fand ich gut.«

»Den Titel hatte ich mir ausgedacht. Danke. Und er lautete im übrigen *Phänomenologie der Fotze*. Na, Lev, dann kannst du dir doch bestimmt statt United Press International irgendein Münchner Käseblättchen einfallen lassen ... Was war das für ein Schlag?«

»Die Mücke aus der Dunkelkammer ... sie ist mir gefolgt.«

»Gut, dann heißt das Blatt *Der Mückenstich*.«

»Noch in dieser Stunde steh ich am Bahnhof Zoo.«

»Dann überlaß ich dir jetzt den Rest.«

»Thanks für den Geheimtip.«

Wenn Richter Ritterbach beim Anblick des Fotos im *Santa Monica Herald* seinen Hammer zur Hand gehabt hätte, dann wäre das Ding zersplittert. Die Knöchel an seiner Faust hatten das jungfräuliche Weiß künftiger Rache. Als erstes beorderte er den Regisseur, der noch in London herumtrödelte, nach Los Angeles. Ihm wurden ein Bewährungshelfer und zwei Psychiater zugewiesen. Falls ich den Blättern glauben durfte, unterzog man ihn einer ungewöhnlich intensiven Untersuchung. Der Richter, der sich wie ein Bluthund in den Filmemacher verbissen hatte, befand das Ergebnis für zu positiv und schickte seine bereits übel zugerichtete Beute für weitere psychiatrische Untersuchungen und ein schlüssigeres Gutachten ins Gefängnis.

Mein Freund Detlev sah derweil zu, wie in zwanzig verschiedenen Währungen die Honorare für sein Dreierporträt des Filmemachers mit Gretl und Nannerl auf sein Konto flossen: Die Namen hatte der Fotograf sich ausgedacht, inklusive weit nach unten korrigierter Altersangaben. Mir selbst brachte das nichts, weder meinem Portemonnaie und schon gar nicht meinem geplagten Hirn, das hinsichtlich seiner eigenen prophetischen Fähigkeiten ohnehin schon ernstlich ins Zweifeln geraten war. Es blieb abzuwarten, ob ich mich im kleinen Tibbolt nicht ebenfalls verrechnet hatte. Ein entthronter Haruspex, so sah ich mich selbst in jenen Tagen.

Es brauchte eine menschliche Fackel, um mir mein Selbstvertrauen wiederzugeben.

7

Im Laufe des Sonnabends, irgendwann zwischen Mittag- und Abendessen, verschwand die Klaustrophobie. Es war, als kämen die Wände aus Respekt vor den schmerzlichen Visionen zum Stillstand, die die Charrière-Methode in die Zelle gebracht hatte. Auch jetzt, da er wieder freier atmete, gelang es Remo noch immer, mit einem feuchtwarmen Deckenzipfel über dem Gesicht Ereignisse aus einer fernen Vergangenheit heraufzubeschwören, bis in die kleinsten Details. Wie jenen langen Sonnabend im Herbst 1968. Sie wohnten damals noch nicht am Cielo Drive, sondern waren glücklich als Untermieter im Haus einer abwesenden Freundin.

»Ein Gottesgeschenk, Sharon. Mitte November, und noch richtiger *Indian summer*. Am Wochenende geht's raus!«

»Laß uns reiten, im Chatsworth Park … in den Simi Hills. Wollte ich schon immer mal.«

»Bestimmt Liebeserinnerungen.«

»Alle Western sind dort gedreht worden.«

»Wie kommen wir an Pferde?«

»Jemand hat mir mal die Adresse von einer kleinen Geisterstadt gegeben … ein alter Filmset.« Sie kramte in einer Kommodenschublade. »Hier. Spahn's Movie Ranch. Santa Susana Pass Road. Besitzer: George Spahn. Im Longhorn Saloon nach Ruby Pearl oder Juan Flynn fragen. Dort kann man Pferde mieten.«

»Und das Auto?«

»Auch in Geisterstädten gibt es offenbar bewachte Parkplätze.«

»Am Samstag, Liebste, spielen wir in den Simi Hills Tom Mix nach.«

Wenn man Zimmerleute eine kleine Stadt bauen ließ, die auf der Leinwand die Illusion einer soliden Einheit bieten sollte, und wenn dann die gesamte Kulisse vom Zahn der Zeit angenagt und baufällig wurde, ja, dann bekam man so etwas wie Spahn's Movie Ranch. An der einzigen Straße standen die Gebäude mit ihrem blanken, von Wind und Wetter ausgelaugten Holz da, als hielten sie sich nur noch gegenseitig aufrecht. Dahinter ragte ein zur Hälfte bewachsener felsiger Hügel auf. Bevor das Städtchen entstanden war, mußte das Gelände bereits mit Felsblöcken übersät gewesen sein: Jetzt lagen sie vor den Veranden in Reih und Glied. Sie würden die Häuser um Jahrhunderte überdauern und bis in alle Ewigkeit die Baufluchtlinie an der verschwundenen Straße markieren.

Remo parkte seinen Lamborghini vor einem Holzgebäude, das einem Schild über der Veranda zufolge der LONGHORN SALOON war. Im Dunkel hinter den geschlossenen Fensterläden saßen sieben oder acht Mädchen im Kreis auf einem Fußboden aus festgestampfter Erde. Zwei hatten ein Baby an der Brust. »Juan hat heute keinen Dienst«, sagte eine unwillig. »Ruby ist oft hier nebenan.«

Sharon hatte dort ein Schild gesehen, auf dem ROCK CITY CAFE stand.

»Nein«, sagte eine andere mit schleppender Stimme, »auf der anderen Seite. Und sonst versucht es bei George, im Wohnwagen.«

Sie standen wieder draußen. In einem großen ovalen Pferch, der sich bis zur Straße erstreckte, schleppten ein paar ältere Pferde ermattet ihren langgereckten Schatten mit sich herum. Ruby Pearl war auch im UNDERTAKING PARLOR nicht zu finden, also fragten sie zwei Mädchen in zerlumpten Kleidern nach dem Wohnwagen des Besitzers.

»Beim Rock City Café um die Ecke. Der Wohnwagen ist ein Museumsstück von 1943. Könnt ihr nicht verfehlen.« Eines der Mädchen hatte ihr Baby in einer Art Mehlsack vor dem Bauch hängen.

»Jetzt weiß ich's wieder«, sagte Remo, während sie auf den Wohnwagen zugingen. »Hier ist ein Teil von *Geächtet* gedreht worden, unter der Regie von Howard Hughes.«

Der Wohnwagen war vom Typ Frittenbude-an-französischer-Landstraße. Ein rothaariges Mädchen in schmuddeligen Jeans kam gerade heraus. Hinter dem Fliegenvorhang war eine alte, brüchige Stimme zu hören. »Wenn deine Sommersprossen Braillepunkte wären, Lynette, dann könnte ich sie zählen.«

»George, da will jemand zu dir«, rief sie mit hoher, melodiöser Stimme in die Richtung der bunten Plastikstreifen. Und zu Remo und Sharon: »Geht einfach rein. Er ist daran gewöhnt, daß alle rein- und rauslaufen.«

Im Wohnwagen fanden sie einen alten Mann mit einer schwarzen Brille auf der Nase, wie Ray Charles sie trug, eine, die jeden Einblick von den Seiten her verwehrte. Er saß auf einem Anglerschemel, die Hände über einem Stockknauf gefaltet. Unter einem teuren grauen Anzug ein blitzweißes Hemd, ohne Krawatte, aber mit einer elegant zur Schleife gebundenen schwarzen Seidenkordel. »Mit wem habe ich die Ehre?« Er tastete neben sich, bis er auf der Bettcouch einen hellgrauen Stetson fand, und setzte den auf seinen wie gemeißelt wirkenden Kopf.

»Wir suchen Ruby Pearl«, sagte Remo, »wegen zwei Pferden.«

»Dann haben Sie Pech. Ruby sucht ein weggelaufenes Pferd, und ihr Filmleute könnt ja nie selbst satteln.«

»Ich schon«, sagte Sharon. »Ich hatte als Kind ein eigenes Pferd.«

»Gut, dann warten wir auf Lynette. Sie wird Ihnen zwei Prachtexemplare zuweisen.«

»Hier laufen ja 'ne Menge junger Frauen herum«, sagte Remo. »Zum Teil mit Babys.«

»Die Mädchen sind ein Segen für den alten George. Sie sind meine Augen. Vor allem Squeaky. So nenn ich Lynette, weil sie spricht, wie ein Vogel singt. Sie ist mehr als das Licht in meiner Finsternis.«

»Halten sie es hier schon lange aus?« fragte Sharon. »Ich meine, mit den Babys. Die zivilisierte Welt ist ja nicht gerade um die Ecke.«

»Diesen Sommer waren sie auf einmal da. Im August. Ich hörte, wie ein Bus vorfuhr. Ein junger Mann stieg aus und fragte, ob er mit ein paar Freunden für einige Nächte hier kampieren dürfe. Als Gegenleistung boten sie an, die Ställe auszumisten. Mir war es recht. Später wurde mir klar, daß noch zehn Kerle im Bus saßen und bestimmt dreißig Mädels. Dem alten George ging's schlecht. Ich dachte, mein Leben wäre am Ende, und dieses Ende wollte ich noch beschleunigen. Und dann hält auf einmal das Paradies auf Rädern vor meiner Bruchbude. Hiobs Traum. Sie sorgen gut für mich, die Kinder. Wenn ich mich down fühle, kommt Gypsy mit der Geige.«

»Sie verschaffen Ihnen ein zweites Leben«, sagte Sharon.

»Daß sie hier sind«, sagte Spahn und dämpfte seine Stimme, »ist auch noch in anderer Hinsicht gut für mich. Meine eigenen Kinder kommen mich wieder besuchen. Zwölf hab ich mindestens. Vielleicht fünfzehn.«

»Garantiert nicht von ein und derselben Frau«, sagte Remo. »Sonst hätte sie Ihnen bestimmt beim Zählen geholfen.«

»Wie viele Frauen es waren, weiß ich auch nicht mehr. Ich bin schon über achtzig. Die Namen der Kinder kann ich aber nur so runterschnurren. Und zwar weil ... also, ich bin ein Pferdemann. Ich habe sie alle nach berühmten Turnierpferden genannt.«

»Wenn Sie sie aufzählen, dann zähl ich mit. Dann wissen Sie's endlich genau.«

»Chérie, das ist meine älteste Tochter. Als nächstes kam Proud Prole, mein ältester Sohn. Ich nenne sie in der Reihenfolge ihrer Geburt. Festoon. Sovereignty. Outshine. Lofty Boy ... das war nach einem englischen Rennpferd mit dem leichtesten Jockey, den ich je gesehen habe. Greenback. Tempest ... Ja, auf dem Standesamt hab ich christliche Namen eingetragen, aber daheim hießen sie nach meinen Lieblingen. Und daraus wurden natürlich auch wieder Kosenamen. Wie zum Beispiel meine Tochter Stolidity, die wurde zu Liddy. Dudgeon, wieder ein Junge, wurde zu Dudge. Sugar Candy, meine jüngste Tochter. Hardy, mein vorletzter Sohn. Und dann noch Trivet, mein jüngster Sohn. Trivial Trivet. Ist behindert, benannt nach einem lahmen Pferd, das zwei Saisons lang alle wichtigen Rennen gewonnen hat.«

»Sind Sie sicher, daß Sie keinen Ihrer Nachkommen ausgelassen haben?«

»Nur die nicht anerkannten. Alles, was ich auf dem Standesamt angegeben habe, war dabei. Ihre Namen auszusprechen ist wie Honig auf meiner Zunge. Ich kann mich gar nicht irren.«

»Herzlichen Glückwunsch. Sie haben dreizehn Kinder.«

»Ja, irgend so was hab ich auch gedacht. Heute nachmittag kommt Sovereignty, Riggy, mit ihrem Mann.«

»Sie sagten«, warf Sharon ein, »die Kinder kommen Sie wieder besuchen dank diesem Bus voller Mädchen ...«

»Ja, das ist so.« Spahn dämpfte erneut seine Stimme, die beim Nennen der Pferdenamen wieder laut geworden war. »Ihr Anführer, oder was weiß ich, was er ist ... dieser Charlie ... den muß ich im Auge behalten. Der wollte nur ein paar Tage bleiben, aber jetzt sind es schon mehrere Monate. Und wenn meine Ohren mich nicht trügen, wird der Haufen um ihn herum immer größer. Es sind vor allem junge Frauen, oft mit Kindern. Viel mehr Mädchen, als der alte George schafft. Ich ...« Weil der Fliegenvorhang in einem Windhauch raschelte, unterbrach er seine Geschichte.

»Mister, können Sie die Tür mal eben zumachen? Lynette kann jeden Moment zurück sein, und ich will nicht, daß sie das hört.«

Remo schloß die kleine Tür.

»Ich habe seit ein paar Wochen die Vermutung«, fuhr Spahn fast flüsternd fort, »daß Squeaky mich hier ... na ja, im Auftrag von Charlie.«

»Als Draufgabe, zusätzlich zum Ausmisten der Ställe ...«

»Es geht noch weiter. Schon im August begann sie mich auszuhorchen über Spahn's Movie Ranch. Ob sie mir ganz gehört ... ob die Bank noch dazwischenhängt ... wer sie mal erbt. Diese ganzen Sachen. Viel zu naseweis für ein achtzehnjähriges Mädchen. Erst später ging mir mit meinem alten Hirn auf, daß die liebe Lynette ihre Fragen sehr geschickt mit ihrer Verwöhnerei koordinierte. Ich muß ja wohl nicht ins Detail gehen, aber ... na ja, sie versetzte mich in Stimmung, ich befriedigte ihre Neugier, sie befriedigte mein Verlangen. Hab mir nichts Böses dabei gedacht. Aber vor drei, vier Wochen, als ich schon total verrückt nach ihr war, da fing sie auf einmal von meinem Testament an. Ob sie es mir wert wäre, ihr darin einen Platz zu geben. An dem Nachmittag hatte sie schon voll einen auf Romantik gemacht, aber als ich sagte, das Erbe würde unter meinen Kindern verteilt, da ging sie einfach, und ich blieb unbefriedigt sitzen. Seitdem lasse ich sie zappeln. Ich sag nicht ja, und ich sag nicht nein. So muß ich auf ihre Gesellschaft nicht verzichten und werde auch nicht im Bett ermordet. Und seit die Kinder Wind davon bekommen haben, daß Papa ein blutjunges Ding als Geliebte hat, da besuchen sie mich wieder. Manchmal zusammen mit dem Notar.«

»Das klingt alles weniger friedfertig«, sagte Sharon, »als ich mir das bei einer Hippiekolonie vorgestellt habe.«

»Solange ich mein Testament nicht ändere«, sagte Spahn, »bleibt alles Liebe und Friede.«

Ein leichtes Beben ging durch den Wohnwagen, als jetzt jemand die Stufen heraufkam. Die Tür wurde geöffnet, und da war die Rothaarige wieder. Sie setzte sich auf den Schoß des alten Mannes, für den ihr schmächtiger Leib keine zu große Belastung schien. Einen Arm um seinen Hals gelegt, sah sie die Besucher schmollend an. »Hör zu, Squeaky«, sagte Spahn, »diese Leute wollen einen Ausritt machen. Ruby und Juan sind nicht da. Geh zu Shorty und frag, ob er Rascal und Tumble für sie aus dem Korral holt. Wenn er keine Zeit zum Satteln hat, machen sie's selbst.«

»Ich will nicht.« Squeaky gab Spahn eine Serie schmetterlingsleichter Küßchen auf den faltigen Hals. »Ich will bei dir bleiben.«

8

Anfang November geriet ich auf der Straße in eine Diskussion mit einem Rudel Hare-Krishna-Mönche. Sie tanzten unaufhörlich um mich herum und klimperten dabei mit ihren schrillen kleinen Becken. Einer kam mit seinem Gesicht so dicht an mich heran, daß ich sehen konnte, wie die weiße Farbe über seiner Nase abblätterte. »Gib's doch zu«, rief er, außer Atem vom Rumhopsen und ohne einen Moment stehenzubleiben, »ich seh es an deinen erloschenen Augen. Auch du hast das Licht gesucht ... aber nicht gefunden. Das Licht, Mann, ist in dir selbst.«

»Was du nicht sagst, Mann.« Ich hatte den kleinen Tib an der Hand, und der versuchte, ein wenig ängstlich, mich weiterzuziehen. Die von ihrer eigenen Gestanksblase am Nieuwezijds angehauchten Faschisten von Scientology mit ihren einschüchternden Befragungen wehrte ich immer ab. Auch vor den Hare-Krishna-Hopsern flüchtete ich mich am liebsten in eine Seitengasse der Kalverstraat. An diesem Jungen jedoch, mit seinem bläulich kahlrasierten Kopf und dem melonenfarbenen Gewand, fesselte mich etwas, und seien es nur die blitzenden Augen – eine Seltenheit unter all den leblosen Gesichtern der Mitläufer. Wir tauschten ein paar Slogans aus über das richtige Licht und wo es zu finden sei, dann wurde er von den anderen mitgezogen. Ein orangeweißer Wirbel im grauen Strom der einkaufenden Leute. »Herengracht«, rief er mir noch zu. »Komm mal vorbei.«

Jemand hatte mir einen Werbeprospekt in die Hand gedrückt, mit der Adresse der Amsterdamer Filiale und der Angabe der Öffnungszeiten. »Der Herr hat bestimmt seine Portlux verschluckt«, sagte Tibbolt (Portlux war die Marke der Taschenlampe, die ich ihm geschenkt hatte).

Hare Krishna Amsterdam residierte in einem stattlichen Grachtenhaus. Als ich die Stufen zur Eingangstür hinaufstieg, sah ich in ein hohes Stilzimmer mit viel Marmor und Goldfarbe. Ein Mönch saß mit dem Rücken zum Fenster an einem großen Schreibtisch und notierte etwas. Aus einem Kronleuchter fiel Licht auf seinen Kopf, der bis auf ein Schwänzchen im Nacken kahl war.

Die dunkelgrün lackierte Eingangstür spiegelte mein Bild wider. Ein distinguierter Mann unbestimmten Alters, in einem möglicherweise etwas zu hellen Regenmantel, der zögert, einzutreten. Wenn ich hätte klingeln müssen, wäre ich vielleicht wieder gegangen, aber im Türspalt ruhte ein Lederkissen, so daß ich sofort ins Marmorzimmer gehen konnte.

Der Schreibende war der Junge mit dem Licht. Er fungierte hier ein wenig als Sekretär und auch als *écrivain public* für die Einfältigen im Geiste unter der Anhängerschaft. Er entschuldigte sich, daß er gerade etwas durcheinander sei. Ein Pressebericht müsse verfaßt werden im Zusammenhang mit einem Problem in der Sektion San Francisco. »Es ist noch geheim«, sagte er, während er mit schrägen, fast flach liegenden Buchstaben weiterschrieb. Er wirkte bestürzt.

»Wenn es heute abend in der Zeitung steht, kannst du es dir genausogut schon jetzt von der Seele reden.«

»Ich hab's gleich gewußt«, sagte der Mönch, aufblickend. »Du bist ein wahrer Mann des Lichts. Ich werde dich dem Blinden Blender vorstellen.« Er strich ein Wort durch. »Na schön. Ein ehemaliger Mönch von Hare Krishna Frisco sitzt im Gefängnis von Vacaville und ist dort in die Isolierzelle gekommen.«

»Und so ein Ereignis reicht hier für eine Pressemeldung?«

»Die Bewegung hat einen Namen zu verlieren.«

»Was hat er verbrochen?«

»Er dachte, sein Vater sei Josef Mengele, und folglich mußte der sterben … auf höchsten Befehl von Gott. Mit einem Jagdgewehr. Man hat ihn daraufhin als Mönch ausgeschlossen.«

»Ich meine, was ist in Vacaville passiert, daß er in die Isolierzelle mußte?«

»Er hat einen Mitgefangenen in Brand gesteckt.« Er schrieb weiter. »Benzin drüber … Streichholz dran. Verbrennungen dritten Grades.«

»Nicht gerade der Stil von Hare Krishna.«

Er ließ den Stift fallen und faltete die Hände im Nacken. »Der Mann war kein Mönch mehr von uns. Er stritt sich mit dem Opfer über religiöse Fragen.«

»Wenn ihr nichts mehr mit ihm zu tun habt, was hat eure Bewegung dann zu fürchten?«

»Wenn es ihm gerade in den Kram paßt, gibt er sich noch immer als Hare Krishna aus. Das Streichholz hat er im Namen von Swami Prabhupada angezündet. Unserem Gründer.«

»Ich sehe noch immer keine Benzinflecken auf eurem Wappen.«

»Wart, bis du in Kürze den Namen des Opfers in der Zeitung liest.«

In dem Moment kam ein älterer Mann hereingeschlurft, der in seinem Kaftan wie ein römischer Senator aussah. Sich an Türpfosten und Wänden entlangtastend, suchte er sich seinen Weg zum Schreibtisch. Der Sekretär stellte ihn nicht als den Blinden Blender vor, sondern als Swami Kari Kurkuma. Der Blinde Blender ignorierte meine ausgestreckte Hand samt allem, was daranhing, stützte sich schwer auf den Schreibtisch und sagte mit einem Akzent, der an indische Ladenbesitzer in London erinnerte: »Keine Pressemeldung.«

»Nein?« Der Junge hatte sich respektvoll erhoben und nahm eine Art militärischer Haltung ein.

»Ich habe mit der Direktion in Vacaville telefoniert«, sagte Kari Kurkuma. Er hatte das Gesicht Nehrus, mit einer grimmig herabhängenden Unterlippe, von der reichlich Tropfen auf die mit Elfenbein eingelegte Schreibtischplatte spritzten. »Sie bringen es nicht an die Öffentlichkeit.«

»Und wir erst recht nicht«, sagte der Junge, in dessen Gesicht etwas vom Kalverstraater Frohsinn zurückkehrte. Er nahm das Blatt mit dem unfertigen Text in die Hand und zerriß es in so viele Stücke, daß die Papierfetzen nicht mehr kleiner werden konnten. Dann entschuldigte er sich, nahm den Blinden Blender am Arm und führte ihn auf den Gang hinaus. Ich stand bereits am Schreibtisch. Meine Finger schoben die Papierstückchen auseinander. Unterdessen horchte ich den schlurfenden Schritten auf dem Marmor nach ... den verhallenden Stimmen ... den ächzenden Scharnieren einer Tür. Unmöglich, das Puzzle wieder zusammenzusetzen. Ich las so viele einzelne Fetzen wie möglich, die im besten Fall ein komplettes Wort enthielten. »... cal Facility.« »...Löschger ...« »Jan Joh ...« »BABY KILL ...« »Johanson ...« »... Diego.« »... Bartha ...« »... urly.«

»Spar dir die Mühe, Spiros«, sagte der Hare Krishna, der lautlos zurückgekehrt war. »Zum Namen des Opfers war ich noch nicht gekommen.«

»Doch«, startete ich einen Versuchsballon. »Jan Johanson. Sollte es mich bei dem Namen nicht umhauen?«

»Jen Johensun« (er sprach den Namen englisch aus) »aus San Diego. Das ist der falsche Mönch ... der Vatermörder.«

»Jetzt kann ich heute abend nicht in der Zeitung lesen, *wer* Feuer gefangen hat.«

»Du hast es gehört. Ich darf die Nachricht nicht verbreiten.« Der Junge kam auf mich zu und schlang mir unvermittelt den Arm um den Hals. Die Umarmung überraschte mich, und daß ich nicht gleich darauf einging, war nur gut, denn sie war nicht als Liebkosung gemeint. »Sorry, die Wände haben hier Ohren. Elektronische.« Dann drückte der Mönch seine Lippen auf mein keineswegs elektronisches Ohr, um mir heiß und schnarrend den Namen zuzuflüstern. Die vier Silben (oder eigentlich nur drei, in seiner Aussprache) so dick und feucht in Muschel und Gehörgang eindringen zu fühlen war mehr, als ich ertragen konnte. Ich stieß den Jungen von mir und entdeckte zu allem Unglück, daß eine Erektion im Werden begriffen war. »Ich schweige wie das Grab seiner Toten«, versprach ich dem Hare Krishna noch beim eiligen Abschied. Weil es in meinem Schritt spannte, verließ ich das Stilzimmer sehr viel weniger geschmeidig, als ich es betreten hatte. Zum erstenmal seit langem: Visionen von Oberschenkelverkehr nach altgriechischem Vorbild in der Wilde-Bosie-Variante.

Im Bordell Yackety-Yak führte der Junge meiner Wahl mich in die Sauna. An seinem Körper lag es nicht. Die Dellen an seinen Hüften bedeuteten keineswegs, daß er hinternlos war. Als er sich mir hingab, ragten seine Schulterblätter spitz hervor, wie Sattelknäufe, die mir fast genügend Halt für den Ritt boten. Daß ich von seiner engen Öffnung keinen Gebrauch machen wollte, sondern nur von dem schmalen Spalt hoch zwischen seinen Schenkeln, schien er merkwürdig zu finden, aber es kam kein Protest. Schmutzig war es hier. Überall die stummen Zeugen wüster Umschlingungen, bei denen kein Öl zum Einsatz gekommen war. Blutspuren, Kotstreifen; Spermatropfen, verunreinigt von beidem. So stellten wir uns früher in Athen die viehischen Horden der Spartaner vor.

Vielleicht lag es nicht einmal am orgastischen Anblick, den unsere gekachelte Lagerstatt bot, daß ich es nicht zu einem Samenerguß brachte. Es schien, als habe etwas anderes als die unerwartete Berührung des Hare Krishna meine Lust geweckt, die folglich auch nicht auf natürlichem (oder widernatürlichem) Wege zu befriedigen war. »Klappt's nicht?« fragte der Junge, nachdem ich mich von ihm gelöst hatte.

»Ach, weißt du«, sagte ich und drapierte das mitgelieferte Handtuch um meinen Unterleib, »ich finde im nackten Akt so wenig Drama.«

»Na ja«, säuselte der Junge, »mir ist das alles dramatisch genug, alte Tucke.«

9

Sie war so schön, wie sie da auf Rascal vor ihm her ritt, seine Sharon. In den Fransen ihrer wildledernen Cowboyjacke schwang jede ihrer Bewegungen mit. Sie sah sich lachend um.

Nicht weit von Spahn's kamen sie an einem Bach vorbei. Im flachen Wasser planschte eine ganze Gruppe junger

Frauen mit kleinen Kindern. Remo erkannte ein paar Gesichter von der Ranch. Die Reiter hoben lachend die Hand, ernteten aber nur mürrische Blicke. »Wir sind der Feind«, rief Sharon über die Schulter zurück.

»Indianer und Cowboys. Dies hier ist Filmland.«

Es war wirklich der allerletzte rotkupferne Tag des Herbstes. Sie hätten keine bessere Art finden können, ihn festzuhalten, als sich voll und ganz, zu Pferde, in ihn zu stürzen. Irgendwo hielten sie im feinen Sprühnebel eines schmalen, von weit oben kommenden Wasserfalls an. Die Pferde schüttelten unwillig schnaubend die Köpfe. Sie war so fröhlich, Sharon. Die felsigen Hügel bewirkten, daß ihr hohes Lachen zurückkehrte, um mit dem herabrauschenden Wasser ein kurzes Duett zu singen.

Auf dem felsigen, mit losen Steinen bedeckten Boden fanden sie nirgends einen geeigneten Platz, um sich der Liebe hinzugeben. Außerdem wußten sie nicht so recht, wie die Pferde reagieren würden. »Wir warten, bis wir zu Hause sind«, sagte sie. »Dann haben wir noch etwas, worauf wir uns freuen können.«

Die Sonne versank schon früh hinter den Hügeln, und damit kehrte eine Kühle ein, die endgültig einen Schlußstrich unter den *Indian summer* von 1968 zog. Sie ritten zurück zu Spahn's Movie Ranch. Der Bach war verlassen. Auf dem Gelände vor den Hauptgebäuden parkte jetzt neben Remos Lamborghini ein langer Bus. Vom Typ her war es ein amerikanischer Schulbus, allerdings nicht gelb, sondern schwarz. Am Zaun um den Korral standen Strandbuggys und -segler aufgereiht. Auf dem Zaun saß eine Frau in einem zirkusartigen Cowgirlkostüm, das seine beste Zeit hinter sich hatte. Während Sharon und Remo absaßen, kam sie zu ihnen, um ihnen die Pferde abzunehmen. »Hallo, ich bin Ruby. Ich hab auf euch gewartet.«

»Will George Spahn, daß du dieses Kostüm trägst?« fragte Remo.

»Ich bin früher auf Rodeos geritten. Ich trag die Klamotten hier ab. So finden die Leute mich auch leichter.«

»Sollen wir Tumble und Rascal nicht absatteln?« fragte Sharon.

»Das mach ich. George hat mich gebeten, mit euch abzurechnen.«

Auf dem Formular, das Ruby Pearl Remo gab, mußte nur noch die Zahl der Reitstunden eingetragen werden. »Ich sehe«, sagte Remo, »ihr vermietet auch Buggys und Strandsegler. Sind wir hier nicht ein bißchen weit weg vom Meer?«

»Die sind nicht zu vermieten. Dieser komische Charlie und seine Leute rasen damit über die Salzebene in der Wüste. Das sind keine Reiter.«

10

Der Direktion der California Medical Facility in Vacaville war es offenbar gelungen, die Ketzerverbrennung unter Verschluß zu halten, denn die Nachricht war nicht im Fernsehen gekommen, und im Keyzer las ich nichts darüber in den Zeitungen. Alles, was ich davon wußte, hatte ich von Hare Krishna Amsterdam. Das Ausbleiben jeder offiziellen Meldung machte mich noch unruhiger. Der Verletzte lag wahrscheinlich in der Krankenstation der CMF, ohne daß der Bürger, den er so in Angst und Schrecken versetzt hatte, von seinem Zustand wußte. Eine der berühmtesten Visagen der Welt würde möglicherweise auf Dauer verunstaltet sein, und ich war einer der wenigen, die, wenigstens ungefähr, seine Verletzungen kannten. Es war, als läge er dort, voller Schmerzen, und wartete – auf mich. Vielleicht stand ein zusätzlicher Wärter vor seiner Tür, aber es mußte zu schaffen sein, den Patienten von dort wegzukriegen. Kein Ausbruch – eine Verlegung. Ich mußte sehen, wie ich ihn von A nach B brachte. A war Vacaville, das war klar. Das Problem war B: ein noch unbekanntes Ziel.

Ich konnte natürlich den Regisseur von B nach A befördern, aber auch dafür mußte B bekannt sein.

Keine Gewalt. Ich baute auf Worte. Etwas sagte mir, daß ein verletzter Gefangener den Behörden leichter abzuschwatzen war als einer, der sich bester Gesundheit erfreute.

Es gab Momente zu Beginn dieses Novembers, in denen ich mich heftig haßte. Ob Mensch, Gott oder Esel: Kein Wesen stieß sich gern zweimal am selben Stein, aber ich hatte mich halsstarrig in diese Materie verrannt, über die ich schon einmal gestolpert war – um längelang auf die Schnauze zu fallen. Das komplexe Unternehmen, das ich um das Jahr 1967 in Kalifornien in die Wege geleitet hatte, war gründlich gescheitert. Vier Jahre nach der Grundsteinlegung sah ich mich gezwungen, ehrlos aus dem Land zu flüchten. Es brauchte einen Degen und einen brennenden Globus, um mir den Weg in die Randstad Holland zu zeigen. Seitdem ist dies mein Familienwappen: ein Globus in Flammen, mit einem Griff in Kalifornien und einer Klinge, die aus den Niederlanden ragt.

Und jetzt sollte ich mich von dem verbrannten Kopf des Mannes, der damals, weil er alles falsch verstanden hatte, meinen Betrieb in den Ruin getrieben hatte, nach Amerika zurücklocken lassen? »Bloß nicht! Finger weg …!« tönte hoch und schrill die Stimme der Vernunft in meinem Kopf. Weiter unten, zwischen Herz und Unterleib, dröhnte ein ganzer Chor von Baßstimmen: »Nur zu! Nur zu! Nur zu! Jetzt oder nie …!«

Ich mußte der Vernunft zum Sieg verhelfen. Ja, auf mir lastete die Schande schweren Versagens, aber damit mußte ich mich abfinden. Ja, seit dem Religionsstreit in Vacaville sah ich neue Möglichkeiten – nicht um Fehler ungeschehen zu machen (ausgeschlossen), sondern um das ganze Unternehmen mit anderen Mitteln fortzusetzen. Trotzdem … Finger weg! Wenn ich den Faden in Kalifornien wieder aufnahm, wo er damals so grausam abgeschnitten worden war, würde das die schmerzlichen Ereignisse nur wieder aufrühren und womöglich noch mehr beschämende Details ans Licht bringen. Die Geschichte auf ein neues Ziel hinzulenken konnte die Dinge auch schlimmer machen, als sie bereits waren. Nein, ruhen lassen. Zu brenzlig.

Das amerikanische Fiasko eingestehen. Darauf verweisen als *das* Musterbeispiel eines fehlgeschlagenen Orakels. Daraus lernen für mein nächstes Unternehmen, im Stadtstaat Randstad.

Noch etwas. Ich konnte die Kinder, die meiner Vormundschaft anvertraut waren, doch nicht einfach im Stich lassen? Wochen- oder monatelang würde ich die labile Familie Mombarg in Rotterdam ihrem Schicksal überantworten müssen, ohne etwas zur Entwicklung des kleinen Reinier beitragen zu können, der ohnehin nie draußen spielte. Er war vorgestern, am ersten November, vier geworden. (Ich hatte ihm eine Taschenlampe der Marke Portlux geschickt, für die dunklen Winkel, in denen Niertje sich gern aufhielt.) Tibbolt würde am nächsten Tag, dem vierten, dasselbe Alter erreichen. An Tibbi hing ich schon viel zu sehr. Es wäre gar nicht schlecht, ihn eine Weile nicht zu sehen. Aber deswegen auf der anderen Seite des Ozeans einer verlorenen Sache neues Leben einzuhauchen … ohne die Gewißheit, daß sie sich diesmal als lebensfähig erweisen würde … nein.

An diesem Morgen brachte die Post die Novembernummern von *WorldWide* und *WereldWijd*. Sowohl in der amerikanischen wie auch in der niederländischen Ausgabe stand mein Horoskop für den Skorpion: das Sternbild nicht nur von Tibbi und Niertje, sondern auch von dem verbrannten Mann in Vacaville, der mich einst umzubringen gedroht hatte, weil ich einen Skorpion auf der Wüstenstraße überfahren hatte.

»… geraten Sie mit einem Kollegen aneinander, der womöglich noch fanatischer ist als Sie selbst. In dem Streit ziehen Sie den kürzeren, so daß Sie jetzt krankgeschrieben sind.

In Ihrem derzeitigen Zustand ist es nicht ratsam, auf Rache zu sinnen. Sie täten besser daran, sich eine neue Arbeitsstelle zu suchen, wo …«

Na, das paßte jedenfalls nicht auf Tibbolt Satink oder Reinier Mombarg. Ich verglich immer *WereldWijd* und *WorldWide* und prüfte, wo sie sich unterschieden. In beiden Ausgaben stand eine Reportage über den verurteilten Regisseur und die Probleme im Vorfeld der Dreharbeiten zu *Cyclone* – allerdings mit teilweise unterschiedlichen Fotos und, in der niederländischen, mit mehr Text. In der englischsprachigen Ausgabe antwortete der Filmemacher auf die Frage, wo er seine Strafe absitzen werde: »Mein Anwalt hat mit dem Richter vereinbart, daß der Name der Haftanstalt geheim bleibt. Sie liegt in Kalifornien, mehr darf ich dazu nicht sagen.«

WereldWijd hatte der übersetzten Antwort angefügt: »(Auf Nachfrage stellte sich heraus, daß besagter Richter, Shurrell Ritterbach vom Gericht in Santa Monica, offiziell nichts über die Haftanstalt preisgibt, angeblich aus Sicherheitsgründen, daß jedoch im Palisades Cliffside Golf & Yacht Club, zu dessen Mitgliedern er zählt, der Name der Anstalt ein offenes Geheimnis ist: California State Penitentiary Choreo, gelegen innerhalb der Stadtgrenze von San Bernardino, östlich von Los Angeles, am Fuße der San Bernardino Mountains.)«

Choreo. B hatte einen Namen.

Wie der Filmemacher sein Debakel erlebte, kam weiter nicht zur Sprache. Man las nur von »einem wilden Stoppelbart, wie man ihn bei einem monomanen Arbeitstier erwarten darf«, doch auf dem Foto daneben, im Mai auf Bora Bora aufgenommen, war das vertraute glattrasierte Gesicht zu sehen.

Choreo. Ich hätte den Namen lieber nicht gewußt. Mit der Straßenbahn fuhr ich in die Innenstadt, um Hare Krishna Amsterdam einen Besuch abzustatten. Ich wollte von denen an der Herengracht hören, daß es halb so wild war mit den

Brandwunden, man habe das Opfer schon wieder von der Krankenstation in seine Zelle gebracht. Der Sekretärsmönch zeigte sich hocherfreut, daß das Autodafé bisher nicht in den Nachrichten war. »Wir haben aus Vacaville gehört, daß sogar seine Anhänger ... sie kampieren vor dem Tor der CMF ... daß die nichts von dem Vorfall wissen. Es war übrigens Farbverdünner. Brennt genauso gut.«

»Ist etwas über seinen Zustand bekannt?«

»Außer Lebensgefahr, aber zu zwanzig Prozent verbrannt. Verbrennungen zweiten und dritten Grades. Das braucht lange. Narben wird er wohl für immer behalten.«

»Ich schau mal bei ihm vorbei, da in Vacaville.«

Es war als Scherz gemeint, und der Mönch grinste höflich, aber einmal ausgesprochen, hinterließen die Worte einen schalen Blutgeschmack in meinem Mund. Und da war, ohne Umarmung, auch die halbe Erektion wieder. Ich verabschiedete mich noch schneller als beim letztenmal. Vor dem Haus schaute ich, an einen Baum gelehnt, eine ganze Weile den gelben Blättern zu, die in ihrer eigenen Ölpfütze auf dem Wasser der Gracht trieben. Als könnte ich aus ihrer kabbelnden Pendelbewegung Richtung Brücke einen Entschluß ablesen. Ein Erpel, der mitten hindurch schwamm, zerstörte das Muster, und da wußte ich, daß die Entscheidung nur in mir selbst zu finden war. Sie war bereits getroffen.

Aus einem offenen Fenster in einem der oberen Stockwerke des Krishna-Hauses war das Klappern kleiner Becken zu hören. Ich ging langsam in Richtung Nieuwe Spiegelstraat. Über die Gracht trieb monotoner mehrstimmiger Gesang, eher ein Rezitativ: *hare rama, hare krishna ... hare krishna, hare rama ...*

Eine Gracht weiter sah ich gerade Olle Tornij aus dem großen Eckhaus von Uitgeverijen Hoek Keizersgracht/Spiegelstraat BV treten. Er kam von einem »Kaffee mit Ratschlägen« bei einem befreundeten Lektor von De Spiegel, einem Imprint von Hoek BV.

»Herr Tornij, was für ein angenehmer Zufall.«

»Jetzt heißt es wieder Herr Tornij.«

»Olle, begleite mich ein Stück.«

In der Passage unter dem Rijksmuseum wetteiferten ein Saxophonist und ein Sitarspieler um die Aufmerksamkeit der Passanten. Tauben paradierten um ein auf dem Boden liegendes Tamburin mit Münzen, als warteten sie auf eine Hand, die Mais anstatt Metall verstreute. Auf der anderen Seite des Tunnels stob uns Nieselregen entgegen. »Linie 2 wäre mir lieber gewesen«, sagte der Buchhändler.

»Zu spät. Komm mit. Ich muß dir was erzählen … Nein, in Richtung amerikanisches Konsulat.«

Wir gingen quer, fast auf einem Zickzackkurs, über den Museumsplein – zu dem kleinen provisorischen Holzhaus der KLM unter den nahezu leuchtend ockerfarbenen Baumkronen. Auf hohen Rädern stand da, die Gepäckklappen offen, röhrend und vibrierend ein himmelblauer Pendelbus. Reisende strömten von allen Seiten herbei, mit Regenschirmen und Koffern, assistiert von denen, die ihnen zum Abschied winken wollten. Der Fahrer, dessen Hemdsärmel schon fast durchweicht waren, verstaute das Gepäck im Bauch des Busses. »Ein Sonnenurlaub für den alten Olle«, sagte Tornij. »Spiros, das wäre doch nicht nötig gewesen.«

»Frag nicht weiter. Ich lasse mir hier ein Ticket nach Los Angeles reservieren. Dort drüben liegt ein Visum für mich bereit.«

Seit militante Angehörige der RAF in den Niederlanden aufgetaucht waren, umgaben hohe Zäune sternförmig den Garten des amerikanischen Konsulats. Hier und da hingen verwelkte Blumensträußchen mit verregneten Zetteln in den Maschen: zweifellos für mittelamerikanische Tote, mit Dank an die USA.

Am KLM-Schalter konnte ich zu meiner Überraschung einen Flug für den nächsten Tag buchen. »Nicht zu fassen«, sagte Tornij, als er das Datum hörte. »Tibbis Geburtstag.«

»Olle, ich schäme mich zu Tode. Wenn ich zurück bin, mache ich das wieder gut.«

11

Die Charrière-Methode trug auch den Geruch alter Bücher in seine Zelle. Als Junge hatte Remo die Romane von Jack London gelesen, sofern sie ins Polnische übersetzt waren. Geschichten über Schlittenhunde in der weißen Stille Alaskas. Aber es war auch ein Buch ganz anderer Art darunter, und das hatte ihn unbehaglich gestimmt. Auf englisch hieß es *John Barleycorn*, was sie wörtlich als »Hans Gerstenkorn« ins Polnische übersetzt hatten, obwohl die Hauptfigur einfach Jack London selbst war. Es handelte von seiner Bekanntschaft mit dem Suff und wie der Alkohol langsam und unwiderruflich in sein Leben gedrungen war. Remo mußte dabei an die Wodkatrinker in den Hauseingängen im Vorkriegs-Krakau denken, auf die ihn seine Mutter aufmerksam gemacht hatte. Das Bild stimmte nicht, denn London stellte sich selbst als gutsituierten Schriftsteller mit einem riesigen Haus auf dem eigenen Landgut dar, mit Angestellten, Pferden, einem Swimmingpool. Er war seiner zweiten Frau Charmian leidenschaftlich zugetan und schrieb jeden Vormittag zwischen neun und elf seine tausend Wörter, wonach er sich den Rest des Tages mit Schwimmen, der Jagd und dem Sozialismus beschäftigte. Er war kein Mann, der seine Probleme im Alkohol ertränkte, sondern der sich noch über sein Glück hinaus zu trinken versuchte.

In der ansonsten unangenehmen Lektüre gab es eine Passage, die Remo seltsam berührt hatte. Der Autor hatte mit Charmian einen langen Ritt durch die Berge gemacht. Weil die Angestellten frei hatten, bereiteten sie sich nach der Rückkehr in höchst euphorischer Stimmung ihr Essen selbst zu. London wußte sich auf dem Höhepunkt seines Lebens. »Ich fühlte mich so gut, daß sich irgendwo tief in mir die hungrige Begierde regte, mich noch besser zu fühlen. Ich war so glücklich, daß ich mein Glück noch weiter steigern wollte. Ich wußte, wie ich das anpacken mußte.«

Während er auf das Essen wartete, schenkte er sich einen Cocktail nach dem anderen ein. »Mein Glück türmte sich himmelhoch. So freigebig das Leben auch bereits sein mochte, ich steigerte diese Freigebigkeit noch. Es war eine großartige Stunde. Später, viel später, mußte ich, wie Sie noch sehen werden, dafür büßen. Solche Erfahrungen sind unvergeßlich, und in seiner menschlichen Dummheit erkennt man nicht, daß es kein unumstößliches Gesetz gibt, das besagt, daß dieselben Dinge immer dieselben Resultate haben.«

Für den Jungen, der Remo damals noch war, lag eine Art süßer Fluch über diesen Zeilen. Sie fielen ihm, auf polnisch, wieder ein, während sie den Ventura Freeway verließen, um dem San Diego ein Stück nach Süden zu folgen. Später, als sie durch den Benedict Canyon fuhren, sagte Sharon: »Ich freu mich auf meinen ersten Manhattan.«

»Du denkst doch wohl nicht, daß ich eine ganze Flasche Champagner wegen der paar Luftbläschen aufmache, die Harrys Buch zufolge da reingehören.« Sofort tat ihm seine Sparsamkeit leid.

»Es geht auch sehr gut ohne Champagner. Nur Scotch und Wermut. Ich hab ein Glas von den Oliven, die du so magst.«

»Old Greece.«

»Das sind die schwarzen. Olymp Olives. Die grünen.«

Zu Hause tranken sie sich mit einer ganzen Reihe Manhattans über ihr Glück hinaus. Beim dritten hatte Remo Jack Londons Warnung vergessen. Der vierte blieb halb ausgetrunken stehen, weil sie sich noch auf andere Weise über ihr Glück hinausarbeiten mußten.

Als sich kurz vor Weihnachten herausstellte, daß Sharon schwanger war, waren sie sich beide sicher, daß es an jenem Samstagabend passiert war, nach dem Ritt in den Simi Hills.

Vor über zehn Jahren wurde ich mit der verrückten gesell-
schaftlichen Komplexität des modernen Amerika konfrontiert.

Ich entdeckte, daß es wirklich und wahrhaftig eine »Fach-
zeitschrift für das kalifornische Gefängniswesen« gab, *The
Guardian Angel*, voll von Artikeln über Direktoren, die irgendein Jubiläum feierten, zufriedene Insassen und Verbes-
serungsvorschläge für die Sicherheit der Wärter. Von den
Stellenanzeigen strich ich jetzt nur die für Choreo und Vacaville an. Ich wäre ja schon froh über einen Job als Essens-
austeiler in Choreo gewesen, aber dort gab es sogar freie
Stellen für mehr als einen Aufseher »der untersten Stufe«.
Wer die Anzeige aufmerksam las, kam zu dem Schluß, daß
Bedingungen und Aussichten nicht ungünstiger sein konnten: Zeitarbeitsniveau. Prima. Auf diese Weise standen die
Chancen gut, daß man sich an meinem befristeten Visum
nicht stören würde.

Eines schönen Novembertags fuhr ich mit dem Bus vom
Civic Center über den San Bernardino Freeway Richtung
Choreo. Ablandige Fallwinde hatten den Smog aufs Meer
hinausgetrieben, so daß Los Angeles weißblitzend unter einem Blau dalag, für das Yves Klein seine sämtlichen Mono-
chrome eingetauscht hätte. Als die San Bernardino Mountains in allen erdenklichen Violettabstufungen auftauchten,
wurde mir klar, warum so viele kalifornische Gefängnisse am
Fuß eines Gebirges liegen: Violett ist auf der Palette der irdischen Gerechtigkeit die Farbe der Bußfertigkeit.

Hatte ich befürchtet, irgendein subalterner Beamter würde das Vorstellungsgespräch mit mir führen? Müßiggang und
Eitelkeit waren auf meiner Seite. Der Direktor, der offenbar
nichts anderes zu tun hatte, wollte mich persönlich sprechen.
»O'Melveny.« Sein Atem roch nach Alkohol. Wahrscheinlich
kein Gesöff aus vergorenen Obstschalen.

»Agraphiotis.«

»Danke, Don«, sagte O'Melveny zu dem Uniformierten aus der Aufnahme, der sich als Penberthy vorgestellt und mich zum Direktor gebracht hatte. »Ich rufe an, wenn wir hier fertig sind.«

Das Büro des Direktors war ein langgestrecktes Achteck und wirkte dadurch fast oval, vielleicht der Grund, warum es auch sonst wie das Oval Office im Weißen Haus eingerichtet war. Das gerahmte Farbfoto von Jimmy Carter, um das die amerikanische Fahne drapiert war, bedeckte nicht ganz den hellen Fleck, den das größere Porträt des vorigen Präsidenten auf der Tapete hinterlassen hatte. Gerald Ford hing noch, in Schwarzweiß, an der Wand – hinter zersprungenem Glas. Seit dem Hexensabbat vor acht Jahren kontrollierte ich immer automatisch, ob die Fahne nicht mit den Sternen nach unten aufgehängt war. Es wäre das denkbar schlechteste Vorzeichen gewesen.

Über die Sprechanlage auf seinem Schreibtisch bestellte O'Melveny Kaffee für zwei Personen. »Für mich, Liza, Kaffee plus.« Er lehnte sich auf seinem Lederthron zurück. »Ihr Name, Mr. Agraphiotis, hört sich für mich griechisch an. Ihr unverkennbarer … mit Verlaub … Akzent viel weniger.«

»Ach, Griechenland, das liegt so weit hinter mir. Ich habe schon überall gelebt.«

»Und jetzt, wie es sich anhört, schon wieder seit langem in Amerika. Sie haben also vor, die Reihen in Choreo zu stärken.«

»Die Stelle schien mir eine zeitlich befristete zu sein.«

»Durst, Durst«, sagte O'Melveny und gab seine Bestellung noch einmal laut durch. Von Liza kam nur ein Rauschen zurück. »Sie müssen wissen, Mr. Agraphiotis, uns sind in kurzer Zeit eine ganze Reihe guter Kräfte abhanden gekommen. Ein derart großer Verlust läßt sich auf offiziellem Wege nicht sofort ausgleichen. Und der Terror der Gewerkschaften macht alles noch schlimmer. Sie sollen wissen, daß Sie bei erwiesener Kompetenz die Chance haben, längerfristig eingestellt zu werden. Mit allen entsprechenden Beförderungsmöglichkeiten ...«

Genau, das war's. Der Direktor sprach in den schwerfällig exakten Sätzen eines Menschen, der bereits einigermaßen alkoholisiert ist und sich gegen die nahende zungenverknotende Unordnung der völligen Betrunkenheit wehrt. »Gut zu wissen, Mr. O'Melveny. Aber mir macht die vorläufige Unsicherheit nichts aus.«

»Dann können Sie sich jetzt, was mich betrifft, in die Mühle begeben. Medizinische Untersuchung ... nur das Allernotwendigste, keine Bange. Und Sie werden von einer kleinen Kommission einem milden Verhör unterzogen.«

Es klopfte an der Tür, und da war Liza mit dem Kaffee und einem Schälchen Marshmellows. Der Direktor roch sichtlich angetan an seiner Tasse und ließ zwei der rosa Dinger hineingleiten. Ich folgte seinem Beispiel. »Bombardieren Sie mich ruhig mit Ihren Fragen, Mr. Agraphiotis.«

»Hoffentlich beleidige ich Sie nicht, wenn ich sage, daß der Name Choreo weniger bekannt klingt als San Quentin und Folsom ... und sogar als San Luis Obispo und Chino ... Was für ein Gefängnis ist Choreo?« Bei mir waren die Marshmellows zu einem rosigen Schaumkopf geschmolzen, unter dem hervor ich das heiße Getränk sog, doch auf dem verdünnten Kaffee des Direktors schwammen sie noch in unversehrter Molligkeit.

»Die von Ihnen genannten Anstalten stehen im Ruf der Gewalttätigkeit. So etwas bleibt beim Bürger eher hängen als eine Einrichtung mit gutem Namen. Choreo ist als Gefängnis relativ unbekannt ... und das soll, wenn es nach uns geht, gern so bleiben. Jedenfalls insoweit diese relative Unbekanntheit die Folge von Ruhe, Ordnung und Disziplin ist.«

O'Melveny schüttete den Kaffee gierig in sich hinein. Die Wärme der Mischung verstärkte den Whiskygeruch, der angenehm über dem Schreibtisch hängenblieb. Karamel auf einem undichten Gasherd. »Choreo will nicht berühmt werden, gerade wegen dieser Vorbildlichkeit?«

»Das Volk, Mr. Agraphiotis … na ja, Ihnen als gebürtigem Griechen brauche ich das ja nicht zu erklären. Die Leute fordern für ihre Steuergelder nun mal Wehklagen und Zähneknirschen. Grausame Ware für ihr Geld.«

Der Direktor schaute in seine Tasse, in der nur noch die Marshmellowreste lagen. Er stand auf, entschuldigte sich mit einem Euphemismus, blieb aber zu kurz weg, als daß er den Euphemismus ausgeführt haben konnte. Immerhin mußte er unterwegs, vielleicht an der Innenseite eines Arzneischränkchens, in einen Spiegel geschaut haben, denn er versuchte, sich den dünnen rosa Schnurrbart von der Oberlippe zu rubbeln. Der getrocknete Schaum widerstand seinem Handrücken. »Das Volk …« In seiner Kehle steckte ein Rülpser von der falschen Sorte, einer, der nach unten wollte anstatt nach oben. »Das amerikanische Volk sieht jedes Gefängnis am liebsten als ein System von *death rows*, in denen die Insassen … na ja, sich gegenseitig hinrichten. In Choreo pflegen wir unter den Wärtern eine Tradition der Geduld und … und Friedfertigkeit.«

Er formulierte noch immer tapfer vor sich hin wie einer, der fürchtet, für unfähig gehalten zu werden. In den Bewegungen seiner Zunge war bereits der Anfang eines Rigor mortis zu erkennen. Sokrates hatte bis zuletzt beredt die von seinen Füßen zum Herzen aufsteigende Betäubung beschrieben. Bei O'Melveny begann es in der Mundhöhle. Bis das Gift seine Füße erreicht hatte, würde er als stammelnde Leiche in sich zusammensacken. Ich irrte mich nie bei einem Iren mit ererbtem Alkoholproblem. »Keine Erpressung«, fuhr er fort. »Kein Sadismus. Keine unnötige Gewalt. Häftlinge, so lehrt die Gefängnisordnung … ich meine, die Erfahrung … unsere Häftlinge belohnen eine solche Haltung des Personals mit Gefügigkeit. Sogar mit Kooperation.«

O'Melveny entschuldigte sich noch einmal für einen Gang

zum Erste-Hilfe-Schränkchen. Mehr Jod in die offene Wunde. Der Plastikablagekorb in einer Ecke seines Schreibtischs enthielt einen kleinen Stapel unbeschriebener Briefbögen, auf denen nicht nur die Adresse von Choreo gedruckt stand, sondern auch der Name des Direktors. Drei, vier Blätter weniger, das würde ihm sicher nicht auffallen. Die dazugehörigen Fensterumschläge lagen auf einem Stapel daneben. In die Tasche damit. »Ich zweifle nicht an der guten Atmosphäre hier, Sir«, sagte ich, als er munter zurückkehrte. »Aber mit Verlaub ... dies ist ein Gefängnis. Hier wird doch wohl mal *irgendwas* passieren.«

»Höchst selten«, sagte er, während er die letzten Marshmellowreste aus seiner Tasse löffelte. (Der Mensch lebt nicht von Kaffee allein.) »Das letzte wirkliche Vorkommnis ... also, das liegt bestimmt schon ein paar Monate zurück. Etwas mit Drogen. Äußerst selten in Choreo. Ein Gefangener hatte während der Besuchszeit ein überaus delikates Würstchen bekommen. Ein Kondom, voll mit Kokain. Die Pelle platzte in seinem Magen. Er wurde tot in der Zelle gefunden ... Das hat uns gelehrt, Mr. Agraphiotis, noch wachsamer zu sein. Aber ... auf unauffällige Weise. Choreo ist jetzt, das darf ich wohl mit einigem Stolz verraten, frei von Betäubungsmitteln. Aus diesem Grund drücken wir beide Augen zu und erlauben die Herstellung eines schwach alkoholischen Getränks. Um nicht *zu* streng dazustehen, verstehen Sie?«

»Klingt großartig.« Sogar das Wort »schwach« war noch stark genug, den Direktor an seinen Durst zu erinnern. Während seiner erneuten Abwesenheit fiel mir der zur Hälfte unter der lederbezogenen Schreibunterlage hervorsehende Durchschlag eines Dokuments ins Auge, unterschrieben von O'Melveny. Schon war es in meiner Tasche.

Gerade rechtzeitig. Der Direktor kam grummelnd herein. Er rieb sich mit einem Papiertaschentuch über das Revers: Die nassen Flecken saßen zu hoch, um vom zielunsicheren Urinieren zu stammen. »Ich weiß nicht, ob Sie noch Ver-

pflichtungen haben gegen ... gegenüber ... Das ist wieder
was für die Reinigung.«

»Gegenüber meinem früheren Arbeitgeber, meinen Sie?
Nein, keine.«

Diesmal zog O'Melveny seine Hosenbeine wirklich sehr
hoch, als er wieder Platz nahm. »Mal schaun.« Er konsultierte mit zusammengekniffenen Augen den Plan, der vor ihm
lag. »Heute haben wir den achtzehnten. Freitag. Sie könnten
Donnerstag, den ersten Dezember, anfangen. Hängt auch
von Ihnen ab.«

13

Nach den Morden hatte die Polizei in Remos Haus ein Video
gefunden, das zunächst als pornographisch eingestuft und
konfisziert wurde. Ein kleiner Filmabend im Polizeipräsidium
führte zu dem Ergebnis, daß es sich um ein intimes Zusammensein von Remo und seiner Frau handelte. Die Kassette
wurde diskret an ihren Fundort zurückgelegt, doch durch
Geschwätzigkeit war das Unheil bereits angerichtet worden.
In der Presse erschienen Berichte über am Tatort gefundene
Pornofilme, die nicht so sehr Gruppenerotik zeigten als vielmehr ganze Massenbewegungen entfesselter Lust. Die Dame
des Hauses hatte sich aus Gastfreundschaft angeblich allen
Teilnehmern hingegeben, insbesondere einem kegelkugel-
mäßig wohlbestückten Schwarzen, der dafür seinen Hurly-
Burly-Auftrag offenbar noch kurz zurückgestellt hatte. Noch
später kursierten Geschichten über Filme, die von den Morden selbst gemacht worden seien: begehrte Sammelobjekte
für perverse Millionäre. Von den Erlösen wollte The Circle
angeblich eine weitere Ausbreitung des Kriegs finanzieren,
zumindest aber eine Befreiungsaktion, die ihren Anführer
wieder in ihre Mitte bringen sollte.

Die Wahrheit war, daß der Mensch eben nie die Finger
von seinem Spielzeug lassen kann. Remo hatte die Video-

ausrüstung von seiner Filmgesellschaft geliehen, damit er zu Hause arbeiten konnte. Am Ende des »Tages des Überflusses«, jenes goldenen Sonnabends im November '68, verlangte es ihn nach einem dritten Auge im Schlafzimmer, einem schweigenden, allenfalls leise surrenden Zeugen seines Glücks, der in späteren Jahren auf Abruf den Beweis für ihre überströmende Liebe würde liefern können. Remo schaltete die Kamera ein und richtete sie auf das Bett. »Ich weiß nicht, welche Rolle ich spielen soll«, sagte sein Mädchen niedlich verlegen.

»Laß es uns genau wie sonst auch machen.«

»Ich weiß nicht mehr, wie genau wie sonst ist«, schmollte sie lieb.

Zuerst schraubten sie mit einer Reihe Manhattans ihr Glück noch weiter in die Höhe, und dann sollte die unvermeidliche Umarmung festgehalten und konserviert werden, als ob sie dadurch wertvoller würde – für sie selbst, für die Nachwelt, für das Liebespotential der ganzen Erde. Hochmut. Es wurde *nicht* wie sonst. Weil Sharon sich beobachtet fühlte, wehrte sie sich halbherzig, wie ein gegen ihren Willen nachgebender Teenager. »Wundgeritten.« Wenn sie weiterhin so leise flüsterte, würde ihre Stimme nicht auf dem Band sein. »Ich will die wundgerittenen Stellen nicht mit drauf haben, hörst du?«

Ihr Körper glühte, vom Scotch und vom Reiten durch den sich stark abkühlenden Nachmittag. Sie war ein Mädchen, das sich fieberhaft ins Spiel vertieft hatte, auch buchstäblich bis an die Grenze des Fiebers, und jetzt daheim ein behagliches Plätzchen suchte, während sie alles um sich herum mit ihrem kleinen, heißen Körper erwärmte. »Findest du mich denn noch ein bißchen lieb?«

»Lauter, mein Schatz, sonst zeichnet die Anlage es nicht auf.«

Die Rührung, ausgelöst von einem Höschen, das, von einer ungeduldigen Hand geführt, mit elastischen Sprüngen den Weg zum Fußknöchel fand, nachdem es kurz an der Kniekehle verharrt hatte – nie würde sie vergehen. Sogar jetzt, wo sie sich durch die Kamera gehemmt fühlte, war sie freigebig mit ihrem Körper. Sie war immer freigebig ihm gegenüber, in allem. Das einzige, was sie als Gegenleistung verlangte, war, ihm *jeden Tag* etwas von ihrem Überfluß geben zu dürfen. Und das ... das war nun gerade oft zuviel von ihm verlangt.

Wenn sie an jenem Abend, wie sie beide sicher zu wissen glaubten, ihr Kind gezeugt hatten, dann war das auf Video aufgezeichnet. Nie waren die Gerüchte entkräftet worden, daß auch sein ungeborener Tod im Film festgehalten war.

14

Für das Vorstellungsgespräch in Vacaville, nördlich von San Francisco, mietete ich bei EconoCar einen Chrysler Cordoba. Zwei Tage, und es kostete mich keine vierzig Dollar. Ich wollte gern mal in so einem Schlitten die Küstenstraße entlangfahren, hinter der Spukerscheinung eines schwarzen Schulbusses her. Der Vorstellungstermin war am Montag, dem einundzwanzigsten November, aber ich wollte am Sonntag erst nach Sacramento, weiter im Osten. »Wenn Sie Automatikgetriebe nicht gewöhnt sind«, sagte der junge Mann, der den viertürigen Wagen für mich aus der Garage geholt hatte, »dann gewöhnen Sie es sich als erstes ab, mit zwei Füßen Orgel zu spielen.«

Ich nahm seinen bildreichen Hinweis zur Kenntnis. Bedeutung gewann er erst, als ich bei der ersten Kreuzung plötzlich bremsen mußte, weil ein Kombi voller Kinderköpfe mit Clownsgesichtern die Vorfahrt nicht beachtete. Da ich gelernt hatte, Orgel mit zwei Füßen zu spielen, trat ich nicht nur aufs Bremspedal mit seiner hydraulischen Verstärkung, sondern, in dem überflüssigen Versuch, auszukuppeln, auch auf das Gaspedal. Der Chrysler machte einen Satz auf der

Stelle, und ich, nicht angegurtet, schlug mit dem Kopf gegen die Windschutzscheibe. Es gibt Beulen, die fühlt man schneller wachsen als eine Erektion, und genau so *sieht* man den Knubbel auch, durch einen roten Nebel von Wut und Selbsthaß: als anschwellendes Horn aus knallhartem Fleisch. Keine Kühltasche mit Eis zur Hand, um die Schwellung aufzuhalten. Nicht einmal ein Buck-Messer, um die kühle Klinge an die Beule zu legen.

Bevor ich auf den Freeway fuhr, übte ich erst eine Weile in einer ruhigen Nebenstraße mit der Automatik. Ich hatte schnell heraus, was der Trick dabei war. Sparversion des Orgelspiels. Dem Balgentreter fehlt das linke Bein, muß man sich vorstellen. Tu's beiseite, Spiros. Ganz nach links damit. Laß es schlafen. Rechten Fuß parat an den beiden Pedalen. Es mußte ein Automatismus werden, beim erzwungenen Stoppen den rechten Fuß vom Gas zu nehmen und auf das Bremspedal zu setzen. Erst als ich mich in einen einbeinigen Bettler verwandelt hatte, traute ich mich auf den Freeway.

Am späten Sonntagnachmittag, es dämmerte schon fast, machte ich in Sacramento den Spaziergang, den Gerald Ford am 5. September 1975 vom Senator Hotel über den Capitol Park zum State House gemacht hatte, um dort mit dem Gouverneur zusammenzutreffen. Selbst im Schlendertempo legt man diese Entfernung in zwei Minuten zurück. Ein richtiger Spaziergang war es für den Präsidenten jedoch nur zur Hälfte geworden.

Mit Hilfe eines Fotos aus dem *Sacramento Bee* suchte ich den Baum, der Squeaky, nachdem sie überwältigt worden war, als vorübergehendes Schafott gedient hatte. Über einen Sozialarbeiter in San Quentin hatte sie ihren Meister wissen lassen, sie habe einen Weg gefunden, wie man die Riesenmammutbäume in Kalifornien retten könne. Als Märtyrerin für die *redwoods* trug sie ein auffällig rotes Gewand, das mit seiner sittsamen Kapuze eine Mischung aus Nonnenhabit und dem Regenmantel eines Dienstmädchens aus dem neunzehnten Jahrhundert war. Das Kleid ließ nicht einmal einen Knöchel frei, doch an ihrem Bein wand sich ein elastischer Schlauch empor, der zur Hälfte durch das Holster mit dem automatischen Colt .45 gefädelt war. Diese Schlange war ihr von dem Cherokee Sequoya gesandt worden, der der Riesenkiefer seinen Namen gegeben hatte. Nach dem gescheiterten Anschlag erhielt sie von ihrem Guru in San Quentin den Ehrennamen Sequoya Squeaky.

Arme Lynette – denn so hieß sie für die Kripobeamten, die sie von den Geheimagenten übernahmen. Auf dem Foto stand sie umringt von Polizei, Hände auf dem Rücken gefesselt, den rothaarigen Kopf an einen Baum gelehnt – keine Sequoia, sondern eine Magnolie. Sie hatte die Kulisse für ihren erträumten Triumph schlecht gewählt. Gerald Ford war zu diesem Zeitpunkt längst von seinen Sicherheitsleuten unsanft ins State House gebracht worden. Zum erstenmal seit langer Zeit hatte der Präsident, um mit den Sportlerbeinen der Geheimagenten mitzukommen, richtig rennen müssen – sogar um sein Leben. Er war so außer Atem, daß die Nation, wenn man es recht betrachtete, minutenlang ohne Präsident war.

An jenem Nachmittag des 5. Septembers 1975 oblag es mir als frischgebackenem Familienvormund, zusammen mit der künftigen Pflegemutter den fast zweijährigen Tibbolt von Rotterdam nach Amsterdam zu bringen. Als vermißte er schon jetzt seine bisherige Gastfamilie, schrie er auf der Rückbank den ganzen Weg vom Crooswijker Schlachthofviertel bis zu seinem neuen Zuhause an der Hugo de Grootkade. Auf der Höhe von Leiden erreichten uns aus dem Autoradio die ersten, noch wirren Meldungen über einen Anschlag auf Ford. In dem Moment, als der Name Squeaky fiel, begann etwas in mir zu kribbeln. Es war das erste Mal seit Abschaffung der Todesstrafe in Kalifornien im Februar '72, daß ein Fünkchen Hoffnung in mir aufglühte, die entgleiste Tragödie könne eine Fortsetzung finden. »Krieg keinen Schrecken«, sagte ich zu Ulrike Tornij, die auf der Rückbank den Kleinen zu beruhigen versuchte. »Der amerikanische Präsident ist von einer Bande Extremisten ermordet worden.«

»Ausgerechnet heute«, sagte sie mit erstickter Stimme. »Wo ich endlich Mutter werde.«

Keine Minute später wurde die Radiomusik für eine offizielle Verlautbarung des Inhalts unterbrochen, daß »dem Präsidenten nichts zugestoßen« und die Täterin verhaftet worden sei, bevor sie einen Schuß habe abfeuern können. »Und das nennst du eine Bande«, sagte die junge Pflegemutter.

»Hinter einer Mauer sitzen immer noch mehr«, sagte ich mit bereits schwindendem Interesse. Es sollte noch einmal zwei Jahre dauern, bis zum Münchner Oktoberfest von 1977, bevor mein Interesse an dieser alten Geschichte wieder geweckt wurde, und auch da nur schwach. Wenn mein ehemaliger Berliner Kollege Detlev nicht ein derart aussagekräftiges Foto für den *Mückenstich* geschossen hätte, wäre ich jetzt, zwei Monate später, nicht in einer viertürigen Karre auf der Interstate 80 von Sacramento nach Vacaville unterwegs gewesen. Dixon lag hinter mir.

15

Wer vom Aufnahmegebäude aus die breite Auffahrt zur California Medical Facility vor sich liegen sah, mit all den weißen Kuben in der Ferne, fühlte sich eher an einen Laborkomplex erinnert als an ein Gefängnis mit medizinischer Versorgung. Sogar der achteckige Wachturm konnte genausogut eine notwendige Erhebung im Fabrikgelände für die Betriebsleiter sein, von wo aus sie alle möglichen komplizierten Operationen koordinieren konnten. Auf seinem Dach standen Antennen und etwas, das aussah wie eine Radaranlage, was auf einen Medienkomplex hindeuten konnte oder eine militärische Einrichtung – alles eher als eine Strafanstalt. Dennoch war dies Vacaville, und irgendwo da drinnen lag in einem kleinen Krankensaal, festgekettet an lediglich einem Infusionsschlauch, der Mann, der meinem Leben sozusagen wieder einen Sinn geben konnte.

Zwischen den peinlich akkurat gestutzten Sträuchern auf dem Gelände außerhalb der Schranke waren Zelte aufgestellt – einige grellfarben, andere in einem ausgeblichenen Khaki. Es fiel mir auf, daß das Gebüsch sorgsam von Schnüren, Heringen und Zeltplanen verschont worden war. Als Latrine diente ein Loch im Boden, das auf drei Seiten durch eine Jutebespannung zwischen Stöcken abgeschirmt wurde. An der offenen Seite ragten zwei kleine Pfähle aus der Erde: Stützen für den Stuhlgang. Auf die Reste eines kleinen Lagerfeuers mußte jemand Wasser gegossen haben, denn Asche und Holzkohle waren naß und produzierten unter leichtem Zischen mehr Dampf als Rauch. Im Lager war kein Mensch weit und breit.

Choreo, das ich am Freitag gesehen hatte, war eine Kaserne aus dem neunzehnten Jahrhundert, später umgebaut zu einem Gefängnis. Alles wirkte und roch alt. Sogar die Uniformen der Wärter schienen dort infolge zu häufigen Waschens fahler zu sein als hier in Vacaville, wo alles neu und sauber war – steril sogar, wie in einem richtigen Krankenhaus. Am Empfangsschalter, auf dem noch nicht einmal ein Kaffeering zu entdecken war, erinnerte ich an das telefonisch vereinbarte Vorstellungsgespräch. Ich nannte meinen Namen. »Ist es für eine vakante Aufseherstelle?« fragte der Mann mit dem zimtbraunen Thunderbirdgesicht.

»Nein, Küchenpersonal«, sagte ich. »Abteilung Hochdrucktöpfe.«

Verständlich, aber trotzdem enttäuschend, daß ich nicht wie in Choreo zum Direktor vorgelassen wurde. Doch auch der Betriebsleiter der Küchenabteilung hatte Gefängnisbriefbögen in seinem kleinen Büro herumliegen, inmitten aller möglicher Formulare in einem Wandregal. Das Gespräch dauerte nicht lange. Wenn ich den Job annahm, würde meine Aufgabe lediglich darin bestehen, die Hochdruckmesser an den Schnellkochtöpfen zu kontrollieren, die die Größe von Kernreaktoren hatten. Als der Betriebsleiter nach der Adresse und der Telefonnummer meines Hotels in Los Angeles fragte, schwebte meine Hand bereits über dem Stapel mit den Briefbögen. »Darf ich?«

Ich notierte das Gewünschte und sah mir das Papier noch einmal an. »So einen ausführlichen Briefkopf sieht man selten. Fehlt nur der Name des Direktors.«

»Der ist auch gerade neu. Rheinstrom.« Er buchstabierte den Namen. Beim Abschied hatte ich drei unbeschriebene Bögen der CMF in meiner Tasche.

16

Ihre Schwangerschaft, auch so eine Sache. Von Anfang an Gesprächsstoff für Freunde und Klatschtanten. Sie trug eine Spirale, wurde trotzdem schwanger, *also* war das Kind ungewollt. Nach ihrem Tod behaupteten alle möglichen obskuren Leute in Interviews um die Wette, ihre »Freundin« Sharon habe die Schwangerschaft vor ihrem Mann geheim gehalten, bis es zu spät für eine Abtreibung war. In Wahrheit waren sie zwei Wochen nach Ausbleiben der Menstruation gemeinsam ins Krankenhaus gegangen, wo die Befruchtung festgestellt wurde. Sofort danach fuhren sie zu Dr. DeRienzo, der die Spirale eingesetzt hatte – vorgeblich um Schadensersatzansprüche geltend zu machen, allerdings sichtlich freudestrahlend ob der unerwarteten glücklichen Nachricht. »Wie konnte das nur passieren, Herr Doktor?« Remo versuchte, eine strenge Miene aufzusetzen, hatte jedoch das Gefühl, daß die Funken in seinen Augen ihn verrieten.

Der Arzt breitete die Arme aus, wobei die Schöße seines weißen Kittels auseinanderflappten. »Darf ich ganz ehrlich sein?« Sharon sah Dr. DeRienzo an, als könnte sie ihm jeden Moment um den Hals fallen, so unendlich dankbar war sie ihm für seinen Fehler. Ihr Gesicht war brennend rot.

»Das verlange ich von Ihnen«, sagte Remo.

»Ihre Frau«, begann der Arzt, bleich vor Ernst, »ist offenbar eines dieser, na ja, außergewöhnlichen Naturgeschöpfe, bei denen ... *jedes* künstliche Hilfsmittel versagt.«

»Dann hoffe ich«, sagte sie strahlend, »daß ich nie ernstlich krank werde. Denn dann helfen mir auch keine Medikamente.«

»Das ist es ja gerade«, sagte Dr. DeRienzo und hielt die inzwischen herausgenommene Spirale hoch. »Wer schwanger wird ... sozusagen um so einen festen Anker herum ... der wird auch nie krank werden.«

»Oh, wie schrecklich«, rief Sharon, in die Hände klatschend. »Ich hasse die Medizin.« Sie sprang auf, und nun bekam Dr. DeRienzo seine Umarmung doch noch ab. Erst dann wandte sie sich Remo zu, mit einem fleckigen Schmollmund, dessen Farbe jetzt auf den Wangen des Arztes saß. »Du bist doch nicht böse?«

Remo, in Gedanken, vergaß, sie zu küssen. Er war schon am Rechnen: größeres Haus, bessere Verträge, weniger oft verreisen. Zerstreut verabschiedete er sich von Dr. DeRienzo. Auch am Kragen des Arztkittels war Lippenstift, und mit ihren aufgeklebten und zudem üppig getuschten Wimpern hatte Sharon außerdem noch schwarze Spuren auf Dr. DeRienzos Nase hinterlassen. »Du wirst dich schon dran gewöhnen, Liebster«, sagte sie auf dem Flur, ihr Atem heiß in seinem Ohr.

17

Die kryptische Botschaft als Allheilmittel, das war einst das wichtigste Produkt des Betriebs, den ich leitete. Der Fußballer wurde Trainer, und so schrieb ich jetzt Horoskope für *WorldWide* und *WereldWijd*. Meine Liebe zu Kodierung und Kryptoanalyse war jung geblieben. Ein irreführender Kodename, ein Orakelspruch, so formuliert, daß er einen in den

Wahnsinn trieb – dafür durfte man mich mitten in der Nacht wecken. Oft fand ich sogar sofort den Schlüssel.

Ein Kodename wie Deep Throat hätte beinahe der größten Demokratie der Welt den Garaus gemacht. An der Fassade eines Amsterdamer Kinos war der Film seinerzeit, sehr frei übersetzt, als *Fok-Strot* angekündigt: ein Vorgriff, dachte ich, auf die phonetische Schreibweise. Es war noch ein Eckplatz im Sperrsitz frei. Wenn ich nach rechts schaute, auf all die nebeneinander aufgereihten Männerschöße, war es, als würde ich meinen Blick über eine volle Hutablage schweifen lassen. In früheren Zeiten traten Frauen mit einer körperlichen Abweichung, zum Beispiel zwei Köpfen oder drei Brüsten, auf dem Jahrmarkt auf; am Ende des zwanzigsten Jahrhunderts gab es die Kamera. Die Hauptfigur des Dokumentarstreifens, Linda Lovelace, besaß eine goldene Kehle mit einem Geheimnis: Wo normale Frauen ein Zäpfchen haben, befand sich bei ihr die Klitoris. So wurde das männliche Glied weniger uneigennützig geschluckt, und Würgen entpuppte sich als Ausdruck von Lust.

Keinem dieser hochrangigen Puzzler vom FBI ist es je gelungen, Watergate aus Deep Throat abzuleiten. Und warum nicht? Sie versuchten, Deep Throat aus Watergate abzuleiten. Zuerst war der Skandal da, so argumentierten sie, dann der Informant – und der ließ sich Deep Throat nennen, weil ein geheimer Informant seinen eigenen Namen nun einmal nicht benutzen konnte. Aber *warum* Deep Throat, meine Herren?

Nixon trat zurück, um Ford Platz zu machen als Zielscheibe für Sequoya Squeaky, und Amerikas wichtigster Exportartikel, die Demokratie, war gerettet. Schon Jahre vor dem falsch verstandenen Deep Throat war ein ähnlicher Fragmentierungskode auf die Vereinigten Staaten losgelassen worden: Hurly Burly. Die verbale Splitterbombe geriet in die Hände von Mißverstehern und explodierte schließlich in den falschen Gesichtern. Und wieder war die Demokratie gesichert, ohne daß *mein* Hunger gestillt worden wäre.

Das Beste, was sich darüber sagen ließ, war, daß die Hurly Burlys und die Deep Throats, nachdem sie durch die Maschen in Amerikas Ordnung geschlüpft waren, tief und zerrüttend in die Gesellschaft eindringen konnten. Wenn mir das, auch ohne das gesetzte Ziel zu erreichen, in einem solchen Umfang gelungen war, schaffte ich Betrügereien auf weit niedrigerem Niveau bestimmt. En garde, Spiros!

Nachdem ich von Vacavilles Küchenmeister ein paar Einzelheiten über den fast tödlich ausgegangenen Religionsstreit in der Werkstatt der CMF erfahren hatte, nannte ich mein neues Unternehmen: Cosy Horror.

Hurly Burly

Young girls are coming to the canyon
And in the morning I can see them walking

The Mamas & The Papas, »Twelve-Thirty«

Rim-of-the-World Motel

1

Viele Trümpfe hatte ich nicht in der Hand. Ein paar Blanko-
briefbögen plus mein Geschick, am Telefon Stimmen zu imitieren. (Der irisch-amerikanische *blend* von O'Melveny war
ein Kinderspiel für mich.) Ich brauchte nichts zu befürchten.
Sollte sich herausstellen, daß bei der Kommunikation zwischen den beiden Einrichtungen etwas schiefgelaufen war,
würde man nicht in erster Linie an mich denken. Von den
Briefen bewahrte ich keine Kopien auf, lediglich ein Kon-
zeptentwurf ist erhalten geblieben:

(1) Brief Dir. Rheinstrom (CMF) an Dir. O'Melveny (Choreo) mit der Bitte, Häftling X nach dessen Genesung vorübergehend aufzunehmen. Aufenthalt bitte inkognito + besonders gesichert. Anonymität von X in Folsom, S. Quentin
nicht gewährleistet. Risiko: Habe Rheinstroms Unterschrift
nicht, um sie nachzuahmen. Üben: akzeptables Gekritzel.
Schluß: »Antwort bitte schriftlich, nicht telefonisch. Ich rufe
baldmöglichst an.«

(2) Als Dir. Rheinstrom Dir. O'Melveny anrufen, um Bitte
zu bekräftigen. Was hält O'Melveny davon? Drängen. Ans
Gemüt rühren. Risiko: Kenne Rheinstroms Stimme nicht
(O'Melv. wahrscheinlich auch nicht; Rheinstr. neu). Zwei
Möglichkeiten: (a) Choreo sagt ja; (b) Choreo sagt nein.

(3) Falls (b), also nein, O'Melveny zurückrufen lassen, um
Entschluß zu ändern. Brief auch möglich: nachträglich ja.

(4) Rheinstrom bestätigt O'Melv.'s Ja evtl. schriftlich. Dankbar: O'Melv. kann nicht mehr zurück. Rheinstr. schlägt vor, Häftling X in Choreo eigenes Inkognito wählen zu lassen.

(5) Mißverständnis erweist sich früh/spät. Wirkt sich aus wie? Weitere Schritte anpassen. Wie auch immer: Cosy Horror.

(Auf der Rückseite des Blatts waren die Unterschriften beider Gefängnisdirektoren Dutzende von Malen ausprobiert – die von O'Melveny eindeutig nachgemacht, die von Rheinstrom ein von mir erfundener Krakel, abgeleitet von seinem Namen.)

Das ist alles sehr lange her. Ob ich die einzelnen Schritte meines Plans in der genannten Reihenfolge ausgeführt habe, weiß ich nicht mehr genau. Ich erinnere mich aber noch an die Spannung, die zugleich intensives Vergnügen war, als ich O'Melvenys Grogstimme während eines Telefonats mit Rheinstrom imitierte. Ich kam mir vor wie Peter Sellers, der eine Sendung der BBC völlig durcheinanderbrachte, als er am Telefon einen ihrer bekanntesten Nachrichtensprecher nachahmte.

»Ja, Mr. Rheinstrom«, begann ich mit O'Melvenys Stimme, »hier Timothy O'Melveny von Choreo noch mal. Ich würde gern auf diese Verlegung zurückkommen. Bei näherer Betrachtung fand ich es etwas unkollegial von mir, sie so rigoros abzulehnen.«

Ich stellte mir vor, daß O'Melveny, abgesehen von seinem »Kaffee plus«, schon dreimal den Gang zu dem Medizinschränkchen angetreten hatte, und wählte dazu den entsprechenden Ton. Seine Zunge produzierte die ersten Ausrutscher. Rheinstrom, neu und unsicher, ließ sich von seinem viel erfahreneren Kollegen einschüchtern. »Tja, Mr. O'Melveny, mit diesem angeblichen Antrag ist irgendwas merkwürdig gelaufen. Sie erwähnten einen Brief von mir, der …«

»Schon in Ordnung, Mr. Rheinstrom«, sagte ich. (Mit geschlossenen Augen sah ich seine von mir hingekrakelte Unterschrift vor mir.) »Sie können ihn uns schicken. Wenn es nicht so komisch klänge, würde ich sagen: er ist willkommen. Wir haben hier genug Platz.«

»Aber unbedingt im HST«, sagte Rheinstrom entschieden.

»Der HST steht ihm ... offen«, sagte ich, O'Melvenys in die falsche Richtung strebendes Aufstoßen unterdrückend. »Das heißt ... Sie verstehen schon, wie ich das meine.«

»Mr. O'Melveny, ich bin Ihnen sehr dankbar für Ihre Großzügigkeit. Ich werde ...«

»Sie veranlassen alles Weitere mit den Justizbehörden?«

»Ja, natürlich. Ich rufe Sie noch an, damit wir den Tag der Übergabe festlegen.«

»Ist der Verletzte ansprechbar?«

»Ja, obwohl er noch nicht viel antwortet«, sagte Rheinstrom.

»Sagen Sie ihm schon mal, er soll sich einen Decknamen überlegen.«

2

Wenn ich mich entschloß, die Stelle als Gefängniswärter nicht anzutreten, hatte ich O'Melveny oder seiner Sekretärin telefonisch Bescheid zu geben. Im anderen Fall sollte ich mich am vereinbarten Tag in der Verwaltungsabteilung von Choreo melden, um die Formalitäten zu erledigen. Eine medizinische, für Zeitarbeitskräfte nur oberflächliche Untersuchung würde dann später erfolgen.

Ich war so pfiffig gewesen, mir gleich bei meiner Ankunft in Los Angeles einen Eagle Pass zu kaufen, so daß ich erneut mit einem in den Niederlanden undenkbaren Preisnachlaß den Trailways-Bus nach San Bernardino nehmen konnte. Hoch zu Pferd blickte ich auf die vorbeisausenden

Stadtfetzen, später auf die immer wieder wechselnde Landschaft. Schon an Cucamonga vorbei, und noch immer keine Ahnung, ob ich Gefangenenwärter in Choreo werden wollte. Ich hatte den Bus genommen, anstatt anzurufen, um meine Bedenkzeit bis zur letzten Haltestelle ausdehnen zu können. Auch beim Aussteigen hatte ich natürlich noch keinen Entschluß gefaßt, denn der hing größtenteils davon ab, ob in Kürze *zwei* spezielle, besonders zu bewachende Gefangene nach Choreo kommen würden oder nur der eine. Wenn es sich inzwischen herausgestellt hatte, daß ein Mißverständnis vorlag, würde die – im Grunde von mir zugesagte – Verlegung natürlich nicht erfolgen. Alles, was ich unternahm, würde früher oder später an einem Spinnenfaden hängen. Andererseits ... war ein solches Gespinst nicht stark genug, um, frisch produziert, das Gewicht der Bungee springenden Spinne zu tragen? Zu einem Netz aneinandergeknüpft, war es ausreichend fest für eine ganze Schwadron von Opfern plus den hochbeinigen Kannibalen, der sein Fangnetz schneller flickte, als es zerrissen wurde.

Timothy O'Melveny empfing mich diesmal zerstreut – sogar verwirrt, obwohl seine Fahne keine frischen Zutaten enthielt und somit vom Vorabend stammen mußte. (Sein Kosename, hatte ich gehört, war »Mothy«, und das wiederum rührte mich an ihm.) Bevor wir unser Gespräch beginnen konnten, klopfte es an der Tür. Furnier ergibt einen ganz besonderen Klang, als würde ein Stück Papier zwischen Fingerknöchel und Holz kleben. Es war der stellvertretende Direktor, der mir als »Harold Bell, rechte Hand« vorgestellt wurde. (Spitzname Glass Bell, wegen seiner erstickten Stimme, auch das war mir bereits bekannt.)

»Harold«, rief O'Melveny aus, »hast du mich innerhalb der Mauern von Choreo je betrunken erlebt?«

Glass Bell trat unauffällig ein wenig zurück, um einem Zusammenprall mit der strammen Fahne seines Vorgesetzten auszuweichen. »Außerhalb dieser Mauern auch nicht, Sir«, sagte der stellvertretende Direktor gedämpft wie ein Butler. »Ein Gefangener mit vergorenen Obstschalen in der Zelle nimmt mehr Alkohol zu sich als Sie.«

Ich stand auf. »Mr. O'Melveny, soll ich draußen warten, bis Sie Ihre Besprechung beendet haben?«

»Nein, bleiben Sie sitzen. Wir reden gleich über Ihre Uniform.« Und während er sich wieder an seinen Stellvertreter wandte: »Wie erklärst du es dir dann, Harold, daß ich mich absolut nicht an ein Telefongespräch mit dem Direktor der CMF erinnere? An nichts. Kein Wort. Mein Kurzzeitgedächtnis ist nicht mehr in Ordnung ... Was für ein Wetter hatten wir gestern?«

»Mr. O'Melveny, in Ihrem Alter!« Sogar wenn es strafend klingen sollte – es hörte sich an, als hätte Bell eine Glasglocke über dem Kopf. »Mit Verlaub, Sir, kann es nicht sein, daß ein anderer in Ihrem Namen angerufen hat? Liza?«

»Du brauchst mich nicht in Schutz zu nehmen, Harold. Vorhin rief mich der Direktor von Vacaville an ... wie heißt er gleich noch mal ... da hast du's ... Er ist neu. Ein junger Kerl.«

»Rheinstrom, Sir. Er war bis vor kurzem Oberaufseher in San Luis Obispo.«

»Zeit für eine Beförderung, Harold. Du übernimmst ab sofort mein Kurzzeitgedächtnis.«

»Wer so hart arbeitet wie Sie, Sir, kann schon mal ein Telefonat vergessen.«

»Ich hatte Mr. Whatshisname in dieser Woche schon mal an der Strippe. Er hatte Probleme mit einem Gefangenen, der von einem anderen Häftling angezündet worden war ... ja, das ist die CMF, mein Junge. Aus Angst vor einem weiteren Anschlag wollte er sein Brennholz gern loswerden. Ob wir die gelöschte Fackel übernehmen könnten. Ich habe nein gesagt.«

»Scheint mir laut und deutlich, Sir«, sagte der Stellvertreter leise.

»Gut, und gerade eben ist Mr. Whaddayoucallem am Telefon ... um ein Datum für die Verlegung seines halb verkohlten Burschen zu vereinbaren. Er behauptet steif und fest, ich hätte ihn gestern angerufen ... woran ich mich absolut nicht erinnere. Ich soll ihm gesagt haben, wir hätten es uns anders überlegt, er könne seinen angebrannten Klotz am Bein in Choreo deponieren. Dieses Gespräch, Harold, ich schwör's dir, ist mitsamt allen Höflichkeitsfloskeln und so weiter aus meinem Gedächtnis verschwunden. Und ich hatte kaum was ... ich hatte nichts getrunken, denn das tue ich im Dienst nie.«

»Mr. O'Melveny, wenn Sie gestatten ... die Verlegung von Gefangenen ist doch etwas Alltägliches? Eine Routinesache? Ich finde es keineswegs merkwürdig, Sir, daß Sie sich daran nicht mehr erinnern.«

»Tägliche Routine, ja. Wart, bis du den Namen des verbrannten Unglücksraben gehört hast. Ich kann dir den jetzt nicht ... Mr. Agraphiotis, würden Sie vielleicht für eine halbe Minute ...«

Ich stand auf und ging zur Tür hinaus. Auf dem Flur war niemand, so daß ich auf der Matte stehenblieb, um zu horchen. Die Identität des Gefangenen X wurde dem Stellvertreter, für mich unverständlich, mitgeteilt, doch X war schon seit der Geschichte an der Herengracht für mich kein Anonymus mehr. Glass Bell machte seinem Namen keine Ehre, als er, tatsächlich laut und deutlich und ohne jede Form von Höflichkeit, »*Was*?« rief. »Frechheit, nicht?« sagte O'Melveny. »In Vacaville denken sie wohl, Choreo ist ein Raubtierkäfig für hoffnungslose Fälle, die außerdem noch angekokelt sind.«

»Sir, mit Verlaub, da fehlen mir die Worte.« Der Stellvertreter hatte seine wattierte Stimme wiedergefunden, doch weil er jetzt direkt hinter der Tür stand, war er für mich trotzdem zu verstehen. Die Klinke senkte sich, ich trat möglichst viele Schritte zurück und sah aus einiger Entfernung einen

bestürzten Harold Bell herauskommen. Er ließ die Tür ange-
lehnt. »Mr. Agraphiotis, bitte sehr.« Gleich hinter mir trat der
Mann wieder ein. »Mr. O'Melveny, dürfte ich wissen, was Sie
Mr. Rheinstrom gerade geantwortet haben?«

»Na ja, daß es in Ordnung geht, natürlich«, sagte der Direktor. »Ich konnte ja nicht mehr zurück. Offenbar habe ich
in einem Blackout in der CMF angerufen, um meine Zustimmung zu erteilen. Tut mir leid ... ich weiß nicht, was da in
mich gefahren ist. Soll er jetzt eben kommen.«

»Sie wissen, Sir«, sagte Bell, »daß besagtem Gefangenen
teuflische Mächte zugeschrieben werden? In Folsom hat er
gehext. Er kann kraft seines Geistes Uhren anhalten. Ich
schließe es nicht aus, daß *er* Sie in dieses Blackout versetzt
hat.«

»Na, na, Harold. Sein Arm wird doch nicht von ganz oben
in Nord- bis hinunter nach Südkalifornien reichen, um ...
um den Direktor von Choreo bewußtlos zu schlagen.«

»Täuschen Sie sich nicht, Sir. Vor ein paar Monaten war er
zu Gast in der Talkshow von Jeffrey Jaffarian. Der fragte ihn
nach seinen Teufelskünsten. Er veranstaltete ein paar Tricks
mit Knöchelchen oder Stöckchen vor laufender Kamera.
Und, fragte Jaffarian, was für einen schrecklichen Fluch hast
du jetzt über die Welt ausgesprochen? Er sagte: Mr. Jaffarian, danke für die Sendezeit ... ich habe gerade drahtlos
das Todesurteil über Sie verhängt. Sie wissen ja selbst, Mr.
O'Melveny, wie viele Talkshows Jeffrey Jaffarian seitdem
noch gemacht hat.«

»Jetzt wo du's sagst.«

»Drei oder vier Tage nach dieser Sendung ist er in der Badewanne ausgerutscht. Es war eine runde Wanne ... in einem
Edelpuff für Fernsehleute. Auch das noch ... scheußlich für
seine Frau und Kinder, diese Schande. Wie dem auch sei, er
liegt jetzt seit genau zwölf Wochen im Koma. Und nicht, weil
Frau Jaffarian das Nudelholz zur Hand genommen hat, Sir.«

»Harold, hör zu. Wenn der Mann mir auf eine Entfernung

von 450 Meilen ein Blackout beibringen kann ... ein Koma für die Dauer eines Telefongesprächs ... und das alles, um mich dazu zu bewegen, ihn in Choreo aufzunehmen, also, dann müssen wir ihm hier *unbedingt* eine Zelle geben. Er wird uns kein Härchen mehr krümmen.«

»Wie Sie wollen, Sir.«

»Wenn du jetzt gleich in der CMF anrufst, um die Einzelheiten der Überstellung zu regeln, dann kümmere ich mich um unseren neuen Mitarbeiter Mr. Agraphiotis.«

»Darf ich Sie daran erinnern, Sir, daß wir Mitte des nächsten Monats noch einen problematischen Fall in den HST kriegen?«

»Hilf mir mal auf die Sprünge, Harold.«

»Woodehouse. Der Spieler.«

3

»Sie hören es«, sagte der Direktor, nachdem sein bestürzter Stellvertreter abgezogen war. »Problemfälle im Anmarsch für unseren Hochsicherheitstrakt. Schade, daß Sie erst so wenig Erfahrung als Wärter haben, sonst würde ich Sie dort einsetzen. Besser, Sie fangen in der Abteilung für leichte Fälle an, wie wir sie hier nennen.«

»Dürfte ich Sie trotzdem bitten, in Erwägung zu ziehen, mich im HST arbeiten zu lassen? Ich möchte während meiner Zeit hier möglichst viel Erfahrungen sammeln. Bei leichteren Fällen döse ich ein. Ich garantiere Ihnen, ich kann zupacken. Zusätzliche Nachtschichten, kein Problem. Ich bin unverheiratet und jederzeit einsatzbereit.«

O'Melveny beugte sich zur Sprechanlage und bat seine Sekretärin um zwei Tassen Kaffee. »Und ... ähm, Liza ... *keinen* plus.« Als er sich in seinem Ledersessel wieder zurückwarf, entwich Luft aus der Rückenlehne und versetzte die Fahne um Jimmy Carter in sachte Bewegung. Er versuchte, die Fingerspitzen aneinanderzulegen wie einer, der bedächtig wirken will, aber sie wichen zitternd auseinander. »Mr. Agraphiotis, ich liebe ehrgeizige Männer. Durch sie ist dieses Land groß geworden. Aber Sie müssen wissen, worauf Sie sich da einlassen. Choreo mag zwar im allgemeinen ein ruhiges Gefängnis sein, aber in unserem HST sitzt, wie in jedem anderen HST, der Abschaum der Nation. Die wahren Champions. In ungefähr zwei Wochen … Harold regelt das gerade … es können auch drei sein … wird Choreo mit der Überstellung eines großen Verbrechers beglückt. Einer, der hier eigentlich gar nicht hingehört. Na ja, Sie haben das Gespräch zwischen Mr. Bell und mir ja mitbekommen.«

»Dürfte ich dann auch wissen, um wen es sich handelt?« In dem Moment kam Liza mit ihrem Tablett herein. Mir fiel auf, daß O'Melveny mit seiner Antwort nicht wartete, bis die Frau den Raum wieder verlassen hatte. »Scott Maddox«, sagte er und sah mir direkt in die Augen.

»Scott Maddox«, wiederholte ich und ließ mir den Namen auf der Zunge zergehen. »Nein, Mr. O'Melveny, das sagt mir nichts. Vielleicht klingelt's bei mir, wenn ich weiß, was er …« Liza stellte ein Schälchen Marshmellows zwischen die beiden Kaffeetassen und verließ lautlos das ovale Zimmer.

»Mr. Agraphiotis, ich habe meinem Kollegen in Vacaville vor einer halben Stunde versprochen, hier nichts über die kriminelle Vergangenheit seines Gefangenen verlauten zu lassen. Zur Sicherheit des Mannes … der anderen Häftlinge … *und* des Personals.«

»Wenn es nötig ist, kann ich speziell auf Mr. Maddox ein Auge haben.«

Heute schmolzen die Marshmellows sofort in O'Melvenys Kaffee, den er, seinem Gesicht nach zu urteilen, zu heiß trank. »Wir könnten Sie eine Zeitlang auf Probe in den HST stecken.«

»Sie werden es nicht bereuen.«

»Es geht darum, daß *Sie* es nicht bereuen.«

»Und die Gefangenen?«

»Es ist Ihre Aufgabe, dafür zu sorgen, daß *die* es bereuen.«

»Mr. O'Melveny, ich kann es kaum erwarten.«

»In der Stellenausschreibung war die Rede von Mitte Dezember. Wenn Sie keine sonstigen Verpflichtungen mehr haben, schlage ich vor, daß Sie schon am Ersten anfangen.« Er drehte seinen Stuhl herum und zog einen neben dem Präsidenten hängenden Kalender zu Rate. »Das ist kommenden Donnerstag. Je eher desto besser. Dezember wird für den HST ein komischer Monat. Erst dieser Maddox. Und dann kurz vor Weihnachten Mr. Woodehouse ... ein Fall für sich. Schwerer Spieler mit astronomischen Spielschulden. Er kommt in den HST als Strafe und gleichzeitig zu seinem Schutz.«

»Ich verstehe. Gläubiger und Inkassobüros haben ihre Verbindungsleute im Knast.«

»Sorgen Sie dafür, daß er die Rechnung nicht nachträglich noch präsentiert bekommt, auf ein Messer gespießt. Gut, dann schicke ich Sie jetzt zu Mr. Bell für die Formalitäten ... zumindest sofern er fertig ist mit Vacaville. Er wird Sie dann an den Schneider weiterverweisen. Ein schöner Titel für den Verwalter einer Kleiderkammer voll abgewetzter Pfadfinderuniformen. Im HST werden Sie von Ernest Carhartt eingearbeitet. Ein alter Hase. Versucht sogar noch die Adler aus dem Gebirge zwischen die Mauern von Choreo zu locken.« O'Melveny erhob sich und ging um seinen Schreibtisch herum. »So, Mr. Agraphiotis, dann habe ich Sie hiermit zum letztenmal Mr. Agraphiotis genannt. In Choreo werden die Wärter mit dem Vornamen angesprochen. Also, Spiros, ich sehe dich am Donnerstag.«

Kein einziges Mal hatte Mothy jetzt seinem Medizinschränkchen einen Besuch abgestattet. Seit dem letzten Telefongespräch mit Rheinstrom hatte er ein neues Leben angefangen. Seine Gedanken standen ihm in Form von Schweiß auf der Stirn geschrieben: Wenn durch ein Blackout des Direktors ein gefährlicher Gefangener in Choreo eindringen konnte, dann war es auch möglich, einen gefährlichen Gefangenen durch ein Blackout des Direktors aus Choreo ausbrechen zu lassen. Kein Glenfiddich mehr hinter dem Türchen mit dem roten Kreuz. Nur noch Weizenkeimölkapseln, um das Gedächtnis zu schärfen.

4

Remo wußte, daß er am Freitag in die Iso geworfen worden war und daß man ihn am Montagmorgen wieder hinauslassen würde – aber das war auch alles. Man hatte ihm seine Time Zone zu siebeneinhalb Dollar abgenommen, und so verlor er jegliches Zeitgefühl. Er machte, ohne Alkohol, ein *lost weekend* durch. Um die Zeit herumzubringen, konnte er nicht einmal irgend etwas kaputtschlagen. In der auf Wut und Hysterie eingestellten Zelle gab es nichts, das man hätte auseinandernehmen können.

Die Gegenwart war ein transportables Gefängnis. Die Vergangenheit gab es nicht. Er war in der engen Zelle, die das Heute war, durch die Vergangenheit gereist – durch eine nicht existierende Landschaft also. Es hatte nie etwas anderes gegeben als das Jetzt. Beängstigend war lediglich, daß Teile der Reise aus seinem Gedächtnis gelöscht waren oder sich verzerrt hatten, als könne man nur noch durch klares, sich kräuselndes Wasser darauf schauen. Dennoch wußte er genau, daß es immer dasselbe Jetzt gewesen war, eine unverwüstbare Hülle, genauso straff wie die Seele, die Aristoteles den Menschen als deren Form zugedacht hatte.

Wenn es nie etwas anderes als das Jetzt gegeben hatte und wenn dieses Jetzt immer noch da war, dann brauchte er kein Heimweh nach irgendeiner – existierenden oder nicht existierenden – Vergangenheit zu haben. Dann war alles, seit Anbeginn des Lebens, in diesem Jetzt anwesend, noch immer, sogar die Toten. Das Jetzt würde erst im Moment seines Todes zerstieben.

Mit Hilfe der Charrière-Methode konnte er nun in dem Haus umhergehen, ohne ein Zimmer oder ein Möbelstück auszulassen. Im Vorbeigehen sah er sich auch die zufällig hingeworfenen Gegenstände genau an, die Winny noch nicht weggeräumt hatte. Vor dem Kranwagen des kleinen Paul blieb er gerührt stehen. Eine silberne Weihnachtsglocke hing daran.

Remo fing immer wieder von vorn an. Auf seiner soundsovielten Runde war nirgends mehr Spielzeug zu sehen. Er stieß auf zwei blutbespritzte Kabinenkoffer, die den Durchgang zur Diele fast versperrten. Er hatte sie nie zuvor gesehen, genausowenig wie die Schildpattbrille, die gleich daneben auf dem Boden lag. Er drehte sich um: Die Fahne war wieder da. Vom Deckenbalken hing ein weißes Nylonseil herab. Nicht weiter hinschauen. Er wußte, auf der anderen Seite der Couch badete Sharon in ihrem eigenen Blut.

So führte die Charrière-Methode ihn heute immer wieder zu dem zurück, was er nicht sehen wollte. Er merkte, daß der Deckenzipfel nicht länger schwülwarm war, sondern getränkt mit kalt gewordenem Speichel. So hatte Papillon es nicht gemeint. Er riß sich die Pferdedecke vom Gesicht und starrte in die Glühbirne, um die sich die Spinnwebe in der abgestrahlten Hitze bewegte. Er sprang von seiner Pritsche – um sich, auf und ab tigernd, auf andere Bilder und Gedanken zu bringen. Zwischen den Wänden, die sich wieder in Bewegung gesetzt hatten, wurde die liegende Acht, die er auf dem Zellenboden beschrieb, immer kleiner. Die Klaustrophobie spielte »Landabschneiden« mit ihm.

5

San Bernardino
Rim-of-the-World Motel
Sonntag, 8. Januar 1978
»Herrn Olle Tornij
Amsterdam

Betr.: Geschichten von tausendundeinem Unglück

Lieber Olle,
    gestern hatte ich begonnen, Dir zu erklären, wie ich eigentlich dazu kam, für eine Weile Gefängniswärter zu werden. Das Gerumpel der Eismaschine auf dem Flur riß mich aus meiner Konzentration, so daß der Brief unfertig liegenblieb (Fragment anbei). Der Motelbesitzer hat mir gestern abend ein anderes Zimmer gegeben, ohne Eiswürfelautomat in der Nähe. Ich versuche es noch einmal.
    Der holländische Volkscharakter ist mir in den letzten Jahren ziemlich vertraut geworden, aber womit ich nach wie vor nicht klarkomme, ist das merkwürdige Verhältnis des Niederländers zur Zahl Zwölf. Er ist ein dezimales Wesen, hängt aber am althergebrachten Dutzend. Für den Alleinstehenden gibt es Eier im halben Dutzend zu kaufen. Wenn Deiner Tochter Ulrike der Schnaps nicht bekommt (sorry), sagt sie: ›Von einer wie mir gehen zwölf aufs Dutzend.‹ Dein Schwiegersohn Geb hat jetzt einen guten Job beim Fanclub von Adam, aber über seine Vergangenheit hört man: ›Zwölferlei Handwerk ist dreizehnerlei Unglück.‹ Wenn er sich mit seiner Frau streitet, denkt er plötzlich ganz groß: ›Von einer wie dir gehen tausend auf ein Dutzend.‹
    Wenn ich sage: ›Ich hatte tausend Handwerke und tausendundein Unglück‹, dann komme ich der Sache ziemlich nahe. Ich habe mal als Zahnarzt …«
    Jetzt vermißte ich den Eisautomaten, dem ich die Schuld

am Streiken meiner Feder hätte geben können. Wie sollte ich dem guten Olle auch nur einen *Bruchteil* der Wahrheit über mein Leben enthüllen, ohne Gefahr zu laufen, daß er seinen Enkel vor mir in Sicherheit brachte? Ohne Tibbolt hatte ich keine Zukunft mehr. Lieber sah ich im Spiegel einen heiligen Heuchler, als mir die Menschen, die ich für mein Unternehmen brauchte, zu entfremden.

Zahnarzt? Ich hatte mich auf den Marktplätzen Europas in noch ganz anderen Künsten versucht. Unter anderem war ich, nicht exakt in dieser Reihenfolge, Kutscher gewesen, Musiker, Gigolo, Spekulant, Laternenanzünder, von Berufs wegen blinder Passagier, praktizierender Paragnost und Computerprogrammierer (letzteres am Massachusetts Institute of Technology, ein Auftrag für den Club of Rome). Das alles hatte mich meinen ersten Beruf nicht vergessen lassen können. In den Niederlanden hatte ich meine Tätigkeit als Familienvormund vorübergehend auf Eis gelegt, um in Kalifornien Gefängniswärter zu werden. Als Nebenjob verfaßte ich weiter Horoskope für *WorldWide*.

Ich hatte selbst, unter anderen Namen, immer wieder hinter Gittern gesessen, fälschlich beschuldigt oder zu Recht – aber zum Gefängniswärter hatte ich es bisher noch nie gebracht. Einigermaßen verwirrend war es schon. Während meines letzten Aufenthalts in Los Angeles, Ende der sechziger Jahre, lag das Wort *pig* sozusagen in der Luft. Der Polizist war ein Schwein, genau wie jeder andere Vertreter des weißen Establishments. Wer als wohlhabendes Schwein in seinem Haus ermordet wurde, konnte es mit dem eigenen Blut an die Wand geschrieben bekommen: PIG. Jetzt, in Choreo, galten alle Wärter als Schweine. »*Pig* ...!« Kein Gefangener schleuderte es einem direkt ins Gesicht. Es traf einen immer als Schleimbatzen im Nacken.

Als ich am ersten Dezember meinen Dienst in Uniform antrat, kam es mir wie eine Selbsteinschließung vor. Meine Situation war zumindest eine heikle. Anfang der siebziger

Jahre war ich wegen einer schiefgegangenen Prognose aus Kalifornien geflüchtet. Um meinen Gaben eine neue Chance zu geben, hatte ich im Stadtstaat Randstad Holland neu angefangen. Jetzt hatte ich mein junges, im Stillen blühendes Unternehmen dort wieder im Stich gelassen und mich auf das gefährliche Fabrikgelände mit den verseuchten Resten meines alten Betriebs gewagt. Der Versuch, ein Fiasko auszubügeln, konnte selbiges auch vergrößern.

Ich fragte Carhartt, meinen Vorgesetzten, wann der verletzte Maddox erwartet werde: Gab es schon einen festen Termin? Er sah sich um, ob auch niemand mithörte.

»Das ist geheim«, sagte er. »Aber dir muß ich es wohl erzählen, Spiros. Du mußt vorbereitet sein. Hör gut zu. In Vacaville haben sie es geschafft, diese Scheiterhaufenstory aus den Medien herauszuhalten. Wenigstens bis jetzt. Der Brandstifter soll in seinem Fach eine Berühmtheit sein. Er hat seinen Vater abgeknallt ... der war Arzt in einem Konzentrationslager oder so. Es *kann* also passieren, daß die Presse doch noch Wind davon bekommt. Darum steht bei der CMF in den Büchern, daß der Gefangene Maddox am Sonntag, dem 18. Dezember, verlegt wird. Dann sitzt er aber schon seit Freitag, dem 9. Dezember, hier im HST. Das Rundschreiben aus der Direktionsbude hast du gesehen?« Er zog ein Papier aus seiner Brusttasche, faltete es auseinander und las vor: »*Es ist der Stolz von Choreo, dem Gefangenen Maddox, der sich von Verbrennungen zweiten und dritten Grades im Gesicht und an den Händen erholt, in einer harmonischen Umgebung Aussicht auf baldige Besserung bieten zu können.* Nur damit du weißt, Spiros, in welchem Sanatorium du gelandet bist.«

6

Am 9. Dezember, einem Freitag, saß ich am späten Nachmittag mit Carhartt und Burdette in der Aufnahme und wartete auf die Ankunft des Neuzugangs. Unser Bus stand vor der

Schranke, mit der Nase in Richtung Gefängnis. Zu einem früheren Zeitpunkt an diesem Tag war ein Anruf aus Vacaville gekommen: Die Überstellung würde sich verzögern, denn in der CMF konnte man Maddox' Akte nicht finden. Um Viertel nach fünf kam endlich der Konvoi in Sicht. Wir traten ans Fenster. »Meine Güte«, rief Burdette, »was für eine Eskorte. Und das für einen angekokelten Schurken.«

»Scott Maddox«, sagte Carhartt. »Kein großer Name, wenn man mich fragt.«

»Und dann trotzdem so ein Aufstand. In Vacaville sind sie nichts gewöhnt. Die würden noch einen Toten unter strenger Bewachung zum Friedhof bringen.«

Die fünf viertürigen Limousinen bogen nicht auf den Parkplatz ein, sondern hielten mitten auf der Asphaltstraße. Aus dem ersten und dem letzten Wagen sprangen Polizisten mit Karabinern. Sie stellten sich in zwei Achterreihen zwischen dem Konvoi und der Tür zum Aufnahmegebäude auf. Aus dem mittleren Auto stieg ein Beamter, der einem kleinen Wesen heraushalf. Es hätte genausogut ein Kind mit bandagiertem Kopf sein können. Nur der krumme Rücken im CMF-Overall verlieh der Erscheinung etwas Ältliches. Hände und Füße waren mit Ketten gefesselt, locker um die verbundenen Handgelenke, fest um die Fußknöchel, die nackt aus Mokassins ragten. Einen Beamten vor und einen hinter sich, ging der kleine Mann seelenruhig zwischen den Spalier stehenden Polizisten hindurch, als hätte er sein Leben lang nichts anderes getan, als mit klirrenden Ketten an gezückten Schußwaffen vorbeizudefilieren. »Wußtest du, Spiros«, fragte Carhartt, »daß das so ein mickriger kleiner Bastard ist?«

»Ich hab seine Maße nicht mitgeliefert bekommen.«

»Immer hilfreich für unseren Tischler«, sagte Burdette, »falls er einen Sarg zimmern muß.«

Das Männchen wurde von seinen beiden leichtbewaffneten Begleitern zum Aufnahmetresen gebracht, während der

Rest das kleine Gebäude umstellte. Wir erhoben uns, um die Gruppe zu begrüßen. Der Gefangene wurde uns vorgestellt als: Maddox, Scott, und dann seine CMF-Nummer. »Eine Akte können wir nicht vorlegen«, sagte einer der Polizisten. »Die Ordner waren leer.«

Aus dem Verbandswust entwich ein heiseres Kichern. »Die Souvenirjäger sind unter uns, Mr. Gates.« Die Stimme, mit einem Midwest-Akzent, war rauher, als zu der unscheinbaren Gestalt paßte. Lippen wurden nicht sichtbar. Die Binden sprangen einfach auf. Zunächst schien es, als würde er fürchterlich aus dem Mund stinken, was uns alle drei zurückfahren ließ, doch vermutlich waren es die Brandwunden, die wir rochen, eine Mischung aus Eiter und Salbe. Die Polizisten waren offenbar schon daran gewöhnt.

»Willkommen, Mr. Maddox«, sagte Ernest Carhartt, ohne die Hand auszustrecken. »Willkommen in Choreo.«

Mit seinem unverhüllten Auge, in dem das Weiß fast schwarz war von altem Blut, schielte der kleine Kerl zu meinem Chef. »Was ist das denn, Mr. Gates?« schnauzte er. »Ein Empfangskomitee? Die sollen mir lieber das Pinkelbecken zeigen. Wir haben auf fünfhundert Meilen nur zweimal angehalten.«

»Beinahe, Scott«, sagte der Polizeibeamte Gates, »wären wir für immer zum Anhalten gezwungen worden.« Und sich an uns wendend: »Eine Straßensperre auf der 80, gleich hinter der Ausfahrt Fairfield. Wir haben erst gar nichts davon gemerkt. Die Kolonne war schon auf die 12 abgebogen, eine befestigte Landstraße, die zu diesem Kaff namens Lodi führt. Als wir dort auf die 99 gebogen waren, bekamen wir über Funk die Meldung. Wir waren gerade an Stockton vorbei. Der Hinterhalt, hieß es, war als Fahrbahnverengung im Zuge von Bauarbeiten getarnt.«

»Wären wir nur reingefahren«, knurrte Maddox, »dann hätte ich wenigstens pissen können.«

»Die CMF hatte ganz leise durchsickern lassen«, sagte

Gates' Kollege, »daß ein Gefangener von Vacaville nach San Quentin verlegt werden sollte.«

»Ein völlig anderes Leck«, sagte Carhartt, »als uns versprochen worden ist.«

»Davon wissen wir nichts«, sagte Gates. »Nur, daß das Leck funktioniert hat. Die Leute, die die Straßensperre auf der Interstate Richtung San Francisco gebaut hatten, rechneten mit einem Transport nach San Quentin. Todsicher. Buchstäblich knapp an ihrer Nase vorbei. Die Fahrbahnverengung kam direkt hinter der Ausfahrt. Ich sah eine Dampfwalze ... drum herum Männer mit Helmen. Die standen also nicht auf der Lohnliste des Straßenbauamts. Es war eine Idee zu weit weg, als daß wir was von ihrer Verblüffung mitkriegen konnten. Aber die Gesichter hätte ich gern gesehen, als unsere fünf Autos auf die 12 bogen.«

»Ich kenne Mr. Maddox' Hintergrund nicht«, sagte Carhartt. »Aber wenn sein Renommee für eine solche Befreiungsaktion ausreicht, dann hätte ich das als Chef des HST lieber vorher gewußt.«

»Mein Renommee, Mr. Carhartt«, fauchte Maddox, »erlaubt mir nicht mal, meine Blase zu entleeren.«

Zwei der mit Karabinern bewaffneten Polizisten wurden hereingerufen, um den Gefangenen zur Toilette hinter dem Büro zu führen. Als sie an dem Fenster vorbeikamen, das Aussicht auf das wuchtige Gefängnisgebäude in der Ferne bot, zeterte Maddox: »Also, in was für ein Loch die mich hier stecken. Ich weiß nicht mal, wie das hier heißt. Und auch nicht, wo ich bin.«

»Zum zweitenmal willkommen, Mr. Maddox«, rief Burdette ihm nach, »in California State Penitentiary Choreo. Der Perle von San Bernardino.«

»Führt ihr eine Verlegung immer so gründlich durch?« fragte Carhartt Gates. »Ich würde sagen: an die Leine mit dem kleinen Kläffer, und ab und zu das Bein an einem Baum heben lassen. Diese ganzen Waffen ...«

»Na ja«, sagte Gates' Kollege, »wir hätten genausogut in diesen Hinterhalt fahren können. Die Dampfwalze war voll gestohlener Kalaschnikows.«

»Und die Straßenarbeiter?« fragte ich.

»Die entdeckten ihren Irrtum«, sagte Gates, »und waren sofort verschwunden. Helme, Overalls ... lag alles noch auf der Fahrbahn.«

Maddox wurde in den Warteraum neben dem Tresen zurückgebracht. Er beklagte sich laut und heiser darüber, daß ihm »diese Schweine« die Ketten nicht gelöst hätten, so daß Urin in sein Hosenbein gelaufen und jetzt sichtbar sei als gepunktete Linie kleiner nasser Flecken. »Wir hatten den Schlüssel nicht«, sagte der eine Polizist. Und der andere: »*The li'll bastard* pißt sowieso wie ein Schmuddelkind.« Sie nahmen ihre Position draußen vor dem Fenster wieder ein.

»Mr. Gates«, sagte Maddox, »wenn für mich eine Befreiungsaktion geplant gewesen wäre, dann hätte ich es doch wissen müssen. Ich hab mit verbranntem Kopf in der Krankenstation der CMF gelegen. Nichtsahnend. Dort hat mich der Direktor aufgesucht. Rheinstrom. Er sagte, daß ich am 19. Dezember nach San Quentin verlegt würde. Gestern abend bekam ich zu hören, daß ich schon heute, am 9., zurückgebracht werden soll nach ... in die Hölle, Mr. Gates.«

»Wenn du nichts anderes wußtest, Scott, als daß du nach San Quentin solltest«, sagte Gates' Kollege, »dann ist es doch wirklich erstaunlich, daß diese Dampfwalzentypen ihre Straßensperre hinter unserer Abzweigung eingerichtet haben. Die müssen gewußt haben, daß der Transport nach San Francisco ging. Bisher wirst du in dieser Sache noch nicht verdächtigt, aber es wird bestimmt eine Untersuchung geben. Wir brauchen dich in diesem Stadium noch nicht auf deine Rechte hinzuweisen, aber ich rate dir jetzt schon, den Mund zu halten.«

»*Andere* haben was verschwiegen«, schnaubte Maddox. »Und zwar mir. Ich will jetzt wissen, was ich hier soll, in diesem Stinkloch im Süden. Hab ich da grad San Bernardino gehört? Hier liegt ja schon der Gestank von Mexiko über den Feldern.«

Carhartt las die schleimigen Willkommensworte aus O'Melvenys Schreiben vor. Unter der Verbandshaube drangen höhnische Laute hervor. »Gut, dann steckt mich nur gleich in die Iso. Da hab ich wenigstens Ruhe. Und ihr auch.«

»Wir haben eine Zelle für dich«, sagte ich, »im Hochsicherheitstrakt.«

»Schau doch mal in meinen linken Mokassin.« Das blutunterlaufene Auge, mit dem er mich ansah, glitzerte wie Glimmer. »Ob sich da ein ausreichender Grund für die Isolierzelle findet.«

Unter seiner Ferse lag eine flexible kleine Säge, wie Goldschmiede sie benutzen. »Das war für San Quentin. Nicht, um auszubrechen. Sondern damit sie es bei der Leibesvisitation finden. Der Schlüssel zur Iso. Noch ein Beweis, daß ich nicht mit einer Dampfwalze gerechnet habe.«

Die kleine Bandsäge wurde von Burdette dem am Aufnahmetresen sitzenden Don Penberthy überreicht, zwecks Registrierung.

»Genug Menschengesichter für heute. Jetzt will ich hier endlich mal eine Isolierzelle von innen sehen.«

»Du hast die Säge selbst gemeldet«, sagte Carhartt. »Das wird in Choreo nicht streng bestraft.«

»Blöd. Ich hätte mich durchsuchen lassen sollen.«

»Oh, das passiert auf jeden Fall«, sagte Burdette. »Die Spielchen kennen wir. Eine Rasierklinge melden, und dann eine gut verpackte Messerklinge im Mastdarm reinschmuggeln.«

»Bitte …« Flehen bekam Maddox weniger gut hin. »Ich hab Hämorrhoiden. Ein ganzes Büschel, prallvoll. Die haben von der langen Fahrt bestimmt wieder angefangen zu bluten …«

Es war noch keine Nachricht von weltweitem Interesse wie seinerzeit der Anschlag auf Ford, und von den großen Sendern brachte es nur ABC, aber die lokalen Fernsehstationen benutzten es doch als Aufmacher. Bilder von der Fahrbahnverengung, die in einen Hinterhalt führte. Ein Bauingenieur sprach von einer »sehr professionellen Konstruktion«. Nahaufnahmen von den in der Fahrerkabine der Dampfwalze versteckten Waffen. Am Rand der benachbarten Sümpfe, die sich südlich von Suisun City (nahe Fairfield) bis zur Grizzly Bay erstreckten, hatte man herrenlose kleine Propellerboote auf hohen Kufen gefunden, die möglicherweise für die Flucht bestimmt waren. Der Name Scott Maddox, und das beruhigte meine Kollegen, kam im ganzen Bericht nicht vor. Die Stimme des Kommentators: »Wahrscheinlich hatte das Überfallkommando einen falschen Tip aus der California Medical Facility erhalten. Sie rechneten offenbar mit einem Häftling, der nach San Quentin verlegt werden sollte. Auf Nachfrage unserer Redaktion stellte sich heraus, daß lediglich ein verletzter Gefangener von Vacaville nach Südkalifornien verbracht wurde. Der Mann war sogar zu krank, so wurde uns versichert, um bei einem eventuellen Hinterhalt ohne Hilfe aus dem Auto zu steigen.«

So ein Blödmann, dieser Nachrichtensprecher. Wenn der Konvoi geradeaus weitergefahren wäre, in die Falle hinein, dann hätten die Straßenbauarbeiter weiß Gott nicht gewartet, bis Maddox von einem fürsorglichen Polizisten aus der Limousine geholfen worden wäre. Die Beamten hätten sich auch entscheiden können, der 80 bis zur Bay Bridge zu folgen, um auf der anderen Seite die Küstenstraße nach Los Angeles zu nehmen. Aber nein, die Karawane hatte sich nach links gewandt und war so mitsamt allen Kamelen durch das Nadelöhr geschlüpft. Es hätte nur *soviel* passieren müssen, und mein Plan wäre von vornherein gescheitert.

Nicht nur vom Direktor selbst, während des Vorstellungsgesprächs, war Choreo mir als ruhiges, diszipliniertes Gefängnis geschildert worden, auch die meisten Wärter und sogar viele Häftlinge schienen diese Ansicht zu teilen – wenngleich es nach meinem Gefühl etwas zu oft behauptet wurde, manchmal mit einem doppeldeutigen Lächeln. Ihre Meinung wurde durch meine ersten Eindrücke bestätigt, doch die waren wiederum aufgrund der schwachen Belegung des Hochsicherheitstrakts gefärbt. Das änderte sich während meiner zweiten Woche, und nicht nur durch die Ankunft von Scott Maddox. Gut und gern zwanzig leerstehende Zellen in der ersten und zweiten Etage bevölkerten sich hauptsächlich mit Schwarzen, Chicanos und mexikanischen Flüchtlingen mit einem Vorstrafenregister. Bei Maddox, dem wandelnden Verbandsknäuel, war die ethnische Herkunft nicht festzustellen. Er selbst gab darüber nichts preis. Die Wärter, die seine Akte nicht einsehen konnten, tippten aufgrund seiner Stimme, die im übrigen selten zu hören war, vorsichtig auf schwarz oder negroid. Nachdem sein Verband zum erstenmal in der Krankenstation von Choreo gewechselt worden war, fragten sie die Krankenschwester, was sie unter den Mullbinden vorgefunden habe.

»Eine einzige große Eitersuppe. Was haben Rassenmerkmale schon zu sagen, wenn jemand kein Gesicht mehr hat?«

Ob es nun an meiner Ankunft lag, an der von Maddox oder am Zustrom anderer Neuankömmlinge – in der zweiten Woche meiner dortigen Tätigkeit schien sich eine aggressive Stimmung im HST breitzumachen. Wenn ich den Erzählungen der Kollegen aus den anderen Trakten von Choreo glauben durfte, galt das auch, in geringerem Maße, für ihre Abteilungen. *Plötzlich* war die Arische Bruderschaft, frühzeitig aus dem Winterschlaf erwacht, wieder aktiv. Carhartt und Burdette deuteten mit beschuldigend ausgestrecktem Zeigefinger auf den ersten der Neuzugänge, Maddox, als bilde sein Verbandsmull einen Kokon, dem ein ebenso schuppenflügeliges wie mächtiges Böses im Begriff war zu entschlüpfen.

»Wie kann einer, der eurer Ansicht nach schwarz ist«, fragte ich, »wie kann der einer eingeschlafenen AB neues Leben einhauchen?«

»Vielleicht«, sagte der immer etwas dümmliche Carhartt, »gibt er sich ja nur als negroid aus. Zur Irreführung.«

»Er scheint in Folsom gesessen zu haben«, sagte Alan Burdette, »und in San Quentin. Frisco, Folsom ... das sind die Hauptquartiere der AB.«

»Ausgeschlossen«, sagte ich. »Nicht einmal im HST hat er zu irgend jemandem Kontakt. Er frühstückt in der Zelle, duscht ganz allein, und beim Fegen, zu dem man ihn jetzt eingeteilt hat, macht er einen großen Bogen um jeden.«

»Dieser Spiros«, lachte Carhartt. »Ist gerade mal anderthalb Wochen hier und denkt, was er nicht sieht, das gibt es auch nicht.«

»Griechische Naivität«, sagte Burdette. »Mann, Spiros. Nicht jeder Tropfen Milch stammt von der Ziege.«

9

»Reich kann ich hier in Choreo nicht werden, Olle. Ich bin der am niedrigsten eingestufte Wärter im Hoch-Si.-Tr. Das Rim-of-the-World Motel ist ganz anständig und nicht übermäßig teuer, aber schließlich habe ich ja auch noch meine Wohnung bei Dir. Für *WereldWijd* habe ich im November eine ganze Reihe von Horoskopen im voraus geschrieben, bis einschließlich Jungfrau ungefähr. Die Redaktion sollte im Gegenzug alles im voraus bezahlen. Ich kann hier meine Kontoauszüge nicht einsehen, aber wenn alles seine Richtigkeit hat, müßte der volle Betrag auf meinem Konto sein. Die Miete sollte ab 1. Dezember automatisch abgebucht werden. Ich hoffe, daß alles klappt.

Olle, ich weiß. Sobald es um Tibbi geht, kriege ich so was weinerlich Altjüngferliches. Wenn du ihn in die Stadt mitnimmst, dann fahr mit der Straßenbahn. So einen langen Spaziergang schaffen seine Füßchen nicht. Und wenn ihn seine Schuhe drücken, dann zieh sie ihm beim Nachhausekommen gleich aus. Leg ihm kalte Kompressen auf die Fußrücken. Besser noch mit Eiswürfeln gefüllte Geschirrhandtücher, auch wenn er dann vielleicht schreit. (Nimm mit Tibbolt immer die 16, das tue ich auch. Die 2 ist den ganzen Tag über von Schulkindern besetzt, die mit Ranzen um sich schmeißen. In der 16 gibt es meistens freie Sitzplätze, so daß unser Kleiner bei allem Schmerz nicht auch noch stehen muß.)

Überbesorgt?

Mein Nachtdienst fängt heute abend um elf Uhr an. Jetzt ist es erst halb acht. Mit dem Bus, der alle zwanzig Minuten fährt, ist es nur eine knappe Viertelstunde nach Choreo. Die Haltestelle befindet sich gleich neben der Auffahrt zum Rim-of-the-World. Ich habe keine Lust, den Rest des Abends auf das schlechte Bild des Farbfernsehers zu starren. Anstatt eines Films sieht man hier eine Abfolge wabernder pointillistischer Bilder, geschaffen von einem betrunkenen Seurat. Ich *muß* wissen, wie es meinen beiden Kampfhähnen in ihren Isolierzellen geht. Wenn ich mich heute nacht zwischen zwei Rundgängen langweile, Olle, füge ich diesem Brief noch ein paar Worte hinzu. Bei Dir ist jetzt tiefste Nacht. Wenn Du nicht gerade *Der Mann ohne Eigenschaften* liest, dann hoffe ich, daß sich der Schlaf der Gerechten Deiner erbarmt hat. (Was für ein Titel übrigens. Wenn er nicht schon vergeben wäre, hätte ich ihn für meine Autobiographie beansprucht.)«

10

Bald würde er sagen können: »Sonntag, der 8. Januar 1978, ist vorbei, endgültig vorbei, und wird nie mehr wiederkehren, niemals.«

In Anbetracht der Umstände, dem Aufenthalt in einer Isolierzelle, könnte der Gedanke mehr als die übliche Wehmut hervorrufen und mehr als das übliche Bedauern, daß er nicht *mehr* aus dem Tag herausgeholt hatte. Die Überlegung »ach, es war doch nur ein Tag« ging ins Leere, wenn man das unwiderrufliche Verrinnen eines solchen Zeitabschnitts auf das eigene Leben bezog: Auch das würde, in fortschreitenden zyklischen Wendungen, unwiederbringlich zu Ende gehen.

Schwindelerregend wurde es erst, wenn man diesen einen individuellen Tag als Parallelbewegung zum selben Tag aller anderen Erdenbewohner betrachtete. Vier Milliarden individuelle Tage, die, sich durch den Zeitunterschied teilweise überlappend, gleichzeitig stattgefunden hatten. Zusammengenommen stellten sie den »Welttag« dar. Vierundzwanzig Stunden aus dem Leben der irdischen Geschichte.

Remos persönlicher Tag war über die verschiedensten Geräusche, Hirngespinste, Gerüche, Tatsachen und Kleinstereignisse sogar hier im Spinnennest von Choreo mit dem Weltgeschehen verbunden. Er gab seinen Bouillonbecher Wärter Jorgensen zurück, der ihn wieder in die Küche brachte, damit er abgewaschen wurde. Dort wurde der Becher von einem privilegierten Häftling auf die Seite geschafft, um am Montag in der Werkstatt zu einer scharfen Stichwaffe umgearbeitet zu werden. Mit dem kurzen Dolch würde noch am selben Abend ein Gefangener umgebracht werden. Remos nicht groß beachteter Tag *war* der »Welttag«. So hatten alle Erdenbewohner, ohne sich dessen bewußt zu sein, unablässig teil an der Weltgeschichte.

»Man muß sich nur mal ansehen«, murmelte er, »wie wir ständig unter einer großen Müdigkeit leiden, die wir als unerklärlich bezeichnen. Die Erschöpfung läßt sich durch das Atlasgefühl im Nacken jedes Menschen erklären. Wir tragen, buchstäblich täglich, die gesamte Welt auf unseren Schultern. Ohne Lohn, ohne Trinkgeld.«

Das Loch hier lud zum Lautsprechen ein, was er in seiner normalen Zelle selten bewußt getan hatte. »Wie lange sitze ich jetzt schon in Choreo? Knapp drei Wochen. Im schlimmsten Fall habe ich noch zehn Wochen vor mir. Das schaffe ich nicht, mit diesem kleinen Monster in meiner Nähe. Es sei denn … ich nutze die Gelegenheit, ihm die Wahrheit abzuluchsen.«

In mehr als sonntäglicher Einsamkeit versuchte er sich einzureden, er habe einen banalen Kleinkriminellen vor sich. Von so einem mickrigen Schreihals durfte er sich nicht aus der Fassung bringen lassen … Es erstaunte ihn, wie ruhig er durch solche Gedanken wurde. Nein, das war nicht der Gewalttäter, der sich im Laufe der Jahre zu einem teuflischen Gulliver im Land der Liliputaner hatte auswachsen können und lediglich von hauchdünnen, an Holzsplittern befestigten Fädchen am Ausbrechen gehindert wurde.

Und dann war plötzlich, wenn er nicht achtgab, der Ekel wieder da, der ihm den Magen hochdrückte und das Gehirn von unten an die Schädeldecke preßte. In einem solch widerwärtig klarsichtigen Moment, der sich seiner Kontrolle entzog, mußte er sich übergeben, immer wieder – bis nur noch schwarzschaumige Galle aus den Tiefen seiner Eingeweide kam.

Er war es wirklich.

Jetzt, da Remo denselben Zellentrakt mit ihm teilte, wurde ihm bewußt, daß er sich in all den vergangenen Jahren nie hatte vorstellen können, daß der Mann irgendwo in der Erdatmosphäre, genau wie er selbst, einen Platz einnahm. Er war plötzlich zu echt … zu wirklich. Es war obszön, daß dessen Körper mehr oder weniger auf dieselbe Weise funktionierte wie sein eigener: daß er pulsierte und atmete und sich erleichterte.

»Wenn ich hier rauskomme, bring ich ihn um.«

In seiner Abgeschiedenheit hatte er den Satz bestimmt hundertmal laut ausgesprochen – erst zischend vor Haß, später sich selbst überschreiend vor Zweifel. Maddox hatte es ihm gesagt: Es gab Gefangene, die bei dem Gedanken verzweifelten, daß sie zum Mord an einem Mithäftling nicht fähig waren. Diese Verzweiflung war ihnen anzusehen, und das wiederum machte sie zu einer wehrlosen Beute für andere. Remo begriff erst jetzt, was Maddox gemeint hatte.

Am Sonntagabend wurde er ganz ruhig. Jetzt, da er Zugang zu dem Monster hatte, wäre es eine Schande, es sofort aus dem Weg zu räumen. Es gab Verpflichtungen gegenüber Sharon, ihrem gemeinsamen Kind, ihren Freunden. Maddox umbringen konnte er immer noch. Vorher wollte er der Bestie, die empörenderweise wie ein Mensch sprechen konnte, ein paar Fragen stellen. Wenn er genügend Wahrheit aus ihr herausgequetscht hatte, mochte sie ruhig ihr Leben aushauchen.

Das Problem war nur: Wie konnte er seinen Abscheu überwinden und je noch ein Wort mit diesem Stück Dreck wechseln? Es mußte sein. Für Sharon und ihr ungeborenes Baby. Wenn er schon nicht an Gott glaubte, mußte er den bürokratischen Fehlgriff, der ihn und den Mörder im selben Trakt hatte landen lassen, eben als Fingerzeig seiner Liebsten auffassen.

Vielleicht würde er bereits in ein paar Wochen wieder auf freiem Fuß sein. Eine solche Chance bekam er nie wieder – die Chance, diesen Charlie mit bloßen Händen zu erwürgen, und genausowenig die Chance, ihn zuvor nach seinen niederträchtigen Beweggründen hinter den offiziell festgestellten Motiven zu fragen.

11

Im hinteren Teil des Acht-Uhr-Busses saßen zwei Frauen aus dem Zeltlager. Als sie sich vor Choreos Toren niedergelassen hatten, hatte ich sie fast auf Anhieb erkannt, auch wenn sie fast zehn Jahre älter waren als auf den Fotos aus den Zeitungsarchiven. Die eine, Sandy, ersetzte natürlich Squeaky als stellvertretendes Oberhaupt der Bewegung. Sie hatte am 19. Dezember das Fernsehinterview gegeben, die Geige spielende Gypsy unmittelbar hinter sich.

Nachdem ich mich einmal zu oft umgedreht hatte, setzten sie sich ein paar Reihen vor mir hin. Jetzt waren sie es, die sich verstohlen umschauten. Sandy trug genauso ein Gewand mit langer spitzer Kapuze, wie Squeaky es bei dem Anschlag auf Ford angehabt hatte. Nur war dieses nicht rot, sondern blau. »Wir sind Nonnen einer neuen Religion«, hatten sie vor Jahren kundgetan. Was diese Religion beinhaltete, wurde nie ganz deutlich, auch nicht aus den wirren Pamphleten, die die Schwestern verteilten (vielleicht ging es da bereits um Cosy Horror).

Sandy schielte um den Rand ihrer Kapuze herum. Selbst jetzt, da ihre Stirn im Schatten lag, blieb das eingebrannte Kreuz zwischen ihren Augen sichtbar. Bei Gypsy, die mit etwas gehetzt Animalischem im dunklen Blick zu mir schaute, waren die Brauen zusammengewachsen, so daß schwer auszumachen war, ob auch sie zu den »Hinausge-ixten« gehörte. Wie Sandy war auch sie wohl in den Dreißigern – eigentlich zu jung für die silbernen Strähnen, die sich durch ihr schwarzes Haar zogen.

Nachdem ich einen Blick hinausgeworfen hatte, wo kaum mehr zu sehen war als Buslicht aufsaugender Nebel, saßen die beiden plötzlich auf der anderen Seite des Mittelgangs neben mir. »Sie machen was in Choreo«, sagte Sandy.

»Vorläufig nur: mit dem Bus hinfahren.«

»Wir haben Sie in Uniform gesehen«, sagte Gypsy leise.

»Sie bewachen Charlie«, bekräftigte Sandy.

»Ich habe Johns, Harrys, Andys in meiner Abteilung. Einen Winston, einen Gordon, einen Scott und eine breite Palette mexikanischer Namen. Ein Charlie ist nicht dabei.«

»Ein Antrag nach dem anderen, mit ihm sprechen zu dürfen, wird glattweg abgelehnt«, sagte Sandy. »Das ist unmenschlich. Ich wette, er liegt irgendwo in einem Keller und weiß nicht einmal, daß wir am Tor stehen.«

»Ihr singt aber doch laut genug.«

Sandy schob ihren blauen Habit zur Seite und spielte achtlos mit dem Heft eines Dolchmessers, das in einer Lederscheide an ihrem Gürtel hing. »Sag Charlie, daß Gypsy und Sandy und die anderen draußen auf ihn warten.«

»Hübsche Perlen an dem Griff da. Aber immer noch weniger bedrohlich als eine Dampfwalze voller Kalaschnikows.«

Sandy und ich spielten das Spielchen, wer als erster die Augen niederschlägt. Sie hielt lange durch, wenngleich das Kreuz auf ihrer Stirn durch das krampfhafte Starren mit zusammengezogenen Brauen merkwürdig zu wogen begann. Die Haltestelle Choreo rettete sie.

Ich wandte den Frauen meinen wehrlosen Rücken zu und stieg direkt vor ihnen aus. Sie folgten mir auf dem Fuß über die Asphaltstraße Richtung Aufnahmegebäude. In nebliger Ferne lag das Gefängnis, silbrig umrahmt unter den Laternenmasten. Hinter den meisten Zellenfenstern brannte noch Licht. Das Gebirge verbarg sich heute ganz hinter wallenden Nebeln. Ich hoffte, es bis zur Schranke zu schaffen, ohne ein Messer zwischen die Schulterblätter zu bekommen.

Ganz in der Nähe des Empfangsgebäudes und ihres Lagers rannten meine Bedrängerinnen im Bogen um mich herum und blieben vor mir stehen. »Hör gut zu, Mr. Choreo«, sagte Sandy, eine Hand unter ihrem Gewand. »Sorg dafür, daß wir ihn besuchen können. Sonst besuchen wir *dich*. Im Rim-of-the-World.«

Zwischen den Zelten loderte ein Feuer hoch auf. Ringsum hatten so spät noch Kinder gespielt, die sich an die Straße gestellt hatten, als sie Stimmen hörten: Vielleicht waren Gypsy und Sandy ihre Mütter. Hinter einem schußsicheren vergitterten Fenster im Empfang saß Don Penberthy und hämmerte auf eine Schreibmaschine ein. In wenigen Sprüngen konnte ich bei ihm sein.

»Nein, jetzt hör *du* mal gut zu, Gnädigste. Ich lasse mich auf dem Weg zu meiner Arbeit nicht von der erstbesten Lumpensammlerin bedrohen. Wenn ich das da drinnen erzähle, ist euer Lager in einer Dreiviertelstunde weggefegt.«

»Bedrohung, na und?«, sagte Gypsy. Wenn sie grinste, die Lippen weit zurückgezogen, war ihr Gesicht ganz das eines Tiers. »Es gibt keine Beweise.«

»Als erstes sucht das Personal hier nach Perlen.«

»Heil, Charlie!« rief Sandy und sprang über den Straßengraben zu den Kindern hinüber. »Heil, Cosy Horror!«

»Heil! Heil! Heil!« riefen die Kleinen im Chor, lachend.

12

Nach meinem in Abgeschiedenheit verbrachten Wochenende war mir nach einem Plausch mit Kollegen. Der Spätdienst von Alan Burdette war fast zu Ende, und er war noch zu »einem letzten Kaffee auf dem Weg zur definitiven Schlaflosigkeit« bereit.

»Na, Al, noch Geschrei aus der Iso gehört?«

»Geradezu besorgniserregend, wie ruhig die beiden sind. Obwohl, dieser Maddox ... hat der Angst vor dem anderen Zwerg oder was? Der kleine Scheißkerl hat heute vier-, fünfmal an der Klingel gehangen. Ob er morgen und am liebsten noch länger in der Isolierzelle bleiben dürfte. Zuletzt hat er es so ungefähr *gefordert*, mit seinem zornigen Röchelstimmchen. Was meinst du, Spiros ... besser trennen, die beiden Putzweiber? War schon ziemlich beängstigend, wie sie sich am Freitag an die Gurgel gegangen sind.«

»Na komm, Al. Ein bißchen Schaumschlägerei mit Seifenlauge. Laß ihnen doch ihren Spaß, den beiden. Als Team sind sie jetzt gerade gut aufeinander eingespielt.«

»Kann man wohl sagen.«

»Es ist ja keine Zwangsarbeit. Wenn sie nicht weitermachen wollen, hört sowie alles auf. Falls doch ...«

Ich hatte Burdette noch von dem Vorfall im Bus erzählen wollen, behielt die Geschichte aber gerade noch rechtzeitig für mich. Falls das Lager aufgelöst wurde, konnte das innerhalb von Choreo ein Gleichgewicht stören, das ohnehin schon mehr als fragil war. Ich wünschte meinem Kollegen gute Fahrt zu seinem Haus in Riverside und ging in den Umkleideraum, um meine Uniform anzuziehen.

13

In dieser Nacht lag Remo lange wach. Das Fernsehgesicht des Polizeipräsidenten verschwamm in der Dunkelheit, dafür leuchtete Dudenwhackers Visage mit den fünf eintätowierten Tränen immer deutlicher auf. Fünftausend Dollar ... War er seiner Frau und seinem Kind nicht noch etwas schuldig?

Gerade als er am Wegsacken war, machte der Lichtstrahl des »Griechen« auf seiner Runde ihn wieder hellwach. Remo winkte unfreundlich, als wedle er eine Fliege weg.

Montag, 9. Januar 1978

Die Hure und der Oberst

1

»Mr. Agraphiotis, tun Sie mir das nicht an.« Maddox' rauhe
Midwest-Stimme war eigentlich nicht fürs Flehen gemacht.
»Holen Sie mich hier nicht raus.«

»Aufenthaltsverlängerung gibt's nicht«, sagte ich. »Zieh
den Overall an.«

»Wenn ihr einem schon das Leben verlängert«, knurrte er,
»dann laßt mich wenigstens hier drin.«

»Woodehouse ist kein harter Bursche. Er wird dich bestimmt nicht umbringen.«

»In *jedem* Gefangenen, Mr. Agraphiotis, schlummert ein
Mörder. Angenommen, ausgerechnet ich habe den in Woodehouse wachgeküßt ...«

»Der Direktor wird das entscheiden. Zieh dich jetzt an.
Verbandswechsel ... die Schwester ist um sieben Uhr da.«

2

Häftling Woodehouse schlief so fest, daß er nicht einmal aufwachte, als sich die Tür knirschend aufschob. Er lag in eine
Decke gewickelt auf der Stahlpritsche, ohne Matratze. In der
Zelle hing ein süßlicher Gestank. Unter dem Waschbecken
ein Teller mit unangerührtem Essen vom Vortag. Irish Stew
mit Kartoffelbrei. Feine Risse in der fest gewordenen Soße.
»Halb sieben. Guten Morgen.« Ich berührte sacht seine
Schulter, wie man das bei einem Gast tut, der geweckt werden wollte. »Es ist dem Gefangenen Woodehouse erlaubt,
die Isolierzelle zu verlassen.«

Er drehte sich ächzend um. »Welchen Tag haben wir heute?«

»Jetzt schon den Überblick verloren? Dann stell dir mal die Jungs vor, die drei Wochen am Stück in der Iso sitzen. Ganz einfach: Montag.«

»Ich hatte gehofft«, stöhnte er, »daß es schon Dienstag ist. Dann hätte ich jetzt etwas mehr als vierundzwanzig Stunden geschlafen.« Er befand seinen Ellbogen für zu schwach und ließ den Kopf wieder auf die Pritsche sinken. »Die ersten Nächte kein Auge zugetan.«

»Hab ich schon von Mr. Burdette gehört, ja. Das Mittel sieht harmlos rosa aus, aber auf so eine Dosis Pink Starfish schläft es sich schlecht.«

»Die Charrière-Methode hat mich wach gehalten. Waren Sie das denn nicht, Mr. Agraphiotis, mit der Lampe?«

»Letzte Nacht, ja. Davor hatte ich zwei Tage Zwangsurlaub. Die Charrière-Methode?«

»Eine Ausbruchstechnik mit Hilfe eines Deckenzipfels. In dem Sinn war ich auch zwei Tage draußen. Alte Freunde gesprochen. Auch tote. Eheliche Pflichten erfüllt ... ohne Widerwillen. Ach, lassen Sie mich doch hier, mit meinem Charrière.«

»Du bist heute morgen schon der zweite, Woodehouse, der nicht aus der Isolierzelle will. Der Choreaner wird langsam asozial.«

»Maddox ist es egal. Der Knast ist sein Zuhause, und darin legt er Wert auf seine Privatsphäre.«

»Ich habe meine Anweisungen. Duschen, Frühstücken und dann zum Direx. Los.«

»O'Melveny?« Er trat die Decke von sich und setzte sich auf den Pritschenrand. »Noch ein Anschiß.«

Ich bildete mir ein, seinen ranzigen Kummer riechen zu können. »Er will prüfen, ob ihr bleiben könnt. Zusammenbleiben, meine ich. Als Putzteam.«

3

Als ich mit Woodehouse vor O'Melvenys Zimmer angekommen war, ging gerade die Tür auf. Zwischen zwei Wärtern, einen vor sich, einen hinter sich, trat Maddox heraus. Obgleich ich sehr genau hinschaute, war schwer auszumachen, ob die beiden Gefangenen sich ansahen. Ein hörbarer Gruß wurde nicht ausgetauscht. Maddox' Verband war frisch gewechselt und noch fleckenlos.

So wie Remo mitten im eckig-ovalen Raum stand, mit schmächtigen Hängeschultern, wirkte er noch kleiner. Oder, besser gesagt, durch seine Anwesenheit ließ er das Interieur wachsen: den Schreibtisch, den Mann dahinter, die goldumwundene Trikolore, die Hamsterbäckchen von Präsident Carter, alles hob sich und dehnte sich aus, sogar das Gespinst der Glasscherben im Porträt von Ex-Präsident Ford. Ich blieb ein Stück entfernt von ihm stehen.

»Sag mal, Woodehouse«, begann O'Melveny, groß und aufrecht auf seinem Sessel, »gibt es einen unlösbaren Konflikt zwischen dir und deinem Mithäftling Maddox?«

»Es war ein kleiner Zwischenfall, Sir.«

»Der anfällig für Wiederholungen ist?«

»Was mich angeht, nicht, Sir.«

»Worum ging der Streit?«

»Um Religion, Sir. Ich werde das Thema nicht mehr anschneiden.«

»Einem Verletzten den Verband vom Kopf reißen«, sagte O'Melveny und ließ ein weißgoldenes Zigarettenetui aufspringen. »Eiter … Blut. Das Opfer, das daraufhin versucht, den Angreifer zu vergiften. Kotze, Dreck, Vergeudung von gefängniseigenem Material. Ich fasse es nicht. Wie soll das jetzt weitergehen, Woodehouse? Mord- und Totschlagoptionen?«

»Sir, das hängt ganz von meinem Mithäftling Maddox ab.«

»Häftling Maddox«, stellte O'Melveny fest und klopfte un-

nötig träge mit einer Zigarette auf das wieder geschlossene
Etui, »sagt, das hängt ganz von seinem Mithäftling Woodehouse ab.«

»Sir«, erklärte Remo und gab sich einen Ruck, »ich möchte
die Zusammenarbeit gern fortsetzen, Sir.«

Der Direktor sog Feuer aus einem weißgoldenen Feuerzeug. »Noch so ein Handgemenge, und es ist Schluß. Eure
letzte verdammte Chance. Agraphiotis, zum Teufel und zum
Besenschrank mit ihm. Ich verlaß mich drauf, daß du persönlich darüber wachst, daß der Vorrat an Pink Starfish zum
gründlichen Schrubben verwendet wird … und nicht als
Mundwasser.«

Als ich mich, die Türklinke in der Hand, noch einmal kurz
umdrehte, war von Timothy O'Melveny nur noch die zuletzt
ausgestoßene Rauchwolke zu sehen – so eilig hatte Mothy es,
zu seinem eigenen, in alten Sherryfässern gereiften Teufel zu
kommen, in einem Schränkchen mit rotem Kreuz.

4

Der Heißwasserhahn war aufgedreht. Eingehüllt in weißen
Dampf war Scott Maddox dabei, in dem niedrigen Waschbecken die hartgetrockneten Putzlappen vom Freitag aus-
zuspülen. Um den sauberen Verband zu schonen, hatte er
Gummihandschuhe angezogen. Sie paßten nicht über die
Mullbinden und baumelten mit leeren Fingern herab. Aus
dem Lappen, der schlaff über seinen Händen unter dem
Wasserhahn hing, quoll eine pechschwarze Flüssigkeit, die
auch von den unbedeckten Binden um seine Handgelenke
aufgesogen wurde. Neben dem Waschbecken lagen zwei weitere Lappen, steif wie große Krupukstücke.

Dies war einer der entscheidenden Momente, auf die ich,
überarbeitet und unterbezahlt, hingelebt hatte – und jetzt,
da es soweit war, kam ich mit der Situation nicht ganz klar.
Woodehouse und ich sahen uns an. Obwohl er sich sichtlich

bemühte, nervös und peinlich berührt zu schauen, brannte in seinen Augen eine Entschlossenheit, die ich bisher noch nicht an ihm bemerkt hatte. Dann wollte ich nicht zurückstehen. »Meine Herren, legt den Streit bei, damit wir zur Tagesordnung übergehen können.«

Maddox kam träge aus der Hocke hoch und drehte sich unberechenbar langsam um. Der vor kurzem noch blitzsaubere Kopfverband war schon wieder reichlich übersät mit Schmutzspritzern. Das freie Auge blitzte bläulich. Mit der linken Hand begann er an den Gummifingern der rechten zu zupfen, so lange bis der Handschuh mit dem Geräusch eines Katapults losschoß. Die Mullbinden waren grau durchweicht. Er streckte die verbundene Hand aus. Woodehouse legte seine nicht sofort hinein. Mir war nicht klar, ob er wegen der nassen Binden zögerte oder weil er jetzt wußte, was in der Vergangenheit auf ein Zeichen dieser Hand hin angerichtet worden war.

»Sorry, Kumpel, ich wollte dich nicht vergiften«, sagte Maddox mit einem Ansatz von Rührung in der Stimme.

»'ne ziemlich unsanfte Art und Weise«, sagte Remo, »einem Kollegen am Ende des Nachmittags einen Aperitif anzubieten.«

»Ich kam mir vor wie Christus am Ostermorgen, erlöst von seinen Bandagen. So was war doch einen Schluck wert, dachte ich.«

Es klang wahrscheinlich spröder als beabsichtigt. Wie immer wenn sein Verband gewechselt worden war, sprach er mühsam, fast wie jemand mit einer Hasenscharte. Ich hatte einmal danebengestanden, als die Krankenschwester den eingetrockneten Schorf in seinen Mundwinkeln mit einem hölzernen Zungenspatel entfernte, so lange bis ihm eine bräunliche Mischung aus Wundsekret, Eiter und Blut über das Kinn lief, wie fette Soße nach dem Abknabbern eines Hühnerknochens. Nur wenn er zu einer seiner Bergpredigten ansetzte, riß er den Spalt unbekümmert weit auf.

»Maddox, Woodehouse, an die Arbeit«, schloß ich meine Versöhnungsbemühungen ab. »Während die Herren in der Iso saßen, ist der Staub hier einfach weitergerieselt.«

Sie ließen die Putzlappen bis zum Nachmittag liegen und stiegen mit harten und weichen Besen plus zwei langstieligen Kehrblechen die gußeisernen Treppen bis zur obersten Etage hinauf. Ich kletterte über die Wärterleiter zur höchstgelegenen Loge, um von dort, in Berichte vertieft, die Entwicklungen zu verfolgen. Wie eh und je (waren sie wirklich das verzweifelte Zweiergespann, das ich vor mir zu haben glaubte?) begannen sie jeder in einer anderen Ecke des Rings zu fegen, um sich so langsam zum Ausgangspunkt des anderen hinzuarbeiten. Erst beim Ausmisten der geöffneten Zellen würden sie sich wieder näher kommen. In unterkühlter Stimmung hätte ich gesagt: ich bin gespannt.

Äußerlich der unbewegte Gefängniswärter, fühlte ich in mir die alte Sehnsucht nach einem blendenden und unlöschbaren Konflikt zwischen rotem und grünem bengalischen Feuer brennen.

5

»Sie reden wieder ganz normal miteinander, die beiden«, sagte Carhartt. »Als ob nichts vorgefallen wäre.«

Ich wußte es besser. Es lag aber nicht in meinem Interesse, ihn aus seinen Träumen zu reißen. Von unserer Loge aus sah der Pas de deux der beiden Feger idyllisch aus. Auf den umliegenden Wänden, unsichtbar für Leute wie Carhartt, wimmelte es von monströsen Bildern, ständig die Form wechselnde Föten in Blau und Rot – wie früher bei einer Lightshow der Grateful Dead.

6

»Isolierzelle, Li'll Remo, hab ich das richtig verstanden?«
brummte Maddox mit hörbar straff gehaltenen Lippen.
»Nennst du das eine Isolierzelle?«

»Der ›Grieche‹ nennt es so.«

»Dann würd ich ja gern mal den Knast in Griechenland
sehen. Isolierzelle ... Grade mal drei Tage in Einzelhaft, und
zu den normalen Zeiten das warme Fressen. In Folsom haben sie mich manchmal für volle zwei Monate in den Bunker
gesteckt. Und auch noch versucht, mich auszuhungern. Einmal am Tag ein Becher Wasser ... Schon mal einen grünen
Marshmellow probiert?«

»Die sind weiß oder rosa.«

»In Folsom haben sich die Schweine der Reihe nach die
Kehle frei geräuspert. So kam Charlie zu einem ausgelaufe-
nen grünen Marshmellow auf seiner einzigen Trinkration
des Tages.« Er verschwand in einer halbdunklen Zelle in der
zweiten Etage, redete aber weiter. »Die einzige Mahlzeit: ein
Brotkanten, so rund und hart wie ein Steinbrocken. Wenn
der Hunger nicht mein größter Feind gewesen wäre, hätte
ich ihn aufbewahrt und einem Wärter damit den Schädel
eingeschlagen. Aber so aß ich meine eigene Waffe auf. Die
Kakerlaken ...«

»Doch was zum Dressieren.«

Maddox kam, rückwärts fegend und dabei Zellophanstrei-
fen mit sich ziehend, wieder auf den Umgang. »Von wegen
Kakerlaken dressieren. Ich hab sie in mein Brot gesteckt. Für
das Eiweiß.«

»Sich in der Isolierzelle noch gegen die Gebote des Veganismus versündigen ...«

»Not kennt kein Gebot, Li'll Remo.« Wenn er seinen Mund
nicht voll gebrauchen konnte, stieß er die Laute um so mehr
aus dem Rachen hervor. »Sonst hätte Charlie es nicht überlebt.«

»Was hattest du denn verbrochen … um endlich mal Fleisch essen zu dürfen?« Trotz der Grimmigkeit seines Vorhabens hatte er sich vor der Konfrontation mit einem durch die Isolierhaft geläuterten Maddox gescheut. Ein Maddox, der, nachdem sie sich gegenseitig erkannt hatten, allzu spürbar über die Narbe nachgedacht hatte, die er im Leben seines Mithäftlings hinterlassen hatte: das war mehr, als Remo ertrug. Besser dem Guru in seinem Wahngefasel folgen und dann unvermittelt *die* Frage stellen. Aber siehe da, es war halb so wild – und das wiederum war eine Enttäuschung.

»Wenn der Pfarrer in Folsom zugegeben hätte, daß er unrecht hat, dann … na gut, dann hätte er jetzt keine schiefe Nase. Wir versuchten, einander den Rang abzulaufen. Wer von uns beiden konnte Jesu Lehre in *einem* Wort zusammenfassen? Der Pfarrer: ›Hingabe.‹ Charlie: ›Unterwerfung.‹ Ein himmelweiter Unterschied, Li'll Remo. Er wollte sich Charlies Argumente nicht anhören. Eine blutende Nase bedeutet noch keine Isolierzelle. Ein gebrochener Nasenrücken schon. In Folsom durfte man nicht länger als einen Monat in Einzelhaft. Vorschrift. Auch dafür war den Schweinen was eingefallen. Sie steckten den ausgehungerten Charlie nach neunundzwanzig Tagen für vierundzwanzig Stunden in eine normale Zelle.«

Charlie? Maddox war nach wie vor Maddox und mit diesem frischen Verband anonymer denn je. Um den eigentlichen Verband hatte die Krankenschwester schützende Bandagen in gebrochenem Weiß gewickelt, die ebenfalls mit Metallklammern in der darunterliegenden Schicht festgemacht waren. Das Ganze gab dem Gesicht noch weniger Konturen als zuvor. Die neuen Binden ließen kaum Raum für Auge und Mund. Der Kopf war ein massiver Klotz aus Mull und Pflastern. Das konnte unmöglich der karfunkeläugige Verrückte sein, der in den langen Isostunden vor Remo zum Leben erwacht war. Und dennoch, er war es.

»In dieser normalen Zelle bekam ich drei Mahlzeiten.

Alles in mich reingeschaufelt. Auch das Fleisch. Ich überaß mich. Am nächsten Tag … Charlie kotzend wieder zurück in den Bau. Für noch mal neunundzwanzig Tage.«

»Der Appetit auf Kakerlaken … bestimmt vorbei, oder?«

»Innerhalb von zwei Wochen eine ausgestorbene Tierart. Nach weiteren vierzehn Tagen … das Tier Charlie knapp vorm Verhungern gerettet.«

»Und die Welt atmete auf.«

7

»Vier Tage nicht geputzt«, rief Carhartt im Vorbeigehen, »schaut euch an, wie's hier aussieht!« Er fuchtelte sich beidarmig durch einen Vorhang aus herabsinkendem und wieder aufsteigendem Staub.

»Mr. Carhartt«, schrie Maddox zurück, »heute nachmittag stürzen wir Choreo in Unkosten … mit einer Aufwischaktion, wie Sie sie noch nie gesehen haben. Die sollen merken, wen sie in die Iso stecken. Die Tauben da oben werden im Schaum von Pink Starfish ersticken.«

Der Oberaufseher hob halbherzig grüßend seine freie Hand. Mit der anderen hielt er, teilweise von der Uniformjacke verdeckt, das blecherne Adlerei an sein Hemd gedrückt. Die Kamera hing ihm an einem Riemen um den Hals.

»Vor acht Jahren«, murmelte Remo wie zu sich selbst, »waren fünfundzwanzigtausend Dollar auf deinen Kopf ausgesetzt, Scott. Leicht verdientes Geld. Heute muß man für diesen Betrag einen Adler mit Kinderwunsch fangen.«

Maddox griff mit der Hand in die Luft. Sie war voller blinkender Stäubchen, die bei diesem Licht manchmal aussahen wie Eisenspäne. »Es schneit hier einfach immer weiter, Li'll Remo.« Es war nicht klar, ob er seine Düsterkeit spielte. »Gefangene zählen die Tage, die Monate, die Jahre ihrer Strafe mit Strichen an der Zellenwand. Immer wieder neue Panflöten über die alten. Stumpfsinniger Zeitvertreib. Für Charlie sind die Stunden in Gefängnisstaub gezeichnet … mit silbernen Strichen. Nicht zu zählen … sie fallen und fallen. Es staubt hier lebenslänglich.«

»In Folsom, in Vacaville, in Choreo … der Staub markiert genauso die Stunden, die Monate, die Jahre, Scott, die du schon hättest tot sein können. Panflöten der Reservezeit.«

»So haben sogar noch die winzigsten Staubteilchen zwei Seiten. Sieh uns an.«

Um seinem Blick wenigstens etwas Halt an der stumpfen, keine zwei Meter von ihm entfernten Maske zu verschaffen, suchte er Maddox' eines Auge. Die beiden Verbandsstreifen, die es frei lassen sollten, schoben sich mit ihren fransigen Rändern fast übereinander. Bei einer plötzlichen Wendung des Kopfes (»Sieh uns an«) blitzte da, aus blutunterlaufenen Tiefen, zum erstenmal ein kleines Dreieck Weiß auf. Jetzt, wo es endlich zum Vorschein kam, war es nicht länger das Weiß im Auge eines Negers. Oder doch? Ihn nicht von mir stoßen, dachte Remo. Sein verpacktes Äußeres dazu nutzen, meinen Abscheu zu unterdrücken. Vertraulichkeit wiederherstellen.

»Na, wie war dein Wochenende, Scott?«

»Danke, ziemlich isoliert.« Er schlug seinen englischen Butlerton an, was ihm durch die Steifheit seiner Lippen erleichtert wurde. »Und Ihres, wenn ich fragen darf?«

»Es hat … mein Denken isoliert.«

»Das war dann eine doppelte Strafe, Sir. Ein Angriff auf die Menschenrechte.«

»Nach anderthalb Tagen ging mir nur noch das eine durch den Kopf. Mein bester Vorsatz für das neue Jahr.«

»Charlie ermorden«, knurrte Maddox, wieder mit seiner normalen Stimme. »Ich wußte es.«

»Eine ewige Flamme entzünden.«

»Um Charlie zu rösten. Für ewig auf dem Grill.«

»Eine ewige Flamme, wie auf dem Grab des Unbekannten Soldaten.«

Die beiden Männer stiegen mit ihren Kehrgeräten zum Erdgeschoß hinunter, wo der Fußboden noch Spuren der nicht beendeten Arbeit von voriger Woche trug. »Für wen oder was, Li'll Remo, so eine ewige Flamme?«

»Für den Großen Unbekannten.«

»So eine Flamme gibt es hier schon.« Maddox zeigte zum Waschbecken auf der gegenüberliegenden Seite. »Wenn ich da den Heißwasserhahn aufdrehe, springt irgendwo in Choreo ein Durchlauferhitzer an. Es brennt also Tag und Nacht eine Flamme ... ich weiß bloß nicht, wo. Und für wen. Den Unbekannten Gefangenen ...«

Um weiter reden zu können und trotzdem einen beschäftigten Eindruck zu machen, gingen sie, als hätten sie es so verabredet, zum Besenschrank, um darin zu kramen. »Ich habe mir geschworen, Scott, so eine Flamme zu hüten« (er warf einen Schwamm an die Rückwand des Schranks und fing ihn wieder auf) »von dem Moment an, in dem sie mich hier rauslassen.«

»Und wie? Wieder daheim in deinem großkotzigen Schweinestall, nimmst du Hammer und Nagel ... du schlägst ein Loch in die Gasleitung ... hältst kurzzeitig eine Flamme dran ... dann hast du eine ewige Flamme ... oder eine Schleife im Haar, wie ich.«

Remo drückte sich den Schwamm an die Brust. »Die Zündflamme hier drin am Brennen zu halten ist genug.«

»Gut, dann will ich aber auf der Stelle wissen, wer in dem Grab darunter liegt ... oder nicht liegt. Wem das Grab, wie sagt man, geweiht ist.«

»Dem Unbekannten Tragiker.«

»Li'll Remo, ich weiß, was Soldaten sind. Ich hab selbst welche angeführt. Ich weiß, was ein Gefangener ist. Ich bin selbst einer. Ich weiß nicht, was ein *tragedian* ist. Vielleicht bin ich ja selbst einer.«

Tragödiendichter. Trauerspielverfasser. Remo nannte ein paar griechische Synonyme und erzählte, was die griechische

Tragödie war. Nichts Neues, befand Maddox: Die Bibel sei voll von solchen Geschichten. Der blinde Simson, der die Säulen des Tempels auf ihre Festigkeit hin prüfe, sei das etwa keine Tragödie?

»Zumindest für den Architekten«, sagte Remo.

»Gut, The Unknown Tragic Magic. Wer, o wer?«

»Wenn er etwas weniger unbekannt wäre, wüßte ich, wer er ist.«

»Was macht ihn unbekannt?«

»Ich will dir alle Fragen beantworten, Scott, aber erst, wenn du mir schwörst, daß du mir nachher Antwort auf eine Frage gibst, die mich quält. Wir bleiben auf biblischem Terrain. Die anvertrauten Zentner aus Matthäus 25, 14-18.«

»Der unbekannte Tragic Magic, was macht ihn so unbekannt?«

»›Grieche‹ auf der Lauer«, warnte Remo. Aufs Geratewohl zog er einen Besen heran. »Er ist in ein unbekanntes Land verbannt. Und zu Hause, da wird sein Name nie mehr genannt.«

»›Grieche‹ Richtung Treppe«, brummte Maddox und griff nach dem Stiel eines Kehrblechs. »Was hat der Tragic Magic verbrochen, daß er aus seinem eigenen Land geworfen wurde?«

»Er war gut in seinem Beruf.«

»Das Reimen von Tragödien«, schnaubte Maddox verächtlich. »Wie kann das denn ein Verbrechen sein?«

»Er war *zu* gut.«

»›Grieche‹ oben an der Treppe. Wie kann ein Mensch *zu* gut sein … menschlich gesprochen, meine ich?«

»Er verdarb den Wettstreit.«

»Jede Menge Rassenprobleme in Choreo, seit die Bruderschaft wieder aufgelebt ist.« Der »Grieche« war bei den beiden Putzern stehengeblieben. »Und ausgerechnet ihr beide
diskutiert über Fremdenhaß im Ostblock.«

»Wie bitte?« Ostblock. Einen Moment lang wackelte Remos Inkognito.

»Ich habe gerade den Begriff Ost-Rassismus mitgekriegt.«

»Vielleicht liegt das an meinem Akzent.« Ausgerechnet
jetzt seine fremdländische Herkunft so zu betonen: Er hätte
sich die Zunge abbeißen können. »Ich hab mit Maddox über
Ostrazismus gesprochen.«

»Ah«, rief Agraphiotis, »höre ich da ein Echo der Sprache
meiner Ahnen? Ostrakismós! Scherbengericht! Volksent-
scheid im alten Athen! Kein alltägliches Thema, meine Herren, in einem Gefängnis, in dem nur Leute sitzen, die mit der
amerikanischen Rechtsprechung zu tun hatten.«

»Helfen Sie mir bitte«, sagte Remo. »Ich versuche gerade,
meinem Freund Maddox etwas über den Wettstreit bei Ihren
Vorfahren begreiflich zu machen.«

»Willkommen, Mr. Agraphiotis, im Reich der Zwerge«,
quetschte Maddox mit schmerzverzerrter Stimme hervor.
»Wenn Sie sich hinknien, können Sie uns vielleicht verstehen.«

»Sehr freundlich von dir, Woodehouse«, sagte der Gefängniswärter mit einer Verbeugung, »davon auszugehen, daß sie
die direkten Vorfahren der heutigen Griechen sind, dieser
Bastarde. Die Alten konnten die Barbaren nicht aussstehen.
Hätten natürlich nie gedacht, daß sie die selber noch mal her-
vorbringen würden. Athen, einst eine so stolze Stadt ... ist
nach der internen Barbarei jahrhundertelang vergessen in der
Sonne vor sich hin gebleicht. Käuflich für jeden, der daran
vorbeikam, ob zu Land oder von der See.«

Weil Maddox in einiger Entfernung von uns stehenblieb, zögerte ich, ob ich ihn in das Gespräch einbeziehen sollte. Er schlurfte manchmal einen halben Schritt näher, wie um sich ebenfalls zu äußern, wich aber auf meinen einladenden Blick hin wieder zurück.

»In diesem verderbten Jahrhundert, Woodehouse«, fuhr ich fort, »wird *alles* auf ein Spiel reduziert.«

»Sportlichkeit«, sagte Remo. »Das Zauberwort.«

»Für meine entfernten Vorfahren war der Wettstreit eine Angelegenheit äußerst fruchtbaren Hasses. Und diesem Haß, das kannst du mir glauben, wurde freier Lauf gelassen. Ihre ganze Wettstreitkultur … kaum von ihrer Kriegsführung zu unterscheiden.«

»Nun, das nenne ich dann aber einen historischen Abstieg, daß der Ehrgeiz auf Leben und Tod sich totgelaufen hat.«

Mit ein paar schnellen Schlurfschritten war Maddox bei Woodehouse, dem er ins Ohr flüsterte: »Ich habe mein Bestes getan, Li'll Remo. Und sieh nur, hier sitze ich.«

»Dann gibt es für dich also etwas wiederherzustellen, Woodehouse«, sagte ich, den anderen ignorierend, der rasch zurückwich.

»Um etwas aus alten Zeiten instand setzen zu können, Mr. Agraphiotis, würde ich gern mehr über die Vorgeschichte erfahren. Der Wettstreit als Kapitalverbrechen, gab es das schon früher … zu Homers Zeiten, sag ich mal?«

»O ja, aber dieser homerische Hexenkessel war idyllisch im Vergleich zu dem, was ihm vorausging. Damals und dort, in stockfinsterer Vorzeit, ist die pure Lust am Sieg entstanden. Nicht einfach am Gewinnen nach Punkten, nein, der Sieg wurde mit äußerster Grausamkeit gefeiert. Lebenslust in ihrer erschreckendsten Gestalt. Das Fest mußte *sofort* gefeiert werden, denn beim nächsten Mal konnte der jetzige Sieger mit dem Gesicht im Staub liegen.«

»Die Wüste, Mr. Agraphiotis«, rief Maddox, eine Hand am Mund, »das ist die ideale Ringermatte für so einen Kampf. Die Skorpione spielen ihn an der Seitenlinie nach.«

Der kleine Halunke war heute sehr unvorsichtig mit seinen Äußerungen. Ich ignorierte ihn. »Alles Mord und Gegenmord, Woodehouse. Aus diesem Wellenschlag entstand das griechische Rechtssystem. Vergeltung ... das ganze Leben war davon durchdrungen. Das Dasein war nun mal ein Kampf, und dann mußte man dem Sieger den Blutrausch des Augenblicks gönnen.«

»Für einen Gefängniswärter«, sagte Maddox, der wieder etwas näher herangetreten war, »legen Sie ja ganz schön viel Verständnis für so ein Gemetzel an den Tag.«

»Die Menschen der damaligen Zeit«, fuhr ich fort, »waren der Überzeugung, daß sie das alles auch tatsächlich verdienten ... Schläge, Erniedrigung, Blut, Tod. Wer um sein Leben flehen muß, kümmert sich nicht darum, ob die Geschwindigkeit, mit der das Schwert auf ihn herabsaust, gerechtfertigt ist. Wer lebte, war schuldig. Punkt. Die späteren Christen, die hätten sich davon eine Scheibe abschneiden können, mit ihrer Erbsünde.«

»Schade, daß die Christen sich das nicht besser abgeschaut haben«, sagte Woodehouse, »dann hätte die Erbsünde sie vielleicht ausgerottet. Zu unserem Vorteil.«

»Laß Jesus aus dem Spiel, Li'll Remo«, rief Maddox mit sich überschlagender Stimme.

»In jenen ältesten Zeiten«, sagte ich, »hieß es Kampf um des Kampfes willen. Das Gemetzel als Wollust ... als Selbstzweck. Später wurde das Kriegführen fruchtbar gemacht, ein alles durchdringender Wettstreit. Einmaliger Sieg, wechselnde Meisterschaft ... das wurde das Mittel, um den Stadtstaat groß zu machen. Wie zähmt man ein Volk zur Kreativität? Männer in der Blüte und Kraft ihres Lebens ... ihre Kämpfermentalität ... *die* kanalisieren. Die Lust am Sieg hervorkitzeln.«

»Leider, Mr. Agraphiotis«, brüllte Maddox, »ist Choreo noch nicht soweit. Hier ist es Morden um des Mordens willen.«

»Wenn irgendwas so abgenutzt ist, daß es nicht mehr zu gebrauchen ist«, sagte der »Grieche«, »dann meldet es rechtzeitig bei der Aufsicht. Wir kümmern uns dann um Ersatz.«

In den Putzlappen, die über leeren Eimern trockneten, waren ordentliche Löcher, in Reihen angeordnet, so daß sie den Maschen eines Fischnetzes glichen.

10

Seit Remo bewußt war, daß er nicht nur mit Scott Maddox sprach, sondern auch mit Charlie, begannen ihn seine Wissenslücken zu stören. Nach der Verhaftung von Charlie und dessen Jüngern hatte er sich so weit wie möglich von jeder Berichterstattung über den Fall ferngehalten. Er spekulierte darauf, daß die Gefängnisbibliothek *Hurly Burly* besaß, das Buch, das der Staatsanwalt, Vincent Jacuzzi, über den Prozeß geschrieben hatte, und reichte einen schriftlichen Antrag ein. Der Bibliothekar brachte es ihm eine halbe Stunde später persönlich. Seit hier und da im Land blinde Bewunderer von Charlie Kopien seiner Morde begangen hatten, inklusive mit Blut auf Tapeten geschriebener Worte, wurde *Hurly Burly* in Choreo nicht mehr ohne weiteres an jeden ausgeliehen. Der Bibliothekar, der sich auch einmal wichtig machen wollte, befragte Remo kurz, warum er das Buch lesen wolle (»als es mir als Spieler noch gutging, hatte ich einen Friseur, der später eines der Opfer wurde«), und gab ihm daraufhin die Erlaubnis, es zwei Wochen zu behalten.

Bevor *Hurly Burly* in Choreo auf den Index kam, hätte es eine ganze Reihe potentieller Nachahmungstäter auf Ideen bringen können, denn es sah sehr zerlesen aus. Es öffnete sich von allein beim zweiten Fototeil – und da saß er, ungeschützt im Freizeitraum, Auge in Auge mit einem ganzseitigen Foto der toten Sharon in ihrem Hinrichtungsbikini. Es waren noch mehr Urlaubsfotos aus dem Totenreich darin. Er hatte sie schon früher betrachten dürfen, im Los Angeles County Morgue, aber damals war er darauf gefaßt gewesen. Jetzt nicht.

11

»Sag mal« – Maddox tat einen Schritt zurück, eher schon einen Luftsprung vor Schreck –, »bist du hierhergekommen, um Unheil zu stiften?«

»Ich bin in Choreo, um mich einer psychiatrischen Untersuchung zu unterziehen.«

Maddox streckte einen zitternden Zeigefinger aus dem Verband heraus. »Man hat dich hierhergeschickt, um Rache an Charlie zu nehmen. Über den angeheuerten Krishnamönch in Vacaville hat es nicht ganz geklappt. Zuwenig Farbverdünner ... Jetzt ist der Rächer höchstpersönlich erschienen.«

»Rache, Scott, was ist Rache? Mordlust, die das Glück hat, sich durch einen vorhergehenden Vorfall legitimieren zu können.«

»Dann fehlt es dir ja nicht an Legitimation.« Die Angst in seiner Stimme klang echt, wenngleich man bei Maddox nie wußte. »Hör zu, Li'll Remo, ich erlebe hier schon die Rache der Gesellschaft.«

»Vergeltung. Keine Rache.«

»Es steht geschrieben: ›Die Rache ist mein *und* die Vergeltung.‹ Alle beide.«

»Aus Sicht der Gesellschaft ist Rache nicht fruchtbar. Kontraproduktiv, wie es heutzutage heißt. Vergeltung ist Bezahlung ... Rückforderung ... das paßt in die Wirtschaft. Der Staat als Inkassobüro. Und dann nimmt er dich, als Bonus oder Rabatt, auch noch vor dir selbst in Schutz ... damit du nicht rückfällig wirst. Hinzu kommt, ganz pragmatisch, daß er deine Strafe dazu benutzt, um künftige Kriminelle abzuschrecken.«

»Wenn von der Tatsache, daß ich hier in Choreo vor mich hin modere, eine abschreckende Wirkung ausgeht, dann ohne meine Hilfe. Für Charlie bedeutet das Gefängnis, nach Hause zu kommen. Es ist längst kein sicherer Hafen mehr, aber … ich werde ihn nie wieder verlassen. Ich bin daheim.«

12

»Wenn ich es richtig sehe, Scott«, sagte Remo, »dann führen wir erst jetzt ein *wirkliches* Gespräch, du und ich.«

In einer Anwandlung grimmiger Frivolität ließ er sein Putzgerät fallen, um Maddox mit schnellen Bewegungen zu winken. »Na, komm schon, Guru … Genie … General.«

»Jetzt, wo du's weißt, Li'll Remo …« Maddox' Stimme klang plötzlich matt, gedämpft nicht nur durch den Verband. »Jetzt, wo du's kapiert hast, Li'll Remo, wer ich bin … wie kannst du da noch mit mir zusammenarbeiten? Die Jungs hier machen sich gegenseitig wegen weniger kalt. Wegen einem Päckchen Zigaretten.«

»Letzte Woche habe ich es ja nach Kräften versucht«, sagte Remo ruhig. »So ein glatter Hals wie deiner … total glitschig von Salbe und Eiter … der läßt sich schwer packen.«

»Der beste Schutz davor, erwürgt zu werden, Li'll Remo … sich anzünden zu lassen.«

»Ich beherrsche mich und habe meine Gründe.«

Maddox fing jetzt, rückwärts gehend und vor Remo her fegend, von seiner Jüngerin Squeaky an, auch Sequoya Squeaky genannt, die er als »meine frühere Stellvertreterin auf Erden« bezeichnete – frühere, weil sie seit ihrem Anschlag auf Präsident Ford selbst im Gefängnis saß, und »jetzt Sandy als Nachfolgerin hat«. Ein paar Wochen nach ihrer mißglückten Tat bekam Squeaky im Frauengefängnis Gesellschaft von einer weniger jugendlichen Dame, die ebenfalls schon einmal einen Versuch unternommen hatte, den Präsidenten niederzuschießen.

»Dieser zweite Anschlag«, sagte Remo, »dahinter hast du doch auch wieder gesteckt? Als politischer Aktivist vom Gefängnis aus …«

»Charlies langer Arm, Li'll Remo, reicht nicht über die Menopause hinweg.« Maddox fegte weiter im Rückwärtsgehen vor Remo her, als habe er Angst, seinem Gesprächspartner eine wehrlosere Seite zuzukehren. »Eine alte Schachtel von fünfundvierzig … eine vertrocknete Leiche aus sozialistischem Haus. Man würde doch erwarten, daß die beiden Frauen einander in ihrem Scheitern gefunden hätten. Von wegen. Gerieten sich bei jeder Gelegenheit in die Haare. Buchstäblich. So eifersüchtig auf … ja, auf was? Auf den Plan der anderen, denke ich. Auch wenn er zu nichts geführt hat. Während du und ich einfach … na ja, einfach … miteinander reden.«

»Scott, ich finde bei dir nichts, worauf ich neidisch sein könnte.«

»Li'll Remo, alles, was man mir zur Last legt …« Maddox blieb mitten auf dem Umgang stehen. »Alles, wofür sie mich verurteilt haben … das muß für dich doch die Wahrheit sein. Du gehörst zu *ihrer* Welt. Du glaubst an die richterliche Macht. Nach *ihrer* Logik habe ich alle diese Verbrechen befohlen. Es ging auch um dein Haus … Wie kannst du dann mit mir reden?«

»Man nennt das wohl übermenschliche Kraftanstrengung«, sagte Remo. »Schau.« Er stellte den Besen an die Wand und zeigte seine feuerroten Handflächen. »Mein Glaube an die richterliche Macht von Kalifornien, Scott, hat im letzten Jahr einen ordentlichen Knacks bekommen. Ich neige jetzt mehr als früher dazu, meine eigenen Fragen zu stellen … meine eigenen Schlußfolgerungen zu ziehen. Jetzt, wo ich dich hier treffe, weiß der Himmel aufgrund von welchem sadistischen

Beamtenscherz ... will ich die Gelegenheit auch nutzen, dich über ein paar Dinge auszuhorchen, Scott.«

Remo ging das Risiko einer Zurückweisung ein: Er hatte Maddox bereits als redselig kennengelernt und vermutete, er würde auch jetzt anbeißen – wenngleich Remo bewußt war, daß er eine Menge irreführende und beschönigende Groß-sprecherei in Kauf würde nehmen müssen.

»Li'll Remo, du wirst mir nicht glauben«, sagte Maddox.

»Kommt drauf an, Scott. Tatsache ist, daß du hier sitzt. Lebenslänglich. Jede Nuance ist willkommen.«

13

»I didn't tell Squeaky to take no shot at president Ford.«

14

»Ich denke«, sagte Maddox, »daß Charlie und Li'll Remo ein-ander sofort erkannt haben ... irgendwo in der wimmelnden Tiefe ... und daß sie nur nicht den Mut hatten, sich das auch einzugestehen.«

Mit dem Fegen waren sie fertig. Die beiden Putzer stan-den an ihrem Schrank und warteten auf den Wagen mit dem Lunch, den sie meist nebeneinander auf der Treppe sitzend einnahmen. »Die Tiefe hatte offenbar ein Interesse daran, das Erkennen zu verzögern«, sagte Remo.

»Es gibt keine zwei Seelen, die so schlecht zusammenpas-sen.«

»Oder nur zu gut«, sagte Remo, der spürte, wie der Ab-scheu wieder in ihm aufschäumte. »Wie mit einem Bajonett-verschluß ineinandergreifend.«

Besagte Tiefe mochte bei Remo zwar das Erkennen be-hindert haben, doch das Wort Bajonettverschluß ließ sie mü-helos wie eine Sumpfgasblase an die Oberfläche entweichen. Remo schauderte es bereits, als er es aussprach.

»Gut, Li'll Remo«, krächzte Maddox fast munter, »zwei kleine Männer schließen noch einmal Bekanntschaft. Noch immer vermummt, jetzt aber mit den richtigen Namen. Ha, da kommt Stewardeß Scruggs mit dem Lunchpaket der Chorean Airlines.«

Hinter Wärter Scruggs schloß sich das Gitter zum Seitengang. Er schob einen Gefängniswagen mit Essen, aber ohne Federung vor sich her, der bei jeder Unebenheit, jedem Riß im Terrazzoboden schepperte.

»Was haben Sie uns zu bieten, Mr. Scruggs?« rief Maddox dem dicken Wärter zu.

»Brot mit Salami.«

»Keine Erdnußbutter für Häftling Maddox?«

»Weißbrot mit Honig stand auf meiner Liste«, keuchte Scruggs.

»Hauptsache, da drunter ist Margarine«, sagte Maddox.

»Butter, Maddox, kommt nur auf die Sandwiches von Mr. O'Melveny nach Choreo rein. Da!«

Jeder ein Päckchen Brot und einen kleinen Milchkarton in der Hand, sahen die Putzer Scruggs nach, wie er hinter seinem Wagen her zum Personalaufzug watschelte, der ihn ins oberste Stockwerk befördern würde und von dort jeweils eine Etage tiefer. Die Männer aßen im Stehen, als wäre es ihnen zu intim geworden, auf einer gußeisernen Treppenstufe nebeneinanderzusitzen. Maddox leckte zuerst den Honig am Rand seines Butterbrots weg, konnte aber nicht verhindern, daß der Verband rings um seine Lippen gelb und klebrig wurde. Remo achtete scharf auf die Farbe von Maddox' Zunge – allerdings nicht, um zu sehen, ob er krank war.

»Dein Gefängnistarnname«, sagte Remo und nahm ohne Appetit einen Bissen von seinem Salamibrot, »der hatte von Anfang an was Vertrautes. Ich kenn deine Akte nicht. Hilf mir auf die Sprünge.«

»Ganz einfach. Maddox ist der Familienname meiner Mutter. Sie hat mich '34 als kleine Ausreißerin von fünfzehn, sechzehn bekommen. Später hat sie … aufs Geratewohl, denke ich … einen gewissen Oberst Scott als meinen Vater angegeben.«

Remo steckte das halb gegessene Brot in die Tüte zurück. »Der Sohn eines Obersts verantwortlich für den Tod einer Obristentochter?« Er zog die Salamischnur unter seiner Zunge hervor und würgte.

»Mein Vater war der falsche Oberst«, sagte Maddox. »Dein Schwiegervater der echte. Auch wenn er ein falscher Hippie war.«

»Das hast du von anderen«, sagte Remo. »Vielleicht irgendwo gelesen.«

»Ich hab deinen Schwiegervater auf dem Strip erlebt. Da hat er den Hippie gemimt. Mit langem Haar und Bart. Ungefähr so, wie du jetzt rumläufst. Nur war er ein Stück größer …«

»Als du.«

»… und er trug falsche Hippieklamotten. Viel zu viel Fransen und so 'nen Perlenkram. Der Oberst ist da dösig rumgetorkelt, wie permanent *stoned*. Aber daran, *wie* er da gestiert hat, sah man, daß er nicht *stoned* war, der Oberst.«

»Scott, woher wußtest du … nein, sieh mich an mit deinem einen Auge. Woher konntest du wissen, daß er es war?«

Wenn Maddox kaute, war das Mahlen seiner Kiefer durch den Verband hindurch kaum zu sehen. Nur der Mull rund um den Mund flatterte leicht im Takt eines fleischigen, sich bewegenden Spalts. »Li'll Remo, ich war damals, im Herbst '69, mit meinen Leuten im Death Valley. Aber ich bin ein paarmal in Los Angeles gewesen. Geschäftlich. Auf dem Strip schaute ich dann immer bei meinen Freunden von den Square Satans vorbei. Sofern das noch Freunde waren seit der Razzia, die der Sheriff am 16. August bei Spahn veranstaltet hat. Sie hockten da den ganzen Tag auf ihren Maschinen rum und quatschten und soffen. Bobby oder Danny erzählte mir, daß der bärtige Typ, der hier schon dreimal aufgekreuzt war, ein verkleideter Hippie war. Der würde auf dem Strip rumhängen, um etwas über den Mord an seiner Tochter zu erfahren. Da hab ich mich mal ein bißchen mit dem Oberst unterhalten.«

Remo fühlte, wie ihm noch übler wurde. »Mein Schwiegervater hat also … mit dem Mörder seiner Tochter gesprochen.«

»Wenn du mich weiter so nennst, Li'll Remo, dann ist es aus mit unserem Gespräch. Halt dich an die Fakten.«

»Was hast du dem armen Mann gesagt?«

»Vergessen«, sagte Maddox. »Ich hab ihm den einen oder anderen verworrenen Tip gegeben. Ohne mir anmerken zu lassen, daß ich wußte, wer er war. Der Oberst gab mir ein Stück Hasch. Zum Dank.«

»Dafür, daß du ihn auf den Holzweg geschickt hast.«

»Och, Charlie ist nie abgeneigt, einem Oberst vom Nachrichtendienst falsche Nachrichten zu liefern. Schweine muß man mit strenger Hand hüten. Sie wollen immer in eine andere Richtung … in den Schlamm und zu den Wurzeln und Pilzen.«

»Unser Sohn«, sagte Remo leise, mehr zu sich selbst, »den hatten wir nach ihm nennen wollen.«

»Der Oberst von meiner Mutter hatte unreines Blut«, knurrte Scott. »Unter seinen Vorfahren gab's irgendwo einen stinkenden Neger.«

»Dann bist du … dann hast du …«

»Das Arschloch wurde vom Richter zur Zahlung von Unterhalt verurteilt. Nur ein paar Dollar pro Monat, und die hat er nicht rausgerückt. Oberst Scott mein Erzeuger? Nie nachgewiesen.«

»Trotzdem haßt du ihn.«

»Für mich, Li'll Remo, war er der Oberst … von der fünften Kolonne.«

»Ach, der des Bösen«, sagte Remo müde. »Wir nähern uns der Quelle.«

»*Dann* hätte ich ja vielleicht noch was von ihm lernen können«, stieß Maddox heftig aus. Weil er für seinen Ausbruch keine geschmeidigen Lippen zur Verfügung hatte, sondern nur kräftige Atemstöße, sprühte er Remo eine Fontäne aus fein zerkautem Brot ins Gesicht. »Ich meine natürlich, du kleines Rindvieh, die fünfte Kolonne als ... als die Welt der Männer. Die feindliche Männerwelt, die in unser Leben einmarschiert ist ... in unser gemeinsames. Das von meiner Mutter und mir. Oberst Scott war der erste in einer langen Reihe.«

»Ein logischer Erzeuger«, sagte Remo. Er schielte an seiner Nase entlang auf die glänzenden Brotbreischlieren in seinem Bart, die sich zu bewegen schienen wie – nein, noch einmal das Bild von den Maden, das wurde ihm jetzt zuviel. Sharon, sieh, ich bin mit den besten Absichten in deine Unterwelt hinabgestiegen, aber an diesem Strohmann des Teufels komme ich nicht vorbei.

»Der Oberst hat Charlie nicht gezeugt, Li'll Remo, der Oberst hat Charlie *möglich gemacht*. Verstehst du? Wenn die mich früher im Heim nach meinen Alten gefragt haben, dann hab ich gesagt: ›Der Oberst und die Hure.‹ Mehr nicht.«

»Sie haben beide ihr möglichstes für ihren Sold getan.«

»Du bist doch vom Film.« Maddox senkte seine Stimme zu einem schnarrenden Flüstern. »Mickey Rooney in *Boys Town*, das war ich. Nur ... mein Boys Town war echt. Aus Backstein. Es war alles, wo meine Mutter nicht war.«

15

In der Post war ein Brief von den Gebrüdern DinoSaur, aus Florenz. Am Abend ihrer Ankunft waren sie wie immer zum Dom gegangen – auf den nicht nur die üblichen Scheinwerfer gerichtet waren, sondern dessen Vorderseite auch noch in dem extrakalten Licht badete, das sie so gut kannten. Die Aufnahme einer Filmszene in einer Telefonzelle und darum herum, die dort normalerweise nicht stand. Es war zu kalt, um zu warten, bis die Schauspieler am Set erschienen. Als die beiden am darauffolgenden Abend zu ihrem Stammrestaurant an der Piazza San Spirito gingen, war ein Teil des Platzes mit Seilen abgesperrt. Ziemlich viele Leute standen zähneklappernd herum. »Mastroianni.« Der Name ging von Mund zu Mund, doch in dem abgesperrten Teil waren nur Techniker zugange. Irgendwo stand verloren im Abend, das Seil in den Kniekehlen, ein junges, blondes Scriptgirl und sah ihre Papiere durch.

»Mastroianni … Mastroianni.« Nachdem man dem Schauspieler aus dem Auto geholfen hatte, wurde er zu den Stufen der San Spirito geführt – wo sich die Blondine, ohne Papiere, zu ihm gesellte. Verlegen warteten der Mann und das Mädchen nebeneinander, bis die fahrende Kamera in Position gebracht war. »Eine noch nicht einmal sechzehnjährige Schönheit«, schrieben die Zwillinge. »Du wärst hin und weg gewesen.«

Vielleicht um Remo in seiner Zelle etwas aufzuheitern, beschrieben sie beflissen detailliert jede Bewegung der jungen Schauspielerin. Nach dem Ruf »Action!« gingen die beiden Akteure, unverständlich miteinander redend, auf die Kamera zu, dabei einen Laternenpfahl passierend, zu dessen Füßen ein paar hippieartige Gestalten in Gammelpose hockten. Die Blondine ließ sich auf eine Bank fallen. »Es war großartig, wie sie sich hinsetzte. Ihre langen Jeansbeine öffneten sich, und gleichzeitig schlossen sich ihre Hände umeinander, um mit verschlungenen Fingern zwischen ihre Schenkel zu fallen. Die perfekte Verzweiflung, mit derart geringem Aufwand. Zum Glück für uns wurde die Szene zwölfmal wiederholt.«

Dino und Sauro kannten den Regieassistenten, aus Rom. Er zeigte den Brüdern am nächsten Tag heimlich erste Ausschnitte und hatte damit überhaupt keine Probleme: »Der Produzent und der Regisseur, die glauben nicht an ihren eigenen Film.«

Mastroianni mit einer roten Nelke hinter dem Ohr, flirtend im sterilen Rahmen eines Werbespots. »Vielleicht kannst du uns bei Gelegenheit erklären, was deine Entdeckung Stassja, die in *Cyclone* debütieren sollte, in diesem drittklassigen Miststreifen mit Mastroianni gemacht hat.«

Oh, Scheiße, das war ihr Agent, dieser Halunke. Bei jeder Produktion hatte Remo immer in der Mitte eines sorgfältig gesponnenen Netzes gesessen. Seine Zelle lag weit außerhalb dieses Mittelpunkts. Er hatte die Dinge nicht mehr unter Kontrolle.

16

»So eine geheime Identität, Scott, die bekommst du nicht einfach so.«

»Die wollen Ruhe im Laden. In Folsom haben die Schweine für ein lausiges Trinkgeld Mordtouristen am Gitter meiner Zelle vorbeigeführt. Besucher von anderen Gefangenen, aber sie kamen meinetwegen. Hier, die Bestie in Käfig 666. Füttern verboten. Die Leute lauthals zu beschimpfen hatte keinen Sinn … Enttäuschung, wenn ich es nicht getan hätte. Je mehr ich wütete, um so mehr kamen, um sich das anzuhören. Die uniformierten Schweine hatten ihren Nebenverdienst, pechrabenschwarz.«

»Man könnte sagen … sie haben dich geschnappt und lebenslänglich eingesperrt. Der Bürger atmet auf, kehrt zur Tagesordnung zurück, und Charlie, von allen vergessen, kann bis in alle Ewigkeit schmoren. Aber nein, sie halten ihren Haß am Leben … im Knast und draußen.«

»Was die Bürger betrifft, Li'll Remo … die haben mir, mit Hilfe der Jury, die höchste Strafe aufgebrummt. Charlie durfte am Gas nicht mal *schnuppern*. Trotzdem hat er sogar aus der Entfernung die Drüsen ihrer Töchter zum Kribbeln gebracht. Das Anmeldebüro von The Circle muß die meisten Mädchen zurückschicken, weil die Organisation sonst zu unübersichtlich wird. Sie kommen immer noch … betteln darum, aufgenommen zu werden … bieten sich für die tollkühnsten Aktionen an, der reine Selbstmord. Diese Kinder kommen zu Hause nie mehr zurecht.«

»Natürlich nichts im Vergleich zum Haß deiner Gefängniskumpel …«

»Dieser Haß ist bis an die Zähne bewaffnet. Sie wollen selber Macht über junge Frauen. *Die* ganze Mühe für ihre Verbrechen … und daheim hockt ihre bebrillte Alte und ärgert sich die Krätze. Sie setzt die Brille ab, puscht die Titten hoch und geht fremd wie ein läufiger Straßenköter. Die Jungs in Folsom mußten alles selbst basteln … die Thermolanze, den Thermodolch, die Thermokugel. Alles mit eigener Hand. Alles. Charlie hatte dafür seine Leute. Das wurmt.«

17

»Charlies Namen auch nur zu erwähnen«, knurrte Maddox, während er den besudelten Mull um den Mund zurechtzog, »das reicht schon, damit sich das Buch seiner Missetaten öffnet. Da steht alles drin. Von Hurly Burly bis Hurdy Gurdy. Mitsamt Fotos und so weiter. Aber von Little Remos barmherzigen Werken, Li'll Remo, weiß Charlie erst wenig. Die Akte Woodehouse … Seite eins bitte.«

»Von einem Freund, einem Schauspieler, der im Gegensatz zu mir regelmäßig auf der Zuschauertribüne zu finden war, weiß ich, daß du eine Zeitlang deine eigene Verteidigung übernommen hast, Scott. Wenn das stimmt, dann darfst du deine Nase in alle Akten stecken. Erzähl mir nicht, daß du damals nicht auf meine armselige Biographie gestoßen bist.«

»Es ist Jahre her, Li'll Remo, daß ich mein eigener Anwalt war.« Eine wattierte Hand an der Stirn, dachte Maddox nach oder täuschte es zumindest vor. »Geboren in dem Jahr … in dem das Tausendjährige Reich begann.«

»Es war wohl mein Schicksal, damit zu verwachsen. Als

kleiner Junge das Ghetto … dann im Versteck. Jetzt bin ich zwischen Arischen Brüdern eingesperrt und schrubbe zusammen mit noch so einem Hitler-Bewunder ihre Scheiße aus dem Klo. Ja, mein Geburtsjahr ist schon okay.«

»Ein Tausendjähriges Reich überlebt zu haben«, sagte Maddox, »das ist mehr, als die meisten von sich sagen können. Und deine Familie ist dem Schlamassel auch noch entgegengeflüchtet … von Paris nach Polen … genau in die Arme von …«

»Kein Wunder, Scott, daß sie dir 1970 die eigene Verteidigung wieder weggenommen haben. Mit ein bißchen Aktenkenntnis hättest du gewußt, daß meine Mutter … Nein. Ich will ihr Andenken nicht dadurch besudeln, daß ich sie deinem arischen Hohn aussetze. Ein solcher Hohn ist immer um so giftiger, je weniger arisch rein der Verhöhner ist.«

»Man gebe russisches, polnisches und jüdisches Blut in einen Cocktailshaker«, sagte Maddox mit der Stimme eines Fernsehkochs, »und heraus kommt Little Remo. Ein Cocktail aus russischem, ungarischem und jüdischem Zigeunerblut, und man hat Gypsy. Auch aus Paris, meine Gypsy. Aus einem genauso hochkulturellen Milieu wie du. Niemand kratzt virtuoser auf der Geige herum als sie. Wo ist deine Geige, Li'll Remo? Mir fehlt Gypsy zum Jammen.«

»Sie spielt hier jeden Abend am Tor«, sagte Remo. »Keine Antwort von deiner Gitarre.«

»Jüdisch, russisch, polnisch«, wiederholte Maddox. »Es dürfte nur wenige Amerikaner geben, die dich *nicht* verabscheuen.«

»Und dann noch meine Lebensweise, die von deinen Leuten damals so beherzt angeprangert wurde. Die Orgien. Die schwarze Magie. Die Pillenpartys …«

»Und dann noch, Li'll Remo, das Spielen mit dreizehnjährigem Kroppzeug.«

18

»Namen aus den Illustrierten interessieren mich nicht«, schnaubte Maddox. »Ich nenn dich weiter Remo. Li'll Remo Woodehouse. Für dich bin ich Charlie. Solange du's nicht in der Abteilung rumposaunst.«

»Laß mich lieber Scott sagen«, entgegnete Remo und dachte: Dieses Kerlchen hier kann immer noch bloß ein Bewunderer von Charlie sein. Einer, der unheimlich viel von seinem Idol und Vorbild weiß, der die Identifikation zu weit getrieben hat. Wenn diese Charlie-Kopie genauso viele Antworten gepachtet hat, wie sie der echte Charlie in seinem Besitz hat, dann nehm ich die Kopie. Bei ihm werde ich es länger mit meinen Fragen aushalten, und er hat mehr Überlebenschancen. »Solange du Scott für mich bist, Scott, solange schaff ich's schon. Dieser Kampf letzte Woche ... nackter können wir uns nicht gegenüberstehen. Sollen unsere Tarnnamen ein letztes Feigenblatt darstellen.« Und er dachte: Dieses Feigenblatt, Scott, könnte sich eines Tages als dein rettender Panzer erweisen – ein Schutz nicht nur für deine Eier, sondern auch für dein schlagendes Herz.

»Ich nenn dich Remo. Du nennst mich Scott. Charlie kann sich selbst nur Charlie nennen.«

»So wirst du dich früher oder später gegenüber den Schweinen verraten«, sagte Remo. »Genau wie letzten Donnerstag mir gegenüber.«

»Charlie«, sagte Maddox, »hätte dem amerikanischen Volk keinen größeren Dienst erweisen können, als Charlie zu heißen.«

Er ließ den Blick abtastend von oben nach unten über die Logen wandern, sah keine Schweineschnauzen und sprang mit nackten Füßen ins Waschbecken – offenbar um ein Podium zu haben, denn er breitete wie ein Messias die Arme aus und erhob seine stürmischste Bergpredigerstimme. »Feind in den schwärzesten Jahren von Vietnam, das war Charlie.

Charlie … alles, was im Gebüsch raschelte … was knapp unterhalb der Napalmschwaden über den Urwaldboden robbte, das war Charlie. Charlie war die Gefahr. Das lange mechanische Kichern, Li'll Remo, mit dem in Saigon der Reißverschluß an einem Leichensack zugezogen wurde … auch das war Charlie. Charlie: der Zuhälter von hunderttausend Schlitzaugenmösen. Ein kommunistischer Tripper … alles Charlie.«

Die verletzten Mundwinkel behinderten ihn noch hörbar beim Reden, aber seine Stimme toste aus einer wütenden Kehle. »Es lief immer schlechter in Vietnam. Andererseits … der Export gut gefüllter Leichensäcke, der blühte. Und da, Li'll Remo, da kam die Rettung. Im eigenen Land. Da stand, in den eigenen vier Wänden, ein anderer Charlie auf … und das war ich. Der Vietcong, ganz allein. Ein Vietcong für den Hausgebrauch. Der Charlie von Nordvietnam schickte volle Bodybags nach Amerika. Mit Grüßen von Ho Chi Minh. Der Vietcong-Charlie tötete eure Söhne. Der Charlie von Haight-Ashbury raubte eure Töchter. Das heißt … er las ein paar unterernährte Ausreißerinnen auf. Ein Charlie im eigenen Haus, liebe Choreaner« (Maddox reckte seine grauweißen Bärentatzen den oberen Etagen des Rings entgegen, doch sein einziges Publikum blieb Remo) »das amerikanische Volk hätte gar nicht dankbarer sein können. Die Eltern von all den Leichensäcken, endlich konnten sie ihren eigenen kleinen Charlie umzingeln und« (Benutzung eines imaginären Salzstreuers) »mit Napalm besprenkeln. Der Charlie aus dem Dschungel rund um Spahn's Movie Ranch hatte aus ihren Töchtern Vietcongsoldaten gemacht. Mit Buck-Messern. Mit einer Hi Standard *nine shot* Longhorn .22 Buntline. Mit einer Maschinenpistole in Gypsys Geigenkasten … Also mußte dieser einköpfige Charlie, Fifth Column Charlie, die Gaskammer kriegen, die für diese Gelegenheit, Li'll Remo, mit eigenhändig hergestelltem Napalm gefüllt war. Für das Napalm machte es keinen Unterschied … der Raum war grün.

What's in a name? fragte Shakespeare sich, kurzzeitig mit Blöd-
heit geschlagen. Alles, Shakespeare! Alles! Hör auf Charlie!
Alles dreht sich um den Namen! Wenn Charlie durch irgend
etwas zum Tode verurteilt wurde, dann durch seinen eigenen
Vornamen, den« (hier ächzte ein Schluchzer in den Tiefen
seines Verbandswusts) »den sein fünfzehnjähriges Mütterlein
sich für ihn ausgedacht hatte. Amen.«

Maddox stieg aus dem Waschbecken, wischte sich die nassen Fußsohlen an den Beinen seines Overalls ab und schob
die Zehen in die choreanischen Latschen.

19

»Wenn ich hier unter meinem eigenen Namen reingekommen wäre, Li'll Remo«, sagte Maddox erregt, »dann, ich weiß
nicht … dann hätte ein Tropfen Eiter von meinen Krishna-
Wundmalen auf die Wölfe hier dieselbe Wirkung gehabt wie
ein Tropfen Blut. In Choreo treiben sich schon genug wandelnde Tattoo-Tränen rum.«

»Für die eigene Sicherheit, so ein Deckname«, sagte Remo,
»ja, das versteh ich. Gilt genauso für mich. Aber … warum
Scott Maddox?«

»Ein Sohn heißt doch wie seine Eltern, oder?«

»Gerade deswegen. Warum so durchsichtig? Ich bin dem
Namen heute morgen in dem Buch von Jacuzzi begegnet.
Scotty, so hat deine Mutter ihren Oberst genannt. Ich weiß
jetzt alles. Andere haben das auch gelesen.«

»Das war meine Art und Weise, Li'll Remo«, sagte Maddox
heiser, »mit dem Namen meiner Mutter das Schicksal herauszufordern. In dieses Schundbuch von Jacuzzi hab ich noch
nicht einmal reingespuckt, geschweige denn darin gelesen. Ja,
Charlie weiß ungefähr, was drinsteht. Es geht um Charlie …
um seinen Prozeß. Aber von meiner Mutter hätte Jacuzzi die
Finger lassen müssen.«

»Auffällig«, sagte Remo, »daß du den Nachnamen deines

Vaters als Vornamen gewählt hast … und den Nachnamen deiner Mutter als eigenen Nachnamen.«

»Moms Name ist das einzig wahre Echtheitszertifikat.« Und wieder war da dieser kurze Kehllaut der Rührung in seiner Stimme. »Bevor du meine Identität an die große Glocke hängst, Li'll Remo, denk an sie.«

»O ja, da kannst du Gift drauf nehmen, daß ich an *sie* denken werde.«

»Meine Mutter, Li'll Remo, meine Mutter.« Nur eine angeborene Rauheit verhinderte, daß Maddox' Stimme flehend klang. »Wenn du mich heute abend verrätst, bin ich morgen eine Leiche.«

»Seit wann kommt es Charlie auf eine Leiche mehr oder weniger an?«

»Eine Leiche mehr oder weniger, auf die kommt es dem großen Filmemacher auch nicht an.«

»Scott, ich habe das Patent auf das am echtesten wirkende Blut der gesamten Filmgeschichte. Ich wette, es sieht echter aus als das Blut, das du hast fließen lassen. Und genau das ist das Problem … und der Unterschied zwischen dir und mir.«

»Konsumgreuel auf Zelluloid«, knurrte Maddox. »Du mit deinem Süßwarenladen.«

»Du mit deiner Schlachterei. Wenn *du* in dieser Vergnügungswelt hättest Fuß fassen können, dann wäre dein Fleischwolf sauber geblieben.«

Wieder in seiner Zelle, ließ er sich, während die Tür noch dabei war, sich hinter ihm zu schließen, auf die Knie fallen – nicht nur vor Erschöpfung. Ja, er war todmüde: davon, Interesse vorzutäuschen, sich bis zum äußersten zu beherrschen, mit Maddox stundenlang um eine offene Wunde herumzutanzen. Es war in erster Linie ein Knien vor Sharons Bil-

dergalerie, die er mit hölzernen Zahnstochern an die Preßspanplatte gepinnt hatte. Remo zog ein paar der Holznadeln
heraus und drehte das schönste Foto von ihr um, damit er
ihr ins Gesicht sehen konnte. Er bat sie um Vergebung, daß
er den ganzen Tag lang mit dem kleinen Monster zubrachte,
das ihren Untergang angeordnet hatte. Stillschweigend hatte
er angenommen (eine andere Art der Kommunikation gab
es nicht), daß sie wie er der Wahrheit eine höhere Priorität
einräumte als der Rache. Er sah es als seine Pflicht an, *zunächst* die offenen Fragen zu klären und erst danach die offene Rechnung zu begleichen.

»Wenn ich mich täusche, Liebste … wenn du gewollt hättest, daß ich ihm in der ersten glühenden Wut an die Gurgel
gehe, dann verzeih mir meine Halbherzigkeit.«

Er zog an Zahnstochern und drehte noch mehr Bilder um.
Seine kniende Haltung führte dazu, daß der Overall sich am
Rücken spannte, vor allem wenn er dazu auch noch den Kopf
neigte. Damit der Stoff ihm zwischen den Schulterblättern
weniger stark in den Rücken schnitt, richtete er den Oberkörper auf. Er ließ den Blick über die Fotos wandern. Auf dem
ersten war Sharon ein halbes Jahr alt. Ein Staatsporträt von
Miss Tiny Tot of Dallas 1943.

Das Cowgirl aus Texas, das die eigene Schönheit nicht sehen wollte, war verurteilt zu Spotlights. Ihr Vater, ein Berufs-
soldat, war mal hier stationiert, mal da. Die Familie folgte
ihm von einem amerikanischen Militärstandort zum nächsten und damit von einer Domäne der Schönheitsköniginnen-
nen zur anderen. Die Mutter führte ihren eigenen Kampf,
um der Familie Status zu verleihen. In Texas schickte sie ihr
traumhaft fotogenes Töchterchen, noch kein halbes Jahr alt,
in die Wahl zum Schönsten Baby. Und sie wurde es: Miss
Tiny Tot of Dallas.

(Mutter Doris bereitete ihren Auftritt bei den *parole hearings*
der Mörder vor, die später in diesem Jahr stattfinden sollten.
Es mußte um jeden Preis verhindert werden, daß die Teufel

und Teufelinnen, die ihre Tochter und ihren Enkel getötet hatten, auf Bewährung frei kämen. Er betrachtete das Foto, das Sharon mit ihrer Mutter in Italien zeigte. »Verzeih, Doris, daß ich hier in Choreo sitze, weil ich … na ja, meine Würde als Witwer nicht kannte. Ich hätte jetzt gemeinsam mit dir gegen die vorzeitige Entlassung des Bösen schlechthin kämpfen müssen. Betrachte mich, liebe Doris, als deine persönliche Fünfte Kolonne in Choreo. Ich kann hier das Meine dazu beitragen, dem bereits ordentlich versengten Obermonster die Hölle weiter heiß zu machen. Ich werde dafür sorgen, daß es seinen Käfig nicht lebend verläßt. In aller Ewigkeit nicht. Versprochen. Nein: geschworen.«)

Die Spotlights sollten von jetzt an zwischen zwei Miss-Wahlen höchstens noch kurz Zeit zum Blinzeln haben. Überall wo die Familie gewohnt hatte und der Vater beruflich vorangekommen war, ließ Sharon ein neues Königreich zurück. Sie wurde zur Miss Richmore in Washington DC gekrönt, zur Miss Lauderdale (mit Lorbeerkranz) in Florida und zur Miss Houston, wieder in Texas – alles noch vor ihrem siebzehnten Geburtstag. Ihre goldene Schönheit gewann silberne Pokale, sie strahlte, wie es sich geziemte, nur nachvollziehen konnte sie es nicht. Vielleicht betrachtete sie, die älteste Tochter, mit einer zusätzlichen Verantwortung wegen des abwesenden Vaters, es als ihre Pflicht, einen lärmenden Wettstreit nach dem anderen abzuklappern. Die seidene Schärpe glatt und kühl um die nackte Schulter – das wurde ein vertrautes Gefühl für sie, auch wenn sie sich nie ganz daran gewöhnte. Die Lorbeerkränze, so groß wie Reifen, erinnerten sie mit ihren schwarz bedruckten Bändern (MISS PICKEREL OF LAKE TAHOE) an feierliche Beerdigungen mit seidenen Zylindern.

Die Blasmusik erschallte. Die Cheerleaderin ließ vierundzwanzig Glitzerpuschel um zwölf Handgelenkpaare kreisen. Sharon lächelte. In der Festbeleuchtung nach den Spotlights schienen ihre bereits von der Jury so gerühmten Augen noch größer zu werden. Über ihren silbrig-blauen Badeanzug rieselte der Schatten frisch abgeschossenen Konfettis.

Remo hatte die Glasvitrine gesehen, bei ihren Eltern zu Hause. Auf dem Boden eines solchen Pokals blieb manchmal eine winzige Champagnerpfütze zurück. Niemand wäre auf die Idee gekommen, sie wegzuputzen. Unter dem Deckel trocknete dieses Restchen nie ganz. Es wurde schimmlig. Hellgrüner Flaum auf dem Boden eines Kelchs, der bereits schwarz anzulaufen begann.

21

Remo wurde nie mehr gefragt, wie er sie kennengelernt hatte. Es hatte in zahlreichen Interviews gestanden – mit ihm, mit ihr, mit ihnen beiden. Jeder wußte es. Es war Filmgeschichte. Daß so viele Varianten der Story kursierten, die sich oft sogar widersprachen, übersah man geflissentlich. Nach Sharons Tod, als ihr Nachruf in Übereinstimmung mit den Gerüchten gebracht werden mußte, nahmen die verschiedenen Versionen ihres Kennenlernens noch tollkühnere Formen an, wobei dem Herrenfriseur nur die Rolle des Gehörnten und künftigen Rächers blieb. Wenn Remo allen Unsinn, der sich auf dem Ereignis abgelagert hatte, abschlug, blieb wenig Spektakuläres übrig. Der blaue Fleck an seiner Hüfte. Ein dreiarmiger Leuchter mit zwei Kerzen. Die Maske des Grafen Dracula. Viel mehr konnte er nicht daraus machen.

Und dennoch, es war das goldene Scharnier seines Lebens.

In seiner Zelle stieg die Gestalt von Andrew Romsomoff vor ihm auf, Chef der Blush Movies Inc., die Fernsehserien wie *Petticoat Crossroad*, *The Beverly Beavers* und *Mr. Bit, The Counting Horse* produzierte. Romsomoff, einer dieser zu schnell reich gewordenen Filmbonzen, hatte noch keine Zeit gefunden, einen Schlußstrich unter seine Schlampigkeit aus der Phase des ewigen Malochens zu ziehen. Formlose

Jacketts paßten sich schon seit zwanzig Jahren seiner auseinandergehenden Gestalt an. Nie eine Krawatte. Die Sitzfläche der immerselben Hose hatte sich auf seinem Direktorensessel spiegelblank gerieben und zeigte das stolz durch einen tief heruntergerutschten Schritt. Die Aschenbecher in seinem Zimmer, groß wie Terrinen, waren so voll von Zigarrenasche, halb verkohlten Holzspänen und zerkrümelten Kippen, daß seine vier Katzen darin ihr Geschäft erledigten.

Andrew Romsomoff produzierte auch Spielfilme, und so war er mit Remo in Kontakt gekommen, der für ihn eine anspruchsvolle Parodie auf das Horrorgenre machen wollte, *The Vampire Destroyers*. Sie trafen sich im Londoner Restaurant Alvaro. Später, in einem Interview, erinnerte sich Romsomoff so an die Begegnung: »Ich hatte nie ein Foto von dem kleinen Bastard gesehen. Sein Ruf als *artyfarty* Kunstfilmer war ihm vorausgeeilt, also hielt ich an meinem Tisch Ausschau nach irgendeinem Programmkinotypen … einem Bartfritzen mit Rollkragenpulli … Erscheint da mit viel Trara ein kleiner Beatle in einem samtenen Glitzeranzug aus der Oxford Street. Mit wehenden Koteletten.«

Das Gespräch kam schon bald auf die ideale Schauspielerin für die weibliche Hauptrolle. Remo dachte an Rebekah Rutherford. »Sie hat so einen Vollbluthals. Der schreit förmlich nach den Reißzähnen eines Vampirs.«

»Blutvoll, sagen wir in Amerika … oder durchblutet.« Der Produzent hatte jedoch etwas anderes, sehr Hübsches in petto. Auf seiner Zigarre kauend erzählte Romsomoff von dem Tag, als er, um sich doch einmal blicken zu lassen, zum Set von *Mr. Bit, The Counting Horse* gegangen war. Sie hatte eine kleine Nebenrolle als Verkäuferin an einer defekten Kasse. Mr. Bit, der draußen vor dem Geschäft am Geländer angebunden war, mußte durch Hufescharren das Rechnen für sie übernehmen. Romsomoff wartete ihre schauspielerischen Leistungen nicht einmal ab, nahm ganz ausnahmsweise die Zigarre aus dem Mund und bellte nach einem Vertrag. »Holt mir meinen Anwalt her! Laßt den Vater dieses Mädchens kommen! Ihre Mutter! Ihren Vormund!«

So gelangte Sharon in die Obhut von Onkelchen Romsomoff, der ihr verbot, noch irgendwelche albernen Rollen dieser Art zu übernehmen, und sie auf seine Kosten Schauspielunterricht am Strasberg Institute nehmen ließ – bis die Zeit reif sei für Das Lancieren.

»Und jetzt ist der Moment gekommen«, rief Romsomoff, und durch die Kraft seiner Stimme erloschen die Kerzen auf dem Tisch. »Sie wird das badesüchtige Mädchen in *The Vampire Destroyers.*«

Remo schüttelte den Kopf. Er hielt am durchbluteten Vampirfutter Rebekah Rutherford fest.

»Führ meinen Augapfel wenigstens einmal zum Essen aus.« Der Produzent ließ seinen Schädel in die flehentliche Hundekopfposition sinken, wodurch ein großer Aschekegel von seiner Zigarre auf den Damast fiel. Er versuchte, ihn mit der Dessertkarte aufzunehmen, verrieb und verteilte den Dreck aber nur noch weiter. »Ich sag dir, du kriegst keinen Bissen runter.«

Und so saß Remo ein paar Abende später im selben Restaurant dem honigblonden, aufreizend schönen Schützling von Andrew Romsomoff gegenüber. Er schätzte sie auf sechzehn. Sie sah aus wie eine frühreife Vierzehnjährige. (Später stellte sich heraus, daß sie sogar schon über zwanzig war, aber da spielte das bereits keine Rolle mehr.) Die aufgeklebten Wimpern, dachte er, ließen sie älter erscheinen. Das Kleid, sogar für ein Mini zu kurz, verriet, daß sie noch im Wachstum begriffen war (leider, denn sie überragte ihn schon jetzt fast um Hauteslänge): Diese glatten Beine, an denen der Honigflaum sorgfältig entfernt worden war, hatten sie in letzter Zeit weiter in die Höhe geschoben.

Er bekam während des ganzen Essens keinen Bissen hinunter und kein Wort über die Lippen. Bis zur Mitte des Hauptgangs übernahm das Mädchen tapfer das Geplauder. Wie alle in London lebenden amerikanischen Starlets versuchte auch sie sich in britischer Sprechweise, doch in den Untertönen schwang nach wie vor ein leicht singendes Texanisch mit. Remos schroffes Schweigen, das Sharon als taxierende Mißbilligung empfand, machte sie auf Dauer so unsicher, daß auch sie den Mund hielt. Sie kam sich vor wie ein Stück Fleisch, wie das Steak unter ihrer Gabel – nein, sogar von noch geringerem Wert, denn was auf ihrem Teller lag, hatte irgendwann den Gütestempel des Fleischbeschauers erhalten, während sie noch gesenkten Hauptes darauf wartete.

Immer öfter legte sie ihr Besteck hin und führte einen langen Fingernagel zum Mund. Sie gab sich alle Mühe, nicht hineinzubeißen. Er vermutete abgeknabberte Nägel unter den falschen und beschloß während des Desserts (bei beiden unangerührt), daß blitzartig Schluß sein müsse mit diesem neurotischen Nagen und Knabbern. Daß sich so deutlich, an einer feuchtwarmen Ausdünstung fast spürbar, ein *Mensch* in der Puppe verbarg, ärgerte ihn noch am meisten.

Ihre Wohnung lag bei ihm um die Ecke. Er begleitete sie schweigend nach Hause, und wortlos, mit allenfalls einem umnachteten Blick, nahmen sie Abschied. In der verzweifelten Hoffnung, wenigstens *etwas* zu ihr sagen zu können, rief er Romsomoff an und bat darum, für ihn eine neue Verabredung zum Essen mit ihr zu treffen, wieder im Alvaro. Diesmal brachte das Mädchen schon vom Aperitif an kein Sterbenswörtchen über die Lippen, und während des gesamten Essens wurden, was sogar die Ober sichtlich aus dem Takt brachte, sage und schreibe vier Worte gewechselt, oder eigentlich nur zwei. »Wein, ja?« »Wein, ja.«

Es mußte etwas passieren. So konnte es nicht weitergehen. Während er schweigend neben ihr über den Eden Square schritt, an dem sein Haus lag, schlang er so überraschend die Arme um sie, daß beide, sie obenauf, auf den Bürgersteig fielen. Er landete mit seiner Hüfte auf einem geriffelten Gullydeckel und konnte sich vor Schmerz nicht mehr bewegen.

Nicht so Sharon: Sie rappelte sich auf, knallte ihm ihre Handtasche an den Kopf, und weg war sie, in die dunkle Seitenstraße verschwunden. Verpaßte Chance. Nicht erhörte Gebete. Remo versuchte sich mit den Worten der heiligen Teresa von Ávila zu trösten, wonach mehr Tränen über erhörte Gebete vergossen werden als über nicht erhörte. Währenddessen betete er, es möge ihm gelingen aufzustehen, bevor die fortschreitende Steifheit sein Bein bis unter das Knie erfaßt hatte. Dieses Gebet wurde erhört, führte jedoch zu keiner wundersamen Heilung: Er humpelte zu seiner Haustür und wußte kaum, wie er die Treppe hinaufkommen sollte.

Später hatten sie noch oft gemeinsam über ihr Bild von ihm als Fleischbeschauer mit gezücktem Stempel gelacht. Der einzige, der einen Stempel bekommen hatte, war er: vom städtischen Gullydeckel, der ihm seine erhabenen Buchstaben tief in die Haut des Oberschenkels geschlagen hatte. Einige davon blieben noch tagelang in blauer Spiegelschrift sichtbar, bis sie violett zerflossen und unleserlich wurden.

22

»*Lights out* …!« Es war und blieb primitiv, dieses Geschrei auf den Umgängen, wie ein städtischer Ausrufer mit einer Klapper in Zeiten moderner Kommunikationsmittel. Falls der Ruf für die Zelleninsassen bestimmt war: Denen wurde automatisch das Licht entzogen, ohne daß sie dafür einen Schalter betätigen mußten.

Im Dunkeln versuchte er sich Sharon wieder vorzustellen, wie sie im Alvaro hilflos vor ihrem Steak geschwiegen hatte. Es gelang ihm nicht. Wie sie ihm jetzt erschien, war sie ganz und gar lachendes und redendes Gesicht, ohne daß er etwas von ihren Worten verstand. Nicht die Haut selbst, sondern die Wangenknochen darunter schienen das Beweglichste an ihrem Gesicht zu sein. Später hatte sie sich das vor den Kameras zunutze gemacht.

490

Ja, Romsomoff hatte noch ein drittes Essen für die beiden Schweiger organisiert, diesmal in einem weniger protzigen Lokal. »Diese europäischen Künstler, mein Schatz«, hatte er Sharon beschwichtigt, »verfolgen mit allem eine Absicht. Hab ein wenig Geduld, mein Liebes.«

»Der kann seine Absichten für sich behalten«, hatte sie zuerst noch ausgerufen. »Ich will nicht mit diesem *little putz* arbeiten. Der kann mir gestohlen bleiben.«

Nach wie vor wollte die Unterhaltung nicht recht in Gang kommen, doch die Blicke, die sie wechselten, waren schon weniger abtastend. Jedesmal, wenn sie anstatt ihrer Gabel einen Finger zum Mund führte, schüttelte er den Kopf, und dann ließ sie das Knabbern.

»Ich will dir mein neues Zuhause zeigen«, sagte er nach dem Dessert, das sie diesmal geschafft hatten – na ja, wenigstens zur Hälfte.

»Ich bin verlobt«, sagte sie mit dünner Stimme.

»Ich werde dich *meiner* Verlobten vorstellen.«

Sie kam mit. Die Wohnung, in einem umgebauten Kutschenhaus, hatte noch keinen Strom. Nachdem sie die dunkle Treppe hinaufgestolpert waren, zündete er in der Diele zwei Kerzen an. Er ging ihr ins Wohnzimmer voran, bat sie, sich auf den Boden zu setzen, und stellte den dreiarmigen Leuchter vor sie. »Von drei Kerzen«, sagte sie und zeigte auf das herabgetropfte Wachs um den leeren Halter, »ist eine immer schon nach einer Viertelstunde runtergebrannt. Bei den anderen dauert es Stunden. Ist das nicht verrückt?« Sie war ein bißchen beschwipst.

»Wenn ich mit meiner Verlobten wiederkomme, möchte ich, daß du das Rätsel gelöst hast.«

»Sie wirft mich bestimmt aus dem Haus.«

Er ging geräuschvoll nach oben, tastete nach der Maske in der Hutschachtel und schlich, ohne eine Stufe zum Knarren zu bringen, wieder nach unten. Mit der Maske vor dem Gesicht betrat er durch eine andere Tür das Wohnzimmer und näherte sich seiner Besucherin von hinten. Unter seinem geringen Gewicht blieb sogar altes Parkett mucksmäuschenstill.

Sharon saß über den Leuchter gebeugt. An winzigen Bewegungen im Nacken und an den Schultern war zu erkennen, daß sie kleine Püppchen aus dem Wachs modellierte, was sie zuvor im Restaurant auch schon getan hatte. Neben ihr auf dem Boden stand bereits eine Art Schachfigur oder ein flügelloses Engelchen. Solange sie ihm gegenüber am Tisch gesessen hatte, hatte ihre Frisur glattgekämmt gewirkt, gesund fettig. Jetzt trug sie um den Kopf einen beweglichen Strahlenkranz aus Kerzenlicht und Haaren, die sich gelöst hatten. Indem er lautlos gegen das Pappmaché atmete, das auf diese Weise ein wenig feucht wurde, hoffte er, sich nicht vorzeitig zu verraten. Er hätte sie noch minutenlang, stundenlang so anschauen können. Aber es mußten auch Dinge kaputtgemacht werden.

Einen Moment lang zögerte er, als überschreite er da im Dunkeln eine Grenze. Dann stieß er, hinter Sharon wieder kniend, das Geheul eines Wahnsinnigen aus. Mit einem überraschend geschmeidigen Hocksprung flog sie kreischend über den Leuchter. Sie drehte sich in Fluchthaltung um – und blickte zitternd in die durchstochenen Augen des Grafen Dracula. Die Eckzähne, wußte er, leuchteten auch in dieser fast völligen Finsternis.

Er bereute es sofort. Es kostete ihn eine volle Stunde, die hysterisch Weinende zu beruhigen. Sie schlug um sich wie ein Kind, das zwischen Schlafen und Wachen mit einem Alptraum ringt. Selbst mit Tränen in den Augen tröstete er sie unbeholfen und liebevoll, und allmählich wich ihr zitternder Zorn einem leisen Beben und Schluchzen. Naß und schlaff lag sie in seinen Armen, wie ein kleines Mädchen, das gerade Fieberkrämpfe überstanden hat. Seine streichelnde Hand wurde nicht mehr weggeschlagen, und dieses eine Mal durfte sie, wegen des erlittenen Schrecks, an ihren künstlichen

Perlmuttnägeln kauen. So blieb sie bis tief in die Nacht in seinem Schoß liegen, während sein Steißbein sich vom Sitzen auf dem Holzfußboden in ein Nadelkissen verwandelte. Von Zeit zu Zeit, aber immer seltener, stieg noch ein Schluchzer aus ihr hoch. Ihr Körper wurde schwülwarm und ließ so die eigene Feuchtigkeit aus den Kleidern verdunsten. Es roch mild nach Kinderfäustlingen, die in einem Tannenwald naß und klebrig von Regen und Harz geworden waren und jetzt auf einem polnischen Kachelofen trockneten.

»Jay«, sagte Remo endlich, gegen Morgen, »heißt er so, dein Verlobter?«

»Oh«, gab sie sich empört und drückte ihm die Faust ans Kinn, »du hast dich erkundigt. Du hast oben telefoniert.«

»Als du so erschrocken bist, hast du dem Grafen Jay zugerufen.«

»Hier hängt ja kein Knoblauch. Irgendwas mußte ich doch tun.«

»Was für einen Beruf hat Jay, daß von seinem Namen so eine abschreckende Wirkung ausgeht?«

»Nichts. Er ist Herrenfriseur.« Daß Jay als der »Mann mit der goldenen Schere« bekannt war und sein Friseurgeschäft in Hollywood ein Imperium für sich darstellte, mit einer ganzen Kette von gutbesuchten Filialen, mit eigenen Shampoo- und Aftershavemarken und Luftbrücken zu Filmstudios in Rom, Paris, London – das erfuhr Remo alles erst später. Vorläufig fand er, ein kleiner Friseur sei kein ernstzunehmender Rivale und dieses Hindernis sei im Grunde bereits überwunden.

Bevor Sharon sich geschlagen gab, mußten vor lauter Zorn noch ein paar Nägel dran glauben, und nicht nur künstliche. Nicht lange nach der Draculanacht nahm Onkelchen Romsomoff sie beiseite. Der Regisseur hatte ihm seinen Befund mitgeteilt. »Er meint, du wärst nicht schlecht in *The Vampire Destroyers*.«

»So, hat er das gesagt? Der kleine Mistkerl.«

»Du trägst im Film die ganze Zeit eine rote Perücke. Und

493

es gibt eine Szene, da wirst du übers Knie gelegt. Die schneiden wir später einfach wieder raus.«

Im Dunkel seiner Zelle, in der ihm nicht einmal ein Kerzenstumpf zugestanden wurde, versuchte sich Remo an die Buchstaben auf dem städtischen Gullydeckel zu erinnern, die ihm durch seinen Sturz spiegelbildlich ins Fleisch gestanzt worden waren – als könnten sie rückwirkend eine Nachricht oder eine Lösung enthalten. So sehr er sich auch anstrengte, die Zeichen scharf zu sehen, das einzige, was aus der Finsternis aufleuchtete, war der unförmige Bluterguß eineinhalb Wochen nach dem Sturz: fettig dunkelviolett, umgeben von ranzigem Gelb. Solchermaßen tätowiert war er zum erstenmal von ihr nackt gesehen worden.

Der Stimmenchor von Maddox' Gefolgschaft erhob sich in der Nacht, doch wieder war der Wind nicht auf seiner Seite. Die Botschaft des Rezitativs war genauso unverständlich, wie die auf seinem Oberschenkel unleserlich war. Remo nahm alle Rätsel mit in den Schlaf. Bestenfalls würde er sie träumend lösen können und die Lösung beim Erwachen wieder vergessen haben.

Das Wichtigste des Tages war, daß er, sogar ohne die Charrière-Methode, die duftig-feuchte Wärme von Sharons erschrockenem Körper wiedergefunden hatte. Das allein schon sollte ihn mit seinem eigenen Verrotten in Choreo versöhnen.

494

The Egg Man

I

Er war noch nicht mit seinen mechanischen Eiern in der Talkshow von Jeffrey Jaffarian aufgetreten, da nannte ihn bereits jeder in San Francisco The Egg Man, obwohl mir auffiel, daß man ihm in unserem Viertel auf der Straße immer nur zurief: »Hai, Hippie-ie-ie …!«

Herbst 1966 – der Spitzname konnte also nicht dem Beatles-Song »I am the Walrus« (»*I am the egg man / I am the walrus / goo goo goo joob*«) entlehnt sein, denn John Lennon schrieb dieses Stück erst ein Jahr später. Als jemand, der die unterschiedlichsten Bedürfnisse des täglichen Lebens bediente, nicht nur als Lieferant von Blumen, war The Egg Man eine bekannte Figur für die Straßennomaden von Haight-Ashbury und die Sternenanbeter in den Parks rundum. Es gab Hinweise darauf, daß George Harrison, der im Sommer '67 im Golden Gate Park war, um dort mit den Hippies zu jammen, die Geschichte von dem bizarren Straßenverkäufer nach London brachte und seinem Band-Kumpel erzählte. Lennon selbst hatte immer behauptet, »*the egg man*« beziehe sich auf den Sänger von The Animals, der die Angewohnheit hatte, zwecks Genußsteigerung rohe Eier auf dem Körper seiner jeweiligen Bettgenossin zu zerschlagen.

Bis Anfang der siebziger Jahre blieb seine Beschäftigung mit dem Ei eine mystische Obsession. Mit der praktischen Umsetzung seiner Ideen trat er erst in Jeffrey Jaffarians Osterspecial 1972 an die Öffentlichkeit. Zu Beginn der Sendung standen sie noch völlig bewegungslos, in weißer Kunststoffausführung, zwischen den Mikrophonen auf dem Tisch, doch schon bald brachte The Egg Man sie mit Hilfe seiner technischen Tricks zum Reden, Singen, Tanzen. Ein Ei gab, dünn und blechern, die amerikanische Nationalhymne zum besten; ein anderes kreiselte über den Tisch, nachdem Jaffarian auf Bitte des Erfinders (oder Künstlers) Zigarrenrauch darüber geblasen hatte. Nach der Sendung signalisierte ein Fabrikant sein Interesse, die Produktion des in Rauchschwaden kreiselnden Eis aufzunehmen – als Feuermelder.

The Egg Man entwarf für diesen Betrieb auch noch Eier als Autoalarmanlage (ein unauffälliges Souvenir auf der Hutablage), als elektrischen Cocktailshaker und als Vibrator für müde Kniekehlen. Sein Paradestück, vier Jahre später, war natürlich das Washington-Ei, das mit seinen Sternen und Streifen dem Frühstück am zweihundertsten Unabhängigkeitstag Glanz verleihen sollte. Bis lange nach dem 4. Juli 1976 war es ein Verkaufsschlager, wenngleich die amerikanischen Adlerweibchen durch das ferne Rufen eines ungeborenen Kükens nicht gerade massenhaft von mütterlichen Gefühlen überwältigt wurden und die ausgesetzte Belohnung in Höhe von $ 25 000 für die Zusammenführung von Ei und Raubvogel nie ausbezahlt wurde – ganz im Sinne des Erfinders.

Er hieß Charles van Deusen und war in Amsterdam geboren. Anfang der sechziger Jahre, mit einundzwanzig, hatte er sich mit seinem ersparten Geld an der amerikanischen Westküste niedergelassen, als Geschäftsmann und Künstler. Schon damals galt ihm die Schale eines Gänseeis als die vollkommenste Form, die der Kosmos zu bieten hat, doch Kunst hatte van Deusen damit noch nicht betrieben, geschweige denn sie geschäftlich verwertet. Noch gab er sich mit dem Verkauf von schon etwas erschlafften (aber noch nicht vernichteten) Schnittblumen aus Aalsmeer zufrieden, die er von Schiphol nach San Francisco International Airport fliegen ließ. Am Frachtterminal holte er die Kisten mit seinem 1951er Chevrolet Cabrio ab – einem ausrangierten Wagen der Amsterdamer Fahrschule Hippe, den er per Schiff aus den Niederlanden hatte kommen lassen. Ein Bügel mit dem Namen HIPPE spannte sich noch über das Dach, und van Deusen beließ ihn da. Um für seine nicht mehr ganz frischen Produkte Reklame zu machen, behängte er nach guter Keukenhofer Sitte Motorhaube, Kofferraumdeckel und Türen seines Sechszylinders mit Blumengirlanden. So fuhr er mit den verwelkenden Waren durch seine Wohngegend, das Künstlerviertel rund um die Kreuzung Haight Street und Ashbury Street. Weil sich die Bewohner den Namen van Deusen nicht merken konnten, grüßten sie ihn durch seine offenen Fenster mit einer Art gedehntem Cowboyruf: »Hai, Hippie-ie-ie …!«

Später überlegte sich The Egg Man, daß es auch ohne das Auto möglich sein müsse, Reklame zu machen. Er verlieh seinen Blumen den Anschein neuer Frische, indem er die einzelnen Blütenkelche zu einer hawaiiartigen Kette auffädelte und sie sich um den Hals hängte. Es war nicht die einzige Mode, die er kreierte. In Amsterdam hatte van Deusen Ende der fünfziger Jahre der Rowdyära ihre rostbraune Flagge geschenkt – mit Hilfe eines Fuchsschwanzes, den er mit einem Stück Draht am Lenker seiner Berini anbrachte. Das führte, unter Beifall der Hühnerzüchter, fast zur Ausrottung des Fuchsbestands in den Niederlanden. Die unteren Rowdy-Ränge begnügten sich notgedrungen mit einem Eichhörnchenschwanz.

Immer mehr Bewohner des Viertels bettelten um Blumenkränze, die er ihnen weit unter Preis verkaufte oder sogar gratis mitgab, sofern sie bereit waren, den Namen des Blumenhändlers herumzuposaunen: Hippe. So wurde jeder, der sich mit Blumen schmückte, zu einem *hippee*, und es dauerte nicht lange, da war es ein Gruß unter Gleichgesinnten: »Hai, hippie-ie …!«

In späteren Jahren wurden ganze Artikel über die Etymologie des Wortes Hippie verfaßt. Die Autoren suchten den Ursprung in zu großer Ferne – sogar in Ghana, von wo die Sklaven den Begriff als Teil einer subversiven Geheimsprache nach Amerika mitgebracht hätten. Die Geburt des Wortes: Ich erlebte sie mit Nase, Augen, Ohren aus nächster Nähe mit. Es stammte von einem Sechszylinder mit Doppelpedalbedienung, umgebaut zu einem fahrenden Blumenladen.

Der alleszerstörende Summer of Love war noch nicht angebrochen, doch ein Dichter hatte bereits den friedlichen Schlachtruf Flower Power geprägt, der den Anfang vom Ende ankündigte. Wir waren inzwischen im Frühjahr 1967 angelangt, und ich wußte, der zeitgeistempfängliche fliegende Händler aus Amsterdam war *der* Mann, um mein Orakel bei der richtigen Person landen zu lassen.

2

Wenn Scott Maddox in Choreo von den Bundesgefängnissen erzählte, in denen er gesessen hatte, die ganze Story bis einschließlich Terminal Island, schwoll seine Kehle meist vor Rührung. Es ging um *zu Hause*. Den eigenen Herd, den er später gegen ein gefährliches Leben in Freiheit hatte eintauschen müssen. Die Folge seines Aufenthalts außerhalb der Gefängnismauern war, daß ihm das freie Leben wieder genommen wurde – ohne daß er sein altes Zuhause zurückbekommen hätte. Die Gefängnisse des Staates Kalifornien waren nicht weniger gastfreundlich als die Bundesstrafanstalten, doch es war Maddox selbst, der nicht länger willkommen war. Vom Autodieb und Zuhälter war er zum mehrfachen Mörder avanciert, unter anderem einer hochschwangeren Frau, und das merkte er am Komfort. Seine Mitbewohner sollten fortan alles tun, um ihm den Aufenthalt schwerzumachen.

Im Bundesgefängnis auf McNeil Island im Puget Sound, Washington, hatte er von einem betagten Bankräuber Gitarrespielen gelernt. Er übte die alten Tophits, an die er sich aus der Zeit vor seiner Verhaftung im Jahr 1960 erinnerte, und sang mit seiner schnarrenden Stimme Textfetzen dazu.

Später entwarf er ein System, um seine eigene Musik zu notieren, und suchte dazu passende Worte – doch dafür hatte
er sich, mit siebenundzwanzig, erst Lesen und Schreiben beibringen müssen. In äußerst langsamem Tempo, die Lippen
wie ein Schulkind bewegend, las der lernbegierige Charlie
Buch um Buch: von der Bibel bis zum *Handbook Hypnosis*;
von Scientology bis zu den satanischen Schriften von Mr.
und Mrs. DeGrimston; und von Nietzsche bis hin zu Hitlers
Mein Kampf, dessen Übersetzung frei zugänglich in der Gefängnisbibliothek stand.

Das unermeßlich tiefe Wasser ringsum, der eiskalte Nebel,
der die Hälfte der Zeit darüber hing, die Gefängnisfährboo-
te, die drüben am anderen Ufer vertäut lagen, um Häftlingen,
bei denen Fluchtgefahr bestand, keine Chance zu bieten …
das alles gab Maddox noch mehr das Gefühl, ein intimes
Zuhause zu haben, in sicherer Abgeschiedenheit von der le-
bensgefährlichen Welt der Menschen. Um später, draußen,
einen Beruf zu haben, widmete er sich ganz der Gitarre und
seinen Songs, aber im Grunde genügte es ihm, seinen Kumpels von McNeil Island ab und zu etwas vorzuspielen: Drüben liefen seine Akkorde Gefahr, verhöhnt zu werden, genau
wie er selbst.

Das feuchte Klima des Staates Washington war schlecht
für seine Gitarre. Weil er angegeben hatte, sich in Kaliforni-
en eine neue Zukunft aufbauen zu wollen, mit seiner Musik,
wurde er fünf Jahre später nach Terminal Island verlegt, südlich von Los Angeles bei San Pedro. Hier, in der Nähe des
größten von Menschenhand angelegten Hafens der Welt, wo
tausend Schiffe gleichzeitig die Essensabfälle aus der eigenen
Kombüse in ihrem Kielwasser umrührten, klangen die Möwen viel aggressiver als im Puget Sound. Je nachdem wie der
Wind stand, konnte er in seiner Zelle den Geruch von Rohöl
schnuppern oder von faulem Fisch in den schwimmenden
Thunfischfabriken.

Auf Terminal Island übte Maddox sich weiter im Gitarrenspiel und im Schreiben eigener Songs. Was seine Lektüre betraf, so wurde er zu einem wandelnden Konglomerat verschiedener Ideen, alles verfälscht durch siebzehn Jahre Knastkost und gewürzt mit eigenen Zutaten. Am Radio im Freizeitraum ging er mit trockener Kehle, schon von vornherein mißvergnügt, die Sender nach Beatlessongs durch, nach denen er nie lange suchen mußte, hatten sie doch gerade eine neue LP herausgebracht: *Revolver*. Sobald er einen gefunden hatte, lauschte er wie in grimmigem Fieber, die Stimmen und Gitarrenakkorde tief in sich einsaugend, als müßten sie der Welt entzogen und bis zur Unhörbarkeit verdaut werden. Er wurde buchstäblich krank davon, wie ein Rauschgiftsüchtiger von zu reinem Stoff, konnte sich aber nicht losreißen. »And your bird can sing.« Nein, dieses Niveau schaffte er nie. Doch, eines Tages würde er mit etwas Vergleichbarem kommen, etwas noch viel Besserem, und sein Name würde weltweit in aller Munde sein, und die Beatles würden ihn in seiner Garderobe hinter der großen Bühne der Carnegie Hall aufsuchen, um ihm die Füße zu küssen, und …

Wenn Maddox den Gerüchten auf dem Gefängnishof von Terminal Island Glauben schenken durfte, dann hatte San Francisco seit der Mitte des neunzehnten Jahrhunderts nicht mehr ein solches Goldfieber erlebt, und das einzige, was die jungen Goldgräber suchten, war der Nektar im Herzen einer Blüte – wie er es später in einem seiner Liedtexte formulierte. »Das Pentagon«, sagte ein Diskjockey im Gefängnisradio, »wird nie hinkriegen, was diese törichten Kinder auf den Straßen von Haight-Ashbury geschaffen haben … einen Frieden, gewoben aus Perlen, Gesang, Blumen, orientalischen Stoffen und großzügig geteilter Liebe. Wie unsere Kommandos manchmal in Vierteln üben, die zum Abriß bestimmt sind, und durch die hohlen Augen unbewohnbarer Häuser ein und aus kriechen, so üben die Friedenssoldaten von Frisco's Liebesarmee in den dem Untergang geweihten Straßen rund um Haight und Ashbury.«

Diese Neuen Menschen standen kurz vor einem Neuen Zeitalter: dem des Aquarius. Ungefähr zu Pfingsten '67 sollte Scott freikommen, und dann wollte er sich mit eigenen Augen ansehen, wie weit dieses Zeitalter bereits gediehen war. Doch je näher das Datum rückte, um so mehr begann er es zu fürchten. Von seinen zweiunddreißig Lebensjahren hatte er ungefähr siebzehn innerhalb der Mauern aller möglichen Anstalten und Gefängnisse verbracht. Aus dem Heim in Plainsville, Indiana, war er mit dreizehn geflüchtet, nachdem er von älteren Jungen, unterstützt vom diensttuenden Aufseher, vergewaltigt worden war. Er wurde gejagt, geschnappt, eingesperrt und wieder von Mitinsassen als Rotzlappen benutzt. Später, nachdem er kleine Nutten und gestohlene Autos von einem Staat in den anderen gebracht hatte, öffneten sich die Tore der Bundesgefängnisse für ihn. Maddox wußte nicht mehr, wo und wann, vielleicht auf McNeil Island, jedenfalls mußte ihm irgendwo aufgegangen sein, daß der Knast für ihn die beste Unterkunft war. Die letzten Monate seiner Strafe, die er auf Terminal Island verbüßte, waren die glücklichsten seines Lebens. Es ging dort locker zu. Künstler vom Festland durften hier ihr Repertoire für eine neue Tournee an einem Saal voller Gefangener ausprobieren. Nach einem dieser Auftritte wurden ein paar musikalische Terminal-Insassen, unter ihnen Scott, dazu aufgefordert, mit Johnny Cash zu jammen. Der Sänger gab an, von Maddox' brummender, manchmal sogar keifender Art zu singen angetan zu sein, riet ihm jedoch, seine Gitarre »etwas mehr hallen zu lassen und nicht so abgehackt zu spielen«.

Am Morgen des 21. März 1967 weigerte sich Maddox, aus seiner Zelle zu kommen, um auf Bewährung entlassen zu werden. Zwei Wärter standen in der Tür und versuchten ihn zu überreden, auf den Gang zu treten. »Heute ist Frühlingsanfang, Charlie. Denk an all die Pflanzen, die aus jedem Winkel der Erde nach Los Angeles gebracht worden sind … das explodiert alles gleich, nur für dich.«

»Ich will hierbleiben.«

»Diese Zelle ist für die nächste Nacht schon belegt.«

»Dann gebt mir eine andere.«

»Charlie, wir sind gesetzlich dazu verpflichtet, dich frei-zulassen. Eine Kommission hat deine *parole* angeordnet. Komm schon.«

»Ich schaff es draußen nicht.«

»Sieh's doch so, Los Angeles ist einfach ein etwas größerer Hof als der hier auf Terminal Island ...«

»... mit deinem Bewährungshelfer als strengem Wärter. Los, Charlie, wir haben nicht den ganzen Vormittag Zeit.«

»Ich komm ja doch wieder zurück.«

»Nicht hierher. Wenn du wieder Mist baust, dann erwartet dich ein ganz anderer Bunker.«

»Ich denke nicht dran zu gehen.«

»Gut, dann eben mit Gewalt.«

Und so hatten sie Maddox, vier Mann hoch, zum Gefäng-nisfotografen geschleppt, für ein letztes Archivfoto. Mit acht uniformierten Armen mußte man ihn auf den Hocker drük-ken, so daß er schließlich als vielarmige indische Gottheit aus dem Entwicklerbad auftauchte. Selbst im Gefängnisbus mußte man ihn noch zu viert in Schach halten, unter den Augen dreier zusätzlicher Wärter. »Bus oder Fähre, Charlie?« rief der Fahrer über die Schulter.

»Pier J«, stöhnte er, fast erdrückt vom Knäuel der ihn Ver-abschiedenden.

»Pier J, das ist der Hafen von Long Beach, du Idiot. Da legen die großen Passagierschiffe an. Ozeandampfer. Die Fähren sind auf der anderen Seite ...«

»Pier J«, heulte er. »Da kommt die *Queen Mary*.«

»Hört ihr das, Leute, der will hinaus aufs wilde Meer ... in die weite Welt. Ob sein *parole officer* damit einverstanden sein wird ...«

»Wie weit kommt man schon mit lumpigen dreißig Dollar? Dann setz den Knirps halt an Pier J ab. Long Beach Harbor ist immer noch Kalifornien. Weiter reicht unsere Verantwortung nicht.«

3

Maddox bezeichnete das Gefängnis Remo gegenüber als »Universität für Selbststudium«. Die Bibel, Nietzsche, Scientology, Hitler, The Beatles, Sartre; die satanischen Schriften von Mr. und Mrs. DeGrimston und was davon in den Blättchen hängenblieb, mit denen Mitglieder der Bikersekte The Square Satans hausieren gingen. Und das waren nur einige seiner wichtigsten Inspirationsquellen. »Dumm bist du nicht, Scott ...«

»Das haben sie in den ganzen Jugendstrafanstalten auch gesagt. Hat nichts geholfen.«

»Deine verquere Intelligenz stammt aus einer anderen Welt ... mit einer Logik, der wir mathematischen Schulkinder nicht folgen können. Dieser ganze Schmelztiegel an Einflüssen ... die einzelnen Bestandteile ... wie zwingend gehen die in deinem Kopf eine Verbindung ein?«

»Die Grundlagen des eigenen Denkens analysieren ... alles nur Blabla. Humbug aus deiner Welt, Li'll Remo. Charlie ist Charlie. Sein Denken ist rein, aber hungrig. Er frißt sich zum Platzen voll mit dem, was andere ausgekotzt haben, und spuckt die Abfallstoffe auch wieder aus. Abfall vom Abfall.«

»Sehr logisch eigentlich für einen Lehrmeister, der seine Anhänger dazu anhielt, die Müllcontainer von Supermärkten nach Eßbarem zu durchwühlen.«

4

Maddox erzählte, wie er seinen ersten bangen Vormittag in Freiheit an Pier J verbracht hatte, auf die Ankunft der *Queen Mary* wartend, von der er auf einem lokalen Radiosender gehört hatte. Es schien, als hätten sich alle Möwen der Umgebung hier aufgeregt versammelt, um sich gleich auf das Schiff zu stürzen. Ihr häßliches, ekstatisches Schreien jagte ihm Angst ein, genauso wie die grimmigen Schwenkbewegungen der Schwimmkräne in der Ferne. Er hatte sich nicht gleich in das Straßenlabyrinth getraut, das sich auf der anderen Seite von Terminal Island erstreckte – aber dies hier, diese Wasserwelt mit ihrer gezackten Hafenfront, erwies sich in ihrer Ausgedehntheit als noch beängstigender.

Von seinem Standort aus sah er die *Queen Mary* schräg über die Bucht von San Pedro gleiten. Sie gewährte ihm freie Sicht auf ihre drei schwarzen Höllenschornsteine, eingesponnen in ein Geflecht aus aneinandergereihten Flaggen. Das Schiff wurde umdrängt von einer Flotte von Segel- und Motoryachten. Sein Leben war mit dieser Schönheit verbunden: In seinem Geburtsjahr hatte man die Flasche an ihrem Bug zerschlagen. Das Radio sagte, dies sei ihr letztes Jahr im aktiven Dienst. Im Dezember würde sie hier zum letztenmal einlaufen, um dann zu einem Seefahrtsmuseum umgebaut zu werden. »Ich schwor im Getöse von Wind und Wellen, Li'll Remo, daß ich mit ihr mein altes Leben auf Terminal Island zurücklassen würde … und wiedergeboren ein neues anfangen.«

»Ein heikler Ort für so einen Eid. Pier J, da legte gut zwei Jahre später ein noch viel größeres Passagierschiff an … funkelnagelneu … die *Queen Elizabeth II*. Juli '69, und wer kam da die Gangway herunter, hochschwanger, ihr Hündchen Proxy auf dem Arm?«

5

Der Kanal zwischen Terminal Island und dem Festland von San Pedro war Maddox bis zum späten Nachmittag wie ein sicherer Schloßgraben vorgekommen, der ihn ganz in der Nähe des Gefängnisses hielt. Doch weil der auf Bewährung

Entlassene sich binnen vierundzwanzig Stunden bei seinem Bewährungshelfer zu melden hatte, blieb ihm keine andere Wahl, als in den Bus zu steigen und sich über die Vincent Thomas Bridge bringen zu lassen – in die Fußangelwelt der echten Menschen.

Die Hängebrücke, eine Golden Gate Bridge im kleinen, erinnerte ihn daran, daß er sich in San Francisco unbedingt einmal nach dem Stand der Dinge rund um Aquarius erkundigen mußte. Scotts Sitznachbar im Bus wußte zu berichten, daß die Hippies jetzt auch Venice entdeckt hätten und von dort über den Sunset Strip ausschwärmten. »Der Plan ist … der Friedensstifter soll die Kriegsmaschine zerschlagen«, sagte der Mann. »Ach, Mister, alles nur fernöstliche Kalendersprüche von Jesus.«

Nach mehrmaligem Umsteigen verließ Maddox den Bus an der Kreuzung Sunset Boulevard und Benedict Canyon Drive. Auf dem Strip hatte der Weihrauch die Auspuffgase noch nicht untergekriegt, und das Straßenbild dominierten nach wie vor helle Maßanzüge und Kleider vom Laufsteg. Keine Ketten mit Holzperlen, sondern mit richtigen Perlen. Obwohl, etwas hatte sich doch verändert, seit er hier, vor zehn Jahren, zwei kleine Nutten für sich hatte laufen lassen. Die Bikerbanden zum Beispiel, die die breiten Gehwege in Beschlag nahmen, hatte es damals noch nicht gegeben. Jetzt hatten sich von den SQUARE SATANS gut dreißig, vierzig zusammengerottet, die meisten lang hingelümmelt auf Sitz und Benzintank ihrer Maschine, Bier trinkend. Vielleicht warteten sie ja auf einen Kumpel mit einem Vorstrafenregister, denn der ganze Club lungerte genau vor dem Büro von Scotts Bewährungshelfer Mr. Lazaris herum.

»Ich kann in Frisco in einer Bar spielen.«

»Wohl wieder so ein Schuppen am North Beach.«

»Irgendwo muß ein ehemaliger Knasti doch anfangen.«

»Vertrag?«

»Mündlich. Geld bar auf die Kralle.«

»Ich darf dir eigentlich keine Arbeitsstelle außerhalb von Südkalifornien genehmigen, Charlie.«

»Mr. Lazaris, Musiker ziehen nun mal herum.«

6

North Beach, dort mußte er also hin, laut Mr. Lazaris. Er fuhr per Anhalter die Küste entlang nach Norden. Ein freundlicher Autofahrer warnte ihn, als er von Maddox' Ziel hörte, mit den Worten, das Viertel sei völlig heruntergekommen. »Erst waren die Farbenkleckser da, jetzt ist es eine Hippiekolonie.«

Der nächste, noch freundlichere Fahrer setzte ihn an der Kreuzung Broadway und Columbus Avenue ab, ihm zufolge das Zentrum von North Beach. Viele kleine Theater. Es war früh am Morgen und noch dunkel. Einige Nachtclubs hatten noch auf, andere trieben gerade ihre letzten Gäste hinaus. Unter den Neonbuchstaben *Topless Bottomless* hing ein Plakat mit dem Bild von Carol Doda, einer Dame mit extrem aufgepumptem Busen. »AT 10 P. M. BOTH OF THEM«. Der Eingang war bereits mit einem Gitter verschlossen, doch seitlich gab es noch eine Tür, und aus ihr trat ein gespenstisch weiß geschminktes Mädchen auf die Gasse heraus. Sie weinte und ging, mit den Füßen aufstampfend, zum Bürgersteig der Columbus, wo sie vor einer Batterie übervoller Mülltonnen unentschlossen stehenblieb.

»Probleme?«

»Oh, dieser Stinkstiefel. Engagiert mich gestern zum Strippen, und heute heißt es auf einmal, ich hätte ... jämmerliche Titten.«

»Und jetzt ist ihnen gekündigt worden.«

»Die Sau durfte nicht ran.«

»Wenigstens deine Knete gekriegt?«

»Die Hälfte.«

»Jeder eine halbe Tasse Kaffee?«

Das einzig Hübsche an Susan war ihr glänzendes braunes Haar, das unter den Kugellampen des Diner an eine Shampooreklame erinnerte. Wenn eine Lachgrimasse über ihr Gesicht zog, bekamen ihre Augen etwas Mongoloides. Mit ihrem Busen war tatsächlich nicht viel Staat zu machen, und die Magerkeit ihrer Storchenbeine wurde zusätzlich durch knochige Knie betont, die kaum Neugier nach dem zu erwecken vermochten, was diese Stripperin wohl sonst noch zu bieten haben konnte. Beim Kaffee entstand trotzdem so etwas wie ein Gespräch, denn wie Scott hatte Susan trotz ihrer jungen Jahre (neunzehn) schon im Gefängnis gesessen. Waffenbesitz, Erpressung, Autodiebstahl. Von daheim weggelaufen, weg von der Knute ihres Vaters, war sie schon mit vierzehn, nachdem ihre Mutter den Kampf gegen den Krebs verloren hatte.

»Fang ganz neu an, wie ich«, sagte Scott. »Versuch's mit der Liebe. Ich bin hier in North Beach, um mir mal anzusehen, wie die Hippies das angehen.«

»Die sind schon wieder fort. Zu den Bruchbuden in der Haight.«

Gemeinsam nahmen sie den Bus zur Haight Street, wo in der Morgendämmerung ein Leben uneigennütziger Liebe murrend und stöhnend in Gang kam. Mit seinen zerlumpten und langhaarigen Bewohnern glich das Viertel einer Mischung aus Warschauer Kriegsghetto und einem von Statisten wimmelnden Set für eine Bibelverfilmung. Später brachte die Frühlingssonne Farbe in alles, und Haight-Ashbury wurde zu dem Paradies, das ihm von Susan vorgegaukelt worden war. Es stimmte: Jeder trug zumindest eine Blume im Haar oder hinter dem Ohr. Manche erstickten fast in kompletten Boas constrictores aus aufgereihten Blütenkelchen. Sträuße wurden von einem mit Narzissen behängten Lieferwagen mit dem Namen HIPPE auf dem Dach verkauft, der fast im Schrittempo die Bürgersteige entlangfuhr.

Scott und Susan schliefen ein paar Stunden im Schatten

des Golden Gate Park, die Gitarre zwischen sich. Nachdem er aufgewacht war, stellte er den Preßspankasten als Schirm neben das Mädchen, so daß sie den Blicken wenigstens ein bißchen entzogen war. »Du bist deinem alten Herrn gegenüber zu bitter«, sagte er. »Mach dich jetzt ein für allemal von ihm frei. Augen zu, und dann bin ich dein Vater.«

Sie ließ sich mitreißen, und so napoleonmäßig klein er auch ausgestattet war, geriet sie doch hinreichend in Erregung, um ein paarmal mit ihrem hin und her rollenden Kopf an den Gitarrenkoffer zu stoßen und diesem dadurch einen Nachhall zu entlocken, der in den etwas weiter weg gelegenen Büschen mit Applaus begrüßt wurde. »Es war toll«, gestand sie hinterher. »Er war es wirklich, der Arsch. Ich hörte dich plötzlich stöhnen … und das klang genauso wie bei meinem Alten, wenn er sich mal wieder Hämorrhoiden auf dem Klo abdrückte.«

»Deine Mutter nannte dich Susan. Sie ist tot. Für deinen Vater warst du auch Susan. Du haßt ihn. Ich gebe dir einen neuen Namen. Sadie.«

»Ich bin mir keines Sadismus bewußt.«

»Nein, Sadie von *sad*. Du hast so was richtig Trauriges an dir.«

7

»Als ich in der Haight ankam, Li'll Remo, hatte Chet Helms gerade angefangen, diese ganzen Rockkonzerte zu organisieren … völlig gratis.«

Jefferson Airplane, Quicksilver Messenger Service und Janis Joplin mit Big Brother & The Holding Company – alle traten sie ohne Gage vor Tausenden von Friedenssoldaten ohne Sold auf, meist in Helms' eigenem Avalon Ballroom in der Sutter Street. »Der erste Auftritt, den ich miterlebte, zusammen mit Sadie, war einer von den Grateful Dead. Im Fillmore. Ich war noch nicht weiter als bis zu den Beatles im

Radio gekommen, und jetzt … mir gingen die Ohren über. Und die Augen. Die vielen stroboskopischen Lichter … Charlies Eier knisterten richtig davon. Der Gitarrist spielte ein schnelles Solo, aber seine Arme bewegten sich nicht im Flackerlicht. Der Drummer saß regungslos hinter seinem Set, während ich einen Trommelwirbel nach dem anderen im Magen spürte. Wenn man nur lange genug hinschaute, schoben sich die Musiker, ohne sich sonst irgendwie zu rühren, auf der Bühne hin und her. Nach einer Stunde war ich fix und fertig. Ich bin aus den Latschen gekippt.«

Um die Osterzeit 1967 war die Hippiegemeinschaft von Haight-Ashbury dabei, weltberühmt zu werden – was bereits auf Selbstzerstörung hinauslief. Einst hatten diese Kinder einer unbestimmten Rastlosigkeit gehorcht, die sie aus allen Himmelsrichtungen zum selben Ort getrieben hatte, wo sie ihren Liebesüberschwang miteinander teilten. Jetzt waren sie soweit, ihr Image, ihre Ideale dadurch zu institutionalisieren, daß sie einen Liebessommer organisierten. Die blumengeschmückte PR lief auf vollen Touren. Zeitungen, Zeitschriften sorgten dafür, daß das Viertel schließlich von Leuten überquoll, und nicht nur von Hippies. Das Problem war, daß sich die Gaffer und die Drogendealer auch alle einen Kaftan anzogen und ein Perlendiadem um die Stirn banden. Die Plastikblumen ließen noch auf sich warten, aber die ersten Ansteckblumen aus Wachstuch waren bereits gesichtet worden.

Mitte Juni sah Scott die Stars des Augenblicks auf der Bühne in Monterey vorbeidefilieren, beim ersten Popfestival der Weltgeschichte. Nach jeder Nummer von fünfzigtausend Menschen bejubelt zu werden wie Jimi Hendrix und The Mamas & The Papas, das war es, was er wollte und immer gesucht hatte. Im Kirchenchor hatte er bereits um einen Platz in der ersten Reihe gekämpft, weil die Gläubigen sonst ja nicht sehen konnten, welchem Engel diese göttliche Stimme entwich. Seit *Sgt. Pepper's Lonely Hearts Club Band* erschienen war, faszinierten die Beatles ihn mehr denn je. Die Texte machten ihn verrückt. »Picture yourself in a boat on a river ...« Er wurde nicht schlau daraus. Vielleicht, wenn er selbst in dieser Art zu schreiben begann ... daß dann ...

Einer Polizeischätzung zufolge verbrachten etwa hunderttausend junge Leute, die Hippietouristen nicht mitgezählt, den Sommer in Haight-Ashbury. In der Haight Street 1337 war ein psychedelischer Laden, an dem ein Brett hing mit Hunderten Aufrufen von Eltern an ihre weggelaufenen Kinder. Scott wußte, daß dort immer ein paar Mädchen zu finden waren, deren Freiheitsgefühl sich an Papis und Mamis Besorgnis labte.

»Daran, wie du beim Lesen die Augen zusammenkneifst, sehe ich, daß du deinen Vater haßt.«

»Stimmt.«

»Ich kann dir helfen, deinen Vater zu vergessen ...«

Immer mehr Mitglieder der ursprünglichen Kolonie zogen in die Hügel, um dort in sektenähnlichen Kommunen ihren Idealen zu frönen. Der Bodensatz, der in den alten Straßen zurückblieb, bestand aus Mitläufern, Drogenhändlern, Frischfleisch suchenden Zuhältern, Predigern schwammiger Religionen und Kindern, die einfach keine Lust auf Schule hatten. Unter der Maske der freien Liebe kam es zu Vergewaltigungen. Ein Blumenstrauß konnte ein Messer verbergen. Eine Umarmung maskierte eine Beraubung. Um ein paar Dollar am Tag mit seiner Musik zu verdienen, suchte Scott immer öfter sein Heil auf dem Campus von Berkeley, wo er mit der Fähre hinfuhr. Durch die Universitätsbibliothekarin Mary, bei der er später einzog, um ihr zu helfen, ihren Papa zu vergessen, erfuhr er von den radikalen politischen Bewegungen, die in Berkeley gerade im Entstehen begriffen waren. Im Haight District nahm er Kontakt zu den Diggers auf, einer anonymen Gruppe ultraantiautoritärer Anarchisten. Er lernte genauso schnell Wissenswertes über politische Konstruktionen, wie er von Ol' Creepy Akkorde spielen gelernt hatte.

Schon ein paarmal hatte ich beim Wagen von The Egg Man, geparkt in der Ashbury Street, einen kleinen Mann herumlungern sehen, auf dem Rücken eine viel zu große Gitarre, die mit dem Hals nach unten bis fast auf den Boden hing. Vermutlich maß er kaum mehr als anderthalb Meter. An seiner verwilderten Frisur war zu erkennen, daß er die Haare noch vor wenigen Monaten kurz und im Nacken ausrasiert getragen hatte. Zwischen den Hippiegewändern fiel er mit seinem schlabbrigen Anzug aus verblichenem Kordsamt ein wenig aus dem Rahmen. Manchmal beugte er sich zum offenen Wagenfenster vor und redete dann ungefähr eine Minute lang heftig gestikulierend auf den Blumenhändler ein.

Um im Paris des neunzehnten Jahrhunderts an Hasch zu kommen, mußte sich der Bürger an einen Blumenstand wenden. Dieser Teil von San Francisco atmete noch ganz die Atmosphäre einer europäischen Stadt aus jener Zeit, daran brauchte es also nicht zu liegen. Ich hätte schwören können, daß in HIPPES Sechszylinder schärfere Düfte hingen als die von Chrysanthemen.

Ich hatte Woodehouse die Brille mit der Schildpattfassung zugespielt, damit er in Choreo seine Eitelkeit dahinter verbergen konnte. Ein kleines, bitteres Vergnügen. Bei der Unterzeichnung des Vertrags mit der NASA war ich selbst zu eitel gewesen, meine Lesebrille aufzusetzen, sonst hätte ich dem Kleingedruckten, das mir lediglich als rasterartige Verdunklung des Papiers vorgekommen war, entnehmen können, daß ich die Nutzung meines Namens für exakt hundert Jahre *exklusiv* an ihr Projekt abtrat. Während die Tinte meiner Unterschrift noch dabei war zu trocknen, wurde ich mit der Nase auf ein Vergrößerungsglas gedrückt, unter dem die kleinen Buchstaben mir mitteilten, daß ich meinen Namen nicht einmal mehr in Spiegelschrift schreiben oder für ein Akrostichon verwenden durfte.

Ich trug alle meine irdischen Kleider noch am Leibe, doch so, ohne Namen, kam ich mir in dem Büro mit den Hartholzmöbeln nackter als nackt vor – als wäre mir wie dem Angeber Marsyas die Haut abgezogen worden. Ich sagte mir, daß ich jetzt als Anonymus, nicht behindert durch meine Reputation, *jeden* Versuch würde unternehmen können, mit der Welt nach meinem Gutdünken zu verfahren. Mehr noch als zur Zeit meines marmornen Beratungsbüros wähnte ich mich im Vollbesitz meiner Vorhersagekraft.

Das war Mitte der sechziger Jahre. Mit dem Geld aus dem Namensverkauf hoffte ich in den Vereinigten Staaten eine gesellschaftliche Gegenbewegung zu finanzieren, die letztendlich zu einem weltweiten Umbruch führen sollte. Selbst als mir klar wurde, daß die Tragödie die gesamte Welt zu erfassen imstande war, suchte ich den Ansatz dazu bei einzelnen Individuen, die ich sich gegenseitig beeinflussen lassen konnte, um so mein Ziel zu erreichen. Mein Geheimnis hatte immer darin bestanden, mit Hilfe eines Orakels das Schicksal eines Menschen auf den Plan zu rufen oder, sagen wir, hervorzulocken. In jenen kalifornischen Tagen suchte ich nach einem Helden, der böse genug war, den Kampf gegen die Welt aufzunehmen, zugleich aber noch so formbar, daß man ihn für eine Herrscherkarriere ausbilden konnte.

10

Während ich durch das Viertel spazierte, sah ich an einem späten Sommervormittag den Chevrolet an einem Laternenpfahl in der Haight Street stehen. The Egg Man, der sein Auto dort am Morgen im Schatten abgestellt haben mußte, saß mit schweißtriefendem Gesicht am offenen Fenster. Die Blumengirlanden auf der Motorhaube waren in der Sonne bereits halb verdorrt. Ich streckte auf der Bürgersteigseite den Kopf zu ihm hinein und fing einen kleinen Plausch an. Das ehemalige Fahrschulauto hatte noch immer doppelte Pedale. Manchmal schlug ein Passant unter dem Ausruf »Hee-haw, Hippie-ie …!« kurz aufs Dach. Ich fragte den Blumenverkäufer nach dem kleinen Gitarristen, der ihm auf dem Bürgersteig gelegentlich Gesellschaft leistete.

»Oh, das ist Charlie. Ein Straßenmusiker … schreibt seine eigenen Stücke. Bemerkenswerte Texte. Hör ihn dir mal an. Er sitzt zwischen meinen Abnehmern im Park … manchmal auch auf den Stufen von Berkeley.«

The Egg Man sprach Englisch mit einem starken Akzent von jenseits des Ozeans. Einem deutschen oder polnischen, dachte ich, aber es war niederländisch, wie sich herausstellte. »Amsterdamerisch«, sagte er selbst. Ich horchte ihn weiter über Charlie aus.

»Hier im Haight praktiziert er die Lehre Jesu. Demut von zwei Seiten, oder so ähnlich. Manchmal ist er selbst Christus … zumindest denkt er das. Eine verbesserte Ausführung von Jesus. Wenn Charlie genug Jünger um sich versammelt hat, zieht er mit ihnen in die Wüste. Genau hab ich's nicht verstanden, aber dort soll eine neue Welt gegründet werden. Auf der Grundlage von Liebe und Cosy Horror, glaube ich.«

»Cosy Horror …«

Der Blumenhändler versuchte es zu erklären. Nicht, daß es an seinem Englisch haperte – er wurde zu sehr abgelenkt. Kein Auge vom bunten Menschenstrom auf beiden Bürgersteigen lassend, drückte er regelmäßig auf die Hupe, woraufhin dann jedesmal irgendein perlenbesetzter Kaftan auf das Auto zugeeilt kam. Geld und Streichholzschachtel wechselten den Besitzer, und The Egg Man legte noch eine welke Tulpe dazu. »Eine Art Umwertung also«, faßte er seine Erklärung zusammen, »der Werte Leben und Tod.«

Ich verstand nicht alles, aber genug, um mich jetzt erst

recht für den Zwerg zu interessieren. Hier war, geläutert durch Gefängnis und Gideon-Bibel, ein künftiger Führer, äußerst formbar. Ein Guru in Ausbildung, der noch Lehrmeister über sich anerkannte.

»Sie kann bei Verwandten in Kentucky sein«, sagte The Egg Man, »oder bei einer neuen Liebe im Staat Washington, aber vorläufig ... ist unser neuer Messias noch auf der Suche nach seiner Mutter.«

»Wohl damit sie an seinem Kreuz stehen kann.«

Dem Egg Man zufolge war Charlie fasziniert von den Beatles. Nicht nur in ihren Texten hörte er alle möglichen geheimen Botschaften, sondern auch in jedem Takt ihrer Musik, jedem Tempowechsel, allem. »Charlie hat eine Theorie, wonach die Beatles Botschaften ins Gehirn des Zuhörers einbrennen ... genauso wie das bei Werbeslogans der Fall ist. Die stecken nicht in dem, was man nach außen hin hört, das ist einfach ein guter Song ... nein, laut Charlie befinden sie sich *behind the beat*.«

11

Bis dahin war Popmusik kaum mehr gewesen als eine nichtssagende Botschaft, verpackt in einen geisttötenden Vierviert_teltakt. Ab Mitte der sechziger Jahre schien die Vorherrschaft des simplen Lovesongs vorbei. Es wurde mit Texten experimentiert, die düsterer, und mit Musik, die komplexer war – wenngleich die Studios an Stücken von durchschnittlich drei Minuten Dauer festhielten, die eventuell auf eine 45-UpM-Scheibe paßten. Mit dem Nebulöserwerden der Texte kamen auch die Mißverständnisse. John Lennon sang »Lucy in the Sky with Diamonds«, nach einer Zeichnung, die sein kleiner Sohn so getauft hatte. Die BBC hielt das Stück für ein Loblied auf LSD und weigerte sich, es zu spielen. Offenbar war auch in dieser neuesten Popmusik ein Minimum an Worten ausreichend (oder sogar erforderlich), damit die Botschaft maximal rüberkam. Ein Slogan mit einem daruntergelegten Beat, und der Teenager hatte seine Message.

Nun war die provozierende Seite Lennons schon früher öffentlich geworden. Als er eines Tages mit einer Interviewerin an einer christlichen Kirche vorbeispazierte, rief er mit dem ihm eigenen *wit* dem hohen Portal zu: »He, du da … komm doch raus, wenn du dich traust! Wir sind populärer als du!«

Das kam weltweit in die Presse als: »Wir sind größer als Jesus.« Es ist Geschichte. Noch in derselben Woche stand ich an einem feuchtkühlen Abend irgendwo in South Carolina und wärmte mich an einem Ölfaß, in dem Platten der Beatles verbrannt wurden. Ich fand ihre Musik schon damals weit über allen Pop und Rock erhaben, doch das Vinyl, in das sie gepreßt war, stank verbrannt genauso übel, wie es bei Alben der Rolling Stones der Fall gewesen wäre. Die Dämpfe der brodelnden Lakritzpfannkuchen schlugen auf die christlichen Kehlen all dieser hysterisch protestierenden Teenies, so daß ein paar von ihnen an Ort und Stelle behandelt werden mußten und ihre Vergiftung durch die Beatles kein Ende zu nehmen schien. In der Nähe wurden Langspielplatten an einen Pfahl genagelt, der danach angezündet wurde. Als das Feuer, sich um die Scheiben rundend, höher züngelte, erreichte es das Querholz – und auf einmal schaute ich auf ein brennendes Kreuz, um das es von spitzen weißen Büßerkapuzen des Ku-Klux-Klan wimmelte.

Ich wußte noch nicht, daß Lennon mein Mann war, aber es faszinierte mich, wie das spezifische Gewicht der simpelsten Äußerung bis ins Absurde zunahm, je berühmter ihr Urheber war.

12

Als die freie Liebe in Haight-Ashbury großzügigst Tripper zu verteilen begann, fanden die Hippies massenweise den Weg zurück zum abgelehnten Establishment – für eine Gratisdosis Penicillin. In den eilends eingerichteten Notkliniken behielten die Ärzte sechzehn Stunden pro Tag ihre Gummihandschuhe an. Auf der Straße bestand der Lunch aus Speed. Die Blumenkinder wurden noch aggressiver davon als die überdrehten Typen in der Welt, der sie entflohen zu sein glaubten. Finger, die bei passender und unpassender Gelegenheit das Victory-Zeichen machten, konnten, wie sich zeigte, sehr gut ein Stilett halten.

»Von dieser ganzen Gewalt wolltest du natürlich nichts wissen, oder, Scott? Ich verstehe, warum du von dort fortwolltest. Zertrampelte Blumen … eine Beleidigung für Feingeister wie dich.«

Maddox, der noch immer vorhatte, ein neues Leben der Liebe und Musik zu führen, brachte seine wachsende, aus Mädchen bestehende Anhängerschaft aus dem verkommenen Haight District weg. Der Vater einer vierzehnjährigen Bewunderin hatte ihm, möglicherweise als Opfergabe, um seine Tochter behalten zu dürfen, ein Klavier geschenkt. Als Dank für die großzügige Geste (der Mann war Pfarrer) tauschte Scott das Klavier gegen einen VW-Bus ein, entführte darin das Mädchen nach Mendocino, entjungferte sie am Strand und bedachte sie mit dem Kosenamen Ouisch.

»Wenn du mal ein hübsches erotisches Märchen hören willst, Mr. Remo, das du in deiner Zelle weiter ausmalen kannst … dann erzähl ich dir irgendwann mal die ganze Geschichte. Falte um Falte. Alles garantiert nicht älter als vierzehn.«

Der Pfarrer holte seine Tochter zurück, doch Maddox hatte sie bereits instruiert, sie solle den erstbesten Idioten heiraten, um so von ihren Eltern fortzukommen. Sie ehelichte einen Busfahrer und verließ ihn sofort nach dem dürftigen Vollzug für den Fahrer eines anderen Busses, der, gefüllt mit Frauen, von Nord nach Süd und von Süd wieder nach Nord die kalifornischen Küstenstraßen entlangheizte.

In meinem Hunger nach Tragödien war ich im siebzehnten Jahrhundert auf Shakespeare gestoßen. Glänzend, aber … nur Phantasie! Literatur! Geschriebene Tragödien, in Versform, gab es in meiner guten, alten Zeit auch. Sie beruhten meist auf tragischen Ereignissen, die die alten sadistischen Götter bereits Jahrhunderte zuvor in der damaligen Wirklichkeit herbeigeführt hatten und die später, von einer Generation an die nächste weitergegeben, zu Mythen wurden – die wiederum das Rohmaterial für das griechische Theater darstellten.

Ich hatte mir eine heimliche Vorliebe für die Tragödie in ihrer ungezügelten Form bewahrt, die mit einem einzigen Rätselspruch in der harten Welt der Menschen in Gang gesetzt und zu einem unvermeidlichen schwarzen Loch hingeführt wird. Vielleicht wollte Shakespeare mir mit seiner hypnotisierenden Sprache ja helfen, ein schwarzes Drama auf den Planeten herabzurufen.

Ich hatte häufig gehört, daß Lennon & McCartney ein Songschreiberduo bildeten wie Rodgers & Hart, Leiber & Stoller, Gershwin & Gershwin, doch in letzter Zeit, so verstand ich, schrieben sie ihre Stücke immer öfter unabhängig voneinander, obwohl sie weiterhin unter ihrem gemeinsamen Namen veröffentlichten. Die weltweit durchklingende Trennung der Geister war bereits auf der Single mit dem konservativ melodiösen »Penny Lane« auf der einen und dem aufrührend mysteriösen »Strawberry Fields Forever« auf der anderen Seite zu hören gewesen. Später, bei *Sgt. Pepper's Lonely Hearts Club Band*, trat der musikalische Zwiespalt noch deutlicher zutage. Ich merkte, daß Lennons Stücke mir tiefer ins Mark gingen als die von McCartney.

In einem Interview gestand Lennon, nichts mit Shakespeare am Hut zu haben. Das brachte mich auf eine Idee. All die englischen Postsäcke mit Fanmail vor Augen, war mir

klar, daß ein persönlicher Brief an den Sänger ihn nie erreichen würde. Ich pickte die Hexengesänge in *Macbeth* heraus,
setzte sie untereinander und schickte sie Lennons ehemali-
gem Roadmanager, der, seit die Beatles nicht mehr auf Tournee gingen, auch als sein Sekretär fungierte. Der Umschlag
war adressiert: »Mr. Neil Aspinall / persönlich.« In einem
Begleitschreiben bat ich ihn, Mr. Lennon die Gesänge zu
übergeben und »im Namen dieses anteilnehmenden Bewun-
derers« hinzuzufügen, er schade sich als Texter selbst, wenn
er Shakespeare links liegenlasse.

Als Absender gab ich einen meiner poetischeren Decknamen an plus eine Postfachadresse. »PS – Sogar bei Bob Dylan
is Shakespeare in the alley.«

14

»Mr. Lennon ist Ihnen sehr dankbar für die zugesandten
Texte, die er zum Teil in einem neuen Song verarbeitet hat,
›um zu sehen, ob Popmusik dem alten Barden eine Stimme verleihen kann‹. Der Song hat als Arbeitstitel ›Laugh to
scorn (the power of man)‹ und wurde gestern im Studio 2 in
der Abbey Road aufgenommen. Mr. Lennon war damit einverstanden, daß ich Ihnen, als kleinen Dank, eine Probepres-
sung schicke, aber die Plattengesellschaft erlaubt es nicht.
Sie werden das Endresultat erst auf der nächsten Langspielplatte hören können. Zumindest sofern es die letzte Runde
schafft, denn die Beatles haben in den vergangenen Wochen
Hunderte von Stunden Band aufgenommen mit Dutzenden
neuer Stücke.«

15

Ich rief die richtigen krummen Typen in London an. Ja, Dar-
wins Neffe Plume arbeitete noch immer in den EMI-Studios
in der Abbey Road und hatte sich da vom Instrumentendok-

tor zum Tontechniker hochgearbeitet. Er hatte schon einmal ein von allen vergessenes undatiertes Mutterband mit zwölf Versionen eines aussortierten Beatles-Songs mit nach Hause genommen, so daß Darwin Raubpressungen davon machen lassen konnte: ein großer Erfolg, geringe Kosten und kein Hahn, der danach krähte. Eine ganze *Ladung* Mastertapes, das war natürlich etwas anderes.

»Dar, die Bänder sind für dich. Ob du sie jetzt alle unter die Leute bringst oder nicht … Hauptsache, ›Laugh to scorn‹ ist dabei. Mach mal 'ne schöne Auswahl für eine LP … Und von ›Laugh to scorn‹ machst du eine illegale 45er. Auflage: eine. Mehr verlang ich nicht für diese Information.«

16

Anruf aus London. »Mission erfüllt. Vierhundert Master-tapes. Dank Plume, der natürlich von nichts weiß.«

Aber Darwin hatte auch schlechte Nachrichten. »Dein Favorit ›Laugh to scorn‹ ist nicht dabei.«

Er hatte eine Liste von allen zweiunddreißig neu einge-spielten Songs angelegt, inklusive Datum und Aufnahme-nummer. Ich bat ihn, mir die Titel vorzulesen. Kein »Laugh to scorn«, aber ein »Hurly Burly«. »Das muß es sein, Dar.«

Er hatte das richtige Gerät parat, um solche großen Bän-der abzuspielen. Aus dem Telefonhörer kam, sehr dünn, eine schleppende E-Gitarre – viel zu virtuos für Lennon oder Harrison. Die Stimme war aber eindeutig die von Lennon. »When the hurly-burly's done … when the battle's lost, and won.«

»Dem Label zufolge«, sagte Darwin, »spielt Clapton da das Lead. Und was lese ich hier … im musikalischen Intermezzo läßt er sich auf ein Duett mit einer Drehleier ein. Die wird von Jerry Raintight gespielt, Straßenmusiker in Soho.«

»Dar, ›Hurly Burly‹ ist für mich. Nur dieses eine Exemplar. Wenn du mich bescheißt … in diesem Bootleg-Dschungel weiß jeder alles vom anderen. Schick mir auch einen kleinen Stapel von den LPs nach San Francisco.«

»Per Post?«

»Ja, aber kleb Labels von den Londoner Philharmonikern drüber.«

17

»Hi, Hippie-ie-ie …!« Sogar unterstrichen durch einen Schlag aufs Autodach hörte es sich aus meinem Mund nach nichts an. »Geschäft!«

Das viereckige Paket, eingewickelt in den *San Francisco Chronicle*, paßte knapp durchs Fenster. »Ah, die Bootlegs«, seufzte The Egg Man und riß sofort das Zeitungspapier auf.

THE BEATLES
THE HURLY BURLY SESSIONS

Die Plattenhüllen hatte ich erst in San Francisco machen lassen, von einer Druckerei für Geburts- und Todesanzeigen. »Einkaufspreis?« fragte der Blumenhändler.

»Fünf Dollar.«

»Zeugt von schlechtem Geschäftssinn, wenn ich das jetzt sage, aber … für jedes Exemplar kann ich ein kleines Vermögen kriegen.«

»Es sei dir von Herzen gegönnt. Hauptsache, du verkaufst eins an Charlie. Mach den Preis so, daß er's bezahlen kann.«

Er gab mir fünfzig Dollar für die zehn LPs. Ich gab ihm fünf Dollar zurück. »Sollte Charlie blank sein, dann schenk ihm die Platte.«

»Sünde.«

»Ich bestehe darauf.«

The Egg Man langte nach hinten und überreichte mir ein kleines Sträußchen tiefroter Astern, die bitter rochen und in meiner Hand sofort schlaff nach allen Seiten auseinanderfielen. »Herbstblumen aus Amsterdam. Heute morgen mit der Nachtmaschine frisch eingetroffen.«

»Laß das Vinyl nicht zu lang im heißen Auto liegen.«

Er startete den Wagen, der ruckend anfuhr, als säße tatsächlich ein Anfänger am Steuer, der es noch kurz versuchen durfte, bevor der Fahrlehrer eingriff. Der Bügel auf dem Dach war orange vor Rostflecken, doch der Name HIPPE war nach wie vor lesbar, genauso wie der warnende Hinweis, daß es sich um ein Fahrschulauto handelte. Als er Gas gab, flogen die sonnenversengten Blumengirlanden an der Karosserie des Chevy in die Höhe, und zarte braune Blättchen wehten mir entgegen.

18

Ende September '67 war der Sommer der Liebe nicht nur kalendarisch und meteorologisch zu Ende, sondern auch ideologisch – sofern es da je eine Ideologie gegeben hatte und nicht viel eher ein vages Ideal würdiger Indolenz. Die Zyniker unter denen, die zurückblieben, schnitten sich die langen Mähnen ab, die Bärte ebenfalls, und deponierten das ganze Haar in einem Fichtensarg, der ansonsten mit Holzperlenketten und Jutegewändern gefüllt wurde. Der Bügel mit dem Namen HIPPE wurde vom Autodach des Egg Man geschraubt und auf den Sargdeckel montiert, wo noch Platz blieb für ein paar üppige Blumensträuße aus Aalsmeer.

Auch Maddox und seine Frauen waren bei der Beerdigung »des« Hippies anwesend. Hinterher nahm The Egg Man Scott beiseite und überreichte ihm eine weiße Papphülle. Sie hatte keine Aufschrift, enthielt aber eine 45-er Platte mit einem weißen Bootleg-Etikett, auf das in ungleichmäßigen Buchstaben gestempelt war: »The Beatles / Hurly Burly / (Lennon / McCartney)«. »Ich bin pleite«, sagte Scott.

»Die ist gratis. Eine Prämie für deinen letzten Einkauf.

Das ist das einzige gepreßte Exemplar. Ich weiß ja, Charlie, du bist ein Kenner und Liebhaber.«

Maddox ging mit der Platte zu einem Bekannten in der Lyon Street, der eine Stereoanlage besaß. Er bat alle, das Zimmer zu verlassen, und lauschte ganz allein dem unbekannten Stück, das keine B-Seite hatte. Schon von den ersten Takten an spürte er, daß sich der Song an ihn, an ihn allein richtete. Auch beim Text, von dem er beim ersten Anhören nichts verstand, war er sich so gut wie sicher, daß er eigens für ihn geschrieben war. Einfach so oft spielen, diese Schwarzpressung, bis sie ihr Geheimnis preisgab.

Das *midtempo* »Hurly Burly« im Kopf, steuerte Maddox an diesem Nachmittag seinen VW-Bus wieder auf der kurvigen Küstenstraße 1 nach Süden. Durch die Schlängelbewegungen zwischen den Felsbuckeln kehrten Lennons Worte mit großer Klarheit wieder zurück, und von Meile zu Meile wurden sie heller und verständlicher. Haight-Ashbury durften die Zurückbleibenden ruhig weiter abreißen, sofern sie sich nicht vorher selbst mit einer Überdosis in irgendeinem Hauseingang zugrunde richteten, der vor lauter Baufälligkeit kurz vor dem Einsturz stand. Dieses ganze Liebesgedöns war nur eine Sinnestäuschung gewesen, ein Versuch, Müßiggang als Kreativität zu verkaufen. Auf den Sitzbänken hinter ihm rekelten sich, schwatzend und singend, die Mädchen. Sadie, ehemals Susan, die er als Tänzerin in der Hinterhand behielt für den Fall, daß Not am Mann war. Mary, im dritten Monat schwanger (von ihm), die ihren Job und ihre Wohnung in Berkeley gekündigt hatte, um in seinem Bus zu wohnen. Patricia, alias Katie, mit ihrem massiven Cowboyunterkiefer und der überreichlichen Körperbehaarung, die mit Wachs zu entfernen er ihr verbot. Ouisch, eine verheiratete und schon wieder geschiedene Frau von vierzehn, fast fünfzehn Jahren, die dafür verantwortlich war, daß das Auto ihres Vaters, des Pfarrers, im Rückspiegel sichtbar blieb. Und dann war da noch, ganz hinten, die kleine Dichterin Lynette, die spontane

Einfälle mit Kugelschreiber auf ihrem Unterarm festhielt. *Das* war eine Liebesgemeinschaft, und Maddox hatte sie selbst vor dem Rachen des Hasses aus dem Haight District weggeschleppt. Zum erstenmal in seinem Leben hatte er, in Freiheit, seinen eigenen Kreis von Leuten – und der ließ sich um jede formbare Anhalterseele erweitern.

19

»Nicht die Liebe – der Tod ist Charlies Trip, hat einer von deinen abtrünnigen Jüngern behauptet. Mit der Liebe, sagte er, weiß Charlie nichts anzufangen.«

»Schon klar, welchen Verräter du meinst.«

»Wenn die Liebe nicht dein Trip ist, Scott, sondern der Tod ... wie steht es dann mit deiner Todesangst?«

»Charlie hat keine Angst vor dem Tod.«

»Wenn jemand dir eine Zigarette anbietet, drückst du überall leicht rein ... vom Mundstück bis zur Spitze und wieder zurück. Erst wenn du keinen Sprengstoff darin spürst, steckst du sie an.«

»Wenn ich tatsächlich mal unter Angst vor dem Tod leide, dann überlaß ich mich für eine halbe Stunde Cosy Horror. So lange, bis sich weit zurück in der Zeit ... im Jahr 1934, dem neuen Jahr Null ... ein Abgrund auftut. Je stärker der Hauch aus dieser Schlucht an Charlie zu ziehen beginnt, um so mehr Todesangst wird aus ihm gesogen ...«

»Wenn du mir nicht erklären kannst, was Cosy Horror ist, dann erspar mir dein Geschwätz.«

»Cosy Horror ist die Fortsetzung von Hurly Burly.«

»Die beiden Pfeiler von Charlies Lehre.«

»Erst mußt du von deiner Höhenangst runter ... dann erzähl ich dir alles darüber.«

20

Weil der VW-Bus zu klein für seinen wachsenden Harem aus Ausreißerinnen wurde, tauschte er ihn gegen einen ausrangierten Schulbus, in dem noch ein paar sauer riechende Milchpackungen unter einer Bank standen. Eines Morgens wurden sie, kurz bevor sich die 1 bei Carmel zu einer vierspurigen Autobahn weitete, von zwei Polizeiautos eingekeilt und gestoppt. »Ein Schulbus darf nur gelb sein, wenn er auch als Schulbus benutzt wird.«

Unter Polizeibegleitung fuhren sie nach Monterey, wo der Bus auf einem Brachgelände schwarz lackiert wurde. Anstelle der Bänke, die herausgerissen wurden, kamen Matratzen, Teppiche und Zierkissen hinein. An die Fenster Tüll, als Sichtschutz.

21

»Charlie und Little Remo verbindet mehr, als sie denken.«
»Sharon.«
»Junge Frauen. Mädchen.«
»Such die Unterschiede«, sagte Remo. »Für mich nur Feen und Prinzessinnen. Wenn ich mir dagegen die Fotos in *Hurly Burly* anschaue und in all den anderen Büchern über deine Karriere, dann sehe ich einen Katalog deines schlechten Geschmacks. Kein Wunder, Scott, daß sie jedesmal unverrichteter Dinge von Castings bei Filmgesellschaften zu deinem schwarzen Bus zurückkehrten. Auf diese Weise konnten sie dich auch nicht reich machen. Als erstes schon mal: sie haben keinen Busen. Ich sehe nur dünne, rothaarige, sommersprossige Mädchen. Stehst du darauf besonders, oder laufen diese dürren, bleichsüchtigen Dinger eher als andere von daheim weg? Mauerblümchen schon im Elternhaus. Rothaarigkeit wird psychologisch immer auf schnell entflammbare Leidenschaft zurückgeführt. Lassen sich diese deine Roten leichter programmieren ... eher zum Schlachten schicken?«

»Krise! Diese Fotos stammen aus der Zeit des größten Chaos in The Circle. Im Sybil-Brand-Gefängnis haben sie die Angst der Mädchen abgelichtet, nicht ihre Jugend. Der Rest wurde auf dem Bürgersteig vor dem Gerichtsgebäude fotografiert. Dort haben sie sich hingehockt, in banger Erwartung des Prozesses um ihren Führer. Mit nichts anderem zu essen als den blassen Keksen, die die Frau des Staatsanwalts für sie gebacken hat. Mit rasiertem Kopf und zitternd vor Wundfieber, weil sie sich ein Kreuz zwischen die Augenbrauen geritzt hatten … wie Charlie. Du hättest sie in der ersten Blütezeit von The Circle kennenlernen müssen!«

»Ich habe sie besser kennengelernt, als mir lieb ist.«

»Ihr da oben, in den Hügeln von Hollywood, geht immer nur nach dem Äußeren. Mit Reklameseife gewaschene Kinderstars … kleine Shirley Temples … alle mit ihrem eigenen Kindereunuch, der ihnen das erste Menstruationsblut zwischen den Schenkeln wegwäscht. Für Charlie zählt das Innere. Ich habe bei meinen Ausreißerinnen die innere Verletzung aufgespürt. Ich las in den traumatisierten Eingeweiden ihrer Jugend. Als ihr Vater habe ich mich ihnen dargeboten. Schau mich an, hier spricht Papa.«

»Und das funktionierte.«

»O ja.« Maddox senkte seine Stimme zu einem schnarrenden Flüstern. »Und genau das haben du und ich gemeinsam. Die Anziehungskraft kleiner, feingliedriger Männer auf erwachende Mädchen. Wir locken Zärtlichkeit hervor in dem Jahr zwischen Puppe und Kind. Ihre ungeformte Mütterlichkeit, das ist unsere Beute. Gleichzeitig, Little Remo, besitzen wir die milde Überlegenheit nachsichtiger Väter. Die Macht von Kindmännern wie uns ist unverdächtig … harmlos … Aus Machthunger entblößt das Mädchen ihre knospende Brust. Hier, trink nur, Papakind. Unsere Macht rührt. So werden wir Herr und Gebieter über das Reich der kleinen, wehrlosen Menschen.«

»Ich sehe noch immer nur Unterschiede. Du bist ihr Tyrann. Ich suche Erotik bei ihnen.«

»Erotik, du sagst es. Ein Luxusgut, um die Fallgrube der Langeweile damit zuzuschütten. Die Liebe zwischen Charlie und seinen Mädchen ist nicht so unverbindlich. Ja, Squeaky ist dürr und sommersprossig und rothaarig. Ihre Stimme ist wie ein Vögelchen am Morgen. Aber auf ihren dünnen Beinen kann Charlie seine Kirche erbauen. Und in den Gewölben dieses Gebäudes schallt ihr Gezwitscher wie eine Orgel. Als meine Stellvertreterin auf Erden war sie sich nicht zu schade, den alten Blinden von Spahn's Ranch einzulullen. Das ist Liebe. Ein halbes Wort, noch weniger, reichte ihr, um zu begreifen, was von ihr verlangt wurde. Die andere Hälfte des Worts war ihre Liebeserklärung. Sie durfte mich in San Quentin nicht besuchen, und trotzdem gelang es ihr, zu mir vorzudringen. Sie ließ mich wissen, daß sie einen Weg gefunden habe, die Sequoiawälder zu retten. Ein paar Tage später verübte sie ihren Anschlag auf den Präsidenten. Also, *das* ist Liebe. Die wahre. Das war ihr Protest gegen die Welt, weil sie mich nicht sehen durfte. Seitdem trägt sie den Ehrennamen Sequoya Squeaky.«

22

»Ist da ein ›Hurly Burly‹ dabei?« Remo zeigte auf die Kassettenreihe in Maddox' Zelle. (Die Aufsicht hatte die scharfkantigen Kunststoffhüllen entfernt und durch solche aus Pappe ersetzt.)

»›Hurly Burly‹ war aus Vinyl. Eine 45-er Scheibe. Die befindet sich jetzt in Jacuzzis Singles-Sammlung. Beweisstück Nummer 17. Sie hatten die Schnur mit dem Etikett durch das Loch in der Mitte gezogen. Der Staatsanwalt faßte sie immer am Abspielteil an, so daß ich schon sah, wie die Rillen sich mit dem Fett seiner Finger füllten. Das einzige Exemplar auf der Welt …«

»Nie auf Band überspielt?«

»Es sollte einzigartig bleiben. Es war Lennons persönliche Botschaft … nein, sein Auftrag … an Charlie. Mit jeder Kopie wurde das Risiko größer, daß der Song die falschen Ohren erreichte … blinde Ohren.«

»Dann sing ihn mir vor.«

»Auch eine Form des Kopierens.«

»Findest du nicht, Scott, daß ich ein *bißchen* Recht darauf habe zu wissen, aufgrund von welchem Text und welcher Melodie mein Glück zertreten wurde?«

Maddox nahm seine Gitarre vom Ständer und überprüfte, ob sie richtig gestimmt war. Er räusperte sich und sagte: »Ich habe keine Lennonstimme.«

Wenn es sich um die Musik von jemand anderem handelte, spielte Maddox viel besser, wahrscheinlich weil seine eigenen Melodien so dürftig waren. Das Gitarrenintro ähnelte dem von »Working Class Hero«, war aber langsamer. Dachte Remo sich Lennons zögernd-schleppende Stimme an die Stelle von Maddox' brüchigen Tönen, dann beschwor der Gesang Reminiszenzen an »Strawberry Fields Forever« herauf, wovon er einmal eine noch nicht perfekt abgemischte akustische Aufnahme gehört hatte. Er war sich, bis zum äußersten angespannt, der Tatsache so bewußt, daß die jetzt gesungenen Worte sein Leben zerstört hatten, daß er vergaß, ihre Bedeutung in sich aufzunehmen. Nur der Schlußrefrain drang zu ihm durch.

> *When the hurly-burly's done,*
> *When the battle's lost, and won.*

»Ich hör die Hexen aus *Macbeth*«, sagte Remo. Auch der übrige Text hatte ihm vertraut geklungen.

»Das ist eine Lennon/McCartney-Komposition.«

»Glaub ich dir ja. Aber zumindest der Refrain ist von Shakespeare.«

»Typisch Lennon. Zum Schluß kommt noch so eine Art

Sprechgesang ...« Maddox klimperte ein bißchen herum und sang dann in der Weise eines Rezitativs:

> *Sir John, I am thy Pistol and thy friend,*
> *And helter-skelter have I rode to thee,*
> *And tidings do I bring, and lucky joys,*
> *And golden times, and happy news of price.*

»Ich bin mir nicht ganz sicher, woher ich es kenne, aber auch das klingt nach Shakespeare.«

»Lennon pur.«

»Dieses *Hurly Burly* aus dem Refrain ... so heißt auch das Buch von Jacuzzi, dank dessen Anstrengungen du hier die Kloschüsseln schrubben darfst. Hab ich gestern vom Bibliothekar bekommen.«

»Und ... ist es gut?«

»Ich hab bisher erst drin geblättert. Von den Fotos sind mir jedenfalls schon mal die Tränen gekommen.«

23

»Ich weiß, daß viel darüber geschrieben worden ist«, sagte Remo. »Und auch eine Menge Unsinn. Welche Botschaft hast *du* denn nun in diesem Stück gehört?«

»Nicht das, was dieser karrieregeile Jacuzzi in seinem dämlichen Buch draus macht.«

»Das Resultat war dasselbe.«

»Die Botschaft ... der Auftrag, muß ich sagen ... war in Ordnung, wurde aber schlampig ausgeführt.«

»Wenn die Schlacht Shakespeare zufolge gewonnen wird *und* verloren ... das läßt dir dann alle Möglichkeiten offen.«

»Das, Li'll Remo, war ja genau Lennons Botschaft.«

»Es ist ein *später* Lennon / McCartney«, knurrte Maddox, ungeduldig mit den Achseln zuckend, »und dann hört das geübte Ohr immer gleich … nicht nur wer der Sänger ist, sondern auch wer es komponiert hat. Musik, Text, Gitarre, Gesang … ›Hurly Burly‹ ist durch und durch Lennon.«

»Über seine Texte nach *Rubber Soul* sagt Lennon selbst, daß er sie in einer Art Juxwettstreit mit Bob Dylan geschrieben hat. Seiner Meinung nach nahm Dylan ein bestimmtes Bild und improvisierte dann mit davon abgeleiteten Bildern drum herum, um es ein bißchen interessanter zu machen. Lennon dachte sich: Schon durchschaut, Maestro, das kann ich auch. So ist zum Beispiel ›Cry, baby, cry‹ entstanden. Lennon hat also im Grunde Dylan parodiert, allerdings so, daß es nicht auffiel, denn Dylan behauptete, er bewundere Lennons Texte. Wenn du das so hörst, Scott, denkst du dann nicht: Die Botschaft von ›Hurly Burly‹ war Schmu … Neid unter gelangweilten Popmillionären?«

»Was Mr. Lennon sonst noch mit so einem Text will, ändert nichts an dem Auftrag, den Charlie heraushört. Du redest die ganze Zeit nur von Shakespeare, Little Remo. Gleich stellt sich noch raus, daß Johannes seine Offenbarungen nicht selbst geschrieben hat. Muß ich dann unbesehen davon ausgehen, daß es den Brunnen des Abgrunds nicht gibt?«

»Ein Hurly-Burly ist, abgesehen von einem apokryphen Beatlesstück, auch eine englische Kirmesattraktion.«

»So gut kenne ich die Kultur des frivolen Albions nicht.«

»Das ist Cakewalk und Helter-Skelter in einem. Wenn du das gewußt hättest, Scott, hättest du deinen weltumspannenden Rassenkrieg dann auch Hurly Burly getauft?«

Ein einfacher Suppenteller und an drei Seiten darum herum, wie Besteck hingelegt, ein Schuhlöffel, ein Palettmesser und eine Stimmgabel – das mögliche Eröffnungsbild eines Films, das ihn nicht losließ. Auf dem weißen Porzellan sah er unaufhörlich die serifenlosen Buchstaben des Vorspanns in schwarz umrahmtem Rot projiziert.

In der Zelle, Auge in Auge mit seinem zahnstochergespickten Storyboard, dachte Remo darüber nach, wie es beruflich weitergehen sollte. Vier Jahre war es schon wieder her, daß er sein filmisches Äquivalent einer griechischen Tragödie abgeliefert hatte. Diesen Weg weiterverfolgen, nur noch kompromißloser – nein, er mußte versuchen, die absolute Kompromißlosigkeit zu erreichen. Und *nicht*, indem er vorbereitende Vergnügungsreisen zu fernen polynesischen Inseln unternahm. Als erstes würde er sich dieses komischen Dinosauruszwillingspaars aus Cinecittà entledigen. Keine risikolosen Allerweltsfilme mehr. Sie führten nur zu oberflächlichen Freundschaften und falschen Gefühlen von Macht und Einfluß, die ihn in gefährliche Situationen wie die mit Wendy Zillgitt bringen konnten. Erst die umständliche und zeitraubende Eroberung, dann das schleppende und kostspielige juristische Verfahren und schließlich das fruchtlose Trübsalblasen hinter Gittern, mit dem Risiko, daß alles noch brachliegende Talent in Blut ertrank. Die öffentliche Erniedrigung empfand er nicht länger als Schande, sondern eher als gute Gelegenheit, seine Ausnahmestellung auf Dauer zu festigen.

Mittwoch, 11. Januar 1978

Das unterirdische Paradies

1

Von meinem Wohnort der letzten Jahre hörte ich mich selbst gelegentlich als dem *Stadtstaat* Randstad Holland sprechen, obgleich der offiziöse kleine Staat mehrere Städte umfaßte, deren bedeutendste Amsterdam und Rotterdam waren. In meiner guten alten Zeit hätte man sich über einen Stadtstaat krankgelacht, der aus, sagen wir mal, Sparta und Athen bestanden hätte. Aber jetzt befanden wir uns im zwanzigsten Jahrhundert. In diesem zivilisierten Sumpf konnten miteinander konkurrierende Städte, wie zwei Brennpunkte ein und derselben Ellipse, offenbar sehr wohl zur selben Polis gehören. Mit der Haager Residenz als gutem Dritten sowie kompetitivem Blitzableiter. Als mir klar wurde, daß der holländische Tripelstadtstaat von seiner Ausdehnung her mit Greater Los Angeles konkurrieren konnte, wurde ich schon fast paranoid abergläubisch. Das unberechenbare LA hatte durch seine unergründlichen Vorstädte, seine von Canyons durchschnittene Hügellandschaft, seine verlassenen Traumfabriken und trügerisch bewohnten Filmsets, seine Wüstenenklaven und seine bizarre Strafgesetzgebung, vor allem aber durch seine Weitläufigkeit meinen Hurly-Burly-Plan zerstört – und Charlies Hurly Burly alle Chancen gegeben.

Gut, Los Angeles war auf einer Wüste gegründet und die Randstad Holland auf einem Sumpf. Wenn der Spruch meines Vaters stimmte, wonach ein Mückenstich der göttlichsten Tragödie den Garaus machen kann, dann war das Randstad-Sumpfgebiet für mein neues Unternehmen gefährlicher als das Wüstenflachland von Los Angeles für das alte. Sogar die niederländische Ausgabe von *Hurly Burly*, erschienen bei Uitgeverijen Hoek Keizersgracht/Spiegelstraat BV in Amsterdam, stimmte mich mißtrauisch, was das Gelingen meines Randstadabenteuers betraf. Nach dem weltweiten Erfolg des Buches lag die Übersetzung nun in allen niederländischen Buchhandlungen. Die Marketingabteilung von Hoek BV hatte einen Bausatz nach der englischen Kirmesattraktion Hurly-Burly entwerfen lassen – ein Display, in das zwölf Paperback-Exemplare paßten. Das Pappding sah im Geschäft fröhlich aus: Niemand, der beim Anblick des Titels noch an die tatsächlichen Ereignisse dachte – womit das Kirmespaket den Untergang meiner transatlantischen Tragödie exakt versinnbildlichte. So ein niederländischer Verlag verstand es, alles, was großartig und mitreißend war, ins Zirkuszelt zu verbannen, ins Zentrum des Tabernakels für entzweigesägte Waisenmädchen.

2

Irrtum ausgeschlossen: Das Wort PIG an der weißen Haustür war mit Sharons Blut geschrieben, und zwar mit Hilfe des Handtuchs, das man um Jays Kopf drapiert gefunden hatte. *Pig* war ein Schimpfwort für all das geworden, was mit der sogenannten etablierten Ordnung zusammenhing. Polizisten, Gefängniswärter, wohlbetuchte Bürger – alles *pigs*.

War das PIG an der Tür mehr als ein tödlich zynisches Allerweltswort? Mörder hinterließen manchmal gern Zeichen, die nur für den zu entschlüsseln waren, der genauso intelligent war wie sie selbst. Etwas Lateinisches? *Piger ipse sibi obstat.* Diesen Ausspruch von Seneca hatte er behalten – über das faule Schwein, das sich selbst im Wege steht. Das könnte sich auf Voytek und sein Schmarotzertum beziehen.

Eine Abkürzung vielleicht? P. I. G. *Pax inter gladium* ... Wie ging das gleich noch mal weiter? ... *et jugulum.* »Friede zwischen Schwert und Kehle.« Das genaue Gegenteil dessen, was man im Cielo Drive 10050 vorgefunden hatte. *Peccata in-*

ter gladium et jugulum. »Sünden zwischen Schwert und Kehle.« Das kam der Sache schon näher. *Pauca inter gladium et jugulum.* »Es gibt wenig zwischen Schwert und Kehle.« Konnte man wohl sagen.

Nachdem die Tatverdächtigen verhaftet und dem Richter vorgeführt worden waren, verlor Remo rasch alles Interesse an dem Fall. Auf einen Schlag war sie verschwunden, seine Obsession, zur Aufklärung der Verbrechen beizutragen. Er gab Inspektor Helgoe vom LAPD das Taschenlabor zurück, mit dessen Hilfe er, zum Glück erfolglos, versucht hatte, Blutspuren in den Autos seiner Freunde zu entdekken, und hielt sich, soweit es ging, von den Entwicklungen im Vorfeld des Prozesses fern. Er, der sich so intensiv mit den scheußlichsten Aspekten des Falls beschäftigt hatte, litt jetzt unter einer Art Ansteckungsangst, wenn es um die widerlichen Details ging. Die Blutcocktails, die Gesamtzahl der Messerstiche, wie die Opfer um ihr Leben gefleht hatten, die Wollust, mit der die Mörderinnen zugestochen hatten … nichts davon wollte er wissen. Es befremdete ihn selbst: Wie oft hatte er nicht gehört und gelesen, daß Angehörige von Mordopfern völlig besessen von der Art und Weise blieben, wie ein geliebtes Wesen aus ihrem Leben verschwunden war. Genau wie der Untersuchungsrichter, der Staatsanwalt und das Anwaltsteam legten sie ganze Schrankwände voller Aktenordner an, in denen kein noch so winziges Detail über den Fall fehlte. Und sie verbrachten jede Minute der Verhandlung im Gerichtssaal.

Remo überließ die Verfolgung des Prozeßgeschehens seinem Freund Jack, der einen Film witterte und sich, einen Block auf den Knien, Notizen machte. Er mied nicht nur Dokumentarberichte im Fernsehen über Charlie und The Circle, sondern nach Möglichkeit auch die Nachrichtensendungen, konnten sie doch Neuigkeiten über den Fall enthalten. Mit der Zeit glaubte Remo schon an der Druckerschwärze einer Zeitung riechen zu können, ob ein Artikel über die Morde darinstand, und falls ja, ließ er die betreffende Ausgabe liegen.

»Komm doch mal mit«, drängte ihn Jack. »Es ist gut für dich, wenn du diesen knurrenden kleinen Bastard mal aus der Nähe erlebst.«

»Nein, Jack, mich kriegst du nicht soweit, daß ich da sitze und mir alle möglichen Sachen von Sharon ansehe, die mir lieb und teuer sind und die, in Plastik verpackt, nacheinander an die Reihe kommen. Die Polizeifotos von ihrem verstümmelten Körper ... Dr. Kahanamoku hat sie mir gezeigt, ich brauche sie nicht noch einmal zu sehen. Und mir dann anhören zu müssen, was die Verteidigung alles anstellt, um irgendwelche mildernde Umstände anerkannt zu kriegen ... für die totale Vernichtung des Wehrlosesten auf dieser Erde. Einer schwangeren Frau.«

Dennoch, beim Weiterlesen in *Hurly Burly* fiel Remo auf, wie viele Fakten von damals den Weg in sein Hirn gefunden hatten, durch Gott weiß welche Kanäle. Natürlich begegnete er sich auch selbst. Jacuzzi schrieb nicht besonders freundlich über ihn, zweifellos aus Enttäuschung darüber, daß der Regisseur seine Mitarbeit an dem Buch verweigert hatte. Nach dem Spruch des Schwurgerichts, der für die Hauptangeklagten die Todesstrafe bedeutete, wurde Remo mit den Worten zitiert: »Kein Kommentar.«

Beim Lesen fühlte er mit dem Daumen, wie er sich dem glatten Papier des zweiten Fototeils näherte. Wenn er nicht aufpaßte und ihn nicht rechtzeitig überblätterte, würde Sharon von neuem tot vor seinen Augen liegen, den Arm über dem Gesicht, wie um sich vor einem grellen Licht zu schützen.

3

»Wie fandest du *Hurly Burly*, Scott? Das Buch, meine ich.«
»Was willst du hören?«

»Na, daß der Film besser ist, zum Beispiel.«

»Nach diesem stümperhaften Ding haben sie eine Fernsehserie gemacht. Ich wurde von einem Darsteller aus dem Schweinestall der ABC gespielt. Steven Railhead. Das wird ihn noch teuer zu stehen kommen. Wer einmal Charlie gespielt hat, schafft nie mehr eine andere Rolle. Auf den wartet der Bettelstab. Oder die Irrenanstalt.«

»Ein mit einem Fluch Beladener. Und jetzt zum Buch.«

»Geldscheffelei, Li'll Remo, auf Kosten edler Motive. Warum treten Spitzenanwälte ständig in den Medien auf? So einen Status als Star, den wollte der Staatsanwalt auch. Zeit für ein Buch. O ja, er sah den Streifen schon vor sich ... mit Remo Woodehouse in der Rolle des Charlie. Ein hundsgewöhnlicher Fall, damit brauchte er bei einem Spitzenverlag gar nicht erst anzukommen. Etwas Spektakuläres mußte her. Charlie unter dem Verdacht der Hexerei, dann konnte Jacuzzi ihn zum Scheiterhaufen verurteilen ... zu einem Blubberbad aus brodelndem Pech. Und *dammit*! es klappte. Er gab seinem von einem Geist geschriebenen Buch den Titel irgendeiner nebulösen Popnummer ... die niemand je gehört hatte. Sie legten es in die Geschäfte mit einem schwarzen Band drumherum ... wie es früher Trauernde am Oberarm trugen. ›Ein vielgelesenes Mahnmal zum Gedenken an die Opfer‹ stand in kleinen weißen Buchstaben darauf. Jacuzzi ging tief gebeugt vor Trauer zu seiner Bankfiliale.«

Heute mal wieder ein Auftritt von Maddox, dem Klangpoeten.

»Wenn es Jacuzzi in seinem *Hurly Burly* nicht gelungen ist, dein Motiv aufzudecken, Scott, dann sag doch, was war es denn?«

»Motive sind veredelte Ausreden, veredelter Quatsch. Warum die Reinheit einer Aktion mit einem Beweggrund trüben? Der Schatz ist jetzt Matsch ... mit oder ohne Quatsch.« Angetan von dem Reim, den er in einem fort wiederholte, legte er einen kleinen Tanz hin. »Schatz, Matsch, Quatsch.

Hörst du? Charlie hat es nur wegen des Reims getan. *Das* war sein Motiv.«

4

»Eine überquellende Waffenkammer … eine Flotte schneller VW-Buggys«, zählte Remo auf. »Ein Bus voll Tarnklamotten aus ehemaligen Armeebeständen … ein Benzinvorrat, groß genug, um den gesamten Nationalpark Death Valley in Brand zu setzen … ein Netzwerk von Feldtelefonen. Schießübungen, Rennfahrten durch die Wüste. Eine komplette paramilitärische Organisation.«

»Eine Hierarchie aus Stahlbeton, mit Charlie an der Spitze«, sagte Maddox. »*Und* eine hieb- und stichfest durchdachte Ideologie, Copyright: Charlie.«

»Also alles bestens vorbereitet.«

»Nach einem halben Christusleben hinter Gittern bekam Charlie sein Königreich. Und siehe, es war tatsächlich von dieser Welt, genau wie der Knast. Und es war mehr, viel mehr als das, wovon er hinter Mauern und Stacheldraht zu träumen gewagt hätte. Spahn's Ranch die Sommerresidenz, Barker Ranch der Winterpalast. Junge Frauen aus dem Hofstaat gebaren Charlies Kinder. Schlangen, Vögel lauschten ihm. Nur der Zugang zum unterirdischen Paradies mußte noch gefunden werden. ›Und der fünfte Engel posaunte; und ich sah einen Stern, gefallen vom Himmel auf die Erde; und ihm ward der Schlüssel zum Brunnen des Abgrunds gegeben. Und er tat den Brunnen des Abgrunds auf, und es ging auf ein Rauch aus dem Brunnen wie der Rauch eines großen Ofens, und es ward verfinstert die Sonne und die Luft von dem Rauch des Brunnens.‹«

»Ich versteh's immer noch nicht ganz, Scott. Sollten denn Worte in Blut zurückbleiben, um den Schwarzen die Schuld zu geben … oder um es den Schwarzen vorzumachen, wie sie sich erheben sollten?«

»Das Wichtigste war, daß Hurly Burly endlich beginnt.«

»Den Startschuß zum Krieg geben, ohne daß dieser Brunnen lokalisiert war? Ihr mußtet euch doch irgendwo verstecken können ...«

»Na komm, Little Remo, Hurly Burly wütet nicht vom einen Tag auf den anderen in voller Stärke. Vorher mußten noch ein paar Schwarze, am liebsten Panther, wegen Cielo und Waverly Drive verhaftet werden. Danach ... Aufruhr in Watts, und der würde dann wieder auf die anderen Negerparadiese in Los Angeles übergreifen. Mehr als genug Zeit, um den Eingang zum unterirdischen Stromgebiet zu finden. In den Panamint Mountains, beim Death Valley, lag der Berg der Selbstmörder, das wußte ich. Der Brunnen konnte nicht mehr weit sein.«

5

»Das Leben im Wüstenbrunnen *ist* kein Jenseits«, rief Maddox, als hätte Remo eine Beschuldigung geäußert. »Wenn es ein Paradies ist, dann ein irdisches ... ein unterirdisches. Vor Hurly Burly lebendig rein, nach Hurly Burly lebendig wieder raus. Bis dahin haben meine Anhänger eine Veränderung erfahren. Cosy Horror, Li'll Remo. Sie werden den Tod hinter sich gelassen haben, aber nicht das Leben.«

»Kein muslimischer Paradiesgarten?«

»Die Frauen, die mit in die Tiefe hinuntergehen, sind längst keine Jungfrauen mehr.«

»Nein, dafür hast du ja schon gesorgt.«

»Jacuzzi schreibt, ich hätte die weiblichen Kandidaten für The Circle unter aller Augen höchstpersönlich entjungfert. Das geschah aber nur symbolisch, das heißt ... hintenrum. So konnte ich sie noch als Jungfrauen meinen Brüdern in The Circle anbieten.«

»Eine Sache der Höflichkeit. Klar.«

»Entjungferte Jungfrauen bringen selbst auch wieder Jungfrauen hervor.«

»In der Zeit bei Spahn, wie viele Mitglieder hatte The Circle da?«

»Einen harten Kern von ungefähr fünfunddreißig. Zusammen mit den Mitläufern manchmal mehr als hundert.«

»Fünfunddreißig. So viele Menschen habt ihr ingesamt kaltgemacht. Ein Toter pro Mann. Prima Durchschnitt.«

»Mr. Carhartt«, rief Maddox dem vorbeieilenden Oberwärter zu, »warum kriege ich hier keine Post?«

Carhartt, auf dem Weg zu seinem Kaffee, blieb widerwillig stehen.

»Früher bekam ich jeden Tag ganze Berge von Briefen. Seit ich hier in Choreo bin … nicht mal mehr eine Ansichtskarte. Da stimmt was nicht.«

»Ich bin auf dem Weg zum Direktor.« Er winkte dem Wärter Tremellen, der, mit seinem vollen Gewicht über das ächzende Geländer gelehnt, den Ring bewachte. »Komm mit, Maddox. Frag O'Melveny.«

Platsch, platsch, wie die Flossen eines Seehunds klatschten die Plattfüße des dicken Tremellen auf den gußeisernen Treppenstufen. Schnaufend, mit offenem Mund, legte er Scott die Fesseln an, treuherzig wie ein Bernhardiner, der für einen Extrakeks sein eigenes Herrchen noch anleinen würde. Remo sah seinen kleinen Kumpel zwischen den beiden großen Wärtern in einen Seitengang verschwinden. Der dicke schmuddligweiße Ballonkopf schwankte merkwürdig leicht von einer uniformierten Schulter zur anderen.

Diese Paragnosten, Hellseher mit ihrem vom Banknotengrau getrübten Blick – wie Fliegen auf die Scheiße stürzten sie sich auf Dinge, die ich gerade erst mit vorsichtigem Interesse und Engagement zu umkreisen begonnen hatte, und machten damit alles schon von vornherein kaputt. Wäre ich selbst in jener Zeit etwas mehr Hellseher gewesen und etwas weniger Theatermacher, dann hätte ich es als schlechtes Zeichen betrachten können, daß ausgerechnet in den Sommermonaten des Jahres 1969 zwei *niederländische* Paragnosten, Paul Clocquet sr. und Paul Clocquet jr., ihre Kunststücke in einem Theater am Sunset Boulevard zum Besten gaben.

Daß ich mit dem GNOTHI SEAUTON über dem Haupteingang meines ehemaligen Konsultationsbüros den Besucher zur Selbsterkenntnis ermunterte, bedeutete nicht, daß ich selbst keine Erkenntnisse über den Kunden zusammentrug. Das Vorleben jedes Helden oder braven Bürgers, der sich mit der Bitte um Klärung an den Schalter begab, wurde gründlich erforscht, bevor er auf das Karamelbonbon im Papyruseinwickelpapier mit der metrischen Antwort hoffen durfte.

Ich erkannte zu meiner Schande, daß ich mich vom Konsumstrom des zwanzigsten Jahrhunderts nach Christus hatte mitreißen lassen. Von der Hektik meiner Zeitgenossen angesteckt, war ich zu einem ungeduldigen Initiator und Zuschauer meiner eigenen tragischen Unternehmen geworden. Es konnte mir alles nicht schnell genug gehen. Ständig sprang ich auf, und dann klappte der Plüschsitz mit der starken Sprungfeder gegen die Rückenlehne, so daß ich mir, wenn ich mich wieder hinsetzte, regelmäßig den Hintern an den eisernen Scharnieren auf der Rückseite des Sitzes aufriß. Daß ich mich nach einem atemberaubenden Manöver des Helden nicht mehr auf den Marmor zurückfallen lassen konnte, daran würde ich mich nie gewöhnen.

Bevor ich dem kleinen Guru sein Orakel in Form einer illegal gepreßten Schallplatte überreichte, hätte ich mich viel gründlicher mit seiner Vorgeschichte und seinen geistigen Fähigkeiten befassen müssen, anstatt The Egg Man's Gesäusel über Charlies prophetische Gaben unbesehen zu schlucken. Ron Hubbard, Jesus Christus, Ol' Creepy Karpis, Robert DeGrimston, *Revolver*, Adolf Hitler … Wenn ich den Mix aus Einflüssen, denen er ausgesetzt gewesen war, gleich richtig analysiert hätte, dann wäre der Zwerg schon viel früher als Schmierenkomödiant und Scharlatan entlarvt worden. Zu diesem ganzen Mischmasch heller und dunkler Stimuli hatte er seine eigenen philosophischen und theologischen Erkenntnisse hinzugefügt, einen Hypnosekurs, die dunkelblauen Blutspuren seines Tintenwischers, eine miserabel übersetzte Seite Nietzsche, einen vom Bett auf den Boden gerollten Ohrring seiner Mutter sowie einen grünen Flaschenhals, der genau um seinen Mittelfinger paßte. Wäre ich die Sache etwas weniger gierig und übereilt angegangen, so wäre mir früher klargeworden, daß dieser vulgäre kleine Verbrecher mit seinen falschen Anmaßungen aus »Hurly Burly« die falsche Botschaft heraushören würde.

Be bloody, bold and resolute. Laugh to scorn / The power of man. Noch so eine Zeile aus *Macbeth*, die ich Lennon zugespielt und die er in seinem »Hurly Burly« verarbeitet hatte. Um seine unterwürfigen Jünger auszusenden, hatte Charlie lediglich die ersten Worte zu singen brauchen: »*Be bloody.*«

9

Remo blickte auf Maddox' verbundene Hände. »Ich dachte, du kommst mit einem prall gefüllten Postsack zurück, Scott.«

»Ich hätt's mir ja denken können.«

»Die CMF in Vacaville hat die Post nicht weitergeleitet.«

»Oh, doch. Aber sie ist von dem kranken *wino* Mothy zurückgehalten worden. Wieder mal zu meinem eigenen Besten. Wenn die Wärter mir die Post übergeben hätten, hätten sie meinen richtigen Namen auf dem Umschlag gesehen.«

»Sie hätten die Briefe in einem verschlossenen Sammelumschlag an Häftling Maddox, Scott schicken können.«

»Warum sollten sie sich eine kleine Schurigelei entgehen lassen?«

»Dann können sie genausogut draußen Zeltheringe aus der Erde ziehen. Apropos Post beziehungsweise Luftpost … meiner Meinung nach haben die Kampierer gerade versucht, dir mit Rauchsignalen eine Botschaft zu übermitteln.«

»Dämliche Weiber … wissen noch immer nicht, daß meine Zelle am Innenhof liegt. Was haben sie gesagt?«

»Ich konnte es nicht lesen.«

»In den letzten Jahren haben die Knastbonzen alles drangesetzt, um meine Leute von mir fernzuhalten. Sie haben mich von San Quentin nach Folsom geschleppt, von dort nach Vacaville und wieder zurück nach San Quentin. Mal in einem Wäschereicontainer, mal unter der Bank in einem Bus. Wir fahren durch die Schranke … am Zeltlager vorbei … und die Mädchen merken nichts. Nach wochenlangem Biwak im Matsch hören sie von einem ungetreuen Wärter, daß Charlie verlegt worden ist. Wenn sie dann mit ihrem Schulbus voller Kinder am Tor von, sagen wir Folsom, ankommen, bin ich vielleicht schon wieder weg.«

»Als ich sie hier vor dem Tor ihre Zelte aufschlagen sah, warst du erst ein paar Tage in Choreo.«

»Keine undichte Stelle, Li'll Remo. Diesmal handelte es sich um eine direkte Erkenntnis. Meine Leute *wußten*, daß Charlie nach Choreo ging.«

»Dann waren die Presseleute am Tor wohl alles Anhänger von dir. Sie haben auf dich gewartet. Nicht auf mich.«

Zwischen den fransigen Mullbinden glomm sein eines Auge auf. »Eine Woche zu spät, aber sie waren da. Charlies Ruhm wächst noch immer.«

»Wenn es sich um intuitives Wissen gehandelt hat, warum lagen deine Befreier dann auf der falschen Seite der Straßengabelung im Hinterhalt? Sie haben eindeutig damit gerechnet, daß du von Vacaville nach San Quentin verlegt wirst. Mir scheint eher, sie sind der Eskorte für den eingewickelten Zwerg nach San Bernardino gefolgt. Nach Choreo.«

10

»Deine Anhänger da draußen, Scott, wissen die, unter welchem Namen du hier bist?«

»Ich habe an eine Postfachadresse von The Circle geschrieben, die unter dem Namen von Sandy, meiner Stellvertreterin, läuft. Ob der Brief durch die Zensur gekommen ist ... ich bezweifle es.«

»Ich kann dir ihre nächtliche Antwort nicht übermitteln. Ist nicht zu verstehen.«

»Die Musik ihrer Botschaft, Li'll Remo, erreicht mich trotzdem ... über den Stacheldraht auf den Mauern. So klingen ihre Stimmen sanft und zirpend wie die Saiten eines Sitar. Ich verstehe sie nicht, aber sie treffen mich mitten ins Herz.«

»The Circle gibt's nicht mehr.«

»The Circle ist da draußen und hält Wache.«

11

»Du hast dich nicht gescheut, Li'll Remo, dir so einen betrügerischen Paragnosten ins Haus zu holen.«

»Zwei sogar. Vater und Sohn Clocquet. Niederländer.«

Ein paar Tage nach der Beerdigung war Remo noch einmal in seinem Haus gewesen, diesmal in Begleitung eines Reporters, der versprochen hatte, mit einem unvoreingenommenen Artikel sämtliche negative Berichterstattung vom Tisch zu fegen. Ein Fotograf war auch dabei. Vor dem verschlossenen Gitterzaun am sackgassenartigen Ende des

Cielo Drive stießen sie auf einen Polizisten, der in einen heftigen Wortwechsel mit zwei Männern verwickelt war, deren Englisch recht plump klang. Den älteren hatte Remo bereits meditierend im Wohnzimmer angetroffen, als er mit seiner Schwägerin das Haus betreten hatte, um ein Kleid für Sharon auszusuchen.

»Geht in Ordnung. Die waren schon mal hier.«

Auch nachdem das Gewitter in jener Unheilsnacht ausgeblieben war, war kein Regen mehr auf Beverly Hills gefallen. Die Blutlachen, inzwischen fast pechschwarz eingedunkelt, beschmutzten noch immer Garten und Veranda. Ein Haufen gemähten Grases war in einer Schubkarre zu Heu verdorrt. An der Haustür, die inzwischen nationale Bekanntheit erlangt hatte als die weiße *dutch door* mit den Blutbuchstaben, stand ein weiterer Polizist, der eine abwehrende Handbewegung zum Fotografen hin machte. Remo fragte den Polizisten nach den Katzen.

»Keine Katzen gesehen, Sir.«

»Hier liefen mindestens dreißig herum. Noch vom Vormieter.«

Das Wasser im Swimmingpool war mittlerweile völlig bedeckt mit einem schwimmenden Teppich aus verdorrten Blättern und trockenen Fichtennadeln. Sharons dunkelgrauer Lkw-Schlauch, außer mit aufgeklebten roten Flicken jetzt auch noch mit weißem Vogelkot betupft, hatte viel Luft verloren und trieb dank einer sanften Bergbrise umher. Bei den Mülltonnen, in der Nähe des Gästehauses, fanden sie ein Dutzend Katzen, scheu und mager. Lediglich nicht eßbare Abfälle lagen auf dem Sandweg verstreut. Es schien, als hätten die Tiere die Deckel von den Tonnen gehoben, aber wahrscheinlicher war, daß der gerichtsmedizinische Dienst den Müll untersucht hatte, um danach den Katzen das Vergnügen einer weiteren Inspektion zu gönnen. Unter dem Vordach mit dem Kaminholz, neben dem Gartenhaus, fanden sie einen Wurf neugeborener Kätzchen. Als der Fotograf mit seinem Objektiv zu nah heranging, begann die abgemagerte Mutter, ihre Jungen, Zähne im Nackenfell, eines nach dem anderen wegzutragen – zu dem hellblauen Laken, das eine Woche zuvor Gibbys Leichnam bedeckt hatte und von der Polizei blutbefleckt auf dem Rasen liegengelassen worden war. Die beiden Hellseher sahen sich die Szene aus einiger Entfernung ernst an, als ließe sich daraus alles über den Hergang des Gemetzels ablesen.

Das Wohnzimmer. Vergangenen Mittwoch hatte er Sharon beerdigt, und hier lag ihr Schatten noch auf dem beigefarbenen Teppich: wieder etwas tiefer eingebrannt, dunkler und körniger als bei seinem letzten Besuch. Weil der Fotograf jetzt drinnen fotografieren mußte, machte er ein paar Polaroidaufnahmen von der schwarzen Blutlandschaft, um das Licht zu testen. Clocquet jr., nicht nur Hellseher in Ausbildung, sondern auch der Agent von Clocquet sr., fragte, ob er die Probeaufnahmen haben dürfe, dann könne sein Vater sie sich nachts unter das Kopfkissen legen, so lange bis ihm der Täter offenbart wurde.

»Diese Ausgabe von *Being* hab ich gesehen, Li'll Remo«, sagte Maddox. »Ein Sonntagsausflügler hatte sie in Spahn's Ranch liegenlassen. Scheiße für dich, daß so schnell bekannt wurde, daß du fünftausend Dollar für diesen Artikel bekamst. Dafür mußtest du natürlich mit einem Messer in der Hand fotografiert werden … vor dieser weißen Tür. Bei all deiner Wut und Trauer warst du schon dabei, aus dem Elend Kitsch zu machen.«

»Aus deinem Kitsch war das Elend erst entstanden.«

»Das Messer kannte ich nicht. Kein Buck knife aus unserer Waffenkammer. Aus deiner eigenen Küchenschublade, nehme ich an.«

Die Polaroidaufnahmen wurden noch am selben Abend für allerlei Hokuspokus in einer Show mit Vater und Sohn Clocquet benutzt, in The White Rabbit, einem Theater für Zauberer und Illusionisten am Sunset Boulevard. Am nächsten Tag fanden die Fotos für Zehntausende von Dollar den Weg ins Klatschblatt *Beautiful People*. Sie wurden so abgedruckt, daß der Teppich wesentlich heller wirkte und das Blut noch fast frisch und rot. Bildunterschrift: »Was vom Filmstar übrigbleibt.« Und: »Sharon, porträtiert von Jack the Dripper.«

Das mit den fünftausend Dollar war schon bösartiger Klatsch gewesen, und dazu kam dann noch die Verleumdung, Remo habe die Polaroidaufnahmen für einen absurden Betrag an das meistbietende Blatt weiterverkauft. Eines Abends, als er von einem unangerührten Essen in die Paramount Studios zurückkehrte, wartete in Rebekah Rutherfords Garderobe eine Rechnung in Höhe von fünftausend Dollar auf ihn: die Miete für die zehntägige Benutzung der Suite, sofort zu begleichen. Einen so reizenden Kondolenzbrief hatte er bisher noch nicht erhalten. Auch aus Rom gab es Beileidsbekundungen: vom Hausbesitzer, der telefonisch erfahren hatte, daß Remo dabei sei, seine familiären Umstände zu Geld zu machen, und jetzt die Rechnung für die zerstörten Möbel und Teppiche präsentierte sowie für den ernsthaften Wertverlust des Hauses, verursacht durch unsachgemäße Nutzung.

I 2

Währenddessen beging Remo in der verzweifelten Hoffnung, mit der Lösung des Falls seine Trauer zu lindern, seinen eigenen Verrat – an Freunden und Kollegen, die allesamt Verdächtige waren, seit Inspektor Helgoe ihm versichert hatte, ein Mörder sei in der Regel im unmittelbaren sozialen Umfeld des Opfers zu suchen. Nachdem Remo dem LAPD seine Dienste angeboten hatte, wurde er mit einem kleinen Taschenlabor ausgerüstet. Er mißbrauchte die jetzt unbegrenzte Gastfreundschaft seiner Bekannten, indem er sich mit einem Weinkrampf ihren tröstenden Armen entwand und sich angeblich in der Toilette einschloß, in Wirklichkeit aber zur Garage schlich, um mit einem in Chemikalien getunkten Wattestäbchen das Innere der dort geparkten Autos auf Blutreste hin zu untersuchen. Danach gab er das Stäbchen in ein Reagenzglas mit wieder einer anderen chemischen Lösung – wie die damals so lebensnotwendigen Materialien hießen, wußte er nicht mehr. Die Watte färbte sich nie blau. Soviel sinnlos vergossenes Blut auf der Welt, allein schon in seinem eigenen Haus – und niemand aus seinem Freundeskreis, der ihm auch nur ein Tröpfchen davon gönnte.

Als er Jahre später von Inspektor Flanzbaum festgenommen wurde, merkte er scherzend an, er sei »früher mal die eifrigste Hilfskraft des LAPD« gewesen, was den Polizisten aber nicht milder stimmte. »Das war Ihnen offensichtlich keine gute Schule.«

Wenn Remo mit seinem wattierten Fühler den Autoinnenraum eines Freundes oder einer Freundin abtastete, hegte er jedesmal einen kurzen, heftigen Verdacht: vielleicht um so seine Handlungsweise zu rechtfertigen. Färbte sich unter dem Deckenlicht im WC das Stäbchen nicht blau, wich der Verdacht großer Rührung. Er eilte ins Wohnzimmer zurück und warf sich für eine Orgie der Tränen und des Trostes in die kurz zuvor noch verschmähten Arme.

13

Einen Kometen vor meinen Karren zu spannen, zum Beispiel so einen Halley, das war nichts für mich. Man glaubte, damit eine Sekte Wahnsinniger in die Wüste zu führen, um sie kollektiv Selbstmord begehen zu lassen (gemeinsamer Abstieg in einen giftigen Bergwerksschacht), und dann endete der ganze Circle im Provinzgefängnis von Independence. Um wieviel schöner war es doch, wenn die Menschen dort unten unmittelbar aufeinander einwirkten, ohne ein falsch gedeutetes Zeichen am Himmel. Theater von Kränkung und Häme.

14

»Wann«, fragte Maddox rauh, »hast du zum erstenmal von uns gehört ... von The Circle, den Verhaftungen?«

»Kennst du das International Pancake House am Sunset?«

»Der alte Blinde hat da einmal die Woche gegessen. Meine Mädchen haben ihn hingebracht. Gypsy oder Squeaky fütterte ihn. Der Rest wartete im Auto.«

»Bevor ich mit Spahn auf seiner Ranch sprach, hatte ich ihn da schon ein paarmal sitzen sehen. Dann aber mit seinem Cowgirl Ruby Pearl. Den hellgrauen Stetson ordentlich neben seinem Teller. Ich ging da regelmäßig mit Sharon hin. Sie machte mich darauf aufmerksam, daß die Frau, die George beim Essen half, seine Blindheit mißbrauchte. Die Hälfte von Spahns Pfannkuchen verschwand in Rubys Mund. Ich habe nie gefragt, ob Inspektor Helgoe eine besondere Absicht damit verfolgte, als er mich an einem feuchten Novemberabend dorthin einlud. Zufall oder nicht, an dem Abend war auch George Spahn da. Ihm gegenüber saß das Zigeunermädchen ... die Geigerin. Helgoe folgte meinem Blick und sagte: ›In der Tat, suchen Sie's in dieser Richtung.‹ Und er erzählte von der Hippiesekte, die eineinhalb Jahre lang auf Spahn's Movie Ranch gelebt habe und nach dem Sommer zum größten Teil ins Death Valley gezogen sei. Gypsy sei dageblieben, um für den Blinden zu sorgen. Angehörige dieser Sekte, The Circle, stünden im Verdacht, die Morde begangen zu haben. Ein weibliches Mitglied, das auf den bizarren Namen Sadie Mae Glutz höre, habe im Sybil-Brand-Gefängnis einer Mitinsassin gegenüber aus der Schule geplaudert. Die habe sich mit dieser Information an die Polizei gewandt. Und während der Inspektor mir das erzählte, konnte ich kein Auge von George Spahn lassen. Gypsy piekste Stücke des zuvor kleingeschnittenen Pfannkuchens mit ihrer Gabel auf und führte die schwabbeligen Streifen zum Mund des Blinden … und dieser Mund, dieses mahlende Maul, war viel zu groß für solche kleinen Portionen. Er protestierte nicht und öffnete folgsam die elastischen Lippen. Durch seine dunkle Brille blickte er starr über das Mädchen hinweg … auf einen ausgestopften Pferdekopf an der Wand, so schien es, wenngleich er den natürlich nicht sehen konnte. Die ganze Zeit über redeten sie nicht miteinander, der Blinde und seine Fütterin, folglich auch nicht über die Verhaftungen.«

15

»Na, Scott, stell George Spahn jetzt bloß nicht als den blinden Seher par excellence hin. Ich habe mit ihm gesprochen. Meiner Meinung nach ist er nichts weiter als ein Milchfarmer aus Pennsylvania, der seine Pferdeliebe nicht an seinem Molkereigaul allein austoben konnte. Er träumte von Rennpferden mit weißen Söckchen … ihren glorreichen Namen … Procumbent Progress, Surefire, Dashing Petrel … von Jokkeys, leichter als Erstkommunikanten. Er endete als Vermieter von Zuckelzossen mit Namen wie Bill, Bobby und Bertha. Weil der Alte es nun mal nicht lassen konnte, dachte er sich hübsche Spitznamen für deine Rassepferdchen aus. Squeaky, Yellerstone, Country Sue, Simi Valley Sherri … Typisch für einen Blinden, diese mickrigen Gestalten mit solch schönen Namen zu bedenken.«

16

Trotz des Waffenarsenals, des Buggyparks, der Benzinvorräte, der Feldtelefone und Charlies Charisma ließ sich The Circle, der den geheimen Schacht in die unterirdische Sicherheit noch immer nicht gefunden hatte, von den Männern des Sheriffs in der Wüste aufspüren und in der Nähe der Barker Ranch zusammentreiben. Die Bestien waren in Käfige eingesperrt und dem Gericht übergeben worden – und Remo war wieder bei Sharons nacktem Tod. Jetzt, da die mutmaßlichen Täter gefaßt waren, spielte es auf einmal keine so große Rolle mehr, wie sie ihr Ende gefunden hatte. Sharon war tot, *tout court*, und er hatte sich einer überfälligen Aufgabe zu stellen: zu trauern. Mit einem Wattestäbchen hinter den Mördern herzujagen hatte ihm keine Erleichterung verschafft, es war lediglich ein Unterdrücken des Kummers gewesen und ein Hinauszögern seiner Entladung.

Die Medien wandten sich gerade von Sharon ab. Sie waren jetzt so damit beschäftigt, The Circle zu porträtieren, den hypnotisierenden Sektenführer Charlie zu analysieren und den Hergang der Metzeleien, daß nicht einmal die Qualitätsblätter die von ihren Topjournalisten besudelte Erinnerung an Sharon nachträglich reinwuschen. Bloß kein Genörgel wegen der vor Monaten begangenen Fehler. Berichterstattung war auch nur das Werk von Menschen. So konnte es geschehen, daß die Verhaftung von The Circle das alte Bild von der Orgien veranstaltenden, schwarze Magie betreibenden und Drogen verschlingenden Sharon nicht vertrieb, sondern vielmehr in ein neues, enthüllendes Licht setzte.

17

»Ungläubige, wer?« fragte Remo.

»Die Schweine, die nicht an Hurly Burly glauben«, sagte Maddox heiser. »Denen werden noch die Augen aufgehen, wenn es soweit ist … wenn sie mit Fleischerhaken an den Füßen aufgehängt werden.«

18

»Nach Hurly Burly«, sagte Maddox, »kommt Cosy Horror. Charlie wird sein Volk durch die Wüste führen, und seine Leute werden ›die rückwärts Gehenden‹ genannt werden. Wir gehen mit dem Rücken voran auf unser Ziel zu.«

Die Morgenpost wurde Remo wie üblich am Nachmittag überreicht, diesmal vom kurzatmigen Tremellen. Ein englischer Agent, mit dem er schon früher einmal zu tun gehabt hatte, schickte ihm eine Kopie des Typoskripts eines neuen Theaterstücks: *Constanze*, über die Probleme zwischen Mozart und seiner Muse in den letzten Jahren seines Lebens. Es sei unveröffentlicht, und einige Szenen seien noch nicht ganz ausgearbeitet, aber sie suchten schon jetzt einen Regisseur – und einen Schauspieler für die männliche Hauptrolle. Der Agent schlug vor, Remo solle nicht nur die Regie übernehmen, sondern auch die Rolle von Mozart: Er habe die richtige Statur dafür.

Remo las das Stück abends auf seiner Pritsche. Während der Lektüre zauberte er seine Zelle voll mit Kleidungsstücken aus dem späten achtzehnten Jahrhundert, die er noch so gut von *The Vampire Destroyers* her kannte. Wenn er die Augen schloß, spürte er wieder die kribbelnde Perücke, den halblangen Gehrock und die eng anliegende Hose. Er tanzte vor den Kameras irgendeine Quadrille, wirbelte um die eigene Achse – und stand plötzlich vor Sharon in ihrem raschelnden Seidenkleid. Das rote Perückenhaar war für den Ball hoch aufgesteckt, bis auf einen langen Schwanz, der sich vom Hals über ihre nackte Schulter bis zum Dekolleté wand. An der Innenseite seiner Lider wurde sie zu Constanze Weber. Wenn er die Rolle akzeptierte, würde jede Bewegung in Mozarts Frack, jede Wendung seines Kopfes unter dem groben Innenfutter der Perücke, jedes Streicheln der reichgefältelten Manschette über sein erhobenes Handgelenk Sharon auf die Bühne bringen, so wie sie in dem Film als Sarah ausgesehen hatte. Er würde ständig seinen Text vergessen.

Sharon war von Natur aus keusch, zeigte sogar rührend prüde Züge, doch Onkelchen Romsomoff lag sie so lange wegen einer Nacktszene in den Ohren, bis er, ratlos, seine

Einwilligung gab. Für Schauspielerinnen hatte es damit offenbar irgendeine besondere Bewandtnis – eine Entjungferung durch das Kameraobjektiv, etwas in der Art. Für Remo war es kein Problem, die ohnehin badesüchtige Sarah nackt ins Drehbuch zu kriegen. Ihr schönes, volles Venushaar, um mehrere Töne dunkler als ihr Kopfhaar, bekam eine Farbspülung, damit es zur roten Perücke paßte. Ein stammelnder Remo durfte ihr den Schwamm reichen, dessen Weichheit von beiden laut gerühmt wurde.

Das Ergebnis war, daß der dickfellige Romsomoff, der jede technische Neuerung Remos als »*European artyfart*« abtat, alle nicht von Badeschaum bedeckte Nacktheit herausschnitt, angeblich weil Sharon seiner Meinung nach für solche Szenen schauspielerisch noch nicht reif genug war. Schließlich hatte er sie gekauft. Sie war sein Eigentum, und damit mußte er vorsichtig umgehen.

Remo versuchte, auf dem noch freien Raum seines Storyboards eine Übersicht für die Regie von *Constanze* zu skizzieren, doch unaufhörlich drängte sich Sharon in ihrem Ballkleid von 1789 zwischen ihn und die an das Brett gehefteten Papiere. Die Botschaft ließ an Deutlichkeit nichts zu wünschen übrig: Sie war die einzige, die Mozarts Frau spielen konnte.

Donnerstag, 12. Januar 1978

Sechs Stadien

1

Ich bekam von meiner Loge aus nicht *alles* mit, aber doch genug, um zu hören, daß die dem Tode entronnenen Zwerge da unten in einer Tour die Rollen wechselten. Remo (das »angeheiratete Opfer«, wie er sich nannte) übernahm die öffentliche Anklage im Namen der Toten. Der Angeklagte bestritt die eigene Verteidigung, was ihm während des echten Prozesses nur für kurze Zeit zugestanden worden war, und trat für seine Paladine in die Schranken. Meine Kollegen mochten in dem Gezanke keine Plädoyers und Strafanträge hören.

»Das ist doch kein Putzen mehr.«

»Ich bin dafür, sie zu trennen.«

»Sieht die Gefängnisordnung irgend etwas dazu vor, wie freiwillige Reinigungskräfte sich zu verhalten haben?« wollte ich wissen. Nein. Sie hätten sich, bis auf das Fegen und Wischen, genauso zu verhalten wie die anderen Häftlinge. Nun, sagte ich, dann sei es ihnen erlaubt, bei jedem legalen Aufeinandertreffen miteinander zu reden und auch ihre Meinungsverschiedenheiten zu klären – solange sie sich nicht prügelten. Die Vorstellung war gerettet.

2

»Ich *kenne* unseren ›Griechen‹ von irgendwoher«, brummte Maddox, nach einem Blick auf die Loge das Thema wechselnd.

»Ich hoffe, aus einem früheren Leben«, sagte Remo. »Sonst müssen wir dein derzeitiges wieder von Grund auf durchwühlen. Der Gestank hatte sich gerade etwas gelegt.«

»Sein Gesicht« (Agraphiotis und er grüßten sich mit erhobener Hand) »kommt mir so bekannt vor. Vielleicht erinnert es mich aber auch nur an jemand anders. Die ältere Ausgabe eines Gesichts von früher.«

»Ich gebe dir ungern recht, aber auch ich habe jeden Tag wieder das Gefühl, daß ich den ›Griechen‹ von früher kenne. Von immer anderen Gelegenheiten. Mal ähnelt er einem Inspektor vom Parker Center, der mich dort '69 ziemlich rüde befragte … ich hatte einiges geschluckt. Ein andermal erinnert er mich an jemanden aus der Filmwelt, mehr oder weniger berühmt. Irritierend. Ich verwechsle ihn auch manchmal mit dem Mann, der vor zehn Jahren Fotos von mir in London gemacht hat. Auf Fotografen achtet man nicht richtig. Sie achten auf dich.«

»Ich vermute mal, Little Remo, daß der ›Grieche‹ eines dieser beneidenswert leeren Gesichter hat, die … wie nennt man das?«

»Auf die man sehr leicht andere Gesichter projiziert.«

»Einen wie dich müßte man immer bei sich haben. Für das richtige Wort am richtigen Platz.«

»In *Hurly Burly* wird das auch von dir gesagt, Scott … daß du so chamäleonhaft bist. Mit jeder Grimasse eine neue Persönlichkeit. Darüber erlaube ich mir kein Urteil. Ich kenne ja nur diese weiße Maske von dir. Sie verändert sich im Lauf der Woche von blütenweiß zu schmuddliggrau. Mehr Ausdruck bietet sie mir nicht.«

Zwei verbundene Hände, die einen umwickelten Kopf umklammerten, das sei eine ganze Menge schmuddliger Verband. »Hinter diesen Binden, Li'll Remo, verbergen sie sich alle. Alle Charlies. Der gesamte Vietcong.«

»Im Fototeil von *Hurly Burly* stehen, seitenlang, Hunderte von Porträts von dir. Vom Ende der fünfziger bis Anfang der siebziger Jahre. Die Veränderung steckt nicht im Älterwerden, sondern in dem Willen, dem Vorsatz, anders auszusehen. Du hast es absichtlich gemacht. Nicht nur die Frisur und der Bart sind von Foto zu Foto unterschiedlich, sondern auch der Blick – von mild bis furchterregend. Ein Popmusiker, dessen Image sich mit jeder Minute, nein, mit jedem Gesichtsausdruck ändert ... selbst David Bowie würde das zuviel.«

3

Vor noch gar nicht so langer Zeit war Remo über seine Agentin das Angebot zugespielt worden, in Paris Regie bei *Der Balkon* von Jean Genet zu führen. Ein heftiges Grand-Guignol: Er traute es sich nicht zu. Im Februar '69, kurz nach ihrem Umzug in den Cielo Drive, hatte er gemeinsam mit Sharon eine englischsprachige Aufführung des Stücks in einem Theater am Sunset Strip besucht. Sie war, im dritten Monat schwanger und ohne diese auffälligen falschen Wimpern, hübscher und liebenswerter als je zuvor. Remo mußte gar nicht erst daran zurückdenken, um sich bewußt zu werden, wie verliebt er gewesen war. Er fühlte die Glut seiner Liebe in jenem Moment, dort, im gammeligen Theaterfoyer, in dem das Bier direkt aus der Flasche getrunken wurde. Das Stück, so glänzend es auch inszeniert war, hatte ihn traurig gestimmt: Hier saß er, seine schwangere Frau neben sich, bereit, die denkbar idealste kleine Familie zu bilden – und unmittelbar vor ihm, auf der Bühne, zeigten die Schauspieler in ihren Doppelrollen, wie bizarr und beängstigend die Triebfedern einer menschlichen Seele sein können. Er wollte Sharon auf irgendeine Weise davor schützen, brachte aber nur ein zu festes Kneifen ihrer Hand zustande, so daß sie am nächsten Tag blaue Flecke am Handballen hatte. Sharon, die in der Dunkelheit die berauschende Sprache der Dialoge über sich hatte hinwegfluten lassen, gab hinterher zu erkennen, die Bedeutung doch erfaßt zu haben, als sie bemerkte: »Wenn es dich antörnt, dann entlassen wir Winny, und du wirst meine Zofe.«

554

»»Der Balkon‹, Scott, ist der Name eines Bordells für Feti-
schisten. Der Maurer oder Klempner kippt seine Lohntü-
te aus, um sich in die Gewänder eines Bischofs zu kleiden.
Der Kardinal wiederum läßt sich dort mit Hilfe von allerlei
Requisiten als Hausknecht erniedrigen. So ungefähr. Jeder
Bürger, Militär oder Geistliche bringt ein geheimeres Ich
mit, das im Bordell hervorgelockt und -gekitzelt wird. Letztendlich geht es dabei natürlich nur um eine durstige Vision
von Macht, jenseits aller sexuellen Befriedigung. Draußen
wütet eine Revolution … Aufständische gegen die Armee.
Lediglich Maschinengewehrsalven dringen bis in die Umklei-
deräume des ›Balkons‹. Während Sharon und ich uns dieses
nervenaufreibende Spiel von Maskierung und Demaskierung
ansahen, warst du, Scott, die Puffmutter in deinem eigenen
Bordell auf Spahn's Ranch. The Circle … Nachwehen sexueller Wollust, Gruppenorgien übersättigter Teilnehmer, aber
dir ging es um die Hierarchie. Nur du hattest die Kontrolle
darüber. Ein Machtbordell, in dem nur einer wirklich zum
Zuge kam. Der kleine Feldherr Charlie. Er schmückte sich,
als wären es Medaillen, mit zwanzig, dreißig unterwürfigen
Frauen. Er verschwand völlig hinter ihren unreinen Stoffetzen. Und da draußen, Richtung Chatsworth, glaubte er das
erste Lärmen einer Revolution zu hören … ungreifbar noch,
unwirklich. Nein, es war noch nicht das Waffengeklirr des
Rassenkampfs. Charlie mußte sich den Krieg erst selbst ausdenken … und dann in Gang setzen.«
    »Wenn mein Krieg ein Theaterspiel ist, dann hat die Wirk-
lichkeit einen Künstlerausgang.«

4

Anfangs gab es noch andere Szenarien, um Mord und Tot-
schlag zu bewirken, ohne daß The Circle sich selbst die
Hände schmutzig machen mußte. In einer Zeit, in der die
Amsterdamer Provos Pläne schmiedeten, LSD ins Leitungs-

wasser ihrer Stadt zu mischen, erwogen Charlie und seine Krieger, das gleiche mit der Wasserversorgung in Teilen von Los Angeles zu tun. In Amerika und in den Niederlanden lautete die chemische Formel für Wasser gleich: H_2O – aber Acid hatte in beiden Städten offenbar eine andere Zusammensetzung, denn für Los Angeles war eine Welle ziviler Gewalt vorgesehen, während die Einwohner von Amsterdam, ganz im Gegenteil, von einem Schluck aus dem Wasserhahn gewaltfrei werden sollten, durch und durch Liebe und erlöst von aller Habgier in bezug auf Autos und Fernseher.

»Die Bevölkerung einer Weltstadt wie Los Angeles mit einem Glas Wasser zur Gewalt anstacheln«, schnaubte Maddox, »das hätte einem Vorhaben wie dem unseren einen gewaltigen Vorsprung gegeben. Ich weiß hautnah, was LSD anrichten kann.«

»Du hast deinen Vasallen LSD in Kombination mit anderem Mistzeug verabreicht. Sie in einen Zustand der Angst versetzen und ihnen dann eine Tablette auf die Zunge legen … ja, so erzeugst du Gewalt. Und noch mehr Angst, vor allem bei den vorgesehenen Opfern. Du hättest *nach* den Blutbädern Acid über das Leitungswasser in die Stadt pumpen müssen, als alle schreckensstarr waren. Dann hättest du dein Armageddon erst wirklich bekommen. Was hat dich davon abgehalten?«

»Rechne mal aus, wie viele Hektoliter LSD nötig sind, um ein paar Hunderttausend ans Leitungsnetz Angeschlossene zum Brandstiften zu kriegen. Zum Plündern. Vergewaltigen. Morden.«

5

»Wir kleinen Arschlöcher brauchen eine Utopie«, knurrte Maddox. »Wie sieht deine aus, Li'll Remo?«

»Eine Welt des Lichts … als Ersatz für unsere.«

»Das hört sich ja an wie das Winseln eines Christenhunds.«

»Die Welt in Zelluloid. Die Wirklichkeit ersetzen durch Lichtskulpturen.«

»*I have a dream* …« Maddox ließ seine Stimme mit dem übertriebenen Tremolo eines schwarzen Predigers vibrieren. »Ich habe einen Traum … daß sich eines Tages die Neger gegen die Weißen erheben. Ich habe einen Traum … daß so Hurly Burly ausbricht. Ich habe einen Traum … daß der Brunnen gefunden wird und The Circle in ihn hinabsteigt. Ich habe einen Traum … von unterirdischen Flüssen aus Gold. Charlie hat einen Traum … daß er sich die Nigger unterwirft. Li'll Remo, als im April '68 der schwarze Pfarrer abgeknallt wurde, wußte ich, daß ein anderer den ersten Schritt zu Hurly Burly für mich getan hatte. King hatte seinem pazifistischen Frauchen schon zu lange nachgeplappert … daß der Widerstand gegen die Rassendiskriminierung gewaltlos sein müsse, und dieses ganze Blabla. Als ich ihn in Memphis … als er dort umgelegt wurde, da hat Hurly Burly doppelt davon profitiert: Der große Negerführer konnte keine süßen Träume und keinen gewaltlosen Widerstand mehr predigen … *und* die Schwarzen waren inzwischen dermaßen wütend, denen war die Lust auf Friedfertigkeit vergangen. Besser, sie standen im Bus für Weiße auf, stiegen dann aus und jagten den Bus in die Luft. Ein Nobelpreis für den Frieden, davon hat Hurly Burly nichts.«

»Und wenn sich herausgestellt hätte, daß King doch von einem Liebesrivalen ermordet wurde …«

»Für Charlies *Traum* macht das keinen Unterschied. Chaos und Verwirrung müssen irgendwo anfangen.«

6

Scott Maddox zufolge hatten sich die ersten Anzeichen von Hurly Burly 1965 gezeigt, im Schwarzenviertel Watts, als er auf dem nebelverhangenen McNeil Island im Puget Sound saß und der gleichnamige Song erst noch komponiert werden mußte. Auf dem Fernsehschirm im Freizeitraum flakkerten den ganzen Tag über die Flammenmeere von Watts. Schaufensterscheiben gingen zu Bruch, und teilweise maskierte Schwarze rannten mit Elektrogeräten durch die Straßen, in denen sich schwarzer Rauch niedergeschlagen hatte. Die Kamera zog schwankend an drei demolierten Streifenwagen vorbei. Der Polizeipräsident besuchte seine verletzten Männer in verschiedenen Krankenhäusern.

Maddox hatte während der ihm von den Wärtern zugestandenen Zeit kein Auge vom Fernseher abwenden können. Dieses Potential an Kraft und Aggression beim schwarzen Mann – faszinierend, schaudererregend. Tagelang ließen die Banden aus Watts und Umgebung sich von keiner Polizeimacht aufhalten. Der Anlaß hatte sich in der Hitze des Gefechts längst verflüchtigt. Von Zeit zu Zeit mußte es einfach zu einem Aufstand kommen: Erbe der Sklaverei. Angenommen, es gelänge ihm zusammen mit seinen Knastgenossen, so eine Negerhorde zu zähmen und dazu abzurichten, mit von den Reichen gestohlenen Speedbooten McNeil zu erobern … Scott sah sie schon mit ihren Waffen im Anschlag leicht zurückgelehnt in den halb aufgerichteten, über das Wasser donnernden Rennbooten stehen. Natürlich würden sie am anderen Ufer warten, bis der Nebel am dichtesten war und die Nacht am schwärzesten. Unter ihren Macheten würden die Schweineköpfe nach allen Seiten rollen.

Für Maddox und seine weißen Ausbrecher kam es darauf an, sofort nach der Befreiungsaktion die Führung über die primitiven Schwarzen zu übernehmen, denn die konnten zwar hacken, rammen, demolieren, doch von ausgefeilten Rückzugsstrategien verstanden sie beispielsweise nichts. So lösten die Rassenunruhen von Watts, die er später als »Proben für Hurly Burly« bezeichnen sollte, Tagträume bei ihm auf seiner sumpfigen Insel aus. Jahre später, nachdem er den Beatlessong tausendmal gehört hatte, war Maddox mit seinen Adjutanten Tex, Bruce und Clem im Auto nach Watts gefahren, langsam dahinrollend und in der Nähe der Kreuzungen anhaltend, um die schwarzen Heerscharen zu inspizieren.

»Die haben gerade Urlaub, ohne daß sie es selbst wissen«, sagte Maddox, der wie gewöhnlich auf einem Kissen saß, um über das Lenkrad des Fords schauen zu können.

»Wenn sie demnächst ranmüssen«, sagte Tex, »dann werden sie es auch nicht gleich merken.«

»Stell dir vor«, sagte Bruce, »ein Soldat, der zu Hause hockt und gleichzeitig von seinen Heldentaten an der Front liest.«

Von Clem kam nur sein übliches stumpfsinniges Gewieher.

7

Struktur und Strategie des Krieges Hurly Burly waren so undurchsichtig und hatten so viele Zusätze und Varianten, daß Remo sich den Plan jedesmal von neuem erklären lassen mußte. Wenn er alles richtig verstanden hatte, umfaßte Hurly Burly folgende Stadien:

Stadium 1. Abwarten, ob die Schwarzen sich, in Watts oder sonstwo, massenweise und total gegen das weiße Establishment erheben. (Falls ja, dann weiter siehe Stadien 4, 5 und 6.)

Stadium 2. Blieben die Neger tatenlos und sich an den Eiern kratzend in ihren Hängematten liegen, dann wären Charlie und The Circle gezwungen, ihnen vorzumachen, wie man, zum notwendigen Vorteil der schwarzen Gemeinschaft, Hurly Burly entfesselt. The Circle würde diese *masterclasses* so einrichten, blutige Handabdrücke am Ort der Verbrechen eingeschlossen (und so weiter), daß der Verdacht sich sofort auf die Black Panthers richtete.

Stadium 3. Konfrontiert mit den weltweit stattfindenden Greueln, die ihre Handschrift trugen, würde den militanten Schwarzen nichts anderes übrigbleiben, als die Greuel weiter zu kopieren: der Beginn eines Bürgerkriegs zwischen Weiß und Schwarz.

Stadium 4. Um dem, siehe Stadium 3, in Gang gesetzten Gemetzel zu entgehen, würden Charlie und sein Circle sich in einem Wüstenbrunnen am tiefsten Punkt des Death Valley in Sicherheit bringen. So lange der Krieg überirdisch auch weitergehen mochte, The Circle würde, sich derweil weiter vermehrend, in seinem unterirdischen Paradies bleiben – eine Märtyrerelite prophetischer Weltverbesserer, denen es dort unten an nichts mangelte. Entlang goldenen Strömen von Milch und Honig erstreckten sich Hanf- und Kirschplantagen sowie Gärten, in denen es sich die Zeit mit einer der aus den eigenen Reihen hervorgegangenen Jungfrauen gut vertreiben ließ.

Stadium 5. Sobald in der Oberwelt alle weißen Schweine gekillt waren, würden Charlie und seine gewaltig angewachsene Schar Auserkorener (die Jungfrauen blieben nicht jungfräulich) wieder hinaufsteigen und dort das still gewordene Schlachtfeld in Augenschein nehmen. Die Neger hätten ihre Aufgabe erfüllt, eine dekadente Rasse war aus dem Weg geräumt, und nun würde es Zeit, daß sie sich Charlies Volk von Superweißen für eine neue Ära der Sklaverei unterwarfen. Ohne führende Hand waren sie der Welt nicht gewachsen, die Schwarzen. Als erstes müßten sie alle angerichteten Schäden beseitigen.

Stadium 6. Nachdem auf diese Weise die natürlichen Verhältnisse wiederhergestellt waren – die Neger in der Rolle glücklicher Sklaven –, würde Charlie seine Anhänger in Cosy Horror unterweisen – was soviel wie ein geistiges Paradies war. Für die neue Rasse der Superweißen würde der Tod nicht länger von Bedeutung sein. Für die Schwarzen schon, denn die müßten wissen, an welchen Platz sie gehörten.

»Ich glaube nicht, Li'll Remo, daß Clausewitz sich je von einem Schüler besser verstanden gefühlt hat als ich jetzt von dir.«

»Scott, ich hätte dich lieber sagen hören: Ströme von Blut.
Goldene Flüsse von Milch und Honig … Über Sharon wurde immer geschrieben, sie habe honigblondes Haar. Honig,
nimm dieses Wort nicht in deinen dreckigen Mund. Blut ist
weniger schlimm.«

8

»Hast du dir je überlegt, Scott, deine eigenen Leute als lebendige Bomben loszuschicken?«

»Wie Kamikazeflieger, meinst du … mit Sprengstoff in
allen Körperhöhlen?«

»Schon mal dran gedacht?«

»Nicht nur gedacht. Ein paar werden gerade ausgebildet.
Ich verrate dir den Ort nicht, aber es ist in der Wüste von Ne-
vada. Die Mädchen werden nicht nur ein Korsett aus Semtex
tragen … sondern auch eine gepanzerte Spezialkamera, mit
der sie ihre eigene Aktion filmen. Dem amerikanischen Fernsehzuschauer wird es kalt den Rücken runterlaufen, wenn er
die Bilder der künftigen Opfer sieht. Sie schauen erstaunt
lächelnd in die Richtung meiner Heldin … treten zur Seite,
um sie vorbeizulassen. Und dann, nach einer Stichflamme,
wird der Bildschirm schwarz. Es folgen professionelle Film-
aufnahmen vom Ort des Anschlags. Körperteile. Hiroshima-
bäume, wie Pfeifenputzer. Der abgetrennte Kopf des Ka-
mikazemädchens, mit einem himmlischen Lächeln auf den
Lippen. Sie hat die Wahrheit von Cosy Horror erfahren, ihre
Seele befindet sich bereits auf dem Weg zum Brunnen im
Death Valley.«

9

»Meine Sadie eine Verräterin?« fauchte Maddox.

»Im Frauengefängnis hat sie die ganze Geschichte von den
Blutbädern ausgeplaudert… an ein paar Nutten, die damit

zur Polizei gegangen sind. Später hat sie sie für eine Menge Knete an die Presse verkauft. Zu Weihnachten konnte die ganze Welt das Buch lesen. Und das soll kein Verrat sein?«

»Alles gute Reklame für unsere Sache, Li'll Remo. Als es drauf ankam, hat sie die Aussage verweigert. Ich mußte sie im Gerichtssaal nur einmal kurz ansehen, und sie war wieder auf unserer Seite. Schau, das ist Liebe – zu mir, zu Hurly Burly. Jacuzzi stand mit leeren Händen da.«

»Ohne ihre Redseligkeit hättest du nicht vor Gericht stehen müssen. Ein gewisser Vorwurf wäre also durchaus angebracht.«

»Nach der Logik *deiner* Welt. Sadie, die hat verstanden … daß Schweigen der Sache schaden würde. Ein hundsgewöhnliches Verbrechen, ja, das verschweigst du. Aber nicht eine Aktion von höchster politischer und religiöser Bedeutung. Ideologien brauchen ihre Märtyrer. Ich und Sadie und Lulu und Katie … wir saßen da gut, gegenüber der Theke dieses Rechtskrämers. Sadie tat, was für Hurly Burly notwendig war. Genau wie die anderen. Auf dem Grunde des Brunnens steht ein schwarzer Thron und spiegelt sich in einem goldenen Fluß … in Erwartung von Sadie Mae Glutz und ihrem Sohn Zezozose Zadfrack Glutz.«

»Ah, deine Leute haben also getan, was notwendig war, um Krieg zu führen … Wenn es nur um Kriegskunst ging, nicht um Mordlust, warum hat diese Lulu denn mit ihrem Buck-Messer immer weiter im Körper der armen Rosemary rumgewütet, als sie schon längst tot war?«

»Um sicher zu sein, daß sie tot war. Nie eine lebende Seele rettungslos verloren auf dem Schlachtfeld zurücklassen.«

»Nach dem, was ich gelesen habe, Scott, hat Lulu zugegeben, daß sie es wegen des Kicks getan hat – das Messer immer wieder in einen schon toten Körper stoßen.«

»Ein Kriegsherr hat seinen Soldaten in Maßen die Sünden zu erlauben, die zu einem Krieg gehören.«

»Plünderei, Brandschatzung, Vergewaltigung, Leichenfledderei … alles, was die Leute bei Laune halten kann. Schändung von Leichnamen gehört also offenbar auch dazu.«

»Alles für den Erfolg von Hurly Burly.«

»Solche Exzesse schaden demnach der Märtyrerrolle von The Circle für eine bessere Welt nicht …«

»Jedem, Li'll Remo«, explodierte Maddox, »steht es frei, Märtyrertum neu zu erfinden … und zu definieren.«

»Genauso wie ein Gericht die Befugnis hat, ein Mitglied von The Circle sein Märtyrertum in einer Gaskammer oder einer Gefängniszelle absitzen zu lassen. Anstatt in einem paradiesischen Brunnen des Abgrunds.«

»Politische Gefangene wie wir gehören nicht unter Berufsmörder.«

»Jetzt aber mal halblang, Scott.« Remo warf seinen Besen mit solcher Kraft gegen das Eisengeländer, daß der gesamte Ring zu schwirren schien. »Wenn ich an dich denke in deiner Rolle als heroischer Kämpfer für eine bessere Welt, dann … dann sehe ich dich über den Tisch der Verteidigung springen … auf Richter Younger zu … mit einem messerscharf gespitzten Bleistift in deiner Patschhand. Das Foto war in allen Zeitungen … selbst *mir*, der ich mich von allem fernhielt, ist es nicht entgangen. Meinem Freund Jack zufolge, der an jedem Verhandlungstag direkt hinter dir saß, war es eher ein mißglückter Ballettsprung. Du bist unsanft auf dem Knie gelandet … die Jury hat, zwölf Mann hoch, den Schmerz in deinem Gesicht registriert. Das also war Charlies größte Heldentat, seit er seine Mädels losgeschickt hat. Du hast einen Kniefall vor dem Richter gemacht und ihm demütig deinen Bleistift angeboten … damit er schon mal seinen Friedrich Wilhelm unter dein Todesurteil setzen konnte.«

»Noch nie zuvor in der kalifornischen Rechtsgeschichte war ein Angeklagter … und dazu noch mit einem scharfen Gegenstand bewaffnet … seinen Richtern so gefährlich nahe gekommen.«

»Bevor du dein verletztes Knie wieder strecken konntest,

hatten sich die Justizwachtmeister schon auf dich gestürzt. Heldenhaftes Resultat: eine abgebrochene Bleistiftspitze. Wenn du wieder mit Hurly Burly anfängst, Scott, bekommst du von mir einen Bleistiftanspitzer. Ich leiste gern einen kleinen Beitrag zu dieser weltumspannenden Revolution.«

10

»Scott, siehst du dich, analog zu Christus, als Erlöser?«

»Jesus hat *behauptet*, er sei ein Erlöser. Er werde die Welt mal eben von allen Sünden befreien. Die Wirkung von so etwas, von einem Haufen Worte, die läßt sich nicht messen. Charlie glaubt nicht nur, er tut auch was. Charlie erlöst durch Taten. Ich bin kein wachsweicher Prediger, Li'll Remo, ich bin ein pragmatischer Politiker.«

Auf einmal, mit blasphemischer Erleichterung, ging es Remo auf: So, wie Maddox, war der echte Jesus gewesen – ein banaler kleiner Guru, der mit fanatischem Blick und hohler Beredsamkeit ein paar Jüngern imponieren wollte. Ein Salbader, der sich gierig der Schwachen und Unsicheren annahm, junger Leute, die sich in einer Krise befanden und für Utopien empfänglich waren, so messerscharf klar umrissen am Horizont, wie es eine Luftspiegelung nur konnte.

Falls Charlie sich irgendein Verdienst um die Menschheit erworben hatte, dann dieses: fast zweitausend Jahre später, mitten durch alle goldüberzogenen Darstellungen hindurch, Christus einen trüben Spiegel vorzuhalten, in dem der sogenannte Menschensohn als der erschien, der er gewesen sein mußte – ein kleiner, mickriger, autistischer Orakelfritze, der sich an den verbal Minderbemittelten hochzog. Ein Jesus, der sich mit schönen Reden seinen Lebensunterhalt zusammenschnorrte. Der seine Anhänger losschickte.

Der Unterschied bestand darin, daß Jesus Christus seine Jünger und deren Nachfolger weniger ausdrücklich zum Schlachten geschickt hatte. Seine verschwommene Lehre erwies sich trotzdem also so vielseitig interpretierbar, daß sich in späteren Jahrhunderten mühelos der Auftrag zum Ermorden von Ketzern und Ungläubigen darin lesen ließ.

11

»Scott, wie erklärst du dir, daß die Schwarzen nicht auf das reagiert haben, was du ihnen vorexerziert hast … oder vorexerzieren *ließest?*«

»Die Neger, die hab ich überschätzt«, sagte Maddox düster. »Ich saß noch keine zwei Monate in San Quentin, da brach ein Aufstand unter der schwarzen Rattenpopulation aus. Du erinnerst dich aus den Zeitungen an diesen jungen Black Panther … George Jackson. Der hatte eine Afrofrisur, bestimmt ein halber Meter im Durchmesser. In die hat er eine Höhle gemacht, und so kam diese Pistole aus dem Besucherraum in seinen Trakt. Ein Wärter sah was glänzen in dem schönen Korkenzieherhaar. Ein Kamm oder eine Brosche, hat er vielleicht noch gedacht … aber da ging's *bumm*! schon los. Revolte. Ich hab mich nicht eingemischt, aber hinterher waren immerhin drei Schweine tot. Ein paar andere schwer verletzt. Zwei Denunzianten – ebenfalls tot. Blaue Tränen in der Mache. Und Jackson selbst von einem Scharfschützen umgelegt … da konnte er mit seinem schwarzen Baumwollmop sein eigenes Blut aufwischen … Ja, das kommt davon, wenn man meint, besser als Charlie einen Aufstand Schwarz gegen Weiß anführen zu können. Adios, Soledad Brother.«

Nach den mit beißendem Tabaksaft gesättigten Jugendanstalten hatte Scott Maddox immer in Gefängnissen gesessen, in denen die Schwarzen die Mehrheit bildeten. Die Arische Bruderschaft, die die weiße Allmacht hinter Gittern garantieren würde, hatte sich noch nicht formiert. Vorerst schärfte der junge Delinquent weniger sein Messer als vielmehr seinen Verstand gegen die schwarze Übermacht. Der Knast war für ihn nicht nur Zuhause, sondern auch Versuchslabor. Wie ein Clausewitz aus Midwest studierte er in diversen föderalen Einrichtungen (von Petersburg, Virginia, bis Chillicothe, Ohio) seinen künftigen Krieg in verkleinertem Maßstab.

»Ich hab da gelernt, Li'll Remo, daß in jeder schwarzen Seele noch die alte sklavische Unterwürfigkeit haust. Keine Peitsche vorhanden? Sie krümmen den Rücken auch unter einem geißelnden Geist. Den Bootleg, das Startsignal für Hurly Burly, das alles gab's noch nicht, aber Charlie wußte schon damals, daß er sich die rebellische Unterwürfigkeit der Neger irgendwann zunutze machen würde. In Anwesenheit der Schwarzen auf McNeil Island ließ ich mein Gehirn sausen wie eine Peitsche. Ich las Bücher über Macht ... über Hypnose. Ich lernte, meine Stimme einzusetzen.«

»Noch mal, Scott: Als du deine Kriegssklaven gebraucht hast, ließen sie sich nicht blicken.«

»Diese blöden Baumwollpflücker«, fauchte er plötzlich. »Mit ihrem schwerfälligen Verstand haben sie die Signale, die Zeichen nicht begriffen. Wir werden sie mit einfacheren Botschaften locken müssen.«

»Ein hundsgewöhnlicher Rassist, das bist du.«

»Ein Mensch, der mit offenen Augen lebt, kann gar nicht anders, als den äußeren Unterschied zwischen den Rassen zu bemerken.« Maddox tanzte seinen ungelenken Tanz um Remo herum, wobei er jeden Satz mit einer Bewegung seines Arms oder der Hüfte unterstrich. »Und wer mit offenem Verstand lebt, kann nicht blind sein für den *inneren* Unterschied zwischen den Rassen. Das macht Charlie noch nicht zum Rassisten. Wenn ich sage, daß der Neger den Sieg in Hurly Burly davonträgt und daß er danach Charlie braucht, um die Welt in den Griff zu bekommen, dann ist das kein Rassismus, sondern Realismus.«

»Aber natürlich. Rassismus ist die alltägliche Realität.«

»Wir wollten den Schwarzen eine faire Chance geben, sich von ihren Ketten zu befreien. Goldbehängte Säue wie du, Li'll Remo, sind Antirassisten aus Luxus. Es kostet dich nichts. The Circle hat sich darangemacht, den Weltrassismus aktiv zu bekämpfen. So was geht nicht ohne Gewalt.«

»Sobald sie die Drecksarbeit für dich erledigt hätten, hätten sie zur Belohnung wieder Sklave werden dürfen.«

»Charlie wollte den Neger zu seinem natürlichen Status zurückführen. Ohne die Ketten.«

»Aber dafür mit einem vorgebundenen Schürzchen, meinst du wohl.«

12

»Ich ein Mulatte, Li'll Remo? Beleidige mich nicht.«

»In Jacuzzis *Hurly Burly* ist ein Verwaltungsformular aus einer deiner Jugendanstalten abgedruckt … der Indiana School for Boys, glaube ich, in Plainfield.«

»Painsville, hab ich es genannt. Der Saft von Kautabak als Gleitmittel, das gibt eine ruppige Vergewaltigung, sag ich dir. Das Nikotin brennt wie die Hölle.«

»Alle deine Personalien sind darin eingetragen. Auch daß du, glaub ich, zu einem Achtel Negerblut hast.«

»Meine eigene Mutter … die hat mir das eingebrockt.« Seine Stimme knurrte sich in noch größere Wut hinein. »Ich war minderjährig. Ein Junge. Sie konnte reinschreiben, was sie wollte … bloß um mich loszuwerden. Die Hure. Sie selbst hat nicht auf Farbe geachtet: Dollar war Dollar, egal von wem. Jetzt versteh ich, Li'll Remo … die ganzen Prügel mit dem Gürtel des Aufsehers, der ganze Tabaksaft aus seinem stinkenden Maul, die ganzen Entzündungen in meinem After … das hatte ich alles meinem angeblich gemischten Blut zu verdanken. Letztlich also meiner Mutter.«

»Wegen dieses Formulars, oder … weil ein Viertelneger dich mit ihr gezeugt hat?«

»War dieser falsche Oberst dein Erzeuger, oder durfte er nur blechen?«

»Seh ich aus wie ein Neger, Li'll Remo?«

»Außen am Verband nicht.«

»Die Nägel, die verraten es.« Maddox streckte die Finger, so daß die Binden an seiner Hand zurückwichen. Die Haut seiner Finger bestand aus beigen und grünlichen Fetzen, die nichts preisgaben – genausowenig im übrigen wie die weggeschmolzenen Nägel, von denen gerade noch ein schmaler Halbmond unter der Nagelhaut hervorlugte. »Bei einem Schwarzen sind sie violett, gemischt mit Weiß. Wie bei einer Futterrübe.«

»Wenn dein Vater ein Neger war, Scott, dann geht sein Sohn damit nicht gerade hausieren.«

»In zwei Monaten, sagt der Doktor, hab ich wieder komplette Nägel.«

»Bis dahin habe ich Choreo längst verlassen … und weiß noch immer nichts über Charlies Herkunft.«

»Hattest du noch ein Hühnchen zu rupfen mit deiner Familie väterlicherseits, Scott? In Jacuzzis Buch lese ich, daß ungefähr einen Monat vor dem Beginn von Hurly Burly dein Onkel Philip Scott ermordet in seinem Haus gefunden wurde. Ziemlich zerstückelt. Mit einem Bajonett, so lang wie das Schwert von König Arthur, war sein Körper auf dem Holzboden festgepinnt. Das Blut, das zwischen den Brettern durchlief, war genausogut der Grund für das Gemetzel, scheint mir, wie dessen Folge. Onkel Philip war zu einem Viertel schwarz.«

»Irgendwelche interessanten Bluttexte an den Wänden?«

Maddox sang es fast vor lauter Sarkasmus. »Nein? Na, dann kann es The Circle nicht gewesen sein.«

»Pardon, daß ich euch verdächtigt habe.«

»Dein großes Vorbild Hitler hatte wahrscheinlich ein paar ätzende Tropfen jüdischen Bluts in seinen Adern. Dafür machte er die Gesamtheit der Juden verantwortlich. Zur Strafe wurde ihrem Blut mit Blausäure der Sauerstoff entzogen. Nachdem sechs Millionen diese Behandlung bekommen hatten, darunter meine Mutter, saß er ganz tief unten in seinem Brunnen des Abgrunds. Mitten in der Wüste, in die die Russen seine Hauptstadt verwandelt hatten. Und siehe da, er war noch immer keinen Schritt weiter. Die paar Tropfen jüdischen Bluts laugten unvermindert seine Seele aus … bis sie das Herz, in dem sie ein- und ausgingen, schließlich zerstörten. Ihn hat man zu spät angezündet.«

»Die Botschaft ist klar, Li'll Remo. Charlie treibt die Schwarzen in Hurly Burly, um ein Fitzelchen Negerblut aus seinen Adern zu filtern … Jacuzzi bekam nicht genug von dieser Theorie, obwohl sie nie als Beweis zugelassen wurde. Die Geschworenen …«

»Meine Frau und mein Kind, meine Freunde … sie sind durch deinen nach innen gerichteten Rassenhaß ermordet worden. Genauso wie meine Mutter vergast wurde durch Hitlers nach innen gerichteten …«

»Du laberst und laberst von Hitler. Sich vor Stalin zu verbeugen, wie du es getan hast, hat das die Welt gerettet? Vielleicht gab's bei Stalin ja irgendwo in seiner Ahnenreihe einen stinkenden Mongolen.«

»Ich erzähl dir jetzt eine Geschichte, Scott, die dir bekannt vorkommen wird. Die alten Römer versuchten Karthago nicht nur von der Erde zu fegen – sondern auch von der Weltkarte, falls du verstehst, was ich meine. Alles, was mit den Karthagern zu tun hatte, sollte so gründlich wie irgend möglich aus dem Bewußtsein der Geschichte gebrannt werden. Lobotomie der Historie. Das karthagische Volk, seine Kultur ... das alles durfte nie existiert haben. Etwas Ähnliches hat auch dir vorgeschwebt. Die weiße Rasse ausmerzen ... natürlich abgesehen von Charlie und The Circle.«

»Nein, bis zum letzten Mann. The Circle ist eine Rasse für sich. Eine Superrasse. ›Die rückwärts Gehenden‹. Die Existenz der weißen Schweine aus der Evolution der Menschheit brennen, ja, das hat Charlie angestrebt ... und das strebt er noch immer an. Die Weißen, an die darf es auf die Dauer nicht mal mehr eine läppische Erinnerung geben. Kein Foto, kein von Hand gefertigtes Produkt darf von ihnen bleiben ... kein in Spiritus konservierter Ringelschwanz. Weiße Bücher, weiße Gemälde ... alles ins Feuer. Häuser, in denen es noch nach Bleichgesicht stinkt: bis auf die Fundamente niederbrennen.«

»Daß ein Volk, eine Rasse nicht nur im Fleische nicht mehr existiert, sondern für spätere Kulturen auch nie existiert hat ... das ist schlimmer als die bloße Ausrottung. Das trifft mich, dafür bin ich Jude genug. Sechs Millionen unter die Giftdusche ... dein Lehrmeister Adolf hat sein Bestes getan. Angenommen, er hätte die Sache beenden dürfen und ein Drittes Reich geschaffen, weltweit ... dann wären letztlich alle Juden auf der Erde in Rauch aufgegangen. Hitlers nächste Anordnung an Eichmann hätte dann gelautet: Sorg dafür, daß die jüdische Kultur mit allem Drum und Dran aus dem Bewußtsein der Geschichte herausgeschnitten wird. Die Römer haben einen Fehler gemacht. Ganz Karthago in

Flammen, auch die bestausgestattete Bibliothek der Welt –
und dann siegte die römische Habgier doch noch über den
römischen Neid. Die Einwohner von Rom stammten zwar
von Bauern ab, aber als Ackerbauer waren sie Stümper. Sie
nahmen aus der Bibliothek ein Standardwerk über experimentelle Landwirtschaft mit. So lebten die Karthager in
der reichen Ernte weiter, die die römischen Märkte über-
schwemmte.«

»Meine Leute wären nicht so blöd.«

»Auch in The Circle siegte die Habgier manchmal über
den tödlichen Neid, Scott, gib's doch zu. Aus meinem Haus
verschwand eine Handvoll Dollar von Gibby. Läßt sich natürlich nicht zurückverfolgen, aber am nächsten Abend
nahmt ihr die Brieftasche von Mrs. LaBianca mit. Samt Bar-
schecks, auf ihren Namen ausgestellt. Wenn du eine ganze
Rasse, in diesem Fall die weiße, ausrotten willst … ohne daß
eine Spur von ihr übrigbleibt … dann darfst du keine Besitztümer der zum Tode Verdammten zum eigenen Gebrauch
mitgehen lassen. Auch keine Packung Schokomilch aus dem
Kühlschrank, auf den erst die Buchstaben HURLY BURLY
geschmiert wurden.«

»HURDY GURDY.«

17

»Es war kein Raubmord«, blaffte Maddox. »Meine Leute waren nicht auf Brieftaschen aus.«

»Nein, ihr hattet Pläne, selbst welche herzustellen … aus
der Haut diverser Berühmtheiten, die ihnen bei lebendigem
Leibe abgezogen werden sollte. Nein? Wie viele entzücken-
de Damenportemonnaies würde die präparierte Haut von
Frank Sinatra ergeben? Wer wollte in jener Zeit *nicht* ein kleines Stück Liz Taylor günstig in einem Hippieladen erstehen?
Einen doppelt gesteppten Lappen aus ihrem Doppelkinn
zum Beispiel, fürs Kleingeld. Das Skrotum von Richard Bur-

ton, mit aufgestickten kleinen Perlen … zur Aufbewahrung von Haschbrocken. Wer so menschlich an den Geldbeutel der kleinen Leute denkt, in dem kann ich keinen Raubmörder erkennen. Eher einen Robin Hood.«

»Nach dem Rabatz in Beverly Hills haben wir unser Portemonnaie auf ehrliche Weise gefüllt.« Remo meinte an der Außenseite des Verbands zu erkennen, daß Maddox dreckig grinste. »Auf einmal gab es diesen Run auf Schlösser, Ketten, Hunde, Faustfeuerwaffen … Na, von dem Zeug gab's ja reichlich auf Spahn's Farm. Die Wucherpreise haben die Schweine selber geboten. Charlie hat es geschafft, binnen vierundzwanzig Stunden vier, fünf brave Doggen zu bösartigen Bluthunden abzurichten. Sie gingen für zweitausend Dollar weg. Eisenwarenläden wurden so etwas Exklusives wie Juweliergeschäfte, mit lächerlich teuren Vorhänge-, Riegel-, Ketten- und Zylinderschlössern. Wir haben in George Spahns Gebäuden sämtliche Schlösser und Beschläge abmontiert. *Wir* brauchten die Tür ja nicht vor diesen Einbrechern zu verriegeln …«

18

Hatte sich der Pulverdampf des gewonnenen und verlorenen Hurly Burly erst einmal verzogen, dann würde der auf 144 000 Mitglieder angewachsene Circle aus dem Schacht zum unterirdischen Paradies hervorkommen – als eigentlicher Sieger in einem Krieg, den er lediglich ausgelöst hatte, und zwar indem er ein paar zivile Opfer tötete. Nach der vollständigen Ermordung der weißen Rasse, keine Kleinigkeit, würden die Schwarzen dermaßen bluttrunken sein, daß sie sich nicht sofort vor den neuen Herrschern auf die Knie würden werfen wollen.

»Ich kenne meine Nigger«, sagte Maddox.

»Ja, durch dein eigenes Blut.«

»Sie werden froh sein, von Charlie und The Circle zu lernen, wie sie in einer Welt ohne weiße Schweine überleben können. Es werden glückliche Sklaven.«

»Und nach der Domestizierung der schwarzen Schweine, Scott ... bleibt euch nur noch ein langes, glückliches Leben.«

»Für ein langes, glückliches Leben muß erst der Tod ausgeschaltet werden.«

»Auf Hurly Burly folgt Cosy Horror. Ich weiß. Kapieren tu ich's trotzdem nicht.«

»Sieh dir nächstens das Bild in meiner Zelle noch mal genau an. Die Leute faseln sich schon seit Jahrhunderten was von ihrem geheimnisvollen Lächeln zurecht. Zwanzig Generationen von Kunsthistorikern haben an ihren Lippen gehangen. Niemand ist auch nur in die Nähe einer Lösung gekommen ... ausgenommen Charlie, der Analphabet, der Autodi-da-du. Ich habe ihr feines Lächeln enträtselt und so das Problem des Todes gelöst. Nach Hurly Burly werden meine Leute davon profitieren.«

»Von Hurly Burly zu Cosy Horror. Wenn ich es richtig verstehe, Scott, sind meine Frau und mein Kind gestorben, damit du das Mysterium des Todes enträtseln kannst. Ganz im Geiste da Vincis ... der ist auch hinter Todesgeheimnissen hergejagt, indem er Leichen aufgeschnitten hat. Obwohl, er hat die Leute nicht erst ermordet. Kleiner Unterschied.«

»Wie viele Menschen sind im Laufe der Geschichte nicht gestorben, um ... na ja, um das Leben späterer Generationen leichter zu machen?«

»Als Liebhaber der Künste und Wissenschaften, Scott, bin ich dir äußerst dankbar dafür, daß du Sadie vorbeigeschickt hast, um das Blut meiner Frau aufzulecken. Ohne dieses Experiment hätte die Welt völlig anders ausgesehen.«

19

»Wer auch so ein ganz besonderes Lächeln hatte, Scott ... meine Frau. Nur war kein Leonardo in der Nähe, um es festzuhalten. *Du* hast mit Hilfe von Glutz und diesem Texaner versucht, ihr Lächeln zu verewigen. Mit einer Vernissage, die der Tod selbst organisiert hat. Nur schade, daß der Mund in den Materialien, die deine Leute verwendeten, nicht weiterlachte. Ich habe die Polizeifotos gesehen. Als sie gefunden wurde, war dieses fast ekstatische Lächeln der Befreiung noch da ... aus einem Meer von Schmerz. Irgendwo zwischen dem Ort, an dem sie krepiert ist, und der Leichenhalle ist ihr Gesicht zu dem Todesgrinsen erstarrt, das niemand sich an die Wand würde hängen wollen.«

20

»Anstatt der Tausende von Negern, denen die Schuld an den Blutbädern in die Schuhe hätte geschoben werden sollen, Scott, wurde nur dieser eine Charlie angeklagt. Niederlage? Und dafür war nicht mal eine Hetzjagd nötig. Er steckte im Schrank unter der Spüle fest. Der Held.«

»Wenn deine Theorie über meine Herkunft stimmt, Li'll Remo, dann war es der Neger in mir, der die Aufmerksamkeit auf sich gelenkt hat. Ich betrachte das als Kompliment. Wozu Millionen Vollblutneger nicht imstande waren, das habe ich ganz allein geschafft.«

»Der Kriegsschauplatz, Scott, der warst du selbst. Neger und Weiße in einem Kampf Mann gegen Mann, alles vereint in der einen Person, die du bist.«

»Im Dezember '69 ... ich saß noch im Käfig des Sheriffs in Independence oder schon im LA County Jail ... da dachte ich kurzzeitig, es würde doch noch was mit Hurly Burly. Ich sah einen Wärter mit einer Zeitung: ›Feuergefecht im Zentrum von Los Angeles.‹ Jetzt geht's los, dachte ich. Es waren die Black Panthers.«

Maddox schilderte Remo die Ereignisse so lebendig, als wäre er selbst dabeigewesen. Nun ja, immerhin hatte er sie vorhergesagt – oder abgeleitet, aus seinem verkratzten Bootleg. An der South Central entdeckte die Polizei ein Haus, von dem aus die Panthers die Gegend terrorisierten.

»Eine komplette Sandsackfestung«, feixte Maddox, »mitten im Zentrum. Sie hatten ihren eigenen Brunnen gegraben ... einen Tunnel als Fluchtweg.«

Er deutete es als günstiges Zeichen, daß bei der Erstürmung des Hauses erstmals eine SWAT-Einheit eingesetzt wurde und bei der Marine ein Granatwerfer angefordert worden war, um die Panthers auszuräuchern. »Die Polizei mußte zu immer härteren Mittel greifen, um unseren Krieg zu stoppen.«

»Aus den Nachrichten im Fernsehen erinnere ich mich an eine weiße Fahne«, sagte Remo. »Sie ergaben sich alle, ohne daß mit dieser Geheimwaffe auch nur eine Granate abgefeuert worden wäre.«

»Die halten nie durch, die Nigger. In Watts, da hätten sie weiter vorstoßen müssen. Es blieb beim Zündeln. Ein bißchen Gerangel mit Sam und Dave ... Die Panthers, die waren auch lieber faul als müde. Schwarzer Stolz, der kostet nix, dabei kann man in seiner Hängematte liegenbleiben.«

Maddox hob seinen nassen Mop und schwenkte ihn wie einen Weihwasserwedel, wobei er in jede Himmelsrichtung eine Wolke von Tropfen schlug. »Charlie bringt heiligen Regen in die Wüste ... Charlie segnet die vier Engel mit ihren feurigen Brustpanzern.«

21

»Choreo ist voll von blinden Schweinen«, sagte Maddox und schob die Plastikeimer ineinander. »O'Melveny sieht genauso schlecht wie der alte George Spahn. Mein neues Traktat ist unzensiert unter die Leute gekommen.«

»Reiner Bluff.« Remo versuchte, die halb heraushängende Gummilippe seines Wischers wieder zurückzudrücken.

»Es wird schon danach gehandelt.«

»Dann ist es jetzt meine Pflicht, die Direktion davon in Kenntnis zu setzen.«

»Du würdest das keine vierundzwanzig Stunden überleben, Li'll Remo. Wenn irgend so ein schlitzäugiger Pathologe sein Skalpell bei dir ansetzt, ist O'Melvenys Kaffee in deinem Magen noch heiß. Mit einer ranzigen Schicht Marshmellows obendrauf. Denk mal an all die armen Choreaner … Wenn sie deinen richtigen Namen erfahren, schlachten sie sich notfalls gegenseitig ab … bloß um als erster das Messer über deine jungfräuliche Kehle ziehen zu dürfen. Wen kümmert hier schon lebenslänglich? Der Name des Betreffenden ist für immer verbunden mit dem des großen, kleinen, mausetoten Regisseurs.«

»Vielleicht, Scott, opfere ich ja mein Leben, um deinen Mordbrigaden da draußen Einhalt zu gebieten.«

»Dieser erstickte Schluchzer in deiner Stimme, das ist für dich wieder genug Heroik für heute. Du hängst viel zu sehr am Leben.«

»Vielleicht weniger als an der Wahrheit.«

Das klang allerdings tatsächlich nach mehr Heroik, als Remo beweisen konnte, aber nun wurde Maddox wirklich nervös. »Wenn du beim Hofgang erzählst, wer ich bin, Woodehouse, dann braucht bloß einer daheim eine schwangere Frau zu haben, und Charlie kann seine Knochen numerieren.«

»Bevor sie dir die Stimmbänder durchschneiden, hast du *meine* Identität verraten. Ein anderer Typ hat gerade von seiner Frau gehört, wie ihre Tochter dreizehn Kerzen ausgepustet hat. Der sieht nur noch rot, und …«

»So stürzen wir uns gegenseitig ins Verderben.«

»Ich kann das Blutvergießen um die Hälfte reduzieren … einfach indem ich meiner und deiner Redseligkeit zuvorkomme und die Welt noch heute mittag von dir erlöse.«

»Wen bringst du dafür mit? Du hast nicht mal eine Waffe.«

»Allein schon deine Opfer aufzuzählen, Scott, gibt mir die Kraft, es mit bloßen Händen zu tun. Diese Henkerskappe auf deinem Kopf wird es mir nur noch leichter machen.«

»Charlies Stimme trägt nach wie vor so weit wie damals, als er bei Spahn's auf seinem Felsen stand und zu seinen Anhängern sprach. Du brauchst nur einen Finger nach mir auszustrecken, Li'll Remo, und die hören bis hinunter in die Iso, wer du bist. Mr. Woodehouse kaltmachen? Hinten anstellen.«

»Wir sind einander ausgeliefert.«

»Wir sind zueinander verurteilt.«

»Laß uns erst ein paar Dinge klären, Scott ... danach können wir immer noch gemeinsam Selbstmord begehen, indem wir uns gegenseitig die Maske abreißen.«

22

Es war vorbei. Als seine Hand versehentlich den Pelz an Wangen und Kiefern berührte, kam er ihm erst fremd vor – bis ihm aufging, daß es gerade die Gewöhnung war, die ihn seinen eigenen Bart hatte vergessen lassen. Das Haar brannte ihm nicht länger im Gesicht, weder vor Juckreiz noch vor Scham.

23

»So sinnlos alles.« Remo stellte laut klappernd den Eimerstapel in den Schrank.

»Sinnlos ist sinnvoll«, ertönte es rauh dicht hinter ihm. »Und sinnvoll sinnlos.«

»Ja, und *fair is foul, and foul is fair.*« Remo drehte sich ruckartig um. Maddox umklammerte keine Stichwaffe; zwischen Daumen und Zeigefinger beider Hände hielt er einen feuchten Putzlappen in die Höhe, um ihn über den obersten Eimer zu breiten. »Sag mal, Scott ... betrachtest du dich selbst als Erfolg?«

»Stell dir einen Jesus Christus vor, dessen Todesstrafe im allerletzten Moment in lebenslänglich umgewandelt wird.«

»Das wäre der größte Flop in der Geschichte der Religion.«

»So erfolgreich ist Charlie.«

24

Bevor jeder in seine Zelle zurückging, wollte Remo noch wissen, wer nach Maddox' Tod die drei Schläge mit dem Reflexhämmerchen austeilen sollte, nachdem der Henker von San Quentin dafür ja nicht mehr in Betracht kam.

Falls bis dahin Squeaky wegen ihres etwas zu nachdrücklichen Deutens auf Präsident Ford noch immer saß, kam die Ehre Sandy zu, Scotts zweiter Stellvertreterin auf Erden und in der Wüste. Er machte sich Sorgen, ob er die Hammerschläge, die sein Ableben bestätigen sollten, in einem Zustand des Scheintods wohl spüren würde, denn das neurologische Instrument hatte eine Gummipolsterung. Squeaky oder Sandy würde ihn nach den drei silbernen Schlägen mit lauter Stimme fragen, ob er, der Führer von The Circle, tatsächlich verschieden sei – falls nicht, so solle er das zu erkennen geben. Kein Mucks mehr, gut, dann alles raus aus dem Sterbezimmer, wenngleich auch dann die Tür noch einen Spalt offen blieb, um dem Verstorbenen die Gelegenheit zu geben, seinen Tod zu widerrufen.

Aus dem Schornstein der Barker Ranch im Death Valley würde weißer Rauch aufsteigen, und ein nur Squeaky und Sandy bekannter Felsen in der Wüste würde das Fundament der Kirche abgeben, die The Circle zu bauen hätte. Darunter mußte sich irgendwo der Brunnen befinden, der ins unterirdische Stromgebiet führte, das wie ein Paradies auf sie wartete, indirekt beleuchtet durch über natürliche Wendeltreppen hereinfallendes Sonnenlicht. Die Kirche würde dort als Bake für die Welt stehen, um der Menschheit den Weg zum geistigen Erbe von Hurly Burly zu weisen. Der paradiesische Brunnen des Abgrunds blieb Maddox' Jüngern und ihrer Nachkommenschaft vorbehalten.

»Mein Tod, Li'll Remo, ist nur ein Gedanke. Wie der Tod jedes Menschen. Alles wird weitergehen, aber mit anderen Mitteln. Eine neue Welt wird kommen, und die Nachfahren deiner schwarzen Haushälterin Winny werden die Fenster unserer Häuser putzen.«

25

»Schluß mit dem Kampfgetöse, Li'll Remo. Die Schlacht ist gewonnen. Die Schlacht ist verloren.«

579

Freitag, der dreizehnte

I

»Morgen siehst du mich nicht«, hatte Maddox am Donnerstagabend gesagt. »Freitag, der dreizehnte, da bleibt Charlie schön in seiner Zelle. Ich hab das mit dem ›Griechen‹ klargemacht.«

»Wenn dieser Tag tatsächlich Unglück bringt«, sagte Remo, »dann kann es dich auch in der Zelle erreichen. Ein Erdbeben ... ein Herzstillstand.«

»In meiner Zelle denke ich mir Katastrophen für die nicht Abergläubischen aus. So bleibe ich selbst davor bewahrt.«

»Für mich schon was in petto?«

Am Freitagmorgen wachte Remo mit einem schmerzenden Fuß auf. Der große Zeh, dessen Nagel eingewachsen war, fühlte sich entzündet an und pochte. Er konnte erst um neun in die Krankenstation und mußte bis dahin zusehen, wie er humpelnd ein bißchen fegte. Dieses eine Mal hätte er etwas darum gegeben, Maddox zwischen zwei Stöcken wie auf Skiern über den schwarzen Terrazzo auf sich zugleiten zu sehen, mit dem weißen Spiegelbild seines verbundenen Kopfes irgendwo unter Besen und Kehrschaufel. Wie angekündigt war er nicht da.

In seiner Zelle saß er auch nicht. Nachdem Remo zwischen zwei Wärtern zur Krankenstation gehinkt war, so daß ihm jetzt beide Füße weh taten, traf er seinen Kumpel in Handschellen auf einem Hocker im Verbandsraum. Eine Schwester war dabei, mit einem Spatel Salbe auf einige sterile Mullkompressen zu streichen. »Du hier, Scott?«

»Sie irren sich«, sagte er mit verstellter Stimme. »Unter diesem Turban verbirgt sich ein anderer Kalif.«

»Alter Hut.«

»Schwester«, rief er auf einmal verärgert, »müssen hier wirklich Zuschauer dabeisein? Was ist das ... ein medizinisches Praktikum, oder was?«

»Ich hab die Regeln hier nicht aufgestellt«, sagte die Pflegerin munter. Sie beendete das Salbenaufstreichen, wandte sich Maddox mit einer gebogenen Schere in der Hand zu und begann vom Hals aus, an dem der Adamsapfel ängstlich auf und ab hüpfte, den schmutzigen Verband aufzuschneiden. In der vorigen Woche, als Remo die Binden gleich meterweise weggerissen hatte, hatte es bei jedem kräftigen Ruck weh getan; jetzt fluchte Scott bei jedem kleinen Stückchen Mull, das mit der Pinzette aus dem weichen Schorf gezupft wurde. Der Wärter hinter ihm zwinkerte Burdette zu, der neben Remo stehengeblieben war.

»Sie achten zu wenig auf Hygiene, Mr. Maddox«, sagte die Schwester. »Jetzt müssen Sie dafür bluten.«

»Kein Blut.« Er kniff sein freies Auge fest zu. »Mach deine Arbeit, du miese Fotze.«

»Von solchen Wörtern werden meine Hände nicht sanfter.«

Das Gesicht, das unter gellenden Schmerzensschreien geboren wurde, glich noch immer in nichts den Zeitungsfotos, die Remo vom berühmten Charlie kannte. Im Gegensatz zur vergangenen Woche war jetzt Gelegenheit, es eingehend zu studieren. Schädel, Augenbrauen, Kieferpartie, Oberlippe – alles unbehaart. Die Haut eine eklige Suppe aus Eiter, Salbenresten und weichem Grind. Das linke Auge: ein suppendes Geschwür. Nach seiner Verhaftung waren Freund und Feind, Sklave und Opfer sich darin einig gewesen, daß Charlie der Mann mit den tausend Gesichtern war. Wenn er auf dem Weg in den Gerichtssaal oder in den Zellentrakt hundertmal fotografiert wurde, standen am nächsten Tag fünfzig verschiedene Charlies in den Zeitungen – verträumt, leidend, ergeben, aufsässig, wütend, sarkastisch, teuflisch, wahnsinnig. Die Augen halb geschlossen. Die Augen ironisch funkelnd. Die Augen furchterregend weit aufgerissen. Alles, was an Charakter in einem Gesicht auszumachen war.

Und dann gab es noch die vielen unterschiedlich frisierten, getrimmten und bekreuzten Charlies. Schulterlanges Haar, mit oder ohne Bart. Kahlgeschorener Schädel in Kombination mit einem Teufelsbärtchen. Das zwischen den Brauen eingebrannte Kreuz, aus dem später eine spiegelbildliche Swastika wurde. Bei jeder nachfolgenden Phase des Rechtsverfahrens sah der kleine Bastard wieder völlig anders aus – abgesehen davon, daß er so klein blieb, wie er war, ohne Plateausohlen, die ihn größer hätten machen können.

Der kleine feuchtfleckige Reptilienkopf, der jetzt von der Krankenschwester mit einem Wattebausch trockengetupft wurde, war in all seiner Unerkennbarkeit einfach Gesicht Nr. 1001.

Es gab Choreaner, die sich in einem Prozeß der Demoralisierung die Zähne nicht mehr putzten, bis alles von Zahnstein überzogen war. Sie stanken aus dem Maul. Häftling Maddox war in dieser Umgebung ein einmaliges Phänomen: Er stank aus dem Gesicht. Vorsichtig entfernte die Schwester grünlichen Eiter vom wimpernlosen Lid seines rechten Auges. Als Scott blinzelte, meinte Remo ein paar feine Tröpfchen auf seinem Handrücken zu spüren. Er trat rasch einen Schritt zurück und stieß dabei mit Aufseher Burdette zusammen. Es war, als gelänge es Maddox, Remo gegenüber mit halbem Blick doppelten Haß auszustrahlen. »Schwester, schick ihn weg.«

»So weit reicht meine Befugnis nicht.«

»Dann soll er sich wenigstens von meiner Nacktheit abwenden.«

»Ich finde es lehrreich«, sagte Remo, und die Wärter lachten. Zwischen den Wundabsonderungen, die Maddox' Stirn bedeckten, kam unter der wischenden Watte eine schwarze Swastika zum Vorschein, die nicht ganz exakt in der Mitte zwischen den haarlosen Brauen in die Haut gekerbt war. Im Gegensatz zu dem, was alte Fotos glauben machen wollten, zeigten die Haken des Kreuzes in die richtige Richtung.

»Jedesmal, wenn ich ihm einen neuen Verband anlege«, sagte die Schwester mit einem Blick zu Burdette, »hoffe ich, daß diese gräßliche Nazispinne inzwischen aus seiner Haut rausgeeitert ist.«

»Bist du Jüdin oder was?« schnauzte Maddox. »Ich hab's so tief eingebrannt, daß es noch in meinem kahlgefressenen Schädel zu sehen sein wird. Es wird mich um Längen überleben.«

Merkwürdig blieb es doch. Eines Vormittags war die soundsovielte Version von Charlie vor Gericht erschienen, diesmal völlig kahlgeschoren und mit diesem noch frischen X genau über der Nasenwurzel. Seine Jüngerinnen, die nicht mehr in den Gerichtssaal durften, verteilten draußen an der Ecke Broadway und Temple Street Flugblätter mit Charlies Erklärung: »Ich habe mich aus eurer Welt hinausge-ixt.«

Es hatte etwas Stolzes und Unnahbares. Wie aber war es zu erklären, daß er sich wenig später vier kleine Striche im rechten Winkel ans Kreuz brannte und so das Symbol für den unerbittlichsten Typ »eurer Welt« daraus machte?

2

Die Landschaft rings um Choreo war Teil des Gefängnissystems. Remo blickte durch das Filigran des Stacheldrahts hinauf zu den massiven Bernardinos – keine Helfershelfer einer lockenden Freiheit, sondern ganz einfach eine zusätzliche Mauer.

»Ich komme bald raus«, hörte er hinter sich. »Hast dich schon entschieden, oder mußt du erst noch das Geld zählen?«

Remo drehte sich um. Es war Dudenwhacker. Seine Tränen schimmerten in der Morgensonne, als wären sie frisch angebracht worden und müßten noch trocknen. Wenn der

HST unterbesetzt war (fast ständig), konnten »normale« Gefangene, deren Entlassung in Sicht kam, sich hier um eine Zelle bewerben – aus Gründen der Selbsterhaltung. In diesen letzten Wochen durfte nichts vorfallen, das ihre Strafe verlängern konnte. Immer das gleiche Scheißspiel: Stand jemandem die Entlassung bevor, versuchten seine neidischen Mitgefangenen, ihn hereinzureißen, zum Beispiel indem sie einen Brocken Hasch unter seiner Matratze versteckten oder ein zu einem Messer zurechtgebogenes und -geschliffenes Eßgeschirr. So konnten sie ihren Kumpel bei sich behalten. »Aus Liebe«, hieß es dann dazu. Dudenwhacker war einer von denen, die bereits vor eineinhalb Monaten Schutz im HST gesucht hatten.

»Ich habe dich um nichts gebeten«, sagte Remo. »*Du* kamst mit dem Vorschlag, den Polizeipräsidenten für mich beiseite zu schaffen.«

»Ein bißchen Startkapital für ein neues Leben, das wär nicht schlecht. Muß nicht unbedingt eine geschützte Tierart sein.«

»Wieviel kostet ein ungelernter Faulenzer?«

»Die Hälfte. Zweieinhalb. Weiter runter geh ich nicht.«

»Du willst demnächst, im Februar, Frau und Kind überraschen.«

»Ich hätte mich nie in diese Spielhölle wagen sollen.«

»Da ist noch eine Schuld offen …«

»Beglichen. Meine Gläubiger waren so kulant, nicht länger auf Barem zu bestehen, sondern sich statt dessen damit zu begnügen, meine Familie zu ermorden.«

»Brauchst schon keine Geschenke mehr.«

»Es gibt 'ne kleine Komplikation. Als Wucherzins fordern sie meinen Kopf. Ich laß mir ein anderes Gesicht basteln. Goering Goiter baut's gratis um. Ein plastischer Chirurg nicht. Geschätzte Kosten: zweitausendfünfhundert.«

»Keine Angst, daß sie dich schon hier kriegen, in Choreo?«

»Schau doch, wie mager ich bin. Achtundfünfzig Kilo. Bei dem korrupten Küchenpersonal heutzutage wird mein Essen von einem extra Koch zubereitet.«

»Einem Diätkoch, wie's aussieht.«

»Nein, einem mit 'ner Küche wie bei Muttern. Aber wer garantiert mir, daß er nicht genauso bestechlich ist?«

»So wirst du als König in die Position eines Vorkosters des Königs gezwungen.«

»Ich eß nur noch verpackte Sachen aus der Kantine. Wenn eins der Schweine einen Marsriegel für mich geholt hat, schau ich nach, ob das Papier keine Einstichlöcher hat. Ich träum den ganzen Tag von Essen in Freiheit.«

»Und das geht also nur mit einem anderen Gesicht.«

»Gut möglich, daß ich vor dem Spiegel meinen eigenen Mund nicht mehr erkenne, aber der fette Hamburger, den ich da reinstopfe, der landet eindeutig in meinem alten Wanst. Es wird mir genauso gut schmecken wie früher.«

»Dudenwhacker, dann hoffe ich für dich, daß der Chirurg deine Augen nicht größer macht, als dein Magen ist.«

3

Besuchszeit. Die Produzenten von *Cyclone*, frisch zurück aus Italien. Die Zwillinge hatten sich unter dem Namen Dino-Saur Bros als einziger Besucher des Häftlings Woodehouse eingetragen. Sinn und Zweck: Als sich das Mißverständnis herausstellte, durften sie beide hinein, ganz normal in den Gemeinschaftsraum. Bei ihrem geballten identischen Eintreten erregten die Brüder einiges Aufsehen, aber da sie sich nie ins Scheinwerferlicht drängten, gab es keinerlei Anzeichen, daß man sie erkannte – so daß sich auch keiner fragen mußte, warum dieser kleine, bärtige Mann Besuch von solch wichtigen Filmbonzen bekam.

»Der Set auf Bora Bora ist fertig«, sagte Sauro. »Ich bleib da bis ans Ende meiner Tage drin.«

»Die Crew ist auch komplett«, sagte Dino. »Vom Kaffee-frollein bis zum Beleuchter.«

»Und der Cast?«

»Rebekah Rutherford für die weibliche Hauptrolle«, sagte Dino, und sein Bruder fügte mit entschuldigendem italienischem Achselzucken hinzu: »Sie ist jetzt etwas reifer.«

»Ausgezeichnet.«

»Es gibt nur ... ein Problem«, ergänzten die Brüder sich gegenseitig. »Wir fühlen uns wie Gott am ersten Tag, aber ... wir haben keinen Regisseur.«

»Ich komm hier bald raus.«

»Trotzdem ... das Urteil. Ungewiß«, sagte Sauro. Und Dino: »Wir fühlen mal bei dem Schweden vor.«

»Ingmar Bergman.«

»Dem anderen großen Schweden.«

»Schade um *Cyclone*.«

4

An jedem Freitagabend wurden in der Kapelle ein paar als »erotisch« angepriesene Filme gezeigt, in erster Linie eine Parade wackelnder Hintern und Titten, ohne ein Büschel Schamhaar und ohne auch nur den Anschein einer Story. Nicht, daß das dem Johlen und Trampeln der Choreaner den geringsten Abbruch getan hätte. Meist handelte es sich um Fragmente, aus völlig abgenudelten Filmen gerettet, die ohne die leiseste Ordnung zu einem Streifen von etwa anderthalb Stunden Laufzeit zusammengebastelt worden waren, was oft zu komischen Sprüngen in der Handlung führte.

An diesem Abend mußte, mehr noch als beim Montieren, bereits bei der Auswahl der Reststücke etwas schiefgegangen sein. Remo war aus purer Langeweile zur Vorführung erschienen, vor allem um zu sehen, wie das ablief, so ein Hormonsturm im Knast. Es fing harmlos genug an, mit Zofen, die die Schleife ihres Schürzchens auf dem nackten Hintern trugen.

»Solche Wärterinnen für Choreo ...!« rief jemand.

Kurz danach zitterte plötzlich, in Schwarzweiß, ein pornographischer Amateurfilm über die Leinwand, eindeutig aufgenommen in einem Feldwaldwiesenwohnzimmer voll ängstlicher und verschämter Leute, die ihre Nummer anscheinend möglichst schnell hinter sich bringen wollten. Nach ein paar häßlichen Klebestellen kehrte die Farbe wieder zurück, allerdings äußerst körnig und blaß. Eine Gruppe junger Männer und Frauen gab sich im Freien, an einem Bach mit einem kleinen Wasserfall, in buntem Gewimmel der Liebe hin. Der Platz kam Remo bekannt vor. Als die Idylle sich zur Veranda eines Holzgebäudes verlagerte und die Kamera ein Schild mit der Aufschrift LONGHORN SALOON näher heranholte, wußte er, daß es sich um Spahn's Movie Ranch handelte. Die endlos betrachteten Fotos aus *Hurly Burly* steckten ihm so scharf im Gedächtnis, daß er in den Nahaufnahmen mühelos verschiedene Mitglieder des Circle erkannte: Little Patty, Clem, Lulu, Ouisch, Tex, Gypsy, Capistrano, Eselchen Dan, Katie, Bruce, Squeaky, Mary, Sadie, Linda, Kitty und ihren hübschen Bobby, der auch Cherub Cupid genannt wurde. Kurz darauf erschien der Regisseur dieses Wusel- und Wabbelspektakels im Bild, auf einem Felsblock, den nackten Körper im Lotussitz um das geschwollene Herz der Blume gefaltet. In dem Moment, in dem er eine der Frauen nach oben winkte, damit sie ihn bediente, und sein Gesicht deutlich zu sehen war, begannen die beinahe verstummten Zuschauer zu pfeifen, zu schreien und mit den Füßen zu stampfen.

»Er isses! Er isses!«

»*Kill the son of a bitch*!«

»Kastrieren, die Bestie ...!«

Remo sah sich in der dunklen Kapelle um. Die meisten Anwesenden waren aufgesprungen und schrien jetzt mit erhobenen Armen haßerfüllt auf den kleinen Felsenheiligen auf der Leinwand ein, der sich von der kleinen Barbara (falls Remo richtig sah, denn sie hatte ihre Katzenbrille nicht auf) einen blasen ließ. Es war nicht schwer, im Publikum Maddox' schneeweiß verbundenen Kopf auszumachen, der alles indirekte Licht auf sich zu ziehen schien. Er hätte besser daran getan, auch am Abend des Freitags, des dreizehnten, in seiner Zelle zu bleiben. Um nicht aufzufallen, stand auch er mit erhobenen Fäusten da – und sieh an, jetzt kletterte er sogar auf den Stuhl, so daß er über die Köpfe der Choreaner hinweg dem Projektionsschirm seine laute Verachtung entgegenschleudern konnte. Merkwürdig, aber die Wärter taten nichts, um den Tumult zu ersticken. Die Meute beruhigte sich erst nach der nächsten Klebestelle, als eine atemberaubend hübsche Blondine mit entblößtem Oberkörper am Strand aus einer Flasche schmutziggelbes Schmieröl auf den nackten Rücken eines Mannes kippte.

Jemand mußte beim Zusammenschneiden geschludert haben. Die Frau auf der Leinwand war Sharon – in ihrer Rolle der Solana in *Skydivers*. Noch immer … ihre Brüste konnte man nicht sehen, ohne ihren kühlen Filz in den Handflächen fühlen zu wollen. Der Rührung gelang es nur ganz kurz, die Empörung zu verdrängen. »Mit der flachen Hand ins Öl patschen«, hatte der Regisseur gesagt. »So wie man einem kräftigen Hund auf die Flanke schlägt.« Remo erinnerte sich an ihr Widerstreben gegen die Szene – und jetzt hatte jemand einfach, schamlos … Keiner der Zuschauer schien in ihr die berühmte Schauspielerin zu erkennen, die sie gleich nach ihrem Tod für kurze Zeit war, und auch das machte ihn traurig. Die Choreaner jubelten über einen anonymen Busen.

Derjenige, der den Streifen für diesen Abend zusammengestellt hatte, wußte, was er tat, als er die Fragmente in diese Reihenfolge brachte. Wie kam der Dreckskerl an das Material? Mit Sharon hatte er seinerzeit einmal den Liebesakt auf Video aufgenommen, ein Band, das nach ihrem Tod vom LAPD gefunden, betrachtet und diskret wieder zurückgelegt worden war. Nach allem, was er jetzt gesehen hatte, konnten logischerweise nur noch Szenen aus dieser Aufnahme folgen, und dann war es fraglich, ob die Männer um ihn herum die etwas jüngere, brillen- und bartlose Ausgabe ihres Mitgefangenen nicht doch erkennen würden. Remo machte sich innerlich schon darauf gefaßt – doch was nun kam, ging über seinen Verstand.

Im Gegensatz zum Vorherigen war dies wieder eine unprofessionelle Aufnahme, schlimmer noch als nur amateurhaft: Wie von der Hand eines Betrunkenen geführt, schwenkte die Kamera über den Boden. Weil jemand mit einer Lampe hinter ihm ging, schob der Kameramann seine eigene Silhouette einschließlich des geschulterten Geräts vor sich her – auf einem Gartenweg aus Natursteinplatten, der sanft geschwungen über einen kurz gehaltenen Rasen führte. Katzen flohen vor dem Licht und den trampelnden Schritten und schauten dann aus einiger Entfernung zu. Erst an der weißen Tür, Typ *dutch door*, zwischen zwei Kutschenlaternen, erkannte Remo sein Haus am Cielo Drive.

»Falscher Film«, rief jemand. Kamera und Lampe befanden sich jetzt im Wohnzimmer. Schatten zeichneten hohe Kamelrücken an die Wände, doch die Gesichter der sich ungestüm hin und her bewegenden Anwesenden blieben unterbelichtet, wenngleich ihre Angst und Verstörtheit zu spüren waren. Remo sah Details der Einrichtung wieder. Die Stäbe des Schaukelstuhls wurden, zu einem Gitter gereckt, auf den Kamin projiziert. Die Choreaner würden in der Frau mit dem – lockeren – Strick um den Hals bestimmt nicht die Blondine von eben, aus *Skydivers*, wiedererkennen. Remo schon.

Der Film wurde plötzlich gestoppt, und gleich danach gingen die Kugellampen in der Kapelle an. Schrille Pfiffe ertönten. Aufseher Tremellen betrat die Kanzel. »Meine Herren, Entschuldigung. Heute abend ist alles schiefgelaufen. Nächste Woche eine halbe Stunde extra.«

Nach allem, was Remo, sogar in den renommiertesten Wochenzeitungen, über Voodoo-Rituale, Gruppenorgien und unlautere Drogenhändler gelesen hatte, die hinter verschlossenen Türen ausgepeitscht wurden, waren es ironischerweise die Mörder, welche die an jenem Abend am Cielo Drive vorgefundene häusliche Idylle bezeugten. Voytek auf der Couch, Musik hörend. Gibby mit einem Buch im Bett. Jay, bei einer Dose Heineken in vertraulichem Gespräch mit Sharon, die, erschöpft von der Schwangerschaft, auf der Decke ausgestreckt lag und mit dem Kätzchen spielte, das ihr zugelaufen war. Noch mehr Katzen, Dutzende, im Garten rund ums Haus – in allen Stadien der Rolligkeit und Kampfeslust und letztlich vereint in ihrer Angst vor dem gemeinsamen Feind: dem Terrier Proxy.

Remo hatte seinen unheimlichen Kumpan einmal gefragt, was er bloß all die Jahre, ein Vierteljahrhundert seines erst kurzen Lebens, hinter Gittern getan habe. Nachdenken? Zukunftspläne schmieden? Nach seiner wundersamen Wiederauferstehung aus der *death row* im Jahr 1972 hatte Maddox, aus dem Zellentrakt der Lebenden heraus, natürlich seine Organisation leiten müssen. Überfälle auf Waffengeschäfte, der Ausbruch männlicher und weiblicher Angehöriger von The Circle aus der Haft, die geplante Entführung einer Boeing samt Geiselnahme der zweihundert Passagiere – das alles erforderte Instruktionen aus dem absoluten Mittelpunkt von The Circle. (Ob alle halbe oder alle Dreiviertelstunde jemand im Flugzeug erschossen werden sollte, um der Forderung nach Charlies Freilassung Nachdruck zu verleihen, konnte selbstverständlich nur Charlie selbst entscheiden.) Doch in den Jahren davor, von seinem zwölften Lebensjahr an der Gibault School for Boys in Terre Haute, Indiana, bis zu seinem zweiunddreißigsten auf Terminal Island, San Pedro, Kalifornien, habe er hauptsächlich die Mauerrisse in seiner Zelle studiert, und nicht einmal, um seine Zukunft daraus zu ersehen. Ja, er habe die Bibel gründlichst gelesen und gelegentlich auch mal in ein anderes Buch geschaut, am meisten jedoch habe er von den Mäusen gelernt, die durch die Spalten in der Wand in seine Zelle gedrungen seien: ihre Gewitztheit, ihre Systematik.

»Die Besserungsanstalten in diesem Land haben mich schon früh gelehrt, meinen Verstand anzuhalten ... zumindest nicht länger als fünf Sekunden vorauszudenken.«

Auf seiner Pritsche sitzend betrachtete Remo das Muster der mörtellosen Fugen in der Backsteinwand seiner Zelle. Es war so gleichmäßig, ohne auch nur ein fransiges Dübelloch, daß es ihn schon bald langweilte. Und Mäuse, die kamen hier nicht rein, um ihm vorzuführen, wie er hinauskommen konnte: zu gut in Schuß, die Wände. Also dann eben den Verstand anhalten. *Weniger* als fünf Sekunden vorausdenken.

Remo wurde schon bald klar, daß er im passiven Zeittotschlagen nicht so gründlich trainiert war wie Maddox. Jedesmal, wenn sein Gehirn kurz vor einer Art Nullzustand war, flammte der Gedanke an den Ewigen Tragiker wieder in ihm auf.

Ohne der Familie Zillgitt zu nahe treten zu wollen: Da versuchte eine Mutter, ihre Ambitionen mit Hilfe der Tochter zu befriedigen. Meist schienen moderne Erzieher nichts so sehr zu fürchten wie übermäßigen Ehrgeiz bei ihren Sprößlingen. Talent in einem Zermürbungskrieg mit anderem Talent, nur so entstand nach Remos Ansicht Großes. Doch wenn man in dieser Zeit Kunst und Können als eine Sache von Leben und Tod verstand, dann litt man schnell an Größenwahn.

»Trotzdem wurde ein Sieg im Wettstreit von den Griechen letztendlich nicht aus Selbstsucht angestrebt«, hatte Agraphiotis gesagt. »Man tat es für seinen Stadtstaat ... zum Nutzen der Allgemeinheit.«

Das interessierte Remo nicht. Er wollte ganz einfach der Größte sein und deswegen verketzert werden. Zum Wohl welcher Gesellschaft sollte er seine Kunst betreiben? Wer in einem kommunistischen Staat aufwuchs, lernte, alles in erster Linie für sich selbst zu tun. Ein häufig gehörter Ausdruck in Polen: »Du brauchst eine Ziege, um melken zu können.«

Ja, letztendlich tat man alles für die Menschheit – und damit auch für sich selbst.

7

Auf meiner Runde über den Ring schaute ich bei Woodehouse hinein. Er saß auf der Pritsche und starrte auf sein Storyboard, einen auf beiden Seiten angespitzten Bleistift in der Hand, der am einen Ende rot war und am anderen blau. Seine Lippen bewegten sich sacht. Er stand auf und malte ein paar blaue Kreuze auf das Papier, die er dann mit Rot umkreiste.

Ich liebte Menschen, die nach dem Unmöglichen strebten und sogar auf dem Weg zum Unerreichbaren noch ein ganzes Stück vorankamen. Es machte ihre Verzweiflung schöner, genau wie ihr Versagen. Das näher rückende Ziel brachte ihr Scheitern zum Funkeln.

Nie würde ich diesem genialen Remo mit seinem goldenen Kameraauge gestatten, den Neid der Götter auf sich herabzurufen. Dieser Hochmut ...! Monsieur hatte sich innerhalb der Filmkunst bereits, mit Hilfe eines erdachten Scherbengerichts, einen Platz in eisiger, einsamer Höhe zugedacht. Solange es eine griechische Logik gab, kam Hochmut noch immer vor dem Fall. Ich war gern bereit, mich zum Befolger dieser Logik aufzuschwingen.

Sonnabend, 14. Januar 1978

Spestil

I

Bevor ich mich Ende 1970 nach Europa absetzte, hatte ich im Gerichtssaal noch Charlies große Aussage mitverfolgt. Ich wußte, daß der Staatsanwalt, Jacuzzi, bereits seit einem Jahr versuchte, ihn zum Sprechen zu bewegen. Die Fragenliste wurde länger und länger, aber Charlie spielte nicht mit. Im November gab er plötzlich an, eine Aussage machen zu wollen, allerdings nur in Form einer zusammenhängenden Erklärung – nicht anhand von Fragen seitens seines Anwalts, den er ja nicht anerkannte, »genausowenig wie dieses Gericht und das Rechtssystem Amerikas«. Der Richter gestattete es ihm, wies ihn aber mit leichter Süffisanz darauf hin, daß er durch seine Aussage, in welcher Form sie auch erfolge, das kalifornische Rechtssystem implizit akzeptiere.

Ich habe nie so recht begriffen, was die Amerikaner unter Aranda verstehen – irgendeine juristische Ausnahmeregel. Wegen Aranda wurden die Geschworenen für die Dauer von Charlies Aussage zum Kaffeetrinken hinausgeschickt. Nach seiner Vereidigung ließ er sich zur Zeugenbank führen. Zum erstenmal seit Prozeßbeginn brauchten die Anwesenden nicht auf seinen krummen Zwergenrücken zu schauen. Mit zusammengekniffenen Augen über das Mikrophon spähend, suchte er die Zuschauertribüne ab: Er war kurzsichtig und schon fast eineinhalb Jahre nicht mehr im Besitz seiner Schildpattbrille. Für einen Moment begegnete sein Blick dem meinen, doch er erkannte in mir nicht den Fotografen, der ihm einst Rede und Antwort gestanden hatte. Seine Augen blieben an jemandem hängen, der schräg hinter mir saß. Ich sah mich um: Es war der Oberst, der nach der Zeit, die er sich als verkleideter Hippie auf dem Strip herumgetrieben hatte, seinen Bart behalten hatte, jetzt allerdings in gepflegterer Form.

»Ich würde ja gern Ihren Kummer mit Ihnen teilen, Sir, aber ich weiß nicht, was es bedeutet, sein Kind zu verlieren. Ich bin selbst dreimal Vater eines Sohnes geworden. Die beiden ersten habe ich nie gesehen. Ich saß im Gefängnis. Der letzte, Mickey, wurde von allen Frauen des Circle großgezogen ... nicht von mir. Falls er uns genommen würde, wäre ich der letzte, der ihn vermißt. Und das, Sir, ist die reine Wahrheit.«

Er sprach leise und heiser und so weit vom Mikrophon entfernt, daß die Zuschauer die Köpfe reckten und drehten, um ihn zu verstehen. Sein Gesicht zeigte einen traurigen und reuigen Ausdruck.

»Von Haus aus weiß ich auch nicht, wie die Beziehung eines Vaters zu seinem Kind sein sollte ... wie sich diese Liebe anfühlt. Mein mutmaßlicher Erzeuger nannte sich Oberst, wie Sie, aber damit hört jede Übereinstimmung auf. Sie sind ein richtiger Oberst, er war ein falscher. Ich habe ihn nie gekannt. Nach ihm zog eine ganze Reihe falscher Onkel vorbei. Wenn einer etwas länger blieb, steckte meine Mutter mich wegen Aufsässigkeit in eine Erziehungsanstalt. So sah Verlust bei uns aus. Bei Mickey habe ich nach der Geburt die Nabelschnur durchgebissen, aber ansonsten ... tut mir leid für Ihre Frau ... ich kann ihren Verlust nicht an eigenen Gebärschmerzen ermessen. Ich ...«

Noch einmal sah ich mich um, und ja, ich hatte richtig gehört. Auf seine fast geräuschlose Art war der Oberst aufgestanden, um den Saal zu verlassen. Noch nie hatte ein kerzengerader Rücken so geschlagen ausgesehen. »Und jetzt zur Sache«, sagte der Richter.

Die traurig leise Sprechweise war nur Spiel gewesen. Über eine Stunde lang ließ Charlie jetzt alle ihm zu Gebote stehenden Stimmen vernehmen und setzte die passenden Mienen dazu auf.

»Hier, in ebendieser Zeugenbank, wurde suggeriert, es seien Menschen aus Rache getötet worden. Weil Charlie sich von ein paar Popmillionären, Talentjägern und Plattenproduzenten beleidigt gefühlt haben soll. Terry wollte meine Musik nicht mit seinen Nägeln ins Vinyl kratzen … nun, das war sein gutes Recht. Wenn meine Kinder in Terrys Haus die Dinge getan haben, die ihr ihnen in die Schuhe schiebt, dann aus politisch-religiöser Überzeugung. Hätten sie dort ihre Väter oder Brüder angetroffen, so hätten sie dasselbe getan. Weil das *Ziel* heilig war.«

Von meinem Platz aus konnte ich Sadie, Katie und Lulu gerade eben im Profil sehen. Sie blickten mit schwärmerisch glühenden Wangen zu ihrem redegewandten Führer auf. Der Richter mußte ihn regelmäßig ermahnen, sich kurz zu fassen und nicht endlos in entlegene Wüsten abzuschweifen. »Warum ausgerechnet in Kalifornien?« fragte er.

»Ihre uniformierten Büttel, Euer Ehren, haben mich in meiner Jugend von Staat zu Staat gejagt. Schließlich haben sie mich hier weggeschlossen, im glutheißen Backofen. Als ich freikam, durfte ich den Staat nicht verlassen. Ich war mit einer unsichtbaren Kette an meinen Bewährungshelfer gefesselt. Alles, was ich zu tun hatte, mußte in Kalifornien geschehen. So lange, bis die Backofentür wieder hinter mir zuschlug. Damals, im Death Valley, hätten Ihre Blechsterne mir die Gelegenheit geben müssen, kämpfend in den Tod zu gehen. Ich hätte so viele wie möglich ins schwarze Nichts mitgerissen. Aber nein, die Gerechtigkeit Ihrer Welt drückt sich im Klirren von Handschellen aus …«

Daraufhin rumorte es etwas in einer Ecke der öffentlichen Tribüne, wo die Männer des Sheriffs von Inyo County saßen, die Charlie auf der Barker Ranch festgenommen hatten. Ein entrüstetes Raunen, das rasch in unterdrückte Heiterkeit überging, als sie wieder daran dachten, wie sie den Zwerg aus dem Spülenunterschrank geangelt hatten. Wenn sie ihn nicht rechtzeitig befreit hätten, wäre er möglicherweise tatsächlich gestorben – vom Krampf in seinen Gliedmaßen, auch eine Form, kämpfend zu Tode zu kommen.

»Alle Psychiater, die Sie auf uns loslassen ... vergeudete Mühe, rausgeschmissenes Geld. Sie werden es nie kapieren. Sie sind auch nicht imstande, Sie etwas kapieren zu lassen. Und warum nicht? Diese Kinder *glauben* an etwas ... es sind Hurlyburlyaner. Sie können uns ins Gas schicken, aber nicht unseren Kreuzzug aufhalten. Ihr System der Todesstrafe arbeitet Hurly Burly in die Hände. Die grüne Kammer, mit noch etwas Gas vom letzten Mal darin, wird sich uns erst nach Jahren öffnen. Inzwischen haben wir alle Zeit der Welt, die *death row* als Schaltzentrale unseres Krieges einzurichten. So straft Amerika sich selbst für sein eigenes größtes Verbrechen gegen die Menschlichkeit, Euer Ehren ... jemanden zum Tode zu verurteilen und ihn dann zwanzig Jahre in einer Zelle hocken zu lassen ... eine Strafe, die nicht gegen ihn verhängt wurde. Hurly Burly wird uns überleben und seinen Lauf nehmen, und er wird uns unsterblich machen ... uns, die ersten Märtyrer in einem heiligen Krieg.«

»War's das?« fragte der Richter trocken.

2

»Deine Oberwelt, Li'll Remo, ist unendlich primitiver als meine Unterwelt. Gas, Strick, Elektrizität ... die Schweine da oben verwalten die Maschinen, um Reformer wie mich zu Tode zu bringen. Beweist das etwa nicht, daß es bei euch, in eurem ordentlich geharkten Schweinestall, keine Kultur gibt? Die wahre Zivilisation, die findet man nur bei uns. The Circle arbeitet an einer besseren Welt.«

»Ihr *mordet* für eine andere Welt. Solange Bestien wie du und Tex mit ihrem tödlichen Huf auf meinem Hof scharren können, ist unsere Kultur verpflichtet, das Prinzip Auge um Auge, Zahn um Zahn anzuwenden. Leben um Leben.«

»Ihr gerechten Bürger haltet den Widerspruch aufrecht.«

»Nein, *ihr* rechtschaffenen Mörder ... indem ihr uns dazu zwingt, primitive Mittel aufzufahren. Bei allen Verbrechen tut ihr uns auch noch die Selbsterniedrigung der Unkultiviertheit an. Wir werden zu Zimmerleuten degradiert ... die ein Schafott bauen.«

Maddox stieß ein dreckiges, keckerndes Lachen aus. »Rühm du mir nur die amerikanische Gesellschaft, Woodehouse. Die Schweine können auch dich jederzeit auskotzen. Du bist nicht umsonst für eine Weile Choreaner.«

3

»Du wolltest dein eigener Anwalt sein, Scott, aber ...«

»Charlie will nichts vom amerikanischen Rechtssystem wissen.«

»Die Forderung, sich selbst verteidigen zu dürfen, bedeutet letztendlich auch, daß man das amerikanische Rechtssystem anerkennt.«

»*Hab* ich mich selbst verteidigt?«

»Es ging schon bald schief.«

»Ja, aber ich habe es doch durchgesetzt. Vor meine Zelle wurde eine Schubkarre voll Akten und Gesetzbücher gestellt. Ich bekam ein Telefon. Ich durfte die Mädchen sehen, sooft ich wollte, um mich mit ihnen zu beraten. Im Gerichtssaal führte ich ausführlich das Wort, so daß die Journalisten meine Ideen direkt notieren konnten ... ohne daß sie erst vom Staatsanwalt gesiebt wurden. Es hat nicht lange gedauert ... aber lange genug, um den Prozeßablauf durcheinanderzubringen. Fortsetzung meines Anarchismus mit anderen Mitteln. Hurly Burly vorbereiten, Auge in Auge mit der richterlichen Gewalt. Na, ist der Prozeß irgendwann ordnungsgemäß zu Ende gegangen? Es wurde der längste in der Geschichte der Vereinigten Staaten. Auch der teuerste. Und Jacuzzi hat uns nicht ins Gas gekriegt. Charlie hat es geschafft, den Prozeß so lange zu verschleppen, bis die Abschaffung der Todesstrafe in Kalifornien in Sicht kam.«

4

»Als ich meine eigene Verteidigung nicht mehr führen durfte«, sagte Maddox, »habe ich eben den Pflichtverteidiger machen lassen. Er plädierte gegen die Todesstrafe ... klar. Das übliche abgedroschene Argument. ›Wir haben nicht das Recht, ein Leben zu nehmen. Jeder Mensch hat ein Recht auf Leben, auch wenn er eine schwere Verfehlung begangen hat.‹ Blabla, blabla, blaba. Ich schlief ein. Als ich wieder aufwachte, ging der Staatsanwalt vor der Geschworenenbank auf und ab. ›Wenn *irgend* jemand ein Recht auf Leben hat‹, rief Jacuzzi unter Tränen, ›dann der in Unschuld Lebende. Und das Leben eines solchen Menschen, sagen wir mal: von Sharon, wird ja gerade bedroht vom schuldig Draufloslebenden. Meine Damen und Herren Geschworenen! Wenn wir das schuldige Leben in Schutz nehmen, werfen wir das unschuldige den Löwen zum Fraß vor.‹ Blabla, blabla, blabla. Ich schlief wieder ein.«

5

»Li'll Remo, ich glaube nicht an die Rechtsprechung eines Landes, das Geschworene benutzt. Brave Bürger moralisch ein bißchen erpressen ... Man appelliert an ihren Bürgersinn, ihre Vaterlandsliebe, ihr Gerechtigkeitsgefühl. Wegen all dieser schönen Werte lassen sie sich aus ihren Familien zerren ... aus ihrer Arbeit. Sie werden gezwungen, über Leben und Tod zu urteilen. Dafür bekommen sie eine karge Entschädigung. Bei der Rückkehr in ihr normales Leben finden sie ihre Seite im Bett belegt. Ihr Chef weigert sich, das ausstehende Gehalt zu zahlen. Oder er hat den leeren Platz als freie Stelle betrachtet, so daß so ein ehemaliger Geschworener seinem Nachfolger gerade noch die Hand drücken kann, bevor er endgültig auf der Straße steht. Das ist Mißbrauch von Bürgersinn. Außerdem glaube ich nicht an das objektive Urteilsvermögen von Leuten, die allesamt mit ihrem eigenen Groll, ihren eigenen Träumen ... und ihrer eigenen Geilheit auf der Geschworenenbank sitzen. Ich werde dir sagen, warum Charlie und seine Mädchen zum Tode verurteilt wurden. Die Geschworenen wurden selber fast neun Monate lang in Isolation gehalten ... in einem drittklassigen Hotel. Schlimmer als Haft. Achteinhalb Monate ... eine komplette Schwangerschaft. Oh, waren *die* schwanger mit Charlies Tod! Nein, beim Tod, da fing das richtige Strafen erst an. Das Gas, das war genau der Unterschied zwischen einem Hotelzimmer und der grünen Kammer. Und es zischte nicht mal. Das Gift schon, aber die Schlange nicht ... Charlie sollte in seinen letzten Augenblicken nicht mal zu seinem geliebten Wüstentier sprechen dürfen.«

6

Anfangs war es ihm jedesmal gelungen, erst in seiner Zelle Sharons Bild zärtlich heraufzubeschwören. Mit dem Fortschreiten der Woche waren seine Erinnerungen an sie Zwangsgedanken geworden, *gerade* im Beisein von Scott Maddox.

Ausgebildete Hexe, Mülleimer für Drogen, zweibeiniger Mittelpunkt von Sexorgien – in den Tagen nach ihrem Tod begegnete Remo seiner Liebsten auf Papier in den schändlichsten Erscheinungsformen. Sogar bei aller Angst und allem Chaos Mitte August hätte die Presse Leute finden müssen, die Sharon gut gekannt hatten, doch kein Artikel beschrieb sie als die durch und durch gute Frau, die sie gewesen war. Anstatt Johannisbeergelee wollten die Leute zum Frühstück geronnenes Blut, zumindest solange es nicht aus ihren eigenen Adern stammte.

Keine Zeitung, keine Zeitschrift mehr aufzuschlagen half wenig: Selbst gute Freunde faßten die abgedruckten Unterstellungen eine Spur zu begierig für ihn zusammen. Angefacht durch seine bittere Trauer, die ihm klares Denken verwehrte, begann das verleumderische Geschreibsel das Bild seiner Frau, an das er sich immer noch klammerte, anzufressen. Um nicht zu ersticken, mußte er unbedingt mit jemandem reden, der sich an sie so erinnern wollte, wie sie vor ihrer Wiederauferstehung als LSD-getränkte, unersättliche Priesterin des Teufels gewesen war. Gibby, ja, Gibby hätte ihre Sanftheit besingen können. Wie es das Pech wollte, war auch Gibby tot.

Nach seiner hastigen Rückkehr aus London war Remo vom Filmstudio vorübergehend in der geräumigen Garderobe von Rebekah (eigentlich Rebecca) Rutherford untergebracht worden, die mit Sharon befreundet war, seit sie einander als Achtzehnjährige über denselben Talentjäger kennengelernt hatten. Hilf mir, Becky, gib mir mein sanftes Mädchen wieder, das zu lieb und zu gut war für diese Welt und gerade dadurch so irdisch warm. Er nahm ein Taxi von Paramount nach Pacific Palisades. Rebekah öffnete ihm die Tür, ihr sechs Monate altes Töchterchen Shelly auf dem Arm, das mit zweitem Namen Sharon hieß, nach ihrer Patin. »Hallo, Becky. Komme ich ungelegen?«

Remo hatte ihre roten Augen bereits bemerkt. Beim Anblick des gebrochenen Witwers drohte sie erneut in Tränen auszubrechen. Sie schüttelte den Kopf und wandte die Augen ab, wie Frauen es machen, wenn sie nicht beim Weinen ertappt werden wollen. Er schob sie vor sich her durch die Diele ins Wohnzimmer, in dem ein aromatisch-süßer Kindergeruch hing. »So was von gemein«, sagte sie, »was da über sie geschrieben wird.«

»Becky, nach all der vergifteten Druckerschwärze brauche

ich jetzt ein mildes Gegengift. Bitte, erzähl mir von ihr … egal was. Wie sie war. Wie du sie gekannt hast.«

Shelly Sharon, auf dem Schoß ihrer Mutter, sah Remo mit großen Augen an, ohne den Blick von ihm zu lassen. Becky erzählte mit tonloser Stimme, unverwandt auf eine Ecke des Teppichs starrend, von der Zeit, als sie und Sharon sich ein Zimmer in einer Wohnung im Zentrum, in der Olive Street, geteilt hatten.

»He, was … Spestil?«

»Es war eingerichtet im Stil In Spe. So hieß das damals. Wir waren beide Schauspielerinnen in spe …«

»Also kahl.«

»Meine Freunde haben mich nicht wegen der fehlenden Möbel so mitleidig angesehen. ›Wenn du morgens neben jemand wach wirst, der so aufreizend schön ist‹, fragten sie, ›traust du dich dann noch zu einem Casting?‹ Daß das unserer Freundschaft keinen Abbruch tat, lag in erster Linie an Sharon. Sie war kein bißchen eingebildet … es machte jeden einfach verlegen.«

»Uih, und das in Hollywood!«

»Es ist schwer, über Sharon zu reden, ohne sie als Heilige darzustellen.«

»Offenbar nicht. In der amerikanischen Presse wird sie als Teufelin dargestellt.«

7

All die Monate, die Scott Maddox in San Quentin in der *death row* saß, Herbst und Winter '71/'72, schien fast unaufhörlich Nebel aus der Bucht von San Francisco aufzusteigen.

»Wie konntest du das von deiner Zelle aus sehen?«

»Mit den Ohren. Die Nebelhörner sangen von meinem bevorstehenden Tod. Der dichte Nebel stand für das sich ausbreitende Gas. Ich habe Duette komponiert für Gitarre und Schiffssirene … für Solostimme und Nebelhornchor.«

»Eine Gitarre in der *death row*, ich bitte dich.«

»In meinem Kopf. In meinem Herzen.«

»Du hast die grüne Kammer nie von innen gesehen …«

Doch. Maddox hatte schon mal einen Blick auf das werfen wollen, was sein letzter Aufenthaltsort auf Erden zu werden drohte, und bekam sogar die Erlaubnis: Ein zum Tode Verurteilter hatte offenbar das Recht, frühzeitig Bekanntschaft mit der Waffe zu schließen, die ihn vernichten sollte. Zur festgesetzten Zeit wurde er aus seiner Todeszelle geholt, worauf man ihn den exakten Weg des *dead man walking* gehen ließ. Schwer gefesselt in den Lift, aus dem man unten direkt in die Wartezelle trat. Wenn es soweit war, würde er dort seine letzte Nacht zubringen müssen – die, so wie er es jetzt mit seinen Bewachern spielte, bereits vorbei war. Letzte persönliche Gegenstände abliefern. In einer Tasche seines Overalls fanden sie eine Streichholzschachtel (mit zwei lebenden Kakerlaken, aber das wurde nicht kontrolliert), und sie zeigten ihm, was damit in der Stunde X geschehen würde. Sie wurde feierlich in einen tiefen Schrank gelegt, dem eine erdrückende Grabesluft entstieg. Regalbretter voller Schachteln, und darin die Gegenstände, die die zum Tode Verurteilten bis zuallerletzt bei sich haben wollten. Läppische Dinge, leblos in den Augen des Henkers, beseelt und heilig für den künftigen Toten. Fotos von Geliebten natürlich. Heilige Christophorusse, für einen wohlbehaltenen Übergang. Ringe aus dem Überraschungsautomaten. Ein Blechvogel vom Weihnachtsbaum, mit abgebrochenem Schnabel. Das künstliche Gebiß, das man Dale Gibson Perryman (hingerichtet am 22. November 1963) aus der Hand hatte winden müssen – keineswegs, weil er nicht zahnlos vor Gottes Thron erscheinen wollte (er war noch im Besitz sämtlicher Zähne), sondern weil es seinem besten Freund gehört hatte, der nach einem mißglückten Banküberfall in seinen Armen gestorben war. Sogar ein zerknittertes Taschentuch, und darin dem angehängten Schildchen zufolge die letzte Samenproduktion von Franklin Gregory Silliphant (Hinrichtungsdatum unleserlich). Bei der ersten Berührung durch den Wärter entstiegen ihm zwei winzigkleine Motten, wonach das Tuch in drei Häufchen zerfiel.

Maddox bekam zu hören, daß dieser ganze wertlose Plunder aufbewahrt wurde, weil, möglicherweise erst Jahrzehnte später, irgendein Angehöriger danach fragte konnte.

»Wenn du es wirklich bis in die grüne Kammer geschafft hättest, Scott, was hättest du dann bis zuletzt bei dir haben wollen?«

»Mein silbernes Reflexhämmerchen.«

»Damit der Henker, bevor er den Gashahn öffnet, deine neurologischen Reaktionen testen kann …«

»Ich würde ihn bitten, mir, wenn kein Gas mehr zischt, mit dem Hämmerchen dreimal gegen den Kopf zu schlagen … damit die Zeugen sehen, daß ich wirklich tot bin. Erst danach würde der Henker mich fragen dürfen, ob ich noch etwas zu sagen hätte. Der Beruf eines Stellvertreters auf Erden, das bringt eben Verpflichtungen mit sich.«

»Du bist auch in der grünen Kammer selbst gewesen.«

»Die ist rund, mit so einer Art Kinderspielplatz in der Mitte. Ein bißchen wie ein Iglu, mit kleinen Fenstern. Ohne Vorhänge, die Zeugen müssen ja sehen können, wie …« (Wenn ihm vor Rührung Schleim in die Kehle lief, begann seine Stimme immer zu keckern.) »… wie der Betreffende nach Luft schnappt und Gift erntet. Ich bin für eine saubere Umwelt, Li'll Remo.«

»Dringewesen?«

»Kurz. Nicht festgebunden.«

»Nach der Generalprobe hast du der Premiere sehnsüchtig entgegengesehen …«

»Das Stück verschwand schon vorher aus dem Repertoire.«

Um die teuflische Seite an Sharon hervorzuheben, druckten die Zeitungen und Zeitschriften zu ihren Unterstellungen bezüglich satanischer Rituale und sadistischer Gruppenorgien oft ein und dasselbe PR-Foto ab, aus ihrem Film *I and the Devil* – ein Standfoto, das sie als die gnadenlos schöne Zauberin Oda zeigt: ein Biest mit Platinperücke, asymmetrisch geschminkten Augen, einem grausamen, arroganten Zug um den Mund und Brüstchen, die sich außerordentlich schroff durch ihren schwarzen Rollkragenpullover bohrten und zwischen denen als Talisman ein blitzendes metallenes Auge hing. Der Film spielte auf einem Schloß im Périgord, wo eine Sekte das Leben des Marquis für eine erfolgreiche Weinernte opfert. (Monate später, nach der Festnahme der Mörder, druckten die dreistesten Illustrierten dieses Foto neben dem des Sektenführers, der ihren Tod angeordnet hatte. Reizendes Paar, sollten die Leser denken.)

9

Wenn ich behaupte, mich ins zwanzigste Jahrhundert der christlichen Zeitrechnung verirrt zu haben, dann meine ich damit nicht, ich sei in die moderne Zeit geworfen worden, oder ähnlichen neo-sartreschen Unsinn. Ich habe die neue Zeitrechnung schlichtweg nie anerkannt – wenngleich ich mich ihrer opportunistisch bediene, und zwar aus Gründen der Kommunikation. Die Zeit, die echte, die sich durch die Einführung keines Kalenders dazu zwingen läßt, von vorn anzufangen, hat mich jahrhundertelang vorangetrieben, und die Meilensteine waren Umbrüche in der Geschichte, nicht der Wechsel von Jahren und Jahrhunderten. Zu Beginn des zwanzigsten Jahrhunderts nach Christus entstand dank Einstein eine andere Sicht von Zeit und Raum, doch das bedeutete nicht, daß Zeit und Raum sich selbst änderten: Die hatten sich schon immer, auch in meiner guten, alten Zeit, stark gekrümmt verhalten, ganz im Einklang mit ihrer Natur. Die *moderne* Zeit, die kümmert mich nicht.

Ende des neunzehnten Jahrhunderts, anno 1889, hatte ein Pfarrerssohn vorgeschlagen, den Kalender noch einmal mit dem Jahr Null beginnen zu lassen, und zwar, um jede Erinnerung an das Christentum auszumerzen. Der Architekt der neuen Zeitrechnung war Friedrich Nietzsche, der, an der Schwelle zum Wahnsinn, nicht mehr ganz ernst zu nehmen war. Sein Vorschlag wurde nicht befolgt.

Erst im Januar 1978, in Choreo, hörte ich wieder jemanden am christlichen Kalender herumfummeln. Damit ich mich den beiden Putzern lautlos nähern konnte, was mir nicht immer gelang, trug ich seit kurzem Schuhe mit dicken Kreppsohlen. Mit sanft federnden Schritten ging ich auf dem Umgang im ersten Stock zu der Stelle, unter der sie, am Putzmittelschrank, standen und redeten.

»... und dann wird das neue Osterfest in Zukunft am 18. Februar gefeiert«, sagte Maddox. »Jedes Jahr von jetzt an.«

»Erklär mir das Datum«, ertönte Remos Stimme aus dem Schrank, »dann mach ich vielleicht mit.«

»Am 18. Februar 1972 wurde im Bundesstaat Kalifornien die Todesstrafe abgeschafft. Charlie bekam automatisch lebenslänglich. Leiden, grüne Kammer, Wiederauferstehung dieses Menschensohns ... das kann alles am selben langen Osterwochenende gefeiert werden.«

»Nächsten Monat also zum sechsten Mal Charlies Grünfreitag. Choreo führt sein eigenes Passionsspiel auf. Der Stein vor der Hinrichtungshöhle wird weggerollt ... und da, meine Damen und Herren, kommt, dampfend von Blausäure, Charlie herausgestolpert. Ein häßlicher Husten, aber ... er hat es *wieder* überlebt. Applaus. Wir sind in Verhandlungen mit der NASA wegen einer spektakulären, komplett computergesteuerten Himmelfahrt. Spezielle Talkshow von Jaffarian für Emmausgänger mit dem schönsten Zeugenbericht.«

»Ich werde persönlich dafür sorgen, daß dir das Lachen vergeht, Li'll Remo.«

»Die Abschaffung der Todesstrafe, hat man dich damit nicht um eine glänzende Märtyrerrolle gebracht?«

Wieder einmal fiel mir auf, zu welcher Lautstärke Maddox, mit diesem Leib, der als Resonanzkörper keinen Pfifferling wert war, seine Stimme anschwellen lassen konnte. »Täusch dich nicht in meinem Status als lebender kleiner Mistkerl. Hier steht ein Toter vor dir. Oder glaubst du, man könnte unter dem Gekreisch des gesamten Volkes jemanden zum Tod verurteilen, ohne … ja, ohne daß der an Ort und Stelle tausend Tode stirbt? Gas, Stuhl, Erschießungskommando … das sind nur Rituale, um der Leiche, die schon vorhanden ist, einen offiziellen Status zu geben. Am 19. April 1971, als Richter Younger das Urteil sprach, ist Charlie gestorben. Seitdem … Reservezeit. Ohne Körper, der ist nämlich unter dem Urteil draufgegangen. Ich bin jetzt nur noch Geist. Der Knast hält meine Seele zusammen …«

»Dann hat die Todesstrafe, sogar ohne Vollstreckung, deine Macht nur noch größer werden lassen.«

10

»In der Olive Street haben wir ungefähr zwei Jahre zusammen gewohnt. Zuletzt ging Sharon schon mit Jay. Sie verschwand nach Europa, um Filme zu machen, und … na ja, da hat sie dich kennengelernt.«

»Das ist mir nicht entgangen.«

»Sie war vollkommen sie selbst, aber … ohne es zu wissen. Genauso unsicher, wie sie schön war.«

»Meine zweifelnde kleine Göttin.«

Die kleine Shelly, die Remo die ganze Zeit großäugig angesehen hatte, fing auf einmal laut zu weinen an – und ihm wurde klar, daß es die Antwort auf den Weinkrampf war, der in sein eigenes Gesicht gefahren war.

»Sharon«, sagte Becky, »hatte etwas gefährlich Beneidenswertes. Etwas, das ich in unseren gemeinsamen Jahren auch gerne besessen hätte ... wenngleich ich wußte, daß es schlecht für mich hätte sein können. Sogar fatal. An ihr war etwas sehr Schönes und Zartes, für das sie früher oder später würde büßen müssen ... etwas, das dazu einlud, sie zu zerbrechen, ihr weh zu tun, sie irreparabel zu beschädigen. Das Wort *verletzlich* schien für sie persönlich erfunden zu sein.«

»Ich wette, sie hat am letzten Abend ihres Lebens von den Eindringlingen noch gedacht ... jedenfalls anfangs ... sie könnten keine bösen Absichten haben. Es müsse sich um ein Mißverständnis handeln. Die falsche Tür oder so.«

Sharon konnte keiner Fliege etwas zuleide tun, im wahrsten Sinne des Wortes. Sie war allergisch gegen Bienengift, und wenn sie einmal gestochen wurde, weinte sie nicht vor Schmerz oder weil ihr übel wurde, sondern aus Schuldgefühl darüber, die Biene ihres Stachels beraubt zu haben, so daß diese jetzt im Zuge ihrer eigenen Verteidigung sterben würde.

»So vertrauensselig.« Rebekah schüttelte den Kopf derart heftig, daß die Tränen vom Kurs abkamen. »Sie hat ihre Tür nie vor irgend jemandem verschlossen.«

»Leider, Becky, leider.«

11

Remo fragte Maddox, ob er sich an den Moment erinnere, in dem er erfahren habe, daß die Todesstrafe in Kalifornien abgeschafft worden sei.

»Ein Schwein überbrachte mir die Nachricht, grunzend vor lauter Widerwillen. Er mußte es mir ja sagen, denn ich saß in der *death row* ... und die *death row* von San Quentin gab es von diesem Augenblick an nicht mehr.«

Nein, falls Remo hören wolle, daß Scott in seiner Zelle angefangen habe, zu tanzen und zu singen, dann liege er völlig falsch. Todesstrafe in lebenslänglich umgewandelt, ob ihm klar sei, was das bedeute? Die Eintrittskarte zur Gaskammer werde einem abgenommen, was ohne weiteren Prozeß bedeute: Einzelhaft, bis der Tod eintritt. Mochte das Gefängnis auch sein Hafen gewesen sein, Maddox war bei seiner Heimkehr äußerst feindselig empfangen worden. »Ich fürchtete den geduldigen Henker mehr als den Henker mit der *deadline*.«

1 2

»Das letztemal, als du sie gesehen hast, Becky ... ich will alles darüber wissen. Sie hat morgens am Telefon gesagt, daß du zum Mittagessen zu ihr kommen würdest.«

»Wir saßen an eurem grünlich verfärbten Gartentisch. Im Schatten, nahe am Pool. Winny hatte einen himmlischen Salat mit kaltem Huhn gemacht ... etwas, was man bei dieser drückenden Hitze gerade noch runterbekam. Arme Sharon, so überreif ... sie trug so schwer daran.«

»Wie sehr wollte sie das Kind?«

»Das weißt du doch.«

»Ich will es von dir hören. Mädels unter sich reden da anders drüber.«

»Das Baby hat ihr alles bedeutet. Bei werdenden Müttern finde ich es immer entsetzlich, wenn sie nur noch über ihren Wurm reden können. Bei Sharon nicht ... es war eine Freude, sie über die nächste Zukunft jubeln zu hören. Es ging nicht ausschließlich um Bodys und Strampelsäcke.«

»Sprach sie auch von mir ... von uns?«

»Sie war dabei, eine große Geburtstagsparty für dich zu organisieren.«

»Du brauchst mich nicht zu schonen, Becky.«

»Sie hat dich vermißt.«

»An dem Morgen, am Telefon, hat sie gejammert, war widerspenstig ... sogar böse.«

»Die Gäste im Haus wurden ihr zuviel.«

»Ja, das auch. Außerdem wollte sie, daß ich sofort aus London zurückkomme, und nicht erst zu meinem Geburtstag. Verdammt noch mal, Becky, die schrecklichen Dinge, die sie jetzt über unsere Ehe schreiben ... erkennst du etwas davon wieder?«

»Jeder konnte sehen, wie verliebt ihr ineinander wart.«

13

»Lebenslänglich, Li'll Remo, ist eine Strafe, die du außerhalb der Zeit absitzt. Es gibt keine Tage, für die du an der Zellenwand einen Strich machen kannst. So eine kleine Panflöte wird sofort zu einem abstrakten Zeichen. Du kannst dich zwar hinsetzen und zählen, aber ... bis wann? Für das Enddatum müßtest du die Stunde deines Todes kennen. Außerdem gibt es immer noch die Chance, daß eine *parole*-Kommission dich vorzeitig freiläßt. Du kannst es nicht ausrechnen. Meine zehn Finger nützen mir nichts. Lebenslänglich ... schon von vornherein verzählt. Kalender, die gibt's für die anderen. Die Toten und die Geburtstagskinder.«

14

»Hier in Choreo genieße ich den Status, der zu meinem innersten Wesen gehört. Bei Christus kann man sich ja noch eine populistische Starrolle vorstellen ... *Jesus Christ Superstar* ... aber der Teufel, der muß selbst zusehen, wie er klarkommt. Ich habe getan, was ich tun mußte, es war harte Arbeit, und jetzt klimpere ich hier ein bißchen auf der Gitarre rum ... singe ein paar *tunes* aufs Band. Das Hobby eines Satans im Ruhestand ... eines pensionierten Teufels.«

Rebekah erzählte, wie sie sich beim Lunch die Freundschaft ihrer Töchter ausmalten und wie sie für den Fall, daß Sharon einen Sohn zur Welt bringen würde, schon dabei waren, die beiden miteinander zu verkuppeln, als Tek und Gibby geräuschvoll in den Garten kamen und sich auf die freien Stühle am Gartentisch plumpsen ließen. Voytek streckte sofort die Hand nach der Roséflasche aus. Wieder siegte Sharons Gastfreundschaft über ihre Verärgerung: Beide Hände in den Rücken gestützt, watschelte sie durch die Gartentür in den Anbau mit ihrem Schlafzimmer, wo sie in der Küche anrief und noch zwei Salate bestellte.

Es war offensichtlich, daß das Paar an diesem Vormittag bereits einiges an Aufputschmitteln intus hatte. Gibby plapperte über das neue Fahrrad, das sie gerade gekauft hatte und das am Nachmittag geliefert werden sollte. Tek konnte keine zwei Minuten am Stück sitzen bleiben, immer wieder rannte er um den Tisch, um die Gläser vollzuschenken, oder an der Rückseite des Hauses entlang in die Küche, um eine weitere Flasche Wein aus dem Kühlschrank zu holen. Becky lachte ihn wegen seines neuen Outfits aus: ein lila Hemd mit einer schwarzen Lederweste über einer violetten Blümchenhose mit weiten Beinen und darunter Boots. Remo erkannte die Beschreibung aus dem Polizeibericht wieder, den er in Teilen hatte einsehen dürfen: In dieser Kleidung, tiefer violett gefärbt durch einundfünfzig Stichwunden, wurde sein Freund am nächsten Tag tot auf dem Rasen gefunden.

»Als ich ging«, sagte Becky, »versprach Sharon, abends bei mir zu essen, hier in Pacific Palisades. Weil es so nah am Meer kühler ist, sollte sie bei mir übernachten. Am späten Nachmittag rief sie an und sagte ab. Zu müde und zu … Nein, einfach zu müde. Sie blieb zu Hause, um sich die Haare zu waschen.«

»Noch mal, Becky, schon mich nicht.«

»Ja, sie hatte es satt. Alles. Es schien alles kein Ende zu nehmen. Die Hitzewelle. Die Schwangerschaft. Der Besuch. Daß du dich in London herumtriebst … Alles. Nur das Kind hielt sie noch aufrecht, und selbst das nur mit Müh und Not. Sie klang so niedergeschlagen … ich habe sie *angefleht*, zu mir zu kommen. Aber nein, sie wollte zu Hause bleiben. Sich die Haare waschen.«

16

»Ist das nicht wunderbar, Scott, jeden Tag im eigenen Bett aufzuwachen … im eigenen Haus?«

»Das Beste von allem Schlechten, das einem Tier passieren kann. Vergiß nicht, einst wurde Charlie in einem fremden Gebäude eingesperrt. Es war nicht sein Elternhaus, und es war auch kein Motel seiner Wahl. Es stand mir frei, es zu hassen … mir den Kopf an seinen Wänden einzurennen. Charlie entschied sich dafür, seine Bleibe liebzuhaben. Das Apartment befand sich in immer wieder einem anderen Gebäude, hatte aber jedesmal dieselben Abmessungen … das gleiche Mobiliar. Geräumiger als die Hotelzimmer meiner Mutter, in denen hundert Onkel sie besuchten. Dreimal am Tag eine Mahlzeit vom Steuerzahler. Das Schwein mit einer Hypothek hat nicht weniger lebenslänglich als Charlie. Ich werde von den Leuten versorgt, denen ich die Tochter abspenstig gemacht habe. Was will ein zur Strecke gebrachtes Monster mehr?«

»Wenn das Gefängnis dein Zuhause ist, hättest du dir dann nicht einen weniger sensationellen Dreh ausdenken können, um dorthin zurückzukehren? Du warst auf Bewährung frei … Ein Überfall auf eine Tankstelle mit einer leeren Cola-Flasche als Schlagwaffe, das hätte schon gereicht, um nach Hause zu dürfen. Gleich alles gestehen, und nicht noch diesen ganzen Prozeß. Warum, Scott, das Blut meiner Frau, meiner Freunde, meines Lebensmittelhändlers … nur um dir eine einfache Fahrkarte zu Mutterns Breitopf zu verschaffen?«

»Was immer du von Charlie denken magst … Charlie handelt nicht willkürlich. Wenn Eigennutz über allgemeinere Belange zu siegen droht, frage ich mich immer: ich oder *sie*? Ich hatte die Freiheit satt … ich wollte nach Hause. Aber ich hatte noch eine Aufgabe zu erfüllen. Viele Wege führen ins Gefängnis, und Charlie hat nicht den Weg des geringsten Widerstands gewählt. Anstatt einen Schokoriegel aus LaBiancas Supermarkt zu klauen, Li'll Remo, habe ich den Startschuß zu Hurly Burly gegeben. Meine Gefolgsleute konnten die Sache dann zu Ende führen. Ich bin dem Prozeß nicht aus dem Weg gegangen.«

»Du hättest gleich gestehen können … und dann bequem nach Hause.«

»*Jetzt* unterschätzt du mich aber.« Sein nagelloser Zeigefinger bohrte sich zitternd in Remos Bart. »Ich wollte die Staatsanwaltschaft dazu zwingen, Rechenschaft abzulegen. Vor Charlie. Vor The Circle. Jacuzzi, das Schwein, sollte erst mal beweisen, daß wir die Architekten von Hurly Burly waren.«

»Nixon verlor die Geduld und erklärte dich schon mal für schuldig.«

»Sehr gut. Noch mehr Verzögerung. Charlie als Arbeitgeber der Weltpresse. Es war *eine* große Propagandakampagne für Hurly Burly. Mission gescheitert. Charlie konnte sich in seinem eigenen Bett ausruhen.«

17

»Am nächsten Tag war ich am Set von *Jelly Babies*. Samstags wird normalerweise nicht gedreht, aber wir brauchten ein paar Großaufnahmen von meinen Händen, als Zwischenshots. Später, in meiner Garderobe, klingelte das Telefon. Es war Michelle. Außer ihrem Namen brachte sie kein Wort raus. Dann kam John, der hat es mir gesagt. Ich legte auf, ohne einen Laut von mir geben zu können. Das heißt, ich starrte nur auf diesen einen Punkt an der Wand ... den roten Lippenabdruck von Mae West, hinter Plexiglas ... und die ganze Zeit hämmerte meine Hand mit dem Hörer herum, auf der Suche nach der Gabel.«

18

»Hitlers stolzes Hakenkreuz«, sagte Remo, »hat bei noch einem anderen Brand Schaden erlitten außer dem im Reichstag. Als die Krankenschwester dir gestern den Eiter abwischte, sah es blaß und verwaschen aus ... fast nicht zu erkennen. Ich denke, Scott, die Nazis würden sich schämen, wenn sie sehen könnten, daß ihr Gedankengut auf eine solch armselige Weise verbreitet wird.«

»Vor dem Brand ... wenn ich da ins Fernsehen mußte, wie bei diesem Wichtigtuer Jaffarian, hab ich mir das Ding immer mit einem dunkelblauen Stift deutlicher gemalt. Die Kamera hat sich gefreut. Genauso wie Goebbels' Geist.«

19

Nachdem ich mich von dem Leuchtglobus in der Kanzlei Dunning & Hendrix nach Europa und in die Niederlande hatte führen lassen, verfolgte ich den Prozeß noch eine Weile von der anderen Seite des Atlantiks. Daß die Angeklagten zum Tode verurteilt wurden, verriet schon einen völlig anderen Verlauf des Geschehens, als ich ihn vorgesehen hatte, besaß aber noch etwas von der alten attischen Gediegenheit. Als ein knappes Jahr danach, die ganze Bande saß in der *death row*, die Todesstrafe in Kalifornien abgeschafft wurde, betrachtete ich das Projekt als endgültig gescheitert – oder, besser gesagt, ich zwang mich, jedes Interesse daran zu verlieren.

Es war vorbei mit meinem kalifornischen Abenteuer, das

jetzt endgültig den Status einer Tragödie verloren hatte. Ich habe noch versucht, durch eine Winkelveränderung, wie Zimmerleute das nennen, davon zu retten, was zu retten war. Es machte das Debakel nur noch größer. Die ausgelegten Fallstricke gaben nach, sobald jemand auf sie trat.

»Sex gibt's immer genug im Knast«, hatte Charlie nach seiner Verurteilung gerufen. »Mir wird's an nichts fehlen.«

Ich war schon lange in Europa, hatte drüben aber immer noch meine Kontakte. Um Charlie, nachdem er der Gaskammer entronnen war, das Leben schwerzumachen, setzte ich in San Quentin einen tätowierten Riesen von der Arischen Bruderschaft auf ihn an. Über einen Mittelsmann wurde mir ein Farbfoto des Mannes zugeschickt: eine brutale Visage mit zweimal vier schludrig untereinandergesetzten Tränen, die er mit provozierendem Stolz trug. Mir wurde berichtet, wie der AB'ler Charlie seiner Gewalt unterworfen hatte, was darauf hinauslief, daß er den kleinen Möchtegernguru zu seinem persönlichen Sklaven und Pupen machte. Von der Todesstrafe dorthin entronnen, was er als sein eigentliches Zuhause betrachtete, wurde der sichere Hafen für Charlie auf diese Weise zur Hölle. Powder Monkey, wie der Bruder in San Quentin genannt wurde, wollte nicht als Homo angesehen werden, was zur Folge hatte, daß er kein Gleitmittel zu benutzen wünschte, höchstens einen Batzen Spucke, und auch nur dann, wenn sein Gaumen nicht zu trocken war.

Die Höllenfahrt, die ich so für meinen Helden vorgesehen hatte, kam ebenfalls vorzeitig an ein Ende. Crazy Charlie, weniger verrückt, als sein Kosename in San Quentin vermuten ließ, nahm sich einen Schwarzen als Leibwache – einen durch nichts zu erschütternden Klotz von zwei Meter sechs. Der Rassenhaß der dortigen Arischen Bruderschaft schwoll zu blindwütiger Mordlust an, doch Charlie wußte sich bei Ebony Glitz sicher, zwischen dessen Beinen er beinahe ohne sich zu bücken durchlaufen konnte.

Auch diese Verbindung, die mich und meine Regie noch

lächerlicher machte, währte nur kurz. Ebony Glitz war geistig ebenso einfältig wie körperlich stark. Crazy Charlies politische und religiöse Theorien brausten dem Schwarzen in den Ohren, bis er davon in geistige Not geriet und unter einem übergroßen Spannlaken in die California Medical Facility in Vacaville gebracht werden mußte.

Und der kleine Guru? Der wurde zur großen Erleichterung von Direktion, Personal und Gewerkschaft ins Gefängnis von Folsom verlegt. Ich beließ es dabei. Damit war keine Ehre mehr einzulegen – nicht bei Licht und nicht im Dunkeln.

20

Als Remo nach Sharons Beerdigung die von den Extremisten angelegte Totenliste zu Gesicht bekam, auf der neben den Namen von Politikern und Showbiz-Leuten auch der ihre stand, war sein erster Gedanke: Wenn sie sterben muß, kann sie nicht gestorben sein; sie lebt.

Mehr Hoffnung verstand er daraus nicht zu schöpfen – außer daß sie sich in guter Gesellschaft befand (Johnson, Nixon, Reagan).

Doris Day, die Ewige Jungfrau

A word from the Chairman of the Board of Buck Knives (1)

»If this is your first Buck Knife, ›welcome aboard‹. You are now part of a very large family. Although we're talking about a few million people, we still like to think of each one of our users as a member of the Buck Knives Family and take a personal interest in the knife that was bought. With normal use, you should never have to buy another.«

(Al Buck / Gebrauchsanweisung für Buck-Messer)

Sonntag, 15. Januar 1978

Eine Hurlyburleske

I

In der Tat, es stellte sich heraus, daß es genauso viele Charlies gab, wie die nordvietnamesische Armee Soldaten gehabt hatte – und dennoch waren sie alle Charlie.

Meinen ersten Charlie, noch mit rührender Monkees-Frisur, sah ich in San Francisco. Der Charlie, der tagsüber auf den Stufen der Universität Berkeley Gitarre spielte, um an Geld, Essen und Frauen zu kommen, war damals bereits ein anderer Charlie als jener, der abends in Haight-Ashbury kleine Ausreißerinnen unter seine Fittiche nahm, Liebe predigte und zusammengebetteltes Essen verteilte. Bevor er in seinem Bus aus dem Haight District verschwand, hatte ich schon unzählige Male erlebt, wie bei ihm Frisur, Bartform, die Art, sich zu kleiden, wechselten, aber ebenso, oft mehrmals am Tag, Launen, Ideen, Ideale. Später, nach den Charlies auf der Küstenstraße zwischen San Francisco und Los Angeles, gab es die Charlies von Canoga Park, Topanga Canyon, Spahn's Movie Ranch.

Auf Spahn's Ranch waren sie alle versammelt: Squeakys Charlie, Gypsys Charlie, Sadies Charlie. Buggy-Charlie, Charlie-mit-den-Hunden, Charlie als Inspizient der Waffenkammer. Charlie der Prediger, auf seinem ewigen Felsen. Charlie, der *nine shot*-Liebhaber, am Wasserfall. Charlie als Vorreiter bei Familienorgien hinter den baufälligen Gebäuden.

Charlie, der die Mädchen schlug, weil es ihnen guttat. Charlie, der kein Pentagon brauchte, um einen Krieg zu planen, sich bei der Konzeption von Hurly Burly jedoch auf das Sechseckmuster von Honigwaben stützte.

Charlie der Befehlsgeber.

Vor dem Gericht in Los Angeles stand jeden Tag ein anderer Charlie. Langes Haar, langer Bart. Langes Haar, kurzer Bart. Langes Haar, kein Bart. Kahlgeschoren. Kreuz in die Stirn gebrannt. Wutkreischend. Gelassen wie ein Mönch. Hysterisch fordernd, sich selbst verteidigen zu dürfen. Wehmütig die Presse anlächelnd. Mit scharf gespitztem Bleistift in der Hand den Sprung auf den Richter zu wagend. Stundenlange Reden haltend, in denen er seine »Kinder« verteidigte, wenn nicht gar heiligsprach.

Im Gerichtssaal hatte ich seine täglichen Metamorphosen nur ein paar Monate lang von der Zuschauertribüne aus verfolgen können. Nachdem ich mich meiner eigenen Vorladung durch die Flucht entzogen hatte, hielt ich mich wie die halbe Welt mit Hilfe des Fernsehens und der Zeitungen auf dem laufenden. Ich kam voll auf meine Kosten: Die Niederen Lande sind bereits seit ihrer Befreiung durch die Alliierten eine amerikanische Kolonie, mit einem gewichtigen Anschein von Selbständigkeit und Fernsehnachrichten, die zur Hälfte amerikanischen Angelegenheiten gewidmet sind.

Charlie als Zeitungsjunge, der den Geschworenen die *Los Angeles Times* mit den neuesten Nachrichten entgegenhält, in den Augen ein Zwinkern à la »dafür werden Sie doch wohl fünfundzwanzig Cent übrig haben«. In der fetten Schlagzeile wurde er von einem ungeduldigen Präsidenten Nixon vorzeitig für schuldig erklärt. Es kostete den Staatsanwalt beinahe seinen Prozeß.

Nachdem sämtliche Charlies zugleich zum Tode verurteilt worden waren, schien Charlie in all seinen Erscheinungsformen erst richtig zum Leben zu erwachen – durch einen Fernsehbericht nach dem anderen. Aus dem Kreuz auf seiner Stirn hatte er eine Swastika gemacht, deren Haken in den frühesten Filmfragmenten noch in die falsche Richtung zeigten (ein blasphemischer Streich, den ihm der Spiegel gespielt hatte), später aber korrekt ausgeführt waren. Sein Bart wirkte wie eine Zierhecke, an der sich für jeden TV-Beitrag ein anderer Gärtner versucht hatte, die aber manchmal auch, wenn ein älteres Foto dazwischengeschnitten war, ein völlig verwildertes Bild abgab. Charlie trat außerdem unter einer breiten Auswahl von Wollmützen auf.

Die Charlies vom Fernsehen beherrschten sämtliche Register, die er oft in verwirrendem Wechsel zog. Vom schelmischen Dadaisten bis zum ernsten Philosophen. Am liebsten trat er apokalyptisch predigend vor die Kamera, doch wenn er mit seinen Visionen nicht weiterwußte, suchte er Zuflucht bei lahmen Wortspielen, die dann wieder in eine kakelnde Art Klangpoesie mündeten: Charlie als Kurt Schwitters. Zuweilen schien seine Düsterkeit mehr sich selbst und dem eigenen Leben zu gelten, und dann war seine tief ächzende Stimme voll Fatalismus.

Kichernd vom vorherigen Genuß eines Joints erschien er zum erstenmal in der Talkshow von Jeffrey Jaffarian, der sich dafür mit seinem Filmteam hinter die Mauern von San Quentin gewagt hatte. Er beantwortete jede Frage Jaffarians mit einer Gegenfrage, bis das Scherzgespräch vorzeitig abgebrochen wurde und Charlie laut heulend und lachend in seine Zelle verschwand.

Alle Gesichter Charlies, aber vielleicht waren es nicht einmal alle, kamen zum Zuge. Der teuflische Blick, mit dem er auf der Titelseite von *WorldWide* abgedruckt war. Die nach Einsteinschem Vorbild herausgestreckte Zunge. Die halb geschlossenen Augen des gequälten Rockpoeten. Der kleine Schwachkopf der Familie. Die unberechenbare Visage, die es den Kameramännern schwermachte. Jeder Interviewer bekam seinen eigenen Charlie, wie früher jedes Mädchen in The Circle ihren eigenen, unersetzlichen, nicht wirklichen Charlie gehabt hatte.

Mein Dienst war schon um sechs Uhr zu Ende, und der Arbeitsplan im HST bot mir die Möglichkeit, für jemanden einzuspringen. Ich nahm den Bus zum Rim-of-the-World Motel, wo ich notgedrungen für den Rest des Abends auf den Bildschirm meines gemieteten Fernsehers starrte: ein Goldfischglas voll grobkörniger bunter Zuckerbrösel, in deren Gewimmel sich möglicherweise Bruchstücke eines bekannten Spielfilms erkennen ließen. Ich hatte Heimweh nach dem schwarzweißen Ungetüm mit seinem klaren, allenfalls manchmal etwas zittrigen Bild im Amsterdamer Wohnzimmer von Olle Tornij.

Eines Abends hatte der Buchhändler am untertassengroßen Senderwahlknopf gedreht, auf der Suche nach einem deutschen Kanal, der Schlöndorffs *Der junge Törless* ausstrahlen sollte. Tornij war zu eigensinnig für eine Programmzeitschrift und hatte auch die Tageszeitung bereits weggeworfen, also mußte er suchen. Unter dem Arm, mit dem er sich auf den Apparat stützte, sprang das Bild von Kanal zu Kanal. Auf einmal war über die ganze Breite des Schirms in schwarzen Großbuchstaben der Titel zu lesen:

DER BRUNNEN DES ABGRUNDS
EINE HURLYBURLESKE

»Lassen Sie mal eben«, schnauzte ich ihn vor Ungeduld fast an. »Das *muß* ich sehen.«

Olle war schon zwei Stationen weiter, drehte den Knopf aber wieder zurück. »Gut, dann eben kein Schlöndorff.« Verärgert setzte er sich in seinen Sessel. Es mußte an einem Wochenende gewesen sein, am frühen Abend, denn er hatte mir, um den Apparat richtig einzustellen zu können, seinen Enkel Tibbolt auf den Schoß gesetzt.

Eine Panoramaaufnahme des nächtlichen Los Angeles.

Die daruntergelegte Musik stammte von Charlie. Eine rauhe Stimme, die kaum sang, sondern hauptsächlich in wechselnder Lautstärke ein unangenehmes Rezitativ von sich gab. Er brummte, jaulte, heulte, jodelte. Der Sänger begleitete sich selbst auf der Gitarre, und auch sie klang nirgends schmeichelnd, sondern dumpf, holpernd, abgehackt, unmusikalisch. »Mechanical Man.« (Charlie wußte bestimmt nicht, daß das Stück, aufgenommen in Brian Wilsons Hausstudio, für den Dokumentarbericht verwendet worden war, denn ich hatte es ihn später arglos in Choreo singen hören.)

Die Musik wurde langsam ausgeblendet. »In der Nacht von Freitag, dem 8., auf Sonnabend, den 9. August 1969«, hob eine dröhnende Kommentarstimme an, »drangen um kurz nach zwölf Uhr Unbekannte in Bel Air in das Haus von ...«

Immer wieder Bel Air. Der erste Fehler, in den Zeitungsschlagzeilen, erwies sich als der hartnäckigste. Jetzt, nach all den Jahren, las und hörte man noch immer von Bel Air als dem Viertel, in dem die Verbrechen begangen worden waren. In Wirklichkeit war es Beverly Hills. Zittrige Bilder, wahrscheinlich von einer Polizeikamera, die eine breite Haustür zeigten. Auf dem weißgestrichenen Holz undeutliche, verwischte Buchstaben.

»... und ein zufällig anwesender Unbekannter«, fuhr die Kommentarstimme fort, »wurden an Ort und Stelle mit Schüssen und Messerstichen umgebracht. Vierundzwanzig Stunden später wurden in einem anderen Teil von Los Angeles, in der Nähe des Griffith Park, Supermarktbesitzer Leno LaBianca und seine Frau Rosemary erstochen ...«

Im Bild das Haus der LaBiancas. In der Einfahrt ein Thunderbird und dahinter ein großes Speedboot. Verblaßte Fernsehbilder, entstanden kurz nach dem Mord. Vier Männer trugen eine anscheinend schwere Bahre aus dem Haus. Sie hoben sie mit Mühe auf das fahrbare Untergestell. Das weiße Tuch schien keine menschliche Last, ob tot oder lebendig, zu bedecken, wenngleich sie mit der Fürsorge umgeben wurde, die einer Leiche oder einem Verletzten zukommt. Mit einem kurzen Pfahl genau in der Mitte bildete das Laken ein kleinformatiges Zirkuszelt. Einer der Männer löste mit dem Fuß die Bremse an der Bahre, und schon rollte das Gefährt den abschüssigen Gartenweg hinunter, die beiden Ambulanzmitarbeiter als Gegengewicht hinter ihm. Wenn man schon unbedingt etwas Menschliches an ihrer Fracht erkennen wollte: Im Laken ließ sich die Form eines Gestells ausmachen, wie man es einem Kranken über einen operierten Körperteil setzt, damit dieser gut heilen kann.

»Monate vergingen«, dröhnte die Kommentarstimme im Fernseher, »bevor man den Tätern auf die Spur kam.«

Aufnahmen von einer verfallenen Farm im Death Valley. Ein lahmer Maulesel, der über die Steine im ausgetrockneten Bett des Goler Wash stolpert. Heulend von einer Tränke flüchtende Koyoten. Kamerazoom auf einen offenstehenden Spülenunterschrank. »In diesem wenig bequemen Versteck fand die Polizei von Inyo County zu guter Letzt den kleinen, teuflischen Charlie, Guru der Hippiesekte Circle. Die Ranch hatte er von der Großmutter eines seiner Anhänger durch eine einmalige Transaktion in Naturalien gemietet, nämlich gegen die Lieferung einer goldenen Beach Boys-Platte.« Kurzer Filmausschnitt der musizierenden Beach Boys, die »God only knows« singen. Nahaufnahme des Drummers Dennis Wilson.

»Die schönste Popnummer, die ich kenne«, ächzte Olle aus seinem tiefen Sessel heraus, »aber kann ich jetzt den *Jungen Törless* einschalten? Der Film läuft bestimmt schon zehn Minuten.«

»Sekunde noch, Herr Tornij. Schlöndorff kommt immer wieder in den Kinos. Ich spendier Ihnen eine Karte.«

Und da war er dann endlich selbst, Charlie – zumindest einer der vielen bekannten oder auch noch unbekannten Charlies. Eine Aufnahme aus der Zeit seines Prozesses, als er sich den Kopf kahlrasierte und damit der gesamten Sekte auftrug, das gleiche zu tun. Auf seinem Schädel lag, sichtbar gemacht von den Filmscheinwerfern, schon wieder ein blauer Stoppelhauch. Das Bärtchen war fast so akkurat zurechtgestutzt wie das seines Lehrmeisters im Satanismus, Anton LaVey. Sein kahler Kopf reichte gerade bis zu dem Stern auf der Brust seines Begleiters. Charlie, zunächst im Profil zu sehen, wandte sein Gesicht mit träger Würde der Kamera zu, die Augen wie in dichterischem Grübeln gegen das grelle Licht zusammenkneifend. Ein kleiner Kopf mit tief eingedellten Schläfen. Hier war der einnehmende Charlie, der der Welt traurig und vergebungsbereit zulächelte. Sogar das Kreuz auf seiner Stirn, noch nicht zur Swastika erweitert, schien einen Beitrag zu herzzerreißendem Märtyrertum zu leisten. »Wer *ist* dieser Charlie?« dröhnte die rhetorische Frage der Kommentarstimme.

»Ich bin ein Straßenmädchen.« Im Bild der Charlie von 1976 mit müdem, zerfurchtem Gesicht, ungekämmtem Haar, obszön zerzaustem Bart voll silbergrauer Zitteraale. »Ich bin eine kleine Ausreißerin, fünfzehn Jahre alt ... Maureen Maddox aus Kentucky. Ich lasse mich in den Bars betatschen für Alkohol ... in den Hotels besteigen für Geld. Ich bin schwanger, und mein Leibwächter, Oberst Scott, ist abgehauen. Ich schleppe mich, tropfend wie ein Sieb, ins Krankenhaus von Cincinnati ... und da purzelt dieses Kerlchen aus mir. Charlie.«

Dies war Charlie-der-Dichter, der sich in seiner Mutter einkapselte. Er hatte vollkommen ernst gesprochen, erschöpft und niedergeschlagen. Ich hatte den Eindruck, daß er einen eigenen Songtext aufsagte, den er für diese Gelegenheit in Prosa umgewandelt hatte. Der Bildschirm wurde jetzt ganz vom lockenwicklerbestückten Kopf einer – laut Untertitelung – »Jugendfreundin von Charlie in McMechen, West Virginia« ausgefüllt.

»Nachbarin Maureen«, sagte sie mit ihrem fetten Midwest-Akzent, der irgendwie zu den glasartigen Gummibändern an ihren Papilloten paßte, »Nachbarin Maureen sah genauso aus wie alle anderen Mütter in der Gegend.«

»Meine Mutter«, sagte Charlie in verkniffen gerührtem Ton, »kam für fünf Jahre in den Knast wegen eines bewaffneten Überfalls. Tankstelle. Die Bewaffnung bestand aus einer leeren Colaflasche, mit der ihr Bruder den Angestellten bewußtlos schlug. Das Glas ging dabei nicht mal kaputt … Ein Onkel und eine Tante in McMechen, Religionsfanatiker, nahmen mich bei sich auf.«

»Als ich hörte, daß sie eine Prostituierte war«, sagte die Jugendfreundin und ließ ihre Finger über die Lockenwickler trippeln, »also, ich konnte es einfach nicht glauben, sag ich Ihnen.«

»Ich besuchte sie im Gefängnis«, sagte Charlie, noch immer bewegt. »So oft wie möglich. Sie fragte mich nach McMechen, der Familie, allem. Das ging im Telegrammstil. Wir hatten nur eine halbe Stunde. So habe ich zum zweitenmal von meiner Mutter sprechen gelernt. Im Knaststakkato.«

Die Kamera glitt an freistehenden Häusern mit farblosen Veranden und grünüberwucherten Gärten entlang. »Es war ein altes, verfallenes Haus«, sagte der Papillotenkopf, »aber es war toll. Charlie hatte so ungefähr alles, was sein Herz begehrte.«

»Außer einer Mutter eben«, ergänzte die Baßstimme aus dem Off fast triumphierend. »Und als sie entlassen wurde und ihren Sohn wieder zu sich nahm, ging sie auch wieder ihrem alten Beruf nach. Womit wir nicht das Niederschlagen mit Colaflaschen meinen.«

Hier war eine dramatisierte Szene in Zeitlupe einmontiert. Ein ungefähr zehnjähriger Junge sieht durch einen Türspalt, wie in der Kuhle einer tief durchhängenden Matratze eine Frau auf einen Mann in Matrosenuniform steigt. Eine halbvolle Whiskyflasche rollt zu Boden, und …

»Was für ein Krimikitsch …!« rief Olle Tornij. »Ich will einen richtigen Film.«

3

In allen Dokumentarberichten wurde Charlie die Schuldfrage gestellt, aber weil es so viele Charlies gab, fiel die Antwort jedesmal anders aus, wenngleich sie immer ausweichend war. »Ich habe meinen Leuten nie etwas aufgetragen«, sagte er so schneidend, daß der Lautsprecher krachte. »Sie haben aus eigener Überzeugung gehandelt.«

Zu Beginn des Films hatte ich den kleinen Tib noch auf meinem Knie reiten lassen, doch schon nach Charlies erstem Erscheinen war mein Bein verkrampft erstarrt. Das Kind, das den Galopp vermißte, sah sich irritiert nach mir um, heftig und rhythmisch an seinem Schnuller saugend, als könne es mich auf diese Weise zu einer Fortsetzung des Ritts anspornen.

Der Interviewer stellte erneut die Schuldfrage. Aus einer plumpen Art von Eitelkeit heraus wurde Charlie jetzt offenherziger. »Wenn ich auf meinem Berg stehe, Sir, und rufe: ›Tut dies, tut das‹, dann geschieht es auch.« Das ungekämmte Haar fiel ihm strähnig über die Augen, doch zwischen den Brauen war das eingebrannte Hakenkreuz deutlich zu sehen. »Und falls nicht, dann steige ich von meinem Berg herunter und nehme die Sache da unten selbst in die Hand. Ich sage Ihnen, Sir, das ist das letzte, was man *mir* überlassen sollte. Dann kann man sich auf was gefaßt machen.«

Tibbi wandte sich wieder dem unheimlichen Kerl auf der Mattscheibe zu, auf den er so gern hoch zu Roß losgestürmt wäre. Das Fernsehlicht legte eine hellblaue Aura um sein rosa Profil. So sah ich an dem unfertigen Köpfchen meiner Ruhmreichen Zukunft vorbei auf das durchfurchte Gesicht meiner Gescheiterten Vergangenheit, die in diesem Fall einen wüst nach allen Seiten abstehenden dunklen Bart voll silberner Korkenziehersträhnen trug: Der Knast machte früh alt.

»Das ist ja nicht mit anzusehen!« Sogar wenn Tornij laut seinen Abscheu äußerte, klang es noch leicht affektiert. »Daß so ein Mann, der am liebsten die gesamte Weltbevölkerung mit Stumpf und Stiel ausrotten würde ... daß so jemand, der hinter Gittern nicht mal Besuch empfangen darf ... daß so ein Subjekt dermaßen leicht Zugang zu den Medien erhält! Wirklich, Herr Agraphiotis, da steht einem einfachen Buchverkäufer der Verstand still. Und auch noch *mit* Wissen, *mit* Hilfe der Gefängnisbehörden. Darüber denke ich besser nicht weiter nach. Schluß, aus.«

Der brave Olle hatte recht. Wenn Charlies Jünger in San Quentin oder Folsom willkommen gewesen wären, hätte er ihnen durch die kleinen Löcher in der Glasscheibe des Besucherraums seine neuesten Ideen einflüstern können, woraufhin die Welt seine Botschaft aus zweiter Hand zugeworfen bekommen hätte. In Zeitungsinterviews und Fernsehdokumentationen konnte Crazy Charlie seine Untergangsideale *unverfälscht* präsentieren. Und mit Erfolg. Es war ein offenes Geheimnis, daß der Guru in jener Zeit Postsäcke voller Ergebenheitsbekundungen erhielt und noch mehr Postsäcke mit Bettelbriefen, der Sekte von Hurly Burly beitreten zu dürfen. »Ja, Tornij, wie soll ich das sagen? Hier stolpert die amerikanische Rechtsordnung über die Schnürbänder ihres eigenen gelockerten Korsetts.«

Ich stellte Tibbolt auf den Boden, aber sofort begann er, über Schmerzen in seinen Füßen zu klagen, und kletterte wieder auf sein Pferd. »Jetzt reicht's aber«, schnaubte Olle. Er schoß so ungewöhnlich erbost aus seinem Sessel auf den Apparat zu, daß Tibbi in Tränen ausbrach. Opa drehte so lange am Knopf, bis die Internatsmützen aus *Der junge Törless* auf der Mattscheibe erschienen. »Wenn's irgend geht, möchte ich gern Herr im eigenen Haus bleiben.«

»Sei still, Tibbetje«, schmeichelte ich. »Der Rest ist sowieso Schnee von gestern für Onkel Spiros.«

Es war immer angenehm, einen Fernsehabend mit dem gewählt vor sich hin grummelnden Buchhändler zu verbringen, jedenfalls sofern man sich seinem Wunsch fügte, einen viel zu süßen roten Portwein mit ihm zu teilen. An dem Tag, nachdem die Verhaftung des Regisseurs weltweit bekannt geworden war, gab es auf Nederland 2 um Mitternacht eine Sondersendung: *Charlie's Housewives*. Tornij hatte inzwischen einen Farbfernseher.

Kein Charlie in diesem Dokumentarfilm. Dafür eine bunte Prozession junger Frauen, einige hinter Gittern gefilmt, die meisten in Freiheit. Juanita, Stephanie, Snake, Barbara, Little Patty, Simi Valley Sherri, Crystal, Yellerstone, Capistrano, Priscilla – sie alle kamen zu Wort. Einige hatten so viele Aliasnamen, daß diese, in weißen Buchstaben, den halben Bildschirm füllten. Catherine *aka* Gypsy steuerte mit ihrer Geige die musikalischen Entreactes bei: *Tzigane* von Ravel, ohne Orchester.

Die Dichterin von The Circle, Lynette *aka* Squeaky *aka* Sequoya Squeaky, gefilmt in einem föderalen Frauengefängnis, erzählte von ihrer falschen, Präsident Ford zugeworfenen Kußhand. Ihr grellrotes Haar war stumpf geworden, die Sommersprossen mußten sich jetzt mit ungesund aufgeschwemmten Wangen begnügen, aber ihre Stimme zwitscherte noch. Das Schlimmste am Knast war, fand Squeaky, daß sie den Gefängnishof mit »dieser alten Schachtel« Sara Jane teilen mußte, die sich erdreistet hatte, Squeakys heilige Tat aus unedlen Motiven zu wiederholen. »Mein Scheitern spiegelt das ihrige zu schön.« (Zwitscher.)

Das Hauptinteresse galt den drei Mörderinnen. Als erstes kam der alte Filmausschnitt, der die Frauen, Hand in Hand, singend auf dem Weg in den Gerichtssaal zeigte. Die Irre Sadie, die Äffin Katie, die Heldin Lulu. Bei den beiden ersten hing das lange Haar üppig offen, Lulu trug ihres zu langen

Zöpfen geflochten. Alle drei hatten Minikleider an – nicht von Emilio Pucci. Was in Erinnerung blieb, waren die häßlichen Beine. Lulus gingen ja noch so einigermaßen, aber Sadies knochiges Fahrgestell wäre besser in einer Hose verborgen geblieben. Und Katie … Katie hatte nun mal dieses hormonale Problem, störrisches Haar am ganzen Körper, folglich auch an den Beinen. Es war angeboren. Sie verdiente es nicht, daß eine Rivalin von ihr gesagt hatte: »Wenn ich solche behaarten Elefantenbeine hätte, würde ich sie von einem Zug abfahren lassen.«

Die hübschesten Beine hatte die Wärterin, die vor ihnen herging, aber mit letzter Sicherheit konnte ich das nicht behaupten: Ihr Uniformrock endete auf halber Kniehöhe. Hing bei Charlies Frauen das Haar üppig herab, so war es bei ihrer Begleiterin streng nach oben frisiert. Wie Sadie, als sie noch als Stripperin in North Beach arbeitete, trug die Frau ihren Stern auf der linken Brustwarze – allerdings mit einem staatlicherseits gelieferten Panzer dazwischen.

Katie, die Gibbys »Mach ruhig weiter, ich bin schon tot« als Ermutigung aufgefaßt hatte, die Schlachterei zu Ende zu führen.

Lulu, die es so genossen hatte, immer weiter auf Rosemarys toten Körper einzustechen.

Sadie, die die Klinge, noch beschlagen von Sharons flehentlichen Bitten …

Oh, wie schön sie sangen. Mit ihren hohen, wohlklingenden Stimmen zeigten sie der Welt, daß die Kompositionen *ihres* Charlie doch eine Melodie hatten.

Dann erschienen sie nacheinander im Bild als Frauen um die Dreißig (aber älter wirkend), nach sieben hinter Gittern verbrachten Jahren. Drei anachronistisch adrett gekleidete Damen. Der Buchhändler sagte: »Sogar für meinen angestaubten Geschmack sehen sie altbacken aus. So ein Haarreif, das ist doch was aus Omas Zeit. Damenhockey im vornehmen Gooi Ende der Dreißiger.«

»Nächstes Jahr ist ihr erstes *parole hearing*«, sagte ich wie nebenbei, in Wirklichkeit aber mit zum Zerreißen gespannten Nerven. »Eine Chance, auf Bewährung freizukommen. Die Damen wollen picobello auftreten.«

Leslie *aka* Lulu (unter dem Bild ihres Gesichts mit dem sich bewegenden Mund stand der Nachname fälschlich als VON HOUGHTON geschrieben) war, trotz etwas Hartem in den Augen, ein attraktives Mädchen gewesen. Auch bei ihr hatte das Gefängnis zu frühem Verfall geführt. Eine scharfe Kerbe am linken Mundwinkel schwankte zwischen Bitterkeit und Resignation. »O ja, es sollte gemordet werden, das wußte ich nur zu gut. Ich *wußte*, daß Menschen sterben würden.«

Sie sagte es unter langsamem Kopfnicken. Dann verengten sich ihre Augen, und sie blickte stumm, genauso langsam den Kopf schüttelnd, auf die Szenen aus der Vergangenheit, die so oft benannt und beschrieben worden waren, daß sie in der Zeit stillzustehen schienen und nur mit Hilfe eines Aufziehmechanismus stets dasselbe Kunststück vorführen konnten, jedesmal mit dem gleichen tödlichen Resultat.

Auch Patricia *aka* Katie trug nicht mehr die alte üppige Mähne, die mit ihrem Doppelvorhang das breite Gesicht hatte kaschieren sollen, es aber gerade betonte. Sie war jetzt altmodisch bürgerlich frisiert, als wäre auch die Gefängnisfriseuse vom modernen Leben draußen abgeschnitten. Und verdammt, das grobe Gesicht mit der schweren Kieferpartie schien weicher und weiblicher geworden zu sein. Von einer Behaarung auf Kinn und Oberlippe war dank Wachs oder Make-up nicht einmal im Licht der Filmscheinwerfer etwas zu erkennen. Wo die Augenbrauen eine durchgehende Linie gebildet hatten, waren die überflüssigen Haare herausgezupft worden. Das eingebrannte Kreuz, von Meisterhand weggeschminkt, blieb nur für den sichtbar, der sich daran erinnerte.

In ihren Antworten wagte sie sich nicht an die Schwere ihrer eigenen Schuld, äußerte aber, kurz bevor das Interview beendet war, noch etwas Bemerkenswertes, das sie sicherlich nicht vorbereitet hatte. Sie sagte nicht in normaler Sprache: »Was wir getan haben, ist unverzeihlich.« Nein, sie sagte wie jemand, der durchtränkt ist von der archaischen Sprache der Gefängnisbibel: »Unsere Taten können uns *nicht* vergeben werden.«

Sie sagte es kopfschüttelnd, mit fernsehwirksam aufschimmernden Tränen, voller Überzeugung und vielleicht erst jetzt wirklich erschüttert.

Nur Susan *aka* Sadie *aka* Sadie Mae Glutz vermasselte von vornherein den Ausgang ihres bevorstehenden *parole hearing*, als sie erklärte: »Wir müssen unser Bedauern nicht gegenüber den Angehörigen ausdrücken … und auch nicht gegenüber der Gesellschaft … Wir müssen unser tiefes Bedauern ausdrücken gegenüber Gott und der Kirche.«

Gott und die Kirche, das waren doch Charlie und The Circle? Sadie zog dabei ein genauso schelmisches Gesicht wie damals, als sie vor der Grand Jury beim Anblick von Stevens Foto gesagt hatte: »Das ist das tote Ding, das ich im Rambler gesehen habe, ja.«

Es war mir schon früher aufgefallen, allerdings ohne daß ich es hätte benennen können: Wenn sie so ein Gesicht machte, kroch um ihre Augen etwas zusammen, das dem Down-Syndrom glich.

5

Der Dokumentarbericht zeigte auch Ausschnitte von Massenpornofilmen, gedreht mit Kameras, die The Circle gestohlen hatte. Unter den Kulissen erkannte ich die überhängende Felspartie bei Spahn's Movie Ranch und die Lichtspalte in den Holzwänden des Longhorn Saloon. Die Stellen, an denen Geschlechtsorgane zusammenfanden, waren verwischt worden, so daß die Szenen genausogut in einer Kampfsport- oder einer Ballettschule hätten aufgenommen sein können.

Der Kommentator warnte vor »schockierenden Bildern« in den nächsten Aufnahmen, die am Ort des Verbrechens entstanden seien. »Sie werden verstehen, daß wir nur einige wenige Ausschnitte zeigen können, und nicht die intimsten.«

Ich dachte erst noch an Polizeiaufnahmen vom Ort des Verbrechens, die nach sieben Jahren freigegeben worden waren, doch auf einmal zogen heftig tanzende Bilder mit wilden Schwenks von einem Garten vorüber ... von davonflüchtenden Katzen ... einem die Kamera anbellenden Hund. In einem Haus, dessen Interieur mir bekannt vorkam, wurde dann mit zusätzlichem Licht gefilmt, doch die Scheinwerfer waren so schlampig plaziert, daß nur ringende Schatten auf der Wand zu sehen waren. Das Tonband gab eine gellende Kakophonie kreischender Stimmen wider. Ein hochbeiniger Scheinwerfer fiel mitten ins Bild und beleuchtete, bevor er laut in die Brüche ging ...

»Aus jetzt«, rief Olle und drückte auf die Fernbedienung. »*Puff, stuff, snuff* ... alles nur Porno.«

Demokratie bis aufs Messer

I

Auch nach einem Wochenende des größten inneren Zwie-
spalts wird es wieder Montag. Auf dem Weg vom Frühstückssaal zurück in den Hochsicherheitstrakt fiel die Entscheidung: Schluß damit, frotzelnd mit dem Finger auf
Maddox zu zeigen. Die vergangene Woche, das war alles nur
Beweisaufnahme gewesen. Das Anlegen einer Akte. Heute
würde Remo seinen Besenpartner und Wischkumpel unter
Anklage stellen.

»Meine schöne Sharon, Scott, wurde zerfetzt durch deinen
Mangel an ...«

Weil das dick bandagierte Ungeziefer in so großer Nähe
raschelte, begegnete Remo seinem goldenen Mädchen fortwährend auf den Korridoren von Choreo. Jede Nische barg
ihren Schemen. Hier trug sie ihr Ballkleid im Stil des achtzehnten Jahrhunderts aus *The Vampire Destroyers*, dort die
wildlederne Cowboyjacke mit den langen Ärmelfransen. Sie
schien ihm mit diesen Fransen zu winken, durch die nicht
mehr als ein Erschauern ging, der leichte Wüstenhauch von
Joshua Tree. Sharon ließ sich von keinem Gitter aufhalten.
Schon war sie wieder fort, in einen abgeschlossenen Gang
hinein, um eine gefährliche Ecke – nach draußen, wo sie an
dem Ort vorbeischwebte, an dem die rechtmäßigen Erben
ihrer Mörder kampierten. Zurück, in ihrem Emilio-Pucci-
Kleidchen, nach Holy Cross, wo sie sich im Schatten der Ma-
riengrotte wieder an ihren Sohn schmiegen würde.

Maddox stand bereits am Schrank und entfernte Papier-
schnipsel und Staubflusen aus den beiden harten Besen.
Remo wartete mit der Frühstücksgruppe und den Wärtern

darauf, daß sich das mennigrote Gitter zur zentralen Halle des HST öffnete. Maddox lehnte die saubergezupften Besen an die Wand. Nachdem er ein paarmal in den Schrank hinein- und wieder herausgelaufen war, ließ sich aus dieser Entfernung durch Remos verschmierte Brille nicht mehr ausmachen, welches Maddox' Vorder- oder Rückseite war. Ein blauer Overall mit einem weißen Ball obendrauf, dünne Ärmchen, die mit weißen Gewichten am Ende herabhingen. Nein, diese Hühnerbrust … das mußte sein krummer Rücken sein: Maddox stand von Remo abgekehrt.

Ansonsten waren die Masken aus Verbandsmull, Barthaar und Brillenglas für ihre Träger hauchdünn und durchsichtig geworden. Es war nicht sosehr genuine Neugier, die Remo das Gespräch mit seinem Dämon fortsetzen ließ, sondern der bewußte Entschluß dazu. Zumindest weiter Neugier vortäuschen, sagte er sich, sonst halte ich das nicht durch. Wenn ich mich jetzt auf diese halb verkohlte Ratte stürzte und sie zerquetschte, würde ich auch die Chance zunichte machen, noch verbleibende Rätsel zu lösen. Ich muß diesen Gnom am Leben erhalten, notfalls unter der geriffelten Sohle meines Turnschuhs, bis ich alles weiß. Das bin ich den vor unbändiger Angst weit aufgerissenen Augen schuldig, mit denen Sharon dem Tod entgegengesehen hat.

Das Gitter schloß sich scharrend wieder, und die Wärter führten die Gefangenen an ihren jeweiligen Bestimmungsort: Zelle, Werkstatt, Freizeitraum, Luftkäfig. Tremellen begleitete Remo bis zum Schrank. »Woodehouse, Maddox … kein Ärger heute. Verstanden? Meine Berichte sind äußerst kurz und deutlich. Die lassen keinen Raum für mildernde Umstände.«

»Kapiert, Boss«, knurrte Maddox durch den Morgenschleim in seiner Kehle. Er begrüßte Remo nicht. Tremellen ging zu der eisernen Leiter in der Ecke und arbeitete sich zur Aufseherloge im ersten Stock hoch, wo Carhartt und der »Grieche« schon beim Kaffee saßen.

Ich muß mich, dachte Remo, verhalten wie die Witwe des Opfers im Gerichtssaal. O mein Gott, *da* sitzt der Mörder meines Mannes … Sie vergießt ihre Tränen innerlich und stürzt sich nicht auf die Bestie. Sie geht auch nicht weg. Sie zieht es vor, sich der Perversion des Gerichtssaals auszusetzen, die beinhaltet, daß Frauen stundenlang dieselbe Luft atmen müssen wie der Mörder ihres Ehemanns. Täter und Hinterbliebene, sie saugen sich gegenseitig die verbrauchte Luft aus der Kehle … pusten sie einander auch wieder in den Mund zurück. Von einem ebenso perversen Himmel aus, in dem alles, was auf der Erde geschieht, verzerrt aussieht, blickt das Opfer fassungslos herab auf diese Mund-zu-Mund-Beatmung zwischen seiner Witwe und dem Mann, der ihm die Kehle durchgeschnitten hat.

Ehebruch unter den verbundenen Augen der Justitia.

2

»*Warum*, Little Remo«, rief Maddox nach einer Weile des Schweigens, »sind wir uns bisher nie begegnet?«

Er erhob nicht nur seine Stimme. Um auch die Arme gen Himmel heben zu können, ließ er die Stiele von Kehrblech und Besen los. Nachdem das Echo ihres Aufpralls auf dem Boden verklungen war, sagte Remo: »Ich hatte keine Lust, Scott, von der Zuschauertribüne aus deinen krummen Rükken zu betrachten. Dein Gezappel in der Gaskammer, das hätte ich mir ja noch angeschaut.«

»Ich meine … in den Jahren davor.«

Remo klemmte sich den Besenstiel zwischen die Knie und blickte auf seine schon jetzt roten Handflächen, die ein zu heftiges Fegen verrieten. »Als du dich in unserem Garten umgesehen hast, war ich nicht zu Hause. Schade. Ich hätte dir gern Rede und Antwort gestanden.«

»Das war im März«, gurgelte es in Maddox' Kehle. »Dein hübsches Frauchen war da. Nicht mit ihrem Friseur. Mit ihrem Fotografen. Anfang August warst du noch immer nicht an ihrer Seite.«

»Wenn ich damals im Cielo Drive gewesen wäre, dann hätte ich *dich* dort wieder nicht getroffen. Idiotisch, wie man sich immer aufs neue verpassen kann.«

»Dem Staatsanwalt zufolge, diesem Schwein Jacuzzi, war ich zumindest im Geist anwesend.«

»Wenn ich an diesem Abend nur deinem Geist begegnet wäre, Scott, wäre ich genauso draufgegangen. Die Starken im Geiste, die sind die Herren dieser Welt. Sie können morden ohne Körper.«

»Ach, Little Remo«, brummte Maddox mit einem falschen Kichern, »dann wären wir uns ja wieder nicht leibhaftig als Choreaner begegnet.«

»Ja«, sagte Remo leise, und seine Hände schraubten sich erneut schmerzhaft um den Besenstiel, mit genauso weißen Knöcheln, wie Richter Ritterbach sie beim Hämmern hatte, »ja, und so hat es mit dem Kennenlernen zum Schluß doch noch geklappt.«

3

»Ich kenn diesen verdammten Griechen von irgendwoher«, hatte ich Maddox schon ein paarmal hinter meinem Rücken zu Woodehouse sagen hören, und einmal setzte er, noch so eben verständlich, hinzu: »... hier, um mich dranzukriegen.«

Nicht nur die Beobachtungsgabe seines einen, blutunterlaufenen Auges erstaunte mich, sondern auch, daß er mich wiedererkannt hatte. Ich war daran gewöhnt, für einen gutaussehenden Mann unbestimmten Alters gehalten zu werden, aber daß ich den Menschen in Erinnerung geblieben wäre – nein. Selbst die besten Gedächtnisse räumten mein Gesicht nach fünf Jahren weg. Maddox' »Irgendwo« spielte neun Jahre vor Choreo.

»Ihr Lebenslauf, Herr Agraphiotis, erinnert mich an so

eine Haushaltsschachtel mit Knöpfen, halbvollen Garnrollen und bunten Stoffmustern. Und das dann ausgekippt auf eine Flickendecke.«

Das sagte mein Amsterdamer Vermieter Olle Tornij, nachdem ich ihm einige meiner Tätigkeiten im Verlauf der Jahre aufgezählt hatte.

»Meine Jobs hatten letztlich alle was mit Licht zu tun.«

»Vormund unseres kleinen Tibbi ... eine Sache des Lichts?« fragte Tornij sarkastisch.

»Warten Sie's ab, Herr Tornij.«

Im Februar 1973 hatte ich als Fotograf für ein niederländisches Pornoblatt gearbeitet und in dieser Funktion in Rotterdam eine Reportage am Set eines Erotikfilms gemacht. Auf diese Weise brachte ich fotografierend die Teenager Zora und Tonnis zusammen. Fünf Jahre später trauerten sie noch immer, manchmal zusammen mit mir, um das Kind ihrer Liebe.

Auch Ende der sechziger Jahre hatte ich, in Kalifornien, eine Zeitlang als Fotograf gearbeitet – für die Hochglanzzeitschrift *WorldWide*. Im frühen Frühjahr '69 wurde bekannt, daß Sharon nach Rom gehen würde, um dort eine Rolle in dem Film *Two Tables* zu übernehmen. Hier lag meine Chance. Ich bot dem Chef der Fotoredaktion an, ihre Abreise aus Los Angeles in einer prachtvollen Reportage zu dokumentieren. Er schüttelte den Kopf.

»Sie ist rasend schön, aber ... eine große Schauspielerin wird sie nie werden.«

»Ich schwöre dir, Chuck«, sagte ich, »durch meine Serie wird sie zu einem unbestrittenen Star.«

»Warum nicht nach den Dreharbeiten, wenn sie wieder zurückkommt?« wollte der Redakteur wissen. »Dann läuft der Film doch auch bald an.«

»Sie ist schwanger, Chuck. Ich weiß das aus zuverlässiger Quelle. Es ist jetzt noch nicht zu sehen, aber bald ... am Ende des Frühjahrs ...«

»Na gut«, rief Chuck. »Schieß los. Wenn's nichts wird, fliegst du raus. Ich sage Lotty, daß sie einen Termin für dich machen soll. Du bekommst von ihr auch eine Wegbeschreibung.«

»Nicht nötig. Ich war schon mal in dem Haus. Es liegt in Beverly Hills. In einer Nebenstraße des Benedict Canyon Drive.«

Die Schauspielerin persönlich hatte mir am Telefon erklärt, wie man das Gittertor am Ende des Cielo Drive mit Hilfe eines versteckten Knopfes öffnete. »Und, o ja«, sagte sie noch, »ich hoffe, es stört Sie nicht, aber ich werde gleichzeitig interviewt … von einer anderen Zeitschrift.«

Ihre Stimme klang lieb und teilnahmsvoll, aber auch tastend und unsicher.

»So oder so, ich betrachte es als Ehre«, sagte ich, »von Ihnen empfangen zu werden.«

Wir waren an einem Sonntag im März verabredet. Sharon würde am Tag darauf nach Rom fliegen. Ich hatte sie gebeten, mit dem Kofferpacken zu warten, bis ich sie dabei fotografieren konnte. Das mit dem versteckten Knopf wußte ich schon von einem früheren Besuch, als das Haus noch von Terry und Candice bewohnt wurde. Sharon und ihr Regisseur hatten es erst vor zwei Monaten gemietet, nachdem die bisherigen Bewohner es um Weihnachten herum Hals über Kopf verlassen hatten, um sich im Strandhaus von Terrys Mutter am Malibu Beach häuslich einzurichten. Nicht einmal Candice erfuhr von ihrem Mann, warum Cielo Drive 10050 vom einen Tag zum anderen abgeschrieben war und untervermietet wurde, inklusive ihrer ungefähr dreißig Katzen.

Vom Gittertor aus konnte man das Wohnhaus nicht sehen, nur die Garage, an der entlang eine Außentreppe zu einem zusätzlichen Geschoß führte. Ich wußte, daß der Regisseur dort sein Büro geplant hatte.

Ich parkte meinen von Chuck geliehenen Le Mans neben einem roten Lamborghini. Vom asphaltierten Parkplatz führte ein Gartenweg in einem Bogen über den Rasen zur Eingangstür. Ein Dutzend Katzen, die sich auf den warmen Steinen gesonnt hatten, stoben vor meinen Füßen davon, unter die Sträucher. Zu beiden Seiten der weißen Haustür glänzten Schiffslampen aus Messing in der Sonne.

Wenn ich sie als Halbgöttin bezeichne und nicht als Göttin, dann nur, weil Sharon einen nie vergessen ließ, daß sie, zum Bedauern ihrer Verehrer und Bewunderer, doch auf der Erde zu Hause und damit auf katzenartige Weise zufrieden war. Sie trug ein blau und gelb gemustertes Kleid, minier als mini. Seit der Einführung dieses beineverlängernden Kleidungsstücks hatte ich in Gegenwart von Frauen, die eines trugen, ein merkwürdig vertrautes Gefühl – bis ich darauf kam, daß es Ähnlichkeit mit den kurzen Gewändern der Knaben zu meiner Zeit hatte. Sharon hatte sich anscheinend nicht eigens für die Fotosession schöngemacht. Hinter den starr in die Höhe zeigenden aufgeklebten Wimpern schimmerten Reste eines mintgrünen Lidschattens, das wohl, doch die vor Stunden aufgesteckten Haare hatten sich hier und da aus den Klemmen gelöst und hingen fast wie fettig herab. Ich hoffte, daß sie nichts an ihrem Äußeren ändern und so barfüßig bleiben würde, wie sie an der Tür erschienen war.

Hinter ihr in der Eingangsdiele lag ein großer Koffer, aufgeklappt und noch leer. Ich musterte ihre Figur auf Anzeichen einer Schwangerschaft, fand aber nichts, es sei denn an der Gesichtshaut, die straffer aussah als auf den Fotos und Filmbildern, die ich von ihr kannte. Wenn sie lachte, dann fehlte den Backen rund um die berühmten Wangenknochen die normale weiche Molligkeit, die mit fortschreitender Schwangerschaft natürlich wieder zurückkehren würde.

»Kommen Sie rein«, sagte sie. »Oder soll ich nach draußen?«

»Koffer packt man für gewöhnlich im Haus«, sagte ich.

»Ich stelle die Tasche hier schon mal ab und hole noch eine Kiste mit den Apparaten aus dem Auto.«

Als ich zurückkam, stand die Eingangstür offen. Sharon war weiter hinten im Haus mit irgend etwas beschäftigt, jetzt in schwarzer Strickjacke und langer Hose. Letztere hatte ein buchstäblich so schwindelerregendes Op-art-Muster, daß ich mich fragte, ob meine Dunkelkammer später etwas anderes als ein schmuddeliges Gewimmel kleiner Flächen daraus machen konnte. Sharons Blondheit war jetzt wieder straff hochgebunden. Das Minikleid hing auf links gedreht über einem Sessel im Wohnzimmer. Das Label war von Emilio Pucci.

Sie führte mich ins Ankleidezimmer auf der Rückseite des Hauses, wo vor dem offenen Garderobenschrank noch ein leerer Koffer auf dem Boden lag, und begann, Kleiderstapel einzuräumen. Ich fotografierte sie, während sie sich hinhockte, wieder aufsprang, durch die im Schrank hängenden Kleider blätterte, wobei die Bügel an die hölzerne Rückwand schlugen. Das schönste Foto wurde das, auf dem Sharon zwei lange Kleider, ein weißes und ein schwarzes, prüfend ins Licht hielt. Ein wirbelnder Geistertanz dreier Grazien.

»Ich hatte gehofft«, sagte ich, während ich einen neuen Film einlegte, »dem großen Filmemacher die Hand drücken zu dürfen.«

»Der ist nach Rio. Auf ein Festival. Ein Preis. Ich muß in die andere Richtung.«

Ich bat sie, das Emilio-Pucci-Kleidchen wieder anzuziehen.

»Wenn man in so einem Mini etwas *nicht* tun darf«, sagte sie lachend, »dann: einen Koffer packen. Das gibt nur ein Porträt von der Rückseite meines Slips.«

Sie ging sich trotzdem umziehen, und kurz darauf hatte ich sie hochbeinig vor der Linse. Wenn das Kleid gerade herunterfiel, bedeckte es knapp ihr Höschen. Ihre Oberschenkel drückten sich, wie in einer gegenseitigen Liebkosung, sanft aneinander. Ich wußte das eine oder andere über Physik, und wirklich nicht nur dank der alten Naturphilosophen, doch bei Frauen neigte ich dazu, die Körpertemperatur ihrer Schenkel entgegen aller physikalischen Logik zu 75° Celsius zusammenzuzählen, eine Hitze, die normalere Männer als ich leidenschaftlich aufsuchten, um sich daran zu verbrennen.

»Diese ganzen kleinen Narben«, sagte sie und zog einen Flunsch, während sie, die Hände am Saum ihres Kleides, an sich hinunterblickte, »können Sie die in der Dunkelkammer nicht wegmachen?«

Sie hatte die schönsten Beine, die ich je gesehen hatte, außen straff und innen weich, aber es waren eindeutig die eines Wildfangs. Plötzlich stand eine Frau in der Ankleide. »Oh, hallo. Ich bin Florice. Von *Pozzo*.« Sie trug ein Tonbandgerät an einem Riemen über der Schulter. In der Tür erschien jetzt auch ein keuchender bulliger Mann mittleren Alters. Er trug einen fleckigen Anzug, dessen Jacke und Hose von einem gewaltigen Bauch fast gesprengt wurden.

»Hi, Andy.« Sharon gab ihm ein Küßchen aufs Ohr. Er wurde mir als Andrew Romsomoff vorgestellt, ihr Beschützer und Gönner. Romsomoff hatte die Journalistin in den Cielo Drive gebracht und bestand darauf, beim Interview dabeizusein. Sharon schien nicht überrascht, daß die beiden sich Zutritt zu ihrem Haus verschafft hatten. Während sie ernst und aufmerksam die dummen Fragen von Florice beantwortete, fuhr sie fort zu packen, und ich fuhr fort mit Fotografieren.

»Mr. Romsomoff«, hob Florice an, »Sie wollten für Sharon unbedingt eine Rolle in *Canyon of the Dolls*. Kritiker haben den Roman bereits, ich zitiere, als ›Bonbonniere der Vulgarität‹ bezeichnet, der ›jedem etwas nach seinem Geschmack‹ bietet. Im Film wurde die Vulgarität noch weiter vertieft. Warum …«

»Spielen kann sie nicht«, dröhnte Romsomoff. »Sie braucht nur schön zu sein.«

Er blies reichlich Zigarrenrauch ins Zimmer, ohne sich

Gedanken um Sharons Kleider und meine Fotos zu machen. Monsieur hatte die Angewohnheit, seinen Äußerungen dadurch Nachdruck zu verleihen, daß er die Daumen hinter seine Hosenträger hakte und diese gegen seine fetten Titten schnalzen ließ.

»Wenn ich sexy auf der Leinwand erscheine«, sagte Sharon, »ist alles, was sexy Menschen sehen ... ich meine, dann sehen die Menschen alles, was sexy ist ... nein, alles, was sie sehen, ist ein sexy Ding. Das meine ich.«

Arme Sharon. Sie gab sich solche Mühe, nicht wie eine wohlgeformte, hirnlose Filmware zu wirken, doch durch Romsomoffs Anwesenheit wurde sie von einer Art ängstlicher Ehrfurcht gelähmt. »Es ist nie genug«, fuhr sie fort. »Eine kleine Narbe hier oder da, und das Fleisch wird ... wie heißt das ... ausgemustert. Ich bin schon völlig mit den Nerven durcheinander ... ich tu kein Auge mehr zu. Und schwupps, geht meine Phantasie mit mir durch. Die schrecklichsten Dinge werden der kleinen Sharon zustoßen. Alle meine Freunde lassen mich im Stich. Und gerade wenn ich denke, so, da hock ich armes Wesen mutterseelenallein, dann kommen Leute auf mich zu ... Feinde ...«

Sie biß sich auf einen Nagel, der beim Einpacken eingerissen war.

»Spielt sich alles in der Gehirnsubstanz ab«, sagte die Interviewerin zuckersüß in ihr Gerät, »und nicht in gequollenem Weizen.«

»Genau das meine ich«, sagte Sharon. »Wir haben unser Gehirn ja nicht umsonst. Ich versuche, mir selbst möglichst viel ... geistige Entwicklung, darauf kommt es an. Weißt du, Florice, manchmal leg ich am Wochenende nicht mal Make-up auf.«

Der Koffer war voll, das Interview beendet. Wir gingen zu viert zur Haustür, die immer noch angelehnt war. Romsomoff, links und rechts nach einer Katze tretend, schob Florice von *Pozzo* auf dem Gartenweg vor sich her. Sharon begann Toilettenartikel zum Koffer in der Diele zu tragen. Um sie aus etwas größerer Entfernung fotografieren zu können, machte ich die Tür ganz auf. Ich trat ein paar Schritte zurück, über die Steinfliesen der Veranda, auf den Rasen. Aus Angst, mit meiner teuren Kamera zu stolpern, sah ich mich um – und da stand er auf einmal, zwischen den Sträuchern beim Gartenzaun: der kleine Mann, dem ich vor eineinhalb Jahren in San Francisco über The Egg Man die illegale Aufnahme von »Hurly Burly« zugespielt hatte. Das braune Haar trug er jetzt schulterlang, der struppige Bart stand nach allen Seiten ab, aber er war es, jeder Zentimeter seiner eins fünfundfünfzig. Wir waren uns nie persönlich begegnet, aber ich hatte ihm zugesehen und zugehört, wie er auf den Stufen von Berkeley spielte und sang. Er sah mich mit wüstem, mißtrauischem Blick an, ohne ein Zeichen des Wiedererkennens, und schnauzte: »Ist Terry da?«

Sharon hockte vor dem Koffer und kämpfte mit dem Reißverschluß einer überquellenden Toilettentasche.

»Terry ...« wiederholte ich.

»Der Plattenproduzent. Das ist sein Haus.« Sein Ton war barscher und autoritärer als seinerzeit in der Haight, als die Liebe noch unbewaffnet gepredigt wurde, die Stimme die eines Menschen, daran gewöhnt, prompt bedient zu werden.

»Der Eigentümer ist Mr. Altobelli«, sagte ich, »und der wohnt im Gästehaus. Erkundigen Sie sich doch bei ihm.«

»Wenn Mr. Altobelli bei sich selbst zu Gast ist«, knurrte Charlie, »dürfte ein Besucher dann vielleicht auch erfahren, wo?«

Sharon hatte sich aufgerichtet, stand jetzt weiß eingerahmt da in ihrem gelbblauen Emilio Pucci und sah zu uns herüber. Mit ihrem einen nackten Fuß kratzte sie sich am Rücken des anderen. An mir vorbei warf der kleine Mann einen haßerfüllten Blick auf sie. Er hatte in einer Segeltuchhülle eine Gitarre auf dem Rücken hängen, mit dem Hals nach unten.

»'ne Idee, was das ist?« Charlie zog einen zusammengefalteten Hundertdollarschein aus der Brusttasche seiner Jeansjacke.

»Ein Hunderter, würde ich sagen.«

»Ein Vorschuß«, fauchte er. »Von Terry. Auf einen Plattenvertrag. Ich bin hier, um ihn an sein Wort zu erinnern.«

Ich zeigte ihm, wie er zum Gästehaus kam: zurück zum Parkplatz und von dort den Sandweg entlang, der zwischen zwei Holzzäunen um den Garten herumführte. »Wenn du da hinten bei den Mülltonnen bist, siehst du's schon.«

Er warf mir einen ekelhaften Blick zu, aus verengten Augen. »Hintereingang, so?« wiederholte er, was ich anscheinend gesagt hatte. »Da hintenrum … die Mülltonnengasse. Charlie weiß Bescheid.«

Nach einem weiteren haßerfüllten Blick auf Sharon, die vor Schreck einen Schritt zurücktrat, drehte er sich um. Die Gitarre war viel zu groß für den kleinen Kerl, und weil Charlie einen krummen Rücken hatte, sah es auch noch so aus, als schleppe er das Instrument wie eine schwere Last mit sich. Kurz darauf sahen wir ihn mit bösem, zu Boden gewandten Gesicht auf dem Sandweg vorbeitrotten.

»Hab ich Hintereingang gesagt?« fragte ich Sharon.

Sie nickte blaß. Dann rieb sie sich mit den Händen über die nackten Oberarme, als sei ihr plötzlich kalt.

»Das liegt nicht an meinem mangelhaften Amerikanisch«, sagte ich, »das ist einfach ein Versprecher.«

»Kein Wunder, bei so einem gruseligen Kerl. Ich hätte vor Schreck Zuchthaus gesagt.« Über den Pool hinweg drang das Bellen von Altobellis Hunden zu uns. »Wie kommt dieser Widerling aufs Grundstück?«

»Wie alle anderen auch. Gestatten Sie mir die Bemerkung, daß die Leute hier wirklich sehr ungehindert rein- und rauslaufen.«

»Mir fiel auf, Mr. Agraphiotis«, sagte Sharon, »wie gut Sie diesem Männchen den Weg erklären konnten.«

»Letzten Herbst habe ich ein Horoskop von diesem Haus erstellt«, sagte ich. »Auf Wunsch von Terry. Davor hat er mich überall herumgeführt.«

»Oh, beschäftigen Sie sich auch mit Astrologie?«

»Ich arbeite gelegentlich dem festangestellten Horoskopschreiber von *WorldWide* zu. Netter Nebenverdienst.«

»Ja. Terry hat uns davon erzählt, von dem Wahrsagen. Mit der Lage hatte es nichts zu tun, glaube ich. Nur mit den Geräuschen, da war was verkehrt … in der Umgebung …«

»Nichts Beunruhigendes«, sagte ich, »sonst würde ich mich noch daran erinnern. Ich werde zu Hause mal mein Schuhkartonarchiv auskippen.«

»Da fällt mir was ein«, sagte Sharon und wurde noch bleicher. »Wenn das Horoskop so positiv ausfiel, warum … warum sind Candice und Terry dann kurz danach ausgezogen? Mir wird kalt. Eine Jacke … eine Jacke.«

»Bleiben Sie grad mal so stehen … die Hände wärmend an den Oberarmen. Ja, genau so.« Zum erstenmal sah ich, daß sie wirklich schwanger war, und zwar eher an ihrer Haltung als an der Figur. »Ganz leicht hin und her wiegen, ja. Schön.«

Ich drückte ab.

»Versprechen Sie mir, daß Sie das Ding für mich raussuchen?« fragte sie mit drollig flehendem Stimmchen. »Ich will wissen, was die Sterne über mein Love House sagen.«

Ich versprach es, aber nur wenn sie verspreche, sich keine Sorgen zu machen, denn in dem Horoskop stehe wirklich nichts Beunruhigendes. Sharon ging, um sich eine Jacke anzuziehen. Mit über den Holzboden kratzenden Krallen lief der Terrier ihr entgegen. Ich begann, die Objektive aus meinen Kameras zu schrauben, und kniete mich hin, um alles in die blausamtenen Fächer meiner Kiste zu legen.

An dem Abend, an dem ich das Horoskop für das Haus erstellen sollte, so erinnerte ich mich plötzlich, hatte ich in Gesellschaft von Candice auf den Herrn des Hauses gewartet, der »etwas später« erscheinen werde. Als es endlich klingelte, fragte Terry über die Sprechanlage, ob seine Frau mal kurz Dennis begrüßen käme, der müsse nämlich gleich weiter. Ich ging mit ihr zum Gittertor, wo ein Rolls mit laufendem Motor stand, mit Terry daneben und dem Drummer der Beach Boys am Lenkrad. Candice küßte Dennis durch das offene Autofenster. Aus dem Wagen ertönte Saitengeklimper. Im Laternenlicht konnte ich die zur Hälfte hinter ihrer Gitarre verborgene Gestalt auf der Rückbank nicht richtig erkennen, aber das mäßig musikalische Gezupfe kannte ich vom Panhandle Park und von den Stufen der Universität Berkeley. Später erfuhr ich, daß er mit seiner ganzen Hippiekolonie bei dem Drummer am Sunset Boulevard eingezogen war und sich dort durchschmarotzte, im Tausch gegen die Dienste, die er durch seine Anhängerinnen zu bieten hatte.

Es kann sein, daß der kleine Musiker, der jetzt Altobellis Hunde zu unbändigem heiserem Kläffen veranlaßte, Terry schon damals mit dem versprochenen oder nicht versprochenen Plattenvertrag erpreßte. Weg frei zum Aufnahmestudio oder sonst … Ich hätte nicht sagen können, ob Terry sich durch mein Horoskop ins Strandhaus seiner Mutter hatte vertreiben lassen oder durch so ein wollenes Hexenpüppchen, das Charlies eigenes Nähkränzchen angefertigt hatte.

Zum erstenmal fragte ich mich, ob ich wohl den richtigen Guru ausgewählt hatte, um mein Orakel in die Welt zu bringen. Das Haus war in Gefahr.

4

»Jetzt die Wahrheit.« Sie hatten eine halbe Stunde ohne ein Sterbenswörtchen hintereinanderher gefegt, Remo vorneweg mit dem harten Besen, Maddox mit dem weichen in zwei Meter Abstand dahinter – bis Remo sich plötzlich umdrehte und Maddox den Weg versperrte, indem er den Besen wie eine Schranke quer hielt. »Wenn es fürs Auslösen von Hurly

Burly keinen Unterschied machte, *welche* Schweine abgestochen und geschlachtet wurden ... warum hast du dir dann keinen anderen Schweinestall in Beverly Hills ausgesucht? Da gab es genug. Von oben bis unten voll mit achtzehnkarätigem goldenem Kot. Warum ausgerechnet die Bewohner und Gäste *meines* Hauses, Scott?«

Maddox legte seinen Besen auf das Geländer des Umgangs und ließ ihn wie einen Propeller kreisen, wodurch ein Wirbel aus feinem Staub erst aufstob und dann langsam herabzusinken begann. »Eine Kriegshandlung, Li'll Remo, kann sich ... ich meine, unter extremen Bedingungen, wenn die Umstände es erfordern ... auch gegen Bürger richten. Das müssen dann aber x-beliebige Bürger sein. Anonym für den Angreifer. Keine vorher bekannten Individuen ... das wäre unmoralisch. Meine Leute haben ein völlig willkürliches Haus in den Hügeln der Reichen ausgesucht. Sie hatten den Auftrag, in noch mehr Schweineställe einzudringen ... genauso anonyme und willkürliche ... aber sie fanden in diesem einen genug, um ihr Statement zu Hurly Burly abzugeben.«

»Es freut mich zu hören, Scott, daß meine Bleibe alle Erwartungen erfüllte«, sagte Remo. Das Beben in seiner Stimme paßte nicht zu seinem Zynismus. »Aber sag mal, fandst du nicht, daß das ein *sehr* großer Zufall war, als du hörtest ... am nächsten Tag in den Nachrichten vielleicht ... daß der große Kladderadatsch ausgerechnet unter der Adresse des Mannes stattgefunden hat, der deine Schallplatte produzieren sollte?«

»Charlie ist gut in Worten«, sagte Maddox. »Charlie ist schlecht in Namen.«

»Terry Melcher.«

Maddox schob die Vorderseite seines Verbandsknäuels viel zu dicht an Remos Gesicht heran. Der kleine Kerl stank aus dem Mund, dem Hals, aus der Seele, aus allem. »Der, Li'll Remo, wohnte zu dem Zeitpunkt schon fast ein Jahr im Strandhaus seiner Mutter. Doris Day. Am Malibu Beach.«

»Die Frage ist, ob du das Anfang August '69 schon wußtest.«

»Tremellen schaut zu uns her«, zischte Maddox. »Feg noch ein paar mexikanische Girlanden hier raus, dann kriegst du gleich Antwort.«

In der Zelle, deren Tür zum Putzen geöffnet war, traf Remo den Bewohner auf der Pritsche an. Der Mann stöhnte. »Laß mich in Ruhe. Ich bin krank. Ich sterbe.« Es war kein Mexikaner inmitten seiner Identitätspapiere, sondern Dudenwhacker, dessen blaue Tränen beängstigend dunkel auf dem bleichen Gesicht schwammen.

»Wenn du hier krank rumliegst«, fragte Remo, »warum steht deine Tür dann sperrangelweit auf?«

»Ich denke«, stöhnte Dudenwhacker, »damit sie meine Leiche besser raustragen können.«

»Gilt dein Angebot noch? Ich meine, es wird Zeit, das Gleichgewicht in deinem Gesicht wiederherzustellen.«

»Ich bin jetzt zu schwach, um einen Auftrag anzunehmen.« Dudenwhacker zitterte und zog sich die Pferdedecke bis über die Nase, vielleicht um mit Hilfe der Charrière-Methode seine Opfer heraufzubeschwören und jeden eine Träne von seiner Wange pflücken zu lassen. »Hier lieg ich. Dazu verdammt, mit nur fünf Tränen zu sterben. Keine sechste, um den Totengräber zu bezahlen.«

»Wenn du wieder bei Kräften bist«, sagte Remo, »dann sag mir Bescheid. Ich kenne keine bessere Zweckbestimmung für mein Geld als das Aspirinröhrchen in deinem rastlosen Arsch.«

»Laß das«, ächzte Dudenwhacker, nachdem Remo einen Pappkarton mit Papierknäueln auf den Boden gekippt hatte. »Das sind meine Verträge.«

»Was hattest du da drinnen mit dem Spiegel zu tuscheln?« raunzte Maddox ihn an.

»Ich hab ihn gefragt, wer von uns beiden der schlechtere Mensch im ganzen Land ist. Remo oder Charlie.«

»Du hast die Bude nicht ausgefegt. Und, was hat er gesagt?«

»Der Spiegel hat gesagt: ›Eine letzte Träne vergießen, dann weißt du es.‹«

»*Don't give me that bull pucky, Li'll Remo*«, knurrte Maddox. »Du hast mir eine Frage gestellt, weißt du noch? Die Antwort lautet: ja. Ja, Charlie wußte, daß Terry da nicht mehr wohnte. Nagel mich nicht auf ein Datum fest. Irgendwann im Frühjahr '69 bin ich zum Cielo Drive gefahren. Wenn Terry es sich überlegt hatte und meine Musik doch nicht aufnehmen wollte – seine Sache. *Mein* gutes Recht war es, ihn an sein Versprechen zu erinnern. Er hatte mir hundert Dollar Vorschuß auf den Vertrag bezahlt. Später hat er vor Gericht erklärt, er hätte uns das Geld gegeben, damit wir Heu für die Pferde kaufen konnten. Dieser feige, meineidige Hund. Auf Spahn's Ranch bekamen die Pferde eher was zu fressen als die Menschen.«

Von seinem Freund Jack, der eine Reihe von Verhandlungstagen im Gerichtssaal über sich hatte ergehen lassen, hatte Remo gehört, daß die Mörder möglicherweise schon vor August '69 im Cielo Drive gewesen waren. Jack sprach von »Hinweisen«, und Remo, der so wenig wie möglich über den Prozeß wissen wollte, hakte nicht nach. Jetzt aber fragte er sich, ob er die Hinweise nicht deshalb verdrängt hatte, weil durch sie das Versagen seines Verantwortungsgefühls (»*the little putz läßt es sich gutgehen in swingin' London*«) nur noch bitterer zutage trat.

»Frühjahr '69«, wiederholte Remo. »Du … in meinem Haus?«

»Dazu bekam ich keine Gelegenheit«, fauchte Maddox. »Ich wurde behandelt wie das letzte Stück Dreck.«

»Nicht von mir.«

»Dich hab ich da nicht gesehen. Es war dieser Fotograf.«

»*That's all just bull pucky, Little Charlie.*« Remo versuchte Maddox' Midwest-Akzent nachzuahmen. »Ich weiß von keinem Fotografen.«

»Dein feines blondes Frauchen«, sagte Maddox mit unterdrückter Verachtung, »die wurde fotografiert. Erotisch, wenn du mich fragst. Vornübergebeugt in einem geblümten Hemdchen … den Po in die Höhe gereckt. Mit dem himmelblauen Slip sah ihr Hintern aus wie ein Spiegel des kalifornischen Himmels. Und dieser Fotograf mit seinem Gelauer … und Geknipse … und Rumgeschleiche und Gelauer und Geknipse. Charlie hat bestimmt zwanzig Minuten lang im Gebüsch, ähm, gegen Übelkeit angekämpft.«

»Verausgab dich nur nicht«, sagte Remo. »Die Fotoreportage stand in *WorldWide*. Da war nichts anderes zu sehen als eine schöne Frau, die ihre zwei Koffer packt. Einmal in einer Hose, einmal im Minikleid. Ja, als ich die Illustrierte in London kaufte, da fand ich die Fotos mit diesem Bücken und Knien auch sehr erotisch. Beim Blättern holte ich sie von Rom an den Eden Square. Jetzt sehe ich sie mir nie mehr an. Der warme Körper, auf den sie verweisen, den gibt es nicht mehr. Wenn ich diese Nummer von *WorldWide* aufschlage, ist es, als stünde ich mit einer Landkarte in den Händen da … von einem Gebiet, das von einer Naturkatastrophe hinweggefegt wurde. Du kannst die Heftklammern haben, Scott. Für deine Handgranate.«

»Der Fotograf, Li'll Remo, hätte mich nicht zu den Mülltonnen schicken sollen.«

»Ach, er hat dich für den Müllmann gehalten? Dann hatte er nicht nur ein gutes Auge für das richtige Foto, sondern auch einen scharfen Blick für die Zukunft. Nimmst du das

Häufchen da noch eben auf? Am Wagen hängt ein frischer Müllsack.«

»Dieser Diener der reichen Schweine«, giftete Maddox, »zeigte mir den Weg zum Pavillon. Dort wohnte der Hausbesitzer. Innendurch, am Pool vorbei, war's kürzer. Aber Charlie mußte zurück zum stinkenden Asphalt und dann über den Matschweg ... die ganze Zeit am Rand des Abgrunds entlang ...«

»Da war noch ein Zaun zwischen dir und der bodenlosen Tiefe.«

»Ja, genau«, schrie Maddox. Er schlug mit seinem Besen gegen das eiserne Geländer, so daß seine Wut durch den ganzen Ring hallte. »Und auf der anderen Seite war auch ein Zaun ... zwischen mir und der bodenlosen Verachtung deiner Frau und ihres knipsenden Lakais.«

»Den Fotografen kenne ich nicht persönlich«, sagte Remo. »Aber meine Frau habe ich nie überheblich erlebt. Egal zu wem. Sie *konnte* nicht mal von oben herab tun.«

»Sie stand nur da.« Maddox knirschte mit den Zähnen bei der Erinnerung. »Als ob sie mit allem einverstanden wäre, was dieser Lichtfresser sagte. ›Nimm den Katzenweg‹, hat das Arschloch gesagt. ›Und dann an den Mülltonnen vorbei. So kommst du zum Hinterausgang.‹ Einen Charlie demütigt man nicht ungestraft.«

6

»Was mir an dir so gefällt, Scott, ist bei allen Höhenflügen dein Sinn fürs Praktische. Für Hurly Burly war es egal, wer kaltgemacht wurde ... Hauptsache, es sah so aus, als hätten die Black Panthers das Blutbad angerichtet. Aber du hattest noch ein Hühnchen mit dem Bewohner eines gewissen Hauses zu rupfen ... das hast du in einem Aufwasch miterledigt. Ist dir nie der Gedanke gekommen, daß du dir so ein Motiv verschafft hast? Rache für nicht erbrachte Leistungen.«

Maddox beschrieb, wie er über den Katzenweg und an den Mülltonnen vorbei zum Gartenhaus kam, wo er von Altobellis Bluthunden weggebellt zu werden drohte. Nur durch die Macht, die er durch seinen Blick über Tiere hatte, hatte er sie sich vom Leib halten können. »Der Hausbesitzer war noch schlimmer als seine Hunde.« Altobelli hatte seinen unerwarteten Besucher genauso verächtlich behandelt, wie es die Leute im Haupthaus getan hatten. Nein, Terry wohne da nicht mehr. Der Plattenproduzent sei unbekannt verzogen und habe das Haus weitervermietet. Altobelli schärfte Maddox ein, die neuen Bewohner nicht noch einmal zu belästigen.

»Wer die neuen Untermieter waren«, sagte Remo, »weißt du ja inzwischen. Sieht so aus, als hätten sie das Inkassoverfahren, das für Terry bestimmt war, voll abgekriegt.«

Maddox schüttelte den massigen schmuddligweißen Kopf. »Es war zufällig dieses Haus.«

»So viel Zufälligkeit gönne ich dem Zufall nicht«, sagte Remo. »Wenn Terry nicht mehr da wohnte, um deinen Zahlungsbefehl in Empfang zu nehmen, na, dann mußte das Haus eben dafür büßen. Mitsamt seinem lebenden Inventar.«

»Die Adresse war willkürlich gewählt«, beharrte Maddox. »Wie bist du mit deinem Frauchen da eigentlich gelandet?«

»Wenn du mir erzählst, warum Terry und Candice Ende '68 so plötzlich ausgezogen sind, dann ist die Frage damit beantwortet.«

»Der Kahlkopf im Gartenhaus hat gesagt, daß Terry weggezogen war ... mit unbekanntem Ziel.«

»Vor einer halben Stunde wußtest du noch zu berichten, daß er im Strandhaus von Doris Day am Malibu Beach saß ... und Steinchen übers Wasser flitzen ließ oder so.«

»Das Schwein hat sein Wort nicht gehalten«, sagte Maddox. »Er wollte meine Songs aufnehmen. In einem guten Studio.«

»Glaub mir, Scott«, sagte Remo, »Terry hatte zu der Zeit wirklich andere Sorgen … mit Candice.«

»Nie, Li'll Remo, *nie* die Musik irgendwelchen Beziehungsproblemen unterordnen.«

»Ach was, du hast ja selber die Musik einer ganzen Menge von Beziehungsproblemen untergeordnet. Besonders konsequent bist du nicht, Scott.«

7

»Meine Frau, Scott … ich verabscheue mich selbst dafür, daß ich dich danach frage.« Remo schmeckte bei dieser flehentlichen Bitte süße Fäulnis auf der Zunge. »Sag mir bitte … es ist schwach von mir, ich weiß. Sag mir, wie sie an dem Tag ausgesehen hat. Ihr Gesicht … wie fandst du sie?«

Es war überraschend, wie schnell Maddox eine Machtposition witterte – und sie sofort einnahm. »Für mich, Li'll Remo, war es eine Allerweltsfilmmieze. Ich dachte: Terry hat eine neue Freundin … oder eine zwischendurch, was weiß ich. Strohblond, nichts Besonderes im Benedict Canyon. Was willst du hören? Daß sie milchblaue Augen hatte? O ja, wie Vogeleier! Und dann diese angeklebten Wimpern … mit denen hätte man das frischgemähte Gras auf eurem Rasen zusammenharken können. Sonst hat sie keine Eindrücke bei mir hinterlassen. Ach ja, sie war schwanger. Als Familienoberhaupt hat Charlie das sofort gesehen.«

8

Auf dem Umgang näherte sich dröhnenden Schritts der dikke Tremellen. »Woodehouse, Maddox«, keuchte er. »Die Toiletten. Jetzt sofort. Da sieht's vielleicht aus!«

Der geflieste Raum war in allen Farbschattierungen bespritzt, die sich menschliche Eingeweide nur ausdenken können. Von der Reihe der Porzellanschüsseln, ohne Brille,

654

waren zwei reichlich mit Blut bespritzt. Es war nicht mehr frisch: Die Nachricht von einer Abrechnung hätte sich schon herumgesprochen haben müssen. Vielleicht hatte Dudenwhacker hier eine Blutfontäne aus seinem kranken Leib gepreßt. Für eine Magenblutung war die Substanz im übrigen nicht dunkel genug.

»So wirst du nie von den Schweinereien der Schweine erlöst, Scott.«

Das klappernde Absetzen der Eimer mit dem Putzzeug klang tatkräftig, aber dann wußten sie nicht, wo sie anfangen sollten, so daß sie stehenblieben und weiterredeten: Das lenkte wenigstens von dem Gestank ab, den sie hier einatmen mußten.

»Das ist alles schon so lange her«, sagte Remo. »Wird es nicht langsam Zeit zuzugeben, Scott, daß … Schau, dieser ganze Hurly Burly war natürlich nur ein mystifizierter Anlaß, um … um dich an jemandem zu rächen, der die Stirn hatte, dein Talent nicht anzuerkennen.«

»Li'll Remo«, sagte Maddox mit diesem ekelhaften Klumpen der Rührung in seiner Kehle, »ich schwör's dir, es war umgekehrt. Meine Lehre, meine Gitarre, mein Talent … alles wurde Hurly Burly untergeordnet. Es war mein heiliger Krieg.«

»Gut, dann schätze ich Hurly Burly zu gering ein«, sagte Remo. »Dann will ich's so formulieren: Hurly Burly war deine Manier, die ganze Welt für die knickrige Art und Weise büßen zu lassen, in der Gott dich mit Talent bedacht hat.«

»Würde Gott«, schrie Maddox plötzlich, »würde Gott am Talent seines einzigen Sohnes sparen?«

»Schlimmer, Scott. Gott hat dir überhaupt kein Talent zugeteilt. Selbst die Krümel sind noch Schein. Dein Hirn ist im Laufe eines halben Menschenlebens von der Knastluft angefressen worden …«

»Aber ja«, knurrte Maddox. »In San Quentin kam nach jeder Hinrichtung etwas Gas aus dem grünen Kämmerchen frei. Es schwebte durch die Gänge. Als Appetizer für die zum Tode Verurteilten.«

»… und hat *kein* Talent verzerrt zu *großem* Talent. Irgendwann, vielleicht ja auf die Worte ›nimm den Katzenweg‹ hin, ist dir die totale Wertlosigkeit deines Talents klargeworden. Hart, muß ich schon sagen.«

»Der Fotograf deiner Frau, Li'll Remo, hätte mich nie zu den Mülltonnen schicken dürfen. Es war ein warmer Tag. Sie stanken.«

»Sei ihm dankbar«, sagte Remo. »Der Mann hat dir eine klare Erkenntnis geliefert. Nicht genug Talent, damit die Welt dir wegen deiner Musik zu Füßen liegt? Dann eben voll auf deine Begabung für äußerst *un*musikalische Gehirnwäsche gesetzt. Charlie hatte seine Form gefunden.«

»Nimm nur den Matschweg, bekam ich zu hören«, empörte sich Maddox wie ein gekränktes Kind. »Ich bin schon mein ganzes Leben lang Wege gegangen, die hintenrum führen. Vorbei an Mülltonnen mit jeder Menge hungriger *aristocats* und *aristorats* und *aristopets*. Und dann kam Charlie da in den Cielo Drive, erfüllt von seiner Musik, und er wurde« (ein Schluchzer drang aus dem Verbandswust) »auf den Weg hintenrum zum Ruhm geschickt. Auf den Mülltonnenweg.«

»Also dafür mußten die Menschen in dem Haus büßen.«

»Wer Charlie zum Hintereingang schickt, ist hochgradig selbstmordgefährdet.«

»Ach, du warst nur ein diskretes Instrument für ihren Selbstmord?« höhnte Remo. »Als wahrer Christus hast du ihr Leid auf dich genommen …«

»Wenn *irgend* jemand für das Etikett Jesus Christus in Betracht kommt«, feixte Maddox, »dann Terry. Bei so 'ner Mutter. Doris Day, die Ewige Jungfrau.«

»Fünf Menschenleben wurden dort deinem Haß gegen die Impresarios und die Plattenbonzen geopfert.«

»Der Impresario«, schrie Maddox, »hatte in der Wüste eine

Tarantel überfahren. Eine viel, viel unverzeihlichere Sünde, als einen Vertrag nicht einzuhalten.«

»Tote Wüstentiere, Skorpionspinnen und so, die kannst du doch wieder lebendig machen ... du Jesusgleicher?«

»Nicht wenn sie zu Brei zermatscht unter dem Autoreifen eines Impresarios liegen.«

Auf dem Gang näherten sich schmatzende Schritte. In der Tür erschien der AB'ler Goering Goiter, Aufseher Scruggs hinter sich. »Beeilung«, sagte Scruggs. »Unten wartet man auf mich.«

Die beiden Putzer sahen schweigend zu, wie der Arische Bruder Overall und Unterhose herunterließ und sich ohne das geringste Zögern auf den verschmierten Schüsselrand setzte. Wie eine Katze auf dem Katzenklo sah Goering Goiter seinen Wunschschützling Remo mit verengten Augen an, fast verliebt, und das summende Stöhnen, das beim Pressen seinem kolossalen tätowierten Körper entwich, klang wie inniges Schnurren.

9

Nachdem Aufseher Tremellen nachgesehen hatte, wie weit sie mit »den Ställen« waren, hatten sie sich dann doch an die unappetitliche Arbeit gemacht. Von allen Regungen, die Remo beim Anblick der mit Kot wie mit Fingerfarben vollgeschmierten Fliesenwände überkamen, war Wut die vorherrschende. Als erstes rückte er den mannshohen Metallspiegeln zu Leibe, auf denen Erbrochenes, Speichel und Sperma bizarre vertikale Spuren gezogen hatten, die inzwischen eingetrocknet waren. Es waren auch feine Blutströpfchen darunter, in ganzen Wölkchen – möglicherweise aus einer geöffneten Pulsader. Unter der weggeschrubbten Schmutzschicht tauchte Maddox im Spiegel auf. Er war dabei, Chlorreiniger auf die »Präsentierteller« der Toilettenschüsseln zu gießen, damit sich schon einmal möglichst viel Dreck zischend auflöste. Fluchend bemerkte er, das Zeug schlage ihm auf die Bronchien.

»Hab ja schon lichterloh gebrannt, Li'll Remo, und jetzt muß ich mir auch noch die Kehle verätzen lassen.«

»So ergeht es den Städteanzündern.«

»Meine Leute«, sagte Maddox, »haben eure Städte nie in Brand gesteckt. Bis auf die kleine Cowboystadt von George Spahn.«

»Nein, aber es stand auf eurem Programm«, sagte Remo, der mit einem Plastikspachtel Zahnpastaklumpen vom Spiegel hieb. »Ganze Viertel in Flammen. Wie damals '65, in Watts. Die Polizei sollte sofort an die Schwarzen denken.«

»Leg mir keine Worte in den Mund, Li'll Remo.« Maddox schwenkte die Plastikflasche mit Corona Chlorine drohend in Remos Richtung. »Du sprichst jetzt über eine spätere Phase von Hurly Burly.«

»Sorry, Scott, daß ich den Dingen so unbesonnen vorausgeeilt bin«, höhnte Remo. »Zuerst sollte mit Blut Angst und Verwirrung unter der betuchten Schweinebevölkerung von Los Angeles gesät werden. Stimmt. Alles, um die Gesellschaft aus den Angeln zu heben – egal, wer dafür abgeschlachtet wurde.«

»Hauptsache, es waren weiße Schweine.«

»Cielo Drive … am nächsten Tag Waverly Drive … das waren also Terrorakte.«

»Du sagst es.«

Maddox hatte die Kloschüsseln eingeweicht und machte sich jetzt an den ekelhaftesten Teil der Arbeit: das Entfernen der Scheiße von den Wänden. Als Schutz gegen den Gestank, der sich dabei lösen würde, fischte sich Remo einen leinenen Mundschutz aus einem der Eimer. Er legte ein Knäuel Toilettenpapier mit einem Spritzer flüssiger Seife hinein und schob sich das Ganze vor Nase und Mund. Im Spiegel hatte er plötzlich eine leichte Schweineschnauze über dem Bart.

»Scott, das macht dich zum feigsten Terroristen der Welt.«

»Wenn Feigheit hilft, den Terrorakt zu einem guten Ende zu bringen, dann ist daran nichts falsch. In einem Krieg, in dem so viel auf dem Spiel steht wie bei Hurly Burly, sind alle Mittel erlaubt. Auch die niederträchtigsten. Regel 8a aus Charlies Handbuch für Soldaten.«

»Terrorismus, egal in welcher Form«, sagte Remo und drehte sich zu Maddox um, »finde ich zutiefst verachtenswert und verwerflich. Aber das mindeste, was man von einem Terroristen sagen kann, egal ob es sich um einen Deutschen, einen Palästinenser oder einen Carlos handelt ... so einem geht es jedenfalls *nicht* um eine persönliche Abrechnung.«

Maddox benutzte Remos Plastikspachtel, an dem noch Zahnpastabröckchen klebten, um die hart gewordenen Exkremente von den Wandfliesen zu stechen. Jemand hatte in dicken Kackebuchstaben seinen Namen (SOFA SPUD) über das Urinal geschrieben, und Maddox war gerade dabei, das F wegzukratzen. Spud hatte zwei Wochen zuvor mit seinem letzten Dreck den Namen des Todes auf die Innenseite eines Leichensacks geschrieben, folglich durfte sein choreanischer Name jetzt wohl gelöscht werden.

»Der Terrorist«, fuhr Remo fort, »versucht, das Maximum an anonymen zivilen Opfern zu erreichen. Alles im Sinne der Zuschauerquote. Wenn es mal um einen einzelnen geht ... einen Bankdirektor, einen Arbeitgeberpräsidenten ... dann gilt so einer als Symbol für, was weiß ich, irgendeinen verwerflichen Teil der Gesellschaft.«

Unter dem Mundschutz klang seine Stimme so dumpf wie die von Maddox hinter dem Verband. Im Bereich der Lippen wurde der Bart feucht von seinem Atem. Der Schutz nützte nichts, denn der Scheißegestank drang auch so in seine Nase, und der Seifengeruch machte alles noch schlimmer.

»Du, Scott, du bist insofern einmalig, als du zivile Opfer forderst, um die Gesellschaft aus den Angeln zu heben, Opfer, die aber ... nicht willkürlich ausgewählt sind.«

»Jetzt sag mir doch mal, Little Remo, welche *persönlichen* Motive ich dabei gehabt haben könnte.«

»Noch mal: Sie wohnten im ›Haus der Zurückweisung‹.«

Maddox war fertig mit SOFA SPUD. Er ging an den Klos entlang und betätigte bei jedem die Spülung. Mit dem Wasser in Kontakt gebracht, verschwand das ganze Chlor heftig zischend im Abfluß. Remo hatte seinen Mundschutz, doch Maddox schlug es voll auf die Lungen, so daß er rückwärts taumelte. »So, Li'll Remo«, hustete er, »schäumen die Hexenkessel von Hurly Burly.«

10

»Warum, glaubst du, Li'll Remo, hat Jacuzzi das Wort Terrorismus nie in den Mund genommen?«

Sie waren jetzt dabei, mit Klobürsten, die sie zuvor in schäumende Seifenlauge getunkt hatten, die Schüsseln weiterzuschrubben.

»Jacuzzi hat herausgefunden, was für einen kleinen Krieg du da führtest«, sagte Remo. »Der Wahnsinn von Hurly Burly. Es hatte keinerlei Ähnlichkeit mit dem, was die terroristischen Vereinigungen in der Zeit taten. Ich weiß nicht mehr genau, welche damals alle aktiv waren, aber wenn du die Banden nimmst, die noch immer existieren … die Brigate Rosse, die Rote Armee Fraktion … die wollen eine hübsche Utopie auf marxistischer Grundlage durchsetzen. Die Palästinenser wollen ihre Ehre und ihr Land wiederhaben. In Südafrika, Südamerika … wieder andere Gruppierungen … alle mit ihren eigenen Zielen. Japan. Vergiß Japan nicht.«

»Vergiß Kalifornien nicht, Little Remo.« Maddox wollte seinen Worten Nachdruck verleihen, indem er mit seiner Bürste auf Remo zeigte, konnte aber nicht verhindern, daß sie sich wie ein Weihwasserwedel verhielt und Remo mit schmutzigen grünen Tropfen besprenkelte. »O sorry. Na ja, irgendwann mußte es sein. Hiermit tauft Charlie dich im

Namen des Oberst, des Menschensohns und der Heiligen Familie.«

Remo nahm seine Brille ab und wischte mit einem Fetzen Toilettenpapier die Gläser sauber. »Kalifornien, ja. Der Ofen, in dem deine Tonsoldaten gebrannt werden. Für den Palästinenser ist die Wüste höchstens unter logistischen Gesichtspunkten interessant. Dort hat er seine Ausbildungscamps. Wer hat je von einem Terroristen gehört, der sich, nachdem er Haß gesät hat, mit seinen Kriegern in die Wüste zurückzieht ... in ein unterirdisches Paradies ... um dort den Ausgang eines überirdischen Rassenkriegs abzuwarten? Ich seh eure Füßchen schon baumeln in Flüssen aus goldfarbener Milch ...«

»Du sagst es selbst, Li'll Remo. Charlie ist kein Terrorist.«

»O doch.« Remo setzte seine Brille wieder auf. »Und zwar von einer ganz speziellen Sorte. Ein kleiner Diktator, der aus der Wüste seine abgerichteten Mädchen losschickt. Damit sie für ihn mit Buck-Messern Angst und Haß säen. Aber was dich vor allem zu einem sehr speziellen Terrorfuzzi macht, Scott, das ist die Wahl deiner Opfer ... ausgesucht aufgrund kleiner, persönlicher Grollgefühle.«

Sie hatten aufgehört zu schrubben und standen sich jetzt mit erhobenen Bürsten gegenüber.

»Am letzten Wochenende«, sagte Remo, vor Anspannung schnaufend, »bin ich in *Hurly Burly* auf eine bemerkenswerte Passage gestoßen. Als die Mädchen von den Geschworenen bereits mit Nachdruck für schuldig befunden waren ... als nur noch das Strafmaß festgelegt werden mußte ... mit ziemlicher Sicherheit die Gaskammer ... da haben sie sich noch für dich, Scott, zu Meineiden hinreißen lassen, um dich von jeder Beteiligung freizusprechen. Typisches Verhalten der unteren Terroristenränge. Sie opfern sich für den Mann hinter den Kulissen. Er muß geschont werden, damit er weiter das Ideal verkünden kann. Schließlich müssen Befehle an die nächste Generation von Kämpfern gegeben werden können, nicht wahr.«

»Mein Name ist Charlie«, sagte Maddox mit einer Verbeugung, »aber ich bin kein kommunistischer Heckenschütze.«

Spinatgrüne Flüssigkeit tropfte am Bürstenstiel herab in Remos Ärmel. Als er das Ding senkte, faßte Maddox das als Zustoßen auf, und beinahe hätte Remo den haarigen Knüppel seitlich an den Kopf bekommen.

»Du nennst uns Terroristen. Was würdest du denn zu … politisch-religiöser Gegenbewegung sagen? Ja, da staunst du.« Maddox machte einen schnellen Vorstoß mit der Bürste auf Remos Gesicht zu, wodurch der Mundschutz besprenkelt wurde. »Wir haben auf unsere Weise den Staat bekämpft … und der hat uns in den Bunker gesteckt. Politische Gefangene, das sind wir. Die Schweine behandeln uns wie gewöhnliche Verbrecher. Nach all den Jahren noch.«

»Vielleicht, Scott, hättest du das Programm etwas politischer formulieren müssen. So wie es jetzt vorliegt, ist es ein ziemlich okkultes Dokument. Es hat die Justiz des Gegners verwirrt.«

»Wir sind Opfer eines Regimes, Li'll Remo, das keine Kritik duldet.«

»Eure Kritik war aber auch *sehr* plastisch.«

»Amerika fing an, arrogant zu werden«, fauchte Maddox, die Bürste mit beiden Händen packend und mit ihr wie mit einer Keule rückwärts ausholend. »Es war ganz hingerissen von sich selbst. Sie waren gerade zurück vom Mond. Michelinmännchen hatten dort eine steife kleine Fahne hingepflanzt … um den Russen zu zeigen, wer der Herr ist. Vietnam wurde in rasantem Tempo entlaubt. Es sollte ein Stück Mond werden … um den *commies* zu zeigen, wer der Herr ist. Woodstock in Vorbereitung. Alles, was sich als progressiv betrachtete, als alternativ oder relativ … das machte sich auf den Weg, Li'll Remo, für drei Tage elektrisches Schlammbumsen. Nur Bob Dylan verkroch sich hinter den Gardinen. Und da, mitten im großen Halleluja von Frieden und Krieg, von Musik und Wissenschaft ... da war auf einmal diese Bluthochzeit ... der Anfang von Hurly Burly.«

»Ja, so etwas macht eine Nation demütig«, sagte Remo. »Es war dein Verdienst, Scott, du hast die Vereinigten Staaten vom schlimmsten Hochmut erlöst. Kompliment.« Remo schlug Maddox unversehens mit der Bürste seitlich an den Kopf, sanft, aber doch fest genug für einen rasterartigen Abdruck von Kotsprenkeln auf dem Verband. »Im Namen Gottes, des heiligen Georg und des heiligen Michael.«

11

»Da war noch mehr los«, sagte Remo. »Amerika wurde in dem Jahr immer extremistischer. An allen Fronten. Auf der einen Seite die etablierte Ordnung, wie wir das damals nannten ... die führte Listen mit unerwünschten und gefährlichen Personen. Auf der anderen die alternative Ordnung, die noch immer volksverdummend als *underground* bezeichnet wurde ... mit einem falschen Beiklang von Kryptopop und kleinen Druckerpressen, die in Kellerräumen verbotene Blättchen ausspuckten. So, und was da gedruckt wurde, waren immer häufiger Totenlisten. Selbst noch nach dem Tod meiner Frau stand ihr Name in einem pechschwarzen Register von Personen, die zu liquidieren waren.«

»Keine Liste von uns«, brummte Maddox. Sie warteten in dem saubergeschrubbten Toilettenraum auf Tremellen, der ihre Arbeit begutachten sollte.

»Das nehme ich an«, sagte Remo. »Sonst hättet ihr ihren Namen ja durchgestrichen. Nicht, daß sie sich in schlechter Gesellschaft befunden hätte. Nixon ... Lyndon B. Der Gouverneur von Kalifornien, Reagan, hatte gerade bekannt gegeben, er werde bei Ausschreitungen auf Studenten schießen lassen. Notfalls mit scharfer Munition. Es war wirklich das

Jahr von *Easy Rider*. In jedem rechtschaffenen Amerikaner erhob sich plötzlich ein *redneck*. Reagan stand also auch auf der Liste. Zusammen mit Leuten aus unserer Welt. Filmemachern ... Schauspielern. Wir hatten diesen *underground* ermöglicht, und jetzt ... jetzt fanden wir uns im Liquidationsregister der Bewegung wieder. Wir waren zum Ungeziefer in unserem eigenen alternativen Kräutergarten geworden ... kurz davor, vertilgt zu werden. Mitten in diesem Grabenkrieg zwischen Unter- und Oberwelt waren da auf einmal deine Leute, Scott, um Hurly Burly anzuzetteln. Das Klima hätte nicht günstiger sein können.«

12

»Es macht mich rasend, Li'll Remo, daß du mein Volk als einen Haufen von Messerstechern sehen willst, voller Haß auf die Menschen. Charlie hatte ihnen Disziplin beigebracht. Systematisches Denken. Nach meiner Verurteilung verübte The Circle einen Raubüberfall nach dem anderen. In Glendale räumten sie ein großes Waffengeschäft leer. Pistolen, Karabiner ... dutzendweise. Unmengen Munition. Das gesamte Sortiment.«

»Mal was anderes«, sagte Remo, »als aus den Supermarktcontainern der Erben LaBianca Puddingpackungen zu angeln, die das Mindesthaltbarkeitsdatum weit überschritten hatten.«

»So sehen die Schweine uns«, knurrte Maddox. »Als einen Haufen Bettler, die die Töpfe der Reichen auslecken. Kapier doch endlich, Li'll Remo, das war unsere stille Zeit. Der Vorabend von Hurly Burly. Wir sammelten Kraft für den Kampf. Zwei Jahre später ... peng. Charlies Elitekorps lieferte sich in Glendale ein stundenlanges Feuergefecht mit dem LAPD. Mary, Gypsy ... die standen ihren Mann. Gypsy hatte an dem Tag was anderes in ihrem Geigenkasten als eine künstliche Grille.«

»Das Geld, die Waffen … alles dazu gedacht, dich zu befreien.«

»Indirekt«, sagte Maddox. »Ich hatte ihnen aufgetragen, eine Boeing 747 zu kapern. Alle halbe Stunde ein toter Passagier. So lange bis Charlie und die Mädchen freigelassen werden. Krieg erfordert Kriegshandlungen. Zweifelst du jetzt immer noch daran, Li'll Remo, daß The Circle eine dissidente politische Organisation ist? Wir waren … wir sind bereit, bis zum Äußersten zu gehen. Aus Überzeugung. Aus Idealismus.«

»Du tust ja gerade so, als hätte es diese Flugzeugentführung tatsächlich gegeben. Alle deine schießwütigen Familienmitglieder standen vor Gericht wegen des bewaffneten Überfalls in Glendale. Von wegen Boeing mit todbringenden Ultimaten. Kleine Papierflieger habt ihr gefaltet hinter Gittern.«

»Ein Ausbruch nach dem anderen«, schnaubte Maddox. »Schon während der Prozeß noch lief. Wir spielten mit der Justiz, Li'll Remo, wie ein Leopard mit einer Maus.«

»Rückzugsgefechte.«

»Hurly Burly ist nicht zu gewinnen und nicht zu verlieren.« Der Schaum auf Maddox' Lippen kochte jetzt durch den Spalt im Verband. »Es ist ein Krieg, der gewonnen wird … *und* verloren.«

Dienstag, 17. Januar 1978

Kreativer Neid

I

Seit er dem gelockerten Reglement unterlag, gehörte Woodehouse zu der Gruppe, die dienstags, donnerstags und samstags duschen durfte, jeweils zehn Minuten lang.

Heute war ich an der Reihe, ihn zu den *pitchforks* zu bringen. Ich verabscheute es, in den feuchten Dunstschwaden Wache zu stehen, die weißen und schwarzen Hintern der Choreaner als einziger Blickfang. Wenn ihre Eltern reich genug für einen Durchlauferhitzer oder einen Warmwasserboiler gewesen waren, hatten sie als Pubertierende gelernt, unter dem heißen Strahl zu masturbieren. Viel weiter waren sie nicht gekommen, denn auch im Knast verschafften sie sich ihren Samenerguß noch immer unter der Dusche. Es gab keine Kabinen, nur Dampfschleier, folglich ging es ziemlich öffentlich vonstatten, inklusive der entsprechenden Ausrufe und Flüche.

An diesem Dienstag war Pillar Pillory, neben Remo, der einzige, der sich hingebungsvoll einen runterholte. Die übrigen Duscher ließen reglos und angespannt das warme Wasser über ihren Körper strömen, ohne sich zu waschen. Irgend etwas gärte da.

»*Glory be*!« Pillar warf den Kopf in den Nacken und schoß seinen Samen bewundernswert weit von sich. »*This is it*!«

Die anderen wechselten rasche Blicke, zusammengenommen eine ganze Kette von Botschaften. Darauf hatte ich keine Lust. Als Heranwachsender war ich oft genug Zeuge der Liebe zwischen Männern gewesen – meist ein Knabe, der seinem Lehrmeister eine Gunst erwies, wobei sich der Verkehr aber auf die »Schenkelliebe« beschränkte, wie wir

das frei übersetzt nannten: die Oberschenkel als Schraubstock nutzen, ohne weiter einzudringen. In Choreo wurde
ein Männerkörper blutig aufgebrochen, wenn irgend möglich mit dem Geräusch, das ein Meißel in einer reifen Melone
macht.

Pillar Pillory trat mit träge schlenkerndem Geschlecht unter dem Strahl hervor. »Nur eine Hygienemaßnahme, *pak*«,
sagte er grinsend zu Remo, dem einzigen, der mit einem
Stück Seife zugange war. »Sonst klumpt es bloß in den Lei-
tungen zusammen. *My old lady* will nicht, daß ich mit einem
Blasrohr nach Hause komme.«

Offiziell durfte zehn Minuten lang geduscht werden, doch
die große Wanduhr sagte mir, daß der Wasserfluß bereits
nach acht Minuten aufhörte. Als wäre es so mit der »nassen«
Schaltzentrale abgesprochen. Die Duscher, bis auf Remo,
stellten sich triefend um Pillar. Ich hätte meinen Kollegen
Scruggs, der sich etwas weiter am Eingangsgitter postiert
hatte, warnen und über das Walkie-talkie mehr Wärter her-
beirufen können, doch von früheren Zwischenfällen wußte
ich, daß das wenig Sinn hatte. Ansammlungen im Duschraum
waren von der Gefängnisordnung gestattet, jedenfalls nicht
eindeutig verboten, und was sich in diesem Männerknäuel
abspielte, zudem äußerst schnell, entzog sich der direkten
Wahrnehmung.

»Nein, Leute, nein.«

Ja, daß sie dem Pechvogel Pill-Pill die Nase zukniffen und
ihm ein Stück Seife zwischen die Zähne klemmten, bekam
ich gerade noch mit, leider. Ich schlenderte auf den gefliesten Gang hinaus und versuchte, das gedämpfte Stöhnen
durch Summen zu übertönen. Vergewaltigung als heimliche
Bestrafung kam im Gefängnis so oft vor, daß es zweifellos
echter Lustbefriedigung diente. Das mußte ich mir nicht unbedingt aus der Nähe ansehen.

Ohne etwas über die im Gange befindliche Abrechnung
zu sagen, hielt ich einen kurzen Plausch mit dem klobigen

Scruggs – über unseren Chef Carhartt, der immer noch wie ein Kind mit seinem blechernen Raubvogelei beschäftigt war.

»Du wirst sehen«, sagte Scruggs, »eines Tages gewinnt Ernie den Jackpot von fünfundzwanzigtausend. Die einzige, die das Nachsehen hat, ist die Adlermutter. Die brütet auf diesem Blechei höchstens Hämorrhoiden aus.«

»Da wird nachgeduscht, glaube ich.« Ich hörte, wie sich die Trommel des Feuerwehrschlauchs drehte, und schlenderte gemächlich zurück. Die meisten waren dabei, sich abzutrocknen. Pillar Pillory, den Kopf abgewandt, hatte sein Handtuch zwischen die Beine geklemmt und hielt vorn und hinten einen Zipfel davon fest. Er jammerte leise. Woodehouse stand linkisch bei ihm, im Bademantel.

»He, Waycott, was soll das mit dem Schlauch?« Wenn es sein mußte, konnte ich genauso giftig blaffen wie meine Kollegen – nur weniger wirkungsvoll.

Chow Hound legte den Hebel um und richtete den Strahl auf die paar Blutstropfen beim Abfluß. Ich ließ ihn gerade lange genug gewähren, bis er alle Spuren entfernt hatte.

»Waycott, hör sofort auf. Wird's wohl? Ich habe größte Lust, von der ganzen Sache hier Bericht zu erstatten. Mitsamt Blutproben.«

Frisco Bomb versetzte die rote Trommel in Schwung, wodurch der Schlauch Chow Hound aus den Händen flutschte und, immer noch spritzend, aufgerollt wurde. Hohngelächter verriet meinen Gesichtsverlust. Ich war nicht unzufrieden mit dem Ausgang. Auch mit dem Feuerwehrschlauch wurde gelegentlich eine Vergewaltigung vorgenommen, außer Sichtweite des Wärters. Die Maßnahme war in Choreo bekannt unter dem Namen The Towering Inferno. Hinterher mußten dann noch ganz andere »Innereien« weggespült werden.

Ich winkte Woodehouse, der nicht wußte, was er mit dem sich vor Schmerz krümmenden Pillar tun sollte. Er hatte den

Wunsch geäußert, mehr unter die Leute zu kommen. Bitte, das hier war das soziale Leben von Choreo. Also kein Genörgel.

»Heiß, die Duschen«, sagte er, um etwas anderes nicht sagen zu müssen. »Schlecht für die Haut.«

»Oh, das ist aber angeblich noch gar nichts im Vergleich dazu, wie heiß das Duschwasser früher in Alcatraz war«, sagte ich. »Mr. Carhartt hat dort in seiner Jugend gearbeitet. Sogar die Allerverfrorensten haben sich darüber beklagt.«

»Und warum hat man die Temperatur dann nicht niedriger eingestellt …« Gleich nachdem Remo sich das Gesicht mit dem Handtuch abgetrocknet hatte, wurde es wieder feucht.

»Eine Maßnahme, damit das kalte Wasser der Bucht die Jungs richtig abschreckte. Immerhin eine Stunde zu schwimmen bis zur Stadt. Sogar im Sommer friert man sich tot.«

»Unter einer heißen Dusche den Tod durch Unterkühlung vorbereiten … Wenn das kein Zynismus ist, Mr. Agraphiotis. Ich beuge mein Haupt.«

»Man muß sich schon was einfallen lassen, damit die Jungs drinbleiben.«

2

»Woodehouse«, sagte ich auf dem Rückweg zu unserem Trakt, »letzte Woche haben wir mehrmals über die Rivalität unter meinen Vorfahren gesprochen. Ihren kreativen Neid … den Wettstreit, der sie ständig antreibt. Verrückt, daß ich noch immer nicht weiß, worauf dein Ehrgeiz sich richtet. Die Spielgeschichte, wer soll das glauben?«

»Bevor ich Choreo verlassen darf, Mr. Agraphiotis, erzähl ich's Ihnen noch.«

»Mein Sprechen ist wie eine Wiege. Mein Schweigen wie ein Grab.«

»Besser, wenn ich's vorläufig noch für mich behalte«, sagte Woodehouse.

Aus der entgegengesetzten Richtung näherte sich ein Rollstuhl mit dem Gefangenen Dudenwhacker, dahinter Aufseher Tremellen. Dudenwhacker schien zu krank, um den Kopf hochzuhalten, und trotzdem hatte man ihm die Ketten angelegt. Die fünf blauen Punkte sahen auf dem wachsbleichen Gesicht eher wie ein gefährlicher Ausschlag aus und nicht wie Zeichen seiner Würde. »Krankenstation«, keuchte Tremellen, während er uns schaukelnd passierte.

»Na schön, Woodehouse«, sagte ich, »in welchem Bereich du den Wettstreit auch bis zum Äußersten treiben willst, nimm von mir degeneriertem Griechen einen Rat an. Hüte dich bei allem kreativen Neid vor der Mißgunst der Götter. Wenn es stimmt, daß meine antiken Altvordern Eifersucht als Tugend betrachteten, ja, dann haben ihre Götter das doch mit Sicherheit auch getan. Für die Menschen war es damals etwas Selbstverständliches, aber dir … mit deiner riskanten Neigung, nach dem Höchsten von Gott weiß was zu greifen … dir lege ich noch einmal ans Herz: Tritt *nie* in Wettstreit mit den Göttern selbst. Das geht für den Sterblichen immer schlecht aus.«

Wir hatten das Gitter zum HST erreicht. Ich bat über das Walkie-talkie um Öffnung. Durch die Stäbe konnten wir Maddox auf dem Waschbeckenrand sitzen sehen.

»Das muß Ihren Vorfahren doch komisch aufgestoßen sein«, sagte Woodehouse. »Sie haben alles dafür getan, ihre Nachbarn in bezug auf Namen, Titel, Reichtum auszustechen. Aber gegenüber dieser Göttermischpoche mußten sie sich dafür schämen.«

»Oh, viel schlimmer noch.« Das Gitter öffnete sich. »Sie achteten ständig darauf, den Göttern von ihrer Fortüne zu opfern. Eine Art Steuer … um sie ein wenig günstig zu stimmen. Ja, schließlich mußten sie an ihr Schicksal denken.«

Wir betraten den Trakt. Ich blieb stehen und wartete, Woodehouse neben mir, bis das Gitter sich wieder geschlossen hatte. Auf der anderen Seite des Raums hatte sich

Maddox erhoben. Er schlurfte an der Wand entlang zum Besenschrank.

»Die Menschen«, sagte Woodehouse, »ließen sich vom Neid der Götter erpressen ...«

»Vielleicht eine verkappte Form des Wettstreits.«

»Mr. Agraphiotis, ich habe in den vergangenen zwei Wochen viel von Ihnen gelernt. Mein ›Grab für den Unbekannten Verbannten‹ hat jetzt seine Hausregeln. Aber ich schwöre Ihnen ... für mich hat das alles keinen Sinn, wenn ich nicht auch mit den Göttern wetteifern kann.«

»Denk an das, was dem eitlen Marsyas passiert ist, Woodehouse. Er ließ sich auf einen Wettstreit im Flötenspiel mit Apollo ein und verlor. Der Sieger hängte den Verlierer mit dem Kopf nach unten an einen Ast und zog ihm die Haut ab. Wenige Menschen wissen, was damit passiert ist. Ich werde es dir erzählen. Hör zu, Woodehouse ... ich weiß nicht, was das Werkzeug deiner Meisterschaft ist. Fernrohr, Mikroskop, Malutensilien ... irgendein Musikinstrument. Jedes hochentwickelte Werkzeug hat sein eigenes Futteral, innen schön ausgekleidet. Noch einmal, ich weiß nicht, in welche Schachtel oder welches Etui dein Werkzeug oder Instrument gehört, aber für die Auskleidung von Marsyas' Flötenkasten haben die Götter seine eigene präparierte Haut benutzt. Nur eine kleine Warnung.«

Woodehouse blickte schräg hinüber zum Putzschrank, wo Maddox wartete, die Mullpranken vor der Brust gekreuzt. »Letzte Frage, Mr. Agraphiotis. Kann ein Sterblicher mit den Göttern wetteifern ... ohne es zu wissen?«

»Er wird es schon merken«, sagte ich. »Vergiß nicht, daß du um elf Psychiatrie hast. Burdette bringt dich zum Empfang.«

3

Denk wie ein Buchhalter an die offenen Posten, sagte sich Remo. Plaudere mit dem Schuldner erst über das Wetter, den

Verkehr, die Alltagsdinge, und schlag dann unerwartet das Kassenbuch auf.

»Duschen, Scott, wie ist das bei dir geregelt?«

»Charlie ist der Pascha«, sagte Maddox. »Zweimal die Woche das ganze türkische Badehaus für mich allein. Außerhalb der Stoßzeiten.«

»Wie hältst du deinen Kopf trocken?«

»Plastiktüte von Choreo. Die Schwester hat zwei Löcher reingeschnitten. Eins für den Mund, eins für das Auge.«

»Gesichtsmaske über der Gesichtsmaske«, sagte Remo. »Mit den Zeichen *deiner* Würde ist alles in Ordnung.«

»Nur der oberste Papst, Li'll Remo, trägt eine Mitra über der Tiara. Wenn ich das Kinn auf die Brust drücke, regnet es nicht rein.«

»Die Arme in Kreuzigungshaltung«, sagte Remo, »dann bleiben auch die Mullhandschuhe trocken.«

»Wie gefällt Little Remo der begrenzte Kontakt mit dem Pack?«

»Was ich mit dir habe, kann ich nicht als begrenzten Kontakt bezeichnen. Leider.«

»Das Duschen … der Innenhof. Der ganze Galaball.«

»Heute morgen war ich gezwungenermaßen Zeuge einer Strafexpedition in den *pitchforks*.«

»Vergewaltigung«, sagte Maddox. »Nix Besonderes. Bestimmt ein Schwarzer?«

»Ein Schwarzer, was – als aktive oder passive Partei?«

»Als Vergewaltiger natürlich.«

»Das waren mehrere. Vergewaltiger. Schwarze, ja.«

»Immer dasselbe«, schnaubte Maddox. »Denen fällt als Rache nichts anderes ein. So wird noch Sodom von ihnen entehrt.«

»In deinem Auftrag vielleicht«, sagte Remo. »Als *sideshow* von Hurly Burly.«

Dudenwhacker saß in seinem Rollstuhl vor einer sonnenbeschienenen Mauer des Innenhofs. Auf der Krankenstation hatten sie ihm eine Spritze gegeben, die ihm sichtlich gutgetan hatte. Er vermutete, jemand habe ihm Gift verabreicht. »Nicht genug für eine ganze Träne. Wenn wir ihn finden, kriegt er eine halbe. Halbtot war ich immerhin.«

Die Fesseln waren ihm abgenommen worden, so daß er den Rollstuhl selbst in den Schatten bewegen konnte. Sein Gesicht hatte wieder mehr Farbe, wodurch die blauen Punkte von einer tieferen Hautschicht aufgesogen zu werden schienen.

»Dich schon entschieden, Woodehouse, ob der Polizeipräsident vorzeitig ausscheidet? Ich komm bald frei.«

»Noch im Preis runtergegangen?«

»Für viertausend«, sagte Dudenwhacker, »tu ich's auch. Letztes Angebot.«

»So eine Spritze macht dich ja richtig tollkühn und freigebig«, sagte Remo. »Was verlangst du für einen Spinner, der nur *glaubt*, er wär 'ne Art Polizeipräsident?«

»So einer, der im Irrenhaus seine Knöpfe poliert«, sagte Dudenwhacker mit abschätzendem Blick. »Das kommt auf den Status an. Ein Napoleon ist teurer als ein Portier oder ein Feuerwehrmann.«

In dem Moment stakste Pillar Pillory vorbei. Er lief etwas steif, nicht wirklich breitbeinig, aber doch mit so weit auseinandergenommenen Oberschenkeln, daß ein Hufeisen dazwischengepaßt hätte. Jeder ging ihm aus dem Weg, wenn auch nicht ohne Respekt.

»Dudenwhacker«, sagte Remo, »ich geb dir Bescheid.«

Nach dem Hofgang fand Remo seinen Kehrpartner in düsterer Stimmung vor. Er stand im Erdgeschoß am Sims des viele Meter hohen vergitterten Fensters aus undurchsichtigem Panzerglas und rührte mit den Fingerspitzen in Spinnwebennestern herum, vielleicht um halb zersetzte Insekten wieder zum Leben zu erwecken. Damit brachte er aber nur Spinnen in Bewegung.

»Li'll Remo«, sagte Maddox barsch, »ich hab dir meine Wundmale gezeigt. Meine Ketten. Du weißt, daß ich hier meine Todesstrafe absitze ... Jetzt du. Wer nicht erst von seinen eigenen Sünden und Strafen erzählt, bekommt aus Charlie kein Wort mehr heraus.«

»Letzten Freitag hast du mich noch als den Regisseur erkannt, der, mit deinen Worten, die Finger nicht von jungen Mädchen lassen kann. Mir machst du nicht weis, Scott, daß du nichts Genaueres über meinen sogenannten Fehltritt gehört hast ... über meine Verhaftung. Also, hier bin ich.«

»Charlie liest keine Zeitungen, keine Zeitschriften«, explodierte Maddox. »Ein Charlie, Li'll Remo, ist *selber* Nachricht. Fernsehen, du kennst mich ... ich schau fast nie. Ja, jetzt, wo du's sagst, ich erinnere mich, daß ich in den Nachrichten etwas ganz Widerliches gesehen habe. Zog wie eine rostfarbene Schnecke über den Bildschirm, Li'll Remo, mit einer Schleimspur aus ... wie soll ich das sagen ... heimlichem Sperma. Im Labor haben sie noch andere Stoffe drin gefunden. Liebe in den Händen der Wissenschaft, das macht den Liebhaber zum Verbrecher. Hattest du nicht irgend so einem jungen Schnuckelchen was zu naschen aufgedrängt und dann ... Zum Glück für dich warst du nicht als der zottelige Schrat zu sehen, der du jetzt bist. Es waren Aufnahmen von einer Pressekonferenz Mitte August '69. Oh, du sahst viel jünger aus ... jungenhafter als jetzt ... Babyface mit Backkenbart. Seitdem ist das Leben sichtlich über dich hinweggewalzt. Nein, von *den* alten Bildern hätte ich dich hier in Choreo niemals erkannt. Du warst ziemlich weinerlich auf dieser Pressekonferenz ... ach ja, dein Frauchen war gerade ... Jetzt sag schon, was hast du mit dem Kind angestellt?«

»Laß gut sein«, meinte Remo. »Du hast Blut geleckt, und jetzt beißt du zu.«

»Tauschhandel, Li'll Remo. Du beichtest Charlie. Charlie löst für dich die Rätsel, die nicht einmal Jacuzzi aufs Tapet gebracht hat ... die kein Geschworener je zu hören bekommen hat. Du hast das Wort, Li'll Remo.«

»Viel gibt's da nicht zu erzählen«, sagte Remo höchst widerwillig. »Das Mädchen war jünger, als ich dachte, und jünger als erlaubt. Diesen Irrtum hat man mir angekreidet. Zufrieden?«

»Du hast ihr was ganz Übles zu naschen gegeben«, grinste Maddox, »und danach war's ein Kinderspiel.«

»So war es nicht.«

Maddox begann sich schon wieder von seiner Niedergeschlagenheit zu erholen. »Schon mal selbst ... vergewaltigt worden, Li'll Remo?«

»Seit heute morgen muß ich vielleicht sagen: noch nicht.«

»Charlie reichlich. Schon mit dreizehn. Versuch dir mal einen Finger mit etwas Nikotin dran in den Arsch zu stecken. Spür, wie gemein das brennt. Im Heim hat ein Aufseher mit braunen Zähnen mein Jungsarschloch als Spucknapf benutzt. Er drückte es mit beiden Daumen auf und spuckte dann einen dünnen Strahl seines Kautabaks rein. Nicht einfach, damit ich mich vor Schmerz krümmte. Nein, damit ging's erst richtig los. Mein After mußte schön geschmeidig und glitschig gemacht werden, für die älteren Jungs. Der Tabakkauer hat sie angefeuert ... und war jederzeit bereit, Li'll Remo, noch etwas dunkelbraunen Schmerz zum Fest beizusteuern.«

»Ich ... so etwas? Nie im Leben.«

»Noch in der *death row* in San Quentin wurde Charlie die

Braut eines Riesen aus den Reihen der AB. Die Tür zum grünen Kämmerchen stand schon einladend offen … Tägliche Vergewaltigung, das war für mich der lange Weg zum Gas.«

»Und dann wurde die Todesstrafe in Kalifornien abgeschafft, und dein Leiden hatte immer noch kein Ende.«

»O doch. Dieser Arische Bruder mit seinem knubbeligen Kolben … als er erfuhr, daß ich nicht länger zum Tod verurteilt war, hat er mir 'nen Tritt in den Arsch verpaßt. Kein Interesse mehr. Seine Geilheit speiste sich aus dem Todestrieb. Gib's zu, Li'll Remo, du bist bei einer Vergewaltigung auch lieber das aktive als das passive Tier.«

»Scott, ich sitze hier wegen Verkehr mit einer Minderjährigen. Sie …«

»Sag ich doch.«

»Auch so ein Mädchen hat einen freien Willen.«

»Bis du ihn betäubst mit verdächtigem Naschkram.«

»Du hast junge Mädchen lieber *geistig* betäubt und vergewaltigt, nicht wahr?«

»Och …« knurrte Maddox, »die hatten wenigstens das nötige Alter. Und oft auch schon ein Kind.«

»Die Pfarrerstochter war vierzehn, hab ich bei Jacuzzi gelesen.«

»Ihr Vater«, brauste Maddox auf, »hat mich mit einem verstimmten Klavier abgespeist. Eine Beleidigung für Charlies musikalisches Gehör.«

»Hättest du eben einen Klavierstimmer geholt.«

»Das Ding taugte nichts«, rief er heftig. »Als Instrument nicht und als Geschenk schon gar nicht.«

»Also hast du den Klimperkasten gegen einen VW-Bus eingetauscht und das Mädchen darin entführt.«

»Vierzehn, ja«, sagte Maddox nachdenklich. »Deine Beute war dreizehn. So ein schnuckeliges Ding haben wir im Norden *San Quentin jail bait* genannt. Und wenn sie dir ihr Einverständnis zum Bumsen schriftlich geben, Li'll Remo, sie sind und bleiben minderjährig.«

»Woodehouse …!« schallte Burdettes Stimme durch die Abteilung. »Wo steckst du? Um elf Uhr Urquhart und De Young.«

6

Im Empfangsraum für Anwälte, Psychiater und Ermittlungsbeamte wartete Remo schon seit zwanzig Minuten auf Dr. Urquhart und Dr. De Young. Sie hatten sich verspätet, waren verhindert oder beobachteten ihren Patienten nach der Norwegischen Methode heimlich hinter der Einwegscheibe. Der Aufseher, der ihn in dieser Vorhölle abgeliefert hatte, Burdette, war mit dem beruhigenden Versprechen gegangen, Häftling Woodehouse werde nach der Untersuchung wieder von jemandem aus dem HST abgeholt.

Um sich von denen, die ihn belauerten, nicht einseitig in die Augen schauen lassen zu müssen, beschränkte Remo seine Aufmerksamkeit auf die Kaffeeringe, die undichte Becher auf der hellgrauen Tischplatte hinterlassen hatten. Genau vor ihm hatten die Pappböden drei braune Kreise und einen halben hingestempelt, mehr oder weniger in gerader Linie nebeneinander:

o   oo ⊃

Er tauchte den Finger in eine kleine Kaffeepfütze und ergänzte die Buchstaben zu HOLLYWOOD – womit er wieder in dem kleinen Warteraum im Parker Center war, wo er im März vorigen Jahres ebenfalls das Orakel einer Serie eingetrockneter Kaffeeflecken gedeutet hatte. Mal tendierten sie dazu, sich, unterstützt durch sein eigenes bizarres Spiegelbild, zum Logo der Olympischen Spiele zu formieren, um sodann, nachdem Remo mehrmals geblinzelt hatte, einen unentwirrbaren Haufen aneinandergeschlossener Handschellen darzustellen.

677

Es war kurz nach seiner Festnahme. Er wollte sich freiwillig, ohne Anwalt, einem Verhör unterwerfen (»ich habe nichts zu verbergen, nur die Wahrheit zu bieten«) und war von einem Beamten des LAPD ins Norwegische Spiegelzimmer gebracht worden.

»Gleich kommen zwei von unseren Leuten, um Sie zu vernehmen. Kaffee?«

»Nein danke.« Vor Jahren hatte Gibby, die Erbin eines Kaffeeimperiums war, ihm so einiges über gute und schlechte Bohnen erzählt. Aroma und Ausschuß bei verschiedenen am Markt gehandelten Qualitätsmarken. Seitdem nahm Remo nicht mehr unbesehen einen Becher mit irgendeiner dunklen Brühe an. Der Polizist verschwand auf dem Gang, schloß die Tür, sperrte sie aber nicht ab.

Auch dort, im Präsidium des LAPD, hatte Remo sich einseitig beobachtet gewußt. Abgesehen von der Mattglasscheibe hatte der kleine Raum keine Fenster. Er versuchte eine möglichst neutrale Miene aufzusetzen, was zur Folge hatte, daß ein Lächeln in seinen Mundwinkeln zu zittern begann, das sich gemein anfühlte. Sein Blick wanderte von den Kaffeeflecken nach oben. In die Systemdecke eingelassene Neonröhren. Unter diesem Licht waren im Herbst '69 möglicherweise Zeugen des Hurly Burly vernommen worden. Donkey Dan oder ein anderer Square Satan.

Es dauerte lange, bis sich die Ermittler hinter ihrem Beschattungsbrett an ihm satt gesehen hatten. Die Türklinke wurde mit dem Geräusch heruntergedrückt, das dem Ellbogen vorbehalten ist – zweimal danebenstoßen, beim drittenmal Treffer. Herein kamen, lachend, ein Mann und eine Frau, beide mit einer Mappe in der einen Hand und einem Becher Kaffee in der anderen. Der Mann war Inspektor Richard Flanzbaum, der Remo festgenommen hatte. Hier auf der Türschwelle stand er kurz vor dem Höhepunkt eines Witzes.

»… Weinberg, Steinberg, Iceberg … mir doch wurscht.«

Die Frau lachte wie jemand, der verbergen will, daß ihm die Pointe entgangen ist. Als sie ihren Becher absetzte, verschüttete sie einen ganzen Schwall Kaffee und zerstörte damit einen Pulk speichenloser Fahrräder, die sich mit kaputten Reifen in ihre Richtung bewegten. Sie wischte sich die nasse Hand an ihrem Pulli ab und streckte sie dann Remo entgegen: »Shannyn Trutanic, Kripo LAPD. Inspektor Flanzbaum kennen Sie ja schon.«

»Es ist mir wiederum eine Ehre«, sagte Remo und dachte: Man könnte einen Animationsfilm ausschließlich aus ganzen und halben Kaffeeringen machen, die man auf Resopaltischen in öffentlichen Gebäuden fotografiert. Nachher gleich mal notieren.

Kriminalbeamtin Trutanic war eine gedrungene, fast halslose Frau Mitte Dreißig. Sie trug eine Brille mit einem dicken Gestell, das auf ihrer Mopsnase wenig Halt fand und daher alle zehn Sekunden mit dem Mittelfinger zur Stirn zurückgeschoben werden mußte, so daß es aussah, als zweifele sie in einem fort am Verstand des Verhöropfers. Inspektor Flanzbaum ragte lang und mager auf seinem niedrigen Bürostuhl auf. Ob es an Remos Akte lag … Flanzbaums Gesicht hing müde herunter. Die unteren Augenlider gaben zwei blutrote Halbmonde preis, die wenig Gutes verhießen.

Trutanic öffnete schwungvoll ihre Mappe. Flanzbaum ließ seine geschlossen.

Die Maschinenabschrift des Gesprächs wurde Remo später zur Unterzeichnung vorgelegt. Sein Name war darin auf einen Anfangsbuchstaben reduziert, womit das aussichtslose Herumdoktern an seiner Identität seinen Anfang zu nehmen schien.

»Um ganz von vorn zu beginnen«, sagte Kripobeamtin Trutanic aggressiv-munter, »wann haben Sie zum erstenmal von dem Mädchen Wendy Zillgitt gehört?«

Zu Weihnachten war alles noch unter Kontrolle gewesen. Die Sonderausgabe von *Mondial*, von der ersten bis zur letzten Seite von Remo gestaltet, lag in den Kiosken, oder besser gesagt: Der Käufer durfte froh sein, wenn sie noch in den Regalen zu finden war, denn sie erwies sich sofort als Bombenerfolg. Remo hatte bereits einen Folgeauftrag in der Tasche – für *Homme Mondial*, eines der Schwestermagazine. Die Weihnachtszeit verbrachte er in Polen, wo er auch seine alte Filmakademie besuchte. Dort wurde er, trotz der Ferien, stilvoll von Dozenten und Studenten empfangen. Die schon zu seiner Zeit altertümlichen Geräte waren noch da – jetzt als Kuriositäten hinter Glas. Es tat ihm gut. Glück lag noch in weiter Ferne, aber die Trauer begann von ihm zu weichen. Es gab Kulturen, in denen nach dem Tod eines geliebten Menschen sieben Jahre lang getrauert wurde: vielleicht eine Zeitspanne, die einst, in einer vergessenen Vorzeit, der Seele von der Natur auferlegt worden war. Remo hatte seine sieben Jahre jetzt hinter sich. Nach Neujahr flog er zurück nach Los Angeles, wo die Vorbereitungsarbeiten für einen neuen Film, *Deadlock*, auf ihn warteten. Er hatte Lust darauf. So als könne er erst jetzt, nach dem Besuch der Akademie seiner Jugend, einen wirklichen Neuanfang machen.

»Wann«, wiederholte Flanzbaum die Frage seiner Kollegin, »tauchte Wendy Zillgitt zum erstenmal auf?«

»Entschuldigen Sie«, sagte Remo, »aber das sind zwei verschiedene Fragen. Um mit der von Frau Trutanic anzufangen … Im letzten Monat machte ich eines Abends meinem Bekannten Brian Eversole Komplimente über das Mädchen, das er bei sich hatte.«

»Wendy Zillgitt«, konstatierte Trutanic.

»Sie haben mich gefragt, wann ich zum erstenmal von ihr *gehört* habe. Nein, bei dem Mädchen handelte es sich um eine gewisse Jennifer. Ich erzählte Brian – er ist der Bruder eines Freundes von mir – von dem Auftrag für das französische Magazin *Homme Mondial*. Eine Porträtreihe mit Mädchen unserer Zeit … vierzehn, fünfzehn Jahre alt. ›Dann ist Jenny schon mal zu alt für dich‹, sagte Brian. ›Aber sie hat eine jüngere Schwester. Wendy. Genau das, was du suchst.‹ Wir waren in einer Bar … The Parrot oder The Paroquet am Sunset Strip … und da kam plötzlich nicht die jüngere, sondern die ältere Schwester von Jennifer aus der Damentoilette. Tammy. Die beiden mußten mindestens fünfzehn Jahre auseinander sein. Vielleicht sogar zwanzig. Kurz und gut, nachdem die beiden Damen sich schlappgelacht hatten, kam's heraus: Tammy war die *Mutter* von Jenny und Wendy. Ich ihre Tochter fotografieren? In Ordnung, falls diese es auch wollte. ›Rufen Sie doch mal an wegen eines Termins‹, sagte sie. Es endete damit, daß Mutter Tammy sich mir aufzudrängen begann.«

»Sie hat Ihnen Avancen gemacht«, stellte Trutanic gierig fest.

»Nicht im sexuellen Sinn«, sagte Remo. »Sagen wir mal, sie testete unsere Bekanntschaft … auf Möglichkeiten für ihre künftige Karriere als Schauspielerin.«

»In ihrem Alter«, rief Inspektor Flanzbaum. »So schrecklich naiv kann Mrs. Zillgitt doch nicht gewesen sein.«

»Ich habe den starken Eindruck«, sagte Trutanic scharf, »daß Sie versuchen, Mrs. Zillgitt als Sklavenhändlerin ihrer eigenen Tochter hinzustellen.«

»Brian Eversole kann es bestätigen«, sagte Remo. »Er genierte sich. Und Jenny versank fast im Erdboden.«

»Trotz des Beschämenden an dieser Situation«, versuchte Flanzbaum weiterzukommen, »sind Sie auf ihre Einladung eingegangen, doch mal vorbeizuschauen.«

»In professioneller Absicht. Um zu sehen, ob Tammys jüngere Tochter sich für die Fotoserie eignet.«

»Von allen vierzehn-, fünfzehnjährigen Mädchen aus Greater Los Angeles«, keifte Trutanic, »hatten Sie es ausgerechnet auf Wendy Zillgitt abgesehen.«

Kripobeamtin Trutanic trug ihr dunkles Haar straff zurückgekämmt zu einem kurzen Pferdeschwanz, der beim Gummiring oben am Schädel begann. Trotz der glänzenden

Fettigkeit und der unzähligen Haarklemmen bot die Frisur einen Anblick zunehmender Auflösung, ohne daß sich mit bloßem Auge einzelne Locken beim Herausspringen hätten ertappen lassen.

»Natürlich«, sagte Flanzbaum zufrieden. »Die Mutter *war* ja schon auf Ihrer Seite.«

»Der neue Film«, sagte Remo, »nahm mich völlig in Beschlag. Ich war froh über jeden Tip zu der Art Model, die ich suchte.«

»Los Angeles«, trumpfte Trutanic auf, »hat an jeder Straßenecke eine Modelagentur.«

»Ich will so ein Mädchen erst mit eigenen Augen sehen. Es geht mir nicht um eine anonyme Anziehpuppe, an der man Modekleidung fotografiert. Zwischen dem Model und mir muß zunächst etwas Persönliches …«

»Genau«, sagte Flanzbaum und schlug endlich seine Mappe auf. »Jetzt sind wir am springenden Punkt.«

»Sie haben Mrs. Zillgitt wegen eines Termins angerufen«, sagte Trutanic.

»Ein paar Tage danach, ja. An einem Samstag.«

»Ich schätze«, sagte Flanzbaum, »daß die Mutter da schon deutlich weniger entgegenkommend war.«

»Im Gegenteil«, sagte Remo. »Sie hat mich mit ihrer überdrehten Begeisterung richtig irritiert. ›Oh! ich wollte dich auch schon anrufen! Aber oh! ich wußte ja nicht, wie ich dich erreichen kann!‹ Ich sollte *unbedingt* gleich am nächsten Tag vorbeischauen.«

7

Ein Wärter, den Mund voll mit was auch immer, kam und richtete Remo kauend und schmatzend aus, daß die Psychiater Dr. De Young und Dr. Urquhart im Stau steckten. Dr. Urquhart war aus der Schlange zu einer Telefonzelle gesprintet und hatte in Choreo angerufen. Er konnte nicht einmal annähernd sagen, wann sie in San Bernardino sein würden.

»Möchten Sie hier weiterwarten«, fragte der Wärter geräuschvoll schluckend, »oder wieder zurück in die Abteilung?«

»Wenn niemand hier in den Raum will«, sagte Remo, »dann warte ich noch eine Weile. Ich brauche ihre Hilfe dringend.«

Er bekam einen Becher Kaffee angeboten, den er diesmal annahm: Ein Choreaner konnte es sich nicht leisten, wählerisch zu sein. Der Wärter, einen Teil seines Mittagessens noch in den Wangentaschen, stellte Remo das dampfende Getränk hin und ließ ihn wieder allein mit seinen ebenso unerwünschten wie aufdringlichen Erinnerungen. Ach, Abigail, liebe Gibby, auch dieser Kaffee ist ein aus Röstabfällen gebrautes Gesöff. Bedeutungsvolle Ringe kann man damit stempeln, mehr nicht.

8

Von Zeit zu Zeit warf Shannyn Trutanic von der Kripo des LAPD sich empört in ihrem Stuhl zurück, wobei ihr zu kurzer Pulli, der sich stramm um Bauch und Busen spannte, weiter hochkroch und einen Gürtel mit Messingbeschlägen enthüllte. Wenn sie es merkte, zerrte sie den elastischen Bund nach unten, aber man sah, daß die spröde Wolle schon wieder auf dem Weg war, sich zusammenzuziehen. »Haben Sie das schon immer gehabt«, fragte sie, »diesen Hang zu jungen Mädchen?«

»Ich würde es nicht als Hang bezeichnen wollen«, sagte Remo. »Eine Vorliebe. Nach dem Scheitern meiner ersten Ehe – ich glaube, da wurde ich mir dessen ein wenig bewußt.«

»Später«, sagte Flanzbaum, »haben Sie eine Frau geheiratet, die in den Zwanzigern war.«

»Vielleicht bezeichnend«, sagte Remo, »daß ich sie bei unserer ersten Begegnung für sechzehn hielt.«

»Sechzehn«, wiederholte Trutanic mit höhnisch verzerrtem Mund, »das ist doch auch schon zu alt für Sie?«

»Sie war die Ausnahme.«

Remo sah sie wieder vor seinem Hotelzimmer stehen, nach den Dreharbeiten. Sie war gekommen, um sich über seine strenge und schroffe Regie zu beklagen, die nur aus der Anordnung »noch mal!« zu bestehen schien, ohne irgendwelche Ratschläge zur Rollengestaltung. Zweiundsiebzigmal hatte sie an diesem Tag eine Szene in einer Badewanne wiederholen müssen. Nach den ersten dreißig Malen hatte der Junge von der Requisite den Auftrag erhalten, ein Eimerchen heißes Wasser ins Schaumbad zu gießen, doch eine Wiederholung dieser Maßnahme empfand der kapriziöse Regisseur als zu störend. Nach Take 72 fing er an zu schreien, ihre *goose pimples* sähen im Scheinwerferlicht wie *pockmarks* aus. Der Dreh wurde abgebrochen. Als er sich das unbearbeitete Filmmaterial ansah, brachte ihn das noch viel mehr auf, denn auf den späteren, besseren Takes vermißte er den Dampf über der Wanne. »Du darfst mich nicht mehr so anschreien«, sagte sie mit einem lieben Stirnrunzeln. »Wirklich nicht.«

Remo hatte ihr versprochen, seinen Ton zu mäßigen, und sie hereingebeten. »Ich will es wiedergutmachen«, sagte er, »indem ich sehr zärtlich zu dir bin.« »Ja, das ist aber auch das mindeste.« Sie hatte es kindlich lieb gesagt und war wie eine kleine Schlafwandlerin über die Schwelle in sein Zimmer geschwebt. Paar, Duo, Team – alles Wörter, die das nicht benennen konnten, was sie seit jenem Abend miteinander bildeten. *Symbigespann* war der Ausdruck, den Remo sich für ihre wundersame Zweisamkeit ausgedacht hatte.

»Bei einem Test mit dem Lügendetektor im August '69«, sagte Inspektor Flanzbaum, »haben Sie ausdrücklich zugegeben« (er zog ein Dokument in seiner Mappe zu Rate) »daß das Herumziehen mit blutjungen Starlets nach Ihrer Eheschließung einfach weiterging.«

»Ich habe keine Altersangaben gemacht«, sagte Remo, der

immer stärker das Gefühl hatte, das Gespräch gehe in die falsche Richtung. »Müssen Sie eigentlich unbedingt diesen Test heranziehen? Es war kurz nach ihrem …«

»Gut, daß Sie das selbst erwähnen«, sagte Trutanic und zog eine Ausgabe des Hochglanzmagazins *WorldWide* hervor. »Nach dem Tod Ihrer Frau hatten Sie freies Spiel.« Sie blätterte in der Zeitschrift. »Hier steht, daß Sie auf dem Weg zu ihrer Beerdigung schnell noch ein Küken in einem schicken Restaurant vernascht haben.«

Es war eine alte Ausgabe. Sein Prozeß gegen das Blatt wegen übler Nachrede schleppte sich schon seit Jahren dahin, zur großen Freude der Anwälte auf beiden Seiten. Nicht einmal gegen die schlimmsten Lügen und Diffamierungen im Blätterwald hatte Remo je geklagt, aber allein schon die Worte »ihre Beerdigung« in den von *WorldWide* verbreiteten Unterstellungen hatten ihn blind vor Wut gemacht.

»Ihre Quelle«, sagte Remo, »ist ein infames Klatsch-, Tratsch- und Lügenblatt, das sich in die Lackkleidung eines schicken Hochglanzmagazins hüllt. Wenn Sie so weitermachen und diese Art von Verleumdungen unbesehen übernehmen, dann … dann beantworte ich nicht einmal mehr ein *Komma* Ihrer Fragen. Und schon gar nicht ohne Anwalt. Ja, ich kenne dieses widerliche Lügenmärchen. Es ist gerichtlich erwiesen, daß ich nie auch nur einen Fuß in diesen Laden gesetzt habe, und ganz sicher nicht am traurigsten aller traurigen Tage.«

Ob aus Ehrfurcht oder nicht, jedenfalls trat Stille ein. Inspektor Flanzbaum trug eine kunstseidene Krawatte, die zu fest geknotet war, so daß das Kleidungsstück im Laufe des Gesprächs seine Rückseite nach vorn gekehrt hatte. Es war Remo entgangen, wann genau der Schlips sich gedreht hatte, aber er merkte, daß er schon eine Weile in dumpfer Faszination auf das eingenähte Etikett starrte. TIMPANI / COSY TIES. Das Logo bestand aus zwei gekreuzten Paukenschlegeln.

»Es hat Jahre gedauert«, sagte Remo matt, »bis ich mich wieder für Frauen zu interessieren begann.«

»Für *junge* Frauen«, korrigierte ihn Shannyn Trutanic.

»Wir haben Nachforschungen angestellt«, sagte Inspektor Flanzbaum, »und mehr als das.« Er zog ein anderes Papier hervor, angsterregend rosa und knisternd. »Im Verlauf Ihres Erwachsenenlebens haben Sie ein nahezu permanentes Interesse an minderjährigen Mädchen an den Tag gelegt.«

»Ich bin Filmemacher«, sagte Remo. »Ich muß darauf achten, wie die Dinger wachsen und gedeihen.«

»Als Cineast bekommen Sie ja im Handumdrehen Kontakt mit diesen jungen Dingern«, sagte Trutanic. »Schon mit elf, zwölf Jahren hegen die so ihre eigenen Hollywoodträume.« Der Blick hinter den herabrutschenden Brillengläsern bekam etwas Wehmütiges, um sich gleich darauf wieder zu verhärten. »Es kommt uns so vor, als ob Sie das mehr als einmal … allzu leichtfertig … mißbraucht haben.«

»Eine ziemliche Beschuldigung«, sagte Remo. »Können Sie auch eine Verurteilung vorweisen?«

»Ein halbes Jahr nach dem Verscheiden Ihrer Ehefrau«, faßte Flanzbaum den Text auf dem rosa Formular zusammen, »hielten Sie sich in der Schweiz auf …«

»Dieses überaus gewählte Wort *Verscheiden*«, fragte Remo, »benutzen Sie das, um denen, die ihren Tod verursacht haben, nicht zu nahe zu treten?«

»In Gstaad«, präzisierte der Inspektor. »Sie haben da ein Chalet gemietet, in dem Sie regelmäßig minderjährige Mädchen aus dem benachbarten internationalen Internat empfingen.«

»Ich wußte nicht, daß Sie von der Schweizer Polizei sind«, sagte Remo. »Ich höre überhaupt keinen Akzent.«

»Wir versuchen, Ihr Profil abzurunden«, sagte Flanzbaum kühl. »Die Schweizer Kollegen können uns dabei helfen. Danach sind Sie Abend für Abend in einem Auto mit laufendem Motor vor dem Zaun des Internats gesehen worden.

Der Mercedes, samt Schneeketten, war mit Ihrer Kreditkarte gemietet worden. Sie fuhren erst wieder weg, wenn eine Schülerin über die Umfriedung geklettert war. Nicht immer dieselbe.«

»Und diese überaus hilfreichen Schweizer Kollegen«, rief Remo aus, »haben es versäumt, mich zu verhaften?«

»Sie wurden vorläufig nur beobachtet«, konterte Flanzbaum. »Irgendwo in einem Gstaader Polizeirevier liegen noch immer die Skulpturen, die an Ihren dortigen Aufenthalt erinnern. Die Gipsabdrücke Ihrer Reifenspuren im Schnee. Genügend Objekte, um eine komplette Ausstellung moderner Bildhauerei zu bestücken. Was meinst du, Shannyn?«

»Ich mag keine abstrakte Kunst«, antwortete die Kriminalbeamtin Trutanic.

»Ich werde Ihnen sagen«, holte Remo aus, »warum sie mich da nicht festgenommen haben. Die Schülerinnen, die wurden dort durch den Reichtum ihrer eigenen Eltern gefangen gehalten. Das Gold ihrer Gitter sagte ihnen nichts. Sie wollten das Unbezahlbare. Die Garantie, daß sie etwas wert waren. Ich habe in diesen schneestillen Nächten nie etwas anderes getan, als mit ihnen zu reden … Schach zu spielen, falls sie das konnten … und immer wieder zu reden. In euren Augen schmuddeliger Umgang mit minderjährigen Mädchen. Für diese Kinder war es … endlich mal ein Gespräch mit einem Erwachsenen, der sie verstand. Wenn ich mich an ihnen vergriffen hätte, wäre es ganz bestimmt ans Licht gebracht worden. Mit Schweizer Präzision. Aber vor dem offenen Kamin so einem Mädchen eine Decke um die Schultern zu legen ist wirklich etwas anderes, als sie ins Bett zu zerren.«

»Ihre Versteifung auf junge bis sehr junge Frauen scheint mir evident«, sagte Trutanic. Wenn sie sich etwas notierte, klemmte sie den Kugelschreiber zwischen Ring- und Mittelfinger.

Das Gespräch pingpongte dahin. Wenn Remo sich eine

Weile aufs Schweigen verlegte, sah er auf die sich abwechselnd bewegenden Münder von Flanzbaum und Trutanic, ohne daß das Gesprochene noch zu ihm durchdringen wollte. Der Ton auf seiten des LAPD war der des auftrumpfenden Rechthabens. Sie merkten nicht einmal, daß Remo nichts erwiderte, denn hier war ein Ermittlerpaar, das wenig fragte, aber viel und laut spekulierte, deduzierte, induzierte und moralisierte. Stellten sie doch eine Frage, so beantworteten sie sie oft selbst. Remo fungierte nur als Assistent, der die Lücken in ihrer Beweiskette zu schließen hatte.

Mit einem Lächeln (allerdings einem innerlichen) dachte Remo an die beiden Ermittler zurück, die ihn – ebenso effizient wie empathisch – nach den Morden befragt hatten. Sie hatten die Höflichkeit besessen zu warten, bis er selbst um den Lügendetektor bat. Später erlaubten sie ihm, seine eigenen Nachforschungen nach dem Täter oder den Tätern anzustellen. Die Ermittler statteten Remo mit allen notwendigen chemischen Spielereien aus, brachten ihm den Umgang damit bei und behandelten ihn ansonsten als Freund.

Flanzbaum und Trutanic gehörten einer jüngeren Generation von Fahndern an. Sie warfen einem keine Fragezeichen zu, sondern eiserne Haken.

Aufseher Alan Burdette holte Remo aus dem Empfangsraum ab, um ihn in den HST zurückzubringen. Die Psychiater waren nach der Auflösung des Staus in San Bernardino mittagessen gegangen und hatten vom Restaurant aus telefonisch den neuen Termin durchgegeben: drei Uhr nachmittags. »Das alte Lied, Woodehouse«, sagte Burdette. »Die Eingeweide des Menschen siegen immer über sein Inneres.«

9

Wegen Remos Pech mit der Psychiatrie war ich damit einverstanden, daß er und sein Putzkumpel ihr Mittagessen im Freizeitraum einnahmen. Außer ihnen war niemand da. Wenn sie wieder lautstark zu streiten anfingen: besser hier als unter dem hallenden Gewölbe des HST. Die Zusammenarbeit retten, darauf kam es an.

Es lief glimpflich ab. Sie hatten am Morgen schon einiges von ihrem Pulver verschossen. Woodehouse blätterte mit augenfälliger Langeweile in einer alten Ausgabe unserer Fachzeitung *The Guardian Angel* und ließ sein Päckchen mit Broten unangerührt. Maddox, der sich von Zeit zu Zeit eine Brotkruste in den Verbandswust stopfte, saß in der Hocke und kramte im Zeitschriftenständer unter dem Fernseher. Er zog ein Blatt heraus, das sofort auseinanderfiel, dessen einzelne Teile aber dank des Nähgarns noch halbwegs zusammenhielten. Es war ein Exemplar von *The Marijuana Brass*, noch viel älter als das von *The Guardian Angel*.

»Verbotenes Lesefutter, Maddox«, rief ich. »Abliefern, verstanden?«

»Mr. Agraphiotis«, knurrte Maddox mit dem leisen Ansatz eines Lachens, »das ist ja schon völlig zerlesen. Die Buchstaben, die Fotos … nur noch Brösel. Da, sehen Sie selbst …«

Er kam auf mich zu. Das fettfingrige Craquelé, das durch das endlose Blättern entstanden war, hatte auf dem Satzspiegel einen neuen Typ von Druckbuchstaben entstehen lassen, in einer unbekannten Sprache: alteisenspänisch oder ähnliches.

»Beim letztenmal, als so eine *Brass* hier gefunden wurde, Maddox, war ein Kräuterteebeutel reingeklebt. Abonnentenservice. Nur daß es nicht O'Melvenys *cup of tea* war.«

Ich wickelte die Zeitschrift in eine kleine Mülltüte, die ich mit Klebeband verschloß.

»Wenn die Buchstaben leserlich gewesen wären«, sagte Woodehouse zu Maddox, »dann hättest du noch weniger darin gefunden als jetzt. Ich kannte den Chefredakteur. Ein kompletter Hohlkopf, der sich jeden Tag mit Haschdämpfen zudröhnte und davon immer noch hohler wurde.«

»*Brass*«, belferte Maddox, »das muß das Blechchillum sein.«

»*Brass*«, sagte Remo, »das ist Blechblasgetöse nach dem Inhalieren.«

10

Von einem dieser Viertel wie dem, in dem die Zillgitts wohnten, im San Fernando Valley, hatte Remo einmal eine Luftaufnahme gesehen. Hunderte freistehender Häuser mit immer dem gleichen zu knapp bemessenen himmelblauen Swimmingpool, in dem auch bei näherer Betrachtung mittels einer Lupe nie ein Schwimmer zu entdecken war.

»In der Nähe vom Northridge Park. Südlich der Devonshire Street.«

Mutter Tammy hatte ihm, alles im Dienste einer Filmkarriere, die Lage des Hauses genauestens erklärt. Trotzdem verfuhr sich Remo, nervös schaltend, ein paarmal, und zum Schluß suchte er nur noch im Rückwärtsfahren, was ihm immer Übelkeit bescherte. Tammy hätte besser das Gebäude selbst beschreiben sollen, dessen rundum heruntergekommener Zustand ein gutes Erkennungszeichen darstellte. Die krummgezogene Garagentür stand halb offen. Auf dem braun verbrannten Rasen ein dreibeiniger Grill, der dort trotz der schützenden Abdeckung während der Wintermonate vor sich hin gerostet hatte, eingehüllt in den Geruch feuchter Holzkohle.

Mitten auf dem Plattenweg, der zur Haustür führte, lehnte ein Mädchenfahrrad auf seinem Ständer. Aus den Griffen am Lenker hingen bunte Plastikstreifen, die sich im milden Fallwind von den Santa Susana Mountains her sacht bewegten. An der Klingel war der Halter eines zerbrochenen Rückspiegels befestigt. Die Sprünge wurden von einer in den Spiegelrahmen getropften roten Flüssigkeit noch betont – Limonade vielleicht, aber es konnte genausogut Nagellack sein.

690

Tammy umarmte ihn, als gehörte er ihr schon. Nicht als Liebhaber, das konnte immer noch kommen, sondern als ihr persönlicher Schlüsselträger, der ihr die Türen öffnete – notfalls mit dem Dynamit seiner Überzeugungskraft.

»Hm, dasselbe Aftershave wie neulich. Menteur.«

»Französisch ausgesprochen, ja, sehr gut«, sagte Remo. »Aber es heißt Mentor. *Menteur* bedeutet Lügner.«

»Meine Nase lügt nie«, sagte sie, einstudiert kokett.

»In der Hundeabteilung des LAPD wäre man neidisch auf so ein Riechorgan.«

Ihre hochgezogene Augenbraue wollte soviel sagen wie: Das hab ich jetzt nicht gehört. Tammy ging ihm schwungvoll ins Wohnzimmer voran, das von scharf riechendem Rauch erfüllt war. »Kipp, wo bist du«, rief sie lachend, während sie mit den Armen eine Öffnung in den dichten Nebel hieb.

Remo hatte ihn bereits gesichtet: ein schwerer Mann, hingelümmelt in seinen Sessel, der schläfrig in Richtung Fernseher blinzelte; das einzig Wache an ihm war die Hand, die eine qualmende Fackel aus Zigarettenpapier, Pappe und würzigem Tabak in die Höhe hielt. Am Fenster stand ein Mädchen und schaute in den Garten, Groll in der Haltung. In der Luft lag noch ein abrupt verstummter Streit.

»So, das ist also Wendy«, sagte Tammy. »Wen, du mußt mal sein Aftershave riechen. Menteur.«

Die Angesprochene wartete genau einen Augenblick zu lang, bevor sie sich umdrehte, wobei sie darauf achtete, ihr langes Haar weit fliegen zu lassen. Tammy und Jennifer waren brünett. Wenn Wendy blondiert war, hätte das Resultat nicht natürlicher ausfallen können. Enttäuschend nur, daß das Haar zu gerade abgeschnitten war, wie bequeme Friseure es tun. Notfalls, dachte Remo, schleppe ich sie zu einem Hairstylisten und lasse ihr da rebellische Fransen reinschneiden. Mit ihrem störrischen Gesichtchen versuchte das Mädchen Remo anzulächeln. Sie kam auf ihn zu und schnupperte kurz an seiner Wange, ohne sie zu berühren.

»Mentor«, sagte sie mit englischer Aussprache. »Mama, darf ich nach oben?«

»Jaja«, sagte Tammy, »laß *uns* deine Angelegenheiten mal wieder regeln. Toll.«

Wendy verließ das Zimmer. Remo, der sie die Holztreppe nicht hatte hinaufgehen hören, hatte das Gefühl, sie stehe hinter der Tür und lausche.

»Und ja«, sagte Tammy und wedelte hüstelnd mit den Händen, »das ist natürlich Kipp.«

»Mr. Zillgitt …«

Der Mann schien Remos ausgestreckte Hand nicht zu sehen, was an dem dichten Rauchvorhang liegen mochte. »Mein Name ist Pritzlaff«, sagte er mit unerwartet hoher Stimme. »Kipp Pritzlaff.« Er hatte kein Auge vom Fernseher gelassen und nahm jetzt einen so tiefen Zug an seiner Tüte, daß dabei mindestens ein Zentimeter vom Zigarettenpapier verglühte. Widerwillig und fasziniert zugleich sah Remo zu, wie Pritzlaff mit angehaltenem Atem den Rauch durch seine Lungen ziehen ließ und krampfhaft darin festhielt, als würde er lieber ersticken, als ihn preiszugeben, bevor er den gesamten bewußtseinserweiternden Goldstaub mit Hilfe der Lungenbläschen herausgefiltert hatte.

»Kipp ist nicht der Vater meiner Kinder«, sagte Tammy. »Er ist mein Freund. Wir leben zusammen. Kipp arbeitet in der Redaktion von *The Marijuana Brass*.«

»Ich bin der Chefredakteur«, sagte Pritzlaff. »Ich würde dich gern mal zu deinem Konsum interviewen.«

»Ich bin kein Konsument«, sagte Remo.

Jetzt endlich wandte der Mann dem Besucher den Kopf zu. »Na«, sagte er mit mißtrauisch verengten Augen, »darüber hab ich aber nach dieser Mordgeschichte ganz was anderes gelesen.«

Bis August '69 war es der Zweite Weltkrieg, der einfach nicht von der Bühne abtreten konnte und sich endlos lange von den Überlebenden beweinen und ausbuhen ließ. Danach hatte für Remo der Erste Hurly Burly den Platz des Zweiten Weltkriegs eingenommen.

»Ich dachte«, sagte Remo müde, »die Drogentheorie sei inzwischen so langsam widerlegt.«

»Dann war hier wohl der Fernseher gerade nicht an«, sagte der Chefredakteur von *The Marijuana Brass.*

Remo wollte darauf noch etwas erwidern, aber in dem Moment kam Wendy ins Zimmer. Sie ging zum Fenster, warf einen schnellen, gezielten Blick in den Garten (eine tote Krähe) und verließ den Raum wieder. Hübsch war sie ja, diese Wendy, aber sie hatte zuwenig von dem Magisch-Gelangweilten, das er für *Homme Mondial* ins Bild hatte bringen wollen. Wie löste man das auf diplomatische Weise? Nicht gleich sagen, daß man Abstand nahm. Ein paar Tage später mit der Begründung anrufen, Wendy sei »zu hübsch und zu zart« für diesen Zweck. Eine gute Methode auch, um die hodenversengend ehrgeizige Mrs. Zillgitt loszuwerden.

»Wenn du heute nachmittag noch loslegen willst«, sagte Tammy, »dann mußt du dich beeilen. Es wird früh dunkel auf dieser Seite der Berge.«

»Ich bin nur gekommen, um sie mal kurz kennenzulernen.«

Die Tür flog auf, und da war Wendy wieder. Sie flüsterte ihrer Mutter etwas ins Ohr, die mit den Achseln zuckte und nickte. Kurz darauf hörte Remo das Mädchen dann doch die dröhnende Treppe aus Holz und Stahl hinaufgehen und auch wieder herunterkommen – und das alles viele Male, ohne daß sie wieder ins Zimmer getreten wäre.

»Genug von Wendy«, sagte Tammy. »Film, darüber wollte ich mit dir sprechen. Es ist ja *so* schwierig, die richtigen Kontakte zu knüpfen. Du weißt bestimmt einen guten Agenten für mich.«

»Ich werde sehen«, sagte Remo, »was ich für dich tun kann.« Er stand auf, mit einem Gefühl, als bohre er seinen Körper senkrecht durch die dichte Nebelbank aus Rauch.

»Ich fahr jetzt besser wieder zurück in die Stadt, bevor es zu voll wird auf dem San Diego.«

Remo öffnete die Tür (»Krieg keinen Schreck«, sagte Tammy noch) und roch es, bevor er es sah. Eine abgestandene Mischung aus Eau de toilette und Waschmitteln. Die Diele hing voll mit Kleidern, Röcken, Hosen, Blusen, Schals – alles von abgeklärtem Weiß bis zu schreiendem Bunt. Wendy kam gerade wieder die Treppe heruntergepoltert mit einer neuen Ladung von Kleidern auf Bügeln.

»Du mußt jetzt nicht denken«, sagte Tammy, »daß Wendy so eine große Garderobe besitzt. Da sind auch Sachen von Jenny und mir dabei. Wir haben alle drei ungefähr dieselbe Kleidergröße.« Und flüsternd fügte sie hinzu: »Mach Wendy ein bißchen glücklich und such was aus für die Fotos.«

Das Mädchen war in der Treppenbiegung stehengeblieben. Unsicher lächelnd sah sie zu ihm herunter. Über ihren Unterarmen hingen Schals und Gürtel in allen möglichen Farben.

»Dieses weiße Kleid ist nicht schlecht«, sagte Remo und nahm den Bügel mit dem langen Gewand vom Treppengeländer. »Und die Bluse mit dieser Weste da, und darunter eine Jeans.«

Wendy sagte nichts.

»Also dann nächsten Sonntag?« sagte Tammy. »Komm dann aber etwas früher, wegen dem Licht.«

»Ich ruf noch an.« Remo hob grüßend die Hand, aber genau in dem Moment drehte sich Wendy um, wobei sie über eines der Kleidungsstücke stolperte. Sie stieß hart mit dem Knie an eine Stufe. »Au …!« Sie ließ die Kleider los, die zum Teil durch den freien Raum zwischen den Stufen auf den Dielenboden glitten. Das Bein nachziehend schaffte Wendy es bis nach oben, wo sie sich, beide Hände am Knie, außer Sicht rollte. Die Gürtel, die mit ihren Schnallen die Treppe herunterratterten, konnten Wendys melodiöses Weinen nicht ganz übertönen.

694

11

»Wirklich zum Kotzen«, stieß Maddox hervor. »Leute wie du, Li'll Remo, haben doch immer mehr Glück als Verstand.«

Voller Verachtung warf er die Reste seines Mittagessens in den Mülleimer. Eigentlich hätte ich ihm das verbieten müssen.

»Na«, sagte Remo, »diesmal aber nur als Einleitung zur Geschichte meines Falls.«

»Mr. Agraphiotis«, rief Maddox mir zu, »ich und der Gefangene Woodehouse setzen den Laden jetzt gleich unter Seifenlauge. Alles für die Hygiene in Choreo.«

»Fangt schon mal an«, sagte ich. »Ich schau dann, wie weit ihr seid.«

»Hier, Mr. Agraphiotis«, tönte Maddox' laute Stimme noch aus dem Gang, »*The Marijuana Brass*, für Sie!« Er streckte seinen bandagierten Kopf zur Tür herein. »Da stehen gute Rezepte für Joints drin. Gelber Libanese. Roter Pakistani. Ganze Shitcocktails. Falls es nicht wirkt, Mr. Agraphiotis … falls Sie Ersatzansprüche geltend machen wollen … mein Kumpel hier, Häftling Woodehouse, ist mit dem Chefredakteur befreundet, Mr. Pratt Kippinglah-di-dah.«

Im Empfangsraum warteten die Psychiater bereits auf Remo. Ihr munteres Reden und Lachen war sicherlich nicht gedacht als Vorbereitung auf die Untersuchung. Das Händeschütteln erfolgte in einem für Choreo ungewohnten Dunst von Kognak und Zigarrenrauch, der von den Kleidern aufgesogen worden war. Das Mittagessen hatte sich etwas in die Länge gezogen.

Nachdem ihr Tag durch den Verkehrsinfarkt auf dem San Bernardino Freeway ohnehin rettungslos durcheinandergebracht war, gingen De Young und Urquhart jetzt wieder zur

Routine über. Das Drama junger Mädchen und wie sie das Leben eines erwachsenen Mannes zerstören konnten, das wurde nie langweilig. In ihrer wohligen Müdigkeit nach zwei Flaschen Cabernet Sauvignon wollten die Herren gern etwas hören, das ihre Träume beflügeln würde. Wieder ging es um Remos Motive, deren Lauterkeit ausschlaggebend für das Resultat des psychiatrischen Gutachtens war.

»Daß Wendy die Eingangsdiele zu einer Kleiderboutique umfunktioniert hatte«, sagte Remo, »das hätte ich ja noch verkraftet. Aber ihr verletztes Knie … die Verlegenheit, die sich in ihrem Rücken zeigte … das wurde ich nicht mehr los.«

»Auf diese Weise wurde sie, sozusagen, zu einem Wesen aus Fleisch und Blut für Sie«, konstatierte De Young zufrieden, und Urquhart fügte hinzu: »Sie haben die Mutter angerufen.«

»Ich verabredete einen Termin für den Sonntag darauf.«

»Aber Sie hatten doch schon beschlossen«, sagte Urquhart und prüfte fachmännisch die Restaurantrechnung vom Mittag, »daß Miss Zillgitt nicht geeignet war für Ihre … ähm … künstlerischen Zwecke.«

»Sie werden mich wohl offiziell für verrückt erklären«, sagte Remo, »aber wegen dieses Stolperns auf der Treppe … dieses unterdrückten Weinens … beschloß ich, ihr eine Chance zu geben. Ja, ich war fest entschlossen, aus Wendy herauszuholen, was herauszuholen war.«

Und auf einmal war in seinem Kopf die fast männliche Stimme der Kripobeamtin Shannyn Trutanic, die gehässig zischte: »Und Sie haben Wort gehalten, kann man wohl sagen.«

»Am Telefon gab die Mutter mir zu verstehen«, fuhr Remo fort, mehr an dieses Trutanic-Weibsstück gewandt als an seine Psychiater, »daß Wendy mir nur Modell stehen durfte, wenn ihre ältere Schwester auch mitkam.«

»Tatsache ist«, sagte Dr. De Young und zog das richtige

Papier heran, »daß Jenny, oder wie heißt sie … daß Jennifer nicht mitkam.«

»Hatte einfach im letzten Moment keine Lust, den Anstandswauwau zu spielen«, sagte Remo.

»Sie *wußten* das«, sagte Urquhart. Er stieß lautlos, aber nicht geruchlos auf. Schnecken in Knoblauchbutter. »So eine Achtzehnjährige, die sich selbst schon als Star sieht, will nicht die Gouvernante einer noch nicht erwachsenen Schwester im Scheinwerferlicht sein.«

»Sie konnten sicher sein«, sagte De Young, »Wendy für sich allein zu haben.«

»Jetzt dichten Sie mir eine Durchtriebenheit an, die … die …« Verdammt, nun war er doch tatsächlich dabei, diesen vor Libido dampfenden Vierzigern Details des Schäferstündchens preiszugeben.

»Die Sie nicht besitzen, wollten Sie sagen?« Dr. Urquhart lockerte den Knoten an seiner Krawatte. »Na, na, Mr.« (er warf einen Blick auf den an seinen Fingernägeln herumfummelnden Wärter) »Woodehouse, nicht zu bescheiden. Wir sind ja erst am Anfang der Geschichte.«

Der Stete Tropfen, das war nicht der auf dem Schädel, nein, es war der Tropfen, der einem mit kalter Regelmäßigkeit zwischen die Schulterblätter fiel. Der Stete Tropfen nicht als Strafe, sondern als geheime Vorankündigung der Strafe.

»Wir hören«, sagte Dr. De Young. »Unter Wahrung des Berufsgeheimnisses.«

»Und dieses Tonbandgerät«, fragte Remo, »hat das auch eine berufliche Schweigepflicht?«

»Es ist vereidigt und eingesegnet«, sagte Urquhart. Er wandte sich an den Wärter. »Vielleicht können Sie draußen vor der Tür warten. Wir finden den Alarmknopf schon.«

Dr. De Young schaltete den Recorder ein. »Wir hören«, sagte er noch einmal.

Zum Glück hatte Wendy die Diele nicht noch einmal in einen Second-hand-Laden verwandelt. An der Garderobe hingen, ordentlich auf Bügeln, das Kleid und die Bluse, die Remo eine Woche zuvor ausgesucht hatte, und dazu noch ein paar Alternativen aus der Garderobe der drei Grazien mit der gleichen Kleidergröße.

»Wo willst du sie fotografieren?« fragte Mrs. Zillgitt nach der Umarmung, die noch vereinnahmender ausfiel als beim erstenmal. »Die Hügel find ich ein bißchen unheimlich. Es ist nämlich so … Jenny kann nicht mit.«

»Ich kann in das Haus von Freunden«, sagte Remo, »und da im Garten ein paar Fotos schießen, wenn du das sicherer findest.«

»Geht's nicht hier? Unser Garten ist doch ganz hübsch. In der Ecke da ist der Rasen noch grün. Die tote Krähe, die tun wir weg. Ja? Dann können wir gleichzeitig auch über die Schritte sprechen, die ich unternehmen muß, um … ich meine, das ist doch ein total verwirrendes Labyrinth für mich, die Filmwelt.«

»Ich geb dir die Nummer von meinen Freunden«, sagte Remo. »Du kannst jederzeit anrufen.«

Schon in der Diele hatte es nach angekokeltem Hasch gerochen. Im Wohnzimmer lag Kipp Pritzlaff wieder (oder noch immer) mit einer Papierfackel in seinem Sessel. Der Rauchnebel war diesmal örtlich begrenzt, dafür aber dichter und voller Spiralwirbel.

»Nichts für ungut, Kipp«, sagte Remo lachend und hustend, »aber hier dürfte mal ein Fenster aufgemacht werden.«

»Bist du verrückt«, ratterte Pritzlaffs hohe Stimme. »Und dann das beste abziehen lassen? Der wahre Hascher raucht aktiv *und* passiv.«

Aus seiner Wolke streckte er Remo den Joint entgegen.

»Nein danke, Kipp. Ich bin kein User, du weißt doch.«

»Ach ja, seit dieser Mordgeschichte nicht mehr. Dazu wollte ich dich interviewen. ›Die Satanisierung des Stoffs.‹ Die Überschrift hab ich schon. Jetzt noch ein Mikrophon.«

Wendy kam ins Wohnzimmer. Sie schien Remo einen Kuß geben zu wollen, strich aber nur kurz mit der Nase an seiner Wange entlang. »Mentor«, sagte sie, diesmal mit leicht angedeuteter französischer Aussprache: Berichtigung von Mama. »Was soll ich jetzt anziehen? Ich hab nichts.«

Über der Jeans trug sie eine Bluse mit einem wilden Muster, das an Batikstoffe hätte erinnern können, wäre es nicht so ein zittriger Farbdruck gewesen. Emilio Pucci, Sharons Favorit, *der* konnte Stoffe bedrucken, in Farben, daß das Kleid oder die Bluse aussah, als wären sie von bulgarischen Frauen auf dem platten Land mit der Hand bestickt worden.

»Laß das ruhig an«, sagte Remo. »Wir sehen dann schon weiter.«

Gemeinsam mit Wendy trug er die Kleidungsstücke aus der Diele in seinen Leihwagen: einen Plymouth LeBaron, den er für fünfundzwanzig Dollar einen ganzen Tag lang fahren konnte, ohne auf den Kilometerzähler achten zu müssen. Aus dem Fenster heraus reichte er Tammy ein Blatt aus seinem Kalender mit der Telefonnummer einer befreundeten Schauspielerin.

»Wofür steht das J?« fragte sie mißtrauisch. Schließlich verwies es auf den Namen einer künftigen Konkurrentin. Im schmuddeligen Licht der späteren Ereignisse entfuhr Remo der unverzeihlichste Versprecher seines Lebens.

»Jack ... nein, Jacky natürlich. Jacqueline.«

Ein klarer Frühlingsnachmittag, der durch das Gefasel des Haschbruders schon wieder zu weit fortgeschritten war. Remo würde mit dem verbliebenen Licht wuchern müssen. Zu Jacky konnte er später immer noch. Mrs. Zillgitt würde sich wohl nicht gleich an die Strippe hängen. Erst mal auf in die wilden Hügel und sehen, ob so eine Kulisse Wendys pubertäre Ungebärdigkeit aus ihr herausholen konnte. Ihre Mutter winkte an der Bordsteinkante, als grüße sie huldvoll ihr künftiges Publikum. Ob es nun am Abflußgitter unter ihr lag ... sie hielt mit der freien Hand ihren Rock zwischen den leicht gespreizten Oberschenkeln fest, als würde er sonst, von einem unterirdischen Luftstrom gebläht, hochwehen, um ihre im Eisschrank gekühlte Unterwäsche zu enthüllen. Bevor es soweit kommen konnte, war Tammy außer Sicht.

»Wenn du jetzt die ganze Zeit auf deiner Locke rumkaust, Wendy«, sagte Remo und stellte den Rückspiegel auf eventuelle Verfolger ein, »dann kommst du gleich mit nassem Haar aufs Foto.«

»Sorry.« Sie hielt sich die spuckegesättigte Strähne dicht vor den Mund und begann sie trockenzublasen.

»Wie alt bist du eigentlich?«

»Das siehst du doch.«

»Sechzehn.«

»Also zu alt für deine Serie.«

»Das war nur eine kleine Schmeichelei«, sagte Remo. »Du bist fünfzehn.«

»Wer sagt das?« Wendy begann wieder, an ihrer Locke zu lutschen.

»Eine ehrliche Schätzung.«

»Na, dann seh ich älter aus, als ich bin.«

»Das passiert Vierzehnjährigen öfter.«

»Aber auch daß sie jünger aussehen. Meine Cousine Gini ist vierzehn. Und sieht aus wie zwölf. Elf. Nein, neun.«

»Für wie alt haben Sie sie in dem Moment, im Auto, gehalten?« fragte Dr. Urquhart.

»Das ist ja gerade das Idiotische«, sagte Remo und beugte sich etwas näher zu dem Aufnahmegerät, als dürfe dem Band das Folgende auf keinen Fall entgehen. »Niemand hat mir am Anfang ihr Alter genannt. Jenny nicht und Brian nicht. Die Mutter nicht. Der Chefredakteur von *The Marijuana Brass* nicht. Ich dachte, fünfzehn. Sie sagte, vierzehn. Und sie *war* dreizehn.«

Vierhändig legten Remo und Maddox einen ausgespülten Putzlappen auf den Terrazzofußboden im Erdgeschoß. Dort hatten sie eine mehrere Quadratmeter große Stelle entdeckt, wo der Stein eine Spur wärmer war als anderswo: durch die darunterliegenden Isolierzellen mit ihrer Fußbodenheizung. Sie breiteten den Lappen möglichst glatt aus und holten sich den nächsten aus dem Waschbecken.

»Dein Küken«, sagte Maddox, »wird von Tag zu Tag jünger. Ihr sechzehnter, fünfzehnter und vierzehnter Geburtstag liegt hinter uns. Man könnte meinen, die Tortenkerzen gäb's auf Bezugsschein ...«

»Gar nicht so abwegig«, sagte Remo, »mit Hurly Burly vor der Tür. Da kann man nur hamstern oder rationieren.«

»Jetzt ist sie dreizehn«, fuhr Maddox fort, »und in Kürze wird sie zwölf, elf, zehn. Wenn das so weitergeht, Li'll Remo, sehen wir sie noch in der Legebatterie von Mrs. Gittgozippitup verschwinden.«

»Umdrehen, Scott, die Lappen«, sagte Remo. »Die beiden Fettsäcke belauern uns.«

Tatsächlich: Scruggs und Tremellen, Schulter an Schulter in voller Kalorienbreite hinter der Glaswand im zweiten Stock, beide mit einer Coladose in der Hand. Als die Putzer ihre vier Lappen auf dem Boden umgedreht hatten, waren die Aufseher nur noch als zwei über einem Schreibtisch hängende Scheitel sichtbar.

»Erzähl mir von dem Miezchen, Li'll Remo, und ich erzähle dir alles über Hurly Burly, Cosy Horror und die Entbindungsklinik in Chatsworth. Alles, was du noch nicht wußtest. Auch die Dinge, die du, wenn du's dir recht überlegst, gar nicht wissen *willst*. So lange, Li'll Remo, bis du mich anflehst, ich soll den Mund halten. Bis dahin kommt da nur noch schwarz brodelndes Gift raus ... um deine Seele, Li'll Remo, für immer mit den fürchterlichen Geständnissen zuzuteeren, die du aus mir raußpreßt. Gib mir die kleine Miss Gittgozip-pitup, und du … du bekommst von mir Mrs. Woodehouse und Sohn. Und, ach ja, Little Remo … Charlie ist auch nur ein geiler Knasti. Der Choreaner denkt mit seiner rechten Hand. Die Linkshänder denken links. Liefer mir die Details, Li'll Remo, an denen ich mir mein schwarzes Blut wärmen kann.«

»Einen technischen Bericht von einer Fotosession«, sagte Remo, »mehr hab ich dir nicht zu bieten, Scott.«

»Mach dich nicht so klein, Li'll Remo. Das Fotografieren ist sozusagen das Vorspiel. Charlie will alles darüber wissen.«

14

Remo fuhr in die Hügel hinauf, bis es mit dem Auto nicht mehr weiterging. Behängt mit Kleidern und Kameras, folgten sie einem Sandweg weiter aufwärts. Bei steilen Wegstrecken rutschten sie manchmal ein Stück zurück, wodurch Wendy eine Art ängstlichen Lachkrampf bekam. Weiter oben und tiefer im zugewachsenen Teil knatterten Moto-Crossmaschi-nen. An einen Felsen gelehnt verschnauften sie.

»Vierzehn«, keuchte Remo. »Ich wette, du hast schon ei-nen Freund.«

»Ach, das Federgewicht …«

»Wer sonst?«

Sie kletterten weiter, bis sie, ungefähr auf Höhe der Cross-maschinen, eine geeignete Lichtung fanden, umgeben von der richtigen Kombination aus Bäumen, Sträuchern und Fel-sen. Man hätte dort das Licht an sich fotografieren mögen, so ideal war es.

»Häng die Kleider einfach über einen Ast«, sagte Remo. »Nein, nicht so einen moosigen, das färbt ab. Nimm jetzt erst mal die Posen ein, die dir spontan einfallen. Achte nicht zu sehr auf mich.«

In der Hoffnung, doch noch in Schwung zu kommen,

machte er ein paar abtastende Fotos. Das Knallen der Motorräder, verstärkt durch die Echos, lenkte ihn auf störende Weise ab.

»Wendy, die Bluse etwas weiter auf.« Sie sah ihn an, als sei er nicht ganz bei Trost, öffnete dann aber doch die beiden obersten Knöpfe. »Kragen etwas weiter auseinander … ja, so.« Er drückte ab. »Ich seh da einen blauen Fleck an deinem Hals.«

»Wo?«

»Genau über dem rechten Schlüsselbein.«

Sie tastete, bis sie die wunde Stelle fühlte. »Ach, das. Das Federgewicht.«

»Er benutzt dich als Sparringspartner.«

»So ungefähr.«

»Komm schon, Wendy. Das ist eindeutig ein Liebesbiß.«

»Knutschfleck.«

»Leg deine linke Hand drüber. So unauffällig wie möglich. Nein, die linke.«

»Ich dachte«, sagte Wendy, »du willst Mädchen fotografieren, so wie sie sind. In der heutigen Zeit. So 'n Knutschfleck, der gehört doch einfach dazu.«

»Ich geb mich geschlagen«, sagte Remo. »Weg mit der Hand.«

Eine der Crossmaschinen durchbrach das Gestrüpp und schoß auf die Lichtung, haarscharf an Wendy vorbei, die vor Schreck ein Bein hochzog. Von dem Hinterrad ohne Schutzblech schoß eine Fontäne roter Erde senkrecht in die Höhe. Der Fahrer stellte die Füße auf den Boden und schob die Offroad-Brille auf den Helm. »Hi, Wendy.« Ein junger Bursche.

»Hallo, Milton.«

»Wirst du jetzt endlich berühmt?«

»Gerade noch rechtzeitig … bevor ich zu alt dafür bin.«

»Ein bißchen mit dem Hintern wackeln«, schnaubte Milton. »Wenn's für mich doch auch so leicht wäre. Ich muß trainieren und trainieren … und dann auch noch das Ding hier frisieren. Und wenn ich mir so langsam einen Namen mache, du wirst schon sehen … dann sind meine Nieren längst dabei, sich zu verkrümeln.«

»Zieh deinen Gürtel ein bißchen fester.«

»Zieh du dein Blüschen ein bißchen strammer. Viel Erfolg, Wendy.«

»Bye, Milton.«

Der Crossfahrer schob die Brille wieder hinunter und stob knatternd davon, hinein in die Büsche. Auf der Lichtung blieb ein scharfer Benzingeruch zurück.

»Sie zwangen das Mädchen, sich umzuziehen, während Sie danebenstanden«, stellte Kriminalbeamtin Trutanic fest und ließ den Kuli zwischen zwei Fingern wippen.

»Ich zwang sie zu gar nichts«, sagte Remo. »Sie drehte sich nicht um, also …«

»Also war's wohl in Ordnung«, sagte Inspektor Flanzbaum. »Sie haben sie in diesem Zustand fotografiert. Und nicht nur topless.«

»Also, wir sind natürlich Laien«, sagte Shannyn Trutanic, »aber nehmen Sie's mir nicht übel … ein Model mit halboffenem Reißverschluß und hinter den Gürtel gehaktem Daumen, ist das nicht ein bißchen zu klischeemäßig für das Niveau, das Sie anstreben?«

Remo versuchte sich die Beamtin vorzustellen mit einer aus ihrem halboffenen Reißverschluß quellenden Fettrolle, während ihr Daumen von einem zu eng geschnallten Hosengürtel abgequetscht wurde. »Das waren nur einleitende Posen.«

»Alle Ihre Fotos, die wir hier von ihr haben«, sagte Flanzbaum und legte einen braunen Umschlag auf den Tisch, »passen in dieselbe Schablone. Kesses Mädchen mit zweideutigem Augenaufschlag.«

»Lecken an einem feuerroten Wassereis«, sagte Trutanic, »das hätte eigentlich noch gefehlt.«

Der Umschlag, mit der kartonierten Seite nach oben, trug den Stempel LAPD FOTODIENST.

»Wir hätten auch wahnsinnig gern gesehen«, sagte Flanzbaum, »wie sie uns über Sonnenbrillengläser in Herzform anschaut.«

»Was wiederum reichlich kompensiert wird«, sagte Trutanic, »durch das Porträt eines halbzerbissenen Zuckerwürfels. Wie diese Körner auf der Mädchenzunge glitzern … superb.«

»Wir haben alle unseren eigenen Beruf«, sagte Remo. »Bleiben Sie bei Ihrem Leisten, dann bleibe ich bei meinem.«

»Wenn wir recherchieren würden, wie Sie fotografieren«, sagte Flanzbaum, »dann würden Sie jetzt hier nicht sitzen.«

»Und wenn Sie fotografieren würden, wie wir ermitteln«, sagte Trutanic, »dann würden Sie hier genausowenig sitzen.«

Sie ließ das Kinn auf den Kuli in ihrer Faust sinken, bis der Mechanismus klickte, und dieses Klicken wiederholte sie viele Male, während sie Remo über ihre herunterrutschende Brille mit nachsichtiger Geringschätzung fixierte. Remo dachte an jenen Nachmittag in den Hügeln zurück. Während des Fotografierens kamen die Crosser, von Milton informiert, jeweils zu zweit oder zu dritt aus dem Gebüsch, um mit hochgeschobener Schutzbrille Wendys feste Brüstchen aus der Nähe zu bewundern.

»Wendy, ich glaube, du ziehst deine Bluse besser wieder an.«

»Mich stören diese Bauernlümmel nicht.«

Remo schoß noch ein paar Fotos, aber das Geknatter der Maschinen und das Geschrei der Jungs machte das ganze Unternehmen immer lächerlicher. »Das Licht wird hier langsam schwächer, Wendy. Zieh dich an, dann fahren wir woandershin.«

Zu zweit drehten Remo und Maddox die Putzlappen sorgfältig um und legten sie an einer anderen Stelle wieder ab,
wo noch immer die Wärme der Isolierzellen durch den Fußboden drang.

»Wenn diese Crosser gegen dich ausgesagt haben, Li'll
Remo«, sagte Maddox, »dann wundert es mich schon viel
weniger, dich hier in Choreo anzutreffen.«

»Bei dir waren es die Aussagen der Square Satans«, sagte
Remo, »die dich den Kopf gekostet haben. Diese Motorrad-
teufel sollte man nicht unterschätzen.«

16

Als Pillar Pillory am Abend den Freizeitraum betrat, hatte er
noch immer einen Gang wie jemand mit heftigen Muskel-
schmerzen.

»Nimm dir 'nen Stuhl, Pill«, rief Chow Hound, der mit
den anderen Duscheschändern Karten spielte. Sie lachten.

Auf den Billardtisch gestützt, schaute Pillar im Stehen
fern. In den Nachrichten kamen Bilder von der russischen
Botschaft in Mexiko und dem verurteilten Spion Christopher Boyce, der eine Jacke von den Badgers trug.

»Ja, Pill, setz dich doch«, rief Frisco Bomb, ohne von seinen Karten aufzublicken. »Von dem Rumgestehe kriegst du
nur Krampfadern.«

»Gib ihm einen Stuhl mit einem Kissen.« Das war wieder
Chow Hound. »He, Pill, wenn du in Nöten bist … ich hab
'nen Tampon für dich. Zwei Dollar.«

Sie lachten. Frisco Bomb schüttelte amüsiert den Kopf
und sagte in leiserem Ton: »*Pill sure is a good fuck*. Schade, daß
er sein Pulver schon verschossen hatte. Hat ihn um den eigenen Genuß gebracht.«

Die Nachrichten waren zu Ende. Pillar Pillory wandte sich

vom Fernseher ab, humpelte zu dem vergitterten Fenster und schraubte seine Hände um den Heizkörper. So vorgebeugt blieb er stehen. Nur wer wie ich einen Blick dafür hatte, sah leichte Zuckungen über seinen Nacken und seine Schultern laufen.

»Und *wieder* kam's nicht in den Nachrichten«, sagte Chow Hound und fegte die Karten auf einen Haufen. »Ja, dann würde in mir auch was zerbrechen.«

17

Nachdem die Lautsprecher das »Licht aus!« geknarzt hatten, wartete Remo auf dem Rücken liegend, bis der Nachtaufseher mit seiner Taschenlampe durch das Minibullauge leuchtete. An diesem Abend kam der Mann früh. Remo hob vorschriftsmäßig die Hand und schob sie dann wieder unter die Decken, um sich erneut Zugang zu jenem unselig-glückseligen Sonntag mit Wendy Zillgitt zu verschaffen. Es gelang ihm nicht, seine Gedanken zu ordnen und einer Klärung zuzuführen. Der Preis war zu hoch gewesen. Die Vision entglitt ihm, geriet auf unbeleuchtete Seitenpfade und löste sich schließlich in Nebel und Jauche auf.

Übrig blieben, bis tief in die schlaflose Nacht, die gehässigen Stimmen des Ermittlerduos Flanzbaum-Trutanic.

»Wenn sie Ihnen wie sechzehn erschien«, sagte Inspektor Flanzbaum, »dann hatten Sie vielleicht Ihre Brille zu früh abgesetzt.«

»Wer sich auszieht«, sagte Shannyn Trutanic enorm schlagfertig, »muß ja *irgendwo* anfangen.«

»Wie Sie sehen«, sagte Remo, »trage ich keine Brille.«

»Vielleicht ist das ja das Problem.« Die Frau drückte gegen den Steg ihres Gestells. »Ein Augenarzt könnte Sie vor künftigen Fehltritten bewahren.«

»Das Problem besteht vielleicht darin«, sagte Flanzbaum, »daß Männer unserer Generation durch Mädchen von heute verwirrt werden. Die scheinen so viel früher reif zu sein. Da kann man sich schon mal vertun.«

Trutanic sah ihren Kollegen böse und erstaunt an, als torpediere er mit seiner milden Bemerkung die Strenge des Gesprächs. »Gerade deswegen muß der Mann heutzutage auf der Hut sein«, sagte sie mehr zu Flanzbaum als zu Remo.

»Nach der nächsten Autofahrt«, sagte Remo, »machte ich mir keinerlei Illusionen mehr über ihre Unschuld.«

»Oh, und das erfahre ich erst jetzt?« Flanzbaum hatte seiner Kollegin gegenüber etwas gutzumachen. »Sie haben schon im Auto ...«

Remo unterbrach ihn. »Ich spreche davon, was sie mir erzählt hat. Die Spielchen, die kleinen Abenteuer, seit sie neun, zehn war.«

»Die Aussage des Opfers«, sagte Trutanic, in ihren Papieren blätternd, »lautet ein bißchen anders. Sie wollten wissen, ob sie noch Jungfrau sei. Ihre Erfahrungen in puncto Selbstbefriedigung, davon sollte sie auch erzählen. Die kleinen Kunstgriffe sozusagen.«

»Aber vielleicht«, meinte Flanzbaum, »verfolgten Sie mit diesen Fragen ja ebenfalls professionelle Absichten.«

Remo rieb sich mit beiden Händen die Müdigkeit aus dem Gesicht. »Verrückt«, sagte er, »wie die lautersten, reinsten Worte, die zwischen einem Mann und einem Mädchen gewechselt werden, derart schmierig werden können.«

18

Um zu Jackys Haus zu kommen, mußten sie nach dem Verlassen des San Diego Freeway dem Mulholland Drive noch ein ganzes Stück in östlicher Richtung folgen. Das machte ihn jedesmal, und diesmal mehr denn je, bedrückt und nervös, denn die Strecke kreuzte den Benedict Canyon Drive, und der wiederum führte zu seinem ehemaligen Haus und den geliebten Schemen, die jetzt darin wohnten.

Im Auto fing Wendy wieder an, an ihrem Haar zu lutschen, diesmal gleichzeitig an einer Locke von links und einer von rechts. Remo ermahnte sie nicht noch einmal, denn sie hatte recht: Wer pubertierende Mädchen in dieser Zeit porträtieren wollte, durfte ihre Knutschflecke, Liebesbisse und Kinderkrankheiten nicht wegretuschieren.

Mrs. Zillgitt, für ihn Tammy, war an diesem Vormittag genauso kontrolliert hysterisch gewesen wie beim letztenmal, aber zu stolz, um auf einen eigens für sie zu engagierenden Agenten zurückzukommen. (Der Talentscout war von dieser Königin in spe in ihrer Blitzstrategie bereits als ordinärer Bauer vom Spielbrett gekickt worden.) Tammy hatte Remo ihre Tochter mitgegeben, ohne eine Bestätigung (man kann ruhig sagen: Quittung) über die zu erbringende Gegenleistung zu verlangen. Vielleicht betrachtete die First Lady der *Marijuana Brass* Jacquelines Telefonnummer ja als Papierschlüssel, der ins hohe Tor von Tinsel Town paßte.

Wendy nahm die nassen Haarsträhnen aus dem Mund und fragte: »Fahrn wir hin?«

»Haus von Jack.« Wieder dieses verschluckte Ypsilon. »Von Jacky … sie hat den richtigen Garten.«

»Na gut.«

Anders als bei der ersten Autofahrt legte das Mädchen dann und wann eine einstudierte Gleichgültigkeit an den Tag, die ihr allerdings auch schnell wieder zu entgleiten drohte. Sie hatte sie eindeutig geprobt und geübt, zweifellos unter der Regie ihrer unberechenbar ehrgeizigen Mutter, derzufolge dieses Desinteresse von Zeit zu Zeit Raum für eine beiläufige sachliche Frage lassen sollte.

»Sag mal, die Fotos, wie sicher ist es, daß sie reinkommen?«

»Das hängt auch von dir ab«, sagte Remo. »Sei ein verwegenes Model, und wir erobern gemeinsam die Welt.«

»*Golly gee … wow!*« Seine Worte machten ihre Gleichgültigkeit zunichte. Sie begann zu plappern wie ein Wasserfall. Über verbotene Snacks in Form von Pillenstreifen, versteckt in den abschließbaren Fächern ihrer Klassenkameraden. Ja, man mußte eben mitmischen, sonst fand man eine tote Krähe in seinem Fach (die ließen den Schlüssel einfach nachmachen), und damit ging das Getrieze erst richtig los.

»Und die Liebe«, fragte Remo achtlos, »wie steht's mit der in Northridge?«

Wendy zog ein Foto aus ihrer Tasche und hielt es Remo unvermittelt vor die Nase, der dadurch in seiner Sicht behindert wurde. Wie erschrocken ruckte er am Lenkrad. »Verdammt, Wendy, willst du, daß wir einen Unfall bauen? Mich trifft der Schlag bei soviel visualisierter männlicher Kraft und Schönheit.«

Sie lachte keß. »Das Federgewicht.«

»Wie lange schon?«

»Weiß nicht. Paar Wochen.«

»Oh, richtig zur Sache geht's also noch nicht?«

»Gleich am ersten Abend.«

»Echte Küsse und so.«

»Nein, *the right stuff.*«

»Das erste Mal.«

»Nein, das war früher. In meiner Jugend. Du hast ihn gesehen. Einer von den Moto-Crossern.«

»Milton, die Krümelnde Niere.«

»Ja, der auch. Später. Der erste war Randall. Der hat heute eine Lederkombi angehabt … mit 'nem gelben Gürtel, bestimmt einen halben Meter breit. Ein Brutalo, aber lieb. Da war ich zehn oder neun.«

Kurz vor dem Ende der Canby Avenue bog Remo auf die Autobahn. Er folgte dem Ventura Freeway in östlicher Richtung. Links erstreckte sich das Erholungsgebiet hinter dem Sepulveda Dam mit seinen endlosen Golfplätzen. Remo machte seine Beifahrerin auf einen Karren mit einem Haufen Caddies aufmerksam, der sich neben die Autobahn verirrt zu haben schien.

»Ich will auch so 'ne rote Baseballmütze«, sagte Wendy.

Hinter dem Sepulveda nahm Remo die Abzweigung zum San Diego Freeway nach Süden. Im Mulholland Drive, da herrschte zu dieser Tageszeit in glorioser Majestät das schönste Licht von ganz Greater Los Angeles.

19

In Jackys Garten begann die Sonne gerade hinter den Bäumen zu verschwinden. Fotogen langgereckte Schatten gab es zuhauf, aber war noch genügend Licht dazwischen? Die Schauspielerin bot ihren Gästen ein Glas Wein an.

»Gleich, Jacky«, sagte Remo. »Das Licht am Teich ist jetzt noch so schön.«

Remo bat Wendy, das Cocktailkleid ihrer Mutter anzuziehen. Sie kleidete sich in der Garage um. Es wurde rasch kühl. Eine brustwarzenverhärtende Brise kam auf, die er sich, Sonnenstand und Windrichtung geschickt kombinierend, so lange wie möglich zunutze zu machen versuchte.

»Nicht zu kalt, so ein ausgeschnittenes Kleid?«

»Noch nicht«, sagte sie und massierte sich die Gänsehaut von den Oberarmen. Kurz danach versank die Sonne, mit erhöhter Geschwindigkeit, wie es schien, hinter den Hügeln.

»Auf der anderen Seite des Mulholland, bei Jack«, sagte Remo, »da ist das Licht bestimmt noch gut.«

»Dann mußt du mich mit ihm zusammen fotografieren.«

»Wenn er einverstanden ist.«

In dem Moment kam Jacky, um mitzuteilen, daß Wendys Mutter sich gemeldet hatte. »Als ich sagte, daß wir uns bei einem Glas Wein eure Fotosession im Garten anschauen, also da hat sie sich fast geschämt, daß sie angerufen hat.«

»Die blöde Kuh«, sagte Wendy. Sie stampfte zur Garage.

Remo dankte Jacky mit einer Umarmung für die Gastfreundschaft. »Schade, daß ihr auf der falschen Straßenseite wohnt.«

»Wird nicht mehr vorkommen«, sagte Jacky.

711

Mittwoch, 18. Januar 1978

Vaseline auf dem Objektiv

I

»Sie haben nach Ihrer Festnahme erklärt«, sagte die Kripobeamtin Trutanic, »daß Sie gegen halb vier Uhr nachmittags mit dem Opfer beim Haus der genannten Schauspielerin am Mulholland Drive eintrafen.«

»Dabei bleibe ich auch«, sagte Remo.

»Halb vier«, wiederholte Inspektor Dick Flanzbaum. »Reichlich spät für eine Fotosession. Ich kenne die Gegend. Anfang März ist es dort gegen vier aus und vorbei mit dem Sonnenlicht.«

»Ich habe schnell erkannt, daß ich mich auf der falschen Straßenseite befand.«

»In metaphorischem Sinn bestimmt«, höhnte Flanzbaum. »Aber wenn wir das eben mal wörtlich nehmen ... Sie sind doch Regisseur genug, um einen Tag vorher an Ort und Stelle das Licht zu checken, oder?«

»Ich war da nicht in meiner Funktion als Regisseur.«

»Nein«, sagte Trutanic schrill, »das hat sich wirklich gezeigt.«

»Sie sind weniger gesprächig als heute morgen«, sagte Flanzbaum. »Darum werde *ich* Ihnen sagen, wie es war. Sie waren nur pro forma ein halbes Stündchen bei Ihrer Freundin Jacky. Damit Mrs. Zillgitt anrufen konnte. Und das hat sie, wie es sich für eine gute Mutter gehört, auch getan. Große Beruhigung. Sie waren am Teich intensiv mit ihrer Tochter bei der Arbeit ... mit der Kamera als garantiertem Keuschheitsgürtel zwischen dem Fotografen und seinem Model.«

»Und nach Mutterns Anruf«, sagte Trutanic, »wie der Blitz auf die gegenüberliegende Seite. Zu Freund Jack.«

»O ja, machst du dann ein Foto von ihm und mir?« Flanzbaum versuchte krähend, eine Mädchenstimme zu imitieren. »Meine Freundinnen kriegen sich nicht mehr *ein*.«

»Ich werde sehen, mein Schatz«, ahmte Shannyn Trutanic Remos Stimme nach, »was ich für dich tun kann.«

Remo schüttelte den Kopf.

»Obwohl Sie verdammt gut wußten«, sagte Flanzbaum wieder mit seiner eigenen Stimme, »daß Ihr Freund Jack nicht zu Hause war.«

»Und auch nicht nach Hause kommen würde«, sagte Trutanic, »weil er beim Skilaufen war. Wo sonst als in Aspen, Colorado?«

»Oder nur beim Après-Ski«, suggerierte Flanzbaum. »Zum Beispiel mit Rebekah Rutherford. Sie haben das Pech, daß solche Dinge uns ganz von allein über die Zeitungen erreichen. Umgekehrt hat Ihr Freund Jack auch so einiges im Fernsehen über eine Romanze in seinem Haus erfahren müssen.«

Remo schüttelte immer noch den Kopf. Er hätte genausogut stumm nicken können, denn was die Ermittler aufs Tapet brachten, war wahr und nicht wahr.

»Ein komisches Alibi haben Sie sich da übrigens besorgt«, sagte Trutanic. »Bei Freund Jack gingen Sie ein und aus. Sie haben dort übernachtet … sogar gewohnt. Warum haben Sie dann die Haushüterin … na, wie heißt sie noch mal …« Sie schichtete Papiere um.

»Helena«, sagte Remo.

»… warum haben Sie die mit hineingezogen?«

»Ich werde die Frage beantworten«, sagte der Inspektor wieder an seiner Stelle. »Als eventuelle künftige Zeugin mußte die Frau mit eigenen Augen sehen können, daß Sie nur gekommen waren, um ein paar Fotos zu schießen. Stimmt's? Ihr Appetit hat Sie unvorsichtig gemacht.«

»Was nach dem Fotografieren spontan passiert ist«, sagte Remo dumpf, »darüber kann man sich endlos streiten. Aber ich *war* an diesem Nachmittag beruflich tätig. Ich habe an einem Auftrag gearbeitet.«

»Shannyn, die Fotos«, sagte Flanzbaum in dem Ton, in dem sich ein Zauberkünstler an seine Assistentin wendet. Er hielt die Hand auf, aber seine Kollegin schüttete rüde den Inhalt des Umschlags aus und breitete die Farbfotos mit ihren Wurstfingern fächerartig aus. Mit einemmal war Wendy wieder da, in tortenstückförmigen Ausschnitten.

»Das sind die Fotos«, sagte Flanzbaum und legte ein paar von ihnen nebeneinander, »die Sie am vergangenen Sonntag von dem Opfer gemacht haben … bevor Sie sie zu Ihrem Opfer machten. Was fällt Ihnen als professionellem Fotografen daran auf?«

Remo nahm zwei Wendys in die Hand und hielt sie so, daß sie unter dem Neonlicht am wenigsten störend glänzten. Das Kleid mit den Eingrifftaschen. »Daß es unprofessionelle Abzüge sind«, sagte er schließlich.

»O nein.« Trutanic heulte fast auf. Ihr Mittelfinger tippte heftig gegen den Brillensteg. »Die sind im Labor von Fachleuten entwickelt worden.«

»Die Fotos selbst sind es, die nachlässig gemacht sind«, sagte Flanzbaum und sah Remo direkt in die Augen. »Mit einem anderen als dem erforderlichen künstlerischen Engagement. Sie waren mit den Gedanken bereits beim … Après-Ski, nicht wahr?«

Remo legte die Fotos wieder zu den anderen zurück und konzentrierte sich auf die Kaffeeflecken darum herum. Eines der Handschellenpaare hatte, so fand er, bei genauerem Hinschauen doch mehr Ähnlichkeit mit dem Lorgnon von Toulouse-Lautrec.

»Die Urlaubsschnappschüsse eines alten Ehepaars in Florida, die beide an Parkinson leiden«, fuhr Flanzbaum fort, »sind im Vergleich hierzu ein Wunder an Schärfe und Komposition.«

»Ich hab schon mal bessere Fotos gemacht«, gab Remo

zu. »Das Licht, die Locations, das Model selbst ... an dem Nachmittag ging einiges schief.«

»Wie war das gleich mit dem Auftrag?« Kripobeamtin Trutanic, die wieder einmal ihren zu knappen Pulli vergessen hatte, lehnte sich leichtsinnig weit zurück. »Beim französischen *WorldWide* ... oder wie das Ding heißt, mein Französisch ist nicht das beste ... da konnten sie nicht bestätigen, daß Sie eine Reportage über junge Frauen für sie machen sollten.«

Über Shannyns Gürtel war ein Streifen weißer Bluse zu sehen, an der gerade ein Knopf aufsprang. Im mollig tiefen Nabel hatten sich, kunstvoll konzentrisch, Flusen von ihrer Kleidung gesammelt, und Remo fragte sich, ob die kleine Höhle einem Kolibri, der ja bekanntlich nicht größer als eine Hummel war, als Nest dienen könnte.

»*Mondiak*«, sagte Remo mit müder Geduld, »hat zwei Schwesterblätter. *Femme Mondiale* und *Homme Mondial*. Um mich nicht noch verdächtiger zu machen, sage ich bewußt nicht: Tochterblätter. Sie haben alle drei denselben Chefredakteur, Robert Mayence, aber die einzelnen Redaktionen wissen oft nicht, woran die anderen gerade arbeiten.«

Ermittlerin Trutanic, den Kugelschreiber wie einen Schnurrbart unter die Nase geklemmt, dehnte den Oberkörper noch weiter nach hinten, auch wenn ihr Hals dadurch nicht länger wurde. Ein zweiter Knopf sprang auf. Eine Hummel, schloß Remo, würde sogar mit ausgebreiteten Flügeln in den Nabel passen, aber einem dort nistenden Kolibri wäre sein gekrümmter Schnabel im Weg. Er wollte weg von hier.

»Um Unklarheiten zu beseitigen«, sagte Flanzbaum, »überschreiten wir notfalls auch unser Budget. Fragen Sie bloß nicht, was das kostet, so ein Direktflug nach Paris. Schade um das Geld. Monsieur Mayence wußte von keinem Auftrag. Sein Englisch ist miserabel.«

»In diesen Kreisen arbeitet man viel mit mündlichen Vereinbarungen.«

»Dann müssen die aber erst getroffen sein«, sagte Trutanic, jetzt wieder mit den Ellbogen auf dem Tisch. Sie schob
ihre Brille so weit hoch, daß sich ihre Augenbrauen bösar-
tig von innen an die Gläser drückten, und so sah sie Remo
an.

»Meine Kontaktperson bei *Homme Mondial*«, sagte Remo,
»war Redakteur Gerald Onagre. Er war schwer begeistert
von der Weihnachtsausgabe von *Mondial*, die komplett von
mir …«

»Die Fotos«, sagte Flanzbaum, »von allen Schauspielerinnen, mit denen Sie gearbeitet haben. Und dazu die ganze Geschichte …«

»Auch von einem minderjährigen Starlet«, wußte Trutanic.
»Knapp vierzehn, das Küken. Nach unseren Informationen
hat sie nie in einem Film von Ihnen gespielt. Trotzdem ist sie
in dieser Weihnachtsnummer, von Ihnen fotografiert. Ziemlich spärlich bekleidet für die Jahreszeit. Vierzehn Lenze …
Nicht auch eine kleine Geliebte von Ihnen? Aus den Illustrierten erinnere ich mich an eine romantische Baumhütte
oder so was.«

»Sie war eine Ausnahme in der Reihe«, sagte Remo. »Ich
kann erst später mit ihr arbeiten. Wenn sie ihr unverkennba-
res Talent weiter entwickelt hat.«

»Sie kommen für ihre Schauspielausbildung auf«, faßte
Flanzbaum den Text auf einem anderen Blatt Papier zusam-
men. »Gesangs- und Tanzunterricht … ein Englischkurs.
Teure Angelegenheit.«

»Reine Investition. Nicht das, was Sie denken«, sagte Remo.
»Sie wird permanent von ihrer Mutter begleitet.«

»Ach«, höhnte Trutanic, »noch so eine überbesorgte Mami.
Ob Frau Wöhrmann wirklich kein Auge zudrückt für einen
derart spendablen Gönner?«

»Stassja«, sagte Remo, »tut in Los Angeles nicht einen
Schritt ohne sie.«

»Wendys Mutter«, sagte Flanzbaum, »rief während der Fotosession ständig an. Trotzdem sahen Sie eine Gelegenheit, ihre Tochter ... das Telefon in Reichweite ...«

»Mrs. Zillgitt«, sagte Remo plötzlich heftig, »gab ihre Tochter als Pfand für eine eigene Filmkarriere.«

»Vielleicht sind *Sie* es ja«, schoß Trutanic noch heftiger zurück, »der Mädchen kauft mit Versprechungen, die er ihren Müttern macht.«

»Und nach Gebrauch der Tochter, mit bestem Dank«, sagte Flanzbaum, »erweisen sich sämtliche Perspektiven als ungedeckte Schecks.«

Remo ließ den Kopf hängen. Er schien ihm zu schwer, als daß er ihn noch hätte schütteln können. »Onagre war besonders beeindruckt von den Fotos, die ich von Stassja aufgenommen hatte. Daraufhin durfte ich für *Homme Mondial* eine ganze Fotostrecke über junge Mädchen kurz vor dem Erblühen machen ... nach dem Vorbild einer ähnlichen Serie in diesem Blatt von David Hamilton. Nur ... bei Hamilton waren es wieder diese verträumten Nymphchen in weißen Omagewändern. Grauenhaft. Ich wollte den Reifeprozeß etwas realistischer abbilden ... die Mädchen in ihrer ganzen verletzlichen Frechheit der Mittsiebzigerjahre fotografieren. Hamilton ist zeitloser Kitsch. Immer ein Klecks Vaseline auf dem Objektiv, damit alles noch verschwommener und stimmungsvoller wirkt ...«

»Konkurrenzkampf unter Pädos«, schnaubte Shannyn Trutanic. Und Inspektor Flanzbaum sagte: »Hätten *Sie* es bloß bei Vaseline auf dem Objektiv belassen!«

2

»Jetzt, wo du's sagst, Li'll Remo«, knurrte Maddox, »ich erinnere mich an dein Weihnachtsgeschenk für die Welt. Nach Neujahr war es in der Knastbibliothek in Vacaville. Alle Verrückten und Simulanten in der CMF haben es als Wichsvorlage benutzt. Charlie war im April dran. Seite für Seite fest zusammengeklebt. Wenn ich sie auseinanderzog, war grad noch was von den Schaufensterpuppen zu erkennen, Li'll Remo, die du mal zum Leben erweckt hast. Kay Foldaway … Catherine Du Nuevo … und wie sie sonst noch heißen. Du hast den Jungs in Vacaville großen Spaß damit bereitet.«

Die Wärter im HST (oder ihre Gattinnen) hatten sich über die Trauerränder beklagt, mit denen sie in Choreo ständig herumliefen. Auch wenn sie sich die Hände sorgfältig mit Bürste und Sandseife säuberten, kroch ihnen auf ihren Runden der zähe schwarzgrüne Dreck schon nach einer Stunde wieder tief unter die Nägel. Das lag an den Balustraden und Treppengeländern, die die letzten zehn Jahre nicht mehr geschrubbt worden waren. Der »Grieche« hatte Maddox und Remo den Auftrag erteilt, alle Geländer, die mit Händen in Berührung kamen, gründlich zu reinigen.

»Die Fotos von deinem berühmtesten Opfer, Scott, hast du dir die in *Mondial* nicht etwas aufmerksamer angesehen?«

»Die waren mit Knastleim zusammengeklebt«, sagte Maddox. »Aber auf ein paar Bildern hab ich dein blondes Schnuckelchen gesehen. Ramanassja, hieß sie nicht so? Dieses vierzehnjährige Ding … mit den dicken Lippen. Nicht mein Fall. Charlie mag keine Zulus. Nicht mal wenn sie blond sind und Calabassja heißen.«

Falls Remo seinem unberechenbaren Putzgefährten zuviel erzählt hatte – jetzt konnte er nicht mehr zurück, es sei denn er verzichtete auf die fehlenden Puzzleteile, die Maddox noch im Ärmel hatte. Ihre Form war exakt die seiner schwärenden Wunden, die sich einfach nicht schließen wollten.

»Es ist nicht falsch, Li'll Remo, wenn man ab und an seinen Gegner bewundert … falls er es verdient. Deine Kripobeamten haben nach Punkten gesiegt. Die kleine Talahassja hatte noch nie in einem Film von dir gespielt. Trotzdem stand sie in dem Weihnachtshochglanzding zwischen *deinen* Schauspielerinnen. Komm nur, Nakatassja, da ist noch ein Plätzchen frei unter den Hollywoodtanten. Gut für deine

Karriere. *Deine* verbrecherische Methode, Li'll Remo, so ein unverdorbenes Kind zu becircen ... für dich zu gewinnen ... an dich zu binden. Mitsamt der Mutter.«

An dem wortspielerischen Gereimsel, an dem leichtfüßigen Herumtanzen, das dazu gehörte, merkte Remo, daß Maddox dabei war, sich in einen Rausch zu reden. Er hatte den kleinen Teufel einen Tropfen Blut schmecken lassen wollen, um ihn aus der Reserve zu locken, doch Maddox schien bereits berauscht wie nach reichlichem Alkoholgenuß. Remo mußte den bluttrunkenen Irren wieder einmal daran erinnern, daß ihr gemeinsamer Beichtstuhl aus zwei Abteilen bestand.

»Ihr Erscheinen in *Mondiak*«, sagte Remo, »war der Anfang der ganzen Misere. Insofern hast du recht, Scott.«

Der Plastikspachtel war nicht hart und nicht scharf genug, um den eingefressenen Schmutz vom Geländer des Umgangs zu stechen. Remo warf ihn in einen Eimer.

»Genau, Li'll Remo.« Maddox' eines Auge flammte unter den Neonröhren auf. »Das ist der ganze Unterschied zwischen deinesgleichen und meinesgleichen. Charlies Misere beginnt in einem Hinterhof ... mit 'ner schnellen Zirkusnummer zwischen den Mülltonnen. Die von Little Remo in einem teuren Magazin. Eine kleine vierzehnjährige Filmgöttin steht da und strahlt Licht aus. Und lechzt nach noch mehr Licht. Deine Misere heißt Barabassja ... Malahassja ... Rackatassja. Eine Diamantensammlung.«

»Und in beiden Fällen, Scott, führt die Misere dazu, daß man Putzlappen in California State Penitentiary Choreo auswringt.«

»Für deinesgleichen«, sagte Maddox, »ist Dreckschrubben hier ein Luxus. Eine Geschichte, die man hinterher im Club erzählt.« Weil er zu heftig auf die Schmutzkrusten einstach, die sich zudem noch mit der Rostschicht vermischt hatten, zerbrach sein Spachtel. Er warf die Stücke fluchend über die Balustrade. »Meine Bewunderung für diese Franzmänner, Li'll Remo, wächst mit jeder Sekunde. Das kleine Arschloch, haben die bestimmt zueinander gesagt, hat da in Los Angeles eine lebende Schmetterlingssammlung ... lauter Starlets, die auf ein Fingerschnippen hin zur Verfügung stehen. Der kleine Kerl steht auf sie, also bringt er etwas sehr Gefährliches mit nach Paris. Calabassjas, Talahassjas, Ramanassjas ... alles vom Feinsten, mit gerade erst gesprossenem Schamhaar. Endlich eine Gegenleistung für die Freiheitsstatue.«

»Wenn es gallische Arglist war«, sagte Remo, »dann habe ich es nicht gemerkt. Die richtigen Models zu finden, das hat mich ganz in Beschlag genommen.«

»Oh, wie süß ist deine Welt, Li'll Remo. Mit deinen kurzen Beinchen durch ein Blumenfeld ... wie ein Kind. Brauchst nur auf die Models zu zeigen. Der Butler pflückt sie dann für dich.«

Maddox hielt eine Flasche mit konzentriertem Reinigungsmittel so über die Balustrade, daß der Sprühkopf nach unten zeigte, drückte darauf und ging damit Dutzende von Metern ab, wobei er darauf achtete, daß der Strahl ganz exakt das Geländer traf.

»Mal 'ne Weile einweichen«, sagte er, als er zurückkam. »So, und jetzt will Charly sich seine alten Knasteier weiter an Wendy wärmen.«

»Vergiß nicht, Scott, unsere Beichte ist ein Tauschhandel.«

»Sie hat dich enttäuscht«, sagte Maddox. »Als Beute ... als Anziehpuppe?«

»Wenn sie so hübsch und fotogen gewesen wäre, wie man mir vorgespiegelt hatte, dann ... hätte ich sie mit keinem Finger angerührt. Sie hatte eine leichte Verderbtheit an sich, die nur ... wie sagt man das ... nur die Unschuld zu schenken vermag.«

»*Das* nenn ich einen professionellen Blick!«

»Eine Vision, Scott. Mir ging's um eine Vision. Wie durchtrieben diese Teenies sein konnten in dieser Phase des Erwachens. Wie ...«

»In Unschuld verdorben«, sagte Maddox, »dann war diese Wendy doch genau die Richtige für dich?«

»So hat's sich rausgestellt, ja.«

3

Es lag zweifellos an den Gefängnismauern: Noch nie in seinem Leben hatte Remo es so direkt empfunden, daß die Stimmen in seinem Kopf präsenter und stärker waren als diejenigen, die sich die Akustik in der Realität zunutze machten – vor allem wenn sie beschuldigender Natur waren. In jenen ersten Wochen in Choreo hatte er sich noch mit all dem beschäftigt, was Richter Ritterbach und die Staatsanwälte Poindexter und Longenecker vorgebracht hatten. Dunning & Hendrix hatten eine gute Gegenstimme abgegeben. Und Remo … Remo hatte sich das zum großen Teil schweigend angehört, sowohl im Gerichtssaal wie später, auf dem Wege über die aufdringliche Erinnerung, hinter Gittern. Die Grand Jury, die einleitenden Verhandlungen, das hing alles mit dem Großen Kompromiß zusammen. Wenn ihr dies, dann wir das. Eher untergeordnete Beschuldigungen fielen unter den Tisch zugunsten des Hauptanklagepunkts, der wiederum im Tausch gegen einen Prozeß eingestanden wurde.

Die älteren Stimmen von Flanzbaum und Trutanic waren *durch und durch* Beschuldigung. Remo konnte sie nicht loswerden, und dazu hatte sich, in der nur allzu realen Akustik von Choreo, jetzt auch noch die verschärfend anklagende Stimme von Scott Maddox gesellt. Um ein Stündchen davon erlöst zu sein, hatte Remo den »Griechen« gefragt, ob er seinen Lunch in der Zelle einnehmen dürfe. Ein Glück: Die sich schließende Tür sperrte Maddox' von Blutgeschmack gespeiste Hysterie aus. Gegenüber den beiden Ermittlern verteidigte sich Remo bereits keine fünf Minuten später wieder, ohne Appetit.

»Wie ihr es auch dreht und wendet, die Sache falsch darstellen wollt oder nicht«, sagte Remo, »fest steht, daß ich Wendy eine faire Chance gegeben habe.«

»An einer Ampel aus dem Auto zu springen«, schnaubte Inspektor Flanzbaum, »und in ein Haus mit Telefon zu flüchten.«

»Ich meine, den Durchbruch als Fotomodell zu schaffen.«

»Im neunzehnten Jahrhundert«, dozierte Kriminalbeamtin Trutanic und nahm die Brille ab, »ließen Vergewaltiger Geld bei ihren Opfern zurück. Damit es wie Prostitution aussah.«

Die gebildete Shannyn sah Remo mit wehrlos unbedeckten Augen blinzelnd an und behauchte auf gut Glück beide Seiten ihrer Brillengläser.

»Es *war* keine Vergewaltigung«, rief Remo aus, jetzt wirklich verzweifelt. »Wie oft muß ich das noch ... Schließt das Mädchen an den Lügendetektor an. Dann wird sich nicht nur zeigen, daß sie es wollte ... sondern auch daß es ihr gefiel.«

Mit dem geringen Spielraum, den der Bund ihres Pullis ihr ließ, gelang es Trutanic blind, ihre Brille zu putzen. »Das ist jetzt wieder typisch *zwanzigstes* Jahrhundert«, sagte sie. »Seit die Feministinnen Genuß und Orgasmus und all die Dinge für die Frauen eingefordert haben, möchte sogar der Vergewaltiger, daß das Opfer Spaß dabei hat.«

Shannyns Augen, die sich im grellen Neonlicht zu fleischigen Spalten verengten, begannen klebrig zu tränen. Sie hielt die Brille in die Höhe, um ihre Sauberkeit zu testen, sah aber erst wieder etwas, als sie sie aufsetzte.

4

Nach dem Lunch sollten die beiden Putzer weiter die Handläufe und Geländerstäbe sauberkratzen.

»Das ist ja wie bei den Schwertern, die man bei archäologischen Ausgrabungen gefunden hat«, sagte Remo, während er mit einer Stahlbürste ein Stück Geländer bearbeitete. »Man weiß nicht, wo der harte Schmutz aufhört und die Rostschicht anfängt … und ob in der noch was vom ursprünglichen Metall erhalten geblieben ist.«

»Li'll Remo, Charlie kümmert sich einen Scheiß um die Archäologie von Choreo«, sagte Maddox. »Archäologische pipapo, Bodenuntersuchung, oder wie heißt das, von sämtlichen Schichten von Little Remo's moralischem Verrottungsprozeß … *das* will Charlie. Die zertretenen Blumen, die toten Krähen in deiner Ackerkrume. Ja, sorry, ich bin in West-Virginia aufgewachsen, nicht in der Wüste. Der Abdruck deiner zerknautschten Seele in Kalkstein, Li'll Remo. Wenn wir soweit sind, dann kriegst du *jede* Antwort von Charlie.«

An den Eisenstacheln der Bürste blieben Schmutzkrümel der obersten Dreckschicht hängen, mehr ließ sich an der Balustrade nicht saubermachen. »Gut, Scott, dann bombardier mich mit deinen Fragen. Zurück kann ich jetzt nicht mehr.«

»Wenn du schon wußtest«, fragte Maddox, »daß diese Wendy ein Flop für deine Fotostrecke war … warum hast du dich dann noch weiter mit der Kleinen abgegeben?«

»Aus Angst, Mutter und Tochter zu enttäuschen«, sagte Remo. »Ich kann jemanden nicht so einfach stehenlassen.«

»Lieber läßt du sie in der Luft hängen«, schnauzte Maddox, »bis es wirklich nicht länger geht … bis du deine dreckigen Wünsche erfüllt siehst, oder auch nicht … und dann läßt du sie um so tiefer fallen.«

»Sie haben *mich* fallengelassen.«

»Soll ich dir mal was sagen, Li'll Remo?« Maddox tanzte ungelenk um Remo herum und führte dabei so etwas wie fingierte Karateattacken aus. »Du hättest das kleine Luder schon am frühen Morgen abholen können. Oder? Ein Fotograf, hab ich gehört, braucht Licht. Du aber … du hattest es nicht eilig. O nein. Und weißt du, warum? Deine Zeit für Schäferstündchen ist nachmittags so zwischen vier und fünf. Wie bei den meisten Männern. Wie bei Charlie …«

»Ja, ich merk's, für heute nachmittag bereitest du es schon

mal gut vor«, sagte Remo, »indem du die ganzen Details über meine kleine Schäferin aus mir heraussaugst. Es ist erst halb drei.«

»Die Moral, Li'll Remo, darum ging es. Deine im Vergleich zu meiner. Inwieweit wir beide im Bösen verankert sind.«

»Das Mädchen«, sagte Remo, »hat an Jackys Teich die raffiniertesten Posen versucht einzunehmen. Durchtriebene, könnte man schon fast sagen ... Es blieb alles hölzern, bis hin zu ihrem hochgereckten Po. Erosion der Unschuld ... Unberührtheit mit einem geheimnisvollen Muster feiner Haarrisse ... *das* hatte ich zeigen wollen. Ich war weit davon entfernt. Ja, für Jacky und ihre Gäste am Gartenfenster, für die wird es gewichtig genug ausgesehen haben.«

»Wie feig und durchsichtig, das alles«, knurrte Maddox. »Der große kleine Mann will seine Prinzessin fotografieren, und ihm fällt nichts Besseres ein als ... das Blatt einer Teichrose. Auf dem sie hocken soll. Alles nur Selbstaufgeilerei.«

»Dieses Gespräch, Scott, hat inzwischen schon ziemliche Ähnlichkeit mit dem Verhör damals. Abgesehen von der Wortwahl.«

»Zu so einem Gespräch, Li'll Remo, kann Charlie nur seine berufliche Deformation beitragen. Ich bin so oft vernommen worden ... so ausgiebig ... ich kann gar nicht mehr anders reden und denken. Ein guter Vernehmer, hat Jacuzzi mal zu mir gesagt, ist ein Lügendetektor ohne Stecker.«

»Dann laß sie mal hören, Scott, die detektierte Schwindelei.«

»Ich erkenne gern an, wenn mir jemand an Gerissenheit überlegen ist«, schnauzte Maddox. »Durch meine Hände sind so viele junge Frauen gegangen ... ich kenne alle Tricks, wie man Eltern an der Nase rumführt und abschüttelt. Sehr hübsch, diese Leute am Fenster ihres vergoldeten Schweinestalls. Ach, seht euch doch nur an, wie hingebungsvoll Li'll Remo da zugange ist. Und mit so viel Leidenschaft. Von Kopf bis Fuß Profi. Ah, das Telefon. Oh, die Mutter des

Mädchens. Alles in Ordnung, gute Frau. Wir haben ihr grade das Näschen geputzt.«

Jacks Haus bot Ausblick auf den Franklin Canyon, das Grundstück teilte er sich mit einem befreundeten Schauspieler. Man betrat es durch ein elektrisch zu öffnendes Tor, das Remo immer an das schuldige erinnerte, an dem der Cielo Drive endete. Die Hurly-Burly-Krieger waren in jener Nacht darum herum geklettert, doch zuvor hatte es ihren Opfern Zugang zur Hinrichtungsstätte verschafft.

Remo stieg aus dem Chrysler und drückte auf den Klingelknopf neben dem Tor. Während er auf eine Reaktion wartete, drehte er sich zu Wendy um, die ihn strahlend anzulächeln schien (endlich hatte der Fotograf ihren geheimsten Wunsch erraten), doch wahrscheinlich lag das nur an der Verzerrung, die sich durch die Spiegelung des Laubs in der Windschutzscheibe ergab.

»Hallo?« Aus der Gegensprechanlage kam die Stimme von Helena, die gerade auf das Haus aufpaßte. Remo meldete sich. Er kannte sie aus der Zeit, als er mehr oder weniger bei Jack wohnte. »Es ist niemand da«, sagte Helena mit ihrem griechischen Akzent. »Großer Zoff. Jack ist skifahren, und Anjelica … keine Ahnung, ob die noch lebt.«

Mit einem Augenzwinkern zu Wendy erklärte Remo, er sei mit einem Model gekommen und wolle in Jacks Garten ein paar Fotos für eine Zeitschrift schießen.

»Ich kann dir aufmachen«, sagte Helena. »Licht zum Fotografieren kann ich dir nicht geben. Also, ich drück jetzt. Tor gut hinter dir zudrücken. Hier läuft irgend so ein Verrückter rum … der hat neulich erst versucht, dem Gärtner mit einer Harke den Schädel einzuschlagen.«

»Kein Problem, Helena. Verrückte sind meine Spezialität.«

Die Haushüterin erwartete sie an Jacks Garage. Sie hatte noch immer dieses scharfgeschnittene, dunkle Profil, das sie in *Two Minutes Waltz* so unnahbar machte, wo sie, als Anhalterin von Jack mitgenommen, von der Rückbank aus das Ende der Welt oder, besser gesagt, den Selbstmord der Erde verkünden durfte. Remo machte die Damen miteinander bekannt. Helena schloß die Tür zwischen der Garage und der Küche auf, womit man gleichzeitig Zutritt zum ganzen Haus und zum Swimmingpool bekam.

»Ich sterbe vor Durst«, sagte Wendy.

Remo tat so, als sei er hier zu Hause, öffnete den Kühlschrank und fand zwischen den kegelförmigen Colt-Beer-Flaschen eine Flasche Champagner. »Ein Heidsieck«, sagte er. »Jack hat bestimmt nichts dagegen, wenn wir uns daran vergreifen, Helena. Das nächste Mal revanchiere ich mich mit einem alten Dom Pérignon.«

»Gläser«, sagte Helena, »stehen in dem Schrank da drüben.«

Sie trank im Stehen ein halbes Glas mit und entschuldigte sich dann, sie habe noch an einem Filmskript zu arbeiten. (In Beverly Hills durfte man nie glauben, eine Haushüterin begnüge sich mit der Nebenrolle einer Unheilsprophetin: den nächsten Film schrieb sie sich selbst.) Durch das Küchenfenster sahen sie Helena zum Gästehaus gehen, das ihr als Portierswohnung diente. Remo versuchte sich den Haushüter im Cielo Drive vor Augen zu rufen. Billy. Der einzige Überlebende der ersten Hurly-Burly-Runde. Remo hatte ihn zu kurz gekannt: Mit dem Namen verband sich kein Gesicht mehr. Trotzdem, ein legendärer Hausmeister. Das blutigste Schlachtfeld in der Geschichte von Los Angeles, und das einzige, was er in seinem Gartenhaus davon gemerkt hatte, war, daß draußen eine Türklinke heruntergedrückt und gleich wieder losgelassen wurde. Für einen Filmemacher ein neiderregend suggestives Bild, das das ganze Blutbad hätte ersetzen können. Mensch, Billy, was ist nur aus dir geworden? Auch du zerstört für den Rest deiner Tage? Er war achtzehn damals, frisch von der Schule. Heute sechsundzwanzig, siebenundzwanzig. Nein, ein offizieller Hausmeister wird er wohl nicht geworden sein. Vielleicht ein guter Schloßmacher.

»Schau, ein Jacuzzi.« Wendy stand am anderen Fenster, von dem aus der Pool zu sehen war. »Darf ich rein?«

Remo stellte sich neben sie und legte wie nebenbei (auf irgend etwas mußte er sich doch stützen) die Hand in ihren Nacken. Aus dem Whirlpool in dem Holzhäuschen am Rand des Bassins wallte eine lange Dampfwolke.

»Erst die Arbeit«, sagte Remo. »Das Licht läßt hier auch schon nach. Zieh die Bluse aus.« Wendy tat, was von ihr verlangt wurde. »Nein, Glas in die Hand.«

Er wechselte das Objektiv. »Dieses beige Kleid von deiner Mutter. Mit den Einschubtaschen.«

Beim Umziehen streifte Wendy mit der Jeans auch den Slip herunter. Versehentlich oder absichtlich, ließ sich nicht sagen. »Oh, sorry.«

»Nein, auslassen«, meinte Remo, als sie das Höschen wieder hochziehen wollte. »Ich will einen hübschen Fleck durch das Kleid schimmern sehen. Dunkel und geheimnisvoll.« Bei den letzten Worten senkte er die Stimme wie ein Märchenerzähler, der gleich zur tiefsten Stelle des Waldes kommt.

»Gut.« Wendy streifte alles herunter und ließ das lange Kleid über ihren nackten Leib gleiten. Mit der flachen Hand strich sie an Bauch und Po die Knitterfalten heraus. »Nicht zu tantenhaft?«

»Hände auf den Küchentisch«, befahl Remo, »und zurücklehnen.«

So wurde das voll entwickelte Dreieck aus Schamhaar durch die beige Baumwolle hindurch erst richtig sichtbar. Er drückte vier-, fünfmal ab und warf ihr dann aus einer offenen Schachtel auf der Anrichte einen Zuckerwürfel zu. »Hier, zwischen die Zähne.«

Wendy biß ihn entzwei. Die eine Hälfte behielt sie zwischen die Eckzähne geklemmt, während der andere Teil auf ihrer Zunge zu einem glitzernden Brei schmolz.

»Nicht runterschlucken. Mund weiter auf.« Remo machte eine Großaufnahme von ihrem Gesicht. »Zunge etwas mehr strecken ... ja, genau so. Und jetzt weg damit.«

Wendy ging zur Spüle und ließ ihren zuckergesättigten Speichel in den Abfluß tropfen. Sie spülte gründlich mit Wasser nach.

»Zu süß?«

»Ich bin kein Zirkuspferd.«

»Aber ein rassiges.«

»Jetzt hab ich den Jacuzzi verdient.«

Sie gingen ins Freie. Auch auf dieser Seite des Mulholland Drive war die Sonne inzwischen verschwunden. Es lag sogar schon etwas Dämmeriges in der Luft. »Mit 'nem eins komma vierer«, murmelte Remo, »läßt sich Apollo vielleicht noch erweichen.« Er schraubte ein anderes Objektiv auf seine Kamera.

»Weiß meine Mutter, daß ich hier bin?«

Remo ging zu der Flügeltür neben der Küche und öffnete sie. Er schob weiße Gardinen zur Seite und tastete nach einem Lichtschalter. Es war Jacks Boudoir, mit einem Fernseher von der Größe einer Kinoleinwand. Auf der Bettcouch wurden Filmrollen bis ins allerkleinste Detail ausgetüftelt. Remo zeigte Wendy das Telefon. Sie wählte ihre eigene Nummer. »Mama? Ich bin's, Wen ...«

Remo schlenderte ungeduldig zur gefliesten Terrasse am Pool. Er tauchte seine Hand in das Blubberbad, dessen Wasser die richtige Temperatur und Turbulenz hatte, und fragte sich, warum der Jacuzzi einsatzbereit gehalten wurde, wenn Jack in Aspen beim Skifahren war und Anjelica auf dem Strip ihre Eifersucht beim Shoppen abreagierte.

»... im Haus von deinem Lieblingsschauspieler. Hättest du das gedacht, Mama? Ja, ich ruf ihn.«

Remo war schon aus eigenem Antrieb zum Gartenzimmer

gegangen und übernahm den Hörer. »Tammy? Es wird ein klein bißchen später. Schlimm? Noch ein paar Fotos, bevor es dunkel wird.«

»Denk dran«, sagte Mrs. Zillgitt, »der San Diego und der Ventura können am späten Sonntagnachmittag gräßlich voll werden.«

»Tammy, notfalls trag ich dir deinen kostbaren Schatz auf Feldwegen nach Hause.«

6

Wendy zog das Kleid mit den Einschubtaschen aus und warf es über das Geländer der Swimmingpooltreppe. Auf dünnen Beinen, die bei ihrem plötzlichen Wachstumsschub kein Gramm Fett angesammelt hatten, stieg sie in das blubbernde Wasser. Durch den Dampf hindurch fotografierte Remo ihren nackten Körper, der eher mager als schlank war, und nachdem sie sich langsam in das runde Becken hatte gleiten lassen, noch einmal, nun aber verformt durch die einander verdrängenden Luftblasen.

Es war kein unerklärliches Déjà-vu. So hatte er vor über zehn Jahren Sharon in der Wanne fotografiert, am Set von *The Vampire Destroyers*. Lediglich mit zerfransten Schaumfetzen bekleidet, saß sie in einem altmodischen Bottich aus schwarz gewordenen Dauben, in den der Mann von den Special Effects immer wieder einen Kessel heißes Wasser gießen mußte, um genug verhüllenden Dampf zu produzieren. Die Fotos hatten in *WorldWide* gestanden und ihrer Karriere, wie das so schön hieß, einen kräftigen Schub gegeben. Die Waschzuberszene fand an dem Tag statt, an dem sich Sharon abends an seiner Hotelzimmertür über seinen skandalösen Umgang mit Schauspielern beschwerte, bevor sie dann zum erstenmal miteinander schliefen (die Nacht mit der kerzenlichtbeschienenen Dracula-Maske nicht mitgerechnet). Nachdem er sie einen Tag lang abwechselnd durch ein Filmkameraauge und durch das Auge eines Fotoapparats angestarrt hatte, schien sein Blut zähflüssig vor träger Lust. Bevor sie in die Garderobe verschwand, bat er sie, alles so zu lassen und mit der roten Perücke, die zu ihrer Rolle gehörte, in sein Zimmer zu kommen. Und wieder sagte sie sehr lieb, mit schmollend gespitztem Mund wie ein kleines Mädchen, seinen Akzent imitierend: »Ja, das will Shurrun tun.«

Remo stellte die Champagnergläser auf den Rand des Jacuzzi und fotografierte Wendy genau zwischen ihnen hindurch. Als der Film zu Ende und es nicht mehr hell genug war, um weitere Fotos zu schießen, reichte Remo Wendy ihr Glas. Sie stießen an. »Auf daß diese Serie«, sagte Remo, »deiner Schönheit gerecht werden möge.«

Mit ernstem Gesichtchen führte sie das Glas an ihre Lippen – so dicht beschlagen, daß es wie Mattglas schien. »Komm rein.« Sie bewegte sich träge zur Seite hin, gegen den strudelnden Wasserstrom schwimmend, zum Beckenrand. Ihre Spinnenbeine wogten. Dazwischen hing ein wühlender Igel.

»Mir zu heiß. Ich schwimme lieber.«

Remo zog sich aus, ließ die kalte Außendusche kurz über sich strömen und machte einen skrotumschrumpfenden Kopfsprung. Schon nach zwei, drei Bahnen wurde er von Wendy gerufen. Sie stand aufrecht im Blubberbad. Ihre nasse, glatte Haut, bis auf zwei Streifen noch mokkabraun vom letzten Sommer, schien in ihrer Straffheit von überallher zu diesem einen Fleck gezogen zu werden, als könnte dort jeden Moment der Knoten platzen: ihr Nabel. Dampf wie ein Umhang um die Schultern.

»Mir ist nicht gut.« Sie flatterte mit den Armen und wankte. »Mein Asthma. Ich hab nichts dabei.«

Diese eckigen Kinderhüften, an die hätte er gern mal mit den Fingerknöcheln geklopft. »Dann nix wie raus aus dem Dampf.« Remo schwamm zur Treppe und hievte sich auf den Rand, wobei er mit seinem nackten Leib an Tammys Einschubtaschenkleid entlangstrich, das sich über dem Geländer sacht im Wind bewegte. Sein Herz pumpte heftig, obwohl er erst ein so kurzes Stück geschwommen war.

Am Jacuzzihäuschen lag ein Stapel Badetücher. Remo faltete eines auseinander und legte es um Wendy, die mühsam aus dem blubbernden Wasser stieg. Er begann sie trockenzutupfen. Sie atmete schnell ein und aus, durch Mund und Nase gleichzeitig, wie eine gebärende Frau, die hechelnd die Wehen auffängt. »Hast du das öfter?«

»Mal kurz hinlegen.« Sie ging schwankend, mit einwärts gekehrten Füßen, auf die offene Flügeltür zu, als stelle das nasse Handtuch noch ein zu großes Gewicht für sie dar. »Sonst ... sonst fall ich ... fall ich in Ohnmacht.«

»Und was tu ich dann?«

Sie sah ihn durch einen Vorhang aus nassem Haar gequält an: »Versuch's mal mit ... Mund zu Mund.«

Remo, selbst noch triefend, führte sie vorsichtig ins Gartenzimmer. Dann rannte er zum Jacuzzi zurück, wo er sich hastig abtrocknete. Mit um die Taille geschlungenem Badetuch zwischen den weißen Vorhängen hindurch. Nach dem Telefonieren hatte er die Lampe wieder ausgeknipst. In dem wenigen Licht, das noch von draußen hereinfiel, schimmerte der riesige Fernseher wie ein schwarzer Spiegel, und sogar jetzt kamen die falschen Stimmen, ihn zu ärgern. (Inspektor Helgoe: »Betrieb Ihre Frau Schwarze Magie?«)

Remo kniete sich vor das zitternde Mädchen und rieb sie mit dem großen Handtuch weiter trocken. Er merkte, wie sie unter seinen Händen den Rücken durchdrückte, so daß der Bauch, so flach er auch war, immer weiter vorragte. Durch die Gänsehaut zog sich ihre Haut noch straffer zusammen. Sie atmete nach wie vor schnell, aber nicht so, daß man unbedingt an einen Asthmaanfall dachte.

»Geht's?«

»Es geht.«

Wendy sank auf die Knie. Ihre Gesichter waren jetzt nah

beieinander, und er konnte die Hitze ihres Atems in kurzen Stößen an seinen kalten Lidern fühlen. Sie erschauerte, vielleicht nur, um das Badetuch an sich herabgleiten zu lassen. Seine Daumen massierten die vorstehenden Knochen ihrer knabenhaften Hüften, während seine Finger durch die Grübchen an ihrem kleinen Po strichen, die dort durch die Kraft entstanden waren, mit der sie die Oberschenkel zusammenpreßte.

Remo drehte sein Gesicht so, daß Wendys heißer Atemhauch auf seine Lippen sprang – und auf einmal kroch ihre Zunge, merkwürdig kalt, zitternd in seinen Mund. Ihr Kuß schmeckte intensiv nach Süßigkeiten, und als Remo ihn erwiderte, stieß er auf scharfe Zuckerkörner zwischen ihren Zähnen. Seine Hände kneteten die Dellen aus ihren Pobacken, woraufhin sich ihr Fleisch überall entspannte und durch die eigene Schwere, so gering sie auch war, ein paar Zentimeter an den Knochen abwärtszugleiten schien. Ihr Körper änderte, vielleicht ja für immer, seine Form. Remos Finger konnten nicht mehr bewirken, was sie jetzt nur noch festzustellen brauchten: daß Wendy naß und glatt und warm war, wo sie naß und glatt und warm sein sollte.

»Weiter?«

»Ja-a.«

Remo merkte, daß er das Handtuch zu fest um seine Taille geschlungen hatte, und löste es. Ohne einander loszulassen, begaben sie sich auf Knien zur Bettcouch. Wenn sie sich sträubte, konnte er es immer noch bei Küssen und Streicheln belassen. Als ihr Körper zur Seite kippte, glitten diese hinreißenden Froschbeine auseinander. Remo stieg vom Fußende her dazwischen und schob sich als Fortsetzung des Manövers wie von selbst in sie hinein, ohne daß eine helfende Hand erforderlich gewesen wäre.

»Schön.«

»Ja.«

Er bewegte sich sanft. Das Mädchen gab ein paar dünne

Piepsgeräusche von sich. Mehr Ermunterung war nicht nötig. Warum, in Gottes und des Eros Namen, brauchte es ein halbes Menschenleben an schändlichen Visionen, bevor sich endlich eine von ihnen erfüllte (und wie)? Vielleicht jauchzte sein Blut zu früh, denn nahe am Haus rauschten Autoreifen durch den Kies. Der dünne Körper unter ihm erstarrte und begann fast im selben Moment wieder zu beben. Es war ihm nicht unangenehm, wie Wendy ihn so in sich einschnürte.

»Nichts passiert«, flüsterte er. »Jack ist zurück.«

»Gleich kommt er rein.«

»Er sieht das Auto. Ich schlaf immer in diesem Zimmer. Er wird uns nicht stören.«

»Nachher mit ihm zusammen aufs Foto«, murmelte Wendy. Sie entspannte sich und erlöste Remo aus ihrem Würgegriff. Er zog sich zurück und bat Wendy, sich auf den Bauch zu drehen. Mit der Fingerspitze rieb er über die geriffelte Stelle zwischen ihren Pobacken. »Hier auch erlaubt?«

»Nicht ohne.«

Eine Autotür schlug zu. Remo ging nach nebenan ins Badezimmer und suchte in den Schränkchen, bis er die richtige Flasche gefunden hatte. Einen Moment lang lauschte er den Schritten im Kies. Jack würde noch eine Weile zu tun haben, bis er die Skiausrüstung vom Dachgepäckträger heruntergenommen und in die Garage gestellt hatte. Remo ging wieder ins Fernsehzimmer. Er ölte Wendy, salbte sich selbst und ließ dann die Vision Wirklichkeit werden, die er nicht einmal für verwirklichungs*fähig* gehalten hatte. Wendy wimmerte rührend kläglich, durchstand aber die Prüfung. »Als ob du einen Engel vögelst«, hatte mal jemand von dieser Liebesvariante gesagt. Dazu mußte der Engel aber erst die irdische Gestalt von Wendy annehmen, mit verengten Atemwegen und so weiter.

Remo spürte, wie ihm ein zuckergetränkter Orgasmus aus den Lenden hochkroch, als Wendy ihn erneut in sich festschraubte, noch gnadenloser als beim erstenmal.

»Das Lämpchen«, flüsterte sie gehetzt.

Am Telefonapparat neben der Bettcouch war ein oranges Licht angegangen. Es bedeutete, daß irgendwo im Haus telefoniert wurde. Wendys bis zum äußersten verkrampfter Körper zwang Remo zum langgedehntesten Höhepunkt, den er je erlebt hatte. Noch bevor er richtig zu Ende war, verwandelte sich der Fernsehschirm in einen Einwegspiegel, hinter dem eine handverlesene Gruppe von Ordnungshütern, Moraltheologen und militanten Eltern grimmig zusah, wie er letzte Hand an das Meucheln der Unschuld legte.

»Ich muß nach Hause«, sagte Wendy. Sie entledigte sich seiner wie einer zu harten Wurst: Zu einer anderen Bildersprache war sein Abscheu nicht bereit. Mit einem Satz verschwand sie von der Couch und aus dem Zimmer. Zwischen den wehenden Vorhängen sah Remo, wie sie sich an der Pooltreppe Tammys Kleid überwarf. Eine Hand vor dem Geschlecht, machte er die Tür zum Flur auf. »Jack, alter Slalomheld. Wie war Becky auf den Brettern?«

»Ich bin am Telefon.« Anjelicas Stimme. »Komme gleich.«

Am Jacuzzi, der ungerührt blubberte, zog Remo sich an. Keine Spur von Wendy. In der Küche, wo verschütteter Zukker unter seinen Sohlen knirschte, hob er ihre Jeans und ihr Höschen vom Boden auf. Er fand sie schließlich im Auto, das vor der Garage parkte, mittlerweile in Gesellschaft von Anjelicas Mustang, dessen Rückbank bis zum Dach vollgestapelt war mit Kleidertüten und nicht erkennbaren Gegenständen in violettem Seidenpapier. Remo legte die Jeans in seinen Kofferraum und warf Wendy durch das offene Seitenfenster das Höschen in den Schoß. »Da, zieh an. Ich wollte dich noch kurz mit der Dame des Hauses bekanntmachen.«

»Und mich dann wohl mit ihr fotografieren, oder?« sagte sie, den Blick abwendend. »Ich geh nicht zurück.«

»Gut, dann sag ich ihr noch schnell hallo.«

»Ja, grüß sie.«

»Du brauchst nichts zu erklären«, sagte Anjelica mit dem harten Blick, den sie aufsetzen konnte. »Ich hab's schon von Helena gehört.«

»Gut, dann geh ich eben.«

»Warum auf einmal diese Eile?«

»Mein Model hat einen Asthmaanfall. Sie will nach Hause ... zu ihren Medikamenten. Sag Jack, daß ich demnächst komme und seine Champagnervorräte wieder auffülle. Ich lege noch einen Dom Pérignon obendrauf.«

»Jack und ich sind getrennt. Ich befinde mich auf verbotenem Terrain. Falls du ...«

»Mach dir keine Sorgen, Anjelica. Verlaß dich auf mich. Auch gegenüber meinem besten Freund kann ich schweigen wie ein Grab.«

7

»Sie haben das Mädchen zumindest irregeführt«, sagte Inspektor Flanzbaum, »indem Sie ihr verschwiegen, daß Ihr Freund Jack in Aspen, Colorado, war.«

»Miss Zillgitt hat ausgesagt«, fuhr Trutanic fort, »daß Sie ihr in einem fort aus der Magnum nachgeschenkt haben. Sie hatte später keine Ahnung, wieviel Sie ihr zu trinken gaben.«

»Es *war* keine Magnum«, sagte Remo, nicht zum erstenmal. »Eine Magnum ergibt zwölf Flöten. Eine normale Flasche sechs. Ich habe zuerst drei Gläser gefüllt, für uns und für die Haushüterin. Später sah ich Anjelica mit einem Glas. In der Flasche war noch ein kleiner Rest. Wahrscheinlich habe ich die Flöten von Miss Zillgitt und mir zwischendurch nachgefüllt, aber mehr war da wirklich nicht drin.«

»Bleibt noch«, sagte Flanzbaum, »daß Sie dem Mädchen Betäubungsmittel verabreicht haben.«

»Einen halben Tranquilizer«, sagte Remo. »Gegen ihr Asthma.«

»Die Nebenwirkungen«, sagte Trutanic, »haben Ihnen gut ins Konzept gepaßt.«

»Es hat sich herausgestellt«, sagte der Inspektor, »daß Miss Zillgitt überhaupt nicht an Asthma leidet. Sie haben ihren Anfall erfunden, um …«

»*Sie* hat diese Krankheit vorgetäuscht«, rief Remo aus, »nicht ich.«

»Ach so, *Sie* wurden verführt«, kreischte Trutanic.

»Wenn die Zuneigung beiderseitig ist«, sagte Remo, jetzt leise, »dann spricht man nicht von verführen. Ich bin irregeführt worden.«

»Von dem Mädchen?« schlug Flanzbaum vor.

»Auch«, sagte Remo. »Aber in erster Linie von ihrer Mutter, diesem berechnenden Aas. Sie hatte mir nicht gesagt, daß ihre Tochter erst dreizehn ist. Und Miss Zillgitt selbst, die hat mir große sexuelle Erfahrung vorgespiegelt … zu der ihr Verhalten im Fernsehzimmer übrigens nicht im Widerspruch stand.«

8

In meiner gläsernen Wärterloge im zweiten Stock wurde ich Zeuge, wie dort unten, auf der kahlen Bühne, eine Rechtssache für zwei Personen sich der Apotheose näherte. Befreit von allen Ritualen, Fahnen, Richterroben, Holzhämmern und in Plastik versiegelten Buck-Messern spielte sich der Prozeß nur noch zwischen dem Haupttäter und seinem als einzigem am Leben gebliebenen Opfer ab, das seinerseits die Toten vertrat. Meine Kollegen nörgelten noch häufiger als sonst darüber, daß ich so oft aus dem Raum ging und jedesmal irgend etwas auf dem Ring zu tun hatte, wenngleich selten klar war, was.

»Laß die zwei kläffenden Bastarde doch, Spiros«, sagte Burdette. »Wenn sie sich gegenseitig ein Ohr abbeißen, sind wir schon schnell genug unten.«

Häftling Woodehouse sollte besser ein bißchen vorsichtig

sein mit seiner inneren Selbstverbannung. *Selbst* der Tonkrug sein zu wollen, der in sechstausend Scherben zerbricht, und auf jeder von ihnen der eigene Name: alles eitles Gehabe und gefährlicher Hochmut.

Gut, seine einsame Höhe war keine Fata Morgana. Noch nie zuvor war ein Film der heiligen Tragödie so nahe gekommen wie seiner aus dem Jahr 1974. Das Fehlen von Wind wurde hier zum Fehlen von Wasser, und es mußte, wie auch immer, eine Tochter geopfert werden, während die Orange am Baum vertrocknete. Die Kritiker reagierten darauf, wie es sich gehörte, mit schniefenden Nasen, als hätten sie gerade eine Linie gezogen. Die Silhouetten im dunklen Kino gaben sich geschlagen, und auf einmal schien sein Talent über jede Kritik erhaben. Gefährlicher als ein plötzlich zu hoher Blutdruck, stieg ihm der Ruhm zu Kopfe. Noch einmal, Woodehouse, Lektion 1 für den ehrgeizigen Sterblichen: *nie* den Neid der Götter herausfordern. Zu sagen, sein Meisterwerk reize die Herren da oben, war vielleicht zuviel der Ehre für ihn, aber daß er sie an ihren leuchtenden Eiern kitzelte, das stand außer Frage.

Einsame Höhe: Ich habe einen griechischen General gekannt, der an allem und jedem vorbeigeprescht war. Er glaubte sich *alles* erlauben zu können, sogar: seinen unwürdigen Menschenfuß auf geweihten Boden zu setzen. Er kletterte über die Mauern eines Heiligtums, traute sich auf einmal nicht mehr weiter, der Held, und kletterte wieder zurück. Der berühmte Stratege landete ganz übel auf der anderen Seite – und das lag nicht nur an der Höhe der Mauer.

Mit seinem Ruhm hatte sich der General auf Götterniveau hochgestemmt. Doch so ein Gruppenporträt paßt ihnen nicht. Wer die Götter auf seiner Seite zu haben glaubt, findet sie genau im anderen Lager. Verraten will ich auch noch, daß die hochmütige Tat unseres Topmilitärs ein schönes Beispiel für die Verführungskunst unserer erlauchten Herren war. Er ließ sich betören – und mußte auf den Scherben sitzen.

Nicht ausruhen auf seinen Lorbeeren. Sich sofort wieder in den Wettstreit stürzen, sonst folgte ein Unglück. Ein genialer Regisseur, der sich mit einem Fotojob abgab, um sich zum Schluß ein williges Jacuzzinymphchen zu genehmigen, das war die richtige Beute für den Neid der Götter. Binnen vierundzwanzig Stunden hatten sie ihn, wo sie ihn haben wollten.

In Choreo hatte sein Abstieg eigentlich gerade erst begonnen. Wenn er ganz allein Scherbengericht spielen konnte – ich auch.

9

»Christliches Erbarmen in deiner Welt, Li'll Remo«, sagte Maddox mit etwas gemein Liebedienerischem in der Stimme, »wie steht's damit?«

Nach einem von Oberaufseher Carhartt aufgestellten Putzplan waren sie dabei, die schmutzstarrenden Eisengeländer mit seifenlaugengetränktem Toilettenpapier zu umwickeln. Erwartet wurde, daß der festgebackene Dreck auf diese Weise aufweiche und sich löste und dann nur noch mit einem Eislutscherstiel abgekratzt werden mußte. (»Ernie will hier alles picobello haben«, hatte der »Grieche« den beiden Putzern unter der Hand erklärt, »wenn die große Adlermutter zu uns herabkommt, um unsere Reihen zu stärken.«) Es war ein hoffnungsloses Unterfangen, typisch Carhartt, denn nicht genug damit, daß das durchtränkte Papier zerriß – die Fetzen lösten sich in der Hand in grauen Rotz auf. Der Verband um Maddox' Handgelenke war jetzt durch zusätzliche Binden aus Klopapier verstärkt.

»Wie meinst du das?« Remo hatte die Nase gestrichen voll von Maddox' Fragen. Er wollte Antworten von ihm.

»Na ja, deine Richter hätten sagen können: Der Mann ist immer noch verrückt vor Kummer ... der weiß nicht, was er tut. Er kann es alles noch nicht glauben ... wartet darauf, daß seine Frau hereingeschwebt kommt, und dann … dann setzt ihm jemand ein *San Quentin jail bait* vor. Trauernde schmecken nichts. Sie konsumieren nur. Alles geht an ihnen vorbei.«

»Bei ein paar Freunden, denen, die übriggeblieben sind«, sagte Remo, »hab ich dieses Mitleid im Gesicht gesehen. Aber sogar sie trauten sich nicht, ihre Empörung laut herauszuschreien. Bei der Grand Jury brauchte man es mit dem großen Zaubertrick gar nicht erst zu versuchen …«

»Zauberei … erzähl …«

»Na, die wundersame Verwandlung erschwerender in mildernde Umstände, zu der kam es nicht. Ich sollte hängen. Nachträglich. Für die Verbrechen, die ich acht Jahre zuvor auf mein Haus und mein Anwesen herabgerufen hatte.«

Maddox spähte mit seinem einen Auge entlang den Häufchen und Fetzen Papierbrei auf dem Geländer. »Wenn du mich fragst, Li'll Remo, dann war das alles Sensationshascherei, das mit dieser Wendy. Du mußtest etwas kaputtmachen … um die Blicke auf dich zu ziehen. Etwas zerstören, um nicht rufen zu müssen: ›Seht mich an! Ich leide, seht ihr das? Alles bei mir ist kaputt! Und kein Mensch kümmert sich darum!‹ Was du zerstört hast, Li'll Remo, hätte nie ein dreizehnjähriges Kind sein dürfen.«

»Spiel du dich vor des Teufels Großmutter als Moralist auf«, rief Remo, »und laß mich in Frieden.«

Er kratzte sich mit den Fingernägeln die Reste des grauen Zeugs von den Händen. Nasses Toilettenpapier roch schon von ganz allein nach Gedärm.

»Meine kleinen Ausreißerinnen«, sagte Maddox, »waren zumindest nicht mehr feucht hinter den Ohren. Sie kamen freiwillig zu Charlie.«

»Ihre vaterlosen Babys schon etwas weniger freiwillig.«

»Mr. Remo erzählt mir was von innerem Exil«, schrie Maddox auf einmal. »Ein Talent, zu groß, als daß man mit ihm in Wettstreit treten könnte. Blabla, blabla, blabla. Und siehe da, das selbstverbannte Genie produziert drittklassige

739

Schnappschüsse ... und wozu? Um ein Kindmädchen soweit zu bekommen, wie er es haben will. Oh, laß uns doch mal ganz vorsichtig nachsehen, Li'll Remo, ob die Zündflamme beim Unknown Tragic Magic noch brennt. Halt den Atem an, damit sie nicht ausgepustet wird. Das Ewige darf nicht gegen das Zeitliche getauscht werden.«

»Scott, ich gönn dir ja deinen billigen Hohn«, sagte Remo, »aber laß es mich noch ein letztes Mal in aller Ruhe zusammenfassen. Ich bin von Mrs. Zillgitt und ihren Ambitionen reingelegt worden. Kein Wort über das wahre Alter ihrer Tochter.«

Wenn Maddox sich zu einer Berg- oder Donnerpredigt anschickte, dann merkte man das eher an seiner Haltung als am Ton. »Eine Frau, die ihre Tochter prostituiert«, versuchte er beschwörend zu tönen, doch seine Stimme blieb heiser, »ist ganz allein die Heilige Dreifaltigkeit. Mutter, Hure und Zuhälterin in einer Person. Sie vermietet die Möse, die aus ihrer eigenen Möse gekommen ist. Der Betrieb verjüngt sich nach unten hin, sagt Charlie immer. Benutzt Mrs. Zillgitt ihr eigen Fleisch und Blut auch noch als Erpressungsmittel, dann ... Charlie kann vor so etwas nur den Hut ziehen ... dann ist sie die ideale Zuhälterin. Mir brauchst du nichts zu erzählen, Li'll Remo. Ich bin selbst die Tochter einer Hure.«

Es war, als scheine bei der Erinnerung daran ein Lächeln durch den Verband auf, doch im nächsten Moment ging Maddox mit seinem umwickelten Kopf ganz nah an Remos heran. »Aber du«, schrie er, »du hättest nie der Kunde dieser Zuhältermutter werden dürfen. Hehre künstlerische Motive anführen, um das Töchterchen in die richtige Stimmung zu bringen. Was hattest du eigentlich über *mein* Talent zu meckern?«

»Nichts. Außer daß, falls es vorhanden gewesen wäre, eine Menge Menschen noch am Leben wären. Sonst nichts, Scott, gar nichts.«

»Wenn in Charlies Moral der Wurm steckt«, fuhr Maddox

ihn an, »dann steckt in Li'll Remos Moral ein ganzes Wurmknäuel. Zwischen uns gibt es einen großen Unterschied. Ich habe junge Frauen manipuliert. Sagt man. Dafür bin ich zum Tode verurteilt worden. Du hast ein minderjähriges Mädchen manipuliert und mußt dich dafür in Choreo dem Rorschachtest unterziehen. Alles eine Frage des Milieus. Und der richtigen Hügel.«

Kräftig mit der Hand über das Geländer ausholend, fegte Remo einen Teil des Papierbreis in Maddox' Richtung. Das Dreckzeug überzog dessen Verband und den Overall mit Spritzern wie von einer grauen Diarrhö. »Verdammt noch mal, du Stück Scheiße! Hätte der Henker dich nicht gleich in diesem grünen Kämmerchen narkotisieren können, bis es reicht? Ich steh hier vor dem Architekten von Hurly Burly, und der erzählt mir mal eben, daß *ich* von uns beiden der Verbrecher bin.«

»Mir gegenüber etwas zuzugeben, Li'll Remo, ist noch was anderes, als ein Geständnis vor der Staatsanwaltschaft abzulegen. Vom Richter bekommst du im Tausch dafür eine Strafe. Von Charlie … Antwort auf alles.«

»Ich werde keine Vergewaltigung zugeben. Auch nicht gegenüber jemandem, der selbst ein Vergewaltiger ist und mich dafür bewundern würde. Ich bin irregeführt worden. Ich bin reingelegt worden. Erst von der Mutter, aber später auch durch den Kuhhandel vor Gericht.«

Während Remo das sagte, war er sich auf einmal gar nicht mehr so sicher. Dieselben Worte hatte er auch immer gegenüber seinem Anwalt benutzt, dann allerdings mit großer Bestimmtheit, die jetzt wie weggeblasen schien. Wenn dieser Charlie, der ja im Ruf stand, andere mit seinen hypnotischen Fähigkeiten zu beherrschen, ihn soweit bekommen hatte, dann war das Grund genug, den Knirps doch noch zu erwürgen – oder Selbstmord zu begehen.

»Verurteilte mit leichten Strafen wie du«, knurrte Maddox, »tun die Argumente des Gerichts immer als … als juristische

Manipulationen ab. Richter Ritterbach? Ach, der bestraft Li'll Remo nur, damit die anderen Mitglieder im Palisades Cliffhanger Fish & Gulf & Deer Hunter Club nachts gut schlafen können. Und auch die Mitglieder der Dames & Daughters of the American Revolution & of the Guild of St. Margaret of Scotland ... denn da ist seine Frau Schatzmeisterin oder Schriftführerin. Auf diese Weise alles auf Machenschaften zu reduzieren läßt wiederum *dich* gut schlafen, Li'll Remo. Was ich sehe, ist der Winterschlaf eines Gewissens. Wenn du mal dieses dämliche Schildpattding absetzen und in dein eigenes Innere schauen würdest ... also, verlaß dich drauf, da würdest du die Würmer nur so wimmeln sehen. Du bist genauso schlecht wie ich.«

»Wenn letzteres stimmt, Scott, dann sitzen wir hier beide zu Unrecht. Ich habe von dir nie was anderes gehört, als daß du die Schuld auf andere schiebst.«

»O nein, meine Krieger waren Freiwillige«, sagte Maddox jetzt ruhig. »Ich hab sie immer nur zu ihrem eigenständigen Vorgehen beglückwünscht.«

»Als Auftraggeber, Scott, warst du der Haupttäter. Dafür bist du verurteilt worden.«

»Ich sag es dir zum letztenmal, Li'll Remo. Das waren politische Aktionen ... religiös-politische ... In historischen Notsituationen ist Gewalt gerechtfertigt.«

»Wo hab ich diesen Spruch schon mal gehört? Nietzsche, Sartre ... Rote Armee, Brigate Rosse. Denk dir doch einen neuen Slogan für deine Schlachterei aus.«

»Und du«, sagte Maddox, »du sitzt hier als Schänder kleiner Mädchen. Das dient keinem einzigen politischen Ziel ... keinem einzigen allgemeinen Interesse. Persönliche Lustbefriedigung, und das auf Kosten einer ... einer Kinderseele.«

»Ah, jetzt reden wir über Kinderseelen«, sagte Remo, »und wie deine Kämpfer damit politische Aktionen durchführen. In historischen Notsituationen, wohlgemerkt.«

»Kleine Betriebsunfälle«, brummte Maddox, der mit seiner

umwickelten Pranke die grauen Spritzer von seinem Overall zu wischen versuchte und damit das Zeug nur noch dicker verschmierte. »So was kommt halt vor, Li'll Remo, wenn das Fortbestehen der Welt auf dem Spiel steht.«

»Ich faß es mal kurz zusammen«, sagte Remo. »Damit die Welt weiterbestehen kann, muß … das Weiterbestehen der Menschheit verhindert werden.«

»Damit die Menschheit fortbesteht, ist deinesgleichen *alles* erlaubt. Mit gerade erst geschlechtsreifen Mädchen rumzumachen, das ist für euch noch eine tolle Form der Fortpflanzung.«

»So ein Tier bin ich nicht.«

»Mensch versus Tier, Li'll Remo, das ist deine Auffassung von Zivilisation. Hier die Kultur, dort die Natur. Charlie hat im Death Valley als Kojote unter den Kojoten gelebt. Glaub mir … es gibt keinen Unterschied zwischen dem Tierischen und dem Menschlichen im Menschen. Erst mal zeigen, zu welchem Ausmaß an Tierischem er imstande ist. Und dann von Zivilisation reden.«

Weil unten Aufseher Scruggs vorbeiwatschelte, den Blick nach oben gerichtet, machten Remo und Maddox sich daran, den Brei vom Eisengeländer zu wischen: Es wurde nur noch rostiger davon, nicht sauberer. Eine Zeitlang arbeiteten sie schweigend weiter, bis sich alles Papier in den Eimern zu Flocken aufgelöst hatte.

»Scott, wenn du das Böse gesucht hast«, fragte Remo nach einer Viertelstunde, »warum hast du dann … ich suche nach dem richtigen Wort … warum hast du die Manifestation des Bösen dann … verschleiert? Mit dunklen Theorien? Mit Hurly Burly?«

»Genauso wie Alkohol«, knurrte Maddox, »kann das Böse in seiner reinsten Form nicht existieren. Es muß verdünnt werden. Sonst ist es nicht auszuhalten … so flüchtig, so ungreifbar. Welche Systeme, welche Hierarchien hatte Hitler nicht alle nötig, um sein Reich des Bösen zu gründen?«

743

»Kapiert, Scott. Dein Böses ist um so mehr das Böse, je mehr es vom Mantel der Ideologie bedeckt wird.«

»Nein, je ansteckender es ist«, krächzte Maddox' Stimme giftig. »Charlie hat eine Menge Mull vor dem Mund. Und trotzdem hat er Little Remo mit dem Bösen infiziert.«

»Sag ruhig: gebrandmarkt.«

»Es ist ein Gütesiegel.«

10

»Der erste Staatsanwalt«, sagte Remo, »das war vielleicht ein Arsch! Dein Vincent Jacuzzi war wesentlich menschlicher.«

»So menschlich«, brummelte Maddox in seinen Verband, »daß er mich ans Gas anschließen ließ.«

Bei einer späteren Vernehmung durch Flanzbaum und Trutanic war außer Remos Anwalt auch ein Staatsanwalt des Distrikts Los Angeles zugegen. »Dieser Poindexter«, hatte Dunning ihn gewarnt, »genießt den Ruf, Italiener, Mexikaner, Puertoricaner, Kubaner, Kommunisten, Polen *und* Juden nicht ausstehen zu können. Wahrscheinlich weil er selbst ein protestantischer Ire ist.«

»Mit Schwarzen kein Problem?«

»Wegen seines Amtes will er so unparteiisch und vorurteilsfrei wie irgend möglich erscheinen. Das führt dann wieder zu den schrecklichsten Freudschen Versprechern. Am Telefon hat er bereits von Mr. Polecat geredet.«

»Herr Stinktier ... und das nennst du einen Versprecher, Doug?«

Während des Verhörs fing Poindexter äußerst schlau und umständlich von den verschiedenen Whirlpooltypen und -marken an, was dem Gespräch etwas Haushaltsmäßiges gab – ein Vertreter für modernen Sanitärbedarf am Küchentisch. Und dann plötzlich: »Können Sie mir, Mr. Pole, ähm, Poleaxe ... können Sie als Insider mir Laien erklären, wie so ein Jacuzzi funktioniert?«

»Verstehe ich das richtig, Mr. Poindexter«, sprang Dunning dazwischen, »daß Sie meinen Mandanten zu einem Sachverständigen auszubilden versuchen?«

»Er ist nicht verpflichtet, meine Frage zu beantworten.«

»Oh, meine Unterstützung haben Sie«, sagte Remo. »Angefangen hat alles mit einem alten Onkel der Familie Jacuzzi. Im Ersten Weltkrieg haben die Jacuzzis der amerikanischen Luftwaffe Propeller geliefert. Sie glaubten an Perfektion. Eines Tages brach so ein Ding ... die Maschine stürzte ab ... die Familie stellte die Produktion ein. Von Schuldgefühlen erdrückt zogen sich die Jacuzzis auf ihre Ranch zurück. Was jetzt? Weil sie das Erfinden nicht lassen konnten, bauten sie auf ihrem Hof eine neuartige Wasserpumpe. Alles mechanisch. Da tauchte Onkel Gianni auf, krumm vor Rheuma in seinem Wägelchen. Für ihn ...«

»Mr. Poleaxe, meine Frage war ...« unterbrach ihn der Staatsanwalt.

»Ich ersuche Sie«, sagte Dunning, »meinen Mandanten aussprechen zu lassen.«

»Die Jacuzzis hatten noch einen heilen Propeller aus dem Ersten Weltkrieg rumliegen. Den ließen sie in dem Becken mit der neuen Pumpe rotieren. Und siehe da, das Wasser begann zu strudeln, und der Jacuzzi, der noch nicht so hieß, war geboren. Daraufhin haben sie Onkel Gianni in den Bottich gesetzt und ihm ein Massagebad verpaßt. Hat seine Schmerzen gelindert.«

»Damit, Mr. Polecat«, sagte Poindexter, »haben Sie uns noch nichts über die moderne Version des Blubberbades erzählt. Die sinnenreizende Turbulenz des heißen Wassers ... davon hätte ich gern etwas von Ihnen gehört.«

»Ich muß Sie nachdrücklich bitten«, sagte der Anwalt, »meinen Mandanten mit seinem korrekten Namen anzusprechen.«

»Von dieser überaus verdienstvollen Familie«, fuhr Remo fort, »ist noch ein hochbetagtes Mitglied am Leben. Tante

Rosie. Wenn Sie sie darüber informieren, Mr. Poindexter, daß die amerikanische Moral durch die Benutzung eines Jacuzzi zusammengebrochen ist ... also, ich weiß genau, dann läßt sie die Produktion sofort stoppen.«

»Irgendwie ist bei Ihnen der Dampf raus«, sagte Poindexter. »Na schön, lassen Sie's gut sein.«

11

»Ein Kollege von mir«, sagte der Staatsanwalt, »hat vor drei Jahren ein Buch veröffentlicht. *Hurdy Gurdy*. Sie werden darin als eiskalter Mensch geschildert, der nicht einmal das Todesurteil kommentieren wollte, das ...«

»Wenn Sie sich jetzt auch noch bei Buchtiteln verhaspeln«, fuhr Dunning dröhnend dazwischen, »dann rate ich meinem Mandanten, Ihnen nicht länger zu antworten.«

Inspektor Flanzbaum kritzelte etwas auf ein Stück Papier und schob es Poindexter zu, der nach einem Blick auf die zwei Wörter fortfuhr: »In dem Buch *Hurly Burly* treten Sie als ein Mensch zutage, der zum Zeitpunkt des Todes seiner Frau ... sagen wir mal ... mit anderen Dingen beschäftigt war. Ihre Gattin war Ihnen treu, wie Sie während eines Tests am Lügendetektor bekräftigten. Sie selbst betrieben, sozusagen, ein ganzes Castingbüro für angehende Starlets. Ist das richtig?«

»Der Lügendetektor lügt nicht«, sagte Remo. Er sehnte sich nach dem Ende der Unterredung. In dem kleinen Vernehmungsraum waren zu viele Menschen beieinander. Die größere Wärme war nicht einmal das Schlimmste: Die immer würziger werdenden Körperausdünstungen wurden unerträglich.

»Kann es sein, daß Ihre Frau, die inzwischen ja schon Ende zwanzig war, angesichts Ihrer Vorliebe für junge Mädchen ihre Anziehungskraft für Sie ...«

»Sir«, rief Dunning, »ich bitte um Respekt vor den Toten.«

»... allmählich verlor?«

746

»Keine Antwort geben«, sagte der Anwalt mit seiner hohlsten Stimme.

»Vielleicht in den letzten Monaten ihrer Schwangerschaft«, sagte Remo mit einer beschwichtigenden Handbewegung in Dunnings Richtung, »und dann auch nur physisch. Wie es noch mehr Männern so geht. Meine Liebe zu ihr wurde in jenen Tagen in London nur größer. Ich lebte auf den Moment hin, da sie aus dem Wochenbett neu erstehen würde … als das Mädchen, das sie noch immer war. Dieser Augenblick ist nie gekommen.«

1 2

Wieder schlängelte sich eine Autobahn um den Sepulveda Dam, doch diesmal war es der San Diego Freeway, und sie fuhren in nördlicher Richtung zurück ins San Fernando Valley. Seit sie Jacks Haus verlassen hatten, war kein Wort mehr gewechselt worden. Wendy saß mit abgewandtem Kopf da und wickelte mit dem Zeigefinger immer dieselbe Locke in ihr nasses Haar.

»Noch Probleme mit deinem Asthma?« fragte Remo endlich. Ein im Sinkflug begriffenes Flugzeug zeigte an, wo Van Nuys Airport lag.

»Geht schon.«

»Atemnot?«

»Weniger.« Sie hielt eine Haarsträhne so stramm um ihren Finger gewunden, daß ein Wassertropfen herausgepreßt wurde, der ihr über den Handrücken in den Ärmel lief.

»Bereust du's?«

»Nein.«

»Bißchen schön?«

»Ja.«

»Sagst du daheim?«

»Na ja, nichts.«

Remo blickte sie von der Seite her an. Sie befreite vorsich-

747

tig ihren Finger aus der aufgerollten Strähne und prüfte, was für ein Kringel dadurch entstanden war. Als er sah, wie sie dabei schielte, spürte er, daß sein Ekel gewichen war und daß er sie wiedersehen wollte. Trotzdem dauerte es noch bis hinter die Abzweigung Devonshire Street, ehe er sich zu fragen traute: »Noch so 'ne Session?«

»Ähm, nö.«

Am Ende der langen, geraden Devonshire Street lag Chatsworth und dahinter Chatsworth Park. Dort irgendwo entlang der Straße war der Ort, wo einmal, in einer nachgebauten, inzwischen baufälligen kleinen Stadt aus Holz, Western gedreht worden waren – und nachgespielt. Bei seinem letzten Besuch hatte Remo dort wirklich eine Geisterstadt vorgefunden, die nur noch aus dem alten brandigen Geruch von verkohltem Holz bestand, wie er nach einem nächtlichen Regenschauer aus dem feuchten Boden aufsteigt. Hinter dem mit Unkraut und Gestrüpp überwucherten Gelände ragten in all ihrer felsigen Ungerührtheit die Simi Hills auf, in denen er vor Jahren mit Sharon hoch zu Pferd den letzten goldenen Tag des Herbstes ausgekostet hatte.

Remo wollte noch etwas Versöhnliches zu Wendy sagen. Er bekam die Worte nicht über die Lippen.

13

Flanzbaum und Trutanic sahen ihn immer noch unverwandt an. So lange hatten sie bisher nie geschwiegen.

»Was hätte ich denn tun sollen?« rief Remo. »Mich immer weiter nur nach meiner verstorbenen Liebsten umdrehen? Anderen Frauen aus dem Weg gehen, so lange bis sie … bis sie mich in Stücke reißen? Noch erleben müssen, wie mein Kopf, zum Teufel, auf Lesbos angespült wird?«

»Wollen Sie damit sagen«, fragte die Kripobeamtin Trutanic, »daß Sie das einmalige Zusammensein mit einer Dreizehnjährigen als Liebesgeschichte betrachten?«

»Das war es auch für *sie*.«

»Sie hat nach diesem einen Mal … Schluß gemacht, wollen wir mal sagen.«

»Die Leute um sie herum haben aus ihren Worten einen Verrat gebastelt.«

Wieder wurde es still. Inspektor Flanzbaum schob Papiere zusammen. »Nach unseren Informationen«, sagte er schließlich, »haben Sie zur Zeit Ihrer Festnahme gemeinsam mit Ihrem Anwalt die Möglichkeit untersucht, sich endgültig in den Vereinigten Staaten niederzulassen.«

»Ja, verdächtig, nicht?«

»Im Gegenteil, ein löbliches Streben. Nur … wozu die Mühe? Dieser ganze Papierkrieg, und dann eine permanente Aufenthaltsgenehmigung von vornherein verspielen, indem Sie mit minderjährigen Dingern rummachen.«

»Das werden Sie auch erst dann verstehen, Mr. Flanzbaum, wenn Sie die Idee der vorsätzlichen Verführung fallenlassen.«

14

Noch bevor Remo nach der Handbremse hatte greifen können, war das Mädchen schon aus dem Wagen geflüchtet. Die Haustür, die angelehnt war, ließ sie sperrangelweit hinter sich offen. In der Diele traf er auf Mrs. Zillgitt, die vom Fuß der Treppe aus fragend nach oben schaute, wo niemand mehr zu sehen war.

»Sorry, Tammy, ich wußte nicht, daß Wendy Asthma hat.«

Ihr Gesicht wandte sich jetzt, noch verwirrter, Remo zu. »Asthma …«

»Ein Anfall, während sie posierte. Hätte sie es mir vorher gesagt, dann wäre ich nicht so erschrocken. Sie hatte ihren Inhalator nicht dabei.«

»So was hat sie nicht … noch nicht«, stammelte Mrs. Zillgitt. »Dieses … Asthma bei ihr, das war bisher nicht so schlimm.«

»Na ja, behalte es im Auge, würde ich sagen. Ich hab mich zu Tode erschreckt.«

Sie ging zögernd die Treppe hinauf. »Kipp ist im Wohnzimmer.«

Diesmal kein Rauchnebel, statt dessen der abgestandene Geruch von verbranntem Hasch. Pritzlaff hatte in seinem Sessel gelegen und die Visionen verarbeitet und rieb sich jetzt wie ein gerade wach gewordenes Kind die Augen. »Du warst beim großen Jack, hab ich gehört. Hast du gefragt?«

Nein, der große Jack wolle *The Marijuana Brass* kein Interview geben. Zu beschäftigt, meinte Kipp. Nein, es könne ihn ins Gerede bringen; er habe schon genug Ärger gehabt. Na ja, fand Kipp, wenn der Schauspieler mit seinem Renommee das Plädoyer für freien Cannabiskonsum unterstützen würde, wäre es schnell vorbei mit allem Ärger. Vielleicht, meinte Remo, beeinträchtige die Gewißheit, frei konsumieren zu dürfen, ja den Geschmack und den Rausch. Das, sagte Kipp mißbilligend, decke sich dann aber nicht mit der Ideologie, die *The Brass* vertrete.

Mrs. Zillgitt trat mit düsterer Miene ins Zimmer. »Wendy sitzt völlig in Tränen aufgelöst oben in ihrem Zimmer. Sie schämt sich für ihr Asthma. Jennifer ist bei ihr.«

»Asthma«, wiederholte Pritzlaff verächtlich. Er klappte eine Zigarrenschachtel mit bereits vorgedrehten Joints auf.

»Ja, das hat sie manchmal in letzter Zeit.«

»Mir erzählt ja nie jemand was.« Er starrte auf die Sticks, als warte er darauf, daß sie Bauchbinden bekämen. Remo stand auf und murmelte, es sei noch eine ziemliche Strecke bis nach Beverly Hills. Tammy fragte, ob es vorher nicht noch etwas Geschäftliches zu erledigen gebe. Fast hätte Remo gesagt, mit dem Ausflug seien keine Kosten verbunden gewesen – bis er begriff, daß sie den Agenten meinte.

»Er will dich nicht vertreten.«

Das Blut, das ihr aus dem Gesicht wich, schoß, zu Flecken verklumpt, in ihren Hals. »Und der Grund?«

»Tammy, nimm's bitte nicht persönlich.«

»Kommt drauf an.«

»Er fand dich zu alt.«

»Ich bin vierunddreißig.«

»Sechsunddreißig«, korrigierte Pritzlaff schläfrig. Zwischen seinen Lippen baumelte endlich eine Haschzigarette, deren Vorhaut zu einer schönen Spitze gedreht war.

»Auf dem Foto vierunddreißig.« Das Blut schoß wieder in ihr Gesicht zurück.

»Lehr mich einer die Agenten kennen«, sagte Remo. »Sie zählen immer eine feste Durchschnittszahl an weggemogelten Jahren zum angegebenen Alter dazu.«

»Ja, Mensch, dann kann er ja auf Vierzig kommen.«

»Ähm … das ungefähr hat er sich vorgestellt.«

»Ich begleite dich noch zur Tür. Vergiß dein Köfferchen nicht.«

Remo nickte Pritzlaff zu, der gerade einen tiefen Zug Ewigkeit genommen hatte und zum Abschied mit seinem Joint ein schnelles, glühendes Z durch das schummrige Zimmer zog.

»Soll ich Wendy noch eben tschüs sagen?« fragte er in der Diele und blieb zaudernd an der Treppe stehen.

»Scheint mir keine gute Idee«, sagte Tammy, die ihm die Haustür aufhielt. »Und diese Fotosessions sind verheerend für ihr Asthma. Also lieber nicht mehr.«

Mrs. Zillgitt ging mit zum Auto, wo Remo ihr die Kleidungsstücke reichte, die sie sich über den Arm legte – bis auf das eine Kleid, das sie prüfend ins Licht der nächsten Straßenlaterne hielt. Noch beim Wegfahren sah er, wie sie das Kleidungsstück hin und her drehte und dabei kurzsichtig den Stoff absuchte.

Menschen, die beim leisesten Anzeichen von Migräne aus-
riefen, ihnen berste gleich der Schädel, hatte Remo immer
für wehleidig gehalten. Jetzt empfand er es zum erstenmal
selbst so – buchstäblich. Wie er sich an den Kopf griff, um
ihn vor dem Zerplatzen zu bewahren, das geschah aus reinem Selbsterhaltungstrieb. Seine Hände, die sich zu einem
Schraubstock formten, erkannten den Bart nicht wieder: Sie
umklammerten das Gesicht eines Fremden. Die harten Dau-
menballen drückten und drückten gegen die Schläfen ... bis
sein Schädel tatsächlich zu bersten drohte.

»O mein Gott, warum hat es mich ausgerechnet hierher
verschlagen ...!«

Maddox tanzte mit klappernden Latschen um ihn herum.
Vielleicht war es ein Siegestanz, mit dem er Remo den letzten
Schubs Richtung Abgrund geben wollte.

»Die Leute aus deiner Welt, Li'll Remo, mußten mir doch
unbedingt satanische Kräfte anhängen, nicht wahr? Also,
dann kannst du sie auch kriegen. Eurer Meinung nach hat
Charlie diese Morde aus der Ferne dirigiert. Gut, dann war
es später ein Klacks, von Vacaville aus eine kleine Kinderver-
gewaltigung zu inszenieren. Ich hab schon mehr Leute vom
Gefängnis aus ins Unglück gestürzt. Wenn jemand bereit ist,
mit offenen Augen in eine Falle zu tappen, dann muß man
nur dafür sorgen, daß die Augen auch offen bleiben ... und
natürlich, daß die Schlinge sich zuzieht.«

Remo konnte nur noch stehenbleiben, regungslos, die
Hände an den Kopf gepreßt, und Maddox' heiseres Geschrei
über sich ergehen lassen, zusammen mit dem Flappflapp seiner Füße.

»Wenn ich auf meinem Berg stehe und rufe: ›Komm her,
Li'll Remo, Charlie hat etwas mit dir zu besprechen‹, dann
wird Li'll Remo früher oder später hergebracht. Auch wenn
Li'll Remo dafür die merkwürdigsten Wege beschreiten

muß ... Verbrechen begehen in meinem Auftrag. Na, hast du gehorcht oder nicht? Braver Hund! Erst verhext Charlie die Mutter des Mädchens. Die schmeißt ihre Tochter auf den Markt ... für den berühmten Regisseur. Und fast wäre es schiefgegangen. Der Kinderjäger drohte davonzukommen. Da hat Charlie Richter Ritterbach den Geist des alten Amerika eingehaucht. Es klappte. Es funktionierte. Richter Ritterbach schickte das kleine Arschloch nach Choreo. Und ... da bist du nun. Braver Hund!«

16

Besaß dieser Lump wirklich so viel Macht über andere? Wieder in seiner Zelle, begann Remo an allem zu zweifeln, am meisten an seiner eigenen moralischen Gesundheit. Zu schlapp, um auf den Beinen zu stehen, lehnte er sich an das Waschbecken und blickte sich im Spiegel zwischen den Fettschlieren hindurch an – und aus Zweifel wurde Abscheu. Remo kam sich genauso verrottet vor, wie Maddox es offenbar wollte. Sogar durch dicke Mauern und eine Stahltür hindurch brachte Maddox Remos Glauben an ein inneres Exil ins Wanken. Am schlimmsten war, daß Remo sich gegen die rauhe Stimme nicht wehren konnte, die ihm vorhielt, das Böse stecke genausogut in ihm wie in Maddox. Im gleichen Maße sogar. Ein Metallspiegel war matter als einer aus Glas: Vielleicht konnte er deshalb in seinem Gesicht das Gütesiegel des Bösen nicht gleich entdecken, das er mit Maddox gemeinsam hatte. Er setzte die Brille ab. Rote ovale Druckstellen zu beiden Seiten seines hohen Nasenrückens. Vielleicht sah Maddox etwas in seinen Augen, wo er selbst nur offenkundige Traurigkeit und einen kümmerlichen Funken Lebenslust wahrnahm. Wenn das Remos Gütesiegel (oder Brandmal) des Bösen war, dann hatte Maddox selbst es in seinen Blick gestempelt.

Um Maddox sein Urheberrecht am Bösen zurückgeben zu

können, blätterte Remo die beiden Fototeile in Jacuzzis *Hurly Burly* durch. Der eine, nach dem ersten Drittel des Buchs, zeigte die Konterfeis der Mörder und der übrigen Mitglieder von The Circle, dazu Fotos ihrer Waffen, Buggys, Ranches. Remo hatte die Bilder unzählige Male in sich aufgesogen, bis seine Kehle vor Trockenheit brannte.

In dem anderen Fototeil, nach zwei Dritteln, kamen Porträts und Polizeifotos der Opfer, die er beim Lesen und nochmaligen Lesen so oft ängstlich überblättert hatte. Diesmal nicht. Remo wollte die Taten des Mannes, der ihn an diesem Nachmittag als ihm ebenbürtig im Bösen bezeichnet hatte, in Form von gestochen scharfen Fotografien sehen.

Als erstes die Luftaufnahmen und Grundrisse seines Hauses und Gartens, auf denen die Lage der Opfer genau angegeben war. Der mittlere Teil der Fotoseiten glich einem Familienalbum, mit Schnappschüssen von Sharon, Gibby, Tek, Jay, Steve, den LaBiancas (Leno beim Unterzeichnen eines Vertrags) und Sharons Yorkshirehündin Proxy. Nach ihren strahlenden Gesichtern kamen zurückhaltendere Fotos, aufgenommen vom Gerichtsmedizinischen Dienst des LAPD und dem Personal des Los Angeles County Morgue.

Die schale Ästhetik des Mordes.

Jay trug eine schwarzweiß gestreifte Jeans, die seinerzeit in der Modeboutique von Rosemary LaBianca als »Zebrahose« verkauft wurde. So gekleidet lag er tot neben der Zebrahaut, die im Wohnzimmer als Kaminvorleger diente.

Gibby, in einem blutgetränkten Nachthemd, ruhte auf dem Rücken in der Nähe eines im Rasen versunkenen Abflußgitters (aus Messing, auffällig glänzend geputzt), als habe sie in ihren letzten Augenblicken den geeignetsten Platz gesucht, um ihr Blut davonfließen zu lassen.

Ein Foto aus dem Leichenschauhaus zeigte den nackten Körper von Voytek. Die dunklen Spuren, die die vielen Messerstiche auf seiner Haut hinterlassen hatten, glichen in Form und gleichmäßiger Verteilung den Flecken eines Leopardenfells. Er lag rücklings ausgestreckt auf einer emailliersten Pritsche, die infolge intensiver Nutzung an vielen Stellen abgestoßen war. Die dadurch entstandenen ovalen schwarzen Flecke schienen irgendwie das Leopardenmuster von Voyteks durchstochenem Leib zu spiegeln.

Diesmal war Remo darauf gefaßt: Die nächste Fotoseite brachte ihm Sharon in ihrem Negligé aus Blut. Nur schwarzweiß. Ein ziemlich überbelichtetes Foto in Grautönen. Von den großen Farbabzügen, die der Pathologe, Dr. Kahanamoku, ihm seinerzeit gezeigt hatte, hatte jedes Detail ihm tief – nein, nicht in die Seele, sondern direkt in die Haut geschnitten, wie Glas. Sein Leib hatte gebebt, eher als seine Seele.

Beim behutsamen Umblättern legte Remo seine Hand auf das Foto, so daß er zwischen den gespreizten Fingern zuerst die banalen Details studieren konnte (Schaukelstuhlstäbe), um sie danach so lange zu verschieben, bis er einen Teil von Sharon zu sehen bekam. Das Foto in *Hurly Burly* war unscharf. Die kartoffelartigen Klumpen hinter ihren angezogenen Beinen konnte er noch immer nicht identifizieren. (Vielleicht erlaubte Carhartt ihm ja, bei seiner Sekretärin eine Lupe zu bestellen. Ach nein, darin war ja eine Linse eingelassen, die, in Stücke zerschlagen, tödliche Pfeilspitzen ergab und als ganzes ein Instrument, mit dem man, in heimlicher Kooperation mit einem Sonnenstrahl von draußen, California State Penitentiary Choreo in Schutt und Asche legen konnte. Sharon unter einer Lupe, deren Glas vom Atem eines mitglubschenden Wärters Scruggs oder Tremellen beschlagen würde: nein.)

In den quadratischen Gegenständen rings um ihren Kopf erkannte er auch ohne Vergrößerungsglas Streichholzbriefchen. Auf dem Foto war mindestens ein Dutzend von ihnen zu sehen, die meisten geschlossen, einige aufgeklappt. Sharon hatte die Angewohnheit, aus jeder Bar, aus jedem Restaurant solche Pappbriefchen mit den hauseigenen Streichhölzern mitzunehmen und sie in einem Korb am Kamin aufzubewahren.

Seine Hand weigerte sich, sie weiter zu entblößen. Remo schlug das Buch zu. Die Streichhölzer neben ihrem toten Körper hatten einen Sandelholzduft in seine Nase und Kehle gebracht.

Donnerstag, 19. Januar 1978

Ein zerrissener Held

I

Wie kamen die Fotos vom LAPD und dem Los Angeles County Morgue in *Hurly Burly*? Das Impressum wies aus, daß die Entweihung erst ab dieser Auflage von 1976 erfolgte, möglicherweise weil der Verlag (Hayes & Hayward Inc.) der Meinung war, sie erregten nach sieben Jahren nicht mehr so viel Grauen. In einer »author's note« wurde dem Leser versichert, die Fotos seien nicht aus Sensationslust in das Buch aufgenommen worden, sondern als stummes Zeugnis dessen, was der Kriegsplan von Hurly Burly angerichtet hatte.

Der stumme Zeuge wirkte in Remos Fall wie das Ende einer Peitsche, die ihm jedesmal, wenn der zweite Fototeil aufklappte, voll über die Augen schlug. Trotzdem konnte er, nachdem seine Netzhaut nun schon mal aufgerissen war, nicht aufhören, jeden Quadratzentimeter des glänzenden Papiers genau zu untersuchen – woraufhin, wußte er nicht. Die Abbildungen, mit denen er in den freien Stunden tagsüber und abends sein Hirn bereits übersättigt hatte, leuchteten ihm die ganze Nacht über aus der vorgeschriebenen Dunkelheit seiner Zelle entgegen. Nur wenn der diensthabende Aufseher (Remo konnte nicht erkennen, wer es war, aber es mußte Tremellen sein) die Taschenlampe in seine Zelle richtete, wurden die Bilder für einen Moment verjagt. Remo schlief nicht. Solches Material ließ man nicht ungestraft in seinen Geist.

Am Morgen gärte das Gift noch immer in seinem Kopf, und in dieser Verfassung meldete er sich am Schrank mit den Putzutensilien.

Remo angelte einen heilen Kronkorken aus dem Müll und ließ ihn zwischen Daumen und Zeigefinger wie den Sporn eines Reiters über seine unbedeckte Pulsader rollen. Es piekte ein wenig. Eine gepunktete weiße Linie blieb in der immer noch braunen Haut zurück.

»Der Länge nach, Li'll Remo«, ertönte plötzlich Maddox' Stimme hinter ihm. »Nie quer. Sonst ist's nichts Halbes und nichts Ganzes. Quer rüber schneiden, das ist was für Amateure. Die wollen rechtzeitig entdeckt werden. Die suchen keine Erlösung, sondern Rettung. Nie quer zum eigenen Blut, Li'll Remo ... immer parallel dazu.«

»Wie steht's mit deinen Pulsschlagadern, Scott?«

»Charlie denkt nur bei großen Demütigungen an Selbstmord. Ältere Jungs, die ihren Samen loswerden wollten ... und der Sadist von einem Aufseher lieferte den kleinen Charlie an sie aus. Er kaute Tabak und fand es toll, Charlies enges kleines Arschloch als Spucknapf zu benutzen. Der Saft war ein brennendes Gleitmittel ... für beide Parteien. Das waren jaulende Ritte, wie bei Hunden, die sich gegenseitig festkneifen.«

»Mit Verlaub, Scott ... du lebst noch.«

»Sie haben's rechtzeitig gemerkt. Sie wollten mich noch eine Weile als Spucknapf und Kloake benutzen. Nimm den Hintereingang ... Man liest doch manchmal in einem Buch aus der Bücherei hier, daß es eine Biographie ist, aber ...«

»Eine unautorisierte.«

»Nimm den Hintereingang ... das ist Charlies unautorisiertes Schicksal.«

»Von einer Zyankalikapsel bei deiner Verhaftung ist mir nichts bekannt. Dich in diesem Schränkchen unter der Spüle verhaften lassen ... war das vielleicht schon genug an Selbstmord?«

»Wieder haben die Schweine meinen Selbstmord rückgängig gemacht. Und dazu noch mit Hilfe des Gesetzes. Das grüne Kämmerchen wurde geschlossen.«

3

»Lynette, meine Sequoya Squeaky«, sagte Maddox, die Kehle vor Rührung verschleimt, »war eine begabte Dichterin. Schon in ganz jungen Jahren. Ich habe einige von ihren Sachen vertont. *You star in traumas / Yet how soon you forget these things / When some new something you are eyeing.* ›Debüt‹, über einen Säugling oder so … sorry, Li'll Remo, ich komme immer wieder auf dasselbe Thema. Mit Neunzehn ließ sie das Dichten sein … um in die Wüste zu ziehen. Wie Rimbaud.«

»Dann bist du wohl ihr Verlaine«, sagte Remo. »Der weniger Talentierte.«

»Ich ging ihr voran ins Death Valley«, fauchte Maddox. »Verlaine döste lieber weiter über seinem Zuckerwürfel mit Absinth.«

»Squeaky, wenn ich das richtig verstanden habe, ist deine Stellvertreterin auf Erden. Oder in der Freiheit … wie soll ich das sagen?«

»Das *war* sie. Bis vor zwei Jahren. Als Kind wohnte sie in Westchester, ständig ein Flugzeug vom LAX haarscharf übers Dach. In der Schule war sie in einer Tanzgruppe. Die Westchester Lariats. Square dance, Volkstanz … alles haben sie gemacht. Sie tanzten gegen die Jugendkriminalität. Lynette legte die Tarantella genauso mühelos hin wie den Highland Fling. Mir hat sie später noch den Tinikling vorgetanzt … etwas Philippinisches, inspiriert von den Schritten eines langbeinigen Bambusvogels oder so. Davon hat sie selbst ganz lange Beine gekriegt. Ein Wunder. Poesie in Aktion. Zusammen mit zwei anderen Mädchen hatte sie eine eigene Tanznummer. ›The Three Blind Mice.‹ Die haben sie vor Eisenhower aufgeführt. Im Weißen Haus. Fast zwanzig Jahre später zog sie sich wieder ein Ballkleid für einen Präsidenten an. Ein rotes, bodenlang. Ich saß in San Quentin. Die Farbe war ein Zeichen für mich. Squeaky wollte den Schutz der Redwoods erzwingen. An der Innenseite ihres Beins war ein Holster mit dem .45er Automatikcolt. Das antike Ding, von vor dem Ersten Weltkrieg, sollte innerhalb weniger Stunden weltberühmt sein. Es war am 5. September 1975. Gerald Ford machte seinen Morgenspaziergang durch den Capitol Park in Sacramento. Seit diesem Morgen ist Sequoya Squeaky nicht länger mein weiblicher Petrus.«

»Und Ford tanzt noch«, sagte Remo. »Und der Gouverneur hat weitergemacht mit dem Abholzen der Riesenmammutbäume.«

»Jetzt läuft schon wieder ein neuer Präsident ins Visier meiner Leute.«

»Jesus«, sagte Remo, »hat seine Apostel nicht zum Morden ausgesandt.«

»Wenn es stimmt, daß ich meine Jünger zum Morden aussende, dann gilt das auch für Jesus. Bei ihm nicht kurzfristig, aber dafür langfristig. Wenn der Papst Christi Stellvertreter auf Erden ist, dann gilt das auch für den mordlustigsten Papst. So hat Christus indirekt die Inquisition ins Leben gerufen … die Hexenverbrennung angezettelt … den Mord an dreißigtausend Katzen befohlen, die man verdächtigt hat, die Schwarze Pest eingeschleppt zu haben.«

»Wenn du so weiterargumentierst, Scott, dann hast du den Mordanschlag auf Präsident Ford begangen.«

»In Jesu Namen sind auch Staatsoberhäupter umgebracht worden. Die Kreuzritter spielten Polo mit deren abgeschlagenen Köpfen.«

»Als nächstes erzählst du mir wohl noch, daß du den Auftrag zu Hurly Burly von Jesus Christus erhalten hast.«

»Von noch höher. Hier in Amerika sind Platten von den Beatles ins Feuer geworfen worden … weißt du noch? Weil sie sich über Christus gestellt haben.«

760

Solange Remo den Eindruck hatte, sie spielten ein Spiel mit wechselnden Rollen, wie die Seelenklempner es sich für ihn ausdachten, solange verkraftete er es. Maddox, als gesichtslose Puppe, sog alle Schlechtigkeit der Welt in sich auf, und Remo preßte mit seinen Fragen das Böse wieder aus ihm heraus. Gleich würden sie sich die Hand reichen und mit blanko Seelen ihrer Wege gehen – bis zur nächsten Sitzung.

»Er wird gelegentlich aus der Reihe weggelassen«, sagte Remo, »aber es hat schon vorher einen Toten gegeben.«

»Die Weltgeschichte, die besteht nur aus Toten.«

»Nicht alle wurden ermordet. Ich spreche von Casa di Gary, Scott. Im Topanga Canyon. Das *political piggy*. Mit ihm sollte das Chaos beginnen. Oder nicht?«

»Ach, *der* Scharlatan«, sagte Maddox mit einem gemeinen Lächeln. »Fleischfresser müssen, bevor sie sterben, ihren mit dem eigenen Blut geschriebenen Namen an der Wand lesen. Gary stank dermaßen nach totem Rind, Little Remo, daß ich seinen schottisch karierten Dudelsack manchmal mit einem Kuheuter verwechselte. Der Mörder, das war er. Gary trug Pelz. In seinem Schrank hing ein komplettes Lama … total eingelegt in Kampferperlen …«

»Wenn ich es richtig verstehe«, murmelte Remo, »dann ist meine Frau von ihrem Silberfuchs getötet worden.«

»Gary« (Maddox erhob seine Stimme) »ließ jeden Tag von dem Schinder an der Ecke ein Stück aus der nächsten Leiche schneiden … und aß es halbroh auf. Wäre es *long pig* gewesen, dann würde er noch leben.«

»*Long pig* …«

»So nannten wir Menschenfleisch. Hätte sich Gary jeden Tag gekochte Titte oder geräucherten Hintern zu Gemüte geführt, dann hätte er unser Herr Kapellmeister bleiben können.«

»Du hast es ihm doch vorgemacht, Scott«, sagte Remo,

»wie man einen menschlichen Körper anschneidet. Zumindest war das Abhacken von Garys Ohr ein Anfang.«

»Charlie ist kein Jesus-Imitator«, sagte Maddox. »Charlie ist die Umkehrung von Jesus.«

»Kannste wohl sagen. Der Tiermörder wurde in drei Tagen zu Tode gemartert, und du ... Charlie darf hier für den Rest seines Lebens Körner kauen, Rüben beißen, Fürze lassen von roten Bohnen. Charlie, der tierliebende Vegetarier, unten in seinem Bunker.«

»Keine Beleidigungen, Li'll Remo. Du weißt, daß ich Veganer bin.«

»Du tust Honig in deinen Quark.«

»Bienen legen Nektarvorräte an ... in ganz akkuraten goldenen Noppenböden ... eigens für Veganer. Das zu verschmähen wäre die größte Sünde wider die Natur. Die einzige Nahrung, Li'll Remo, die bereits aus Gold war, bevor König Midas mit seinen Pfoten dranging. Das ist Charlies Vorspeise am Rande des Brunnens. Im Death Valley sind die alten Flüsse unter die Erde gegangen und zu Milch und Honig geworden. Sie leuchten in der Dunkelheit auf ... wie flüssiges Gold.«

»Dann kann man für dich und deine Apostel nur hoffen, Scott, daß die Milch nicht vorzeitig sauer wird. Ich vermute, die Blutflüsse von Hurly Burly, über der Erde, *werden* verderblich sein. Es hat doch schon vor Gary einen Mord gegeben, nicht wahr, Scott? Der Name Poopkie Poppycock taucht auf der Liste nie auf. Du kamst für dieses Verbrechen nicht einmal vor Gericht.«

»Wie oft kann man denn zum Tode verurteilt werden ... oder zu lebenslänglich? Und Poopkie Poppycock, Li'll Remo, ist später wiederauferstanden von den Toten. Ich bin ihm auf dem Flur des Gerichtsgebäudes begegnet.«

»Da wär ich gern dabeigewesen.«

»Charlie ging gut geschützt zwischen zwei gußeisernen Justizwachtmeistern.«

»Bist du also doch so sehr Jesus, Scott, daß du deine eigenen Opfer von den Toten auferstehen lassen kannst? Wenn
das so ist, dann denk auch mal an mich.«

»Man hat mir erzählt, daß Poopkie nicht mehr lebt. Er
schien aber nur tot. Die Buntline muß schon damals eine Mak-
ke gehabt haben.«

»Es sollte der erste Hurly-Burly-Mord mit der Buntline
werden ...«

»Mit Hurly Burly hatte das Umlegen von Poopkie Poppycock nichts zu tun. Das war einfach ein Typ, der die Umwelt
verpestet hat, mit seinem verschnittenen Dope. Übrigens,
Poopkie war schwarz. Wie sollte Charlie glaubhaft machen,
daß die Panther einen ihrer eigenen Leute umgebracht haben?«

5

Wenn andere Maddox mit Hypothesen bezüglich Hurly Bur-
ly zu nahe traten, wie zum Beispiel Vincent Jacuzzi es in sei-
nem Buch getan hatte, verleugnete der Prophet seine eigene
Schöpfung in allen Tonarten. Die Morde im Cielo und im
Waverly Drive sollten dann plötzlich wieder als Kopien des
Blutbads im Topanga Canyon gelten.

»Das war eine rein praktische Überlegung«, sagte er dann.
»Bobby saß wegen des letzten Atemzugs von Gary, und wir
wollten Bobby wieder in der Familie haben. Ein paar Morde
im Stil von Casa di Gary sollten beweisen, Li'll Remo, daß
Bobby unschuldig im Los Angeles County Jail saß.«

»Aber«, sagte Remo, »der Tod des Dudelsackspielers *war*
doch schon eine Art Kopie eines Black-Panther-Mords? Mit
diesem blutigen Händeabdruck an der Wand und so ... Dann
wären Cielo und Waverly ja Kopien einer Kopie gewesen.«

»Genial, oder?«

»O ja, sehr genial. Aber das sind immer noch drei Blutbä-
der, die von A bis Z dazu gedacht waren, militanten Negern

in die Schuhe geschoben zu werden. Von wegen Bobbys Unschuld. Von wegen Bobbys Freilassung. Der Auftakt zu einem Rassenkrieg und sonst nichts.«

»Und wenn«, sagte Maddox mit schnarrender Flüsterstimme ganz nah an Remos Ohr, »wenn Charlie und seine Leute eben beide Ziele anstrebten? Die Verwirrung unter den Schweinen in den Hügeln würde dadurch nur noch größer. Ich freute mich schon auf ihr Angstgeröchel.«

Dem Verband entströmte heute der Geruch von schimmligem Birkenholz.

6

Vormittags im Nebel des aufgewirbelten Staubs und nachmittags im Hundegeruch trocknender Seifenlauge artete das Gespräch zwischen den beiden Putzern immer mehr in einen Zweipersonenrechtsstreit aus. Die Beschuldigungen flogen heftig hin und her, inklusive Speicheltropfen und Reinigungsschaum. Es kostete mich immer mehr Überzeugungskraft, meine Kollegen davon abzuhalten, die Kampfhähne endgültig zu trennen.

»Jetzt reicht's aber«, hatte Adlerdresseur Carhartt heute schon ein paarmal gerufen. »Spiros, du bist zuständig für sie. Schmeiß sie in ihre Zellen, die beiden.«

Meine Zuständigkeit für sie war mir neu, aber ich übernahm sie und sagte: »Ich geb ihnen eine letzte Chance.«

»Die haben sie längst vertan«, rief Ernie mir noch nach.

Maddox und Woodehouse standen, jeder den Wischerstiel in der Hand, vor der offenen Tür des Besenschranks. Sie hätten schon beim Naßaufwischen sein müssen. In den schwach dampfenden Eimern war die rosa Schaumbrühe schon wieder dabei abzukühlen. Wenn ich auf dem Umgang im ersten Stock direkt über ihnen Posten bezog, konnte ich sie nicht sehen, aber um so besser hören, vor allem jetzt, wo sie ihre Stimmen nicht unter Kontrolle hatten.

»Freunde«, höhnte Maddox. »So was nennst du Freunde?«

»Das entscheide ich selbst«, gab Woodehouse scharf zurück, »wen ich als meine Freunde betrachte.«

»Wenn ich Jacuzzis Plädoyer richtig verstanden habe, Li'll Remo …«

»Verpiß dich mit deinem Little Remo.«

»… dann war auch irgend so ein Kaffeekuli darunter. Miss Abigail. Erbin einer Weltrösterei. Eine Freundin? Vielleicht hast du gehofft, sie würde dir einen Film finanzieren.«

»Zumindest war sie«, zischte der Regisseur, »die Geliebte meines Jugendfreunds Voytek.«

»Noch so ein Intimfreund. Hat sich außer bei dir auch bei ihr durchschmarotzt. Drogen gab's nicht gratis. Auch für die Coffee Queen nicht. Miss Abigail … einfach das was weiß ich wievielte stinkreiche Schwein aus deiner Welt, Li'll Remo. Frag Katie. Frag Tex. Die machen sich noch in der Stunde ihres Todes nur Sorgen um Geld.«

»Ich bin nicht dein Little Remo«, sagte Woodehouse. »Und Gibby … mit ihrem ganzen Reichtum hätte sie gut am Pool liegenbleiben können. Aber sie hat niedere Sozialdienste geleistet. Ihr Erbe hat sie in den Wahlkampf für einen schwarzen Bürgermeister gesteckt. Sie trat für die Schwarzen ein. Nicht indem sie sie in einen blutigen Krieg gestürzt hat, wie du das wolltest, sondern um sie gesellschaftlich voranzubringen.«

»Eine Gegnerin von Hurly Burly«, knurrte Maddox. »Ohne es zu wissen.«

»Sehr kluge Wahl, ausgerechnet sie aus dem Weg räumen zu lassen.«

»Ich wußte nicht mal, daß sie da war, in deinem Schweinestall. Ich hab die Kaffeetante erst später kennengelernt … aus den Zeitungen. Aus Jacuzzis Akten.«

»Gibby, Vorkämpferin für mehr Rechte für die Schwarzen, starb in ihrem blutgetränkten Nachthemd auf dem Rasen vor meinem Haus … damit du die Schuld auf die Neger schieben konntest. Endziel: Schwarz und Weiß in einen Krieg gegeneinander stürzen. Der Wahnsinn der Welt ist planmäßiger, als du und ich denken, Scott.«

»Was hat sie im Cielo Drive sonst noch getan, außer meinen Leuten vor die Füße zu laufen?«

»Du willst deine Opfer nicht als meine Freunde sehen. Gibby war zufällig mit meiner Frau befreundet. Sharon hatte sie und Voytek gebeten, noch ein paar Tage im Haus zu bleiben ... bis ich zurück sein würde.«

»Zeugen vor Gericht, Li'll Remo«, kreischte Maddox auf einmal los, »hatten darüber ganz was anderes auszusagen. Die Freunde deiner Frau standen den ganzen Tag über unter Drogen. Pack vom Strip auf der Matte, mit dem Handel getrieben wurde. Partys auf Kosten des Hauses. Und du, um die Knete zu verdienen, in London, wo du versucht hast, Delphine zum Sprechen zu bringen, Li'll Remo. Meine Leute haben in der Woche vor Hurly Burly mit nacktem Hintern in *deinem* Pool gelegen. Ich hatte sie zum Auskundschaften in den Cielo Drive geschickt. Aber sie brauchten nicht im Gebüsch zu liegen. Sie waren willkommen beim Lunch ... und der wurde serviert von *deiner* schwarzen Haushälterin, Li'll Remo. Verständlich, daß deine Frau die Nase voll hatte von ihren sogenannten Freunden. Zu spät, zu spät, tiralala.«

Es schmerzte mich, ihr Gespräch abbrechen zu müssen, aber ich konnte Carhartts böse Blicke aus dem Glaskasten nicht länger ignorieren. Ich beugte mich über das Geländer und rief: »Es ist noch nicht zu spät, tiralala, mit diesem Fischweibergezänk aufzuhören, meine Herren, und an die Arbeit zu gehen.«

7

Nach der wer weiß wievielten Letzten Warnung des »Griechen« hatten sie sich dann eben doch ans Naßaufwischen gemacht. Allerdings nahmen sie diese Arbeit nicht so systematisch in Angriff wie sonst, denn dann hätten sie in verschiedenen Ecken des HST anfangen müssen, und an diesem Tag konnten sie einfach nicht voneinander lassen. Also fuhrwerkten die beiden wild wie Leichtmatrosen mit ihrem Mop herum und tauchten ihn viel öfter als normalerweise großzügig in den Eimer – bis der gesamte Terrazzoboden förmlich schwamm. Die Stiele ihrer Mops berührten sich nicht nur versehentlich. Es kam darauf an, möglichst viele schaumige Tropfen auf den anderen abzufeuern. So lange bis ihre Wut sich dadurch nicht mehr abkühlen ließ und sie wieder zu Worten griffen.

»Und dieser Voytek«, fing Maddox in bröselig sanftem Ton an, »was hat der denn schon anderes getan, als deinen Erfolg auszunutzen? Den lieben langen Tag mit einem Glas von deinem teuren Wein am Pool. Von einer Karriere träumend. Auf den Tod wartend ...«

Fast hätte Remo ihm mit dem Mop ins Gesicht geschlagen. Durch Maddox' verdrehte Haltung war nicht auf Anhieb zu erkennen, an welcher Seite des Verbandsknäuels sich dieser Körperteil befand. Außerdem, war es nicht besser, solange er sich gerade noch beherrschen konnte, Maddox über sein Lebenswerk reden zu lassen und so zu den noch fehlenden Antworten zu verleiten? Wenn das mit den schwimmenden Kundschaftern im Cielo Drive stimmte, dann war das Haus als Schauplatz einer Blutorgie weniger willkürlich ausgewählt, als immer angenommen worden war.

»Voytek«, sagte Remo ruhig, »hat mir bei meinen Frühwerken assistiert. Sein Vater hat Geld in meinen ersten Kurzfilm gesteckt. *Mammon.* So was vergißt man nicht so leicht. Eines Tages kam Voytek mittellos in Amerika an. Ich habe ihn an meinem Überfluß teilhaben lassen, ja, bis er Arbeit gefunden hätte. Er wollte Drehbücher schreiben, hatte den richtigen Dreh aber noch nicht raus.«

Maddox klatschte den letzten Rest Seifenlauge aus dem Eimer auf den Boden und rührte mit seinem Mop darin herum. »Es wird dich freuen zu hören, Li'll Remo, daß er in den letzten Minuten seines Lebens hart gearbeitet hat. Nur um dieses Leben zu behalten. Ganz am Ende, da hat sich erst gezeigt, welche Kräfte in ihm steckten. Besser spät als nie. Kugeln, Messerstiche, Schläge mit dem Kolben ... dieses Viech war einfach nicht kleinzukriegen. Es hatte noch Atem, um laut zu brüllen.«

»Solange sie dich nicht gefaßt hatten, Scott, hatte ich Voytek im Verdacht, Unheil über mein Haus gebracht zu haben. Er verkehrte mit den falschen Leuten. Ich war in London und verlor meinen Einfluß auf ihn. Ein Journalist hat später gefragt, wie lange Voytek bei mir gewohnt hatte. ›Zu lange, vermute ich‹, habe ich geantwortet. Später, als die ersten Wahnsinnsdinge über Hurly Burly bekannt wurden, habe ich das zurückgenommen. Voytek ist mein Held. Er war stark genug, deine Killer abzuschütteln und wegzurennen. Bis zuletzt wollte er die Frauen aber nicht ihrem Schicksal überlassen. Ich denke manchmal ... wäre er doch geflüchtet. Dann wären deine bluttrunkenen Wölfe vielleicht hinter ihm hergerannt ... und die Frauen wären gerettet gewesen.«

»Er ist in den Garten gehüpft«, kicherte Maddox, »und da ein bißchen rumgetorkelt. Zu feige, um zu flüchten, zu feige, zu bleiben. Ein zerrissener Held.«

»Zerrissen von dir, dem Helden vom Scheitel bis zur Sohle.«

8

»Zeit für Scheuerlappen und Wischer, Li'll Remo«, keckerte Maddox' Stimme plötzlich munter. Normalerweise ließen sie zwischen dem Mittelteil des Fußbodens und dem Besenschrank einen Streifen als Laufweg trocken, doch das war ihnen heute, bei diesen Unmengen von Seifenlauge, nicht gelungen. Die beiden Putzer hatten zwar für diese Arbeit kurze Gummistiefel aus der Kleiderkammer bekommen, doch daran hatten sich die über die Risse geklebten Fahrradflicken bereits wieder gelöst, so daß ihr Schuhwerk erneut undicht war. Remo befand sich nicht in der richtigen Stimmung, um, wie Maddox, drollig auf den Absätzen herumzulaufen. Er ließ die kalte Seifenlauge einfach in seine Socken ziehen.

»Während des Prozesses«, rief Maddox über die Schulter, »hab ich mich wahnsinnig amüsiert. Vor allem über die Bökke, die die Polizei geschossen hat.« Er nahm zwei Putzlappen aus dem Schrank, die zum Trocknen über leeren Eimern gelegen hatten. »Meine stolze Hi Standard Longhorn .22, auch The Buntline genannt ... meine rechte Hand, die Tex heißt, jagt acht der neun Kugeln in drei Schweine im Cielo Drive ... er schlägt das Ding an Mr. Voyteks hartem Schädel kaputt ... der Kolben zerbricht, die Stücke liegen auf dem Wohnzimmerboden ... der Lauf ist verbogen, so daß der letzte Kötel nicht rauswill und Mr. Voytek seinen Gnadenschuß nicht bekommt ... und so weiter. Die Mädchen werfen die Buntline irgendwo aus dem Auto. Einen Abhang hinunter. Das Ding wird von einem kleinen Jungen gefunden, der es mit seinem Vater aufs Polizeirevier in Van Nuys bringt. Ordentliche Leute. Inzwischen ...«

Maddox trat in den Schrank, um die beiden Wischer zu holen, die an der Rückwand standen, drehte sich um und gab einen davon Remo. »Inzwischen, Li'll Remo, wird vom Geld des Steuerzahlers ein Plakat gedruckt. Auflage, was weiß ich, viertausend Stück. Sie werden an sämtliche Polizeireviere Nordamerikas geschickt. Sogar nach Kanada. Währenddessen liegt meine Kriegsmaschine, die Hi Standard Longhorn .22, neunschüssig, auch The Buntline genannt, die ganze Zeit im Fundbüro in Van Nuys ... zwischen den Regenschirmen. Köstlich.«

»Sie haben schließlich sogar dich gefunden, Scott ... zwischen den Kaktusbäumen im Death Valley.«

Auch das Wischen ging heute unsystematisch vonstatten und schien in erster Linie darin zu bestehen, daß die überreichlich verteilte Seifenlauge, die inzwischen pechschwarz geworden war, aufgenommen und wieder in die Eimer befördert wurde.

»Lob ihn bloß nicht zu sehr, deinen Freund Voytek«, sagte Maddox, als sich ihre Wischer verhakten und Remos Lappen sich löste. Es entstand eine kleine Pause. »Er hat sich genauso von Charlie beeinflussen lassen. Ich schickte ihm Visionen über das Kaminfeuer.«

»Nicht gerade schwer«, sagte Remo, »für Visionen die Urheberschaft zu beanspruchen, die du hinterher aus der Akte der Staatsanwaltschaft hast zusammenstückeln können. Voytek, der einen Schweinekopf in den Flammen sieht und den zu fotografieren versucht ... das ist alles auf einem Video zu sehen, und das wiederum wurde vor Gericht abgespielt. Schlußfolgerung: schlechtes Dope ...«

»... das Charlie ihm beschafft hat. Über seine Kontakte auf dem Strip. Glaub mir, Little Remo, dieser Schweinekopf kam von uns. Die Botschaft in gekochter Form. Ich werd es dir vorsingen.«

Und er sang zum erstenmal die Worte zur Melodie des unbekannten Beatlesstücks, das er bisher nur gepfiffen und gesummt hatte:

> *Pour in sow's blood*
> *that has eaten her nine farrow.*
> *Grease that's sweaten*
> *from the murderer's gibbet,*
> *throw it into the flame ...*

»Shakespeare«, sagte Remo.

»Lennon«, sagte Maddox.

»In dem Song ist der Zeilenbruch bei den Blankversen anders ... ein kleines Wörtchen ist verändert. Ansonsten ist es einer der Hexengesänge aus *Macbeth*.«

»Li'll Remo, Charlie ist vielleicht der einzige Mensch auf der Erde, der das Stück ›Hurly Burly‹ ganz kennt. Nicht mal

The Egg Man, der mir den Bootleg verkauft hat ... das einzige existierende Exemplar ... nicht mal The Egg Man hat es sich angehört. Ich habe die Platte so oft gespielt, nachgespielt, nachgesungen ... ›Hurly Burly‹ steckt tief in mir. Glaub mir, Li’ll Remo, Musik und Text sind von John Lennon. Ausführung: die Beatles.«

»Jetzt ist mir jedenfalls klarer«, sagte Remo müde, »warum deine Frauen mich nachts mit Hexengesängen aus *Macbeth* vom Schlaf abhalten.«

»Von wegen *Macbeth*‹, fuhr Maddox ihn an. »Das sind der Refrain und die Strophen von ›Hurly Burly‹«.

»Lennon, Shakespeare ... ist doch egal. Der Schweinekopf, den Voytek fotografieren wollte, stammte also von der Sau, die ihre neun kleinen Ferkel aufgefressen hatte ... und dazu ein bißchen Kragenfett von Charlies Schandpfahl, das in den Flammen zischt.«

»Paß auf, was du sagst, Li’ll Remo.« Seine Wut war wieder voll da. »Du hältst mich also für einen Amateur im Verhexen. Wart nur. Vergiß nicht, daß du für einen gewissen Film einen Berater für satanistische Fragen gesucht hast ... und daß Charlie dir damals seinen Freund Anton LaVey geschickt hat. Den gottverlassenen Satanisten schlechthin. Gib zu, Li’ll Remo, du warst ganz schön beeindruckt von seiner Erscheinung. Genau so, mit akkurat gestutztem Bärtchen, sah der Teufel deiner Meinung nach aus. Du hast ihn unter *Vertrag* genommen für die Rolle des Teufels. Ein idealer Schauspieler, der schon alles wußte ... und auch noch galant zu seiner zarten Gegenspielerin war. ›O, Ma’am, es ist eine solche Freude, mit Ihnen zu arbeiten.‹ Das genau war unser Plan. Dieses ganze archetypische Gelaber ... LaVey weiß, wie die Leute sich den Satan vorstellen, und bedient ihre Gutgläubigkeit. Währenddessen ist er nicht nur der hilfsbereite Satanist ... er ist es auch wirklich, der Satan. Du hast ihm erlaubt, eine unterernährte kleine Schauspielerin aus der Bourgeoisie zu besteigen. Ganz stilecht, mit archetypischen Krallen und Hufen. Blöd von dir, immer mehr vom Satan aus dem Film zu schneiden. Hat LaVey nicht gefallen, Li'll Remo, daß die Rolle des Satans immer winziger wurde. Zu guter Letzt suggerierte der Film, die Überwältigung durch Satan hätte genausogut ein Traum sein können. Satan war beleidigt und bekam Lust, noch mehr bürgerliche blonde Schauspielerinnen zu besteigen. Wenn sie etwas weniger unterernährt waren – auch okay.«

»Wenn jemand gut suggerieren kann, dann du«, sagte Remo. »Du schwafelst das blödsinnigste Zeug daher. Bis alles verseucht ist von deinem höchstpersönlichen Wahn, alles auf dich zu beziehen. Ich glaub kein Wort von irgendeiner Infiltration in meinem Film.«

»*Sweet dreams, Little Remo*. Alle Orte, an denen du deine Kamerastative aufgebaut hast, sind verseucht ... verhext. Bramford Building? Wer da wohnt, mit dem wird's ein böses Ende nehmen. Ein Mann wird gerade dafür ausgebildet.«

Den letzten Worten gab Maddox das Vibrato einer schwarzen Predigerstimme.

9

Wenn die beiden die Einsamkeit ihrer Zelle fürchteten und noch ein wenig weiterschwatzen wollten, lungerten sie immer am Waschbecken herum – so lange bis ein Wärter sie wegschickte. Heute war es purer Haß, der die Männer nicht auseinandergehen ließ. Wenn Maddox sich erst einmal in einen Rausch geredet hatte, wurde seine Strafpredigt immer barocker.

»Ich geh sie jetzt mal alle durch, Li'll Remo. Alle deine Freunde. Ich laß nichts an ihnen ganz. Außer dem Point Blank Polacco war da noch so ein tapferes Mannsbild ... ein Haarfritze. The Hairbreadth Hair-Raiser, so nannten meine Mädchen ihn, nachdem sie auf den Fotos der Gerichtsmedizin seine Frisur hatten bewundern dürfen. Ein Friseur, der große Töne spuckte und auf Schauspieler spezialisiert war.

Solche typisch windigen Geschäfte, an denen die Schweine reich werden. Das eine Schwein, das das andere rasiert und sich damit einen goldenen Ringelschwanz verdient. ›O, Sir, Probleme mit *dandruff?* Miss Holmes, reichen Sie mir doch mal den Spray mit Gonzelgunzelbutt Superjock. Sir, ich überziehe Ihre Schuppen mit Blattgold.‹ Der Friseur, das hab ich von diversen Damen in der Zeugenbank erfahren, hat nicht nur mit Schere und Haarschneidemaschine hantiert ... sondern auch mit Peitsche und Kettenschloß. Spankin' Jay Flash, *der* Spezialist für Wichse am Sunset Strip. Lassen Sie sich am Wochenende den Allerwertesten von einem von Jay's Tischtennisschlägern *out of hell* massieren, und ... Sie sitzen die ganze Woche auf einem Kissen aus Wasserblasen. Ein Gigant unter deinen Freunden, genau wie der Pole.«

»Der arme Jay war kaum größer als du und ich«, sagte Remo.

»Deine Frau liebte offenbar kleine Männer.«

»Nicht, wenn sie sich ihr als Mörder näherten.«

»Was wollte sie denn mit so 'nem Prügelbruder?« knurrte Maddox. »Fand sie das geil, mit der Riemenpeitsche verwamst zu werden?«

»Haben deine unbesoldeten Söldner dir nicht erzählt, wie scharf sie darauf war, gefesselt zu werden? In dem Evangelium, das über deine Lehre und Apostelgeschichte geschrieben wurde, *Hurly Burly* ... darin sind Fotos von Sharon mit einem zweifachen Striemen auf der Wange. Von der Schlinge, die deine Leute mit so großer erotischer Sorgfalt straffgezogen haben. Herrlich muß sie das gefunden haben. Sag mal, Scott, war das wegen diesen Sadomasogeschichten über Jay, weshalb ihr mit Seilen ...«

»Wir hörten erst am nächsten Tag, um welch genialen Barbier die Welt ärmer geworden war«, kicherte Maddox. »In der Zeitung lasen wir, daß er einen schwarzen Porsche fuhr, weil der ihn ... an glänzendes Lackleder erinnerte. Er schlüpfte bei jeder Fahrt in den Bauch seiner Domina.«

»Pressemärchen«, sagte Remo, müde vor Abscheu. »Er hatte ein Spielzeugpaket mit Polizeizubehör gekauft. Mit den läppischsten Plastikhandschellen hat Jay manchmal eine Dame an einen Bettpfosten gefesselt … um dann die gefürchtete Katze mit den Neun Schwänzen über ihren Po kribbeln zu lassen. Wenn das Peitschen ist, dann ist Küssen Vergewaltigen.«

Aus Maddox' sichtbarem Auge blinkte Remo eine Starre entgegen, die durch keine Erklärung je mehr zu mildern sein würde. »Und das nennst du Freunde?« Maddox zählte sie an seinen schmuddeligen Mullfingern ab. »Ein Polacke, der sich durchschmarotzt und das Haus auch noch in Gefahr bringt. Ein jüdisches Reicheleuteweib, das sich aus Langeweile für die Nigger einsetzt. Und dann ein Friseur, der mit der Peitsche Dauerwellen legt und so deine Frau für sich zurückzugewinnen versucht. Da hast du deinen tief betrauerten Freundeskreis, Li'll Remo.«

10

Weg aus dem Gestank von schmutzigem Verband, dreckigen Lügen und versifften Putzlappen: Remo wollte in seine Bude, wollte allein sein. Während Aufseher Carhartt, so der »Grieche«, mit seinem Blechei einen Adler aus dem Gebirge herbeizulocken versuchte, hatte Remo seine Adler ohne Aufwand, einfach indem er ein Formular ausfüllte, in seine Zelle bekommen. Remos Adler hämmerte auf Abruf mit ihren nagelbewehrten Krallen auf eine papierverkleidete Gummiwalze, und genau das brauchte er jetzt: eine bewegliche Maschine, die ihm helfen sollte, seine Gedanken zu ordnen. Aber erst hier unten etwas richtigstellen. Auf seinem Grundstück war auch, und zwar als erster in der Mordnacht, ein unbekannter Achtzehnjähriger erschossen worden.

»Steven In Parenthesis nannten meine Mädchen ihn«, sagte Maddox kichernd, als erinnere er sich an einen guten Witz.

»Weil er so ein hoffnungsloser Außenseiter war. Ein zufälliger Wachhund auf deinem Grundstück, Li'll Remo.«

»Sein Name, sein Tod … die sind bis in alle Ewigkeit mit denen von Sharon und den anderen verbunden.«

»An dem Wochenende damals war irgendwas komisch mit den Hunden von Beverly Hills«, brummte Maddox kopfschüttelnd. »Die von Altobelli, im Gartenhaus, bellten den ganzen Tag. Aber *nicht*, als Hurly Burly begann. Nachdem die Buntline gehustet hatte, schlugen bei den Nachbarn die Jagdhunde an … sie glaubten, sie müßten angeschossenes Wild apportieren. Die gaben ihr Bellen dann wieder an andere Kettensträflinge in der Nachbarschaft weiter. Bel Air, Beverly Hills, West Hollywood … Hunde aller Rassen kamen aus ihren Hütten, um sich den Hals wund zu kläffen. Aber *nicht* Altobellis Bluthunde. Steven In Parenthesis übernahm ihre Aufgabe. Er bellte mit seinen Scheinwerfern.«

Remo hielt seinen Finger unter den Wasserstrahl und malte in den schmutzigen Spiegel über dem Waschbecken die Zahlen

00:23

»Was steht da?« fragte er.

»Ein Zeitpunkt«, sagte Maddox. »Dreiundzwanzig Minuten nach Mitternacht.«

»Der Junge versuchte an dem bewußten Abend, unserem Haushüter ein Uhrenradio zu verkaufen. Ein selbstgebautes. Das Ding wurde im Gästehaus vorgeführt. Billy wollte dafür kein Geld rausrücken. Der Stecker wurde um sieben vor halb eins aus der Dose gezogen, und so blieb die digitale Uhr auf 00:23 stehen. Steven ging gleich danach, nahm das Radio mit ins Auto und … stieß dort auf deine Leute.«

Maddox gähnte demonstrativ, den Mund derart weit aufgesperrt, daß die wunden Winkel einrissen. »Au …! Man kann ja nicht einmal mehr gähnen, wenn einem jemand mit solchen uralten Neuigkeiten auf den Wecker geht.« An seinem linken Mundwinkel drang ein hellroter Blutstropfen durch den Mull. »Zwischen meiner Verhaftung und meiner Verurteilung hab ich das Hunderte von Malen gehört … von den Vernehmern, vom Staatsanwalt, von Uhrmachern unter den sachverständigen Zeugen. Hast du nichts anderes?«

»Der Zeitpunkt, Scott. In den Zeitungen wurde immer auf das Notenbuch hingewiesen, das bei uns auf dem Klavier stand. ›Twelve-Thirty‹ von The Mamas & The Papas. Sharon spielte manchmal die Klavierpartie und sang dann dazu. Um halb ein Uhr nachts, o bitterer Zufall, begann das Gemetzel in unserem Haus. Dein heiliger Krieg fing aber schon in dem Moment an, als Steven bei Billy den Stecker aus der Dose zog. Stell dir vor! Als er mit dem Uhrenradio unter dem Arm über den Gartenweg zu seinem Auto ging, waren deine Leute gerade dabei, am Hügelabhang über den Zaun zu klettern. Der Junge und deine rechte Hand, Tex, kamen ungefähr gleichzeitig am Parkplatz an … aus entgegengesetzten Richtungen. Das Uhrenradio stand da bereits endgültig bei der Zeit, zu der Hurly Burly begann. Dreiundzwanzig Minuten nach Mitternacht.«

»Große Ereignisse der alten Weltgeschichte«, brummte Maddox, »wurden in Stein gemeißelt. In unserer Zeit sind es digitale Ziffern, Li'll Remo. Wenn Tex so clever gewesen wäre, die Uhr zur Spahn Ranch mitzunehmen, hätten wir jetzt ein digitales Denkmal. Die Zeit, die stillstand beim ersten Schritt auf dem Weg zu Hurly Burly.«

»Du hättest dir damit einen sehr stummen Zeugen ins Haus geholt«, sagte Remo. »Und auch einen sehr beredten.«

»Ich hätte das Ding sofort in Sicherheit bringen lassen. Notfalls bis ganz ins Death Valley. Wenn der Brunnen erst einmal gefunden wäre, dann hätte ich« (Maddox machte eine Wellenbewegung mit seiner Hand entlang der Gefängnismauer) »eine kleine Aussparung hineinhauen lassen … exakt passend für das Uhrenradio mit 00:23.«

Es mußten die Verzweiflung und Erschöpfung gewesen

sein: In dem Moment, als Remo Maddox' Auge fanatisch unter seinem fransigen Vorhang aus Verbandsmull aufglühen sah, erkannte er seinen Fehler. Er hätte nie von Dem Zeitpunkt anfangen dürfen.

»Das Gerät muß noch irgendwo sein«, murmelte Maddox. »Ich spür es. Die Polizei gibt so was zurück ... die Familie hebt es auf.«

Er durfte nie wissen, wo die Uhr für ewig außerhalb der Zeit aufbewahrt wurde. Kein Denkmal, kein Pilgerort, kein symbolischer Erneuerungsquell für seine Bewegung.

11

»Als ich mit meiner Frau auf der Ranch war, um Pferde zu mieten«, sagte Remo, »sah ich unter Zweigen versteckt einen Bus von LA 5. Überall Filmscheinwerfer, Kameras ... Ich dachte zuerst an eine Fernsehdoku, aber es war nur ein Haufen alter Plunder. Deine Leute waren mit den Geräten zugange, irgendwie und aufs Geratewohl.«

»Alles ehrlich von den Schweinen erobert, inklusive des Busses«, sagte Maddox. »Kriegsbeute von Hurly Burly.«

»So konntet ihr eure eigenen Orgien aufnehmen.«

»Auch. War eine gute Übung. Learning by doing. Vor allem das spätere Filmmaterial war bestens brauchbar.«

»Welches Filmmaterial?«

»Von ... dem Ort.«

»Hör zu, Scott. Inzwischen ist ja wohl bewiesen, daß es solche Filme nicht gibt. Weil es immer hieß: ›Vom Waverly Drive gibt es *keine* Aufnahmen‹, wurde schon bald daraus: ›Vom Cielo schon.‹ Unsinn.«

»Charlie wollte alles festgehalten haben.«

»Was ist darauf zu sehen?«

»Alles. Alles.«

»Damit du dir deine eigenen Verbrechen noch mal ansehen kannst.«

777

»Charlie hat Grund genug, sie sich nicht anzusehen.«

Jetzt nicht dem heißen Würgedrang deiner Hände nachgeben, Li'll Remo. Weiterfragen. Zermalmen kannst du ihn immer noch.

»Dieses Filmmaterial ... was ist daraus geworden?«

»Fachmännisch aneinandergeklebt ... wie nennt ihr Profis das? Montiert. *Raus*geschnitten wurde aber nichts.«

»Existiert der noch, dieser Film?«

»Im Safe von irgend so einem Millionär irgendwo. Geldanlage für die Schweine.«

»Ich glaube dir nicht, Scott. Warum hättest du so einen bewegten stummen Zeugen in die Welt bringen sollen?«

»Charlie mußte an die Kriegskasse von Hurly Burly denken.«

12

»Scott, du bist der Anführer dieser Leute da draußen«, sagte Remo. »Du hast das Sagen. Aber wenn du von deiner Familie sprichst, dann tust du so, als wärst du weniger als ein Primus inter pares. Alle sind gleich.«

Die beiden Putzer saßen unter meiner Aufsicht für eine Viertelstunde im Freizeitraum, um zu verschnaufen. Sonst war niemand da. Sie schauten von Zeit zu Zeit verstohlen zu mir herüber, aber ich setzte meine gleichgültigste Miene auf, mit der Folge, daß sie weniger leise sprachen, als die Sicherheit geboten hätte.

»Schon wieder falsch, Li'll Remo«, sagte Maddox. Wenn er von seinem Stuhl aufstand, war es, als würde eine Feder in ihm losschnellen, so wenig Mühe schien es ihn zu kosten. Er vollführte seinen kleinen Seitwärtstanz und fiel dann vor Remo auf die Knie. »Gib mir deinen Fuß.«

Vorgeblich ganz in die Aufgabe vertieft, die um ein Damebrett liegengebliebenen Steine zu ordnen, paßte ich sehr genau auf. Häftling Woodehouse, der ein Bein über das andere geschlagen hatte, zog erschrocken seinen Fuß weiter in Richtung Leiste hinauf. Das hinderte Maddox nicht daran, ihm einen Kuß auf den Turnschuh zu drücken. Federleicht sprang er wieder auf und setzte sich auf seinen Stuhl.

»Jetzt bist du bereit, Li'll Remo, auch *meinen* Fuß zu küssen.«

»Im Leben nicht«, sagte Remo.

»Ich warte«, sagte Maddox. Er schwang seinen rechten Fuß vor Remo hin und her. »Du kannst jetzt nicht mehr zurück. Wenn du mir den Kuß vorenthältst, demütigst du mich für immer. Und du … du bist dann mein Beherrscher.«

»Das ist Erpressung«, sagte Remo. »Ich hab dich nicht um diesen Schmatz auf meinen Schnürsenkel gebeten.«

»Nein, denn dann wäre meine Geste nicht völlig uneigennützig gewesen. Mein Kuß, Li'll Remo.«

»Wenn du ihn von mir forderst, ist er genausowenig uneigennützig.«

»Ich verlange nichts. Ich rate dir höchstens, das Gleichgewicht zwischen uns wiederherzustellen. Wenn du mein Beherrscher bleibst, kann ich nicht mehr mit dir reden. Dann werden in Zukunft alle deine Fragen an mir abprallen.«

Ich kippte die Schachtel mit den Spielsteinen über dem Brett aus, nur um sie von neuem stapeln zu können. Meine Augenwinkel berichteten mir, daß Woodehouse dabei war, vor dieser neuerlichen Erpressung in die Knie zu gehen. Er erhob sich zögernd von seinem Stuhl. Natürlich, wenn er Maddox nicht bis auf den Grund von dessen schwarzer Seele aushorchen konnte, hatte alles keinen Sinn gehabt. Die ständig unterdrückte Wut, der Ekel vor der physischen Nähe des Mannes, dessen in Kauf genommenen Bergpredigten und Wahnsinnsarien – das wäre dann alles umsonst gewesen. Meine Finger ordneten automatisch die Damesteine, weiß und schwarz durcheinander, während ich kein Auge davon lassen konnte, was wenige Meter entfernt geschah. Ein Mann, der vor dem Mörder seiner Frau niederkniete und ihm einen Kuß auf den Gefängnislatschen drückte.

»Jetzt, Li'll Remo, sind wir der Überlegene wie der Unterlegene des anderen. Dafür ist Jesus eingetreten. Ich kann seine Lehre in *einem* Wort zusammenfassen …«

»Na?« sagte Remo, der sich beim Hinsetzen kurz weggedreht hatte, um sich heimlich mit dem Ärmel über die Lippen zu wischen.

»*Submission*«, sagte Maddox, einen Hauch Rührung in der Kehle.

»Auf polnisch«, sagte Remo, »kann das Verschiedenes bedeuten. Demut. Untertänigkeit. Sogar Unterwerfung …« Er sagte die polnischen Worte dafür und lieferte eine Umschreibung. »Vielleicht ist mein Englisch nicht gut genug, die genaue Nuance deiner *submission* zu erfassen … in bezug auf Jesus, meine ich.«

»Sieh's als gegenseitige Unterwerfung. Eine Methode der Liebe, um die Dominanz eines Menschen über einen anderen zu unterbinden. Charlie ist nicht mehr und nicht weniger als jeder seiner Jünger.«

»Meine Frau …« Remo versuchte zu flüstern, blieb durch die Heftigkeit, mit der er seine Worte ausstieß, aber trotzdem verständlich für mich. »Meine Frau ist also an der Unterwerfung innerhalb deiner kleinen Familie gestorben. Eine Methode der Liebe.«

Es reizte mich, sie das Gespräch fortsetzen zu lassen, aber ihre Pause dauerte jetzt schon fast eine halbe Stunde. Also sagte ich widerstrebend: »Meine Herren, ich weiß nicht, worum es hier geht, aber es hört sich nach einer Diskussion an, und die kann auch beim Aufwischen fortgesetzt werden.«

Und im übrigen hatte ich sie bereits mehr oder weniger, wo ich sie haben wollte. Alle beide.

13

»Diese deine Unterwerfung, Scott, ist die verachtenswerteste Heuchellehre, von der ich je gehört habe.«

Remo war auf dem Weg zum Abendessen in der Tür von Maddox' Zelle stehengeblieben. Der kleine Musiker zog gerade eine neue Saite (die oberste, dickste) durch ein Loch im Steg seiner Gitarre. »Dann beschwer dich bei Jesus Christus, Li'll Remo. Ich gebe nur wieder, was er gelehrt hat.«

»Es geht mir darum, daß du diese Lehre auf die denkbar übelste Weise zu deinem eigenen Vorteil ausgelegt hast. An der gegenseitigen Unterwerfung, die du predigst, ist nichts gegenseitig. Ab und an auf Knien den ungewaschenen Fuß eines anderen zu küssen … um die Welt daran zu erinnern, daß du der rechtmäßige Nachfolger Jesu Christi bist. Du – der Untertan deiner Jünger? Zum größten Teil sind sie weiblichen Geschlechts. In deinen Augen sind Frauen gerade mal gut genug, den Mann zu ernähren und zu befriedigen … den Haushalt zu führen und Kinder auszupupen. *Du* bist noch etwas weiter gegangen als der durchschnittliche Despot und Eunuch. Um kochen zu können, mußt du erst was einkaufen. Weil Charlie Jesus war, allzeit bereit, die Wucherer aus dem Tempel zu prügeln, hatte seine heilige Familie nie Geld. Du ließt deine Frauen jeden Tag in die Abfallcontainer der Supermärkte tauchen … zwischen das faulige Gemüse. Und wenn das Essen dann auf dem Tisch stand, mußten sie in aller Demut warten, bis die Hunde ihren Teller leer hatten. Du hast sie grün und blau geprügelt, wenn es dir gerade einfiel … und dann hast du gesagt, daß das gut für sie sei … daß sie nichts lieber wollten. Ja, so kann ich auch an gegenseitige Untertänigkeit glauben.«

»Ich hab ihnen Schutz geboten«, sagte Maddox, der in aller Ruhe die neue Saite um den Wirbel wickelte. »Ich habe sie in das unterirdische Paradies geführt.«

»Sie hatten gelernt, eine dankbare Miene zu machen, während du sie schlugst … lächelnd ihre Tränen zu trocknen. Frisch von zu Hause weggelaufene Neuankömmlinge wurden von dir vor den Augen der gesamten Familie eingeweiht … vergewaltigt, im Klartext. Na ja, sie mußten ohnehin lernen, wie man sich im Gruppenverband paart. Der paradiesische Zustand sollte soweit wie möglich schon oberirdisch herbeigeführt werden ... stimmt's, Jesus der Zweite? Wenn du ein normaler Knastbruder mit ein bißchen Charisma gewesen wärst, hättest du vielleicht ein Schätzchen hier oder da soweit gekriegt, sich deinen Namen ins Fleisch tätowieren zu lassen. Aber Charlie war ja etwas Außergewöhnliches ... ein Guru, ein General Rommel von halbgöttlichen Ausmaßen. Von wegen Tätowiertinte. Er ließ seine Frauen die Kernparolen seiner Lehre an Wände und Türen schreiben ... mit dem Blut *seiner* Opfer. Schau, so funktioniert die gegenseitige Unterwerfung von Christus dem Kojotenprediger. Deine Untertanen mußten durch Dreck und durch Blut ... während deine Unterwerfung unter deine Jünger aus nichts anderem bestand, als ... als sich barocke Schlachtfelder auszudenken.«

Maddox steckte seine Stimmpfeife in den Mundspalt seines Verbands und begann die neue Saite zu stimmen.

Die Nacktzelle

I

Ihr letzter gemeinsamer Arbeitstag begann damit, daß Maddox sich von Remo zwanzig Dollar leihen wollte, und endete bereits wenige Stunden später mit Remos erneutem Gang in die Isolierzelle. »Zwanzig Dollar, das sind mehr, als ich als Slipeinlage in meiner Hose trage.«

In fast menschlichem Ton behauptete Maddox, seine letzten Reservesaiten verbraucht zu haben und neue Aufnahmebänder zu benötigen, weil er die alten nicht löschen wollte. Es klang kleinlaut flehend wie bei einem Bettler, der sich schämt.

»Fünf Dollar von meinem Putzgeld kannst du kriegen. Die Hälfte von dem, was ich selbst noch habe.«

Maddox erkundigte sich mit säuselnder Stimme nach dem Grund für Remos solidarische Großzügigkeit. Die Geburt eines Menschen hinter der weichen Eierschale aus Verbandsmull schien wahrhaftig bevorzustehen.

»Scott, du warst neulich so freigebig, das Böse mit mir zu teilen. Jedem das gleiche. Unbezahlbar, aber ... ich möchte mich auf diese Weise symbolisch revanchieren.«

Aus den beiden einzigen Öffnungen im Verband, für Auge und Mund, entwich jetzt, teils durch den Mull erstickt, ein wahrer Wutausbruch. »Du geldscheißendes Schwein ...!« Als ob er, Maddox, nicht wüßte, daß Remos Produzenten das Geld säckeweise nach Choreo schleppten. Seine Leute hätten immerhin noch eine unbezahlte Krankenhausrechnung für die Familie Woodehouse auf dem Tisch. Vom Spahn's Family Memorial Hospital in Chatsworth. Entbindungsabteilung. Rechnung in Höhe von eintausendfünfhundert Dollar für einen Kaiserschnitt. Sofort zu begleichen. Der Zähler des Inkassobüros ticke bereits.

»Das war ja gerade dein größtes Verbrechen, Scott ... daß du deinen Schlachtern nicht gezeigt hast, wie sie einen Kaiserschnitt vornehmen müssen.«

Krieg sei Krieg, und für solche Dinge seien seine Soldaten nicht zuständig.

»Scott, ich komme jetzt zum Kern meiner Anklage.«

So, einen Kern gebe es auch noch? Na, dann man raus damit.

»Die einsamsten zwanzig Minuten in der Geschichte der Menschheit.«

Und jetzt mal in ordentlichem Amerikanisch, ja? Choreanisch, auch okay. Maddox' Auge funkelte wie Anthrazit.

»Das Auslöschen eines Lebens auf der Schwelle zum Leben.«

Na und? Solange man sich vorher die Füße abtrat.

»Noch nicht korrumpiert, Scott. Alle Möglichkeiten noch vorhanden, in einer unversehrten Eihaut.«

Die Anklage müsse in verständlichem Juristenchinesisch formuliert sein – soviel wisse Charlie noch aus der Zeit, als er vor dem Gericht in Los Angeles seine eigene Verteidigung übernommen hatte.

»Warum, Scott ...«

»Warum, Li'll Remo, weint das Neugeborene, und der Sterbende nicht?«

2

Es war, als ob Maddox zusammenbräche – weniger unter Remos Anklage als vielmehr unter seiner eigenen Antwort. Mit dem Händeringen war es wegen des wattierten Verbands noch nicht weit her, aber zum erstenmal in all den Wochen schien Maddox so etwas wie *Reue* zu zeigen. Oder war es lediglich der Auftakt zur nächsten selbstüberhebenden Bergpredigt? Er flehte Remo auf seinen nicht verbrannten Knien an, ein Trostgebet für das ungeborene Kind anzunehmen. In dumpfer Ergebung hörte Remo dem anschwellenden Wortstrom zu, der anfangs stockend aus erstickter Kehle erklang, nach und nach aber zu dem selbstgefälligen Geheul anschwoll, das er von seinem Putzkumpel inzwischen so gut kannte.

Als Remo später am selben Tag an Maddox' Genezareth zurückdachte, entdeckte er ein schwarzes Loch in seinem Gedächtnis zwischen der Apotheose der Bergpredigt und seinem Erscheinen vor der Disziplinarkommission von Choreo. Aus den Worten der Wärter, die sich auf ihn gestürzt hatten, und später der Kommissionsmitglieder hatte Remo bereits schließen können, daß er in einem plötzlichen Tobsuchtsanfall auf Maddox losgegangen war. Das einzige, woran er sich noch erinnerte, war ein schwarzer Hitzeschwall. Während er die amerikanische Fahne hinter dem Vorsitzenden anblinzelte, hörte er sich einen kurzen Bericht über das wahnsinnige Verhalten irgendeines durchgedrehten Choreaners an.

»So, Mr. Woodehouse, wir hoffen, daß Sie lange Wochenenden in den eigenen vier Wänden mögen. Die Kommission erlegt Ihnen dreimal vierundzwanzig Stunden Nacktzelle auf, damit Sie sich abkühlen können. Danach wollen wir Sie und Mr. Maddox nicht mehr zusammen sehen. Nicht fegend, nicht wischend, nicht miteinander redend.«

So war mit einer donnernden Trostlitanei und einer kreischenden Wahnsinnsarie ein fünf Wochen dauerndes, unmögliches Gespräch beendet worden, das trotzdem stattgefunden hatte. Einige Fragen waren beantwortet, andere blieben offen. Auch wenn Scott Maddox jetzt doch noch in Rauch oder Gas aufginge – Remo wußte genug für weitere neun Leben der Reue, des Selbsthasses und der tiefsten Niedergeschlagenheit. Ein kleiner Lichtblick: Aus keiner einzigen Anspielung eines Wärters oder eines Kommissionsmitglieds konnte man schließen, daß Remo während seines

Anfalls von Geistesverwirrung seine oder Maddox' Identität preisgegeben hatte – trotz früherer Drohungen, die stets gegenseitig waren. Hier in Choreo machte sogar der Wahnsinn halt vor dem Umkleideraum einer früheren Persönlichkeit.

3

Zum zweitenmal in vierzehn Tagen mußte ich Häftling Woodehouse in die Iso bringen. Diesmal war er gefesselt, und zwar an Händen und Füßen. So wurde er, kurze, dumpf klirrende Schritte machend, von Carhartt und mir aus dem Sitzungsraum der Disziplinarkommission geführt. Auf dem Gang stand zur Stärkung unserer Autorität der dicke Tremellen. Woodehouse hatte jemand anderen erwartet, denn er fragte Carhartt: »Muß Maddox nicht vor die Kommission?«

»Warum? *Du* warst der Aggressor.«

»Der Aggressor von uns beiden ist Maddox. Ihr könnt mich in die Iso werfen, aber *er* hat Sprengstoff. Und den setzt er garantiert gegen die Aufsicht ein, wenn es nötig ist.«

Nein, Maddox verwahre die Bestandteile für seine selbst zusammenzubastelnde Handgranate nicht in der Zelle. »Na, dann zeig sie uns doch«, sagte Ernie. Woodehouse führte uns im HST zum vertrauten Besenschrank. Er zeigte uns, wie Maddox (der nirgends zu sehen war) durch das Ineinanderschieben zweier unbenutzter Plastikeimer einen Hohlraum geschaffen hatte, in dem sich verschiedene kleine Gegenstände befanden.

»Dann woll'n wir die Waffenkammer mal inventarisieren«, sagte Ernie. »Ich sehe hier Stäbe von kupfernen Heftklammern ... Häufchen von Büroklammern ... einen runden Magneten, so voll von Eisenspänen, daß er wie ein Donut ausschaut. Eine kleine Plastiktüte mit ungefähr hundert Gramm eines gelben Pulvers. Verdächtig. Und was ist das? Ein leeres Plastikfläschchen. Lebensgefährlich. Ganz Choreo hätte in die Luft fliegen können.«

Tremellens Fettwülste schwabbelten, als er lachte. Ich hielt den Mund.

»Mr. Carhartt«, sagte Woodehouse, »dieses gelbe Zeug ist von Tausenden von Streichhölzern abgekratzt. Irgendwo liegt auch noch ein Tütchen mit rotem oder braunem. Das kommt zusammen mit den feinen Metallteilen in dieses Plastikding, und das wird zugeschweißt. Ich sag es zu Ihrer eigenen Sicherheit ... der des Personals. Maddox hat eine echte Lunte im Ablauf seiner Toilette.«

»Bumm ...!« rief der strohdumme Carhartt, der zwar an Adlereier aus Blech glaubte, nicht aber an Plastikhandgranaten. »Ich versteh ja, Woodehouse, daß du's nicht eilig hast, in das Loch da unten zu kommen, aber jetzt führt kein Weg mehr daran vorbei.«

Heftklammern, Büroklammern, ein eiserner Donut, Streichholzköpfe: Carhartt konnte keinen für Choreaner verbotenen Gegenstand entdecken und schärfte, indem er die beiden Eimer wieder ineinanderstellte, die potentielle Bombe von neuem.

4

Die Stunde der Wahrheit kam trotzdem noch unerwartet für mich. Ich sah, wie direkt unter meinen Augen eine Szene entstand, die ich zwar in Gang gesetzt, aber nie vorhergesehen hatte.

Woodehouse ging mit kleinen Schlurfschritten zwischen Carhartt und mir. Tremellen folgte uns schnaufend in drei Meter Abstand. Auf halber Strecke des langen Gangs mußten wir warten, bis Kollege Zalkus, der den gefesselten Dudenwhacker begleitete, über das Sprechfunkgerät das Gitter hatte öffnen lassen. Dudenwhacker, das wußte ich, hatte gerade vierundzwanzig Stunden Isolierzelle hinter sich, weil er Aufseher Burdette voll in den Schritt gegrabscht hatte – kein sexueller Übergriff, sondern einfach eine Geste der Verachtung. Ob das mit der Vergiftung nun stimmte oder nicht, jedenfalls war Dudenwhacker immer noch totenbleich, wodurch sich die fünf blauen Tränen von seinem Gesicht zu lösen schienen. Während des Wartens sahen er und Remo jeweils in eine andere Richtung, doch beim Passieren bohrten sich ihre Blicke kurz ineinander. Es entging mir nicht, daß Dudenwhacker seine Braue über der Dreiertränenreihe hochzog. Woodehouse antwortete mit einem mürrischen Nicken und einer kurzen horizontalen Bewegung seines Daumens in Höhe des Nabels.

Am Ende des Gangs führten links und rechts Stufen nach unten, wo sich im Souterrain die Isolierkerker befanden. Ich faßte Woodehouse am Arm und wollte ihn, wie vor zwei Wochen, nach rechts hinunterführen. »Nein, er geht in die Nacktzelle«, sagte Carhartt und zog ihn nach links.

»Ernie, tu mir einen Gefallen«, sagte ich. »Wir haben Januar.«

»Anordnungen, Spiros. Außerdem gibt's da Fußbodenheizung. Da unten ist es angenehmer als hier oben im Mai.«

Zum erstenmal bekam ich eine Nacktzelle von innen zu sehen. Gefängniszellen waren immer kahl, aber dieses steinerne Verlies war es im buchstäblichsten Sinn. Keine Pritsche, keine Toilette, kein Waschbecken, nichts. Nur, ganz oben an der gewölbten Decke, die ewige Glühbirne in ihrem Käfig aus Spinnweben und Draht. Die einzige sanitäre Einrichtung, ein Loch im Boden, hatte ich zunächst übersehen. Dafür war, als ich weiter in die Zelle hineinging, dieses eigenartige Gefühl in meinen Beinen wie früher in meinem marmornen Beratungsbüro, dessen Fundamente abgesackt waren. Der Terrazzofußboden verlief nicht waagrecht. Und es stank dort.

Weil Tremellen vor der Tür auf seinem Posten bleiben mußte, nahm ich ihm den kleinen Stapel Bettzeug ab, den er aus dem Gangschrank geholt hatte. Als ich die Schlafmatte und die Pferdedecke in eine Ecke legen wollte, fiel mir auf, daß der Boden ganz gleichmäßig von den Wänden zur exakten Mitte der Zelle abfiel, wo am tiefsten Punkt ein ungefähr fünf Zentimeter großes Loch war: Daraus stieg der Gestank.

»Genau so eine türkische Toilette«, sagte ich, »wie man sie noch in einigen Pariser Kneipen sieht.«

»Griechen«, sagte Carhartt, »hassen immer alles, was türkisch ist.«

»Hier ist die ganze Zelle die Toilette«, meinte Woodehouse. »Vier Wände rings um ein Arschloch.«

»Anus an Anus«, sagte der Dicke in der offenen Tür, »das ist deine Strafe. Auge um Auge, Arsch um Arsch. Das wird dich lehren, über Mitgefangene herzufallen.«

»Hier ist nicht saubergemacht«, sagte ich. Rings um die Öffnung im Boden zogen sich eingetrocknete Schmutzspuren sternförmig bis halb zu den Wänden. In der Nähe des Lochs waren sie noch frisch und naß. Darüber tanzten Fliegen wie Pingpongbälle auf der Luftsäule in einer Schießbude.

»Logisch«, sagte Tremellen. »Bis vor zehn Minuten hat sich hier Dudenwhacker in seinem Dreck gewälzt.«

»Ich seh keine Spülung«, beklagte sich Woodehouse. Ich nahm ihm gerade die Fesseln ab.

»Noch besser«, sagte mein Chef, »hier gibt es überhaupt kein fließendes Wasser. Eine Karaffe zum Essen, die kannst du kriegen.«

Der Gefangene wollte wissen, ob das Licht hier wie in der normalen Isolierzelle Tag und Nacht brenne. O ja, rund um die Uhr. »Woodehouse«, sagte Carhartt, »dies hier ist die Nacktzelle. Hausordnung bekannt?«

»Ich weiß jetzt, was eine nackte Zelle ist.«

»Raus aus den Klamotten, Woodehouse.«

Er schüttelte die Latschen von den Füßen und zog den Overall aus. In T-Shirt und Unterhose auf Socken unter dem durch Spinnweben und Draht zerstückelten Licht stehend, schien er zwischen uns großen Männern noch weiter zu schrumpfen.

»Ich hab gesagt: ausziehen.«

»Alles?«

»Bis auf die Unterhose. Das Auge des Wärters muß ja nicht den ganzen Tag über beleidigt werden.«

»Schau mal in den Schrank«, sagte ich zu Tremellen, »ob da Gideons drinliegen.«

Kurz darauf reichte er mir eine Bibel, die ich auf das Bettzeug legte. »In meiner vorigen Isolierzelle«, sagte Woodehouse, »gab's keine Heilige Schrift.«

»Nein«, sagte Carhartt abschätzig, »und ich werd dir auch sagen, warum. In einer Isolierzelle mit einem Hahn hat ein Psychopath mal so lange Wasser in seine Gideon laufen lassen, bis er eine bleischwere Schlagwaffe hatte. Der erste Aufseher, der reinkam, bekam diesen Klotz ins Genick. Seitdem gibt's Bibelstudium nur noch in der Nacktzelle.«

»Sie bringen mich auf eine Idee. Ich werde so lange darauf pissen, bis ich meine eigene Geheimwaffe habe.«

Ich erwartete, daß Ernie das Buch zurückfordern würde, aber das geschah nicht. Die Vorschriften in Choreo lauteten, daß ein isolierter Gefangener bis zum Schließen der Tür voll im Auge zu behalten war. Wir entfernten uns rückwärts, begleitet von einem mitleidigen Lächeln Woodehouses in seiner Gefängnisunterhose. Er hob die Hand. »Bis Montag.«

»Falls du dich anständig aufführst«, sagte mein Chef. »Auch der Kalender kennt Zinsen.«

Die Tür war dick und schwer wie die eines Banktresors.

5

Nachdem die Tür zugefallen war, machte sich dröhnende Stille breit. Wie in der vorigen Isolierzelle: kein Fenster. Nur, unerreichbar hoch in der Wand, ein Lüftungsgitter, dessen

Öffnungen allerdings fast vollständig zugesetzt waren mit Spinnweben und toten Insekten. Durch die Fußbodenheizung blieb der Kotgeruch fad und süßlich.

Remo ging mit dem Rücken an der Wand in die Hocke. Durch das viele Herumplatschen in der Seifenlauge, nur mit Latschen an den Füßen, war die Hornhaut an seinen Füßen so aufgeweicht, daß die Sohlen, weich und rosa wie die eines Babys, auf dem glatten, abschüssigen Boden keinen Halt fanden. Auch sein Hintern rutschte weg, so daß er jetzt in einer unbequemen, halb liegenden Haltung an der Wand hing. So, einer Genickstarre nahe, sog er die einzige Aussicht in sich auf, die seine neue Bleibe ihm zu bieten hatte: das idyllische, sanft abfallende Tal rund um den »Brunnen des Abgrunds«. Alte Körperausscheidungen waren auf dem Terrazzoboden schmutzigweiß und schmieriggrün eingetrocknet. Kalk und Galle. In dem, was einmal Erbrochenes gewesen sein mußte, waren die Abdrücke geplatzter Schaumbläschen noch zu erkennen.

Um nicht über dem verdreckten Loch hocken zu müssen, hatte Remo auf ein langes Wochenende der Hartleibigkeit gehofft, doch die Wärter waren noch nicht ganz weg, da machte sich sein Gedärm bereits bemerkbar. Wie weit er die Füße auch auseinanderstellte, immer standen sie in dem schmierigen Unrat seines Vorgängers. Dudenwhacker. Auf dem Gang hatte sein Gesicht *die* Frage gestellt, doch hatte er die Antwort von Remos Daumen auch verstanden?

Mit dem, was Remo ins Reservoir unter dem Latrinenloch abließ, trieb er wesentlich mehr Gestank in die Zelle, als er selbst produzierte. »Ich sehe kein Toilettenpapier«, sagte er, auch um zu hören, wie seine Stimme hier klang. »Die Gideon-Bibel, soll man sich mit der den Arsch abwischen?«

Um den Gestank nicht abzukriegen, versuchte Remo, nur noch durch den Mund zu atmen, was wiederum dazu führte, daß Kehle und Gaumen austrockneten. Mehr als der Durst an sich quälte ihn die Tatsache, daß es keinen Wasserhahn gab. Er suchte die Zelle nach einem Knopf ab, mit dem man die Aufsicht rufen konnte. Es gab einen, unauffällig in den Türrahmen eingelassen. Seine Hand glitt bereits auf ihn zu – nein, nicht unnötig klingeln. Ihn würden sie nicht kleinkriegen.

Ablenkung. *In Cold Blood*, so erinnerte sich Remo, hatte der Mörder Perry Smith in seiner Zelle neben der Küche des Sheriffs eine Methode entwickelt, die nackte Glühbirne hoch über sich herauszudrehen. Er drückte die Birne, die an einem kurzen Kabel hing, mit einem harten Besen an die Decke und ruckelte sie mit kurzen Bewegungen aus der Fassung heraus – bis tröstliche Dunkelheit eintrat. Falls er Scherben benötigte, um sich die Pulsadern aufzuschneiden, brauchte er nur so weiterzumachen, bis ihm die Birne vor die Füße fiel.

Im Unterschied zu ihm hatte Remo hier keinen Besen, und die Glühbirne war durch ein Drahtgeflecht geschützt. Indem er immer wieder mit der Bibel auf einen dunklen Schimmelfleck an der Decke zielte, übte er schon mal, um am Abend, wenn er schlafen wollte, die Birne kaputtzuwerfen. Das Buch öffnete sich häufig schon während des Aufwärtsflugs und fiel dann mit laut flatternden Seiten wieder herunter – was ihm in dieser Stille auf die Nerven ging. Er zog einen Wollfaden aus dem Deckensaum und band die Gideon damit zu. Der harte Einband aus scharlachrotem Kunstleder stempelte rote Streifen und Halbmonde an das weiße Gewölbe.

»Wenn eure Sünde auch blutrot ist, soll sie doch schneeweiß werden, und wenn sie rot ist wie Scharlach …«, murmelte Remo. »Jesaja, wenn ich mich nicht irre.«

Er fing die Heilige Schrift auf, löste den Faden und begann zu blättern. Hier, Jes. 1,18, verdammt. Weiterlesend verzichtete er darauf, die Birne zu zerschlagen. Nach dem heutigen Tag noch zweimal vierundzwanzig Stunden – kein Vergnügen, die im Dunkeln zuzubringen.

Sein Trinkbedürfnis setzte sich inzwischen aus zwei Teilen Durst und fünf Teilen Panik zusammen. Nackt dünstete sein Körper mehr Schweiß aus als bekleidet. Fröstelnd, schwitzend suchte Remo die Wände nach einem perlenden Rinnsal Kondenswasser oder durchsickernder Feuchtigkeit ab, um mit der Zunge darüberzufahren. Die Zelle war genauso trocken wie seine Mundhöhle. Er drückte auf den Knopf. Ein paar Minuten später stieß eine behaarte Hand die kleine Luke in der Tür auf.

»Und, was willst du?«

Vierzig Zentimeter dahinter, auf der Gangseite, war noch so eine Klappe, ebenfalls geöffnet, und darin hing das grobe Gesicht von Wärter Zalkus.

»Wasser.« Remo stieß das Wort, eher einen stumpfen Ton, direkt aus der Kehle hervor. Seine Zunge, steif vor Trockenheit, spielte nicht mehr mit. »Aa-wuh.«

»Nachher, zum Fressen«, schnauzte der Mann. »Ich bin doch nicht dein Butler.«

Einen Moment lang sah es so aus, als wolle der Wärter Remo ins Gesicht schlagen, doch Zalkus langte nur nach dem Ring an der inneren Luke, um sie zu schließen. In dem Spinnwebenlicht flimmerte das Bild einer Uhr voller kleiner Monde und Sterne nach, die an einem zu weiten Gliederarmband um das klobige Handgelenk hing.

7

Als der Lunch kam, wurde Remo die Funktion der beiden Türluken klar. Der Aufseher öffnete mit einem Schlüssel die Klappe auf der Gangseite, stellte Essen und Wasser in den würfelförmigen Hohlraum und öffnete die innere Luke, indem er einen Haken umlegte. Der Gefangene in Isolationshaft hatte die Karaffe und die Essensschüssel sofort wegzunehmen, damit die Luken wieder verschlossen werden konnten.

Der Gestank war dermaßen penetrant, daß kein Bissen, den er zum Mund führte, nach warmem Essen roch. So verwandelte sich sein Hunger bereits nach einer winzigen Portion in widerliche Sattheit, die ihm den Eindruck vermittelte, jede seiner Poren verströme Kotgeruch. Remo suchte auf dem am sanftesten abfallenden Teil des Bodens eine Stelle, an der er den noch vollen Essensnapf absetzen konnte – als plötzlich das Licht ausging. Der Napf, im Dunkeln zu früh losgelassen, schlitterte mit kratzendem Geräusch in Richtung des Lochs.

Ein technisches Versagen vielleicht oder ein Aufseher, der versehentlich den falschen Schalter umgelegt hatte. In Choreo gab es Notaggregate: Das Licht würde wohl gleich wieder angehen. Remo blieb reglos hocken, den Arm noch nach dem weggerutschten Essensbehälter ausgestreckt, bis sich wenigstens seine Augen an das Dunkel gewöhnt hätten. Dieser Moment kam nicht. Weil es nirgends eine Ritze oder einen Spalt gab, aus dem, wie schwach auch immer, Licht sickerte, gewann die Dunkelheit hier keinerlei Nuance. Für Remo war die Bewegungslosigkeit keine rein freiwillige: Die völlige Finsternis schien ihn wie erstarrtes Pech zu umhüllen und festzuschmieden.

Wäre die Birne zersprungen, so hätte es *ping!* gemacht, und das hätte er in dieser vollkommenen Stille gehört. Blieb noch die Möglichkeit, daß Isolation und Gänsehaut nicht die einzigen Strafen der Nacktzelle waren, sondern daß als zusätzliche Strafmaßnahme von Zeit zu Zeit das Licht ausgeschaltet wurde.

Es blieb dunkel. Wenn die Netzspannung zusammengebrochen war, betraf das auch den Alarmknopf. Remo schob sich seitwärts, den Rücken ängstlich an die Wand gedrückt, Schritt für Schritt auf die Tür zu. Er mußte seine Fingernägel einsetzen, um den Knopf wiederzufinden, der fast nahtlos in den Türrahmen eingelassen war. In dieser völligen Dunkelheit, die ihre eigenen Gesetze von Zeit und Raum aufzustellen schien, ließ sich nicht einmal annähernd ermitteln, wie viele Minuten verstrichen, bis durch die unsanft geöffnete Luke ein wenig fahles Licht in die Zelle waberte.

»Laß das Geklingel, Woodehouse.« Die Stimme des »Griechen«.

»Mr. Agraphiotis, einen Häftling in eine unbeleuchtete Zelle zu sperren ist gegen das Gesetz. Das fällt unter Folter.«

»Freut mich zu hören, Woodehouse, daß du das Gesetz so gut kennst. Wenn ich mich recht erinnere, haben wir dich in einer gut beleuchteten Unterkunft zurückgelassen.«

»Um dann das Licht auszumachen.«

»Wenn eine Glühbirne den Geist aufgibt, ist das keine Absicht unsererseits.«

»Ich erbitte von Ihnen ja auch nur die Absicht, eine neue reinzuschrauben.«

»Im HST hattest du eine prima Zelle. Ausgezeichnet beleuchtet. Du wolltest ja mit aller Gewalt in die Nacktiso. Hier gilt die Anordnung: solange die Strafe andauert, keine Birne ersetzen. Die Leiter, das ist der heikle Punkt.«

»Was gehört denn jetzt eigentlich zu meiner Strafe … vierundzwanzig Stunden am Tag grelles Licht, oder diese Dunkelheit, die einen wahnsinnig macht?«

»Och, Hauptsache, es wirkt. Sei froh, Woodehouse. Wenn die Birne es noch getan hätte, wäre sie auch in den kommenden drei Nächten nicht ausgegangen. Jetzt kannst du wunderbar schlafen. Für den Fall, daß du dich im Dunkeln fürchtest … hier gibt es kein Bett, unter dem ein böser Mann liegen könnte. Und jetzt will ich die Klingel nicht mehr hören.«

8

Doch ein Mensch trug auch Lichtquellen *in* sich. Wer die Augen gegen die grelle Sonne schloß, konnte sich an einem funkelnden Feuerwerk auf der Innenseite seiner Lider erfreuen. Ein Saufbold mit dem grauenvollsten Kater brauchte nur zu blinzeln, um silberne Funken wie Flöhe umherspringen zu sehen. Alkoholiker, die an Delirium tremens litten, berichteten von unsichtbaren Flammenwerfern, die lange Feuerstrahlen in ihr Blickfeld jagten. Alles kostenlose Lichtshows nach dem Schnaps.

In Isolierzelle B 3 hing eine dicke, giftige Dunkelheit, die die Hornhaut angriff. Remo merkte es erst, nachdem er seine Augen eine ganze Weile weit aufgesperrt hatte, so lange, bis die Äpfel, stark geschrumpft, trocken und mit feinen Rissen überzogen zu werden schienen. Das Dunkel, das sich von keinem menschlichen Blick durchdringen ließ, drückte massiv gegen die wehrlose Substanz von Augenweiß und Iriden. Erst als er die Lider schloß, schien Licht in der Finsternis: ein Funkenregen, der seine Netzhaut schmerzhaft sandstrahlte.

Remo saß mit dem nackten Rücken an der Zellenwand, die kühler war als der Terrazzo, gegen den sich seine Füße stemmten, um nicht wegzurutschen. Wenn er die Augen nur lange genug geschlossen hielt, würde das nervöse Feuerwerk schon aufhören. An seine Stelle traten weniger bewegliche Farbflächen, fröhliche und traurige, die sich teilten und wieder zusammenfügten, nie jedoch ein erkennbares Bild ergaben. Er versuchte, den Druck der Stille auf seine Trommelfelle zu verringern, indem er die Fingerspitzen in die Gehörgänge steckte und diese massierte. Das Knirschen, das so entstand, übersetzte sich in ein vertrautes Geräusch: Schnee, der unter sich bergauf bewegenden Skiern zusammengepreßt wird.

Remo zog die Finger aus den Ohren: Das Stilledröhnen kehrte nicht wieder; das Knirschen blieb, veränderte jedoch seine Schärfe. Ein Schlüssel wurde unaufhörlich in einem unwilligen Schloß herumgedreht – nicht in dem seiner Zellentür. Er erkannte das Geräusch am Tasten des abgewetzten Barts. Es war der lange Schlüssel, der auf die hintere Tür seines Hauses im Cielo Drive paßte. Er hatte seinen festen Platz auf einem Tragbalken der Küchenveranda, so daß die Putzfrau morgens ins Haus konnte, ohne die Bewohner zu wecken. Sie mußte mit dem Bus aus der Innenstadt kommen, und wenn der Verkehr mitspielte, traf sie gegen acht ein – heute etwas später. Der Schlüssel drehte sich im Schloß, bis der Bart die richtige Zuhaltung gefunden hatte. Um in die Küche zu gelangen, mußte Winny erst durch einen kleinen Vorraum, in dem die Putzsachen aufbewahrt wurden. Dort gab es auch eine Zwischentür zum Kinderzimmer, das auf der Vorderseite des Hauses lag. Sie öffnete es: ein leerer Raum, die Wände grundiert, mit hier und da sternförmig überputzten Unebenheiten. Wiege und Kommode standen vorläufig im Badezimmer nebenan. Der Maler sollte um halb neun kommen.

Nachdem Winny sich in der Küche die Arbeitsschürze umgebunden hatte, würde sie durch das Eßzimmer und die Diele ins Wohnzimmer schlurfen, um dort das schmutzige Geschirr einzusammeln. Im Geiste versuchte Remo sie zum Haltmachen zu zwingen, sie wieder zurückzuschicken, denn sie war nicht mehr weit weg von ihrer grauenhaften Entdeckung: den umgefallenen Kabinenkoffern, der offenstehenden Eingangstür, den blutdurchtränkten Maulwurfshügeln auf dem Rasen …

Im Durchgang von der Diele zum Wohnzimmer standen keine Kabinenkoffer. Winnys Aufmerksamkeit wurde von etwas anderem erregt: einem Scharren aus dem Wandschrank, wo sich noch eine Langspielplatte auf dem Plattenteller drehte, wobei die Nadel zwischen dem letzten Stück und dem Label hin und her schlingerte. Die Ohren gegen dieses Geräusch zuzudrücken hatte für Remo keinen Sinn, denn dann hörte er erst recht, was mit Hilfe der Lautsprecherboxen aus diesen letzten Rillen von *Sgt. Pepper's* zu vernehmen war. Eine Art minnimausartiges Geschnatter, ohne Bedeutung, aus dem Horden leichtgläubiger Exegeten nun schon seit Jahren alle möglichen Botschaften heraushörten. Winny schaltete den Plattenspieler aus und ging ins Wohnzimmer.

Es war leicht zu erkennen, wer, wahrscheinlich schon vor Stunden, *Sgt. Pepper's* aufgelegt hatte. Auf der Couch vor dem Kamin lag der ewige Hausfreund Voytek und schlief, vollständig angezogen. Er wachte von dem Klirren auf, mit dem die Putzfrau die leeren Flaschen einsammelte. »Wie spät ist es?«

»Zeit fürs Bett, Mr. Tek.«

9

Anders als bei der Charrière-Methode stellten sich bei Remo in diesem halluzinatorischen Dunkel keine klaren Bilder ein, nur sich verschiebende Lichtflecke in undeutlichen Schattierungen – und Geräusche von ungewohnter Schärfe. Er hörte die elektrische Klingel durchs Haus schrillen und Winny durch die Gegensprechanlage antworten, doch der Maler, der in die Küche trat, hatte kein Gesicht. Immerhin einen Namen: »Bill Guglielmo, fürs Kinderzimmer«, so stellte er sich vor. *Und*, merkwürdigerweise, einen Geruch. Guglielmo öffnete Dosen im kleinen Vorraum, und der Geruch der synthetischen Farben verdrängte den faden Gestank aus Remos Zelle.

Wenn die Klingel die Dame des Hauses geweckt hatte, dann blieb sie sicherlich noch eine halbe Stunde im Bett und schwatzte mit ihrem Kind, das sie, nach ihren Eltern, abwechselnd Paul und Doris nannte. »Uff, Paulchen, so früh noch … und schon wieder so warm und stickig. Nimmt einfach kein Ende, diese Hitzewelle.«

Kurz nach neun stieg Sharon aus dem Bett, wobei sie sich

in labilem Gleichgewicht auf dem Steißbein behutsam um neunzig Grad drehte, damit sie die Beine auf den Boden stellen konnte – ein Manöver, das Remo nicht vor sich sah, im Ablauf aber spürte, als sei er ein Teil davon.

»Was meinst du, Doris, einfach gleich den Bikini? Du, als Dame, darfst bestimmen. Unschicklich, in meinem Zustand? Not bricht Etikette.«

Remo entdeckte, daß sich das Lichtspiel auf seiner Netzhaut dadurch manipulieren ließ, daß er mit den Fingerspitzen wechselnden Druck auf die geschlossenen Lider ausübte. Als Sharon die Schlafzimmervorhänge zurückschob, wurde es heller in seiner Zelle. Sie war wie eine unbeschreibliche Sanftheit um ihn, und er konnte fühlen, wie sie gemächlich, träge schwankend, ihr Gewicht von einem Bein aufs andere verlagerte, um ihr Bikinihöschen anzuziehen. Auf einmal flatterte ein Schatten über ihn, der fast alles Licht wegfegte: Sharon schlüpfte in ihren Morgenmantel. Zu dieser frühen Stunde wollte sie den anderen ihren überreifen Bauch nicht ins Gesicht stoßen.

Es kam Remo so vor, als bewege sie sich mühsamer durch die Räume als noch vor einigen Tagen, als die Hitzewelle auch schon Temperaturen von über 90° F erreicht hatte. Sie ging durch die Diele zwischen den Schlafzimmern ins Wohnzimmer, wo Voytek offenbar wieder eingeschlafen war, denn er ächzte erstaunt und fragte noch einmal: »Wie spät ist es?«

»Zeit, um die Flagge einzuholen.«

Seit dem Abend der Mondlandung, die sie gemeinsam mit ihren Eltern und Freunden (aber ohne Remo) im Fernsehen verfolgt hatte, ermahnte sie Tek jeden Tag, die Fahne von der Couch zu nehmen und wegzulegen. Ihr Vater, Berufsmilitär, hatte sich an jenem triumphalen Abend noch mehr als sonst über das Flaggentuch geärgert, das so respektlos mit den Sternen nach unten über der Rückenlehne hing – Voyteks Manier, die Gastfreundschaft Amerikas zu erwidern.

»Wenn es um ihre Fahne geht«, brummte er, »haben die Yankees auf einmal keinen Sinn für Humor mehr.«

Zur selben Zeit, nur neun Stunden später, hatte sich Remo in London die Landung angeschaut. Bevor der erste Schritt getan war, hatte Sharon ihn angerufen, und so verfolgten sie zusammen das Abenteuer. Im Hintergrund hörte er, wie Jay und Gibby und Voytek mit aufgeregten und beifälligen Ausrufen die plump beschuhten Füße auf der Mondoberfläche aufkommen sahen. Nach den alten Ägyptern und den Romantikern des neunzehnten Jahrhunderts hatten die Hippies den Mond neu entdeckt, als Symbol der reinen Liebe. Jetzt wurden sie gezwungen, mit eigenen Augen zu sehen, daß dort keine Blumen wuchsen und daß es genug Leere für eine neue Eiszeit gab. Zum erstenmal stellte sich jetzt, in Zelle B 3, die Frage: Konnte irgend etwas an diesem Mondspaziergang, an diesem schwerfälligen Getapse durch mythischen Staub, eine Handvoll Blumenkinder genügend verwirrt haben, um sie innerhalb weniger Wochen von der Liebe abzuschneiden?

»Mal sehn, Tek, wenn du demnächst die neue Überdecke auf deinem Bett findest ... ein rotes Tuch mit Hammer und Sichel ... was dann von deinem Humor übrigbleibt.«

10

Winnys leises Gemurre vermischte sich mit dem Klappern des Geschirrs in der Stahlspüle, die fast überquoll. Mittwoch und Donnerstag hatte sie frei gehabt, und nun beklagte sie sich über den Abwasch, der sich seit Dienstag aufgetürmt hatte. »Sorry, Ma'am, aber da sind noch Teller von dem Lunch dabei, den ich Mr. Voytek und seinen Freunden serviert habe ... Dienstag, am Pool ... Keine anständigen Leute, wenn Sie mich fragen. Alles angebacken. Und angeschimmelt, bei *der* Hitze. Sie sehen ja selbst ... es ist nicht genug Platz, um alles einzuweichen.«

»Ich weiß, Winny. So langsam wird es untragbar. Das muß

bald ein Ende haben, dieser ewige Besuch. Ich rieche Farbe.«

»Ja, Farbgeruch, und dann noch der Gestank von Mr. Voyteks verdorbenen Resten … bei *der* Hitze, Ma'am, da kommt mir ja fast alles hoch.«

Sharon ging durch den kleinen Vorraum ins Kinderzimmer, dessen Tür offenstand. Weil der Maler die Mückengitter weggenommen hatte, war es hier unerwartet hell. »Guten Morgen, Mr. Guglielmo. Reicht einmal streichen, was meinen Sie?« Sie konnte fast spüren, wie es das Kind in ihrem Leib in diesen sonnigen Raum zog.

»Zweimal.« Er tauchte den Schaumgummiroller in den Behälter mit gelber Farbe und setzte ihn an die Wand. »Die Wände saugen stark, wissen Sie. Morgen, Samstag … kann ich dann für den zweiten Anstrich kommen?«

»Hauptsache, es ist bis Montag trocken, dann kommt nämlich der Raumausstatter.«

»Der zweite Anstrich, der hat den ganzen Sonntag zum Trocknen.«

»Es wird noch so heiß werden, daß die Farbe feucht bleibt.«

»Unten in der Stadt, da kann man die Farbe von Fenster- und Türrahmen zapfen und noch mal benutzen.«

Das mußte der Zeitpunkt gewesen sein, als Sharon, wie sie später am Telefon erzählte, Gibby und Voytek auf dem Gartenweg vorbeigehen sah, Händchen haltend. Sieh mal einer an, dachte sie, wie ein glückliches, frisch verheiratetes Paar … und nachher darf ich mir wieder stundenlang ihr Gekabbel anhören. Sie ging zu dem Fenster, von dem aus man den Parkplatz sehen konnte. Gibby setzte sich ans Steuer ihres roten Firebird, und Tek stieg auf den Beifahrersitz.

Es war ein langer Weg für Sharon, durch alle diese Räume zurück bis ins eheliche Schlafzimmer. Sie hatte die Hände auf dem Bauch liegen und lehnte sich so beängstigend weit zurück, daß der kleine Paul das Gefühl bekam, sie könnten jeden Moment zu Boden stürzen.

»Paul, ich will dich jetzt endlich sehen«, japste sie. »Ich hoffe, du kommst jetzt bald, Doris.«

Sie zu sehen, mit Pauls Augen, danach sehnte sich Remo heftig in seiner zähflüssigen Finsternis. In seiner gegenwärtigen Lage hatte sie kein Gesicht. Sharon, wie sie von den Stimmen um sie herum genannt wurde, war ganz und gar warme, umfangende Anwesenheit, mit einem großen pochenden Herzen ein Stück oberhalb seiner Füße. Es war schön, dessen Schläge, die so viel langsamer waren als seine eigenen, bis in die Fußsohlen hinein pulsieren zu spüren.

Remo trommelte sanft mit den Fingerspitzen auf seine Augenlider – und das gesiebte Schlafzimmerlicht, das ihn umgab, marmorierte sich mit tanzenden Plätscherwellen: Widerschein des Wassers im Pool an der Zimmerdecke. Sharon beugte sich mühsam zu dem Fernseher vor, der gegenüber vom Bett zwischen zwei antiken Schränken auf dem Boden stand, und schaltete ihn ein. Auf Kanal 4 gingen die Nachrichten gerade zu Ende. Dem Wetterbericht zufolge würde die Hitzewelle in Südkalifornien wohl noch einige Tage anhalten. Sie wollte es nicht hören und schaltete den Apparat aus.

Der kleine Paul spürte auf einmal die Wärme der bereits starken Morgensonne auf seiner Haut – nicht direkt, sondern sorgsam gefiltert durch den Körper seiner Mutter, der das Licht in seiner Höhle rosarot färbte. Sharon hatte die zum Pool führende Tür aufgestoßen und war auf die Terrasse mit den Liegestühlen hinausgetreten. Sie fluchte leise, weil sie sich die Fußsohlen an den Sandsteinplatten verbrannte. Sie warf das Handtuch auf den Boden, stellte sich darauf und ließ sich dann langsam, seitwärts, auf einer Chaiselongue nieder, die eigentlich auch schon zu heiß für direkten Hautkontakt war. Sharon lag jetzt auf dem Rücken im unbarmherzigen Sonnenlicht, das in Verbindung mit dem spiegelnden Poolwasser Pauls Schummerlicht noch weiter aufhellte. Winny kam heraus und fragte, was Sharon zum Frühstück wolle.

»Rührei auf Toast … Orangensaft.«

»Warten Sie, Ma'am, ich stelle Ihnen den Sonnenschirm näher ran.«

Scharrendes Schleifgeräusch eines Betonständers. Sich ächzend spannende Schirmstäbe. Das flappend aufklappende Tuch und dann das Klicken des Schiebemechanismus. Sonst lagen sie unter einem rotweißen Schirm, doch dies mußte ein grüner sein, denn das Licht erinnerte Paul plötzlich an den Wald, in dem seine Mutter vor kurzem mit ihren Freundinnen gepicknickt hatte.

»Danke, Winny. Für das Baby ist es auch besser, wenn ich bei diesem grellen Licht im Schatten bleibe.«

»Der kleine Wurm ist ja noch stockblind, Ma'am.«

»Ich bin im neunten Monat. Das Kind kann sehen. Ich weiß, was ich gelesen habe.«

»'tschuldigung, Ma'am … was ist da drinnen zu sehen?«

»Ich *spür's* einfach, wenn der Kleine auf einen plötzlichen Lichtwechsel reagiert. Das hier, Winny« (Paul hörte, wie ihre Hände mit einem leisen Geräusch über den runden Bauch rieben) »ist vorläufig sein Augapfel … ihr Augapfel. Damit schlürfen sie, Doris, Paul, das Sonnenlicht in sich hinein.«

(Stimmt schon, Mama, aber dein kleiner Paul bemerkt auch subtilere Lichtveränderungen.)

11

»Mal schaun, Paul, Doris … jetzt ist es halb elf. Für London neun Stunden dazu.« Sie zählte sie an den Fingern ab. »Bei Papa ist es schon Abend. Halb acht. Und er hat noch nicht angerufen.«

Bevor sie ins Wasser ging, öffnete Sharon die Terrassentür ganz weit, um das Telefon im Schlafzimmer besser hören zu können. Auf dem Tablett neben dem Liegestuhl stand noch der größte Teil ihres Frühstücks, den sie wegen der Hitze und der fortgeschrittenen Schwangerschaft nicht hinunterbekommen hatte. Die Sonne hatte eine dunkelgelbe Kruste aufs Rührei gezaubert. Richtig schwimmen konnte sie schon eine ganze Weile nicht mehr. Sie dümpelte, den Hintern im Wasser, auf dem großen Schlauch eines Lkw-Reifens, den Tek ihr in einer Werkstatt besorgt hatte. Paul schaukelte entgegengesetzt zu ihren Bewegungen und genoß den doppelten Wellenschlag.

Vor einigen Wochen hatte er Papas Stimme zuletzt in ihrem ganzen Volumen gehört, als dieser seine hochschwangere Frau, für die Fliegen tabu war, in Southampton an Bord der *Queen Elizabeth II* gebracht hatte. Seitdem war seine Stimme nur noch dünn und blechern zu hören gewesen, während der Überfahrt und später zu Hause, aus der Hörmuschel des Telefons. Seine Eltern telefonierten täglich. Manchmal drückte Mama den Hörer an ihren Bauch, und dann sprach Papa mit ihm. Paul war froh, daß er ein Junge wurde, denn über einen Mädchennamen konnten sie sich nicht einig werden.

»Hallo, du, Paul oder Linda … ich komme bald über den großen Teich, um bei dir und Mama zu sein. Tritt nur ordentlich zu, kleines Rugby-As, dann ist Sharon nicht so einsam. Also tschüs, Nanda, Paul … Papa muß zurück ans Skript. Das handelt von Flippern. Die können sprechen. Hör mal.«

Er hatte das lockere Geschnatter eines Delphins nachgeahmt und mit einem feucht klingenden Unterwasserkuß geendet, und das war's dann mal wieder.

Sharon war in den hintersten und schmalsten Teil des birnenförmigen Beckens abgetrieben, wo sie das laute, helle Klingeln des Telefons aber trotzdem erreichte. Schwieriger war es, sich aus dem Schwimmreifen zu befreien und über die halbrunden Treppenstufen ans Ufer zu gelangen. Der erhöhte Beckenrand, über den sie zur Terrasse eilte, schlängelte sich mit einem doppelten Bogen zwischen dem Wasser und den Sträuchern hindurch. Auf halbem Weg lag, als Deko, ein großer Stein aus den Hügeln. Als sie mit einem zu weiten Schritt über ihn steigen wollte, verlor sie das Gleichgewicht und fiel längelang in das struppige Gebüsch. London klingelte unermüdlich weiter, und als Sharon endlich, zerkratzt und außer Atem, den Hörer im Schlafzimmer abnehmen konnte, war der Anrufer noch dran. Wenn Remo die Ohren bis zum äußersten spitzte, konnte er sich das Gespräch vielleicht wieder in Erinnerung rufen.

»Wo warst du so lange?«

»Es ist zu heiß, um zusammen mit dem Baby auf meinen zwei Beinen zu rennen.«

»Du klingst gereizt.«

»Ich komm um.«

»Eine Hitzewelle reicht aber nicht, um dich so reizbar zu machen.«

»Dieses Gezanke von den beiden … ich halt das nicht mehr aus. Und dazu das ganze Zeug, das sie schlucken. Ich will nicht, daß sie dabei sind, wenn … wenn ich mein Baby bekomme. Dann lieber allein. Diese Woche ist uns ein Kätzchen zugelaufen. Mit weißen Pfoten. Ich geb ihm Milch mit einer Augenpipette. Es heißt Streaky, weil es so schön hell- und dunkelgrau gestreift ist.«

Während sie sprach und fast unmerklich weinte, hatte sich Sharon aufs Bett gelegt. Das Kätzchen, das sich hinter einem Kissen versteckt hatte, kletterte mit ausgefahrenen Krallen auf ihren Bauch und streckte sich auf dem höchsten Punkt schnurrend aus. Für den kleinen Paul, in dem Resonanzkörper direkt darunter, klang es wie das Rasseln einer Ankerkette.

»Eine Generalprobe ist für eine Schauspielerin nie verkehrt. Für eine werdende Mutter auch nicht.«

»Dürr wie ein Vogelgerippe … furchtbar scheu, aber es kommt doch immer wieder zurück. Für mich ist das genug Gesellschaft.«

»Du weinst ja. Heute morgen ging mir plötzlich auf, daß ich den ganzen Schluß von diesem Mistskript streichen kann. Ich dachte, den Rest mach ich einfach zu Hause.«

»Du bist aber nicht gleich ins Flugzeug gestiegen.«

»Ich hab für morgen auf einen Flug spekuliert. Aber als ich heute nachmittag zum amerikanischen Konsulat gegangen bin wegen des Visums, stellte sich heraus, daß sie freitags immer früher schließen. Jetzt muß ich bis Montag warten ...«

»Du hättest das Visum längst beantragen können.«

»Dienstag bin ich zu Hause.«

»Dann ist das Baby schon da.«

»Ganz bestimmt nicht. Väter haben auch Vorahnungen.«

»Hoffentlich kommst du noch rechtzeitig zur Beerdigung von Tek und Gib. Die schlagen sich heute oder morgen gegenseitig den Schädel ein.«

»Gleich wenn ich wieder da bin, helfe ich ihnen, ein Haus zu finden.«

»Besser zwei. Ach, Liebster, wir haben hier erst so kurz zusammengelebt. Ein paar Wochen nur. Dann sind wir plötzlich weggeflogen, jeder in eine andere Richtung. Jetzt sitze ich hier schon wieder seit Wochen allein, und du ... du kommst nicht. Jetzt nicht und überhaupt nie. In London hast du mich aufs Schiff gebracht. Und bist selbst bei deinen plappernden Delphinen geblieben. Und hast auch noch die französische Staatsbürgerschaft beantragt. Alles weist darauf hin, daß ...«

»Dienstag bin ich bei dir.«

»Wirklich ... versprichst du's?«

»Wenn du versprichst, nicht in die Sonne zu gehen. Halt dir regelmäßig die Handgelenke unters kalte Wasser.«

Schon seit einer halben Stunde hörte Remo in der mal brausenden, mal dröhnenden Stille der Isolationszelle B 3 nur Geräusche aus der unmittelbaren Umgebung von Cielo Drive 10050. Hacken in der trockenen Erde. Das Schnippschnapp einer Schere in den saftigen Zweigen einer Zierhecke. Der Gärtner hatte einen Kumpel mitgebracht. Sehen konnte er die beiden nicht, aber er hörte ihre Stimmen.

»… Blätter im Pool, Mike. In der Garage steht ein Schöpfnetz.«

»Und wenn ich reinfall, Max? Ich kann nicht schwimmen.«

»Wenn ich's platschen höre, schau ich mal nach.«

»In der Hoffnung, es ist die Dame des Hauses.«

So präsent ihre Stimmen auch waren (Max trug ein künstliches Gebiß), so absent war ihre äußere Erscheinung. Remo hatte Max und Mike oft genug gesehen: Sie kamen immer freitags. Heute, im blutgesiebten Licht, waren sie nichts als Stimme und Geräusch. Nasale Worte, scharrende Geräte.

Ein Fenster ging auf. Der Basküleverschluß schubberte über die Fensterbank.

»Max?« Die Stimme von Sharon, ganz nah – um ihn herum, hätte man meinen können. »Denkst du noch an den Gartensprenger?«

»Klar doch, Ma'am. Was ist an dem kaputt?«

»Der Drehmechanismus, oder wie heißt das.«

»Der Wasserwerfer, sagen wir. Geht in Ordnung, Ma'am.«

Sharon schloß das Fenster wieder, und sofort verdunkelte sich das rote Licht hinter Remos Lidern. Die Geräusche aus dem Garten, die Stimmen der Gärtner, alles klang jetzt viel gedämpfter.

Durch das Knistern in seinen Trommelfellen, als ob er Seife in den Ohren hätte, war die Zelle voll von Geräuschen, die er tief in sich einsog. Wenn bei einem blind geborenen Menschen akustische Wahrnehmungen bildliche Gestalt annahmen, wie war das dann bei einem voll ausgetragenen Fötus? Paul sah beim Hören von Stimmen und anderen Geräuschen keine menschlichen Wesen vor sich, sondern so etwas wie ihre vage deutlich gewordenen Handlungen. Die Registrierung von Körperwärme, auch das war möglich ...

Die verschiedenen Autos aus dem Fuhrpark im Cielo Drive 10050 konnte er jedenfalls immer besser unterscheiden. Früher als an anderen Tagen fuhr der Firebird auf den Parkplatz. Das war Gibby, die von ihrer Arbeit in der Stadt kam. Eine Autotür schlug zu. Kurz darauf ihre Schritte auf dem Gartenweg. Sie ging um das Haus herum zum Pool. Sharons Hündchen Proxy rannte ihr bellend entgegen. Abigail hockte sich kurz vor den Terrier und sprach auf die Hündin ein, als hätte sie ein Baby vor sich.

»Müde, Gibby?« fragte Sharon.

»Ich hab mir den Nachmittag frei genommen«, sagte Abigail. Sie küßte den schlafenden Voytek. »Die Woche war schwer genug. Eine derartige Hitze macht Kunden widerborstig.«

Gibby, gerade erst nach Hause gekommen, zankte sich schon wieder mit Voytek. Den konnte Paul nicht richtig einschätzen. Voytek konnte sehr charmant zu Sharon sein, aber wenn er getrunken oder Drogen genommen hatte, wurde seine Stimme zu laut, und er konnte auch grob sein, vor allem zu seiner Freundin. Eines Abends, als Voytek wieder alles mögliche intus hatte, sah er einen Schweinskopf im Kaminfeuer. Weil die anderen, Sharon und Gibby, nur tanzende Flammen sahen, wollte er das Bild mit seiner Kamera festhalten. Die Chemikalien, mit denen das Foto entwickelt wurde, waren offenbar weniger stark als die, die den Schweinekopf heraufbeschworen hatten, denn die Frauen hielten ein paar Tage darauf lediglich ein Bild vom Kaminfeuer in den Händen.

14

Paul hatte seine Eltern in London und später am Telefon laut rechnen hören. Mamas letzte Periode hatte am 11. November 1968 eingesetzt, und daher hatte der Arzt als Geburtstermin den 18. August 1969 genannt. Weil sie sich aber sicher waren, daß ihr Kind am Sonnabend, dem 18. November 1968, gezeugt worden war, hatten sie für sich selbst ausgerechnet, daß es schon am Wochenende vom 9. auf den 10. August 1969 mit 266 Tagen voll ausgetragen sein würde.

Jetzt, in der achtunddreißigsten Woche ihrer Schwangerschaft, war es schwer, sich im Bett umzudrehen, aber Paul merkte doch, daß seine Mutter schlecht schlief.

»Ich tu heute nacht kein Auge zu.«

»Heute abend schlägt das Wetter um«, sagte Voytek. »Ich spür's.«

»Der redet nur dummes Zeug daher«, sagte Gibby. »Jetzt, wo er als Drehbuchautor gescheitert ist, versucht er sich als Wettermann.«

»Ich leg mich gleich mal ein Stündchen hin«, sagte Sharon. »Ich darf gar nicht dran denken, daß ich womöglich bald übermüdet in den Kreißsaal muß.«

Sie ließ sich von Gibby und Voytek aus dem Liegestuhl hochziehen, mußte aber erst auf dem Rand sitzen bleiben, bis ihr nicht mehr schwindlig war. Bevor sie sich auf ihr Bett legte, ging sie ins Kinderzimmer. Die Kommode und der Wäscheschrank standen noch im nebenan gelegenen Bad.

»Keine Angst, Doris, du mußt nicht auf dem Fußboden

liegen. Die Wiege, Paul, steht in Papas und Mamas Schlafzimmer auf dem Schrank. Die wäre dem Maler nur im Weg
gewesen. Morgen stellt Voytek sie an ihren Platz zurück.
Mrs. Chapman kümmert sich um den Himmel. Wenn du auf-
wachst und nach oben schaust, siehst du lauter kleine Engel
mit Posaunen.«

Heute hatte Mama zum erstenmal keine Vorbereitungen
getroffen. Paul hatte an ihren Anstrengungen gespürt, daß
ihre Hände dem Geist folgten. Es war ein Drang, ein Instinkt,
wie bei Vögeln. Jetzt war das Nest fertig. Weil sie es selbst
nicht glauben konnte, ging sie mit einer Liste in der Hand
wieder einmal alle Schrankfächer mit den Dingen durch, die
Mutter und Kind benötigten.

Der Arzt und die Hebamme mußten noch entscheiden,
ob sie nicht besser in einem Krankenhaus niederkommen
sollte. Für den Fall einer Hausgeburt, die ihr lieber wäre, hatte sie alles, was gebraucht wurde, bereits da. Im Schrank links
lagen die Sachen für die Mutter. Unterlagen aus Zellstoff,
doppeltgenähte Baumwollbauchtücher, ein Gummituch, Pa-
kete mit Binden fürs Wochenbett und mit normalen Binden,
Plastiktüten mit Zickzackwatte, Betterhöher, desinfizierende
Seife, Toilettenseife, Fläschchen mit Dettol, Lysoform und
Alkohol, hydrophile Gaze 10/10 und 16/16, steril …

Sharon las alles laut von ihrem Zettel ab, und Paul genoß
das lange Gedicht, das sein Erscheinen auf der Welt ankündigte.

»Zwei leere Marmeladengläser für die Thermometer und
Pinzetten … ja. Waschschüssel von fünfundvierzig Zentimeter Durchmesser … vorhanden. Litermaß … auch da. Bett-
pfanne … dran gedacht.«

In der schräg vor die Badewanne geschobenen Kommode befand sich alles fürs Baby. Kleine Decken, Laken, Mol-
tonunterlagen, Gummituch, Dutzende von Windeln (Vier-
fachgewebe, Gerstenkornstoff und Flanell), Pullöverchen,
Hemdchen, Windelhöschen, Nabelbinden, Spucktücher, Ba-

byöl, Babyseife, Babysalbe, Sicherheitsnadeln und auch hier sterile hydrophile Gaze 16/16. Obendrauf auf der Kommode: Wickelkissen und Kinderbadewanne. Alles war da.

»Nabelklemme … ja. Päckchen Dextropurpulver … nicht da.« Sie kreuzte es an. »Wärmflaschenüberzüge … vorhanden. Oh, das erinnert mich, ich muß die Wärmflaschen ja noch überprüfen lassen, ob sie dicht sind.«

15

Wenn Sharon sich bückte, kniff der Gummi ihres Bikinihöschens unten in ihren Bauch. Es kam Paul so vor, als würde er dadurch ein kleines Stück hochgedrückt.

Von Umziehen merkte er nichts. Das bedeutete, daß Sharon sich im Bikini auf die Zudecke legte, die ohnehin nur aus einem Laken bestand. Wie schwach auch immer, er konnte die Lichtschraffuren sehen, die die Querleisten der Fensterläden über sie warfen. Sie lag auf dem Rücken. Er spürte den sanften Druck ihrer gefalteten Hände. Der Lufthauch, der über sie zog und den Schweiß abkühlen ließ, wurde auch drinnen als Erleichterung empfunden. Gibbys und Voyteks Gekabbel am Pool drang in nur teilweise verständlichen Fetzen ins Schlafzimmer.

»… Pillen … jetzt endlich aufhören.«

»Du sagst ja selber nicht nein.«

»Ich tu's nur deinetwegen, Tek.«

»Diese Opferbereitschaft steckt schon in deiner ganzen Familie. Die trinkt Kaffee, damit es für den Konsumenten weniger schlimm ist.«

»… süchtig werden.«

Was Remo roch, war nicht länger die Afteröffnung im Boden, sondern Pauls Abfallprodukte, die liebevoll im Mutterkuchen aufgenommen wurden, um dann auf diesem Wege ausgeschieden zu werden. Es war der Duft der Intimität mit Sharon, der Paul im Laufe der letzten Wochen, seit er auch

Gerüche wahrnehmen konnte, lieb und vertraut geworden war.

Paul wußte, daß seine Mutter nur kurze Zeit geschlafen hatte. Höchstens eine halbe Stunde, und das auch noch verkrampft zuckend wegen unerquicklicher Träume. Als sie sich zum Bettrand gewälzt hatte und aufsetzte, lief ihr der Schweiß zwischen den Brüsten hinunter und von den Kniekehlen abwärts.

Weil Schwimmen nicht mehr möglich war, nahm sie im Bikini eine lauwarme Dusche. Als sie triefend auf den mit Steinplatten belegten Platz am Pool trat, schlug das Mittagslicht so grell auf sie herab, daß Paul automatisch zu blinzeln begann. Es war zu riechen, daß dem Wasser mehr Chlor beigemischt worden war.

»Gerade gehen«, sagte Gibby.

»Versuch ich ja.« Eine Hand in den Rücken gestützt, watschelte Sharon mit sich drehendem Becken zum Liegestuhl. Mit Hilfe einer kurzen Kniebeuge raffte sie ihr Handtuch von der Segeltuchbespannung.

»Warum trocknest du dich so umständlich ab«, sagte Gibby. »Laß es doch einfach tropfen.«

»Ich hab viel zuviel Angst, daß die Fruchtblase auf einmal platzt und ich dann den Unterschied nicht merke. Fruchtwasser ist genauso farblos wie Wasser.«

»Aber du riechst den Unterschied. Fruchtwasser ist süßlich.«

»Angenommen, ich denke, ich muß pinkeln, und dann kommt Fruchtwasser ...«

»Die unterscheiden sich auch in der Farbe.«

»Mein Urin ist in letzter Zeit oft farblos. Ich hab schnell eine Blasenerkältung ... auch jetzt, bei dem heißen Wetter.«

»Fruchtwasser kann man nicht einhalten.«

»Bei einer Blasenerkältung läßt sich auch nicht mehr viel einhalten.«

»Du kennst doch diese Glaskugeln, die man schütteln muß, und dann schneit es. Im Fruchtwasser sind auch solche weißen Flocken.«

»Das ist mir neu.«

»Wenn du zu lange in der Badewanne gesessen hast, dann wird deine Haut schrumplig. Was machst du dann?«

»Ich schmier sie mit irgendeiner Lotion ein.«

»Eine Babyhaut ist mit einer weißen Talgschicht gegen das Badewasser in deinem Bauch geschützt. Was sich davon löst, findest du im Fruchtwasser. Irrtum ausgeschlossen.«

Sharon ging in die Knie und wälzte sich auf den Liegestuhl.

»Das Kleine hat in dir ja schon eine gute Fee gefunden, Gibby. Eine mit einer Schneekugel. Mitten in der kalifornischen Hitzewelle.«

Paul maß vom Scheitel bis zur Sohle schon fast einen halben Meter und wog über drei Kilogramm – netto, ohne Kleider. So sehr er sich auch anstrengte, es gelang ihm nicht, die Gebärmutter noch weiter zu dehnen. Seine Entwicklung war abgeschlossen, doch er hatte noch nicht mit Hilfe des »geheimen Hormons«, von dem der Arzt gesprochen hatte, der Plazenta Bescheid gegeben, daß er bereit sei, geboren zu werden. Jeden Moment konnte er seine kodierte Post absenden. Etwas hielt ihn davon ab, er wußte nicht, was.

»Weißt du, Gibby«, sagte Sharon, »ich glaube, das Köpfchen hat sich schon in mein Becken gesenkt. Ich fühle mich, wie soll ich das sagen, weniger eingezwängt. Ich kann freier atmen und habe nicht mehr nach zwei Bissen einen vollen Magen.«

»Das wünsch ich dir. Oft senkt sich das Köpfchen aber auch erst während der Geburt.«

»Ja, bei Frauen, die schon mal geboren haben. Nicht bei mir. Mein Gott, Gibby, das fühlt sich an, als würde mir ein

Rugbyball zwischen den Schenkeln klemmen. Ich schätze, es sitzt jetzt fünf Zentimeter tiefer.«

»Dann ist dein Becken jedenfalls nicht zu eng.«

»Und das Kind kann nicht falsch rum liegen.«

»Alles perfekt soweit.«

»Fehlt bloß noch der Vater.«

»Nicht so trübselig, Sharon. Er kommt am Montag. Spätestens Dienstag.«

»Ich hab so ein Gefühl, Gibby, daß das Baby dann schon da ist.«

»Es muß erst Vollmond werden.« Die schläfrige Stimme Voyteks, der auf seiner Liege gerade wach wurde.

»Ja, so bist du geboren«, sagte Gibby. »In Polen, auf dem platten Land. Leider.«

»An Vollmond glaub ich nicht«, sagte Sharon. »Aber an den Blitz. Wenn Tek recht hat, und es gibt heute abend ein Gewitter, dann garantier ich für nichts. In jedem Kugelblitz steckt eine Hebamme, hab ich mal gehört.«

»Sharon, denk mal an was anderes«, sagte Gibby. »Du schaust viel zuviel nach innen. Komm, die Welt ist größer als eine Plazenta.«

»Das Baby kann sich noch nicht zeigen. Es hat ein Recht auf meine Träume.«

»In Polen hab ich eine Frau mit einer Menge Kinder gekannt«, sagte Voytek. »Bei jeder Geburt löste sie die Wehen mit einer ganzen Serie von Orgasmen aus.«

»Komisch, nicht«, sagte Gibby, »daß die meisten Ammenmärchen von Männern stammen?«

»Paß auf, Gibby.« Sharon flüsterte, vielleicht um Voytek auszuschließen. »Wenn die Wehen kommen, und Mr. Romance ist noch nicht da, dann will ich ins Krankenhaus. Unter allen drei Telefonen … im Salon, in der Küche, im Schlafzimmer … liegen Zettel mit den Nummern vom Arzt, von der Hebamme und vom Krankenhaus. Die Nummer von London kennst du. Wenn ich es nicht kann, übernimmst du das Telefonieren. Okay?«

»Ich schlage vor, wir lassen nachts beide unsere Schlafzimmertüren offen.«

»Das Haus liegt ja ziemlich abseits. Aber ich habe ausgerechnet, daß ich in einer halben Stunde im Krankenhaus sein kann. Auch wenn erst eine Ambulanz kommen muß.«

»Notfalls fahr ich dich hin.«

»Erst telefonieren.«

»Kapiert.«

»Ich hoffe zu Gott, Gibby, daß ich nicht auf dem Höhepunkt der Hitzewelle …«

An Paul würde es nicht liegen. Er konnte noch ein bißchen warten, bis die Quecksilbersäule sank, falls Sharon das von ihm verlangte. Sofern er selbst unter der Hitze litt, dann über sie. An Flüssigkeit mangelte es nicht. Weil so viel Schweiß auf der größeren Oberfläche verdunstete, die sie zur Zeit hatte, trank sie große Mengen an Fruchtsaft.

»Frisch gepreßte Orangen, um die Wehen günstig zu stimmen.«

17

»Die Haustür noch schnell?« Das war Mrs. Chapman.

»Schon wieder?« fragte Sharon.

»Diese gräßlichen Hunde … die drücken ständig ihre Pfoten an die Türen. Überall Dreck.«

»Dann nimm dir auch die Fenster vor, Winny. Da hat der Maler überall seine Fingerabdrücke hinterlassen.«

»Das ist dieser gräßliche Fensterkitt. Da geh ich mit einer extra scharfen Lauge ran.«

In der Dunkelheit, von der Remo nie gedacht hätte, daß sie in derart konzentrierter Form auf der Erde vorkommen könnte, nahm er ein sich wiederholendes Geräusch wahr, das ihm Schauer über den nackten Leib jagte. Es war Mrs. Chapman, die die Haustür mit stumpfen, quietschenden Wischbewegungen ablederte. Einer nach dem anderen verschwanden die Schmutzabdrücke, die die Hundepfoten auf dem Holz der unteren Türhälfte hinterlassen hatten. So lange bis die Farbschicht wieder makellos weiß war, bereit, neue Zeichen zu empfangen – aus Matsch oder in Blut.

Mrs. Chapman sang »Yellow Basket« und begleitete sich selbst auf dem Fensterleder. Mit rhythmisch knirschenden Lappenbewegungen putzte sie die Scheiben der zum Pool führenden Flügeltür – so gründlich, daß man hätte meinen können, sie wolle auch unsichtbare Fingerabdrücke entfernen.

Es klopfte an der inneren Luke. Remo stieg entlang der Wand hin, denn so fühlte sich dieses orientierungslose Tasten an: wie Hinaufsteigen. Er riß sie auf: kein Licht auf dem Gang. Die äußere Luke war bereits wieder verschlossen. Brotduft deutete auf das Vorhandensein einer Mahlzeit hin. Remo zog den Futternapf zu sich heran – und wurde von einem Becher heißer Bouillon überschüttet. Niemand hörte seinen Schmerzensschrei. Der Essensbehälter fiel scheppernd zu Boden. Erster Gedanke: die Decke! abwischen! Er schoß zunächst in die falsche Ecke und bekam die Decke erst zu fassen, als die Bouillon ihm schon kalt und fettig vom nackten Leib troff und die brennende Hitze ihm definitiv in die Haut gedrungen war.

18

Die drei Mahlzeiten hatten dem Tag einen äußerst vagen Zeitverlauf gegeben, aber trotzdem hatte Remo das Gefühl, er könne das Verstreichen der Stunden wie auf dem Leuchtzifferblatt einer Uhr fast von einer Minute zur nächsten verfolgen. Er hätte ganz exakt angeben können, um wieviel Uhr Winny Chapman und die Gärtner weggingen und wann die Kabinenkoffer gebracht wurden. Je weiter der Tag voranschritt, um so nachdrücklicher begann die Uhr zu ticken: unentrinnbar.

»Tut mir leid, Ma'am, der Gartensprüher läßt sich nicht reparieren.«

Maxens Stimme, inklusive zischelndem künstlichem Gebiß. »Ich könnte Ihnen sehr günstig einen neuen besorgen, Ma'am. Fünf Dollar, unverwüstlich.«

»Komm mal eben mit rein, Max. Dann rechnen wir ab, und du bekommst auch noch die fünf Dollar für den Sprüher.«

»Oh nein, Ma'am. Meine Schuhe sind voller Erde. Mrs. Chapman bringt mich um.«

»Dann wart hier. Ich hol das Geld.«

Die Stellen, an denen die Bouillon seinen Körper getroffen hatte, glühten und brannten. Remo hoffte, daß es keine offenen Brandwunden gab, wie bei Scott Maddox. Die Flüssigkeit mußte zwischen Küche und Zelle ihre gefährlichste Hitze verloren haben, also beließ Remo es bei dem Gedanken, sie habe sich auf seiner nackten Haut heißer angefühlt, als sie in Wirklichkeit war.

Auch Mrs. Chapman kam, Putzkittel wieder gegen Kostüm mit kleinem Kragen getauscht, an den Pool, um sich zu verabschieden. Sie konnte mit Max und Mike bis zur Bushaltestelle mitfahren.

»Morgen zur selben Zeit, Winnie?«

»Acht Uhr, Ma'am. Sie brauchen aber nicht aufzustehen.«

19

»Wenn er anruft«, meinte Voytek, »dann sag ihm, er soll das Drehbuch mitbringen. Ich bearbeite den Rest für ihn.«

»Nach 'ner Pille und was zum Rauchen und 'nem Glas Wein«, sagte Gibby, »wirst du immer übermütig. Ich hab noch nie jemand so eifrig schreiben sehen wie dich … mit Rauch in die Luft.«

»Ihr Kaffeeplantagenbesitzer profitiert noch immer von dem, was die Sklaverei euch eingebracht hat. Deine Familie braucht nur von Zeit zu Zeit den Saldo des Blutgelds auf der Bank zu kontrollieren.«

»Wenn das stimmt, dann bist du ein Gigolo mit Blut an den Händen.«

Paul konnte spüren, wie die Verzweiflung über dieses Gegifte in seiner Mutter wuchs. Die Klingel rettete sie.

»Ich geh schon.«

Nachdem sie sich mühsam aufgerappelt hatte, tappte sie langsam, taumelig schwankend, zur Gegensprechanlage an der Haustür.

»Hallo?«

»Die bestellten Kabinenkoffer«, sagte eine Männerstimme. Die Anlage rauschte und krachte.

»Rechts vom Tor, im Gebüsch, da ist ein Knopf.«

Sharon öffnete die Haustür. An einer leichten Straffung der Bauchhaut konnte Paul fühlen, daß sie mit dem Rücken am Türpfosten lehnte. Der Lieferant kam auf dem Gartenweg näher, die Koffer mit ratternden Rädern hinter sich her ziehend.

»Stellen Sie sie einfach in den Salon. Da, gleich um die Ecke.«

»Hier bitte den Empfang bestätigen.«

»Die sind nicht für mich. Ich denke, meine Mitbewohner ...«

»Nur kurz abzeichnen, Ma'am, das reicht schon.«

Der Lieferant faltete das Papier zusammen und ging. Sharon trat ins Wohnzimmer, maulend, weil die großen Koffer den Durchgang versperrten.

»Die Koffer sind gebracht worden«, sagte sie, wieder am Pool. »Ich hab den Empfang quittiert. Stell sie bitte in euer Schlafzimmer, Tek, ja? Sie stehen im Weg.«

»Jetzt ist es mir zu warm.«

»Faule Sau«, sagte Gibby. »Dann tu ich's eben.«

Sie kam gleich wieder zurück. »Der Lieferant hat seine Brille vergessen.«

»Er hatte keine auf«, sagte Sharon.

»Vielleicht hatte er sie in der Hand und hat sie dann auf einen der Koffer gelegt.«

»Ich ruf nachher im Geschäft an.«

»Warum«, fragte Voytek, »hast du Koffer bestellt, Sharon? Ihr bleibt doch hier ... wegen des Babys und so?«

»Ich dachte, *ihr* habt Koffer gemietet«, sagte Sharon. »Wegen eures Umzugs.«

»Umzug«, sagte Voytek.

»Ja, ihr solltet doch ... ich hatte euch doch gebeten ...«

»Als wir dich vom Schiff abgeholt haben, hast du uns gebeten, noch zu bleiben, bis ... bis der Hausherr wieder da ist. Oder sonst bis das Baby da ist.«

»Ja, aber danach ... Es war doch abgemacht, daß ihr wieder für euch wohnt?«

»Jetzt kapier ich's allmählich. Du hast diese Koffer kommen lassen, um uns ein bißchen Dampf zu machen.«

»Ich habe keine Koffer bestellt, Tek«, sagte Sharon. »Weder gemietet. Noch gekauft. Und auch nicht zum Verleihen.«

»Die Botschaft ist angekommen«, sagte Voytek.

»Tek«, sagte Gibby, »wir haben versprochen zu verschwinden, sobald ...«

»Dann muß ich stoned gewesen sein.«

»Wie üblich«, sagte Gibby. »Wir haben Sharon jetzt lange genug auf der Tasche gelegen.«

»Wir gehen noch heute«, sagte Voytek. »Und zwar mit unseren eigenen Koffern.«

»Geht bitte nicht«, sagte Sharon. »Nicht jetzt.«

»Ich bleibe keine Minute länger«, sagte Voytek. »Ich weiß, wann ich nicht willkommen bin.«

»Warten wir doch auf jeden Fall noch den Anruf aus London ab«, sagte Sharon.

»Gastfreundschaft, die von einem Anruf abhängt«, sagte Voytek, »ist keine Gastfreundschaft. Ich bin Pole.«

»Dann hau doch ab«, sagte Gibby. »Ich bleibe bei Sharon, solange sie mich braucht.«

»Währenddessen«, sagte Sharon, »wissen wir noch immer nicht, wer diese blauen Kabinenkoffer bestellt hat und für wen sie sind.«

»Bestimmt falsch abgegeben«, sagte Gibby.

»Wenn ich gleich wegen der Brille anrufe«, sagte Sharon, »dann frag ich auch, ob sie mal in ihren Unterlagen nachschauen können.«

»Du hast doch bestimmt eine Kopie des Lieferscheins?« fragte Gibby. »Da muß der Name der Firma draufstehen.«

»Nicht dran gedacht«, sagte Sharon. »Oh, diese Hitze.«

»Dann hast du auch keine Telefonnummer«, sagte Voytek.

»Die gelben Seiten«, sagte Gibby. Sie holte das Telefonbuch und begann zu blättern. »Koffervermietung ... Kofferverkauf ... auch aus zweiter Hand ... Da gibt es Dutzende und noch mal Dutzende. Hoffnungslos.«

Sie klappte das Buch zu.

»Bist du dir sicher, Sharon«, fragte Voytek, »daß es *leere* Koffer sind?«

»Wer schickt denn schon volle unangekündigt hierher?«

»Kosiński wollte doch aus New York kommen?«

»Jerzy ist zu einer äußerst geheimen Geburtstagsparty eingeladen. Ich kann mir nicht vorstellen, daß er sein Gepäck schon zehn Tage vorher losschickt. Da wird ihm ja die Zahnpasta in der Tube hart.«

»Kosiński ist furchtbar abergläubisch.«

»So abergläubisch, daß er *leere* Koffer vorausschickt?«

»Ich hab bei dem schon verrücktere Sachen erlebt.«

»Ja«, sagte Gibby, »daß er uns in New York miteinander bekannt gemacht hat, zum Beispiel. Eindeutig das Verrückteste, was er je gemacht hat. Ich denke jeden Tag daran.«

»Die gebrannte jüdische Kaffeebohne und der abgebrannte polnische Schmarotzer«, sagte Voytek. »Vielleicht suchte Jerzy gerade nach einer Romanidee.«

20

Die verbrannten Stellen auf seiner Haut bildeten eine Bahn von seinem Brusthaar über Bauch und Geschlecht und zogen sich über das linke Bein bis zum Knöchel hinunter. Der Schmerz wurde stündlich schlimmer. Er ließ sich nur bekämpfen, sofern er als Brennstoff für Remos Visionen eingesetzt wurde. Das Resultat war eine Reihe glasklarer Halluzinationen, ein akustisches Idyll.

»Tek, jetzt, wo's noch geht«, sagte Sharon. »Ein Foto von der reifen Frucht, kurz bevor sie vom Ast fällt.«

»Das Haus im Hintergrund?«

»Die Hügel. Das Meer.«

»Bauch mit Aussicht. Gut.«

Durch das Klicken der Kamera fühlte Paul sich zum erstenmal richtig porträtiert, noch getarnt.

Es hatte etwas Obszönes, so sehr *ein* Fleisch zu sein mit dem Sohn, den er nie in seinen Armen hatte halten dürfen, nicht einmal tot.

Näher als so, durch ihr Kind, konnte Remo Sharon in ihren letzten Stunden nicht kommen. In den Momenten, in denen er nicht ganz in dem aufging, was er in der Finsternis heraufbeschwor, war er dem »Griechen« unendlich dankbar, daß der ihn in dieses Loch geworfen hatte. Es glich dem Erwachen aus einem jener außergewöhnlichen Träume, die, in unglaublich verrückten Bildern, *alles* von einem Menschenleben zusammenfassen. Beim Erwachen spürte man den Abdruck eines Arms noch am Hals. Der auf der Zunge zurückgebliebene Geschmack war ebenso bitter wie süß.

Dies war, ohne Schlaf, die Wirklichkeit eines Traums, wahrgenommen ohne Sinnesorgane. Ein Zuviel an unverdünnter Dunkelheit, und die Wirklichkeit verschaffte sich von ganz allein Zugang – und sei es über die Lichtexplosionen, die auftraten, wenn der Gefangene die Augen vor der massiven Finsternis schloß.

Remo schlief nicht, aber als er um sich tastete, fühlte er die eigenwillig lebendige Gummiwand einer Gebärmutter. Er hing mit dem Kopf nach unten und empfand das als die denkbar beste Haltung. Als er die Augen öffnete, sah er, daß das Licht schwächer geworden war. Die Sonne mußte bereits hinter die Hügel gesunken sein.

»Die Sonne ist weg«, sagte Gibby, »aber ich merke nichts von anderem Wetter.«

»Wirst schon sehen«, sagte Voytek. »Heute abend wird es kühler.«

So blieben sie zu dritt am Pool und warteten auf Abkühlung.

»Jay wollte heute abend auch noch kurz vorbeikommen«, sagte Sharon.

Jemand nannte die Zeit (»Fast acht«), und nicht viel später öffnete sich auf der anderen Seite des Pools die Tür des Gästehauses. Heraus trat der junge Haushüter, Billy, der vom Besitzer Altobelli eingestellt worden war, auch um auf dessen Hunde aufzupassen. Die streckten bellend die Köpfe nach draußen, doch Billy schob sie zurück und machte die Tür zu, ohne sie abzuschließen. Er wollte offenbar bereits ums Haus herumgehen, als Sharon ihn rief.

»Billy …! Hast du grad mal …?«

Kurz darauf platschte er durch eine Pfütze Poolwasser.

»Ma'am?«

»Hast du eine Lieferung leerer Kabinenkoffer erwartet?«

»Ich nicht, Ma'am.«

»Altobelli vielleicht?«

»Nicht daß ich wüßte, Ma'am.«

21

Sharon hatte schon ein paarmal gefragt, ob jemand einen Happen essen wolle, aber niemand hatte bei dieser schwülen Hitze Appetit. Vom Ozean her kam eine Brise auf, aber die mußte noch so viel Wärme vor sich her schieben, daß keiner der Anwesenden am Pool etwas davon merkte. Außer Paul, der früher als Sharon selbst spürte, wie sich der mütterliche Körper leicht abkühlte.

Der Porsche des Friseurs gehörte nicht zum Wagenpark von Cielo Drive 10050, fuhr jedoch so oft auf den Parkplatz, daß Paul ihn sofort erkannte.

»Das wird Jay sein«, sagte Gibby.

Sie lauschten. Altobellis Hunde bellten.

»Ich höre keine Autotür«, sagte Sharon.

»Achte mal auf das Klicken des Aschenbechers«, sagte Voytek. »Jay raucht im Auto immer erst seinen Joint zu Ende.«

Auf einmal war er da, aus dem dunklen Garten aufgetaucht, denn Voytek fragte mit Spott in der Stimme: »Sag mal, Jay, hast du diese Adresse angegeben, um Kabinenkoffer kommen zu lassen?«

»Ja«, sagte Sharon, »wolltest du heimlich abhauen, ohne daß die Nachbarn was merken?«

»Gläubiger natürlich«, sagte Voytek.

»Ihr bringt mich auf eine Idee«, sagte Jay.

Gibby schenkte ihm einen Gin Tonic ein, mit viel Eis.

»Die Würfel schmelzen schneller, als man gucken kann«, sagte sie und warf die Zange in den Eimer zurück.

»Nicht mehr lange«, sagte Voytek. Er hob die Hand. »Hier ist das versprochene kühle Lüftchen.«

Bis auf Sharon standen sie alle auf, um ihre verschwitzten Gesichter möglichst hoch in die Brise zu halten.

»Könnte mehr sein«, sagte Jay und setzte sich als erster wieder.

Tief unten das Brummen einer Stadt, die noch von keiner Meeresbrise wußte und sich in der drückenden Hitze möglichst wenig rührte. Die Stimmen am Pool, die in der sich kräuselnden Wasserfläche einen Klangboden gefunden hatten, hörten sich heller und munterer an als zuvor.

»... großes Fest zu seinem Geburtstag. Er weiß noch von nichts, also halt den Mund.«

»Dann darf ich bestimmt wieder den Rausschmeißer spielen«, sagte Voytek. »Wie beim letztenmal.«

»Mein tapferer Mr. Romance hat genausogut seinen Mann gestanden«, sagte Sharon.

»Das stimmt«, sagte Voytek. »Wir haben zusammen drei Dealer vom Strip rausgeworfen.«

»So mannhaft bin ich nicht«, sagte Jay.

»Beim nächstenmal«, sagte Voytek, »halten wir sie für dich fest, und dann darfst du ihnen die Haare verschneiden.«

Es war inzwischen deutlich zu hören, daß Alkohol und Rauschmittel sich in den Muskeln seiner Zunge verbunden hatten.

22

Um ihn herum war mondlose Nacht. Es war nicht nur Neumond, auch die Sterne fehlten. Nach dem Ascheausbruch des Vesuvs im Jahr 79 n. Chr. hatte Plinius der Jüngere über eine ähnliche Finsternis geschrieben: »... hier war Nacht, nein, mehr als Nacht.«

Wenn Remo in ein paar Tagen rauskam, wußte er, wie er die Tragödie von Pompeji verfilmen mußte. Es würde zum größten Teil ein monochromer Film werden: in Schwarz.

Seine Armbanduhr hatten sie ihm zwar wieder abgenommen, aber trotzdem meinte er während des ganzen Freitagnachmittags und -abends zu wissen, wie spät es war: genauso spät wie in der Parallelwelt jenes Tages im Cielo Drive 10050. Je weiter der Abend fortschritt, um so genauer wurden die

Zeitangaben. Die völlige Stille, die absolute Dunkelheit – sie boten, abgesehen von den Mahlzeiten, keinerlei Anhaltspunkte, und doch spürte Remo mit der Sicherheit eines Uhrwerks, wie es Mitternacht wurde.

Die einsamsten zwanzig Minuten in der Geschichte der Menschheit

I

»Klingt verrückt«, sagte Sharon, »aber jetzt, wo endlich ein kühles Lüftchen weht, wird mir kalt.«

»Das ist dein Sonnenbrand«, meinte Gibby. »Ich hol dir deinen Bademantel.«

»Ich leg mich lieber kurz hin.«

»Zeit zu gehen«, sagte Jay.

»Bleib noch ein bißchen. Mir ist nach Reden, aber im Liegen. Mein Rücken, weißt du.«

»Ich geh auch ins Bett«, sagte Gibby. »Lesen.«

»Dann kann ich nicht schlafen«, sagte Voytek, der aussah, als könnte ihn nichts mehr wachhalten. »Ich bin kein Lesezeichen.«

»Auf der Couch im Salon ist noch Platz.« Gibby wünschte allen eine gute Nacht und ging durch die Terrassentür und Sharons Schlafzimmer in ihr eigenes Zimmer. Voytek lief böse brummelnd ums Haus herum in Richtung hintere Tür, durch die man zwischen der Bar und dem Kamin in den Salon kam.

Der kleine Paul konnte spüren, wie seine Mutter auf dem Laken die richtige Lage zu finden versuchte. Jay setzte sich ans Fußende. Das Bett knarrte. »Kissen mitten im Bett. Komisch.«

»Dann hab ich nachts wenigstens was zum Knuddeln. Mr. Romance, in Daunenausführung. Jay, bleib da nicht so stocksteif sitzen. Komm her, ja? In meinem Zustand ist das unverdächtig.«

Erneutes Knarren. An der Tür zur Diele miaute das zugelaufene Kätzchen. »Komm her, Streaky.«

Jay reichte Mama die Katze. Es machte Paul eifersüchtig,
wenn sie, so nah, mit dem Tier spielte. Eine Flut leiser Kose-
worte. Nachsichtige Schmerzenslaute. »Au, du Mistviech …
Weißt du, Jay, ich hatte sie Doily nennen wollen. Weil sie sich
so geschmeidig an meine Hand schmiegt. Das erinnerte mich
an die kleinen Fingertücher früher bei uns zu Hause, wenn
es Fisch gab.«

»Warum heißt sie dann Streaky?«

»Es hat mich auf einmal so traurig gemacht. Papa, Mama,
meine Schwester. Die *doilies* neben den Fingerschalen … Das
schien alles so weit weg.«

»Paß ein bißchen auf mit ihren scharfen Krallen. Du hast
schon Schrammen auf dem Bauch. Die schwellen richtig an.
Womöglich entzünden sie sich noch. Und das in deinem Zustand.«

»Solange dem Baby nichts passiert.«

»Hab ich da was grollen gehört?«

»Es gibt bestimmt ein Gewitter.«

»Weißt du, Sharon, über welche Entdeckung bei mir selbst
ich mich gefreut habe? Daß ich es euch ohne Einschränkung
gönne … das Baby und so.«

»Und trotzdem quälst du dich mit was ab.«

»Na ja, der Betrieb … die Schulden … Karriere zu machen, indem man anderen die Haare schneidet, kommt einem
nicht immer als sinnvolles Leben vor. Und dann schimpfen
sie unsereins noch Homos. All das hochversicherte Haar, das
wächst und wächst und einen teuren Schnitt braucht …«

»Au! Frechdachs …«

»Sharon, ich kann das nicht länger mit ansehen. Da, am
Handgelenk … die Kratzer sind dick wie Würmer. Soll ich
Streaky die Krallen schneiden?«

»Das würde sie noch wehrloser machen.«

2

Wie sollte er das nennen – akustische Hellsichtigkeit? Stramm umschlossen von flexiblen Zellenwänden, die ihm kaum noch Bewegungsfreiheit erlaubten, unterschied Remo die geringsten Geräusche. Wenn er einen Rambler von 1959 vorbeifahren sähe, würde er vielleicht sagen: »Schau mal, ein Rambler. Ende der fünfziger Jahre, schätze ich.«

Er hätte nie gedacht, daß er, und sogar noch auf größere Entfernung, den Motor eines Ramblers Baujahr '59 erkennen könnte, ohne den Anblick des Autos mitgeliefert zu bekommen. Am Nachmittag hatte er gehört, wie Sharons Lamborghini (der eigentlich seiner war) von jemandem aus der Werkstatt abgeholt wurde, aber der stand immerhin in seinem Stall. Niemand aus seiner näheren Umgebung fuhr einen Rambler, geschweige denn einen Baujahr 1959. Und doch war es genau so ein Auto, das gegen Mitternacht auf den Parkplatz bog. Der Fahrer mußte instruiert worden sein, wie man das Tor öffnete.

Es hing natürlich auch vom Zusammenwirken von Wind und Canyon ab, ob man in Sharons Schlafzimmer das Schlagen einer Autotür an der Garage hören konnte. Der unbekannte Besucher ging auf dem Weg aus gestampfter Erde um Haus und Pool herum zum Gästehaus, wo die Hunde anschlugen.

Outside my window there was a steeple
With a clock that always said twelve-thirty

Dem Motorgeräusch nach zu urteilen, kam wieder ein Auto den Cielo Drive herauf, der hier oben endete. Ein Ford, eine alte Kiste, von der er aber allein nach dem Gehör keine näheren Merkmale hätte nennen können. Autotüren schlugen zu.

An der Tür des Gästehauses verabschiedete der Haushüter gerade seinen Besucher, der keine halbe Stunde geblieben war. Stimmen in der Meeresbrise. »Also, du weißt genau, daß

du kein Uhrenradio brauchen kannst, Bill? Letzte Gelegenheit.«

»Nein, danke, Steve. Ich bekomm furchtbar wenig Geld
von Altobelli, der selber in Rom auf den Putz haut. Ich muß
auf die Knete achten.«

»Komm mit in die Stadt. Ich spendier dir ein Bier.«

»Wie spät ist es?«

»Sieh selbst. Die exakte Uhrzeit. Ich hab den Stecker gerade erst rausgezogen.«

»Sieben vor halb eins. Zu spät. Ich will heute nacht Briefe
schreiben. Mit der Birne voll Bier krieg ich das nicht mehr
hin.«

»Gut, Billy, falls du's dir anders überlegst … du weißt, wo
du mich findest.«

»Du gehst jetzt gleich in die Kneipe?«

»Erst noch zu einem Freund, für den ich eine Stereoanlage
baue. Zweimal sechzig Watt.«

3

Das Telefon, neben ihr auf dem Bett, klingelte. »O nein,
nicht jetzt.« Sie streckte die Hand danach aus, ließ sie aber
dicht über dem Hörer in der Luft. »Wenn es länger als fünfmal klingelt, nehm ich ab.«

»London vielleicht«, sagte Jay.

»Nie um diese Zeit. Mr. Romance schläft, falls er sich nicht
noch in dem einen oder anderen Nachtclub herumtreibt.«

»Es ist da nicht so früh, wie du denkst. Fast halb zehn.«

Paul zählte mit. Genau im fünften Klingeln brach es ab,
mit einem zusätzlichen kleinen Bimmelton. *00:23* »Jemand
hat's sich anders überlegt«, sagte Sharon. »Gut. Wo waren
wir stehengeblieben? Ach ja, der Entenbürzel von Steve Mc-
Queen.«

Jay nahm den Hörer ab und lauschte. »Hab ich's mir doch
gedacht. Die Leitung ist tot.« Er reichte ihr das Telefon. Sie

lauschte. »Passiert hier öfter. Dann klappt irgendwas nicht mit der Verbindung. Die rufen bestimmt gleich wieder an. Keinen Moment Ruhe hat man.«

00:26 Kein neuer Anruf. Sie hatten keine Drahtschere Kabel durchschneiden hören, wie Paul. Als die langen Drähte auf die Umzäunung klatschten, klang es, als würde mit langen Peitschen auf den Zaun eingedroschen. Er war gefaßt auf das Summen und Rumpeln des elektrisch betätigten Tors. Es kam nicht. Statt dessen hörte er das schlürfende Summen eines Menschen, der mit einem Messer zwischen den Zähnen eine Kraftanstrengung vollbringt – zum Beispiel: über eine Einzäunung klettert.

00:27 Eine Autotür wurde geschlossen. Der Rambler startete. »Stop!«

»Bitte, nicht!« Eine flehende Männerstimme in der Nacht. »Ich sag auch nichts.« Auf dem Parkplatz, vielleicht dort, wo er sich zu einer Auffahrt verschmälerte, ertönten vier Revolverschüsse. Aufgrund der Richtung, die der Wind gewählt hatte, waren sie weniger laut, als von den schallreflektierenden Hügeln zu erwarten war. Sogar so gedämpft, daß Jay und Sharon sie nicht gehört hatten, obwohl sie nur leise sprachen. »… das war, als mein Vater in Italien stationiert war. In Verona.«

00:29 Über den Parkplatz näherten sich vier Paar Füße. Zwei Schuhpaare verursachten ein leichtes Trommelgeräusch, das dritte hörte sich etwas schwerer an. Die nackten Füße einer vierten Person waren nur mit Mühe zu vernehmen. Wie oft war Sharon da abends gegangen, wenn sie von der Garage kam, Paul in ihrem Bauch. Wo der Parkplatz in den Gartenweg überging, stand eine Lampe mit gespenstisch blauem Licht, das dann kurz durch sie hindurchschien. Er war immer froh, wenn sie daran vorbei waren.

»… ein altes Haus mit einem Steinbalkon. Angeblich, Jay, hat Julia da mit Romeo gesprochen.«

00:30 Die Fußpaare trappelten jetzt leise über den Gartenweg Richtung Eingangstür. Paul wollte seine Mutter warnen, hatte aber nichts anderes zur Verfügung als seine Beine. »Er tritt. Fühl mal.«

Jays Friseurhand auf ihrem Bauch. »Ja, er randaliert ganz schön.«

00:31 Nicht weit von der Eingangstür wurde ein Fliegengitter an einem Fenster abgenommen. Da war nicht mehr als ein Flüstern, ein leises Stöhnen, das Rascheln von Kleidungsstücken, aber Paul hörte doch, daß jemand ins Eßzimmer kletterte. Kurz darauf ging die Eingangstür auf. Zwei schlurfende Fußpaare wurden eingelassen. Ein drittes Paar entfernte sich nach einem kurzen Wortwechsel über den Gartenweg – zurück zum blauen Licht. *00:32* »Ich liebe diesen verrückten Kerl«, sagte Sharon. »Ich wollte nur, er wäre hier.«

Im Salon gähnte Voytek, wie nur Voytek gähnen konnte: laut und ausgiebig. Er reckte sich. Die Couch quietschte und knarrte unter ihm. »Wie spät ist es?« fragte er schläfrig und setzte schon wieder zu einem Gähnen an.

»Es ist Zeit«, sagte eine unbekannte Männerstimme. *00:33*

»Was ... was ist das?«

»Das ist eine Hi Standard Longhorn .22, auch Buntline genannt. Sie hat draußen schon gute Arbeit geleistet. Sie ist noch warm ... fühl nur.«

Mama und Jay hatten noch immer nichts von dem gemerkt, was da im Gange war. Sie unterhielten sich einfach weiter.

»Wer bist du?« fragte Voytek, jetzt mit wacher Stimme. »Was machst du hier?«

»Ich bin der Teufel«, sagte der Mann. »Ich bin hier, um Teufelswerk zu erledigen. Sag mir aber erst mal, wo die Knete ist.«

»In der Brieftasche auf dem Schreibtisch.«

»Schau mal nach, Sadie.« Die Angesprochene schob Gegenstände auf dem Schreibtisch hin und her und sagte: »Nichts, Tex.« Es war die Stimme einer jungen Frau.

»Sadie«, sagte Tex, »sieh in den anderen Zimmern nach, ob noch mehr Leute im Haus sind. Katie, du bleibst hier.«

»Sonst ist niemand da«, sagte Voytek.

»Das finden wir schon selbst raus«, sagte Tex.

Paul hörte sie durch die Diele gehen, vorbei am großen Wäscheschrank. Gibby hatte, wie Sharon gegenüber versprochen, ihre Schlafzimmertür offengelassen. Auch sie hatte augenscheinlich nichts von dem gehört, was sich im Wohnzimmer abspielte, denn sie grüßte die vorbeigehende Unbekannte freundlich. *00:34* »Hallo.« »Hi.« Gibby fingerte an einer Seite und schlug sie dann um. Sadie mußte jetzt in der Tür zu Mamas Schlafzimmer stehen, aber Sharon und Jay sahen sie nicht. Die Eindringerin drehte sich um und ging in den Salon zurück.

»Tex, ich seh keinen Terry. Und die Blonde im Schlafzimmer, das ist nicht Candice. Ich schau mir beim Zahnarzt manchmal die Illustrierten an.«

»Die Terrys wohnen nicht mehr hier«, sagte Tex. »Das hier sind Untermieter. Filmstars. Sie haben Charlie genauso tief beleidigt, wie Terry das getan hat.«

»Wir sind also nicht im falschen Haus?« fragte Katie.

»Abstechen, die Schweine«, sagte Tex. »Das hier ist Hurly Burly. Die Botschaft wird die Terrys schon erreichen.«

»Da sind noch drei«, sagte Sadie. »Zwei Frauen und ein Mann.«

»Erst den hier festbinden. Da liegt ein Handtuch.«

4

00:35 Gibby las schnell, denn sie blätterte schon wieder knisternd eine Seite ihres Buchs um. Mama lachte leise über etwas, das Jay erzählte.

»Nicht so locker, Sadie«, sagte Tex. »Kreuzweise binden. Du kannst es nicht. Laß sein. Hol die anderen Typen her. Hier ist dein Messer. Nein, andersrum halten.«

Sadie schlich auf nackten Füßen durch die Diele und trat in Gibbys Schlafzimmer. »Aufstehen und ins Wohnzimmer.«

»Was ...«

»Einfach tun, was ich sage.« In der Diele kam ihnen die andere Frau entgegen. »Katie, kümmer dich um das Schwein hier. Ich hol den Rest.«

»Wer ... wer bist du?« Paul erkannte die Stimme seiner Mutter fast nicht wieder, so abgrundtief war die Verwunderung, die aus ihr klang.

»Was soll das Messer?« fragte Jay.

»Ich weiß nicht, was es soll«, sagte Sadie. »Ich weiß nur, daß es richtig scharf ist. Und ich will nicht, daß ihr schönen Menschen euch daran verletzt. Also aufstehen, aber fix, und ins Wohnzimmer mitkommen.«

00:36 Mama versuchte, die Krallen des Kätzchens aus ihrem Bikinioberteil zu lösen. Jay stand bereits neben dem Bett. Aus dem Salon drang Gibbys Schluchzen. »Na, wird's bald?« sagte Sadie.

»Du siehst doch«, sagte Jay, »daß sie hochschwanger ist. Sie kann nicht so schnell.«

»Na, dann hilf ihr doch, du galanter Ritter. Ich hab nicht ewig Zeit.«

Jay half Mama vom Bett. Vielleicht wunderte sich Paul ein bißchen, daß zwei Erwachsene sich so gefügig (zusammen mit ihm) von einer jungen Frau als Geiseln nehmen ließen, die lediglich ein Messer bei sich hatte. Das auf dem Bett allein gelassene Kätzchen miaute schwach.

5

Jetzt waren alle im Wohnzimmer. *00:37* »Was macht ihr hier?« Die Stimme von Jay. »Was habt ihr mit uns vor?«

»Schnauze, du kleiner Mistkerl«, sagte Tex. »Wer das Maul aufreißt, muß auf den Boden. Leg dich vor den Kamin.«

»Siehst du nicht, daß sie hochschwanger ist?« sagte Jay, der offenbar stehenblieb. »Laß *sie* wenigstens sitzen.«

»Na schön«, sagte Tex, »wenn sich das Schwein nicht von sich aus in den Dreck legt, dann muß der Teufel eben nachhelfen.«

Ein Schuß ertönte. Paul erkannte das Geräusch des Revolvers, der draußen schon einmal eingesetzt worden war. Mama und Gibby schrien auf. Im Fall auf die Brandschutzplatte riß Jay das Funkengitter mit, das scheppernd umfiel. »Jetzt noch mal«, sagte Tex. »Ist Geld im Haus?«

»Ich hab was«, sagte Gibby. Die Worte zitterten auf ihren Lippen. »In meinem Zimmer.«

»Sadie«, sagte Tex, »geh mit der Frau.«

Nachdem die beiden die Diele durchquert hatten, hörte man aus Gibbys Zimmer das Klicken eines Handtaschenverschlusses, gefolgt vom Rascheln von Geldscheinen. »Zweiundsiebzig Dollar«, sagte Sadie. »Ist das alles?«

»Ich war noch nicht auf der Bank«, sagte Gibby heulend. »Nimm meine Kreditkarten.«

»Plastikgeld bringt uns nix.«

00:38 Die beiden Frauen waren wieder im Salon.

»Sadie«, sagte Tex, »deine Fesseln taugen nichts. Noch mal.«

Das Herz seiner Mutter schlug laut und schnell. Noch näher war ihr pfeifender Atem. Trotzdem konnte er aus den weniger deutlichen Geräuschen außerhalb ihres Körpers schließen, daß dieser Tex sich vor dem Kamin hinkniete (sein Knie schlug hart auf der Platte auf) und ein paarmal kräftig mit dem Messer auf Jay einstach. Bei jedem Stoß ächzten Tex und Jay gleichzeitig. Sharon und Gibby kreischten vor Entsetzen. »Du Schwarze. Und du Blonde«, rief Tex. »Her mit euch.«

Sich aneinanderklammernd, zitternd, gehorchten Mama und Gibby mit unsicher tappenden Schritten seinem Befehl. »Legt euch neben das Schwein. Alle beide. Katie, Lampen aus. Es kommt genug Licht von draußen.«

00:39 Katie, die Schweigsamste der Gruppe, betätigte an drei Stellen einen Schalter. In drei Phasen nisteten die Schatten sich in Pauls Mutter ein. So sichtbar sein Versteck auch von außen war, schien sich doch niemand mehr um Paul zu kümmern, seit Jay zum Schweigen gebracht worden war. »Ein Hund«, sagte Sadie. »Da, vor dem Fenster.«

Das mußte Proxy sein, die öfter mal auf die Fensterbank sprang. »Ich seh keinen Hund«, sagte Tex.

»Schon wieder weg. Den kriegen wir gleich.«

Nach Gibby und Sharon zwangen sie auch Voytek, sich auf den Boden zu legen. Jetzt riefen und heulten sie alle durcheinander, mit Ausnahme von Jay. »Bitte«, flehte Gibby, »tut uns nichts. Bitte.«

»Wir rufen auch nicht die Polizei an«, sagte Sharon. »Wirklich nicht.«

»Hier gibt's nichts anzurufen«, sagte Tex. »Katie, das Seil.« Es wurde ihm zugeworfen. »Wenn ich es jetzt um den Hals von diesem Schwein hier lege …« Paul konnte ganz aus der Nähe die Anstrengung spüren, mit der der Mann Jay das Seil um den Hals wand. »Und jetzt … der Balken da dürfte halten.« Das Seil schnurrte über Holz.

6

»Und jetzt …« Tex wickelte das andere Ende um Mamas Hals. Paul hörte das ängstliche Gurgeln in ihrer Kehle. »So, das Liebespaar, verbunden bis in den Tod.«

Jemand zog offenbar hart an dem Seil, denn sie kam schneller hoch, als Paul es seit Wochen von seiner Mutter gewöhnt war. Über ihm brachte ihre goldene Stimme nur noch häßlich erstickte Laute hervor.

»Was macht ihr mit uns?« Gibby keuchte vor Angst.

»Schweine sind zum Schlachten da«, sagte Tex. Bis auf Jay, der vor dem offenen Kamin im Sterben lag (oder schon gestorben war), begannen alle um ihr Leben zu flehen. Aus

Mama, bei der sie das Seil wieder etwas gelockert hatten, kam nur wortloses Wimmern. *00:40* »Sadie«, sagte Tex, »du den Kerl da.«

Voytek sprang auf, aber Sadie hatte sich bereits mit ihrem Messer auf ihn gestürzt. »Stich zu, wo du nur kannst«, rief Tex. »Paß auf, er ist stark.«

Wildes Ringen. Zerreißende Kleidungsstücke.

»Au, meine Haare! Dreckskerl! Das wirst du mir büßen!« Ein auf den Holzfußboden fallender Körper, der genauso schnell wieder hochkam. »Tex! Katie! Helft mir doch …!«

»Jeder sein eigenes Schwein, Sadie«, rief Tex. »Gib's ihm!« Voytek schrie aus Leibeskräften. Gibby kreischte. Sharon röchelte. »Voll reinstechen, Sadie«, rief Tex. »Sein Bein, sehr gut.«

»Paß auf, Sadie.« Das war Katie. »Der will weg. Die Tür …!« Paul hörte, wie die Haustür, die halb offengeblieben war, gegen die Wand gedonnert wurde. Schuhe, die auf die Fliesen krachten. In seinem Sprint zur Diele hatte Voytek offenbar die Kabinenkoffer, die dort im Durchgang standen, ins Wanken gebracht, denn sie krachten jetzt mit Getöse um. Tex hatte es geschafft, Voytek im Vorbeilaufen etwas Hartes auf den Kopf zu schlagen. Vielleicht die Longhorn: kleine Stücke fielen zu Boden. Holz auf Holz. »Sadie, hinter ihm her!«

Das Klatschen ihrer nackten Füße. Voytek floh nicht weiter – vielleicht schon zu schwer verletzt. Er stand da irgendwo im Garten und brüllte in Todesnot. »Hilfe! Hilf mir! Hilf mir doch jemand!«

»Sadie, wart …!« Auch Tex rannte jetzt aus dem Haus. Kurz darauf hörte Paul die metallischen Schläge der Longhorn auf Voyteks Kopf niederkommen. Voytek rannte schreiend tiefer in den Garten hinein.

»Au, meine Haare!« Das war, ganz nah, diese andere Frau, Katie, die jetzt mit Gibby und Sharon kämpfte. »Linda, hilf mir! Linda, hierher!« Von einer Linda war bisher nicht die

Rede gewesen. An der Haustür war die Stimme einer Frau zu hören, vielleicht eines Mädchens: »O mein Gott, sorry, sorry … das ist …«

00:41 Bestimmt sah sie gerade, wie Voytek von Tex' und Sadies Messern abgestochen wurde. Voyteks Schreie waren jetzt nur noch gellender Klang. Sie waren das Kreatürlichste und Schmerzlichste, was Paul während seiner kurzen Existenz je aus einem menschlichen Mund gehört hatte.

Während Gibby mit Katie kämpfte, baumelte Mama irgendwo zwischen Hocken und Stehen an dem Seil, das sie mit den Händen zu lockern versuchte. Aus Jays Körper kam eintöniges Stöhnen, das schon nicht mehr das eines Lebenden war. Plötzlich waren die Stimmen von Tex und Sadie wieder im Raum. »Katie«, sagte Tex, »mach sie fertig, die Schwarze.«

Paul mußte versuchen, sich noch schwerer zu machen, als er schon war. Dann konnten sie sie nicht aufhängen. Dann riß das Seil.

7

Gibby rannte weg. Katie brüllend hinter ihr her. Paul war allein mit seiner Mutter. Nicht lange. »Sadie, du die Blonde«, befahl Tex. Mama wand und krümmte sich, soweit es ihr noch möglich war, um sich des Seils zu entledigen. Sadie hinderte sie nicht daran. Vielleicht achtete sie zu sehr auf Tex und Katie, die mit Gibby zugange waren.

»Ich geb auf«, sagte Gibby. »Dann bringt mich eben um.« In diesen Worten lag mehr abgrundtiefer Fatalismus, als Paul ertrug. Das laute Ächzen, mit dem Tex das Messer in sie stieß, vermischte sich mit Gibbys schmerzlichem Seufzer. Sie rief nach Gott und ihrer Mutter, nicht unbedingt in dieser Reihenfolge, und glitt zu Boden. *00.42* »Tex«, sagte Sadie, »der Kerl am Kamin bewegt sich noch.«

Mit wenigen Schritten war der Angesprochene zur Stelle.

Wenn man jeden Ächzer und Fluch von Tex als einen Gna-
denstoß rechnete, erfuhr Jay eine gnädige Behandlung.

»Katie«, rief Sadie, »hinter dem Weib her.« Gibby war offenbar wieder hochgekommen. Rennende Füße durch die
Diele bis in Sharons Schlafzimmer, wo die Tür zur Swim-
mingpoolterrasse aufgestoßen wurde. Die Wasserfläche ließ
Gibbys Schreie noch schriller klingen. Und da war, gedämpft,
die flehende Stimme dieser Linda wieder, des Angsthasens
der Gruppe: »Hör auf, Katie. Da kommen Leute.«

»Zu spät«, keuchte Katie. »Jetzt muß ich's zu Ende bringen.«

»Ich wart im Auto«, sagte Linda.

Gibbys flatterndes Nachthemd bewegte sich um das Haus
herum zum Rasen auf der vorderen Seite, wo Katie sich auf
sie stürzte. Es blieb ein Wunder, wie sehr das Ächzen derjenigen, die zustach, dem Stöhnen des Opfers glich. »Sadie«, rief
Tex, wieder auf dem Weg nach draußen, »die schwangere Sau
ist für dich.«

Mama hatte es geschafft, das Seil ein Stück weit zu lok-
kern. »Bitte«, flehte sie, noch immer in Atemnot, »laßt mich
sitzen. Mein Kind … Ich kann nicht mehr.«

»Na gut, setz dich, blödes Weib.« Das Seil war so weit gelockert, daß Sadie Mama aufs Sofa drücken konnte. Paul geriet heftig ins Schaukeln, doch die Federung des Mutterleibs
fing es auf. »Hör zu, du alte Sau … nein, sieh mich an … was
ich dir jetzt sage, ist in erster Linie an mich selbst gerichtet,
also mach dich auf was gefaßt.«

»Das Messer … tu's weg, bitte.«

»Hör zu, du widerliches Weibsstück. Ich kenn keine Gna-
de. Für mich selbst nicht, und also auch nicht für dich.«

Das waren Worte, keine Stiche. Solange die anderen draußen blieben, konnte sich noch alles zum Guten wenden. »Bitte, töte mich nicht.« Mama hatte ihrer Stimme in den letzten
Wochen, wenn sie sich an Paul wandte, oft einen kindlichen
Klang gegeben. Er fand das süß. Jetzt hörte sich ihr klein-

mädchenhaftes Quengeln für ihn gräßlich an. »Ich sag der Polizei wirklich nichts. Bitte, bitte, laß mich am Leben.«

Schon seit Wochen konnte Mama über fast nichts anderes mehr reden als über ihren kleinen Paul. Das galt bis in den Tod. »Ich will nur noch mein Kind kriegen.«

»Maul halten. Ich will's nicht hören.«

»Bitte, laß mich mein Kind kriegen.«

»Du hast nicht das geringste Recht auf Leben, du. Ihr Schweine, ihr habt schon genug Privilegien für euch beansprucht. Maul halten, das ist das einzige Recht, das ich dir noch zugestehe.«

8

00:43 Mama versuchte, vom Sofa wegzukommen. Das bewirkte nur, daß sie Sadie, die sich neben sie gesetzt hatte, den Rücken zuwandte. Das Seil schlug an den Deckenbalken. Das Geräusch erinnerte Paul an den Hafen von Southampton, wo Mama sich mit ihm für die Rückreise nach Amerika eingeschifft hatte. In der Nähe der *Queen Elizabeth II* lag ein Segelschiff, auf dem eine Leine mit genau so einem Geräusch gegen den Mast geschlagen hatte. Sadie schlang von hinten einen Arm um Mamas Hals. Paul stellte sich vor, daß sie Mama dabei das Messer an die Kehle hielt. »Noch so eine Bewegung, und es ist aus.«

»Töte mich nicht.« Mama sprach hoch und weinerlich. »Ich will mein Kind kriegen.«

Paul hätte *alles* für sie tun wollen. Er wollte den Kopf heben, um besser lauschen zu können (wie es im Garten stand), aber er wußte auch, daß sein Kinn fest auf der Brust lag, damit in Kürze, bei der Geburt, sein großer Kopf leichter um die Biegung des Geburtskanals kam. Nach dem Buch von Dr. DeRienzo, aus dem Mama vorgelesen hatte, konnten sich dank der Fontanellen die Schädelknochen übereinanderschieben, und weiß der Himmel, mit was für einem verformten

Kopf er dann herauskäme. Er wäre zu allem bereit gewesen, Hauptsache, Mama konnte ihr Kind bekommen. Ohne ihre Mitwirkung mußte er bleiben, wo er war. *00:44*

»Hör auf mit deinem Geblöke«, sagte Sadie. »Ich will's nicht hören. Mir wird übel davon.«

»Hast du's immer noch nicht geschafft?« Tex war wieder im Zimmer.

»Mir wird übel von diesem Weib«, sagte Sadie. »Die hört nicht auf mit Bitteln und Betteln.«

»Los, mach Schluß«, sagte Tex. »Denk dran, was sie Charlie angetan hat.«

Solche unterwürfigen Ausrufe hatte Mama noch nie von sich gegeben. Es war unangenehm zu hören, wie sie dermaßen hysterisch um ihr Leben flehte.

9

»Das warst du doch«, sagte Sadie, »die zu Charlie gesagt hat: ›Geh zum Hintereingang?«

»Ich kenn keinen Charlie«, heulte Sharon.

»Du hast ihn beleidigt«, sagte Tex, »und dafür wirst du büßen.«

»Ich weiß nicht, wer Charlie ist.«

»Das ist Charlie«, sagte Sadie. Sie stach Sharon das Messer in die Brust. »Und das ist Charlie.« Sie stach noch einmal zu, direkt daneben. »Und das auch …«

Wie Mama jetzt zusammenzuckte und gleichzeitig die Luft scharf einsog, das unterschied sich gar nicht mal so sehr von ihrer Reaktion, wenn sie den Fuß vorsichtig in zu kaltes oder zu heißes Wasser steckte. Pauls hochentwickeltes Nervensystem hatte in den letzten Wochen, laut Dr. DeRienzo, die verschiedensten Reflexe koordiniert. So merkte er jetzt, während Sadie auf seine Mutter einstach, daß seine Hand sich wie von selbst schloß – um ein imaginäres Heft. »Nicht … nicht.« Es hörte sich aus Mamas Mund fast genußvoll an. Sie hatte sich schon mal mit einer Nadel gestochen, und Paul hatte sich eingebildet, selbst einen Stich gespürt zu haben. Er hätte nie gedacht, daß er einen Messerstich in ihren Körper so empfinden könnte, als schneide jemand in sein eigenes Fleisch.

»Das ist *meine* Methode, Selbstmord zu begehen«, keuchte Sadie. »Kapierst du's jetzt? Ich töte mich, indem ich dich töte.«

00:45 Ein paarmal hörte Paul das schreckliche Geräusch einer Klinge, die auf Knochen stieß. Sadie hielt kurz inne, vielleicht um ihrer kribbelnden Hand Ruhe zu gönnen. »Wenn ich schon sterben muß«, sagte Sharon fast unhörbar leise, »hol dann wenigstens mein Kind raus.«

Sadie stach wieder zu. »Oh, Tex, das ist geil. Das törnt an. Das ist besser als ein Orgasmus.«

Kein einziger Messerstich traf den Bauch, und doch verspürte Paul den Schmerz des Schneidens – und wußte erst jetzt, was es bedeutete, bis in die letzte Faser mit jemandem verbunden zu sein.

»So kapier doch endlich, du blöde Sau, daß es von beiden Seiten kommen muß. Um dich zu töten, muß ich einen Teil von mir selbst töten. Ich tu es aus Liebe zu dir.«

Aus dem Garten kam kein Kreischen mehr. Nach Tex kehrte auch Katie in den Salon zurück. »Ihr Nachthemd ist jetzt nicht mehr durchsichtig«, sagte sie. »So entwirft man Klamotten – designing by doing.«

»Der Kerl da, Katie«, sagte Tex. »Schau mal eben, ob wir mit dem fertig sind. Nein, laß mich.«

Das Geräusch hörte sich an wie der Tritt einer Schuhspitze gegen eine saftige Melone. *00:46* »Nicht mehr viel Widerstand drin«, sagte Tex gleich darauf.

10

»Du kommst … aus Texas«, flüsterte Sharon. »Ich auch.«

»Hört man nicht«, sagte Tex.

»Meine Eltern … aus Houston.« Paul zuckte unter dem flehenden Wimmern zusammen, zu dem die Musik ihrer Stimme entartet war.

»In einem Hollywoodschwein«, sagte Tex, »irr ich mich nie.«

»Mit sechs Monaten … Miss Tiny Tot of Dallas.«

Tex lachte höhnisch über Mamas schönsten Titel. Sie war damals nur ein halbes Jahr älter gewesen als Paul jetzt. »Sadie, setz Miss Tiny Tot of Dallas mal schön gerade hin.«

Das gräßliche Weibsbild streckte die Hände unter Sharons Achseln und zerrte sie aufs Sofa zurück. »Festhalten«, sagte Tex. »Nein, an den Schultern. Sonst garantier ich nicht für deine Finger.«

Paul hörte und spürte, wie eine lange Klinge in das große Herz über ihm drang. Weiter oben, in Mamas Kehle, ertönte leises Röcheln, in dem Staunen und Erleichterung mitschwangen. »So macht man das«, sagte Tex, »die Arbeit beenden.«

Sharons Herz kämpfte heftig pumpend mit dem Messer – bis Tex es herauszog. Der Körper zitterte noch kurz und glitt dann schwer und willenlos von den Kissen zu Boden. Paul fühlte, wie er langsam seitwärts kippte, so wie wenn Mama sich im Bett umdrehte. Nur wälzte sie sich dann immer vom Rücken auf die rechte Seite, um die Kissen in den Arm zu nehmen, die da, in der Mitte der großen Matratze, als Ersatz für Papa waren. Jetzt lag sie auf der linken Seite. Ihre Arme hätten keine Kraft mehr gehabt, irgend etwas zu umfangen.

»Schmeck mal.« Sadie leckte und schluckte hörbar. »Wow, was für ein Trip.« Mamas Blut mit jemandem teilen zu müssen, der eine so unangenehme Stimme hatte und solche Dinge sagte …! *00:47*

»Ich mag das Zeugs nicht.«

»Ein Geschmack, sag ich dir, mit nichts zu vergleichen.« Sadie schmatzte. »Du schmeckst einen Mix aus Leben und Tod.«

»Keine Zeit für Cocktails, Sadie. Jetzt nix wie weg hier.« Tex rief Katie.

»Der Geruch ist auch so irre«, schwärmte Sadie weiter. »Riech doch mal ... Wirklich um high zu werden.«

»Genug genascht, Sadie. Komm mit.«

»Tex, warum hast du ihr keinen Gnadenschuß gegeben?« Die mannweibartige Stimme von Katie, keuchend. »So viel Blut ...!«

»Die Buntline tut's nicht mehr. Ich hab sie auf dem harten Schädel von dem Typ da krummgeschlagen.«

Unerreichbar für Paul stotterte und spuckte das Herz seiner Mutter wie eine undichte Feuerwehrspritze. Ein Rückzugsgefecht. Ihr lieber Körper hatte sich dem Tod bereits ergeben. Daß sie, ein halbes Jahr alt, zur Miss Hemdenmatz der Stadt Dallas gekürt worden war – das waren ihre letzten Worte gewesen. Eine Botschaft speziell für ihn, Paul. So versuchte sie sich in den Augenblicken, die sie von ihrem Tod trennten, genauso klein zu machen, wie ihr Baby noch war. Um ihm näher zu sein.

11

»Sadie«, ertönte die schneidende Stimme von Tex, »Schluß mit dem Getrödel. Weg hier.«

»Ich will das Baby«, quengelte sie.

»Wie willst du denn ... Katie, geh und such Linda.«

Katies unweibliche Schritte Richtung Eingangstür.

»Rausschneiden. Mitnehmen.« Endlich, dachte Paul, endlich jemand, der sich um mich kümmert. Im Garten rief Katie mit gedämpfter Stimme die dritte Frau, die nicht im Haus gewesen war. »Linda ...! Huhu, Linda!«

»Und dann ein totes Kind mitschleppen.«

»Es lebt noch. Ich habe nicht reingestochen.«

»Was willst du damit?«

»Charlie geben.«

»Hat er dir dazu Anweisungen gegeben?«

»Nein ... ja.«

»Ja oder nein?«

»Es wäre in seinem Sinne.«

Katie kam in den Salon zurück. »Keine Linda.«

»Was genau hat Charlie heute abend zu euch gesagt?«

»Dunkle Sachen anziehen«, sagte Katie. »Reserveklamotten mitnehmen. Und das Buck-Messer.«

»Und weiter?«

»Irgendein Zeichen in Schweineblut hinterlassen«, sagte Sadie. »Etwas, das die Welt auf den Kopf stellt.«

»Mir bekannt. Noch was?«

»Alles tun, was du uns befiehlst«, sagte Katie.

»Also keine Babys. Abhauen.«

»Tex, laß mich diesen Wurm aus ihr rausschneiden«, bettelte Sadie. »Dann wickel ich es in dies Handtuch, als Geschenk für Charlie. Er wird stolz auf uns sein ... daß wir uns getraut haben, so weit zu gehen. Ganz im Geiste von Hurly Burly.«

»Was soll Charlie mit so 'nem verseuchten Ferkel?«

»Morgen abend großes Feuer auf der Ranch«, sagte Sadie aufgeregt. »Charlie hoch oben auf seinem Felsen ... und dann bieten wir ihm die erste Portion geröstetes Baby an.«

»Charlie ist Vegetarier«, sagte Katie. »Er ist sogar Veganer.«

»Das ist nicht einfach Fleisch. Die Gelegenheit, wiedergeboren zu werden, indem er ein Ungeborenes ißt, die wird Charlie sich nicht entgehen lassen. Darf ich, Tex? Bitte, sag ja.«

»Keine Zeit. Du hast dieses Schwein doch aus vollem Hals röcheln hören? ›Hilfe! So hilf mir doch!‹ Es können schon Leute im Anmarsch sein. Nichts wie weg, Mädels.«

Paul hätte nie gedacht, daß Blut so idyllisch murmeln kann. Wie der kleine Bergbach, an dem seine Mutter neulich noch mit ihrer besten Freundin gepicknickt hatte. Im San Gabriel Canyon war das gewesen, Ende Juli. Rebekah Rutherford hatte ihr sechs Monate altes Töchterchen dabei, Sharons Patenkind. »O Becky, ich sehne mich so nach dem Ende. Ein halbes Jahr Altersunterschied, das wird sie doch nicht davon abhalten, miteinander zu spielen?«

»Das sind sie schon ihren Müttern schuldig«, sagte Rebekah, und das Wasser summte schläfrig ihre Worte mit, und ein kühler Schatten lag über den Picknickdecken.

Das Blut strömte geräuschlos nach außen, doch wo es die Körperhöhlungen suchte, die Paul nicht besetzt hatte, produzierte es ein friedliches Wispern. Nicht weit davon plätscherte auch etwas im Körper des Friseurs. So sprachen Jay und Sharon noch eine Weile leise miteinander, wie sie es etwas früher an diesem Abend im Schlafzimmer getan hatten – doch jetzt war es laut reden im Tod.

12

Für einen Moment hüllte sich die Isolierzelle in Stillschweigen und süßlichen Jauchegeruch. 00:49 »Mein Jungchen«, stieß er hervor, »wo bist du jetzt?«

Die Stimmen waren noch da. Sie bewegten sich streitend in Richtung Parkplatz und kehrten dann wieder zum Haus zurück. »Ich hab Blasen an den Fingern«, klagte Katie. »Warum mußte ich wieder dieses Scheißmesser nehmen? Da, schau, der Griff hält nur noch mit Klebeband zusammen. Jedesmal, wenn ich auf Knochen traf, wurde ein Stück Haut von meiner Hand in so 'nem Riß eingequetscht.«

»Es ist harte Arbeit«, sagte Tex. »Ungeschoren kommst du nicht davon, wenn du Hurly Burly in Gang bringen willst.«

»Als ob Charlie nichts Besseres in seiner Waffenkammer hätte. Er speist sein Fußvolk mit Schrott ab.«

Ich hab Blasen an den Fingern. Paul erkannte die Worte von der wilden Beatles-Platte wieder, die Voytek oft spielte. Am Ende des Stücks »Helter Skelter« machte der Drummer der Gewalt ein Ende mit dem echoartig verhallenden Verzweiflungsschrei: »I got blisters on my fingers …!«

»Und ich hab welche an den Füßen«, sagte Sadie. »Drinnen hab ich nichts gemerkt. Aber jetzt kann ich kaum noch laufen.«

»Wer geht denn auch ohne Schuhe zur Arbeit«, knurrte Tex.

»Gerade deswegen. Die Blasen hatte ich schon vorher. Daraus sind kleine Wunden geworden. Ich vertrage keine Schuhe mehr. Der große Typ hat sich beim Rückwärtsgehen auch noch mit seinem vollen Gewicht draufgestellt. Alle Krusten stehen jetzt in die Höhe.«

»He, stop«, sagte Tex. »Dann sind also auch Blutspuren von dir da drinnen?«

Die drei waren stehengeblieben. Das mußte irgendwo am Ende des Gartenwegs sein, wo die blaue Außenlampe brannte.

»Da ist so viel Blut«, sagte Sadie. »Die paar Tropfen von mir fallen da wirklich nicht auf.«

»Wenn ich das vorher gewußt hätte, mit deinen Wunden«, sagte Tex, »dann hätte ich dich nicht mitgenommen. Hurly Burly wird nicht barfuß gewonnen.«

»Ich hab meine Aufgabe doch erledigt …!« kreischte Sadie.

»Nicht ganz.« Katies Stimme. »Man nehme das Blut einer Muttersau, die ihre neun Ferkel verschlungen hat … ›Hurly Burly‹, zweite Strophe.«

»Blöd«, sagte Sadie. »Zurück.« Wieder näherten sich Tex' schwere Schritte, Katies etwas leichtere und Sadies humpelnde der Eingangstür. Endlich. Sie kamen, um Paul aus seiner bedrängten Lage zu befreien. Die beiden Frauen klagten jetzt auch über einen »gemeinen Schmerz« an der Kopfhaut, wo die Schweine sie in ihrer Todesnot an den Haaren gezogen hatten. »Das hat mich so rasend gemacht«, sagte Katie, »daß ich sie nur noch abstechen wollte.«

Sie standen wieder auf der Veranda, in der Nähe der offenen Tür.

»Wer schreibt?« fragte Katie.

»Sadie«, sagte Tex.

»Was?« fragte Sadie.

»Egal«, sagte Tex. »Etwas, das die Welt nicht so leicht vergißt. Aber schnell.«

»So was wie bei dem toten Dudelsackpfeifer? POLITICAL PIGGY …«

»Kürzer«, sagte Tex. »Wir müssen weg.«

»Ich hol drinnen was zum Schreiben.«

Jetzt würde diese Sadie wohl Sharons letzten Wunsch erfüllen und ihn aus seiner Mutter befreien. Es wurde Zeit. Er war völlig fertig. Nach all den Geräuschen, mit denen die Welt ihn bombardiert hatte, wollte Paul jetzt endlich mit eigenen Augen sehen, was da draußen alles krauchte und schlich, wuchs und gedieh, zerstörte und vernichtete.

Sadie warf ihr Messer auf einen in der Nähe stehenden Sessel. Paul meinte sogar zu hören, wie es kurz vom federnden Sitz hochsprang. Was jetzt? Mama hatte ihr Testament doch deutlich genug verkündet: »Wenn ich schon unbedingt sterben muß, hol dann wenigstens mein Kind raus.«

Wenn sie, diese Sadie, demnächst an der Schwelle zur Gaskammer ihre Henkersmahlzeit bestellte (Pommes, Erdbeeren mit Schlagsahne), würde sie ihr zusammen mit einer Blume in einer Vase gebracht werden. Den letzten Wunsch ihres Opfers ignorierte sie.

Paul lauschte reglos. Herumtappende nackte Füße. Sadie hob etwas Raschelndes auf. Das mußte das Handtuch sein, mit dem sie versucht hatte, Voytek zu fesseln. Wollte sie, viel zu spät, Mamas Blut stillen? Mit dem zusammengeknüllten Tuch machte ihre Hand tupfende Bewegungen an Sharons

Brust. Vielleicht wischte sie die Haut ab, um das Messer besser ansetzen zu können für den Kaiserschnitt ... Sadie stand auf und lief weg. Die Haustür quietschte, fiel aber nicht ins Schloß.

»P.I.G.«, las Tex laut vor. »Und sogar richtig geschrieben. Wo hast du, Sadie Mae Glutz, so schön schreiben gelernt?«

»An der Kasse von Club Pier 69 in San Francisco.«

»Stimmt, da hast du oben ohne die Rechnungen kassiert«, sagte Tex.

»Mit ihren kümmerlichen Klingelbeuteln durfte sie nicht bei Tisch bedienen«, höhnte Katie.

»Hör dir diese haarige Äffin an«, sagte Sadie. »Wie wär's, du könntest ja im ›69‹ deine Kokosnüsse anbieten, Katie. Bei der tropischen Nacht, einmal die Woche.«

»Jetzt reicht's«, sagte Tex. »Zurück zum Auto.«

Noch ein letztes Mal kehrte Sadie ins Wohnzimmer zurück: Paul erkannte das schmatzende Geräusch ihrer verletzten Füße auf dem Boden. Sie stieß mit dem Knie an einen der leeren Kabinenkoffer. Wieder machte Sadie keine Anstalten, den Kaiserschnitt vorzunehmen. Sie blieb auf der Schwelle stehen. Etwas flatterte wie ein angeschossener Vogel in den Salon. Es mußte das Handtuch sein, getränkt mit dem Blut von Pauls Mutter. Naß und schwer fiel es ganz in der Nähe zu Boden – ungefähr da, wo Jay liegen mußte.

»Die Brille, wo?« rief sie gedämpft nach draußen.

»Na, auf dem Boden«, erklang Tex' Stimme. »Charlie war hier.«

13

Irgendwo über ihm, noch weiter weg als seine Füße, war ein schwaches Gurgeln im Bereich der Aorta zu hören – bis auch das verstummte. Das Mutterherz, all die Monate die Trommel, die sein Wachstum rhythmisch begleitet hatte, quittierte den Dienst. Die Harfe aus Adern stellte das Rauschen ein und schwirrte nur noch ein wenig nach. Die Frauen, die ihn hätten retten können, gingen hinter ihrem Kommandanten den Gartenweg hinunter – von den Flammen singend, die das vom Mörder auf dem Schafott ausgeschwitzte Fett verzehren. Sie klangen fröhlich, wie von einer Last befreit. Es gab noch Hoffnung für Paul.

»Huch.« Beim Parkplatz angelangt, bremste Sadie ihre klebrigen Schritte. »Messer vergessen.«

»Nicht noch einmal zurück«, blaffte Tex. »Wir müssen uns waschen.«

»Vorhin, als wir kamen«, sagte Katie, »hab ich hier unten irgendwo einen Gartenschlauch gesehen, bei einem Haus. Da roch es im Auto plötzlich nach feuchter Erde.«

»Ich bin klatschnaß«, sagte Tex. »Nie gedacht, daß Blut von jemand anders sich so eklig anfühlen kann. Das stinkt ja wie süße Kotze.«

Diesmal betätigten die Eindringlinge trotz ihrer verschmierten Hände den Knopf für das Tor. Paul glaubte von neuem Donner zu hören. Es konnte aber genausogut das Rumpeln des Tors sein. Die Akustik der Canyons narrte wieder mal das menschliche Gehör, auch das des ungeborenen Kindes.

14

00:50 In den achteinhalb Monaten seiner Existenz zwischen Nicht-Sein und Sein war es noch nie so ruhig um Paul gewesen. Das Grollen eines Gewitters in der Ferne, sofern es sich nicht um eine Sinnestäuschung handelte, wiederholte sich nicht. Stimmen, Schritte – alles erstorben.

Lang dauerte diese völlige Stille nicht. Auf der Veranda bellte ein Hund. Dem stets etwas ängstlichen Klang nach zu urteilen war es Proxy, die kleine Hündin aus London. Es waren immer die ungebetenen Besucher, die die Tür hinter sich aufließen. Aus dem Luftzug, der über den noch warmen

Körper seiner Mutter strich, einem Ableger der frisch aufgekommenen Meeresbrise, schloß Paul, daß die Eingangstür einen ordentlichen Spaltbreit offenstand. Proxy brauchte sie nur noch etwas weiter aufzustoßen. Sie sprang mit kratzenden Krallen am unteren Teil der Türfüllung hoch, schnüffelte, fiepte, schmatzte mit der Zunge – und Paul vermutete, daß sie über die Stelle leckte, an der das Blut seiner Mutter Wort geworden war.

In den Scharnieren begann etwas zu knirschen, der Luftzug verstärkte sich, und Proxy hüpfte in die Diele. Sie machte einen Bogen um die Kabinenkoffer, wobei sie die von Sadie hingeworfene Brille ein Stück weit vor sich her schubste. Auf dem dicken Teppich vor dem Kamin waren Hundepfoten nicht zu hören, aber Paul konnte das Hecheln der kleinen Hündin verfolgen. Wie oft hatte Proxy in diesem Sommer nicht ihre nasse, kalte Nase an Mamas nackten Bauch gedrückt? Sharon von Assisi, die die Tiere heiliggesprochen hatte, bevor das mit ihr selbst geschehen konnte, schrie dann immer lachend auf. »Proxy, du Miestviech, aus!« Und zu Paul, da drinnen: »Nicht erschrecken, mein Schatz. Das ist nur die Nase eines gesunden Hundes.«

Am erhöhten Druck in Höhe seines Pos merkte Paul, daß Proxy ihre Schnauze tief in Sharons Nabel bohrte. Er vermißte das Zittern, das Mamas hohem Lachen vorausging, und auch das Lachen blieb aus. Der Hund fiepte und leckte Frauchen über das Gesicht. Keine Reaktion. Einen ganz kurzen Moment lang war dies das Zentrum der Stille: ein Yorkshireterrier, der sich die Zunge um die Schnauze schlug, um den unerwarteten Blutgeschmack loszuwerden. Die Hündin fiepte noch einmal tief bekümmert, seufzte und machte kehrt. Auf dem Weg zurück in den Garten schnüffelte Proxy kurz an dem Körper, der etwas weiter entfernt am Boden lag. Kratzende Krallen auf dem Holzfußboden. Eine Pfote trat gegen die Brille, die sich einmal um sich selbst drehte. Der zur Seite gekippte Kabinenkoffer neigte sich stärker.

Es fühlte sich an wie Liegen in einer Hängematte, die dabei war, sich zu senken. Das stark federnde Chassis des mütterlichen Bauchs gab langsam nach. So lag er eine Weile und lauschte Proxy, die auf dem Rasen von Voytek zu Gibby rannte und wieder zurück. Sie schnüffelte, leckte. Gibby mußte ganz in der Nähe des im Gras versunkenen Abflusses liegen, anders konnte Paul sich das kurze Scharrgeräusch auf der sonst nur sanft raschelnden Route des Hundes nicht erklären. Er hatte gehört, wie Mama Mrs. Chapman tadelte, weil sie das Messinggitter jede Woche auf Hochglanz polierte. »Sehr umsichtig von dir, Winny, aber im Haus gibt's Wichtigeres zu tun.«

»Niemand weiß, Ma'am, welcher Brunnen in den Abgrund des Herrn führt. Es kann jeder Gully sein, Ma'am.«

»Ah, und deswegen putzt du sicherheitshalber *jeden* Abfluß. Ich hab mir schon gedacht, meine Güte, was sind die Gullydeckel am Sunset Boulevard blitzblank poliert.«

»Das war ich nicht, Ma'am. Ich werd's nicht mehr tun, Ma'am.«

»Liebe Winny, putz ruhig jedes Abflußgitter, das du siehst. Ich will nicht, daß der Engel, der da durch muß, schmutzige Flügel bekommt.«

So wußte Paul, daß Gibbys Blut, das er unter der Grasmatte gurgeln hörte, durch blitzblankes Messing in den Abfluß rann. Proxy bellte böse. Seit der laute Besuch gegangen war, war in keinen ihrer früheren Spielkameraden mehr Bewegung zu kriegen.

15

Aus dem Loch im Boden war Gebrodel erklungen, und jetzt füllte sich die Zelle mit einem schweren Gestank.

»Und das Baby?«

Remo erinnerte sich wortwörtlich an das Gespräch mit dem Pathologen im Los Angeles County Morgue, nachdem er seine Frau identifiziert hatte. Das war kein Zittern mehr: Seine Beine schlugen unter ihm hin und her. Wenn er sich nicht auf die medizinischen Details konzentriert hätte, wäre er umgekippt. Dr. Kahanamoku kam nicht auf die Idee, ihm einen Stuhl anzubieten. Der Arzt studierte seine Papiere. »Mal schaun ... Voll ausgereifter Fötus männlichen Geschlechts. Länge: siebenundvierzig Zentimeter. Hm, bißchen klein. Gewicht normal. Dreitausendzweihundert Gramm. Kopfumfang vierunddreißig Zentimeter. Ich würde sagen: bereit für die Geburt.«

Wenn er aufhörte, vernünftige Fragen zu stellen, würde er in einer Nacht versinken, die sich nie mehr auftun würde. »Hat das Kind ... die Mutter überlebt?«

Dr. Kahanamoku sah Remo über seine Lesebrille hinweg an. »Es lag tot in ihr. Tut mir leid.«

»Ich meine, ist das Baby gleichzeitig mit meiner Frau gestorben?«

Mama hatte in den letzten Wochen alle möglichen Bücher über Schwangerschaft und Geburt studiert. Manchmal hatte sie Gibby eine Passage laut vorgelesen. Paul erinnerte sich an eine ganz gräßliche. »Hör dir das an, Gibby: ›Mrs. Shumway, im siebenten Monat, möchte wissen, was mit dem Baby passiert, wenn eine hochschwangere Frau, Gott behüte, plötzlich stirbt.‹ Die Antwort von Dr. DeRienzo darauf lautet: ›Nachdem bei der Mutter der Tod eingetreten ist, lebt der voll ausgetragene Fötus noch fünfzehn bis zwanzig Minuten selbständig weiter.‹ Hörst du, Gibby? ›Wenn rechtzeitig eine Sectio caesarea vorgenommen wird, kann das Kind lebend und unversehrt zur Welt kommen.‹ Oh, Dr. DeRienzo lehnt die Forderung nach der Bikinilinie ab. ›Weil in diesem Fall kosmetische Überlegungen keine Rolle mehr spielen und größte Eile geboten ist, ist *ein* vertikaler Schnitt ausreichend.‹ Wie beruhigend, Gibby.«

»In die Gebärmutter sind keine Messerstiche gedrungen«, sagte Dr. Kahanamoku. »Die Mörderhand scheint fast gezielt zugestochen zu haben, um den Fötus nicht zu beschädigen. Das Kind kann noch gut zwanzig Minuten im toten Mutterleib weitergelebt haben.«

»Sie meinen«, sagte Remo, »wenn eine Ambulanz schnell zur Stelle gewesen wäre, dann …«

»Ihre Frau wurde rund acht Stunden nach Eintritt des Todes gefunden. Angesichts dieser Zeitspanne sind besagte zwanzig Minuten unbedeutend.«

»Unbedeutend, …« wiederholte er. »Es müssen aber die einsamsten zwanzig Minuten in der Geschichte der Menschheit gewesen sein.«

»Es fällt nicht in mein Fachgebiet, ein psychisches Problem wie dieses zu beurteilen. Wenn Sie mich jetzt entschuldigen würden …«

00:51 In der Nacktzelle, der die Finsternis ihre Eckigkeit genommen hatte, blieb Remo wenig anderes übrig, als diese einsamsten zwanzig Minuten in der Geschichte der Menschheit auf sich herabzurufen. Das Beste, was er sich davon erhoffen konnte, war, selbst daran zu sterben.

16

Paul hätte am liebsten laut geschrien. Saugen und Schlucken, das ging in letzter Zeit schon ganz gut – aber lautes Brüllen, nein. Er schaffte es nicht weiter als bis zu einer Scheinatmung, die er im Hinblick darauf, daß er bald draußen in der Luft sein würde, schon öfter geübt hatte. *00:52* »Die Lungen«, hatte er den Arzt im Krankenhaus zu seiner Mutter sagen hören, »sind mit einer Art Bläschenteppich ausgekleidet, der dafür sorgt, daß sie beim Ausatmen nicht einfallen.«

Mama verstand aus allem ein Fest zu machen. »Ich finde, Doc, ein neuer Mensch kann sich gar nicht früh genug an Champagnerbläschen gewöhnen.«

Alle Bläschen zusammengenommen schafften es nicht, diesen einen Schrei herauszupressen. Und außerdem, wer hätte seinen Ruf aus dieser gepolsterten Zelle schon gehört? *00:53* Sein kleines Herz, das die ganze Zeit doppelt so schnell mit dem ihren mitgeschlagen hatte, war jetzt auf sich allein gestellt. Wenn er zwanzig Minuten weiter zu leben hatte, bedeuteten hundertfünfzig Schläge pro Minute, daß ihm insgesamt noch dreitausend zustanden. Sein Herz war bereits am Abzählen – in Weckergeschwindigkeit.

In all den Monaten und insbesondere den letzten Wochen hatte Sharon mit ihrem Sohn geredet und ihm vorgesungen – was dieselbe Musik in zwei unterschiedlichen Genres war. Paul hatte sogar gerührt das Grummeln ihrer Därme liebgewonnen. Jetzt hatte selbst ihr verrinnendes Blut aufgehört zu glucksen.

Noch sog er Nahrung und Sauerstoff aus ihrem leblosen Körper. Noch bot er ihm seine Abfallstoffe zur Verarbeitung an. *00:54* Durch die Stille war da draußen die Nacht ganz transparent geworden. Ein altersschwacher Ford mit sich streitenden und nervös kichernden Leuten fuhr durch die Hügel. An drei Stellen wurde ein Buck-Messer aus dem Autofenster in eine Schlucht geworfen. Mit all ihren Stichwaffen hatten diese Typen nicht den Mut aufgebracht, Paul aus seiner Mutter herauszuschneiden. Als sie kamen, trug Mama einen zweiteiligen Badeanzug. Für einen Kaiserschnitt hätte Sadie mit ihrem Messer nur der Bikinilinie folgen müssen, vorausgesetzt, es hätte noch Gründe gegeben, kosmetische Maßstäbe anzulegen.

Vielleicht weil Tex sich nur schwer von ihr trennen konnte, wurde als letzte Waffe die Longhorn in die Nacht geschleudert, die selbst auf dem Grund der tiefsten Schlucht an ihrem verbogenen Lauf und dem zersplitterten Kolben noch verräterisch erkennbar blieb. Und weiter raste der Ford, einem Gewitter entgegen, das einfach nicht losbrechen wollte.

00:55 Bestenfalls noch ungefähr fünfzehn Minuten, bis ein Leben enden würde, das nie begonnen hatte.

Die Sophisten aus meiner Zeit hätten schon gewußt, wie man mit haarspalterischem Getrickse nachweist, daß die Welt nicht existieren konnte, allein schon aufgrund der Unteilbarkeit des Jetzt.

Das klein bißchen Wirklichkeit, das der Welt bestenfalls zustand, spielte sich im *Heute* ab – nicht in der Vergangenheit, nicht in der Zukunft. Und da es dieses Heute wegen seiner Unteilbarkeit wahrscheinlich nicht gab, hatte mit derselben Wahrscheinlichkeit die ganze Welt keine Existenzberechtigung. Sophismus: Abholdienst für alle Ihre unerwünschten Entitäten.

Mich hat immer mehr interessiert, wie der Mensch sich aus dieser Illusion der Wirklichkeit rettet. Er befindet sich zwischen zwei einander gegenüberstehenden Spiegeln, der Vergangenheit und der Zukunft, die sich gegenseitig reflektieren – und daraus soll dann sein Bild von der Welt entstehen. Zwischen diesen beiden kerzengeraden Glasplatten ist jedoch nur so viel Raum, wie das *Jetzt* breit ist, das heißt: gar keiner.

Ich habe die Menschen als ziemlich unerschrocken kennengelernt. Um sich einen gewissen Ausblick auf eine Welt zu verschaffen, die es im Grunde nicht gibt, schummeln und mogeln sie mit dem *Jetzt*. Sie machen es breiter. Sie stecken ihre Hände hinein, wie Kinder es mit einem Gummiband tun, mit dem sie alle möglichen Figuren bilden können, von Tasse und Untertasse bis hin zum Eiffelturm – und erweitern es. Heute erweist sich als dehnbarer Begriff.

»*Jetzt* klart es auf.« »*Jetzt* geh ich einkaufen.« »*Jetzt* sind die Kopfschmerzen weg.«

Indem sie so tun, als könnten sie das Jetzt bezeichnen und benennen, fast schon greifen, erschaffen sie sich die Illusion von einer Welt, in der man leben kann, zumindest den Anschein eines Lebens aufrechterhalten kann. Aber gerade mit ihrer mutwilligen oder instinktiven Erschließung und Erweiterung der Gegenwart geben die Menschen zu, daß ihre Welt *nicht* greifbar ist: daß sie nicht existiert.

Wenn es das Phänomen Zeit gibt, muß es etwas anderes sein, als was von »Jetzt« bis »Jetzt« weitergegeben wird. Etwas anderes als ein Strang, der mehrere Heutes aneinanderreiht. Etwas anderes, kurzum, als das, was sich von der Vergangenheit über die Gegenwart in die Zukunft windet.

Die Zeit, wie die Menschen da unten sie erleben, ist Teil der Illusion, die sie sich selbst erschaffen haben. Ihre Zeit ist ein Requisit aus der Trickkiste des Spiegelpalasts. Dort, in dem unendlich engen Raum zwischen den Spiegelflächen der Vergangenheit und der Zukunft, führt der Mensch, auf dem rasierklingenscharfen Seil des Jetzt balancierend, sein Theaterstück auf: die Illusion eines Daseins. Um dem Theaterpublikum, und das sind außer den Mitmenschen wir hier oben, die illusorische Erfahrung einer Abfolge zu bieten, staffiert er sich in immer wieder anderen Moden aus. Jede neue Mützenfarbe gibt die nächste Gegenwart an.

Die wahre Zeit, sollte es sie geben, fließt in weitem Bogen darum herum – *falls* solch naheliegende theatralische Ausdrücke wie »Fließen« und »Winden« und »Biegungen« auf sie anwendbar sein sollten.

»Der Gefangene«, hörte ich Maddox mal Remo gegenüber ausrufen, »ist nichts anderes als eine paarungsgeile Fliege auf einem Spiegel. ›Na, wie wär's?‹«

Die Illusion, Charlie, ist noch viel bitterer. Der Mensch ist eine Fliege im Heute, eingeklemmt zwischen den Spiegeln der Vergangenheit und der Zukunft. Das liefert nicht einmal mehr ein Spiegelbild. Höchstens ein tief in diesem zermalmenden Schraubstock verborgenes Aquarell aus Blut und Matsch. Der Versuch, das Rätsel des Menschen zu lösen, war für mich nie etwas anderes, als mich an dem Rorschachtest blind zu starren, der sich zeigt, wenn man die Spiegel voneinander löst.

Paul konnte sogar hören, wie das zugelaufene Kätzchen, das nichts wog, auf leisen Pfötchen näher schlich – wie auf Söckchen, hatte Sharon immer gesagt. Die letzten zwei Meter zu Frauchen legte es springend zurück. *00:56* Es stieß an eines der Streichholzbriefchen, die in dem Tumult auf den Boden gefallen waren, und streckte sich dann in seiner ganzen Magerkeit längelang an Mamas dickem nacktem Bauch aus. Weil das Fell elektrisch aufgeladen war, hörte sich das drinnen wie ein ohrenbetäubendes Knattern an: ein Gewitter an Pauls kleinerem Himmel.

Streaky kletterte auf den regungslosen Körper, wobei sie ihre scharfen Krallen in die Haut grub. Wenn das unerwartet geschah, schrie Mama lachend auf, genau wie bei einem Stups der kalten Hundenase. Jetzt gab sie keinen Mucks von sich. Streaky schnurrte – wider besseres Wissen.

Sharon lag auf der linken Seite, den rechten Arm über dem Kopf. In Frauchens Achsel stehend, begann Streaky auf der nackten Brust herumzutreten, die nur zum Teil von dem Bikini bedeckt wurde – wie junge Kätzchen das an den Zitzen ihrer Mutter tun, um die Milch zum Fließen zu bringen. Das machte Paul böse und eifersüchtig: Ein anderes Wesen beanspruchte da den Nektar, auf den *er* ein Anrecht hatte, auch wenn die gepolsterten Pfötchen vorläufig nur Blut zutage förderten. Für seinen Neid und seine Wut fand Paul keine andere Ausdrucksform als die Reflexe, die er bereits gelernt hatte: mit Hand und Mund nach Milch zu suchen sowie Saugbewegungen zu machen. Er erntete Luft, und weiß Gott keine frische.

00:57 Streaky, die eine streichelnde Hand und noch mehr elektrisches Geknatter erwartet hatte, hörte auf zu schnurren und glitt von Sharons Bauch auf den Fußboden. Sie leckte sich hörbar das Blut von den Söckchen, schlug kurz gegen das Streichholzbriefchen, danach gegen ein anderes, nahm das Lecken wieder auf – und dann lagen offenbar auf einmal zwanzig von diesen Briefchen rund um Sharon auf dem Boden. Paul wußte, daß seine Mutter die Angewohnheit hatte, aus Hotels und Restaurants mitgebrachte Gratisstreichhölzer in einem Körbchen zu sammeln, und das mußte jetzt leer sein. Wenn so ein Briefchen ungeöffnet war, klang es unter einer Katzenpfote anders als ein aufgebrochenes. Waren drei Streichhölzer herausgerissen, hörte es sich anders an, als wenn noch vier ungebraucht darin waren.

Paul zerbrach sich den Kopf, wie Streaky sich bei diesem Spiel mit ihren Krallen in einem Faden verfangen konnte. Um genau *00:58* hatte er die Lösung. In dieser Woche hatte sich Voytek, als er sich im Salon einen Joint anzünden wollte, mal darüber beklagt, daß er nun schon zum wer weiß wievielten Mal ein Pappbriefchen mit Nähutensilien, wie sie in manchen Hotels gratis auf dem Nachttisch liegen, für ein Streichholzbriefchen gehalten hatte. »Ihr wollt ja nur, daß ich nähe anstatt blowe.«

Streaky lief unter beleidigtem Miauen vom teilnahmslosen Frauchen weg, das Pappbriefchen an einer Garnschlinge hinter sich her ziehend.

19

00:59 Da lag er nun, zusammengerollt in Mamas Gebärmutter, Kinn auf der Brust wie ein Bechterew-Patient. Daß er in letzter Zeit so gewachsen war, hatte seine Bewegungsfreiheit schon eingeschränkt, doch jetzt, da Mamas Körper sich so schwerfällig und starr anfühlte, schien noch weniger Platz für ihn zu sein. Einst, in einer fernen Vergangenheit (vor Wochen), hatte er in körperwarmem Fruchtwasser ungehindert Purzelbäume geschlagen. Jetzt mußte er sterben ohne den dazugehörigen Salto mortale. Treten, ja, treten würde er bestimmt noch können. Mama hatte erst an diesem Nachmittag über Schmerzen an ihren unteren Rippen geklagt, die von seinen Tritten herrührten. Paul hob ein Bein, stieß zu, aber nein, es federte nicht angenehm zurück. Wie auf dem Fahrrad zu strampeln versuchte er daraufhin schon nicht mehr.

01:00 Noch zehn Minuten, um sich aus seiner toten Mutter zu befreien und auf die Welt zu kommen. Es gab keine Öffnung im Gebärmuttermund. Er lag reglos im kühler werdenden Fruchtwasser. Der Schleimpfropfen, der ihn vor dem Eindringen von Krankheitskeimen schützen sollte, saß unverrückbar fest, wie ein Harzklumpen im Hals eines griechischen Weinkrugs. Um hier rauszukommen, hätte er wirklich Mamas Unterstützung gebraucht. Diese hysterischen Zicken mit ihren Buck-Messern … warum hatten sie ihm nicht geholfen, wenn sie schon dabei waren, alle anderen in Stücke zu schneiden? Es hätte Sharon wirklich nicht toter gemacht, als sie ohnehin war.

01:01 »Piper! Virgil! Schnauze …!« Billys Stimme, aus dem Gästehaus hinter dem Pool. Das Hundegebell erstarb zu leisem Jaulen. Der Haussitter mußte von den Eindringlingen, die doch sonst in allem so gründlich waren, übersehen worden sein. Vielleicht war Billy ihr Handlanger und hatte ihnen an diesem Abend auf dem Strip das Signal gegeben. (»Die beiden Frauen sind kein Problem. Der Friseur kommt gleich. Er ist ziemlich klein. Der Pole ist bereits völlig stoned. Jetzt oder nie.«)

01:02 Über den Hügeln das Röhren eines Flugzeugs im Landeanflug, anscheinend auf LA International. Paul bildete sich ein, eine Maschine der British Airways zu erkennen, aus London. Sein Vater schloß gerade auf Bitten der Stewardeß als letzter Passagier seinen Sitzgurt. Durch Kaubewegungen schützte sich Papa gegen den Druckunterschied. Im Handgepäck über seinem Kopf lag das noch nicht abgeschlossene Drehbuch mit den sprechenden Delphinen, über das er am Telefon geklagt hatte. Geschenke für sein Kind befanden sich auch darin. Geschlechtsneutrales Spielzeug, weil er noch nicht wußte, ob er Vater eines Sohnes oder einer Tochter werden würde. Das Geschlecht spielte keine Rolle mehr. Ob der Vater nun da oben in der Boeing saß oder nicht, er würde keinesfalls binnen acht Minuten zu Hause sein können, um den kleinen Paul zu retten. Papa, leb wohl.

01:03 Piper und Virgil waren still, nur das Geräusch der riesigen Zungen, mit denen sie ihren Freßnapf leer schlabberten, war zu hören. Billy legte eine Platte auf. »Marrakesh Express« von Crosby, Stills & Nash. Wenn Paul das alles hören konnte, wie war es dann möglich, daß Billy von dem ganzen Hurly Burly nichts gemerkt hatte? Er mußte an dem Komplott beteiligt sein. Haushüter öffnet Mördern das Tor und zieht sich mit Hunden und Opernglas in die Loge zurück.

01:04 Die Boeing war nach einem fernen Brummen nicht mehr zu hören. Aus der Stadt unten drang das eintönige Dröhnen des Verkehrs herauf, dann und wann vom auffrischenden Seewind unterbrochen. Noch war Wärme in dem großen ihn umgebenden Körper, doch der Temperaturunterschied machte sich bereits unangenehm bemerkbar. Durch die üblichen Kanäle strömte ihm keine Nahrung mehr zu, geschweige denn Sauerstoff. Paul hatte Hunger, was aber weniger schlimm war als der langsame Erstickungsprozeß, der jetzt einsetzte. Er stellte fest, daß ein Fötus imstande ist zu weinen. Lautlos, aber naß.

01:05 In der Nähe der Kabinenkoffer, stumme Zeugen des Reisens und Mordens, spielte das Kätzchen mit etwas Hartem, das über den Boden scharrte. Zunächst dachte Paul an eine Brille, aber nein, es klang härter. Holz auf Holz. Es mußte ein Teil des zertrümmerten Revolverkolbens sein.

01:06 Vielleicht gab es ja noch Hoffnung. Gegen das Auskühlen hatte sich unter seiner Haut in letzter Zeit eine dünne Fettschicht gebildet, mit der er seine eigene Körperwärme regulieren konnte. So hielt er sich warm für das große Nichts, das keine fünf Minuten mehr von ihm entfernt sein mußte, falls Dr. DeRienzos Berechnung stimmte.

20

Der Vorteil dieser völligen Finsternis war, daß die Zelle mit der Zeit ihre Wände verlor und Aussicht auf eine mondlose Nacht ohne Sterne bot. Weil die Dunkelheit, die spürbar gegen seine Augen drückte, die gesamte Tränenflüssigkeit aufzusaugen schien, blinzelte Remo – und da war, schmerzhaft aufleuchtend in seinem Kopf, die weitverästelte Ader des Blitzes, exakt bis in jedes Haargefäß. *01:07* Voytek war gerade noch Zeuge einer schwachen, aus dem Meer aufsteigenden kühlen Brise gewesen. Das Bild von der Apotheose seiner Prophezeiung hatte er nicht mehr eintreten sehen. Hier wetterleuchtete jetzt sein Testament. Das Bild des Blitzes drang, heftig nachflackernd, durch die Gebärmutterwand. Kurz darauf rollte der Donner über die Hügel heran. Er rüttelte an den Fundamenten des Hauses Cielo Drive 10050 und brachte den Holzfußboden im Salon zum Schwanken, so daß Paul für einen Moment dachte, seine Mutter bewege sich wieder. Nicht mehr, als das Gewitter den Toten auf dem Friedhof zugestand.

01:08 Irgendwo in der Tiefe, vielleicht im Benedict Canyon, die Sirene einer Ambulanz. Das Geräusch schwoll an und wurde dann plötzlich ganz schwach, als verschwinde der Wagen hinter einer Bergwand – in die Hollywood Hills hinein, um jemanden zu retten, der bereits geboren war, oder um eine gebärende Frau rechtzeitig ins Krankenhaus zu bringen. Falls es für Paul war und er im letzten Augenblick gerettet würde, hätte die Welt nichts an ihm. Denkendes Rohr mit Sauerstoffmangel. Wenn es jetzt rasch dunkler um ihn wurde, kam das nicht durch den Kontrast, den der Blitz bewirkt hatte.

01:09 Jetzt, da dieses bewegliche Bauwerk um ihn herum, das ihn immer wiegend getragen hatte, kalt und steif zu werden begann, war ihm alles egal. Das Leben, die Welt, eine Schaukel – geschenkt. Außer ihm war alles in der unmittelbaren Umgebung seiner Mutter bereits genauso tot wie sie selbst. Ja, eine Brummfliege suchte grimmig das heiße Innere der einzigen noch brennenden Lampe, allerdings nur, um in den Tod zu fliegen. Seinetwegen durfte alles jetzt aufhören.

Doch als sein weicher Brustkorb durch Atemnot einge-drückt zu werden schien, begann er wieder zu beten, die Messerstecher möchten zurückkommen, um die Schale rings um ihn aufzubrechen. Dies war, im wahrsten Sinne des Wor-tes, würgende Einsamkeit.

21

Ein Leben, das endete, kurz bevor es begann. Die Ramsch-uhr war ihm vom »Griechen« abgenommen worden, und das große Uhrwerk aus Herz und Blut um ihn herum stand still, doch Remo wußte auch so, daß die zwanzig Minuten fast um waren. »Mein Jungchen, wo bist du jetzt?« Er mußte seinem Sohn noch so viel zeigen. Den neuen Zoo im Griffith Park. Nein, Disneyland nicht, auf keinen Fall Disneyland: Das erinnerte ihn zu sehr an Haus LaBianca, in dem Walt Disney gewohnt hatte. Jede Märchenfigur verschwand für Remo sofort hinter dem Bild des Hurdy Gurdy Man, serviert mit einer schwankenden Fleischgabel im Magen und in den Bauch gekerbtem WAR. Lieber nahm er den Kleinen zum Pier am Huntington Beach mit. Bei Niedrigwasser waren die Klumpen der an den Pfählen sitzenden Muscheln zu sehen, und er würde den Jungen fragen: »Woran erinnern sie dich?«, und Paul würde mit seiner hohen, klaren Stimme gegen den Seewind rufen: »An die Pfoten von einem Pudel, Paps …!« Und er wäre der stolze Vater eines Sohnes, der, wie er selbst, geheime Bilder in der Welt entdeckte. »Paul, mein Herzens-freund, bist du noch da?«

01.10 Er war bereits am Wegdämmern, doch der Don-ner holte ihn kurzzeitig zurück. Fast erstickt lag er im kal-ten Fruchtwasser und wartete auf das Gewitter. Letztes

Rettungsmittel: daß der Blitz, vom Pool angezogen, tief ins Haus einschlagen würde – genau an der Stelle, an der Mama lag, den Bauch voll leitenden Wassers. Für einen Kaiserschnitt bedurfte es dann keiner Menschenhand mehr. Gott selbst führte ihn aus.

01:11 Leb wohl, liebe Mama. Jammerschade, daß ich dein vielbesungenes Gesicht nie werde sehen dürfen. Im Gegensatz zu unseren sehr geehrten Mördern glauben wir nicht an eine Wiedervereinigung nach dem Tod in einer mit Milch und Honig gefüllten Kloake oder welch drittklassigem Paradies auch immer. Es war schon wunderbar, dich von innen kennenzulernen. Wo sie dich auch begraben mögen, ich liege in dir. *01:12*

22

Der erste, der je eine Nahtoderfahrung zu Papier brachte, war mein alter Schützling Platon, in *Der Staat*. Darin erzählte er von dem Soldaten Er, der um ein Haar auf dem Schlachtfeld gestorben wäre und doch wieder zu den Lebenden zurückkehrte – um von dem zu berichten, was er an der Schwelle des Todes erlebt hatte. Seitdem sprachen alle mündigen, vom Tod ins Leben Zurückgekehrten von einem »lockenden Licht«, das sich manchmal am Ende eines Tunnels befand.

Dieses winkende Licht, das war natürlich *ich*. Wenn ich sie durch welche Tragödie auch immer in die Falle gelockt hatte und aus irgendeinem Grund fand, es wäre noch nicht genug, ließ ich sie, milde geblendet, wie sie waren, wieder los. So nah konnten sie ihrem Vernichter kommen.

Platon war übrigens nur nolens volens mein Schützling, denn in ebendiesem Monsterdialog *Der Staat* prangerte er meine Augäpfel, die Dichter, an und schloß sie von seiner Utopie aus. Ich hatte ihn im Verdacht, selbst der einzige sein zu wollen. Je größer ein Geist, um so kleingeistiger.

Remos Kind war in der Gebärmutter gestorben. Ich hatte

ihm in seinen letzten Augenblicken keine Nahtoderfahrung zu bieten. NTEs waren nur jenen beschieden, die irgendwann die Erfahrung der Geburt gemacht hatten: des Wegs zum Licht am Ende des Tunnels. Der Beginn der Tragödie – wo sie auch wieder enden würde.

23

»Paul, mein Jungchen …!« Remo suchte mit fuchtelnden Armen seine Zelle nach dem ab, was ihm in der kalten Finsternis entglitten war. Gescheitert, schon wieder. Er war ganz nah dran gewesen, aber genausowenig wie damals war er jetzt zusammen mit seinem Sohn gestorben. »Mein kleiner Freund! Paul …! Komm her! Nimm mich mit!«

Männer kamen sehr gut ohne Tränen aus. Wenn die Herren der Schöpfung zu weinen begannen, brauchten sie Publikum. Ein Spiegel tat da schon Wunder. Ganz für sich in einer Dunkelheit zu weinen, in der der Betrübte seine eigenen Tränen nicht einmal blinken sah, mußte wohl die reine, flüssige Wahrheit sein. »Ich hatte dir die *punch-marks* im Eisenbahnmuseum noch zeigen wollen. Paul, wo bist du jetzt? Früher knipsten die Schaffner hier in den Straßenbahnen jeweils ihre eigenen kleinen Figuren aus den Fahrkarten. Kleine Kreuze, Sterne, Monde, Pfeile … Kombinationen davon … abstrakte Märchengestalten. Über tausend verschiedene *punch-marks*. Jemand hat sie alle aufbewahrt. Eine Art Figurenvermicelli, aber aus Pappe. Du darfst sagen, was du darin siehst … du darfst die ganze Geschichte aus den tausend Zeichen zusammensetzen … Ja? Dann komm!«

Heulen war eine soziale Tätigkeit und daher eine Sache des Verkneifens, Unterdrückens, Verbergens. Er entdeckte, daß die Tränen bei unbeobachtetem Weinen im Dunkeln nur so strömten. Unaufhaltsam. Unstillbar. Schamlos.

Zwölf nach ein Uhr nachts in Los Angeles, zwölf nach zehn Uhr vormittags in London. Und ich, fragte er sich

– was habe ich in dem Moment getan, da, auf der anderen Seite des Globus? Die Nachtclubs waren geschlossen, und wenn er bis zur Sperrstunde einen besucht hatte, lag er um zwölf nach zehn bestimmt noch im Bett und schwitzte Whisky und Champagner aus. Als jenseits des Ozeans, ganz am anderen Ende des Kontinents, sein ungeborener Sohn die letzten Sekunden seiner Existenz als Fötus durchkämpfte, hatte der Vater da, schlafend oder wach, irgend etwas gespürt? Einen kalten Lichtstrahl, der sein Herz traf und darin erlosch?

Die Ermittler des LAPD hatten ihn am Sonntag, gleich nach seiner Ankunft auf LAX, abtastend vernommen. Es war offenkundig, daß er zum Zeitpunkt der Morde nicht in Beverly Hills war, wenngleich natürlich eine Beteiligung auf Distanz in Betracht gezogen werden mußte. Er konnte sich nicht erinnern, ob Inspektor Helgoe ihn dazu befragt hatte, was er in London zwischen zwölf und ein Uhr nachts Los-Angeles-Zeit gemacht hatte. Genausowenig wußte er noch, ob das Thema später während des Tests mit dem Lügendetektor zur Sprache gekommen war. Offenbar war ein Aufenthalt in der Nacktzelle von Choreo nötig, ihn zu dem Vormittag des 9. August 1969, eines Sonnabends, zurückzuführen, den er in seiner Wohnung am Eden Square verbracht hatte.

Nachdem er den ganzen Abend bei allen möglichen Instanzen angerufen hatte, um beschleunigt ein Visum zu bekommen, hatte er um zwei Uhr nachts noch mit Sharon telefoniert und ihr erzählt, daß er erst nach dem Wochenende zurückkönne. Die drückende Hitze lastete sogar auf ihrer Stimme. Er war mit dem Taxi zum Exultation Club gefahren, wo er bis halb fünf Uhr morgens mit Freunden in einem Separée geredet und getrunken hatte. Jemand erzählte von dem Maler Francis Bacon, der in London nachmittags die Cafés, abends die Restaurants und nachts die Clubs besuchte und dann frühmorgens nach Hause wankte, um dort beim Schein einer kahlen Glühbirne, gequält von einem sich entfaltenden Kater, den Kampf mit einem Gemälde aufzunehmen. »Warum mache ich mich dann nicht mal«, sagte Remo und erhob sich vom Tisch, »noch rülpsend vom Champagner an mein Drehbuch?«

Es funktionierte. Das grellgraue Londoner Morgenlicht, das auf die vollgetippten Seiten fiel, förderte rasche Entscheidungen, über die er sonst endlos nachgegrübelt hätte. Mit einem einzigen Federstrich flogen ganze Sequenzen raus. Irgendwann zwischen Viertel nach neun und halb zehn versuchte er Sharon anzurufen, um ihr zu berichten, wie gut er mit dem Drehbuch vorankam und daß seiner baldigen Heimkehr nun nichts mehr im Wege stand. In Beverly Hills klingelte das Telefon drei-, vier-, fünfmal und gab dann plötzlich das Besetztzeichen von sich, als habe jemand, der nicht antworten wollte, den Hörer kurz abgenommen und sofort wieder aufgelegt. Merkwürdig: Dort war es erst kurz nach Mitternacht, und egal, zu welch nachtschlafender Zeit – Sharon würde immer abnehmen, auch wenn sie dafür den Arm aus dem Kissenberg ziehen mußte, der seinen Platz einnahm. Schade: Jetzt würde er sie frühestens in sieben, acht Stunden anrufen können und dann wahrscheinlich erst die Putzfrau an die Strippe bekommen. Vorsatz: sowohl in Los Angeles als auch in London einen automatischen Anrufbeantworter anschließen lassen.

Halb zehn. Draußen, auf dem Platz, kam der Londoner Samstagmorgen jetzt so richtig in Gang. Der Gehilfe des Milchmanns legte zuviel Schwung beim Schleppen an den Tag, und eine Kiste voller Flaschen krachte aufs Pflaster. Alle Cockneyverwünschungen der Welt konnten die Scherben nicht wieder kitten. Ein Hund, der an einer Lache mit gelbem Vanillepudding schlabberte, bekam einen Tritt und floh jaulend in eine Gasse. Remo zündete sich über dem zusammengestrichenen Drehbuch einen Zigarillo an. Durch den Rauchwirbel betrachtete er Sharons Bild auf dem Schreibtisch und machte sich bewußt, wieviel Glück er hatte.

Die fetten Verträge. Das Haus in den Hügeln. Ein frisch-
gestrichenes Kinderzimmer.

Auf dem bereits vor einigen Jahren aufgenommenen Foto
trug sie ihre Op-art-Hose mit dem beweglichen Muster aus
kleinen schwarzen und weißen Flächen. Es tat in den Augen
weh, verlieh ihrer Tanzpose aber eine tolle Dynamik. Es war
ein PR-Foto aus den Plastikmappen von Onkelchen Romsomoff. Der Fotograf hatte Sharon dazu verleitet, den Mund
halb zu öffnen, so daß die Zunge verschwommen sichtbar
war, doch alle beabsichtigte Sinnlichkeit konnte das Wehrlose
in ihren schwarzumrandeten Augen nicht verhüllen. Er blies
ihr, zärtlich, einen weiteren Rauchschwall entgegen.

So verbrachte er von halb zehn bis Viertel nach zehn die
Zeit, die zwei junge Frauen und ein junger Mann an ihrem
Ende der Welt benötigten, um sein Glück zu zerstören. Eine
halbe Stunde nach ihrer Ankunft erstickte sein Sohn in seiner
toten Mutter – und *er*, Remo, sollte nichts gemerkt haben? Es
war wohl so. Es konnte nicht anders sein. Aber wie denn, um
Himmels willen?

In dem Moment, als der Lebensfaden seines Kindes
durchschnitten wurde, vielleicht fiel da der sorgsam gehü-
tete Aschekegel des Zigarillos auf seinen edlen japanischen
Morgenmantel. Etwas Einschneidenderes fiel ihm nicht ein.
(Möglicherweise döste er nach der durchgemachten Nacht
gerade ein, und durch sein plötzliches Aufschrecken löste
sich der Kegel. Die Asche brannte ein kleines Loch in die
mit Seide gestickte Nachtigall auf einem Frühlingszweig. Die
weißen japanischen Schriftzeichen direkt darunter, die dem
Verkäufer zufolge »Federblüte« bedeuteten, bekamen einen
häßlichen grauen Fleck, blieben sonst aber unversehrt.)

Seine Liebe war nicht wach genug gewesen. Wäre sein Herz
an jenem Morgen nur stark genug mit seinen beiden Liebsten
verbunden gewesen, dann hätte er alarmierende Regungen
bei sich selbst richtig deuten können, und das wiederum hätte zu einem lebensrettenden Anruf bei der Polizei von West

Los Angeles geführt. Statt dessen hatte er sich von einem stumpfsinnigen Drehbuch mit sprechenden Delphinen ablenken lassen. Alles nur dumme Eitelkeit. Er hatte versagt.

Andererseits … wenn mit scharfen Buck-Messern Blutsbande durchschnitten werden konnten, ohne daß ein Ehemann und Vater etwas davon spürte – machte das nicht alle Liebe zu einer Fiktion?

24

Am Ende der aufrichtigsten vierundzwanzig Stunden seines Lebens mußte er nun auch den Mut aufbringen, ehrlich zuzugeben, daß er jenen Samstagmorgen nicht nur mit dem Drehbuch verbracht hatte. Er hatte aus besagtem Nachtclub noch irgendeine Mieze abgeschleppt. Hatte nichts zu bedeuten, war aber passiert. Jetzt, da er ohne zu mogeln den Zeitunterschied ausrechnete, war der Gedanke, daß er in dem Moment fremdgegangen war, als das Gemetzel sich seinem Ende näherte, nicht länger eine selbstquälerische Zwangsvorstellung, sondern eine unumstößliche, nackte Tatsache. Während seine Liebste die drei Stadien einer erzwungenen Inflation ihres Lebenswillens durchlief (1. Ich will leben und mein Kind bekommen; 2. Nehmt mich mit und bringt mich nach der Geburt um; 3. Tötet mich, aber holt das Baby raus), erlebte er ebenso viele Phasen eines routinierten Liebesspiels.

Er hatte das Mädchen, an dessen Frätzchen er sich nicht mal erinnern konnte, lediglich zu kreativen Zwecken benutzt, um gereinigt von nächtlichen Wirren an die Arbeit gehen zu können. Eine Hygienemaßnahme, mehr nicht. Nach Gebrauch hatte er es in ein Taxi gesetzt. Mit den letzten Eingriffen am Skript war er bereits auf dem Weg nach Kalifornien und zur Vaterschaft.

25

Unbemerkt war nach Mitternacht die Fußbodenheizung ausgegangen. Die Nacktzelle wurde kalt und klamm wie ein Keller. Zitternd tastete Remo nach dem Bettzeug. Er breitete die Schlafmatte in einer der abschüssigen Ecken aus, so weit vom Latrinenloch entfernt wie irgend möglich. Nicht, daß der Gestank ihm noch etwas ausgemacht hätte. Die Decke fühlte sich naß, kalt und fettig von der Bouillon an, die er sich damit vom Körper gewischt hatte. Er ließ sie angewidert von sich gleiten und zitterte sich lieber warm. Von irgendwoher, vielleicht aus dem Lüftungsgitter, kam ein Tickgeräusch – bis er entdeckte, daß es sein eigenes, von den Wänden zurückgeworfenes Zähneklappern war.

Zwischen dem Tod des Babys und dem Auffinden der Leichen lagen sieben, acht Stunden einer kalifornischen Nacht. Es waren die Stunden seines Londoner Tags. Während seine Frau, sein Kind, seine Freunde in Haus und Anwesen Cielo Drive 10050 unbemerkt kalt und steif wurden, hatte Remo ein heißes Bad genommen. Von der Wanne aus konnte er den japanischen Morgenmantel sehen, der mit dem Brandfleck zu ihm auf einem Trockengestell hing, und er verfluchte sein Ungeschick. »Federblüte. Kleine Rotzbengel sollten keine Zigarren rauchen.«

Ansonsten war es ein normaler Londoner Tag, an dem nichts besonders Erinnernswertes war. Daß ihm noch so viele Einzelheiten gegenwärtig waren, kam durch den vernichtenden Anruf am Abend, der rückwirkend alles an jenem Sonnabend, auch den unbedeutendsten Vorfall, in einem eiskalten Licht hatte erstarren lassen. So sah er sich nackt, beim Abtrocknen, auflachen. »I just took a h-h-h-hot bath.« Der Stotterer, den er imitierte, war der Schriftsteller Somerset Maugham, in dessen Haus er mal zu Gast gewesen war.

»And«, fragte Maughams Lover, »did you masturbate?«

»As it h-h-h-happens, no.«

Um nicht ohne Appetit zu seiner Lunchverabredung zu erscheinen, ließ er das Frühstück aus. In einem weißen Bademantel aus dem Hilton Paris legte er sich für ein Stündchen aufs Bett, um auszudampfen. Er schlief kurz ein und träumte verwirrt von Verhandlungen mit den Huxley-Erben in Kalifornien über eine Verfilmung von *After Many a Summer Dies the Swan*. »Die Angelinos werden es nicht zulassen«, sagte jemand.

Nach dem Anziehen erwog er, Sharon anzurufen. Nein, er durfte sie jetzt nicht wecken: Gott allein wußte, wie schwer sie ihren Schlaf der Schwüle der Hitzewelle abgerungen hatte. Hoffentlich hatte Voytek nicht gerade einen seiner Anfälle, bei denen er bis zum frühen Morgen Platten spielte, und zwar um so lauter, je betäubter sein Hirn von den Drogen wurde. Am liebsten stellte er sich sein kalifornisches Haus in tiefer Ruhe vor, das riesige rote Dach (das Besucher an eine Getreidescheune erinnerte) umspielt von einem auflandigen Wind, noch frisch und kühl. Im ehelichen Schlafzimmer standen die Flügeltüren zum Pool hin auf. Die Brise wehte die Gardine in Richtung Bett, wo sie sich, von einem Bleiband in Form gehalten, wie ein Moskitonetz um die Schlafende stellte. Sharon lag da in einem alten Bikini, lediglich ein Laken über sich. Auf der anderen Seite des Kissenwalls, den sie mit Armen und Beinen umklammerte, schlief der Yorkshireterrier. Von Zeit zu Zeit lief ein Zittern über die Flanken der Hündin, die dann eine Reihe hoher Fieptöne ausstieß. Das Kätzchen (Name vergessen) lag auf dem Kopfkissen unter Sharons weit ausgebreiteten Haaren.

Viertel nach zwölf in London. Er hielt ein Taxi auf der Straße an. »Restaurant Landers bitte. Kensington.« Viertel nach drei in Los Angeles. Wenn Voytek auf dem Sofa eingeschlafen war, ging der Plattenspieler irgendwann von allein aus. Remo tastete in Gedanken die Räume des Hauses ab, den Garten davor und dahinter, die Garage, den Parkplatz … und fand alles in tiefer Ruhe. So war es gut. Der Gärtner hatte am Nachmittag mit einem feinmaschigen Schöpfnetz die toten Blätter aus dem Pool gefischt. Die Meeresbrise schüttelte nun neue aus den Bäumen, die auf das sich kräuselnde Wasser fielen. An der kleinen Treppe dümpelte eine Plastikmargerite, die sich von Gibbys Bademütze gelöst hatte. In ein paar Tagen würde er alles wieder mit eigenen Augen sehen.

Alles sicher und unter Kontrolle. Bei Gefahr würden Altobellis Hunde anschlagen. Dann ging der Haussitter nachsehen, was los sein könnte. Meist war es ein kleines Raubtier aus den Hügeln, das sich zu nahe an die Mülltonnen herangepirscht hatte. Eine am Pool entkorkte Weinflasche machte die Hunde ebenfalls fuchsteufelswild, aber das war jetzt nicht der Fall – es sei denn, Voytek kam so spät noch auf diese Idee.

Beim Lunch fiel seinen Freunden auf, daß er entgegen seiner Gewohnheit ziemlich abwesend und schweigsam war. »Das kommt von diesen Fingerschalen mit Zitrone. Ich rieche Sharon, wie sie jetzt da drüben schläft. Sie benutzt immer Citric Mosq, gegen die Mücken. Einmal hab ich zu ihr gesagt: ›Stell dich nicht an, Sharon. Los Angeles ist auf einer Wüste erbaut, nicht auf einem Sumpf. Hier gibt's keine Mücken.‹ Sie warf die Tube Citric Mosq in den Eimer. Am nächsten Morgen war sie völlig zerstochen. Ihr eines Auge war total zugeschwollen …«

»Ist sie so naiv?« fragte Victor.

»Das ist keine Naivität. Sie will einen nicht vor den Kopf stoßen. Deswegen nimmt sie eine Haltung bedingungslosen Vertrauens ein. Sie weiß es zwar besser, läßt diesen Gedanken aber nicht mehr zu. Sie glaubt einem … bis sich das Gegenteil erwiesen hat.«

»Bei so viel friedfertigem Vertrauen«, sagte Gene, »kann man nur hoffen, daß es von niemandem mißbraucht wird.«

»Also von mir.«

»Wenn sie nur deswegen in deine Fallen tappt, um dich nicht zu enttäuschen«, sagte Victor, »dann ist für dich doch auch kein Spaß dabei.«

»Man kann sich sogar fragen«, sagte Gene, »wem in diesem Fall die Schadenfreude zukommt.«

»Leute, ich schwöre, in Zukunft werde ich sie weniger nekken.«

Kadavergehorsam

A word from the Chairman of the Board of
Buck Knives (2)

»Now that you are family, you might like to
know a little more about our organization.
The fantastic growth of Buck Knives, Inc.
was no accident. From the beginning, management determined to make God the
Senior Partner. In a crisis, the problem was
turned over to Him, and He hasn't failed to
help us with the answer. Each knife must re-
flect the integrity of management, including
our Senior Partner. If sometimes we fail on
our end, because we are human, we find it
imperative to do our utmost to make it right.
Of course, to us, besides being Senior Partner, He is our Heavenly Father also, and it's
a great blessing to us to have this security in
these troubled times. If any of you are troubled or perplexed and looking for answers,
may we invite you to look to Him, for God
loves you.«

(Al Buck / Gebrauchsanweisung für Buck
Knife)

Lob der Inversion

1

Das Abendessen wurde gebracht. Zum letztenmal öffneten sich die beiden Türluken, um eine Bahn staubflirrendes Licht in die Zelle zu stoßen. Eine Hand schützend vor die Augen haltend, wankte Remo zur Tür. Der Aufseher stellte eine volle Essensschale zwischen den beiden Klappen ab. Es war Jorgensen: ein stets freundlicher Wärter, der sich seine Klage wegen des ausgefallenen Lichts anhören würde.

»Mr. Jorgensen, hier ist …« In dem Moment donnerte eine Explosion durch das Gebäude, das selbst hier, im Keller, die Wände zum Wackeln brachte. Hinter dem Rücken des Wärters prasselte Kalk zu Boden. Die Essensschale hatte es da bereits hereingedrückt, ihr Inhalt lag dampfend in der Nähe des Latrinenlochs. Der Luftstoß hatte Remo einen Faustschlag ins Gesicht verpaßt.

»Oh, mein Gott!« rief Jorgensen beim Wegrennen. »Die Küche! Das Gas!«

Sofern das seine Worte waren, denn in Remos Kopf dröhnte ein Nebelhorn. Das pfeifende Ohr an die noch immer offenen Luken haltend, fing er Fetzen der durch die Gänge echoenden Panik auf. Rufe der Aufseher; Geschrei der Häftlinge, die bereits mit harten Gegenständen über Gitterstäbe ratterten und gegen Zellentüren hämmerten. Bis alles vom gedehnten Rülpser einer Alarmglocke übertönt wurde, deren Töne fast greifbar durch die Gänge rollten und hallten.

Jetzt müßte die Klaustrophobie zuschlagen, doch die hatte sich bereits reichlich bei den einsamsten zwanzig Minuten in der Geschichte der Menschheit verausgabt. Nein, Remo fühlte sich merkwürdig sicher hinter seiner Tresortür, zwischen dicken Kerkermauern aus dem neunzehnten Jahrhundert.

Es folgte keine zweite Explosion. Der Alarm brach ab. Nur das rasende Gehämmer der Choreaner ging weiter und schwoll sogar noch an. So lange bis Jorgensens kalkbestäubter Kopf wieder in der Türöffnung erschien.

»Mr. Jorgensen, was war das für ein Knall?«

Der Wärter zog wortlos dicht vor Remos Gesicht die Innenluke zu, so daß der Gefangene von einer ganzen Zimmerwerkstatt an Angst und Protest abgeschlossen wurde.

2

Die massive Finsternis hatte sich wieder um ihn geschlossen wie der dunkle Samt eines exakt passenden Futterals um ein Instrument. Seine Stimme war, ohne Antwort, erneut erstickt worden, doch Remo konnte immer noch den Raum um sich herum zum Klingen bringen. Die Stimmen seiner toten Liebsten, die ihm durch das lange Wochenende geholfen hatten, schwiegen jetzt allerdings. Die einzige Stimme, die sich meldete, rauh und direkt, hatte den Tonfall des Mittleren Westens.

Bevor Remo sich am Freitagmorgen auf ihn gestürzt hatte, hatte Maddox es noch geschafft, eine seiner Bergpredigten zu beenden, die als »Trostgebet« für Remos ungeborenen Sohn begonnen hatte. In einer Art Betäubung hatte er, automatisch weiterfegend, versucht, Maddox zu folgen und ihn, wie er es sich in den vergangenen Wochen angewöhnt hatte, mit Fragen zu größerer Deutlichkeit zu zwingen.

»Charlie sieht ein böses Gesicht. Little Remo hat gestern zuviel Wahrheit schlucken müssen.«

»Perinde ac si cadaver.«

»Charlie versteht kein Polnisch.«

»Ignatius von Loyola über die Grundlagen der Gesellschaft Jesu. Sollte dich eigentlich ansprechen.«

»Latein versteht Charlie auch nicht.«

»Ich sagte was über den Kadavergehorsam deiner Jünger, Mr. Jesus. Sogar noch aus dem Gefängnis heraus …«

»Wenn ich ihnen *etwas* beigebracht habe, dann den absoluten Gehorsam gegenüber dem freien Willen.«

»Dem Willen, den du so frei bist, ihnen aufzuzwingen. Für dich stürzen sie sich offenen Auges in die Bajonette des Gegners.«

»Weil ich sie liebe. Weil sie mich lieben.«

»Sie sehen deine Eigenliebe in einem Zerrspiegel. Das ist das ganze Mißverständnis.«

»Squeaky ließ mich wissen, daß sie die Sequoiawälder retten würde. Ein Polizist steckte seinen Finger in ihre Pistole. Es war Lynettes eigene Initiative.«

»Der Auftrag dazu war schon viel früher in ihr gesät worden. Von dir.«

»Es war ihr freier Wille. Wenn mein Eid, der vom Gericht so oft lächerlich gemacht wurde, noch etwas wert ist, schwöre ich es beim Haupte meines erstgeborenen Sohnes.«

»Leeres Gerede. Du hast ihn genausowenig gekannt wie ich meinen. Er ist ein Fremder für dich, der wahrscheinlich irgendwo in Detroit oder auf Hawaii unter anderem Namen lebt.«

»Andere Namen haben wir alle. Gut, dann schwör ich es beim Haupte meines dritten Sohns Michael … Mickey … dem Sohn von Charlie und Mary.«

»Ich komme jetzt zum Kern meiner Anklage.« Und er hatte Maddox die einsamsten zwanzig Minuten in der Geschichte der Menschheit vor die Füße geworfen.

»Einsam sind wir alle mal.«

»In den Zeitungen war damals immer die Rede von *fünf* Leichen im Anwesen Cielo Drive 10050. Hängt offenbar davon ab, ob man innerhalb oder außerhalb der Gebärmutter zählt. Wenn es um Proteste gegen Abtreibung geht, kann der Embryo noch so klein und formlos sein, er wird trotzdem als ›Mensch‹ ins Gefecht geführt. Unser voll ausgetragener Fötus wurde nicht zu den Opfern gezählt.«

»Und jetzt willst du, daß ich zugebe, daß es *sechs* Tote waren?«

»Ich klage dich hier, von Mensch zu Mensch, wegen der einsamsten zwanzig ...«

»Was macht sie einsamer als die letzten Minuten jedes anderen überreifen Wurms in einer toten Mutter?«

»Die Tatsache, daß deine Jünger nach den ungefähr zweihundert Messerstichen lediglich noch ein- oder zweimal hätten zustechen müssen, um das Kind zu retten. *Das* macht diese zwanzig Minuten einzigartig in ihrer Einsamkeit.«

3

»Am Abend der LaBianca-Morde seid ihr erst zu einem anderen Haus gefahren. Du hast dich da umgeschaut. Du kamst zurück mit der Mitteilung: ›Hier nicht. Ich hab da eine Menge Kinderfotos an der Wand gesehen.‹«

»Kindern gehört die Zukunft.«

»Wie soll ich diese menschliche Haltung damit in Einklang bringen, Scott, daß ihr mein Kind am Abend davor habt sterben lassen?«

»Charlie«, sagte Maddox, »hat eine tiefe Achtung vor Kindern. Auch vor dem ungeborenen Leben. Ich bin Jesus genug, um die Kinder zu mir kommen zu lassen. Sie sind die Zukunft. Charlie hat überall Kinder. Die meisten kennt er nicht. Michael schon ... Wo ist er jetzt, mein Mickey? Irgendwo da draußen, in einem Zelt. Charlie selbst hat seine Nabelschnur durchgebissen.«

»Charlie hätte auch die Nabelschnur *meines* Sohnes durchbeißen dürfen. Hauptsache, das Baby wäre gerettet worden. Charlie hatte aber nicht mal den Mut, mitzugehen.«

»Wenn du noch *ein*mal sagst, Charlie wäre wohlbehütet zu Hause geblieben, dann schlag ich dir mit dieser Eisbärenpratze ins Gesicht. Am Abend des Cielo Drive blieb ich auf der Ranch, und es wurde eine große Schweinerei. Am nächsten Abend bin ich mitgegangen, um ihnen zu zeigen, wie man's sauberer machen kann.«

»Du hast dich ins Haus LaBianca geschlichen. Nachdem die Leute geknebelt waren, bist du zum Auto zurückgegangen. Du hast deinen unbesoldeten Söldnern den Auftrag gegeben, die LaBiancas umzubringen, und das war's. Du selbst bist im Auto abgehauen. Die Schlächter mußten nach getaner Arbeit per Anhalter zurück.«

»Willst du's wissen?«

»Der einzige Grund, Scott, warum ich dir noch nicht den Schädel eingeschlagen habe, ist, *daß* ich es wissen will.«

»Was du wissen willst, willst du nicht wirklich wissen.«

4

»Ich geb mich nicht mit der Mutterschaft ab, Little Remo. Charlie weiß nicht, was eine Frau in all den Monaten durchmacht. Ich kann die Schmerzen beim Gebären nicht nachempfinden …«

»Die wurden in diesem Fall ja auch durch andere Schmerzen ersetzt.«

»Charlie betrachtet Tod und Leben anders als ihr auf euren schicken Hügeln.«

»Ich weiß. Menschen leben nicht gern.«

»So einfach ist es nicht.«

»Du bringst sie lieber auf komplizierte Weise um. Im Auftrag.«

»Manchmal braucht es Opfer für ein höheres Ziel … eine allgemeinere Sache.«

»Vielleicht ist dies der Moment, Reue zu zeigen.«

»Strategisch hat es gestimmt. Ich würd's wieder genauso machen. Jetzt oder in Zukunft. Und wenn es um meine eigene Mutter ginge … mein eigenes Kind. Das Gesetz von

Hurly Burly ist Charlie heilig. Wenn ein paar stinkreiche Schweine geschlachtet werden müssen, um Hunderte von Angehörigen meines Circle nach unten zu führen ... in den Brunnen ... um sie in den goldenen Flüssen aus Milch und Honig zu taufen, dann muß es halt sein. Der General zeigt keine Reue, wenn er Uniform trägt. Nach Hurly Burly kommt Cosy Horror. Bis dahin ist es noch ein weiter Weg, mit vielen Opfern am Straßenrand.«

»Du siehst doch, Scott, wozu Hurly Burly schon jetzt geführt hat. Der Anführer sitzt für den Rest seines Lebens hinter Gittern.«

»Charlie erkennt nur Charlies Gesetze an und die von Hurly Burly und von Cosy Horror. Mein lebenslänglich ist ein toter Buchstabe in *ihren* Unterlagen. Hinter *ihren* Gittern tue ich weiter, was ich zwischen 1967 und 1970 in Freiheit getan habe.«

»Junge Menschen rekrutieren für deinen verbrecherischen Lumpensammlerclub.«

»Ein Charlie braucht nicht zu rekrutieren. Ein Charlie braucht in seiner Zelle, *ihrer* Zelle, bloß eine Einmannaufnahmekommission zu bilden. Ich sage öfter nein als ja, denn The Circle soll ein Elitekorps bleiben. Und trotzdem wächst er schneller, als alle Polizeikorps und Geheimdienste zusammen mitbekommen. Laß Charlie nur schalten und walten im abgeriegelten Zentrum *ihrer* Macht. Ein unsichtbarer Anführer, der vom Feind festgehalten wird, wirkt Wunder für das Zusammenhörigkeitsgefühl ... für die Bereitwilligkeit. Der Staat ist bis an die Zähne bewaffnet, trägt aber *meinen* Sprengstoff in seinen Eingeweiden.«

»Ich habe herausgefunden, daß er hier in Choreo einsatzbereit ist. Ich kann ihn unschädlich machen.«

»Bring mich um, Li'll Remo, und Charlie wird vom lebendigen zum toten Märtyrer. Es wäre meine letzte Beförderung in der Hierarchie von The Circle.«

5

»Charlie liest Zeitschriften. Kunstfanatiker aus deiner Welt, Little Remo, widmen dem Lächeln der Mona Lisa ihr ganzes Leben. Dafür werden sie bezahlt. Charlie hat seinen eigenen Louvre in der Zelle. Ich sage: Es ist kein geheimnisvolles Lächeln, sondern ein wissendes. Und, was weiß dieses Lächeln? Charlie sagt: Das Lächeln selbst ist des Rätsels Lösung. Ich muß nur ... das richtige Problem dazu suchen. Die Fragestellung.«

»Vielleicht war sie Leonardos Liebhaber in Frauenkleidern«, sagte Remo.

»Das Lächeln spricht zu Charlie und sagt: Es ist einfach und trotzdem nicht naheliegend. Es ist dunkel und hell zugleich, genau wie diese umschatteten Lippen. Das Lächeln sagt: Ich werde, den Männern unter euch, eine Hilfestellung geben. Ich bin eine Frau. Es hat Spekulationen gegeben. Ich soll der Liebhaber von Leonardo sein ... in Verkleidung. Niemand weiß besser als das Lächeln: Wer hier porträtiert ist, das ist eine Frau.«

»Der Maler war ein Mann«, sagte Remo.

»Das Lächeln sagt: Es sind die Frauen, die etwas über den Beginn des Lebens wissen. Nicht die Männer. Ein Mann zeugt blindlings. Eine Frau gebärt bewußt. Das Lächeln sagt: Mein Schöpfer hatte eine weibliche Seite. Seine Intuition war weiblich. Leonardo war von Beruf Problemlöser. Instinktiv erfaßte er das Rätsel der Welt. Um ihm Ausdruck zu verleihen, nahm er eine Frau als Modell. Sein Pinsel gab ihr dieses geheimnisvoll wissende Lächeln. Ich, Mona Lisa, war sein *hint* an die Menschheit. Die Lösung für das unfruchtbare Leid in der Welt ... oh, nicht mehr als ein Ansatz dazu. Mit der Kreuzigung Christi befand sich die Menschheit schon seit eintausendfünfhundert Jahren auf einem toten Gleis. Er sollte die Sünden und Leiden der Welt auf sich nehmen. Na, von wegen. Leonardo hatte mehr auf dem Kasten als

Christus. Seine *Verkündigung* bedeutet etwas ganz anderes als die Prophezeiung von Christi Geburt. Gib Charlie eine halbe Stunde, Li'll Remo, und er formuliert das Wissen hinter dem wissenden Lächeln von La Gioconda. Es ist ein Trostgebet, Li'll Remo, für Li'll Paul.«

»Ich kenne deine Trostgebete, Scott. Es sind Freibriefe zum Morden. Ich kann nichts anderes aus ihnen heraushören als eine Bagatellisierung des Todes.«

»Auch die Offenbarung spricht schon von Cosy Horror«, sagte Maddox. »Und in jenen Tagen werden die Menschen den Tod suchen und nicht finden, werden begehren zu sterben, und der Tod wird von ihnen fliehen.‹ Geht es deutlicher?«

6

»Die Menschen haben eine dermaßen beschissene Angst vor dem Tod«, sagte Maddox, »daß sie sich eine großzügig bemessene künftige Lebenszeit vorspiegeln. Vor dem Tod davonfliehend … tatsächlich aber auf dem Weg in den Tod … versuchen sie, möglichst tief in eine unbekannte Zukunft vorzudringen, und zwar um jeden Preis. Es sieht aus wie reich werden … Geld anhäufen … Für die *pigs* sieht das alles gleich aus. Sie wissen nicht, ob es zu schaffen ist, und auch nicht, *wie* es zu schaffen ist. Wie lange noch? Aber ob kurz oder lang, daß man in die Zukunft vordringen kann, das ist sicher.«

»Wenn wir es nicht aktiv tun, dann werden wir eben gestoßen.«

»Aber … aber, Little Remo, wer von all den Zukunftsgrabschern kümmert sich denn darum, daß wir nicht auf die gleiche Weise … in die Vergangenheit vordringen können?«

»Vielleicht der eine oder andere romantische Dichter.«

»Und Charlie. Sieh mal, eigentlich gibt's da keinen Unterschied. Wenn wir uns mit dem Rücken zur Zukunft stellen und versuchen, in die Zeit einzudringen, die uns vorausging, dann ergibt das genausogut ein Bild von Tod und Ohnmacht. Stimmst du mir zu?«

»Fegen, Scott. Der ›Grieche‹ schaut her. Mit den Daumen im Koppel, du weißt also Bescheid.«

»Unerreichbar ist das Land, das sich jenseits unseres Todes erstreckt. Genauso unerreichbar wie das Land, das sich in entgegengesetzter Richtung jenseits unserer Geburt befindet. Für diese beiden Länder haben wir nur ein Visum des Nicht-Seins.«

»Ich verspür manchmal einen Stich von Heimweh«, sagte Remo, »nach dem Wien Mozarts, das ich nicht habe erleben können. Zu spät geboren. Ich geb zu, Scott … das ist alles nur Luxusnostalgie eines populärwissenschaftlich Neugierigen …«

»Es wird die Menschen im allgemeinen nicht in die Verzweiflung treiben, daß ihr Leben nicht in *die* Richtung wachsen kann. Während sie beim Gedanken an eine Zukunft, in der sie nicht mehr existieren werden, in Panik geraten … wo auch immer die Grenze zu dieser Zukunft liegt. Nicht mehr zu sein …! Und daß alles einfach weitergeht ohne sie … ohne ihre Sucht, sich in alles einzumischen! Unerträglich!«

»Aber damals, im Wien des achtzehnten Jahrhunderts … und noch weiter zurück, im fünften Jahrhundert vor Christus … da waren wir doch genauso tot?«

»Aha, Little Remo begreift was. Denk bei allem, was ich dir jetzt weiter erzähle, an das Bild in meiner Zelle.«

»Fünfhundert vor Christus, Li'll Remo, waren du und ich ein Stück toter, als wir es jetzt sind. Und genauso tot, wie wir in Kürze, nach unserem Ableben, sein werden.«

»Jahrhunderte vor Christus waren wir tot, ohne gestorben zu sein.«

»Vielleicht ist Todesangst nur die Furcht zu sterben, während die Angst, nicht mehr dazusein … von untergeordneter

Bedeutung ist. Dieser Unterschied ... den erforscht Charlie noch.«

»Betrachtest du dich selbst als Mystiker, Scott?«

»Charlie braucht sich nicht zu betrachten. Die Welt hat längst bewiesen, daß Charlie ein Mystiker ist.«

7

»Vergleich jetzt mal, Little Remo, den Sterbevorgang mit dem Geburtsvorgang. Die Zeitschriften sind voll von Bildern glücklicher Mütter. Ihre Möse ist noch ausgeleiert und eingerissen ... aber schon knuddeln sie ihren blutigen Kötel. Zeigt dieses Auf-die-Welt-Kommen denn ein soviel rosigeres Bild vom Leben als das Krepieren?« Er fuhr mechanisch mit seinem Besen hin und her über den Boden. »Nein, denn was von den jubelnden Eltern als Zeichen der Hoffnung angesehen wird ... ein neues Leben! ... beinhaltet gleichzeitig etwas grausam Verhängnisvolles. Das Baby ist in *dem* Moment, *dem* Jahr geboren. Keine Sekunde früher oder später. Indem es auf die Welt gekommen ist, und dazu noch in *dem* bestimmten Moment, ist dieser neue Mensch unwiderruflich ... definitiv und für immer und ewig ... von dem abgeschnitten, was ihm vorausging.«

»Ich lasse deine schwarzweiße Mona Lisa nicht aus den Augen. Sie lächelt immer noch unergründlich.«

»Du, ich ... einzig und allein dadurch, daß wir geboren werden, in diesem einen Moment, stecken wir die Zeit ab, in der wir ungeboren waren ... in der wir noch nicht existierten ...«

»Genau wie wir einst, in einer ungewissen Zukunft, durch unser Sterben die Zeit abgrenzen werden, die die Welt ohne uns auskommen muß. Wir kommen der Sache näher.«

»Die Menschen reden immer nur von der Zeit, wenn sie nicht mehr dasein werden. So traurig ... auch für die Angehörigen.«

»Und für die Kunden. Rosemary LaBianca, die ihre Mode-boutique nicht weiterführen konnte.«

»Jetzt sag mal ehrlich, siehst du da einen Unterschied? Ist das Zeitgebiet, das sich vor deiner Geburt oder Zeugung er-streckt, *weniger* trostlos, öde, unbegehbar als das Land, das jenseits deines Todes liegt? Das eine Gebiet oder das ande-re ... nie, Li'll Remo, werden diese Gebiete den Fußabdruck der Person tragen, die von dann bis dann lebte ... nachzule-sen auf einem Grabstein. Sie stehen einander an Seelenlosig-keit in nichts nach. Ihnen fehlt die Seele dessen, der zu spät kam und der zu früh ging.«

Maddox fegte nicht länger. Auf den Stiel seines Besens gestützt, tönte er, als spräche er zu einer kleinen Menschen-menge. Seine Stimme wurde rauher. Der Verband um seinen Mund tränkte sich mit Spucke. Remo schaute zur Wärterloge hinauf. Der »Grieche« saß über seine elektrische Schreibma-schine gebeugt. Der andere Aufseher war weg.

»Wäre es also«, sagte Remo, »besser gewesen, wenn wir nie geboren wären, wie die alten Griechen sagten?«

»Wenn ich nie geboren wäre, dann wäre ich auch nie eine Ewigkeit lang tot gewesen vor meiner Geburt. Und dann wäre ich auch nie für die tote Ewigkeit vorbestimmt gewe-sen, die demnächst, nach meinem Tod, anbricht. Fürwahr, Charlie sagt euch ... jeder zur Welt gekommene Mensch trägt, wie ein perfekt ausbalanciertes Joch, diese beiden Tode auf seinen Schultern ... diese beiden bodenlosen Körbe voll des ewigen Todes.«

»Das Leben, wolltest du sagen, ist genauso lang wie das Joch. Ich kann dir bestens folgen, Scott, aber es bleibt doch unumstritten, daß die Menschen im täglichen Leben vor allem die Ewigkeit Finsternis fürchten, die noch vor ihnen liegt ... weil wir in sie, anders als in die Ewigkeit Finsternis, die unserer Zeugung vorangeht, noch auf irgendeine Weise eingehen müssen. Sterben ist ein *Akt*, heißt es manchmal. Nun, der Lebende muß diesen Akt noch vollbringen. Und außerdem … wie oft müssen wir nicht unser Geburtsdatum nennen oder irgendwo eintragen? Wir sind uns, oft bis auf die Minute genau, sicher in bezug auf das Ende der ersten toten Ewigkeit. Wo die zweite tote Ewigkeit beginnt … deren Stunde und Tag werden wir selbst nie kennen.«

»Es sei denn, der Tag unserer Hinrichtung wird festgelegt und nicht mehr verschoben. Nur dann wissen wir im voraus, was auf unseren Grabstein kommt.«

»Ich würde noch immer gern wissen«, sagte Remo, »warum es besser für meinen Sohn war, im Niemandsland dieser zwanzig Minuten zwischen dem Tod seiner Mutter und seinem eigenen ungeborenen Tod zu ersticken. Ich bleibe ganz ruhig, keine Bange.«

»Charlie spricht zu euch von Cosy Horror. Warum, fragt er euch, zittert der Mensch schon im vornherein bei dem Gedanken an einen Abgrund, der … unsichtbar, in Nebel gehüllt … vor ihm gähnt in der Nacht? Warum schwindelt es ihn? Warum wird er von Höhenangst erfaßt vor einer Schlucht, in die er noch nicht mal hineinschauen kann und von deren Tiefe und Sog er kaum mehr als eine abergläubische *Ahnung* hat?«

Maddox umklammerte erneut den Besenstiel. »Während«, fuhr er fort, »die Menschen beim Gedanken an den Abgrund, der, genauso schwarz gähnend, *hinter* ihnen liegt, höchstens von der Art touristischem Schauder überrieselt werden, wie … na ja, wie Naturfreunde, die sich am Rand eines erloschenen Kraters um ihren Führer scharen.«

»Touristischer Schauder … ich versuche, deinem Gedankengang zu folgen.«

»Du stellst dir vor, wie die Flammen herausschlagen … die weißglühende Masse hochkommt. Dann erst spürst du ein behagliches Zittern. Es ist ein wohliger Schauer wie bei einem Kind, das eine Gespenstergeschichte hört. *Cosy horror* am offenen Kamin …«

»Wohliger Schauer versus Todesnot.«

»Das ist für Charlie das große Rätsel der Menschen. Warum Todesangst und nicht eine genauso große Geburtsangst?«

»Das hört sich an, als wolltest du sagen: Gott, wie ungerecht doch alles auf der Welt verteilt ist! Müssen wir uns nicht glücklich preisen, daß der wahre Schauer dem Tod vorbehalten ist ... und daß wir, rückwirkend, vor unserer Zeugung und Geburt nur eine Art von unverbindlichem touristischem Schauer empfinden können?«

»Es ist Charlies heilige Aufgabe«, rief Maddox mit plötzlich fanatischer Heiserkeit, »die Angst vor dem Tod in eine Angst vor der Zeugung ... vor der Geburt umzuwandeln. Nur so wird die Menschheit zu retten sein.«

8

»Ich werde dich trösten mit Cosy Horror«, sagte Maddox mit brechender Stimme. Er legte Remo seine verbundene Hand auf die Schulter.

»*Du* mich trösten?« Remo schüttelte die Hand ab.

»Es ist kein gewöhnlicher Trost. Es ist Cosy Horror.«

»Darauf verzichte ich.«

»Dann laß mich, über dich, deinen kleinen Sohn trösten.«

In dem Moment entstand ein Film in Remos Kopf. Menschen mit dem Rücken zur Zukunft und zu ihrem eigenen Tod. Menschen mit dem Gesicht zu dem, was vor ihnen war ... einer nebelbrodelnden Schlucht ... Nicht aus Todesangst kehren sie dem Ungewissen den Rücken zu, nein, mit offenem Visier treten sie dem Abgrund entgegen, der jenseits ihrer Geburt gähnt. Nicht was noch kommen wird, flößt ihnen Angst ein, sondern was definitiv geschehen und gewesen ist, vor ihrer Zeit und vor allen Zeiten. Im Abgrund der Vorgeschichte sind die Dinge entweder erstarrt und versteinert oder nur noch in Umrissen erkennbar ... Geister, Gespenster ...

»Umkehren«, sagte Maddox, »das ist mein System.«

»Lob der Inversion.«

»Charlie hat viele Völker bereist …! Sie hatten alle mehr oder weniger Angst vor dem Tod … vor allem vor dessen Ungewißheit … Ich habe sie nie … außer in ehrerbietigem Sinn, und dann ging es um ihre Vorfahren … *nie* hat Charlie sie über das schaudererregende Gebiet vor ihrer Geburt sprechen hören. Charlies auserwähltes Volk läßt das Land, das sich jenseits des Sterbens erstreckt, kalt. Die Mitglieder von The Circle schrecken vielmehr vor der dunklen Vergangenheit zurück, in der alles geschehen ist … in der die Ereignisse erstarrt sind, ohne daß sie selbst daran teilhatten. Bei uns, im Brunnen des Abgrunds, Li'll Remo, gilt die Geburt in ihrer ganzen Unwiderruflichkeit als grauenvolleres Schicksal als der Tod. Was, fragt Charlie sich … was ist in die Welt gefahren, daß alle diese Völker … alle diese Zungen und Nationen … den Tod als schwarzes Götzenbild verehren? Nicht auf einem Podest, sondern in einer tiefen, schwarzen Grube … *Meine* Leute haben für den Tod nur den wohligen Schauer von Kindern übrig, die im Schlafanzug vor dem prasselnden Kaminfeuer sitzen … *Meine* Leute opfern, in tief verängstigter Ehrfurcht, dem Götzen der Geburt. Charlie hat gesprochen.«

9

»Wer garantiert mir, Scott, daß dieser ganze ›wohlige Schauer‹ nicht vor allem wieder ein verdammter rhetorischer Trick ist, um deine Soldaten etwas eher für eine Selbstmordaktion fit zu machen?«

»Wenn sie durch Cosy Horror früher mit offenem Visier dem Tod entgegenlaufen, ist das der Beweis für die Richtigkeit von Cosy Horror.«

Montag, 23. Januar 1978

Was für ein Gestank

I

An diesem Morgen herrschte im HST schon sehr früh eine gedämpfte Geschäftigkeit, vor allem auf der ersten Etage des Rings. Gefangene waren nicht zu sehen: Sie mußten heute in ihrer Zelle auf das Frühstück warten, das auf drei Wagen zu ihnen unterwegs war. Wer gut hinhörte, konnte aus dem inneren Teil der Zellenreihen ein hummelartiges Protestbrummen auffangen. Die schweren Schuhe, die den Umgang erzittern ließen, gehörten einem Dutzend Wärter und einigen Angehörigen der Disziplinarkommission. O'Melveny, mit fahlgrauem zerfurchtem Gesicht, redete am Fuß der Treppe gestikulierend auf seinen Stellvertreter ein. Er zeigte nach oben zu der Stelle, an der noch die Schaumspuren des Feuerlöschgeräts zu sehen waren.

»Woodehouse erst noch mal sitzenlassen?« fragte ich Carhartt.

»Um sechs Uhr raus. Anordnung.«

Woodehouse hatte beim Öffnen der dicken, armierten Tür offenbar einen ungebrochenen Eindruck machen wollen. Ich fing gerade noch einen Abglanz seiner Entschlossenheit auf. Mit überlegenem Lächeln sprang er aus seiner Hockposition auf. Fast gleichzeitig brach er zusammen. Das plötzlich einfallende Licht, der von der steinernen Kahlheit verstärkte Stimmenlärm ... wenn Ernie und ich ihn nicht unter den Achseln gepackt hätten, wäre er zu Boden gefallen.

Zitternd hing er zwischen uns. Seine knochige Hüfte zuckte gegen meine. Aus der Nase lief silbriger Rotz in seinen Bart. Vor die Augen, an die Ohren ... weil er nicht wußte, wo er seine Hände als erstes hintun sollte, flatterten sie nur so herum, wie bei einem Saufbold mit einem Tatterich.

»Was für ein Gestank«, sagte Carhartt.

»Den habe ich … sorgsam intakt gelassen.« Seine Stimme war zu wacklig für so eine Bemerkung. Ich half ihm in seinen Overall und vergaß dabei das T-Shirt. Mein Vorgesetzter meinte, Woodehouse solle erst mal ein Weilchen in seine Zelle, um wieder zu sich zu kommen.

»Zelle, da komm ich gerade raus. Es wartet genug Arbeit.«

In Gegenwart des Häftlings bekam ich Streit mit meinem Boß über den Spruch der Disziplinarkommission. Meiner Meinung nach war es Woodehouse verboten, noch länger zusammen mit Maddox sauberzumachen – aber nicht, es allein zu tun. »Das Problem wäre dann ja seit gestern abend gelöst«, sagte Ernie.

2

»Nicht in den Frühstückssaal?« fragte Remo den »Griechen«, der ihn in Richtung Freizeitraum führte.

»Heute mal vor dem Fernseher.«

Remo wurde an seiner eigenen (geschlossenen) Zelle vorbeigeführt und warf automatisch einen Blick auf die gegenüberliegende Seite. Maddox war da nicht beim Frühstücken, denn die Tür stand auf, und in ihrem Rahmen drohten zwei Wärter sich gerade einzuklemmen, weil einer hinein und der andere hinaus wollte. In der Zelle brannte ein grelleres Licht als sonst, wie von einem Filmscheinwerfer. Nach fast drei Tagen im Stockdunkeln wurde Remo von dem grellweißen Rechteck innerhalb des Türrahmens übel vor Schwindligkeit, und er wandte rasch den Kopf ab. »Das sieht ja so aus, Mr. Agraphiotis, als würde Häftling Maddox fotografiert.«

»Vielleicht wird sein Verband gerade gewechselt, und die nutzen die Gelegenheit. Als er hierher gebracht wurde, mit diesem Kopf, konnte man ihn ja nicht ablichten. Man mußte alte Fotos von ihm anfordern.«

Bevor er mit seinem Wärter im Nebengang verschwand, warf Remo noch schnell einen Blick zur Seite. Das Licht aus Maddox' Zelle beleuchtete einen großen Rußfleck, der kaum vom dunkelgrauen Stein zu unterscheiden war. Die Brüstung des Umgangs war auf dieser Seite verformt und schwarz versengt. Der Brandgeruch, den er nach Verlassen der Isolierzelle bereits auf dem Gang gerochen hatte, wurde hier schärfer und reizte seine Lungen.

Der »Grieche« mußte seine Bestellung unbemerkt per Sprechfunk durchgegeben haben, denn im Freizeitraum stand für zwei Personen ein verpacktes Frühstück bereit. Remo wurde aus einer Kanne Aufseherkaffee eingegossen, der um Meilen besser schmeckte als der choreanische Mukkefuck.

»Woodehouse, du hattest recht.«

»Na, das hätte ich dann gern *vor* diesem gräßlichen Wochenende gehört. Wunderbar, der Kaffee.«

»Ich meine, was diese Granate betrifft. Maddox besaß tatsächlich Sprengstoff. Und er hat ihn eingesetzt. Gestern, am späten Nachmittag.«

»Ich dachte schon, es klopft an meiner Tür.« Remo sah ganz scharf das Bild des kranken Dudenwhacker auf seiner Pritsche vor sich, allerdings verbrannt, nicht vergiftet. »Und ... gegen wen, wenn ich fragen darf?«

»Ich darf eigentlich nichts dazu sagen. Na schön, du hast uns gewarnt ... Zwei Verletzte. Kollegen von mir. Scruggs und Zalkus, du kennst sie ja. Zalkus ist übel dran. Er liegt im Ridgway Memorial. Gestern abend operiert. Sprengstoff in Choreo ... O'Melveny tobt natürlich.«

»Ausbruchsversuch?«

»Die Wärter wollten ihn aus seiner Zelle holen.«

Remo griente. »Tja, dann wird Charlie sauer.«

»Charlie?«

»Hab ich Charlie gesagt? So hab ich ihn manchmal genannt. Der von Napalm getroffene Vietcongstraßenkehrer. Kleiner Scherz zwischen uns.«

»Maddox war verletzt. Er hat geblutet wie die Ebene von Marathon und mußte dringend auf die Krankenstation. Der Herr wollte aber nicht. Mit seiner Kehle war irgendwas … man konnte ihn schlecht verstehen. Nur daß er lieber sterben wollte als zurück nach Vacaville. Na, und dann hat er sich hinter seiner kleinen Bombe verschanzt.«

Der Idiot mußte etwas geahnt haben, dachte Remo. Maddox hatte vorläufig nicht vorgehabt, die gehorteten Bestandteile zu einer einsatzbereiten Granate zusammenzufügen. Dem »Griechen« zufolge, der es wiederum von Scruggs hatte, sah das Ding so harmlos aus, daß die Wärter alle Vorsicht außer acht ließen. Ein zusammengeknautschtes Stück Plastikabfall, mit etwas Sandigem gefüllt, in einer Ecke neben der Tür. Ob er eine Lunte benutzt habe, wollte Remo wissen. Nein, nach Aussage des leichtverletzten Scruggs führte von der Pritsche, unter der sich Maddox, im eigenen Blut badend, versteckt hatte, eine schnurgerade Spur gelben Pulvers über den Boden zu der Flasche. Er hatte es erst gesehen, als eine knisternde Flamme auf seine Füße zuflackerte. Scruggs' Gesicht und Hände waren von winzigen Fleischwunden übersät. Wie gestern abend würde auch an diesem Morgen wieder ein Arzt zu ihm nach Hause kommen, um mit Zangen und Pinzetten die Eisenspäne, die Büroklammerfragmente und die Heftklammern Nummer 10 aus seiner Orangenhaut zu pulen.

»Maddox, der blutete«, sagte Remo, mehr zu sich selbst.

»Ja, mit richtig großen Tropfen auf dem Boden. Damit hat er fast sein eigenes Pulver untauglich gemacht.«

»Dann … ist er ausgerastet beim Anblick seines eigenen Bluts.«

3

Cosy Horror. Nein, auch mit Maddox' fischweibartigem Trostgebet war an jenem Freitag ihr Haßgespräch noch nicht zu Ende gewesen. Agraphiotis' Bericht von der Explosion setzte bei Remo die Erinnerung wieder in Gang. An das dermaßen Beschämende. Das heilige, übelkeiterregende Blut. Nachdem Maddox mit dicker Kehle so viel laute Reue in den HST geschleudert hatte, traute sich Remo, ihm *die* Frage noch einmal zu stellen. Und danach ... er wollte nicht mehr, das Gespräch mußte aufhören. Er konnte nicht mehr. *Die* Antwort, und dann: Verlegung. Wenn sich die Kommission querlegte, würde er damit drohen, seine und Maddox' Identität preiszugeben. Gefährlich für ihn selbst? Die jetzige Situation war viel gefährlicher und drohte, Remo zum Mörder zu machen. Nein, bloß weg aus diesem sogenannten Hochsicherheitstrakt, und zwar schnell. Letzte Frage, Charlie.

Nach der Bergpredigt über den Wohligen Schauer war Maddox von Aufseher Zalkus in die Krankenstation gebracht worden, wo sein Verband gewechselt werden sollte. Jedesmal, wenn er von dort zurückkam, traf Remo die lächerliche Makellosigkeit der neuen Mullbinden. Heute wurde dieses jungfräuliche Weiß durch die neuen Putzlappen verstärkt, die aus dem Magazin geliefert worden waren. Der privilegierte Gehilfe hatte sie über einen Stapel neuer Eimer drapiert, und über diesem hing Maddox jetzt mit seinem Schneemannkopf.

»Letzte Frage, Scott. Wirklich die allerletzte.«

»Das war doch bestimmt dieses Rindvieh aus der Hamsterhöhle? Jensen, Jennings, Jennison ... irgend so was.«

»Ich will nur noch wissen, warum du ...«

»Die alten hat er mitgenommen.« Maddox versetzte den Lappen einen Tritt, so daß sie weit ausgebreitet auf dem Boden landeten. »Wenn sie so neu sind, saugen sie das Seifenwasser nicht auf.«

»Ich wollte über ein anderes Hausfrauenproblem mit dir sprechen. Weder aus deinem Mund noch aus der Gefängnisbibliothek ... nie habe ich eine richtige Antwort auf die eine Frage bekommen. Warum, Scott, warst du nicht mit dabei?«

»Oh, Charlie war da. Hundertprozentig. Er hat sich selbst verteidigt. Nur wenn er seine Stimme erhob, einen zu gut angespitzten Bleistift in der Faust, dann ließ das Richterchen ihn entfernen. Dann war Charlie *nicht* mit dabei.«

»In meinem Haus. In jener Nacht. Mehr will ich bis in alle Ewigkeit nicht wissen.«

Zum letztenmal ging Maddox mit seinem stramm umwickelten Kopf ganz nah an Remos Gesicht heran. Zur Abwechslung stank der Verband nicht. Der leichte Salbenduft war noch nicht vom Kadavergeruch weicher Wundkrusten vertrieben. »Ich warne dich, Li'll Remo. Die Wahrheit ist ... bis in alle Ewigkeit ... tödlich banal.«

»Und wenn ich auf der Stelle tot umfalle.«

»Charlie war ... auf Bewährung frei.«

»Seit 1967, ja. Und jetzt die Antwort.«

»Das war die Antwort. Frei *on parole*. Mehr ist dazu nicht zu sagen.«

»Dann hab ich was nicht mitgekriegt.«

»Du willst der Wahrheit nicht ins Auge sehen, du!« Wieder flogen Remo Spucketropfen aus dem Verbandsspalt entgegen. »Du erwartest von mir die ausgeschmückte Wahrheit, nicht wahr? Mit viel Hurly Burly und Cosy Horror und ... und noch mehr unterirdischen Flüssen aus Milch und Honig und Blut. Die ungeschminkte Wahrheit ist, daß ich auf Bewährung frei war und meine Freiheit nicht riskieren wollte. Zufrieden?«

»Ich versteh dich nicht. Du schickst deine Jünger aus, um ein Blutbad anzurichten, und ... du hältst dich abseits, um ... um deinen *parole officer* nicht zu verstimmen?«

»Auch die Wahrheit von Jesus und Charlie und Hitler ist tödlich banal. Ich hab dich gewarnt.«

»Deine Wahrheit ist unergründbar. Du schleichst zu diesen Supermarktleuten ins Haus, um sie mit Lederbändern zu fesseln … du trägst deinen Vasallen auf, die Arbeit zu beenden … und du, Scott, du tuckerst zu der Filmranch zurück, in der Überzeugung, dein Bewährungshelfer wird mit dir zufrieden sein. Für dich mag das eine schrecklich banale Wahrheit sein, aber für mich fängt das Mysterium damit erst an. Da zeigt sich wieder einmal, daß du und ich in völlig verschiedenen Welten leben.«

Auf einmal war überall, bis in alle Ecken und Nischen, Händeklatschen zu hören. Die Echos stiegen rasend schnell zum grünlichen Mattglasdach der Abteilung hoch, wo die erschrockenen Tauben den Applaus flügelschlagend übernahmen. Aufseher Zalkus hatte Hornhaut auf den Händen, die zur Akustik von Choreo paßte.

»Maddox! Woodehouse! Es gibt genug Freiwillige …!«

Zalkus setzte sich wieder an seinen Schreibtisch, und die beiden Putzer schlenderten weiter, bis sie außer Sicht der Logen waren.

»Hör zu, Woodehouse.« Maddox legte eine weiße Pranke auf Remos Brust. »Wenn Charlie träumt, dann von dem alten Holzhaus seines Onkels in McMechen, West-Virginia. Meine Mutter saß im Gefängnis, und ich wohnte dort bei ihm. In meinen Träumen bin ich auf dem Dachboden. Unter mir klappt eine Falltür auf, und an der Stelle, an der meine Füße auftreffen, schlägt noch eine auf. Und darunter die nächste. Und so weiter, durch sämtliche Decken und Stockwerke und Keller. So ist es auch mit Wahrheiten. Sie bieten keinen Halt. Sie klappen unter dir weg. Unter jeder vulgären Wahrheit befindet sich die nächste, und die ist noch banaler. So lange bis man, nach der wer weiß wievielten Falltür, zur letzten Wahrheit kommt. Die liegt zwischen ausrangierten Möbeln … kaputtem Spielzeug. Eingehüllt in den feuchten Kellermief … der Gewöhnlichkeit.«

Der verbundene Unterarm lag noch immer quer über Remos Brust, und er fragte sich, was er da pochen fühlte: eiternde Brandwunden oder sein eigenes Herz. »Letzte Falltür, Scott. Ich bin auf alles vorbereitet.«

»Charlie kann kein Blut sehen.«

»Gleich wirst du mir noch erzählen« (Remo lachte bitter) »daß du *deshalb* nicht bei den Abschlachtungen dabei warst. Der kleine zartbesaitete Charlie erträgt kein Blut. Das wäre ja eine sensationell banale Wahrheit.«

»Als Kind kippte Charlie aus den Latschen, sobald er frisches Blut fließen sah. Das hat sich nie geändert. Vor zwei Wochen erst bin ich ohnmächtig geworden … das war, als ich mein eigenes Blut auf dich tropfen sah.«

»Du bist vor Schmerzen bewußtlos geworden.«

»Nein, wegen dem Blut. Ich bin umgekippt wie das erstbeste Zimperlieschen.«

»Mit der legendären Buntline Special hast du damals, eine Woche oder so bevor Hurly Burly begann, diesem schwarzen Dealer ein paar Kugeln in den Hintern gejagt … Aus den Löchern, kam da kein Blut raus?«

»Bevor der Dampf sich verzogen hat … bevor das Blut anfängt zu fließen, hat Charlie sich schon umgedreht.«

»Und dieser kleine Cowboy, Shorty? Ein Abtrünniger … du hast mitgeholfen, ihn zu köpfen. Kein Blut sehen können, daß ich nicht lache. Ihr habt ihn alle zusammen in Stücke gehackt.«

»Der liegt begraben unter der Holzkohle der Spahn Ranch. Ich kann nicht garantieren, daß er jetzt noch heil ist, aber meine Leute haben ihn heil unter die Erde gebracht. Allerdings ohne Seele. Ich stand mit dem Rücken zu ihm. Dieses In-Stücke-Hacken war eine hübsche Geschichte. Wir haben es vor Gericht dabei belassen. Eine Organisation wie die unsere muß von Zeit zu Zeit Werbung betreiben. Jede Gratisanzeige ist da willkommen. Immer geschäftlich denken!«

Unter einem breiten Lächeln ging der Verbandsmull vor dem Mund etwas weiter auseinander und gewährte Remo

Blick auf das unvollständige, braune, langzahnige Gebiß eines alten Totenkopfs.

»Ein Charlie, der kein Blut sehen kann …« Remo trat einen Schritt zurück, so daß Maddox' Handgelenk von seinem Oberkörper glitt.

»In der Moral deiner Welt, Woodehouse, wird es vermutlich eine feige Ausrede dafür sein, sich an irgendwas nicht zu beteiligen. Für Charlie gibt es kein erhabeneres Motiv.« Wieder steigerte er, mit in die Höhe gestreckten Armen, seine Stimme zur Lautstärke von Genezareth. »Denn das Blut, das ist das Leben selbst. Der Kreislauf, der sich immerzu fortsetzt … der sich selbst genug ist … und der andauert, solange die Menschheit existiert. Die Fortpflanzung, das ist das Umfüllen von Blut. Wie mit einem Trichter. *Dieses* heilige Blut, geliebte Jünger, aus seiner Bahn zu bringen, durch Kugeln, Messerstiche … mit einem Schwerthieb den Lauf des Lebens umzulenken … das ist die größte Todsünde. Das Verbotene selbst. Eine Gotteslästerung, die Gott trifft wie ein Blitz. Verrinnendes Blut, das ist für Charlie das Obszönste, das er kennt. Allein schon …«

Maddox rannte zum Waschbecken. Er kniete sich hin, zog mit beiden Händen die Mullbinden von seinen Lippen und übergab sich. Und noch einmal. Er stöhnte, spuckte aus und erhob sich keuchend.

»Allein schon der Gedanke.«

»Und dann deine Apostel mit Buck-Messern losschicken, um …« (Remo sah ganz deutlich Sharon vor sich mit einem blutenden Schnitt am Fingerknöchel. »Blöd.« Sie saugte daran und streckte ihm ihre blutrot gefärbte Zunge heraus, lachte das Lachen, das bis zum Ende seiner Tage bei ihm bleiben würde) »… um diese verbotene Obszönität bei ein paar quicklebendigen Menschen zu erzwingen?«

»Du lebst in einer Welt von Psychologen und Psychiatern, Woodehouse, aber den menschlichen Geist, den hast du noch immer nicht durchschaut. Ich hab mal irgend so 'nen Mistfilm von dir im Fernsehen gesehen. Irgend so eine schnuk-kelige Blondine beschwört ihre schlimmsten Ängste – indem sie zu morden anfängt. Eine Leiche liegt bereits in der Bade-wanne. Der Vermieter wird vor dem Sofa erstochen. Angst ist die Grundmaterie des Lebens. Früher oder später muß ein Mensch seine größte Angst befriedigen ... indem er das denkbar Schlimmste hervorlockt.«

»Und wer dazu aufgrund seines schwachen Magens nicht selbst imstande ist, flüstert anderen den Auftrag ein.«

»Es war stärker als Charlie.«

»Nach allen Falltüren, Scott, bin ich jetzt also bei *meiner* Wahrheit angekommen. Meine Frau, mein Kind, meine Freunde ... sie alle mußten in einer Orgie des Blutes sterben, weil ein gewisser Charlie aus McMechen, West-Virginia ... kein Blut sehen kann.«

4

Maddox hatte seine Feigheit aber sofort durch eine Helden-tat abgeschwächt. Er erzählte, wie er am frühen Morgen der Mordnacht, obwohl er sich übergeben mußte, als wahrer Märtyrer seines eigenen Kriegs dem Anblick des Blutes an-derer standgehalten hatte – und zwar um der Eröffnungssze-ne von Hurly Burly mehr Form zu geben. Jetzt, Tage später, fragte Remo sich, ob er Maddox' widerliches Bekenntnis je-mals irgend jemandem erzählen könnte. Selbst die euphemi-stischsten Formulierungen würden ihm das Gefühl geben, das Horrorszenario neu erstehen zu lassen. Vielleicht war es eher etwas für sein Sterbebett. Berühmte letzte Worte, die es im Telegrammstil zusammenfaßten.

Nach Maddox' letzter Antwort fehlten Remo fast die Wor-te. »Du kannst kein Blut sehen, Charlie? Ich werde dir, ver-dammt noch mal, so viel Blut aus dem Leib pressen, bis ... bis du daran krepierst ... und dein Magen in einer Kotzela-che schwimmt.«

Maddox hatte offensichtlich Angst, sein Verband würde ihm wieder so heftig abgerissen, daß seine Wunden zu bluten begännen und er daraufhin umkippen würde, denn er wehrte sich nicht. Wie eine alte Jungfer ohnmächtig zu Boden zu sinken und in diesem Zustand erdrosselt zu werden – diese Scham hätte Maddox nicht überlebt.

Unter Remos Würgegriff fühlte sich der Verband am Hals mit seinen übereinandergelegten Mullschichten ekelhaft weich an. Seine Daumen fanden keinen Halt: Jedes Relief eines Kehlkopfs war verschwunden. Aus dem Spalt im Verband kam ein glucksendes Stöhnen, mehr Widerstand wurde nicht geleistet. Es kostete die herbeigeeilten Aufseher größte Mühe, Remos Finger einen nach dem anderen aus ihrer mörderischen Verkrampfung zu lösen: Sie bohrten sich wie straff gespannte Federn von neuem in Maddox' verbundenen Hals.

»Wenn so ein kleiner Bastard sich erst mal festgekrallt hat …« Schließlich gelang es Burdette und Tremellen, die beiden Männer auseinanderzureißen. Sie drehten Remo die Arme auf den Rücken, und Burdette umklammerte mit dem Arm seinen Hals. Maddox, der ja schließlich das Opfer war, wurde vom »Griechen« allein, mit einem etwas lockereren Griff, in Schach gehalten. So standen sich die beiden Putzer geifernd gegenüber.

Jetzt, da allmählich Licht in sein Blackout schien, erinnerte sich Remo an ein kreatürliches Winseln: Es mußte aus seiner eigenen Kehle gekommen sein. Als es verstummte, hörte man nur noch das stockende Keuchen aus Maddox' Verbandswust.

»Außer Atem alle beide«, sagte Tremellen, »aber man spürt, daß sie sich gegenseitig am liebsten immer noch einen Haufen Scheiße an den Kopf werfen würden.«

Er irrte sich. Es war alles gesagt.

»Für Woodehouse alles möglichst wie gehabt«, sagte der »Grieche«, der Remo nach dem Wochenende in der Iso La Brucherie überließ. Das bedeutete, daß er nachher wie normal hinausgehen konnte, um frische Luft zu schnappen. Er hoffte, Dudenwhacker auf dem Hof zu treffen.

»Heute bist du allein«, sagte The French Dyke, als sie den Besenschrank aufschloß. Sie trat ein paar Schritte zurück und schaute hinauf zu der grell erleuchteten Türöffnung von Maddox' Zelle. Die Entscheidung der Disziplinarkommission, die beiden Putzer nicht mehr zusammenarbeiten zu lassen, war ihr offenbar entgangen.

»Dauert die Fotografiererei denn den ganzen Tag?«

»Wenn es für eine Frauenzeitschrift ist, ja. Schaffst du es nicht allein?«

»In der Iso sind mir ein paar Witze eingefallen. Ich hätte sie meinem Kumpel gern erzählt.«

»Lachen ist schlecht für seine Wunden.«

Die Sonne hieb an diesem Tag rosa und blaue Flächen aus den Bergen. Nach Tagen in völliger Finsternis schmerzten Remos Augen. Lieber als den Blick hinauf in die leuchtende Höhe wandern zu lassen, was er sonst so gern tat, schlenderte er, auf den Asphalt schauend, an den einzelnen Grüppchen vorbei. Dudenwhacker schien hier draußen genauso abwesend zu sein wie Maddox drinnen.

»Niemand«, hörte er Goering Goiter ausrufen, als er gerade an einigen Arischen Brüdern vorbeiging. Er blieb stehen.

»Man würde doch meinen«, sagte Scheele Fritzsche, »eine Trage mit allem Drum und Dran, die übersieht man nicht so leicht.«

»Krankenrevier?«

»Schon gefragt. Nein.«

»Schweine?«

»Schauen pfeifend in die andere Richtung.«

»Woll'n wir sammeln?«

»Ich wollte De Mex 'ne Kleinigkeit zustecken. Er hat auf einmal andere Hobbys.«

»Und der kleine Bartaffe?«

»Feudelt jetzt ganz allein.«

»Der sitzt im Bunker«, mischte sich Riot Gun ein. »Nakkicht. 'ne ganze Woche.«

»Von wegen, da steht er«, sagte Fritzsche mit entsprechendem Nicken. Sie schauten, lachten, und Goiter sagte: »Kumpel futsch. So ein Jammer.«

»Die friedliche Koexistenz der beiden«, wußte Riot zu berichten, »ließ in letzter Zeit ziemlich zu wünschen übrig.«

»Halt die Schnauze bei der Vernehmung!«

»Es gibt keine Untersuchung. Wetten?«

Remo ging weiter, immer noch auf der Suche nach Dudenwhackers blau beträntem Gesicht. Er traute sich sogar, sich links und rechts nach ihm zu erkundigen. Der eine wußte zu berichten, Dudenwhacker sitze in der Iso, der andere, er liege mit einer Nahrungsmittelvergiftung auf der Krankenstation. Ein dritter hatte Dudenwhacker erst letzte Woche auf dem Hof gesehen, in einem Rollstuhl – eine gespenstische Erscheinung. Der sollte doch jetzt irgendwann rauskommen?

7

Die Choreaner hatten an diesem Tag mehr zu reden, als Sport zu treiben, wodurch die Freistunde weniger nach Schwimmbad klang als sonst. Fühlte ich mich verantwortlich für das, was geschehen war? Als Wärter, ja – es war meine Abteilung. Ich ging nun schon zum wer weiß wievieltenmal zu Maddox' Zelle, deren Tür noch immer offenstand, wenngleich jetzt ein gelbes Band vor die Öffnung gespannt war, das im Zugwind leise schaukelte. Ruß- und Bombenteilchen knirschten unter meinen Schuhsohlen. Mitten in der Zelle stand noch der Filmscheinwerfer, jetzt gelöscht. Im Schein der Deckenlampe saßen der Direktor und sein Stellvertreter auf Maddox' Pritsche und rauchten. Sie starrten auf die Pfingstrosen aus Blut auf dem Boden, die, zu beiden Seiten eines gewundenen schwarzen Brandstreifens, bereits am Verwelken waren. In einer Ecke stand, ordentlich auf dem Ständer, die Gitarre, mit nur noch fünf Saiten bespannt. Die oberste und dickste fehlte.

Die Beamten, die seine Zelle durchsucht hatten, hatten die Mona Lisa an ihrem Leim aus fein zerkautem Weißbrot über der Pritsche hängen lassen. Deren Lächeln blieb auch angesichts Maddox' rätselhafter Abwesenheit ungerührt. Wieder erhob sich die sinnlose Frage: Wo in Amsterdam, bei wem, hing eine Farbreproduktion dieses Gemäldes? An dem Ort, an dem ich es meiner Erinnerung nach gesehen zu haben glaubte, in Tornijs Buchhandlung zwischen zwei Schränken, hingen mit ziemlicher Sicherheit zwei kleine, frühe Radierungen des niederländischen Künstlers Anton Heyboer. Wie Tornij erzählte, waren sie aus Zink von der Dachrinne des Haarlemer Malers Boot. Vom Erlös hatte der arme Radierer zwei Krebse gekauft, die er bei lebendigem Leibe kochte und aus Schuldgefühl mitsamt Panzer und Scheren verschlang, um danach seinen Magen vor der Haustür eines Freundes zu entleeren. Ungefähr so. Olle steckte voll von solchen Geschichten.

Der Direktor blies Zigarettenrauch in Richtung Fußboden, vielleicht um das Blut zu vernebeln. Ja, Mothy, Verbandskästen werden auch noch für andere Notsituationen gebraucht, nicht nur für den Durst. Ich konnte da nicht so stehenbleiben.

»Mr. O'Melveny, kann ich Sie gleich kurz mal sprechen?«

Er sah mich scheel an. »Du weißt mehr von dieser Geschichte, Spiros, ja?«

»Es handelt sich um etwas anderes.«

»In einer halben Stunde bin ich in meinem Büro.«

Ich ging um den Ring herum zur Loge und stampfte mir vor dem Eingang die letzten Rußreste von den Schuhen. Die Amsterdamer Mona Lisa in Farbe, irgendwas mit ihr war komisch. Ärgerlich, daß ich nicht wußte, wo, in welchem Wohnzimmer, sie über der Anrichte hing. Alles Licht der Welt stand mir zur Verfügung, und ich hatte meine Augen nicht richtig aufgemacht. Ob Imitation oder echt: Man lernte die Menschen durch das kennen, was bei ihnen an der Wand hing. Die Stellen, an denen sie ihre Tapete vor der Sonne schützten. Den Möbelwagen, vollgeladen, bereits vor der Tür, kehrten Mann und Frau in die leeren Räume zurück, um all die jungfräulichen Rechtecke zu inspizieren, in denen ihre Ehe jung geblieben war. Eine solche Wand war die schönste Abbildung der menschlichen Seele, die ich kannte.

8

Als Remo nach dem Hofgang auf den Ring zurückkehrte, war die Tür von Maddox' Zelle geschlossen und an zwei Stellen versiegelt. Er hatte vom »Griechen« den Auftrag erhalten, den großen Rußfleck auf dem Umgang wegzuschrubben, ging aber erst in seine eigene Zelle. Das Gesicht im Spiegel war nach drei Tagen stinkender Finsternis wieder genauso blaß wie vor seiner Reise nach Bora Bora, und unter den Augen schimmerte es bläulich. Sein Bart sah kraftlos aus. Er setzte sich die Brille wieder auf und stieg, bewaffnet mit weichem Besen und Kehrblech, zur obersten Etage hinauf.

Es war nicht so, daß das Fegen eines Umgangs ihn jetzt, ohne Maddox' Hilfe, die doppelte Zeit kostete. Die Gespräche hatten die Arbeit jeden Tag endlos in die Länge gedehnt. Ohne sie brauchte er ungefähr eineinhalbmal so lange. Manchmal, wenn er direkt in eine Lichtquelle blickte, wankte er noch. Dann mußte er wie ein Skifahrer Halt zwischen seinen beiden Stielen suchen. Nach wie vor lief ihm dünner Rotz aus der Nase, doch ob ihm die Nacktzelle eine schwere Erkältung beschert hatte, womöglich sogar eine Lungenentzündung, war ihm egal. Sein Körper durfte jetzt weiter verrotten: Die Vereinigung mit seinem Sohn hatte allen Schmutz aus seiner Seele getrieben. Abgeklärt wie ein Engel war er aus den dunkelsten Tagen seines Lebens hervorgegangen.

Die Abgeklärtheit hinderte Remo nicht daran, die Spuren von Maddox' selbstgebastelter Handgranate zu beseitigen. Nachdem er die Rußteilchen zusammengefegt hatte, bekam er nicht mal die Gelegenheit, den Brandfleck mit Scheuermittel zu bestreuen, denn da kam O'Melvenys Stellvertreter Glass Bell mit dröhnenden Schritten über den Umgang angerannt. »Stop! Laß das! Zum Teufel, du vernichtest Beweismaterial!«

9

»Jetzt, wo's Probleme gibt«, raunzte O'Melveny mich an, »da verläßt der ›Grieche‹ das sinkende Schiff.«

Ich war in Choreo für zwei Monate auf Probe eingestellt worden, was bedeutete, daß ich lediglich eine Woche Kündigungsfrist einzuhalten hatte. Meine Aufgabe war erfüllt. Ich hatte mehr oder weniger getan, was ich mir vorgenommen hatte, wenngleich das ursprüngliche Ziel meines Unternehmens nach wie vor als tragisch verfehlt bezeichnet werden mußte. Noch länger als Aufseher hierzubleiben hatte keinen Sinn.

»Mr. O'Melveny, Hand aufs Herz: Meine Kündigung hat nichts mit dem Anschlag zu tun. Ich werde in meiner letzten Woche alles tun, was ich kann, um Licht in diese üble Sache zu bringen. Meiner Meinung nach ...«

»Ich will es gar nicht wissen. Erzähl mir lieber ... ich dachte, Spiros, du findest Befriedigung in der Arbeit eines Aufsehers.«

O ja. Der Direktor, der nach einem Besuch beim Roten Kreuz purpurrote Wangen bekommen hatte, regte sich immer weiter auf. Wenn mir die Arbeit so viel Freude bereite, warum dürften sie dann nicht länger von meinen geschätzten Diensten Gebrauch machen? Er habe schon mit Glass Bell darüber gesprochen, mir nach der Probezeit eine feste Stelle zu geben. Im Hochsicherheitstrakt.

Es tue mir natürlich gut, das zu hören, aber ich könne sein Angebot nicht annehmen. Ich hätte während des Bewerbungsgesprächs in bezug auf meine Beweggründe deutlicher sein müssen. Mr. O'Melveny habe einen rastlosen Sucher vor sich. Ich versuchte mich mal hier, mal da. Man könne mich nach einem alten deutschen Begriff als Wanderburschen bezeichnen. Von einem Job zum anderen zu wandern, sowohl in der Alten als auch in der Neuen Welt, das hätte ich mein Leben lang getan. Permanente Lehr- und Wanderjahre, sozusagen. »Ein ewiger Geselle.«

In der Tat hätte es der Direktor zu schätzen gewußt, wenn ich mich vor zwei Monaten etwas expliziter hinsichtlich meiner Arbeitsauffassung geäußert hätte.

»Dann hätten Sie mich aber nicht eingestellt.«

»Das stimmt.«

»Mein Kenntnisschatz ist jetzt wieder um so vieles reicher.«

»Nicht zu unserem Vorteil.«

Wenn O'Melveny einverstanden sei, würde ich heute in einer Woche meine Uniform plus Zubehör abgeben.

»Ich habe ja keine andere Wahl.«

Am Freitagnachmittag um vier Uhr, beim Schichtwechsel, wolle ich meinen Kollegen vom HST zum Abschied eine Runde Apfelkuchen zum Kaffee spendieren.

»Nur wenn er von Mrs. Agraphiotis selbst gebacken ist.«

»Mr. O'Melveny, ich habe keine Frau und keinen Backofen. Ich wollte mich mit dem leckersten Zeug aus der Affäre ziehen, das ich im Supermarkt finden kann.«

10

Woodehouse hatte mich da unten offenbar beobachtet, denn als ich von meiner Arbeit in der untersten Loge kurz aufsah, winkte er mir auf fragende Weise. Normalerweise hätte ich ihn mit einer Handbewegung auf »nachher« vertröstet, aber nach dem Zwischenfall mit der Glühbirne wollte ich sein Vertrauen wiedergewinnen. Ich stieg auf der eisernen Leiter durch das Mannloch hinunter und fragte, was er wolle.

»Ich schaff die Arbeit nicht allein.«

»Wenn du deinem Putzkumpel immer wieder an die Gurgel gehst, Woodehouse, bist du auch nicht schneller fertig.«

»Gibt es eine Chance, daß Maddox ...«

»An einem Spruch der Disziplinarkommission ist nicht zu rütteln.«

Er wollte wissen, wie ernst Maddox' Verletzungen seien und wo er gepflegt werde – auf der Krankenstation von Choreo, oder sei er vielleicht doch nach Vacaville zurückverlegt worden?

»Es übersteigt meine Kompetenzen, darüber etwas zu sagen.«

»*Lebt* er überhaupt noch?«

»Eine solche Frage läßt sich nie mit voller Sicherheit bejahen.«

Beim Fegen hatte Woodehouse keinen allzu großen Rückstand, aber jetzt gleich die ganze Abteilung naß zu wischen, das würde er nicht ohne Hilfe schaffen. Ich versprach ihm, in meinem Bericht zu erwähnen, daß er allein vor dieser Aufgabe stand.

»Mr. Agraphiotis, ich kann das menschliche System in Choreo nicht genug loben.«

»Ja, göttlich menschlich, nicht wahr?«

Als ich mich bereits von ihm abgewandt hatte und auf dem Weg zur Leiter war, beging er noch schnell den Fehler, sich nach Dudenwhacker zu erkundigen: ob der an einem der letzten Tage entlassen worden sei. Er sollte sich hüten, sich mit diesem Söldnerschwein so auffällig in Verbindung zu bringen. »Dudenwhacker entlassen? Der geht hier nicht weg, solange er mit einer ungeraden Zahl von Tränen rumläuft. Er hat auch noch Schuldner in Choreo.«

11

Es gibt nichts Schöneres als ein Gerücht. Ungewißheit in bezug auf den wahren Hergang speist die Überzeugungskraft des Verbreiters. Er setzt sich über seine epische Ohnmacht hinweg und erlangt von einem Moment zum nächsten die Gabe des Wortes. Er wird überraschend bildhaft und betreibt Alchimie mit erfundenen Einzelheiten. Und zwar so lange, bis ihm ein Blick in den offenen Mund des Zuschauers vergönnt ist.

»'ne Art Würgschraube, anscheinend.«

»Nein, seine eigene Gitarre.«

»… noch nie solche schönen Akkorde in seiner Zelle.«

»So 'n mickriges Kerlchen … leicht zu begraben im Schallkasten.«

»Niemand hat gesehen, wie er rausgetragen wurde.«

»Punch damals, mit dem undichten Kondom im Wanst, den haben wir wenigstens noch ordentlich verabschiedet. Mit allem, was Lärm machen konnte. Das Geratter an den Gitterstäben … Mann, den Schweinen ist die Leiche fast die Treppe runtergedonnert, so irrsinnig nervös hat es sie gemacht.«

»Maddox haben sie mitten in der Nacht weggeschafft.«

»So nimmt man uns Choreanern auch noch jede Bekundung von Trauer.«

»Scheißschweine.«

»Da geht grad eins vorbei. Der ›Grieche‹.«

O'Melveny hatte seine Aufseher gebeten, eine neutrale Miene aufzusetzen, trug aber Burdette und mir auf, während des Abendessens ein paar Extrarunden durch den Speisesaal zu drehen und dabei die Ohren zu spitzen. Meine Haltung gequälter Zerstreutheit, die mich immer außer Hörweite zu stellen schien, war mir auch jetzt wieder sehr von Nutzen. Nicht weit von dem Tisch, an dem Woodehouse saß, studierte ich mit dösigem Blick den Küchenplan für die Privilegierten, der an einem gefliesten Pfeiler hing.

»… gekreuzigt an seiner eigenen Gitarre«, sagte Jallo, gegenüber von Remo. »Hab ich grad von Scheele Fritzsche gehört.«

»Bestimmt mit den Füßen nach oben«, sagte Pin Cushion, der seinen Spitznamen den Dutzenden von Stichwunden verdankte, die er sich in seinem langen Gefängnisleben zugezogen hatte.

»Die Gitarre«, wußte Janda, neben Remo, »stand ordentlich auf dem Ständer. Das kleine Arschloch saß mit dem Rücken davor. Eine der Saiten war um seinen Hals gewickelt.« Jandas Hände flatterten am Rand meines Blickfelds oberhalb des Kragens seines Overalls. »Hier, genau unter dem Hinterkopf, war der Kupferdraht mit einem kleinen Holzstück fest angezogen. Die Saite hat sich *so* tief« (er zeigte zwischen Daumen und Zeigefinger einen Abstand von fünf Zentimetern an) »in seinen Hals eingeschnitten.«

»Arterielle Blutung?« wollte das Nadelkissen wissen.

»Graffitigeschmier«, sagte Jallo. »Bis unter die Decke. Unlesbar, aber in schönem Hellrot. Er …«

»Der Idiot«, unterbrach ihn Janda, »hat noch versucht, das Zuziehen der Schlinge zu verhindern. Seine Finger hingen ein bißchen komisch an seinem Hals …« Und Jallo ergänzte: »Bis auf die Knochen durchgeschnitten. Das war's dann.«

»Erzähl auch das mit der Monatsbinde, Jal«, sagte Janda.

»Ja, jetzt kommt das Schönste. Diese Dreckslappen waren mit Krusten und so von seinem Kopp gerissen. Lagen neben ihm. Laut Scheele Fritzsche, und der hat es bei Gott geschworen, war der komplette Abdruck von seiner verbrannten Visage drauf. Von Jesus haben sie doch auch so ein Ding aufbewahrt?«

»Ein Fan von ihm, irgend so ein Groupie«, sagte Remo, »also, die hat damals mit einem Tuch sein kaputtes Gesicht abgetupft.«

»So 'n Aquarell also«, fuhr Jallo fort, »aber in Streifen. So hab ich's von Fritzsche gehört, aber der schielt, mit Verlaub gesagt. Maddox' eines Augenlid, hat er gesagt, hing wie eine versengte Apfelschale runter. Darunter quoll der Augapfel raus, genau in der Mitte von 'nem schwabbligen Eiterklumpen. Ich war nicht dabei, aber seid mal ehrlich, Jungs … solche Details denkt man sich doch nicht aus.«

»He, Jal«, ertönte die träge Stimme von Pin Cushion, »denk doch mal an die schwachen Mägen der Hotelgäste, ja? Meiner ist viermal durchstochen.«

»Diese Suppe«, sagte Remo, »würde man noch nicht mal einem Schwein wünschen. Ich hab schon seit Tagen Appetit auf einen guten Borschtsch.«

»Jetzt müssen wir nur noch rauskriegen«, sagte Janda, »wer aus der Gitarrensaite eine Wildschlinge geknüpft hat.«

»Ich dachte an Dudenwhacker«, sagte Pin Cushion. »Der Schuft hat zweimal versucht, sich bei mir eine Träne zu holen. Hat aber nicht geklappt.«

»Dudenwhacker«, sagte Jallo, »ist schon seit Tagen nicht mehr hier.«

»Vorgestern hab ich ihn noch gesehen«, sagte Pin Cushion.

»Dann ist er gestern morgen rausgekommen.« Janda klang sehr überzeugt. »Wird langweilig ohne ihn.«

»Mir ist es ja egal«, sagte Remo, für mich gerade noch verständlich, »aber der ›Grieche‹ hört mit.«

Ich schlenderte um den Pfeiler herum, im Kopf ein Männerporträt von Escher, das ganz aus einer regelmäßig geschnittenen Apfelschale gemacht schien.

12

»Lieber Papa,

letztes Wochenende habe ich Dich endlich zum Großvater gemacht. In einer unbeleuchteten Isolierzelle habe ich ihn wiedergefunden, meinen einzigen, ungeborenen Sohn. Nach all den Jahren kann ich ihm endlich ein Obdach geben: die Suite meines Kopfs und meines Herzens (die Zimmer nicht unbedingt in dieser Reihenfolge), in der ich ihn im sanften Geist seiner Mutter erziehen werde. Mit Mittelnamen heißt er für immer nach Dir.«

13

Die Krankenstation von Choreo lag an der Außenseite des Komplexes, schräg gegenüber vom Empfang. Falls Scott Maddox dort, und nicht in Vacaville, lag, geschüttelt von Ekel vor seinem eigenen Blut, dann erfuhr er an diesem Abend wenig Unterstützung von seinen Leuten. All die Wochen waren die kriegerischen Sprechchöre ihm entgangen, und jetzt, wo er möglicherweise in Hörweite war, schwiegen sie in allen Sprachen, auch in Hurlyburlisch. Am Wind konnte es nicht liegen, denn der kam vom Ozean und trug sogar den Verkehrslärm von der Interstate in Remos Zelle. Er lag auf seiner Pritsche und lauschte einer fernen Sirene der Polizei oder Ambulanz. Das Geräusch mußte sich von der Autobahn gelöst haben; es bewegte sich jetzt auf Choreo zu.

Remo schlug die Decken zurück. Sein Ballettsprung durch die Dunkelheit auf den Heizkörper war im Laufe der Wochen Präzisionsarbeit geworden. Kein Zehennagel, der irgendwo anstieß. Ein Krankenwagen. Vielleicht stimmten die Gerüchte ja, und es kamen Leute, um den verletzten Anführer einzuladen, um ihn nach Vacaville oder anderswohin zu bringen. Er war also nicht tot – sonst hätten sie wohl einen Leichenwagen geschickt.

Die Ambulanz, die ihre Blinkzeichen an das kleine weiße Gebäude warf, fuhr gerade direkt vor dem Empfang holpernd auf das brachliegende Gelände. Bei den vordersten Zelten stoppte sie. Die Sirene verstummte, doch ein doppelter Lichtarm durchschnitt weiter in regelmäßigen Kreisen den Rauch eines noch schwelenden Lagerfeuers. Von den erregten Stimmen drangen nur die hohen, schrillen Töne bis zu Remo. Er konnte den Leuchtkitteln der Sanitäter durch die Dunkelheit folgen. Am Stacheldraht kreuzten die Lichtbündel ihrer Stabtaschenlampen einander in ihrer nervösen Suche. Eine Brise brachte das Weinen eines Kindes, mit stockenden Schluchzern, auf einmal unbegreiflich nah.

Remo blieb auf seinem Ausguck stehen, bis seine Augen von der nächtlichen Kälte zu tränen begannen, die durch einen kleinen Sprung in der Scheibe mit der Kraft eines Ventils hereinschoß. Sein getrübtes Sehvermögen meldete ihm gerade noch, daß eine Trage zum Krankenwagen gerollt wurde, der gleich darauf, vorneweg ein Personenwagen, auf der Asphaltstraße davonfuhr, von den Blicken einiger Frauen aus dem Zeltlager begleitet. Zwei kleine Jungen rannten ihm hinterher, wurden jedoch zurückgerufen.

Erst als sich die Ambulanz der Interstate näherte, ließ sie die Sirene wieder heulen.

14

Remo rieb die Brille, die ihn vor der Zugluft nicht hatte schützen können, trocken und legte sie zusammengeklappt in seinen linken Turnschuh. (Immer links. Mit einer Brille rechts rechnete der Fuß nicht, so daß Remo mit einem falschen Einstieg seine Maske zerstört hätte.) Er kroch wieder ins Bett.

»Die Mücke verkrafte ich, Li'll Remo. Aber nicht den Fleck an der Wand.«

So hatte Maddox seinen Abscheu vor Blut noch einmal

zusammengefaßt, um nach einer Pause hinzuzusetzen: »Die Schildkröte gehört mir.«

»Ja, das hat Zenon auch behauptet. Und darum hat er zugesehen, daß er hinter dem Tier blieb. So konnte er es im Auge behalten …«

»… und scheuchen.« Maddox ging mit seinem nagellosen Zeigefinger an Remos Gesicht. »Die Schildpattbrille.« Er legte die Fingerspitze an den Steg und drückte. »Das ist Charlies Brille.«

»Wie rührend. Der große Guru, der unter seinen Jüngern keinen Brillenträger duldet, versucht sein Gesicht zu retten … mit einer Brille.«

»Charlie ist kurzsichtig.«

»Du willst mir einreden, daß du *doch*, und zwar als Regisseur, am Set warst. Das würde erklären, warum das Ding in meinem Haus gefunden wurde. Als seine Untertanen kreativ tätig waren, hat Charlie die Brille abgesetzt, weil er … kein Blut sehen kann.«

»Ich hab sie nie in Gegenwart meiner Leute getragen.«

»Nur bei einsamer Bibellektüre.«

»Das ist keine Lesebrille. Ich hab sie bei Schießübungen in den Simi Hills benutzt.«

»Natürlich, mit der .22 Buntline Special. So ein langer Lauf, das Korn so weit vom Auge entfernt … da braucht man schon ein Spekuliereisen.«

»Minus zwei und minus sechs.«

»So stand es auf allen Plakaten, ja. Bis nach Kanada. Komm doch mal mit was Neuem, Scott.«

»Du hast doch gemerkt«, schrie Maddox auf einmal, »daß ich miserabel sehe.«

»Stimmt, hat lange gedauert, bis du meiner gewahr wurdest … wohlgemerkt, hinter deiner eigenen Brille.«

»Mein eines Auge ist zugeklebt. Mit dem anderen seh ich doppelt, also halb. Ich hab dich nicht ins Visier bekommen.« Er holte mit seinem sich häutenden Finger nach der Brille aus, aber Remo nahm rechtzeitig den Kopf zurück. »Mir fehlt meine Brille. Ich will sie wiederhaben.«

Remo hielt ihm vor, für einen Nachweis, daß die Brille Maddox gehörte, müsse der gesamte Prozeß von 1970-71 neu aufgerollt werden. Es müßte noch einmal der Frage nachgegangen werden, ob der Bandenchef bei den Morden zugegen war. Der öffentliche Ankläger, Jacuzzi oder ein anderer, würde sich zumindest fragen, wie Maddox angesichts seiner Hippielumpen an so eine teure Schildpattfassung gekommen sei.

»Charlie hatte eine gut gefüllte Waffenkammer auf der Spahn Ranch. Die Longhorn … das Maschinengewehr in einem Geigenkasten … ein mit Edelsteinen besetztes Schwert. Vor der Tür eine Buggy-Flotte. Also, wenn Charlies Mädchen sich einen silbernen Hammer beschaffen können, um Charlie damit nach seinem Tod dreimal an den Kopf … dann … dann …«

»… dann muß es auch möglich sein, den Optiker um eine Schildpattfassung zu erleichtern.«

Wieder wehrte Remo einen Angriff Maddox' auf die Brille ab. »Die nützt dir nichts, Scott. Da ist normales Fensterglas drin.«

»Ich lasse wieder minus zwei und minus sechs reinsetzen.«

Maddox zog eine kleine weiße Plastikflasche aus einer Tasche seines Overalls. Aus der dünnen, gebogenen Tülle spritzte er Remo einen Strahl farbloser Flüssigkeit ins Gesicht. Das Zeug, das Remo durch den Bart über Kinn und Hals rinnen spürte, hatte einen ausgeprägt chemischen Geruch.

»Her mit der Brille«, rief Maddox. In seiner freien Hand hielt er ein Feuerzeug. Der Geruch frischer Malerarbeiten drang Remo in die Nase. Obwohl er, ins Gespräch mit Delphinen vertieft, nicht Zeuge der Renovierungsarbeiten gewesen war, sah er jetzt in einer Explosion von Weiß und Gelb das frischgestrichene Kinderzimmer des kleinen Jungen vor sich.

»Gib mir die Brille zurück« (Maddox fuchtelte mit dem Feuerzeug herum, Daumen an dem Nippel, mit dem er es anklicken würde) »oder du brennst.«

»Du miese Ratte! Du willst mir ja nur meine Tarnung rauben. Du glaubst, du erlebst es noch mit, wie das Pack hier mich in Fetzen reißt.«

»Wenn du mir die Brille nicht gibst, dann verpaß ich dir nicht nur für den Rest deiner Tage hier eine Maske. Sondern für dein ganzes weiteres Leben. Sieh mich an, Li'll Remo … willst du noch mehr zu meinem Doppelgänger werden?«

Maddox' Schwäche war, daß er wegen des Verbands, der seine Finger zur Hälfte bedeckte, ständig alles aus den Händen fallen ließ. Auf gut Glück schlug Remo unter die Faust mit dem Feuerzeug. Das Wegwerfding landete in hohem Bogen auf dem Fußboden und rutschte noch meterweit über den glatten Terrazzo. Remo packte Maddox am Kragen. »Wie ist dieses Schildpattding in mein Haus gekommen?«

»Gott weiß es.«

»Dann mußt du, als Sein Eingeborener Sohn, es doch auch wissen.«

»Mein Vater hat auch vor mir Geheimnisse.«

»Gut, Scott, dann spiel ich jetzt mal Gott und erzähle es dir. Deine Einmannjury verwehrte Brillenträgern die Aufnahme in die Gruppe. Ein bereits zugelassenes Mitglied mit einer Brille erwischt? Rausschmeißen, den Behinderten. Das war das gleiche wie bei deinem Achtel oder Sechzehntel Negerblut, nicht? Der physische Makel von deinem minus zwei, minus sechs, der mußte bei anderen bestraft werden. Stimmt's?«

Was aber dachten sich die etwas weniger folgsamen Jünger aus, die sich von dem Bart- und Brillenverbot ihres Gurus terrorisiert fühlten? Sie entführten Charlies Schildpattbrille zum Ort des Verbrechens und schmissen sie dort auf den Boden. *Charlie was here.*

»Sie kannten die Brille«, sagte Maddox. »Aber nicht als

meine. Wir benutzten sie als Vergrößerungsglas ... um das Lagerfeuer zum Brennen zu bringen. Meine Leute haben vermutlich vorgehabt, eine falsche Fährte zu legen. Die Black Panthers trugen solche teuren Brillen, finanziert durch ihre Banküberfälle. Niemals würden meine Krieger ihren Anführer ...«

»Nicht, solange sie zu ihm aufschauen konnten. Sag mal, Scott, was meinst du, wie groß ist die Autorität eines Generals, der die Brillenträger von der Kriegführung ausschließt ... und selber mit Brille dabei gesehen wird, wie er sein Schießeisen leerballert?«

»Sie haben mich nie gesehen, wenn ich ihr Vergrößerungsglas trug.«

»Von deinen Mädchen weiß man, daß sie sogar ergriffen anbetend zuschauten, wenn du deine Mähne gekämmt hast. Und dann sollten sie sich entgehen lassen, wie du eine leere Bierdose aufs Korn genommen hast? Komm, komm, Scott. Die haben im Gebüsch gehockt und gesehen, wie du als kurzsichtiger Cowboy mit der Longhorn rumgefuchtelt hast. Verraten und verkauft fühlten sie sich. Als du dir dann auch noch die Hände nicht schmutzig machen wolltest und deine Krieger ausgesandt hast, ohne sie anzuführen, da haben sie sich eben eine kleine Rache gegönnt. ›Laßt was Teuflisches da‹, hast du gesagt. Da haben sie halt deine Brille dagelassen.«

»Nach den Verhaftungen hat keine meiner Frauen auch nur ein Wort über die Brille verloren. Sagt das nicht alles über die Zusammengehörigkeit in ...«

Remo nahm die Brille ab und drückte sie an Maddox' Verband, ungefähr an der Stelle, wo sich die Nasenröhrchen befanden, die ihm das Atmen durch sämtliche Verbandsschichten hindurch ermöglichen sollten. »Da, riech das Schildpatt. Nach all den Jahren stinkt es noch nach dem Verrat deiner eigenen Elitetruppen.«

»Meine Nase riecht nur Charlies Leiden. Verbrannte Haut,

beschmiert mit Eiter. Der Geruch der Schmerzen, die er für
seine Leute erlitten hat. So was vergessen sie nie. Nie und
nimmer.«

Bambule

I

Was Woodehouse noch nie getan hatte: Plötzlich stand er mit seinen Kehrutensilien in der Logentür. Ich las gerade den allerletzten Teil der Akte Maddox/Charlie, die auf so mysteriöse Weise aus den Archiven von Vacaville verschwunden war. Die letzte Seite war die Fotokopie des Zeitungsberichts über Maddox' Autodafé in der CMF. Ich deckte sie schnell mit einer Mappe ab.

»Mr. Agraphiotis, es gibt ein Gerücht, wonach ein Anschlag auf Maddox verübt worden ist.«

»Er hat einen Anschlag auf *uns* verübt. Mach einfach mit voller Kraft die Hälfte der Arbeit weiter, Woodehouse. Mehr erwarten wir nicht von dir.«

Ich wollte den zwanzig Zentimeter hohen Stapel gelochten Papiers als Ganzes in die leere Schublade legen, doch er rutschte mir aus den Händen, und die Hälfte landete fächerartig ausgebreitet auf dem Boden.

»Was stehst du da noch rum?«

»Gestern am späten Abend war eine Ambulanz beim Lager.« Ich folgte seinem Blick zu einem Blatt Papier mit dem Grundriß seines ehemaligen Hauses. Schwer zu sagen, ob er ihn wiedererkannte. »Sie dürfen bestimmt nicht sagen, was ...«

»Über Angelegenheiten außerhalb von Choreo brauche ich den Mund nicht zu halten.«

»Da lag jemand auf einer Trage.«

»Ach so. Eine der Frauen hat sich vor lauter Elend auf den Zaun gestürzt.«

»Wissen Sie auch, vor welchem Elend?«

»Das Elend war, daß der Stacheldraht schwer unter Strom stand. Sie liegt jetzt mit Verbrennungen im Ridgway Memorial. Genauso wie Kollege Zalkus, der noch immer nicht außer Lebensgefahr ist.«

2

Für eine Mehrheit auf dem Gefängnishof stand inzwischen fest, daß Scott Maddox in seiner Zelle umgebracht worden war.

»Falls das so ist«, fragte Remo Scheele Fritzsche, »was kann dann der Grund dafür gewesen sein?«

Der AB'ler, lediglich ein Mitläufer in der Bruderschaft, sah Remo eindringlich an, indem er mit seinem wegdrehenden Auge einen Riß in der Gefängnismauer fixierte. »Söldner sind an Sold interessiert, nicht an Motiven.«

»Sag mal, Fritzsche, dieser Maddox ... was war das eigentlich für ein Typ?«

»Tja, mit der Frage ist das Schwein Glass Bell auch schon rumgegangen. Du hast mit dem Kerl hundertmal den Ring geputzt. Wenn du's nicht weißt, wer dann?«

3

Obwohl niemand gesehen hatte, daß eine Leiche weggetragen wurde, ließen sich die Choreaner ihren lärmenden Protest nicht nehmen. Es mußte auf dem Hof von Mund zu Mund gegangen sein: Anfang fünf Minuten nach der Freistunde. Mit allem, was Krach machen konnte, von der Zahnbürste bis zum Aluminiumbecher, hämmerten die Männer auf die Balustraden des Rings oder ließen die Gegenstände über die Stäbe der Schiebegitter rattern. Außerdem hatten sie natürlich noch eine Kreischstimme. Alles aus Protest gegen den Tod eines Mitgefangenen, den niemand, Woodehouse vielleicht ausgenommen, näher kennengelernt hatte – und über dessen Ableben es keinerlei Gewißheit gab.

Ich wurde von Kollegen aus anderen Abteilungen angerufen: Auch dort hatten die Drumbands mit ihren Improvisationen angefangen. Ich hatte den Lärm bereits durch die Nebengänge des HST anstürmen hören. Unter den Percussionisten sah ich auch Woodehouse, der mit seinem Kehrblech die gußeisernen Treppengeländerstäbe bearbeitete. In der derzeitigen Situation gab es keinerlei Grund, der rituellen Kakophonie Raum zu geben, doch O'Melveny erteilte die Anweisung, den Alarm erst zehn Minuten nach Beginn der Bambule auszulösen.

»Sollen sie ihrem Unmut doch erst mal Luft machen«, sagte er am Telefon zu mir. Die Meute mit Hilfe des Alarms in die Zellen zurückzutreiben erwies sich nicht als nötig: Nach exakt acht Minuten hörte der Lärm plötzlich auf, als hätte irgendein Anführer ein Zeichen gegeben.

4

Obwohl der Wind nach wie vor günstig stand, waren auch an diesem Abend keine Sprechchöre zu hören. Remo stellte sich vor, daß die Lagerbewohner vom Unglück der vergangenen Nacht angeschlagen waren. Möglich war auch, daß sie endlich Gewißheit über das Schicksal ihres Rudergängers hatten.

Noch nie war die Nacht in Choreo so still gewesen – wenngleich nach einiger Zeit in seiner Zelle ein leises, rhythmisches Rauschen hörbar wurde, wie von Grit in einer Sambarassel. Remo glitt von seiner Pritsche und machte sich auf die Suche nach der Quelle des Geräuschs. Unter dem Bücherregal fand er, direkt neben dem Schalter des Radios, eine Streichholzschachtel. Sie war mit zerkautem Löschpapier ans Holz geklebt, genau so wie er es früher mit verbotenen Dingen in der Schule gemacht hatte.

Remo zog das Spanschächtelchen, aus dem das Rauschen

kam, von seinem ungewöhnlichen Leim ab. Auf dem Schiebeteil das Bild eines Schneemanns mit Augen aus Eierkohlen. Darüber auf polnisch das Wort SICHERHEITSSTREICH-HÖLZER und darunter in Kapitälchen: VERKOHLTER KOPF BRÖCKELT NICHT AB. Auch bewegungslos zwischen Remos Fingern eingeklemmt, erzeugte das Ding ein körniges Rasseln. Er drückte es mit dem Daumen auf. Das Schächtelchen war zur Hälfte gefüllt mit abgebrannten, krummen Streichhölzern – kleine Skelette ohne ihre schwarzen Köpfe, die wie Hagelkörner über die Pappe rollten.

Mittwoch, 25. Januar 1978

Indianer tragen keine Bärte

I

Bevor Remo mitten während des Hofgangs von zwei unbekannten Aufsehern abgeholt wurde, hatte er ein kurzes Gespräch mit den Cousins aus La Canada. »Jallo, hatte irgend-
wer in Choreo ein Interesse daran, Maddox aus dem Weg
räumen zu lassen?«

»Nicht daß ich wüßte.«

»Er *soll*«, sagte Janda, »Zoff mit der AB gehabt haben.«

»Und wenn schon«, sagte Jallo. »Die Brüder finden das
Zerquetschen einer Laus wichtiger, als sich so einen wie
Maddox vorzuknöpfen.«

Nur hier und da trieb jemand für sich Sport. Sofern die
Gefangenen nicht auf der Tribüne saßen und rauchten, standen sie in kleinen Gruppen beisammen, was aber die Ge-
sprächigkeit nicht förderte. Seit den Gerüchten über eine
Untersuchung wirkte Choreo wie ein Grab – und nahezu
jeder schwieg wie ein solches. Die Cousins waren da schon
redseliger.

»Also, Leute, ich sollte nächsten Sonntag rauskommen.
Das kann ich jetzt wohl vergessen.«

»Ich kenne Choreo«, sagte Janda. »Falls es tatsächlich eine
Untersuchung gibt, dann ist das von A bis Z eine Scheinver-
anstaltung. Die Direktion muß die Leute natürlich verneh-
men. Zum Lachen. Die Fragen sind noch läppischer als die
Antworten. So läuft das. Niemand war am Anschlag beteiligt.
Jemand was gesehen oder gehört? Niemand. Gott sei Dank.
Angenommen, die Sache würde aufgeklärt. Schlag ins Kon-
tor für die Herren Schweine. Dann geht's aber rund. Interne
Untersuchung. Verantwortliche Beamte werden am Schlafitt-

chen gepackt. Disziplinarmaßnahmen … Nein, Mann, ich prophezei dir, du spazierst hier am Sonntag pfeifend durchs Tor.«

»Niemand«, pflichtete ihm sein Cousin bei, »wird je genau wissen, was da vor sich ging.«

»Abgesehen vom Söldner selbst«, sagte Janda. »*Und* dem Auftraggeber. So, und jetzt lauf ich noch 'ne Runde.«

2

Daß er die Hälfte des Hofgangs verpaßte, machte ihm nicht viel aus: Die kalifornische Januarsonne spendete an diesem Vormittag keine Wärme – wenngleich ihm erst bei der Mitteilung der beiden Wärter ein kalter Schauder über den Rükken gelaufen war, die jetzt mit weit ausgebeulten Jacken über den Poloshirts neben ihm durch einen fremden Gang gingen. Eine Vernehmung, also doch. Sie näherten sich O'Melvenys Büro, wo Remo zumindest mit einem von Kopf bis Fuß gefesselten Dudenwhacker konfrontiert würde und vielleicht dazu mit einer so gerade eben noch lebenden Mumie auf einer Trage.

Bis auf den Direktor war niemand in dem eckig-ovalen Raum. Er bot Remo den Sessel vor seinem Schreibtisch an und schickte die Wärter auf den Gang hinaus. Der lädierte Ford, der seit den Präsidentschaftswahlen direkt unter seinem Nachfolger an der Wand gelehnt hatte, war entfernt worden – obwohl an dieser Stelle immer noch ein paar krummschwertartige Glasscherben zur Erinnerung an Sequoya Squeakys mißglückten Anschlag lagen. Jimmy Carters verschmitztes Hamsterlächeln harmonierte noch immer nicht mit der in Falten gelegten Dramatik des Sternenbanners um sein Bild. Auf den weißen Streifen waren kleine grünliche Flecken.

»Achten Sie auf Feuchtigkeit, Mr. O'Melveny. Ihre Fahne hat Schimmelpunkte.«

»Bleiben wir bei der Sache, Mr. Woodehouse.« Der Di-

922

rektor versuchte, ein Tonbandgerät auf seinem Schreibtisch einzuschalten, aber seine zitternden Finger schafften es nicht auf Anhieb, zwei Tasten gleichzeitig herunterzudrücken. »Wir bleiben mal bei Ihrem Gefängnisnamen, ja? Hier hat sogar die Täfelung Ohren.«

»Ausgezeichnet.« Seine Stimme klang fest genug: Das Beben saß direkt darunter. Gleich kam natürlich noch ein Vernehmer für ein Kreuzverhör, mit dem verglichen das von Flanzbaum und Trutanic ein Witz war. Geld würden sie nicht bei ihm finden (na ja, bis auf die paar Putzdollars in seiner Unterhose), denn große Beträge hatte er in Choreo nie bei sich getragen – und das war wieder ein Problem für sich: Sie konnten nicht aus seinen Händen in die eines anderen übergehen.

Die Technik hatte sich von O'Melvenys irischem Tremor erweichen lassen. Die Spulen drehten sich. Er hielt sich das Mikrophon vor den Mund. »Mittwoch, 25. Januar 1978. Viertel vor elf. Gespräch Timothy O'Melveny mit Häftling Woodehouse, Remo.«

Remo schob seinen Sessel näher an den Schreibtisch heran, wo das Mikrophon jetzt auf der Schreibunterlage stand. Der Direktor wollte zunächst die Bestätigung für einige Dinge erhalten: ob Woodehouse, Remo, seit dem 19. Dezember 1977 zusammen mit Häftling Maddox, Scott, den HST saubergehalten habe und ob sie dabei, wie die Berichte sagten, ununterbrochen miteinander geredet hätten.

»Och, man begegnet sich beim Fegen und hält mal einen kleinen Plausch.«

Nein, er meine die von seinen Aufsehern konstatierte intensive Unterhaltung, die regelmäßig in einen Wortstreit ausgeartet sei. Die Putzer, Freiwillige von Choreos Gnaden, seien verschiedentlich wegen Schreiens und Streitens, manchmal begleitet von Handgreiflichkeiten, verwarnt worden – auch hier im Direktionsbüro. Wegen gegenseitiger Anwendung von physischer Gewalt seien sie beide in Isolierhaft gekommen, Woodehouse sogar zweimal innnerhalb kurzer Zeit. Habe er eine Erklärung für die ungewöhnliche Leicht-entflammbarkeit ihres Kontakts?

»Es gelang mir nicht immer, seine Provokationen zu ignorieren.«

»Ist es nicht so, daß Sie ihn zu diesen Provokationen provoziert haben?«

»Nicht absichtlich.«

»Bei einer früheren Unterredung hier, Mr. Woodehouse, äußerten Sie die Vermutung, daß sich hinter dem Namen Scott Maddox jemand mit einer anderen Identität verberge. Haben Sie ihn inzwischen enttarnt?«

»Scott Maddox ist ... Scott Maddox.«

»Sie haben ihm den Verband vom Kopf gezogen. Vor zwei, drei Wochen. Sie haben ihn nicht als einen anderen erkannt?«

»Unter der Maske war wieder eine Maske. Wundkrusten. Ich habe den Mann nicht als Scott Maddox erkannt. Aber auch nicht als irgend einen anderen.«

Sei seine Sprechweise Remo denn nicht sofort, schon bei der ersten Begegnung, vertraut vorgekommen?

»Wenn wir nur die Hysteriker betrachten, Mr. O'Melveny, dann hat er eine ziemlich austauschbare Stimme. Wegen seines Talents, beschwörende Donnerreden zu halten, nenne ich ihn den ›Bergprediger‹.«

Auf beiden Spulen war gleich viel Band. Sie drehten sich mit der niedrigsten Geschwindigkeit, als hätten sie alle Geduld der Welt und nähmen dabei das künftige Rauschen in Kauf. Na schön, dann wolle er die Sache mal umdrehen. Scott Maddox sei also Scott Maddox, aber Remo Woodehouse sei nicht Remo Woodehouse. »Sie halten sich in Choreo unter Ihrem *nom de plumeau* auf, wenn ich mir mal einen kleinen Scherz erlauben darf. Hat Ihr Putzkollege in Ihnen die Person erkannt, die Sie ... den Unterlagen eines gewissen Filmstudios zufolge sind?«

»Nein.«

»Er wußte also nicht, daß Sie …«

»Doch.«

»Woher …«

»Weil ich ihm das enthüllt habe.«

»Maddox wußte also, wer Sie sind, aber Sie nicht, wer Maddox ist.«

»Wenn Maddox nicht Maddox war, dann würde ich das jetzt gern von Ihnen hören.«

»Ich hätte es gern von *Ihnen* gehört, Mr. Woodehouse.«

O'Melveny wollte alles über die Fehden zwischen Maddox und den anderen Häftlingen wissen. Och, Remo hatte ihn gelegentlich das Maul weit aufreißen hören gegenüber Leuten von der Arischen Bruderschaft. Ideologische Nuancen. Beide Seiten fanden einander in ihrem Negerhaß. *Hatte* Maddox denn ausgesprochene Feinde unter den schwarzen Insassen von Choreo?

»Seine Abneigung hielt ihn in sicherer Distanz von ihnen.«

»Und trotzdem … dieser Anschlag.«

»In seinem vorigen Gefängnis wurde er mit Waschbenzin oder so was übergossen und angezündet. Das weiß ich.«

»Ich meine *hier*, in Choreo.«

»Kein Wunder, daß er nicht mehr zur Arbeit erscheint.«

»Sie werden uns doch nicht weismachen, Mr. Woodehouse, daß Sie nicht Bescheid wissen.«

»Ihre Aufseher haben kein Wort davon verraten.«

»Gefangene wissen in der Regel mehr als ihre Bewacher.«

»Ich gebe mich wenig mit den anderen ab. Wenn ich fragen darf, was war das für ein Anschlag?«

»Im Rahmen der Untersuchung …«

»… können Sie mir nichts dazu sagen. Verstehe. Tot?«

»Ein Mordanschlag hat nicht automatisch den Tod zur Folge.«

»Sie verdächtigen mich.«

»In dem Augenblick, als jemand sich Maddox vorgeknöpft hat, saßen Sie unter einer nackten Glühbirne und dachten über Ihre Sünden nach.«

»Abgesehen davon, daß ich im Stockfinstern über die Sünden von jemand anderem nachdachte, ist Ihre Information richtig.«

»Sie stehen nicht im Verdacht. Wir wollen nur wissen, ob Sie etwas bemerkt haben.«

»Ich bin mit den geheimen Codes in einem Gefängnis nicht vertraut.«

Der Direktor beugte sich noch weiter vor und öffnete den Mund nahe beim Mikrophon, aber es kam nichts mehr. Remo schaute wieder zur Fahne. Das Flaggentuch verschimmeln lassen, war das nicht genauso respektlos, wie es umgekehrt aufzuhängen, was Voytek getan hatte? Die gerichtsmedizinischen Fotos von seinem Wohnzimmer vor Augen, realisierte er, daß die Fahne dort von Anfang an gelegen hatte, wie amerikanische Militärs sie über dem Sarg eines Gefallenen drapieren würden: immer irgendwie mit den Sternen nach unten.

»Das war's dann, Mr. Woodehouse.« O'Melveny sah auf die Wanduhr, sprach die Zeit ins Mikrophon und schaltete das Gerät aus. »*Off the record* nur noch dies. Irgendeine Idee, warum Maddox ein neurologisches Instrument in seiner Zelle versteckt hatte? Ein silbernes Reflexhämmerchen. Es hing an einer Angelschnur in der Toilette.«

»Ich weiß nicht, wie lange Paul VI. sein Pontifikat noch ausüben wird. Wie es heißt, geht es Seiner Heiligkeit nicht besonders gut. Wenn er stirbt, wird wieder aller mögliche Hokuspokus aus dem Vatikan in den Medien sein. Auch diesen Quatsch mit dem silbernen Hammer sehen Sie dann automatisch wieder in den Nachrichten.«

»Und was hat das mit Maddox' Angelschnur zu tun?«

»Wenn es Anzeichen dafür gibt, daß der Papst hingeschieden ist, klopft ihm der Camerlengo mit einem silbernen

Hämmerchen ganz leicht an den Kopf … dreimal. Dabei wird Seine Heiligkeit gefragt, ob er, falls er sich noch nicht ganz tot fühle, das auf irgendeine Weise zum Ausdruck bringen wolle.«

»Interessant.« O'Melveny lächelte mit geheuchelter Geduld. »Und jetzt zu Maddox' medizinischem Instrument.«

»Niemand will mir sagen, ob er noch lebt, also weiß ich auch nicht, wie dringlich die Frage ist. Es war vorgesehen, daß Charlie, ich meine Scott, gleich nach seinem Tod von einem Mitstreiter drei Schläge mit dem Reflexhämmerchen verabreicht werden. Einfach ein Ritual im Zusammenhang mit seiner Nachfolge … *Falls* er tot ist und die Leiche bei Ihnen in der Kühlung liegt, können Sie einfach jemand vom Leichenhaus bitten, ihm die drei leichten Schläge zu verpassen.«

Der Direktor erhob sich und ging derart ungestüm um den Schreibtisch herum, daß das Miniaturfähnchen neben dem Telefon flatterte. Er riß die Tür auf. »Meine Herren, Häftling Woodehouse kann in seine Abteilung zurück.«

»Mr. O'Melveny, ich sollte am kommenden Sonntag entlassen werden. Macht der Stand der Untersuchung jetzt … etwas anderes notwendig?«

3

Der Fernsehfilm bekam seinen Cliffhanger in einem Werbeblock zwanzig Minuten vor dem Ende. Als einziger der verärgert knurrenden Zuschauer stand Remo auf, um zur Toilette zu gehen. Ein Stück hinter dem Freizeitraum hatte der Hauptkorridor einen Seitengang, der direkt zu den Pissoiren führte, mit einer Abzweigung nach links zu dem Raum mit den Toilettenschüsseln. Als Remo hier um die Ecke bog, meinte er hinter sich Flüstern und Füßescharren zu hören.

»Ängste anderer gegeneinander ausspielen«, hatte Maddox

ihn gelehrt. »Die eigene Angst niemals zeigen, nur dazu nutzen, um selbst hellwach zu bleiben.«

Auch wenn es ihm schwerfiel: Er sah sich nicht einmal um. In dem gefliesten Raum, den er erst am Nachmittag mit Seifenlauge und Putzlappen bearbeitet hatte, war niemand. Remo lauschte intensiv. Stille – bis auf das ewige Stimmengewirr. Er befreite seinen Oberkörper aus dem Overall und ließ diesen zusammen mit dem choreanischen Lendenschurz, der hier als Unterhose herhalten mußte, auf seine Turnschuhe fallen. Nach dem stinkenden Loch in der Nacktzelle war das Niedersinken auf eine saubere Kloschüssel, selbst ohne WC-Brille, ein großer Luxus. Von hier aus hatte er einen guten Blick auf den türlosen Eingang neben der Wand mit den Spiegeln und Waschbecken. Die Akustik des Gängesystems aus dem neunzehnten Jahrhundert mußte ihn wieder einmal gefoppt haben, denn nach ihm war niemand mehr gekommen. Sich genußvoll der brummenden Stille hingebend, legte er den Kopf in die Hände und wartete auf den Moment, da sein Körper sich zu erleichtern wünschte.

»Leute, seht mal, Woodehouse hat seine Füße ja schon selbst gefesselt.«

Er blickte auf. Vor ihm standen drei große Männer. Mit ihren Lederhandschuhen rückten sie schnell noch ihre Sturmhauben zurecht, die gerade so viel Haut freiließen, daß man erkennen konnte, es handelte sich um Weiße. Ansonsten war nichts Erkennbares an ihnen – auch die Stimmen nicht.

»Little Remo, du weißt, warum wir gekommen sind.«

Er fühlte, wie er eiskalt wurde: vor Angst, aber auch vor Ruhe und Gewißheit. Und vor noch etwas … einem Stolz, hart wie Marmor. Im Durchgang stand eine vierte Person, ohne Sturmhaube, mit dem Rücken zu Remo. Sie waren gekommen, ihn umzubringen. Gut, sollten sie. Er hatte achteinhalb Jahre seit seiner zu späten Ankunft im Cielo Drive in unverdienter Nachspielzeit gelebt – und den Trümmerhaufen nur noch größer gemacht. Er hatte seine Beute besprungen und war daraufhin selbst gehetzt, gekettet und eingesperrt worden. Anderer Zeitpunkt, anderer Ort, selbe Handlung: Jetzt wurde er doch noch in seinem Käfig geschlachtet.

»Nein. Ich nehme an, jetzt bin ich dran.«

»Schön, daß wir's dir nicht erst erklären müssen.«

»Leute, das ist ja auch so ein Knirps wie dieser Scott.«

»Verdammt, genauso ein Krümel. Eigentlich keine ernstzunehmende Partie.«

»Die zu kleinen wieder zurück, hat mein Alter früher immer beim Angeln gesagt.«

»Manche Fische markiert man erst, bevor man sie wieder ins Wasser wirft. Alles für die Wissenschaft.«

Zwei Männer setzten sich links und rechts von Remo auf eine Toilette und packten ihn jeweils an einem Arm. Der dritte faltete ein Stück Stoff auseinander, in dem kleine Gegenstände lagen. Ein nadeldünner Pfriem mit einem Holzgriff. Ein Röhrchen mit einer dunkelblauen Flüssigkeit. Kurz die Nadel da eintauchen, und dann mitten ins Herz. Eigentlich sehr effizient. Der Mann zog einen kleinen Korken von der Pfriemspitze und beugte sich über Remos Kopf, der von den anderen an den Haaren nach hinten gezogen wurde. Auf einer Seite war der Wollstoff seiner Sturmhaube ausgeleiert, wodurch die rechte Wange teilweise entblößt wurde.

»Ein kleines Muttermal, direkt unter dem Auge«, sagte Remo mit noch eisigerer Ruhe. »Wenn die Drecksarbeit hier erledigt ist, kannst du die Träne schön darum herum tätowieren lassen. Dann kommt dein Gesicht nicht zu sehr aus dem Gleichgewicht.«

»Ich glaube, der Zwerg kapiert es doch nicht ganz.«

Sie stießen ihm die Brille von der Nase.

»Liliputaner haben eine andere Kultur. Flexibel bleiben, Brian.«

Brian war so flexibel, daß er ein breites Stück Isolierband über Remos Mund klebte. Dessen Arme steckten so fest im

Schraubstock der Lederhände, daß Widerstand nicht anders ausgesehen hätte als Kapitulation. Also rührte er sich so wenig wie möglich. Die einzigen Körperteile, die er noch bewegen konnte, waren seine Lider (die er schloß) und sein Schließmuskel (den er öffnete).

»So ein kleines Stinktier …!«

»Mach schnell, ich will weg.«

»… keine Hand frei, um mir die Nase zuzuhalten.«

Remo bekam auch einen Streifen über die Augen geklebt. Er wurde am Bart gezogen. Dann spürte er einen winzigen stechenden Schmerz, immer wieder. Wenn sie nicht gekommen waren, um ihn umzubringen, so wurde er ja vielleicht skalpiert, und sie begnügten sich mit der unteren Hälfte seines Gesichts. Skalpierten Indianer früher bei den Glatzköpfen (oder den schon mal Skalpierten) unter ihren Feinden eigentlich auch die behaarte Haut von Kinn und Wangen? Und wie machten sie das bei Feindseligkeiten untereinander? Indianer trugen keine Bärte.

Die Stiche hörten auf. »Sorry, Woodehouse. Hausregeln.« Sie ließen ihn los. Das Schlappen von Gefängnislatschen entfernte sich. Stumm, mit verbundenen Augen blieb Remo noch eine Weile im Gestank seiner eigenen Ausscheidungen sitzen. Nein, sie kehrten nicht zurück. Als er das Isolierband abriß, kam büschelweise Gesichtshaar mit. Der Schmerz dauerte nur kurz. Was blieb, war das Brennen an seiner linken Wange.

Er richtete sich wankend auf und spülte die sichtbaren Zeichen seiner Angst hinunter. Der Spiegel hatte die Antwort. Zunächst schien er nur eine rote Wange davongetragen zu haben, wie nach einer saftigen Ohrfeige, doch dann wurde zwischen den oberen Rändern seines Bartes noch etwas anderes sichtbar. Remo hob schnell seine Brille auf, um es dem Blick zu entziehen – was nur teilweise gelang.

Donnerstag, 26. Januar 1978

Absurdes Zimmertheater

1

Gestern abend, im Fernsehdämmerlicht des Freizeitraums, war niemandem etwas an ihm aufgefallen, dennoch war Remo sich wie ein Aussätziger vorgekommen. Im grellen Vormittagslicht des Gefängnishofs würde der wunde Fingerabdruck derer, die ihn überwältigt hatten, sicher bemerkt werden. Sein Geld war alle. Schließlich gelang es ihm noch kurz vor Beginn des Hofgangs, Pin Cushion ein Kinderpflaster abzuluchsen, im Tausch gegen einen Haselnußriegel. Die Klebestreifen hafteten nicht richtig über den oberen Barträndern, doch fürs erste hatte er eine unschuldig aussehende kleine Wunde – statt des Brandmals eines Vogelfreien.

Auf dem Hof versuchte er etwas über den Stand der Untersuchung zu erfahren. Von Zeit zu Zeit wurde einem befragten Häftling die akkurat getippte Fassung der Vernehmung zur Unterschrift vorgelegt. Abschriften nichtssagender Gespräche, experimentelle Bühnenkonversation, virtuos ausweichend in Frage wie in Antwort. Amüsante Lektüre, der kein Choreaner seine Unterschrift verweigerte.

F.: Gab es eine Verschwörung?

A.: Der Joint ging im geschlossenen Kreis herum.

2

Das Dominospiel im Freizeitraum bestand aus schwarzen Steinen, doch eine Doppelfünf mußte irgendwann einmal verlorengegangen sein, denn sie war durch eine weiße aus Elfenbein mit schwarzen Punkten ersetzt worden. Der fremde Stein machte das ganze Spiel absurd, und Remo verfluchte den Moment, als er zugesagt hatte, bei der kleinen Gruppe schwarzer Gefangener mitzuspielen – unter den gemein sarkastischen Blicken einiger Arischer Brüder, auch das noch. The French Dyke, die mit Pfiffen und Kotzgeräuschen empfangen wurde, rettete ihn. »Woodehouse? Telefon.«

Er konnte einfach hinter ihr den Gang hinuntergehen, woran sich wieder einmal zeigte, wie sehr man ihm vertraute, und das unter den gegebenen Umständen. Das wabbelige Fett an LaBrucheries Hüften machte ihre Schritte träg und schwer, und er sehnte sich heftig nach den schlanken Frauen aus seinem alten Leben. Sie brachte ihn nicht zu einem der Münztelefone auf dem Gang unten, sondern zu dem in der Aufseherloge im ersten Stock. Der Hörer lag in einem halbvollen Postkorb.

»Und«, sagte Dunning, »*gewinnst* du auch manchmal beim Domino?«

»Woher weißt du …«

»Roulette war weniger naheliegend.«

»Du rufst doch nicht ohne Grund an.« Er traute sich nicht, auf dem Schreibtischstuhl der Aufseher Platz zu nehmen. Die vierschrötige Kimberley war vor der offenen Tür stehengeblieben.

»Weißt du noch, kurz nach Neujahr, was dieser Privilegierte zu dir gesagt hat?«

»Der Sadist. Ich sollte angeblich am neunundzwanzigsten freikommen.«

»Schenk ihm zum Abschied eine Schachtel Zigaretten. Am neunundzwanzigsten hol ich dich ab. Kommenden Sonntag.«

»…«

»Mir platzt ja fast das Trommelfell von deiner unbändigen Freude, Mr. Remo.«

»Das ist überholt, Doug. Hier ist inzwischen so einiges passiert. Sie werden mich nicht so bald gehen lassen.«

»Ich hab den Eindruck, daß du nicht frei reden kannst.«

»Man achte auf die Euphemismen.« The French Dyke schaute träumerisch zu einem Punkt auf der anderen Seite des Rings, was aber genausogut bedeuten konnte, daß sie intensiv zuhörte. Remo wandte sich von ihr ab und legte die Hand um seinen Mund. »Die Person, mit der ich geputzt habe, die … putzt nicht mehr mit mir zusammen.«

»Abrechnung?«

»Die Untersuchung ist in vollem Gang.«

»Kenn ich. Du schon vernommen?«

»Absurdes Zimmertheater.«

»Ich hör's schon. Sonntag raus. Wir holen dich morgens ab.«

»Wir?«

»Paula. Jack. Ich.«

»Erinnere Paula an das Rasierzeug.«

»Aftershave?«

»Das Mentor. Zurück in die Zivilisation.«

»Jammerschade um den Bart.«

»Das war dein bester Rat als Anwalt. Aber einer hat mich hier doch erkannt. Und der ist jetzt weg.«

»Woodehouse, Schluß machen«, rief LaBrucherie und tickte mit einem türkis lackierten Fingernagel auf ihre Uhr. »Ich geb dir noch zwanzig Sekunden.«

»Erzähl mir am Sonntag alles über die Person, die durch Bärte schauen kann«, sagte Dunning. »Wir stehen auf dem Parkplatz beim Empfang.«

»Ich hoffe, ihr müßt nicht umsonst warten. Vor ein paar Tagen lag ich noch nackt in einer stockfinsteren Isolierzelle, und jetzt soll ich plötzlich … Mit dieser Untersuchung haben sie allen Grund, mich die vollen drei Monate hierzubehalten.«

»Das ist es doch grade. Solche Untersuchungen stehen ihnen bis sonstwo. Gefangene sind Bestien … die bringen sich gegenseitig um. Wirkliche Menschen sollten sich damit die Hände nicht schmutzig machen. Du bist ein möglicher Zeuge, *deswegen* lassen sie dich gehen.«

Ein sympathisches Schwein

I

Heute war Remo als erster aus seiner Abteilung auf dem Hof. Ganz oben auf der sonst leeren Tribüne saß Aufseher Carhartt, seine Kamera auf dem Knie, und stierte auf das Unabhängigkeits-Ei, das er als zusätzlichen Anreiz für die Adler vom Mount San Jacinto in den Mittelkreis des Basketballfelds gelegt hatte. Nicht einmal mit einem letzten schwachen, flehentlichen Wimmern, bevor der Aufziehmechanismus zum Stillstand kam, gelang es dem ungeborenen Küken, mütterliche Gefühle bei den Bergadlern hervorzulocken. Carhartt hatte sogar die Posten auf der Laufbrücke dazu gebracht, dem Innenhof den Rücken zuzukehren und mit ihren Ferngläsern die Kämme der San Bernardinos nach mächtigen Schwingen abzusuchen. Angenommen, so ein Riesenvogel würde zwischen den Gefangenen auf dem Asphalt des Basketballfelds landen, um Carhartts Blechei auszubrüten – waren sie dann nicht verpflichtet, das Tier zu töten?

Nichts geschah. Die *stars and stripes* wollten sich einfach nicht in ein goldenes 25 000-Dollar-Ei verwandeln. Als Carhartt den Häftling Woodehouse entdeckte, eilte er nach unten, um das jetzt schweigende Ding in seine Schachtel zu stecken. Weitere Gefangene erschienen. Anfangs wirkten sie immer etwas unwillig. Als ob hier eine ansteckende Agoraphobie herrschte, drückten sie sich eine Weile an der Mauer herum und blinzelten mürrisch ins Tageslicht. Wurde es auf dem Asphalt voller, dann löste sich die Bedrohlichkeit des leeren Raums rasch auf, und die verschiedenen Cliquen konnten ihre Plätze einnehmen.

Die Freistunde begann gerade erst. Auf den Bänken der

Gewichtheber in der Schattenecke bogen sich die Stangen beim Reißen und Stoßen noch nicht unter einem Zuviel an Kilos, denn diese hingen in Gestalt von Scheiben, nach Gewicht geordnet, an ihrem Balken. Ein großer Schwarzer, der gerade zwei Scheiben auf das Gerät seines Kumpels geschoben hatte, kam mit träge federndem Schritt auf Remo zu. Dieser hatte den Mann zwar schon mal in der Reiß- und Stoßecke gesehen, kannte ihn aber nicht namentlich. Er stellte sich als Howard vor. »Man kennt mich hier besser als Stumps. Wegen meiner Basketballbeine. Nein, sag nix ... Du bist Li'll Nemo.«

»Remo. Zu Diensten.«

»Sag mal, Li'll Remo, dein Kumpel, dieser Putzer ... hat der ein eingebranntes Hakenkreuz zwischen den Augen?«

»Ich kann nicht durch das ganze Verbandszeugs durchgucken, Howard.«

»Du sollst doch mal seinen Verband gewechselt haben. So ein Hakenkreuz fällt auf.«

»Ich bin kein Sanitäter. Frag ihn doch selbst.«

»Der Vogel ist ausgeflogen.«

»Adler mit Swastika. Nostalgisches Bild.«

»Weißt du, Li'll Nemo-Remo, du bist genauso ein komisches Männeken wie dieser Kumpel von dir. Nur weniger verrückt. Vor sieben Jahren hab ich kurze Zeit mit ihm in einer Zelle gesessen. Zusammen mit noch so 'nem großen Schwarzen. Stumper, so nannten sie ihn, weil er als Schuhputzer angefangen hatte.«

»Mein Kumpel hat damals nicht im Gefängnis gesessen.«

»Zelle, hab ich gesagt. Im Gerichtsgebäude Temple/ Ecke Broadway. Achter Stock. Tür 12. Da saßen Stumps und Stumper, und zwischen ihnen dieser verrückte Knirps. Gar nicht so übel übrigens, so'n Arschkrümel zum Spielen. Charlie konnte reden für zehn. Das war genau in der Zeit, als der Staatsanwalt, ein paar Stockwerke tiefer, sich mit Charlies Motiv auseinandergesetzt hat ...«

»Jacuzzi.«

»Nein, irgendwas mit Hurdy Gurdy … Wir haben in der Zeitung davon gelesen, und dann kam Charlie aus dem Sitzungssaal zurück und hat uns *seine* Version erzählt. Heller Wahnsinn, aber wir haben uns köstlich amüsiert, Stumper und ich. Irgendwas mit einem Krieg zwischen Weiß und Schwarz, und wir gewannen. Schön zu hören. Alle weißen Schweine gingen dabei drauf. Sie wurden an den Füßen aufgehängt, an Haken … Speckseiten, geräuchert über den schwelenden Trümmerhaufen von L.A. … irgend so was. Nur Charlie und seine blassen Hippiemädchen, die würden überleben, indem sie in einen Gully oder so krochen … und da abwarteten, bis Stumps und Stumper und ihre Kumpels aus Watts mit dem Morden fertig waren. Und, jetzt kommt das Schönste … Charlie und seine Weiber würden sich in ihrer Kloake wie verrückt fortpflanzen … wie die Ratten. So lange, bis sie hunderttausend waren. Und dann würden sie, Charlie voran, den Gullydeckel auf dem Kopf, wieder ans Tageslicht kommen. Nicht, um sich von uns abschlachten zu lassen, nein, da kennst du Charlie schlecht. Sondern um uns unterzukriegen und zu kujonieren. Mit 'nem Ring durch die Nase … Baumwolle pflücken für die Hippiekleider von Charlies Harem. Das reinste Paradies, Mann.«

»Wenn ich es richtig verstanden habe, dann wollte der Charlie aus eurer Zelle die Schwarzen Krieg führen lassen für die Wiedereinführung der Sklaverei.«

Stumps lachte laut, wobei sich eine dicke rosa Zunge nach außen stülpte. »Oh, wir hatten soviel Spaß mit dem kleinen Charlie, Stumper und ich. Aber wir fühlten uns auch ein bißchen gekränkt in unserem schwarzen Stolz. Sagt Stumper: ›Wenn ihr aus eurem Gully rausklettert, Charlie, dann wär's ja schon ein sehr großer Zufall, wenn du deine alten Zellenkumpels Stumps und Stumper triffst.‹ Und ich gleich: ›Ja, Charlie, woher sollen die Schwarzen denn wissen, daß ihr das auserwählte Volk seid?‹ Und Stumper wieder: ›Ich schlag vor,

Charlie, daß du und deine Frauen irgendein Kennzeichen tragt. Dann sehen die Schwarzen, daß ihr verschont werden müßt. Mal schaun ... irgendwas, was beim Waschen nicht abgeht.‹ Charlie durfte sich was aussuchen. 'n ordentlicher Fick in seinem Abflußrohr ... erst mit Stumper, dann mit Stumps ... oder mit 'ner Glasscherbe 'n Kreuz in die Stirn gekerbt kriegen. Charlie hat 'nen komischen Geschmack. Er entschied sich für das Kreuz. Wir waren mit dem Resultat nicht zufrieden und haben ihn gezwungen, das X mit einem glühenden Streichholzkopf tief einzubrennen. Sagt Stumper: ›Sonst ist die Borke am Ende von Hurdy Gurdy ja schon wieder ab.‹ Ja, wir hatten immer viel Spaß mit dem kleinen Charlie.«

»Wenn ich mich recht erinnere, dann haben die Anhänger von eurem Charlie am nächsten Tag irgendeine von Hand vervielfältigte Pressemeldung ...«

»Der Feigling«, rief Stumps und schlug sich an die Stirn. »Angeblich hätte er sich aus der Welt *hinausge-ixt*, weil die Geschworenen und das Gericht und die öffentliche Meinung ihn schon von vornherein, blablabla, zum Tode verurteilt hätten. Und noch mehr von diesem hochtrabenden Shit. Ich seh ihn noch schlotternd vorm Spiegel stehen ... Stumper, der sich, um ihn ein bißchen zu triezen, von hinten an ihm reibt. Stumper, der noch ein Streichholz anreißt. Stumper, der sagt: ›Schnell, Charlie, damit es nicht abkühlt.‹ Am nächsten Tag konnte ganz Amerika in der Zeitung lesen, daß Charlie ... ähm, was stand da noch mal?«

»Daß er sich in einem heroischen Akt der Selbstverstümmelung aus der Gesellschaft gestrichen habe ... daß er sich das Versagen des amerikanischen Rechtssystems ins eigene Fleisch gekerbt habe. Irgend so was, nehm ich an.«

Stumps brummte zustimmend. »Und seine Mädels, die ja alles von ihm nachmachten, die haben sich natürlich auch so ein Kreuz in die Birne gebrannt. Ohne unsere Hilfe. Nicht nur die Mordweiber auf der Angeklagtenbank. Auch die Tussis, die auf dem Gehweg vor dem Gericht kampiert haben, weil man sie von der Zuschauertribüne geschmissen hatte. Alles ausge-ixtes Frauenfleisch. Jammerschade.«

»War bestimmt eure Absicht, oder?«

»Vorher hatten wir, Stumper und ich, Charlie schon den Bart abgeschnitten und ihm den Kopf kahlrasiert. Aus purer Langeweile, du weißt schon. Für seine Messerstecherinnen war das ein Zeichen, auch nach der Schere zu greifen. Dann folgten die Gehwegratten von ganz allein. Alle so glatt wie ein Kinderpopo. Wir wußten also, mit den Kreuzen würde es genauso klappen. Petrus fischt sie dann sofort raus.«

»Hast du nicht was von 'ner Swastika gesagt, Howard?«

»Ja, Charlie hat später mit einer Glasscherbe und mit Streichhölzern rechtwinklige Arme an sein Kreuz gesetzt. Vielleicht wollte er uns damit, wie so 'ne Art AB'ler, Schreck einjagen. Leider zeigen auch Gefängnisspiegel ein Spiegelbild. Die Swastikaarme waren falsch rum angebracht. Die Karikatur eines Hakenkreuzes … die Arische Bruderschaft wollte nichts von ihm wissen.«

»Vor gar nicht so langer Zeit hab ich ein Foto von ihm in einer Zeitschrift gesehen. Darauf zeigten die Haken in die richtige Richtung.«

»Jahre später, als die Narbe nicht mehr gut zu erkennen war, hat er wohl eine richtige Swastika daraus gemacht. Trotzdem ist es mit Charlie und der AB nie was geworden.«

»Und warum nicht? Was meinst du? Sein Negerhaß ist doch legendär.«

»Charlie hat schwarzes Blut. Frag mich nicht, wieviel, aber ich täusch mich nie bei einem ausgeblichenen Mulatten.«

»Stumps …!« Er blickte über die Schulter. Es war der Gewichtheber, der sich größeren Herausforderungen stellen wollte. Stumps drückte seine Faust sanft gegen Remos Brust. »Denk mal gut darüber nach, ob unsere Charlies nicht ein und dieselbe Person sind.«

Die beiden Apfeltorten hatte ich zu Hause bereits aus ihrer Supermarktverpackung genommen. Ich ließ sie von der Küchengehilfin des Rim-of-the-World Motels in Hälften schneiden, die ich, in Alufolie eingewickelt, nach Choreo mitnahm, so daß es so aussah, als kämen sie frisch aus dem Backofen.

Ich hatte den lustlos herumhängenden Gefangenen aufgetragen, den Freizeitraum gegen vier Uhr zu verlassen. Woodehouse hörte heute früher mit dem Putzen auf, um meinen Kollegen Kaffee einzugießen und ein Stück Torte dazu zu servieren. Von den Wärtern, die im HST Tagdienst hatten, waren fast alle da (Mattoon und Tremellen würden sich alle Viertelstunde auf dem Ring ablösen). Die Abendmannschaft kam einzeln herein, und dann schauten auch noch ein paar gute Kollegen von anderen Abteilungen vorbei. Es fiel mir zu spät auf, daß Woodehouse die Torte mit Trauerrändern unter den Nägeln anschnitt, was aber niemanden davon abhielt, sie laut zu loben.

»Spiros«, so begann Carhartt seine Rede, »du hast es in Choreo nicht mal zwei Monate ausgehalten. Weiß Gott kein Kompliment an deine Kollegen, und deshalb kannst du auch nicht erwarten, daß sie das Personalsparschwein auskippen, um dir ein Abschiedsgeschenk zu machen. Andererseits ... du warst, so kurz wir deine Anwesenheit auch nur genießen durften, eine hochgeschätzte Kraft. Alle mochten dich.«

Es wurde gepfiffen.

»Damit du trotzdem ein Andenken an uns hast, sind wir ziemlich fleißig gewesen. Wie dir aufgefallen sein wird, gibt es im HST einige Musiker. Wir sind mit einem Recorder von Zelle zu Zelle gegangen und haben alles mögliche aufgenommen. Leider war Häftling Maddox, Gesang und Gitarre, zu diesem Zeitpunkt bereits aus unserer Mitte verschwunden. Die Direktion hat uns freundlicherweise ein in seiner Zelle zurückgebliebenes Band zur Verfügung gestellt, so daß auch er mit zwei Stücken einen Beitrag zu unserem Geschenk leisten kann. Spiros, alter Grieche, ich danke dir im Namen von uns allen für deine Kollegialität. Viel Glück bei deiner neuen Stelle.«

Es dauerte einen Moment, bis alle ihren Kaffeebecher abgestellt hatten und klatschen konnten. Ernie Carhartt drückte mir ein kleines Päckchen in die Hand. Aus dem Weihnachtspapier kam eine Tonbandkassette zum Vorschein. Ich drehte sie um und wieder zurück: Es standen keine Namen oder Titel darauf. Zum Zeichen, wie sehr ich ihr Geschenk zu schätzen wußte, streckte ich es in die Luft. Pfiffe, Applaus.

»Woodehouse, gib doch noch mal 'ne Runde aus.«

Es gab nur Kaffee, denn die Apfeltorte war alle, bis auf ein Stück, das ich für O'Melveny hatte beiseite legen lassen. Ich wurde von Kollegen umringt, die alle wissen wollten, was ich jetzt vorhatte.

»In Holland wieder in meinen alten Beruf einsteigen. Als Familienvormund.«

3

Wenn Remo aus seiner Zelle im ersten Stock des Rings trat, war der kürzeste Weg in den Freizeitraum: rechts den Umgang entlang, an der Glasloge nach links, und dann geradeaus in den Seiteneingang bis zu den Flügeltüren. Er hatte sich stets für den Umweg nach links entschieden, um einen Blick in Maddox' Zelle werfen zu können – ein Weg, den er auch an diesem Abend aus alter Gewohnheit wieder nahm. Vor der noch immer mit bedrucktem Klebeband und Papierrosetten versiegelten Tür blieb er wie angenagelt stehen. Dahinter erklang das Spiel einer akustischen Gitarre.

Es dauerte einen Moment, bevor er das Intro (oder das Intermezzo) von »Stairway to heaven« erkannte. Die Wärter hatten nach ihrem forensischen Hokuspokus versäumt, das

Radio auszuschalten. Jetzt, da der akustische Teil des Stücks vorbei war, dröhnten wie eh und je die Hardrockgitarren aus dem Lautsprecher.

Remo erreichte den Freizeitraum mit einem hartnäckigen Rest Gänsehaut zwischen den Schulterblättern. The French Dyke und eine andere Aufseherin waren gerade dabei, die Plastikreste der griechischen Abschiedsfeier wegzuräumen. Auf Remo folgten kurz nacheinander ein paar AB'ler und setzten sich an seinen Tisch.

»… Abschiedsfest vom ›Griechen‹.«

»Der war kürzer hier als ich.«

»Während die Untersuchung noch läuft … verdächtig.«

»Schade, so ein sympathisches Schwein.«

»Schweine sind Schweine.«

»Für uns gab's wieder mal keinen Händedruck.«

»Er ist noch bis Montag hier.«

»Meiner Meinung nach weiß er mehr davon …«

»… und will sein Wissen nicht teilen. Ruhe, die Nachrichten.«

Die Nachrichtensendung gab den Tod, nach monatelangem Koma, des berühmten Talkmasters Jeffrey Jaffarian bekannt. Er wurde nur achtundfünfzig Jahre alt. Der Nachrichtensprecher kündigte eine Sondersendung mit den Höhepunkten aus der Talkshow *Stay Tuned* an, unmittelbar nach den Nachrichten. Vor gut acht Jahren, noch vor den Verhaftungen, hatte Remo einmal bei Jaffarian gesessen. Er erinnerte sich vor allem, wie sehr er es bedauert hatte, auf die Einladung eingegangen zu sein, so peinlich waren die Fragen. Die Orgien, die schwarzen Messen, das Auspeitschen unehrlicher Drogendealer … alles kam wieder aufs Tapet.

»Mr. Jaffarian, ich sitze hier nicht, um altbackene Verleumdungen zu widerlegen. Ich will, daß der Mörder meiner Frau gefunden wird.«

Zum Glück wurde sein Auftritt nicht gezeigt. Wohl aber der von Truman Capote, Wodkatränen vergießend nach der

Hinrichtung der Hauptfiguren von *In Cold Blood*. Gore Vidal erzählte zum x-tenmal von der Fete, bei der er sich auf einen Puff setzte. »Es stellte sich raus, es war Truman Capote.« Und da war Capote selbst wieder, noch betrunkener, mit der Prophezeiung, der Mörder von Sharon und ihren Freunden habe allein gehandelt. »Sie müssen ihn in diesem Haus wütend gemacht haben. Er kam zurück, um alle abzuschlachten.«

Aus einer der jüngsten Showsendungen hatte man einen Ausschnitt mit Norman Mailer gewählt, der für die Freilassung seines Brieffreundes Jack Abbott plädierte. »Einer der besten Schriftsteller Amerikas sitzt bereits zwei Drittel seines Lebens hinter Gittern.«

»Falls nötig«, sagte eine tiefe Kommentarstimme, »verließ Mr. Jaffarian das Studio, um seine Fragen vor Ort zu stellen.«

»*Mad Charlie*«, rief einer der AB'ler, und der Rest begann zu johlen. Zu sehen war Scott Maddox, ohne Mullbinden und mit Bart, am Tisch im Empfangsraum der CMF in Vacaville. Er trug Fesseln.

»Ihnen werden satanische Kräfte zugeschrieben«, sagte Jaffarian. »Geben Sie uns doch mal ein Beispiel.«

»Wenn Sie gestatten«, brummte Maddox nicht unfreundlich, »führe ich vor der Kamera einige Rituale vor.«

»Bitte sehr.«

»Dann müssen die Ketten aber gelockert werden. Sonst geht es nicht.«

»Einen Moment lang hab ich geglaubt«, sagte Jallo, der mit Janda Schach spielte, »unser Freund Scott wäre wieder da. Aber es ist nur der Fernseher.«

Ein Wärter, eingeschüchtert von der Filmcrew, fummelte ungeschickt an Maddox' Fesseln herum. Als dessen Hände frei waren, hantierte er irgendwie mit einer kleinen Häkelpuppe und ein paar bemalten Holzstücken herum, wobei er Unverständliches murmelte.

»Gibt es denn auch Zuschauer«, fragte Jaffarian, »die diese Rituale verstehen?«

»Meine Jünger.«

»Und … was haben Sie ihnen übermittelt?«

»Daß sie Sie in die Dämmerstunde führen sollen.«

Ihr letztes Kleid

I

Der letzte Tag. *Falls* es der letzte war, denn jeder schien davon auszugehen, aber keiner konnte Remo Gewißheit darüber verschaffen. Gestern, nach dem Abschiedskaffee, hatte der »Grieche« ihm gesagt, das Putzen sei für ihn beendet: Von Sonnabend an würden zwei neue Freiwillige eingearbeitet. Auch das bot noch keine Garantie, daß sie ihn am Sonntag gehen lassen würden.

Wenn er den Kopf vom Kissen hob, konnte er die Echos fallender Besenstiele den Ring entlangrattern hören. Die Neuen hatten schrille Stimmen. Man konnte für sie nur hoffen, es würde sich nicht nach vielem Fegen und Reden herausstellen, daß sie irgendwie miteinander verwandt waren, Blutschwäger oder so, denn dann würden sie die Stunde verfluchen, in der sie sich als freiwillige Putzer gemeldet hatten.

Der kleine Koffer lag mit aufgeschlagenem Deckel auf dem Fußboden, noch nicht einmal zur Hälfte mit dem wenigen gefüllt, was sich hier an Besitztümern angesammelt hatte. Sofern die Süßigkeiten zu Weihnachten nicht für den notwendigen Tauschhandel draufgegangen waren, wanderten sie unangerührt mit zurück: Sie hatten ihm nicht geschmeckt. Den großen Papierbogen hatte er vom Brett gelöst und zusammengerollt. Damit die Rolle in den Koffer paßte, mußte sie geknickt werden. Bei Sharons Fotos, die den Boden bedeckten, bedauerte er jetzt, sie mit Zahnstochern perforiert zu haben. Und wenn er dafür das versiegelte Archiv eines pleite gegangenen Fotolabors in Anaheim oder Brentwood aufbrechen mußte – er würde die Negative aufspüren, um unversehrte Abzüge machen zu lassen. Ikonen, in reinem

Licht eingefangen, denen rückte man nicht mit Holznadeln zu Leibe.

Alles, was er an diesem Abend und am nächsten Morgen noch benötigte (Kamm, Augentropfen, Zahnputzzeug), lag auf der Ablage unter dem Spiegel. Seine Arbeit hier war beendet. Mit dem Besen hatte er unvermutete Antworten aus seinem Putzkumpel gedroschen. Aber es waren auch Fragen offengeblieben. Maddox war verschwunden, tot oder lebendig, und Remo würde nie wieder die Gelegenheit erhalten, die restlichen Antworten aus ihm herauszuprügeln. Es war genug. Gemeinsam hatten sie hier, in dieser staubigen Unterwelt Choreos, mit ihren Streitgesprächen Sharon zum Leben erweckt und, als wäre das nicht schon obszön genug, auch wieder in den Tod geführt. Nun, da sie Sharon so viel mehr Erkenntnisse über das Webmuster ihres Schicksals verschafft hatten, bekam sie vielleicht Ruhe auf ihrem Hügel am Rande von Holy Cross. Es wurde Zeit, die Augen zuzumachen, die Ohren vor dem Putzlärm auf dem Ring zu verschließen und Sharon noch einmal zu begraben.

2

HOLY CROSS MEMORIAL CEMETERY. Jedesmal, wenn Remo den Namen über dem Eingang des Friedhofs von Culver City sah, echote es in seinem Kopf: Noel Cross. So hieß der moralisch durch und durch verrottete Patriarch in seinem Film *Chicane Town*. Noel Cross trieb seine eigene Tochter in den Tod, eine engelsgleiche Blondine in einem Strudel von Blut. Der Drehbuchautor hatte darauf bestanden, den Namen beizubehalten, so daß für Remo ein ganzer Friedhof darin weiterhallte.

Es war der 8. August 1977. Er kam jedes Jahr am 9. August hierher, um Blumen auf das Grab seiner Frau und seines Kindes zu legen, doch diesmal hatte er den Neunten für eine Anhörung beim Gericht in Santa Monica freihalten müssen.

Das Verfahren stand auf des Messers Schneide. Wenn er nicht auf irgendeine Weise vorher seine Schuld eingestand, würde es sicherlich zu einem Prozeß kommen. Er ging langsam vom Eingangstor zur Kapelle, nicht gleich in Richtung des Grabes dort oben, als zögere er, seine Liebsten mit vordatierten Blumen abzuspeisen.

Die Beerdigung hatte unter einem ebenso tiefblauen Himmel stattgefunden, wie er sich jetzt über die Baldwin Hills spannte. Er mußte nur an die Explosionen von Sonnenlicht auf dem silbernen Sarg denken, und alles war wieder da: der Weg zur Kapelle, gesäumt mit Blumensträußen in blitzendem Zellophan, das in der morgendlichen Hitze knisterte; das Premierenpublikum in Schwarz, das ehrerbietig vor dem Eingang zu warten schien, wegen des Andrangs aber nicht hineinkonnte; die zwei-, dreihundert Pressefotografen, die von genauso vielen Polizisten, Schulter an Schulter postiert, zu den Trauergästen auf Abstand gehalten wurden, es aber doch schafften, zwischen den Uniformmützen hindurch das Leid mit ihren Teleobjektiven zu sich heranzusaugen.

Heute war auf dem ganzen Holy Cross keine lebende Seele zu sehen. Keine Beerdigung im Gang, nicht einmal ein Gärtner oder Totengräber bei der Arbeit. Stille – bis auf das ewige Rauschen der Stadt auf der anderen Seite des Hügels. Auf dem Weg zur Kapellentür verlangsamte Remo automatisch seine Schritte, bis er das Tempo der Sargträger von damals hatte. Er war, seine Schwiegermutter neben sich, dicht hinter dem Sarg gegangen, an ihrem Arm eher Stütze suchend als bietend. Zwischen den weißen und gelben Teerosen (den Farben des Kinderzimmers) fand die Sonne auf dem Deckel noch silberne Stellen, die sie in Brand setzen konnte. Remo hatte aber nicht wegen des blitzenden Sarges eine dunkle Brille aufgesetzt und auch nicht wegen des rotgeriebenen Kummers. Seine Augen hätten nackt verraten, wie sehr er sich mit chemischen Mitteln gegen die Wirklichkeit von Holy Cross gewappnet hatte.

Am Eingang kam er an einer großen Gruppe von Leuten vorbei, die dort von Schluchzern geschüttelt dicht gedrängt standen. Alles bekannte Gesichter. Remo hatte sie nie anders als lachend gesehen, auf Partys, oder manchmal auch wütend, in Streitsituationen, aber nie so, weinend. Sie hatten sich in den vergangenen Tagen mit eilends besorgten Waffen hinter einem Kordon neu angeschaffter Wachhunde verschanzt oder waren in Hotels untergetaucht, doch hier standen sie, wehrlos auf einer auf allen Seiten offenen Fläche, ohne auch nur eine stählerne Wölbung in ihrem schwarzen Jackett, in risikoreicher Trauer vereint.

Der Sarg glitt wie ein silberner Rolls Royce durch die Menge in den Schatten der Kapelle. Remo blickte sich um. Gleich hinter ihm kam sein Schwiegervater, an jedem Arm eine seiner ihm noch gebliebenen Töchter: die zwölfjährige Patti und die sechzehnjährige Debbie. Wie ihre Mutter trugen auch sie eine Mantilla, an der nur das Beben der schwarzen Spitze etwas von ihrer Untröstlichkeit verriet.

Der Sarg wurde von den Trägern auf einen Katafalk gehoben. Er war geschlossen und blieb geschlossen. Remo wollte Sharon trotz der übermenschlichen Bemühungen der meisterhaften Maskenbildner von Dunnahoo & O'Donnell nicht in ihrem jetzigen Zustand in einem offenen Sarg zur Schau stellen. Lediglich der Vater hatte seine Tochter noch einmal sehen dürfen, und sogar auf seinem Gesicht brach rasch der militärische Panzer. Remo nahm, bevor der Deckel endgültig geschlossen wurde, als letzter das satinumrahmte Bild in sich auf.

3

Am Tag vor der Beerdigung war Remo mit seiner Schwägerin Debbie unter Polizeibegleitung in sein Haus am Cielo Drive gefahren, um ein Kleid für Sharon zu holen. Zum erstenmal seit dem Frühjahr war er wieder dort, wo er lediglich einige Wochen gewohnt hatte. Das Organisieren einer House-warming-Party, das schmutzige Geschirr danach und das Packen der Koffer für europäische Filmprojekte: Aus mehr hatte das gemeinsame Leben in Sharons House of Love nicht bestanden.

Der Parkplatz, auf dem damals die Boliden seiner Gäste gestanden hatten, war jetzt voll von Polizeiwagen. Ein Beamter am Tor riet Remo, mit dem Mädchen hinten herum zum Anbau zu gehen: Nur so könnten sie den Anblick »der Spuren« vermeiden.

Auch vor den offenen Terrassentüren von Sharons Ankleidezimmer stand ein Polizist Wache, der an seine Mütze tippte und Remo bat, sich auszuweisen. Sie durften hinein. Remo schloß die Türen und zog die Tüllvorhänge vor. Im verbliebenen Licht glitzerte Debbies nasses Gesicht.

»Ich finde es so schrecklich, daß du deinen Paß vorzeigen mußt ... nur, um an Sharons Kleider zu kommen.«

Er legte den Arm um sie, und so standen sie gemeinsam vor dem breiten Schrank mit der endlosen Reihe der Kleider, die nach Länge geordnet waren, von sehr kurz bis sehr lang: alles zeitweilige Erscheinungsformen von Sharon. In jeder Naht war eine Spur ihres Lieblingsparfüms hängengeblieben. Aller Hauch zusammen ergab einen Geruch, schwer und niederdrückend wie der von abgestandenem Weihrauch.

»Sei so gut, Debbie, und such für deine Schwester ein schönes letztes Kleid aus. Ich geh mal eben ins Haus.«

Weinend streckte sie die Hände zwischen die Kleider und schob sie an den Bügeln auseinander. Remo ging durch die kleine Diele ins eheliche Schlafzimmer. Das aufgeschlagene Bett. Der Kissenwall genau in der Mitte. Eine Bierdose auf dem Nachttisch, neben dem Telefon. Als er die Hand nach dem Hörer ausstreckte, um zu hören, ob die Leitung noch immer tot war, tauchte ein Polizist in der Tür zur zentralen Diele auf. »Nicht anfassen.«

Im Wohnzimmer hockte ein Mann mittleren Alters in einem altmodisch weitgeschnittenen Anzug neben drei großen Blutlachen, klumpig eingetrocknet im hellen Teppich. Die Hände vor den Augen, sah er nach großer Konzentration aus. Ein anderer Mann in Zivil trat aus dem Schatten neben dem offenen Kamin. Mit Mühe, aber das lag an den Beruhigungsmitteln, erkannte Remo Inspektor Helgoe, der ihn am vergangenen Sonntag zum Leichenschauhaus begleitet hatte.

Helgoe nahm ihn am Arm und führte ihn in die Diele zurück, an der auch die Schlafzimmer lagen. »Ich glaube nicht an diesen Unsinn, aber Sie verstehen ... wir dürfen nichts von vornherein ausschließen. Mr. Clocquet ist ein Hellseher aus den Niederlanden. Er hilft uns, den Schemen des Mörders dingfest zu machen.«

Als sie ins Wohnzimmer zurückgingen, kniete Clocquet auf dem Boden und befühlte murmelnd, mit geschlossenen Augen, ein Streichholzbriefchen. Er hielt plötzlich inne, zog sich an einem Sessel hoch und sagte in miserablem Englisch: »Sie sind der Hauptbewohner.«

»Der einzige noch lebende Bewohner.«

»Ich bin ganz nah dran.« Der Hellseher deutete auf die mehr oder weniger runden Blutplacken. »Ihre erste Assoziation, bitte.«

Ein Polizist trat an Remo heran. »Das Mädchen traut sich nicht allein zu bleiben.«

»Falsche Kuhfladen auf einer beigen Wiese«, sagte Remo mit allem Sarkasmus, den er in seinem betäubten Zustand aufbringen konnte. Der Polizist führte ihn durch sein eigenes Schlafzimmer zurück, in dem ihm jetzt ebenfalls Blutspuren auffielen: im Teppich, an der Terrassentür zum Pool. Debbie saß auf einem Hocker vor dem Kleiderschrank. Auf ihren Knien lag, noch mit Bügel, das blaugelbe Kleid, in dem Remo den Minifetzen erkannte, den Sharon auf den Fotos in *WorldWide* getragen hatte.

»Ich hatte eher an etwas Langes gedacht.«

»Na hör mal, Mini war ihr Leben. Als sie mich in meinem ersten Mini sah, hat sie gesagt: ›O Debbie, wenn in der Highschool in Italien Mini schon Mode gewesen wäre, dann hätte ich den allerkürzesten getragen, ich schwör's dir.‹ Dieses Modell von Emilio Pucci war ihr absolutes Lieblingskleid. Na komm schon.«

»Zieh's mal an. Du hast genau ihre Figur.«

Er ließ sie allein. Im Schlafzimmer stieß er die Türen zum Pool auf. Im Wasser schwamm der geflickte Lkw-Schlauch, auf dem sein hochschwangerer Schatz in den zurückliegenden Wochen herumgeschaukelt war, als sogar Brustschwimmen ihr zu anstrengend geworden war. In der Tür stand seine Schwägerin in dem Emilio-Pucci-Kleidchen. Sogar mit Debbies dunkelbraunem Haar darüber anstatt Sharons blondem war der Anblick unerträglich.

»Zieh's aus, zieh's aus. Also dann, in Gottes Namen, das da.«

Das Polizeiauto lotste sie zu einer Filiale des Bestattungsunternehmens Dunnahoo & O'Donnell, wo sie das Kleid abgaben. Mr. O'Donnell nahm Remo beiseite und fragte ihn, was er sich als Leichengewand vorgestellt habe. Der Mann hatte vergessen, daß ihm ein Zentimetermaß um den Hals hing, so daß er aussah wie ein Schneider.

»Ich habe gerade ein Kleid hergebracht.«

»Entschuldigung. Ich meine … für das Kind.«

Die Beruhigungsmittel vereinfachten sein Denken. Er bat um das Telefonbuch. P … Publers … Pucci. Es gab eine Filiale am Wilshire Boulevard, die er anrief. Er wurde mit einer Dame vom Atelier verbunden, der er das Kleid beschrieb.

»Auf der Rückseite des Etiketts«, sagte sie, »steht eine sechsstellige Zahl.«

Er winkte, deutete auf das Kleid, und Debbie brachte es ihm. Er gab die Zahlen durch. Kurz darauf teilte ihm die

Dame mit, der Stoff sei noch lieferbar: genau so, gelb und blau. Remo nannte die gewünschten Maße.

»Sir, das ist sogar für das Minikleid einer Achtjährigen zu wenig.«

»Aber genug, um ein totes Baby hineinzuwickeln.«

Ein derart simpler Entwurf war bei ihnen noch nie bestellt worden. Die Modedame versprach, den Stoff zu säumen, damit er nicht ausfranste, und dann per Kurier zu Dunnahoo & O'Donnell zu schicken, noch am selben Nachmittag. Remo rief seinen Schwiegervater an: »Letzter Blick, Paul.«

Der Kurier von Pucci war früher da. Von der Familie war nur Remo Zeuge, wie Sharon, in ihrem Minikleid, vorsichtig von einer Bahre in den silbernen Sarg gehoben wurde. So schrecklich sie auch zugerichtet war, ihre tollen Beine, die sie so gern gezeigt hatte, schauten unversehrt unter dem Saum hervor. Sie konnten jeden Moment ausgelassen zu zappeln beginnen. Der Sarg war mit so viel gefälteltem silberweißen Satin ausdrapiert, daß es aussah, als würde Dunnahoo & O'Donnell sie in ein flockiges Schaumbad legen. Danach wurde das kleine Wesen, gekleidet in Emilio Puccis einmaligen Entwurf, neben die Mutter gebettet.

4

Die Kapelle war nicht abgeschlossen. Niemand drinnen, außer einem kleinen Vogel, der mit blutendem Schnabel gegen die Fenster flog, bis er die von Remo aufgehaltene Tür dazu nutzte, geblendet ins Augustlicht zu flattern. Der schale Geruch gelöschter Kerzen schlug ihm auf die Kehle, ihm war, als könne er schmecken, daß sie von *damals* waren – als wären sie in den dazwischenliegenden acht Jahren nie ersetzt worden. Er fand den Platz wieder, auf dem er neben seiner Schwiegermutter gesessen hatte, und setzte sich auch jetzt dorthin, den Blumenstrauß auf den Knien. Die Bahre, auf der der silberne Sarg gestanden hatte, entpuppte sich ohne den schwarzen Samtmantel als nacktes Gerippe. Quer darüber lagen zwei Besen, ein Mop, ein Wischer und ein Staubwedel. Darunter standen Eimer.

Father O'Bryon, der Familienpfarrer, hielt den Gedenkgottesdienst. Seine Gesten wurden von den Rundungen des silbernen Sargs wie in einem Vexierspiegel verzerrt. In Gedanken sah Remo das Filmvolk, das sonst nur bei der Oscarverleihung in Schwarz ging, sich immer enger um das kleine weiße Gebäude drängen, dessen Mauern jeden Moment nachgeben konnten. Zweihundertfünfzig Fotografen mit ihren Objektiven noch dazu, um die Katastrophe, schon während sie sich vollzog, festzuhalten. Es gab Momente, da glaubte er in dieser Umarmung aggressiver Trauer zu ersticken. Durch den Premierencharakter der Zusammenkunft hatte er in anderen Momenten das Gefühl, eine Rolle zu spielen, auch wenn er weinend Doris umarmte und die rauhe Spitze ihrer Mantilla an seiner Wange kratzen fühlte – eine Szene, die in Dutzenden von Takes wiederholt werden mußte.

Sogar Father O'Bryon wirkte wie ein echter Filmpriester: Montgomery Clift in *True Confessions*, mit diesem Gesicht, das man nach seinem Autounfall wieder so großartig zurechtgeflickt hatte, ein Wunder der plastischen Chirurgie, das aber, im wahrsten Sinne des Wortes unbewegt, kaum mehr eine Emotion ausdrücken konnte. Remo hörte seiner Ansprache mit dem Ohr des Regisseurs zu. Sie mußte kürzer sein. Am Schneidetisch würde er großzügig schnippeln – bis nur noch die Essenz übrigblieb.

Dieser Sarg da diente nicht nur als Zerrspiegelkabinett für den Pfarrer, so tragikomisch sich seine Arme auch korkenzieherartig bis zu den Teerosen reckten. Remo versuchte, seine Gedanken auf den Inhalt zu lenken. Bei all ihrer natürlichen Eleganz war Sharon ein notorischer Tolpatsch. In den vielen Vierteln, in denen sie als Kind gewohnt hatte, war *sie* die Draufgängerin, mit Stacheldrahtschrammen, tief genug, um als Narben zu überleben. Später, als Teenager in Italien, zog *sie* sich bei riskanten Spritztouren die Schnittwunden zu, egal ob sie hinten saß, auf dem Todessitz oder am Steuer. Wer sie als Pubertierende gekannt hatte, fand sie rührend wie einen Welpen, der plötzlich nicht mehr weiß, was er auf solch hohen Beinen soll, und dann eben mit einer Koketterie, die die Unbeholfenheit vertuschen soll, gegen die Menschenbeine ringsum torkelt.

Remo hatte sie im Verdacht, instinktiv Kratzer an ihrer Schönheit zu suchen, um diese unsanft zu vermenschlichen. Im Bett neckte er sie manchmal, indem er auf ihrem nackten Körper die gesamte Landschaft aus weißen, rosa und braunen Narben kartierte. Zeige- und Mittelfinger seiner rechten Hand tanzten wie Zirkelschenkel von einem überraschend präzisen Winkelriß zu einer faltigen kleinen Vertiefung, die schlecht zugewachsen war, und von dort zu einer vernähten Wunde, die dem frischen Abdruck eines Reißverschlusses glich. Auf ihrer Stirn, meist hinter einer Locke verborgen, genau unter dem Haaransatz erhob sich eine Zackenlinie: das Resultat ihres gemeinsamen Verkehrsunfalls, bei dem er selbst als Fahrer keine einzige Schramme abbekommen hatte. Die Inspektionsroute seiner Finger endete stets an ihrem linken Ohrläppchen, an dem sich einst ein Loch entzündet und einen kleinen Knubbel aus wildem Fleisch gebildet hatte. Er knetete ihn zwischen seinen Fingerspitzen und nannte ihn ihren »rosebud«, so lange, bis sie seine Hand wegschlug.

Jetzt, in der Kapelle, versuchte er die Karte noch einmal als Ganzes zu lesen, stieß aber immer wieder auf die neu durchfurchten Gebiete, die nie mehr die Gelegenheit haben würden, zu Narben zu verheilen. Anstatt Kratzer an ihrem Äußeren zu verursachen, hatten die frischen Wunden ihre Schönheit zu purem Licht erhoben. Überlebensgroß strahlte sie seit dem Wochenende von Hunderten von Kinofassaden auf die Menschen herab. Selbst die Filme, in denen sie unbedeutende Nebenrollen gespielt hatte, fügten jetzt ein flammendes *Starring* ihrem Namen hinzu. Regisseure wurden heimlich gebeten, die beim Schneiden ausgemusterten Fragmente mit ihren Auftritten nachträglich in den Film zu montieren, um ihren Anteil zu vergrößern. Wer immer sie aus dem Leben ausradiert hatte, er (oder sie) hatte Sharon binnen weniger Tage gegeben, was sie zu Lebzeiten noch lange nicht besaß und wahrscheinlich auch nie erhalten hätte: den in Tinsel Town so heiß ersehnten Status einer Leinwandgöttin.

»Sharon«, so schloß Father O'Bryon, »mögen die Märtyrer dir als Führer dienen und die Engel dich willkommen heißen.«

Aus trüben Augenwinkeln heraus sah Remo eine blonde Frau in langem schwarzem Kleid durch den Mittelgang aus der Kapelle flüchten. Es war, als hätte ein kräftiger Schluchzer sie von ihrer Bank hochfedern lassen. Der Priester wartete, bis das bissige Klacken ihrer Absätze verklungen war, und bat die Anwesenden dann, sich zu erheben. Wieder wurde Remo eher von seiner Schwiegermutter hinter den Sargträgern her geführt als andersherum. Der unumkehrbare Punkt war erreicht: Der Trauerzug begab sich zum Grab. Jetzt, da es noch möglich war, wollte er sich seiner Liebsten so nah wie möglich wissen. Er fand sie nicht wieder. Der Sarg, der draußen von neuem mit einem dreihundertfachen Hickanfall der Kameras beschimpft wurde, war leer.

Ein kleines Stück weiter, da lag sie, Sharon, in flirrendem Sonnenlicht auf dem abschüssigen Rasen. Reglos, die Augen auf den funkelnd blauen Himmel gerichtet. Das honigblonde Haar lag fächerartig ausgebreitet um ihren Kopf, wie festgepinnt auf den kurzgeschnittenen Grashalmen. Anders als am Tag zuvor, als Mini in Mode war, trug sie jetzt ein schwarzes Abendkleid.

Als sie des Trauerzugs, der sich in zehn Meter Entfernung vorbeischob, ansichtig wurde, stand sie schnell und geschmeidig auf. Es war Sharons Freundin Michelle, die Sängerin, die es in der Kapelle nicht länger ausgehalten hatte. Sie schlüpfte in die zuvor weggekickten Pumps und fügte sich mit kleinen

Stolperschrittchen in die Menschenreihe ein, die auf dem Weg hinter dem blendenden Sarg her zog.

Auch wenn die Kapelle leer war, er hätte hier lieber nicht geflucht. Jetzt, als er sich daran erinnerte, daß der Blumenhändler das Einwickelpapier um die Rosen großzügig angefeuchtet hatte, »damit sie in dieser Hitze nicht so schnell verwelken«, war es zu spät: Auf seinen Oberschenkeln war der Stoff seiner hellen Hose stark durchnäßt. Also hinaus in die brennende Sonne, den Hügel hinauf zum Grab, wo die Blumen so oder so nach einer Viertelstunde die Köpfe hängen lassen würden. Bis dahin würde seine Hose wohl trocken sein.

5

Von Scott Maddox selbst wußte Remo inzwischen, wie sich das Blut der Opfer auf Wänden und Böden und Rasen und Veranden so stark vermischt haben konnte, daß es die gerichtsmedizinischen Spezialisten des LAPD in völlige Verwirrung gestürzt – und, schlimmer noch, dazu verleitet hatte, die Resultate der Untersuchung zu manipulieren. Jeder wußte nur allzugut, daß bei vier der fünf Toten (der junge Mann im Rambler war ein Fall für sich) die Blutgruppen an mehreren Stellen, im Haus und im Garten, durcheinandergeraten waren. Es vereinte die Freunde über den Tod hinaus. Auch das Leichenschauhaus hatte sie noch sehr nah beieinander aufbewahrt. Nach wenigen Tagen wurden sie jedoch erbarmungslos voneinander getrennt und zu verschiedenen Bestattungsunternehmen gebracht, die jeweils wieder einen anderen Bestimmungsort für den Leichnam hatten. Daß von den fünfen an ein und demselben Mittwoch, dem dreizehnten, Abschied genommen wurde, machte die räumliche Distanz nur noch merkwürdiger.

Gibby hatte sich für den Tag nach der Mordnacht mit ihrer Mutter in San Francisco verabredet, um mit ihr in

Fisherman's Wharf in The Cannery einkaufen zu gehen. Sie wollte die Maschine um halb elf Uhr vormittags nehmen. Winny hatte versprochen, sie mit einem kräftigen Frühstück zu verabschieden. Ein paar Vormittage später wurde Gibby doch noch nach San Francisco geflogen, wo sie sich allerdings nicht vom Flughafen zu den Wharfs fahren ließ, sondern zu einer Kirche in Portola, die sie mit einem Requiem empfing. Auf einem nahe gelegenen Friedhof wartete ein frisches Grab auf sie, in dem sie, von ihrem Liebhaber getrennt, zur letzten Ruhe gebettet werden sollte.

Voyteks übel zugerichteter Leichnam wurde am selben Nachmittag, weit von ihr entfernt, in einem Krematorium in West Hollywood eingeäschert. Seine Asche sollte noch im gleichen Monat nach Lodz geflogen werden, um auf dem Zydovski-Friedhof zwischen den Familiengräbern des örtlichen Textiladels beigesetzt zu werden. Remo hatte später einmal, als er an der Filmakademie Gastvorlesungen hielt, den Schrein mit Teks Urne besucht. Keine gute Idee. Auf dem stillen Friedhof machte er der feuchten Asche seines Freundes die heftigsten Vorwürfe: angefangen beim Tod von Sharons Terrier über sein Versagen als Haushüter bis hin zu seinem unverwüstlichen Lebensdrang, der zuletzt lediglich zu noch mehr Messerstichen und Kolbenschlägen geführt hatte und zu sonst gar nichts. »Mann, wärst du bloß auf die anderen Häuser zugerannt, dann wären sie hinter dir hergekommen, und dann ...«

6

Marmorne Grabplatten, grau und weiß und schwarz, bildeten ein unregelmäßiges Mosaik vor dem grünen Hügelhang. Dazwischen schlängelten sich Natursteinwege zu einer von Menschenhand gestalteten Grotte, in der die überlebensgroße Figur der Heiligen Jungfrau, in Weiß und Hellblau, Remo schon von weitem entgegenleuchtete. Über der künstlichen

Felspartie erhob sich ein majestätisches Ensemble aus weit ausladenden Baumkronen, und trotzdem stand Maria voll in der heißen Vormittagssonne. Remo spürte, wie seine Hosenbeine fast mit jedem Schritt trockener wurden. Rechts von der Grotte, in einem entlegenen Winkel des Friedhofs, lag sein Ziel.

Der Sarg, hinter dem er mit seinen Schwiegereltern und Schwägerinnen her stolperte, war nur noch eine unwirklich große spiegelnde Kiste, die Sonnenlicht von hier nach dort beförderte. Zu einem bestimmten Zeitpunkt, die Prozession hatte sich bereits an den Anstieg gemacht, stellten alle Kameras gleichzeitig ihr Klicken ein. Es wirkte auf Remo wie ein Sommertag im Freien, wenn Tausende von Grillen im selben Moment aufhören zu zirpen. Stille. Das wattierte Dröhnen vom San Diego Freeway. Das leise Schluchzen der Mädchen hinter ihm. Die Grotte, auf die sie zustrebten, hatte zwei große, dunkle Öffnungen und wirkte damit wie ein halb in der Erde versunkener Totenkopf. Solange er sich nur darauf konzentrierte, kamen sie schon hin, zum äußersten Rand der Welt. Seine Füße tappten über die gleichen unregelmäßigen Natursteine wie die, mit denen der Platz vor der Veranda seines Hauses gepflastert war und auf denen Blutlachen von Sharon und Jay gefunden worden waren, ohne daß die Polizei weitere Spuren ihrer Anwesenheit da draußen hatte feststellen können. Er ging über die Fortsetzung des Weges, den der Mörder gegangen war.

Remo kam mit seinen Rosen dicht an der Grotte vorbei. Eine Treppe, an deren Ende eine Kniebank stand, führte zur Heiligen Jungfrau. Dort stand auch ein Grillbecken mit einer Nagelbettkonstruktion, auf der gegen Bezahlung Kerzen festgesteckt werden konnten. Er mußte sehr genau hinsehen, bevor er ihre schwachen Flämmchen im grellen Sonnenlicht ausmachte. Aus der Schädelhöhle links drangen Geräusche, die mit einem abrupt unterdrückten Lachen endeten. Vielleicht ein Gärtner. Er ging weiter zum rechten Ausläufer der Felspartie. Zwischen dem Weg und einer Zierhecke lag hier, am Rande des Friedhofs, noch eine kleine Grasfläche mit einem Dutzend staubiger Grabplatten – bis auf die eine aus poliertem schwarzem Marmor, die von Doris und ihren Töchtern regelmäßig auf Hochglanz gebracht wurde.

1943 † 1969

Ihr achter Todestag, und jedes Jahr wurde sie um ein Jahr jünger. Hier, auf dem braunverbrannten Gras, hatte damals der silberne Sarg gestanden. Was Father O'Bryon sonst noch an Handlungen vornahm und an Sprüchen von sich gab, entging Remo völlig. Über die Hecke aus Zierbäumchen hinweg konnte er einen Teil der Stadt sehen, dunstig unter einem unermeßlich tiefblauen Himmel – wie jetzt, wenngleich der Smog dort unten in den letzten Jahren nur noch dichter und gelblicher geworden war. In der Ferne, klar und ungerührt, die Hügel von Hollywood.

Vor der Grabplatte stand, halb in den Boden eingesunken, eine Metallvase mit einem vertrockneten Blumenstrauß. Das Ding sah aus wie eine der Trophäen, die Sharon von ihren Miß-Wahlen geblieben waren, doch Remo hatte sich nie getraut, kniend nach einer Inschrift zu suchen. Auf der Asphaltstraße, die hier den Friedhof säumte, stand unter einer Blaukiefer ein offener Pick-up, von dessen Ladefläche verdorrte Äste und Gärtnergerätschaften aufragten. Dorthin würde er jetzt die braun gewordenen Blumen werfen.

Acht große weiße Rosen für Sharon. Nachdem er die acht gelben Teeröschen für den kleinen Paul ausgewickelt hatte, roch er an seinen Fingern, danach an den Blütenkelchen. Wenn Besuch da war, stellte sie immer ein Glas mit kurz abgeschnittenen Teerosen auf das Tablett mit der Teekanne und den Tassen. Sie dachte, dazu wären Blumen dieses Namens gedacht. Daß er selber nie darauf gekommen war: Sie *dufteten* nach Tee, darum hießen sie so.

»Sorry, meine Liebste, ich bin nicht hergekommen, um dich zu korrigieren.«

Natürlich, morgen, am neunten (dem tatsächlichen Todestag und seinem eigenen juristischen Jüngsten Tag) würde Sharons Familie ebenfalls frische Blumen hierherbringen. Remo beschloß, die Vase leer zu lassen und die Rosen auf den Grabstein zu legen. Als er sich darüberbeugte, warf der schwarze Spiegel das Sonnenlicht in seine Augen zurück. In seinem geblendeten Zustand hörte er plötzlich ein leises mechanisches Geräusch, sehr vertraut, aber vollkommen unerwartet in dieser Umgebung. Es wiederholte sich in rascher Folge. Er sah auf: Durch seine Mouches volantes hindurch sah er in wenigen Metern Entfernung einen Mann mit einer Kamera am Auge sich hinkauern; sein Knie stieß auf eine Grabplatte. Zwischen den Zierbäumchen hinter dem Fotografen tauchten noch mehr auf, einige – die feigeren, die sich nicht näher herantrauten – mit Teleobjektiven an ihren Apparaten. Remo sprang auf und sah zur Grotte hinüber, aus der bestimmt noch zehn Männer mit Fotoausrüstung traten, die Augen gegen das grelle Licht abschirmend. Die Dreistesten tänzelten und hüpften wie Sparringspartner beim Boxen im Halbkreis um ihn herum, den Rücken zur Sonne. Jedes Betätigen eines Auslösers knallte wie ein Peitschenhieb über den stillen Friedhof. Vor allem der erste Fotograf, klein und geschmeidig, hopste unentwegt wie ein Gummiball vor ihm auf und ab, ohne sich um die Gräber zu kümmern. Nein, jetzt nicht zuschlagen – Würde bewahren am Grab von Frau und Kind. Remo begann die Asphaltstraße, die direkt nach unten zum Ausgang führte, hinunterzugehen. Ohne Grab war er offenbar nicht mehr fotogen, denn das massenweise Geklikke stockte und verstummte bald ganz. Nur der schmächtige Paparazzo verfolgte ihn mit gezückter Kamera bis zum Tor, wo er rasch noch ein Foto von ihm schoß unter dem Namen des Friedhofs.

Der Fotograf erreichte im Laufschritt seinen protzigen

bronzefarbenen, mit gestohlener Privatsphäre finanzierten Jaguar. Er warf die Kamera an ihrem Riemen auf den Beifahrersitz und schlüpfte hinters Lenkrad. Bevor er starten konnte, war Remo schon am Auto. Er riß die rechte Tür auf und griff nach dem Apparat.

»Nie ungefragt anderer Leute Seele einsaugen.«

Während Remo unter den Flüchen des Fotografen die Filmrolle herausfingerte, sah er auf dem leeren Sitz ein paar Exemplare der Klatschillustrierten *Teardrop* liegen.

»Gib her, du Arsch. Das ist mein Beruf. Wenn du dich auf mein Fachgebiet wagst, dann nur, um Nymphchen flachzulegen. Dreckiger Kinderschänder! Es wird deinem Fall nicht guttun, wenn ich das hier dem Staatsanwalt erzähle.«

Remo schmiß die Kamera auf die Zeitschriften zurück. Der Fotograf zog die Tür zu und fuhr davon. Tatsächlich meldete der Mann sich noch am selben Tag beim öffentlichen Ankläger in Santa Monica, doch Longenecker weigerte sich, seine Anzeige anzunehmen, und riet ihm zu einer Zivilklage. Auch ohne diese war die Rache des Paparazzo, der sich als der berüchtigte Societyvoyeur Kevin Fenaughty entpuppte, süß genug. Am nächsten Tag, vor der Anhörung, drückte Dunning seinem Mandanten ein Exemplar der Boulevardzeitung *Beautiful People* in die Hand. Auf Seite 3 sah Remo sich selbst, wie er Blumen auf das Grab seiner Frau legte. Bildunterschrift: »Der berühmte Regisseur ruht sich kurz auf Holy Cross aus von der Jagd auf kleine Lolitas.« © Kevin Fenaughty.

Dazu ein Bild von Remo, der den Arm um die fünfzehnjährige Stassja gelegt hat.

Das Foto von Holy Cross mußte ein Jahr zuvor geschossen worden sein. Damals hatte er etwas anderes angehabt. Die Blumen waren keine Rosen, sondern Dahlien und Veilchen – von jeder Sorte sieben.

7

Sharon und Jay waren gestorben, verbunden durch ein dickes Seil um den Hals. Nachdem sie in dieser symbiotischen Position, die noch für reichlich üble Nachrede sorgen sollte, von einem Gerichtsfotografen festgehalten worden waren, hatte ein Polizist das Seil durchschnitten, so daß die Leichname einzeln abtransportiert werden konnten. Heute wurden sie für immer in unterschiedliche Himmelsrichtungen getragen.

Nachdem Sharon auf Holy Cross beigesetzt war, hielten Freunde eine Gedenkfeier für Jay im Forest Lawn Memorial Park, Glendale, ab. Remo konnte nicht daran teilnehmen, aber es war nicht schwer, sich die versammelten Berühmtheiten vorzustellen, alle mit einem Haarschnitt im unverwechselbaren Stil des »Mannes mit der goldenen Schere«. Von John und Michelle, die im Auto gemeinsam eine Flasche Whisky geleert hatten, um noch eine Gedenkfeier durchzustehen, erfuhr Remo später, wie sie vonstatten gegangen war. Im Gegensatz zu Sharon lag Jay in einem offenen Sarg, obwohl sein Gesicht wesentlich schlimmer zugerichtet war als ihres.

In der Trauerhalle des Forest Lawn schien mehr Spannung und Nervosität zu herrschen als Kummer, vielleicht weil so viele Menschen da waren, mehr als am Vormittag, die Grund zu haben glaubten, sich bedroht zu fühlen. Als irgendeine Witzfigur im Fransengewand an das Rednerpult neben dem Sarg trat, griffen nicht wenige rechte Hände in die linke Innentasche. Mit seinem Bart, dem schulterlangen Haar und der bizarren Kopfbedeckung wirkte der Mann wie die Karikatur eines griechisch-orthodoxen Priesters, besonders als er mit ausgebreiteten Armen eine Art gregorianischen Phantasiegesang anstimmte. Es gelang ihm noch, ein paarmal um den Sarg herumzugehen, bevor ein Friedhofsangestellter ihn wegführte. Er leistete keinen Widerstand, und alle Hände kamen zittrig wieder aus den Jacketts hervor.

»Als er neben diesem Angestellten ging«, sagte Michelle,

»hab ich erst gesehen, wie ... na ja, noch kleiner als du. Sorry. Ein richtiger Zwerg, dieser Priester.«

Der Sarg mit Jays Leichnam sollte später am Tag mit dem Flugzeug nach Michigan überführt werden, um in Southfield, seinem Heimatort, beigesetzt zu werden.

In El Monte gab es an jenem Nachmittag ebenfalls eine Beerdigung: die des jungen Mannes, der im Rambler seines Vaters erschossen worden war. Wegen seiner Leidenschaft für selbstgebaute elektronische Geräte legte man ihm seinen eigenen Radiowecker mit in den Sarg, der auf zweifache Weise zu seinem Tod geführt hatte: Der Apparat war der Grund für seine Anwesenheit auf dem falschen Grundstück, *und* er blieb eine oder zwei Minuten vor seinem Tod stehen – um 00:23, dem Zeitpunkt, an dem, was noch niemand wissen konnte, Hurly Burly begann.

8

Nachdem so den ganzen Tag lang diese Trauerzüge durch ihn hindurchgezogen waren, konnten die Sprechchöre am Abend nur noch wie ein schmerzliches Requiem klingen. Aber nicht einmal das. Es blieb still im Lager. Als Remo lange nach Mitternacht auf seinen Ausguck kletterte, fühlte sich der Heizkörper eiskalt unter seinen nackten Füßen an. Da war kein Feuer, und doch schien das Lager, aus dem einige Zelte verschwunden waren, in mehr Licht zu baden als sonst, so als wären auf dem Empfangsgebäude zusätzliche Scheinwerfer an den Masten eingeschaltet worden. Ein rotes Zelt lag zusammengefaltet wie ein langer Läufer vor dem Stacheldraht, und eine Frau kniete sich gerade hin, um die Plane aufzurollen. Wieder unter seinen Decken, fand er den Gedanken, daß er am nächsten Tag abgeholt würde, absurd.

Die Exilstraat

Die blaue Träne

I

Remo war am 19. Dezember in Choreo eingesperrt worden. Genau sechs Wochen später, am 29. Januar, ließen sie ihn wieder gehen. Zweiundvierzig Tage. Weniger als die Hälfte der neunzig, die das Gesetz für eine psychiatrische Untersuchung hinter Gittern vorsah. Gut, diese drei Monate wurden selten voll ausgeschöpft (als wäre die Psychiatrie eine Wissenschaft, die mühelos vorauslief und über die von Rechts wegen veranschlagte Arbeitszeit nur die Nase rümpfte), doch zweiundvierzig Tage, das hatte selbst Douglas Dunning in seiner Strafrechtspraxis noch nie erlebt.

Kein einziges Mal war Remo das Gefühl vergönnt gewesen, irgendein Test oder eine Befragung hätte Hand und Fuß. Gefängnisstrafe, mit dem Kopf gegen die Zellenwand schlagen, tödliche Erniedrigung durch Mithäftlinge – das alles war eiserne Realität, an der es nichts zu rütteln gab. Die Psychiatrie, die auf Kriminelle losgelassen wurde, die seelenumkrempelnden Gespräche, das Abrakadabra infantiler Experimente: ein schwarzer Brei aus Rohöl, der keinerlei Halt bot. Gemurmel eines Medizinmannes, der die Zehennägel seines Patienten in einer Muschel verbrannte. So befriedigte eine Gesellschaft ihre Sehnsucht nach den eigenen zuunterst liegenden – primitiven –Schichten. Mit einem Krankheitsbild bei diesem oder jenem Taschendieb hatte es nichts zu tun.

Wenn sein Anwalt darauf bestand, würde er sich das psychiatrische Gutachten – den Bericht über seine Bastelarbeiten, seine halben und ganzen Lügen – pro forma ansehen. Vielleicht würden die in medizinische Beamtensprache eingebetteten Passagen über junge Mädchen eine vage Geilheit in ihm

965

auslösen. Nun, dann war es doch wenigstens noch für etwas gut. Er würde Dunning die Plastikmappe mit einem »nichts hinzuzufügen« zurückgeben, das wußte er jetzt schon. Seine Seele hatte sich in Choreo auf eine Weise freigewühlt, von der kein Psychiater zu träumen wagte.

2

Zum letztenmal sein Gesicht in dem Metallspiegel über dem Waschbecken. Im Bereich des Pflasters war seine linke Wange noch leicht gerötet, ansonsten nichts Auffälliges. Er stieg auf den Heizkörper, um zu schauen, ob seine Abholer bereits da waren. In dem leichten Nebel über dem Parkplatz stand der gelbe Schulbus, flankiert von zwei dunkelblauen Gefangenentransportern. Unter den abgestellten Pkws kein silbergrauer Cadillac. Im Lager, mit braunen Rechtecken erstickten Grases an den Stellen, an denen Zelte abgeschlagen worden waren, war bis auf zwei mit einem Hund spielende Kinder alles noch ruhig. In der Zellentür summte und klickte es, worauf sie langsam aufging. Er stieg von der Heizung und griff nach seinem Koffer.

»Woodehouse«, ertönte Carhartts Stimme, »hinaus auf den Ring.«

Er ging hinaus. Von der Aufseherloge her kamen Carhartt und der »Grieche« auf ihn zu. Sonntag: Niemand fegte.

»Wir bringen dich in die Kleiderkammer«, sagte Agraphiotis, »und schubsen dich dann aus dem Tor.«

»Alles exakt wie vor sechs Wochen«, sagte Carhartt, »nur in umgekehrter Richtung.«

Die eiserne Treppe gebärdete sich unter ihren Schuhen wie eine gesprungene Kirchenglocke. Zum letztenmal (hoffte er) schnupperte Remo die Geruchsmischung aus Staub, Reinigungsmitteln und verdorbener Luft. Möglicherweise aufgeschreckt durch den Hall der Stufen flog hoch oben im Raum, unter bemoostem Mattglas, eine Taube von einem

Sims zum anderen. Ihr flatternder Flügelschlag war bereits wieder zur Ruhe gekommen, als ein weißer Batzen auf den Terrazzoboden klatschte.

3

Mein Geheimnis war der organisierte Zufall, den die Menschen als »Synchronizität« bezeichnen. Mein Problem war, daß die Dichte der Synchronizität in einer immer komplexer werdenden modernen Welt zunahm – insbesondere in den Städten. Die beiden Adler, die in der Leere über dem, was einst Delphi werden sollte, frontal gegeneinanderflogen, ja, das war ein schönes Beispiel organisierten Zufalls. Exakt über dem Nabel der Welt! Aber zwei Flugzeuge, die im modernen Luftraum zusammenknallten, in dem Raubvögel durch den Hackwolf der Düsentriebwerke gedreht wurden, bevor sie die Gelegenheit erhielten, miteinander zu kollidieren, wie zufällig war das? Nach einer überholten Wahrscheinlichkeitsrechnung: sehr zufällig. Der Rechnungshof des Modernen Zufalls bot völlig andere Ergebnisse.

»Was für ein Zufall …!« ertönte es entzückt bei unerwarteten Begegnungen in der modernen Metropole. Zwei dußlige Stadttauben, die auf einem Platz mit zwanzig Maisverkäufern gegeneinanderflogen, konnte man beim besten Willen nicht mehr als Synchronizität bezeichnen. (Die weiße Taube, die sich nach einer Rede von El Líder Máximo auf Fidels Schulter niederließ, war natürlich kommunistische Agitprop und hatte nichts, aber auch gar nichts mit Synchronizität zu tun.)

Wieviel Zufall ließ sich inmitten all dieses bereits bestehenden Zufalls noch herbeiführen? Die moderne Welt schien ihn, unterstützt von einer entsprechend angepaßten Wahrscheinlichkeitsrechnung, uns Orakelfritzen aus der Hand genommen zu haben. Aber … die Welt bediente sich des unsauberen Zufalls, mit dem ich wenig anfangen konnte. Um denen, die ich auf würdige Weise ins Verderben stürzen wollte, ein bißchen auf die Sprünge zu helfen, bediente ich mich des *gelenkten* Zufalls.

Was hatte ich mir denn eigentlich eingebildet? Daß ein von mir oder irgendeinem Gefängnisdirektor in Gang gesetzter bürokratischer Fehler der Weltgeschichte *doch* noch eine andere Wendung zu geben vermochte? Unter dem Druck der Umstände waren ein paar ungelöste Fragen beantwortet worden, aber es waren, wie sich zeigte, auch neue Rätsel hinzugekommen. Unter dem Strich gesehen hatte der administrative Winkelzug mir wenig gebracht.

Die Sache war mir entglitten. Ich hatte die Kontrolle darüber verloren. Keine schwarze Revolution, sondern lediglich eine eintätowierte blaue Träne. Eine echte, immerhin. Keine aufgeklebte. Auf Lebenszeit.

Zurück zu meiner *Tale of Two Cities*. Ich befürchtete das Schlimmste. Dort mußte ich die Zügel so straff wie irgend möglich halten. In dem Doppelstadtstaat an der Nordsee konnte ich es mir nicht erlauben, einer Entwicklung zuzusehen, als wäre sie von einem anderen, beispielsweise einem Kollegen, in Gang gesetzt worden.

4

»Den Overall«, schnauzte mich der Chef der Kleiderkammer an, »den hättest du schon in der Zelle ausziehen müssen. Ich hasse es, wenn ich Klamotten anfassen muß, die noch die Körpertemperatur von jemand anders haben.«

Remo sah sich nach den beiden Wärtern um, die entschuldigende Handbewegungen machten.

»Ich würd ihn ja als Andenken mitnehmen. Dann wäre das Problem gelöst.«

»Her mit dem Ding. Staatseigentum!«

Er mußte dem Staat Kalifornien auch das T-Shirt und die Boxershorts zurückgeben. Die Zugluft aus den Korridoren schlug ihm unangenehm um den Leib. So, nackt, kam er sich noch mehr wie ein dick behaartes Kleinkind vor. Rasch zog er Unterhose und Sporthemd vom 19. Dezember an und darüber die Jeans und die Lederjoppe. Mit verächtlicher Miene warf der KK-Chef Remos Gefängnisklamotten in eine Aluminiumwäschebox, die sofort von einem schwarzen Häftling in einen Sammelbehälter vom Umfang eines Containers geleert wurde. Der Geruch von in ruhenden Trommeln erstickter schmutziger Wäsche machte sich breit.

»Da, vergiß deine Stelzen nicht.« Der Mann knallte die Schuhe mit den Plateausohlen auf die Theke. »Ein Knirps wie du braucht so was in der großen Welt.«

Der Rest seiner Besitztümer wurde ihm in einer grauen Papiertüte ausgehändigt. »Hier, unterschreiben!«

Er kontrollierte den Inhalt der Tüte. Kreditkarten, Schlüssel, die beiden Eheringe. Er unterschrieb mit »Woodehouse«. Der KK-Chef verschmähte seine ausgestreckte Hand. »Von wegen Abschied. Wir sehen uns ja doch bald wieder.«

»Das sagt er zu jedem«, erläuterte Carhartt kurz darauf. »Er sieht seine Kunden nicht gern weggehen.«

5

Der »Grieche« trug Remos Köfferchen zum Bus, der mit der Schnauze zur Schranke vor dem Tor des Ostflügels wartete.

»Wir verabschieden uns hier«, sagte Carhartt und drückte Remo die Hand. »Gleich tagt die Untersuchungskommission. Ich hoffe, ich seh dich irgendwann wieder, aber nicht in Choreo. Viel Glück in der freien Welt.«

»Danke für alle Fürsorge.«

»Es sollte wohl so sein, Woodehouse«, sagte Agraphiotis, als er Remos Hand ergriff, »daß wir dieses Gefängnis fast gleichzeitig verlassen. Wenn sie dich nach Choreo zurückschicken, dann wirst du ohne mich auskommen müssen.«

»Was immer Ihr neuer Job ist, ich wünsche Ihnen viel Erfolg.«

Remo hob die Hand und ließ sie oben, während er zum Bus ging, ohne sich noch einmal umzusehen. Sein Köfferchen stand auf dem Beifahrersitz. Der Wärter am Lenkrad deutete mit dem Daumen über die Schulter. »Da wartet jemand auf Sie.«

Weiter hinten im Bus saß der Direktor, die Beine auf den Gang gestreckt. »Ich bestehe darauf, Sie bis zur Schranke zu begleiten.«

Remo nahm ihm gegenüber Platz. Draußen wurden Stimmen laut. Mit dem Bus war offenbar ein neuer Häftling abgeliefert worden, denn zwei Aufseher warteten, einen gefesselten Mann zwischen sich, am Fuße des Turms darauf, daß das an seinem Seil heruntergelassene Weidenkörbchen sie erreichte. Papiere wurden hineingelegt, und auf Zuruf wurde es wieder hochgezogen.

»Da schwebt eine Identität durch die Luft«, sagte O'Melveny. »Was ist ein Mensch? Ein paar Krakel auf einem Durchschreibformular.«

»Wer sich dieses Kommunikationssystem ausgedacht hat, verdient einen Orden.«

»Das war ich. Das Patent ist beantragt.«

»Sorry.«

Der Direktor gab dem Fahrer ein Zeichen, das im Spiegel aufgefangen wurde. Der Bus startete und fuhr langsam über die unebene Asphaltdecke zwischen den Baracken. »*Ich* bin hier derjenige, der sich entschuldigen muß.«

»Sie haben mich nicht verurteilt. Es war Ihre Aufgabe, mich hinter Schloß und Riegel zu halten.«

»Es war ein bedauernswertes Mißverständnis. Ich verstehe noch immer nicht, wie … nein, da gibt's wirklich nichts zu beschönigen. Hoffentlich denken Sie nicht für den Rest Ihres Lebens ausschließlich mit Bitterkeit an Choreo zurück.«

»Och, in jedem Hotel ist mal was nicht in Ordnung. Sie geben den Zweitschlüssel von deinem Zimmer einem späten Gast, und der steigt um drei Uhr nachts mit kalten Füßen zu dir ins Bett. Lassen Sie uns die Sache begraben. Sie müssen weitermachen. Ich muß weitermachen.«

»Wenn ich das alles vorher gewußt hätte, wären Sie nie in die Iso gekommen.«

Der Bus stoppte vor der Schranke, die sich ruckweise hob.

»Die beiden langen Wochenenden im Bunker, inklusive der Begegnung selbst, die gehören zum Besten, was das Leben mir noch zu bieten hatte. Was Ihr Anteil daran auch gewesen sein mag, ich bin Ihnen dankbar, daß diese Katharsis sich innerhalb der Mauern von Choreo hat vollziehen können. Sorry, daß ich so in Begriffen der Filmakademie spreche.«

Der Bus fuhr noch ungefähr fünfzig Meter weiter, bis vor den Parkplatz. Die beiden Männer blieben einander gegenüber sitzen, aber eigentlich war alles gesagt. »Die sind dabei, ihr Lager abzubrechen«, machte der Direktor noch einen Versuch.

Remo blickte durch das vergitterte Fenster. Hier und da hing noch eine Plane an einem Teil des Gestänges. »Jetzt wird es nachts ruhig werden.«

»Och, dann kommen wieder andere. Hier gibt's immer was zu protestieren.«

Remo hatte den silbergrauen Cadillac bereits gesehen. O'Melveny ließ ihm den Vortritt. Der Fahrer reichte Remo den Koffer. Draußen stand der Direktor sehr groß vor Remo. Ohne Mantel wirkte er etwas verfroren in seinem grauen Maßanzug.

»Mr. Woodehouse, Sie fehlen mir schon jetzt. Aber ich möchte Ihren Namen nie mehr auf unserer Gästeliste finden. Nur noch im Abspann Ihrer Filme.«

»Ich weiß nicht, wie Richter Ritterbach darüber denkt.«

6

Hinter den dichtvergitterten Scheiben des Busses, der jetzt wendete, war vage und körnig O'Melvenys Hand zu sehen. Remo winkte zurück und ging auf den Cadillac zu, der schon ein paarmal gehupt hatte. Die Sonne schien tief auf die Windschutzscheibe, wodurch Schlammspritzer und Regenspuren einen grauen Belag bildeten, der den Blick auf die Insassen verwehrte.

Nach den Regengüssen der vergangenen Nacht waren große Pfützen auf dem abgesackten Asphalt. In der Nähe des Schulbusses, der bereits zum Teil beladen war, schwamm eine hölzerne Gliederpuppe auf dem Rücken – ein Pinocchio, die kegelförmige Nase senkrecht in die Höhe. Rote und grüne Lacksplitter schaukelten auf den Kräuselungen des schmutzigen Wassers. Remo hockte sich neben seinem Koffer hin und fischte die Puppe heraus. Der Cadillac hupte ungeduldig. Den triefenden Pinocchio in der Hand, bedeutete er den Insassen, sie sollten sich noch kurz gedulden.

»Charlie …!« hörte er eine sich überschlagende Frauenstimme hinter sich. »Mein Gott, Charlie …!«

»Das ist Charlie«, rief eine Jungenstimme.

»Hiergeblieben.« (Die Stimme eines Mannes.) »Das kann er nicht sein.«

Remo hörte rennende Schritte hinter sich. Er drehte sich um. Zwei Frauen und bestimmt sechs, sieben Kinder stürmten schreiend am Empfangsgebäude vorbei.

»Charlie! Charlie …!« schrien die Kinder.

»Das ist nicht Charlie.« Die beiden Frauen blieben, bereits jenseits der Schranke, beim Schild CALIFORNIA STATE PENITENTIARY CHOREO stehen. Sie keuchten. »Mein Gott, ich dachte, das ist Charlie.«

Die Kinder rannten weiter, auf Remo zu. »Charlie-ie …!« Sie umdrängten ihn, zogen an seinen Kleidern. Mädchen und Jungen zwischen vier und zehn.

»Ich bin nicht Charlie.«

»Kinder, das *ist* nicht Charlie.« Die Frauen traten zögernd näher. »Wir haben uns getäuscht.«

Die beiden kamen Remo bekannt vor, von den Fotos aus *Hurly Burly*. Er ließ die Porträts im Geiste um acht Jahre altern. Die Blonde mußte Sandy sein, die Dunkelhaarige Ouisch. Beide hatten eine X-förmige Narbe zwischen den Augenbrauen.

»Entschuldigung«, sagte Ouisch. »Der Bart, das Haar … von hinten hast du genau ausgesehen wie unser Charlie.«

»Du hast dieselbe Statur«, sagte Sandy.

»Tut mir echt leid, daß ich euch nicht mehr Charlie bieten kann als das.«

»Charlie trug nicht so 'ne Brille wie du«, sagte Ouisch. »Nur manchmal eine Lesebrille. Um seine *parole*-Formulare ausfüllen zu können.«

»Kommst du von da drinnen?« fragte Sandy.

»Direkt aus dem Herzen der Finsternis.«

»Dem Hochsicherheitstrakt?«

»Sag ich doch.«

»Hast du mit Charlie gesprochen?«

»Was für einem Charlie? Einem Wärter oder einem Gefangenen? Da drinnen sind genauso viele Charlies wie früher im Dschungel von Vietnam.«

»*Dem* Charlie«, sagte Ouisch.

»Unserem Charlie«, sagte Sandy.

»Charlie aus der Wüste«, sagte ein kleiner Junge mit scharfem Blick.

»Hat er von uns gesprochen?« fragte Sandy.

»Was ich von eurem nächtlichen Kirchengesang verstehen konnte, hab ich ihm weitergesagt. Seine Zelle lag am Innenhof.«

»Ah, deswegen«, sagte Ouisch. Sie schlug die Augen nieder. Denkfalten versetzten das Kreuz in Bewegung. »Wir konnten keinen Kontakt zu ihm bekommen. Besuch war verboten. So

973

'ne Angst haben die Schweine, daß er seine Ideen draußen verbreitet.«

»Hat er dir keine Nachricht für uns mitgegeben?« fragte Sandy.

»Wenn ihr davon ausgeht, daß er noch drinnen ist, warum brecht ihr dann euer Lager ab?«

»Es gibt so viele widersprüchliche Berichte«, sagte Sandy. »Genau wie bei seiner letzten Verlegung. Wir haben gehört, daß er hier angezündet worden ist und daß man ihn schwer verletzt nach Vacaville gebracht hat.«

»Das Anzünden war in der Tat der Grund für seine letzte Verlegung. Von Folsom über Vacaville nach Choreo. Was hier vorgefallen ist, weiß ich nicht. Als ich vor einer Woche aus der Iso kam, war euer Charlie verschwunden. Ich habe mich nicht von ihm verabschieden können. Wo geht ihr jetzt hin?«

»Wir *wollten* nach Vacaville«, sagte Ouisch, »aber wenn du sagst, daß er nicht angezündet worden ist ... oder schon früher ... nicht hier ... dann vielleicht nach Folsom oder San Quentin.«

»Er braucht, egal wie, egal wo, unsere Unterstützung«, sagte Sandy. »Hauptsache, er weiß, daß wir für ihn da sind, direkt vor den Mauern, dann ist es gut.«

Wieder schallte, diesmal länger, die Hupe über den Parkplatz.

»Jemand einen Pinocchio verloren?« Remo hielt die Puppe hoch. Tropfen fielen von ihr ab. »Der Regen hat seine Kleider weggespült.«

»Der gehört Zadfrack«, sagte der kleine Junge mit dem heftigen Blick. »Er ist schon zu groß für Pinocchios.«

»Meinst du zufällig Zezozose Zadfrack Glutz?«

Das Kerlchen sah mürrisch zu Sandy auf.

»Der Sohn von Sadie Mae Glutz«, sagte sie. »Der ist schon weg. Seine Mutter besuchen in Frontera ... im CIW.«

»Und wie heißt du?« fragte Remo den Jungen. Der kleine

Bursche mußte älter sein als die sechs Jahre, die er ihm gegeben hatte.

»Mickey.« Seine Augen strahlten den Ernst eines Vierzehnjährigen aus, der auf Teufel komm raus pubertiert.

»Er ist der Sohn von Mary«, sagte Ouisch. »Von Charlie und Mary.«

»Und du, Mickey, bist du nicht schon zu alt für Pinocchios?«

»Ich bin zehn. Zadfrack ist neun.«

»Gut, dann geb ich ihn dir zum Aufbewahren.« Er drückte Mickey die Holzpuppe in die Hand.

»Der kommt ins Lagerfeuer«, sagte der Junge.

Die Frauen lachten.

»Auch gut.«

»Du hast da ein Viech.« Mickey deutete auf eine Stelle an seiner eigenen Wange, unter dem linken Auge, das dabei besonders heftig aufzuleuchten schien.

»Das hör ich öfter. Da ist ein Glühwürmchen in eine Pore geflogen. Und hängengeblieben. Es leuchtet im Dunkeln.«

Er wünschte den Damen Kraft bei der Suche nach Charlies Aufenthaltsort und drehte sich um.

»Ja, danke«, erklangen noch gedämpft Sandys Worte, die vielleicht schon nicht mehr für seine Ohren bestimmt waren. »Grüße an die Schweine.«

Wieder spürte er, wie sich die Haut an Nacken und Rücken zu einer Gänsehaut zusammenzog. Langsam, mit besudeltem Gemüt, ging er auf Dunnings Wagen zu. Hinter sich hörte er das Klappern von hohlen Zeltstangen.

7

Als Remo nur noch zwanzig Meter vom wartenden Cadillac entfernt war, schossen plötzlich zwei Seifenwasserfontänen an der Windschutzscheibe hoch, worauf sich die Wischer in Bewegung setzten. In den beiden klaren Segmenten, die so auf der Scheibe entstanden, kamen die Gesichter von Doug und Paula zum Vorschein. Die Türen öffneten sich, und sie stiegen aus – zusammen mit dem Mann, der auf der Rückbank gesessen hatte.

»Hello, little bastard genius«, sagte Jack. Dieses sardonische Grinsen war weltberühmt. »Meinen Jacuzzi vermißt?«

Sie umarmten sich. Remo küßte Paula und ergriff die Hand seines Anwalts mit beiden Händen.

»Gut, dich wieder bei uns zu haben«, sagte Paula. Ihre Stimme hielt nicht bis zum Ende des Satzes durch.

»Zweiundvierzig Tage«, sagte Dunning. »Der Rekord ist schwer nach unten korrigiert.«

»Übrigens«, sagte Jack, »ich bekomme noch eine Magnum Heidsieck von dir.«

»Oh, du bist zum Schuldeneintreiben hier?«

»Weswegen sonst? Doch wohl nicht, um dein geniales polnisches Bastardhändchen zu drücken?«

»Es war eine normale 0,7-l-Flasche.«

»In der Zeitung stand Magnum, little bastard. Mit 0,7 l kriegst du kein Blubberbecken voll.«

»Wie findest du das«, fragte Paula, »von Jack in einer Tour mit little bastard angesprochen zu werden?«

»Es ist mir eine Ehre, daß Jack mich so nennt, wie James Dean seinen Porsche genannt hat.«

»*Der* Little Bastard hat sich überschlagen und Jimmy Dean umgebracht«, rief Jack. »Welche Ehre kratzt du da noch raus?«

»Ach, weißt du, Paula … Jack ist noch immer stinksauer auf mich, weil er bei den Probeaufnahmen für die Rolle des Guy durchgefallen ist.«

»Weil mein Gesicht angeblich zu unheimlich war. Die Rolle hat John mit dem glatten Gesicht gekriegt.«

»Kompliment für dich«, sagte Remo. »Er sollte der ideale Schwiegersohn sein, mit einem durchschnittlich attraktiven

Gesicht. Damit der Zuschauer möglichst lange auf der falschen Spur bleibt.«

Jack drückte seine Faust in Remos Bart. »Untersteh dich, du dirty little Polacco bastard genius, mein Gesicht je noch mal als finster zu bezeichnen.«

»Besser, wir bringen uns gegenseitig im Auto um«, sagte Dunning. »Es ist kalt hier auf der freien Fläche.«

Er öffnete den Kofferraum und legte Remos Gepäck hinein. Bevor dieser einstieg, ließ er den Blick noch einmal schweifen – über das mittlerweile fast vollständig abgebaute Zeltlager, den mit Silberdrahtkokons gekrönten Gitterzaun, das wuchtige Choreo, die Berge dahinter, die an diesem Vormittag eher braun waren als violett. »Keine Horde von Fotografen heute. Keine Fernsehteams.«

»Du hörst dich eindeutig enttäuscht an«, sagte Jack, der bereits wieder auf der Rückbank saß, bei noch geöffneter Tür. »Und dabei hast du dir eigens so ein fotogenes Ziegenbärtchen wachsen lassen. Ach, Ruhm ist so flüchtig, alter Knabe. Sieh mich an.«

Er rutschte einen Platz weiter, so daß Remo nicht um den Wagen herumgehen mußte. Dunning setzte sich ans Steuer, Paula neben sich.

»Ans Rasierzeug gedacht?«

»So einen Barttrimmer habe ich nicht gefunden.« Paula nahm aus dem Handschuhfach eine Friseurschere in einer Plastikhülle und hielt sie hoch. »Auch gut? Bart bis auf die Haut abschneiden, hat der Verkäufer gesagt. Den Rest einseifen und abrasieren. In der Tüte da sind die anderen Sachen.«

»Macht es euch was aus, mich heute noch mit meinem Gefängnisnamen anzureden?«

Der Cadillac bog vom Parkplatz auf die Asphaltstraße. Das Grüppchen der Kinder, das am Schulbus geblieben war, begann hinter dem Auto herzurennen. Remo drehte sich, soweit es ging, um. Er wußte genau, daß er nie hierher zurückkehren würde, und wollte das letzte Bild von Choreo festhalten. Ein rothaariges Mädchen stolperte über die eigenen ausgefransten Hosenbeine. Sie fiel der Länge nach hin. Dunning fuhr bereits etwas schneller, doch weil er seine ganze Aufmerksamkeit darauf verwenden mußte, den Außenspiegel nachzustellen, konnte ein Schnelläufer dranbleiben. Eines nach dem anderen gaben die Kinder auf. Der halbwüchsige Junge, Mickey, hielt mit seinen kurzen Beinen am längsten durch. Beim Rennen fixierte er Remo unverwandt mit seinen stechenden Augen, die vor Verachtung zu blitzen schienen, selbst als der Abstand zum Cadillac größer wurde und ihm nur noch die paar Schritte blieben, um auszulaufen. Die Hände auf die Knie gestützt, heftig pumpender Brustkorb, folgte er dem Auto mit haßerfülltem Blick.

8

»Das war Choreo«, sagte Dunning. »Und jetzt: wohin?«

»Ich wollte an meinem ersten Tag in Freiheit nicht den Geschmack eines Knastfrühstücks im Mund haben. Also habe ich heute morgen nur einen Löffel Joghurt gegessen. Ein warmer Lunch im Zentrum, mit Alkohol, das fände ich gut. Ich spende eine Niere für einen halben Liter Borschtsch. In Choreo ist kein Tag vergangen, an dem ich nicht davon geträumt habe.«

»Und man hatte mir doch versichert«, sagte der Anwalt, »daß du nicht gefoltert würdest.«

»Kleine Karaffe Wodka dazu, eiskalt … und Choreo hat es nie gegeben.«

»Ich kenne einen russischen Delikatessenladen. Sekretutka, in der South Fairfax.«

»Gut«, sagte Jack, »dann spendier ich die Magnum, die mir Mr. Remo hier noch schuldet.«

»Es war keine Magnum. Du hast nie Magnums in deinem Kühlschrank.«

»Hab ich wohl, wenn ich weiß, daß du mit einem deiner Models antanzt. Ich stell dann auch immer den Jacuzzi an. Für meine Freunde ist mir noch nicht einmal das Beste gut genug.«

Es wurde still, vielleicht wegen einer vergessenen Düpierten – Anjelica. Oder weil allen auf einmal wieder klar wurde, daß die Sache noch nicht ausgestanden war.

»Zwischen den Aufnahmen der Lagerfeuerszene«, begann Jack nach einer Weile, »hat Dennis mir von seiner ersten Hollywoodorgie erzählt. Nach *Rebel* wollten er und Natalie und Jimmy wissen, was das ist, eine Hollywoodorgie, und wie es dabei zugeht. Sie hatten was gehört von Badewannen voll Champagner und ähnlichen Märchen, also gingen sie in ein Spirituosengeschäft, um ein paar Kisten Moët & Chandon zu kaufen. Als sie alle Flaschen in die Wanne gekippt hatten, war erst eine kleine Pfütze Champagner drin. Also zurück ins Geschäft und noch mehr Kisten gekauft. Das Vier- oder Fünffache wie beim erstenmal. Danach stand immer noch nicht mehr als eine Handbreit Champagner in der Wanne. Stöpsel undicht? Nein, Stöpsel in Ordnung. Wasserdichtes Gummi. Des Schleppens überdrüssig, griffen sie zum Telefon, um weitere hundertzwanzig Flaschen kommen zu lassen. Eine Hollywoodorgie kriegt man schließlich nicht umsonst. So ging es weiter, bis die Wanne voll war … na ja, halbvoll … und die Orgie beginnen konnte. Natalie durfte als erste rein. Sie zog sich aus, stieg in die Wanne und ließ sich langsam und feierlich in den Champagner gleiten. Schreiend sprang sie wieder heraus … der Moët & Chandon spritzte in hohem Bogen über den Wannenrand … Und so endete ihre erste Hollywoodorgie.«

»Kapier ich nicht«, sagte Dunning.

»Ich schon«, sagte Paula.

»Und die Moral von der Geschicht?« sagte Jack. »Verbrenn dir die Möse an Hollywood nicht.«

9

Wie Douglas Dunning erläuterte, war Sekretutka ein Neologismus, der sich aus den russischen Wörtern für »Sekretärin« und »Prostituierte« zusammensetzte, wovon die amerikanischen Geschäftsleute, die hier mit ihren Sekretärinnen den Lunch einnahmen, aber nichts ahnten.

»Dann weiß ich nicht, ob ich hier gesehen werden will«, sagte Paula.

»Heute ist Sonntag«, sagte Dunning.

Tatsächlich war nicht viel los. Die Gesellschaft wollte sofort zu den weiß und gelb gedeckten Tischen im hinteren Bereich durchgehen. Nicht so Remo. »Ich hatte mich gerade so darauf gefreut«, sagte er mit seiner kläglichsten Stimme, »hier erst mal an der Bar zu sitzen.«

Sie kletterten auf hohe gußeiserne Hocker. Der Tresen war aus weißem Marmor. Remo winkte dem Geschäftsführer, der gerade neue Gläser auspackte. Auf dem verdrießlichen slawischen Gesicht des Mannes bildete sich ein breites Lächeln. Er wischte sich die Hände, die doch wirklich nicht naß waren, an der Schürze ab.

»Womit kann ich dienen, Mr. Coppola?«

Remo sah mit unglücklicher Miene seinen Anwalt an. »In Choreo ist mir das nie passiert.«

»Vielleicht solltest du als erstes deine Mogelbrille absetzen«, sagte Paula. Sie erhob sich halb von ihrem Hocker und zog sie ihm von der Nase.

»Dimitri«, fragte Remo, »wie sind die Lichtverhältnisse hier um diese Zeit? Wenn ich einen Kirschwodka bestelle, liegt dann neben meinem Glas das Bild einer zerquetschten Kirsche auf dem Marmor ... leicht schaukelnd?«

Der Mann sah verzweifelt zu Jack, der sagte: »Der little bastard ist Filmregisseur. Diese Leute können nur in Lichtbildern denken. Auch wenn sie essen und trinken und scheißen.«

»Darf ich Ihnen dann einen Wodka aus roten Chilischoten empfehlen? Pikanter, und farblich auch noch kräftiger.«

Sie bekamen alle vier ein kleines Weinglas, zur Hälfte mit Chiliwodka gefüllt, und schauten ein Weilchen den zerfließenden roten Lichtflecken auf der Marmorplatte zu.

»Das erinnert mich an die Lightshows der Grateful Dead«, sagte Jack. »Vor zehn Jahren. Sich bewegende Dias von ewig hin und her schwabbelnden Föten im Hintergrund. Das waren noch Zeiten!«

»Ich sehe noch immer eine entkernte Kirsche darin«, sagte Doug. »Keine rote Pfefferschote.«

»Auf das polnische Genie.« Jack streckte sein Glas in die Höhe. »Und auf den Jacuzzi, ohne den wir jetzt nicht hier säßen.«

Sie stießen an und tranken. Paula stellte hustend als erste ihren Wodka ab. »Für mich doch lieber einen Kirsch«, sagte sie, wenngleich nicht ganz deutlich war, ob die Tränen, die ihr über die Wangen liefen, vom kribbelnden Pfeffer in ihrer Kehle herrührten.

»Sollen wir dann mal zu Tisch gehen?« fragte Dunning.

»Ich möchte meinen Borschtsch an der Bar. Das hier erinnert mich ans Goldberg, in Paris. Rue des Rosiers … Da habe ich mit Sharon geluncht.«

Er bekam seine Kohlsuppe in einer Schale, so groß wie eine Terrine, und dazu eine kleine Karaffe eiskalten Stolichnaya.

10

Bevor Remo sich zum Hauptgang (Bœuf Stroganoff) an den Tisch setzte, nahm er seinen Anwalt beiseite. Die anderen saßen bereits. Jack studierte die Weinkarte. Paula knetete halb erstarrtes Kerzenwachs zu kleinen Kugeln.

»Doug, ist über den Anschlag in Choreo schon etwas bekannt worden?«

»Morde im Gefängnis dringen selten oder nie nach draußen.«

»Und wenn es sich um einen berühmten Gefangenen handelt?«

»Wenn dir etwas zugestoßen wäre, hätte die Welt es bestimmt erfahren.«

»Es geht um eine Berühmtheit, und ich weiß nicht, ob der Betreffende tot ist.«

»Ich werde im Gericht mein Ohr mal an den Kaffeeautomaten legen. Das Ding erfährt alles.«

»Komm.« Remo schob Dunning zum Tisch, wo eine Magnum Rosé-Champagner in einem zu kleinen Eiskübel bereitstand.

»Ich hab Dimitri gebeten, mit dem Stroganoff noch etwas zu warten«, sagte Jack. »Erst den Champagner.«

»Erst rasieren.«

11

Russische Dinge lösten immer die falschen Assoziationen aus – vielleicht wegen James Bond. Er hatte sich die Herrentoilette ärmlich und schmuddelig vorgestellt, mit einer strickenden Babuschka, die sich bei jedem Zuknallen der Tür mit einem Strom georgischer Verwünschungen an den Kopf griff, ohne je den Mut aufzubringen, den Besitzer zu bitten, den Türschließer weniger hart einzustellen oder einen Lederstopper am Rahmen anzubringen.

Es *gab* nicht mal eine Toilettenfrau, und das kam ihm sehr gelegen. Wie im Restaurant selbst hatte man hier einen tristen Chic kreiert – vielleicht was ein russischer Werktätiger sich unter Luxus im Haus eines Parteibonzen vorstellt. Mokkafarbene Sanitärobjekte. Grüne Wandfliesen mit einem Relief aus zaristischen Ornamenten. Infolge der groben Struktur der Lampengläser lag über allem ein Schattenmuster von willkürlich geworfenen Mikadostäbchen. Das Licht, ein schmuddeliges Gelb, war ohnehin zu gedämpft, als daß man sich hätte rasieren können.

Aber er wollte den Bart loswerden. Auf der Stelle.

Sein Gesicht hing, für ihn selbst fast unerkennbar, im getönten Glas des Spiegels über dem Waschbecken. Mit der Friseurschere begann er seinen Bart abzuschneiden. Die ersten Büschel sahen auf dem Porzellan wie störrisches Schamhaar aus. Verführtes Mädchen, sich auf die Abtreibung vorbereitend. Charlie war gegen Schwangerschaftsabbruch. Die Frauen von The Circle mußten Kinder gebären ... von ihm, für ihn ... Permanenter Familienzuwachs für seine Wüstenarmee. Wachsendes Volk, um ihm in den Brunnen zu folgen. Remo schnitt seinen Bart so kurz, bis die Schere keinen Halt mehr an den Stoppeln fand. Ein Mann betrat den Toilettenraum. Nachdem er das Urinal in der Ecke benutzt hatte, wusch er sich neben Remo die Hände. Stapel Minihandtücher auf dem Marmorimitat. Mit Holzwolle gefülltes Körbchen, und darin kleine Seifen und verpackte Eau-de-Cologne-Tüchlein. Er sah mißbilligend und mit einem abfälligen Kehlgeräusch auf den Haarberg im Waschbecken.

»Tut mir leid«, sagte Remo, »in meiner Suppe war ein Haar.«

Der Mann trocknete sich rasch die Hände ab und verschwand. Remo harkte mit den Fingern die dunklen Flocken zusammen und warf sie in den Treteimer. Wollüstig seifte er, zum erstenmal seit Monaten, sein Gesicht ein. Das Rasieren mit der Doppelklinge ging ihm weniger gut von der Hand. Außer am Silvesterabend (vergorene Obstschalen) hatte er sechs Wochen lang keinen Tropfen Alkohol getrunken. Der rote Pfefferwodka und der Viertelliter Stolichnaya forderten ihren Tribut. Seine Finger fühlten sich schlaff an. Die Hintergrundberieselung, Mozart, bearbeitet für Spieldose, machte ihn nervös. Die noch verbliebenen Bartstoppeln waren härter, als er von den früher täglichen Rasuren gewohnt war.

Wieder ging die Tür auf. Diesmal Jack. »Würdest du dir

die Beine freundlicherweise ein andermal vornehmen? Der Champagner wird zu kalt in seinem Eimer.«

Remo spülte die Seifenreste weg und trocknete sich das Gesicht ab. Paula hatte ein neues Mentor für ihn gekauft, unter dem sich seine Gesichtshaut angenehm brennend sofort straffte. Er stieß seinen Kopf durch den Vorhang aus kreuz und quer verlaufenden Lichtlinien bis dicht vor den Spiegel. Makellos und gestochen scharf prangte die blaue Träne auf seiner Wange, genau unter der Iris seines linken Auges – schöner als die meisten Tränen, die er in Choreo gesehen hatte. Die waren oft schludrig tätowiert, so daß man selten mehr als die Form eines Mäusekötels darin erkennen konnte, und das auch nur annähernd. Diese hier lief oben in einer zierlichen Spitze aus, wie bei einem venezianischen Fenster. Facharbeit.

12

»So erkennen wir unseren gueule d'amour wieder«, rief Jack, als Remo oben an der Treppe zu den Toiletten erschien. Sie klatschten Beifall. Abwehrende Handbewegungen machend kam er die Stufen hinunter. Er setzte sich, und die Gesellschaft verstummte.

»Haben sie dir in Choreo ein blaues Auge geschlagen?« fragte Paula. »Da« (sie kratzte mit dem Nagel ihres kleinen Fingers über seine Wange) »ist noch ein kleiner Rest vom Bluterguß.«

Der lange, spitz gefeilte Nagel mit dem Perlmuttlack, in dem sich die blaue Träne spiegelte, machte die Dinge nur noch schlimmer. Dunning hob die Champagnerflasche aus dem Eis und schenkte die Flöten voll. »Ja, es kann hart zur Sache gehen im Knast«, sagte er, jedem ein Glas reichend. »Laßt uns auf die wohlbehaltene Rückkehr eines großen Regisseurs trinken.«

Der Toast klang weniger herzlich als zuvor an der Bar. Das

Gespräch wollte nicht mehr in Gang kommen. Die blaue Träne zickzackte über den Tisch. »Jetzt erzähl mal«, versuchte es Jack, »wie war es?«

Remo schüttelte den Kopf. Paula starrte noch immer auf seine linke Wange. (Als sie von seiner Verurteilung erfahren hatte, hatte sie gesagt: »Schrecklich, dann hockst du ja zwischen diesen ganzen tätowierten Typen.«)

»Niemand würde mir glauben. Vielleicht später. Es war *zu* schlimm.«

»Na komm«, sagte Jack. »Wir sind einiges gewöhnt. Raus mit der Sprache.«

»Es ist so was wie … Angenommen, ich käme hier mit der Geschichte an, daß ich im Gefängnis in derselben Zelle saß wie der Mörder meiner Frau. Wer würde mir das glauben?«

»Tja, meine Güte«, sagte Jack, »da sagst du was.«

»Eher was für einen Film«, meinte Paula. »Hast du noch am Drehbuch arbeiten können?«

»Ich habe keinen Film geschrieben. Ich habe einen erlebt.«

Die Schüssel mit dem Hauptgericht, für alle das gleiche, wurde gebracht. Dimitri schenkte die Gläser noch einmal voll. Das Rosé des Champagners wirkte auf einmal bleich neben der blutroten Stroganoffsauce. Sie aßen still, sich der eigenen und der fremden Kaugeräusche störend bewußt. Bis zum Omelette sibérienne wurde nicht mehr gesprochen, als Dessert bestellt und inzwischen vielleicht schon bereut. Es wurde am Tisch von Dimitri persönlich flambiert. Er hatte zuviel Alkohol darübergegossen, so daß die Flammen hoch aufschossen. Alle vier warfen sich gleichzeitig gegen ihre Stuhllehnen. Das bizarre Licht des Feuers floß von unten über Remos Gesicht.

»Meine Güte, Woodehouse«, rief Dunning mit gespielter Fröhlichkeit, »was kostet in Choreo heutzutage so eine Tätowierung?«

»Viertausend.«

Die Flammen erloschen. Der Ober setzte das Messer an die braungebrannte Eischneeschicht.

»Viertausend«, wiederholte der Anwalt. Er pfiff. »Wirklich nicht zu teuer.«

13

In dem Appartement, das Paula für ihn gemietet hatte, war es alles andere als ruhig. Der Stadtverkehr dröhnte herein, aber das bedrohliche Stimmengewirr von Choreo fehlte. Seine Trommelfelle schmerzten schon vom angestrengten Lauschen. Mit fest zugekniffenen Augen versuchte er den Routen verschiedener Polizeisirenen zu folgen. Bewegten sie sich von seiner Wohnung fort oder auf sie zu? Heulten sie nur vorbei, oder verharrten sie quengelnd vor dem Eingang des Gebäudes?

Übrigens, ihr Kommen wurde nicht notwendigerweise durch eine Sirene angekündigt. Kriminalbeamte in Zivil konnten auf einmal in der Eingangshalle stehen, mit keiner anderen Sirene als der Türglocke, sofern sie nicht gleich das Schloß zerschossen.

So entdeckte Remo, daß es in diesem Teil der Stadt keinen Moment ohne das Gellen von Polizei- oder Rettungswagen gab. Hinauszugehen, sich mit irgendwem in einer Espressobar zu verabreden ... es hätte ihn ablenken können, doch er blieb zu Hause, als wolle er unerwarteten Besuch nicht enttäuschen.

An jenem Nachmittag, beim Abschied, hatte sein Anwalt ihm eine Postsache überreicht. Sie war ihm am Ende der Woche von der Direktion in Choreo zugesandt worden. »Hier, der Bericht des Hauptaufsehers. Angenehme Lektüre. Fast eine Hagiographie.«

Zu Hause zog Remo ihn aus dem Umschlag und begann zu lesen.

»Häftling Woodehouse (richtiger Name der Direktion bekannt) hat sich dem Leben in einer Strafanstalt vorbildlich angepaßt. Sofort nach seiner Ankunft hat Häftling Woodehouse sich als Freiwilliger für das Reinigen von Korridor, Umgängen und Toiletten gemeldet, eine Aufgabe, die er während der sechs Wochen seiner psychiatrischen Haft hervorragend erfüllt hat. Die ersten fünf Wochen zusammen mit Häftling Maddox (richtiger Name der Direktion bekannt), die letzte, noch laufende Woche allein.

Wenn er nicht mit Reinigungsarbeiten beschäftigt ist, sitzt Häftling Woodehouse meist in seiner Zelle, wo er liest, zeichnet oder schreibt. Er klebt kleine Papierstücke auf ein großes Holzbrett, das ihm zur Verfügung gestellt wurde. Für seine Kondition macht er Dehn- und Streckübungen auf dem Umgang. Er hat verschiedene Häftlinge dazu veranlaßt, sich ihm anzuschließen. Um ihnen zu helfen, zählt er laut bei den Liegestützen. Auch sonst zeigt er großes Interesse an seinen Mitgefangenen. So führte er intensive Gespräche (manchmal vielleicht zu intensiv) mit dem sich von seinen Verbrennungen erholenden Maddox.

Im Freizeitraum spielt Häftling Woodehouse mit anderen Häftlingen Schach, Domino oder ein Kartenspiel namens Gin Rummy. Wenn er keine Partner findet, sieht er fern, vorzugsweise Dokumentarberichte. Die Aufseher haben ihn lediglich einmal bei aggressivem Verhalten und ungehöriger Ausdrucksweise ertappt: als der Polizeipräsident des LAPD auf dem Bildschirm erschien, um über die gegenwärtige Serie von Vergewaltigungen und Morden an jungen Frauen in LA und Umgebung interviewt zu werden.«

Das war alles. Kein Wort über sein Handgemenge mit Maddox (richtiger Name der Direktion bekannt) oder die beiden langen Wochenenden in Isolierhaft, geschweige denn über die Untersuchung nach dem vermeintlichen Anschlag auf vorgenannten Maddox.

14

Remo hatte versprochen, sofort nach der Entlassung die Produzenten von *Cyclone* anzurufen. Widerwillig wählte er die Nummer von DinoSaur Bros Productions. Dino arbeitete an diesem Sonntagnachmittag ganz normal – ohne Sauro.

»Zurück aus der Realität!« rief Dino mit seinem prachtvollen italienischen Akzent. »Zurück in der Traumfabrik! Benvenuto! Ich kann dir gleich sagen, daß …«

»Dino, bitte. Nicht am Telefon.«

»Du hast mich angerufen.«

»Um mich irgendwo mit dir zu verabreden.«

»Alles sicher bei dir? Wird, auch wenn der Hörer aufliegt, nicht mitgehört?«

»Nicht daß ich wüßte.«

»Dann steig ich *jetzt* in ein Taxi.«

»Ich hab noch nichts einkaufen können.«

»Unter meinem Regenmantel hab ich reichlich Platz für die eine oder andere Flasche.«

»Dino, unter deinem Regenmantel! Die Trockenlegung wurde vor fünfzig Jahren aufgehoben.«

»Wo du so schnell wieder zurück bist, wag ich es, dir *Cyclone* anzuvertrauen«, sagte Dino und sog ein wenig Whisky zwischen den Eiswürfeln hervor.

»Und meinen Ersatz, läßt du den von einem Auftragskiller raussetzen?«

»Der hat Verständnis für die Situation.«

»Erzähl mir mal bei Gelegenheit, in welcher Höhe sein Verständnis unter Spesen verbucht ist.«

»Nicht dein Problem.«

»Mein Problem ist … mein Anwalt spricht morgen mit dem Richter, und …«

»Ah ja, mit diesem Ritterbach. Ich seh ihn gelegentlich im Club. Kein Freund von dir. Kein Filmliebhaber.«

»Ich weiß erst nach diesem Gespräch, woran ich bin.«

»Gut«, sagte der Produzent mit bereits leicht schwindendem Enthusiasmus in der Stimme, »dann bekomme ich morgen die endgültige Antwort.«

»Die vorläufig endgültige.«

»Ja, und immer so weiter.« Dino stellte sein zur Hälfte geleertes Whiskyglas energisch auf die Glasplatte des Couchtisches und stand resoluter auf, als sein schlechter Rücken es ihm erlaubte.

Montag, 30. Januar 1978

Grafton Aviation

I

Zu der frühen Stunde, in der die Finanzmagier im Zentrum von Los Angeles ihre Frühstücksmeetings abhielten, führte Remos Anwalt in Santa Monica sein Gespräch mit Ritterbach, allerdings ohne Frühstück. Der Richter verbarg unter seinem imitierten Empireschreibtisch ein Paar Ballettschühchen Größe 46, in denen er sich zum x-tenmal auf die Spitzen stellte, um eine Wendung von 180° zu vollführen. »Mr. Dunning, ich werde alles tun, um Ihren Mandanten wieder hinter Gitter zu bekommen.«

Der Anwalt, der kaum Platz genommen hatte, glaubte, sein leerer Magen käme hoch, so bleich und schlapp fühlte er sich plötzlich. Aber nein, der samtige Geschmack von Rührei mit Schinkenwürfeln, von Mrs. Dunning liebevoll zubereitet, lag noch auf seinem Gaumen. »Euer Ehren« (er schluckte) »darf ich Sie an unser Gespräch von Mitte September in nicht-öffentlicher Sitzung erinnern?« Dunning richtete sich auf und tat sein möglichstes, nicht umzukippen. »Die Zeit, die mein Mandant in Choreo wegen der psychiatrischen Untersuchung verbringen würde, haben Sie damals gesagt, würden wir als seine Strafe betrachten dürfen.«

»Ihr Mandant hat lediglich zweiundvierzig der für eine derartige Untersuchung gesetzlich vorgeschriebenen neunzig Tage in Haft verbracht.«

Um nicht ohnmächtig zu werden, ließ Dunning seinen Stift auf den Boden fallen. Er murmelte eine Entschuldigung, beugte sich vor und tastete so lange da unten herum, bis er das Blut in seinen Kopf zurückfließen spürte – allerdings mit einem ungesunden Druck. Er richtete sich wieder auf, sah durch wedelnden Trauerflor den Richter an und sagte: »Sie wissen doch genausogut wie ich, Euer Ehren, daß sich eine psychiatrische Untersuchung im Gefängnis im Durchschnitt auf etwa sechsundvierzig, siebenundvierzig Tage beläuft. Im vorliegenden Fall war die Diagnose nach knapp sechs Wochen gestellt. Mein Mandant war fertig.«

Ritterbach erhob sich von seinem Ledersessel mit Drehfuß (kein Empire, nicht mal Imitation) und begann, hinter dem Schreibtisch auf und ab zu gehen. Er hatte die Ballettschühchen wieder gegen handgefertigte Brogues von Sarnelli eingetauscht, denn die Wendung war vollzogen, unwiderruflich. »Dieses Gutachten, Mr. Dunning, ist der reinste Hohn. In dieser Kategorie ist mir noch nie etwas derart Staatsgefährdendes unter die Augen gekommen.«

Der Richter trug einen Anzug mit Weste, doch seine Hände verhielten sich, als trüge er eine Robe. Sie griffen nach seinen Oberschenkeln, wie um das Gewand zu lüpfen, damit er nicht stolperte. Dann wieder streckte er sie mit einer Schraubbewegung gen Himmel, als wollten sie die weiten Ärmel bis auf Ellbogenhöhe herabfallen lassen. »Wenn ich Ihr Mandant wäre, Mr. Dunning, würde ich das Gutachten, versehen mit ein paar netten Fotos, sofort in Druck geben. Als Heiligenvita.«

Die Suggestion einer Richterrobe war so stark, daß in der nächsten Haarnadelkurve beim Auf- und Abtigern etwas zu flattern begann – bis Dunning merkte, daß es die Fahne war, die, von einer goldfarbenen Gardinenschnur zusammengehalten, hinter dem Schreibtischstuhl hing.

»Ja wirklich«, sagte Ritterbach, mit hochgestrecktem Zeigefinger plötzlich stehenbleibend, »Sie könnten das zum Patent anmelden. Markenname: Der Seelenreiniger. Aber *ich*, Mr. Dunning, muß den Bürger vor Kinderschändern schützen. Zurück ins Gefängnis mit diesem Verbrecher.«

»Sie meinen, daß mein Mandant die verbleibenden achtundvierzig Tage der gesetzlich vorgeschriebenen neunzig …?«

»Über die abgesessene Zeit und daß es nur zweiundvierzig Tage waren, da sage ich ja schon gar nichts mehr. Ich will diesen unberechenbaren, staatsgefährdenden Pädophilen einfach für unbestimmte Zeit hinter Gittern sehen. Er hat seinen Status als Regisseur und seine Arbeitserlaubnis für die Vereinigten Staaten auf äußerst skandalöse Weise mißbraucht.«

»Für ... unbestimmte Zeit«, wiederholte der Anwalt. Er fühlte, wie ihm das Blut wieder aus dem Gesicht wich, konnte seinen Stift aber nicht noch einmal fallen lassen.

»Hören Sie, Mr. Dunning.« Der Richter setzte sich wieder. »Mein Beruf nimmt mich stark in Anspruch und läßt mir wenig Zeit, mich unter Leute zu begeben. Aber gelegentlich höre ich mich im Club um, und auf diese Weise erfährt man doch so einiges. In diesem Vergewaltigungsfall wird viel Kritik an der Justiz geübt. Besonders an mir. Es ist meine heilige Pflicht, Eltern vor der Entehrung ihrer minderjährigen Töchter zu schützen.«

Merkwürdig, dachte Dunning, daß er an erster Stelle an den Schutz der Eltern denkt – sprach es aber nicht aus. »Euer Ehren, werden Sie bei der Verhängung einer neuerlichen Strafe den tragischen Hintergrund meines Mandanten mit berücksichtigen?«

»Aber ich bitte Sie, Mr. Dunning. Gerade *weil* Ihr Mandant auf so tragische Weise mit dieser Sekte in Berührung gekommen ist, hätte er gegenüber einer jungen Dame wie Miss Wendy wissen müssen, wie er sich zu verhalten hat. Mr. Guru sammelte eine Bande von weiblichen Teenagern um sich, unterzog sie einer Gehirnwäsche und sandte sie aus, um zu morden. Ihr Mandant hätte durch den tragischen Tod seiner Frau und seines Kindes erkennen können, wie beeinflußbar junge Frauen in diesem Alter sind. *Gerade* er. Ihr Mandant beruft sich darauf, daß der Verkehr mit Einverständnis der Dreizehnjährigen stattfand. Hätte er nur seinen Verstand gebraucht, anstatt einem unerfahrenen Kind seinen Willen so selbstverständlich aufzuzwingen. In dem psychiatrischen

Gutachten wird der Mord an der Ehefrau als mildernder Umstand angeführt. Deswegen ist es für mich ein völlig wertloses Dokument. Für mich ist es ein *erschwerender* Umstand.«

»Das folgende, Euer Ehren, teile ich Ihnen nur unter größten Bedenken mit. Ich bin aber der Meinung, daß Sie es wissen müssen.«

Ritterbach hielt seinen linken Arm sehr weit von seinen weitsichtigen Augen weg und las mit zurückgelegtem Kopf die Zeit von seiner Uhr ab. »Ich höre.«

»Mein Mandant hat die zweiundvierzig Tage seiner Gefängnisstrafe in einer Abteilung abgesessen, in der auch der Mörder seiner Frau und seines Kindes saß.«

Falls diese Nachricht Ritterbach erstaunte, verstand er es gut zu verbergen. »Und jetzt wollen Sie sagen, Mr. Dunning, daß Ihr Mandant damit bereits ausreichend bestraft ist?«

»Stellen Sie sich doch vor ...«

»Ich brauche es mir nicht vorzustellen. Ihr Mandant hätte sich, bevor er seine strafbare Handlung beging, vorstellen sollen, was es bedeutet, im Gefängnis zu landen. Er hätte sich klarmachen müssen, daß man sich da zwischen den schwersten Kriminellen befindet.«

»Und sich tagaus, tagein in der Nähe des Mannes aufhalten zu müssen, der die eigene Frau und die eigenen Freunde ermordet hat, gehört zu diesem Risiko, wollen Sie sagen?«

»Aus der Nähe zu erleben, wie der Zerstörer des eigenen Glücks seine Strafe absitzt, ist möglicherweise sehr befriedigend, Mr. Dunning.«

»Mein Mandant denkt darüber anders, Euer Ehren.«

»Warum erzählen Sie mir das erst jetzt?«

»Ich habe es selbst erst gestern erfahren. Von meinem Mandanten.«

»Wenn diese Situation für Ihren Mandanten unerträglich war, warum hat er sich dann nicht früher dazu geäußert?«

»Der Mörder hielt sich inkognito in Choreo auf, genau wie

mein Mandant. Sie haben sich gegenseitig erst nach Wochen erkannt.«

»Nach Wochen … und warum hat Ihr Mandant dann nicht sofort die Direktion in Kenntnis gesetzt?«

»Er hat die Gelegenheit genutzt, seinen Mitgefangenen zu den Dingen zu befragen, die während des Mordprozesses nicht zur Sprache kamen.«

»Nun, Mr. Dunning, dann hat Ihr Mandant die Konfrontation bestimmt nicht als Erschwernis seiner Strafe empfunden. Sondern eher als Erleichterung, falls Sie mir das Wortspiel verzeihen.«

Ritterbach drückte auf einen Knopf an seinem Schreibtisch und blaffte seine Sekretärin an, sie könne den Staatsanwalt kommen lassen. Sie fragte, um wieviel Uhr es ihm passe. »Jetzt sofort.«

Nach zwei Minuten, die Dunning und Ritterbach mit Schweigen füllten, betrat Keith Longenecker eilig das Arbeitszimmer des Richters. »Entschuldigung.« Er keuchte. »Ich wurde von einem unbekannten Hund aufgehalten, der nicht aus dem Fahrstuhl wollte. Ich habe erfahren, Mr. Dunning, daß Ihr Mandant gestern entlassen wurde.«

»Nach zweiundvierzig Tagen«, höhnte Ritterbach. »Ich will ihn wieder hinter Gittern sehen.«

»Ich schlage vor«, sagte der Staatsanwalt, »ihn die noch fehlenden achtundvierzig Tage absitzen zu lassen und es dabei bewenden zu lassen.«

»Das psychiatrische Gutachten«, sagte der Richter, »empfiehlt eine Bewährungsstrafe. Ich habe noch nie so einen wertlosen Fetzen gesehen. Bei allem Respekt vor dem von Ihnen vorgeschlagenen Kompromiß, Mr. Longenecker – ich würde den Kinderschänder lieber zu einer Haftstrafe auf unbestimmte Zeit verurteilt sehen.«

»Und wenn Sie, nachdem die neunzig Tage vorbei sind, einen Antrag auf Haftentlassung auf den Tisch bekommen?« fragte Dunning.

»Es ist meine richterliche Pflicht, dies in Erwägung zu ziehen. Und jetzt, meine Herren ... wenn Sie mich entschuldigen würden ...«

2

Als Doug Dunning nach einer Todesfahrt über den Santa
Monica Freeway in die Kanzlei Dunning & Hendrix stürmte,
war der Vormittag noch immer jung. Remo, durch Choreo an
frühes Aufstehen gewöhnt, wartete bereits seit einer halben
Stunde auf ihn, krank vor Verlangen nach Neuigkeiten. Er
wußte, daß er die Ewige Flamme am Grab des Unbekannten
Tragikers nur dann am Brennen würde halten können, wenn
er so schnell wie möglich mit einem Meisterwerk begänne –
und zwar nicht mit so einem Mist wie *Cyclone*.

»Hättest ja mal kurz anrufen können aus dem Gericht«,
sagte Matthew Hendrix, der hinter seinem Rosenholzschreibtisch Remo mit Klatschgeschichten und Witzen aus
dem juristischen Tummelplatz von Downtown Los Angeles
abgelenkt hatte.

»Schau und hör selbst.« Dunning ging zu der Schrankwand,
ebenfalls aus Rosenholz, gegenüber dem Schreibtisch seines
Partners, öffnete die kleinen Türen vor einem Fernseher und
schaltete diesen ein. »Auf LA 5 gibt dieser hinterlistige, eitle
Fatzke bereits eine Pressekonferenz.«

Als der Apparat warm wurde, erschien zittrig ein Rednerpult mit einem wirren Strauß von Mikrophonen. In weißen
Buchstaben: ERWARTET: PRESSEKONFERENZ RICH-
TER RITTERBACH / STRAFGERICHT SANTA MONICA.
Der Bildschirm zeigte, wie in amerikanischen Innenstäd-
ten üblich, ausschließlich sich auflösende Farben. Ein fun-
kensprühender Stacheldrahtstrang zog sich von unten her
durchs Bild, verschwand am oberen Rand und kam unten
wieder zum Vorschein. Es störte Remo immer wieder, sogar
jetzt. Land der großen Zahlen. Viertausend Fernsehsender

auf Kabel und weitere tausend lokale Stationen, aber wenn sich der Empfänger zwischen Hochhäusern befand, spielte sich jede Komödie hinter wanderndem Stacheldraht ab, und ansonsten funkte ein überlastetes Stromnetz dazwischen. Es war ihm, dem kleinen Sklaven von Farbe und Belichtung, ein Greuel, daß seine Spielfilme solchermaßen verstümmelt auf den Bildschirm kamen. Falls er hier irgendwann einen Fernsehfilm über das Getto von Krakau machen durfte, konnte er die Zäune weglassen.

»Da ist er«, rief Dunning. »Knight Bachelor.«

Ritterbach stieg auf das Podium hinter dem Rednerpult und sah sich mit hochgezogenen Augenbrauen im Saal um, auf der Suche nach dem ersten Fragensteller. Niemand ging mit einem Mikrophongalgen herum, so daß die Worte der Journalisten fast nicht zu verstehen waren. »Ich fange bei Ihnen an.« Der Richter zeigte auf jemanden außerhalb des Bildes.

»Your Ho … gesessen … freien Fuß?«

»Er hat nicht einmal die Hälfte der ihm auferlegten drei Monate abgesessen«, antwortete der Richter erhobenen Hauptes und mit halb geschlossenen Augen. »Ich habe ihn jetzt zu einer anschließenden Haftstrafe verurteilt.«

Aus den Tönen, die der nächste Fragensteller ausstieß, konnte man sich zusammenreimen, daß sich seine Frage auf »die verbleibende Hälfte« bezog.

»Nein, ich halte ihn auf unbestimmte Zeit hinter Gittern.«

»Ich seh seinem Gesicht an«, sagte Hendrix, »daß er sich über die Köpfe der Journaille hinweg an die Mitglieder des Palisades Cliffside Golf & Yacht Club, des Palo Alto Hills Country Club, des Hollywood Turf, des LA World Affairs Council und der Gold Diggers for Crippled Children's Society wendet. Und an die Mitglieder all der anderen Society Clubs, in denen er als prominentes Mitglied die Fahne der Wahren Moral hochhält.«

Jemand mußte eine neue Frage gestellt haben, denn Ritterbach antwortete langsam und feierlich: »Ich bin bereit, ihn nach Verbüßung der restlichen achtundvierzig Tage auf freien Fuß zu setzen. Unter der Bedingung, daß ...«

Geschrei im Saal. Die Spasmen in Ritterbachs rechtem Arm verrieten, daß er hinter der Mikrophonhecke seinen Hammer vermißte. »Unter der Bedingung, daß der Verurteilte seiner anschließenden Ausweisung zustimmt.«

Remo und Dunning sahen einander flüchtig an, und danach wechselten die beiden Anwälte einen Blick, aber keiner sagte etwas. In dem Raum, in dem die Pressekonferenz stattfand, war großer Tumult ausgebrochen. Ritterbach hob die Hand, und es wurde still. Er zeigte auf jemanden. »Sie da ... die Dame in Schwarz.«

Die Journalistin trat vor und sagte deutlich zu verstehen in Richtung des Mikrophonknäuels: »Your Honour, verzeihen Sie, aber ... liegt es in *Ihrer* Hand, jemanden auszuweisen?«

Für einen Moment wankte der standfeste Richter. Aber dann hatte er sein Gesicht rasch wieder unter Kontrolle und sagte: »Meine Dame, warten Sie's ruhig ab.« Aus dem Saal wurden ihm noch mehr Fragen zugeworfen, doch Ritterbach drehte sich um, stolperte um ein Haar und verschwand hinter einem Vorhang.

3

Die Anwälte und ihr Mandant waren bestimmt zehn Minuten lang zu keinem Wort fähig. »*Hat* Ritterbach die Macht, mich zu verbannen?« fragte Remo schließlich.

»Natürlich nicht«, meinte Dunning.

»Er erpreßt dich«, sagte Hendrix. »Auf diese Weise hofft er, dich soweit zu kriegen, daß du selbst einen Antrag auf Ausweisung stellst.«

»Das müßt ihr mir erklären ... warum sollte ich um meine eigene Verbannung betteln?«

»Aus Verzweiflung«, wußte Dunning. »Um der ungewissen Dauer deiner Haftstrafe ein Ende zu machen. Darum.«

»Dadurch, daß er dich, wie er es jetzt macht, auf unbestimmte Zeit verurteilt«, sagte Hendrix, »kann dieses führende Mitglied der Gold Diggers for Crippled Children's Society deine Freilassung endlos verschleppen.«

»Und so versucht er«, ergänzte Dunning, »dich dazu zu bringen, schon *jetzt* eine flehentliche Bitte um Verbannung an die Justiz zu richten.«

»Dann ist er dich los«, sagte Hendrix.

»Und behält selbst saubere Hände«, sagte Dunning.

»Seine Kumpel in der San Diego Opera Guild«, sagte Hendrix, »werden ihn im Club mindestens eine ganze Woche lang freihalten.«

»Damit«, sagte Dunning, »hat Richter Ritterbach alles, was ihm zur Verfügung steht, aufgefahren, um dir das Wohnen und Arbeiten in den Vereinigten Staaten unmöglich zu machen.«

»Was für einen Sinn hat es dann«, rief Remo, »in Kalifornien zu bleiben?« Er stand auf. »Ich gehe nach New York.«

»Sie werden dich sofort nach Ankunft auf dem Flughafen zurückschicken«, sagte Hendrix. »Und zwar in Begleitung. Und dann stehst du noch schlechter da.«

»Genauer gesagt«, korrigierte ihn Dunning, »mittenmang in der Scheiße. Bis zum Hals.«

»Wenn du ohne weitere Rücksprache abhaust«, sagte Hendrix, »dann hast du im Grunde zweiundvierzig Tage für die Katz' gesessen.«

»Sieh's halt«, sagte Dunning, »als praktische Vorarbeit für einen künftigen Film an.«

»Das schätze ich so an dir, Doug … daß du allem, egal wie scheußlich, noch etwas Positives abgewinnen kannst. Vergiß nicht, diesen unbezahlbaren Rat auf die Rechnung zu setzen.« Remo ging zur Tür.

»Was willst du jetzt machen?« fragte Dunning ängstlich,

als fürchtete er, Remo könne sich etwas antun. Die Kanzlei befand sich im neunzehnten Stock. Remo drehte sich um. »Wir polnischen Juden haben ein Sprichwort, und das heißt: ›Wenn Scheiße droht, dann stich eine lange Nadel durch den Globus und fahr zu dem Punkt der Erde, der am weitesten vom Pogrom entfernt ist.‹ Und genau das mach ich jetzt bei eurer Erdkugel.«

»Erdkugel …« wiederholte Dunning.

»Dieses Leuchtding im Warteraum.«

»Wann«, fragte Hendrix, »warst du zum letztenmal in unserem Vorzimmer?«

»Gott, da fragst du mich was … Ich gehe immer gleich durch. Als ich das erstemal herkam, denke ich.«

»Genau«, sagte Hendrix, »im Spätsommer '69. Vor achteinhalb Jahren.«

»Was hab ich damals hier gemacht?«

»Dunning & Hendrix sollte eine gewisse, von dir und deinen Freunden ausgelobte Belohnung in Höhe von $ 25 000 verwalten, bestimmt für den, der den goldenen Tip gibt.«

»Verzeih, daß ich das kurz verdrängt hatte.«

»Damals stand tatsächlich«, sagte Dunning, »ein Leuchtglobus im Warteraum.«

»Und jetzt nicht mehr? Was machen so brillante kosmopolitische Topanwälte wie ihr ohne diese neben dem Schirmständer aufglühende Erdkugel?«

»Sie ist Anfang 1970 durch einen Brand verlorengegangen«, sagte Hendrix.

»Das passiert uns herumgehetzten Juden immer. Will man sich am anderen Ende der Welt in Sicherheit bringen, dann stellt sich heraus, die Erdkugel ist in Flammen aufgegangen. Ich wußte ja gar nicht, daß es hier gebrannt hat.«

»Kurzschluß im Globus«, erklärte Hendrix. »Ein unzufriedener Kunde hatte einen unserer Degen reingestochen und so die Lichtquelle getroffen. Der Gestank war größer als das Feuer.«

»Das Ding war aus Plastik«, sagte Dunning düster.

»Keine Ahnung«, sagte Hendrix, »was den Mann geritten hat.«

»Ich weiß es inzwischen«, erklärte Dunning. »Hab ganz vergessen, es dir zu erzählen, Matt. Ich hab ihn in Choreo wiedergetroffen. Der Herr ist dort zur Zeit Gefängniswärter.«

»Das wundert mich aber«, sagte Hendrix. »Und auch wieder nicht.«

»Wie heißt er?« wollte Remo wissen.

»Da mußt du Matt fragen«, sagte Dunning. »Schon als er hier Mandant war, konnte ich mir seinen Namen nicht merken.«

»Das war ja gerade das Problem. Er hatte keinen Namen.«

»Aber er wird seine Schecks doch mit was anderem als einem Kreuz unterschrieben haben …«, sagte Remo.

»Keine Ahnung«, meinte Hendrix. »Da ist noch eine ordentliche Rechnung offen.«

»Ich habe ihn in Choreo darauf angesprochen«, sagte Dunning.

»Wie vertritt man als Anwalt einen namenlosen Jemand?« fragte Remo.

»Er war unter zwei verschiedenen Aliasnamen vorgeladen«, sagte Hendrix. »Frag mich nicht, welchen. Ich müßte Jenny zwanzig Stockwerke tiefer schicken, um im Archiv nachzusehen. Beide Vorladungen hatten mit dem Hurly-Burly-Prozeß zu tun. In der einen Zustellungsurkunde wurde Mr. Client unter dem Namen Mr. X. aufgerufen, als Belastungszeuge vor dem Gericht in Los Angeles zu erscheinen. In dem anderen wurde er als Mr. Y., von Beruf Paragnost, vorgeladen, um sich für seine Rolle als Kriegshetzer in Hurly Burly zu verantworten. Der Anlaß war in beiden Fällen derselbe. Mr. Client, X. wie Y., soll dem Haupttäter in dem Mordfall eine Schwarzpressung mit dem Popsong ›Hurly Burly‹ zugespielt haben.«

»Wenn ich mich richtig erinnere«, sagte Dunning, »hat

unser Mr. Client behauptet, er habe dem Komponisten des Stücks das Basismaterial für den Text geliefert.«

»Ach wo«, sagte Hendrix. »Es stellte sich heraus, daß es nur um ein paar Zitate aus *Macbeth* ging. Der Mann war der größte Megalomane, den ich je während meiner Anwaltstätigkeit erlebt habe. Allein schon sein Name ... und damit meine ich nicht einen seiner Aliasnamen, sondern seinen ursprünglichen, den er nicht nennen wollte.«

»Er *durfte* ihn nicht nennen«, berichtigte Dunning.

»Weil er ihn verkauft hatte«, sagte Hendrix. »Es war ihm vertraglich untersagt, seinen eigenen Namen zu verwenden. Behauptete er.«

»Na, Matt, das war schon mehr als nur eine Behauptung. Er hat uns doch seinen Vertrag mit der NASA vorgelegt.«

»Eine Fälschung.«

»Wir haben ihn auf Echtheit untersuchen lassen«, erinnerte ihn Dunning. »Er wurde für authentisch befunden.«

»Es *muß* eine Fälschung gewesen sein.«

»Sogar bei der NASA, Matt, haben sie die Rechtsgültigkeit des Vertrags bestätigt. Sie waren wütend auf unseren Mandanten, weil der Vertrag im Beisein der jeweiligen Anwälte unterschrieben worden war. Aber an der Echtheit, nein, an der wurde nicht gezweifelt.«

»Wer verkauft denn bloß seinen Namen an die NASA ...!« rief Remo aus.

»Ach, der Mann war ein Megalomane und ein Hochstapler«, sagte Hendrix. »Das werden sie bei der NASA schon noch merken.«

»Es wurmt dich anscheinend noch immer, Matt, daß Mr. Client aus dem Land geflüchtet ist, bevor er vor Gericht erscheinen konnte.«

»Wie willst du so jemanden davon abhalten?«

»Du hast ihn kopfscheu gemacht ... weil du vor Gericht seinen wahren Namen preisgeben wolltest. Vertragsbruch ... das hat er nicht ertragen.«

»Wenn ich ihn seinen Aliasnamen hätte benutzen lassen, wäre ich der Rechtsvertreter eines völlig unbedeutenden kleinen Harnpropheten gewesen. Hätte ich seinen richtigen Namen nennen dürfen, dann wären Dunning & Hendrix in die Geschichte eingegangen als das Anwaltsduo, das den Hurly-Burly-Prozeß völlig auf den Kopf gestellt hat.«

»Du hast das nicht mal mit mir besprochen. Ich wäre viel diplomatischer auf den Mann zugegangen. Hätte ihm die Möglichkeit eröffnet, seinen Namen, mit unserer Hilfe, zurückzukaufen. Du hast diesen Fall für Dunning & Hendrix vermasselt, Matt.«

»Meine Herren«, schaltete sich Remo ein, »bevor ihr euch gegenseitig den Schädel einschlagt … sagt mir doch, warum Mr. Client euren Leuchtglobus zerstört hat.«

»Er wollte das gleiche wie du«, sagte Dunning. »Sicherheit am anderen Ende der Welt. Nur ging bei ihm etwas schief. Der Globus war zu groß, selbst für die längste Nadel. Darum benutzte er einen der Degen, die im Warteraum an der Wand hingen. Eine Nachbildung aus billigstem Zinn. Die Spitze ging bei Los Angeles butterweich rein, traf dann aber drinnen die Glühbirne. Kurzschluß. Der Degen verbog sich völlig, und die Spitze kam in Europa raus. Irgendwo im Norden … Kopenhagen, Niederlande … irgendwo in der Gegend. Der Mann erzählte mir in Choreo, daß er tatsächlich dorthin geflüchtet war.«

»So was macht nur ein Jude«, behauptete Remo.

»Er war Grieche, seinem Ursprung nach«, sagte Hendrix.

»Spiros Agraphiotis. Der einzige Grieche in Choreo.«

»Schon wieder ein anderer Name«, sagte Hendrix, »aber der muß es sein. Streng dich an, Doug, mit der offenen Rechnung. Beweis dem Gerichtsvollzieher, daß das *unser* Grieche ist.«

»Geringe Chancen«, sagte Remo. »Er hat gekündigt. Gestern war sein letzter Arbeitstag.«

»Bleibt die Frage«, sagte Dunning, »was unser Grieche in Choreo gemacht hat.«

»Ganoven bewachen«, lachte Remo.

»Ja«, sagte Hendrix, »und den Rest.«

4

Auf dem Weg zur Vorhalle und zum Lift warf er einen kurzen Blick ins Wartezimmer. An den Wänden hingen noch immer die Nachbildungen antiker Waffen, aber sie wurden nicht mehr, wie früher, von den Ozeanen auf dem Globus in eine gespenstisch blaue Glut getaucht. Der Rahmen, in dem die drehbare Kugel aufgehängt gewesen war, bot jetzt einigen ramponierten Regenschirmen Platz. An den weniger stark verbrannten Stellen waren die Zahlen der Längen- und Breitengrade noch gut zu lesen. Das half ihm nicht weiter. Einen intakten Globus und einen scharfen Schürhaken, das brauchte er. Auf dem Flur zur Vorhalle die besorgten Stimmen der Anwälte und ihrer Assistentin.

»Ich habe ihn nicht vorbeigehen sehen.« (Jenny Foldaway)

»In der Halle ist er nicht.« (Matthew Hendrix LLM) »Kein Pfeil leuchtet … mit dem Aufzug ist er nicht weg.«

»Die Treppe …« (Douglas Dunning LLM)

Donnernde Markenschuhe auf dem Linoleum in der Halle. Ihr Trommeln auf den Treppenstufen. Zwischen den kaputten Regenschirmen stand ein unversehrter mit bräunlich verfärbtem Elfenbeingriff. In Südkalifornien regnete es vielleicht achtundzwanzigmal im Jahr, und wo er jetzt hinwollte, nicht öfter. Schwarze Regenschirme eigneten sich schlecht als Sonnenschirm. Dennoch konnte er diesen nicht stehenlassen.

Jenny saß nicht an ihrem Platz am Empfangsschalter. Remo ließ den Lift kommen, stieg ein und fuhr ins Erdgeschoß. In der Kabine befand sich niemand, und trotzdem hatte er sich automatisch ganz nach hinten mit dem Rücken an die Wand gestellt. Wie ekelhaft amerikanisiert er inzwischen doch war – nun gut, das würde er in einem neuen Leben schon wieder ablegen.

Unten kein Dunning & Hendrix. Vielleicht hatten sie die Treppe zum Dach genommen, in der Annahme, ihr Mandant wolle Richter Ritterbach im Sturzflug entgegenkommen. Keine schlechte Idee, aber nicht in der Flower Street. In der Wüste war mehr Platz.

5

In dem VW-Käfer seiner Sekretärin fuhr er zu dem Appartement in Beverly Hills zurück, das ihm nie ein Zuhause werden würde. Er legte seinen kleinen Koffer aufgeschlagen aufs Bett und wählte so streng wie möglich die Sachen aus, auf die er nicht verzichten konnte. Abgesehen von ein paar Dingen von Sharon hing er an nichts wirklich. Auf fast allen Gegenständen, die er in den letzten Jahren um sich versammelt hatte, lag die Patina eines Lebens, das er unbedingt hinter sich lassen mußte. Kein alter Kram in einem neuen Leben. Der Koffer war ihm noch zu groß, zu eckig. Er legte alles in eine Wochenendtasche der weichen Art, so ein Ding, das sich überall reinstopfen ließ.

Bankpapiere. Verträge. Visum. Französischer Paß. Pilotenschein.

Zum letztenmal zog er die Tür der unpersönlichen Wohnung hinter sich zu – und stieß auf dem Weg in eine unbekannte Freiheit bereits auf das erste Hindernis: kein Bargeld. Erst mal zu DinoSaur. Das Problem war: Wie schwatzte man einem Produzenten einen Vorschuß ab, dem man gleichzeitig mitteilen mußte, daß man sich als Regisseur zurückzog?

6

Sauro kam mit ausgebreiteten Armen auf ihn zu. Sie waren lediglich durch zwei Büroräume getrennt, deren Zwischentüren offenstanden.

»Freund«, rief Sauro, den Lärm der Schreibmaschinen und Telefone übertönend. »Komm durch.«

»Ich habe mich entschlossen.« Remo bog um einen Tisch mit Modellen von Filmkulissen.

»Ich wußte es.« Sauro breitete seine Arme noch weiter aus. »Ich wußte es.«

Erst in Umarmungsabstand, außer Hörweite der Angestellten, sagte Remo: »Ich verlasse das Land.«

Es schien, als erschlaffe Sauros Gesichtsfleisch und rutsche ihm vom Schädel. »Questo Ritterbach ... che stronzo!«

»Mit mir wird ein schmutziges Spiel gespielt. Ich habe keine andere Wahl.«

»Ich verstehe. Wie sieht es bei dir mit Geld aus?«

»Keinen Vierteldollar an Barem.«

Sauro klopfte seine Taschen ab. »Erst Gott verfluchen.«

»Wie bitte?«

»No curse, no cash. Kennst du diese Szene aus *Don Juan* von Molière nicht? Don Juan will Francisco ein Goldstück geben, aber erst muß dieser Gott verfluchen.«

»Und?«

»Francisco weigert sich. Lieber verhungere ich, sagt er.«

»Sauro, ich habe Gott in den letzten Wochen so in Grund und Boden verflucht, daß ich mich frage, ob Er sich jemals noch rührt. Mein Goldstück hab ich mir redlich verdient.«

»Ich hab nur Plastikgeld. Warte.« Sauro wandte sich an einen Mitarbeiter, der im Laufschritt den Raum verließ. »Ich habe Jerrold zur Bank geschickt. In fünf Minuten ist er zurück. Zweitausend, kommst du damit fürs erste über die Runden?«

»Muß ich wohl.«

»Wohin, mein Freund?«

»Irgendwohin, wo es wenig Grenzposten gibt.«

»Mexiko.«

»Du sagst es.«

Ihre Umarmung versetzte einem Filmprojekt endgültig den Todesstoß.

7

Zum erstenmal in all den Jahren vermißte Remo seinen Lamborghini, den er in angeekelter Trauer seinem Schwiegervater überlassen hatte – als hätte der mit *seinem* Kummer auf ein derart teures Stück Blech gewartet. Es wurde gerade erst Mittag, aber er hatte es sehr eilig. Paulas Käfer schien zu dösig für das Zentrum von Los Angeles. Auf dem Weg zur Abzweigung zum Harbor Freeway mußte er quälend lange hinter einem Schulbus warten, aus dem blinde Kinder stiegen, mit Fuß und Stock nach der untersten Stufe tastend. Zwei watschelnde Nonnen halfen ihnen über die Straße. Sich aneinanderklammernd bewegten sich die Schüler mit steifen Schritten, wodurch ihre Ranzen zu merkwürdigen, ruckelnden Rückenschilden wurden. Hauptsache, es waren keine Engel mit »feurigen Brustplatten«, die Maddox' Wüstenbrunnen bewachten.

In seinem Lamborghini hätte er genauso wartend hinter dem gelben Bus gestanden, nur hätte der Motor dann ungeduldiger geklungen als der des behäbigen Volkswagens. Eine merkwürdige Geste, im nachhinein betrachtet. Gleich nach Sharons Tod hatte sich ihr Vater einen Bart wachsen lassen, um sich, als Hippie oder etwas, das dafür durchgehen sollte, gekleidet, zwischen den Dealern und Bikern auf dem Sunset Strip herumzutreiben und so den Mördern auf die Spur zu kommen. Ein flammend roter Lamborghini war nicht gerade geeignet, die Tarnung zu vervollkommnen.

Auf der anderen Straßenseite mußten die kleinen Blinden

noch über eine steinerne Treppe in ein Gebäude im spanischen Kolonialstil geführt werden, offenbar ihre Schule oder Anstalt. Es dauerte eine Weile, bis die Nonnen mit steif flatternden Röcken wieder im Bus waren und die gelben Blinklichter erloschen. Wie gern wäre er jetzt mit einem achtlosen Tippen seines Zehs aufs Gaspedal an dem Hindernis vorbeigeschossen, der Lamborghini einen Moment lang eine rote Spiegelung im gelben Lack. Der Käfer kam nicht mal an ihm vorbei. Armer Paul. Das ganze Sichheranmachen an und Haschrauchen mit den Randexistenzen vom Strip hatte dem ratlosen Oberst nichts eingebracht außer einer Bartflechte, einer gebrochenen Nase und einem häßlichen Husten. Die Motorradgang der Square Satans wäre die richtige Adresse gewesen, aber um die hatte er gerade nach diesem Schlag in sein Gesicht immer wieder einen großen Bogen gemacht.

Harbor Freeway.

Beim Schild für die Ausfahrt zum Woodbury College wußte er, daß er gleich auf dem Santa Monica Freeway war. Er mußte immer wieder Gas zurücknehmen, weil er die zulässige Höchstgeschwindigkeit von fünfundfünfzig Meilen pro Stunde schon überschritten hatte, manchmal sogar mehr als fünfundsechzig fuhr, denn soviel schaffte Paulas Nuckelpinne denn doch noch. Wenn er mit anderen mitfuhr, hatte er den Fahrer oft dadurch auf die Palme gebracht, daß er ihn auf die verdeckt stehenden *unmarked patrol cars* aufmerksam machte. Gelobt wurde er dafür nie, es sei denn, der Betreffende war wirklich zu schnell gefahren – dann tauchte der Beweis von allein im Rückspiegel auf. Sogar für die ebenso gut versteckten Radargeräte der Verkehrspolizei hatte er einen Riecher, dem ein eventuelles Versagen einfach per Zahlungsaufforderung bescheinigt wurde.

Heute nichts von dieser Aufmerksamkeit. Es ging ihm nicht um die fünfzig oder hundert Dollar Bußgeld, die auf dem Parkstreifen bar zu begleichen waren (er mußte ja noch die beiden DinoSaur-Tausender kleinmachen), aber angenommen, sie nahmen ihn fest oder einfach auch nur für ein kleines Gespräch mit aufs Revier. Auch solange es ihm gelang, unterhalb des Tempolimits zu bleiben, beging er eine Übertretung nach der anderen. »Wenn ich nachher mit dem Knüppel genauso miserabel umgehe wie jetzt mit dem Steuer«, murmelte er, den Gestank von verbranntem Gummi in der Nase, »dann schaffe ich's nicht mal bis zur Grenze.«

8

Der Flughafen von Santa Monica: Er war auf vertrautem Terrain. Aus Löchern und Rissen im Asphalt des Parkgeländes schoß so viel Unkraut, daß manche Flächen wie Beete eines Kräutergartens aussahen. Der Wildwuchs war in den vier Jahren, seit er hier seinen Pilotenschein gemacht hatte, nur noch üppiger geworden. Beim Einparken kratzten Stengel irgendeines namen- und saftlosen Gewächses an der Karosserie. Wenn die Wüste hier schon so aggressiv durch die Kruste der Zivilisation drang, wie mußte es dann erst auf der anderen Seite des mit Büscheln von Menschenhaar behängten Stacheldrahts sein?

Remo nahm seine Tasche von der Rückbank und schloß den VW ab. Nachher, im letzten Moment, würde er Paula anrufen und ihr sagen, wo sie ihr Auto finden konnte. Die Schlüssel lagen dann am Schalter von Grafton Aviation. Wenn sie den Käfer von einer bezahlten Kraft abholen lassen wollte, auch recht. Die Kosten dafür würde er ihr später erstatten.

Er setzte sich in Richtung der niedrigen Gebäude in Bewegung, die als Hangars für die Sportflugzeuge dienten und wo die kleinen Gesellschaften mit ihren Flugschulen die Büros hatten. Januar, und die Kleider klebten ihm am Leib. Er schaute ständig über die Schulter, ob niemand aus einem parkenden Wagen gestiegen war und ihm folgte. So konnte es geschehen, daß er zwischen den trockenen Grasbüscheln

eine Eidechse tottrat. Dadurch merkte er erst, wie empfindlich er an diesem Tag war. Angst, Wut, Kummer, Kampflust,
Ohnmacht – das alles braute sich zu einem lähmenden Gift
zusammen. Mit Tränen in den Augen, klebrigen Tod unter
seiner Schuhsohle, überquerte er die Betonfläche zur weißen
Halle von Grafton Aviation.

Im Sommer 1973, während er mit dem unmöglichen
Robert am noch unmöglicheren Skript für *Chicane Town* arbeitete, hatte er hier seine ersten Flugstunden genommen.
Mr. Bob war der Autor des genialen Drehbuchs, das sich in
all seiner Genialität als unverfilmbar erwies. Als vorgesehe-
ner Regisseur hatte Remo verlangt, daß es gekürzt würde.
Verheerend, diese Zusammenarbeit. Der eitle Robert wider-
setzte sich jeder Streichung. Wenn es Remo nach viel Hin-
und Hergeschimpfe dennoch gelang, eine durchzusetzen,
zog der gekränkte Autor stundenlang niedergeschlagen mit
seinem Hund durch die Hügel. Weil er selbst um keinen Preis
auf Schlängelwegen hinter einem frisch angeschafften Deutschen Schäferhund hertrotten wollte, hatte Remo den Pilotenschein in Angriff genommen. Ein Fluglehrer stank auch
weniger nach Spüllumpen als so ein Hirtenhund.

Hinter dem Tresen stand ein junger Mann über einen Karteikasten gebeugt. Auf dem Rücken seines grünen Overalls
stand in weißen Großbuchstaben GRAFTON AVIATION.

»Eine Cessna 150 frei?« Remo legte Pilotenschein und
Kreditkarte neben ein Fischglas mit Pfefferminzkissen. Beim
Umdrehen verwandelte sich der junge Mann in ein fast hüft-
und busenloses Mädchen, deren aufgestecktes Haar sich bis
auf eine zarte Strähne unter einer grünen Schirmmütze verbarg. Sie erkannte ihn und begann sofort zu flirten: Hände in
den Gesäßtaschen, Schultern zurück, aber noch immer keine
Spur von Busen. Als sie fragend seinen Namen nannte, reute
es ihn auf einmal, seinen Bart abrasiert zu haben. So hinter-
ließ er Zeugen an allen markanten Punkten seines Rückzugs.

»Für wie lange?«

»Hat Grafton Verbindungen zu Marijuana Brass?«

Sie lachte unsicher. »Wir handeln nicht mit Drogen.«

Aufpassen bei diesem Mädchen. Sie lenkte seine Zunge in die falsche Rille. »Sorry, ich hab mich versprochen. Ich meine den Flughafen Tijuana.«

»Sie wollen nach Tijuana fliegen …«

»Ja, und dann die Cessna dort lassen.«

»So daß jemand aus Tijuana die Kiste hier wieder zu Boden bringt?«

»Ich bleibe in Mexiko.«

»Das wird dann aber ein ganzes Stück teurer.«

»Hier ist meine American Express Karte.«

»Ich frag mal kurz nach. Nehmen Sie sich ruhig so viele Pfefferminz, wie Sie wollen.«

Das Mädchen verschwand in dem kleinen Büro hinter dem Tresen. Kurz darauf sah er durch das große Fenster, wie sie, Ölpfützen ausweichend, über die graue Fläche der Betonplatten zu einer kleinen Gruppe Männer in GRAFTON-Overalls lief, die an zwei Cessnas arbeiteten. Hier stand er. Mann auf der Flucht. Das kleine Luder war offensichtlich von ihrer Mutter nicht vor dem berühmten Kinderschänder gewarnt worden. Aber diese Mechaniker da, mit ihren um die Hälse geklemmten Ohrschützern, die lasen bestimmt Zeitung und könnten, wenn sie seinen Namen und das Ziel erfuhren (nur Hinflug), durchaus die Polizei anrufen, einfach so, vorsichtshalber.

Herzklopfen hämmerte Visionen hervor: von kleinen mexikanischen Städten am Horizont und winkenden Kakteen in der Tiefe. Aus Ehrfurcht vor der Stille über der Wüste hörte der Cessna-Motor auf zu brummen. Genau wie wahrscheinlich dieses Mädchen da stellte er sich Kakteen noch immer in der Comic-Variante vor: grüne Vogelscheuchen mit Gänsehaut und Mickymausohren. Sie streckten ihre langen Arme aus, um ihn mitsamt seinem kleinen Flugzeug aufzufangen. Im Gleitflug näherte er sich der Grenze aus Stacheldraht.

Hinüber, das schaffte er nicht. Auf amerikanischer Seite warteten schon drei langgereckte Schlitten der Grenzpolizei auf ihn. Die Herren lehnten in zynischer Ruhe an ihnen, Spiegelbrillen gen Himmel gerichtet. Aus allen Richtungen rollten Tumbleweed-Büsche heran, federleichte Vehikel für die entwurzelten Seelen mexikanischer Glücksritter. Sie wollten nichts von seiner Verhaftung verpassen.

Das Mädchen redete lebhaft gestikulierend auf einen der Mechaniker (oder Piloten) ein, der in einem fort den Kopf schüttelte. Remo streckte seine Hand in das Fischglas und nahm eins der Kissen heraus. Süße Zahnschmerzen einsaugend blickte er eine Weile auf den gestohlenen Regenschirm, dessen Elfenbeingriff aus der Tasche zu seinen Füßen ragte. Wenn er auf dem Weg ins trockene Mexiko war, warum schleppte er das Ding dann mit?

Seine Turnschuhe quietschten auf dem Noppenvinyl, als er sich, Tasche in der Hand, abrupt umdrehte und das Gebäude verließ. Mexiko. Jack London war dort morphiumsüchtig geworden. Andere waren nie von dort zurückgekehrt. Mit Dennis Hopper und seiner Filmcrew war es dort ebenfalls gründlich schiefgelaufen. John Huston hatte es hin und zurück in einem gemieteten kleinen Flugzeug geschafft, aus dem er viele tausend Pingpongbälle über Mexiko abgeworfen hatte. Warum, konnte er nicht sagen. Vielleicht den abergläubischen Mexikanern ein Wunder bescheren. Fest stand aber, daß das Land den kreativen Huston zu nicht mehr als einer Wolke von Pingpongbällen zu inspirieren vermocht hatte.

Am Rand des Parkplatzes blieb der Elfenbeingriff an einem Pfosten hängen, wodurch der Schirm aus der Tasche gezogen wurde. Als er ihn zurücksteckte, wußte er plötzlich, daß er sich auf dem Weg in nassere Regionen befand.

Im Tank des VW mußte noch genug Benzin sein. Erst beim Starten schmeckte er das zerbröckelte Bonbon auf der Zunge. Dabei mochte er Pfefferminz nicht mal. Er hatte, ohne nachzudenken, denselben Geschmack in seinem Mund erzeugen wollen, wie ihn das GRAFTON-Mädchen den ganzen Tag über in ihrem haben mußte. Wer so handelte, dachte er, war unverbesserlich und sollte in der Tat aus dem Land geworfen werden.

9

Mit den Direktflügen der KLM nach Los Angeles war die moderne Zeit für die Niederlande endgültig angebrochen, doch auf LAX wußten sie damit noch nicht recht umzugehen. Im November 1977 kam ich nach der Landung in Terminal 5 an, der Ankunftshalle der Western Airlines, wie jedes Kind weiß. Die rasant expandierende KLM hatte dort vorübergehend Obdach gefunden. Ich war nichts weiter als ein Immigrant, ein mediterraner Typ, also was kümmerte es mich – aber ich hatte den Eindruck, als ob jeder nachfolgende Griff Hollands nach internationalem Prestige immer erst abgewertet werden mußte. Einst war das anders gewesen, aber da gab es ja die moderne Zeit noch nicht.

Infolge von Woodehouses Getrödel in Choreo, der wiederholt verlängerten Galgenfrist, war ich Wochen länger als geplant in Kalifornien geblieben. Mein zwei Monate gültiges Rückflugticket war längst abgelaufen. Wenn ich das als dummes Versehen hinstellte, war vielleicht ein Rabatt für den einfachen Flug nach Amsterdam drin. Ich dachte, ich müßte zum Terminal 2, wo die internationalen Fluggesellschaften ihre Schalter hatten. Aber nein, für den *Abflug* mit einer Maschine der KLM hatte ich mich zu Terminal 4 zu begeben, der eigentlichen Domäne von American Airlines. So blieb man auf Trab.

»Schalter 31 und folgende. Sie können gratis den Airport Tram Stop benutzen.«

Ein freundlicher junger Mann vom Bodenpersonal, eine Art blauer Page, brachte mich zum Kleinbus des Pendeldienstes, der auf World Way bereitstand, der um die riesigen

Parkplätze herumführenden Straße, wo es in der späten kalifornischen Wintersonne von Glas und Lack nur so blinkte. Am Eincheckschalter 33 im Terminal 4 wurde mir von einer blonden Halbgöttin in gutem Niederländisch zu verstehen gegeben, daß mein Ticket wirklich ungültig war. »Wenn Sie der Meinung sind, für eine Ausnahmeregelung in Betracht zu kommen, dann verweise ich Sie an unser Büro am Airport Boulevard. Der Pendeldienst macht den kleinen Umweg gerne für Sie.«

Summend vor Ungeduld wieder in den Kleinbus. In meiner Jugend war ich sozusagen zu Hause in höheren Sphären. Es war mein Vater, der aus verschiedenen Himmelsrichtungen zwei Raubvögel aufeinander losließ, damit sie durch einen blutigen Zusammenstoß den Ort bestimmten, an dem mein Beratungsbüro entstehen sollte. Und jetzt wurde ich auf einem der größten Flughäfen der Welt in einem läppischen kleinen Vehikel von einem Schalter zum anderen gefahren, wo man mich bitten und betteln ließ, bitte, bitte in den Himmel hinauf zu dürfen.

Ich hatte die Koninklijke Luchtvaart Maatschappij in Verdacht, irgendwo ein geheimes Landhaus zu haben, in dem von Hoflieferanten ausschließlich helläugige Blondinen gezüchtet wurden. An einem Schreibtisch am Airport Boulevard saß auch wieder eine. Sehr irdisch, aber nicht von dieser Welt.

»Es tut mir leid, Mijnheer. Heute gibt es keinen Direktflug nach Schiphol. Übermorgen wieder.« Sie konsultierte einen Flugplan. »Heute abend gibt es einen Inlandsflug nach Chicago, und dort können Sie in die Linienmaschine nach Amsterdam umsteigen.«

»Ich habe es sehr eilig. Es geht um ein krankes Kind.« Während ich das sagte, sah ich meinen kleinen Tib auf dem scharfkantigen Kies eines Gartenwegs sitzen. Neben ihm stand einer seiner hohen Schuhe, darin die Socke. Mit einem eher böse als schmerzlich verzerrten Gesicht knetete er mit beiden Händen den bläulichen Rücken seines nackten Fußes. Ich hatte ihn zu lange dem Unverständnis seiner Eltern überlassen.

»Wenn Sie sich beeilen …« Sie sah flüchtig auf eine große Wanduhr hinter ihr. »In vierzig Minuten geht eine Maschine der British Airways nach London. Versuchen Sie es bei denen am Schalter. Von London gibt es regelmäßig eine Verbindung nach Schiphol.«

»Und wo …«

»Terminal 2. Alles Gute für Ihr Kind.«

Der Pendelbus stoppte vor dem Eingang von AEROMEXICO, aber was machte das schon, der von British Airways befand sich gleich daneben. Ich suchte noch nach einem Zweidollarschein als Trinkgeld für den Fahrer, als neben uns ein dunkelblauer VW-Käfer hielt. Heraus stieg, mit Tasche und Regenschirm, CALIF PRISON A99366Y R WOODEHOUSE 12 19 77.

»Da geht dieser Filmemacher, wie heißt er gleich wieder«, sagte der Fahrer. »*The most notorious man in Tinsel Town*, hab ich heute morgen in der Zeitung gelesen.«

Woodehouse hatte sich den Bart abrasiert, die langen Haare schneiden lassen und eine dunkle Brille aufgesetzt, aber auch ich erkannte ihn sofort, und nicht nur wegen seiner Größe. Das Pflaster auf seiner Wange bedeckte entweder die blaue Träne oder die kleine Wunde, die die Entfernung der Tätowierung hinterlassen hatte. Er sah sich wiederholt um, zögerte vor der Drehtür der AEROMEXICO und ging dann bei British Airways hinein – als führten nicht alle Türen in dieselbe endlose Halle. Daß er das Auto in der zweiten Reihe stehenließ, an einer ohnehin schon verbotenen Stelle, konnte nur bedeuten, er glaubte rasch wieder zurück zu sein.

Der Fahrer nahm mein Trinkgeld unter Protest entgegen. Er half mir beim Aussteigen, als wäre ich ein alter Mann, und reichte mir mein Gepäck. »Gute Reise, Sir.«

Ich schlug die Dienste eines Mannes mit einer Gepäckkarre aus und zog meinen Koffer hinter mir her in die Drehtür von AEROMEXICO. Drinnen stand Remo und starrte angespannt auf die Tafel mit den Abflugzeiten. Trotz der Ströme von Reisenden wirkte er in diesem weiten Raum genauso verloren wie in der Halle des HST, wenn er beim Fegen war. Dort hatten seine Behaarung und sein weiter Overall ihm noch ein wenig Volumen verliehen, jetzt aber ging hier ein schmächtiger Junge zurück Richtung Drehtür, in weißen Turnschuhen, die zu groß und zu weiß für ihn schienen. Schmale Jeans. Die braune Lederjacke geschmeidig über einem T-Shirt mit dem Aufdruck UCLA. Seine Tasche schleifte, Staub und Papierstückchen sammelnd, über den Boden, weil die Henkel eigentlich zu lang für ihn waren. Ich hatte auf einmal Mitleid mit ihm.

Kurz vor der Drehtür blieb er stehen – nein, nicht um zu schauen, wie schön das späte Sonnenlicht, auf geometrische Flächen reduziert, in den Glasabteilen eingeklemmt wurde. Hinter dem Volkswagen saß auf einem Motorrad ein Polizist und schrieb etwas in sein Büchlein. Gerade bückte er sich, um das Nummernschild besser entziffern zu können, konsultierte seine Uhr und notierte Zeit und Kennzeichen. Woodehouse schritt nicht ein. Weil er jetzt in meine Richtung kam, drehte ich mich zu einem Zeitschriftenkiosk um. Ich setzte das Drehgestell mit den Zeitungen in Bewegung. Die Abendausgaben, davon auf einigen Titelseiten Richter Ritterbachs Deportationsandrohung, waren frisch angeliefert worden. Weil ich erwartete, daß er für die Gebildeten mit Flugangst nicht gratis in der Maschine liegen würde, kaufte ich eine Ausgabe des *San Bernardino Herald Examiner*, der auf Seite 1 einen kleinen Kasten mit der Nachricht über die Konfrontation in Choreo brachte – hauptsächlich ein Verweis auf Seite 5 für den vollständigen Bericht.

Meine Beine waren länger als seine, also drohte ich ihn auf dem Weg zum British-Airways-Schalter schon bald einzuholen. Bei aller gebotenen Eile hatte ich jetzt keine Lust auf ein Wiedersehen. Nach dieser administrativen Laune des Schicksals in Choreo durfte ich mich zwar als erfolgreichen Stifter des organisierten Zufalls bezeichnen, doch diese Begegnung auf LAX, sozusagen außerhalb der Arena, hatte ohne mein Organisationstalent stattgefunden.

10

In seiner eigenen Stadt, in der er eine Familie gegründet und Triumphe gefeiert hatte, rannte Remo jetzt wie eine Maus von einer Fußleiste zur anderen, verzweifelt auf der Suche nach einem kleinen Spalt, um entwischen zu können. *The most notorious man in Tinsel Town.* Aus Angst vor weiteren lynchschwarzen Schlagzeilen ging er mit abgewandtem Kopf an den Kiosken entlang. Es überholte ihn mit großen Schritten, den Koffer hinter sich her ziehend, ein Typ in weißem Regenmantel. Irgend etwas war ihm vertraut an dem Mann, möglicherweise jemand von Paramount, aber Remo konnte sein Gesicht nicht sehen. So lief es seit seiner Verhaftung im März ständig ab. Die Leute, die sich früher vor ihm in den Staub geworfen hatten, schauten jetzt über ihn hinweg zu einem ausgestopften Vogel auf einer Fensterbank oder hatten plötzlich etwas im Auge, das dieses tränen ließ.

Die Räder am Koffer blockierten, so daß das Ungetüm über das Linoleum ruckelte und umzukippen drohte. Der Mann ließ sich dadurch nicht aufhalten und stiefelte direkt auf den British-Airways-Schalter zu, der ganz im Muster des Union Jack gestaltet war. Die Maschine ging in einer halben Stunde. Wetten, daß der Typ in seinem verblichenen Mantel mit dem letzten Ticket abzwitscherte.

Der Schalter war nicht besetzt. Der Mann drückte auf einen Knopf. Remo blieb in einigen Schritten Abstand stehen. Die Haltung des Typen (wie er sich da an den Schalter lehnte, das eine Bein nach hinten abgewinkelt, auf eine kippelige

Schuhspitze gestützt) kam ihm ebenfalls vertraut vor. Peter Gaugenmaier von Paramount, Remo war sich fast sicher. Er hatte keine Lust, als erster zu grüßen, setzte aber doch die Sonnenbrille ab. Ein Mädchen in der Uniform der Fluggesellschaft drückte mit ihrem Bauch zwei Pendeltüren in der Rückwand auf. Sie grüßte und warf einen flüchtigen Blick in den Paß, den der Mann im weißen Mantel aufgeschlagen vor sich liegen hatte.

»Ich weiß Bescheid«, sagte sie. »Die KLM hat angerufen. Das nenne ich Glück!« Sie begann ein Ticket auszuschreiben. »Wir haben gerade zwei Annullierungen reinbekommen. Leute, die im Zoo angefallen worden sind, oder irgend so was. Keine Ahnung, von welchen Tieren. Jetzt müssen Sie aber rennen. Ihre Maschine startet in zwanzig Minuten.«

Nachdem der Mann bezahlt hatte, trat er einen Schritt zurück, wobei er Remos Fuß voll erwischte. »Oh, Entschuldigung!« Er drehte sich um. Es war der »Grieche«. »Mr. Woodehouse, was für eine Überraschung.«

»Für mich nicht weniger, Mr. Agraphiotis.«

»Sie verreisen?«

»Ich … bin hier wegen was anderem.«

»Was auch immer Sie tun, viel Glück. Nehmen Sie's sich nicht zu sehr zu Herzen, was die Zeitungen schreiben.«

»Ich wünsche Ihnen einen guten Flug.«

Der »Grieche« eilte zum Eincheckschalter.

»Und Sie wünschen?«

Oh, vollsüßer englischer Tonfall. Er wähnte sich bereits in London. Solche Mädchen holte er sich aus The Turnabout am Bruton Place. Ja, was wünschte er? Der Gedanke, im selben Flugzeug zu sitzen wie Agraphiotis, gefiel ihm ganz und gar nicht.

»Wenn Sie den Platz des anderen abgesprungenen Passagiers möchten, dann müssen Sie es jetzt sagen. L 589 startet in einer Viertelstunde. Ich darf Ihnen eigentlich gar kein Ticket mehr verkaufen.«

»Ich nehme es.«

Remo gab ihr seine ungedeckte Kreditkarte. Er spekulierte darauf, daß sie infolge der Zeitnot die Gültigkeit nicht telefonisch überprüfen würde, und das tat sie auch nicht. Allerdings schaute sie, bevor sie ihm die Karte zurückgab, noch einmal auf den Namen. Sie rieb mit der Fingerspitze über die Relief-Buchstaben. »Sind Sie's jetzt«, sagte sie, »oder sind Sie's nicht?«

»Irgend jemand muß es doch sein.«

»Hab ich dann das Richtige gemacht ... ich meine ... Ihnen ein Ticket zu verkaufen? Es steht in allen Zeitungen. Im Fernsehen kam es auch.«

Remo nahm Ticket und American-Express-Karte vom Tresen und sagte: »Früher aufstehen, blöde englische Kuh. Meine Kreditkarte hast du auch nicht ...«

»In puncto Kreditkarte vertraue ich Ihnen eher als bei einer Valentinskarte.«

»In zwei Wochen schick ich dir eine.« Er las den Namen von dem Schild an ihrem Revers ab. »An Sarah. c/o dieser Schalter. Eine mit einem Totenkopf.«

In der Ferne sah er den weißen Regenmantel des »Griechen« vor dem Zoll. Los Angeles International Airport: Dreißig, vierzig Millionen Passagiere pro Jahr, und dann ausgerechnet an so einem Selbstmordmontagnachmittag im Terminal 2 seinem Lieblingsgefängniswärter vor die Füße laufen.

Beim Einchecken war keiner vor ihm gewesen, und außerdem hatte er nur Handgepäck, so daß er jetzt hinter der weißen Fahne von Agraphiotis durch die Gänge von LAX eilte. Er kam an verschiedenen Kiosken vorbei, die Gestelle mit frischen Abendzeitungen draußen stehen hatten. Nicht einmal der kurzsichtigste Reisende brauchte eine Brille, um im Vorbeigehen die Schlagzeilen zu lesen, so fett und schwarz wurde Remo angegangen. Zweiundvierzig Gefängnistage lang war es ihm gelungen, seine Identität, außer nach einiger Zeit vor Charlie, geheimzuhalten. Jetzt waren sein Name und sein Bild überall. Und auch wenn er wegzusehen versuchte, seine Augenwinkel registrierten die *Santa Monica Evening News* mit zwei Fotos von ihm auf der ersten Seite: eines mit und eines ohne Bart. Garantiert zu erkennen. Er setzte seine Ray Ban wieder auf.

An der langen Reihe der Passagiere am Gate E 42 mit dem »Griechen« als Schlußlicht war zu erkennen, daß das Einsteigen gerade erst begonnen hatte. Dem jungen Mann, der die Bordkarten entgegennahm, sahen zwei Herren in Zivil auf die Finger, die mit dem Gesicht zu den Wartenden standen und allein schon deswegen keine normalen Reisenden sein konnten. Im Warteraum war ein Wandtelefon mit einer Haube aus Plexiglas. Remo warf ein paar Münzen ein und wählte die Privatnummer seiner Sekretärin. Es dauerte lange, bis sie abnahm. »Paula, ich mach's kurz.«

»Du keuchst ja.«

»Ja, aber ich frag dich jetzt nicht, was du anhast.«

»Ein Handtuch. Du hast mich aus der Dusche rausgeklingelt. Heute ist mein freier Tag.«

»Dein Auto steht auf LAX vor dem Terminal 2. In Höhe von AEROMEXICO. Falls sie ihn nicht abgeschleppt haben, steckt auf jeden Fall ein Strafzettel unter dem Scheibenwischer. Ich bezahle alles. Später. Auch den Blechschaden.«

»AEROMEXICO ... Du machst doch keine dummen Sachen?«

»Hab ich schon gemacht.«

»Heute nachmittag kam die Pressekonferenz auf LA 5. Ich weiß, was dir blüht.«

»Dann weißt du auch, daß ich jetzt Schluß machen muß.«

»Aber ...«

»Frag nicht weiter, Paula. Leb wohl.«

Von der Passagierschlange war nur noch die Schwanzspitze übrig, mit dem »Griechen«. Die beiden neugierigen Herren waren verschwunden. Remo schaute den langen Gang nach beiden Richtungen hinunter, sah sie aber nirgends. Vielleicht warteten sie ja in der Maschine auf ihn, wo sein Eintreten als Beweis für einen Fluchtversuch betrachtet werden konnte. Eine Maschine später fliegen? Dann mußte er wieder zu Sarah und ihren Bedenken. Er spekulierte darauf, daß die Männer, zweifellos Kripobeamte, ihn, während er telefonierte, übersehen hatten und unverrichteter Dinge zum Parker Center zurückgefahren waren.

»Sie müssen jetzt wirklich an Bord, Sir«, sagte der junge Mann von British Airways.

Als Remo endlich seine Karte abgab, war Agraphiotis schon geraume Zeit im Rüssel verschwunden. Eine Stewardeß, die Hand bereits am Verriegelungsrad der Kabinentür, runzelte beim Näherkommen des Passagiers, mit dem niemand mehr gerechnet hatte, die Stirn, zauberte aber rasch wieder ihr professionelles Lächeln auf die Lippen. »Bis wir in London sind, können Sie Ihre Sonnenbrille wegstecken. Dort fegen wieder mal die Wolken durch die Straßen.«

11

Als einer der letzten ging ich an Bord. Mein Platz war ganz hinten, und ich hatte Mühe, zu ihm zu gelangen, da überall auf dem Gang Leute standen, die ihre Souvenirs verstauten. Der mittlere von drei Sitzen. Am Fenster saß eine alte Dame mit weißen Barthaaren am Kinn. Ich schob meinen Regenmantel zusammengefaltet ins Gepäckfach, dazu die Umhängetasche, setzte mich und legte die Zeitung über meine Knie. Der Platz rechts von mir, am Gang, blieb leer. Auf der anderen Seite saßen ein Mann und eine Frau und, mir am nächsten, ihre ungefähr vierzehnjährige Tochter in Punkeraufmachung.

»Ich bin so müde, Mama«, jammerte das Mädchen.

»Dann versuch zu schlafen«, sagte der Vater.

»Zu hell hier.«

»Leg dir das über den Kopf.« Die Mutter reichte ihr eine dunkelgraue Strickjacke, die das Mädchen mit angewiderter Miene entgegennahm.

Ich wollte den Bericht über Choreo lesen, aber meine Aufmerksamkeit wurde von einem kleinen Kasten mit einem Verweis auf die Kulturseite gefesselt. Ich faltete die Zeitung auseinander.

San Bernardino	Montag
Herald Examiner	30. Januar 1978

Herkunft Hurly Burly bekannt
Neues Album der Beatles

Der Musikkonzern EMI plant, eine Langspielplatte mit bislang offiziell noch nicht veröffentlichten Aufnahmen der Beatles zu produzieren. Die Bänder, die Ende der sechziger Jahre aus dem Archiv der berühmten Studios in der Abbey Road verschwunden waren, wurden am vergangenen Freitag in Amsterdam bei der Festnahme von drei Männern und einer Frau wiedergefunden. Sie hatten offenbar vor, illegale Plattenpressungen, sogenannte Bootlegs, davon zu verkaufen.

Es soll sich um insgesamt vierhundertsechzig Mastertapes handeln, die von Mitarbeitern der Abbey Road Studios (damals noch einfach EMI Studios) als »Hurly Burly Sessions« etikettiert worden waren. In kryptischen Kleinanzeigen, deren Codes unter Bootlegsammlern bekannt sind, wurden die LPs in englischen Zeitungen illegal zu Preisen von einigen Dutzend bis zu einigen Hundert Pfund angeboten. Die britischen Behörden …

Durch das Schließen der Tür abgelenkt sah ich von meiner Lektüre auf. Vorn in der Maschine stand Woodehouse und redete mit der Stewardeß, die das Verriegelungsrad bediente. Das verdarb mir sofort die Laune. Der leere Sitz neben mir, der ursprünglich einem unglücklichen Zoobesucher gehört hatte, war natürlich für ihn. Jetzt würde ich ihn all die Stunden Knie an Knie ertragen müssen. Im schlimmsten Fall versuchen müssen, ein Gespräch in Gang zu halten. Und das, obwohl ich mit diesem Remo oder wie immer er in Wirklichkeit hieß, fertig war. Er aber möglicherweise noch nicht mit mir. Der kleine Streithammel. Vielleicht half es, wenn ich mich in meiner Zeitung vergrub.

Der englischen Zeitung THE TIMES vom vergangenen Sonnabend zufolge will EMI mit den vier Ex-Beatles John Lennon, Paul McCartney, George Harrison, Richard Starkey und ihren Bevollmächtigten über die wiederaufgefundenen Mutterbänder verhandeln. Wie verlautet, würde es vor allem McCartney gern sehen, daß das Album nachträglich noch veröffentlicht wird, möglichst unter dem ursprünglichen Arbeitstitel HURLY BURLY.

Im Sommer 1967 schloß die Gruppe sich einen Monat lang im Studio 2 in der Abbey Road ein, um ein Doppelalbum aufzunehmen. Studio 1 war von Anfang an für Klassikaufnahmen und Filmmusik bestimmt. Auch Studio 2 galt mit seinem weitläufigen Parkettfußboden und den unverkleideten Heizungsrohren eigentlich als zu groß und zu hallend für Rock-'n'-Roll-Aufnahmen. Die Beatles haben sich das zunutze gemacht. Alles was die vier Musiker während der Sessions ...

»Mr. Agraphiotis?«

Da ging's ja schon los. Der Form halber raschelte ich erschrocken mit meiner Zeitung. »Willkommen an Bord, Mr. Woodehouse«, flötete ich. »Sie haben mich ja angeschwindelt.«

»Hoffentlich macht es Ihnen nichts aus ... mein Platz ist neben Ihnen.«

Remo stopfte seine Tasche ins Gepäckfach, warf einen befremdeten Blick auf das Punkmädchen, das unter der Strickjacke ihrer Mutter zu schlafen versuchte, und setzte sich. Die Maschine stand noch.

»Ja, dank der fachkundig ausgeführten Schnabelhiebe eines Papageis im Griffith Park«, sagte ich, »sind wir auf diesen Sitzen neun Stunden lang zueinander verurteilt.«

»So werden wir sogar in Freiheit nicht voneinander erlöst.«

»Kommt darauf an, was man Freiheit nennt.« Hier und da klickten Sicherheitsgurte, aber das Flugzeug setzte sich nicht in Bewegung. Vorn in der Kabine nervöse Beratung zweier Stewardessen und des Pursers, alle kurz davor, in hemmungsloses Gelächter auszubrechen. »Warum rollt das Ding noch nicht?«

»Mr. Agraphiotis ... eine Frage.«

»Erlauben Sie mir, erst diesen kleinen Artikel zu Ende zu lesen. Es wurde gerade spannend.«

»Sie sind noch immer der Aufseher, nicht wahr?«

»Vielleicht handelt dieser Bericht ja von Gefängniswärtern und ihrer Klientel. Kaum ist man weg, da ... nicht zu fassen, was in der Zeitung alles über den ehemaligen Arbeitsplatz steht.«

Alles was die vier Musiker während der Sessions trieben, ist darauf festgehalten. Auch die Diskussionen, teils im Streit, teils friedlich, oder John Lennon, der die Studiomitarbeiter im Liverpool-Dialekt um ein »Sandwich mit Huhn und Granny-Smith-Scheiben« bittet. Auf den wieder aufgefundenen Bändern sind Dutzende Songs, von gerade erst komponierten bis hin zu alten in neuer Version. Einige von ihnen, wie zum Beispiel »Back in the USSR« und »Helter Skelter«, landeten später auf dem titellosen Doppelalbum, das inoffiziell den Namen THE WHITE ALBUM erhielt. Die Proben hatten eine weitere Langspielplatte zum Ziel, eine Art auditives Werkjournal, was jedoch durch den Diebstahl der Mastertapes vereitelt wurde.

Die Polizei war durch leitende Mitarbeiter bei EMI auf die Fährte der Hehler gesetzt worden, nachdem sich laut einem Bericht der britischen Zeitung THE DAILY TELEGRAPH Unbekannte an die Plattenfirma gewandt hatten und für die Mutterbänder ein Lösegeld in Höhe von zweihunderttausend Pfund Sterling forderten. Von allen Popgruppen ...

12

»Meine Damen und Herren, hier spricht Ihr Kapitän«, tönte es aus dem Lautsprecher über mir. »Unser Flug, der um 17 Uhr 57 starten sollte, hat sich etwas verzögert. Es ist jetzt 18 Uhr 2. Wir entschuldigen uns für eine mögliche weitere Verspätung im Zusammenhang mit einer kleinen Kontrolle. Sie dürfen rauchen.«

Die Flugzeugtür stand wieder auf, und herein traten die beiden Männer, die mich, bevor ich die Schleuse zur Maschine betrat, kurz befragt hatten, übrigens ohne sich auszuweisen. Was ich in London vorhätte. Nun, nach Amsterdam umsteigen, sonst nichts. Danke sehr. Heutzutage trugen sie keine Hüte mehr, die sie kurz hätten lüften können.

Vielleicht hatten sie mir ja noch eine Frage zu stellen. Hintereinander den Gang entlanggehend, wobei der vordere die Reihen links absuchte und der hintere die auf der rechten Seite, nahmen sie die Gesichter der Passagiere scharf ins Visier, die ihrerseits neugierig und amüsiert zurückschauten. Das Knie meines Nachbarn zitterte an meinem. Ich beugte mich ganz nah zu seinem Ohr. Das Pflaster an seiner Wange verströmte einen leichten Jodgeruch. »Setzen Sie die Sonnenbrille ab.«

»Nur über meine Leiche«, flüsterte er zurück.

»Ja, genau. So werden Sie als erster rausgepickt. Runter mit dem Ding.«

Ich riß ihm die Ray Ban von der Nase und klappte sie unter meiner Zeitung zusammen. »Möglichst gleichgültig gukken. Oder leicht geringschätzig, auch okay.«

Das Zittern in seinem Bein wurde schlimmer, aber mit seinen Gesichtszügen geschah ein Wunder. Der Schauspieler in ihm, vor zwei Jahren erst in der Glanzrolle eines Selbstmörders, der sich in eine andere Person verwandelt, brachte es fertig, im Handumdrehen sein Gesicht nach dem von Scott Maddox zu modellieren, und zwar so, wie es gelegentlich noch in Illustrierten erschien mit Unterschriften des Typs »Charlie's still giving the creepy look«. Die beiden Männer waren jetzt bis zu uns gekommen. Der hintere sah Remo über die Schulter seines Kollegen einen Moment lang mit zusammengekniffenen Augen an, doch beide wurden durch das Mädchen auf der anderen Seite des Gangs abgelenkt. Mamas Strickjacke bedeckte nicht nur ihren Kopf, sondern auch ihren Oberkörper, und die mit kleinen Winkelrissen übersäte Jeans mit den über Knobelbechern aufgekrempelten Beinen brachte sie auf eine Idee. Sie tickten dem Kind auf die Schulter. »Junger Mann, zeigen Sie uns mal kurz Ihr Gesicht.«

»Unsere Tochter versucht gerade ein bißchen zu schlummern«, sagte der Vater.

Der vordere Mann lüftete einen Zipfel der Strickjacke und enthüllte ein Ohrläppchen, durchbohrt von einer Kiltnadel, an der normale Sicherheitsnadeln hingen, die denkbar kleinsten Puppensicherheitsnadeln ganz zuunterst. Das Mädchen schlug seine Hand weg und zog die Jacke wieder über ihr Gesicht. Der Mann murmelte eine Entschuldigung. Nach einem zerstreut abtastenden Blick auf die übrigen Reisenden ganz hinten in der Maschine drehte er sich um. Dem anderen wurde mit einem Nicken zu verstehen gegeben, daß es damit genug sei.

Kurz darauf schloß sich die Flugzeugtür zum zweitenmal, diesmal hinter den Fersen der beiden Herren. Nachdem der Passagierrüssel weggeschwenkt worden war, rollte die Maschine endlich an. An meinem Knie spürte ich, wie sich die Spannung in Woodehouses Bein löste.

Von allen Popgruppen sind von den Beatles die meisten Raubpressungen im Umlauf. Daß die Wahl Paul McCartneys auf den Titel HURLY BURLY fiel, ist bemerkenswert. 1970 wies der Staatsanwalt im Prozeß um die Cielo-Drive-Morde nach, daß der Hauptverdächtige sich zu seinen Taten von Text und Musik der apokryphen Beatlesnummer »Hurly Burly« hatte inspirieren lassen, die angeblich John Lennon geschrieben hatte. Niemand außer dem Serienmörder und möglicherweise dem einen oder anderen unter den Mitgliedern seiner Bande hat das Stück je zu Gehör bekommen. Selbst Vincent Jacuzzi, der mit dem Fall befaßte Staatsanwalt, mußte seinen Beweis teilweise auf eine Abschrift des mündlich überlieferten Songtexts stützen. Ein seinerzeit vom Gericht in Los Angeles als Gutachter bestellter Literaturwissenschaftler konnte glaubhaft machen, daß die LYRICS von »Hurly Burly« eine bearbeitete Kompilation der Hexengesänge aus Shakespeares Tragödie MACBETH waren.

Es ist immer ein Rätsel geblieben, wie der frühere Autodieb und Zuhälter und spätere Serienmörder bereits im Herbst 1967 in San Francisco an eine Aufnahme von »Hurly Burly« kam. Falls es damals bereits ein Bootleg davon gab, bleibt es mysteriös, warum in all den Jahren kein zweites Exemplar aufgetaucht ist.

Von der Botschaft, die das Gehirn hinter den Morden aus dem Song »Hurly Burly« herausdestillieren zu können glaubte, haben die Beatles sich stets vehement distanziert. (UPI)

Wie hatte ich bloß jemals glauben können, ich könnte so einen krummgewachsenen Zwerg, so einen hinterhältigen kleinen Zuhälter, so einen vulgären Zuchthäusler etwas Großes erschaffen lassen: eine allumfassende Revolution, einen weltweiten mentalen Umbruch, eine Umwertung aller menschlichen Werte, etwas Respekteinflößendes? Hatte ich die Kreuzung Haight/Ashbury zu sehr als ein in die Zukunft gerichtetes Visier betrachtet? Vielleicht war ich ja auch selbst zu berauscht gewesen von der Schönheit des Stücks »Hurly Burly« – aus dem mein kleiner Schmuddelprophet lediglich falsche Botschaften heraushörte.

Ich hätte es wissen können. Anstatt mich von seinem billigen Charisma blenden zu lassen, hätte ich erst mal seine Seele gründlich durchleuchten müssen. Mit ziemlicher Sicherheit hätte sich der kleine Guru dann als das entlarvt, was er seit seiner Zeit im Bundesgefängnis auf McNeil Island war: eine Karikatur von Orpheus. Orpheus' Kitharaspiel hörten sich wenigstens noch die edlen wilden Tiere an. Maddox mit seiner Gitarre brachte im Death Valley lediglich die Kojoten zum Heulen. Ja, beide leiteten eine Sekte, aber das war auch schon alles. Maddox würde eher noch einer Giftschlange in die Wüste folgen, als der Frau, die an ihrem Biß gestorben war, bis in die Unterwelt nachgehen. Maddox' orphische Mysterien gingen auf eine simple Popnummer zurück und waren nichts weiter als ungeduldige Rituale als Einleitung für das Leeren des Blutbechers. Erlösungsmystik? Zwei Schlagworte. Hurly Burly. Cosy Horror.

»Gekonnt, wie Sie ihn imitiert haben«, sagte ich hinter meiner Zeitung hervor. »Viel war ja die ganze Zeit nicht von ihm zu sehen.«

13

Der ehemalige Gefängniswärter war nicht sonderlich neugierig auf das, was sein früherer Gefangener ihn zu fragen hatte, denn nachdem Agraphiotis den Artikel mit der Überschrift »Neues Album der Beatles« gelesen hatte, blätterte er zur nächsten Seite um. Das Flugzeug holperte langsam, mit wakkelnden Tragflächen, zur Startbahn. Wenn Remo sich vorbeugte, konnte er um die Zeitung seines Nachbarn herum aus dem Fenster schauen.

Ein Monteur in gelbem Overall sah zur Maschine hoch. Er hob die behandschuhe Hand, nach niemandem speziell. Dann zog er mit einer raschen Bewegung den Handschuh aus, nicht nur um damit zu winken. Er zwängte seinen nackten Zeigefinger unter den Ohrschützer und kratzte sich intensiv, wie ein Hund. Rund um seine Füße marmorierten Ölflecken das Farbenspektrum. Und schon war er weg. Auf den vorbeigleitenden Betonplatten glitzerten Glasbrösel, wie sie am Nachmittag auf dem Flughafen von Santa Monica geglitzert hatten und auch morgen früh, auf dem Flughafen Heathrow, wieder glitzern würden.

Schon erstaunlich, diese neue Platte der Beatles. Vor acht Jahren hatte sich die Gruppe aufgelöst. Über Paul McCartney hat John Lennon später gesungen: »Your music's muzak to my ears/You must have learned something in all those years.«

Lennon selbst machte schon seit Jahren keine Musik mehr. Nach den obskuren Genüssen seines *lost weekend* und dem Besingen des *cold turkey* hatte er sich, eine permanente Aufenthaltserlaubnis für die Vereinigten Staaten in der Tasche, der Erziehung seines Sohnes gewidmet. Seine einstige Muse legte seine Millionen in amerikanischen Kühen an. Anfang der Idylle, Ende der Idolatrie. Dennoch sollte Remos Schicksal für immer mit dem der Beatles verbunden bleiben. Als er Mitte der sechziger Jahre (noch vor *Sgt. Pepper's*, den »Hurly Burly Sessions« und dem weißen Doppelalbum) gelegentlich im Playboy Club mit ihnen sprach (im Grunde verlegene Jungs, handfeste Trinker), konnte niemand ahnen, daß eine Lennon/McCartney-Komposition einige Jahre später der Schlüssel zu der einsamen Hölle seines promiskuösen Witwerdaseins werden sollte. Nun ja, auch das war wieder sehr beschönigend formuliert. Tränen brannten auf seiner Hornhaut.

Das alles ließ er jetzt hinter sich. Wahrscheinlich für immer – und dieser Gedanke bescherte ihm die kindliche Aufregung einer ersten Flugreise. Das beruhigende Genäsel aus dem Cockpit wurde vom allgemeinen Stimmengewirr in der Kabine übertönt. Sonst ärgerte ihn das, heute nährte es ein plötzliches Wohlbehagen.

Die Maschine bog schwerfällig auf eine knapp bemessene Zwischenbahn ein und ließ ihre Flügelspitzen über dem Gras am Rand tanzen. Seit Anfang der sechziger Jahre war er so oft geflogen, daß er beim Abheben nicht einmal mehr von seiner Lektüre aufsah. Heute, in der Gewißheit, nie wieder auf amerikanischem Boden zu landen, wollte er den Moment, in dem sich das Flugzeug von der Erde löste, ganz bewußt miterleben. (Nur eine Notlandung zwischen hier und der Ostküste konnte jetzt noch mit dieser Gewißheit ihren Spott treiben.)

Das Flugzeug rollte immer langsamer. Remo wäre nicht in der Lage gewesen, zu sagen, in genau welchem Moment es wieder stand, doch danach setzte die Beschleunigung unerwartet schnell ein, er konnte sich nicht erinnern, je so einen Tritt unter den Magen bekommen zu haben. Er fühlte sich bereits weniger komfortabel in ein neues Leben katapultiert.

Die Boeing drückte die Stadt unter sich weg. Seine letzte Abreise war mitten am Tag gewesen. Remo hatte aus der schräg liegenden Maschine beobachtet, wie sich ihr flügelloser Schatten bizarr, einer Klapperschlange gleich, zwischen den Disteln hindurch über den Wüstenboden schob – bis sie zu hoch waren. Jetzt stieg das Flugzeug schattenlos zu einem rotvioletten Zwielicht empor, das mit seinem schwefelgelben Saum auf dem Horizont ruhte.

Auf der Seite, wo das Punkmädchen saß, gab es keine Aussicht, so daß Remo nach wie vor gezwungen war, um Agraphiotis' Zeitung herum in die Tiefe zu schauen. Durch Smog und Dunkelheit hindurch blieb das geometrische Gitternetz erleuchteter Straßen noch für kurze Zeit sichtbar. Selbst als die Boeing höher stieg, wollte diese vollgebaute Fläche zwischen Bergen und Ozean keine kompakte Stadt werden. Los Angeles hatte sich über die Grenzen seiner eigenen Definition hinaus ausgedehnt.

Schon bald war unten, hinter uns, nur noch der Smog, und der spottete *jeder* Definition – es sei denn, man behauptete, es sei die Engelbevölkerung, die auf diese Weise sichtbar wurde. Leb wohl, City of Angels. Ich hätte in deinen Traumfabriken meinen Alpträumen gern weiterhin Gestalt verliehen. Ich habe dich entehrt und so meine Chancen vertan. Lebt wohl, Hollywood und Beverly Hills, wo die Berge sich in Termitenhügel schwarzgekleideter Meuchelmörder verwandeln konnten. Aus dieser Höhe sah er seine Filme wie über ihre

Ufer getreten. Seine gewalttätige Phantasie hatte die Realität überschwemmt, und das wahre Leben hatte begonnen sich so zu verhalten, als wäre es, unverbindlich, ein Dasein aus Licht auf der Leinwand.

Ach, jenseits des großen Teichs gab es auch Studios, in denen er jede gewünschte römische Gasse oder jeden Pariser Innenhof nachbauen lassen konnte. Es war gut so. Die Orte, an denen er mit Sharon gewesen war, die Dinge, die sie zusammen gesehen hatten, mußte er für ewig zurücklassen. (In der Huntington Art Gallery, San Marino, hatten sie lange vor Gainsboroughs *The Blue Boy* gestanden. Sharon war seit ein paar Monaten schwanger. Draußen, im grellen Sonnenlicht, das tränende Augen rechtfertigte, gestanden sie einander, sich an ihrem eigenen Sohn die Augen ausgeguckt zu haben. »Dann ist jetzt also ausgemacht«, meinte Remo, »daß es ein Junge wird.« »Dein Verstand, mein Aussehen«, sagte Sharon. Sie erschrak, denn sie brüstete sich nie mit ihrer eigenen Schönheit. Vielleicht war die werdende Mutter ja nur noch froh über ihr schönes Gesicht, um es auf ihr Kind übertragen zu können.) Doch ohne ihre Augen, die alles sahen, ihre Stimme, die alles benannte, und ihre Gegenwart, die alles beseelte, blieben die schönsten Orte, die anmutigsten Dinge fahl und fad. Das kalifornische Sonnenlicht suchte bereits seit achteinhalb Jahren verzweifelt nach dem honigblonden Haar, in dem es einst so wollüstig und ausgiebig gewühlt hatte, wie an jenem Tag in San Marino. Nun, da konnte es lange suchen. Remo mußte nicht unbedingt dabeisein.

14

Das Flugzeug konnte auf ein Wohnviertel stürzen. Der Zug konnte von der Brücke schießen und in krokodilverseuchten Sumpfgebieten landen. Der Wolkenkratzer konnte sich selbst als brennende Fackel an Höhe übertreffen. Für jede

Katastrophe hatte die Gesellschaft rettende Szenarien. Nur gegen die Tragik selbst ging der Staat nicht vor. Es war, als stünde Tragik, als authentischer Bestandteil der *condition humaine*, auf einer Art Liste schützenswerter Dinge. *Nicht berühren. Im ursprünglichen Zustand belassen. Kulturgut. Erbgut.*

Tragik ist der unberechenbare Faktor. Die Gesellschaft kann zugunsten ihrer Bürger lediglich *rechnen.* »Versorgt von der Wiege bis zur Bahre« war eine Lüge. Anders als gegen das Schicksal konnte man gegen die Tragik keine Versicherung abschließen. Ich profitierte von dieser Liste schützenswerter Dinge. Ich operierte im Niemandsland ohnmächtiger Ehrfurcht vor unbegreiflichem Kulturgut.

Auch British Airways hatte begriffen, daß angesichts dieses Erbguts die Passagiere möglichst schnell nach dem Start mit einem Teller warmem Essen beruhigt werden mußten. Gezwungenermaßen zu schaufeln, kauen, schlucken – das brachte sie auf die Erde zurück. Ein Würfel gratinierte Kartoffelscheiben. Ein kleines Wiener Schnitzel, das sich vom Plastikbesteck nicht kleinkriegen lassen wollte. Das Minifläschchen Bordeaux. Die Stewardeß mit dem Essenswagen war bis zur Mitte der Kabine gekommen. Ich faltete den *San Bernardino Herald Examiner* zusammen und schob ihn in das Netz mit den Spucktüten. »Sie wollten mich was fragen, Mr. … ähm …«

»Bitte den Gefängnisnamen«, ertönte es unfreundlich neben mir. »Den bin ich nun mal gewöhnt aus Ihrem Mund.«

»Mr. Woodehouse, ich höre.«

»Ich weiß nicht, ob ich Ihnen diese Frage noch stellen *will.*«

»Auch recht.« Ich zog die Zeitung wieder aus dem Netz.

»Heute nachmittag am Schalter von British Airways … ich nehme an, da haben Sie mich zum erstenmal ohne Bart gesehen. Seit Choreo, meine ich.«

»*Und* ohne die Hornbrille, an der sich die anderen Insassen so gestört haben.«

»Und trotzdem haben Sie mich spontan mit Woodehouse angesprochen«, sagte Remo.

»Ist mir so rausgeflutscht«, sagte ich. »Natürlich habe ich Sie ohne Tarnung auch als den Regisseur erkannt, der Sie sind.«

»Mr. Agraphiotis, Sie wußten schon in Choreo die ganze Zeit, wer ich bin.«

Auf der anderen Seite des Gangs stieß der Vater des Punkmädchens seine Ehefrau an. Er machte sie flüsternd auf meinen Nebenmann aufmerksam.

»Sie sind sich da ja sehr sicher.«

»Ich weiß, wovon ich spreche. Sie hatten den Auftrag, mich zu beschatten … bis ins Gefängnis hinein. Und auch jetzt noch.«

Die Frau auf der anderen Seite beugte sich ihrerseits zum Ohr der Tochter, der offenbar aufgetragen wurde, »nicht gleich hinzugucken«, so daß das Mädchen nur einen raschen Blick von der Seite auf den Regisseur warf. Weil sie den Kopf dabei so schnell bewegte, klirrten die Sicherheitsnadeln an ihrem Ohr.

»Mr. Woodehouse, Sie verwechseln mich mit jemand anderem.«

»Vielleicht mit Ihrem Zwillingsbruder.«

Der Wagen mit dem Essen war jetzt ganz in unserer Nähe. Das Punkmädchen bekam von ihrem Vater ein Büchlein und einen Stift in die Hand gedrückt. Als sie aufstand, hielt ihr die Stewardeß ein Tablett vor die Nase, was sie zwang, sich wieder hinzusetzen. Sie schaute schräg, errötend, zu Woodehouse, der heute offenbar kein Interesse an ihrer Altersgruppe hatte.

»Ich habe eine Zwillingsschwester«, sagte ich. »Möglicherweise verwechseln Sie mich mit ihr.«

»Die Frage, die ich Ihnen schon vor dem Start stellen wollte, lautet: Sind Sie ein Agent des FBI?«

»Hören Sie mal, und darauf soll ich antworten?« Ich wollte

die Zeitung wieder auseinanderfalten, bekam nun aber selbst meine Mahlzeit gereicht, so daß ich gezwungen war, mein Tischchen herunterzuklappen. Auch mein Nachbar erhielt ein Tablett mit Essen, auf das er eine ganze Weile schweigend blickte, ohne es anzurühren.

»Letzten Freitag«, sagte ich schließlich, »haben Sie in Choreo bei meinem Abschied als Gefängniswärter noch Kaffee eingegossen. Drei Tage später bin ich auf einmal FBI-Agent. Ihrer Meinung nach wechsle ich den Job schneller als die Unterhose.«

»Ich auch, wenn es an euch liegt. Nur mit dem Unterschied, daß ich durch eure Treibjagd meinen Job verliere. Und die Unterhose auch.«

»Euch? Ach so, meine Zwillingsschwester und ich. Das FBI.«

»Mr. Agraphiotis oder wie Sie in Wirklichkeit heißen mögen ... Sie haben in Choreo und auch schon früher belastendes Material gegen mich gesammelt. Um mich ausweisen zu können. Genauso wie es John Lennon ergangen ist.«

»Ich habe keinen Zugriff auf FBI-Akten. Aber ich weiß auch so, daß Mr. Lennon in New York wohnt. *Mit* einer Aufenthaltserlaubnis. Sie können das ganz leicht überprüfen, denn sein Appartement liegt in dem Gebäude, in dem Sie vor zehn Jahren einen Film gedreht haben. Das ... Bramford Building, sag ich so aus dem Kopf.«

»Ihr habt ihm, zusammen mit der CIA, jahrelang das Leben schwer gemacht. Er konnte nicht mehr arbeiten.«

»Anderthalb Jahre Malt, Mädchen und Mittel in Kalifornien. Er hat es sich selbst schwer gemacht.«

Das Punkmädchen hatte sich mit ihren halbnackt aus den Winkelrissen ihrer Jeans hervorlugenden Knien unter den Resten ihrer Mahlzeit herausgewunden und stand jetzt, leicht verkrampft, wartend auf dem Gang, Stift in der einen, Büchlein in der anderen Hand. Remo hatte kein Auge für sie. »Sie sind ja *sehr* gut informiert, Mr. Agraphiotis«, sagte er scharf.

»Das setzt mich aber noch nicht auf die Gehaltsliste des FBI.«

»Man sollte stolz sein auf seinen Beruf. Ein Feuerwehrmann wird nie abstreiten, daß er Feuerwehrmann ist.«

»Oh, sogar ein Pyromane wird noch sagen, daß er Feuerwehrmann ist. In Choreo haben Sie sich für einen Berufsspieler ausgegeben, der wegen seiner Spielschulden hinter Gittern gelandet ist. Wenn ich FBI-Agent *wäre*, dann wäre das Leugnen meiner Funktion Teil meines Berufs.«

»Sie geben also zu, daß Sie vom FBI sind.«

»Im Leben nicht.«

»Dann eben von der CIA. Der Flug geht nach London. In Heathrow werden dann wohl Vertreter Ihrer Organisation bereitstehen.«

»Wozu?«

»Um mich nach Los Angeles zurückzubegleiten.«

Vor Verlegenheit hob sich die rechte Schulter des Punkmädchens immer mehr. Sie hatte sich schon ein paarmal zu ihren Eltern umgedreht, die ihr aufmunternd zunickten. Es schien, als würde sich Woodehouse in dem Maße, wie sein Argwohn zunahm, weiter zu mir hin- (offenes Visier) und vom Teenager wegdrehen. Ich schätzte sie auf vierzehn, fünfzehn. Über Ohren und Nacken trug sie das Haar kurzrasiert, aber auf dem Schädel wuchs es üppig nach allen Seiten.

»Also, ich sitze hier neben Ihnen, um Sie demnächst … in Heathrow … mit einem Judaskuß meinen Kollegen auszuliefern?«

»Die beiden letzten Tickets der British Airways, das war doch ein abgekartetes Spiel.«

»So hatte ich es noch nicht betrachtet.«

»Sie verstehen sich auf Ihr Fach, Mr. Agraphiotis.«

»Vorausgesetzt, mein Gehalt wird entsprechend erhöht, nehme ich die Beförderung zum Geheimagenten sofort an. Eine Warnung: Schätzen Sie meine Vorkenntnisse nicht zu hoch ein. So wundert es mich ziemlich, daß ich Sie in Anbetracht der Umstände ausgerechnet auf einem Flug nach England treffe.«

»Erst locken Sie mich in die Falle, und dann wundern Sie sich. Wirklich, eine philosophische Haltung.«

»Sir …« sagte das Mädchen, aber Remo sah weiter zu mir. Das Pflaster auf seiner Wange kam dem Sarkasmus in seinem Blick nicht zugute. Ich sagte: »Heute morgen im Hotel, beim Kofferpacken, hatte ich LA 5 eingeschaltet. Ritterbachs Pressekonferenz. Er wollte Sie noch vierzig oder fünfzig Tage hinter Gittern haben und dann freilassen … unter der Bedingung, daß Sie einen Kontinent weiter nach Beschäftigung suchen.«

»Und worauf bezieht sich jetzt Ihre philosophische Verwunderung?«

»Daß Sie, indem Sie noch am selben Tag ins Flugzeug steigen, dem Richter anscheinend schon im voraus recht geben. Angenommen, Mr. Woodehouse, ich *wäre* ein Agent der Bundesbehörde … angenommen … dann würde ich Sie bestimmt nicht von dem abhalten, was der Justiz, na ja, nur recht sein kann.«

Das Punkmädchen verdrehte verzweifelt die Augen. Als sie die Arme ausbreitete, wie um »was ist das denn?« zu sagen, öffnete sich ihre speckige Waschlederjacke – und enthüllte ein T-Shirt mit dem Konterfei meines ehemaligen Gefangenen Scott Maddox. Das Porträt hatte 1970 auf dem Umschlag von *Life* gestanden und später auf der Hülle seiner Langspielplatte *Lie* (Untertitel »The Love and Terror Cult«). Maddox' aufgerissene Karfunkelaugen befanden sich genau an der Stelle ihrer kleinen Brüste, so daß es aussah, als würden die spitzen Brustwarzen, nur vom T-Shirt bedeckt, seine Pupillen reliefartig hervortreten lassen.

»Mr. Agraphiotis, jetzt enttäuschen Sie mich aber. Ritterbach will mich nicht nur die restliche Zeit brummen lassen. Nein, er will mich so lange triezen, bis ich … bis ich ihn *anflehe*, das Land verlassen zu dürfen. Warum sollte ich ihm zur

Freude noch einmal ins Gefängnis gehen, wenn es doch ohnehin beschlossene Sache ist, daß ich meine Arbeit in den Vereinigten Staaten nicht fortsetzen darf?«

Unter Maddox' Konterfei stand in gotischen Lettern: CHARLIE FOR PRESIDENT. Die Jacke schloß sich wieder.

»Als Bewunderer Ihres Werks sage ich: Sie schaden sich selbst. Sie berauben sich jeder Möglichkeit, für Ihre Position in der amerikanischen Filmwelt zu kämpfen.«

»Ersparen Sie mir Ihr Geschleime. Erst versuchen, mich mit Komplimenten und vernünftig klingenden Argumenten zu beschwatzen, zu meinen Henkern zurückzukehren ... und dann ... Die harte Hand, die kann immer noch zuschlagen, nicht wahr. In London oder sonstwo.«

»Gerade *weil* ich ein Liebhaber Ihrer Filme bin, schmerzt mich Ihr Mißtrauen.«

»Ich seh schon den Vorführraum in Quantico vor mir.« Er lachte höhnisch. »Fünf, sechs FBI-Leute in Hemdsärmeln, unter ihnen Undercover-Gefängnisaufseher Spiros Agraphiotis. Ross für seine Kollegen. Alle mit einem Block auf den Knien. Bereit, meine Filme aufzudröseln. Bis ins kleinste Detail, Sir. Bis ins Mark. Nach geheimen Botschaften fahnden ... Diese blonde Kindfrau in *Chicane Town*, ist das nicht schon Wendy Zillgitt aus dem San Fernando Valley?«

Das Punkmädchen, dem vom stummen Flehen warm wurde, nahm das silberbeschlagene Hundehalsband vom Hals ab und schnallte es ein Loch weiter.

»*Chicane Town*«, sagte ich, »lief in einem Rotterdamer Kino. So ein schwarzes Handlungsgeflecht bekommt, meine ich, in Hollywood nicht so schnell eine Chance. Als Kenner, na ja, als absoluter Fan der attischen Tragödie sage ich: Sie haben zumindest *etwas* verstanden. Hat's noch nie zuvor gegeben, so eine panoramaartige Apotheose. Sogar im Dunkeln merkte ich es an den Leuten ringsum ... Außer für den großen Frühjahrsputz ist die Seele des zwanzigsten Jahrhunderts auch noch empfänglich für die wahre Katharsis.«

»Zu Diensten«, murmelte der Regisseur. Er wandte den Blick ab und bemerkte erst jetzt das Mädchen. Wortlos reichte sie ihm den Stift und das Büchlein. Er nahm beides zerstreut entgegen, reagierte aber nicht weiter.

»Von so einem kinematographischen Psychologen«, sagte ich, »darf man vielleicht ein klein bißchen mehr Menschenkenntnis im täglichen Umgang erwarten. Völlig unbegründet, Ihr unversöhnlicher Argwohn.«

Vorn in der Kabine schob eine Stewardeß den Wagen mit dem Kaffeesamowar und der Batterie Digestif-Flaschen durch den Vorhang. Das Punkmädchen schaute auf den Stift, mit dem Remos Hand Schreibbewegungen machte – in der Luft. »Vor acht Jahren, Mr. Agraphiotis, wurden wir … das heißt Sie und ich … von derselben Anwaltskanzlei vertreten.«

»Helfen Sie mir mal.«

»Dunning &Hendrix.«

Ich schüttelte den Kopf, allerdings nicht, um das abzustreiten.

»Ja, stellen Sie sich nur dumm. *Ich* weiß, daß Sie in Choreo mit meinem Anwalt gesprochen haben. Douglas Dunning. Ihre Interessen wurden so um 1970 herum von seinem Partner, Matthew Hendrix, wahrgenommen. *Ich* weiß, daß in der Flower Street noch eine offene Rechnung für Sie liegt.«

»Gut, Dunning & Hendrix«, sagte ich. »Hat alles nichts gebracht.«

Das Flugzeug rumpelte durch Turbulenzen. Auf dem Wagen der Stewardeß klirrten die Flaschen.

»Sie haben mir schon damals nachspioniert …«

»Manchmal geht Argwohn in Paranoia über. Bei Ihnen war der Übergang dermaßen nahtlos … tut mir leid, ich hab ihn nicht mitgekriegt. Hören Sie, Mr. Woodehouse. Jeder nimmt sich mal einen Anwalt. Man warf mir damals vor, ich hätte dem Leibhaftigen in die Hände gearbeitet.«

»Das kann jedem passieren«, sagte er gelangweilt. Anscheinend bemerkte er erst in diesem Moment die beiden Gegenstände in seinen Händen. Fragend blickte er zu dem Mädchen auf, das nur nickte. Er blätterte in dem Büchlein. Es war ein Taschenkalender.

»Vincent Jacuzzi«, sagte ich, »wollte mich als Sachverständigen, und dazu hatte ich keine Lust. Ich sollte Licht in Hurly Burly bringen.«

»Den Rassenkrieg dieses Namens ...«

»Den gleichnamigen Popsong.«

Remo hielt den Kalender hoch und sah das Mädchen an. »Soll ich mir selbst ein Datum aussuchen?«

»Ihr Autogramm. Hier bitte.« Als sie sich vorbeugte, öffnete sich ihre Jacke wieder, und der Regisseur blickte voll in die furchteinflößende Visage von CHARLIE FOR PRESIDENT. »Mein Autogramm, ist dir das zehn Cent wert?«

»Ich hab meinen letzten Dime auf LAX vernascht«, sagte sie in einer Art Höhere-Schule-Cockney. Sie wurde rot.

»Dann eben einen Sixpence«, sagte Remo. »Das ist das, was dieser gruselige Herr da für sein Porträt bekommt. Jedes verkaufte T-Shirt mit seinem Namen bringt ihm einen Sixpence ein. Ich finde, das Geld steht mir zu.«

»Sir, ich glaube nicht, daß ich Sie verstehe.«

»Dieser Charlie da, den du als Präsidentschaftskandidaten unterstützt, hat meine Frau ermordet. Dadurch ist er berühmt geworden ... und jetzt wird er im Gefängnis im Schlaf reich durch den Verkauf seines Horrorgesichts. Zu Hunderttausenden geht es weg.«

»Das wußte ich nicht, Sir«, sagte sie. »Echt nicht. Ich bin ein Fan der Reptilians ... das ist eine Punkband aus dem East End. Sie spielen Stücke von diesem Charlie, und darum ... darum bin ich auch ein Fan von ihm. Früher haben die Beach Boys Musik von ihm aufgenommen. Die eignet sich aber besser für Punk.«

»Nenn mal ein paar Stücke des künftigen Präsidenten. Gespielt von den Reptilians, meine ich.«

»Oh, mal überlegen. ›Sick City‹ natürlich. ›Mechanical Man‹, das find ich am gruseligsten. Echt scharf. Und dann ›Cease to Exist‹, das damals die Beach Boys so versaut haben. Die Reptilians spielen es so, wie es sich gehört.«

»Bei ›Sick City‹ spucken sie. Wie fünf Lamas in einer Reihe.«

»Woher wissen Sie das …?« rief das Mädchen aufgeregt.

»Ich hab mal einen Auftritt von ihnen gesehen. Im Flotsam Club. Von Kopf bis Fuß in widerlichem rosa Gummi, voller Löcher.«

»Spucken?« Ich war schon wieder nicht mit der Zeit gegangen.

»Die Reptilians, ja«, sagte das Punkmädchen. »Die bespukken sich gegenseitig. Und das Publikum.«

»Und wenn die Leute dann aufs Podium zurückspucken«, sagte Woodehouse, mehr zu der Kleinen als zu mir, »dann weißt du nicht, wie dir geschieht. Dieser konstante silbrige Flockenregen. Mit der Zeit riecht man's auch … Findest du das nicht ekelhaft?«

»*Ich* find das sexy«, sagte sie und wurde noch röter. »Das ist doch die gleiche Spucke wie … ähm … beim Zungenküssen. Nur mehr.«

»*Ich* finde, das ist ein schauerlicher Gestank. Der Komponist von ›Sick City‹ sitzt am anderen Ende der Welt im Gefängnis und manifestiert sich im Londoner Flotsam Club als … als tausendfache Speichelflut.«

Der Flaschenwagen hatte uns erreicht. Das Mädchen zog sich kurz auf ihren Platz zurück. Ich nahm Kaffee, Woodehouse Cognac, vielleicht um den Geschmack von Charlies Spucke loszuwerden. Das Punkmädchen beugte sich zu ihrer Mutter und sagte leise: »Das kostet einen Sixpence.« Der Vater fischte die Münze aus seinem Portemonnaie. »Ist doch geschenkt für so 'ne berühmte Unterschrift.«

Der Wagen war noch nicht ganz auf dem Rückweg, da stand das Mädchen schon wieder neben uns. Remo stellte sie vor die Wahl: sich freikaufen mit einem Sixpence oder eine moralische Tat tun und auf der Stelle das T-Shirt wegschmeißen. »Was ist eine moralische Tat, Sir?«

Remo erklärte es ihr geduldig.

»Das ist ja gerade die Einstellung, Sir, die die Reptilians, *you know*, ausradieren wollen. Ich würde es ja ausziehen, Sir, aber ... *you know* ... wir tragen ja prinzipiell keinen BH darunter.«

Sie zog verlegen das T-Shirt glatt, so daß Maddox' Gesicht sich beängstigend dehnte. Ich verstand von diesen Dingen nicht so viel, meinte aber zu erkennen, daß ihre prinzipiellen Brustwarzen sich verhärtet hatten – sei es unter dem Einfluß der Spuckegeschichte oder aus einem anderen Grund. Sie sah zu, wie Remo seine Unterschrift in den freien Raum von Montag, dem 30. Januar 1978, setzte. Die Maschine machte unerwartet eine Schlenkerbewegung. Das Mädchen vermochte das Gleichgewicht nur dadurch zu halten, daß sie die Beine weit auseinander stellte. So blieb sie stehen.

»Tut mir leid, bißchen zittrig geworden.« Er gab ihr den Kalender zurück. »Deine britische Schönheit macht mich nervös.«

»Damit Sie's nur wissen, Sir«, sagte sie ernst, »darum geht es nicht mehr. Nie mehr. Hübsch sein, lieb sein, alt sein ... das *war* einmal für die Fans der Reptilians. In Zukunft riecht die Welt nicht mehr nach Blumen. Sondern nach Spucke.«

»Sixpence.« Er hielt die Hand auf. Das Mädchen legte die Münze hinein, drehte sich um und warf ihrer Mutter den Kalender in den Schoß. Nachdem sie ihre Knie wieder unter dem Tischchen verstaut hatte, zog sie sich erneut die Jacke über den Kopf.

»Wenn ich wirklich vom FBI wäre«, fragte ich ihn, »würden Sie dann auch so offen mit einer Minderjährigen flirten?«

»Haben Sie sich nie gefragt«, wollte der »Grieche« wissen, »wo der Mann auf dem T-Shirt seine Höhle hatte?«

»Wie bitte?«

»Seinen Brunnen des Abgrunds … wo er sich mit seinen Jüngern zu verstecken hoffte, bis Hurly Burly vorbei war.«

»Im Death Valley. *Dachte* er«, sagte Remo. »Der Erlöser konnte den Eingang zum Paradies nicht finden.«

»Er war aber dicht dran. Warm, sozusagen.«

»Sie haben in Quantico anscheinend nicht nur *meine* Akte in Verwahrung. Kein Wunder, daß seine in der CMF verschwunden war.«

»Mich von einem Flugzeug aus zu orientieren war nie meine Stärke. Aber wenn meine Intuition mich nicht täuscht, sind wir jetzt so in etwa über dem tiefsten Punkt der Vereinigten Staaten. Ungefähr hundert Meter unter dem Meeresspiegel …«

»Badwater. Vergessen Sie nicht, ich habe den ganzen Staat nach Drehorten umgepflügt.«

»Niemand filmt in Badwater«, sagte Agraphiotis. »Es ist die Hölle.«

»Und jetzt wollen Sie mir einreden, daß sich Charlies Höhle dort befindet. Der Tunnelteil des Trichters. Keine schlechte Idee. Das erklärt auch gleich, warum er sich mit der Suche so schwergetan hat. Badwater ist der heißeste Ort des Landes. Kein Brutkasten – ein Schmelzofen. Sogar die Kakteen in der Umgebung gehen schneller ein durch die Hitze. Die Joshua Trees knicken einfach um … wie ein Kamel, das umfällt.«

»Sogar Ihre bilderreiche Sprache führt in die Wüste«, sagte der »Grieche«. »Charlie schloß aus dem Verhalten seiner Freunde, der Kojoten, daß er Badwater besser fernblieb. ›Die Wüste lebt, die Wüste tötet‹, das bellten sie.«

»Sie langweilen mich. Ich weiß noch immer nicht, *wo* dieser Verrückte seiner Höhle nahe war.«

»Der Goler Wash ist eine Wüstenei aus trockenen Fluß-betten …«

»Ja, ich kenn diesen Quatsch. Die Flüsse sind angeblich unter die Erde gegangen. So wie alles, was unter der Erde lebt, wenig Pigmente hat, waren auch die Ströme bleich geworden. Eine Mischung aus Milch und Honig. Charlie hatte seinen Veganismus bereits daran angepaßt.«

»Abgesehen von Milch und Honig«, sagte Agraphiotis, »hat seine Vision besser mit der Realität des Goler Wash übereingestimmt als … na ja, als er vielleicht selbst zu hoffen gewagt hat.«

»Der Goler Wash … Ich war mal mit einem Produzenten da. Sogar mit einem Safari-Jeep kam man fast nicht durch diese ausgetrockneten Flußläufe. Ich kann mich nicht erinnern, in dieser Mondlandschaft irgendwo eine interessante Öffnung gesehen zu haben. Geschweige denn die zum Paradies.«

»Die ganze Familie saß auf der Barker Ranch. Miete: eine goldene Schallplatte von den Beach Boys, gestohlen vom Drummer. Die Barker Ranch *war* der Eingang zum Brunnen des Abgrunds.«

»Nur«, sagte Remo skeptisch, »daß Charlie das nicht wußte.«

»Er suchte zu verbissen. Nur ein Hirtenjunge, der seine verirrte Ziege sucht, findet die Höhle mit den Papyrusrollen.«

»Woher können Sie denn wissen … was Charlie selbst nie gewußt hat?«

»Haben Sie mit ihm über seine Verhaftung gesprochen?«

»Welche?«

»Die letzte. Die endgültige. Auf der Barker Ranch.«

»Er hatte sich im Schrank unter der Spüle versteckt. Wäre für einen Schlangenmensch noch zu eng gewesen. Er war froh, daß der Polizist ihn fand. Der hätte ihn, einen Kerzenstumpf in der Hand, noch fast übersehen.«

»Zum Glück für Charlie und für die Gerechtigkeit sah der Polizist eine lange Haarsträhne über der Tür hängen.«

»So steht es vielleicht in Ihrer Akte. Ich weiß vom Festgenommenen persönlich, daß der Polizist mit der Kerzenflamme zu nah an sein Haar kam. Aus dem Geknister und Gestank schloß man auf Charlies Anwesenheit.«

»Dann wäre es ihm ja beinahe gelungen, sich als eigene Fackel zu leuchten«, sagte der »Grieche«. »Ich meine, in dem dunklen Schacht nach unten … zu seinem unterirdischen Paradies. Wie er da in dem Schränkchen festgeklemmt saß, befand er sich mit seinem knochigen Hintern genau über dem Eingang. Nur ein Stück Linoleum wegnehmen … ein paar Bretter … den Brunnendeckel. Man konnte den unterirdischen Fluß schon riechen. Milch und Honig, allerdings verdorben. Ein Mann von normaler Statur hätte es nicht geschafft, sich in den Schacht hinunterzulassen. Charlie schon.«

»Dieser Hornochse«, sagte Remo. »Sitzt mit dem Arsch auf dem Deckel des Paradieses … und läßt sich verhaften. Und ist auch noch froh, daß er die Beine wieder ausstrekken kann. Kurz darauf saß er zusammen mit seinen Lumpenmädchen im Gefangenentransporter. Wenn Charlie sich den Kopf früher kahlrasiert hätte, würde er heute noch da unten hocken und alle seine willigen Jungfrauen der Reihe nach bearbeiten.«

»Die Akte, die ich eingesehen habe, gab eine etwas andere Beschreibung von Charlies Brunnen des Abgrunds. Er hat ihn selbst nie zu Gesicht bekommen.«

»Wie wurde der Zugang denn entdeckt?«

»Nach den Verhaftungen sind Leute des Sheriffs zur Ranch zurückgefahren. Sie haben sie komplett auf den Kopf gestellt auf der Suche nach Waffen. In dem Schränkchen unter der Spüle glaubten sie ein geheimes Versteck gefunden zu haben. Später hat man ein akrobatisches Federgewicht in den Schacht hinuntergelassen.«

»Na, dann würde ich doch gern mal hören, wie das unterirdische Paradies aussah, für das … Sharon sterben mußte. Charlie verstand sich bestens darauf, andere zu Märtyrern zu machen … um sich selbst den Himmel zu verdienen. Ich bin ganz Ohr.«

16

Das Flugzeug holperte durch die Nacht. In der Kabine gab es viele bleiche Gesichter von Passagieren, die, wider besseres Wissen, Turbulenzen für den Auftakt zum Absturz hielten. Für Woodehouse und mich waren die aufgewühlten Luftmassen insofern störend, als sie im Gleichklang mit der immer wieder aufflammenden und dann erneut in sich zusammenfallenden Heftigkeit unseres Gesprächs aufzutreten schienen. Man fing tatsächlich an, darauf zu achten.

»*Das* enttäuscht mich jetzt aber, Mr. Greek«, rief Remo, als es gerade wieder mal heftig schaukelte. »Angeblich wahnsinnig besorgt um mein Schicksal … aber daß der Prozeß damals, '70, ein gutes Ende nahm, dazu haben Sie wenig beigetragen. Oder? Sie zogen den Globus von Dunning & Hendrix zu Rate, und weg waren Sie. Auf demselben Weg, den auch ich jetzt gewählt habe. Nur wurden Sie nicht von einem Geheimagenten begleitet.«

»Wenn ich damals, um mich der Vorladung zu entziehen, aus dem Land geflüchtet bin …« Die Maschine flog wieder stabil. »Ach, hören Sie doch auf. Ein FBI-Mann kann sich das gar nicht erlauben.«

»Wir sprechen jetzt über Vorgänge vor acht Jahren«, sagte er, jetzt ruhig. »Sie boten damals in Los Angeles Ihre Dienste als Hellseher an.«

»Sie sprechen das Wort mit hörbarer Verachtung aus. Und trotzdem glaube ich sicher zu wissen, daß Sie selbst im August '69, nach der Blutnacht …«

»Paul Cloquet, ja. Er drängte sich auf. Plötzlich saß er mitten im Wohnzimmer, zwischen den eingetrockneten Blutlachen. Er würde die Sache eben mal schnell mit paranormalen Mitteln aufklären. Aber was soll ein Hellseher in einer Stadt wie Los Angeles? Die Sicht ist da immer von Smog getrübt.«

»Ein Pfuscher und Scharlatan. Ein Holländer, sein Leben lang gezwungen, unter Meeresniveau zu leben ... und dann Kunden mit der Parole ködern ›es gibt mehr zwischen Himmel und Erde als das, wovon Ihre Wirtschaft träumt‹ ...«

»In.«

»Wie bitte?«

»Alle sagen immer ›zwischen‹. Bei Shakespeare heißt es ›in‹. *There are more things in heaven and earth, Horatio, than are dreamt of in your philosophy.* Aber ... Pech für euch Kaffeesatzleser ... dann stimmt eure Wahrsagerei nicht mehr. Der Harnprophet ist auf die nebligen Scheinregionen ›zwischen‹ Himmel und Erde angewiesen.«

Das Flugzeug war wieder in eine Turbulenz geraten. Man hatte den Eindruck, als schlügen große Steinblöcke oder Eisbrocken an den Bauch der Maschine. Einige Passagiere schauten unwillkürlich auf den Gang zwischen den Sitzreihen: ob sich dort bereits Beulen bildeten.

»Unterschätzen Sie mich lieber nicht, Mr. Woodehouse.«

»Oje, eine Drohung.«

»Ich muß Sie bitten, aufzustehen ...« (er sah mich entsetzt an, als würde ich ihn jetzt, nach aller Irreführung, doch noch verhaften) »... damit ich vorbei kann.«

Er faßte sich rasch. »Sie trauen sich, mich einfach allein zu lassen?«

»Ich habe keinen Fallschirm in Ihrem Gepäck gesehen.«

»Eine Waffe nimmt weniger Platz ein. Ich könnte die Passagiere als Geiseln nehmen. Boeings machen sich bei Flugzeugentführungen immer gut im Fernsehen.«

17

Der »Grieche« ging leicht schwankend den Gang hinunter zur Toilette. Remo nutzte seine Abwesenheit dazu, einen Platz aufzurücken, damit er einen Blick in die Tiefe werfen konnte. Die alte Dame am Fenster, die sich bei jeder Turbulenz in ihrem Taschentuch festbiß, bekam von der plötzlichen Bewegung noch mehr Angst. »Bitte nicht erschrecken, Madam. Ich will nur schnell schauen, ob wir noch über Land fliegen ... oder schon über dem Meer.«

»Über Land«, sagte sie zittrig, »aber nirgends sind Lichter.«

Agraphiotis mußte eine kaltblütige Physis haben: Sein Sitz gab kaum bis gar keine Wärme ab. Mediterrane Männer feurig, heißblütig, hitzköpfig? Ein Image, das sie selbst pflegten – um sich den Damen zu empfehlen und vor dem Richter herauszureden. Der »Grieche« war jedenfalls kalt wie Marmor. Im übrigen hatte Remo seine polnische heterotherme Natur auch nicht vor dem Gefängnis bewahren können.

Aus einem einsam blinzelnden Licht, von einer Boje oder einem Schiff, konnte man schließen, daß sie über dem Meer flogen. Der Atlantische Ozean: Der goldene Kontinent lag jetzt auch räumlich *hinter* ihm, und das für immer. Sein Herz ballte sich zu einer Faust zusammen. Ein neues Leben in der Alten Welt. Die Schande abgeworfen. Ja, ein zynisches Schicksal hatte seine konkrete Verbannung gefordert, doch er nahm auch jene andere mit nach Europa: das innere Exil. Den Qualitätsvertrag, den er mit sich selbst geschlossen hatte.

Gleich nach der Landung in London eine Pressekonferenz, um vor den Augen und Ohren der Welt kundzutun, wie infam er von der kalifornischen Justiz behandelt worden war. Den Geldgebern, an die er sich für die Verfilmung von *Cyn of the Windmills* wenden mußte, brauchte er dann schon nichts mehr zu erklären.

Während des Krieges war er in Polen auf dem Land bei einer Bauernfamilie untergebracht gewesen. Dort streifte er gern umher, und eines Nachmittags verirrte er sich im Wald. Welche Richtung er auch einschlug, der Wald wurde nur noch dichter, stiller, dunkler. Auf einer Lichtung ließ er seinen Rucksack von den Schultern gleiten. Und da: Knakken von toten Ästen und Rascheln von sehr lebendigem Gebüsch. Der Teutone, der Böses im Sinn hatte, hatte nun endlich doch seinen Weg gekreuzt. Würde der Kerl, wenn er auf Remo losging, sich das tote Holz zum Vorbild nehmen oder die lebendigen Sträucher?

Vor ihm stand ein Hirschbock. Zunächst dachte der Junge, das Tier lasse den Kopf so tief hängen, weil das riesige Geweih so schwer war. Aber nein, es schnüffelte am Rucksack, an dem möglicherweise der Geruch von Roggenbrot hing. Dann hob es majestätisch seine weitverzweigte Hörnerkrone. Einige Sekunden, wenngleich es länger schien, blieb das Tier reglos stehen und schaute an Remo vorbei. Dann entsann es sich, daß es ein ängstliches Wesen war, drehte sich mit einem leichten Aufbäumen auf der Hinterhand um und verschwand mit hüpfenden Sprüngen, im Zickzack, um eventuellen Pfeilen auszuweichen, zwischen den Bäumen. Sich verirrt zu haben war plötzlich ein wunderbares Gefühl.

Wenn er an *Cyn of the Windmills* als Film dachte, sah er Sharon in so einer Szene. Wie sie sich, verirrt, endlich eine notdürftige Lagerstatt auf dem Waldboden bereitet hatte und plötzlich die Schritte ihres Verfolgers durch den Wald hallten. Es waren, wie sich herausstellte, die des Hirschbocks aus seinen Jungenjahren, den er sanft tröstend an ihr schnüffeln ließ.

Der »Grieche« kam zurück und beanspruchte seinen Platz neben dem sich in ihr Taschentuch verbeißenden Frauchen wieder.

»Das Geheimnis, Mr. Agraphiotis? Unerwartete Details,

die ab und an die Aufmerksamkeit vom allzu Funktionalen ablenken. Darum geht es. Gerade um das, was funktioniert, zu betonen.«

Remo lehnte unauffällig sein Knie an den Oberschenkel seines Nebenmanns. Es drang tatsächlich kaum Körperwärme des »Griechen« durch sein Hosenbein.

»Ich platze mitten in Ihre filmische Poetik, merke ich. Ich meinerseits habe was mit Licht. Erklären Sie mir mal ... In Ihrem Meisterwerk *Chicane Town* fotografiert die Hauptfigur einen älteren Mann, der ein junges Mädchen umarmt. Man sieht die Umarmung als Spiegelbild im Kameraobjektiv. Jetzt sagt meine eigene Erfahrung mit Licht, Objektiven, Spiegeln, daß das Paar auf dem Kopf zu sehen sein müßte. An den Füßen aufgehängt ... verzeihen Sie mir das Bild. Nicht, wie in *Chicane Town*, aufrecht wie ein Tanzpaar. Wie erklären Sie dieses Wunder einer vom Normalen abweichenden Lichtbrechung?«

»Keine physikalische Unkenntnis«, sagte Remo. »Der Produzent wollte einen Kniefall vor dem kleinen Verstand, der nicht physikalisch denkt.«

»Unverzeihlich. Das stellt die ganze Tragödie auf den Kopf.«

»Da drüben bestimme *ich* in Zukunft, was geht und was nicht geht.«

»Theo, wir fahr'n nach Lodz«, sang Agraphiotis leise.

»Eigentlich heißt es: Rosa, wir fahr'n nach Lodz. Das war so um 1930. Lodz, das war damals noch was. Rosa konnte auf der fünf Kilometer langen Piotrkowskastraße bummeln gehen. Der Theo stammt von Vicky Leandros. Ein richtiger Gassenhauer vor ein paar Jahren. Vicky weiß aber nicht, was sie da singt. Theo wird sich über den Ausflug in diesen kommunistischen Trödelladen nicht gefreut haben. Als ich in Holly-Lodz studierte, wollte ich nur eins: weg.«

»Merkwürdig«, sagte der »Grieche«. »Jetzt, wo ich die Melodie wieder im Kopf habe, sehe ich deutsche Soldaten auf

Lodz zumarschieren. Sie singen ›Rosa, wir fahr'n ...‹ Sie tragen Uniformen aus dem Ersten Weltkrieg.«

»Ich kenne diesen deutschen Schmalzfilm. *Zwei Welten.* Lodz lag damals in Rußland und mußte folglich erobert werden. Der Komponist von ›Rosa‹ war Jude. Daß er so ein kämpferisches Lied für die heldenhaften deutschen Soldaten geschrieben hat, rettete ihn fünfzehn Jahre später nicht vor den tödlichen Duschen. Daß Vicky 1974 von einem dermaßen belasteten Lied noch einmal eine Platte gemacht hat, gibt einem zu denken.«

»Leandros«, höhnte Agraphiotis. »Was weiß so ein eingedeutschtes griechisches Frollein schon von jüdischer Tragik?«

»Lodz ist jüdisch bis in die Grundfesten. Sehen Sie sich mal auf dem Friedhof Zydovski um. Die Familiengrabmäler der jüdischen Textilbarone ... fast so groß wie ihre Fabriken. Zwischen all diesen Monumentalbauten konnte ich die Urne meines Freundes kaum wiederfinden. Um die Jahrhundertwende war Lodz *das* Textilparadies unter dem Zaren gewesen. Aber sonst ... ach, was für eine traurige Stadt. Mal wohnte man in Lodz, dann wieder in Litzmannstadt. Ohne sich von der Stelle gerührt zu haben.«

»Sie sind später noch mal dagewesen ...«

»Ja, so füllt sich Ihre Akte. Seit ich berühmt bin, nennt man meine alte Filmhochschule Holly-Lodz. Ich halte da gelegentlich einen Vortrag. Dann trommeln sie meine ehemaligen Lehrer zusammen. Sofern sie noch leben.«

»In der Piotrkowskastraße ... zwischen den Hausnummern 99 und 149, sag ich mal aus dem Kopf ... sind die Namen von über zehntausend Einwohnern ins Straßenpflaster gemeißelt. Alles Leute, die für die Stadt von Bedeutung waren. Als ich dort war, vor zwei Jahren, war Ihr Name noch nicht dabei.«

»Die Stadtverwaltung hat mir mal ein Foto von der Straße geschickt«, sagte Remo. »Eine Großaufnahme des Steins, vor dem Haus Nummer 151, den sie für mich frei halten wollten. Inklusive Bescheinigung.«

»Dann kann Ihr Leben nicht als gescheitert bezeichnet werden.«

»Nach meiner Verhaftung bekam ich eine Nachricht aus Lodz. Daß sie aus sittlichen Gründen meinen Namen von der Liste gestrichen haben. Kommunistische Moral in einer Stadt voller dümmlicher Nachkommen von vergewaltigenden russischen Soldaten. An der Warschauer Universität haben sie wenigstens noch den Anstand besessen, die Verleihung der zugesagten Ehrendoktorwürde erst *nach* meiner Verurteilung abzublasen.«

»Russische Soldaten«, wiederholte Agraphiotis. »Nicht weit von Ihrem Holly-Lodz gibt es ein Mahnmal, nicht wahr ... zum Gedenken an irgendeine Massenexekution.«

»Das Mahnmal von Katyn ... für polnische Offiziere. Die Sowjets haben sie dort massenweise abgeschlachtet.«

»Auf dem Weg in die Filmhochschule sind Sie vielleicht täglich daran vorbeigekommen. Ist es falsch anzunehmen, daß die ewige Flamme an diesem Mahnmal Sie schon früh auf die Idee gebracht hat vom ... vom Grab des Unbekannten ...«

»Meine Akte macht in Ihren Händen aus meinem Leben ein gläsernes Haus. Ich protestiere.«

»Bleiben Sie mal bei dieser Flamme, Woodehouse. Sie steht, wenn ich Sie richtig verstanden habe, für die selbstgewählte Ausnahme. Für eine Position jenseits irdischer Ehrenerweisung. Betrachten Sie diesen leeren Pflasterstein als höchste Auszeichnung. Lassen Sie ihn namenlos.«

Remo legte seine Hand auf Agraphiotis' Arm und drückte ihn freundschaftlich, wobei ihm wieder dessen Kaltblütigkeit auffiel. »Gut, daß Sie mich daran erinnern. Und auch noch mit so viel griechischer Feinsinnigkeit. Unwilliges Fleisch braucht ein Gleitmittel. Sie schleimen mich direkt in die Arme von Scotland Yard.«

»Ah, jetzt sind wir schon bei Scotland Yard.«

»Ich habe mich tatsächlich schon vor langer Zeit selbst verbannt. Schon in Lodz, ja. In eine Welt, in der die Gesetze des Lichts regieren. An einen Verbannungsort, der überall Enklaven hat. In Rom. In Los Angeles. In Paris. Wohin das Leben mich auch führt, ich werde immer diese Orte der künstlichen Schatten aufsuchen. Verwehren Sie mir ruhig den Zugang zu den Marmorgruben. Ich bin Lichtbildhauer. Zeigen Sie mir eine Steckdose, und ich lege los.«

18

Scott Maddox und sein Cosy Horror, der die eine Ewigkeit gegen die andere eintauschte: Die ganze Spottbergpredigt lag noch keine zwei Wochen zurück, und selbst das schien wie eine Ewigkeit. In der Nacktzelle hatte sich Remo dem Abgrund, der einem Leben vorangeht, am dichtesten genähert. Mitten durch die widerliche Wärme und die gestankgesättigte Dunkelheit war ihm die Kälte des Grauens entgegengeschlagen. Schauer, in der Tat, und kein wohliger. Nie zuvor in seinem Leben hatte ihm so gegraut vor dem Nichts nach dem Tod wie damals in Choreo vor der gähnenden, saugenden Leere der Ewigkeit, die bis zur Zeugung seines Kindes geherrscht hatte. Und bis zu seiner eigenen Empfängnis. Und der jedes menschlichen Wesens.

Bevor Maddox eine metallene Schlinge um den Hals gelegt wurde und er mit einem gewaltigen Knall von der choreanischen Bühne verschwand, hatte er sich durch die Enthüllung von Cosy Horror eigentlich einen äußerst üblen Scherz mit Remo erlaubt. Denn was stellte die alte, lähmende Todesangst jetzt noch dar im Vergleich zu dem tödlichen Bewußtsein der Zeugung knapp jenseits des Rands einer pechschwarzen Ewigkeit?

Erst jetzt, hoch über dem Ozean, kam der Wohlige Schauer über Remo. Er fühlte, daß er sich nicht länger in blinder

Panik gegen den Tod wehren würde, sondern sich in Zukunft, atemlos, so weit wie möglich vom vorgeburtlichen Nichts wegkämpfen mußte. Die Augen geschlossen und die Tritte der Turbulenzen im Rücken, sah er sich vor dem Sog dieser Leere davonfliehen, die alte Gefahr in den Armen, die keine Gefahr mehr war, sondern nur noch eine Möglichkeit.

Zwillingsfüchse

I

Der Kapitän bat um unsere Aufmerksamkeit. »Meine sehr verehrten Damen und Herren, das Flugzeug nähert sich der englischen Küste. Wir beginnen nun mit dem Landeanflug. Über London liegen dicke Wolken. In Bodennähe herrscht Nebel, der gelegentlich in *drizzly stuff* übergeht. Nichts, worüber Sie sich Sorgen machen müssen. Es wird die Landung nicht beeinträchtigen. Nach der gestrigen Verspätung liegen wir jetzt wieder im Flugplan. Ankunft auf Heathrow voraussichtlich um 11 Uhr 35.«

Obrigkeitshöriges Volk. Alle schlossen wie auf Befehl den Sicherheitsgurt.

»Das hört sich für mich immer so an«, sagte Remo, »wie eine Armee-Einheit, die gleichzeitig die Waffen durchlädt.«

»Sie fahren jetzt, wenn ich so frei sein darf«, fragte ich, »in Ihr Londoner Haus?«

»Sie gehen also davon aus, daß ich hier eines habe.«

»Am Eden Square, oder?« Damit meine Bemerkung noch achtloser klang, sah ich von meinem Nebenmann weg in die Tiefe. Das Meer als Spiegel des emaillegrauen Vormittags. Wenn man mich, ohne ein Reiseziel zu nennen, mit verbundenen Augen bis hierher gebracht hätte, hätte ich den Morgen sofort als einen europäischen erkannt – durch das Licht.

»Wenn ich mich an *etwas* nie gewöhnen werde, Mr. Agraphiotis, dann daran, daß alle immer alles von einem wissen. Bei einem neuen Film möchte man ja, daß alle Menschen Kenntnis davon nehmen. Irgend jemand noch nicht davon gehört? Zum Aus-der-Haut-Fahren. Die Kehrseite ist, daß die ganze Welt auch alles von deinem intimsten Leben wissen zu dürfen glaubt.«

»Eine Form von Tauschhandel.«

»Aber daß ich ein Haus am Eden Square habe, ist nur sehr wenigen bekannt.«

»Nummer 67 a, nicht wahr?«

»Für einen Bewunderer sind Sie ja *sehr* gut im Bilde. Ich nehme an vom Aktenstudium.«

»Und ... was haben Sie jetzt in London vor?«

»Eine ziemlich zynische Frage für jemanden, der meine Festnahme auf Heathrow minuziös in die Wege geleitet hat.«

»Na schön, angenommen, das passiert nicht. Mit meiner Autorität, müssen Sie bedenken, könnte ich die Jungs von Scotland Yard ja umstimmen.«

»Leute anrufen, die mir helfen können, eine Pressekonferenz zu veranstalten. Geben Sie mir einen Strauß Mikrophone, und das Publikum wird aus dem Staunen nicht mehr herauskommen. Das Komplott, die Falle, der Rufmord ... ich habe die Mechanismen jetzt bis in die kleinsten Details ergründet.«

»Tun Sie das nicht«, sagte ich. »Die warten nur darauf. Man wird Sie mit Fragen löchern. Sie verlieren die Kontrolle über Ihre eigene Veranstaltung. Seien Sie froh, wenn man Sie auf Heathrow in Ruhe läßt. Eine offizielle Pressekonferenz würde nur noch mehr Aufmerksamkeit auf Sie lenken ... auf Ihre Flucht ... Ihre Anwesenheit in der Stadt. Stellen Sie sich die letzte Frage vor, aus dem Munde eines Journalisten mit einer Dienstmarke in der Hand. ›Würden Sie jetzt bitte mitkommen? Alles, was Sie nun noch sagen, kann gegen Sie verwendet werden.‹«

2

Die Landung hatte mit heulenden Triebwerken begonnen. Ein regelmäßiger Aufenthalt auf Dem Berg, das dazugehörige Hinauf- und Hinuntersteigen – es hatte meine Ohren nicht von ihrer Empfindlichkeit für Luftdruckunterschiede heilen können. Kaubewegungen machend suchte ich meine Taschen nach etwas zum Herumlutschen ab. Der Regisseur schüttelte mit gequältem Gesicht, von dem sich das Pflaster halb gelöst hatte, aus einem Döschen einen roten Drops in meine Hand. Er selbst hatte bereits einen im Mund, den er mit übertriebener Saug- und Schluckmimik von einer Wange in die andere verfrachtete. Die enthüllte Träne tanzte im selben Rhythmus mit. Am schönsten war sie, wenn die Wange eingesogen wurde.

Im *San Bernardino Herald Examiner* hatte Direktor O'Melveny von »einem bedauerlichen Zusammentreffen verschiedener Umstände« gesprochen, »das zu der dramatischen Konfrontation zweier empfindlicher Gefangener in Choreo geführt hat«. Wunderbar diplomatische Formulierung: bot keinerlei Angriffsfläche. Sollte ich meinem Nebenmann jetzt gestehen, wer diesen bürokratischen Schnitzer inszeniert hatte? Ich probte die Worte. »Ich sah keine andere Möglichkeit, euch beide endlich mal ins Gespräch zu bringen. Ich hoffte, daß Sie etwas von Charlies tieferliegenden Absichten aufdecken würden … und daß er den festsitzenden Kummer in Ihnen lösen würde.«

Ja, solange ich neugierig blieb, war ich, ob mit oder ohne Namen, noch nicht am Ende. Ich wandte mich Woodehouse zu, den Mund vor eitlem Geständnisdrang bereits halb geöffnet. Trotz des Drops konnte ich nicht hören, ob Worte herauskamen oder nur stockende Atemstöße. Er sah mich geistesabwesend an und machte nicht den Eindruck, auch nur irgend etwas mitbekommen zu haben.

Zum erstenmal in meinem Leben als Flugreisender fand

ich es beängstigend, die Mitteilungen, die aus den Lautsprechern drangen, nicht verstehen zu können. Die Maschine ging mit einem langgedehnten Seufzer immer tiefer, durch die Wolken hindurch, die keinerlei Sicht mehr ermöglichten, was mir in Verbindung mit meinen zugefallenen Ohren ein banges Gefühl des Eingeschlossenseins gab. Ich sah zur Seite. Woodehouse saß vorgebeugt da, die Hände an die Ohren gedrückt. Als er sich wieder aufrichtete, war das Pflaster von seiner Wange verschwunden. In seinen Augen standen Tränen. Ich wies auf meine Wange, aber er nickte nur. Ja, Schmerzen da, die hab ich auch, Agraphiotis.

3

Die Boeing flog direkt in die Schleier des englischen Nebels, die bis zum Boden reichten. Bis zur Landung, genau um 11 Uhr 40, sprachen Remo und sein Nachbar kein Wort mehr miteinander. Auf Heathrow herrschte das Dämmerlicht eines Wintertags, dem nicht mehr genug Zeit bleibt, noch aufzuklaren. Der Nebel war hier gesättigt mit einem orangeartigen Licht, was dem Flughafen den Anschein eines nahezu verlassenen Industriegeländes gab. Ganz in der Nähe glitt träumerisch, die Haut matt vor feinen Tröpfchen, ein Jumbojet vorbei.

Als die Maschine zum Stillstand gekommen war, erst gegen zwölf, wurde ihr vom Terminal aus eine Fluggastbrücke entgegengeschoben. Remo nahm Tasche und Regenschirm aus dem Gepäckfach. Ein Glück, daß er nicht an so einem stumpfsinnig kreisenden Band auf einen Koffer zu warten brauchte. Der »Grieche« dagegen hatte einen. Wahrscheinlich waren nur alte Zeitungen darin. Ohne Koffer unterwegs, das hätte Verdacht erregt – wenngleich niemand bei einem Reisenden ohne Gepäck sofort an einen Geheimagenten denkt.

Er ließ sich auf dem Gang vom Strom der vorwärtsschlurfenden Passagiere mitführen.

»Mr. Woodehouse, warten Sie mal«, rief der »Grieche« einige Meter hinter ihm. »Ich muß Ihnen noch etwas sagen.«

Ja, logo. Mich auf meine Rechte hinweisen, dachte Remo, das wird er wohl meinen. Die Leute ließen Agraphiotis sogar vorbei. Kurz darauf stieß der Mann mit seiner Tasche in Remos Kniekehlen, als wolle er sagen: Gib dir keine Mühe. Ich bin dir im wahrsten Sinne des Wortes auf den Fersen.

Bei allem ohnehin schon Irritierenden war der »Grieche« auch noch von undefinierbarem Alter – wahrscheinlich älter als Remo. Wenn er ein Geheimagent war, würde er für die Verfolgung zu Fuß trainiert sein. Mit seinen vierundvierzig Jahren war Remo, der fast täglich lief, noch immer blitzschnell, doch Agraphiotis' Marathonwaden würden seine kurzen Beine mühelos schlagen. Der Agent würde seine Umhängetasche, pro forma mit zerknülltem Zeitungspapier gefüllt, sofort fallen lassen. Alles, was Remo noch an Kostbarem besaß, befand sich in seiner Wochenendtasche: Damit würde er sein Leben wegwerfen. Etwas anderes einfallen lassen. Verfolger auf falsche Fährte locken.

An der offenen Tür zur Fluggastbrücke stand eine Stewardeß und verabschiedete jeden Gast mit einem Kopfnicken. Er kannte sie – vielleicht von einem früheren Flug. In den zurückliegenden Stunden mußte sie hinter den Kulissen tätig gewesen sein, denn er hatte sie nicht in der Kabine gesehen. Das Lächeln, das sie jedem Reisenden schenkte, war starr und müde. Der Cupidobogen ihres Lippenstifts spannte sich nicht mehr makellos. Als Remo sich näherte, leuchtete ihr matter Blick auf, wenngleich mit Mühe. Sie nannte ihn, diskret gedämpft, beim Namen und fragte, ob er einen angenehmen Flug gehabt habe. Er trat einen Schritt beiseite, so daß er neben ihr stand und der »Grieche« gezwungen war, vor ihm in den Rüssel zu gehen.

»Und Sie, Miss Ferguson? Anstrengend, nicht wahr?«

»Neun Stunden Flugzeit. Plus neun Stunden Zeitdifferenz. Das fühlt sich in den Knochen auch tatsächlich wie achtzehn

Stunden an. Eine Kollegin ist ausgefallen. Ein Nickerchen unterwegs hat da auch nicht recht geholfen.«

»Und trotzdem haben wir uns in guten Händen befunden.« Aus den Augenwinkeln sah er, wie Agraphiotis, von den Mitreisenden vorwärtsgeschoben, um die Ecke bog. Der Mann blickte noch kurz über die Schulter und stolperte beinahe.

»Darf ich Ihnen einen schönen Aufenthalt in London wünschen«, sagte Miss Ferguson. »Es sei denn, Sie müssen weiter ...«

Sie wollte ihn loswerden. Den Moment noch kurz in die Länge ziehen. Falscher Charme.

»Im schönen London landen und gleich wieder weiter? Hier auf der Schwelle verkörpern Sie ja schon ganz allein allen Liebreiz der Stadt.«

Augenwinkel: Der »Grieche« war außer Sicht.

»Sie schmeicheln mir nicht nur mit Technicolor«, sagte die Stewardeß, die währenddessen die anderen Passagiere lächelnd verabschiedete. »Ich freue mich schon auf Ihren nächsten Film. Den letzten, den, der in Paris spielt, fand ich richtig unheimlich. Sie haben Kugelschreiber auf der Wange.«

Remo griff nach seinem Gesicht. Nackt. »Oh wie schrecklich.« Wo hatte sich das Pflaster gelöst? Wenn Agraphiotis die Träne gesehen hatte, brauchte er als ehemaliger Aufseher deren Bedeutung nicht in einem Symbollexikon nachzuschlagen.

»Wenn Sie eben warten, mach ich es schnell mit etwas Alkohol weg.«

Auf dieser Seite des Tunnels war Licht. Es fehlte gerade noch, daß sie den blauen Tintenstrich mütterlich, mit ein bißchen Spucke, wegrieb. Er behielt den Rüssel im Auge, der sich jetzt ganz mit Passagieren gefüllt hatte. Hier und da kam es zu Staus hinter Leuten, die durch den plötzlichen Zugwind daran erinnert wurden, daß sie besser ihren Mantel anzogen. Noch ruderten keine Gabardinemäntel von Scotland Yard gegen den Menschenstrom. Er wartete an Miss Fergusons Seite, bis der letzte Passagier (das Punkmädchen, das zurückgegangen war, um ihren mit Sicherheitsnadeln gespickten Teddybär zu holen) die Maschine verlassen hatte. Die Stewardeß nahm ihn mit hinter den Vorhang, wo sich der Verbandskasten befand. Sie träufelte aus einem Fläschchen eine farblose Flüssigkeit auf einen Wattebausch und rubbelte damit über seine Wange.

»Ich seh dich ja nie mehr am Bruton Place«, sagte sie auf einmal sehr viel weniger förmlich. »Hast du Angst, mir im Turnabout über den Weg zu laufen?«

Sie rieb mit harter Hand, aber nicht so fest, wie es nötig gewesen wäre, um eine Tätowierung zu entfernen. Natürlich, The Turnabout. Lesley, so hieß sie. Er hatte mit ihr getanzt, das stand fest, aber die Schwerkraftgesetze einer Disconacht verlor er schon mal aus dem Auge. Die vier Stadien: stehend (Tanz, vertikal), sitzend (Alkohol), kniend (abwechselnd) und liegend (Tanz, horizontal). Er wußte nicht mehr, wie viele Stationen in Richtung Horizontale er mit ihr geschafft hatte.

»Das Zeug geht nicht ab«, sagte sie. »Das mußt du beim Baden erst mal einweichen. In deiner schönen schwarzen Wanne ... Worin bestand das Geheimnis gleich noch mal? Nackt, aber doch die Suggestion von schwarzen Dessous. Eine schwarze Tulpe, die sich öffnet ... Du verstehst dich ja auf diese Dinge.«

»Außer bei diesem Tintenfleck.« Seine Wange brannte von dem eingeriebenen Alkohol. »Lesley, würdest du mir ein Pflaster draufkleben? So kann ich nicht auf die Straße.«

Falls seine Flucht nicht schwerwiegend genug war, ihn wieder nach Kalifornien zurückzuschicken – der Verdacht seiner Beteiligung an dem Anschlag auf Maddox war es möglicherweise. Eine blaue Träne wie der Punkt unter einem eingestehenden Ausrufezeichen, damit sollte er nicht hausieren gehen. Miss Ferguson schnitt ein Stück Pflaster ab und klebte es über den dunklen Fleck, der jetzt der Kern eines roten Kreises war. »Ich heiße übrigens Cathy. Black Cathy, weißt du noch?«

»Cathy, ich danke dir für deine Fürsorge. Also dann: bis zum nächsten Flug.« Schon während er das sagte, jagte ihm eine Gänsehaut über den Rücken, von ganz unten über den Nacken bis hinauf zum Scheitel. Diesen Trip würde er nie mehr unternehmen. Nicht auf die andere Seite und nicht in umgekehrter Richtung. Der Rüssel vor ihm war leer.

4

Wenn der »Grieche« kein Agent des FBI oder irgendeines anderen Nachrichtendienstes war, hätte er längst auf dem Weg zum Gepäckband sein müssen, um anschließend für den Flug nach Amsterdam einzuchecken. Er hatte seinen viel zu weißen Regenmantel angezogen und wartete außerhalb der Fahrgastbrücke, die Tasche zwischen den Füßen, in scheinbarer Geduld. Allein, aber das besagte nichts. Remo blickte durch die lange Halle auf beiden Seiten. Keine herumlungernden Typen. Nur Leute, die von hier fortstrebten. »Wenn Sie sich nicht beeilen, stiehlt man Ihnen den Koffer.«

»Ja, lästig, das Gepäck.«

»Besonders wenn Sie noch einen Delinquenten mit zurücknehmen müssen.«

»Ich habe den Eindruck, Mr. Woodehouse« (Agraphiotis schüttelte betrübt den Kopf: *Griechentum und Pessimismus*), »Sie sind von dieser Idee nicht abzubringen.«

»Sagen wir mal: Ich gewöhne mich allmählich daran.«

»Es scheint mir keine gute Idee, in Europa ein neues Leben anzufangen mit einem Paroxysmus von Paranoia.«

»Ihre Worte klirren wie Handschellen. Bitte, nehmen Sie mich fest. Entführen Sie mich … schießen Sie mich nieder … wie auch immer Ihr Auftrag lauten mag. Aber falls es *nicht*

Ihre Aufgabe ist, mich zu beschatten oder zu kidnappen, dann lassen Sie mich um Himmels willen in Ruhe.«

»Durch die Rolle, die Sie mir da andichten, muß ich die ganze Zeit an ein Gedicht denken, das an meinem Standort, den Niederlanden, sehr populär ist ...«

»Ja, genau der richtige Moment, Poesie vorzutragen.«

»Ein Gärtner sieht morgens den Tod zwischen den Rosen stehen. Weiß vor Schreck eilt er davon ... nach Isfahan. Das letzte Wort hat der Tod. Er sagt, daß er sich sehr gewundert hat, daß morgens noch jemand seine Rosen zurückschnitt ...«

»... den er abends in Isfahan holen sollte. Eine alte Geschichte. Ich habe Jean Cocteau noch in Paris gekannt. Der hatte die Geschichte aus der jüdischen Witzkiste. Da floh der Gärtner nach Jerusalem. Wo wollen Sie hin?«

»Nein, wo fliehen *Sie* hin?«

»Nach London, wie Sie sehen.«

»Sie sind noch nicht weiter gekommen als bis zu Ihrem eigenen Rosengarten.«

»Und Freund Hein, das sind Sie?«

»Aber um Sie zu warnen.«

»Und mich auf diese Weise zu beschwatzen, nach Kalifornien und nach Choreo zurückzukehren. Tun Sie, was Sie nicht lassen können.«

»Mr. Woodehouse, weg von hier, aber blitzartig! Fliegen Sie noch heute nachmittag aufs Festland.«

»Oh, Sie sind also den ganzen Weg mitgekommen, um mich von hier noch weiter in die Verbannung zu treiben.«

»Jetzt mal ruhig«, sagte der »Grieche« und nickte in Richtung Fluggastbrücke, aus der sich lachende Stimmen näherten. Zum Vorschein kam ein Teil der Besatzung, Taschen locker über der Schulter, schwatzend. Cathy Ferguson, die die letzte war, nickte Remo im Vorbeigehen jetzt genauso professionell zu, wie sie es zuvor bei den anderen Passagieren getan hatte. Eine schwarze Badewanne würde ihr nicht schlecht stehen, aber eine, die »sich öffnete wie eine schwarze Tulpe«, um ihren Körper freizugeben – hatte er das wirklich gesagt? Die kleine Gruppe war wieder außer Hörweite.

»Die haben Sie aber verdammt schlecht informiert, diese Berufsschwafler von Dunning & Hendrix. Als der Richter mit seinem Gestänker anfing, ob Sie freiwillig oder nicht freiwillig das Land verlassen, hätten sie Sie sofort warnen müssen. Die Vereinigten Staaten haben mit Großbritannien einen viel strikteren Auslieferungsvertrag, als die meisten Leute meinen. Eine Sache von Stunden vielleicht noch, dann ist Ihre Flucht weltweit bekannt.«

»Von Minuten«, sagte Remo, der spürte, wie er bleich wurde. So ohne Mantel, lediglich mit der kurzen Lederjacke über dem T-Shirt, zitterte er im kalten Luftstrom, der aus dem Rüssel kam. Er klapperte mit den Zähnen. »Sekunden.«

Drei Reinigungskräfte im blauen Kittel näherten sich. Die schwarze Frau in der Mitte, die einen Wagen mit Putzmitteln vor sich herschob, erinnerte Remo an seine Zugehfrau Winny (einen Moment lang *war* sie es), die das Blutbad im Garten entdeckt hatte. Alles, was ihm jetzt auf seinem Weg begegnete, würde ihn durch Assoziationen und Erinnerungen weiter nach unten ziehen, in die Schwärze des Gemüts. Der Verbannte reiste unter einem anderen Himmel als der Mann mit dem Sonnenschirm. Die Putzfrauen gingen in den Tunnel und quietschten auf, als ihnen die Kälte entgegenschlug.

»Jemand über Ihre Flucht nach London informiert?« wollte der »Grieche« wissen.

»Nur meine Sekretärin. Ach nein, die denkt, daß ich nach Mexiko bin.«

»Die Justiz weiß natürlich von Ihrem Haus in London. Sie brauchen nur die Passagierlisten der British Airways durchzugehen. Wenn das schon erfolgt wäre, hätte man Ihnen hier einen wärmeren Empfang bereitet.«

»Ich hätte es wissen können«, sagte Remo. »Ich hätte es wissen *müssen*.« (O Wendy, wo bin ich sicher vor dir? Mit deinen schlanken Ballettbeinen hast du mich für den Rest meiner Tage in Fesseln gelegt.)

»Kommen Sie mit mir. Amsterdam ist eine Haltestelle weiter als Isfahan.«

»Auslieferungsvertrag?«

»Ja, aber erst bei Mord.«

Remo spürte, wie die Stelle unter dem Heftpflaster wieder glühte, ein einwangiges Erröten. Nein, Amsterdam erschien ihm als keine gute Idee. »Lassen Sie mich mal eben laut denken … Wenn ich heute aus England weggehe, komme ich also nie wieder rein. Dann muß ich jetzt zu meinem Haus. Ein paar Sachen holen. Dokumente vor allem. Verträge. Besitznachweise.«

Jetzt kam ein ganzer Schwung Küchenpersonal von British Airways an, alle in karierter Kochhose und mit dem Logo der Fluggesellschaft auf dem Kittel. Sie schoben Aluminiumwagen mit frischen warmen Mahlzeiten in den Rüssel, für den nächsten Flug. Hinter ihnen blieb ein Geruch von gedünstetem Gemüse in der Luft.

»Wenn Sie mir jetzt endlich glauben«, sagte Agraphiotis, »daß ich nicht hier bin, um Sie nach Los Angeles zurückzuschleppen, bin ich gern bereit, Ihnen beim Abholen dieser Sachen zu helfen.«

»Und wie?«

»Ganz einfach, mit dem Taxi. Mich suchen sie auf keinen Fall. Ich könnte erst mal nachsehen … ob Sie nicht schon erwartet werden.«

Remo traute der Sache nicht ganz. Der charmante Grieche konnte ihn genausogut am Eden Square in die Arme von Scotland Yard treiben, ohne sich selbst auch nur den kleinsten Fleck auf seinem makellosen Regenmantel einzuhandeln. »Mr. Agraphiotis, ich bitte um Entschuldigung für meinen rüden Argwohn.« Er gab dem »Griechen« die Hand. »Ich bin Ihnen dankbar für Ihre Hilfe. Nehmen Sie im Tausch mein vollstes Vertrauen entgegen.«

»Dann schlage ich vor, erst mal bei der KLM Tickets nach Schiphol zu besorgen. Das kann von Vorteil sein, wenn wir es nachher vielleicht eilig haben.«

»Ich will mich noch nicht auf einen Flug festlegen. Erst mal abwarten, wie es in der Stadt läuft.«

5

Schon als kleiner Junge hatte Remo seinen Spaß bei Nebel. Sogar bei dichten Schwaden hatte es den Anschein, sie hielten in einiger Entfernung inne, wie ein menschenscheues Tier, und auch wenn man sich bewegte, blieb immer Raum um einen. Er nannte das bei sich: die Nebelglocke. Genauso bewegte sich ihr Taxi zu dieser Mittagsstunde in einem sich mitbewegenden Loch durch den Londoner Nebel. Remo fühlte sich dadurch geschützt. Die Glocke schloß sich nicht zu eng um sie und sorgte dafür, daß die Stadt fernblieb, mitsamt Scotland Yard und allem anderen.

»Amsterdam, ich weiß nicht«, sagte er zum »Griechen«, der auf dem Klappsitz saß. »Ich befinde mich gern in einem Brennpunkt des Weltgeschehens. Berufshalber, sage ich mal.«

»Sie haben schon mindestens zweimal im Fokus des Weltgeschehens gebrannt. Das dritte Mal ist gerade in Vorbereitung. Wird es nicht langsam Zeit ...«

»Aus den Niederlanden hört man nie was.«

»Ich tue mein möglichstes.«

»Nein, im Ernst, ist da gesellschaftlich irgendwas im Gange, oder ...«

»Sie haben für ihre Verhältnisse ein heißes Jahr hinter sich. Terrorismus von seiten der Südmolukker ... Knechte und Krieger, die ihren Kolonialherren in die Niederlande gefolgt sind und deren Kinder gern wieder nach Hause wollen. Eine Zugentführung ... Schulkinder als Geiseln genommen ... Endlich durfte der holländische Stoppelhopser scharf schießen.«

»Auf eine Schule?«

»Auf den Zug. Ansonsten mußten wir uns mit importiertem Terrorismus begnügen. In Utrecht wurde ein Polizist wie ein Hund abgeknallt von einem Weltverbesserer von der RAF.«

»Da war doch auch was mit einem deutschen Krimischauspieler … diesem Wackernagel? Der war mal zu Probeaufnahmen bei mir …«

»Er tauchte in einer Amsterdamer Telefonzelle auf. Mit einer lebensgroßen durchgeladenen Pistole. Es war keine Filmaufnahme. Die Polizei hatte die Scheinwerfer aufgestellt. Neorealismus der Rote Armee Fraktion. Auf dem Oktoberfest haben Sie bestimmt davon gehört …«

»In Süddeutschland ist man sorgloser. Die RAF, das ist eher was für den düsteren Norden, wo Wagner in den Bäumen rauscht.«

Ein Doppeldeckerbus kam längsseits, mit derselben fast lautlosen Schwerfälligkeit wie zuvor der Jumbo auf dem Flughafen. Sein Rot hatte die Mattheit einer betauten Tomate. Auch die Fenster waren so beschlagen, daß sie verhängt aussahen, wie bei einem Autobus, der für die Beförderung von Kommandoeinheiten requiriert worden war. Falls Remo heute davonkam, würde der Gedanke an eine Verhaftung aus unerwarteter Ecke ihn für den Rest seines Lebens quälen.

»Und sonst?« fragte er, um bloß nicht an seine Verfolger denken zu müssen. »In diesen Sumpfsteppen bei euch wird in den letzten zehn Jahren doch *irgend* etwas passiert sein? Auch wenn da nur quakende Krokodile leben. Irgendwas Politisches oder so …«

»Das vorletzte große Ereignis war das Öldrama von ’73.«

»So kann sich ja jeder kleine Zwergstaat einen internationalen Skandal aneignen.«

»Bei uns haben sie einen autofreien Sonntag daraus gemacht. Wenn irgend möglich, wird in den Niederlanden die Politik auf Folklore reduziert. Pferdeäpfel mit den Rollschuhen plattwalzen auf einer Autobahn voller picknickender Leute.«

»Und der Sumpfbewohner schluckt das einfach?«

»Die beiden einzigen Autos, die sich auf die Straße getraut haben«, sagte Agraphiotis, »sind prompt zusammengestoßen.«

»Auch nichts Besonderes in so einem kleinen Land.«

»Ich hör schon, ein Exil in Amsterdam kommt nicht in Frage.«

»So ein Zusammenstoß, der interessiert mich.«

»Das eine Fahrzeug war ein Citroënbus, der den ganzen heiligen Krimskrams eines Bischofs transportierte. Der hatte eine Befreiung vom Fahrverbot … um irgendwo in einem Wohnwagenlager die Messe zu lesen. Das entgegenkommende Auto, ohne Befreiung vom Fahrverbot, war ein VW-Käfer. Am Steuer saß eine hochschwangere Frau. Mit Wehen und austretendem Fruchtwasser auf dem Weg ins Krankenhaus. In blinder Ratlosigkeit.«

»Verdammt wahr, was die Chinesen sagen. Die meisten Menschen können keinem Lahmen begegnen, ohne über Füße zu sprechen.«

»Sorry«, sagte der »Grieche«. »Alter Fehler.«

»Lassen Sie mich raten. Die Frau starb, aber das Baby konnte noch rechtzeitig aus der Mutter geholt werden. Kaiserschnitt.«

»Umgekehrt. Der Fötus … durchbohrt. Tot. Die Frau hat es geschafft. Sie ist jetzt die Pflegemutter meines Augapfels der Augäpfel. Und dieser kleine Junge hat tatsächlich schlechte Füße.«

6

Das Taxi bog auf den nebelverhangenen Eden Square und hielt an der angegebenen Adresse: einer umgebauten Remise. Der Fahrer stellte unser Gepäck vor die Tür, und ich bezahlte den Fahrpreis. Woodehouse, der zu einer Stelle ein paar Häuser weiter gegangen war, winkte mir. Er stand unter einer brennenden Straßenlaterne, die jetzt, bei schwer bewölktem Tageslicht, den Nebel nur noch dichter wirken ließ. »Hier«, sagte er und zeigte auf einen Gullydeckel im Bürgersteig, »endete unsere erste Umarmung.«

Ich gab vor, nicht zu wissen, wovon er sprach. Er erzählte mir die Geschichte von ihrer zweiten Essensverabredung, die wie die erste in peinlichem Schweigen verlief. Danach, »sie wohnte hier um die Ecke«, habe er Sharon nach Hause gebracht, noch immer wortlos. An dieser Stelle, direkt über dem Abwasserkanal, habe er sie plötzlich umarmt – so unvermittelt, daß sie beide das Gleichgewicht verloren hätten und zusammen auf die Gehwegplatten geknallt seien, er auf sie drauf. Während sie sich wieder aufrappelten, habe sie ihn, verdattert, zum Vollidioten erklärt und beim Weggehen, wütend, zur unerwünschten Person in ihrem Leben.

»Der gute Schatz … sie hatte es nicht verstanden.« Sein Gesicht verzog sich zu einem Weinkrampf. Er fiel, im Schutze des Nebels, vor dem Gullydeckel auf die Knie. »Sie war so schön … so lieb … Mit einer Liebenswürdigkeit, die ihre Schönheit, ja, das kann man ruhig sagen … noch steigerte. Erst wirklich wertvoll machte.« Er legte den Kopf seitlich auf die geriffelte Eisenplatte, die von dem Kondenswasser rostig schimmerte. »Bei unserem ersten Essen hielt ich den Mund, weil ich … mich beleidigt fühlte … tief verletzt durch ihre demütigende Schönheit. Als ich das beim nächsten Essen zu erklären versuchte, bekam ich wegen desselben hübschen Gesichts wieder kein Wort heraus. Ich hatte nur noch meinen dummen, stummen Mund, um etwas zu tun.«

Er legte sein Gesicht jetzt flach auf den Deckel. Sein Rücken zuckte bis über seinen Nacken hinaus. Ich hatte Sharons Gedenkplakette gefunden. Eine große, runde Münze, eingeprägt mitten zwischen die Codes und Kennzeichen des Städtischen Bauamts.

»Sie war zu lieb.« Wie im Gebet richtete er den Kopf wieder zwischen den Armen auf. »Zu lieb, um zu verstehen ... um verstehen zu *wollen* ... daß ich buchstäblich sprachlos war. Daß ich der Pracht ihrer Erscheinung nichts, aber auch wirklich nichts entgegenzusetzen hatte. Nichts. Und daß ich, um doch noch im letzten Augenblick ihre Aufmerksamkeit zu erregen ... daß ich dafür nur noch den Clown spielen konnte. Herumgekasper aus Verzweiflung. Wir stürzten zu Boden. Sie verstand es nicht. Ach, mein Mädchen, wo bist du?«

Ich sah mich nach unserem Gepäck um. Gerade nahm sich mit gehobenem Bein ein nicht ganz reinrassiger Schottischer Collie meines Koffers an. Ich tat bei Woodehouse, was ich bei Sharon nicht mehr tun konnte: Ich half ihm auf. Seine Tränen zogen Spuren durch die Roststreifen auf seinen Wangen. Das Wundpflaster über der einzigen nicht rollenden Träne war durchweicht von braunem Wasser. Er hatte Sharon, nahm ich an, gerade das Indigoblau seiner Rache dargeboten.

7

Auf der Treppe zum ersten Stock roch es vornehm muffig, doch in der Wohnung selbst herrschten, aufgrund einer feuchten Art ungelüfteter Kühle, Geruch und Atmosphäre einer Gruft. Ich trödelte in der Diele herum, wo an einem Garderobenständer in einer durchsichtigen Hülle ein Silberfuchsmantel hing. Selbst jetzt, wo das Deckenlicht einen falschen Schimmer auf die zerknitterte Plastikfolie warf, war gut zu erkennen, wie schön der Pelz in Farbe und Struktur war. Wer mit der richtigen Langsamkeit um den Ständer herumging, sah, wie die Haarspitzen von Weiß zu Silberweiß und von Silberweiß zu Silbergrau wechselten, während durch die tieferen Schichten ein Schatten Anthrazit lief – bis dieser auf die warme Braunkohletönung der Ärmel stieß.

Venus *als* Pelzmantel.

Der Pelz sah aus, als lebe der Fuchs in seinem eigenen Fell weiter: als ob das Tier vor zwei Wochen noch in seiner Höhle gewohnt habe und seine zu einem Mantel zerschnittene Haut erst vorgestern vom Schneider gekommen sei. Doch eine auf den Haken des Kleiderbügels gespießte Rechnung, datiert vom 15. Oktober 1969, nannte den Namen der Londoner Lagerhausgesellschaft, bei der der Mantel monatelang in einem Tresor gehangen hatte: FUR & FURTHER LTD.

Woodehouse war in der Türöffnung erschienen, sah mich den Pelz bewundern und sagte: »Ja, Sharon war …« Er schwieg abrupt, erschrocken über den weißen Atemstoß, den er in seinem eigenen Haus hervorbrachte. Anstatt seinen Satz zu beenden, schlug er vor, etwas zu trinken. »Es ist aber nur Wyborowa da.«

Weil der Kühlschrank ausgeschaltet war, tranken wir unseren Wodka ohne Eis – in Zimmertemperatur sozusagen, aber die war hier sibirisch genug. In Mantel und Jacke erhoben wir im Stehen die Gläser auf eine neue Freundschaft. Der Schnaps ging über die volle Brustbreite heiß nach unten. »Manchmal«, sagte ich, um den erfahrenen Trinker zu mimen, »fühlt es sich an, als hätte man eine ganze *Orgel* an Speiseröhren in sich.«

Er nickte. »Und alle Pfeifen jauchzen.«

Wir stellten uns mit unseren Gläsern ans Fenster. Es war ruhig auf dem Platz der einstigen Ställe und umgebauten Remisen. In der Grünanlage stand, an die Rückseite einer Holzbank gelehnt, ein Mann, der an den Häuserfassaden hochschaute – nicht speziell der von Woodehouse. Einen Hut trug er nicht, aber einen langen Regenmantel, und ja, der Kragen war bis über die Ohren hochgeschlagen. »Zu viel Sherlock Holmes, um wahr zu sein.« Ich versuchte, einen beruhigenden Ton anzuschlagen. »Inklusive eines mordfreundlichen Nebels. Doch besser mal im Auge behalten, den Vogel da.«

Auf einmal war, unvermittelt aus dem Nebel geboren, ein zweiter Mann aufgetaucht, der sich hinter dem Rücken des ersten auf die Bank setzte. Auch er trug einen Regenmantel, allerdings mit einem Schal im heruntergeschlagenen Kragen. »Unterstützung«, sagte Remo, der mit schnellen, nervösen Schlucken seinen Wodka trank.

»Hat das Haus einen Hinterausgang?«

»Zu einem Luftschacht. Kein Fluchtweg.«

»Besser nicht am Fenster stehenbleiben.« Wir traten beide gleichzeitig einen Schritt zurück, wobei ich an ein Beistelltischchen stieß, das ins Wackeln geriet und mit einem kurzen Klingelton seine Last abwarf. »Hoppla.« Auf dem Parkett lag das schwere Bakelittelefon. Der Hörer, dem ein dröhnender Summton entwich, lag neben dem Apparat.

»Mr. Agraphiotis, Sie können das schuldige Telefon gar nicht genug strafen.«

8

Das schuldige Telefon. Remo erzählte dem »Griechen« von dem Sommerabend, an dem er die Nachricht erhalten hatte. Sein Lunch mit Freunden hatte sich bis weit in den Nachmittag hinein ausgedehnt, wonach er zu Fuß zum Eden Square gegangen war. Sein Co-Drehbuchautor Homer Gallaudet saß bereits auf der kleinen Spaziergängerbank vor der Tür (auf der sich jetzt ein Beamter von Scotland Yard einen abfror). Die elfenbeinweißen Rosen in der Grünanlage hingen jämmerlich über den bereits zu Boden gefallenen Blütenblättern, die mit ihrem dünnen braunen Rand an Pergamentfetzen erinnerten. Er sehnte sich nach dem gepflegten Garten in Beverly Hills. (Montag, nein, Dienstag.)

»Der zerrissene Brief von Cyrano«, sagte er zu Gallaudet, der den Zusammenhang nicht sofort verstand. »Komm, Homy, Flipper wartet auf uns. Wenn du die Ohren aufmachst, hörst du ihn schon schnattern.«

»Das ist ja gerade das Problem«, sagte Gallaudet düster. »Ich verstehe noch immer kein Delphinisch.«

»Heute abend letzter Versuch. Sonst schneiden wir die sprechenden Delphine einfach raus. Ich kann auf sie verzichten.«

»Ich auch.«

In Remos Wohnung vertieften sie sich in das Problem, wie ein Bataillon vom Geheimdienst dressierter Delphine den Terroranschlag auf einen Flugzeugträger vereiteln konnte, *ohne* daß ihre Schnattersprache decodiert werden mußte. Von den Gebrüdern DinoSaur, die den Film produzieren wollten, war nur Sauro in London. Gegen neun Uhr abends rief Remo ihn an, um sich mit ihm zu beraten. Der Produzent stand zwanzig Minuten später vor der Tür. Mit italienischem Schwung verwarf Sauro die Kürzungen. Er hatte sich gerade so auf sprechende Delphine gefreut. »Wir lösen das Problem durch eine Untertitelung. Nein, besser durch eine Nachsynchronisation. Menschliche Stimmen, aber verzerrt.«

»Nicht hier«, sagte Remo. »Wenn ich die Flipper wieder reinschreiben muß, nehme ich das Skript mit über den Teich. Ich habe zu Hause versprochen, spätestens am Dienstag ins Flugzeug zu steigen.«

»Ich bleibe in London«, sagte Gallaudet. »Ich habe hier noch mehr zu tun.«

»Noch eine Woche«, flehte Sauro. »Eine Woche, um die Delphine zu übersetzen.«

»Ihr italienischen Männer versteht doch was von Vaterschaft ...«

»Nichts verstehen wir. In Italien gibt es nur die Mutterschaft.«

»Na schön, Sharon kann jeden Tag Mutter werden. Und ich anscheinend Vater. Ich muß nach Hause, Sauro. Nervös auf und ab gehen vor dem Entbindungszimmer. Und ihr nach der Geburt den Schweiß von der Stirn küssen. Dunkles Bier einschenken für mehr Milch und dann selbst alles trinken … das Bier, meine ich. Kurz und gut, alles, was ein junger Vater zu tun hat.«

Zu dritt entwarfen sie einen Plan, wie sie über die Weltmeere hinweg ihre Zusammenarbeit fortsetzen konnten. Sauro schlug vor, daß die beiden Drehbuchautoren jeden Tag zu einer bestimmten Zeit miteinander telefonieren sollten. »Korrekturen, Ergänzungen … das alles geht per Fernschreiber.«

»Ich habe keinen«, sagte Remo. »Mein Büro kommt über die Garage, aber es muß noch eingerichtet werden.«

»Dino wird herausfinden, wo es bei dir in der Nähe einen Fernschreiber gibt. Da gehst du dann jeden Tag mit dem Kinderwagen hin. Oder nein, Babys erschrecken von dem Geratter …«

»Ungefähr in dem Moment, Mr. Agraphiotis«, sagte Remo, »klingelte dieses Telefon.«

Er bückte sich, legte den Hörer auf die Gabel und stellte den Apparat auf das Tischchen zurück. Seine Fingerspitzen berührten die Öffnungen in der Wählscheibe, die den Wurstfingern eines Viehbauern genug Platz geboten hätten. »Wir saßen nebenan, am Eßtisch, die getippten Blätter vor uns auf der Tischdecke. ›Geh du dran‹, sagte ich zu Sauro. ›Ich spür, daß das Dino ist.‹ Er kam zurück und sagte, mein Agent sei dran. Merkwürdig … der sollte erst am nächsten Tag anrufen. Sonntag, hatten wir abgemacht. ›Er klang etwas ängstlich‹, sagte Sauro. ›Bestimmt einen Deal für dich vermasselt.‹ Also ging ich hierher. Die Zwischentür ließ ich offen …«

Es war tatsächlich Tanquary. Nicht nur sein Agent, sondern mittlerweile auch ein guter Freund. Seine Frau war eine von Sharons besten Freundinnen, schon lange bevor ihre Männer eine Geschäftsverbindung miteinander eingingen. »Hi, Bill, du rufst ja schon früher an«, rief er fröhlich in den Hörer. »Wie sieht's drüben aus?«

»Schlecht.«

Also doch. Paramount hatte die Hände von *Hard sell* abgezogen. Die Rechte für *The Housemistress* waren nicht frei. Das Pentagon war nicht bereit, für den Delphinfilm einen Flugzeugträger zur Verfügung zu stellen. (Zu frivol, um als Propaganda für das Verteidigungsministerium dienen zu können.) »Schon mich nicht.«

»Ich wollte, ich könnte dich …« Ob es an der Verbindung lag, war nicht auszumachen, jedenfalls war Tanquarys Stimme kaum zu verstehen und brach immer wieder ab. »Komm schon, Bill, nimm das Taschentuch von der Sprechmuschel. Ich weiß ja doch, daß du es bist. Was gibt's?«

Rauschende Stille über dem Ozean. Remo dachte an die vor einigen Stunden nicht zustande gekommene Verbindung mit Los Angeles. Da brauchte sich ja nur ein Drähtchen durch die Vibrationen zu lösen und … Es wurde höchste Zeit, seine Kontakte dort wieder persönlich wahrzunehmen. Am anderen Ende war ein leises Seufzen und Stöhnen zu hören. »Eine Katastrophe«, hörte er aus weiter Ferne Tanquarys erstickte Stimme. »Es hat eine Katastrophe gegeben.«

Natürlich, das war's. Ein Erdbeben, das Telegraphenmasten entwurzelt und Telefonzentralen zerstört hatte. »Erzähl. Wo?«

»Bei dir.«

»Hier ist alles beim alten«, sagte Remo und dachte: Drei Flugzeuge können gleichzeitig über London abstürzen, und trotzdem braucht man nichts davon zu merken.

»In Terrys Haus.«

»Also Malibu Beach.«

»In *deinem* Haus von Terry«, kam es plötzlich hoch und heulend heraus. »In deinem Haus …«

»Oh nein, nicht schon wieder der Hund. Bill, sag, daß Tek nicht auch noch Proxy überfahren hat.«

»Proxy lebt.«

»Gott sei Dank. Es hört sich an, als ob du flennst.«

»Die anderen … sind tot.« Tanquary schluchzte jetzt unbeherrscht.

»Was, die anderen Hunde? Drück dich deutlich aus, Bill. Bist du im Club versackt? Du greinst ja wie ein Besoffener.«

»Nicht die Hunde. Tek selbst.«

»Willst du sagen, daß Tek ... Tot?«

»Gibby auch. Beide auf dem Rasen.«

»Tot? Gibby?«

»Und Jay.«

»Jay ... Haben sie in *einem* Auto gesessen? War es ein Unfall? Oh Gott, Sharon. In ihrem Zustand ... Wie geht es Sharon? Hat sie ...«

»Es war ein Mord«, schrie Tanquary fast. Er heulte wie ein hilfloses Kind. Noch hilfloser. »Sie sind ermordet worden.«

»Alle?«

»Alle.«

»Hast du mit Sharon gesprochen? Sie muß fix und fertig sein. Ihre Freunde ... unsere Freunde. Warum ruft sie nicht selbst an?« Da dämmerte ihm etwas. »Die Wahrheit, Bill. Hat sie aufgrund dieser Nachricht ... Oh Gott, das Baby. Sag schon, Bill.«

»Bitte, bitte«, wimmerte der Agent leise. »Sei stark. Bitte.«

»Das Baby ist tot.«

»Stark ... sein.«

Er hätte später nicht sagen können, woher das tierische Heulen kam: aus dem Telefonhörer oder aus seinem eigenen Inneren. »Sag, daß es nicht wahr ist, Bill.«

»Es ist wahr.«

»Sag dann ... sag dann, daß Sharon in guten Händen ist. Ich *weiß*, daß sie furchtbar traurig ist, Bill. Ich *weiß*, daß sie jetzt schwach ist und Schmerzen leidet. Aber bitte, Bill, sag mir, daß sie daran nicht kaputtgeht. Gib einem Freund diese Sicherheit, Bill.«

»Sharon«, sagte Tanquary fast unverständlich leise, »hat es nicht überlebt.«

In dem telefonierenden Remo befand sich ein zweiter Remo, der in dem ersten den Boden unter den Füßen verlor, pfeilschnell in ihm versank und ertrank. Der letzte Gedanke, an den sich der Ertrinkende klammerte: Ich hab es nicht richtig gehört. »Einen Moment lang dachte ich, du meinst«, stammelte er, »daß sie ... im Wochenbett ...«

»Ja, nein, auch«, stotterte der Agent. Eine rasche Abfolge von Schluchzern konnte genausogut als zynisches Gekicher aufgefaßt werden. »So versteh doch ... sie ist ermordet worden. Zusammen mit den anderen.«

9

»Mr. Agraphiotis«, sagte Woodehouse, der uns über dem schuldigen Telefon noch einen Wyborowa eingoß, »wenn ich damals nicht sofort einem menschlichen Wesen in die Augen hätte schauen können ... egal, wem ... dann wäre ich selbst auf der Stelle gestorben. Zum Glück waren da, in der offenen Tür, die erstaunten Gesichter von Homy und Sauro. Sie waren auf meine Schreie hin herbeigeeilt. Zunächst hatte ich noch im Befehlston von Bill verlangt, er solle Sharon ans Telefon holen. ›Ich weiß, daß sie da ist.‹ In meiner Hand war die Wahrheit früher angekommen als in meinem Kopf, sie ließ den Hörer zu Boden fallen. Danach kam nur noch ›Nein! nein! nein!« aus mir heraus. Meine Freunde waren an meine *practical jokes* gewöhnt, aber auch an meine Wutanfälle. Sie wußten nicht, in welche Kategorie sie dieses Verhalten einordnen sollten, und standen daher erst mal grinsend da. Spielte ich irgendeine verrückte Filmszene nach? Oder hatte ich wütend irgendein schlechtes Angebot abgelehnt und konnte jetzt nicht mehr aufhören, ›nein!‹ zu kreischen? Beim tausendsten hysterischen ›nein!‹ begannen sie sich doch leichte Sorgen zu machen. Ich selbst habe keine Erinnerung daran.«

»Unser Urschrei ist Negation«, sagte ich. »Keine überschwengliche Lebensbejahung von Natur aus, sondern ein hysterisches Nein.«

10

Wegen unseren Freunden draußen auf dem Platz hatte ich Woodehouse davon abgeraten, die Lampen auf der Straßenseite der Wohnung einzuschalten. Dort wurde es im Laufe des Nachmittags immer dunkler, doch wir machten kein Licht. Um ganz sicher zu sein, daß ich ungesehen hinausschauen konnte, stellte ich mich zwischen zwei Fenster. Ich spähte um den aufgezogenen Vorhang herum. Die beiden Männer in Regenmänteln waren noch da; sie saßen jetzt nebeneinander auf der Holzbank, deren feintröpfige Nässe ich sozusagen in meine eigene Hose ziehen spürte. Sie hatten der ehemaligen Remise nicht ganz den Rücken zugewandt. Ihre Sitzhaltung war eine seitliche, ein Bein hochgezogen, einen Arm um die Rückenlehne gelegt. So konnten sie, während sie mit einander zugewandten Gesichtern redeten, mühelos über die Schulter schauen, um die Wohnung im Auge zu behalten.

Hinter mir beendete Woodehouse fluchend ein Telefongespräch. »Sofern sie überhaupt drangehen, haben sie was anderes zu tun. Freunde.«

»London«, sagte ich, »erinnert sich noch zu gut an die Pest im achtzehnten Jahrhundert. Schuld daran gab man den Katzen. Dreißigtausend wurden totgeschlagen. Die Menschen wenden sich einfach von einem ab. Aus Selbsterhaltungstrieb.«

»So, dann bin ich also die Katze, die die Beulenpest bringt.«

»Die Schuldigen waren die Ratten.«

»Ich bin in Paris geboren. Dort kann man sehr gut eine Katze von einer Ratte unterscheiden.«

»Täusche ich mich, oder höre ich aus Ihren Worten schon ein Reiseziel heraus?«

Er lachte mit gedämpftem Hohn. »Dann würde die Wahl meines Verbannungsorts ja von Ihrer schiefen Bildersprache bestimmt werden.«

»An einer dreiarmigen Weggabelung ohne Wegweiser läßt sich der Reisende, der sich verirrt hat, gern vom Zufall führen ... in die richtige oder die falsche Richtung. Kopf oder Zahl. Ein vorbeifliegender Vogel ...«

Die Herren draußen hatten sich eine Zigarette angezündet. Das Ausblasen des Rauchs, der dieselbe Farbe hatte wie der Nebel, war lediglich an einer wirbelnden Bewegung in den sonst reglosen Schwaden zu erkennen. Abgesehen von etwas Scheuem in ihrer Haltung schienen sie keine Eile zu haben, die Bank zu verlassen. »Angenommen, Ihre Freunde würden helfen«, sagte ich. »Raum, Mikrophone, Pult ... für alles gesorgt. Presse zusammengetrommelt, alles. Wie kommen Sie dann auf dem Weg zur Pressekonferenz an den beiden Geheimen vor Ihrer Tür vorbei?«

»Das Spektakel hier organisieren.«

»Warum klingeln die Typen nicht einfach an der Tür?«

»Ach ja ... die Klingel ist noch abgestellt.«

Die beiden Männer hatten Gesellschaft von einem dritten bekommen, der sich ebenfalls eine Zigarette anzündete. »Jetzt sind es schon drei«, berichtete ich meinem Gastgeber.

Kurz darauf bestand die Gruppe aus vier Männern. Die beiden der ersten Stunde standen auf und überließen die Bank den zwei anderen. Der Abschied war freundschaftlich, man drückte einander den Oberarm. Wachwechsel.

11

Es wurde drei, ohne daß sich etwas klärte. Woodehouse hatte alle Papiere zusammengesucht und ging jetzt rastlos durch die Wohnung, hier und da eine leere Schublade aufziehend. Nachdem er eine Weile oben gewesen war, vielleicht um Abschied von der schwarzen Badewanne zu nehmen, trappelte er plötzlich die Treppe wieder herunter. »Da steht die Flasche. Bedienen Sie sich. Ich rufe jetzt meinen Anwalt an.«

»Da drüben ist es Nacht«, sagte ich. »Die Menschen schlafen noch.«

»Sechs Uhr morgens ist es da. Dunning *hat* heute nacht nicht mal geschlafen. Dafür habe ich schon gesorgt.«

»Es geht mich nichts an, was Sie Ihrem Anwalt alles sagen wollen, aber ich schließe nicht aus, daß Ihr Telefon abgehört wird.«

»Wenn Sie lange genug in den Nebel spähen, Mr. Agraphiotis, dann sehen Sie irgendwann eine rote Zelle.« (Tatsächlich fiel sie mir erst jetzt auf. Mehr als ein Teil der kleinen Glasscheiben in der Tür war nicht zu erkennen: eine verschwommene Waffel, bestäubt mit Nebel.) »Wenn Sie mir garantieren können, daß der Weg dahin frei ist, dann ruf ich von dort aus an.«

Auf dem Platz, soweit er einzusehen war, standen und saßen jetzt bestimmt acht Männer, die sich jeweils paarweise unterhielten. Woodehouse, der nicht gleich eine Antwort von mir erhielt, hatte den Hörer seines eigenen Bakelitungetüms bereits abgenommen. *Ping.* Die Wählscheibe schnurrte eine lange Nummer herunter.

Während er auf die Verbindung wartete, fragte ich ihn durch Gesten, ob ich das Zimmer verlassen solle. Er schüttelte den Kopf, und seine Hand gebot mir zu bleiben. »Sag nicht, daß ich bei dir bin«, bedeutete ich ihm durch Mimik und Gestik. (Sonst schickt er Scotland Yard auch mir auf den Hals. Wegen In-Brand-Setzens der Welt.)

12

»Dunning.«

»Hab ich dich geweckt, Doug?«

»Ich habe gerade die *Los Angeles Times* aus dem Briefkasten geholt. Deine *grand tour* nach Europa steht auf der ersten Seite. Wo ...«

»London. Eden Square.« Als Dunning am Telefon zu jammern begann, klang es, als würde ein kaputter Aluminiumkamm über die Sprechmuschel gezogen. »Ich weiß, Doug. Niederlage für Dunning & Hendrix. Leg meine Abreise nicht als Vorwurf an euch aus. Ich hatte keine andere Wahl.«

»Nix wie weg da. In Großbritannien bist du jetzt weniger sicher als hier. Ihr Auslieferungsabkommen mit uns ist so unverbrüchlich ... na ja, wie ein Ehevertrag. Scotland Yard will sich gern lieb Kind machen beim großen, starken Bräutigam.«

»Ich fliege heute noch nach Paris.« Remo sah den »Griechen« an, der die Augenbraue hochzog und sich, das Glas an den Lippen, abwandte.

»Das schaffst du nicht. Freiwillig zurück nach LA, das ist das einzige, was dir übrigbleibt. Es sei denn, du willst die Geschichte durch eine Verhaftung abkürzen.«

»Hier stehen schon zwei Kerle vor der Tür Wache.«

Der »Grieche« stellte sein Glas ab und hob an jeder Hand vier Finger in die Höhe. Dunning fand als Beweis zwei schon genug, denn er sagte: »Heimspiel für Scotland Yard. Schön. Hör gut zu, Mr. Ex-Remo. Du reservierst sofort auf Heathrow ein Ticket nach LAX. Wenn es Zeit wird, gehst du ganz ruhig zum Taxi. Sprechen die Geheimen dich an, dann bist du auf dem Weg nach Kalifornien. Der Flughafen kann bestätigen, daß ein einfaches Ticket nach Los Angeles für dich bereitliegt.«

»Doug, wenn sie mich *nicht* festhalten, bin ich heute abend noch in Paris.«

»Selbst wenn du das tust, bist du mich noch nicht los. Ich rufe jetzt gleich Ritterbach an. Nach allem, was passiert ist, kann er dir schon noch einen Tag Aufschub oder so gewähren.«

»Um was zu tun oder nicht zu tun?«

»Freiwillig zurückzukommen.«

»Gib dir keine Mühe, Doug. Ich gehe nur unfreiwillig zurück.«

»Gut, dann hol ich dich eben.«

»Wenn ich es bis nach Paris schaffe, lasse ich mich nicht mehr umstimmen.«

»Rue Washington, wie immer?«

»Ich werde dir gerade mein Versteck verraten.«

»Genau«, sagte Dunning. »Rue Washington 58 a. Telefonnummer hab ich.«

»Ich nehm nicht ab. Ich mach nicht auf.«

»Megaphon mit Batteriebetrieb kommt in die Tasche. Notfalls miete ich einen Lautsprecherwagen, um dich rauszulocken. So was erregt Aufmerksamkeit, sag ich dir, in so 'ner protzigen Umgebung.«

»Gib mir noch etwas Bedenkzeit, Doug.«

»Wenn ich bis 11 Uhr, für dich 20 Uhr, noch nichts von dir gehört habe, steig ich in den Flieger nach Paris.«

13

Weil sie, als es wirklich dämmrig zu werden begann, nicht im Dunkel der Räume auf der vorderen Seite sitzen bleiben wollten, suchten Remo und sein Gast Zuflucht in der Küche auf der Rückseite. Um halb acht ging der »Grieche« noch einmal nach vorn, um die Lage auf dem Platz zu sondieren. »Ist Ihnen schon mal aufgefallen«, fragte er aus dem Dunkel heraus, »daß dieser Platz ein Treffpunkt für Herren ist?«

Dort unten wimmelte es jetzt von kleinen Gruppen von Männern, die um die Bänke und unter Laternenpfählen herumstanden. »Nur bei schwerem Nebel vielleicht«, sagte Remo. »Wenn das Scotland Yard ist, dann kann es nur ein Wiedersehenstreffen pensionierter Ermittler sein.«

»Familienväter um die Fünfzig. Gleichgeschlechtliche mit spätem Coming-out.«

Weil kein Anruf erwartet wurde, hatte das Klingeln im

Dunkeln die Gewalt einer rasselnden Ankerkette. »Ich nehm nicht ab«, sagte Remo.

»Besser doch. Sonst brechen sie gleich die Tür auf.«

Seine Hand, zu klein für den riesigen Bakelithörer, hing weiß über dem Apparat, auch jetzt wieder zitternd aus Angst vor einer schlechten Nachricht. »Hallo?«

»Ich hab gerade«, sagte Dunning, »eine Pressemitteilung des Staatsanwalts bekommen. Ich zitiere: ›Unsere Bluthunde sind ihm auf der Spur. Sie werden ihn in *jedem* Land zu finden wissen, mit dem die Vereinigten Staaten ein Auslieferungsabkommen haben.‹«

»Deutliche Sprache, Doggie.«

»Im Klartext: her mit dir. *Subito.*«

»Und wenn ich dafür in irgendein obskures Nachtrestaurant muß, mein nächstes Abendessen ist in Paris. Ich schick dir mal 'ne Karte. Vom Quai des Orfèvres oder so.«

»Ich bin morgen gegen Mittag bei dir. Kontinentale Zeit.«

»Schade um das Ticket.«

14

»Den allerletzten«, sagte Woodehouse, »bevor sie's abklemmen.«

Ich folgte seinem Finger, der wieder eine Nummer in Los Angeles wählte. Während Remo auf die Verbindung wartete, blickte er mich mit vor Spannung zusammengekniffenen Augen an, ohne mich zu sehen. »Laß sie zu Hause sein«, sagte er leise. Dann, lauter: »Können Sie mich mit Mrs. Wöhrmann verbinden, Zimmer 367? … Nein, das ist ihre Tochter. Was sagen Sie? … Ja, Sir, in diesen verwirrenden Zeiten tragen Mütter manchmal ihren Mädchennamen und ihr Mädchen den Namen des Vaters. Mrs. Wöhrmann bitte.«

Beim nächsten Schluck Wodka zitterte seine Hand so stark, daß ein Schwall über die Sprechmuschel ging. »Helga? Ich bin's. In London.«

»…«

»Ganz ruhig. Ich werde dir jetzt nicht vorkauen, was bei euch in Kürze in den Abendzeitungen steht. Hör gut zu, Helga. Ich möchte, daß du mit Stassja das nächste Flugzeug nach Paris nimmst. Für euch wird ein Zimmer im Hotel De Suez reserviert. Boulevard Saint-Michel. Wie beim letztenmal.«

»…«

»Jetzt sperr dich nicht, sondern tu, was ich sage. Die Tikkets streckst du von Stassjas Unterrichtsgeld vor. Ruf im Strasberg an und sag, daß deine Tochter zu einem Screentest nach Paris muß. Ich fliege noch heute nacht hin.«

»…«

»Nein, Helga. Nein und noch mal nein. Der Film wird in Europa gedreht. Hier ist man weniger … na ja, als in Amerika. Du kannst bei allem dabeisein. Übrigens, wenn die Dreharbeiten beginnen, ist Stassja sechzehn. Ist sie da?«

»…«

»Stassja, mein Schatz. Ich seh dich Mittwochabend in Paris. Dann essen wir im Le Bœuf sur le Toit. Du weißt doch, wo sie mit diesen Riesencognacgläsern voll Mousse au chocolat rumgehen. Mama weiß Bescheid.« Beim Lauschen, mich hatte er ganz vergessen, wurde sein Gesicht sanft und jungenhaft, mit dem Pflaster als immer merkwürdigerem Fremdkörper auf seiner verlegen zitternden Wange. »Oh, gestohlene Minuten gibt's noch genug. In Saint-Germain steht nicht hinter jedem Baum ein Mann im Regenmantel, um sich bei jedem Handkuß auf mich zu stürzen … Was sagst du? Schwer zu verstehen? Ich habe gerade Wodka in den Telefonhörer geschüttet … Warum? Meine Art, mit dir anzustoßen. Und nicht strafbar.«

Gedämpft durch den Nebel ertönten draußen die vereinbarten drei Huptöne. »Stass, ich muß Schluß machen. Sonst verpaß ich mein Flugzeug. Dreimal mit dem hochgestreckten Daumen über deine Nackengrube.«

»…«

»Na gut, fünfmal, sechsmal. Bis du Gänsehaut kriegst.«

Woodehouse legte den tropfenden Hörer auf. Er löschte die Lampe im Wohnzimmer, und gemeinsam gingen wir zum Fenster. Links, vor dem Eingang zur Nebenstraße, war in einer trüben Säule Laternenlicht vage das Taxi zu erkennen. Der Fahrer hupte erneut dreimal und betätigte dabei ebenfalls dreimal das Fernlicht. »Wenn Sie schon mal nach unten gehen, Mr. Agraphiotis, dann schließ ich hier zu.«

15

Der schwere Koffer polterte hinter den vorsichtigen Schritten des »Griechen« die Treppenstufen hinunter. Remo kontrollierte noch einmal Schränke und Schubladen auf unentbehrliche Papiere hin (nichts mehr von Belang), schaltete Lichter aus und schloß alle Türen zur Diele hinter sich. Er nahm seine Tasche, drehte sich, die Hand bereits am Schalter neben der Eingangstür, aber plötzlich wieder um.

Sharons Silberfuchs am Garderobenständer.

Bei ihrer fast hochschwangeren Abreise im Juli '69 auf der *Queen Elizabeth II* war der Pelzmantel in einem Londoner Tresor geblieben: In Kalifornien würde er ihr doch nichts nützen. Als er nach den Morden zum erstenmal wieder nach London kam, hatte er eine Mahnung von diesem Zwinger für tote Tiere vorgefunden. Der Tresor war bis zum 1. Oktober vorausbezahlt, und die Frist würde bald verstrichen sein. Wochenlang hatte er es verstanden, das Abholen des Fuchses vor sich herzuschieben, und nachdem er sich endlich dazu durchgerungen hatte (schwitzend mit all dem wogenden Pelz in den Armen auf der Rückbank eines Taxis), war der Mantel mitsamt seiner Schutzhülle in der Diele hängen geblieben – mittlerweile bereits gute acht Jahre. Wie oft war er seitdem nicht daran vorbeigegangen, wie oft hatte seine Schulter nicht die Plastikhülle gestreift? Anblick und Berührung hatten ihn jedesmal geschmerzt, aber den Pelz wegzutun, außer Sicht zu hängen, das wäre ein Sakrileg gewesen.

Er stellte seine Tasche, aus der der Griff von Dunning & Hendrix' Regenschirm hervorsah, auf die Matte und ging die zwei Schritte zum Garderobenständer. Nach Paris mitnehmen? Nein, nicht länger die leeren Hüllen der Vergangenheit mit sich herumschleppen. Stassja schenken? Sogar verworfen, war der Gedanke noch Verrat.

Unten zog Agraphiotis die Tür ins Schloß. Die Räder seines Koffers ratterten über die Gehwegplatten. Remo streckte seine Hand von unten in die Hülle, um den Pelz ein letztes Mal zu streicheln und sich Sharons warmen Körper darin vorzustellen. Er erschrak über die Wolke kleiner Motten, die aus dem dicken Pelzsaum schwärmte, dem Deckenlicht entgegen. Seine Finger umklammerten graue Büschel Fuchshaar, samt Stoffetzen und brüchiger Haut. Schreiend versuchte er, durch Flatterbewegungen seiner Hand das angefressene Material abzuschütteln. Es taumelten so viele Motten gegen die Milchglaslampe, daß die Diele dämmrig wurde.

Erneut drei Hupsignale, diesmal nur für ihn. Er wischte seine Finger an der Kokosmatte ab, griff nach seiner Tasche und schaltete das Licht aus. Im Dunkeln eilte er trittsicher, jeweils zwei, drei Stufen auf einmal nehmend, die Treppe hinunter. Selbst als der Nebel ihn umschloß, hatte er noch das Gefühl, daß es der in Auflösung begriffene Silberfuchs war.

Woran Remo sich noch ganz deutlich bei seiner Mutter erinnerte, bevor die Deutschen sie mitnahmen, war ihre Fuchspelzstola. Das Ding wurde im Sommer bestimmt nicht in einem Banktresor verwahrt, denn manchmal verdrängte der Kampfergeruch von Mottenkugeln Mamas süßes Parfüm. Das spitze Schnäuzchen ruhte auf ihrem Busen, und als kleiner Junge glaubte er, die Knopfaugen aus rotbraunem Glas würden ihm aufmerksam folgen, wenn er vor seinen Eltern her durch die Stadt hüpfte.

Kurz nachdem Sharon zu ihm an den Eden Square gezo-

gen war, kaufte ihr Remo den Silberfuchs. Der Mantel machte ihre Schönheit noch königlicher, wenngleich er merkte,
daß sie zwischen Gerührtheit über seine Geste und Widerstreben gegen das Tragen von Pelz schwankte, war sie doch
die Beschützerin aller Geschöpfe dieser Erde. Es schien, als
spiegele sich ihr Erröten im silberweißen Pelz, wie es die rote
Sonne bei einer Polarfläche täte. Mehr Protest brachte sie
nicht zustande.

»Mein eigener Twentieth Century Fox.« Aber es mußten
auch Dinge kaputtgemacht werden. Eines Abends, nicht viel
später, als sie nach einer Filmpremiere in London zusammen
mit Freunden nach Hause gingen, kam auf der anderen Straßenseite eine Blondine mit genau dem gleichen Fuchs vorbei.
Alle Scheinwerfer und Straßenlaternen verbündeten sich, um
möglichst viele Nuancen von Weiß und Silber und Grau in
dem Pelz zu beleuchten. »Wenn sie nicht vor mir ginge«, sagte Remo zu Victor, »dann würde ich schwören, das da drüben
ist Sharon.«

Sie blieb stehen und drehte sich um. Zwei Frauen in einem
Raum, die das gleiche exklusive Abendkleid tragen, das bedeutete … nun gut, hier auf der Straße war es nicht viel besser. Beim Anblick ihres Ebenbilds, das jetzt vor einer roten
Fußgängerampel wartete, stampfte Sharon so fest auf den
Boden, daß ein Nagel aus ihrem Absatz durch den Gummi-
belag drang und Funken aus einer Gehwegplatte schlug. »Du
kleine Ratte«, zischte sie. »Daß du die Stirn hast …«

»Komm, wir greifen sie uns«, rief Remo, »und machen aus
den zwei Sharons wieder eine. Doppelgänger bringen Unglück.«

»Untersteh dich, du *little putz.*« Sie versuchte ihn mit verengten Augen vernichtend anzusehen, was wegen ihrer falschen
Wimpern zur Farce wurde. Er schlüpfte zwischen langsam
fahrenden Autos hindurch über die Straße und sprach mitten
auf dem Zebrastreifen die Frau im Silberfuchs an. Sie hielt
inne und schaute in die Richtung, in die sein ausgestreckter

Arm deutete. Ihr Gesicht erinnerte tatsächlich an das von Sharon, allerdings ins Häßliche verzerrt. Das eben erst entstandene Lächeln wurde zu einer Grimasse, und die Dame setzte, mit abwehrender Schulter einen Bogen um Remo machend, rasch ihren Weg fort. Er lief zu seiner Gesellschaft zurück. »O Sharon, was *ist* denn?«

Ihren schönsten Schmuck trug sie unter der Haut – ihre Wangenknochen. Wenn sie wütend war, begann die straffgezogene Haut da zu glühen, und dann wußte man, jetzt wurden Tränen erwärmt. Als nächstes wurde ihr ganzes Gesicht bleich, und dann strömte die Wut heiß und im Überfluß zu beiden Seiten ihrer Nase herab – so wie jetzt. Mit dem kaputten Absatz über den Gehweg scharrend, eilte sie vor der Gruppe her. Bevor sie am Eden Square angekommen waren, hatten die Freunde, allesamt ausgerüstet mit einem guten Barometer für Ehestürme, einer nach dem anderen das Weite gesucht. Für den Rest des Weges zu ihrem Haus durfte Remo nicht ihre Hand halten. Als er ihren Arm umklammern wollte, zog sie ihn aus dem Ärmel, so daß der stolze Silberfuchs hinter ihr über das Pflaster schleifte.

Oben schmiß sie den Mantel wie einen Lumpen auf den Boden, das Seidenfutter der Ärmel nach außen. Und was sie sonst nie tat: Mitten im Zimmer stehend zog sie sich die falschen Wimpern von den Lidern und versuchte sie Remo vor die Füße zu werfen – was sich wegen der Kleberänder als gar nicht so einfach erwies. »Sharon, du hast bei Onkelchen Romsomoff zu viele Polizeifilme gesehen. Wackere Gesetzeshüter in Gewissensnot, die die Zeichen ihrer Würde ihrem Vorgesetzten auf den Schreibtisch knallen.«

Kurz darauf, ihre aufgebrachten Schritte auf der Treppe nach oben noch im Ohr, schaute er doch etwas schuldbewußt auf die beiden Wimpernreihen, die schließlich auf den Pelzmantel geflattert waren. Geschlossene Augen im silbrigen Fell.

Sie lag in der Wanne. Sogar mit einem von Schaum und

Wasser nassen Gesicht vermochte Sharon nicht zu verbergen, daß sie lautlos weinte. Die schwarze, ganz in den Boden eingelassene Wanne war bei Versöhnungen ein Problem. So klein er auch war, ragte er doch viel zu hoch über all dem Kummer auf. »Ich trag den Fuchs nie wieder. Er zieht Doppelgänger an. Und Unglück. Geh du nur auf Fuchsjagd in der Stadt. Mich fängst du nicht.«

»Ich hab dich doch nur ein bißchen geneckt ...«

»Und *steh* da nicht so.«

Er kniete sich neben den Wannenrand und spürte, wie die Nässe durch die Beine seiner Smokinghose drang. »Liebste, ich versuch dich nur ein bißchen stachliger zu machen. Du bist zu lieb für diese Welt. Zu verletzlich. Ich mache mir Sorgen. Nicht jeder ist so übermenschlich herzlich wie du. Ich will nicht, daß man dir weh tut.«

»Ich dachte, du willst sie wirklich herüberholen ...« Erst jetzt traute sie sich, ungehemmt zu weinen. »Und mich vielleicht gegen sie eintauschen.«

»Aber nein doch, nein.«

»Tu so was bitte *nie* mehr wieder.«

Um an ihren Mund zu kommen, beugte er sich weiter vor, aber sie ließ sich ganz hineingleiten. Ihr liebes Gesicht verschwand weinend unter Wasser, wo ihre Schluchzer zu großen Luftblasen wurden, die zwischen dem Badeschaum zerplatzten.

Der Vorfall mit den Zwillingsfüchsen zirkulierte nach einiger Zeit als Standardanekdote in ihrem Freundeskreis und später auch außerhalb davon. Gleich nach dem Gemetzel wurde die Geschichte in manchen Presseorganen als Beweis für die Hypothese angeführt, es habe am Ort des Verbrechens eine Gruppenorgie gegeben, die außer Kontrolle geraten sei. »Gute Bekannte bestätigen, daß das Ehepaar regelmäßig Fremde auf der Straße auflas, um sich zu Hause mit ihnen zu vereinigen.«

Mehr Taxis, mehr Boeings. Ihre Seele, zu Pferde nachgekommen, hatte die Fährte im Londoner Nebel längst verloren. Remo, neben dem »Griechen« auf der Rückbank, versuchte händeringend, die letzten Silberfuchshärchen von den Fingern zu kriegen. Er mußte sich dazu zwingen, nicht an ihnen zu riechen. Agraphiotis wollte wissen, wie es damals weitergegangen war. »Nachdem das schuldige Telefon sich so aufgespielt hat, will ich mal sagen. Entschuldigen Sie das leichtfertige Bild.«

Remo konnte ihm wenig anderes bieten als einen Bericht von Trauer und Reue und Wahnsinn. Weitere Bekannte wurden angerufen, die kamen, um seine Metamorphose zu begaffen: von einem agilen Spaßvogel zu einem verkrampften Zombie, der sich, seinen Schmerz und Kummer hinausschreiend, in der immer volleren Wohnung zwischen den Leuten hindurchschlängelte. Bis auf seine besten Freunde, die trotz aller Fürsorglichkeit unerreichbar für ihn schienen, erkannte er niemanden – nicht einmal seinen Londoner Arzt, der gekommen war, um ihm eine Beruhigungsspritze zu geben.

Es war eine verfremdende Erfahrung, unaufhörlich jemanden, immer wieder einen anderen, am Telefon beten, flehen, rufen zu hören, ohne daß etwas von dem in unmittelbarer Nähe Gesprochenen zu ihm durchdrang. Irgendwann wurde nach dem amerikanischen Botschafter gefragt, dessen war er sich wieder sicher. »Es ist in Ordnung«, sagte eine Männerstimme, vielleicht die von Sauro. »Er bekommt ein Notvisum.«

Ein Notvisum, war das nicht so etwas wie die Einlaßkarte in eine Welt, in der Sharon nach dem beängstigenden Mißverständnis um ihren Tod ganz normal weiterlebte und möglicherweise bereits entbunden hatte?

Nach einer weiteren Spritze am Morgen hatte Remo im

Flugzeug während des größten Teils der Reise geschlafen. Wenn er wach wurde, kroch er bei einem seiner Freunde auf den Schoß und wimmerte dann wie ein Kind. Auf LA International standen sie in seinem Namen der blutrünstigen Presse Rede und Antwort, während er in der Maschine wartete, bis ein Beamter der Einwanderungsbehörde seinen Paß abstempelte. Remo sollte auf einem Schleichweg aus dem Flugzeug und dem Flughafen geschmuggelt werden, doch ein paar Journalisten, die sich von der Herde entfernt hatten, bekamen ihn ins Visier und schleuderten ihm die schrecklichsten Fragen entgegen.

»Warum waren Sie nicht zu Hause?« »... Eheprobleme?« »Hatte sie ein Verhältnis mit dem Friseur?« »Fühlen Sie sich schuldig?« »Wie hatten Sie sich Ihre Rolle als Vater vorgestellt?«

Später konnte er sich nicht erinnern, wer die Anweisungen dazu erteilt hatte, jedenfalls wurde er zu den Paramount Studios gefahren und in einer Suite untergebracht, die der Schauspielerin Rebekah Rutherford als Garderobe diente. Sie spielte die Rolle der Dippy in der Komödie *Jelly Babies*. Die Dreharbeiten waren vorübergehend eingestellt worden. Ihre Kleider waren noch da, in einem Duft schalen Parfüms. Mitten im Raum hing auf einem Bügel an der Lampe ein nachtblaues Abendkleid, aus dem die weißen Brustvergrößerer wie Festhütchen quollen. Viele Strumpfpaare, von rosa bis teefarben, flossen von einer offenstehenden Schranktür herab.

Aufgrund der schweren Beruhigungsmittel wähnte er sich von Zeit zu Zeit in Sharons Garderobe, sie wurde dort durch jedes Höschen, jedes Hemdchen heraufbeschworen. Er legte zarte Kleidungsstücke im Bett um sich herum, und damit *war* sie eigentlich bereits zum Leben erweckt. Wenn sie ihn in Kürze ins Leichenschauhaus brachten, würde er zu hören bekommen, daß es nicht mehr nötig sei: alles beruhe auf einem Mißverständnis. Sharon war ins Krankenhaus gefahren worden, um ihr Kind zur Welt zu bringen. (Er wußte es! Er wußte es!) Er würde ein Taxi zum Lytton Memorial Hospital nehmen und dort das bereits gewaschene Baby zärtlich ans Herz drücken.

Freunde weckten ihn. Draußen, auf dem Studiogelände, wartete ein Polizeiwagen, um ihn ins Los Angeles County Morgue zu bringen. Von Victor und einem Inspektor vom LAPD, der Helgoe hieß, ließ er sich auf die Rückbank helfen. Wie hatte er bloß die Kraft aufgebracht, diesen doppelreihigen Anzug anzuziehen? Die Krawatte zu binden? Er hatte ihn bereits am Vortag angelegt, als er lunchen gegangen war. Hinter dieser zweifachen Knopfreihe befand sich gestern noch ein anderer Mann. Der Ehemann und künftige Vater hatte sich nicht umziehen müssen, um sich in einen Witwer zu verwandeln.

Remo würde nie wieder einen Film mit Marilyn Monroe sehen können, ohne daß sich die Polizeifotos von ihrem toten Körper vor das sich bewegende Bild schoben. Ernüchternd, aber erst jetzt, im Polizeiwagen, verfluchte er den Tag, da er sie im Parker Center hatte betrachten dürfen. Es waren gerichtsmedizinische Fotos von der gerade erst gestorbenen Monroe, in ihrem Bett in Brentwood, und spätere von ihrem Leichnam im Leichenschauhaus. Noch war nichts an ihr in Auflösung begriffen, außer ihrer Schönheit. Ewig jammerschade, daß ihre Häßlichkeit sie nicht völlig unkenntlich machte, dann hätte die Illusion möglicherweise weiter Bestand gehabt. Die in ihrem Schlafzimmer aufgenommenen Fotos, auf denen der Tod sein verformendes Werk noch nicht hatte tun können, zeigte ein verwelktes Dämchen in den Fünfzigern. Keine Spur von ihrer weltberühmten leuchtenden Frisur. Die Haare hingen in dünnen, matten Strähnen vom Schädel. Remo wurde bewußt, daß er all die Jahre im Dunkel des Kinos eine bemalte Maske betrachtet hatte. Unter dem Make-up war eine fleckige Haut zum Vorschein gekommen, in der jede Pore einzeln sichtbar war. Geplatzte

Äderchen an der Nase wie bei einem Trunkenbold, und das *war* sie natürlich auch.

Die Fotos von ihrem nackten Körper im Leichenschauhaus zeigten, daß die Welt einen gepanzerten Büstenhalter angebetet hatte anstatt ihres Busens, der in zwei ziemlich schwabbelige Brüstchen auseinanderfiel. Nahaufnahmen von zahllosen Operationsnarben, auch am wulstigen Bauch. Krampfadern. Cellulitis. Gelbe Zehennägel. »Wenn ich mal mit einem netten Mann im Bett liege«, hatte sie in ihren letzten Jahren oft geklagt, »dann geht ihm früher oder später auf, daß er im Begriff steht, mit Marilyn Monroe zu schlafen. Und dann kann er auf einmal nicht mehr.«

Während Remo die Fotos studierte, fragte er sich, ob sie wirklich die wahre Ursache für das Versagen ihrer späteren Liebhaber genannt hatte. Jetzt blieb nur noch die Angst, daß er Sharon gleich ebenfalls unkenntlich verfallen unter eiskaltem Licht vorfinden würde und daß sie ihm zwangsläufig so in Erinnerung bleiben würde.

Während er unter Rebekah Rutherfords Kleidern schlummerte, hatte sich die Pressemeute von LAX zum Los Angeles County Morgue begeben. Ohne Sonnenbrille, war er von all dem blitzenden Licht umgekippt. Der Inspektor vom LAPD packte ihn fest am Arm und führte ihn ins Leichenschauhaus. Auch bis in dessen Gänge waren Paparazzi vorgedrungen. Remo wankte vom Blitzlichtgewitter, doch der Polizeibeamte, zwei Köpfe größer als er und doppelt so breit, hielt ihn fest.

»Hier ist es.« Sie standen vor einer Tür aus gesandstrahltem Glas. »Sie sind noch mit ihr beschäftigt, Sie müssen also darauf vorbereitet sein, daß … Ihre Frau ist noch nicht aufgebahrt.«

Marilyn Monroe. »Ich kann das nicht.« Er riß sich aus Inspektor Helgoes Griff los und rannte den Gang hinunter. Er stieß Türen auf in der Hoffnung, hinter einer von ihnen befinde sich eine Toilette. In zwanzig, dreißig Meter Abstand die dröhnenden Schritte seines Begleiters. Schließlich übergab er sich in einem Besenschrank, in einen Eimer, auf dessen Boden wie eine Wurst ein ausgewrungener Putzlappen lag.

Der Inspektor half ihm aus seiner knienden Haltung. Ein Fotograf, der es geschafft hatte, ihn mit dem Gesicht über seinem dampfenden Kummer zu knipsen, stiefelte um die Ecke des Gangs, die Bildunterschrift bereits im Kopf. (»Nach einer durchfeierten Londoner Nacht brachte die Identifizierung seinen Magen in Aufruhr«.) Remo wurde in einen Raum geführt, der die gewölbte Decke einer Kapelle hatte, sonst aber, bis auf einen leeren Katafalk, kahl war. Hier bekam er einen Becher Wasser zu trinken. Der Geruch des Kaffees, den der Polizist trank, verstärkte seine Übelkeit noch. »Ich kann da nicht rein«, wiederholte er die ganze Zeit. »Ich kann nicht.«

Als sein Körper nicht mehr ganz so stark zitterte, ließ er sich mit sanfter Hand zu der gesandstrahlten Tür führen. DR. KAHANAMOKU stand in schlichten schwarzen Buchstaben darauf.

»Der Leichenbeschauer, wer war das, Li'll Remo?« hatte ihn Maddox vor undenkbar langer Zeit angeblafft.

»Noguchi.«

»Und der Leichenschneider?«

»Kahanamoku.«

»Katakana … Katsuyama … Die Leichenbeglotzer und Leichenfledderer in Los Angeles sind immer Schlitzaugen. Die Japsen behaupten, daß wir Weißen nach geronnener Milch riechen. Und, so lebendig wir auch sind, nach Leichensäften. Es reicht ihnen nie, den Gelben. An unseren toten Eingeweiden schnüffeln, das wollen sie. Mit Gummihandschuhen im Pearl Harbor unseres Zwerchfells rumwühlen …«

17

»Mr. Agraphiotis, das war die schrecklichste Erfahrung meines Lebens. Bis heute. Und ich glaube nicht, daß zwischen jetzt und meinem Tod noch etwas passiert, das daran heranreicht. Ich hatte immer geglaubt, ich hätte dem Kinobesucher tote Körper gezeigt. Im Los Angeles County Morgue habe ich gemerkt, daß ich ihnen nur etwas vorgelogen hatte. Sharon, *die* war tot. Im Getto von Krakau hatte ich Leichen gesehen … aus einiger Entfernung. Meine Mutter war nicht zurückgekehrt aus dem Vernichtungslager, aber ich hatte sie nicht tot gesehen. Sharon war meine erste richtige, lebensgroße Tote.«

Er erzählte dem »Griechen« von dem ungewöhnlichen Vorgehen des Pathologen. Auf das Anklopfen des Inspektors hin kam Dr. Kahanamoku mit einem großen braunen Umschlag heraus. Zwischen dem Auf- und Zugehen der Mattglastür erhaschte Remo einen Blick auf einen mit grauem Vorhangstoff abgedeckten Körper.

»Kommen Sie mal mit«, sagte der Arzt, der sichtlich daran gewöhnt war, sich in hohem Tempo durch die Gänge seines Leichenschauhauses zu bewegen. Remo, gestützt von Helgoe, eilte hinter den flatternden weißen Kittelschößen her. Am Ende des langen Gangs hielt Kahanamoku die Tür zu einem kleinen Büro auf. »Treten Sie ein.«

Der Raum war nicht viel größer als der Schreibtisch, um den sie sich setzten. Zwischen Stößen von Mappen war noch Platz für den kartonierten Umschlag. »Ich mache das sonst nie«, sagte der Pathologe. »Hier drin sind Polizeifotos von Ihrer Frau, aufgenommen am Ort des Verbrechens. Sie ist bereits von mehreren Personen aus ihrer nächsten Umgebung identifiziert worden. Ich möchte gern, daß Sie zunächst diese Fotos sehen. Sie hat darauf ein heiteres Lächeln, und das ist während des Transports hierher verschwunden.« Er kippte den Umschlag aus.

»Mein Gott … Sharon.« Ein Vorhang aus Gelatine schob sich zwischen ihn und die Welt, aber die Fotos waren scharf genug, um ihn in ihrer ganzen blutigen Härte zu durchdringen.

»Erschrecken Sie nicht über die Seile«, sagte Dr. Kahanamoku.

Das oberste Foto zeigte sie aus einigem Abstand, vor dem Sofa liegend in einer Lache eigenen Blutes, bekleidet mit lediglich einem Bikini und einem Seil, das um ihren Hals gewunden war und von dort zu einem etwas weiter entfernt liegenden Körper führte. Er erkannte den Friseur an dessen heller Streifenhose, die dieser bereits im vorigen Sommer getragen hatte. Sein Gesicht war unter einem gelben Lappen verborgen, ein Handtuch aus dem eigenen Badezimmer, wie Remo sah. Merkwürdig, daß die Polizei Jays Kopf bedeckt hatte, nicht aber Sharons – vielleicht weil sie ihr Gesicht bereits selbst zur Hälfte der Betrachtung entzogen hatte, indem sie ihren rechten Arm darüber gelegt hatte. Das Zimmer trug Spuren eines Kampfes (umgestoßene Gegenstände, zu Boden gefallene Kleidungsstücke), hatte aber viel von der vertrauten Ordnung behalten, und das genau machte das Foto so ekelerregend. Sein Magen, der sich gerade erst umgestülpt hatte, kam leer hoch.

Um nicht auf ihren Körper blicken zu müssen, schaute er auf die Fahne, die über der Rückenlehne des Sofas hing – mit den Sternen nach unten. (»Dieser üble Scherz, den sich mein Freund Tek da erlaubt hat, sollte meinem Ruf noch ziemlich schaden, Mr. Agraphiotis. Ein Haus voller Polen, in dem die amerikanische Fahne verkehrt herum hing, in dem brütete das Böse. Unsere Behandlung der *stars and stripes* war für die breite Masse schon ein Teufelsritual für sich.«)

Mit jedem Polizeifoto rückte Sharon näher zu ihm. Das Blut troff nicht nur aus ihren Wunden, sondern schien von Menschenhänden über ihren ganzen, fast nackten Körper verschmiert zu sein. (Oder hatte der Terrier es, ratlos leckend, über ihren Leib verteilt? Proxy, wo war Proxy? Niemand hatte ihm erzählt, was aus der kleinen Hündin geworden war.)

Großaufnahmen von ihrem Oberkörper, das Gesicht jetzt befreit von ihrem Arm. Das leichte Grinsen um den halboffenen Mund mit den makellosen Zähnen hatte etwas Glückseliges und ähnelte dem selbstzufriedenen Lächeln, das sie in den späteren Monaten ihrer Schwangerschaft, in London, immer häufiger gezeigt hatte. Als ob das Glücksgefühl über ihr Kind den Tod überlebt hätte. (»Nur bei so jemand wie Sharon, Mr. Agraphiotis, konnte Selbstzufriedenheit zärtlich stimmen und rühren.«) Weil sie nicht ganz geschlossen waren, sondern nur zu belustigten Schlitzen verengt, waren auch ihre Augen an diesem Lächeln beteiligt.

Unter ihrer linken Brust eine klaffende Stichwunde, die den Cup ihres Bikinioberteils mit Blut durchtränkt hatte. Und dann dieses Seil, dreimal um ihren Hals gewunden … wie dick und steif es aus dieser Nähe aussah. Blutklumpen vom Mundwinkel bis über die Wange.

Das Baby, war das auch durchstochen worden? Remo blätterte zu dem Foto von Sharons Körper vor dem Sofa zurück. Er entdeckte unter ihrer rechten Brust noch eine große Stichwunde, doch die befand sich weit genug über ihrem schwangeren Bauch, der zur Seite hin schwer in die Blutlache hing. »Ja«, sagte er, als er Dr. Kahanamoku die Fotos ruhig und mit fester Hand zurückgab, »ja, das sind meine Frau und mein Kind. Hundertprozentig.«

Aus dem Umschlag ragte die Ecke eines weiteren Fotos. Bevor der Pathologe es verhindern konnte, zog Remo das Bild, das von kleinerem Format war als die gerichtsmedizinischen Abzüge, heraus. Auf einmal lebte sie wieder, Sharon. Sie trug das blonde Haar zur selben Frisur aufgesteckt wie auf den Polizeifotos und hatte denselben Bikini an, aber sie stand und sie lebte. Jemand hatte sie vor dem Gartentor von der Seite fotografiert. Mit beiden Händen hielt sie ein weit fallendes Hemdchen hoch, so daß ihr Spitzbauch, unter dem sich das Bikinihöschen zu einem schmalen Stoffstreifen zusammengeschoben hatte, gut zu sehen war. Das Bild war eindeutig als visueller Beweis ihrer Schwangerschaft gedacht, um ihn später dem Kind zu zeigen: »So sah Mama aus, kurz bevor du aus ihrem Bauch kamst.«

»Ende gut, alles gut?« fragte Remo, als er das Foto zurückgab.

»Entschuldigung«, sagte der Arzt, auf dessen Stirn sich jetzt ein fettiger Glanz bildete. »Das Foto wurde auf einem Film in der Kamera eines der anderen Opfer gefunden. Der gerichtsmedizinische Dienst hat einen Abzug davon gemacht. Zu Identifizierungszwecken. Es muß am letzten Tag ihres Lebens gemacht worden sein.«

Remo stand auf. »Ich will sie sehen. Jetzt sofort.«

»Ich weiß nicht, Mr. Agraphiotis, ob Sie schon mal im Leichenschauhaus von Los Angeles waren. Wie es heute aussieht, keine Ahnung, jedenfalls war es damals ein schäbiger Laden. Die Toten lagen auf einem metallenen Abtropfgestell, bei dem das Emaille schon ziemlich am Abblättern war. Ich versuchte mich auf die Rostflecken zu konzentrieren … beruhigende Formen darin zu entdecken … aber so unwillig meine Augen auch waren, Sharons Anblick drang doch in mich ein.«

Inspektor Helgoe ging auch diesmal mit hinein, um als Zeuge der Identifizierung zu dienen. Auch unter dem entlarvenden Deckenlicht des Obduktionsraums blieb das Haar von Dr. Kahanamoku bis in die Wurzeln rabenschwarz. Er beugte sich über den abgedeckten Körper und schlug das graue Laken bis über die Brüste zurück. Sharon hatte jetzt ein völlig anderes Gesicht als auf den Polizeifotos, und das lag nicht nur daran, daß man das Blut abgewaschen hatte. Es war, als hätte ein Regisseur ihr aufgetragen, für diese Sequenz eine ganz andere Emotion zum Ausdruck zu bringen. Ihre Züge waren zu einem gleichgültigen Schmerz erstarrt, wozu auch die entblößten unteren Schneidezähne und die leeren Augenspalte beitrugen. Während des Transports vom Cielo Drive hierher war sie zu einer echten Leiche geworden, unwiederbringlich tot.

Das Laken schien weniger Bauch zu umspannen, als man bei einer Hochschwangeren erwarten durfte. »Ich will mehr von ihr sehen«, sagte Remo.

»Sie sind sich nicht sicher?« fragte Helgoe.

»Ich habe *zwei* geliebte Menschen zu identifizieren.«

»Darf ich Ihnen davon abraten?« sagte der Arzt. »Wir haben den Fötus für die Untersuchung herausholen müssen.«

»Dann will ich das sehen.«

Das Laken wurde bis unter Sharons Knie zurückgeschlagen. Ihr Körper, sogar seiner natürlichen Scham beraubt, brauchte nicht länger an den geheimen Stellen bedeckt zu bleiben. Den Bikini hatte man ihr ausgezogen. Das Seil war verschwunden. Zwischen ihren durch die Schwangerschaft vollen Brüsten lag ein kurzer Meßstock, auf den der stumpfsinnige Name *R. Taylor* mit Filzstift geschrieben war. Er blickte auf die großen, in den letzten Wochen noch stärker angeschwollenen Brustwarzen, die mit dazu beigetragen hatten, daß in London seine Männlichkeit vor ihrem reifer und reifer werdenden Leib zurückgeschreckt war. Hätte er nur einen anderen Weg gesucht, ihrer Schönheit bis in den neunten Monat hinein Ehre zu erweisen, anstatt sie aufs Schiff zu bringen und allein in ihr leeres »Liebesnest« zurückfahren zu lassen.

Stichwunden in ihrer linken Brust und direkt darunter. »Wie viele Stiche hat sie abbekommen?« fragte er den Arzt.

Kahanamoku zog ein Klemmbrett zu Rate. »Sechzehn, wovon zwei allein schon tödlich waren.«

Ihr Bauch, so glänzend straffgespannt auf dem am Gartentor aufgenommenen Foto, lag jetzt bis zur Formlosigkeit ausgewalzt da. »Ich bleibe dabei, sie ist es. Und jetzt will ich mein Kind sehen.«

Sie brachten ihn in einen anderen Raum, wo ein voll ausgetragenes Baby männlichen Geschlechts in einer emaillierten Schale lag. Der kleine Junge hatte die zartesten Augenlider, die er je gesehen hatte: fast durchsichtige Häutchen. »Steht die Augenfarbe auch auf Ihrem Brett?«

»Grün.«

Das war ihm bei neugeborenen Jungen schon öfter aufgefallen: der unverhältnismäßig große Hodensack. So absurd es auch war – als er es sah, durchfuhr ihn Stolz. Mein Sohn, dachte er, mein Sohn.

18

»Ich weiß nicht, ob Sie mir glauben, daß ab und an Bewunderung in mir aufschäumte … allerdings in Form bitterster Galle … Bewunderung für den Mann, dem es dank seiner Überlegenheit gelungen war, ein paar junge Frauen zu einem so gründlichen Gemetzel zu veranlassen?«

»Meiner Meinung nach«, sagte der »Grieche«, »war die Überlegenheit gespielt. Auf beiden Seiten.«

»Immerhin resultierte sie in einem tödlichen Spiel. Manchmal sieht man unter der Abbildung eines historischen Ereignisses ein Datum. Eine Radierung vom Sturm auf die Bastille, darunter *14. Juli 1789*. Ein solches Datum kommt mir immer absurd vor. Das Ereignis ist viel zu groß für so einen einmaligen Kalendertag. Für mich ist auch der 9. August 1969 ein solches zu eng gegriffenes Datum.«

(Genau so, inklusive des Datums 14. Juli 1789, hatte Remo es seinem Putzkumpel vorgehalten. »Träum ruhig weiter, Li'll Remo«, hatte Maddox zurückgeblafft. »Für die größten Ereignisse sind *Sekunden* noch zu weit gefaßt.«

»Du mußt das ja wissen, Scott. Ich bin nur das angeheiratete Opfer.«

»So nichtswürdig ist deine Rolle.«

»Warum Sharon?« wimmerte er plötzlich. »Warum *sie*? Sie

fehlt mir. Jeden Tag. Hier in Choreo noch mehr als zu Anfang. Seit ich dich kenne, weiß ich es sicher ... sie ist nicht mehr. Du hältst sie nicht versteckt in deinem Wüstenbrunnen. Mit deiner ganzen gruseligen Zauberkraft kannst du sie nicht wieder zum Leben erwecken. Sie ist kaputt, und verschwunden. Warum, Scott?«

»Du bist wie ein quäkendes Kind mit deinem Warum, Warum, Warum.«

»Sie ist nicht mehr. Mein Leben ist zerstört. Du und deine Frauen, ihr sitzt lebenslänglich hinter Gittern. Hat sich das Opfer gelohnt?«

»Wenn das Opfer für Hurly Burly war: ja.«⟩

»Eine kleine Gruppe spanischer Siedler«, sagte der »Grieche«, »entdeckte 1769 die Wüstenebene zwischen Meer und Bergen. Der Chronist berichtete Anfang August von einer künftigen Siedlung. Sie lagerten an einem kleinen Fluß, und den nannten sie El Río de Nuestra Señora la Reina de Los Angeles de Porciuncula. Charlies Blutfest Anfang August 1969 war wirklich die übelste Weise, wie man das zweihundertjährige Bestehen von Los Angeles feiern konnte.«

19

Wieder in der Suite von Rebekah Rutherford, wurde Remo von Ermittlern des LAPD befragt. Er lernte Inspektor Helgoe näher kennen. »Haben Sie Feinde in Los Angeles?«

»Jeder Filmemacher hat Feinde in Los Angeles.«

»Wurden Sie bedroht?«

»Nicht mit dem Tod.«

»Und Ihre Frau?«

»So ein durch und durch guter und lieber Mensch kann keine Feinde haben.«

»Betrieben Sie und Ihre Frau schwarze Magie?«

»Sie hat sich einmal die Haare vor dem schwarzen Marmor einer Ladenfront gekämmt, wenn Sie das meinen.«

Satansrituale. Betäubungsmittel. Sadomasochistische Orgien. Es ging immer weiter. Er beantwortete die hitzig aufgeworfenen Phantasien der Ermittlungsbeamten mit einem immer erstickenderen Kummerklumpen zwischen Kehle und Brust. Erst als er buchstäblich zusammenbrach, wurde die Vernehmung vertagt. Freunde, die die Männer vom LAPD ablösten, riefen einen Arzt, der ihm einen Hammerschlag an Beruhigungsmitteln verpaßte. Manchmal phantasierte er. »Leute, wenn Sharon gleich kommt, mit dem Baby, müßt ihr aber verschwinden, ja?«

In seltenen Momenten waren seine Freunde mehr als nur ein sich bewegender Mund, dann produzierten sie Ton. Dann drang vage etwas zu ihm durch über die kollektive Angst da draußen, in Hollywood und in Beverly Hills, wo sich die Menschen massenweise Handfeuerwaffen und Wachhunde zulegten, zu jedem Preis. Über die Verunreinigung des Abwassersystems, nachdem in der ganzen Stadt verbotene Mittel weggespült worden waren. Geschichten von irgendwann durch Toiletten entsorgten Krokodilbabys machten wieder die Runde. Nach der Reptilienrage vor einigen Jahren waren die Crocodylidae und die Alligatoridae erwachsen geworden, um jetzt, von ihren einstigen Besitzern unter Drogen gesetzt, aus Abflußrohren und Gullydeckeln zum Vorschein zu kommen und mit messerscharfen Zähnen und knochenzertrümmernden Schwänzen der herzlosen Menschheit eine Lektion zu erteilen. Bevor sie einem die Kehle durchbissen oder einem den Kopf wie einem Frühstücksei einschlugen, konnte man aus ihrem Maul den schlechten Atem eines lebenslangen Aufenthalts im Abwassersystem von Los Angeles riechen, wo sie als Ergänzung zu einer Kost aus Albinoratten menschliche Exkremente hatten fressen müssen, um nicht Hungers zu sterben.

Mittwoch, 1. Februar 1978

Krieg Ritterbach am Kragen

I

In Rebekah Rutherfords Garderobe stand ein großer Fernseher. Ein Mitarbeiter hatte ihn ungebeten eingeschaltet, und Remo, durchgehend unter Beruhigungsmitteln, fand nicht die Kraft, ihn auszuschalten. Wenn er nicht schlief, hing sein Blick automatisch am Bildschirm. Im Halbdunkel ließ er die hin und her springenden Bilder über sich ergehen, ohne sie wirklich zu sehen. Nur von den Nachrichten und Magazinsendungen mit ihrer endlosen Wiederholung des Immerselben begann mit der Zeit etwas in sein betäubtes Gehirn zu sickern. Jede Nachrichtensendung begann mit Hubschrauberaufnahmen seines Hauses und Grundstücks, wobei die hellblauen Maulwurfshügel auf dem Rasen deutlich zu sehen waren. Dann das Foto von Sharon, das er so gut kannte (aus der Werbekampagne für *Canyon of the Dolls*), unmittelbar gefolgt von Bildern von Walt Disneys ehemaliger Villa am Waverly Drive, wo die Morde am Tag danach verübt worden waren. Obwohl die Polizei nachdrücklich jeden Zusammenhang zwischen den beiden Fällen leugnete, auch in den Sendungen selbst, fuhren die Nachrichtenredaktionen ebenso nachdrücklich damit fort, Bilder von den beiden Mordorten zusammenzumontieren.

Eine der Aufnahmen bekam durch die Häufigkeit, in der sie ausgestrahlt wurde, etwas Halluzinatorisches. Aus dem Haus am Waverly Drive wurde über die abschüssige Einfahrt eine Bahre zum Leichenwagen gerollt. Auf ihr befand sich ein leicht in der Brise flatterndes Einmannzelt, ausgeführt in fleckenlosem Krankenhausweiß. Was darin lag, mußte einiges Gewicht haben, der sichtbaren Anstrengung nach zu urteilen, mit der Sanitäter die Bahre, die Hälfte der Räder im Gras, um einen Thunderbird mit Anhänger bugsierten, und danach, wie ihre Last kurz darauf vom Bürgersteig auf der Straße landete: federnd. Der Anhänger trug ein großes Speedboat.

Die Bilder wurden zunächst zwanzig-, dreißigmal in ehrerbietiger (oder unwissender) Stille gezeigt. Erst aus dem einige Tage später hinzugefügten Kommentar konnte man schließen, daß unter dem Tuch der ermordete Supermarktbesitzer Leno LaBianca lag. Die Vorstellung von einem kleinen Zelt, so der Nachrichtensprecher, wurde durch eine lange Fleischgabel erweckt, die dem Opfer, »vermutlich vom Mörder«, senkrecht in den Magen gerammt worden war.

»Wir gehen davon aus«, sagte eine Nachrichtendame später, »daß im Hinblick auf die Autopsie nichts an der Position der Gabel verändert werden durfte. Inzwischen wurde bekanntgegeben, daß in den Bauch des Opfers das Wort WAR oder XXAR geritzt worden war … vermutlich mit dem Messer, das bei der Obduktion in die Kehle versenkt vorgefunden wurde. Das war LA 5 Boulevard. Guten Abend.«

Victor, der an Remos Bett saß, summte den Refrain eines Beatles-Songs, »Piggies«, und sagte: »So gönnen sie dem toten Leib nicht einmal mehr eine menschliche Form unter der Abdeckung der Bahre. Ein zeltförmig hochstehendes Laken … wie bei einem Pubertierenden, der mit den Händen über der Decke schlafen soll. Ermorden allein reicht schon nicht mehr. Auch die Würde des Opfers muß bis in alle Ewigkeit zerstört werden.«

»Wie«, murmelte Remo abwesend, mit unsicherer Zunge, »hätte der heilige Sebastian wohl ausgesehen … unter einem Laken … die Pfeile noch im Leib?«

»Wie ein verpackter Weihnachtsbaum«, sagte Victor, der »Piggies« weitersummte. »Verdammt, jetzt krieg ich die Melodie nicht mehr aus dem Kopf.«

Nicht nur in diesen ersten Tagen und Wochen nach den

Morden und, Monate später, nach der Verhaftung der Mörder wurde der Filmausschnitt unzählige Male von den amerikanischen Nachrichtensendern ausgestrahlt (manchmal in voller Länge, häufiger als einzelnes Bild), sondern auch in den Jahren danach kehrte es bei jedem Verweis auf den Fall in Kurz- oder Langversion auf den Bildschirm zurück. So lange, bis Leno LaBiancas schwankendes und flatterndes Einmannzelt zu einer amerikanischen Ikone von Charlies gescheitertem Krieg geworden war.

Als er in Choreo die Fotoseiten in Jacuzzis *Hurly Burly* durchblättert hatte, war er auch auf die gerichtsmedizinischen Fotos von LaBianca gestoßen. Am Ort des Verbrechens zeigten sie Leno, wie man ihn gefunden hatte: im Pyjama, die Jacke halb aufgeknöpft, eine tatsächlich sehr lange Fleischgabel mit (laut Polizeibericht) Elfenbeingriff aus dem Magen aufragend. Er lag, ein Kissen über dem Gesicht, auf dem Rücken – zwischen dem Sofa, auf dem er gesessen hatte, und dem Sofatisch, darauf ausgebreitet die Sonntagsausgabe des *Los Angeles Herald Examiner*, die er kurz vor seiner Ermordung an einem Kiosk gekauft hatte, zusammen mit einem Wettschein fürs Pferderennen. Die Zeitung war bei den Ergebnissen der Rennen vom Sonnabend aufgeschlagen. Um seinen Hals, der dick war vom post mortem verschluckten Fleischmesser, war das Kabel einer Schirmlampe gewunden.

Auf den Fotos aus dem Leichenschauhaus war LaBianca nackt zu sehen. Ein korpulenter Mann von Mitte Vierzig. Die Fleischgabel war entfernt worden, aber die in seinen gewölbten Bauch geritzten Buchstaben waren deutlich zu erkennen, wenn auch etwas weniger gut zu lesen. Bei genauerem Hinschauen stand da tatsächlich WAR, wenngleich sich das W aus zwei X zusammensetzte, deren Beine sich kreuzten:

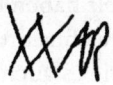

Es bestand kein Zweifel daran, wer hier aus der Welt hinausgeixt werden sollte: Leno und Rosemary LaBianca. Der *Name* besagten Krieges hätte mit ihrem Blut an die Kühlschranktür geschrieben werden sollen, aber dabei ging etwas schief – nicht, was die ganz besondere Tinte, sondern was die Schreibweise betraf. In Choreo hatte Remo Maddox mit äußerster Selbstbeherrschung danach gefragt.

»*White pig … The only pig … Lots'a'piggies.* Wie war das mit diesen Blutworten, Scott? Der Musiklehrer bekam sein *Political pig* mit einem blutigen Prankenabdruck unterzeichnet.«

»Außer vor Schweinen, Li'll Remo, ekelt Charlie sich auch vor Kühen. Daß ich sie nicht esse, geschieht nicht aus Liebe zu diesen Scheißviechern. Gary spielte Dudelsack.«

»Oh, und daher mußte er von seinem Leiden erlöst werden.«

»Ein Dudelsack ist wie ein kreischendes Euter. Ich hasse es, wenn jemand an so einem Ding rumlutscht, Li'll Remo, als würde er bei einer Milchkuh einen Blowjob machen.«

»Woran haperte es bei der Regie?«

»Ich hab sie früh aus der Schule genommen, die Mädels. Sie konnten nicht richtig schreiben. Die Polizei hat auf der Spahn Ranch eine Tür aus den Angeln gehoben und die in den Gerichtssaal geschleppt. Da war das Ding dann und fluchte mit all seinen obszönen Aufschriften gegen die amerikanische Fahne. HURLY BEARLY stand drauf. In großen Buchstaben, damit es auch in den hintersten Reihen noch gut zu sehen war. Charlie stand wie ein Idiot da.«

»Eine deiner Frauen … Katie, oder war es Lulu … hat sich im Haus der LaBiancas durch einen Schreibfehler verraten, den sie später noch einmal gemacht hat.«

»Das behauptet dieser Blödmann Jacuzzi in seinem Kassenschlager. Sogar den Namen meines Unternehmens hat er mir geraubt, obwohl das nicht im Strafmaß enthalten war. Alle Universitäten der Welt haben dir und Jacuzzi nicht beibringen können, daß ein Rechtschreibfehler etwas anderes ist als ein Verschreiber. So wie es auch Versprecher gibt.«

»Ich wußte nicht, daß auch Freud zu deinen Lehrmeistern gehört.«

»Tut er auch nicht, aber dafür Gilles de la Tourette. Katie hat LaBianca eine Forke in den Wanst gerammt. Da kamen komische Töne raus. Nix Besonderes. Das Schwein hatte einfach zuviel gefressen. Meine Leute sagten, es hat sich wie so 'ne altmodische Drehorgel angehört … wie so 'n Leierkasten, du weißt schon, mit dem ein Straßenmusikant früher von Haus zu Haus ging. ›Hörst du?‹ hat Tex gesagt. ›Der Hurdy Gurdy Man.‹ Das war mal ein Hit von Donovan.«

»›Der Leiermann.‹ Früher mal ein Hit von Schubert.«

»Lenos Leierkasten, das war sein eigener fetter Wanst. Die Mädchenhand, die der Mistforke ihren Platz gegeben hat … die die Musik aus dem Schwein gezaubert hat … ebendies liebreizende Patschhändchen hat den Fehler am Kühlschrank gemacht. HURDY GURDY, das hat in Schweineblut dagestanden. Anstatt HURLY BURLY. Wieder wurde Charlie vor der ganzen Welt lächerlich gemacht. Mr. LaBianca von der Supermarktkette kam nicht mehr zu sich. Er hat Blut aus seinem Nabel ejakuliert.«

»Ganz schön hart für dich, Scott. Du sprichst von einem Wüstenkrieg mit Stalinorgeln … und diese blöden Weiber kommen mit einer Drehorgel an.«

»Ich verzeih's ihnen. Es war ein Verschreiber … im Blutrausch des Augenblicks.«

»Nun gut, Leno hatte seine Grabinschrift.«

»LaBianca« (Maddox hob die Stimme) »war das Musterbeispiel eines weißen Schweins. Mit seinen Lagerhäusern, vollgestopft mit Fressen, fütterte er die Schweine in der Stadt der Engel. Seine mexikanische Wutz drehte in ihrer Boutique den Säuen Sackkleider an. Wahrlich, ein großer Verlust für die Gemeinschaft.«

Er knurrte und bellte sich schon wieder zu einer Bergpredigt hoch.

»Um die Welt von ihnen zu erlösen«, sagte Remo, »hast du

auch die *Methoden* eines Schlachters angewandt. Nur bekommen die Schweine im Schlachthaus kein Stromkabel um den Hals. Und mit ihrem Blut werden auch keine literarischen Texte auf Türen und Wände geschrieben.«

»Das«, ertönte es keckernd aus dem Verbandswust, »ist der Unterschied zwischen tierischen und menschlichen Schweinen. Den letzteren steckt die Sprache im Blut.«

2

Das Taxi fuhr bis vor die Abflughalle. Eine unsichtbare kleine Scheibe in der gläsernen Trennwand öffnete sich, und der Fahrer fragte: »Welche Fluggesellschaft, *love*?«

»Air France«, sagte ich halt. »Nein, lassen Sie mich, Mr. Woodehouse.«

Von 1973, als ich in London ein paar silberne Reflexschirme für meine fotografischen Zwecke gekauft hatte, hatte ich noch genug Sterling für den inzwischen ziemlich hohen Fahrpreis.

»Was für ein Nebel«, sagte mein Reisegefährte beim Aussteigen. »Wenn da bloß irgendwas startet.«

Ich machte ihn auf ein Blinklicht aufmerksam, das sich schräg aufwärts in den dichten Nebel bohrte. Er war kaum draußen, da hatte sich schon ein Netz feiner Tröpfchen über sein Haar gelegt. »Das kenne ich«, meinte er. »Sitzt man gerade in der nächsten Maschine, dann wird der Flug gecancelled.«

Wir waren durch die Drehtür gegangen und standen in der großen Halle, in der die wache Ruhe eines Flughafens bei Nacht herrschte. Durch die Tröpfchen sahen Remos Augenbrauen aus wie reife Getreideähren. Er hatte sich die Rostflecken von Sharons Gullydeckel zwar abgewaschen, aber das Pflaster über der blauen Träne trug noch immer die Spuren seiner kalten Umarmung. »Es geht also nach Paris«, sagte ich.

»Wenn es nicht so pathetisch klänge, Mr. Agraphiotis, dann würde ich sagen: Ich bin dort im Exil geboren, und als Exilant kehre ich dorthin zurück. Ganz einfach.«

»Dann ist Paris nicht so sehr Ihr Bestimmungsort als vielmehr Ihr Schicksal ... wenn es nicht so pathetisch klänge.«

»Ich entschuldige mich nochmals sehr«, sagte er und streckte mir die Hand entgegen, »daß ich so mißtrauisch war und Ihnen alles mögliche Häßliche zugetraut habe.«

»Nicht so voreilig mit Ihren Entschuldigungen.« Ich ignorierte die Hand. »Wenn ich *jetzt* in meine Trillerpfeife blase, strömt von allen Seiten Sicherheitspersonal auf uns zu. Die Nachtschicht von Scotland Yard kommt etwas später.«

Falls überhaupt ein Schatten des Zweifels über sein Gesicht huschte, so kam das durch die Wehrlosigkeit, die der Jetlag mit sich brachte. Es hätte genausogut der zögernde Beginn des verstehenden Grinsens sein können, das jetzt über sein Gesicht zog und an dem sich sogar das Wundpflaster – mit Fältchen – beteiligte. Ich gab ihm die Hand.

»Genug von Ihrer konkreten Verbannung, Mr. Woodehouse. Ich wünsche Ihnen viel Kraft. Aber ... ähm ... das *innere* Exil, das Sie sich selbst angetan haben ...«

»Wer den Haß der Menschen fürchtet, muß diesem Haß eine Richtung geben.«

»Jüdisch?«

»Ja, vermutlich«, sagte er müde. »Grüßen Sie mir das winterliche Amsterdam.«

»Und Sie mir die Mona Lisa.«

Ich blickte dem kleinen Mann nach, als er federnd zum Air-France-Schalter ging. Seine Tasche schurrte aufgrund der langen Griffe bei jedem Schritt kurz über den Boden. *Beinahe* hätte er die falsche Art von Mitleid in mir geweckt: wegen des Leids, das ich ihm zugefügt hatte, und des Elends, das er als Folge davon noch zu verkraften haben würde. Bevor ich in Versuchung geriet, ihm nachzulaufen, schüttelte ich das fade, christliche Gefühl von mir ab und wandte mich dem höheren Mitgefühl zu: der griechischen Variante.

Niemand da bei Air France. Woodehouse schlug mit der flachen Hand auf eine Art altmodischer Hotelklingel, die hoch und singend, fast wie eine verstärkte Stimmgabel, durch die weitläufige Halle tönte. Aus einer unbeleuchteten Tür-öffnung hinter dem Schalter kam ein Mädchen in der Uniform der Air France zum Vorschein. Mit unsicheren Fingern knöpfte sie ihre Jacke zu, schläfrig blinzelnd – bis sich ein blasses Erkennungslächeln über ihr Gesicht ausbreitete und sie mit beiden Händen zugleich die Unordnung ihrer komplizierten Aufsteckfrisur noch etwas vergrößerte.

Aus den Abflugzeiten auf der Anzeigetafel schloß ich, daß vorläufig kein Flugzeug nach Paris ging. Nach Amsterdam im übrigen auch nicht. Alle Zeit, um das Gespräch mit Woodehouse fortzusetzen, doch weil ich es als beendet betrachtete, um nicht zu sagen: als erschöpft, begann ich meinen Koffer in Richtung eines himmelblauen Schalters zu schleppen. Eine helläugige Blondine aus dem Rennstall der KLM strahlte mir schon von fern entgegen. Fast leuchtend.

3

Der Einsteigetunnel zur Maschine war noch nicht geöffnet. Quer über die Bänke beim Gateway lagen schlafende Fluggäste unter ihren Mänteln. Die diensttuende Stewardeß der Air France versah ihn mit Telefonmünzen. »Bernard? Ich bin's. Du kennst in Paris doch bestimmt einen guten Dermatologen.«

»Hab ich das richtig verstanden, kleines Scheusal? Du klingelst mich mitten in der Nacht aus dem Bett, um mir zu erzählen, daß du einen Tripper hast?«

»Eine unerwünschte Tätowierung.«

»Kleiner Anker auf deinem Schniepel … das wird doch wohl warten können.«

»Oh, sprechen wir jetzt Jiddisch weiter? Es ist mein *ponem*, Bernard. Amerikanische Knastfolklore. Ich will es weghaben.«

»Ich schau morgen in den *pages jaunes* Seiten für dich nach.«

»Jetzt.«

»Wo bist du?«

»In London. Ich fliege gleich nach Paris.«

»Ist es in England verboten, Tätowierungen zu entfernen?«

»Verschon mich mit deinen Spitzfindigkeiten. Ich bin auf der Flucht. Gerade erst einen Typ vom FBI abgeschüttelt. Sie können mich jeden Moment schnappen und nach Amerika zurückschicken.«

»Alle Brücken hinter dir verbrannt …«

»Nenn's Verbannung. Der Rest steht in Kürze in der Zeitung.«

»Verbannter in der eigenen Geburtsstadt.« Bernard pfiff durch die Zähne. »Wie kommst du bloß darauf?«

»Ich *wollte*, ich wäre selbst drauf gekommen. Ist bei dir das Sofa noch frei?«

»Ich werde sie rechtzeitig wecken. Wir haben Krach. Ich muß früh los. Der Schlüssel liegt im üblichen Versteck. Und was das pfeildurchbohrte Herz auf deinem Schniepel betrifft … ruf Doktor Zygoma an. Mit Z. Seine Praxis ist hier um die Ecke, in der Rue d'Artois.«

»Ich hoffe, ich schaffe es bis zu dir, Bernard.«

»Benimm dich ganz natürlich, das kannst du so gut. In einer Stunde oder so fängt dein neues Leben an. In Frankreich ist noch niemand der Liebe wegen verurteilt worden, geschweige denn ausgeliefert. Marquis de Sade vielleicht. Falls das Liebe war.«

»Idealer Verbannungsort. Bin schon unterwegs.«

4

Irgendwo zwischen dem Flughafen und der Stadt fing der Taxifahrer zu jammern an, auf arabisch. Remo, der auf der Rückbank gerade am Einschlafen war, war sofort wieder hellwach. Draußen herrschte noch das Dunkel des frühen Wintermorgens. Ohne den Strom gekränkter Kehllaute zu unterbrechen, steuerte der Mann sein Auto auf die Standspur und stieg aus. Jetzt trat er fast heulend gegen das rechte Vorderrad. Beim Verlassen des Taxis spürte Remo, wie steif er vom langen Fliegen war. Der Reifen verlor Luft. »Seien Sie froh«, sagte er auf französisch, »daß das Ding nicht geplatzt ist.«

Der Fahrer jammerte weiter. In der kalten Morgenluft fühlte Remo den Jetlag hinter seinen Schläfen rauschen und drücken. Er war am Ende seiner Kräfte, half aber dankbar (französischer Boden) dem Taxifahrer, den Reifen zu wechseln. Während Remo mit dem Kreuzschlüssel hantierte, stand der Mann da und fluchte oder betete immer noch in seiner eigenen Sprache. Fünf Minuten später fuhren sie wieder. Remo wischte seine schmutzigen Hände aneinander ab und dachte sich eine Eselsbrücke aus, um den Vorfall von eben zu behalten. (*Charon: Überfahrt mit Hindernissen.*) Konnte ihm mal in einem Drehbuch zupaß kommen.

Zwischen zwei Fabrikanlagen hindurch sah er, wie die Stadt vor der tiefhängenden Bewölkung aufleuchtete. Auf der anderen Seite der Autobahn war es völlig dunkel. In seinem Kopf spielte die enervierende Querflöte von Jean-Pierre Rampal ein altes Stück von Jacques Dutronc.

Il est cinq heures
Paris ... s'éveille

Bei Paris erkannte man nie, wo die Stadt begann, und somit auch nicht, wo man in sie hineinfuhr. Der Fahrer machte der Unsicherheit effektiv einsilbig ein Ende: »Où?«

»Zum Louvre.«

»Ouvert non.« Er wackelte mit dem Zeigefinger vor dem Rückspiegel hin und her.

»So früh nicht, nein. Setzen Sie mich einfach bei einem Café in der Nähe ab.«

Das Taxi hielt in der Rue de Rivoli bei den Arkaden vor einem kleinen Geschäft, dessen Rolläden gerade nach oben rasselten. Während des Reifenwechsels war das Taxameter weitergelaufen, und jetzt wurde von Remo der volle Betrag erwartet. Er zahlte, rechnete aber kein Trinkgeld dazu. Mit scheeler Miene, sein Gebet unterdrückt wiederaufnehmend, gab der Fahrer Remo sein Wechselgeld zurück, nicht aber seinen Gruß. Die alte Pariser Grobheit. Er war wieder zu Hause.

5

Er war der erste und vorläufig einzige Kunde in dem Café. Ein Kellner, die Weste noch nicht zugeknöpft, fegte die Kippen vom Abend zusammen. Aufpassen bei diesem Jetlag: Um ein Haar hätte Remo nach einem zweiten, an der Wand lehnenden Besen gegriffen, um die mexikanischen Identitätspapiere aus der Toilette zu kehren. Der Kellner schuf etwas mehr Realität für ihn, indem er einen der Tische frei machte von vier daraufgestellten Stühlen. Remo bekam eine Riesenschale Milchkaffee vorgesetzt und ein Körbchen mit wie frisch lackiert aussehenden Croissants.

Schräg gegenüber der graue Koloß des Louvre. Soweit er dessen Fenster sehen konnte, brannte hinter ihnen Licht. Natürlich, das Museum wurde auch nachts bewacht, und der Wachwechsel würde jetzt wohl in vollem Gang sein, ebenso wie die Vorbereitungen auf einen neuen Museumstag. Aber hatte denn zu dieser Stunde, in der noch keine Besucher da waren, von all dem Personal auch jemand ein Auge für *sie*? Oder war die berühmteste Frau der Welt hinter ihrer Glasscheibe jetzt ungeliebt und mutterseelenallein?

Er versuchte sie sich vorzustellen, so klein und stolz in dem riesigen Saal. Es gab also auch Momente, sogar Stunden, in denen das meistbetrachtete Gesicht der Welt keine Zuschauer hatte – allenfalls einen Wärter, der einen abtastend professionellen Blick darauf warf: ob es noch da war. Remo würde nie wissen, wie sich die Abwesenheit der Welt auf ihr Lächeln auswirkte, denn sobald er sie in der Leere ihres Flügels beobachten konnte, war sie ja nicht mehr allein.

»Was meinen Sie«, fragte er den Kellner, der jetzt die Stühle von den anderen Tischen herunterstellte, »lächelt die Mona Lisa da drüben auch, wenn sie nachts ganz allein ist?«

»Bien sûr, Monsieur«, sagte der Mann, als täte er den ganzen Tag nichts anderes, als derlei Fragen von Touristen zu beantworten. »Sie behält auch nachts ihr wissendes Lächeln … weil sie weiß, Monsieur, daß gleich, um neun, die Bewunderer wieder herbeiströmen. Aus der ganzen Welt, Monsieur.«

Also, das war jetzt mal eine Antwort, die einem was brachte. Eine alte Frau betrat das Café, über dem Unterarm einen Packen feuchter Zeitungen, die viel zu schwer schienen für das zerbrechliche Handgelenk, das darunter hervorschaute.

»Den *Paris Matin* bitte.« Remo gab ihr das reichliche Trinkgeld, das er dem Taxifahrer vorenthalten hatte. Sie blieb mit dem Geld in ihrer durchscheinenden Hand vor ihm stehen, so lange bis er ihr in gutem Französisch erklärt hatte, daß es kein Irrtum sei. »Gott segne Sie, Monsieur.« Kurz darauf schlurfte sie unter den Arkaden weiter.

Seine Flucht stand auf der ersten Seite. »Richter Shurrell Ritterbach vom Gericht in Santa Monica, der dem Flüchtigen Stunden zuvor, wie dessen Anwalt mitteilte, noch vierzehn Tage gegeben hatte, um freiwillig in die Vereinigten Staaten zurückzukehren, ist mittlerweile von dieser Entscheidung abgerückt. Bei Redaktionsschluß hatte er im Namen des Gerichts gerade einen Haftbefehl erlassen, woraufhin der internationale Polizeiapparat das Auslieferungsverfahren in Gang setzen konnte. (UPI)« Remo versuchte, zum Anfang des Artikels zurückzukehren, doch die frischen Druckbuchstaben tanzten ihm vor den Augen, Insekten außer Reih und Glied. Er hatte den Zusatz »tod« vor »müde« immer als Hyperbel betrachtet. An diesem Tag nicht.

6

Das Flugzeug landete auf Schiphol mitten in der Geschäftigkeit eines gerade in Gang gekommenen niederländischen Tags. Nach der Wärme in der Kabine verschlug mir die in den Rüssel hereinwehende Winterkälte fast den Atem. »Nachtfrosthauch aus dem Polder«, sagte der Purser, der ohne Mantel neben mir ging.

Im Pendelbus der KLM überfiel mich der Jetlag. Ich wußte, es hatte keinen Sinn, zu Hause ins Bett zu kriechen. Der Schlaf würde sich nicht einstellen. Ich versuchte, aufkommendes Selbstmitleid in Mitgefühl für die Menschheit umzulenken und landete so beim vergeblichen Leben von Remos Sohn. Erbarmen – dann mußte es mich wirklich bös erwischt haben. Ich würde alles daransetzen, den kleinen Tibbolt zu behalten. Er durfte mir nicht vorzeitig entgleiten. Es war eine schlechte Idee gewesen, ihn monatelang seinem Schicksal zu überlassen – nun ja, dem Ehepaar Satink, das eine etwas andere Erziehung für ihn im Sinn hatte als ich.

Der Bus fuhr an einer großen, an einem Laternenpfahl angebrachten Uhr vorbei. Woodehouse kämpfte jetzt in einem Pariser Bett mit seinem eigenen Jetlag, und mit mehr als dem. Er hatte nun endgültig den Status eines Verbannten erreicht. Ein Zurück gab es nicht – es sei denn, Douglas Dunning, der in diesem Moment zweifellos im Flugzeug nach Paris saß, gelänge es, seinen Mandanten dazu zu überreden, sofort mit ihm nach Los Angeles und zu Richter Ritterbach zurückzufliegen.

Wir kamen nach Amsterdam-Zuid. In der Regel war mir kein Abgrund zu tief. Doch die einsamsten zwanzig Minuten

1113

in der Geschichte der Menschheit, wie Remo seine Tragödie zusammenfaßte, hatten mir doch sehr zu schaffen gemacht. Mich überkam das Bedürfnis, meine Knochen eine halbe Stunde lang in der Nähe des kleinen Tib zu wärmen.

Es war noch reichlich Zeit, nach menschlichen Maßstäben. Ich würde den Organisator des Weltstreiks erst dann straucheln lassen, wenn er alt und weise genug war, die gesamte westliche Kultur bei seinem Sturz mitzureißen.

Eine ganze Zivilisation zugrunde richten. Woher kam diese Blasiertheit, daß ich mich nicht mehr damit begnügte, nur meinen auserkorenen Helden zum Abgrund zu führen? War ich, anders als meine Mitbewohner vom Berg, zu tief in die moderne Zeit eingedrungen, wo ich mich an die christliche Zeitrechnung klammerte wie an eine Leiter auf trügerischem Eis?

Ich wollte Menschen ausrutschen sehen, und eine Kultur war im Grunde ja nur ein menschliches Unternehmen. Vielleicht strebte ich ja danach, die gesamte Menschheit in die Schlucht zu jagen.

Und ich selbst? Die griechische Kultur war ganz und gar in der römischen aufgegangen, und die wiederum hatte sich testamentarisch der westlichen vermacht. Mich gab es noch. Auch die nächste Liquidation würde ich überleben. Blasiertheit macht erfinderisch.

7

Der Pendelbus hielt an der kleinen, aus Holz errichteten Behelfsbaracke der KLM auf dem Museumplein. Als ich ausstieg, waren der Fahrer und ein Purser bereits dabei, das Gepäck aus dem Bauch des Busses zu hieven. Ich bekam meinen Koffer und ging damit unter den Bäumen langsam in Richtung Concertgebouw. Bei meiner Abreise, im November, waren sie schon fast kahl gewesen – jetzt waren sie völlig blätterlos, so daß kaum Zeit verstrichen zu sein schien. Choreo war ein böser Traum, wenngleich ein Gott oder ein Monster es sich immer noch fürchterlicher wünschen konnte.

Obwohl es nicht dunstig war, schien das Rijksmuseum in seiner ganzen heruntergekommenen Röte wie in Nebel eingehüllt. Auf dem »kürzesten Stück Schnellstraße« der Niederlande klangen die Autoreifen, als glitten sie, mit diesem leicht moppenden Geräusch, über einen nassen Belag, dabei waren die Pflastersteine trocken. Es mußte an der Atmosphäre liegen. Auch das Concertgebouw, das sich ja ganz in der Nähe befand, hatte etwas Umflortes.

Als ich an der alten Feuerwache um die Ecke bog, sprang mich der Verkehrslärm von der belebten Kreuzung an. Der Jetlag hatte einen Vorhang zwischen mir und der Welt herabgelassen, bewirkte aber gleichzeitig, daß jedes Geräusch schmerzhaft tief in mich eindrang. Ein Wagen der Linie 16, der knirschend beschleunigte, zielte direkt in mein Rückgrat.

Auf dem Zebrastreifen blockierten die Räder an meinem Koffer, diesmal komplett, so daß ich ihn in die Hand nehmen und tragen mußte. Ich kam kaum mehr voran, die Fußgängerampel sprang auf Rot, und ich wurde um ein Haar von einem Fahrschulauto erfaßt. Nein, keins von Hippe – von Jan Blom. Der Lehrer brachte es halb auf dem Überweg zum Stehen. Ich dankte ihm, indem ich meine freie Hand hob. Ein Fahrschulauto ohne Blumengirlanden auf der Motorhaube, wie öde. Ich nahm mir vor, an einem der nächsten Tage rund um den Leidseplein nach The Egg Man zu suchen. Wenn sie ihn nicht festgenommen hatten als kleinstes Glied in der ganzen Bootleg-Affäre, trieb er sich wahrscheinlich noch in seinem alten Revier herum. Wer mit einer lebenden Gans unter dem Arm die Straßencafés abklapperte, konnte nicht schwer zu finden sein. Ich hatte ein paar Fragen an ihn.

Plakate an der vorderen Fassade des Concertgebouw kündigten – schon wieder – die Geburt eines Wunderkinds an: ein Klavierlöwchen diesmal, das kapitale Exemplare wie Claudio Arrau und Alfred Brendel vergessen lassen sollte.

Keine unbekümmerte Frohnatur, denn er würde die beiden Klavierkonzerte in Moll von Mozart zu Gehör bringen, 20 und 24, meine Lieblingswerke. Ich prägte mir das Datum ein. Freitag, 3. Februar. Tragik, die leichtfüßig über die Disteln eilte. Fragen, ob Olle Tornij mitkam.

Ich blickte entlang der Fassade nach oben, zur Lyra auf dem Dach. Diese umständlichen Unternehmungen von mir! Hätte ich mich von Anfang an auf die schönen Künste beschränkt, dann hätte ich jetzt nicht dieses besudelte Gefühl gehabt, von einem terminalen Knabenbordell zu kommen.

Wegen der dunklen Wolken, die unter der durchgehenden hellgrauen Decke vorbeitrieben, schien es, als neigten sich Tympanon und Lyra zu mir vor, wodurch mir noch schwindliger wurde. Wankend, mit Flecken vor den Augen, setzte ich meinen Weg fort. An der seitlichen Fassade von Café Keyzer, dessen Lesetisch mir den Weg nach Choreo gewiesen hatte, warteten geflochtene Terrassenstühle unter einer orangefarbenen Plane auf den ersten schönen Februartag. Sie waren zu hoch gestapelt, als daß man sich hätte setzen können, und so ging ich eben, gegen die schwarzen Spinnweben auf meiner Netzhaut kämpfend, vorsichtig weiter.

Ach, nur ganz kurz den kleinen Tibbolt in meinen Armen halten dürfen. Meine erstarrte Seele an ihm wärmen. Fühlen, riechen, daß er gedieh … trotz des schwachen Stengels, auf dem diese junge Blüte sich der Sonne zuwandte.

Auf der Rückseite des Musiktempels rollten Männer von der Brauerei volle Fässer ins Kellerloch des Café De Lier. Der Besitzer schaute verschlafen und griesgrämig zu. Im Ausschnitt seiner Lederjoppe war der Kragen einer gestreiften Pyjamajacke zu sehen. Er betrieb diese Eckkneipe, das heißt, ich kannte ihn ziemlich gut, doch mehr als ein kurzes, eiskaltes Kopfnicken war heute morgen nicht drin. Ich hatte, fiel mir plötzlich ein, noch Schulden bei ihm. Ein paar Hundert Gulden, immerhin. Anfang November hatte ich hier meine bevorstehende Reise nach Kalifornien mit einem

»Tulpenbeet« gefeiert. Die Bedienung im De Lier wußte, was das war. Ein rechteckiger Tisch, bis zu den Rändern vollgestellt mit Wodka Orange, Wodka Tomatensaft und Wodka *menthe* in hohen Weingläsern. Gelbe, rote und grüne Tulpen in bunter Abwechslung, die alle Gäste frei pflücken durften.

8

BUCHHANDLUNG OLLE TORNIJ

Vor seiner Ladentür in der Exilstraat drehte mein Vermieter gerade das Schild von GESCHLOSSEN auf OFFEN um, was in aller Regel nicht unbedingt bedeutete (Tornij betrachtete sich als Buchjuwelier), daß die Tür auch aufgeschlossen wurde. Heute allerdings schon: Olle winkte mir, signalisierte mir, nicht die Haustür zu nehmen, und steckte den langen Sicherheitsschlüssel ins Schloß. Die Türglocke bimmelte. »Hier lang, Agraphiotis. Ich will Sie gleich über Ihre Reise ausquetschen.«

Der Buchhändler, so früh schon mit seinem dreiteiligen Anzug wie aus dem Ei gepellt, beugte sich auf der Schwelle vor, um mir den Koffer abzunehmen. Im selben Moment erstarrte sein Gesicht in einer Schmerzgrimasse. Er griff sich an den Rücken.

»Laß doch stehen, Olle.« Ich schob den Koffer in den Laden. »Und wir wollten uns duzen, weißt du noch?«

»Ich werd's versuchen … Spiros.« Tornij ging gekrümmt voraus, eine Hand rechts unten in den Rücken gestemmt, als würde er sich selbst vorwärtsschieben. So erreichte er humpelnd einen der beiden Sessel hinten im Laden und ließ sich hineinfallen. »Uff. Erst hieß es Hüftschmerz, dann Ischias. Jetzt soll's ein vernachlässigter Bandscheibenvorfall sein, der in die Hüfte ausstrahlt. Komm weiter, Spiros. Ich stehe ständig beim Neurochirurgen ganz oben auf der Warteliste. Den Koffer bringt Diny dir nachher rauf.«

»Mittwoch Dinytag.«

»Ja, ich will gleich zur Keizersgracht. Auf einen Kaffee bei den Hoeksen. Falls mein Rücken es erlaubt.«

Im Regenmantel setzte ich mich in den Chesterfield ihm gegenüber. Tornij hatte sein Büchersortiment noch weiter ausgedünnt. Bis auf die beiden hohen Schränke mit Exemplaren ein und desselben Buchs (*Mars in Scorpio*) waren von den übrigen ganze Regale leer. Hier und da stand eine kleine Reihe, nie mehr als zehn, von ihm höchstpersönlich für lesenswert befundener Bücher zwischen Marmorstützen. Alle leeren Stellen zusammengenommen bildeten seinen *Index librorum prohibitorum* von anderer Leute schlechtem Geschmack. Bei seinen allwöchentlichen Kaffeebesuchen in Amsterdamer Verlagen geißelte er das Gewissen der Lektoren mit der Untergangsmusik der Überproduktion. Vor allem die »Hoeksen«, die Mitarbeiter von Uitgeverijen Hoek Keizersgracht/Spiegelgracht BV mit ihrem Weihnachtsbaum an Imprints, bekamen was von ihm zu hören.

»Erzähl mal, Spiros«, hob Olle an, »wie war der Flug?«

»Komische Gesellschaft. Ich saß neben dem verfolgten Regisseur ...«

»Hab ich gerade im *Telegraaf* gelesen, ja. Der ist abgehauen, nicht? Sich seiner Verantwortung nicht stellen ... das find ich feig. Und, was sprach er so?«

»Anfangs war er äußerst schlecht gelaunt und mißtrauisch bis zum Geht-nicht-mehr. Später besserte sich seine Laune, und wir hatten so was Ähnliches wie ein Gespräch. Ich bin sogar in seinem Londoner Haus gewesen.«

»Wozu denn, wenn ich fragen darf?«

»Um Sachen zu holen. Er flog weiter nach Paris.«

»Dann ist mein Untermieter also mitschuldig an dessen Flucht vor der amerikanischen Justiz ...«

»Moralapostel, Olle.«

»Nein, Rechtsapostel.« Tornij hob den Zeigefinger. »Du hast ihm während seiner Flucht im Grunde beim Kofferpakken geholfen.«

»Na ja, hast ja recht. Hab nicht dran gedacht. Mein Jetlag war mit schuld.«

»Du wirst gleich gut schlafen können.«

»Ich mach kein Auge zu. Der lange Aufenthalt in London hat mir den Rest gegeben.«

»Wie wär's mit einem Gläschen?« Er kam ein Stück hoch, griff sich wieder an die schmerzende Bandscheibe. »Roter Portwein. Der entspannt.«

»Dann lieg ich entspannt im Bett … und kann nicht einschlafen.« Ich ließ den Blick über die gerahmten Bilder an den Wänden gehen. »Nein, vielen Dank.«

Seitlich vom Ladentisch stand ein Schirmständer, darin zwei Badmintonschläger mit dem Griff nach unten. Durch die Nylonbespannung waren grüne Bänder geflochten. Wenn seine orthopädischen Schuhe zu drücken begannen, fand Tibbi es herrlich, sich die Schläger wie Schneeschuhe unter seine bestrumpften Füße zu binden und damit über den Linoleumboden in der Buchhandlung zu schlittern. Zwischen zwei Bücherschränken hing ein Plakat:

FRICTION: A FRACTION
BETWEEN FICTION AND FACTION

Verschiedene Redner

Freitag, 3. Februar 1978, 20.00 Uhr
Eintritt 5 Gulden

KOMMT ALLE!

Buchhandlung Olle Tornij
Ballinckstraat 10 Amsterdam

»Du kommst Freitag doch auch?« fragte der Buchhändler, der mich das Plakat lesen sah.

Friction. Dahin, meine beiden Konzerte in Moll. »Sag mal, Olle, wo ich den Begriff faction da gerade sehe ... vor ungefähr fünf Jahren ist in Amerika das Buch *Hurly Burly* erschienen ...«

»Von diesem Jacuzzi, ja. Zusammen mit irgendeinem Ghostwriter. Ist später in den Niederlanden unter dem völlig falschen Titel *Holder de Bolder* erschienen. Keine faction, Spiros. Dann wäre es ja eine Mischung aus facts und fiction. *Hurly Burly* ist eine Reportage. Ein Bericht der tatsächlichen Ereignisse.«

»Aber doch sehr dem verpflichtet«, sagte ich, »was ihr Büchergurus als Romanform bezeichnet.«

»Um das beurteilen zu können, müßte ich es noch einmal lesen. Ein andermal. Die Übersetzung hat jahrelang im Modernen Antiquariat de Slegte vor sich hingegilbt. Wenn ich mich nicht irre ... Ach, Spiros, sei doch so freundlich und reich mir mal den Umschlag da.«

Er enthielt Verlagskataloge. Auch einen Prospekt mit dem Frühjahrsprogramm von Uitgeverijen Hoek Keizersgracht/Spiegelstraat BV. Der Buchhändler blätterte ihn unter mißbilligendem Gemurmel durch. Er betrachtete jedes neue Programm als weiteren Schritt auf dem Weg zur totalen Sittenverwilderung in der Branche. »Ja, genau. In Amerika ist eine überarbeitete und erweiterte Fassung erschienen, und die lassen die Hoeksen jetzt ganz neu ins Niederländische übersetzen. Der Titel, halt dich fest, lautet jetzt *Gooi- en smijtwerk*. Jahaa-ah! *Klamauk*, das verstehen die Leute! Kniefall vor den Ungebildetsten!«

Tornij reichte mir den aufgeschlagenen Prospekt. »In dieser neuen Fassung hat Vincent Jacuzzi alle seit der ersten Auflage ans Tageslicht gekommenen neuen Fakten verarbeitet, zum Beispiel die Hintergründe des Attentats auf Präsident Ford durch Sequoya Squeaky und die Pläne, eine Boeing zu kapern, um die Freilassung des Anführers zu erzwingen. Lesen Sie auch alles über Geschehnisse während der Mordnächte, die nie in die Gerichtsakten kamen, geschweige denn in die Printmedien. Plus: ein zusätzlicher Teil mit bisher unveröffentlichten Polizeifotos (nicht in die Hände von Kindern gelangen lassen). Ein Bon gibt Ihnen Rabatt beim Kauf der Single ›Hurly Burly‹ in der Version des Electric Light Orchestra, die sehr originalgetreu ist. (Aus urheberrechtlichen Gründen waren die Beatles nicht bereit, ihre eigene Fassung für diese Aktion zur Verfügung zu stellen.)«

Der die ganze Seite einnehmende Umschlag zeigte die komplett in Holz gehaltene Hauptstraße einer kleinen Westernstadt (nicht Spahn Movie Ranch) und, in Rückenansicht, einen Mann, der auf die Schwingtüren eines Saloons zugeht – möglicherweise, um dort den titelgebenden Klamauk zu veranstalten. »*Gooi- en smijtwerk*«, wiederholte der Buchhändler verächtlich. »Dieser Schund kommt mir nicht ins Regal.«

»Ist das ein Druckfehler, Olle, oder ein Verweis auf dein Plakat?«

Obenan auf der Seite mit dem Werbetext stand, offensichtlich als Genrebezeichnung: FRIKTION. »Das nenn ich Hypefaschismus. Den Hoeksen werd ich nachher aber was erzählen!«

Weil es Mittwoch war und Dinytag, kam kurze Zeit später Diny Dorland, um den Laden zu bewachen und den Tagesdurchschnitt von vier Kunden zu betreuen. So konnte Tornij losziehen, um bei einem der großen Verlage in der Innenstadt seinen Bannfluch über neue Entwicklungen in der Branche zu sprechen. Die Hausfrauen des Viertels waren vernarrt in den charmanten Witwer und vertraten ihn gern hinter dem Ladentisch, um die Wette und gratis. »Wenn du vorläufig doch nicht schlafen kannst, Spiros, dann lade ich dich herzlich ein, zur Keizersgracht mitzukommen.«

»Ich geh mal eben bei den Satinks vorbei. Zeigen, daß ich wieder für sie da bin.«

»Geb Satink«, sagte Olle mit gerümpfter Nase, »hat gestern sein Amt als Schatzmeister von Sup Adam angetreten.«

9

Er hätte gern die großen Gemälde von David bewundert und die unvollendeten Sklaven von Michelangelo, doch jetzt gab es Wichtigeres zu tun. Die Pfeile mit der Aufschrift SMILE führten ihn in einen anderen Saal als den, in dem sie früher gehangen hatte. Der Raum war langgestreckt wie ein Palastsaal, und ganz am Ende, da hing sie. Eine Briefmarke, die sich einem verkehrt herum gehaltenen Fernglas darbot.

Die Doppelreihe der Besucher war genauso lang wie der Saal selbst. Remo stellte sich ungeduldig hinten an. Es ging nur langsam voran. Eine alte Frau mit weißen Nylonfäden am Kinn kam von vorn zurück und machte ihrer Empörung Luft. »Wie eine Nutte am Fenster. Schon mal dran gedacht, daß sie mit diesen Lippen *sssttt!* macht?«

Hinter ihm schlossen sich ständig neue Besucher an. Ein Ehepaar, das die Mona Lisa bereits betrachtet hatte, wußte zu berichten, ihr Kopf sei »wegen Restaurierungsarbeiten mit einem Verband umwickelt«. Auf diese Mitteilung hin traten die meisten Wartenden aus der Schlange, so daß Remo schon bald ganz vorn stand. Von einer eingewickelten Mona Lisa konnte keine Rede sein. Schlimmer: Ihr bis nach China berühmtes Lächeln ... war unwiederbringlich verändert. Um den Mund spielte nicht länger das alte Mysterium. Verflogen die Suggestion eines geheimnisvollen Wissens.

Auf einmal wußte er, was es war. Ihre Lippen kräuselten sich so anders, frivoler, weil sie erlöst waren ... vom Druck des Charlie offenbarten Rätsels. Und jetzt, da La Gioconda so viel unbesonnener lächelte, sah Remo, was vorher verborgen gewesen war: *daß sie es schon immer gewußt hatte.* Ungefähr vierhundertfünfundsiebzig Jahre lang. Noch länger, denn als fruchtbare Frau, als werdende Mutter trug sie das Geheimnis bereits in sich, bevor Leonardo es mit betörenden Pinselstrichen kryptisch an nachfolgende Generationen weitergab.

Es stimmte. Die Menschen hatten ihre Angst immer in die falsche Richtung gelenkt – auf das *post vitam* anstatt das *ante vitam*.

Remo war Zeuge eines Wunders, das unendlich größer war als das einer zu Bluttränen gerührten Marienfigur: Das bekannteste Porträt der Welt sah ihn vollkommen anders an als bei früheren Louvre-Besuchen. Mit einem Lächeln erlöst von einem unerträglichen Geheimnis. Er fühlte an seinem ganzen Gesicht, daß er zurücklächelte. »Monsieur«, sagte eine Frauenstimme hinter ihm, »hier sind noch mehr Leute, die sie sehen wollen.«

»Nur noch dies.« Er streckte die Hand nach dem Bild aus, das diesmal nicht durch eine Glasplatte geschützt wurde. In dem Moment, als seine glückselig kribbelnden Fingerspitzen die bemalte Oberfläche berührten, schrillte eine Alarmglocke los.

Hier mußte ein Irrtum im Spiel sein. In den Zellen des Hochsicherheitstrakts gab es keinen Telefonanschluß. Nachher mal beim »Griechen« erkundigen. In einem rosigen Dämmerlicht um sich tastend, das in Choreo bisher nie geherrscht hatte, suchte er nach der Quelle des Lärms. Seine Hand strich über die glatte Oberfläche eines Telefons, dessen Läuten er fühlen konnte. Augen auf: Es war ein weißer Apparat. Er stand auf einem Kamelsattel, der wiederum zur Standardausstattung einer Zelle in Choreo gehörte, und zwar wegen der nahen Wüste. Er nahm den Hörer ab. »Häftling Woodehouse hier. Ich … ich fang etwas später mit Fegen an.«

»Alles in Ordnung, Alter? Ich bin's, Doug. Auf dem Charles de Gaulle.«

Was war passiert? Als in dem Café in der Rue de Rivoli die Trauerschleier vorbeitrieben und Remo bewußtlos unter den Tisch zu rutschen drohte, hatte der Kellner ein Taxi für ihn gestoppt. War er denn nicht im Louvre gewesen? Ja und nein.

»Remo?« Dunning benutzte noch immer seinen Gefängnisnamen, allerdings amerikanisch französisiert zu etwas, das sich anhörte wie *Raymond*.

»Netter Versuch, Doug. Wenn du auf dem Charles de Gaulle stehst, sitze ich auf einem Kamel namens Gaddafi.«

»So ein Zufall, *Raymond*. Das hab ich auch, einen Jetlag. Die Adresse kenne ich. Jetzt noch den Türcode.«

Remo nannte die Zahlenkombination. »Hoffentlich platzt deinem Taxi ein Reifen.«

»Ja, ich freu mich auch auf unser Wiedersehen. Halt solange deinen Kopf unter den Wasserhahn.«

Die Ankunft heute morgen in der Rue Washington, hatte er die auch geträumt? An der vorderen Fassade des Hôtel Washington, gegenüber dem Appartementgebäude, erinnerte er sich Gerüste gesehen zu haben, an dem soeben eingetroffene Bauarbeiter hochkletterten. Er spähte durch einen Spalt im Vorhang. Es war kein Traum gewesen, und der von La Gioconda vielleicht auch nicht: Das Hotel war ganz mit moosgrünem Tüll verschleiert. Die Arbeiter waren vermutlich in die kleinen Eßlokale der Umgebung ausgeschwärmt, denn die Gerüste waren leer. Es mußte Mittag sein.

10

Eine Hand um seinen Oberarm, stützte ich den Buchhändler bis zur Haltestelle der Linie 2. »So, Olle, jetzt redest du also wieder mal Tacheles mit ihnen.«

»Das Verlagswesen«, sagte Tornij, »sollte mit dem Buchhandel in Fühlung bleiben. Das ist meine Meinung.«

»Und deshalb geht Mohammed jetzt also zum Berg.«

»Fährt. Mit der Zwei. Ich halte es für meine Pflicht, Spiros, einen Damm gegen die Flut von Freiexemplaren zu errichten, die vor allem die verwöhnte Amsterdamer Welt überschwemmt. Hinz und Kunz bekommt von den Verlegern einfach ein Gratisexemplar in die Hand gedrückt. Zeitungsschreiber verkaufen die gleich stapelweise ans Antiquariat. Kiloweise an de Slegte. So kommen die Leute für einen Pappenstiel an einen neuen Roman … während der noch nicht mal im Laden liegt. Ein gröblicher Skandal.«

»So bringen sie dich um Lohn und Brot.«

»Das ist nur eine materielle Nebensächlichkeit«, sagte Tornij heftig. Er blieb mitten auf der Straße stehen und schüttelte meine Hand ab. »Das halbe Brot, das ich esse, holt Diny mir schon. Nein, es ist von A bis Z eine moralische Frage. Wer zu leicht an Bücher rankommt, der liest sie nicht. So wird die Weitergabe von Wissen und Kultur lahmgelegt. Zeitungen austragen … für ein Buch sparen. So haben wir das früher gemacht. Und dann kam das Beste: die Eroberung des Inhalts. Man war *froh*, wenn er sich nicht gleich geschlagen gab. Spiros, ich glaube immer noch an den Renaissancemenschen. Jemanden, der bereit ist, dem Autor bis in alle Ecken und Winkel seiner Schöpfung zu folgen. Nicht als folgsamer Leser. Als Verbündeter. Als Führer notfalls, wo es für den Autor selbst zu dunkel wird. Dante an der Hand von Vergil, und Vergil wiederum geführt von Dante. So sehe ich das.«

Die Straßenbahnhaltestelle. Die Zwei war bereits in der Ferne sichtbar.

»Vergleich das mal mit dem Menschen von heute … der will als Leser erobert *werden*. Und wovon? Er will, daß ein Buch seine Welt widerspiegelt. Aber seine Welt ist leer … also muß auch das Buch leer sein. Leere als Spiegel der Leere. So kommt in unserer Kultur unterm Strich doch noch Null heraus.«

Die Zwei stoppte an der Haltestelle. »Soll ich den kleinen Tib von seinem Opa Olle grüßen?«

»Von Oll'opa«, sagte der Großvater gerührt. »So nennt er mich in letzter Zeit. Dieser kleine Frechdachs.«

Ich half ihm in die Bahn. »Olle, mach sie zur Schnecke in ihrem Bücherhaus.«

11

»Man merkt«, sagte Dunning naserümpfend, »daß du sechs Wochen in einer ungelüfteten Zelle verbracht hast.«

Die Vorhänge, die mit ihrem Blumenmuster für das rosa Dämmerlicht im Salon verantwortlich waren, waren noch geschlossen. Auf dem Sofa lag ein abgestreifter Schlafsack. »Der eigene Geruch wird einem mit der Zeit lieb, Doug.« Der Abdruck eines langen Reißverschlusses zog sich der Länge nach über Remos Arm.

»Rat mal, wer bei mir im Flugzeug saß.«

»Der Papst und sein Camerlengo.«

»Deine Stassja und ihre ewige Mutter. Du bist deinem Ruf gerade mal ein paar Stunden vorausgereist.«

»Bei mir alles fahrplanmäßig.«

Der Anwalt stellte seinen kleinen schwarzen Lederkoffer auf den Sofatisch und ließ ihn aufklicken. Er nahm eine Zeitung heraus und faltete sie auseinander. Es war die *Santa Monica Evening Post* vom Vortag. Remos ruhmloser Abzug: auch hier auf der ersten Seite.

»Lies weiter auf Seite 5«, sagte Dunning und reichte seinem Mandanten die Zeitung. Remo blätterte. Die obligaten Reaktionen bekannter Angelinos. Natürlich auch die von Jack: »*Ich kann mich des Eindrucks nicht erwehren, daß mein Freund ins Exil muß, weil seine Frau den schlechten Geschmack hatte, sich in den Zeitungen ermorden zu lassen.*«

»Jack hat recht.« Er schlug die *Post* wieder zu und warf sie zusammengefaltet in den offenen Diplomatenkoffer zurück. »Hoch über dem Ozean konnte ich mir noch weismachen, daß ich Amerika ... indem ich aus seinem Luftraum davonschwebte ... daß ich es dadurch überlistet habe. Ich weiß schon jetzt, den Jetlag noch in den Knochen, daß mein Exil viel weniger freiwillig ist, als ich dachte. Hollywood hat schon vor achteinhalb Jahren den Bann über mich verhängt.«

»Und dich später auch wieder in die Arme geschlossen.«

»Um mich um so vehementer wieder von sich zu stoßen. Menschen wie ich werden so lange auf ihre Widerstandskraft getestet, bis sie nicht mehr aufstehen. Nach Wendy war der Bannfluch definitiv. Sie *wußten*, daß ich beruflich keine Chance mehr haben würde und daß es daher für mich auch keinen Sinn hatte, zu bleiben. So geht jemand, könnte man sagen, der noch etwas auf seine Ehre hält. Dieses Exil, Doug, ist unumkehrbar und folglich nicht freiwillig.«

»Die öffentliche Meinung, besonders in Amerika, kann jederzeit wieder umschlagen.«

»Vielleicht in fünfundzwanzig Jahren, nach einem Generationenwechsel.« Remo öffnete den Reißverschluß an dem Schlafsack und legte diesen wie eine Decke über das Sofa. »Ich wette, dann wollen sie gern wieder aus der Nähe das Kinofossil beschnuppern, das ich bis dahin geworden bin. Mal sehen, ob er sein Kunststück noch hinkriegt … Kommt ruhig näher, Kinder. Er beißt nicht mehr.«

»Bleiben wir sachlich. Die Zeitungen schreien fett, fetter, am fettesten deine Abreise in die Welt. Demnächst bekommst du kein Visum mehr für die Vereinigten Staaten … die Einwanderungsbehörde hat das schon jetzt bekanntgegeben.«

»Ein bürokratischer Lynchmord«, sagte Remo munter, »mangels Galgenfutter aus Fleisch und Blut.«

»Jetzt sei gerecht. Du hast dich eines ernsten Vergehens für schuldig erklärt und dann die Flucht ergriffen. Wenn du versuchst, wieder ins Land zu kommen, wirst du verhaftet. Es sei denn …« Dunning kramte unter der Zeitung in seinem Köfferchen und warf einen Umschlag der American Airlines aufs Sofa.

»Es sei denn?« wiederholte Remo.

»… du fliegst morgen mit mir nach Los Angeles zurück.«

»Wozu? Zum Surfen?«

»Um dich von Ritterbach verurteilen zu lassen.«

»Die Parabel vom Lamm und der Schlachtbank.«

Dunning wollte sofort etwas entgegnen, schluckte es aber hinunter und begann im Salon auf und ab zu gehen. Er hatte seinen Mantel aufgeknöpft, aber nicht ausgezogen, so daß die wehenden Schöße alles mögliche umwarfen und die Knöpfe am Mobiliar entlangratschten. »Hör zu«, sagte er schließlich, die großen Hände zum Hacken bereit. »Hier in Paris, außer Reichweite der amerikanischen Justiz, scheinst du unantastbar. Aber … du bist ein international agierender Regisseur. Ohne Hollywood bist du nichts. Da ist das Geld.«

»Aber das hab ich doch gerade gesagt, Doug. Hollywood hat mich schon '69 verteufelt. Ich war der pur aus Blut bestehende Fleck auf ihrem Wappen. Die öffentliche Meinung hat es nie verwunden, daß sich alles als unwahr erwiesen hat … die Satansorgie, die Abrechnung mit dem Drogendealer, die außer Kontrolle geratene sadomasochistische Peitschorgie und was weiß ich was noch alles. Als ob die Realität, wie sie später enthüllt wurde, nicht viel schlimmer gewesen wäre. Ich schwöre dir … um ihre Enttäuschung über die eigene Gutgläubigkeit zu verbergen, wollten sie im nachhinein noch um jeden Preis recht behalten, die Mächtigen aus den Hügeln. Und recht behielten sie. In Gestalt von Wendy. Hollywoodtradition: Wenn die Castingagenturen kein Monster haben, dann machen sie eben eins.«

Dunning vergrößerte den Raum zwischen seinen Händen und verkleinerte ihn dann wieder, als probiere er einen Schraubstock aus. »Du mußt zugeben, sie haben dir immerhin eine Chance gelassen. Ein paar Jahre später kam *Chicane Town*. Dein Meisterwerk. Und für eine Million durftest du *Cyclone* machen. Den Vertrag hast du vorgestern selber gekündigt …«

»Mir blieb nichts anderes übrig. Ich stand vor der Wahl: entweder zurück ins Gefängnis oder zurück in die Alte Welt. Mit Wendy hab ich endgültig bewiesen, daß ich nichts tauge. Ich hab der ganzen Branche geschadet.«

»Als ob Hollywood von solchen Skandalen nicht auch profitiert. Dein Name hat sich ins kollektive Gedächtnis eingegraben.«

»Mit ätzender Säure, ja.«

»Von *dir* wollen die Leute einen neuen Film sehen. Gerade wegen deines zwiespältigen Rufs als Täter *und* Opfer. So begreif das doch. Sie wollen sehen, wie du dein eigenes Leid kreativ verwertest.«

»In Europa kann ich jeden Film machen, den ich will.«

»Großbritannien scheidet schon mal aus. Für *Cyn of the Windmills* kannst du auf England nicht verzichten. Täusch dich nicht. Es gibt noch mehr Länder, mit denen die USA ein Auslieferungsabkommen haben. Bald kannst du nirgends mehr hin.«

»*Cyn* drehe ich in Frankreich. In der Normandie gibt es genau die englischen Landschaften, die ich brauche. Sollen diese Puddinggesichter hinter ihren Kreidefelsen Amerika doch in den Arsch kriechen. Ich brauch sie nicht. Hier habe ich alles.«

»Wenn du jetzt hierbleibst, kannst du wirklich nie wieder nach England oder Amerika zurück. Komm mit nach Los Angeles, dann nehmen wir gemeinsam den Kampf gegen Ritterbach auf. Er hat die dümmsten Dinge getan und gesagt. Er *kann* dich gar nicht auf eigene Faust des Landes verweisen. Das ist Sache der Bundesbehörden. Sitz deine Strafe ab und fang von vorn an. Dann können wir jeden Versuch, dich zu verbannen, anfechten. Denk an John Lennon. Der hat einen ähnlichen Kampf mit J. Edgar Hoover und dem United States Immigration Service ausgefochten. *Und* gewonnen. Komm schon, du ruinierst deine Karriere. Ich prophezei dir … es kommt der Tag, da raufst du dir die Haare vor Reue.«

»Oder du, Doug. Ich gönn dir nicht mal den kleinsten Triumph.«

»Ich spreche jetzt als Mensch … und als Bewunderer. Als

jemand, der nicht will, daß du die reiferen Jahre deines Talents in Bitterkeit zubringst.«

»Paris ist nicht der schlechteste Ort auf der Erde, seine Bitterkeit auszuleben.«

»Dann laß aber wenigstens ein bißchen Licht und Luft in dieses miefige Pariser Appartement.«

12

In der zu dieser Stunde stark befahrenen van Baerlestraat war der Verkehr hinter einer Fahrbahnverengung zum Stillstand gekommen, die es einer Walze ermöglichen sollte, frisch geschütteten Asphalt zu verdichten. Autos, reduziert auf den Resonanzkörper ihrer eigenen Hupe. Ich wußte nicht, wovon mir übler wurde: vom beißenden Gestank des Teers oder vom dröhnenden Gehupe. Daß ich nicht wenigstens für einen Teil der Strecke die 3 genommen hatte, brauchte ich nicht zu bereuen, denn die kam auch nicht voran. Während ich auf dem Gehweg Richtung Amsterdam-West unterwegs war, versuchte ich, möglichst schnell den Dampfnebel über dem zischenden Asphalt hinter mir zu lassen.

Nach dem milden Winter in Kalifornien mußte ich mich erst wieder an die feuchte holländische Kälte gewöhnen, die mir an jeder Straßenecke unter dem hochwehenden Mantel in den Schritt schlug. Den Rest bewirkte der Jetlag. Ich zitterte in meinem dünnen Regenmantel. Bevor ich aus der heißen Dampf- und Gestankwolke heraus war, hatte ich bestimmt eine Minute lang den Atem angehalten, und so blieb ich auf der Vondel-Brücke kurz stehen, um wieder zu mir zu kommen. Durch die kahlen Bäume war der grün angelaufene Tragödiendichter zu sehen, der sich auf seinem Sockel fragte, womit er es wohl verdient hatte, daß es eine niederländische Rechtschreibreform nach der anderen gab. Etwas weniger Bequemlichkeit unter Schreiberlingen und Oberlehrern, und sein *Lucifer* hätte sich noch lesen lassen, als wäre das Stück

1130

gestern geschrieben worden. Und auch *Adam in Ballingschap,*
Adam in der Verbannung. Anders als Spinoza wurde *er* nicht
mit einem Bann belegt. Ob er sich selbst zu einem Verbannten innerhalb der Künste verdammt oder auserwählt hatte,
war noch die Frage. Adieu, alter Strumpffritze.

13

Remo ging zu dem großen Fenster auf der Straßenseite und
zog einen der Vorhänge auf. Vom Gerüst aus, ungefähr in
gleicher Höhe wie Bernards Appartement, blitzten sie ihm
im Licht der tiefstehenden Wintersonne entgegen: acht,
zehn, zwölf Teleobjektive – oder noch mehr. Sie hypnotisier-
ten ihn mit ihren gewölbten Augen dermaßen, daß er erstarrt
vor dem Fenster stehenblieb, den Vorhang in der Hand. Mit
seinem plötzlichen Erscheinen überraschte er die Fotografen genauso. Es dauerte Sekunden, bevor das erste federnde
Klicken durch die stille Straße schallte, sofort gefolgt von einer ganzen Salve – doch das konnte nicht mehr ergeben als
Fotos von einem altmodischen Pfingstrosenmuster. Remo
hatte den Vorhang so energisch zugezogen, daß es Häkchen
aufs Parkett hagelte. »Wie können sie denn jetzt schon …
Mach das Licht aus, Doug.«
Der Anwalt schaltete das Deckenlicht und die Stehlampe
aus. Remo spähte durch den Vorhangspalt. Ein paar Paparazzi hatten ihre Bazookas schon wieder aus den in den Tüll
geschnittenen Öffnungen zurückgezogen, andere waren, die
Kamera im Anschlag, kniend auf dem Brettersteg geblieben.
»Noch immer überrascht, Monsieur Raymond, wie schnell
Neuigkeiten über den Ozean fliegen?«
Zwei der Fotografen verschwanden durch ein offenes
Fenster ins Hotel. Diese Verletzung der Privatsphäre fand
also mit Wissen und Unterstützung der Direktion statt – es
sei denn, die Blätter hatten ein oder mehrere Zimmer gemie-

tet. Möglicherweise hatten die Fotoredaktionen, weil es Geld zu verdienen gab, das gesamte Hôtel Washington für einige Tage angemietet, und die Bauarbeiter, die Remo am frühen Morgen gesehen hatte, waren lediglich Gerüstbauer im Dienste der Hochglanzillustrierten gewesen.

»Genauso hatte die Neuigkeit, daß Stassja und ihre ewige Mutter dir nach Paris folgen, das Gericht auch schon erreicht … natürlich über das Strasberg … bevor die Damen überhaupt im Flugzeug saßen. Ritterbach hat fast der Schlag getroffen.«

»*Fast*, das reicht nicht.« Remo wandte sich vom Fenster ab. »Besten Dank für deinen guten Rat, Doug … aber ich brauche mir junge Frauen jetzt nicht mehr vom Leib zu halten – ich bin in Paris.«

Der Anwalt ging seinerseits zum Fenster, spähte hinaus und sagte: »Ich hoffe für die Tülljungs da drüben, daß sie auch eine Gefahrenzulage bekommen. Sie klettern jetzt ein Brett höher.« Und, sich wieder umdrehend: »Sag mal, kennst du hier einen Fotografen, der halbwegs zuverlässig ist?«

»So auf die schnelle fällt mir kein Name ein.«

»Nimm das Pflaster ab. Laß dir in einem Schönheitssalon diesen blauen Punkt wegschminken. Bring deine Augenbrauen in eine gottergebene Position und laß ein reuiges Staatsporträt für ein nicht zu schmieriges Blatt machen. Damit steuerst du die Erstveröffentlichung deines Konterfeis wenigstens selbst.«

»Die werden schon wieder verschwinden.«

»Ich hab Schlafsäcke auf dem Gerüst gesehen. Die bringen es fertig und biwakieren da wochenlang.«

Remo stellte sein Auf- und Abgetigere ein, setzte sich aufs Sofa und ließ den Kopf hängen. »Hier hast du den Vogel, der von einem Käfig in den nächsten flog. Choreo The Movie. Part Two. Wenn ich hier bleibe … hörst du zu?«

Dunning versuchte, die Vorhänge so zuzuziehen, daß kein Spalt offenblieb, was ihm wegen der fehlenden Häkchen aber nicht gelang. Seine mit dem Stoff kämpfenden Hände wurden deutlich vernehmbar fotografiert. »Ich höre.« Er nahm, noch immer im Mantel, in einem Sessel Platz.

»Jetzt erzähl mir doch mal ganz genau, Doug, was mich erwartet, wenn ich mich weigere, mit dir zurückzufliegen. Ich habe heute morgen im *Matin* gelesen, daß ich höchstens zwei Wochen Galgenfrist bekomme, um mich zu melden. Wenn ich es richtig verstanden habe, zirkuliert bereits ein internationaler Haftbefehl.«

»Paß auf.« Dunning setzte seine Handkanten auf die Armlehnen. Seine Stimme senkte sich um ein ganzes Register, bis seine Worte etwas Hohles und Stampfendes bekamen. »Ritterbach hat mir gestern, *nach* der Ausfertigung des Haftbefehls, noch zweimal vierundzwanzig Stunden gegeben, damit du freiwillig nach Kalifornien zurückkehrst. Ja? Das sind nicht die anfänglichen vierzehn Tage, aber es bedeutet auch keine sofortige Festnahme. Wenn du morgen *nicht* mitkommst« (er bog seine mageren Daumen noch weiter auf, und seine Hände kippelten auf den Lehnen), »wird Ritterbach dich in zwei Wochen in Abwesenheit verurteilen. Und nicht gerade mild. Du kannst dich drauf verlassen, daß er ein Mordstheater veranstaltet. Eine Pressekonferenz mit einem ganzen Regenwald an Mikrophonen vor seiner Nase.«

»Glaubst du wirklich, er würde bis Mitte Februar warten, Doug? Von dem Moment an, in dem sein Ultimatum verstrichen ist, also übermorgen, öffnet er seine Trickkiste mit Verdächtigungen.«

»Ich widerspreche dir nicht.«

»Na, dann zeig, daß du Mumm hast. Pack Ritterbach am Kragen. Sorg dafür, daß ihm der Fall entzogen wird. Das wäre eine Leistung!«

»Da traust du mir zuviel zu.« Dunnings Hände hingen jetzt schlaff und gruselig lang neben dem Sessel herab.

»Na hör mal! Stell eine Liste auf mit allem, was er an Widersprüchlichem über mich losgelassen hat … von seinen unrichterlichen Wutausbrüchen gegenüber Journalisten, wenn die meinen Namen nur *nannten* ... das würde schon reichen. Stell alle Beispiele für seine Gesinnungslumperei zusammen. Laß die Fakten für sich sprechen, und er hängt, der Hund.«

»Solange du durch Abwesenheit glänzt, hat Ritterbach das Recht auf seiner Seite.«

»*Er* hat als erster eine einfache Fahrkarte nach Europa für mich suggeriert. Und sich damit über die staatlichen Vorschriften hinweggesetzt. Die Reaktionen der anderen Mitglieder des Palisades Cliffside Dies & Das Club in sein Urteil einzubeziehen ... auch so was. Einer im Club ließ einen alten Steinguttopf fallen, und das Scherbengericht konnte beginnen. Die reinste Demagogie. Als ehemaliger Sklave einer kommunistischen Diktatur reagiere ich sehr empfindlich auf diese Art von moralischem Agitprop. Tu was, Doug. Laß ihn baumeln.«

Der Anwalt ließ vorerst nur seine Unterarme, die in ihrer Staksigkeit noch länger zu werden schienen, seitlich am Sessel herabbaumeln. »Ritterbach ist kein Mann, der solche Anschuldigungen kleinlaut akzeptiert. Eher noch könnte er sich von dem Fall zurückziehen ... mit irgendeiner billigen Ausrede, um sein Gesicht zu wahren. Sehr gut möglich, daß sein Nachfolger gar nicht daran denkt, dich in Abwesenheit zu verurteilen. Der soll erst mal herkommen, wird er sagen.«

»Das heißt, in dem Fall ...«

»Nein. Selbst ein Richter, der so gerecht ist wie der barmherzige Gott, wird nach deiner freiwilligen Rückkehr ein neues Gutachten anfordern.«

»Gut, Doug. Folgendes Szenarium. Auf den grünen Wiesen des Golf & Yacht Club liegt der Ball einen halben Meter vor dem Loch. Ein Kinderspiel für das prominente Mitglied Ritterbach, der seinen Schläger hebt und ... tot zusammenbricht. Auf diese traurige Nachricht hin steige ich in den

Flieger nach Los Angeles. Jetzt bitte die nächste Szene. Aber Sequenz für Sequenz.«

Der Anwalt kreuzte seine langen Zeigefinger und zählte auf: »Verhaftung LAX. Kaution ausgeschlossen. Forderung: neues psychiatrisches Gutachten. Neunzig Tage Choreo oder …«

»Doug, ich wünsch dir einen guten Flug nach Hause.« Remo nahm das weiße Telefon vom Kamelsattel und stellte es sich auf den Schoß.

»… oder ein anderes Gefängnis. Die Wahrscheinlichkeit ist jedenfalls gering, daß du wieder mit einem gewissen Scott Maddox die Klos schrubben mußt.«

»Gute Reise, Doug.« Er blätterte in dem Telefonbuch, das neben ihm auf dem Sofa lag. »Ich hab noch zu tun.«

Er wählte die gefundene Nummer. Menthe war selbst am Apparat, und er erklärte ihr, daß er den Erstdruck eines Fotos zu vergeben habe. »Die hängen hier schon auf den Gerüsten, Schatz. Vielleicht kannst du sie mit einem hübschen Foto verjagen …«

»Ich denke an *Gardénia*«, sagte Menthe, »oder sonst *La Galipette*.«

»Entscheide du. Ich bin heute nachmittag um vier im La Fontaine de Jouvence. Das ist am Boulevard Voltaire. Ein ganz normales Café. Viel Glas, Aluminium, Resopal. Frag nach Pascal, einem der Kellner. Erklär ihm, worum es geht … dann sind sie ein bißchen vorbereitet.«

Er legte auf und sah seinen Anwalt an, der jetzt den großen, knochigen Kopf zwischen die Hände genommen hatte. »Bin ich in Frankreich sicher?«

»Ja, immerhin bist du hier geboren … französischer Staatsbürger … französischer Paß. Alles zu deinem Vorteil. Und daß die Franzosen dich rausschmeißen wegen, na ja, dem einen oder anderen Techtelmechtel … nein, nicht sehr wahrscheinlich.«

»Soll mich das beruhigen oder ermutigen?«

»Such dir was aus. Nur das noch … Dein Visum für die Vereinigten Staaten wird, fürchte ich, schon übermorgen für ungültig erklärt werden.«

»Irgendwann, Doug, *irgendwann* werden sie mich auf Knien anflehen, wieder zurückzukommen. Die Welt kann ohne Geschichten nicht leben. Und schon gar nicht, wenn sie in Licht erzählt werden.«

»Alles gut und schön, aber ab morgen um Mitternacht bist du ein Erzähler im Exil.«

14

In der Bilderdijkstraat blieb ich eine Weile vor dem Schaufenster einer Eisenwarenhandlung stehen. Die Auslage sah mit den in allen möglichen Positionen ausgeklappten Schweizer Taschenmessern wie ein Berg Krabben aus. Ich ging hinein.

»Der Herr«, begrüßte mich der Mann hinter der Ladentheke.

»So ein Schweizer Ding, gibt's das auch mit Gravur?«

»Im Griff, ja, natürlich, der Herr.«

»Kann ich darauf warten?«

»Wir haben die Werkzeuge dafür im Haus. Bitte, der Herr, an welches Modell hatten Sie gedacht?«

»So eins mit siebenundzwanzig Gerätschaften.«

»Zusammen mit dem Messer macht das achtundzwanzig Teile. Mit rotem oder schwarzem Griff?«

»Rot.«

Der Verkäufer kramte aus seiner Schublade ein in einer Schachtel verpacktes Exemplar hervor. »Was hätten der Herr gerne eingravieren lassen?«

»Mal schaun … es ist für einen vierjährigen Jungen.«

»Ich will mich ja nicht einmischen, aber wäre eine einfachere Ausführung dann nicht besser? Sechs, sieben Teile ist schon ganz ordentlich für das Alter.«

»Es ist für später, wenn er groß ist. Ich möchte gern …

Wissen Sie, ich betrachte ihn als geborenen Führer. Und ich möchte, daß ihm später, wenn er die Inschrift sieht, bewußt wird, daß ich schon so früh ... als er vier war ... Also gut, gravieren Sie einfach TIBBOLT ein. In Majuskeln.«

»Wie bitte?«

»Großbuchstaben.« Ich buchstabierte den Namen. »Und dann das Datum seines vierten Geburtstags. 4. XI. 1977. Den Monat bitte in römischen Ziffern.«

»Geboren am ersten autofreien Sonntag.« Der Mann notierte meine Wünsche.

»Sie haben ja ein ausgezeichnetes Gedächtnis für Daten.«

»Normalerweise ist es das reinste Sieb, wirklich wahr. Aber an *den* Tag werde ich mich noch lange erinnern. Stellen Sie sich vor: Erst gab es hier, am Sonnabend, einen Ansturm auf Rollschuhe. Genauso wie wenn es plötzlich friert, dann kommt alle Welt und will Schlittschuhe. Ja, woher sollte Onkel Cor auch wissen, daß die Jugend auf Rollen über die Autobahn wollte. Sie kamen auch mit alten Unterschraubmodellen, von denen sie den Schlüssel verloren hatten. Was für ein Glück, daß ich noch einen Schuhkarton mit lauter Kram aus der Vorkriegszeit hatte. Und am Dienstag, montags haben wir nämlich geschlossen, standen sie wieder hier. Und weswegen, was meinen Sie? Reparaturen. Die niederländische Autobahn ist der Tod des niederländischen Rollschuhs. Wenn Sie mich jetzt kurz entschuldigen, dann kümmere ich mich in der Werkstatt um die Gravur.«

15

»Eine gewisse Logik ist da ja drin«, sagte Remo müde. »Wer A sagt, muß auch B sagen. Und wer Reading Gaol sagt, der muß auch Paris sagen. Ich ...« Das Telefon auf seinen Knien klingelte. Er nahm ab, ohne seinen Namen zu nennen, und lauschte. »Oh hallo, Helga. Guten Flug gehabt? Keinen Jetlag, so wie ich?«

Frau Wöhrmann äußerte erneut ihre Zweifel hinsichtlich des ganzen Unternehmens. »Stass hat so gut gearbeitet am Strasberg.«

Dunning stand auf, knöpfte den Mantel zu und beugte sich über sein Köfferchen. Die Schlösser klickten.

»Können wir das etwas später besprechen, Helga? Ich habe gerade meinen Anwalt hier. Diesen Brutalo, du weißt schon. Er droht wieder mal, wütend wegzugehen. Um vier Uhr bin ich im Café La Fontaine de Jouvence. Boulevard Voltaire.«

Er unterbrach die Verbindung ohne Abschiedsgruß und blickte zu Dunning hoch, der mit zusammengebissenen Kiefern sehr kantig in der Mitte des kleinen Salons stand. »Du gehst«, stellte Remo fest. »In welchem Hotel bist du?«

»Nix Hotel. Ich schlafe im Flieger.«

»Du verdoppelst deinen Jetlag.«

»Ich halbiere meinen Jetlag ... indem ich der vergeudeten Zeit entgegenfliege. Rat ich dir auch.«

»Ein andermal, Doggie. Wart, ich begleite dich raus.« Er blätterte im Telefonbuch. »Setz dich noch mal kurz.«

Der Anwalt blieb militärisch stramm zwischen dem Mobiliar stehen. Remo prägte sich mit entsprechenden Lippenbewegungen eine neue Nummer ein und wählte sie. Er bestellte einen Wagen mit Chauffeur für den Rest des Tages, nannte die Adresse in der Rue Washington und erklärte, daß der Eingang zur Kellergarage sich in einer Nebenstraße befand. »Rue Lamennais, genau. Der Chauffeur soll dort warten. Wir kommen mit dem Lift.«

»Wo dürfen wir Sie hinbringen, Monsieur?«

»Charles de Gaulle. Dann in die Stadt zurück. Boulevard Voltaire. Und noch eine Bitte. Ich möchte während des ersten Teils der Fahrt im Kofferraum befördert werden.«

»Monsieur, das dürfen wir aus Sicherheitsgründen nicht.«

»Machen Sie sich keine Sorgen. Mit meinen eins siebenundfünfzig passe ich locker rein.«

Um die Familie Satink-Tornij mit meinem plötzlichen Auftauchen nicht zu überfallen, rief ich von einer Telefonzelle aus in der Hugo de Grootkade an. Ulrike, für Tibbolt Mammul, nahm ab.

»Frau Satink? Agraphiotis. Ich wollte eben mal ein verspätetes Geburtstagsgeschenk für den kleinen Tib vorbeibringen. Paßt es Ihnen?«

»Jetzt?«

»Ich bin gerade in der Nähe.«

»Oh, aber ich lauf noch im Morgenmantel rum.« Ihre Stimme klang groggy, höchstens aufgemöbelt von einer ersten Zigarette.

»Wenn es der aus Finnland ist, Frau Satink, dann bitte ich Sie nachdrücklich, sich noch nicht umzuziehen.«

»Ein gewagtes Kompliment« (sie lachte rauh) »aus dem Munde eines Familienvormunds.«

»Die japanischen Pantöffelchen sind auch entzückend.«

»Gut, dann setz ich mal Kaffee auf. Geb hat noch nicht gefrühstückt. Gestern abend mit Leuten vom Sup Adam seine Beförderung gefeiert.«

»Ja, er ist jetzt Schriftführer, hab ich von Ihrem Vater gehört.«

»Schatzmeister. Es ist spät geworden und ziemlich feucht.«

»Ist Tibbolt in der Krippe?«

»Och, ihm haben heute morgen seine Füße wieder so weh getan. Da hab ich ihn daheim behalten.«

»Bis gleich.«

Ich zählte die übriggebliebenen Münzen: genug, um die Mombargs in Rotterdam kurz anzurufen und zu fragen, ob ich am nächsten Tag vorbeikommen konnte. Die Nummer vom Crazy Horse Saloon kannte ich noch immer nicht auswendig, so daß ich sie bei der Auskunft erfragen mußte.

Ich bekam Mutter Zora an die Strippe. Wie üblich war es ziemlich schwierig, einen Termin zu vereinbaren, denn ihr Mann Tonnis, der »Vormunde, Gegenvormunde und sonstige Schlüssellochgucker« nicht mochte, durfte nicht zu Hause sein. Es ging erst eine Woche später. »Wie geht's dem Kleinen?« fragte ich zum Schluß.

»Niertje? Wie immer. Er hat solche Anwandlungen. Dann sitzt er traurig in der Ecke. Neulich hab ich gesagt: ›Wenn du wirklich so einen Kummer hättest, dann würdest du weinen.‹ Herr Agraphiotis, Sie raten nie, was er darauf gesagt hat. ›Ich spüre Tränen, Mama, die du nicht siehst.‹ Mit so 'nem dünnen Stimmchen. Ich bitte Sie! Ein Kind von gerade mal vier Jahren!«

»Sein Geburtstagsgeschenk ist so eine Art amphibische Kutsche. Darin liegt ein Seestern, und der wird von einem Gespann von sechs Seepferdchen gezogen. Gab's in einem Strandladen in Venice. Für die Badewanne.«

»Dann will er bestimmt gar nicht mehr rauskommen. Seine Haut war neulich schon total schrumplig.«

17

Bevor sie den Lift betraten, kontrollierte Dunning die Halle auf Paparazzi. Keiner da. Im Treppenhaus war lediglich das Wimmern der Tragseile zu hören, an denen der Fahrkorb in den vierten Stock hochkam.

»Doug, jetzt, wo ich mich entschieden habe, in Frankreich zu bleiben«, begann Remo im Lift, »steht ein Vorgehen gegen Ritterbach sicher nicht mehr zur Debatte?«

»Es geht mir nicht nur um dich«, sagte Dunning düster. »Ich habe auch noch meinen Berufsstolz. Zunächst einmal lege ich Beschwerde gegen Ritterbach beim Superior Court von Los Angeles ein. Ich habe noch nie einen derart unlauteren, voreingenommenen Richter erlebt. Er hat in einem Interview gesagt, für so einen wie dich ist kein Platz in den

Vereinigten Staaten. Bei seiner letzten Pressekonferenz hat er sich wutschäumend über deine Abwesenheit beschwert. Er hat öffentlich mehr oder weniger zugegeben, daß er mit dir noch nicht fertig ist ... daß er seine Zähne gern noch etwas tiefer in dich geschlagen hätte. Eine Hyäne in Richterrobe, das ist er.«

Der Lift hatte das Souterrain erreicht. »Geh du voraus, Doug«, sagte Remo. »Schau gut in den geparkten Autos nach. Ich warte hier.«

Während der Anwalt von einem Auto zum andern ging und, sich steif vorbeugend, nach versteckten Fotografen Ausschau hielt, hupte es ein paarmal kurz. Es war der bestellte Chauffeur, am Steuer eines Mercedes. Er stieg aus, um den Kofferraum zu öffnen. Dunning winkte Remo. »Alles okay hier.«

Der Fahrer breitete eine Wolldecke auf dem Boden des Kofferraums aus und schüttelte ein kleines Kissen auf. »S'il vous plaît, Monsieur.« Remo machte es sich in Fötushaltung bequem. Eine grau behandschuhte Hand legte das Ende von Remos Wollschal, der über den Rand hing, locker über seine Schulter und wollte gerade den Kofferraumdeckel herunterdrücken, als Remo auf französisch fragte: »Darf ich noch etwas zu meinem Anwalt sagen?«

»Reden Sie da drinnen einfach weiter, Monsieur. Man kann Sie gut verstehen.«

Der Deckel schlug zu. So dunkel war es seit seinem letzten Aufenthalt in der Isolierzelle von Choreo nicht mehr um ihn gewesen. Das Auto startete. Er konnte Wort für Wort verstehen, was der Chauffeur zum Portier an der Schranke sagte. Merkwürdig, denn nirgends war auch nur ein winziger Lichtstrahl. »Doug, hörst du mich?«

»Als ob du auf meinem Schoß sitzt.«

Sie fuhren die Garageneinfahrt hinauf. Remo bat den Chauffeur, nach links abzubiegen, Richtung Avenue de Friedland, nichts wie weg vom Hôtel Washington. »Ich kann nur

nach rechts, Monsieur. Und dann wieder rechts. Einbahn-
straßen.« Also an den Gerüsten vorbei.

»Paß gut auf, Doug, ob wir nicht verfolgt werden«, sagte Remo, als er spürte, daß sie, wieder nach rechts, auf die
Champs-Elysées bogen.

»Jetzt ein weißer Chevy hinter uns. Sagt natürlich noch
nichts.«

»Gesichter von gegenüber?«

»So genau hab ich mir diese Bauarbeiter nicht angesehen.«

Der Wagen nahm das ewigdauernde Rondell der Place
d'Étoile. »Parkgarage Avenue Foch, Monsieur?« fragte der
Chauffeur. Laut Absprache sollte Remo unterwegs an irgendeinem sicheren Ort den Platz wechseln. »Was ist mit dem
Chevrolet, Doug?«

»Stoßstange an Stoßstange.«

»Dann eben direkt zum Flughafen«, sagte Remo auf französisch. »Hab gar nicht gewußt, daß man sich vom Kofferraum aus unterhalten kann.«

»Nur bei diesem Mercedesmodell, Monsieur. Darum ist es
auch so beliebt in … in gewissen Kreisen, Monsieur.«

Trotz der akustischen Vorteile herrschte lange Zeit Schweigen. Weil Remo Angst hatte, in dieser schwindelerregenden
Dunkelheit noch einmal in die erstickenden letzten Minuten
des Babys Paul gesogen zu werden, suchte er nach einem
Gesprächsthema. Die Müdigkeit blockierte seinen Geist. Er
meinte den Unheilsgeruch aus der Nacktzelle wieder zu riechen, doch dann fiel ihm ein, daß es der Geruch eines Hundes sein mußte, der auf der Reisedecke gelegen hatte.

»Schläfst du?« fragte Dunning.

»Ich kuriere meinen Jetlag aus.«

»Um etwas Licht in deine Finsternis zu bringen … wir sind
aus der Stadt raus. Hinter uns fährt ein blauer Renault …«

»Gott sei Dank.«

»… und dahinter der weiße Chevy.«

»Danke.« Zu hoffen war nur, daß der Chevrolet niemanden sonst beförderte als ein paar Paparazzi. Tastend und wühlend stellte er ein Inventar seines Tascheninhalts auf. Einen der DinoSaur-Tausender hatte er am Morgen auf dem Charles de Gaulle nur zum Teil in Francs umgetauscht; den Rest hatte er in Hundertdollarscheinen zurückerhalten. Das amerikanische Papiergeld knisterte widerspenstiger als das französische. Um an die andere Innentasche heranzukommen, mußte er sich etwas auf die Seite rollen. Kreditkarten, die beiden Pässe, das Dauervisum (letzteres noch eineinhalb kalifornische Tage gültig) – bis auf eine Zahnbürste hatte er alles bei sich. Das auf seinen Namen ausgestellte Flugticket hatte er in Dunnings Köfferchen gesehen, auf der Innenseite des Deckels, in einem ledernen Steckfach mit Spiegel.

»Hast du vor, Raymond, dich in Zukunft immer auf diese Weise durch das freie Paris befördern zu lassen?« (»Luv Dad« hatte Dunnings jüngste Tochter mit Fettkreide auf den Spiegel geschrieben.)

»Weißt du, Doug … die Mörder, die sitzen in kalifornischen Gefängnissen. Ihre amerikanische Identität ist ihnen auch hinter Gittern sicher. Ich habe die Vereinigten Staaten als mein künstlerisches Vaterland betrachtet. Von Polen aus habe ich mich über Frankreich und England Film um Film darauf zu gearbeitet. Und jetzt … nicht Charlie, *ich* werde ins Exil getrieben. Die Mörder sind auf dem normalen juristischen Weg verurteilt worden. Ihre Gaskammer hat sich letztendlich als geduldige Gefängniszelle erwiesen. *Meine* Verurteilung ist über dunklere Stadien verlaufen … schwarze Symbole … Sadie Mae Glutz tauchte ein Handtuch in das Blut meiner Frau und schrieb damit mein Urteil auf unsere Haustür. Als sie das Tuch ins Wohnzimmer zurückwarf, landete es auf Jays Kopf. Ein schwachsinniger Polyp, zu korrupt, um der Presse gegenüber den Mund zu halten, hat aus dem Lumpen eine *Kapuze* gemacht. So wurde unsere Liebe dann in den Illustrierten beschrieben … als trübe Geschichte von schwarzer Magie und satanischen Ritualen. Da, Doug, hat meine Verurteilung begonnen. Von diesem Handtuch verläuft eine Linie zu der Decke, auf der ich jetzt im Kofferraum eines Mietwagens liege und mit den Zähnen klappere ... ja, es ist verdammt kalt hier. Ruhm, hat Rilke gesagt, ist nichts weiter als die Summe aller Mißverständnisse, die sich um einen Namen sammeln. Glaub mir ... wenn das für den Ruhm gilt, dann auch ganz bestimmt für sein Gegenteil, die Verdammung.«

18

Auf der Hugo de Grootkade, wo zwischen zwei Bäumen am Wasser ein Fahrradständer stand, war ein städtischer Arbeiter dabei, mit einem dröhnenden Pustegerät den Blätterbrei zwischen den Metallstäben zu entfernen. Ein freilaufender Hund schnappte wild nach den aufwirbelnden Stielen.

Ulrike öffnete die Tür – ungekämmt, ungeschminkt, aber angezogen. Auf ihrer halb aus der Jeans hängenden weißen Bluse waren schmutzigviolett eingetrocknete Weinflecken, die sie, die Hand keusch auf dem Busen, nicht ganz verbergen konnte. Sie ignorierte meine formelle Begrüßung, indem sie ihre Wange dreimal an meine drückte, eine Art Luftkuß für Menschen mit begrenzter Angst vor Ansteckung. Dreimal ein Atemstoß von abgestandenem Genever. »Ich bitte um Entschuldigung für meine Jetlagstoppeln.«

»Kommen Sie herein, Herr Agraphiotis. Geb ist noch am Frühstücken in der Küche. Tibbi spielt oben.«

Tibbis Mammul wollte mir vorangehen, die Treppe hinauf. Ich sagte: »Einen Moment«, und ging zwischen den Flügeln der Schiebetür ins Gartenzimmer. Ulrike folgte mir zögernd. »Also doch.« Über dem niedrigen Bücherschrank hingen, links und rechts von einem Ölgemälde (einem auf der Place du Tertre serienmäßig angefertigten Utrillo), zwei gerahmte Reproduktionen: die eine eine Langhalsige von Modigliani,

1144

die andere die Mona Lisa. »Wußt ich's doch.« Letztere befand sich an einem Teil der Wand, der bei Sonnenschein im vollen Licht badete, so daß die Reproduktion, wie die Taschenbuchrücken darunter, stark verblichen war.

»Dieses Armeleutezeugs«, sagte Ulrike, »hängt noch von den vorigen Bewohnern da. Es wird Zeit, daß …«

»Das Licht, in wechselseitigem Kampf. Sehen Sie mal, was die Sonne bei Ihrer Gioconda angerichtet hat. Die Farbveränderung hat ihr Lächeln angegriffen.«

Wie bei einem verwackelten oder falsch belichteten Urlaubsfoto hatten sich die Lippen der Porträtierten in verschiedenen Farblinien übereinandergeschoben, wodurch das »mystische«, zumindest »mysteriöse« und, dem Gefangenen Maddox zufolge, »allwissende« Lächeln für immer gestört war. Sie schaute jetzt wie eine Schwachsinnige, denn die veränderte Mundhaltung hatte auch ihre Augen angegriffen. Bestenfalls hatte sie den Blick eines geriebenen Markthändlers. Enthüllendes Lächeln, Scott? Ein gerissenes Grinsen, durch Raffgier abgestumpft. Von *dieser* Mona Lisa brauchte niemand zu erwarten, daß sie uns vom Tod ins Leben führen würde.

19

»Doug, du mußt noch was wissen.« Remo hielt seinen Anwalt ein ganzes Stück vom Drehkreuz entfernt auf und blickte nervös zu den uniformierten Männern hinter ihrer schußsicheren Glasscheibe, als hätte er sogar jetzt, auf dieser Seite, etwas vom Zoll zu fürchten. »Wenn du's kurz machst«, sagte Dunning. »Ich will nach Hause.«

»Schon gut. Lohnt sich sowieso nicht.«

»Jetzt will ich's aber wissen.«

»Also gut. Außer den Entgleisungen, die Ritterbach sich geleistet hat, bitte ich dich, der Welt noch etwas anderes kundzutun.«

»Ich weiß nicht, ob die Welt noch mehr Enthüllungen erträgt.«

»Er *ist* dagewesen.«

»Er. Da.« Dunning blickte gereizt auf seine Armbanduhr.

»Maddox ... Charlie«, sagte Remo mit zitternder Stimme, als rücke er mit etwas Verbotenem heraus. »Am Ort des Verbrechens.«

»Was gibt's da, zum Kuckuck noch mal, kundzutun? Jeder Zeitungsleser weiß noch, daß er an jenem Samstagabend im Waverly Drive war. Er hat die Leute mit Lederschnüren festgebunden und sie dann seinen Bluthunden überlassen.«

»In *meinem* Haus, Doug. Eine Nacht davor.«

In dem Moment, als Remo es aussprach, wurde es erst wahr. Er begann am ganzen Leib zu zittern und zwang sich, den Blick von seinem Anwalt ab- und der Zollkontrolle zuzuwenden, wo in einem Drehkreuz ein Passagier nach dem anderen mit einem Zuviel an Handgepäck kämpfte, den Paß in der freien Hand hochgestreckt, wie um ihn trocken zu halten. Wenn er jetzt schwieg, blieb das Bekenntnis zwischen ihm und Maddox, und für die Welt, und damit auch für ihn selbst, war es nicht geschehen. Ihr Tod war das Schlimmste, das je auf der Erde passiert war. Eigentlich sollten die einzigen neuen Details, die hier zulässig waren, das Grauen etwas mindern. Alles, was es schlimmer machte, mußte mit allem Nachdruck geleugnet werden, wollte es im nachhinein nicht noch mehr entweihen, was ohnehin schon so durch und durch entweiht war: ihr hingemetzelter Körper.

Dunning stellte mit müde herabhängenden Augenwinkeln sein Köfferchen auf den Boden. »In Gottes Namen, wer hat dir denn das wieder weisgemacht?«

Remo spürte, daß er nicht mehr zurückkonnte. »Mr. Charlie persönlich.« Er hatte nichts mehr zu wollen. Die Wörter wurden in ihm hochgepreßt. »Es war seine letzte Mitteilung mir gegenüber, bevor ... Er bot mir eine Art Trostgebet für meinen nie geborenen Sohn an. Es wurde eine dröhnende Bergpredigt über seine Lehre von Cosy Horror ... das erklär ich dir irgendwann mal. Hinterher war der Rausch verflogen, und er war wieder der launische Maddox ... in all seiner Unberechenbarkeit. Auf einmal schleuderte er mir dann den Bericht seines Besuchs beim Blutbad ins Gesicht. Ich kann mich nicht erinnern, daß ich mich auf ihn gestürzt habe. Muß ich aber wohl, denn ich habe ein langes Wochenende Nacktzelle dafür aufgebrummt bekommen. Durch dieses Blackout waren auch die Einzelheiten seiner obszönen Geschichte weg. Leider nicht für immer.«

»Wenn das wahr wäre, dann entzieht das Vincent Jacuzzis gesamtem Gebäude den Boden. Ein Charlie, der seinen Jüngern keinen Auftrag erteilte, sondern sie anführte.«

Das kalte Licht der Abflughalle machte in Dunnings Augen jedes Äderchen für sich sichtbar, wodurch er Remo wie durch zerbrochene Eierschalen hindurch anzusehen schien. Er hätte in einem Hotel bleiben sollen. »Er *hat* ihnen den Auftrag erteilt. Aktiver Anführer war er erst später in der Nacht ... Anführer von ein paar Leichenfledderern.«

»Bei Jacuzzi ...« Der Anwalt griff sich an den Kopf und trat einen Schritt zurück, wobei er fast über seine eigenen Füße stolperte. »Sorry, der Jetlag hat heute schwarze Gardinen. Ich setz mich mal.«

Remo hob das Köfferchen auf und führte Dunning am Arm zu einer Reihe von Schalensitzen. Dort war nur ein Obdachloser, der, den Oberkörper weit zurückgelehnt, inmitten seiner Supermarkttüten schlief. »In *Hurly Burly*, Doug, sind ein paar Dinge ungeklärt geblieben.«

»Die Brille«, ächzte Dunning und massierte sich die Schläfen. »Das Erbrochene.«

»Ja, das auch. Aber noch andere Sachen. Im Garten sind nur Tek und Gibby mit Messern verfolgt worden ... das haben die Mörder selbst ausgesagt, unabhängig voneinander. Gibby, Voytek ... ihre Leichen lagen auf dem Rasen.

Sharon und Jay wurden drinnen abgeschlachtet. Wie, frage ich dich, kam ihr Blut dann auf die Steinplatten der Veranda?«

»Der Hund«, brachte Dunning mit Mühe heraus.

»Zuviel Blut, als daß so ein kleiner Terrier es dorthin hätte bringen können. Und dann auch noch sorgfältig auf zwei Lachen verteilt. Die eine Blutgruppe 0, von Sharon. Die andere … vergessen.«

»0«, flüsterte der Anwalt, »vom Friseur. Die anderen hatten alle B. Wurde alles noch am selben Tag bekannt.«

»Aber nicht, wie das Blut der beiden nach draußen kam. Moment …« Der Clochard verbreitete jetzt einen derartigen Käsegestank, daß die beiden sich ein paar Plätze weiter setzten. »Hör gut zu, Doug. Charlie ist in derselben Nacht, als die von ihm beauftragten Mörder längst schliefen, mit ein paar Gehilfen in den Cielo Drive gefahren. Um die Sache in Ordnung zu bringen.«

»Letzten Sonntag hast du noch erzählt, daß Charlie dir gestanden hat, daß er kein Blut sehen kann.«

»Wieder hat er seine Knechte die Drecksarbeit machen lassen. Die Schlächter waren an dem Abend so blöd gewesen, die Leichen nicht an den Füßen aufzuhängen. Das mußte also noch schnell passieren, bevor es hell wurde. Keine halbe Arbeit. Was die Welt hier vorfinden sollte, war die erste Begegnung mit Hurly Burly. Es würde alles auf Polizeifotos festgehalten werden, also … *say cheese*, auch wenn du mit dem Kopf nach unten hängst. Die Szenerie mußte so grauenvoll sein, daß sie sogar in die obskursten Zeitungen Chinas käme … und in die Nachrichtensendungen im lappländischen Fernsehen. Auf Anweisung von Charlie, der wahrscheinlich mit dem Rücken zu allem dastand, haben seine Bestattungsunternehmer die Leichname herumgeschleppt. Hängt sie mit dem Kopf nach unten an die Verandabalken, so lautete Charlies Befehl. Laßt sie ausbluten wie geschlachtete Schweine.«

»Laß mich raten«, murmelte Dunning. »Es hat nicht geklappt.«

»Anwohner haben am frühen Morgen streitende Stimmen gehört. Offenbar hat Charlie sich eingemischt und einen Schwall Blut auf die Netzhaut gekriegt. Das würde die
mysteriösen Kotzspuren im Gebüsch erklären. Vom Hund
waren sie jedenfalls nicht.«

»Reis, Bohnen, Zwiebeln, Salat«, zählte Dunning auf.
»Quark, Johannisbeeren, Honig. Kein Fleisch.«

»Wenn deine Aktenkenntnisse den Jetlag überlebt haben,
dann weißt du auch noch, was die Opfer gegessen hatten.«

»Reis, Bohnen, Zwiebeln, Salat, Maisfladen und Lamm-
hackfleisch, mexikanisch gewürzt.« Dunnings Lebensgeister
kehrten langsam wieder. »Alle das gleiche ... bis auf den
jungen Mann mit dem Uhrenradio. Gerichte, die man auf
der Speisekarte von El Coyote am Sunset Boulevard findet.«

»Das Erbrochene war rein vegetarisch. Möglicherweise ja
von einem Veganer mit einem Honigproblem.«

»Und danach«, sagte Dunning und stand plötzlich auf,
»haben sie die Leichname wieder im Haus abgelegt. Ich darf
meinen Flieger nicht verpassen.«

»Die Mörder, Doug, haben alle drei erklärt, daß die beiden Frauen drinnen in Panik rumgelaufen sind ... *mit* dem
Seil um den Hals. Es kann also nicht die ganze Zeit straff
angezogen gewesen sein. Gibby hat es geschafft, sich daraus zu befreien ... Als Sharon und Jay am nächsten Morgen
vor dem Kamin gefunden wurden, war nicht sehr viel Spiel
in dem Seil zwischen ihren Hälsen. Das Werk von Charlies
Leichenaufräumern, die ihrem Boß mit ein bißchen zusätzlichem Hurly Burly eine Freude machen wollten. Und dann
diese Kapuze über Jays Kopf ...«

»Ja, tschü-üs.« Der Anwalt griff nach seinem Köfferchen
und schwankte. »Jetzt kommst du selbst damit an. Ich dachte,
diese Kapuze wäre ein für allemal als Handtuch aus eurem

Badezimmer enttarnt worden … eins, das von Miss Sadie nach ihrem heroischen Schreibakt in den Salon geworfen wurde … und dabei ganz zufällig auf dem Kopf des Friseurs landete.«

»Das ist Sadies Lesart, und die wird von Tex und Katie bestätigt, aber vom Polizeibericht widerlegt. Darin heißt es, daß das Handtuch sorgfältig um Jays Kopf gewunden war. Die Enden waren um den Hals unter die Doppelschlinge gezogen. Und schon hast du, Doug … die Kapuze nach der Hinrichtung.«

»Und das soll also erst später in jener Nacht geschehen sein. Dann erzähl mir doch mal … warum sollte sich Charlie so viel Mühe geben, um etwas, was ohnehin schon grauenerregend war, noch grauenerregender zu machen?«

»Für Hurly Burly war noch nicht mal das Schlimmste schlimm genug.«

Der Anwalt ging ein paar Schritte in Richtung Zollkontrolle und drehte sich dann wieder um. »Wenn ich diese Version weltkundig mache … was hast du dabei zu gewinnen? Zusätzliches Mitgefühl für den Verbannten, weil sich sein Leid als so viel bitterer erweist? Das Verbrechen als so viel brutaler? Hollywood wird sich noch mehr im Recht fühlen, weil es den Anstoß zu deiner Verbannung gegeben hat. Bitte sehr … was er über sein Haus und Grundstück herabgerufen hat, ist, wie sich jetzt zeigt, ja *noch* viel schrecklicher. Seht ihr, diese Sache mit der Henkerskapuze ist also doch wahr. Ritterbach will ich gern für dich an den Pranger nageln. Aber nicht dich daneben.«

»Vielleicht«, rief Remo ihm nach, »hat die Welt ein Recht auf die Fakten. Egal, ob sie gegen mich sprechen oder für mich.«

Zum Abschied wedelte Dunning in Schulterhöhe mit seinem Paß, ohne sich noch einmal umzusehen.

Das Scherbengericht, das Remo über sich herabgerufen hatte, hatte ihm kein abgeklärtes inneres Exil geschenkt. Eher war sein Leben zu einem stinkenden Misthaufen geworden, auf dem er nackt und kalt lag, von allem beraubt, angefangen von seinem Namen bis hin zu seiner Würde … ein Hiob, der die unbeschriebenen Tonscherben seiner Verbannung dazu benutzte, seine juckenden Schwären zu kratzen. Doch das Unwetter, das Remo in seiner letzten Isolierzelle hatte aufflackern sehen, entwickelte sich nicht weiter, und eine Freisprechung von Schuld durch Gott blieb aus. Im Gegensatz zu Hiob würde ihm alles, was ihm genommen worden war, nicht doppelt und dreifach entgolten werden. Seine falschen Freunde behielten recht: daß er nichts taugte und auch zum Zeitpunkt seines größten Unglücks nichts getaugt hatte.

20

Tibbolt saß auf dem Parkettfußboden und spielte mit seinen Weltraumsoldaten. Auf den Sesseln lagen bunte Schachteln, auf denen in blitzenden Buchstaben stand: *War of the Worlds*. Er war so in sein Spiel vertieft, daß er unser Kommen weder sah noch hörte.

»Ich hol den Kaffee.« Ulrike mimte es mehr, als daß sie es flüsterte, aus Angst, den kleinen Jungen aus seiner Konzentration zu reißen. Ich blieb eine Weile reglos stehen und sah auf ihn hinunter. Entzückt. Er hatte zwei Armeen in strengen Blöcken einander gegenüber aufgebaut. Mit einem Plastiklineal schob er jedesmal ganz akkurat eine Reihe von zehn, zwölf Kriegern dem Feind entgegen. Der von mir auserkorene Entfessler des Weltstreiks umklammerte mit seinen Lippen einen Schnuller in Form eines Clownsmunds. Daran saugte er bedächtig, während er das symmetrische Schlachtfeld in Augenschein nahm. Als er sich weit vorbeugte, hing ihm das Ding nur noch locker zwischen den Milchzähnen, wodurch ein zäher Spuckefaden über seinen

Heerscharen schwebte, der im Takt mit Tibbis Anstrengungen schwabbelte und zitterte. Seine hohen orthopädischen Schuhe waren ihm sichtlich im Weg. Wenn er sich aus der Hocke aufrichtete, fuhr ein Ausdruck von Schmerz über sein glühendes Gesicht.

»Wer gewinnt Warrelewults?«

Tibbolt erschrak so, daß er eine Doppelreihe Soldaten umstieß. Böse, fast heulend, sah er zu mir auf. Er riß sich den Schnuller aus dem Mund. »Das heißt Warrele ... *wults*, hörst du? Warrele ... *wults*.«

»Achten Sie nicht auf ihn«, sagte Ulrike, die gerade mit einem Tablett ins Zimmer trat. »Wenn ihm die Füße weh tun, ist er immer schlecht gelaunt.«

Der Kleine sah mich mit schmerzgeplagten Augen immer noch vorwurfsvoll an, während er heftig an seinem Schnuller saugte, als wäre es eine milchgefüllte Brustwarze. Mammul stellte die Tassen auf den Sofatisch. »Onkel Spiros hat eine Überraschung für dich«, sagte sie und schenkte Kaffee ein. »Zu deinem Geburtstag.«

»Ich hab nicht Geburtstag.«

»An deinem Geburtstag, Tib«, sagte ich, »war Onkel Spiros verreist. In Amerika. Darum bekommt Tibbi sein Geschenk erst jetzt.«

»Aus Amerika?«

Ich gab ihm das kleine Päckchen. Mit Nägeln und Zähnen riß er das Noppenpapier ab. Kleine, starke Finger öffneten die Schachtel. Vergessen, die Schmerzen. Der Schnuller fiel aus seinem offenen Mund aufs Parkett. »Oh ...! Mammul, schau! Ein richtiges Campingtaschenmesser!«

Ulrike beugte sich über ihn. »Und was steht da?«

»Oh ...!« Er erkannte die Buchstaben und buchstabierte sie. »T.I.B.B.O.L.T. Und das da ... das weiß ich nicht.«

»Das ist das Datum von deinem Geburtstag«, sagte ich.

»Der autovolle Sonntag.«

»Er hat uns offenbar über seine Geburt reden hören.« Ulrike wandte sich errötend und leicht kichernd mir zu. »Seitdem nennt er seinen Geburtstag so. Den autovollen Sonntag.«

Mit Fummelfingerchen, feucht vom Schnuller, versuchte Tibbi, das Messer aufzuklappen. Zwischen seinen Lippen blubberte es vor lauter Anstrengung. Genau in dem Moment kam Gerbert Satink ins Zimmer, mit dicken Augen und vom Rasieren gerötetem Gesicht, nach Nachdurst, Aftershave und gebratenem Speck riechend. Ich stand auf und gab ihm die Hand. »Herzlichen Glückwunsch zur Beförderung. Möge der Fanclub von Adam gut dabei fahren.«

»Herr Agraphiotis, was ist *das* denn schon wieder für eine lebensgefährliche Verwöhnerei?« Satink stemmte seine Hände mit gespielter Empörung in die Seiten und reckte vor Tibbolt sein Kinn fragend in die Höhe.

»Geppa, schau …!« Der kleine Junge hatte eigenhändig den Korkenzieher herausgeklappt. »Ich kann dir jetzt beim Wein helfen.«

»Aus erzieherischer Sicht«, sagte Papa Geb, »frage ich mich, wo so ein Vormund heutzutage mit seinen Gedanken ist. Ein Mordsding von Schweizer Taschenmesser für einen gerade mal vierjährigen Knirps.« Er schüttelte lachend den Kopf und nahm mir gegenüber Platz.

»In Kalifornien«, sagte ich, während ich Zucker in meinen Kaffee rührte, »habe ich einen gewissen Woodehouse kennengelernt. Vater eines achtjährigen Sohns. Paulchen. Als der Junge vier oder fünf wurde, bekam er von seinem Vater auch so ein Taschenmesser. Mit bestimmt vierzig Zubehörteilen. Alle drei Monate durfte Paul ein Teil *mehr* benutzen. Einen Pfriem … eine Säge. Die gefährlichen Dinge zuletzt. So sollten Sie das auch handhaben.«

»*Nicht* mit den Zähnen, Tib«, rief Satink, und diesmal war die Empörung nicht gespielt. Der kleine Junge, das Messer wie eine Mundharmonika an den Lippen, sah ertappt zu seinem Geppa auf. Zwischen seiner Zunge und einer zur Hälfte ausgeklappten Schere hing ein Spuckefaden.

21

In dem Gewirr stark befahrener Straßen und Flächen rund um den Flughafen hatte der Chauffeur es dank geschickter Manöver bereits bei der Ankunft geschafft, den Chevrolet abzuschütteln. Nach dem Abschied von Dunning kehrte Remo zur vereinbarten Stelle auf einem der Parkplätze zurück. Weil weit und breit kein weißer Chevy zu sehen war, setzte er sich ganz normal auf die Rückbank des Mercedes. »Boulevard Voltaire bitte. Café La Fontaine …«

»… de Jouvence. Mir bekannt, Monsieur. Ein Cousin von mir, Pascal, kellnert da.«

»Ah, Pascal. Wenn der die Schale von einer Zitronenscheibe abschneidet, also, wie er das bloß hinkriegt, jedenfalls bekommt man ein perfektes Achteck in sein Glas. Ein mathematisch begabter Kellner.«

Ungefähr an der Stelle, an der Remos Taxi am frühen Morgen eine Reifenpanne hatte, verstellte der Fahrer seinen Rückspiegel. »Es sieht so aus, Monsieur, als hätten die Wölfe unsere Fährte gewittert.«

Der weiße Chevrolet war dabei, die beiden Autos hinter dem Mercedes zu überholen. Remo sank tiefer in den Sitz.

»Wenn Sie in den Kofferraum wollen, fahr ich schnell mal auf den Randstreifen raus.«

»Versuchen Sie lieber, sie abzuhängen.«

»Mein Chef, Monsieur, der erlaubt mir nicht, die Höchstgeschwindigkeit zu überschreiten. Legen Sie sich auf die Bank. Dann sieht man Sie weniger.«

Als Remo sich zur Seite drehte, um sich auf dem Sitz auszustrecken, kam der Chevrolet gerade auf ihre Höhe. Remo warf den Oberkörper zurück und konnte aus dieser Position nicht in das überholende Auto schauen. Gesichter hatte er nicht gesehen. Auch keine Teleobjektive. Paparazzi? Es konnte genausogut ein Wagen mit französischen Geheimdienstleuten sein.

Remo fühlte sich beschmutzt durch das, was er seinem Anwalt erzählt hatte. Der Gedanke an einen Charlie, dem sich angesichts von Sharons Blut der Magen umdrehte, bereitete ihm selbst Übelkeit. Er hätte das nur hinaustragen dürfen, wenn die Menschen mit einem die Welt heilenden Ekelgefühl davon Kenntnis hätten nehmen können.

Selbst im Liegen sah er, wie die Bebauung dichter wurde. In der Nähe der Porte de Bagnolet beschleunigte der Mercedes plötzlich so stark, daß sein Körper gegen die Rückenlehne gepreßt wurde. Zwei-, dreimal fuhren sie bei Rot über eine Kreuzung.

»Abgeschüttelt, Monsieur«, sagte der Fahrer kurz darauf. »Ich bring Sie jetzt zum Voltaire. *Le Chevy blanc*, Monsieur, hatte ein deutsches Nummernschild.«

22

Die Stille, die nun eingetreten war, zeigte, daß das Taschenmesser Gerbert Satink mehr im Magen lag, als er hatte zugeben wollen. Ich sah mich im Zimmer um. Längst nicht alle Spuren der Beförderungsfete waren beseitigt. Auf dem Büfett, neben dem Telefon, stand ein Teller mit einem Windbeutel – unangerührt, abgesehen von dem Weinkorken, den jemand von oben in den Schokoladenguß getrieben hatte. Als die Kerzen an dem Leuchter auf dem Sofatisch noch brannten, hatte jemand Dutzende von Sonnenblumenkernen ins heiße Wachs gesteckt, die jetzt, halb verkohlt, mit dem erstarrten Wachs Klumpen bildeten. In der Ecke, in der die Stereoanlage stand, lag ein geöffneter Harmonikakoffer auf dem Boden. Darum herum die Schallplatten, einige mit einem staubigen Fußabdruck gestempelt. Eine verkratzte und mit Fettfingern begrapschte Single, noch aus der zerbrechlichen Zeit stammend, war unter einem schweren Schuh in Stücke zerborsten, aber insgesamt hatten die Scherben die runde Form mehr oder weniger bewahrt.

Man wußte nie beim kleinen Tib: Möglicherweise war er meinem Blick gefolgt. Er ließ sein Offiziersmesser liegen, bewegte sich auf Händen und Füßen zur Stereoecke und ging mit dem Gesicht dicht an die 45-rpm-Platte heran. In dem runden Loch in der Mitte hatte ein herausnehmbares Dreieck gesteckt, das sich beim Zerbrechen aus dem Vinyl gelöst hatte und jetzt von Tibbolts Händchen vom Etikett geklaubt wurde. Damit kroch er zu Warrelewults zurück und legte es auf den Millimeter exakt zwischen seine beiden Armeen. Mit irgend etwas war er nicht zufrieden, denn er veränderte die Richtung der schwarzen Arme in einem fort, indem er das Plastikding auf dem Parkett herumdrehte.

»Wie war Los Angeles im Winter?« fragte Ulrike. Sie schenkte die drei Tassen noch einmal voll.

»Entnervend. Da geisterte irgend so ein Serienmörder herum, der es auf junge Frauen abgesehen hatte. Er hat sie gefoltert, vergewaltigt, erwürgt und dann an einer öffentlichen Straße aus dem Auto geworfen.«

»Wie gräßlich«, sagte Ulrike, die voller Abscheu die zentrifugale Bewegung der Sahne in ihrem umgerührten Kaffee verfolgte.

»The Hillside Strangler«, sagte Gerbert. »Hab ich in der Zeitung gelesen.«

»Man stelle sich das vor, eine Stadt, so groß wie die Randstad Holland … ganz im Würgegriff der Angst. Kein Mensch traut mehr dem anderen. Angenehmer Aufenthalt, Sir.«

»Und dann gab's ja noch, apropos junge Frauen«, sagte Geb, »die Sache mit diesem heißblütigen Regisseur … ein starkes Stück. Haben Sie davon was mitgekriegt, Agraphiotis?«

»Nicht mehr als jeder andere auch.«

»Ich hab gerade in der Küche im Radio gehört«, sagte Ulrike, »daß er abgehauen ist.«

»Weg aus Kalifornien?« wollte ihr Mann wissen.

»Weg aus Amerika. Er ist gestern nach Warschau geflogen. In Kalifornien haben sie schon seine Auslieferung beantragt.«

»Wenn man sich das spielende Jungchen so ansieht«, sagte ich, »dann scheint alle Gefahr weit weg. Während Sie und ich wissen ... Es kann der Schulfotograf sein. Der Bademeister. Jeder.«

»Die Gefahr hat schon *in* ihm gesteckt«, sagte Ulrike mit schimmernden Augen. »In seinen Fußknöcheln. Die lassen ihn immer aufs neue im Stich.«

Ich sah erst jetzt, welche Wendung Tibbolt seinem Spiel gegeben hatte. Rund um das dreieckige Ding, das sich von einem hellen Parkettstreifen dunkel abhob, war er dabei, seine beiden Armeen zu *drei* Blöcken neu zu ordnen. »Ich freue mich über Ihren Aufstieg, Herr Satink. Erzählen Sie doch mal.«

»Also, seit gestern«, rief Ulrike, sich stolz aufrichtend, »ist mein Geb der neue Schatzmeister von Sup Adam. Der jüngste, den es je gegeben hat. Die Wahl war fast einstimmig.«

»Jetzt übertreib mal nicht, Rike. Ich bin einfach mit der Mehrheit der Stimmen gewählt worden. Einstimmigkeit ist nichts für die eigenwilligen Adamiten.«

»Seit gestern«, sagte sie, »weiß auch unser Tib, was er später werden will.«

»Fußballfußballer«, stieß der kleine Junge hervor. Die Armeen waren um das dreiarmige Ding herum aufgestellt, und er hielt wieder das Taschenmesser in der Hand, an dem jetzt die Hälfte der Tentakel herausstanden.

»Bitte sehr«, sagte die stolze Mammul, »Fußballfußballer.«

»Dann habe ich ja als Vormund nicht umsonst gelebt.«

»Schatz, achtest du auf die Zeit? Der Gottesdienst fängt um drei Uhr an.«

»Schöne Bescherung.« Gerbert sah mich gequält an. »Mit einem Kater zur Beerdigung.« Er stand auf. »Ich muß los.«

»Mein Jetlag ist neidisch auf Ihren Kater. Bei mir hat sich das Gift erst in drei Tagen verflüchtigt.«

»Herren mit unüberwindlichen Luxusproblemen«, sagte Ulrike.

»Der Gottesdienst ... wo findet der statt, wenn ich fragen darf? Wenn ich ein Stück mitfahren könnte ...«

»In der Obrechtkirche. Ganz in der Nähe vom alten Tornij. Ich setze Sie vor der Tür ab. Solange ich nicht mit hineinmuß ...«

Ich trank meine Tasse aus und stand auf.

»Tibbischatz«, schmeichelte Ulrike, »hast du dich bei Onkel Spiros schon richtig für das schöne Geschenk bedankt?«

Mühsam erhob sich der Kleine auf seinen dünnen Beinchen. Er schleifte seine Füße in den plumpen Schuhen wie zu schwere Gewichte über das Parkett. Ich beugte mich zu ihm hinunter.

»Schnuller aus dem Mund, bevor du Onkel Spiros ein Küßchen gibst.«

Ich bekam ein sehr nasses aufs Ohr.

»Und was sagt Tibbi?«

»Dankeschön, Onkel Spiros.« Er machte sich nicht die Mühe, zu seiner Spielecke zurückzugehen, sondern ließ sich zu meinen Füßen auf den Po fallen, um das Messer weiter zu erforschen. »Mammul, ich will die Schuhe aus.«

»Er quengelt und quengelt, daß ihn die Schuhe drücken. Die Dinger kosten ein Vermögen. Die Krankenversicherung bezahlt nur einen Teil, weil er so schnell wieder rauswächst.«

»Es sind nicht die Schuhe, Schatz«, sagte ihr Mann. »Es sind die Füße.«

»Ich erkundige mich mal«, sagte ich, ohne zu wissen, was ich da versprach, »ob es nicht irgendeine Kasse gibt, die man anzapfen kann.«

»Wenn ich ihm die Schuhe sofort nach dem Aufstehen anziehe, passen sie perfekt. Ich darf aber keine zehn Minuten damit warten.«

»Was sagen die Ärzte?«

»Noch immer ein Mysterium nach tausend Untersuchungen.«

»Der autovolle Sonntag«, rief Tibbolt, der gerade ein dünnes Sägeblatt herausgeklappt hatte. »Davon kommt es doch, nicht, Mammul?«

»Ja, der autofreie Sonntag war schuld. Da hat Tibbi recht.« Ulrike sah mich an und senkte dann mit gespitzten Lippen für einen Moment den Blick.

»Frau Satink« (ich gab ihr die Hand) »ich rufe Sie demnächst wegen meinem vierteljährlichen Besuch an. Durch diese ganze Reiserei bin ich etwas spät dran.«

»Sie waren doch jetzt da.«

»Aber nicht in amtlicher Funktion.«

Ulrike blieb mit Tibbolt auf dem Arm in der Tür stehen, um uns zum Abschied zu winken. Ich stieg neben Gerbert in den Volvo, kurbelte die Fensterscheibe herunter und hob grüßend die Hand. Um zurückwinken zu können, zog Ulrike ihr Bein hoch; so stützte sie mit dem Knie den kleinen Tib, der herunterzurutschen drohte. Der Junge winkte mit der Hand, in der er das Taschenmesser umklammert hielt. Weil er dabei gewohnheitsgemäß die Finger spreizte, fiel das Ding scheppernd auf die Gehwegplatten. Ulrike stellte ihn auf den Boden, so konnte er es selbst aufheben.

Auf wackligen Beinen sah Tibbolt dem davonfahrenden Auto nach. Das Offiziersmesser lag, hellrot, keinen Meter von ihm entfernt. Doch um es sich zu holen, hätte er drei, vier äußerst schmerzhafte Schritte tun müssen. Er blieb stehen, wo er stand.

23

Im La Fontaine de Jouvence wartete die Fotografin bereits, ihre Ausrüstung vor sich auf der Resopalplatte. »Hallo, Menthe.«

Am Telefon hatte sie im letzten Moment gebeten, einen

Reporter mitbringen zu dürfen. Remo, mit den Gedanken nicht ganz bei der Sache, hatte zögernd eingewilligt. Aus dem einen waren zwei geworden. Nein, drei, denn der junge Mann, den er für Menthes Assistenten gehalten hatte, entpuppte sich als Fotograf, der von wieder einem anderen Blatt geschickt worden war. »Menthe, so war es nicht abgemacht.«

Sie war eine ehemalige Lendenflamme, der er nicht ernsthaft böse sein konnte. Während er sie umarmte, stieß sie ein herzhaftes »Merde!« aus. Über seine Schulter hinweg hatte sie etwas gesehen, das er selbst erst sah, als sie ihn losließ. Vor dem Café hatte der weiße Chevrolet gestoppt, dem vier mit Fotoapparaten behängte Männer entstiegen – darunter der deutsche Paparazzo, der Remo in München zusammen mit den beiden Käfern Gretl und Nannerl verewigt hatte, angeblich für das Anzeigenblatt *Der Mückenstich*. Sie stiefelten schnurstracks auf den Eingang zu und schnitten so zwei Frauen den Weg ab, die gerade hineingehen wollten.

Stassja und ihre Mutter. Um zu ihnen zu gelangen, mußte er zwei der Fotografen beiseite schieben, die bereits auf der Schwelle mit ihrer Arbeit begannen. Auf seiner Netzhaut tanzten von dem Blitzlicht so viele schwarze Schatten, daß er Mühe hatte, Stassjas große Augen zu finden. »Was ist das?« fragte sie mit schwellendem Mund, der vor Schönheit schmollte. »Eine Pressekonferenz?«

»Du hast von einem Foto gesprochen«, sagte die Mutter, selbst erst Mitte Dreißig. »Und nicht von alldem.« Sie zeigte mit einer wegwerfenden Handbewegung auf einen Kleinbus des RTF, aus dem zwei Männer und eine Frau Fernsehkameras samt Zubehör ins Café zu schleppen begannen.

»Helga, ich hatte eine Fotografin bestellt. Sonst nichts. Schon wieder ein abgekartetes Spiel. Kommt rein. Vielleicht sollten wir die Gelegenheit nutzen ... oder?«

»Damit bin ich nicht einverstanden.« Sie ging ins Café, ihre Tochter hinter sich herziehend. Stassja gab die Schlafwandlerin. Remo nahm den Kellner beiseite. »Pascal, bring den beiden Damen und auch allen Leuten von der Presse etwas zu trinken. Auf meine Rechnung. Eine zweite Runde – auch okay.«

Die Männer vom RTF waren dabei, Scheinwerfer aufzustellen. Die Frau rollte Kabel ab. Eine zweite Kamera stand bereits auf dem Stativ, startklar. Stassja und Frau Wöhrmann hatten sich möglichst weit entfernt von allen Apparaten hingesetzt, noch in ihren Wintermänteln. Sie wurden für zufällige Gäste gehalten und von den Fotografen in Ruhe gelassen, die sich statt dessen um Remo drängten. Es kamen immer noch neue Paparazzi herein. Inzwischen waren es bereits mehr als zwanzig. Zusammen produzierten sie das Geräusch eines Hinrichtungskommandos, das in der Morgenstille die Gewehre entsichert und das endlos wiederholt. Es wurde mit Füßen und Ellbogen gearbeitet, um das Foto der Konkurrenz zu verderben. Am Eingang hatte es bereits ein Geschiebe und Gezerre gegeben, weil Pascal plötzlich eine strenge Einlaßkontrolle vornahm. Seine Trinkgelder raschelten anstatt zu klirren.

»Stellen Sie sich mal dahin«, rief die RTF-Mitarbeiterin Remo zu. Sie deutete auf eine Stelle, die durch zwei kreuzweise auf den Boden geklebte weiße Tapestreifen markiert wurde. Ihre Kollegen sorgten, die Hände auf die Schultern des anderen gelegt, dafür, daß sich keine Fotografen dazwischendrängen konnten.

»Woher wußten Sie«, schrie er zurück, »daß ich hier bin?«

»Ich bin von meinem Arbeitgeber ins Fontaine geschickt worden, um Sie zu interviewen.«

Remo beschloß, sich nicht gegen diese nachgeholte Londoner Pressekonferenz in Paris zu wehren. Hier wurde ihm die Möglichkeit geboten, sein Büßergewand abzuwerfen, und die sollte er nutzen. Jetzt oder nie. Er kämpfte sich zwischen den Fotografen zu dem weißen Kreuz neben dem Flipperautomaten durch, der mit seinen hin und her springenden Lämpchen eine nervöse Kulisse abgab. Sich auf den angegebenen Platz stellend dachte er: *Sie haben mich aus der Welt hinausge-ixt.* Sofort sprang ihn das grellweiße Licht der Filmscheinwerfer an. Draußen herrschte winterliche Dämmerung, doch hier drinnen war Tag, nein, mehr als Tag. Der Tonmann stieg mitsamt seiner Mikrophonangel auf einen Stuhl. In flehentlichem Ton versuchte er die Fotografen dazu zu bewegen, ihr Klicken für die Dauer des Interviews einzustellen. Sie gaben seiner Bitte unwillig nach, bis auf einen, der noch eine Weile maliziös weitermachte. Der Kameramann dirigierte Remo mit der Hand ein paar Zentimeter weiter nach links. Dieser spürte die leichte Erhebung des Kreuzes durch seine Schuhsohlen hindurch und dachte: *Oder habe ich mich selbst aus der Welt hinausge-ixt?*

Die Frau stellte sich vor ihn mit einem Holzbrett, auf dem ihre Fragenliste festgeklemmt war. Seine Augen suchten Stassja, doch sie war hinter der wogenden Hecke der ungeduldigen Fotografen verborgen. »Kamera läuft«, rief eine Männerstimme.

»Monsieur«, begann die Interviewerin, »erzählen Sie uns doch mal als erstes, wie Sie zu dieser winzigen Tätowierung gekommen sind. Bringen Sie einen neuen Trend aus Amerika nach Paris mit?«

Er faßte sich an die Wange. Das Pflaster, das möglicherweise schon unter der Dusche an Klebkraft eingebüßt hatte, mußte sich im Gedränge gelöst haben. Französische Farbfernsehbesitzer konnten sehen, daß die Träne blau war. »Ach das … Ich bin in Kalifornien wie ein oller Knastbruder behandelt worden. Man hat mich mitten zwischen die schweren Jungs gesteckt. Und da gehört eine Tätowierung eben dazu. Ich lasse sie demnächst von einem qualifizierten Dermatologen entfernen.«

»Schade. Ähm … heute morgen, Monsieur, haben die Zeitungen enthüllt, daß Sie in San Bernardino im selben Gefängnis gesessen haben wie der Mann, der 1969 verantwortlich war für …«

»Ja, ja, das ist inzwischen doch bekannt.«

»Eine vielleicht noch schmerzlichere Frage … Haben Sie mit ihm gesprochen?«

»Ja.«

»Können Sie unseren Zuschauern etwas mehr darüber erzählen?«

»Was gibt's da schon zu sagen? Wir haben als freiwillige Reinigungskräfte zusammengearbeitet. Manchmal mußte man gemeinsam überlegen, wie irgendwas anzupacken war … welche Putzmittel zu benutzen waren.«

»Mehr, Monsieur, hatten Sie beide nicht zu besprechen? Nur den Putzkram?«

»Das war schon eine ganze Menge.«

»Sie haben sich entschieden, die Vereinigten Staaten freiwillig zu verlassen …«

Hier wurde ihm die Chance geboten, vor den Augen seines neuen Vaterlands den Schlamm von sich abzuwaschen. Jetzt kam es auf die richtigen Worte an. »Informieren Sie sich erst mal, *wie* freiwillig.« Blöderweise fügte er noch hinzu: »Dann reden wir weiter.«

Sie vertiefte diesen Punkt nicht groß, sondern sprach geschickt einen neuen Aspekt an. »Wie gedenken Sie, so weit von Hollywood entfernt Ihre Karriere fortzusetzen?«

»Europa bietet genauso viele Möglichkeiten wie Amerika.«

»Haben Sie schon einen Film im Auge?«

»*Cyn of the Windmills*.«

Das Gesicht der Frau erhellte sich. »Eine Geschichte von Leidenschaft, Vergewaltigung, Mord … Hätten Sie nicht besser erst einen Kriegsfilm machen sollen oder so, nach allem, was passiert ist?«

»Ein Kriegsfilm ohne Leidenschaft, Vergewaltigung, Mord … was für eine Mißgeburt wäre das wohl? Wir leben in einer Welt der Gewalt. Im politischen Bereich, in unserem persönlichen Leben … sie wütet überall. Es ist die Aufgabe des

Künstlers, die Gewalt zu zeigen, wie sie wirklich ist. Sonst ist seine Arbeit unmoralisch. Es gibt nichts Schmutzigeres als Gewalt, die vertuscht wird, damit die Leute nicht zu heftig aus ihren Plüschsesseln hochfahren. Dann fängt sie an zu faulen und zu stinken und wird noch giftiger als Leichensäfte.«

»Aber trotzdem, warum *Cyn of the Windmills?*«

»Das ist der letzte Roman, den meine Frau gelesen hat. Bevor sie aus meinem Leben verschwand, um für den Rest des ihrigen … nur noch Babybücher zu lesen« (er schwieg kurz) »gab sie mir *Cyn*. Sie sehe den Film vor sich, sagte sie. Diese Ehren bin ich ihr wohl schuldig.«

»Haben Sie schon eine Cynthia-von-den-Windmühlen?«

In all ihrer Unschuld fachte die Frage, möglicherweise im Zusammenwirken mit dem Jetlag, Remos Wut wieder an. Schwindlig sah er Ritterbachs fleckige Hand, einen imaginären Gerichtshammer umklammernd, herabsausen – und der Rest des Interviews schien sich ohne Zutun seines Willens zu vollziehen. Er streckte den Arm hoch und rief: »Stassja …!«

Die Meute der Paparazzi wich auseinander. An dem Tisch, an dem Mutter und Tochter, die Köpfe einander zugewandt, saßen, drehte Stassja den ihren langsam Remo zu.

»Stass … komm her!« Er winkte.

Die Kamera schnurrte in der Stille. Das Mädchen starrte Remo mit großen Augen ängstlich an. Sie deutete mit dem Finger auf sich selbst, und wieder trat das Wunder ein: Ihre Unterlippe begann fragend anzuschwellen. Während sie sich langsam erhob, blickte sie von Remo zu ihrer Mutter, die heftig den Kopf schüttelte. Stassja ließ den Mantel von sich gleiten, der über die Rückenlehne zu Boden fiel. Frau Wöhrmann versuchte ihre Tochter aufzuhalten, doch die wich dem Griff ihrer Mutter aus.

Wie Stassja in ihrem schwarzen Wollkleid zwischen den Fotografen hindurchschwebte und im Vorbeigehen den Kopf dem Spiegel hinter der Bar zukehrte und wieder zurückdrehte, glich sie noch mehr als vorhin einer anmutigen Schlafwandlerin. Frau Wöhrmann hatte sich ebenfalls erhoben, wagte ihrer Tochter aber nicht bis zu den Spotlights zu folgen. Remo wedelte ungeduldig mit der Hand. Es veranlaßte sie nicht, sich schneller zu bewegen. Auf ihrem Gesicht lag eine gelassene Traurigkeit. Es war so still, daß aus dem Inneren des Flipperautomaten ein leises elektronisches Gedudel zu hören war. Als Remo den Arm um das Mädchen legte, sahen die Anwesenden, daß sie fast einen Kopf größer war als er. Die Fotografen richteten sofort ihre Objekte auf sie, wurden aber vom Tonmann mit einer Handbewegung zur Ruhe ermahnt. »Meine Damen und Herren«, rief Remo, Stassja fest an sich ziehend, »die Heldin von *Cyn of the Windmills*.«

Die Anwesenden, bis auf Frau Wöhrmann, klatschten Beifall. Stassja sah mit leichter Verzweiflung im Blick schräg zu ihm hinunter, um den Mund lediglich die Ahnung eines Lächelns.

»Stimmt es«, fragte die Interviewerin, »daß sie Ihre Geliebte war?«

Er spürte, wie sein Gesicht sich verhärtete. »Ich habe nie ein Geheimnis daraus gemacht, daß ich junge Frauen liebe«, sagte er, direkt in die Kamera blickend. »Um Ihnen die Wahrheit zu sagen … sie können mir gar nicht jung genug sein.«

Er wandte sein Gesicht Stassja zu und küßte sie voll auf den Mund, wozu er seine Absätze von dem weißen Kreuz heben mußte. Die Paparazzi waren nicht länger zu bremsen. Während die Fernsehkamera noch lief, drückten sie, wie *ein* Mann nach vorn drängend, alle gleichzeitig auf den Auslöser – eine Salve wie von einem Hinrichtungskommando.

24

»Ist es denn halbwegs auszuhalten bei dem Alten?« fragte Satink. Wir fuhren im gleichen Tempo wie die 3 durch die Bilderdijkstraat und kamen gerade an der Eisenwarenhandlung vorbei. Im Schaufenster, sah ich erst jetzt, hing über den ausliegenden Waren ein Schweizer Taschenmesser, zwanzigmal vergrößert, an dünnen Ketten.

»Och, als Buchhändler wird er allmählich ein bißchen wunderlich. Für Gespräche über eine bestimmte Art von Literatur ist er eine angenehme Gesellschaft. Zumal bei einem Glas Portwein.«

»Na, da denken Rike und ich anders drüber. Schriftsteller gehören in zugige Dienstbotenkämmerchen ... solche verqueren Sprüche.«

»Schreiben muß man mit angespitztem Bettelstab. Ich weiß.«

»Andererseits – Tibbolt ist ganz vernarrt in ihn. Bei Oll'opa tun ihm nie die Füße weh.«

»Bei uns vergißt er die Schmerzen. Glauben Sie mir, Herr Satink, das Kind bedeutet Tornij *alles*.«

»Auch was wert ... Hauptsache, wir dürfen den Vatertag ab und zu übergehen.«

Auf der Überführung über den Vondelpark mußten wir eine ganze Weile warten, bevor wir an der Dampfwalze vorbeikamen. Der frisch gewalzte Asphalt schimmerte wie der schwarze Spiegel der Alchimisten. Ein paar Häuserblocks weiter hielt Satink bei Grün. Es war die Kreuzung van Baerlestraat/Willemsparkweg. Ein Motorradpolizist regelte den Verkehr, so daß ein Trauerzug bei Rot hinüberkonnte. Auf einem verchromten Ständer seitlich am Leichenwagen standen zwei wagenradgroße Trauerkränze aus glänzend braunen Blättern, durchflochten mit Seidenbändern. »Da geht er«, sagte Geb mit einem Seufzer. »Gerade mal sechsundvierzig. Bauchspeicheldrüse.«

»Oh, ein Freund von Ihnen?«

»Der Schatzmeister von Sup Adam. Hat noch schulpflichtige Kinder.«

Hinter der Karosse gingen einige Dutzend Menschen.

Vorneweg, in rotem Mantel, offenbar die Witwe, mit zwei Mädchen im Teenageralter an der Hand. »Merkwürdiger Text auf der Schleife«, sagte ich.

»IM NAMEN ALLER ADAMITEN«, las Satink laut. »Kleiner Scherz, Mann. Fieser Wink in Richtung Dissidenten. Das Pack aus Block F.«

»Nein, der andere Kranz. Komisch.«

Er beugte sich mit verengten Augen übers Steuer. »Da steht doch ganz normal R.I.P.? Er ruhe in Frieden. Requiescat In Pace … ist das so abwegig?«

Geb hatte recht. Halbblind vom Jetlag hatte ich etwas ganz anderes gelesen:

P.I.G.

»Es war einmal«, sagte der neue Schatzmeister.

Nachbemerkung

Das Scherbengericht ist Teil des Romanzyklus Homo duplex. Ich habe mich entschlossen, die einzelnen Romane (mit Ausnahme des bereits erschienenen Bands o, *Die Movo-Tapes*) erst nach Abschluß und Erscheinen des vollständigen Zyklus in eine zwingende Reihenfolge zu stellen.

Die historischen Ereignisse, auf denen *Das Scherbengericht* basiert, betrachte ich als Teil der Mythologie unserer Zeit, und als solche habe ich sie behandelt. Dazu war das Studium etlicher Quellen erforderlich. Eine ausführliche Liste der zu Rate gezogenen Literatur siehe: www.afth.nl

Amsterdam, Herbst 2006   A.F.Th. van der Heijden